DIE ZEIT

Erzählte Wissenschaft

John Griesemer

Rausch

Roman

Aus dem Amerikanischen
von Ingo Herzke

Mit einem Nachwort
der ZEIT-Redaktion

Zeitverlag Gerd Bucerius GmbH & Co. KG

Lizenzausgabe des Zeitverlag Gerd Bucerius GmbH & Co. KG, Hamburg,
für die ZEIT Edition »Erzählte Wissenschaft«, 2011
Herausgeber: Andreas Sentker

Umschlaggestaltung: hißmann, heilmann, hamburg
Satz und Repro: Buch-Werkstatt GmbH, Bad Aibling
Druck und Bindung: GGP Media GmbH, Pößneck

Printed in Germany

ISBN: 978-3-938899-52-6

Bildnachweis Einband: Bettmann/Corbis

Für Sam und Ida

Inhalt

Prolog

Isle of Dogs

London, November 1857

Nie zuvor war solch ein Schiff. Vom Marschland, wo es parallel zum Flussufer liegt, erhebt sich der Rumpf über die herandrängende Menge wie eine schwarze, stählerne Klippe. Er bildet eine Mauer, die den Blick auf die Themse meilenweit, wie es scheint, verstellt. Die Masten sind noch nicht aufgerichtet, und so dehnt sich in den Augen derer, die an diesem feuchten, ungemütlichen Tag gekommen sind, einen Blick darauf zu werfen, das Schiff in seiner Länge schier ins Unendliche. Wenn es vom Stapel gelaufen ist, wird es jedes andere Fahrzeug zu Wasser an Länge um das Dreifache übertreffen. Doch oft wird behauptet, dass diese nautische Narretei gar nicht schwimmen, sondern im ersten schweren Sturm auf dem Atlantik untergehen werde, oder vielleicht bricht das Ungeheuer gar, noch erregender für die herbeiströmende Menge, beim heutigen Stapellauf auseinander.

Regen treibt schräg über die Themse. Er könnte sich bald in Schneeregen verwandeln; kalt genug ist es. Der amerikanische Ingenieur Chester Ludlow, in seiner Kutsche gefangen, ergibt sich den Beteuerungen des Fahrers, man könne wegen der Menschenmassen nicht näher an das Geschehen herankommen. Chester steigt also aus, tritt auf die matschige Straße, wo unter einem wippenden Baldachin aus Regenschirmen aufgeregte Passanten sich gegenseitig in eine Richtung schieben. Die Luft surrt vor Erwartung und eiskaltem Regen. Männer, Frauen und Kinder schwatzen, lachen und stolpern durch den Dreck, als wären sie bei einem sommerlichen Picknick.

Die Menge erstreckt sich von der City über die Brücke an den West India Docks und über den Kanal und verdichtet sich schließlich auf der West Ferry Road, wo sich zwischen Marsch und Ufer kleine Häuser und Pubs mit ihren elenden engen Veranden drängen. Jede Gasse, jeder Pfad ist voller Menschen. Kutscher und Gespannführer versuchen ihre Pferde und Fahrzeuge zu wenden, was sich in dem Gedränge als unmöglich erweist; manche Fahrer lassen ihre Droschken einfach stehen, binden ihre tropfnassen Pferde an die nächste verkümmerte Pappel, an einen Zaunpfahl oder ein Geländer und reihen sich in den Strom in Richtung Werft ein.

Durch den Menschenfluss hindurch erspäht Chester einen kleinen Hügel hinter einem Pub – wahrscheinlich ein überwucherter Abfallhaufen. Vielleicht, so denkt er, kann er dem Gedränge entkommen und hat von dort oben bessere Sicht. Seit gestern schon fühlt er sich elend. Obwohl ein Yankee aus New England, ist er die außerordentliche Feuchtigkeit des Londoner Wetters nicht gewöhnt. Chester hat am ganzen Körper leichte Schmerzen, und das Kribbeln seiner Kopfhaut kündigt ein herannahendes Fieber an.

Er steuert auf den Pub zu, ein Haus, das leicht geneigt im weichen Grund des Marschlandes steht wie – und gerade daran sollte er heute nicht denken –, wie ein Schiff, das zu sinken beginnt. Chester stapft durch den Matsch, an einer quäkenden Blaskapelle vorbei, biegt neben dem Gebäude ab und steigt auf die kleine Anhöhe. Von dort kann er den mächtigen schwarzen Rumpf in seiner ganzen Größe sehen und Tausende von Menschen, die auf das Schiff zueilen, als sei es eine Arche, die sie alle aufnehmen werde.

In dem Pub mit seinen schiefen Wänden, in dem sich die Menschen drängen, bestellt ein Zeitungszeichner ein weiteres Bier – sein zweites an diesem Vormittag –, findet eine trockene Seite in seinem Notizbuch, das sich mit rasch und sicher hingeworfenen Skizzen der Menschenmenge und des Geschehens vor dem Fenster zu füllen beginnt, datiert die Seite 3. *Nov. 1857* und schreibt: »… Männer und Frauen aus allen Schichten vereinigen sich in geselliger Pilgerschaft gen Osten, denn am heutigen Tag, zu noch unbekannter Stunde, soll die *Gr East'n* (oder *L'vi'thn* oder wie immer sie heißen mag) in Millwall, auf der Isle of Dogs, vom Stapel laufen … Zwei Jahre hat London – und das ganze englische Volk, so möchte man hinzufügen – in gespannter Erwartung verbracht, und die Erregung und die Entschlossenheit, um jeden Preis dem großen Moment beizuwohnen, können niemanden wundernehmen, wenn man bedenkt, wie groß die Aussicht auf eine furchtbare Katastrophe ist.«

Im ganzen Raum ist kein Platz mehr auf den Tischen, weshalb der

Wirt das Bier auf die verzogene Fensterbank neben dem Zeichner knallt – und dann, während er das Geld entgegennimmt, an dessen Nase entlang ins Notizbuch schaut. »Ein paar Erinnerungen an den großen Tag für die Enkelkinder?«, fragt er. »Ja«, antwortet der Zeichner. »Genau.«

»Für einen Großvater sehen Sie noch ein bisschen jung aus.«

»Sagen wir, ich bereite mich auf die Zukunft vor.«

»Zwei Shilling extra, dann können Sie die Zukunft aus einem Zimmer im ersten Stock betrachten. Ohne sich da draußen durchweichen zu lassen.«

Er neigt den Kopf zum Fenster, dessen gewellte Scheiben stark beschlagen sind von den Ausdünstungen der vielen Körper, vom Tabakrauch und von der Nässe, die in den Kleidern hängt. Die Luft ist so dick und feucht, dass man sie beinahe wie eine warme Suppe schlürfen kann. Selbst durch den Lärm der Gaststube hört der Zeichner das laute Stampfen und Singen aus dem oberen Stockwerk. Dort müssen sich schon vor allen flussseitigen Fenstern Mengen von Schaulustigen drängen.

Er lehnt das Angebot des Gastwirts lächelnd ab, aber der ist schon verschwunden, nachdem er an den zerschlissenen Manschetten des Künstlers abgelesen hat, dass dieser sich kaum mehr als ein paar Biere leisten kann. Der Zeichner spürt, wie sich inmitten der lachenden Männer und Frauen sein Inneres zusammenzieht; tatsächlich ist er *nicht* zu jung, um Großvater zu sein – jedenfalls nicht wesentlich mit seinen knapp fünfzig Jahren –, aber er war nie verheiratet, lebt allein, hat es in den letzten dreißig Jahren nicht weiter gebracht als bis zum Kunstlehrer an Miss Orfords Akademie und zum Gelegenheitsreporter und Zeichner für diverse Zeitungen. Plötzlich fühlt er sich jämmerlich und niedergeschlagen in der fröhlichen Menge, die sich um ihn drängt, die draußen schemenhaft vorüberzieht, die schwatzt und im Morast schlittert, erschreckt aufjauchzt unter Regenschirmen, die von den Herren gehalten werden, die Damen am Arm, die Kinder im Schlepptau, und alle strömen und drängen sie über die Gassen und Straßen der schlammigen Halbinsel, dem Ereignis ihres Lebens zu, dem Ereignis, über dessen Vorgeschichte der Zeichner, Jack Trace mit Namen, während der letzten drei Jahre seit der Kiellegung in unregelmäßigen Abständen berichtet hat: dem Stapellauf des größten Schiffes aller Zeiten.

13

Unten auf der Werft ist der Kleine Riese einem Schlaganfall nahe. Nicht genug, dass sein Brief ignoriert wurde, man hat sich geradezu über ihn hinweggesetzt, und er, Isambard Kingdom Brunel, ist hintergangen worden. Das Direktorium hat Eintrittskarten verkauft! Folgendes hatte er an Mr. Yates geschrieben:»Am Tag des Stapellaufs muss ich unbedingt das gesamte Werftgelände für mich allein haben, kein Mensch, nicht unsere eigenen Leute und erst recht keine Fremden, darf irgendeinen Teil der Werft betreten, abgesehen von denen, deren Pflichten die Anwesenheit verlangen, und alles und jeder muss voll und ganz unter meiner Kontrolle stehen.«

So hatte er geschrieben, und dennoch hatte das Direktorium die Tore für jeden zahlenden Besucher weit aufgestoßen.

Und jetzt trampelt eine lärmende, neugierige Horde von Schaulustigen auf allen Wegen und klettert sogar über die Slipböcke unter dem Schiffsrumpf. Kapellen spielen auf. Verkäufer preisen Bier, Pasteten, britische Flaggen, Bratkartoffeln und Ölzeug zum Schutz vor Regen an, und dieses Ölzeug sieht für den wütend im Schlamm umherstampfenden Brunel ganz danach aus, als habe man es aus dem Lagerraum seiner eigenen Werft entwendet.

Brunel sucht nach Mr. Yates, dem Sekretär des Direktoriums und Verantwortlichen für diesen Vertrauensbruch. Brunel möchte den Halunken Yates höchstpersönlich zur Rechenschaft ziehen. Isambard Kingdom Brunel hat die schnellste Eisenbahn der Welt gebaut, den längsten Tunnel der Welt, die besten Brücken der Welt, und heute, in der Stunde seines größten Triumphes – beim Stapellauf des größten Schiffes der Welt –, kann er vor Wut kaum aus den Augen schauen.

Während er durch den Dreck in der Nähe einer der Führungswinden stapft und sich an Männern, Frauen und Kindern vorbeidrängt, bemerkt er, dass er, blickt er nach unten, seine Stiefel wie durch zwei schmale Röhren sieht.

Um sich zu beruhigen, hebt er den Kopf und sieht zu seiner Schöpfung hinauf, zu seinem»Großen Kind«, wie er es nennt. Selbst am heutigen Tag des Stapellaufs haben er und sein Direktorium sich noch nicht auf einen Namen für das Schiff einigen können. Zu viele andere Dinge waren vorzubereiten gewesen.

Von dort, wo Brunel steht, mittschiffs, streckt sich der Rumpf in beide Richtungen je einhundertundzwanzig Meter. Brunel steht so dicht davor, dass der Schiffsbauch sich beinahe über seinen Kopf wölbt. Es lässt ihn jedes Mal schwindeln, wenn er die Wand aus so großer Nähe und von unten sieht. Es lässt seine Weichteile kribbeln, als nähmen Furcht und Freude körperliche Formen an und hingen wie Bleigewichte zwischen seinen Beinen. Dasselbe Gefühl stellt sich ein, wenn er auf einer seiner großen Brücken steht und nach unten schaut. Aber hier schaut er hinauf, und er spürt diesen Zug an seinem Skrotum, diesen Wunsch, sich in den Raum hinaufzuerheben, und zugleich gewahrt er die Ehrfurcht und das Erschrecken vor einem solchen Gedanken. Ach, wie er dieses Schiff liebt.

Brunel hatte von einem Wasserfahrzeug geträumt, das genug Kohle bunkern kann, um zu den Goldfeldern Australiens und zurück zu fahren, ohne unterwegs Brennstoff aufnehmen zu müssen, und als Erster hatte er errechnet, dass ein Schiff umso effizienter große Ladungen übers Wasser transportieren kann, je länger es gebaut ist. Konventionelle Segelschiffe kann man nicht viel mehr als sechzig Meter lang bauen, die *Great Eastern* jedoch – wie das Ungetüm meist genannt wird – ist beinahe viermal so lang. Brunel hat auf die Konstruktion des Rumpfes die Bauprinzipien des Brückenträgers angewandt. Mittschiffs befinden sich zwei riesige Schaufelräder von zwanzig und am Heck eine Schraube von acht Meter Durchmesser, die, wie Brunel gern betont, alle Textilfabriken Manchesters antreiben könnte. Die Stahlplatten des Rumpfs wiegen dreieinhalb Zentner pro Stück. In den fünf Hotels an Bord des Schiffes können viertausend Passagiere untergebracht werden. Dieses Schiff ist Brunels großartigste Vision, und jetzt droht ein gefräßiger Menschenschwarm alles zu zerstören. Er starrt weiter am Rumpf hinauf, während die Menge ihn stößt und schiebt. Er kann ihren Anblick nicht ertragen. Sein Blick bleibt nach oben gerichtet, und er strafft die Schultern. Er wird nicht weichen.

Hoch über ihm hängt ein einzelnes verlorenes Tau von der Reling herab, zweifellos in der Hektik des bevorstehenden Stapellaufs von einem Arbeiter dort vergessen. Das Tau hängt frei in der Luft, und für Brunel ist es ein Sinnbild der Leichtigkeit: Es trägt kein Gewicht, es hält keine Last. Es pendelt bloß und tanzt in seichten Wellenbewegungen, und der Wind vom Fluss lässt den Regen und das Tau im Takt schwingen, und die elliptischen Bahnen, die es beschreibt, beruhigen Brunels Augen, weiten seinen Blick, entspannen ihn.

»Sir?«

Brunel dreht sich um. Er schaut auf die Westenknöpfe eines seiner Assistenten. Brunel ist nur ein Meter sechzig groß. Er tritt einen Schritt zurück und wirft den Kopf nach hinten, um den jungen Mann anzusehen.

»Sir, das Syndikat hat mich gebeten, Ihnen diese Namensliste zur gefälligen Begutachtung auszuhändigen?«

Der Mann spricht mit dem zögerlichen, rollenden Akzent der Midlands, in dem jeder Satz wie eine Frage klingt, was den Londoner Brunel ärgert. Er sollte den Mann rausschmeißen lassen. Er wird den Mann rausschmeißen lassen. Nach dem Stapellauf.

»Eine Liste, Sir? Den Herrschaften gefällt der Name *Great Eastern* nicht?«

»Und warum nicht?«

»Zwei Adjektive? Great? Eastern? Sie finden, das passt nicht zu einem Schiff?«

»Ich werde ihnen schon helfen mit ihren zwei verdammten Adjektiven. Wo steckt Yates?« Brunel beginnt im Kreis zu stampfen, die Hände in die Hüften gestemmt, die Rockschöße flatternd. Sein Blickfeld verengt sich wieder.

»Sekretär Yates?«

»Ja, verdammt. Wo ist er?«

»Das weiß ich nicht.«

Brunel dreht sich um und marschiert in Richtung Bug davon. Dort hat das Direktorium am Ufer für Freunde und Würdenträger eine Aussichtsplattform errichten lassen, wo er Yates zu finden hofft.

»Sir, wollen Sie die Liste nicht einmal lesen?«

»Nein!«

»Aber wie sollen sie das Schiff taufen?«

»Sagen Sie ihnen, sie können es meinetwegen auch *Däumling* taufen, wenn sie wollen!«

»Sir?«

»Und Sie sind entlassen!«, brüllt Brunel beinahe kreischend, als hoffte er, die Verengung seines Sichtfeldes mit Gewalt aufbrechen zu können.

Aber das gelingt nicht. Er rasiert sich fast die Schädeldecke ab, als er gegen ein ungefähr anderthalb Meter über dem Boden straff ge-spanntes Drahtseil läuft. Er hebt seinen hohen Zylinder – der ihm zusätzliche Größe verleihen soll – aus dem Dreck und setzt ihn schwungvoll wieder auf, obwohl die schwarze Seide mit Schlamm-brocken übersät ist. Die Menge verschluckt ihn. Der Assistent steht neben der Führungswinde, seufzt, schaut zum baumelnden Tau hinauf und stellt sich vor, wie der Kleine Riese daran aufgeknüpft wird und dort hängt, bis der Tod eintritt.

Von seinem Hügel sieht Chester Ludlow zu den Menschen hinüber, die, Taschentücher schwenkend, in den oberen Fenstern des Pubs stehen. Aus dieser Entfernung und im Regen wirkt das Häuschen nun endgültig wie ein sinkendes Schiff, von dessen Oberdeck die Passagiere Rettung herbeiwinken.

Chester kann über die dunklen Backsteingebäude einer Ölfabrik auf der anderen Straßenseite hinwegsehen. Er kann den Fluss er-kennen. Dahinter sieht er nichts mehr. Die Gerüste und Masten der Surrey Docks und die Stadtgrenze Londons, die er an einem kla-ren Tag auf der anderen Seite der Themse, am Ufer des Limehouse Reach, würde ausmachen können, verlieren sich im Nebel. Der Fluss scheint unter einer kalten grauen Wand herauszusickern und fluss-abwärts wieder unter einer solchen zu verschwinden. Aber dicht am Ufer sieht Chester vielleicht hundert Boote, die sich um die dort ver-ankerten Kähne scharen, während weitere Schiffe und Boote unter Dampf oder angetrieben mit Rudern und Paddeln aus dem Nebel auftauchen und dem riesigen, dunklen Koloss zustreben, der auf dem diesseitigen Ufer liegt.

Auf der Straße hinter dem Gasthaus herrscht inzwischen ein weitaus dichteres Gedränge als vorhin, als Chester aus der Kutsche stieg. Er fragt sich, wie nahe er dem Dock wohl käme, sofern er es überhaupt versuchte. Man hat ihm mitgeteilt, dass er als Ingenieur des Transatlantikkabel-Projekts dem Ereignis von der Ehrentribü-ne aus beiwohnen dürfe. Er hat auch eine schriftliche Einladung, aber die besagt ausdrücklich, dass der Stapellauf unter Ausschluss der Öffentlichkeit stattfinden wird. Der Kleine Riese hat die Or-der ausgegeben, dass alles in absoluter Stille vor sich gehen müs-se, damit die Männer an den Winden und an den hydraulischen Spindelpressen und die restlichen Arbeiter überhaupt die Befehle

17

der Ingenieure hören könnten. Das Schiff wiegt fast zwölftausend Tonnen. Die technische Leistung, das Ungetüm zu Wasser zu lassen, ist durchaus vergleichbar mit der des Baues selbst.

Chester kann kaum fassen, wie viele Menschen gekommen sind. Irgendetwas muss geschehen sein, seit er die Einladung erhalten hat. Von Ausschluss der Öffentlichkeit kann keine Rede sein. Der Kutscher seiner Droschke hatte ihm erzählt, dass die Eigner in den letzten drei Tagen Tausende von Eintrittskarten für den Stapellauf verkauft haben. Bei den Toren zur Werft wird die Menge dichter. Die Menschen drängen gegen den Lattenzaun wie die Flut gegen eine Kaimauer. Die Atmosphäre ist angespannt. Er kann bis tief in seine beengte Brust hinein die Gier der Menge fühlen, die ihn voranzerren will, zu den Toren, in die Nähe der in den Himmel ragenden Eisenwand. Einem gewichtigen Ereignis beizuwohnen ist ein starkes Bedürfnis. Warum sonst würden bei derart grauenhaftem Wetter so viele Menschen auftauchen? Es ist eine Feier, vielleicht gar eine Art Opfergang. Die Zeitungen trommeln schon seit Monaten, eigentlich seit Jahren, wenn man zurückgeht bis zur Kiellegung oder noch weiter, bis zur Verkündung des Plans und zur Bildung des Syndikats.

Chester Ludlow hat die Entstehung der *Great Eastern* aus beruflichem Interesse verfolgt. Er ist seit einigen Wochen in England, um dem Projekt des Transatlantikkabels nach seinem Scheitern im vergangenen Sommer wieder auf die Beine zu helfen. Das Kabel sollte die große, strahlende Errungenschaft der Epoche werden, eine Verbindung zwischen den Völkern, Künder einer neuen Ära. Aber das Kabel, das von dem Trägerschiff *Niagara* ausgelegt wurde, ist letzten Juli mehr als dreihundert Seemeilen vor der Küste Irlands gerissen und ruht seitdem in einem deprimierenden Knäuel auf dem Meeresgrund.

Chesters alter Professor von der Glasgow University, William Thomson, sitzt im Direktorium des Kabelunternehmens. Er hat Chester zu Hilfe gerufen. Chester hatte gezögert. Seiner Frau ging es nicht gut. Doch Thomson hatte geschrieben, dass es Chesters brillante Ingenieurqualitäten seien, an denen es dieser Unternehmung mangelte. Chester habe das theoretische Wissen und, noch wichtiger, die Fähigkeit zur technischen Improvisation, und gerade die sei bei diesem Projekt unverzichtbar. Außerdem habe er beim Bau amerikanischer Telegraphenlinien am St.-Lorenz-Strom mitgewirkt. Er verfüge über die nötige Erfahrung. Aber Chester zögerte Frannys wegen. Ihre Unpässlichkeit hatte sie ihm zu etwas gemacht, das sie nie zuvor gewesen war ... zu einer Last. Aber vielleicht brauchte er ein wenig Erholung von ihr. »Bitte kommen Sie«, schrieb Thomson. Chester schiffte sich in Boston ein.

»Sie sollen herausfinden, wie man das verflixte Kabel daran hindern kann, an seinem eigenen Gewicht zu zerreißen«, hatte Thomson ihm eröffnet, als er ankam, und jetzt glaubte Chester, genau das geschafft zu haben. Er hatte einen Abrollmechanismus konstruiert, der den wechselnden Geschwindigkeiten des Schiffes und der unterschiedlichen Meerestiefe Rechnung trug. Die Idee war ihm bei der Besichtigung eines englischen Gefängnisses gekommen, wo er die Insassen an einer Winde schuften sah, bei der die Wachen den Widerstand regulieren konnten, um den Häftlingen die Arbeit zu erleichtern oder zu erschweren.

Die Testreihen für den Mechanismus sind positiv verlaufen. Die Kabelgesellschaft wird ihn im nächsten Sommer einsetzen. Das Direktorium hat Chester gratuliert und ihm eine Stelle als Ingenieur angeboten.

»Nehmen Sie an, mein Junge«, hatte Thomson gedrängt. »Das ist ein Unternehmen von großer Tragweite.«

Chester wusste, dass sein Professor recht hatte. Es wäre ein Aufstieg. Es könnte sogar helfen, Franny aus ihrer Lethargie zu erwecken. Er wird rechtzeitig zu Weihnachten mit der frohen Botschaft nach Amerika zurückkehren. Nun, da er an einem der größten technischen Wunderwerke der Weltgeschichte beteiligt war, sollte er sich, so fand er, noch ein anderes Wunderwerk ansehen, bevor er England verlässt: den Stapellauf der *Great Eastern*.

Er stapft von der Anhöhe herab und geht durch den Unrat auf die Werft zu. Seine Krankheit, eine Erkältung oder Grippe, beschwert ihn und dämpft alle auf ihn eindringende Erregung.

Vom Fenster des Gasthauses winken und lachen die Zuschauer. An den Rufen und Flüchen, am paarweisen Auftreten von Männern und Frauen erkennt er, dass es sich um ein Freudenhaus handelt.

19

Da im überfüllten Pub kein Bier mehr zu bekommen ist – der Wirt kümmert sich nur noch um größere Gesellschaften, nicht um vereinzelte Trinker –, steckt Jack Trace sein Notizbuch ein und geht hinaus, um sich dem Strom der Menschen und des Regens auszuliefern. Unter Markisen und in provisorischen Zelten spielen Kapellen. Die meisten Musiker sind betrunken, und es gelingt ihnen kaum, im Takt zu bleiben oder die Tonart zu halten. Zwei Kapellen stehen mitten auf der Straße und blasen einander ins Gesicht, sodass die Fußgänger eine Art Spießrutenlauf vollführen müssen. In der Nähe der Werfttore haben Dutzende von Geschäftemachern ihre Stände aufgebaut. Händler verkaufen Äpfel, Kartoffeln und Pfefferkuchen. Es gibt sogar einen klapprigen Stand, an dem an diesem Novembertag Eiscreme angeboten wird. Ein dressierter Hund balanciert auf dem Kopf eines Dreizentnermannes, der einen schwarzen Umhang trägt mit einem Schild, auf dem steht: *Great Eastern II*. An einem anderen Stand fordert ein junger Mann die Leute mit lauter Stimme auf, sich sein sechsbeiniges Schaf anzuschauen.

Jack macht Notizen:»Die ohnehin schon wässerige Welt der Isle of Dogs hat sich in eine Art Karneval des Regens, des Lärms und der menschlichen und tierischen Monstrositäten verwandelt, all das im Schatten eines Schiffes, das die Bäume vor der Werft überragt und dessen Dimensionen nahelegen, dass in ihm eine Miltonsche Bestie gefangen gehalten würde.« Als er jetzt erneut zu dem Schiff hinüberschaut, wird ihm bewusst, dass es ihn in den letzten Monaten immer wieder in seinen Träumen heimgesucht hat. Es lag ihm schwer im Kopf. Einen Albtraum aus Eisen hat es jemand genannt. *Was bist du, Scheusal, und woraus erzeugt?*

Jack Trace hat über das Schiff und über Brunel geschrieben – den Kleinen Riesen – und über die Anmaßung seines Bauwerks. Und doch ist Trace jetzt hier, unweigerlich angezogen von dem Ding selbst. Es muss von Bedeutung sein, diesem Stapellauf beizuwohnen. Ein größeres Gewicht ist nie von Menschenhand bewegt worden. Ein größeres Schiff ist nie von Menschenhand gebaut worden. Es könnte etwas Zeitübergreifendes liegen in diesem Stapellauf. Das Scheitern des Transatlantikkabel-Projektes im vergangenen Sommer war eine Enttäuschung. Vielleicht ist dies das maßgebliche Ereignis der Zeit.»Aus unserer Zeit, für alle Zeiten.« Das schreibt er auf, streicht

20

es durch, zieht dann einen Kreis herum. Als er fertig ist mit seinen kleinen redaktionellen Eingriffen, ist die Seite völlig durchnässt.

Der Marktschreier mit dem sechsbeinigen Schaf versucht inzwischen nicht mehr, Kunden anzulocken, sondern einen zornigen Mann mit einem dunklen Vollbart abzuwehren.

»*Scheiße.*« Auf Deutsch.

»Weiter. Weiter.«

»Es ist tot, Leute!«, ruft der Bärtige mit starkem Akzent. Er hat sich von dem Marktschreier abgewendet und spricht zur Menge. »Geht nicht da rein, Leute!«, brüllt er. »Das Schaf ist tot!«

»Nur weiter, weiter: Verderben Sie allen den Spaß!«, schreit der Marktschreier.

»Ich hab doch nicht bezahlt, um ein totes Schaf zu sehen!«

»Sie haben bezahlt, ein sechsbeiniges Schaf zu sehen, und das haben Sie gesehen!«

»Aber das Schaf war noch nicht mal geboren!«

»Hatte es sechs Beine oder nicht?«

»*Ja!* Sechs Beine. Im Glas!«

Der Marktschreier ist inzwischen von seiner Kiste heruntergestiegen und eilt durch die Menge auf den Bärtigen zu, der immer noch brüllt: »Er knöpft euch euer Geld ab für einen Blick auf ein ungeborenes Tier in einem Glas. Sauer eingelegt! Lasst euch nicht verschaukeln, Leute.«

»*Du* bist hier derjenige, der sauer eingelegt ist, du *Kraut!*«, schreit der Marktschreier.

Die Zuschauer sind amüsiert. Trace steht plötzlich in einem Kreis, den die Menge um die beiden gebildet hat. Direkt neben ihm ist der Bärtige, der tatsächlich nach Alkohol riecht.

»Glaubt diesem Mann kein Wort!«, ruft der Bärtige.

Einige Zuschauer klatschen. Alle grinsen, als wäre das Ganze Teil der Vorstellung, eine Art Vorspiel zum Aufwärmen, ehe die Hauptattraktionen kommen. Anstatt ihre Kinder von der Auseinandersetzung fernzuhalten, schieben Mütter die Kleinen nach vorn, damit sie besser sehen können.

»Glaubt ihm kein Wort!«

»Genau!«, ruft jemand.

»Halt's Maul, Heinz!«, schreit jemand anders.

Inzwischen ist der Marktschreier bei dem Bärtigen und stößt ihn mit beiden ausgestreckten Armen gegen die Schultern. Anfeuernde Rufe aus der Menge. Trace hört eine Kanonensalve irgendwo vom Fluss herüberdröhnen. Es klingt wie ein Klatschen, gedämpft von den tief hängenden Wolken. Aber er und die anderen Zuschauer finden die erhitzten Gemüter vor ihrer Nase weit interessanter als entfernten Kanonendonner. Trace schaut immerhin kurz über die Baumkronen auf den dunklen Schiffsrumpf. Er hat sich nicht bewegt.

Und in diesem Augenblick kommt der Bärtige rückwärts in seine Arme geflogen. Die Menge johlt. Trace sinkt mit dem bewusstlosen Mann im Arm auf die Knie, in den Matsch. Der Marktschreier hat sich schon umgedreht und geht zu seinem Stand zurück. Ein Schlag hat gereicht, den Störenfried zu fällen.

Letzter plätschernder Applaus mischt sich mit dem Schmatzen und Klatschen der Stiefel im Schlamm. Trace spürt den Regen schmerzhaft deutlich. Wasser rinnt in seinen Kragen. Er riecht den Alkohol aus dem Mund des Bärtigen, den Zwiebelgeruch seiner Achselhöhlen. Der Mann hat einen Schlag aufs linke Auge bekommen, es beginnt zuzuschwellen. Regen prasselt auf sein Gesicht. Er öffnet sein unversehrtes Auge.

»Danke«, murmelt er, wieder auf Deutsch, und versucht, sich hochzurappeln. Seine Füße rutschen und strampeln im Matsch. Trace kann mit Mühe das Gleichgewicht halten, und schließlich sind beide wieder auf den Beinen.

»Ich glaube, ich habe Kanonenfeuer gehört«, sagt der Mann. »Oder war das die Faust von dem Mistkerl an meinem Kinn?«

»Kanone«, sagt Trace. »Alles in Ordnung?«

»Ja. Wenn sie schon feuern, vielleicht läuft jetzt das Schiff vom Stapel. Ich muss mich beeilen. Ich danke Ihnen.« Er bringt sich übertrieben kerzengerade in Position, wie es Betrunkene tun, und will sich aufmachen zum Tor, stolpert aber sofort in Traces Arme zurück.

»Ich werde Ihnen helfen«, sagt Trace. »Jedenfalls, bis Sie wieder sicher auf den Beinen sind.«

»Danke.«

»Sie kommen aus Deutschland?«

»Ja.«

»Und Sie heißen Heinz?«

Der Mann schüttelt den Kopf. »Marx.«

Trace hält den Mann am Arm; Marx drückt sich ein mit Pfützenwasser getränktes Taschentuch aufs Auge. Um durch das Werfttor zu gelangen, müssen sie an dem Marktschreier vorbei, der wieder dabei ist, seine Attraktion anzupreisen. Marx versucht, den Kopf einzuziehen und das Gesicht abzuwenden. Aber der Marktschreier bemerkt ihn sofort und fängt an zu sticheln: »Heinz! Schauen Sie hier, meine Herrschaften. Alle mal herhören! Sehen Sie sich den einäugigen Krautfresser an!«

Marx brummt leise vor sich hin. Er beschleunigt seinen Schritt und zerrt Trace gleichsam durchs Tor.

Brunel entdeckt Yates, als der die Stufen zur Tribüne emporsteigen will. Er will den Sekretär am Ellbogen greifen, verfehlt ihn und muss nach ihm rufen. Yates dreht sich auf der zweiten Stufe um. Brunels Brustkorb verkrampft sich, als er noch einmal den Namen ruft: »Yates!«

»Sir?« Der Angesprochene scheint völlig ruhig, geradezu entspannt. Er sieht auf Brunel hinab, als sei der ihm eine Erklärung schuldig, als müsse der sich für seinen Zorn entschuldigen.

»Was soll das alles bedeuten, Yates?«

»Sir?«

»Das!« Er gestikuliert wild in Richtung der Menge, der Menschenmassen, die sich um die Winden, die Trossen, die Ketten, die Laufplanken und Gerüste drängen, als handele es sich um Karnevalsattraktionen.

»Ach so. Die Menschen.«

»Sind Sie ein Idiot, Yates? Spreche ich mit einem Idioten? Bitte zerstreuen Sie diesen Verdacht. Bitte überzeugen Sie mich irgendwie davon, dass Sie kein Idiot sind ...«

»... Sir, wenn Sie ...«

»... oder vielleicht ist es besser, wenn ich davon ausgehe, dass Sie ein Idiot sind. Das könnte ich ertragen. Ich habe mich getäuscht. Siehe, ich habe drei Jahre lang mit einem Idioten gearbeitet, doch immerhin hat mein Unternehmen einen armen Irren in Lohn und Brot gehalten, der sonst auf der Straße gesessen hätte. Das wäre zweifellos der Einsicht vorzuziehen, neben einem Verräter gearbeitet zu haben, einem hinterhältigen Gauner, der vor Betrug nicht zurückschreckt und der Eintrittskarten verkauft! Yates, Sie haben *Eintrittskarten* verkauft!«

»In der Tat, Sir.«

»Warum? Warum, in Gottes Namen, *warum?*« Brunel schlägt auf das Geländer der Treppe, die zur Tribüne hinaufführt. Über dem Fahnentuch sieht er ein paar Zylinder und einen Damenhut. Es ist ihm egal, ob ihn jemand brüllen hört. »*Warum?* Habe ich Sie nicht schriftlich unmissverständlich angewiesen, keine Fremden zum Stapellauf auf die Werft zu lassen? Habe ich mir nicht totale, absolute Stille für den Stapellauf ausbedungen? Habe ich nicht klargemacht, dass Erfolg oder Scheitern des Stapellaufs davon abhängt? Habe ich oder habe ich nicht? *Yates?*«

»Haben Sie, Sir. Aber Sie haben nicht erklärt, wie das Syndikat die drei Millionen wieder einnehmen soll, die bereits in das Schiff investiert worden sind.«

»Dazu müssen wir das verdammte Ding erst mal ins Wasser kriegen!«

»Und diesen Anlass nutzend, Sir, hat es das Syndikat als opportun erachtet, einen Teil seiner Investitionen eher früher als, wie Sie es vorzögen, später wieder einzuholen, indem man aus der öffentlichen Erregung angesichts des Ereignisses Kapital schlägt. Eine Erregung, zu der Sie, Sir, in nicht unerheblichem Maße beigetragen haben.«

»Und darum haben Sie also Eintrittskarten verkauft.«

»Dreitausend im Vorverkauf, Sir, und weitere am Eingangstor.«

Das reicht, um Brunel vollends aus der Fassung zu bringen. Wohl zwanzig mal dreitausend Menschen befinden sich bereits auf dem Werftgelände, und mindestens noch einmal so viele drängen sich auf den Straßen davor. Er malt sich lange Schlangen aus, die bis zur London Bridge zurückreichen. Die Kapellen haben Aufstellung genommen und spielen diesseits des Zauns. Ein Leierkastenmann kommt vorbei, sein kreischender Affe bleckt die Zähne und versucht Brunels Zylinder zu erhaschen. Kinder fangen an zu schreien. Brunel hört Gelächter von der Tribüne herabschallen. Ein Bierzapfer schiebt sich mit einem Fass auf der Schulter an ihm vorüber. Brunel grummelt vor sich hin, die Hände auf den Knien, und starrt durch die beiden Tunnel, die sein eingeschränkter Blick ihm lässt.

»Sir?«

»Yates«, keucht Brunel. Er wedelt mit der Hand in die Richtung, in der er den Sekretär vermutet, und winkt ihn heran. Er selbst verharrt in gebückter Haltung. Der Morast vor seinen Augen gewinnt eine nie gekannte Deutlichkeit. Jedes Rinnsal, jede winzige Pfütze ist erkennbar, in der sich das graue Tageslicht spiegelt. Hätte Yates ihn nicht am Ellbogen gefasst, hätte Brunel sich womöglich mit dem Gesicht voran in den Schlamm fallen lassen.

»Yates«, sagt Brunel leise. »Ich muss ruhig bleiben. Das Schicksal des Schiffs hängt davon ab.«

»Sir?«, fragt Yates, und seine sonst so düstere Stimme klingt besorgt. »Geht es Ihnen nicht gut?«

»Yates, Sie sind *tatsächlich* ein Narr«, sagt Brunel beinahe flüsternd, während er sich aufrichtet. Sein Sichtfeld hat sich zu zwei Stecknadelköpfen verengt.

Brunel dreht den Kopf, als wäre er ein Scheinwerfer, der seinen gefühllosen Strahl über die Menge, über die Werft, den Regen, den mächtigen schwarzen Koloss streifen lässt.

»Sie sind ein Narr, Yates«, wiederholt Brunel beinahe liebevoll, »aber Sie sind alles, was ich habe. Ich nehme an, Sie haben auf Anweisung gehandelt.«

»Wenn Sie von den Eintrittskarten reden, jawohl, Sir. Das Syndikat hat mir den Verkauf …«

Brunel bedeutet ihm, zu schweigen. Der kleine Mann beginnt sich mit unsicherem Schritt von der Tribüne zu entfernen. Yates folgt ihm.

»Wissen Sie, Yates, ich führe Tagebuch.«

»Tatsächlich, Sir?«

»Ja. Ich schreibe jeden Tag etwas hinein. Oder jede Nacht. Zu Hause. Oder im Schein der Lampe des Nachtwächters, wenn ich in der Ingenieurbaracke schlafe. Kurze Einträge. Ein paar Gedanken über die Zugfestigkeit des Stahls, über den Einfluss des Wetters auf die Baugeschwindigkeit, über das Aussehen des Schiffes, über meine Hoffnungen, darüber, wie sehr ich meinen Sohn liebe oder meine Frau. Kleine Gedanken, die mich beruhigen oder stärken oder meinen Willen gegen alle Widerstände festigen sollen; Gedanken auch, die für die Nachwelt von Interesse sein könnten, wenn all dies zu einem guten Ende kommt.«

»Das wird es, Sir.«

Sie kämpfen sich durch den dichten Menschenstrom, der in Richtung Schiff drängt. Die meisten Besucher, fasziniert von der gewaltigen Anmaßung, mit der der Rumpf vor ihnen in den Himmel ragt, nehmen keine Notiz von ihnen.

Brunel fährt fort. »Neulich habe ich in das Tagebuch geschrieben, dass ich durchaus nicht über Eitelkeit und Ruhmsucht erhaben sei.«

Yates schaut mit einem ausdruckslosen, unbehaglichen Lächeln auf Brunel herab und wartet, was noch kommt.

»Nicht über Eitelkeit und Ruhmsucht erhaben, Yates. Nicht darüber erhaben. Und jetzt sieht es ganz so aus, als würde ich darunter begraben.«

»Das ist noch nicht ausgemacht, Sir. Der Stapellauf kann immer noch erfolgreich verlaufen.«

»Kann er dank Ihrer Anstrengungen nicht, Yates.«

Yates versucht etwas zu sagen, aber einige Menschen haben Brunel erkannt, wahrscheinlich anhand der Abbildungen in den Zeitungen. Sie zeigen auf ihn. Der Zylinder und sein kleiner Wuchs verraten ihn. Die Zuschauer beginnen höflich zu klatschen, doch ihr Applaus wird von Handschuhen und von den Regenschirmgriffen in ihren Händen gedämpft.

Brunel wendet den Blick von Yates, und seine Miene hellt sich auf. Er bleibt einen Augenblick stehen und nickt den Klatschenden zu. Andere Zuschauer fallen ein. Brunel lüftet seinen Zylinder. Das Klatschen verwandelt sich in echten Beifall, der sich von der Stelle, wo Brunel und Yates stehen, in Wellen nach hinten ausbreitet. Brunel lächelt und winkt mit dem Zylinder.

Dann deutet er hinauf zu der gewaltigen Stahlwand. Irgendwo in der Menge ertönen Hurras. Yates und er sind nun das Ziel heftiger Ovationen. Brunel stellt sich vor Yates, tritt sozusagen an den Bühnenrand, und hebt beide Hände zum Gruß. Er blinzelt hinauf in den Regen. Die Würdenträger auf der Ehrentribüne haben sich erhoben, die Männer pressen ihre Bäuche gegen das Fahnentuch, die Frauen lächeln, alle applaudieren, deuten auf das Schiff, strecken Brunel ihre klatschenden Hände entgegen, um ihm ihre Wertschätzung auszudrücken.

Brunel winkt. Er lächelt. Er knurrt aus dem Mundwinkel: »Ich sollte Sie umbringen, Yates.«

Yates murmelt in tiefer Verbeugung in den Morast: »Gewiss, Sir.«

Von Schmerzen und Schüttelfrost geplagt, steht Chester Ludlow in der Nähe des Bugs. Er hat sich im Regen durch die Menschenmassen die Straße hinuntergedrängt, durch die Reihen der Händler und Marktschreier, vorbei an einem Faustkampf in der Nähe eines Standes, bis hinauf aufs Werftgelände.

Seine Füße sind nass, seine Stiefel scheuern an den Fersen. Seine Zehen sind eiskalt. Er hat Fieber. Er will jetzt nur noch eins: weiter vorankommen. Er geht deshalb den Weg des geringsten Widerstands, geht immer dorthin, wo sich eine Lücke in der Menge auftut. Ohne es richtig zu bemerken, landet er so am Vordersteven des Schiffes.

Er schaut nach oben. Dass sich so ein gigantisches Ding bewegen soll, scheint absurd; dass es schwimmen soll, geradezu verrückt. Die beiden Wände des Rumpfes treffen sich hier am Bug in einer vertikalen Kante, die bestimmt fünfundzwanzig Meter über der Menschenmenge aufragt.

Irgendwo wummert eine große Trommel.

Beim Bug ist eine niedrige, mit Stoffbahnen und Flaggen geschmückte Tribüne aufgebaut. Darauf stehen eine Gruppe von Männern und ein junges Mädchen. Sie muss die Tochter eines der Honoratioren sein. Einer der Männer spricht zur Menge. Chester kann nur hier und da ein paar Fetzen aufschnappen; das Schlurfen und Platschen der Menschen im Schlamm machen es unmöglich, der Rede Wort für Wort zu folgen, aber der Mann scheint über die Schiffstaufe zu sprechen.

Marx und Trace stehen quasi unter dem Rumpf. Dort sei es trocken, behauptet Marx, und dort gebe es weniger Gedränge. Arbeiter versuchen sich durch die Massen ihren Weg zu bahnen. Sie haben Vorschlaghämmer geschultert. Einige der Arbeiter scheinen sich über die vielen Menschen zu ärgern, andere lassen sich von der herrschenden Hochstimmung anstecken.

Marx ist immer noch angeheitert und klopft den Männern auf die Schultern, wenn sie vorbeimarschieren.

»Mit diesen Werkzeugen vollbringt ihr das Werk unserer Zeit«, sagt er. »Sie sind euer Wahrzeichen. Sie sind unser Wahrzeichen.«

»Ist bloß ein Scheißhammer«, sagt ein großer Ire und will Marx beiseiteschubsen, der ausweicht und mit dem Hinterkopf gegen den

Rumpf schlägt. Die Arbeiter lachen und tauchen unter den Stützhölzern hindurch, als würden sie in einen Bergstollen absteigen. Marx schießen vor Schmerz die Tränen in die Augen. Trace zuckt mitfühlend zusammen. Über das ganze von Menschen verstopfte Werftgelände ist er mit dem bärtigen Mann gehumpelt, der seiner Begeisterung über das Schiff ebenso unverhohlen Ausdruck verleiht wie seinem beißenden Spott für dessen Eigner.

»Ein Meer aus Schweiß und Tränen ist nötig, um dieses Ding zum Fahren zu bringen«, hat Marx gesagt. »Und wer zahlt die Zeche?«

Die Vorschlaghämmer beginnen auf die Keile einzudreschen, die die Stützen halten.

»Vielleicht sollten wir hier unten lieber verschwinden«, antwortet Trace.

Es ist kurz vor halb eins. Brunel ist allein zur Kontrollbühne, einem zehn Meter hohen Turm in der Mitte des Werftgeländes, hinaufgestiegen. Er legt den Finger an die Lippen, als wolle er die Menge zum Schweigen bringen. Die Zuschauer sehen das als Geste der Bescheidenheit und klatschen nur noch lauter; immer mehr Menschen fallen ein. Brunel hebt die Hände und senkt sie beschwichtigend. Die Zuschauer verstehen das als Aufforderung, noch eins draufzusetzen, und begleiten ihr Klatschen mit lautem Gejohle. Brunel stellt sich breitbeinig auf, stemmt die Hände in die Hüften und blickt grimmig in die Runde. Wohin er auch schaut, überall lachende Gesichter, die sich über ihn amüsieren. Das vermaledeite Schiff scheint auf einem Meer von Gesichtern zu schwimmen. In einer raschen, brutalen Geste fährt er sich mit dem Finger über die Kehle. Die ganze Horde bricht in Jubel aus. Irgendwer fängt an zu singen: *»For He's a Jolly Good Fellow …«*

Brunel kann nur abwarten. Vor Wut kochend, tritt er vom Geländer zurück, sodass ihn niemand sehen kann. Er ruft zu Dixon hinunter, seinem Vorarbeiter, der eine Etage tiefer steht, dass er ihm ein Signal nach oben geben solle, sobald die Keile entfernt sind. Dixon antwortet mit einem zustimmenden Winken, aber Brunel weiß nicht, ob es bedeutet, dass Dixon tun wird wie befohlen oder dass die Keile schon draußen sind.

Genau diese Art Unsicherheit kann Brunel jetzt nicht gebrauchen. Er versucht sich zu beruhigen. Er muss Klarheit haben. Seine Augen funktionieren einwandfrei. Er hat geschwitzt, aber obwohl es immer noch regnet, ist ihm jetzt nicht kalt. Plötzlich muss er an die ersten Skizzen denken, die er vom Schiff gemacht hat. Nicht die Blaupausen – die ersten Skizzen. *Da* hatte er Klarheit. Die Feder auf dem Pergament. Ein Tintenfaden, aufs Papier gelegt. Die langen Linien des Rumpfes. Proportionen, die ihn erregten, Fluchtlinien, die ihn beinahe ebenso schwindeln ließen wie später der Blick am Rumpf hinauf. Ein Schwindel, aus eigner Geisteskraft erzeugt. Ruhmsucht. Als er den Längsschnitt des Schiffes zeichnete, musste er die Feder geradezu zwingen, den Strich bis zum Ende des Blattes weiterzuziehen: *So* lang wird es werden. *So* weit wird es fahren.

Jetzt ruft Dixon. Das Hämmern ist verstummt. Die Keile sind weg; die Stützen stehen frei. Brunel weist Dixon an, den Befehl zum Fieren der Führungsseile zu geben. Dixon, ein kleiner rothaariger Mann, dessen Gesicht die Farbe einer Brandblase hat, nickt kurz. Er ruft nach vorn und nach achtern. Die Köpfe der Zuschauer drehen sich. Regenschirme schwingen herum und neigen sich; Hände schlagen sie aus dem Sichtfeld.

Chester steht dicht genug an der Tribüne, um das junge Mädchen, die Tochter eines der Direktoren, genauer zu betrachten. Sie muss etwa sieben Jahre alt sein und steht in einer Phalanx von Honoratioren. Sie trägt einen hellblauen Wollmantel mit silbernen Knöpfen und einer Kapuze gegen den Regen. Einer der Männer hat seine behandschuhte Hand auf ihre Schulter gelegt. Sie lässt mit unbehaglichem Erstaunen den Blick über die Zuschauermenge schweifen und scheint jeden Moment in Tränen oder in Lachen ausbrechen zu wollen. Chester denkt an seine eigene Tochter Betty, die jetzt fast genauso alt wäre wie das Mädchen.

Ein Mann, der am Ende der Reihe steht, kommt zu dem Mädchen und gibt ihr eine Champagnerflasche, die in ein purpurnes Tuch gewickelt ist.

»Trink aus, Kleine!«, ruft ein Betrunkener. Sie hört ihn nicht.

Chester schwindelt, ihm ist, als würde er, ohne auch nur einen Schritt zu tun, den Boden unter den Füßen verlieren und in den Matsch fallen. Er möchte glauben, dass es am Fieber liegt, aber er weiß, dass es der Anblick dieses kleinen Mädchens ist und der Gedanke an Betty.

29

Auf einmal wird ihm bewusst, wie viel nasser Stoff um ihn herum versammelt ist: Anzüge, Kleider, Hüte, Umhänge, der schwere Geruch feuchter Wolle, tonnenweise triefendes Gewebe. Wie schwer das auf allen lasten muss. Und der Geruch. Er klebt von innen an seiner Schädeldecke. Die Ausdünstungen des Schlamms und der Körper unter dem Stoff, das Kammgarn, das Leinen, der Flanell. Das junge Mädchen fühlt sich bestimmt unwohl. Sie sieht so klein aus dort oben. Der Bug ragt über ihr auf wie der Tod, schwarz und spitz.

Die Männer auf dem Podium wenden der Menge den Rücken zu und treten zusammen mit dem Mädchen einen Schritt auf das Schiff zu. Alle stehen um sie herum, als das junge Mädchen die Flasche hebt. Chester sieht Betty. Sie ist es. Die schwarze Wand. Kein Zweifel. Sie steht mit erhobener Flasche, bereit, zuzuschlagen. Chester hebt die Hand in ihre Richtung. *Nein*, denkt er.

Sie sagt: »Ich taufe dich auf den Namen *Leviathan*«, und Chester entfährt ein Schrei.

»Nein!«

Die Flasche zerschlägt am Schiff.

Applaus. Die Gesichter der Umstehenden wenden sich fragend Chester zu, während applaudierende Hände sich treffen und trennen, treffen und trennen. Was soll das heißen, *nein*?

Chester stottert. Der Schwindel legt sich. »Sie hat es *Leviathan* getauft«, sagt er. »Es soll doch *Great Eastern* heißen. Sie hat es auf den falschen Namen getauft.«

»Sie hat es *Leviathan* getauft«, sagt jemand.

»Und ich sage euch, das ist falsch«, sagt Chester.

»Kommt mir ganz richtig vor. Wenn *das* kein Leviathan ist, dann weiß ich zum Teufel auch nicht.«

Chester findet das seltsam: Monatelang haben alle das Schiff *Great Eastern* genannt. Es bringt Unglück, den Namen eines Schiffes zu ändern. Das macht ihn traurig, er kann nicht erklären, warum, und er nickt und tritt ein paar Schritte zurück, weil er mit niemandem mehr reden will, weil er versuchen will zu begreifen, was gerade passiert ist, was er gerade gesagt hat.

Das junge Mädchen steht inmitten der Männer. Sie alle schauen hinauf zu dem gewaltigen Bug.

Das Schiff soll seitwärts in die Themse gleiten. Normalerweise läuft ein Schiff mit dem Heck voran vom Stapel, aber bei der *Leviathan* wäre das unmöglich. Bei einem normalen Stapellauf würde das Schiff quer über den ganzen Fluss reichen, das Heck würde sich ins gegenüberliegende Ufer in Deptford bohren, während der Bug noch hier in Millwall festläge. Das Ganze wäre eine Brücke über den Fluss und kein Schiff: Es wäre ein Witz.

Also liegt die *Leviathan* parallel zum Fluss auf zwei hölzernen Slipböcken, jeder vierzig Meter breit und gebaut aus über Kreuz verschraubten, fünfundzwanzig Zentimeter starken Kanthölzern. Das Schiff muss etwa achtzig Meter bis zur Niedrigwasserlinie gleiten.

Ketten, von denen jedes Glied fünfunddreißig Kilo wiegt, laufen hinaus zu im Fluss verankerten Kähnen und von dort zurück auf Dampfwinden am Ufer. Mit ihnen wird die *Leviathan* ins Wasser gezogen. Am Kopf der beiden Slipanlagen sollen zwei Führungswinden mit einem Trommeldurchmesser von je drei Metern verhindern, dass das Schiff zu schnell rutscht. Auf weiteren Kähnen, die in Mittschiffshöhe im Fluss verankert sind, stehen vier Handwinden mit einer Zugkraft von je achtzig Tonnen, mit denen das Manöver unterstützt werden soll. Vorn und achtern gibt es hydraulische Spindelpressen, die dem Koloss den ersten Stoß versetzen werden.

Die Menschenmenge wird stiller, als sie es den ganzen Vormittag bisher war. Zwar hatte sich der Lärm schon vorübergehend etwas gelegt, als die Kanonen abgefeuert wurden oder als die Tochter des Direktors das Schiff taufte, und es gab genug Eintracht in der Menge, um gemeinsam Beifall zu klatschen, als zum Beispiel die Champagnerflasche zerplatzte oder als ein junger Bursche auf ein Gerüst stieg und einen Union Jack über den Köpfen entfaltete. Aber jetzt geschieht etwas anderes.

Kapellen und Drehorgeln und einzelne Musikanten quietschen und tröten misstönend dem Ende ihrer Märsche und Walzer entgegen und verstummen. Die geräuschlose Stille ist gewaltig, sie wölbt sich über den Menschen, als seien sie alle zusammen in eine mächtige Kathedrale getreten. Irgendwo fängt ein Säugling an zu schreien; ebenso rasch wird er zum Schweigen gebracht. Zum ersten Mal seit Stunden kann man den Regen hören.

Die Leute recken die Hälse, um zu sehen, was passiert. Tausende

31

stehen auf Zehenspitzen im Schlamm. Kinder strecken die Hände in die Höhe, greifen ins Leere. Menschen, die sich recken, um besser zu sehen, schwanken hin und her. Niemand weiß genau, wohin er schauen soll. *Was passiert? Was passiert?*, flüstern alle Frauen ihren Männern zu, die jedoch nichts weiter tun, als die Luft anzuhalten.

An Steuerbord, an der dem Wasser zugewandten Seite, bekommt ein Arbeiter von Dixon ein Zeichen und winkt mit einer weißen Flagge. Chester kann das beobachten, weil er sich inzwischen von der Tauftribüne an den Schienen und Halteseilen des vorderen Slips entlang bis zum Ufer vorgearbeitet hat. Er riecht den feuchten Moder der Themse. Zuvor war es nur ein leicht brackiger Hauch gewesen, der in den Regenböen mitschwang: ein Hinweis auf das nahende Hochwasser. Jetzt riecht man die Wahrheit, den echten Gestank. In der Nähe eines Dalbens drehen sich braune Klumpen in einem Strudel. Exkremente. Unter Chesters Stiefeln zerknirschen kleine Muscheln, die an dem Rundholz sitzen, auf dem er steht. Er rutscht auf etwas Seegras aus, einem faserigen grünen Schleim, und fängt sich wieder, spürt jedoch einen stechenden Schmerz im Rücken. Die Erkältung verursacht ihm überall Schmerzen.

Auf dem am weitesten flussabwärts liegenden Kahn befiehlt der Kapitän, ein Signal zu geben: Nachricht verstanden. Auf allen Kähnen schwenkt die Besatzung weiße Flaggen in Richtung Ufer.

Der Kapitän hatte gerade scherzhaft zu seinem Bootsmann bemerkt, dass sie wahrscheinlich die besten Plätze bei der Vorstellung hätten. Die ganze Masse der *Leviathan* liegt vor ihnen ausgestreckt; sie können das Schiff von Bug bis Heck überblicken. Der Kapitän, der seinen rechten Arm im Krimkrieg verloren hat, gibt seinen Leuten mit der Linken ein Zeichen, bei den Ketten, die zum Schiff führen, die Lose einzuholen. Sie drehen die Winschkurbeln, und ihre Rücken heben und senken sich im Schmuddelwetter.

Der Bootsmann deutet auf zwei Männer, die zwischen den Schienen und Seilen unter dem Schiff herumklettern. Irgendwie sind sie direkt auf den Slip geraten. Sie stolpern. Beide fallen mindestens zweimal hin, und manchmal zieht der eine den anderen mit zu Boden. Sie rappeln sich wieder hoch und stolpern weiter.

»Die beiden sollten sich beeilen«, sagt der Kapitän.

»So hat sich der Kleine Riese den Stapellauf nicht vorgestellt«, grunzt der Bootsmann.

Marx packt die Panik. Trace und er sind auf der Wasserseite gelandet, auf einem leer gefegten Uferstreifen, das gewaltige Schiff zwischen sich und der Menschenmenge auf der Landseite. Angesichts der gewaltigen Stahlmassen über ihnen und dem Durcheinander von Werkzeug, Balken und Arbeitern um sie herum haben sie unter dem Rumpf die Orientierung verloren, und jetzt stehen sie mitten auf dem Slip.

Dennoch scheint es ihnen nun einfacher zu sein, sich auf der Uferseite in Sicherheit zu bringen, als sich einen Weg zurück durch das Labyrinth unter dem Rumpf zu bahnen. Also rennen und rutschen und klettern sie über Eisenschienen, über Balken, herum um Spundwände und Verschalungen, durch Schlamm, versetzt mit Flusstieren, Muscheln, Müll und Abwässern. Trace flucht die ganze Zeit vor sich hin.

»Wir werden den Stapellauf verpassen!«, ruft Marx immer wieder.

»Wir werden den verdammten Stapellauf von *unten* miterleben!«, ruft Trace zurück.

Während sie weiterlaufen, hat ein Grollen eingesetzt, das sie zusätzlich beunruhigt.

»Ich werde sterben!«, ruft Marx.

»Lauf!«, schreit Trace.

Es ist ein klagendes, hallendes Geräusch, das so verzehrend klingt, als würde es aus ihren eigenen Lungen dringen und ihnen den Rest Atem rauben, den sie zum Laufen brauchen. Noch hundert Meter, bis sie in Sicherheit sind, und sie springen über Kanthölzer und laufen im Zickzack und fallen und stehen auf; und dann noch fünfzig Meter, die Köpfe und Schultern der Zuschauer sind schon erkennbar, und das grauenhafte Stöhnen scheint, während sie weiter voranstolpern, ihren keuchenden Kehlen zu entfahren; und dann nur noch ein paar Meter, und der Jubel der Seeleute auf dem Kahn ist bis zum Ufer zu hören.

Und sie schaffen es. Sie ducken sich unter der letzten Schiene hindurch und rennen auf die Menschenmenge zu, die zurückweicht, um ihnen Platz zu machen. Zwei zerzauste, verdreckte, keuchende Männer, die Hände auf die Knien, mit offenen Mündern nach Luft schnappend. Jetzt hören sie das grollende Geräusch erst richtig. Marx glaubt, es komme von Trace, der eine Art Anfall hat. Trace glaubt, es komme von Marx.

Es ist das Schiff. Brunel hat Signal gegeben, die Winden stramm anziehen zu lassen. Die Ingenieure haben einander mit Dampfpfeifen verständigt. Dixon schwenkt unten die Flagge hin und her, hin und her.

»Genug!«, ruft Brunel.

»Genug Zug?«, ruft Dixon, sein Mund ein schwarzes, zahnloses Loch im geröteten Gesicht.

»Nein! Genug Gewedel!«

»Entschuldigung, Sir.«

Brunel spürt eine kurze Welle der Erleichterung, einen flüchtigen Moment der Kontrolle. Aber dann packt ihn wieder die Sorge. Die Dampfwinden vorn und achtern knarren, und die Kettenglieder gleiten klirrend durch die Rollen. Die von den Kähnen zum Ufer zurücklaufenden Ketten heben sich aus dem Fluss, und von dem Bogen, den sie unter ihrem Eigengewicht beschreiben, tropft das Wasser, während sie unter der zunehmenden Spannung erschaudern, als seien sie lebendig, und lassen Anzeichen einer ungeheuren Belastung erkennen, sodass jene Zuschauer, die Zeugen dieses Anblicks werden, in düsterer Vorahnung die Gesichter verziehen. Der Lärm, den der Druck auf den Rumpf erzeugt, gleicht inzwischen einem dauerhaften Trommelwirbel. Dem hungrigen Knurren eines Ungeheuers, groß wie eine Stadt. Chester versucht, seinen Standort zu wechseln, um zu sehen, ob das Schiff sich bewegt, aber die Menschenmenge hat sich inzwischen bis zum Ufer hinunter dicht um ihn gedrängt. Er kann lediglich den Bug gegen den Himmel ausmachen. Die Regenwolken ziehen rasch nach Osten, sodass es aussieht, als würde sich das Schiff seitwärts in Richtung Fluss bewegen, aber Chester weiß, dass der eigentliche Stapellauf noch nicht begonnen hat. Würde sich das Schiff tatsächlich bewegen, hätte man die Menge jubeln gehört.

Marx und Trace sind jetzt in der Nähe der Ehrentribüne. Trace schaut hinauf zu der stoffverhängten Balustrade und dem Baldachin. Hier und da ist ein in Tweed gehüllter Arm über dem Geländer zu sehen, der auf das Schiff weist. Einmal winkt eine behandschuhte Damenhand jemandem zu. Marx hustet ein paarmal krächzend, tief aus der Lunge herauf.

Das Schiff ächzt. Oder ist es Marx? Trace wünscht, er könnte die

Stufen hinaufsteigen und im Trockenen unter den Reichen, den Würdigen, den Müßiggängern sitzen. Stattdessen steht er hier unten mit einem schwindsüchtigen Deutschen im Schlamm und wartet, dass ein eiserner Berg sich bewegt. Trace wirft einen Blick auf seinen Begleiter. Marx ist damit beschäftigt, nach seiner Hustenattacke wieder eine normale Haltung anzunehmen. Er wirft den Kopf zurück und sieht zum Schiff hinauf. Seine Augen brennen vor Erregung. Marx fängt an, von den Arbeitern zu reden, vom Triumph der Epoche, vom technischen Wunderwerk und von den räudigen Hunden, die sich die Früchte dieser Arbeit angeeignet haben. Er redet nicht, er faselt, denkt Trace zunächst, aber dann spürt er die mitreißende intellektuelle Energie, die dieser Mann ausstrahlt. Wenn er seinen Blickwinkel nur ein klein wenig verschiebt, kann er in Marx' Worten durchaus einen Sinn erkennen, einen seltsamen, verrückten Sinn.

Der Trommelwirbel aus dem Schiffsbauch erinnert an eine Zirkusvorstellung, wenn vor dem Höhepunkt die Spannung aufgeladen werden soll. Aber der Lärm ist gewaltig, viel gewaltiger als das, was unzählige Zirkustrommeln jemals erzeugen könnten. Brunel muss die Augen zusammenkneifen. Sein Blick trübt sich wieder. Aber diesmal nicht aus Wut. Sondern aus Angst. Sie warten jetzt seit beinahe zehn Minuten, dass etwas passiert. Es sind die Ketten, die den Lärm erzeugen, der aus dem Inneren des Rumpfes heraufdringt, und niemand weiß, wie viel zusätzlichen Druck die Glieder aushalten können. Brunel stellt sich vor, wie eine Kette reißt und durch die Menge fährt wie eine Sense durch eine Wiese. Von seiner Kontrollbühne aus sieht er, wie die ganze verfluchte Menschenmenge unruhig zu werden und sich zu wiegen beginnt. Nichts passiert. Das Schiff bewegt sich nicht. Es macht bloß Geräusche. Dafür sind sie nicht hergekommen.

Es regnet weiter. Eine Kapelle spielt einen Walzer. Auf der Ehrentribüne erheben sich einige Damen und Herren, um sich die Beine zu vertreten.

Brunel lehnt sich über die Brüstung und befiehlt Dixon, das Zeichen für den Einsatz der hydraulischen Spindelpressen zu geben. Er hört das Knattern der gelben Flagge, die Dixon hin- und herschwenkt. Brunel weiß, dass auch auf der anderen Schiffsseite gelbe

Flaggen geschwenkt werden, damit der Kapitän, der das Kommando über die Kähne führt, weiß, was geschieht.

»Gelbe Flagge, Sir«, sagt der Bootsmann. Der Kapitän tritt aus dem Steuerstand des Kahns in den Regen hinaus. Mit der Linken muss er die Öljacke über den Stumpf an seiner rechten Schulter ziehen.

»Geben Sie der Mannschaft Bescheid.«

Der Bootsmann ruft nach vorn und nach achtern. »Gelbe Flagge!« Die Mannschaft auf dem Kahn steht still und schaut.

An Land, zwischen den Pfählen und Kanthölzern, drücken die geschmierten Kolben der Spindelpressen gegen Bug und Heck des Schiffes. Von der Dampfmaschine der vorderen Presse ertönt ein schriller Pfiff. Die Zuschauer brechen in spontanen Jubel aus und drängen sich enger um die Slips.

Chester spürt, wie die Menschen ihn immer dichter an das Schiff herandrängen. Er versucht, sich dagegenzustemmen, rutscht aber von den Balken ab. Eigentlich hätte er in den Schlamm und Kot am Ufer stürzen müssen, aber die Menge steht jetzt so dicht, dass sie ihn, während er das Gleichgewicht wiedererlangt, auf den Füßen hält und mit sich schleift.

Der Gestank der Themse, der Geruch von nasser Wolle, von Parfüm, Tabak, Alkohol, Schweiß, Atem, Kohlenqualm, all diese Ausdünstungen blähen seinen Schädel. Er hat das Gefühl, jeden Moment wieder »Nein!« zu schreien.

Dann hört er von allen Seiten ein neues Geräusch. Eine Art Heulen, das aber nicht aus der Menge kommt. Er bemerkt, dass der Boden unter seinen Füßen bebt. Der Bug des Schiffes bewegt sich, und als der riesige Schlitten beginnt, auf den Schienen abwärts zu rutschen, begleitet ihn ein wütendes Kreischen.

Auf den Kähnen hört man einige Seeleute schreien, keine Warnrufe, sondern schrille Aufschreie. Der Kapitän selbst holt tief Luft, als er den Vorsteven des Schiffes beben und schwanken sieht. Er zeigt auf den Bug und stößt hervor: »Es bewegt sich!«, bemerkt jedoch sogleich, dass er viel zu leise gesprochen hat, um gehört zu werden, und dass er in Wirklichkeit gar nicht mit dem Finger gedeutet hat. Es war der fehlende rechte Arm, den er zum Schiff zu heben geglaubt hat.

Am Ufer nahe beim Heck steht eine Windenbesatzung auf dem Gehäuse und den Stützbalken ihrer Maschine. Ein irischer Arbeiter, Thomas Donovan, der gar nicht an dieser Winde arbeitet, sondern sich von seiner Trosse mittschiffs weggeschlichen hat, weil er von der Führungswinde eine bessere Sicht auf den Stapellauf zu haben hofft, klettert auf den Griff einer Winschkurbel.

Die Windenbesatzung müht sich, über die Köpfe der Zuschauer hinwegzuschauen. Sie sehen, wie der Bug plötzlich zum Fluss hinabschert, wie das riesige Schiff erbebt und den Blick auf ein Stück Himmel und Horizont freigibt, das eben noch verborgen war. Dann bleibt es ebenso plötzlich liegen. Dennoch jubeln die Zuschauer. Die Männer an der Winde wissen aus Erfahrung, so sollte sich das Schiff nicht bewegen. Sie wollen von der Seiltrommel springen.

Aber sie schaffen es nicht mehr. Der Boden unterm Heck erzittert, als sich der hintere Slipbock in Bewegung setzt und die Schienen hinabrutscht. Das Kreischen von gequältem Metall ist überall zu hören.

Die Menschen auf der Tribüne stehen auf und halten sich die Ohren zu. Brunel schwenkt auf seinem Kontrollturm hektisch die Arme. Das Heck rutscht. Mit einem gewaltigen Ruck beginnt das Seil, sich in rasender Geschwindigkeit von der hinteren Führungswinde zu wickeln; die Winschkurbeln wirbeln herum wie Schneidmesser, und Thomas Donovan hängt einen Augenblick in der Luft, als sich der Griff, auf dem er eben noch stand, unter ihm wegdreht und die Männer um ihn herum von der Trommel geworfen werden. Der nächste Kurbelgriff rast heran und erwischt Donovan knapp über den Knien, dreht ihn in der Luft auf den Kopf. Der nächste trifft ihn an der Leiste, und er knickt um den Holzgriff zusammen. Die drehende Winde reißt Donovan mit, und kurz bevor er den höchsten Punkt erreicht, schleudert ihn die Zentrifugalkraft davon.

Chester Ludlow sieht ein schwarzes, zerfetztes Etwas über den Baumwipfeln durch die Luft wirbeln. Es ist kaum zu übersehen, weil es aus Chesters Perspektive direkt neben dem hoch ragenden Bug auftaucht. Einen Augenblick lang glaubt er, jemand habe etwas vom Schiff geworfen, eine Flagge vielleicht, oder ein übermütiger Arbeiter habe eine Jacke in die Luft geschleudert. Zu groß für einen Vogel, denkt er; schwer zu sagen, wie groß das Ding ist oder wie weit weg. Donovans Körper wird hoch über die Menge gewirbelt. Zahllose Menschen bemerken die fliegende Gestalt nicht einmal; wer sie sieht, starrt sie nur fassungslos an. Liegt es am Wind, oder sind es die widerstreitenden Kräfte des Fluges, die seine Arme derart flattern lassen? Er schwebt rücklings durch die Luft; das Gesicht gen Himmel gerichtet. Brunel sieht ihn. Der Körper befindet sich oberhalb von Brunel in seinem Kontrollturm. Einmal mehr muss Brunel zu jemandem aufschauen. Donovan beginnt zu fallen.

Jetzt sehen ihn die meisten der Zuschauer, die beim Bug stehen, sie packen einander, zerren sich gegenseitig weg von der Stelle, wo er vermutlich landen wird. Die Leute schreien. Der Körper wird größer, dreht sich im Näherkommen halb um seine Achse. Marx sieht ihn und flucht auf Deutsch. Trace sagt kein Wort, während der Körper fällt.

Donovan landet in der Nähe der Ehrentribüne, er ist fast die halbe Rumpflänge weit geschleudert worden. Kurz bevor er aufprallt, wirft eine Frau, die einen ausweichenden Sprung zurück macht, ihren Regenschirm in die Luft. Der Schirm und Donovan begegnen sich einen seltsamen Augenblick lang, und dann landet Donovan auf dem Schirm im Schlamm, das Gesicht nach oben, und die Spitze des Schirms ragt aus seiner Brust. Seine Beine sind aufgerissen wie abgenagte Maiskolben; Blut, Fett, Knochen sammeln sich in einer Pfütze. Donovans Gesicht ist in einem grausigen Ausdruck von Schmerz und Schrecken erstarrt. Marx und Trace sind nur zwei Schritt entfernt. Eine Frau schreit um Hilfe. Wieder und wieder ruft sie das Wort.

Das Schiff bewegt sich nicht mehr.

Der Kapitän des Kahns beordert seinen Bootsmann an Land, um Brunel mitzuteilen, dass seine Besatzung viel zu verängstigt ist, um noch von Nutzen zu sein. Die Matrosen starren mit zuckenden Augenlidern auf die riesige Eisenwand, die jeden Moment auf sie herabzustürzen droht. Der Bootsmann rudert nicht direkt aufs Ufer zu. Er verschwindet mit seinem Boot flussabwärts im Nebel.

Marx schreitet furchtlos in den schlammigen Kreis, den die Fußabdrücke der entsetzten Zuschauer um Donovan herum zurückgelassen haben. Trace wird sich später daran erinnern, wie Marx sich gegen den Strom der Menge wandte, die immer noch vor dem Aufprall des toten Körpers zurückwich. Marx ist schon bei ihm. Er hat den Mantel ausgezogen. Er breitet ihn über den Körper, drapiert ihn um den Regenschirm herum. Aber nicht übers Gesicht. Ein anderer Mann, ein gut aussehender blonder Bursche mit goldgerahmter Brille, tritt entschlossen näher und fühlt den Puls. Er schüttelt den Kopf. Dann ziehen die beiden Männer behutsam den Mantel über das Gesicht des Toten.

Vom Turm hat Brunel zu Dixon hinuntergerufen, die Vorarbeiter sollten die Schlitten überprüfen und die Seile, um festzustellen, was nicht stimmt.

Aber er weiß schon, dass er sein Großes Kind heute nicht vom Stapel lassen wird. Heute ist nicht sein Tag. Die ignoranten Zuschauer. Die technischen Probleme. Und jetzt noch eine Leiche, die vom Himmel fällt.

Der Regen ist stärker geworden. Als habe er gewartet, bis das Wahnsinnsspiel dort unten ausgespielt ist, öffnet der Himmel jetzt vollends seine Schleusen.

Als Chester den Toten in die Menge stürzen sah, fiel sein Fieber von ihm ab. Der Drang, zu helfen, entschlossen zu handeln, ergriff Besitz von ihm und vertrieb die Krankheit. Er rannte zur Leiche und half dem Bärtigen, der im Schlamm kniete, so gut er konnte. Rettung war nicht mehr möglich.

Also trugen Chester, der Bärtige und ein paar andere den immer noch aufgespießten Körper zu einem Wagen, der hinter der Tribüne stand. Chester beauftragte den Gespannführer, die Leiche fortzuschaffen, sobald die Menge sich aufgelöst hätte. Er bezahlte den Fahrer, ohne genau zu wissen, wie viel britisches Geld er ihm geben sollte, denn obwohl er schon Wochen im Land weilte, war er mit der Währung noch immer nicht vertraut. Jetzt wäre er bereit, nach Hause zurückzukehren.

Er schaut zurück auf das gewaltige Schiff. Der bärtige Mann ist verschwunden. Das Rauschen des Regens übertönt beinahe den Lärm der Menge. Chester hat jetzt einen klaren Kopf, zum einen, weil ihm der Schock angesichts des getöteten Arbeiters in den Knochen sitzt, gewiss, doch auch der Drang, Hilfe zu leisten, hat reinigend auf ihn gewirkt, ein Drang, der noch verstärkt wurde durch den ihm vertrauten Impuls, lieber etwas zu unternehmen als lediglich zuzuschauen. Es ist dies derselbe Impuls, der ihn ursprünglich hierher nach England gebracht hat, damit er etwas in Sachen Transatlantikkabel unternehmen könnte; er wird ihn auch zurück nach Hause bringen.

Er hört Stimmen, Tausende, *Zehn*tausende Stimmen, die auf einmal zu sprechen beginnen. Es klingt wie Gebell, als sich die Enttäuschung und Ernüchterung aus hunderttausend Kehlen Luft machen. Die Menge ballt sich an bestimmten Punkten: bei den Winden, unter der Ehrentribüne; die Lücke, die sich um den Toten gebildet hat, schließt sich wieder, die Menschen strömen den Ausgängen zu. Einige erkennen Chester als einen der beiden Männer, die sich um den Toten gekümmert haben. Sie nicken ihm zu, zeigen auf ihn und lächeln, als würden sie ihn kennen.

Auch Brunel sieht jetzt, wie sich die Menge unter seinem Turm drängt. Er fühlt, wie das Gerüst erzittert. Dixons rotes Gesicht schaut fragend zu ihm hoch. Brunel sagt ihm, er solle die rote Fahne schwenken, das Zeichen zum Abbruch des Stapellaufs. Dixon entrollt die Flagge. Sie knattert, als er sie über den Köpfen der Zuschauer hin- und herschwenkt.

Trace hat Marx aus den Augen verloren. Zuletzt hat er ihn bei der Leiche gesehen, die durch die Luft geflogen kam. Trace steht, vor dem Regen geschützt, unter der Ehrentribüne und wischt sich mit einem Taschentuch den Mund ab. Vom Anblick des Leichnams ist ihm übel geworden. Das rohe Fleisch, die unnatürlich verrenkten Glieder. Das verzerrt erstarrte Gesicht.

Er hört die Schritte der Honoratioren über seinem Kopf. Er denkt an das Gasthaus und an das fröhliche Krakeelen in den oberen Räumen. Wäre er dort geblieben und hinaufgegangen, hätte er es jetzt warm, er hätte sich an Bier und Kuchen gütlich getan, und vielleicht hätte er sogar eine lustige und willige Frau bei sich.

Nasses Flaggentuch hängt von der Tribüne herab, sodass er wie hinter Vorhängen in einer düsteren Kabine steht, die vom Geruch seines Erbrochenen erfüllt ist. Er wartet einen Moment, bevor er wieder hinaustritt, hinaus in den Regen, hinaus in das Gedränge, in den alles verwirrenden Schatten des gelähmten Schiffes. Er zieht sein Notizbuch aus der Tasche, greift zum Stift und schreibt:»Unsere Nation und unser glorreiches Zeitalter scheinen sich in letzter Zeit an ihren grandiosen Vorhaben zu übernehmen … Die Ozeane wollten wir verschwinden lassen und die Welt vereinen, zunächst mit dem Telegraphenkabel, dann mit dem größten aller Schiffe. Doch die Ozeane wogen weiter: Das Transatlantikkabel ist gestorben, und jetzt will sich die *Leviathan* nicht vom Fleck rühren.«

Buch eins

OTIS LUDLOWS TAGEBUCH

Irland, 1866

Foilhommerum Bay

Der Sturm bricht wieder los. Ein Sturm ist hier wie der andere.
Vielleicht ist es ein anderer Sturm. Vielleicht derselbe. An dieser
irischen Küste besteht schlechtes Wetter aus Salven von Regen, tief
hängenden Wolken und sehr dunklen Nächten.

Ich habe Winter in Sibirien verbracht, im malaiischen Dschungel
gelebt, und ich glaube, alles würde ich dem Frühjahr an dieser iri-
schen Westküste vorziehen.

Ich bin nun bald ein halbes Jahr hier und bemanne das Telegra-
phenhaus. Ich verscheuche die neugierigen Einheimischen; ich war-
ne ahnungslose Fischer davor, in der Nähe des Kabels zu ankern.
Ich warte auf Signale. Ich bin der Galan des gebrochenen Drahtes.
Eine Art Einsiedelei, die meinem Zustande durchaus zuträglich ist.
Mein Bruder meinte, es sei zu meinem Besten. Ist es. Ist es. Ist es.
Und immerhin habe ich meinen Draht. Ich rede jedenfalls von
»meinem Draht«. Dabei ist es weder das eine noch das andere. We-
der mein noch ein Draht. Wenn schon, dann gehört er Chester, und
die richtige Bezeichnung ist Kabel. Drähte sind blank. Ein einzelner
Strang, meist an Masten gespannt. Drähte singen in Sturm und
Wind. Kabel liegen auf dem Meeresgrund. Dieses Kabel liegt im
Atlantik. Seine Seele besteht aus sieben Kupfersträngen. Die sind
in vier Lagen Guttapercha gehüllt. Dann folgt eine Lage Hanf, und
die äußere Schicht wird durch zehn Stränge Eisendraht gebildet.
Insgesamt ist es kaum mehr als ein Zoll stark. Dieses Kabel endet
an einer Bruchstelle auf dem Meeresgrund, 1250 Seemeilen ent-
fernt von meinem Stuhl. Doch immer noch dringen Botschaften
hindurch.

Einmal hat es mein Bruder geschafft. 1858. Präsident Buchanan

45

und Königin Viktoria tauschten Höflichkeiten aus. *Brauchten einen ganzen Tag für ein paar Sätze. Und doch ist er am Ende gescheitert.*

Zweifellos tapfer, mein Bruder Chester. Er hat den Sezessionskrieg überlebt. (Ich war in Sibirien.) Letztes Jahr ist er abermals am Kabel gescheitert. (Ich konnte mich schwimmend vom großen Schiff retten.) Nächsten Sommer wird er es wieder versuchen.

Und ich werde hier sitzen, in meinem verdunkelten Zimmer, und einen winzigen Lichtstrahl beobachten, der von einer winzigen Spiegelfolie auf eine weiße Skala an Professor Thomsons Galvanometer geworfen wird.

Durch dieses gebrochene Kabel werden Botschaften gesandt. Woher sie kommen, das weiß ich nicht. Sie sind Ausbrüche der Klarheit inmitten sonst nicht entzifferbaren Gestammels. Ich zeichne alles auf. Das Galvanometer ist ein wundersames kleines Folterwerkzeug. Professor Thomson hat ihn erfunden. Ich mag die Geschichte, wie der Professor in seinem Labor saß und über einen Mechanismus nachdachte, mit dem man die schwachen Impulse lesbar machen könnte, die durch das Unterseekabel gesandt werden, und wie er dabei an der Kordel seines Monokels zwirbelte. Die Linse drehte sich in einem Sonnenstrahl. Der gute Professor sah den reflektierten Strahl durchs Zimmer tanzen. Licht ... Reflexion ... Inspiration. Professor Thomson nutzte die winzigen elektrischen Impulse aus dem Kabel, um einen kleinen Spiegel zu drehen, der das Licht einer Lampe reflektierte.

Und wir armen Telegraphen sind nun an unsere Galvanometer gefesselt und schauen diesem Licht zu, wie es über die Skala tanzt, während der elektrische Pulsschlag kommt und geht. Wir zeichnen die Tanzschritte auf; wir entschlüsseln die Signale.

Doch verständliche Signale kommen selten durch dieses durchtrennte Kabel. Ich warte und warte.

Der Sturm wütet und wütet. Ich höre die Wellen.

Unser Vater verschwand, als ich gerade von meiner ersten Pazifikreise zurückkehrte. Ich fand ihn. Mein Bruder war in Cambridge. Das war auch gut so. Genug, dass einer von uns beiden den Zustand unseres alten Herrn ertragen musste. Unser Vater tauchte, mit dem Gesicht nach oben treibend, im Nancy Brook auf, beim Crawford Notch, unweit des Mount Washington in New Hampshire.

Bisweilen, so meine ich, spricht er zu mir. Vater unser, der du bist im Wasser.

Das Telegraphenhaus liegt in einer geschützten Senke hier in der Foilhommerum Bay. Das Kabel steigt aus dem Meer, überquert den steinigen Strand sowie einen schmalen Grasstreifen und gelangt schließlich ins Haus. Hier, in diesem ständig verdunkelten Raum an der meerwärtigen Seite des Hauses, ist das Kabel an das Galvanometer angeschlossen.

Unsere schwersten Kämpfe tragen wir Telegraphisten in diesem kleinen, dunklen Zimmer aus.

Das stumme, schwache, winzige Flattern eines Lichtpunktes verlangt einen Grad von Aufmerksamkeit, der das Hirn abstumpfen lässt. Immer noch kommen Impulse – unregelmäßige, zufällige elektrische Zuckungen – durchs Kabel. Sie sind mein Lebenszweck. Der Grund meines Hierseins. Es ist notwendig, die Signale aufzuzeichnen, um den Zustand der Leitung akkurat zu beurteilen. Wir können Messungen vornehmen und dem Syndikat versichern, dass das Kabel bis zur Bruchstelle auf dem Grunde des Atlantiks weiterhin intakt ist.

Doch das kann einen Telegraphisten in den Wahnsinn treiben. Nach Weihnachten haben sie neue Männer geschickt. Aber außer Roger Buttrey hat es niemand ausgehalten. Er und ich haben uns sogar einmal geschlagen, ich glaube, wegen der Katze. Ich glaube, weil sie auf den Treppenabsatz gemacht hatte. In kürzester Frist wälzten Buttrey und ich uns am Boden und schlugen aufeinander ein. Die Möbel stürzten über uns zusammen. Die Katze schrie jämmerlich, wie ich mich erinnere. Wir hielten erst inne, als wir uns auf den Tisch mit dem Galvanometer zubewegten. Wir wussten, wir können einander in Stücke schlagen, sogar das ganze Gebäude, aber niemals dürfen wir das Galvanometer beschädigen.

Als wir gegen den Tisch stießen, erstarrten wir. Zwischen unseren keuchenden Atemzügen warteten wir auf das Krachen.

Aber es kam nicht. Wir lockerten unseren Griff und erhoben uns auf die Knie, unsere Augen stiegen langsam über die Tischplatte, auf welcher das Galvanometer stand. Wir schauten auf die Skala. Der winzige Lichtpunkt zitterte über die Polaritätslinie.

Wir sind beide geübt im Entziffern; wir können den Code so leicht lesen, als wäre er mit flüssiger Hand geschrieben ...

47

WRUCKST SLELVOVSKQ MRWEF
HEILIG RNGI RKSDDDD
HEILIG HEILIG HEILIG

»Heilig«, flüsterte ich.
»Das reicht«, sagte Buttrey. »Ich kündige.«
Ich sah ihn an.
»Ich verschwinde.« Er stand auf und klopfte seine Hose ab.
»Schluss. Aus.«
»Buttrey!«, rief ich. Aber er war schon draußen.
Das Licht strömte aus dem Vorzimmer durch die Tür, die Buttrey hatte offen stehen lassen. Ein paar Tropfen Blut – seines oder meines – befleckten den Boden. Ich kniete abermals nieder, um auf dem Galvanometer nachzuschauen, welche weiteren Botschaften der Ozean sandte. Heilig ... Heilig Heilig Heilig.
Aber mehr kam nicht an. Nur noch Gestammel. Der Sinn war verdreht, in krüppelige Buchstabenfolgen jenseits allen Verständnisses gesperrt. Das ist der Tort der Entschlüsselung. Ich konnte es nicht ertragen. Ich fiel im Signalraum auf mein Angesicht nieder.
Buttrey teilte dem Syndikat nichts von seinem Fortgang mit. Ich werde es ebenso wenig tun.
Jetzt, wo er weg ist, ist mir eine lange Einsamkeit gewiss. Viel Zeit für mich und meine Signale. Zeit, über die Abstände zwischen Sinnlosigkeit und kurz aufblitzenden Momenten von Verständlichkeit nachzudenken. Der gesamte Ozean spricht durch das Kabel. Seine Stürme, seine Magnetfelder senden Botschaften. Bestimmten Mustern haben wir eine Bedeutung zugeordnet, aber wer wollte behaupten, dem übrigen Zucken des Lichtes lägen keine Muster zugrunde?
Der Sturm wütet weiter. Oder es kommt ein neuer Sturm.
Ich habe in meinem Leben so viel gesehen. Ich weiß, zu welcher Gischt, zu welcher Erleuchtung, zu welcher Wut die Weltmeere fähig sind. Ich kenne ziellose Flauten und sich zusammenbrauende Stürme. Man stelle sich vor, eine Sonde könnte all diese Stimmungen lesen. Diese Sonde ist unser gebrochenes Kabel.
Ich fand meinen Vater im Nancy Brook. Der Nancy Brook fließt in den Saco River. Der Saco fließt in den Atlantik. Da sehen Sie, wie die Dinge laufen.

Ich werde die Signale und die Geräusche aus dem Kabel auf-
zeichnen. Ich werde ihnen – meinem Bruder, dem Syndikat,
allen Menschen – Botschaften hinterlassen. Heilig. Sie werden ent-
decken, dass ihr durchtrenntes Kabel die Verbindung zu einer grö-
ßeren Welt ist.

Kapitel 1

Im Theater

New York, Dezember 1857

Der prüfende Blick

Wenn an diesem Abend eine begehrenswertere Frau als die seine im Theater war, so sah Chester Ludlow sie nicht. Frannys Gesicht strahlte von der Kälte, und schmelzende Schneekristalle glitzerten auf ihren Wangen, als sie im vollen Zuschauerraum nach ihren Plätzen suchten. Im ganzen Publikum summte und brummte es voller Vorfreude. Niemandem schien es etwas auszumachen, dass sich Chester und Franny unter pausenlos gemurmelten Entschuldigungen zwischen Knien und Sitzlehnen hindurch die halbe Reihe entlangdrängeln mussten. Manche Zuschauer lächelten ihnen zu. Vielleicht erkannten sie Franny. Vielleicht erkannten sie aber auch ihn.

Als er vor dem Hinsetzen seine Weste zurechtzupfte, drehte Chester sich von der Bühne weg, um einen letzten verstohlenen Blick in den hinteren Teil des Saales und auf die wenigen sichtbaren Reihen des Rangs zu werfen. Es war dies eine fast reflexhafte Umschau; seit er im Mannesalter war, ließ er, ohne nachzudenken, auf diese Weise den Blick schweifen. Er wollte wissen, ob ein Gesicht ihn berührte; ob in dieser großen, zufälligen Menschenansammlung eine Frau war, die ihn anzog. Es war ganz gleichgültig, ob er je mit dieser Frau ein Wort würde wechseln können, auch wenn er sich in seinen Junggesellentagen mächtig Mühe gegeben hätte, eine entsprechende Gelegenheit herbeizuführen. Es reichte ihm, zu wissen, dass in seiner Nähe ein Zusammenspiel der Eigenschaften des Gesichtes, der Haltung, des Busens, der Frisur – die Addition der Attraktivität – sein

Begehren entfachen konnte. Und auch wenn dies Begehren nur ein ferner, schwacher Pulsschlag blieb, fühlte sich Chester auf selbstquälerische Weise getröstet durch die Tatsache, dass er sich in *einem* Raum, auf *einer* Straße, in *einer* Menge wusste mit einer Frau, die ihn anzog. Das Theater war ein wunderbarer Ort, um solches geschehen zu lassen.

Der Raum stieg nach hinten leicht an, was Chester das Gefühl gab, wieder an Bord zu sein. Er hatte gerade den Atlantik überquert. Er meinte, sich gegen die Neigung vornüberlehnen zu müssen, wie er es an Deck des stampfenden Schiffes getan hätte. Vor ihm lag ein Gesichtermeer. Schmuck glitzerte wie sprühende Gischt; Manschetten und Kragen blitzten wie Schaumkronen; zarte Hälse und Schultern wirbelten wie brechende Wellenkämme.

Doch kein Gesicht erregte seine Aufmerksamkeit. Stattdessen zupfte jemand an seinem Ärmel.

Er sah hinunter. Und dort war das Gesicht, das ihn berührte: Frannys. Sie sah unvorstellbar glücklich aus.

Chester war soeben aus London zurückgekehrt, wo er seine Arbeit als Kabelingenieur aufgenommen und den Abrollmechanismus entworfen hatte, den nunmehr alle für den Schlüssel zum Erfolg des Projektes hielten. Er war lange genug in der Stadt gewesen, um den missglückten Stapellauf der *Leviathan* mitzuerleben, und er hatte bei seiner Rückkehr nach Amerika seinen Namen und sein Bild in den Zeitungen gefunden, wo man ihn als den Mann beschrieb, der »den Atlantik zusammenschrumpfen lässt«. Sein Stern war im Aufstieg begriffen. Gelegentlich zeigte man auf der Straße auf ihn.

In New York angekommen, hatte er Franny gekabelt und sie ermutigt, aus Maine anzureisen. Allein die Ankunft in Amerika hatte seine Erkältung abklingen lassen. Er war voller Energie. Die Verabredung war seine Idee: Sie wollten die Feiertage in New York verbringen. Er hatte gehofft, das würde sie aus der Melancholie reißen, in der er sie zurückgelassen hatte, unter deren Schatten sie beide seit nunmehr drei Jahren fast ununterbrochen leben mussten. Und sein Vorhaben funktionierte. Sie sah unvorstellbar glücklich aus. Kein Wort von Betty. Ein erfolgreicher Plan.

Franny und er waren den ganzen Weg vom Hotel bis zum Theater durch den fallenden Schnee spaziert, hatten in Gramercy den Weihnachtsschmuck und die Eibenzweige bewundert, die von den

Gaslaternen hingen. Sie hatten sich sogar an den Händen gehalten, und als sie merkten, dass sie sich verspäteten, waren sie lachend über den Broadway gelaufen, Droschken und Kutschen ausweichend, die auf dem Weg zu den Theatern waren. An solche Fröhlichkeit war in der vergangenen Zeit nicht zu denken gewesen.

»Liebster ... Setz dich.«

Chester spürte, dass er errötete, und ließ sich in seinen Sitz sinken. Frannys Hand legte sich auf seinen wollenen Ärmel.

»Der prüfende Blick aufs Publikum?«, flüsterte sie.

Sie schenkte ihm jenes kokette, verschmitzte Lächeln, das Grübchen auf ihre Wangen zauberte. Es erinnerte ihn – wie immer – daran, dass er Dinge tun konnte, die sie unwiderstehlich fand.

»Du hast gerade wie ein alter Intendant ausgesehen, der die Zuschauer zählt«, sagte sie. »Der durch das Guckloch im Vorhang schaut, um zu überschlagen, wie hoch die Einnahmen werden.«

»Wirklich?«

Kleine Perlen geschmolzenen Schnees hingen in ihrem Haar. Ein Meereswesen, dachte er plötzlich. Eine Sirene, den Wogen des Zuschauerraums entstiegen, deren Stimme vom Wasser her zu ihm dringt. Es fiel ihm selbst hier im Theater schwer, nicht ans Meer zu denken oder an Schiffe, wenn er in die braunen Augen seiner Frau schaute.

»Ja«, sagte sie. »Das tust du immer. Ist mir aufgefallen.«

Er spürte, dass er wieder errötete. »Das wusste ich gar nicht.«

»Oder hoffst du vielleicht, dass dich jemand erkennt? Wie ein junger Schauspieler, der auf ein Kompliment wartet von jemandem, der seinen letzten Auftritt gesehen hat?«

»Ich glaube, ich höre dich lieber über alte Intendanten fachsimpeln«, sagte Chester, »als über junge Schauspieler.«

»Ich interessiere mich einzig und allein für die Auftritte eines jungen Ingenieurs«, sagte sie. Sie hob die Hand und fuhr ihm mit dem Handschuh ganz sacht über die Wange.

Er atmete tief ein. Der Duft von Parfüm in den Falten der Haut, von Tabakrauch in Barthaaren, von Likören und Whiskey im Geflüster überall um ihn herum stieg ihm zu Kopf. Er wünschte, das Stück würde beginnen.

»Sind sie nicht spät dran?«, fragte er und deutete mit dem Kopf zum Vorhang, der im Gaslicht rot und golden schimmerte. Sie sollten *Die Kameliendame* sehen, das neue französische Stück, das in New York für gewaltiges Aufsehen sorgte.

»Wahrscheinlich liegt es an Mademoiselle Heron«, flüsterte Franny. »›La Heron‹ lässt ihr Publikum gern warten.«

Franny drückte Chesters Hand. Er drehte sich zur Seite und liebkoste ihr Ohr, berührte ihre Haut mit den Lippen, roch ihr Parfüm, erspürte die letzte Feuchtigkeit in ihrem Haar. Die einzige Frau im Publikum, die sein Verlangen erregte, saß unmittelbar neben ihm, war seine Frau.

»Mein Kobold«, flüsterte er, als seine Lippen die samtenen Falten ihres Ohrs streiften. Mit Mühe konnte er sich beherrschen und seine Zunge im Zaume halten. Hinter ihnen hustete jemand, wahrscheinlich aus Empörung. Chester lehnte sich wieder zurück. Franny strahlte, das Lächeln einer Siegerin. Ihr Ehemann stand in ihrem Bann. Es war wie früher.

Langsam verloschen die Lichter. Die Platzanweiser gingen von einem Wandleuchter zum nächsten und drehten das Gas herunter. Franny setzte sich auf. Chester sah das Lächeln von ihrem Gesicht weichen. Sie war aufmerksam und konzentrierte sich auf den hoch aufragenden scharlachroten Vorhang. Fast meinte er in seiner eigenen Brust zu spüren, wie sich ihr Puls beschleunigte. Sie hatte selbst erfolgreich auf der Bühne gestanden und verspürte, wie sie sagte, kurz vor Beginn eines Stückes immer noch ein aufgeregtes Kribbeln. Sie wusste, welche Atmosphäre in diesen letzten Sekunden hinter dem Vorhang herrschte.

»Gleich geht es los«, flüsterte sie. Wieder stellte sich Chester sie beide auf einem Schiff vor. Sie befanden sich in einem Wellental, kurz bevor das Schiff sich langsam mit der nächsten Welle hob, von deren Kamm sie meilenweit würden sehen können.

»Gleich geht es los«, wiederholte Franny leise, als der Vorhang sich zu heben begann.

DIE SCHAUSPIELERIN UND DER INGENIEUR

Chester hatte Frances Piermont vor zehn Jahren kennengelernt, als er bei William Thomson in Glasgow Metallurgie und Mathematik studierte, während sie sich von einer Krankheit erholte, die die Ärzte als Phthisis im Frühstadium bezeichneten – beginnende

Schwindsucht. Sie waren sich auf einem Postschiff von Bergen nach England begegnet.

Chester hatte Urlaub gemacht, war vierzehn Tage im Hinterland der Fjorde bei Aurland gewandert. Franny hatte sich in einem Sanatorium bei Bergen von ihrer Krankheit erholt. Sie war in London auf der Bühne zusammengebrochen. Zuerst hatte man ihr gesagt, es handle sich um eine Lungenentzündung, aber dann war die Diagnose korrigiert worden. Die Ärzte sagten, sie sei kein schwerer Fall; ihre Konstitution sei gut, sie könne vollständig genesen. Aber sie hatten ihr auch eröffnet, dass sie das Theaterspielen würde aufgeben müssen; das Schauspielerleben sei – wie sollte man es ausdrücken? – zu *extrem* für ihre nunmehr angegriffene Gesundheit.

All das hatte sie Chester erzählt, während sie in Richtung Newcastle fuhren. Er hatte sie angesprochen, als sie auf der Luvseite des Schiffes an der Reling stand, während die letzten dem Hafen von Bergen vorgelagerten Inseln an ihnen vorüberglitten. Chesters Kommilitonen hatten vom Oberdeck aus neugierig und grinsend beobachtet, welche Fortschritte er machte. Er war der Einzige gewesen, der den Mut aufbrachte, die schöne junge Frau anzusprechen, die versonnen auf die schneebedeckten Berge Norwegens blickte, die hinter dem Horizont versanken.

Einer der Studenten hatte in Franny die amerikanische Schauspielerin erkannt, die vor zwei Jahren als Isabella in Shakespeares *Maß für Maß* Aufsehen erregt hatte. Man sah es zunächst als Affront: eine unbekannte Amerikanerin, die in London Shakespeare und zumal diese Rolle spielte. Aber ihre Impresarios wussten, was sie taten. Franny hatte, so wurde gern gesagt, das Publikum und die Kritiker mit ihrem »Strahlen« gewonnen.

»In ihren Augen liegt ihr ganzes Können verborgen«, schrieb ein Kritiker in der *Mail and Sun*. Er hatte seiner Rezension eine schmeichelhafte Zeichnung »aus dem Notizbuch des Autors« beigefügt.

»Sie beherrscht ihr Handwerk«, hatte er geschrieben, »und verfügt über ein ansprechendes Äußeres – rosige Wangen und wohlgestalte Arme, aufrechte Haltung und behände Bewegung: All das lässt eher die Geradlinigkeit und Direktheit ihrer Heimat, der Neuen Welt, erkennen und nicht so sehr die Welt der Wiener Nonnenklöster, Gefängnisse und Vorzimmer, die das Stück entfaltet – doch ihre Augen erzählen Geschichten, die zu hören womöglich der Barde aus Stratford selbst die Feder hätte sinken lassen. Wie wirkt diese Macht? Das, liebe Leser, müssen Sie mit eigenen Augen sehen.«

Chester hatte die Kritiken nicht gelesen, hatte nie von ihrem kurzen Triumph auf der Londoner Bühne gehört. Doch als er neben ihr an Deck des Postschiffs stand, machte er Bekanntschaft mit dem »Können«, das in diesen dunklen, einladenden Augen verborgen lag.

Franny und er redeten fast die ganze Überfahrt miteinander. Chesters Kommilitonen waren zunächst amüsiert über seinen Erfolg, dann verärgert. Er ließ sie wegen dieser *Schauspielerin* links liegen. Die alte Geschichte.

Franny ihrerseits war von dem blonden, Brille tragenden Ingenieur fasziniert. Er hielt ihrem Blick stand; er sprach über andere Dinge als das Theater, von dem er zugab, nur wenig zu wissen. Er arbeitete mit Elektrizität und Telegraphen, mit Metallen und Mechanik. Er versuchte ihr ein Phänomen zu erklären, das er periodisches Oszillieren nannte, und wählte die Meereswellen als Beispiel, aber er brachte sie damit nur zum Lachen. Selbst die trivialsten Sätze bekamen aus seinem Mund einen Glanz. Bevor die Sonne steuerbord voraus unterging, wusste sie, dass sie dabei war, sich zu verlieben.

Sie redeten die ganze Nacht weiter und gingen überhaupt nicht unter Deck. Das schockierte Chesters Freunde und amüsierte die Seeleute beträchtlich. Die beiden saßen, eingewickelt in Decken, die Chester geholt hatte, auf dem Vorschiff auf der Ladeluke nicht weit vom Mast. Als der Morgen dämmerte, schlief Franny, den Kopf auf Chesters Schulter. Und als die Sonne aufging und die Taue um sie herum zu singen begannen, hob sich Tynemouth aus dem Dunst.

Weit mehr noch ärgerte Chester seine Freunde, indem er eine Zugfahrkarte nach Liverpool kaufte, von wo aus Franny nach Amerika zurückkehren würde. Sie fuhren gemeinsam und schmiedeten Pläne. Er würde binnen eines Jahres sein Studium beenden und zu ihr zurückkehren. Sie würden sich schreiben. Er würde ihr in seinen Briefen den Hof machen. Und das tat er. Ein Jahr und einen Tag nach ihrer Begegnung auf dem Postschiff in der Nordsee heirateten sie. Drei Jahre später wurde Betty geboren. In den nächsten vier Jahren litt das Mädchen an gelegentlichen Anfällen, für die es keine Diagnose gab, bis es schließlich von den Klippen stürzte – ganz in der Nähe von Willing Mind, einem Haus an der Küste in

Maine, das Franny und Chester von Frannys Vater geerbt hatten. Betty starb auf den Felsen am Meer direkt unterhalb ihres Hauses. Und mit ihrem Tod begannen Jahre, die sich schwer auf das junge Paar legten. Bis – was Chester anging – das Angebot kam, für die Kabelgesellschaft zu arbeiten, und bis – was Franny anging – zu diesem kurzen Augenblick, bis zu diesem Abend, der geprägt war von Schnee und Gaslicht und Theater und der die Dunkelheit vorübergehend vertrieb.

EINE GANZ NEUE VORSTELLUNG

Chester hatte Franny nicht erzählt, dass er während der Vorstellung weggerufen werden könnte. Er hatte es selbst vergessen. Als der Vorhang aufging, ließ er sich von der Erregung anstecken, die Franny und die übrigen Zuschauer erfasste. Immerhin war es ihnen gelungen, Karten für Dumas' *Kameliendame* zu ergattern. Das Stück, das angeblich autobiographische Züge trug, handelte vom Niedergang einer berühmten Pariser Kurtisane. Laura Keene hatte das Stück in London auf die Bühne gebracht. Sogar in Barnums *American Museum* lief eine Inszenierung. Aber hier gab es die *Kameliendame* mit Matilda Heron zu sehen.

Nach ungefähr zwei Minuten kam der große Auftritt von Mademoiselle Heron. Sofort wallte im Theater Applaus auf. Die plötzliche Vehemenz des Beifalls ließ Chesters Atem stocken. Er richtete sich gerade auf. Erst als offenkundig war, dass die Schauspieler nicht länger warten wollten und im Stück fortfuhren, ließ der Jubel nach.

Herons Stimme stieg aus dem Lärm auf und sprach zu dem Schauspieler, der den Varville gab: »*Mein teurer Freund, würde ich all den Leuten zuhören, die mich lieben, hätte ich keine Zeit zum Abendessen.*«

Gelächter. Während die Zuschauer dem Stück folgten, bemerkte Chester mit einem Anflug von Enttäuschung, dass Mademoiselle Heron in seinen Augen beinahe unansehnlich wirkte. Dunkle Augenbrauen, dünn, kantig. Erstaunlich männlich, fand er. Er hatte nach allem, was er über sie gehört und gelesen hatte, darauf gehofft, sich in seinem Theatersessel von einer bezaubernden Schauspielerin in einem provokanten Stück verführen lassen zu können.

Stattdessen wandte er sich Franny zu. Ihr Gesicht leuchtete im

Bühnenlicht. Ihre Halsschlagader pulsierte leicht. Ihr Kinn stieg in elegantem Bogen von der Kehle auf. Die Stimmen auf der Bühne kamen wie von weither. Es fiel ihm immer außerordentlich schwer, sich auf Theaterstücke zu konzentrieren. Er sah einfach nur Menschen, die sich in einer Kiste mit drei Wänden bewegten. Es war ihm fast unmöglich, sich in die Geschichte hineinzuversetzen; seine Gedanken schweiften ständig ab. Franny hingegen war die perfekte Zuschauerin: Hingerissen hielt sie den Atem an oder schrie leise auf, murmelte den Bösewichtern Verwünschungen nach, seufzte mit den Liebenden. Selbst wenn sie zu Hause ein Buch las, durchbrach sie die abendliche Stille mit ihren Ausrufen.

»Ich wünschte, Mr. Dickens wäre hier und könnte dich hören«, sagte er einmal, als sie beieinanderlagen und er ihr vorlas.

Und sie rollte sich herum, lächelte mit ihren lockenden Augen, griff unter der Bettdecke nach ihm. »Ich nicht«, sagte sie.

Aber das war früher. Er erinnerte sich solcher Momente, da er jetzt hier im Theater saß, und das Stück verblasste.

Die Bewegung der Menschen um ihn herum brachte ihn zurück in die Gegenwart. Jemand tippte ihm auf die Schulter. Er wandte sich nach rechts und sah in lauter Gesichter, die ihm zugewandt waren. Am Ende der Reihe stand ein gebückter Mann und bedeutete Chester, mit ihm zu kommen. Chester erkannte den Mann.

Er griff nach Frannys Hand und flüsterte, dass er gehen müsse.

»Gehen?«, fragte sie. »Warum?«

»Spude.«

Er sah, wie sich ihr glühendes Gesicht ein wenig anspannte.

»Ich bin sehr bald wieder hier«, sagte er. »Versprochen.«

Er schob sich gebückt und Entschuldigungen murmelnd durch die Sitzreihe, war rasch draußen vor der Tür und schritt zügig mit dem Mann durch den Schnee.

»Er weiß, dass ich mit meiner Frau im Theater bin?«

»Ja.«

Der Mann eilte ihm voraus über das Kopfsteinpflaster in die Dunkelheit. Obwohl er humpelte und deshalb ob seines Tempos ein wenig hüpfte, schien sein Kopf flexibel auf dem Hals gelagert zu sein und blieb stets gerade, während der Rest des Körpers wild schlenkernd eine schmale Gasse entlangwankte. Der Mann ging so schnell, dass Chester kaum mit ihm Schritt halten konnte auf ihrem

Weg entlang der Lagerhäuser, wo sie achtgeben mussten, nicht in Schneewehen oder matschige Lachen von Pferde-Urin zu treten, die vom geschäftigen Treiben des Tages zeugten. Sie kamen durch eine unbeleuchtete Straße, die noch immer recht nahe beim Theater war, Chester jedoch weit entfernt vorkam und in tieferer Nacht zu liegen schien als jene, die er vor weniger als einer Stunde Hand in Hand mit Franny entlanggegangen war. Es hatte aufgehört zu schneien. Im schmalen Streifen zwischen den hoch aufragenden Gebäuden konnte Chester einen violett-braunen Nachthimmel erspähen. Irgendwo schlug eine Glocke.

Es erschien Chester unfassbar, vielleicht gar bedrohlich, dass ein Mann vom Format eines J. Beaumol Spude ihn an einen solchen Ort führen ließ. Während er dem Humpelnden hinterherhastete – es handelte sich um Spudes Diener Agon Bailey –, dachte er immer wieder, sie würden jeden Moment um eine Ecke biegen und sich in einer helleren, freundlicheren Nachbarschaft wiederfinden, oder es würde gleich eine Kutsche auf sie warten, die sie in Spudes Büro brächte.

»Er weiß doch wohl, dass ich meine Frau nicht allein in einem Theater lassen kann.«

»Das weiß er.«

»Und er weiß auch, dass ich nicht viel Zeit mit ihm verbringen kann.«

Der Diener blieb stehen und drehte sich um. »Sir, wann hat Mr. Spude jemals viel Zeit mit Ihnen verbracht?«

Noch bevor Chester sich darüber klar werden konnte, dass es sich bei dieser Bemerkung möglicherweise um eine unverschämte Beleidigung und nicht um eine bloße Tatsachenfeststellung handeln mochte, hatte sich der Mann wieder umgedreht und die Tür eines dreistöckigen Backsteinhauses geöffnet, das eingezwängt zwischen zwei höheren Lagerhäusern lag. Über dem Eingang, im obersten Stockwerk, brannte Licht, ansonsten waren alle Gebäude des Häuserblocks finster. Sie gingen hinein und stiegen die knarrende Treppe hinauf.

Sie waren in einer leer stehenden Fabrik irgendwo östlich der Bowery. Bailey hatte eine Kerze entzündet, um die Stufen zu erhellen, an denen einige Bretter fehlten, sodass man bisweilen in das darunterliegende Stockwerk sehen konnte. Der fleckige Putz gab in großflächigen Placken das Mauerwerk preis. Im zweiten Stock fehlte ein Fenster, und Chester hörte das trostlose Gurren der Tauben, die er und Bailey mit ihren Schritten geweckt hatten.

»Entschuldigen Sie die Unannehmlichkeiten, Sir.« Bailey hatte ein sardonisches Lächeln aufgesetzt, das jeden Gedanken an wahre Reue sofort verscheuchte. »Und dass das Studio von Herrn Lindt im obersten Stock liegt. Ein Atelier im Erdgeschoss irgendwo bei Gramercy wäre natürlich viel bequemer.«

»In der Tat«, murmelte Chester, der Herrn Lindt nicht kannte und nicht nach ihm fragen wollte.

Im obersten Stock klopfte Bailey dreimal an eine Tür und wartete. Chester hatte den Eindruck, er zählte die Sekunden. Chester holte seine Taschenuhr aus der Manteltasche.

»Meine Frau«, flüsterte er. »Es gibt eine Pause ...«

Bailey hob, Stille heischend, die Hand. Er schien immer noch die Sekunden zu zählen; seine Lippen bewegten sich. Dann blies er die Kerze aus, und der Korridor lag in völliger Finsternis. Doch nur einen Augenblick später hörte Chester ein Surren und Zischen, als springe eine Maschine an und als dringe Gas aus Ventilen. Dann sah er zu seinen Füßen einen Streifen strahlend weißen Lichtes, der unter dem Türspalt hervordrang. Im selben Moment stieß Bailey die Tür auf, und die Musik setzte ein.

Es war ein Duo. Ein mechanisches Klavier und eine Orgel. Eine Art Militärmusik. Ganz leicht verstimmt, ein wenig rau, aber feierlich. Eine Fanfare.

Chester spürte auf seinem Rücken eine Hand – wahrscheinlich die Baileys –, die ihn ins Zimmer schob. Es war lang, breit und kahl, hatte einen groben Holzfußboden, und korinthische Säulen trugen die hohe Decke. Zu seiner Rechten waren die Lichter. Vielleicht ein halbes Dutzend strahlend heller Bogenlampen, aus denen zischend Gase entwichen, die sich unter der mit geprägten Zinnplatten verkleideten Decke sammelten. Ihre Fresnel-Linsen waren auf das andere Ende des Raumes gerichtet.

Die Hand dirigierte Chester weg von den Lichtern, bevor sie ihn vollends blendeten. Am anderen Ende des Raumes, etwa fünfzehn Meter entfernt, lag, so lebendig und detailliert, als würde er durch ein Fenster auf ihn hinabschauen, der Hafen von Liverpool.

Obwohl von Vorhängen eingefasst und hell erleuchtet, handelte es sich weder um ein Modell noch um ein Gemälde oder im eigentlichen Sinne um ein Bühnenbild. Chester glaubte, in ein riesiges Stereoskop zu blicken. Schiffe drängten sich in ein Hafenbecken, bei dem es sich wohl um Prince's Dock handelte. Ein Wald von Masten und Tauwerk vor einem grau bedeckten Himmel. An den Kais standen Reihen von Blechschuppen. Weiter vorn erkannte man Poller, Ladegeschirr und Trossen, im Vordergrund lagen, wie so oft am Ladekai, Kisten und Ballen verstreut. Wäre die Musik nicht so laut gewesen, so glaubte Chester, hätte er die Rufe und Gesänge der Seeleute und Hafenarbeiter, die Schreie der Möwen hören können. Es schien alles verblüffend echt.

Nach dem ersten Augenblick der Überraschung erkannte Chester, was sorgfältig gemalter Hintergrund, was Requisite und was Bühnenbild war. Doch ließ sich alles dies nicht leicht voneinander unterscheiden. Das war das Wunderbare an der Sache. Dann setzte sich das Ganze in Bewegung. Das Schiff, die gesamte Flotte, die am Prince's Dock vertäut lag, die Trossen im Vordergrund, alles glitt wie von Geisterhand bewegt nach rechts und verschwand hinter dem Vorhang. Und während die Maschinerie geschmeidig das Szenario verschob, schwebte eine Wolke über die Bühne, die zunächst wie ein Hafennebel wirkte und sich dann in etwas anderes verwandelte – vielleicht in einen Sprühregen. Und indem der Himmel aufklarte, tauchte eine weitere Szene aus dem Dunst auf. Die Orgel und das Klavier begannen zu hämmern – es klang eher wie ein kontrapunktisches Trommeln als wie eine Melodie. Bäume nahmen Gestalt an, neigten sich dicht um die Bühne. Im Hintergrund tauchten Hütten und Schuppen auf. Bewaldete Berge schienen zu dampfen vor Feuchtigkeit. Ein kleines beleuchtetes Schild am rechten Bühnenrand sorgte für Aufklärung, dass es sich um den malaiischen Dschungel, genauer um den Hauptplatz auf einer Guttapercha-Plantage handele.

Dieses Mal verharrte die Szenerie nicht, sondern glitt sogleich weiter. Das Licht veränderte sich unmerklich zu einem bernsteinfarbenen Ton, wurde violett. Der Dämmerschein verhüllte den Szenenwechsel, und als die Bühne wieder in helles Licht getaucht war, befand man sich in der Kabelfabrik in Greenwich. Chester hatte das Gefühl, direkt in die Szenerie hineinlaufen zu können. Das Licht schien von oben durch die Dachfenster in die lange Wickelhalle einzufallen, genau wie jüngst, als Chester dort die Herstellung des Kabels kontrolliert hatte. Kabelproben und Spleißwerkzeuge hingen am Arbeitsplatz des Vorarbeiters im Vordergrund.

Plötzlich wurde es dunkel. Das Klavier verstummte, während die Orgel mit einer Art Trommelwirbel in den unteren Registern die Spannung steigerte, derweil im oberen Fach ein Matrosentanz ertönte. Winzige fluoreszierende Partikel flogen über die Bühne und imitierten ein Feuerwerk. Als wenige Augenblicke später das Licht anging, war eine zerklüftete Küste zu sehen. Am Horizont lag eine Fregatte vor Anker. Eine Menschenmenge winkte mit Hüten und Flaggen – Union Jacks und Sternenbanner. Damit musste der Auftakt der letztjährigen Kabelexpedition gemeint sein. Honoratioren, Seeleute, Zuschauer, alle halfen mit, das Kabel zum Ufer zu tragen. Die Bucht war übersät mit Dutzenden, Hunderten von Segeljollen, Dingis, Fischer- und Ruderbooten.

Dann rollte die Szenerie weiter, dieses Mal ohne Lichtwechsel, und wurde von der gemalten Darstellung eines Mannes abgelöst, der am Heck eines Schiffes stand und in der Abenddämmerung zum Horizont blickte. Nein, es war die Morgendämmerung, erkannte Chester, der Blick richtet sich nach Osten. Man sah das Kabel, das von der Führungstrommel lief – eine akzeptable Abbildung von Chesters neuer Konstruktion. Der Mann, der die Szene betrachtete, war in zweieinhalb-, vielleicht gar dreifacher Lebensgröße dargestellt. Er trug keinen Hut. Sein Haar wehte im Wind. Sein Kragen war hochgeklappt wegen der steifen Brise, die Chester beinahe zu spüren meinte, während er das Bild ansah. Die Züge des Mannes wurden plastisch ausgeleuchtet vom Morgenlicht, das eine blendend goldene Spur über das aufgewühlte Wasser hinter dem Schiff zog. Der Mann, erkannte Chester, war er selbst.

Die Musik verstummte, das Licht verlosch. Er stand blinzelnd und mit klingenden Ohren in der Dunkelheit, während er Applaus vernahm, wenn auch nur von einem einzelnen Händepaar.

»Bravo, Joachim!«, rief eine Stimme aus der Dunkelheit. Irgendwo kratzte ein Stuhl über den Boden. Ein obszöner Orgelakkord ertönte; jemand musste auf die Tasten gedrückt haben, während die Blasebälge sich leerten.

Chester hörte Bewegung, aber noch immer sah er niemanden. Von hinten, aus Richtung der Lichter, ertönten eine leise Explosion und ein Zischen, als eine der Bogenlampen wieder aufflammte; sie wurde auf eine Seite der Bühne gerichtet, wo Chester nun zum ersten Mal ein Rednerpult bemerkte.

Dahinter stand strahlend ein erhitzter, birnenförmiger Mann und applaudierte mit erhobenen Händen: J. Beaumol Spude.

»Und an dieser Stelle, Ludlow, kommt Ihr Einsatz.« Er deutete auf das Bild, das auf die riesige Leinwand gemalt war. »Gefällt's Ihnen?«

»Ich bin beeindruckt«, sagte Chester.

»Ganz und gar nicht!«, röhrte Spude. »Sie sind entgeistert! Ich habe Sie beobachtet.«

»Na gut, dann eben entgeistert.«

Spude kam näher und schwang einen Arm um Chesters Schulter. »Und das bei einem Ingenieur, der ein gottverdammtes Kabel quer über den Atlantik legen kann. Schön, Sie auch mal sprachlos angesichts der mechanischen Magie eines anderen zu sehen. Sie sind nicht das einzige Genie auf dem Planeten. Trotzdem bin ich froh, dass Sie *unser* Genie sind. Schön, Sie wiederzusehen, alter Junge.«

Chester war unwohl. Er wusste nicht recht, ob es Spudes leutselige Sticheleien waren, die ihn nervös machten, oder ob es ihm immer noch nachging, dass man ihn vorhin im Theater so plötzlich von der Seite seiner Frau gerissen hatte. Gewiss spielte auch der Zauber der Szenen eine Rolle, die sich soeben vor seinen Augen materialisiert hatten. Es war tatsächlich Zauberei. Fast wollte er um mehr betteln wie ein Kind im Zirkus, das von seinen Eltern fortgezerrt wird.

Ein Mann tauchte hinter dem Vorhang an der linken Seite der nunmehr unbeleuchteten und leblosen Bühne auf. Er hatte einen Schnurrbart und dichtes, dunkles krauses Haar. Er trug einen langen graubraunen Kittel, der von Farbspritzern und Brandlöchern übersät war.

Spude nahm den Arm von Chesters Schulter und winkte den anderen heran, der ohnehin im Begriff war, näher zu kommen.

»Hier sehen Sie den Mann, der hinter dem Wunder steckt, Ludlow. Herr Joachim Lindt, der führende Panoramenmaler, Bühnenbildner, Miniaturist, Gargantuist und mechanische Illusionist ganz Europas und Asiens.«

Lindt verbeugte sich und streckte die Hand aus. Chester schüttelte sie.

Spude nahm beide Männer am Ellbogen und führte sie zur Bühne.

»Wir nennen es das Phantasmagorium. Und Sie haben gerade erst den Anfang gesehen, Ludlow. Wir haben diese kurze Demonstration zusammengestellt, damit Sie einen Eindruck bekommen und wir die Schwachstellen beseitigen können.« Spude blieb mit den beiden an der Bühne stehen. Vor ihnen, etwa in Kniehöhe, befand sich eine Art Förderband. Die Requisiten im Vordergrund bewegten sich, wie Chester annahm, auf diesem Band synchron zur Bewegung der Leinwand im Hintergrund und zu den Lichteffekten. Das überlebensgroße Porträt seiner selbst wirkte, selbst aus dieser Nähe, erschreckend echt, als handelte es sich um eine riesige kolorierte Daguerreotypie.

»Sie sehen vor sich die neusten Entwicklungen der Bühnenunterhaltung, Ludlow. Panoramen hat es schon gegeben. Auch Tableaux vivants. Aber noch nie ein solches Phantasmagorium. Lindt arbeitet an einem beweglichen Panorama von, jetzt halten Sie sich fest, fast *achthundert Meter* Länge«, sagte Spude. »Musik. Requisiten. Klangeffekte. Und mit all diesen Mitteln werden wir die Geschichte des Atlantikkabels erzählen. Sie haben den Anfang gesehen. Liverpool, wo die Schiffe losfahren. Malakka, wo das Guttapercha gewonnen wird. Wir werden die Kabelfabrik in Greenwich zeigen. Das Knüpfen des magischen Bandes. Mr. Morse, der die zweitausend Meilen Kabel prüft. Wir werden das Verladen vorführen, die Feiern bei der Abfahrt in Valentia in Irland. Die Kapellen, die Schaulustigen. Die Iren in ihren Lumpen. Wir werden sogar Sie zeigen, Ludlow«, und hier deutete er nachdrücklich auf das Bild. »*Sie* an der Heckreling, wie Sie in Richtung Küste zurückschauen, Wolkentürme über Ihnen, Gischt auf den Wangen. Alles da. Von Lindt gemalt, von Lindt entworfen, von Lindt gebaut. Kunst und Wissenschaft. Lindt breitet die Geschichte in all ihrer das Herz beflügelnden Pracht aus, während Sie vor den Investoren sprechen. Es wird kein Halten mehr geben, wenn die Leute nach ihren Scheckbüchern greifen.«

Spude hatte sie hinter sich gelassen. Er stand sozusagen inmitten des Panoramas und hatte ihnen den Rücken zugewandt, während seine Stimme durch den Raum hallte. Lindt stand zu Chesters Rechten und hatte die Hände hinter dem Rücken verschränkt. Er musterte die Seile und Flaschenzüge oberhalb der Leinwand. Er hörte Spude nur mit halbem Ohr zu und spielte in Gedanken, so schien es Chester, mechanische Verbesserungen oder die Optimierung der

63

diversen Seilführungen durch. Chester kannte diesen Blick. Wenn die Investoren ihre Reden schwingen, schalten Ingenieure meistens ab.

Spude ließ eines der Seile, die zu einem imaginären Mast auf dem Kabelschiff hinaufführten, durch die Finger gleiten. J. Beaumol Spude erinnerte in Gestalt und Wesen an einen Wohnzimmerofen. Sein unbändiger silbergrauer Haarschopf stand vom Kopf ab wie ziselierter verchromter Zierrat. Sein unternehmerischer Appetit war wie ein prasselndes Feuer, und sein Gesicht glühte vor Hitze. Er hatte schon Tausende seiner Dollar in dem Projekt versinken sehen – buchstäblich, denn das erste Kabel lag unrettbar auf dem Meeresgrund –, aber er war bereit, noch mehr zu tun.

In den wenigen Monaten, die er Spude jetzt kannte, hatte Chester begriffen, dass es dem Mann im Grunde um Akzeptanz ging. Im Kabelsyndikat war er der Außenseiter. Ein Mann aus dem Westen, aus Missouri, fast schon ein Südstaatler. Sein Geld hatte er mit Rindfleisch gemacht, aber jetzt versuchte er in der Telegraphie Fuß zu fassen und kaufte sich in das New Yorker Syndikat ein, das beim Kabel alles auf eine Karte setzte: Cyrus Field, Peter Cooper, Männer, die zwar Spudes Geld für ihr Projekt gern annahmen, ihn jedoch gesellschaftlich auf Distanz hielten.

»Und das ist die Geschichte des Kabels?«, fragte Chester.

»Die *bisherige* Geschichte.«

Chester bemerkte, dass Lindt aus seinen Überlegungen aufgetaucht war und ihn jetzt, die Hände immer noch hinter dem Rücken verschränkt, ansah – wenn auch nur aus den Augenwinkeln. Auch Spudes Diener Bailey war aus dem Schatten getreten. Chester hatte das Gefühl, sie kreisten ihn ein.

»Sie haben mich vorhin in irgendeinem Zusammenhang erwähnt«, sagte Chester. »Soll ich zu den Investoren sprechen? War es das, was Sie gesagt haben? Dass ich zu den Investoren sprechen soll? Was soll ich ihnen erzählen?«

»Die Geschichte. Diese Geschichte!«, rief Spude. »Eine Vortragsreise mit dem Phantasmagorium.«

Chester schüttelte den Kopf. »Aber ich …«

»Sie sind genau der Richtige. Sie sehen gut aus. Sind blond. Eloquent. Sie kennen das Unternehmen aus erster Hand. Sind Ingenieur. Wer sollte, einmal abgesehen von einem genialen Mimen wie Edwin Booth, für dieses Unterfangen besser geeignet sein als Sie?«

»Ich bin kein Vortragsredner«, entfuhr es Chester. »Ich bin kein Schausteller. Sie sagen es: Ich bin Ingenieur.«

Spude lächelte gönnerhaft; er sah Lindt und Bailey an. »Er will das Phantasmagorium nicht«, sagte er in einer Art Bühnensingsang. »Er ist kein Schausteller. Er ist Ingenieur.« Dann seufzte er. Er legte wieder den Arm um Chesters Schulter; dazu musste er sich strecken.

»Es gehört Ihnen«, sagte er.

»Aber ...«

Spude schüttelte den Kopf und legte Chester einen Finger auf die Lippen. »Ihnen«, flüsterte er.

Chester spannte seine Kiefermuskeln, sah Lindt und Bailey kurz aus zusammengekniffenen Augen an und versuchte, sich aus Spudes Griff zu lösen.

Aber Spude hielt ihn fest.

»Sehen Sie, Ludlow, wir haben ein Problem. Das sollte Ihnen doch klar sein. Das Kabel liegt auf dem Meeresgrund. Herr Lindt bereitet gerade das letzte Bild der Kabelgeschichte vor, auf dem Sie und Mitglieder des Syndikats, dazu Adel und gemeines Volk aus England, Irland und vom Kontinent gemeinsam über den Ozean wandeln, das Kabel in Richtung Amerika ziehen, zu den Ufern der Neuen Welt, sich strecken, um die Verbindung herzustellen, den Sieg zu erringen, den Funken überspringen ... fast, fast ... beinahe in Reichweite. Ein wenig angelehnt an da Vinci. Nicht wahr, Joachim?«

»Michelangelo«, sagte Lindt; er sprach mit deutschem Akzent.

»Natürlich«, sagte Spude. »*Die Schöpfung*. Gott und Adam.« Spude hielt seine beiden Zeigefinger gegeneinander. »An der Decke der, der ...«

»... Sixtinischen Kapelle«, sagte Lindt.

»Die Sache ist die«, fuhr Spude fort und richtete beide Zeigefinger auf Chester, »wir brauchen Sie. Ich habe diese kleine Revue zusammengestellt, um Geld zu beschaffen. Ich habe Herrn Lindt bezahlt, die Schau zu produzieren, und ich habe Sie als Sprecher vorgeschlagen. Sie waren begeistert.«

»Sie?«

»Field. Cooper. Das ganze Syndikat.«

»Sie waren begeistert?«

Spude nickte, faltete seine Hände vor dem Bauch und grinste unschuldig. »Sie haben sogar darauf bestanden.«

Chester trat einen Schritt zurück und kratzte sich am Kopf. Er überlegte, wie lange er Franny wohl schon allein gelassen hatte. Ob sie sich Sorgen machte?

»Sie haben also vor, mich mit dieser … Schau herumreisen zu lassen, um Geld für das Kabelunternehmen zu sammeln?«

»Haben Sie sich in letzter Zeit mal die Bücher angesehen, Ludlow?«

Chester schüttelte den Kopf.

»Haben Sie sich überhaupt schon mal die Bücher angesehen?«

Spude wartete, aber Chester machte keinerlei Anstalten zu antworten. Natürlich hatte er nie einen Blick in die Bücher geworfen. Er war erst seit ein paar Wochen bei dem Projekt dabei, und die meiste Zeit hatte er in London verbracht.

»Na, macht nichts. Tatsache ist, dass nicht genug Geld da ist, Ludlow. Wenn Sie wollen, dass Ihr Kabelprojekt ein Erfolg wird, müssen Sie sich hinaus in die Wildnis wagen. Unsere Geschichte erzählen. Sie müssen jene Leute, die über die Mittel verfügen, unsere Vision Wirklichkeit werden zu lassen, von der Tragfähigkeit dieser Vision überzeugen – trotz des kleinen Rückschlags.«

»Wie ein Quacksalber auf dem Jahrmarkt?«

Lindt hustete. Spude fuhr entsetzt zurück – übertrieben entsetzt. Er deutete auf das Panorama. »Sie wollen dieses Wunder, diese Vermählung von Kunst und Technik, gleichsetzen mit dressierten Hunden und betrügerischer Hypnose, mit Methoden, fragwürdige Elixiere und Tinkturen an den Mann zu bringen?«

»Der Gedanke drängt sich …«

»Natürlich wollen Sie das nicht, ich weiß. Ich weiß. Sie sind schüchtern, Sie sind bescheiden. Sie arbeiten mit dem Kopf und mit den Händen. Sie haben sich nie als Selbstdarsteller betrachtet. Sie können sich nicht vorstellen, vor einem Publikum aufzutreten. Aber glauben Sie mir, Ludlow, Sie haben das Zeug dazu. Und Sie müssen Ihre Begabungen nutzen. Wir zählen auf Sie. Um es einfach zu sagen: Wenn Sie ablehnen, sind Sie nicht länger mit von der Partie.«

Die Luft entwich aus dem Raum. Chester war einen Augenblick lang atemlos und genoss beinahe die schwindelnde Verwirrung. Dass seine Anstellung bereits wieder infrage stand, überraschte ihn nicht sonderlich. Als er sich dem Kabelprojekt anschloss, war ihm durchaus bewusst, dass es sich um ein abenteuerliches Unternehmen mit offenem Ausgang handelte. Er hatte Schwierigkeiten erwartet, Anstrengungen, jede Form von Druck, doch das, was ihn jetzt überraschte, war die Drohung durch Spude; Spude, den Außenseiter; Spude, den die anderen eher als Clown betrachteten, dessen einzige Vorzüge in seinem Reichtum und seiner Einsatzbereitschaft bestanden. Spude hatte sich ein Mätzchen ausgedacht, mit dem man Geld beschaffen konnte, und die anderen waren einverstanden, vielleicht aus reiner Verzweiflung, vielleicht aber auch, weil sie den Fleischmogul aus Missouri auf einem Nebengleis beschäftigt sehen wollten. Und jetzt zwang Spude Chester, ihn bei seiner Unternehmung zu unterstützen.

»Und das wollen Cooper und Field auch?«, fragte er leise.

Spude nickte. »Sie fanden meine Idee brillant. Haben sie selbst gesagt. Sie wussten, dass Sie vielleicht Schwierigkeiten machen würden, aber ich habe ihnen gesagt, wir sollten es einfach zu einem quid pro irgendwas für Ihre weitere Beschäftigung machen. Das fanden sie gut.«

Chester starrte zur Leinwand hinauf. Sein riesiges Porträt auf der dunklen Fläche, wie er hoch aufragend in die gemalte Morgendämmerung blickte, wirkte jetzt nur noch wie eine Ansammlung von Farbflecken, die ihn in Rage brachten, die vor seinen Augen ineinander flossen.

»Sie sollen das ja schließlich nicht von einem Wagen herunter in irgendwelchen verschlafenen Nestern machen«, sagte Spude tröstend. »Da ist kein Geld zu holen. Sie werden in schicken Hallen auftreten, in Ballsälen, Opernhäusern, Theatern. Diese Schau wird, wie Sie sich ja schon überzeugen konnten, ein technisches Wunderwerk. Das wird eine Sensation. *Sie* werden eine Sensation. Sie werden mächtige Männer und schöne Frauen kennenlernen. Sie werden uns helfen. Und Sie helfen sich selbst.«

»Wann soll es losgehen?«

»Gleich nach den Feiertagen. Dann sind Sie rechtzeitig fertig, um im Sommer mit dem neuen Kabel in Valentia in See zu stechen.«

»Meine Frau«, murmelte Chester.

»Sie kann natürlich mitkommen«, sagte Spude. »Das heißt, wenn Sie meinen, sie wäre nicht, wie soll ich sagen, im Weg.« Er klopfte Chester auf die Schulter.

»Nein«, sagte Chester. »Ich meinte meine Frau jetzt, in diesem Moment. Sie sitzt im Theater. *Die Kameliendame* ...«

»Ah!« Spude sah auf seine Taschenuhr. »Sie müssen wieder zurück. Also. Wir sind uns einig? Sie werden es tun?«

Wieder drückte Spude Chesters Schultern; diesmal jedoch war es eher eine Umarmung. »Eine Sensation, Ludlow. *Sie!*«

Chester nickte.

»Er macht es, Lindt! Ein Hoch auf uns alle!«

Chester sah zu Boden, wo er nur ein staubiges Durcheinander von Linien wahrnahm, die Fugen zwischen den ausgetretenen Dielen; er hörte das rhythmische Klatschen von Spude und dann auch von Lindt. In der anderen Ecke des Raumes hörte er Bailey etwas langsamer, zurückhaltender applaudieren. Und dann hörte er noch etwas ... ein leises Klatschen von behandschuhten Händen und näher kommende Schritte auf den Dielen. Er sah auf und erblickte eine Frau.

»Aaach!«, rief Spude aus. »Wie konnte ich das vergessen? Bitte tausendmal um Entschuldigung, Lindt. Ludlow, die Musik, die Sie beim Eintreten gehört haben? Und die Musik, die Sie bei Ihrer Vorführung begleiten wird? Erlauben Sie mir, die Komponistin und Interpretin vorzustellen: Katerina Kowolik, Frau Lindt.«

Sie streckte ihre Hand aus. Sie hatte blaue Augen, eine zierliche Figur, und sie schlängelte sich ohne Umschweife und mit geschickter Bewegung zwischen einigen herumliegenden Bühnenbrettern hindurch. Ihr Haar war hinter dem Kopf zu einem Knoten gebunden; Chester konnte dies allerdings nicht sehen, denn sie war geradewegs auf ihn zugekommen, ohne den Blick abzuwenden, ohne Spude oder ihren Mann oder eins der Hindernisse in ihrem Wege auch nur flüchtig anzusehen. Sie lächelte mit geöffnetem Mund, als wollte sie etwas sagen, aber sie hielt sich zurück und wartete, ob Chester das Wort ergreifen würde.

Er nahm ihre Hand. »Angenehm«, murmelte er.

Sie schloss die Lippen, senkte den Blick und nickte. Ihr Auftritt und ihre Schönheit hatten ihn eingeschüchtert, und sie nahm sogleich eine ähnliche, wenn nicht gar eine noch ergebenere Haltung als die seine ein. Er hatte das Gefühl, dass sie ihm leutselig hätte begegnen können, wenn er sie jovial begrüßt hätte; zurückhaltend, wenn er kühl geblieben wäre; schlagfertig, hätte er eine geistreiche

Bemerkung gemacht; sie wäre ihm, dachte er, nichts schuldig geblieben.

Spude wies Bailey an, Chester mit der Kutsche zurück zum Theater und dann von dort ins Hotel zu bringen. Die Einzelheiten der Vortragsreise würden sie später besprechen.

»Haben Sie schöne Feiertage«, sagte Spude unten auf der dunklen Straße, als Chester bereits in der Kutsche saß. Spude schloss die Tür und spähte durch das Kutschenfenster. »Und bereiten Sie sich auf die Reise vor. Wenn Sie das jetzt auf sich nehmen, alter Junge, dann können Sie im Herbst der Königin telegraphieren. Und nächste Weihnachten sind Sie ein reicher Mann. Und am Ende des Jahrhunderts stehen wir alle in den Geschichtsbüchern.«

Die Kutsche machte einen Satz, und Chester stieß sich den Kopf am Fenster. Er drehte sich in seinem Sitz herum und schaute zurück auf das Gebäude. Spude winkte vom Bürgersteig aus.

Während sich Chester also entfernte und es erneut angefangen hatte zu schneien, fiel von oben ein helles Licht auf die herabtaumelnden Flocken. Im dritten Stock waren die Bogenlampen wieder angegangen, und sie warfen ein bleiches Leuchten in die Nacht und auf die steinernen Verzierungen des gegenüberliegenden Gebäudes. Schatten bewegten sich vor dem Fenster. Dann hörte Chester Musik, die den Hufschlag des Pferdes und das Rollen der Räder auf den Kopfsteinen übertönte. Sie spielte. Die Entfernung und der Schnee verschlangen die Melodie, aber noch in der Kutsche konnte Chester den Takt ausmachen. Ein Walzer. Er mühte sich, mehr zu hören, aber die Kutsche neigte sich und trug ihn um eine Straßenecke davon.

Das geheime Innere

Im Theater flossen allenthalben die Tränen. Das Stück war gerade zu Ende, als Chester aus der Kutsche stieg und Bailey zu warten befahl. Er suchte Franny in der Menge. Frauen bedeckten ihre Gesichter mit Taschentüchern, während die Männer sie vorsichtig die Stufen hinab und hinaus in den vom Gaslicht hell erleuchteten Schnee führten. Aber auch die Männer wischten sich mit den freien Händen die Augenwinkel oder putzten sich die Nase. Hier und da war zudem gar lautes Schluchzen zu hören, was Teile der Menge bewog, eine regelrechte Totenklage anzustimmen. Die Trauer schien ansteckend zu sein. Die Droschkenkutscher, die dieses Schauspiel wohl schon kannten, zeigten sich im Bemühen um ihre Fahrgäste bedachter als sonst und waren behilflich beim Einsteigen in die Gefährte. Überall hörte man Murmeln und Seufzen, das in Wellen die Trauergemeinde ergriff.

Chester entdeckte Franny am östlichen Ende der Vorhalle, wo sie an einer Säule lehnte. Er bahnte sich einen Weg zu ihr.

»Du hast es verpasst«, sagte sie, während sie abwechselnd aufschluchzte und nach Atem rang. Sie musste geweint haben, bevor er eintraf.

»Meine Liebste ...«

Sie griff Halt suchend nach seinem Ärmel.

»Ich habe eine Kutsche warten«, sagte er, aber sie schien ihn nicht zu hören.

»Sie ist tot«, sagte Franny und ließ sich an Chesters Schulter sinken. Er ging ein wenig in die Knie, um das Gleichgewicht halten und sie stützen zu können. Es gelang ihm, sie zum Weitergehen zu bewegen.

»Aber das *wussten* wir doch, oder? Als wir ins Theater gingen, wussten wir, dass sie sterben wird. Ich meine, schließlich ist *Die Kameliendame* eine *Tragödie*.«

Franny warf ihm aus tränennassen Augen einen bösen Blick zu; dann schüttelte sie ablehnend den Kopf. Chester wusste auf Anhieb, dass er den falschen Weg gewählt hatte, aber er konnte all diese Menschen nicht begreifen, die da aus dem Theater strömten mit ihrer zur Schau getragene Trauer um ein Geschöpf der Phantasie. Er hatte seine eigenen Probleme, seine eigenen Neuigkeiten; er hatte eine entspannte und nachdenkliche Franny zu treffen gehofft, eine, die – angeregt von einem Abend im Theater – mit Gleichmut die Nachricht von seiner bevorstehenden Abreise anhören und akzeptieren würde; und nicht eine Franny, die ob des fiktiven Todes einer französischen Kurtisane wie vom Schlag gerührt war.

Er versuchte, Geduld zu zeigen. Er brachte sie sicher in die Kutsche und instruierte Bailey, zu welchem Hotel er fahren solle.

»Du hast es verpasst«, sagte Franny leise. Ihr Kopf lag auf seiner Schulter, derweil die Kutsche dem Gedränge der Fußgänger vor dem Theater entkam und allmählich schneller wurde.

»Ich weiß, meine Liebe. Und es tut mir leid.«

»Was wollte Spude denn von dir?«

»Pläne. Er wollte neue Pläne für das Projekt besprechen.«

»Spude«, sagte sie und zog den Namen in die Länge, um die Abneigung auszukosten, die sein Klang in ihr auslöste. »Eine lächerliche Uhrzeit, um über Geschäfte zu reden. Ich hoffe, es hat sich gelohnt.«

»Das hoffe ich auch.«

Franny kuschelte sich enger in Chesters Arm. Ihre Trauer verwandelte sich in Müdigkeit.

»Sie ist an genau der Krankheit gestorben, von der ich genesen bin.«

»Ja, meine Liebe.«

»Es war eine großartige Vorstellung.«

»Es tut mir sehr leid, dass ich sie versäumt habe.«

»In gewisser Weise«, sagte Franny und richtete sich wieder ein wenig auf, »bin ich ganz froh, dass ich das Stück allein sehen konnte.«

»Wirklich?«

»Ja. Du bist doch nicht böse, wenn ich das sage?«

»Nein, Liebste, ich bin nicht böse.«

»Manchmal ist es am besten, wenn man allein ist im Theater oder wenn man ein Buch liest oder ein Musikstück hört. Allein mit seinem geheimen Inneren. Kennst du dieses Gefühl?«

»Ja, meine Liebe. Das kenne ich.«

Sie sprachen nicht mehr, bis die Kutsche das Hotel erreicht hatte, wo sie wiederum nur die nötigsten Sätze wechselten, während sie sich zur Nacht bereiteten.

Kapitel 2

Unter der Themse

London, Dezember 1857

Endlich Stapellauf

Der Tunnel hatte schon bessere Tage gesehen. Die Gaslichter hinterließen auf den Natursteinwänden Rußstreifen, die wie große schwarze Ausrufezeichen zur gekrümmten Decke aufstiegen. Vor Jahren wären sie täglich abgewaschen worden. Am Eingangsbogen hatten Leute ihre Initialen in den Stein geritzt oder Splitter als Andenken herausgehauen. Namen und Daten, Herzen, Totenköpfe und Sinnsprüche verwirrten sich zu einem Runensalat, und direkt über dem Schlussstein waren mit greller roter und gelber Kalkfarbe die Worte gemalt:

HERZLICH WILLKOMMEN
IM NAMEN DER
VEREINIGUNG HILFSBEREITER DAMEN
UNTER DER THEMSE !!!

Allein und betrunken stand Jack Trace da, betrachtete nachdenklich diese Schriftzeichen. Er befand sich in der Rotunde, die den Eingang des Themse-Tunnels in Wapping überwölbte. Er war hergekommen, weil er fand, dass ein wenig Ehrerbietung am Platz sei. Eine kleine Wallfahrt zu Brunels erstem Triumph. Über ihm, etwa eine Meile flussabwärts, war Brunels jüngstes Meisterwerk, die *Leviathan* oder die *Great Eastern*, wie das Schiff immer häufiger genannt wurde, endlich zu Wasser gelassen worden. Trace hatte dem Stapellauf beigewohnt. Er hatte sich beim Stapellauf betrunken. Er war mit Kapitän Harrison auf dessen Kahn gewesen, und sie hatten sich beide betrunken. Harrison hatte gemeint, der Stumpf seines amputierten Arms – den er seinen Krim-Arm nannte – mache ihm Ärger.

Trace sagte, ihn ärgere vor allem, dass er schon wieder einem dieser idiotischen Stapelläufe der *Leviathan* zuschauen müsse. Im gemeinsamen Interesse, ihr Leid zu mildern, hatten sie sich also für Alkohol als Betäubungsmittel entschieden und sich an der Flasche gütlich getan, die der Kapitän im Steuerstand seines Kahns aufbewahrte.

Trace hatte einem Dutzend – wirklich einem Dutzend? Nun, bestimmt kaum weniger als einem Dutzend – Versuchen Isambard Kingdom Brunels beigewohnt, die *Leviathan* zu Wasser zu bringen seit jenem ersten katastrophalen Anlauf im November, als sich Tausende von Zuschauern auf dem Werftgelände gedrängt hatten, als ein Werftarbeiter von einer durchdrehenden Winschkurbel zerschmettert und durch die Luft geschleudert worden war, als das Schiff, Brunels beispielloser Beitrag zu den technischen Wunderwerken des Empire, sich nicht bewegte.

Trace hatte sich inzwischen zu einem Experten der Londoner Zeitungswelt entwickelt, was die *Leviathan* und ihre Probleme anging. Längst erkannte Brunel die mächtige Gestalt des Journalisten, wenn der sich auf dem Werftgelände einfand, und er fürchtete die Zeichnungen, mit denen Trace seine Berichte illustrierte. Mit jedem Misslingen wurden seine Karikaturen bösartiger. Zunächst hatte er Brunel als tapferen Seemann dargestellt, der das riesige Schiff in den Fluss zerren will, dann als zwergenhaften Alpinisten, der die »Große Stahlklippe« zu bezwingen versucht, schließlich als traurigen Clown mit Zylinder, der am Themse-Ufer im Schlamm sitzt, während die *Leviathan* hinter ihm von Spinnweben und Efeu überwuchert wird. Vor dem heutigen Stapellauf hatte Trace das Schiff als eine Art Zirkus gezeichnet, fest an Land etabliert, mit Rampen und Treppen, die zum Deck hinaufführten, und mit Bannern, auf denen »DAS LEVIATHAN-KASINO – TÄGLICH GEÖFFNET – JEDE ATTRAKTION NUR ZWEI PENCE!!!« angekündigt wurde. Die Karikatur erinnerte mit ihrem Gewimmel an Hieronymus Bosch: Menschenmassen krabbelten über das schmuddelige gestrandete Schiff, Schilder priesen Sehenswürdigkeiten aller Art an, von sprechenden Hunden, Wettrennen und Tanzbären über christliche Chöre und einen Däumling bis hin zu einem leibhaftigen wilden Mann aus Borneo. Als Brunel die Zeichnung im *Evening Despatch* sah, erklärte er feierlich, dass, sollte Trace jemals wieder einen Fuß auf das Werftgelände in Millwall setzen, jeder seiner Arbeiter die ausdrückliche Erlaubnis habe, ihm mit Schraubenschlüssel, Ziegelstein, Kantholz, Hammer oder Faust den Schädel einzuschlagen.

Am Ende bedurfte es keiner weiteren Hilfsmittel als jener von Anfang an vorgesehenen Kombination von hydraulischen Spindelpressen, Winden und Ketten, um das Schiff ins Wasser zu bringen. Brunel hatte schließlich und endlich alle Fehler beseitigt. Die *Leviathan* schob sich zentimeterweise den Slip hinab in die Themse, gleich einer massigen Matrone, die in Brighton ins kalte Wasser des Ärmelkanals steigt.

»So was nennt man einen Abgang, würde ich sagen«, hatte Kapitän Harrison gemurmelt und Trace die Whiskyflasche gereicht. Sie hörten den versprengten Applaus vom Ufer. Trace hatte fünfzig Zuschauer gezählt. Harrison vergaß, einen Kanonenschuss abzufeuern, mit dem er den Stapellauf des größten Schiffes der Welt ankündigen sollte. Trace zog sein Notizbuch aus der Tasche, um ein paar Skizzen zu machen, aber ihm fehlte die Inspiration, und so nahm er lieber noch einen Schluck.

Irgendetwas stimmte nicht mit dem großen Tag. Die allgemeine Melancholie, glaubte Trace, speiste sich aus der lächerlichen Zukunft, die alle Welt dem Schiff prophezeite. Es war zu groß, zu unbeweglich und, wie sich inzwischen herausgestellt hatte, auch zu teuer, um von irgendeinem Nutzen zu sein. Trace hatte errechnet, dass jeder Meter, den das Schiff auf den Böcken bis zum Wasser zurücklegen musste, Brunel am Ende fünftausend Pfund gekostet haben würde.

Der Kahn begann leicht in den Wellen zu schwanken, die von der *Leviathan* erzeugt wurden, und Trace und Harrison lehnten sich gegen die Reling, während der Whisky in ihren Schädeln summte. Es war ein warmer Wintertag, und der Fluss begann bereits wieder nach Abwässern zu riechen.

»Ich will ja nicht klagen«, sagte Harrison, »aber jetzt, wo das Schiff im Wasser und der Kleine Riese pleite ist, bin ich wahrscheinlich ohne Anstellung. Man kann über ihn sagen, was man will, aber immerhin hat er einen einarmigen Kapitän für seinen Kahn angeheuert.«

»Und immerhin hat er mich wochenlang mit Stoff für meine Zeichnungen versorgt«, sagte Trace.

»Ein Prosit«, sagte Harrison. Sie erhoben ihre Becher zur schwarzen Klippe, die vor ihnen aufragte.

»Auf den Kleinen Riesen.«

»Auf den Kleinen Riesen.«

Die Arbeiter an Deck des Kahns schwenkten ihre Mützen, nicht so sehr aus Begeisterung als vielmehr aus Erleichterung, weil eine unerfreuliche Arbeit endlich getan war. Kaum eine Brise regte sich an jenem Nachmittag, und die Wimpel an Reling und Brüstungen der *Leviathan* hingen wie Fetzen herab.

EINE NEUHEIT ÜBER DEN KÖPFEN

Trace hatte sich nach dem Stapellauf richtig betrunken. Harrison hatte ihm den Rest Whisky gegeben und ihn in ein Boot gesetzt, das ihn flussaufwärts zu den Treppen von Wapping mitnahm. Er wollte nicht nach Hause in sein gemietetes Zimmer. Er wollte nicht über den erfolgreichen Stapellauf schreiben oder Skizzen von dem Ereignis anfertigen. Stattdessen wanderte er bis zur Abenddämmerung ziellos umher, wusste nicht, wohin, wusste nicht, warum er einen so schmerzlichen Verlust empfand.

Es war Weihnachtszeit. Er blieb verständnislos vor einer Anschlagtafel stehen und las, ohne zu begreifen, Ankündigungen für ein Weihnachtssingen oder eine Lesung mit Mr. Dickens. Er ging weiter. Er kehrte auf zwei Bier in einen Pub südlich der Commercial Road ein, lief dann weiter kreuz und quer. Alles in allem keine erfreuliche Jahreszeit für Jack Trace. Er erinnerte sich an ein oder zwei erträgliche Weihnachtsfeste in seiner Kindheit, die er bei Familien verbracht hatte, die zu den Feiertagen Waisenkinder aufnahmen; doch meist waren es bittere Tage gewesen – bloß ein paar Extrakerzen und Stechpalmenzweige im Schlafsaal des Jungeninternats Bonewald, die ihm nichts weiter bedeuteten als den Anfang eines neuen Winters.

Als es dunkel wurde, kam ihm der Gedanke, zum Tunnel zu gehen. Vielleicht, um ein bisschen zu zeichnen. Vielleicht, um eines von Brunels Werken zu besichtigen und auf diese Weise dem Mann und seinen Errungenschaften ein für alle Mal Lebewohl zu sagen.

Oder vielleicht nur der anderen Dinge wegen, die dort im Tunnel, im Dunkeln, möglich waren.

Trace stolperte die Treppen zur Eingangsrotunde hinunter. Der große, kreisförmige Schacht von etwa fünfzehn Meter Durchmesser erinnerte ihn an die Bilder, die er vom Pantheon in Rom gesehen hatte. Die Wände der Rotunde waren aus glattem Marmor, geschmückt mit Säulen und steinernen Reliefs; schwaches violettes Licht fiel durch den Fächer von Glasscheiben in der Kuppel. Unten angekommen, wohin der rötliche Schein nicht mehr drang, stand Trace unsicher im gelben Gaslicht. Vor ihm lag der Tunneleingang.

Brunels Vater Marc, der berühmteste Ingenieur seiner Zeit, hatte den Bau des Themse-Tunnels vor etwa dreißig Jahren begonnen. Isambard Brunel hatte das Unternehmen zu Ende gebracht und damit seine Karriere begründet. Der Tunnel war 1843 eröffnet worden und hatte sich sofort zu einer der großen Attraktionen der Metropole entwickelt: In den ersten drei Monaten nach Inbetriebnahme kamen eine Million Menschen. Im Tunnel gab es zahlreiche Stände. Die Leute zahlten erstaunliche Preise für Rasierschalen oder Teegeschirr mit der Aufschrift »ERWORBEN IM THEMSE-TUNNEL«. Das Ganze war ein großartiger Basar unter der Erde – unter dem Fluss. Damen und Herren promenierten am Grunde der Themse von Wapping nach Rotherhithe und zurück, bestaunten die Konstruktion mit ihren verzierten Bögen und Blumenreliefs. Die Spaziergänger blieben an den Ständen stehen und kauften, wobei es ihnen besonderen Nervenkitzel bereitete, dass sie den Fluss mit seinen zahllosen Schiffen und Booten, mit seinen Wassermassen, die zum Meer strömten, direkt über ihren Köpfen wussten. In den seither vergangenen fünfzehn Jahren war der Tunnel beträchtlich heruntergekommen.

Im Eingang tauchte ein alter Leierkastenmann auf, der wahrscheinlich den ganzen Tag dort unten Musik gemacht hatte. Er nickte Trace flüchtig zu und ging weiter. Seine Schuhe knirschten auf den Steinstufen, die zur Straße hinaufführten, das Echo seiner Schritte hallte durch das Rund. Die Gaslichter flackerten. Der Geruch von Urin drang aus dem Tunnel oder vielleicht aus dem Gully zu Traces Füßen und stieg ihm in die Nase; der Magen drehte sich ihm um, beruhigte sich wieder. Irgendwo im Dunkel der Passage ertönte ein Pfeifen. Ein trauriges, einsames Geräusch, das Trace in seiner trüben Stimmung paradoxerweise an einen leeren Raum denken ließ, obwohl es aus einem engen Steinkanal unter einem Fluss drang. Die gekrümmten Wände schufen eine Akustik, dank deren die Melodie Traces Kopf umschwirrte. Er versuchte sich zu beruhigen, indem er seinen Blick in den Tunnel richtete, mitten hinein ins dunkle Auge mit den Ausrufezeichen aus Ruß.

Nichts bewegte sich. Nachdem das Pfeifen aufgehört hatte, war kein Laut mehr zu hören. Trace spürte den Drang, hinauszulaufen, hinauf zur Straße, aber ein noch stärkerer Drang zog ihn zum Eingang und unter den Fluss. Er ging durch das Portal und sah empor zum Schriftzug der Vereinigung hilfsbereiter Damen. Ob Brunel davon wusste? Niedergeschlagenheit senkte sich auf Trace herab, als er an Brunel dachte, der zwar jetzt kränkelnd an Bord einer monströsen nautischen Narretei saß, der aber immerhin in seinem Leben, angefangen mit diesem Tunnel, einen Triumph nach dem anderen errungen und die technischen Meisterwerke seines Zeitalters geschaffen hatte, während er, Jack Trace, jetzt hier an dieser Unterführung stand: ein linkischer, alternder Junggeselle, der es zwar dank seines Talents und seiner Waisenhilfe als Junge heraus aus dem Arbeitshaus und bis zur St. John's Wood Art School geschafft hatte, dem aber die Aufnahme in die Königliche Akademie ein Leben lang verwehrt geblieben war, weshalb er sich als Skizzenzeichner bei Zeitungen und als Mallehrer bei Miss Orford verdingen musste, und der nun hier, in einer von Menschen gebauten Höhle unter einem stinkenden Fluss, Erleichterung zu finden hoffte.

Es waren Menschen im Tunnel, es hatte nur den Anschein gehabt, er sei leer. Trace wusste, dass man hier zu jeder Tages- und Nachtzeit jemanden treffen konnte, aber man musste vorsichtig sein. Vor allem nachts. Und es wurde allmählich Nacht, wie er sich schwach erinnerte, während er tiefer in die Unterführung hineinschritt. Nacht.

Er war weit unter den Fluss vorgedrungen, als er plötzlich die Geräusche geschäftlichen Treibens hörte. Oder geschlechtlichen, dachte er. Er holte tief Luft und ging weiter. Er hatte das Gefühl, auf Schienen einen Hang hinabzugleiten, wie die *Leviathan* am Nachmittag zum Fluss hinuntergeglitten war. Er wollte das Schiff vergessen. Er suchte nach der Whiskyflasche, zog sie aus der Tasche und hielt sie prüfend ins Licht. Nur noch ein kümmerlicher Rest. Er sog den letzten Tropfen aus der Flasche und stellte sie ordentlich an die Wand. Er durfte in Brunels Bauwerk kein Glas zerschmeißen, obwohl andere vor ihm genau dies getan hatten, wie er sehen konnte.

Die Damen hatten sich an der tiefsten Stelle des Tunnels, mitten unter der Themse, versammelt. So blieb ihnen reichlich Vorwarnzeit, wenn hin und wieder die städtische Polizei von beiden Seiten den Tunnel stürmte. Die Damen und ihre Herren konnten sich herrichten, aus den Seitenarmen und toten Gängen treten, die von der Hauptröhre abzweigten, Arm in Arm zu den Ausgängen schlendern, die Polizisten mit einem »Schöner Abend, nicht wahr?« grüßen und somit einer Verhaftung entgehen.

Den ersten Wachposten sah Trace unter einer Lampe etwa zwanzig Meter voraus stehen: eine abgemagerte Einbeinige, die ihren Hut mit einem Schal festgebunden hatte. Sie war schon lange nicht mehr tauglich fürs Gewerbe und musste jetzt mit Betteln und Wachestehen für die Damen ihr Dasein fristen.

»Schöner Abend, nicht wahr?«

Trace nickte und wurde rot. »Sehr schön«, sagte er und schlurfte vorbei.

In diesem Teil des Tunnels gab es kaum noch Licht. Nur jede vierte oder fünfte Lampe brannte. Trace sah Bewegungen. Dunkle Gestalten schlichen in dem düsteren Gewölbe umher. Schwer zu sagen, was flüsternde Gespräche anderer und was eindeutige Angebote waren, die nur ihm galten. Er ging benommen weiter. Die frühabendliche Arbeit in den Nischen hatte schon begonnen. Raschelnder Stoff. Husten. Lachen. Ein Spazierstock, der zu Boden fiel. Von irgendwoher Gesang. Das Cockney-Geschimpfe eines Kunden, der handgreiflich wurde. Das Jammern eines Herrn, der wie ein Kind darum bettelte, nicht bestraft zu werden. Das Klatschen einer nackten Hand. Wieder schien im Dunkeln vor seinem geistigen Auge eine Karikatur wie von Bosch auf: *Brunels Erotisches Kasino unter dem Fluss ... hier findet jeder Befriedigung!*

Trace entschied sich für eine Frau, vielleicht war sie noch ein Mädchen, die sich als Maddy vorstellte.

»Abkürzung von Madeline«, sagte sie.

»Na sicher«, murmelte Trace. Er gab ihr alles Geld, das er bei sich hatte.

»Reicht nich für das volle Programm«, sagte sie, als sie die Münzen gezählt hatte. Es war zu dunkel, um das Geld zu sehen; sie verließ sich auf ihren Tastsinn. »Aber was ich Ihn'n bieten kann, is Ihr Geld allemal wert.«

Sie nahm ihn am Arm und führte ihn tiefer hinein in den Tunnel. »Kenn' wir uns nich?«, fragte sie. Als sie an einem Gaslicht vorübergingen, sah er in ihrem Gesicht eine Narbe, die vom rechten unteren Augenlid die Wange hinunterlief. Sie ließ das rechte Auge ein wenig hängen, sodass sie ständig abschätzig zu schauen schien, als würde sie kein Wort von dem glauben, was Trace von sich gab.

»Nein.«

»Ach so. Dachte ja bloß, vielleicht kenn wir uns.«

Traces Herz schlug heftig. Nachdem er einmal in den Tunnel aufgebrochen war, hatte er sein Unternehmen mit grimmiger Entschlossenheit verfolgt, als sei es seine Pflicht, als leiste er einer Jahre zurückliegenden Aufforderung Folge; doch jetzt, im letzten Moment, wurde er nervös ... wie immer in solchen Momenten.

»Hier wär 'n Plätzchen, Sir«, flüsterte Maddy und zog ihn in eine leere Seitennische. Traces Fuß rutschte auf etwas Nassem aus. Vielleicht Urin ... oder Schlimmeres. Der Tunnel hatte von Anfang an in dem Ruf gestanden, bemerkenswert trocken zu sein – auch das ein Triumph für den Ingenieur Brunel. Trace versuchte seinen Schuh am Boden sauber zu kratzen. Und was war das andere raschelnde Geräusch? Ratten? Nein, es war nur Maddy, die ihre Röcke lüftete.

»Wills mal sehn? Kostet nichts.«

»Ah ...«

»Brauchs du Hilfe?« Und sie begann, seine Hose zu öffnen. »Das isses, wofür dein Geld reicht und ... oooooh, was is das denn?«

»Bloß ein Buch.«

»'n Buch? Und ich dachte schon, das bis *duu* ... Und was lesen wir denn heute Abend Schönes?« Sie rieb seinen Schenkel und öffnete geschickt seine Knöpfe.

»Lesen? Gar nichts, es sind Zeichnungen.«

»Zeichnungen? Und von wem?«

Ihre Hände – beide Hände – hatten ihn jetzt im Griff.

»Von mir.«

»Von *dir*? Na, vielleicht zeigs du mir deine Zeichnungen mal? Ich möcht sie zu gern sehn. Zeigs du mir deine Zeichnungen?«

»Ja, vielleicht, vielleicht.«

»Vielleicht? Bloß *vielleicht*? Vielleicht wills du Maddy ja zeichnen? Vielleicht wills du mich ja auch in deinem Buch haben? Ich würde das machen. Für dich Modell stehn. Was meins du?«

Trace verlor das Gleichgewicht. Er lehnte sich zurück und stützte sich gegen die raue Oberfläche der Tunnelwand. Es war fast völlig finster in der Nische, das nächste Gaslicht war irgendwo im Haupttunnel. Maddy wurde von hinten beleuchtet und wuchs sich aus zu einem verzerrten Schatten, der immer größer zu werden schien und ihm die Luft nahm, ihn schwach und kraftlos wirken ließ. Ihre Hände bearbeiteten ihn jetzt fast rasend.

»Vielleicht …«, wiederholte er, als sich alles um ihn zu drehen begann, als er seine Knie nachgeben und einen angenehmen Schmerz in den Lenden spürte.

Doch plötzlich hörte Maddy auf und zog die Hände aus seiner Hose.

»Hallo …?« Die Stimme entschlüpfte seiner Kehle, halb bellend, halb bettelnd.

»Psssst!«

Maddy wedelte mit den Händen und bedeutete ihm, zu warten, an sich zu halten, zu lauschen. »Hörs du das?«

»Was?«

»Das!«

Trace hielt den Atem an. Ihm drehte sich der Kopf, aber er konnte ein Geräusch hören. Ein entferntes Geräusch; ein metallisches, wirbelndes Schaben, das sich hinab in den Tunnel wand. Es kam eindeutig auf sie zu.

»Ich höre es«, sagte Trace.

»Klar hörs du's«, flüsterte sie und deutete in Richtung des Geräusches über ihren Köpfen. Mit der anderen Hand griff sie nach Traces Hose und zog ihn in den Haupttunnel.

»Was ist das?«, fragte er.

»Schiff.«

Trace bemerkte, dass auch andere Tunnel-Damen aus dem Dunkel aufgetaucht waren, mit mehr oder weniger bekleideten Herren im Schlepptau. Ein älterer Mann trug Zaumzeug, und seine Dame saß auf seinem Rücken. Sie alle lauschten dem Geräusch.

»Ein Schiff?«, fragte Trace.

»Was 'n sonst?«, flüsterte Maddy nickend. »Ein Dampfschiff mit so 'nem *Dings* dran …« Und sie beschrieb mit der Hand einen Kreis in der Luft.

»Einem Propeller?«, fragte Trace.

»Genau.«

»Und den kann man hier unten hören?«

»Is genau über unsern Köpfen«, sagte Maddy und zeigte wieder an die Decke. »Ganz nah.«

Das mahlende Geräusch war tatsächlich nahe. Es klang, als kämen Insekten durch die Unterführung auf sie zugesurrt. Das Geräusch beunruhigte Trace, doch wenn er Maddy ansah, schien diese eher gefesselt und erstaunt zu sein. In dem Auge mit der Narbe hing eine Träne. Im Dämmerlicht des Tunnels sah Trace, dass die anderen Damen ebenso gebannt waren. Die Männer hingegen schienen die Unterbrechung entweder entschlossen zu ignorieren und stießen einfach weiter zu; wenn sie jedoch lauschten, sahen sie eher verwirrt aus.

»Ich liebe das«, sagte Maddy. »Das is Fortschritt, genau. Fortschritt. Schiffe mit Dingens, die direkt über unsern Köpfen fahrn. So was kann einem auf der Straße nich passiern, hab ich Recht?«

»Wohl kaum«, sagte Trace.

»'türlich nich. Wie denn wohl?« Und Maddy brach in lautes Lachen aus, das von den Wänden des Tunnels widerhallte und bei den anderen Damen ein allgemeines *Psssst!* hervorrief.

Das Mahlen entfernte sich, während das Schiff seine Fahrt flussabwärts fortsetzte, entfernte sich in die dunklen Abseiten des Tunnels. Maddy zog Trace in ihre Nische zurück.

»Die heißn Schrauben, weiß du?«, sagte sie. »Diese Propeller-Dings. Schrauben.«

»Heißen sie?« Trace wusste nicht recht, was er von der Sache halten sollte. »Ich meine, das weiß ich natürlich, dass sie so heißen.« Ihre Hände waren wieder in seiner Hose und fingen mit der Arbeit von vorn an.

»Eines Tages werden alle Schiffe solche Schrauben haben.«

Sein Fleisch erwachte wieder zum Leben.

»Ich hab 'ne hübsche kleine Überraschung für dich, Herr Künstler«, sagte Maddy. »Das volle Programm. Ohne Aufpreis. Is die Hausregel. Machen wir immer, wenn eins von den neuen Schiffen über unsern Köpfen langfährt. Bringt Glück. Das Glücksrad …«, und wieder fuhr ihre Hand, einen Kreis beschreibend, durch die Luft, »… dreht sich.«

Trace erschauerte; beinahe war er … erleichtert.

»Mit freundlicher Empfehlung der Vereinigung hilfsbereiter Damen«, sagte Maddy.

Sie nahm ihre Hand aus Traces Hose, lüftete ihre Röcke und stieg auf einen Stein, der sie genau auf die richtige Höhe brachte. Dann hob sie das linke Bein und senkte sich auf ihn. »Das Angebot könn wir natürlich nich ewich halten, aber im Augenblick … gib's noch für jede Schraube 'nen Stich.«

Sein Skizzenbuch fiel zu Boden. Das Mahlen des Dampfschiffes hatte sich verflüchtigt. Nur die Geräusche ihrer beider Bemühungen drangen in sein Ohr. Er spürte den Druck ansteigen. Bald würde die Entladung kommen. Mit der linken Hand stützte er sich ab an den trockenen Steinen von Brunels Tunnel; mit der rechten Hand umfasste er Maddys Hintern. Er schloss die Augen, und aus dem Wirbel und den Wellen hinter seinen Augenlidern entstand ein Bild, dessen erhabene Größe ihn nach Luft ringen ließ. Das Bild nahm Konturen an, und er erkannte sich selbst. Er befand sich in einer riesigen, wundervollen Zeichnung, die er offenbar selbst angefertigt hatte, sie war komplex und tiefgründig und dehnte sich in alle Richtungen aus. Technische Wunderwerke füllten das Bild. Dampfmaschinen. Rauchlose Lokomotiven. Leitungen. Herrliche Brücken. Telegraphenkabel für jedermann. Luftgondeln. Außerhalb des Bildes beugte und streckte und beugte Maddy ihre Schenkel, umfing ihn. Er war unter dem Strom, der durch die Hauptstadt des Empire floss, er befand sich nur ein Stück weit flussaufwärts von dem größten Schiff der Welt. Und in seinem Bild stand er nicht irgendwo am Rand; nein, er stand im Zentrum des Ganzen.

»Fortschritt«, stöhnte er.

Kapitel 3

In Willing Mind

Maine, Januar 1858

Bettys Weg

Ein Blau und eine derart intensive Kälte herrschten überall, als wäre der Welt selbst die Luft abgeschnürt worden. Der wolkenlose Himmel war ein Glassturz aus Azur, der sich über der Casco Bay wölbte. Das Meer lag ruhig, fast indigoblau, hier und dort kräuselte eine ersterbende Brise die Wasseroberfläche. Kurz vor dem Ufer brachen kleine Wellen in vereinzelte Schaumkronen vom selben Farbton wie der Schnee, der weiter westlich die Findlinge und die Wiesen bedeckte. Doch alles wurde vom kalten Blau überlagert. Der Schnee strahlte es ab. Die Kiefern auf den Felsen hinter dem Haus waren beinahe schwarz davon. Und Franny Ludlow trug an diesem Tag, fast zwei Wochen nach Weihnachten, bei ihrem Morgenspaziergang zum Steilufer einen blauen Mantel.

Franny wusste, dass Chester es nicht gern sah, wenn sie an den Klippen entlangwanderte. Trotz des neuen Geländers war der Weg noch gefährlich. Man konnte ausrutschen und stürzen wie ein vierjähriges Kind. Franny nannte den Pfad heimlich Bettys Weg. Hätte Chester das gewusst, seine Sorge wäre noch größer gewesen; er hätte ihre Namenswahl vielleicht nicht kritisiert, aber im Stillen hätte er sicher gefürchtet, dass Franny in ihrer Trauer, von der sie sich, wie er hoffte, allmählich lösen würde, zu weit gegangen sei.

Und zu einem Gutteil hatte sie sich auch schon gelöst. Franny versuchte, die Last von Bettys Tod in einen kleinen Winkel ihrer Gedanken zu schieben, sodass das Leben weitergehen konnte. Es gefiel ihr, dass sie sich in diesem Sinne unter Kontrolle hatte. Ihre

Selbstdisziplin war das Gegenstück zu ihren Fähigkeiten als Schauspielerin: Dort ließ sie im Dienste des Stücks Emotionen auf Kommando entstehen und sichtbar werden; hier unterdrückte und beschränkte sie Gefühle im Dienste ihrer eigenen Ausgeglichenheit. Aber sie tat dies nur in der Öffentlichkeit. Wenn sie allein war, und oft auch allein mit Chester, war ihre Stimmung trüb und düster.

Sie gelangte zu einem kleinen Hügel, dem höchsten Punkt des Weges, von wo der Pfad zu den Felsen hinabführte. Sie kehrte dem Meer und der Morgensonne den Rücken zu und wandte sich nach Willing Mind um: dem ausladenden, mit Schiefer gedeckten Haus, das ihr Vater, der Bostoner Architekt Augustus Piermont, hier an die Küste von Maine gebaut hatte und das jetzt ihr und Chester gehörte. Franny hatte jeden Sommer ihrer Kindheit in Willing Mind verbracht. Sie war skeptisch gewesen, ob man das ganze Jahr hier leben könne, aber Chester hatte mit dem Perfektionsdrang des Ingenieurs die Verstärkung und Isolierung des Gebäudes höchstpersönlich überwacht, und indem sie im Winter die wenig genutzten Räume im Obergeschoß versperrten, wurde das Haus selbst noch in den kältesten Monaten ein gemütliches Heim. Und Chester hatte mit seinen technischen Fähigkeiten für allerlei Verbesserungen im Haushalt gesorgt: einen Speisenaufzug für Mrs. Tyler, die Haushälterin, mit dem sie Mahlzeiten ins Obergeschoss spedieren konnte, wenn Franny indisponiert war; eine Seilbahn für zwei Personen, die von den Klippen zum Strand hinunterführte; ein – inzwischen abgebautes – Karussell für Betty; ein im Experimentierstadium befindliches System aus Ofenrohren und Blasebälgen, um im Winter heiße Luft durchs Haus zirkulieren zu lassen. Nach Bettys Unfall hatten sie über einen Umzug nachgedacht, möglicherweise nach Gramercy Park in New York, aber Franny hatte Nein gesagt: Sie mussten dem Haus eine Chance geben; es war ihr Heim; Betty war auf dem Grundstück begraben; sie mussten bei ihr bleiben.

Aus allen vier Schornsteinen des Hauses drang jetzt Rauch. Gilbert Tyler, ein Hummerfischer aus der Nachbarschaft, der nebenbei den Ludlows als Hausmeister diente, hatte in Anbetracht ihrer Rückkehr in allen Kaminen Feuer gemacht. (Er misstraute Chesters Ofenerfindung und bevorzugte Kaminfeuer.) Chester saß im Arbeitszimmer über dem Vortragsmanuskript, das Spude

84

ihm geschickt hatte. »Die Truppe«, wie Franny sie nannte, hatte die Nachricht gesandt, dass am Abend zuvor alle vollzählig mit dem Zug in Portland eingetroffen seien und im Laufe des heutigen Tages mit einem Wagen nach Willing Mind kämen.

Franny war sich nicht sicher, was sie von der ganzen Unternehmung halten sollte, von dieser »Tournee«, wie Chester sagte. Es war geplant, statt durch Amerika zu reisen, den Atlantik zu überqueren und England ins Visier zu nehmen.

»Dort läuft die Wirtschaft besser«, hatte Chester gesagt. »Wir gehen dahin, wo das Geld sitzt.«

Franny war sehr neugierig auf das Phantasmagorium. Chester hatte ihr berichtet, was er gesehen hatte, als er sie in der *Kameliendame* hatte sitzen lassen. Sie würden die endgültige Fassung der Aufführung mit nach Willing Mind bringen. Sowohl Spude als auch die Lindts kamen, jenes Ehepaar, das nach Chesters Auskunft das Spektakel entworfen hatte. Als Spude auf der Suche nach einem geheimen, abgelegenen Ort für die Proben war, hatte Chester in der Hoffnung, Spude fände es bei weitem *zu* abgelegen, sein Anwesen vorgeschlagen. »Perfekt!«, hatte der jedoch gesagt. »Da können wir ungestört arbeiten. Wir werden am Dreikönigstag dort sein.« Und das waren sie, auf den Tag genau.

Franny zog in der klirrenden Kälte die Schultern hoch. In ihrer linken Tasche steckte ein Brief, nach dem sie mit ihrer behandschuhten Hand griff. Sie hatte das Kuvert seit seinem Eintreffen vor zwei Tagen in der Manteltasche stecken lassen, ohne es Chester zu zeigen. Er schien abgelenkt, allzu beschäftigt mit der Ankunft von Spude und den anderen. Sie wolle ihn beschützen, dachte sie. Auch sie wollte einmal ein Bollwerk sein.

Der Brief war von Otis, Chesters älterem Bruder, und war auf den Sandwich-Inseln aufgegeben worden, wo sich Otis erholen wollte, bevor er sich nach Amerika aufmachte. Otis war früher als geplant von den Guttapercha-Plantagen des Syndikats in Malakka zurückgekehrt. Er schrieb nichts darüber, wovon er sich erholen müsse. Der Brief war wie immer kryptisch. Anders als sonst sprach er jedoch von seiner Sehnsucht, wieder nach Haus zu kommen. Das mochte rührend zu lesen sein, doch Frannys erster Gedanke war, dass Willing Mind nicht sein Zuhause war. Er war immer ein Besucher gewesen, und ein Besucher würde er immer bleiben.

Draußen vor der Küste sah Franny das Segel von Tylers Hummerboot. Das weiße Dreieck schlug träge in der leichten Brise, und der Alte hatte zu rudern begonnen, um von einer Hummerfalle zur nächsten zu gelangen. Die Bojen der Fangkästen konnte Franny nicht erkennen, aber sie wusste ohnedies, wo sie lagen. Seit Jahren beobachtete sie Tyler, wie er seine Runde von Hummerfalle zu Hummerfalle machte; als kleines Mädchen war sie sogar einmal mit ihm hinausgefahren und hatte zugesehen, wie er die Lattenkäfige vom Meeresgrund aufholte. Sie stand oben am Steilufer und konnte erkennen, dass der alte Mann sich über das Dollbord beugte. Sie ließ ihn nicht aus den Augen, bis sie die nassen Ruderblätter wieder in der schwachen Wintersonne aufblitzen und das Boot weiterfahren sah, und das gab ihr das unbestimmte Gefühl, es sei in Ordnung, den Weg zum Wasser hinunterzusteigen.

CHESTERS VORBEREITUNGEN

Chester schritt vor dem Fenster seines Arbeitszimmers, das zum Meer hinausging, auf und ab. Sonnenlicht sprühte von dem breiten Schild reflektierenden Glanzes empor, der auf dem Wasser lag. Das Zimmer flackerte im Licht, aber die Vorstellung, die Vorhänge zuzuziehen, schien unerträglich. Zwar waren Chesters Gedanken abgelenkt durch dieses Schauspiel, aber es wäre weit schlimmer gewesen, sich einzuschließen und das pulsierende Leuchten gegen die Vorhänge prallen zu lassen.

Chester versuchte, seine Rede vorzubereiten, aber es gelang ihm schlecht. Er hatte Spudes Manuskript durchgelesen – die Rede, die Ansprache, was immer es sein mochte –, das er, Chester, vor den Geldsäcken Großbritanniens zum Vortrag bringen sollte. Er hatte versucht, die Worte laut zu sprechen, aber er fühlte sich unwohl, wenn er seine eigene Stimme in diesem von der Sonne belagerten Zimmer erklingen hörte, und darum hatte er begonnen, auf und ab zu gehen. Vielleicht sollte er sich in ein Hinterzimmer zurückziehen; vielleicht sollte er den Text noch einmal leise lesen; vielleicht sollte er ihn überhaupt nicht lesen.

Er hatte gesehen, wie Franny zu den Klippen hinaufspazierte. Er nahm an, sie würde, dem Rand der Rasenfläche folgend, hinüber zu den Wiesen gehen und von dort zurück zum Haus. Oder vielleicht zu der kleinen Seilbahn – der »Schwerkraftbahn« –, die er gebaut hatte, um Personen vom Ende des Grundstücks zum Sandstrand hinunterzubefördern. Als er jedoch bemerkte, dass sie verschwunden war, während er einen Moment lang nicht hingesehen hatte, war ihm sogleich klar, dass sie den steinigen Pfad hinab zu den Felsen gegangen sein musste.

Chester drückte die Stirn an die Scheibe. Er dachte, eher zerstreut, über Frannys Launen nach, aber es war Frau Lindt, die vor seinem geistigen Auge auftauchte. Mit analytischem Interesse bemerkte er, wie oft er seit ihrer ersten Begegnung in der Bowery vor einem Monat an sie gedacht hatte. Das verwirrte ihn. Immer wieder sah er, wie sich ihre Lippen zum Lächeln öffneten, als sie auf ihn zukam; immer wieder hatte er das seltsame Gefühl, eine Frau kennenzulernen, die auf eine Weise beeindruckend war, die er nicht in Worte zu fassen vermochte.

BETTYS FELSEN

Franny stand bei dem Felsen. Es war, anders als Chester vielleicht vermutete, keine schlichte Todessehnsucht, die sie hierher getrieben hatte. Sie wollte bloß nachdenken. Sie war ohne große Mühe den Weg hinabgestiegen. Gil Tyler hielt ihn in Ordnung. Außerdem waren sich alle einig, dass nicht das unwegsame Gelände schuld an Bettys Tod war. Sie hatte einen Anfall gehabt. Otis hatte gesagt, er habe es vom Garten aus sehen können. Er wusste, was mit ihr los war, weil er selbst solche Anfälle gehabt hatte. Wie auch sein Vater. Es lag in der Familie.

Das Wasser gurgelte und wirbelte um den Felsen; der modrige Geruch des Seetangs stieg ihr kaum in die Nase, denn die Kälte schloss alle Gerüche in sich ein. Das Steilufer wich an dieser Stelle ein wenig vor dem Meer zurück und hielt die schwache Energie des Sonnenlichts gefangen, was zur Folge hatte, dass hier der wärmste Ort auf Frannys Weg war, seit sie das Haus verlassen hatte.

Auf diesen Felsen war Betty gestürzt. Franny berührte den harten Granit und die kleinen, scharfen Krater der Seepocken, die sich zu Tausenden daran klammerten. Der Felsen fühlte sich warm an. Sie breitete die Arme weit aus und senkte den Kopf. Sie schmiegte ihren ganzen Körper um den Felsen; mit den Stiefelspitzen im flachen Wasser, lag sie ausgebreitet auf der rauen Oberfläche. Sie lag da und ließ ihre Gedanken zu Betty wandern.

Es waren epileptische Anfälle gewesen, und wenn sie auftraten, vor allem als Betty noch ein kleines Kind war, hatten Chester und sie sich große Sorgen gemacht. Seltsamerweise war es ausgerechnet Otis gewesen, der sie hatte beruhigen können: Otis, der sonst so schwierig und rätselhaft schien, ein Eindruck, den er mit voller Absicht provozierte, wie Franny glaubte. Otis hatte ihr erzählt, wie sich die Anfälle für Betty anfühlen könnten, was sie möglicherweise sah, wie es war, wenn sie vorübergingen. Es wirkte beruhigend auf Franny, wenn Otis ihr von der Krankheit erzählte. Es erstaunte sie, wie Otis, der sie mit seinem plötzlichen Auftauchen, seiner Ruhelosigkeit, seiner Geheimnistuerei sonst eher nervös machte, sie in diesem Falle aufzumuntern vermochte.

Franny schloss fest die Augen; sie spürte die raue Oberfläche des Felsens an der Wange. Gurgelnd wurde er von den Fluten umspült. Sie konnte nicht anders, als ihre Tochter zu sehen, wie sie durch die Luft trudelte, auf den Felsen zu. Sie hörte einen Aufprall.

Gil Tyler war ein paar Meter vom Ufer entfernt draußen in der Bucht und zog eine Hummerfalle hoch. Er hatte Franny, bevor sie sich aufrichtete und einen Schrei ausstieß, nicht bemerkt.

»Mrs. Ludlow« – so nannte er sie jetzt; als Mädchen war sie immer Miss Piermont gewesen –, »alles in Ordnung?«

Franny nickte. »Ja.« Sie holte tief Luft, schloss die Augen, spürte ihr Herz galoppieren. Tyler sah sie immer noch geradewegs an. Sie atmete zweimal tief durch; dann lächelte sie und erhob sich vom Felsen. Um die Situation zu entspannen, stellte sie dem Alten die immer gleiche Frage, die sie ihm seit Jahren stellte und bei der sie wusste, dass sie die immer gleiche Antwort erhalten würde.

»Was macht Fortuna?«, rief Franny.

»Ist immer noch auf der Suche nach mir«, sagte Tyler. Und als wollte er den Beweis erbringen, zog er eine leere Hummerfalle aus dem Wasser. Der Zeitpunkt war so perfekt gewählt, dass selbst Tyler lächeln musste. »Aber sie muss ja auch das ganze große Meer durchkämmen. Genau wie ich.« Er befestigte einen frischen Köder und warf die Falle ins Wasser zurück.

»Ihr werdet euch schon finden!«, rief Franny.

»So wie ich Sie gefunden habe?«

»Genau so.«

Es war ein Frage-und-Antwort-Spiel, das sie seit ihrer Kindheit praktizierten. Tyler machte es Spaß. Franny sah es in seinem Gesicht, bei dessen Anblick sie beinahe so etwas wie Glück empfand.

DIE ANKUNFT

Sieben Wagen kamen den Weg von der Straße nach Freeport zum Haus hinauf. Sieben! Sechs Wagen und eine Kutsche, um genau zu sein. Wer mit einer solchen Karawane in Portland aufbrach, konnte kaum mit Geheimhaltung bei den Proben rechnen. Spude musste zwei oder drei Güterwaggons gemietet haben, um die gesamte Ausrüstung von New York nach Portland zu schaffen. Und jetzt kam die Prozession die Auffahrt herauf.

Edwina, die Frau des alten Tyler, die sich für Chester und Franny in Willing Mind als Köchin und Haushälterin betätigte, hatte zaghaft an die Tür des Arbeitszimmers geklopft, wo Chester immer noch die Stirn an die Scheibe lehnte. Sie hatte gesagt, es sehe aus, als sei eine Armee im Anmarsch.

»Eher ein Zirkus«, murmelte Chester, während er seinen Mantel überzog und vor die Tür trat, um die Ankömmlinge zu begrüßen.

Spude erklomm bereits die Stufen zur Veranda, als Chester die Tür erreichte. Seine Schritte ließen die alten Dielen knarren und krachen.

»Herrlich, Ludlow. Wunderschönes Anwesen. Die Felsenküste von Maine. Ich liebe es.« Spude schüttelte Chesters Arm.

»Ich hoffe, Sie hatten eine ereignislose Anreise?«, sagte Chester.

»Aber wie kommen Sie denn darauf? Die Reise war *voller* Ereignisse. Lebhafte Diskussionen im Zug. Gute Zigarren. Hervorragende Speisen. Ein Kartenspiel, bei dem ich, anders lässt es sich nicht sagen, sehr gut abgeschnitten habe. Ein paar reizende Damen, mit denen sich ein alter Witwer die Zeit vertreiben konnte. Ihnen, Ludlow, der Sie gerade zu einer Expedition aufbrechen wollen, die Aufsehen erregen und Abertausende Pfund Sterling beschaffen soll, dürfte doch der Sinn nicht nach ›ereignislosen‹ Reisen stehen.«

Chester brachte ein Lächeln zustande. »Nun ja. Ich bin froh, dass Sie da sind. Wir werden für einen ereignisreichen Aufenthalt sorgen«, und er fühlte Spudes kräftige Hand auf seinem Rücken landen.

Chesters Aufmerksamkeit richtete sich bereits im Wesentlichen auf die Ereignisse hinter Spudes Rücken, wo Herr Lindt aus der Kutsche stieg und mit Agon Bailey sprach, der seinerseits das Dachgepäck losschnallte.

»Ich habe ein paar Männer aus dem Dorf angeheuert, uns beim Aufbau zu helfen«, sagte Spude, »und ich habe den Küchenchef und einige seiner Leute aus dem Casco Hotel – so heißt das Ding doch, oder? – mit einem Abendessen herbeordert. Ich hoffe, das war nicht vorschnell: Ich wollte Ihrem Personal unnötige Mühe ersparen.«

»Das ist sehr freundlich«, sagte Chester. Er löste sich von Spude und ging die Stufen hinunter, um die Lindts zu begrüßen.

Sie stieg aus der Kutsche, wobei ihr Ehemann ihr die Hand reichte. Die raue, kalte Seeluft und das grelle Sonnenlicht schienen ihr nichts auszumachen. Sie wirkte im Gegenteil umso imposanter, wie sie hoch aufgerichtet und erhaben dastand. Ihre blassblauen Augen glitzerten wie Diamanten. Chester nahm ihre Hand und deutete eine Verbeugung an.

»Wir freuen uns, hier zu sein«, sagte Herr Lindt. Er trug einen grünen Tirolerhut mit schmaler Krempe und einem Gamsbart. Die Kopfbedeckung ließ sein Gesicht spitzer, wölfischer aussehen. Seine Frau sagte nichts.

»Ich … wir freuen uns, Sie beherbergen zu dürfen«, sagte Chester und ließ den Blick zwischen den beiden Lindts hin- und herwandern.

FRANNY SIEHT EINEN GAST

Franny lag rücklings auf dem Felsen, als sie Stimmen hörte. Sie war eingenickt. Sie musste eingenickt sein. Warum sonst wusste sie nicht gleich, wo sie war? Sie hatte den alten Tyler davonrudern sehen, daran erinnerte sie sich noch. Sie hatte einen Augenblick des Glücks gespürt oder eher der Erleichterung, und dann hatte die Müdigkeit sie übermannt, und sie war wieder auf den Felsen geklettert und hatte sich mit dem Gesicht nach oben in die Sonne gelegt. Aber die stand jetzt in einem anderen Winkel am Himmel, höher, es musste schon nach Mittag sein. Es musste einige Zeit vergangen sein.

Sie hatte sich vorgestellt, Willing Mind zu verlassen. Oder es schon verlassen zu haben. Sie war sich nicht sicher, ob es sich dabei um ernsthafte Überlegungen oder um jene Art Träume gehandelt hatte, die einen im unruhigen Halbschlaf heimsuchen. Es erstaunte sie, wie warm es in der kleinen Bucht geworden war. Sie legte sich wieder auf den Rücken und beschirmte die Augen, um das Steilufer hinaufzusehen.

Gegen den Himmel erkannte sie ihren Mann, der mit einer Frau redete. Mit einer blonden Frau, die ihren Hut auf dem Kopf festhielt, damit die Brise ihn nicht davontrug. Chester fuhr mit der Hand durch die Luft und deutete hinaus auf die See. Ob er der Frau vom Kabelprojekt erzählte, von den Entfernungen und Meerestiefen, die es zu bewältigen galt? Oder erklärte er ihr, wie Gil Tyler in diesen Gewässern Hummer fing? Franny sah sich nach Gil um, der aber nicht mehr zu sehen war. Als sie sich wieder zum Steilufer wandte, sah sie, dass sich die Frau leicht zu Chester neigte, während er sprach. Sie berührte seinen Arm und lachte. Er lächelte. Dann ging die Frau davon, während Chester noch einen Moment stehen blieb und aufs Meer hinaussah. Die Gäste mussten eingetroffen sein.

DAS ABENDESSEN UND WAS VORHER GESCHAH

Beim Abendessen brachte Spude einen Toast auf die triumphalen Dimensionen des Projektes aus; nicht die des Kabelprojektes, sondern die des Phantasmagoriums. »Eins nach dem anderen«, sagte er zu seinem eigenen erhobenen Glas. Er saß am Kopfende des Tisches, eine Ehre, die er eher für sich reklamiert hatte, als dass sie ihm angetragen worden war, aber da er das gesamte Essen besorgt und bezahlt hatte, war er, zumindest für die Dauer des Mahls, eher Gastgeber als Gast im Hause der Ludlows. Er hatte auf Hummer verzichtet und stattdessen Fleisch (hatte er doch sein Vermögen in Rindfleisch gemacht) und Kartoffeln (»Wir müssen unbedingt *pommes de terre* aus Aroostook County probieren«, hatte er gesagt, und so geschah es) bestellt; dazu gab es Kürbis, Bohnen, Wein und schließlich noch Apfelpastete (»Ein echter Ostküsten-Nachtisch«, hatte Spude verkündet).

Chester hatte seinen Platz Spude gegenüber am Fußende des Tisches. Die Lindts saßen an der einen Längsseite, die andere war Franny allein vorbehalten. Chester war erfreut darüber, wie seine Frau strahlte. Von Anfang an hatte sie Spude und die Lindts in Gespräche und Koketterien verwickelt. Spude war entzückt, und den Lindts war ihre Unsicherheit genommen. Franny hatte in letzter Zeit ausgesprochen niedergeschlagen gewirkt, doch jetzt sah Chester in ihren Augen etwas von jenem funkelnden Glanz, für den sie einst auf der Bühne berühmt gewesen war.

Die Lindts waren seit ihrer Ankunft für Chester schwer zu durchschauen gewesen. Bereits wenige Augenblicke nachdem er aus der Kutsche gestiegen war, hatte Herr Lindt den Helfern auf die Finger geschaut, die in der Scheune die Wagen abluden. Er hatte nur die allernötigsten Höflichkeiten und Vorstellungen über sich ergehen lassen und war dann sofort zu seiner Arbeit geeilt. Spude war in sein Zimmer gegangen, um sich frisch zu machen; Frau Lindt ebenso. Herr Lindt hingegen kannte nur seine Pflichten. Chester beschloss, ihm in der Scheune zu helfen. Er konnte Franny nicht finden, und es ärgerte ihn ein wenig, dass sie kurz vor der Ankunft der Gäste einfach davonspaziert war. Außerdem dachte er sich, es sei eine freundliche Geste und eine gute Grundlage ihrer gegenseitigen Beziehung, wenn er seinem Ingenieurkollegen zur Hand ging.

Er zwängte sich an zwei Männern vorbei, die eine lange Leinwandrolle durch das Scheunentor trugen. Chester hatte dafür gesorgt, dass der große Holzofen angeheizt wurde, damit wenigstens ein bisschen Wärme im Gebäude herrschte.

»Besser als nichts«, hatte Lindt gesagt, als Chester ihn dabei antraf, wie er sich in die Hände hauchte und von einem Fuß auf den anderen hüpfte. »Wenn das Phantasmagorium unter diesen Bedingungen funktioniert, dann wird es überall funktionieren.«

Darauf hatte er sich umgedreht und den Arbeitern Anweisungen gegeben. Chester blieb neben dem Ofen stehen und fing an, einige der Seile zu lösen, mit denen die Kisten zugebunden waren. Als irgendwann Frau Lindt durch das große Tor trat, blinzelte sie, weil sie aus der grellen Sonne in das Halblicht der Scheune kam.

»Hat sich Mrs. Tyler Ihrer angenommen?«, fragte Chester.

Frau Lindt konnte anscheinend immer noch nicht richtig sehen, denn als sie Chesters Stimme neben sich hörte, sog sie erschrocken die Luft ein. Sie waren beide überrascht und verlegen, als sie bemerkten, dass sie seinen Ärmel gefasst hatte.

»Ja. Es ist alles sehr angenehm«, sagte Frau Lindt errötend, als sie ihre Hand zurückzog. Sie warf einen raschen Blick zu ihrem Mann, der sich über eine Kostümtruhe beugte; dann lächelte sie Chester zu. »Angenehm ist gar kein Wort. Die Aussicht aus meinem Zimmer ist großartig.«

Sie sahen Herrn Lindt zu, der einige Arbeiter dirigierte, die Flaschenzüge an einem Querbalken des Scheunendachs anbrachten.

»Zur Befestigung des Panoramas!«, rief Herr Lindt, als er bemerkte, dass Chester ihn beobachtete; seine erste unaufgeforderte Äußerung. Er nickte seiner Frau kurz zu, sie winkte zurück. Dann drehte Herr Lindt sich wieder zu den Arbeitern um und wies sie an, wie die Seile zu führen seien.

Frau Lindt war zur Seite getreten und schaute aus dem Scheunentor zum Haus. Chester ging zu ihr.

»Ihr Haus«, sagte sie. »Es hat einen Namen. Willing Mind. Warum?«

»Der Vater meiner Frau hat es gebaut. Er war Architekt. Sohn eines Pastors. Der Name stammt aus einem schottischen Kirchenlied«, und zu seiner eigenen Überraschung begann er zu singen:

»*Though soon I part*
This vale unkind,
Thy light my eyes shall see.
With eager heart
And Willing mind
I built a life for Thee.«

Einen Moment lang hörten die Männer in der Scheune auf zu arbeiten. Sogar Herr Lindt sah von seinem Plan auf. Dann drehte er sich ebenso plötzlich wieder um und sagte zu den Arbeitern: »Hier kommt die Bühne hin. Packen Sie die entsprechenden Kisten aus. Sie sind alle beschriftet.«

Chester beugte sich zu Frau Lindt. »So ungefähr ging es«, murmelte er und wurde schrecklich rot.

Frau Lindt lächelte. »Ich habe Ihre Frau noch nicht kennengelernt«, sagte sie. »Ich würde mich gerne vorstellen.«

»Ja. Natürlich. Wir gehen sie suchen. Ich zeige Ihnen das Grundstück.«

»Bitte, tun Sie das«, sagte sie.

»*Ja*«, sagte Herr Lindt abweisend. Er war dicht genug herangekommen, um die letzten Sätze mitzuhören. »Tun Sie das.« Als wollte er sie beide loswerden.

Sie gingen hinaus; Chester war verwirrt und höchst erleichtert, die Scheune verlassen zu können und wieder im kalten Sonnenlicht zu sein.

»Also, Herr Lindt«, sagte Franny abends beim Essen, »diese Theatermaschine, die Sie uns mitgebracht haben ... Wozu brauchen Sie die Dienste meines Mannes? Er ist doch nicht einmal Schauspieler. Warum wollen Sie ihn mir entführen?«

»Darauf kann ich antworten«, sagte Spude.

Franny wandte sich zu ihm. »Davon bin ich überzeugt«, sagte sie.

Wachsam geworden, setzte Chester sich zurecht; er spürte, dass Frannys Stimmung sich geändert hatte.

»Und das werde ich auch.« Spude lächelte zwar noch, aber man sah, dass auch er auf der Hut war. »Ihr Mann ist für den Erfolg des Transatlantikkabels unentbehrlich. Alle Kunst der Welt – und eins muss ich sagen: Die Kunst von Herrn und Frau Lindt ist aller Kunst der Welt ebenbürtig, wenn sie nicht besser ist –, doch all ihre Kunst vermag nichts zu bestellen ohne Autorität. Und die besitzt Ihr Mann. Seine Fähigkeiten als Ingenieur haben uns sozusagen aus dem Morast gezogen. Er kann unser Unternehmen zum Abschluss bringen. Nein, zum Anfang kann er es bringen ... zur Morgendämmerung des ... des Zeitalters der weltweiten Telegraphie.«

Spude beugte sich über seinen Teller; seine Hände umklammerten Messer und Gabel. Er sprach zu Franny, aber seine Begeisterung und die Kraft seiner Botschaft zogen alle in den Bann.

»Ach so«, entgegnete Franny. »Da also befinden wir uns gerade? In der Morgendämmerung des Zeitalters der weltweiten Telegraphie? Wenn das so ist, muss ich wohl endlich aufwachen und den Sonnenaufgang willkommen heißen.«

Spude lächelte Chester über den Tisch zu. Die Lindts schienen in ihrer Faszination, zum ersten Mal seit ihrer Ankunft, vereint.

»Ihnen mag es nur wenig bedeuten, Mrs. Ludlow«, sagte Spude besänftigend. »Sie sind Künstlerin. Eine Künstlerin, die direkt mit ihrem Publikum kommuniziert, im selben Raum, von Angesicht zu Angesicht, mit Gesten, Stimme, theatralischer Rede. *Unsere* bescheidene Kunst jedoch ist nicht in goldbestäubten Vergnügungspalästen zu Hause, wo Gaslicht samtrote Vorhänge illuminiert; sie ist nicht in üppige Gewänder gehüllt, verführerisch bemalt, von Kulissen in Öl und Tempera umgeben. Unsere Bühne besteht lediglich aus ein paar Metallfäden, die ausgestreckt unter den kalten, dunklen Wellen des Ozeans liegen; aus einem geflochtenen Kabel auf dem eisigen, schlammigen Meeresgrund. Unsere Kunst manifestiert sich in winzigen galvanischen Lichtblitzen in einem schäbigen, engen und dunklen Zimmer; in einem Flackern, das keine Nuancen kennt als an und aus, positiv oder negativ, links oder rechts, Punkt oder Strich, Ja oder Nein. Und doch wird diese binäre Essenz schon bald Kontinente verbinden, Mrs. Ludlow, sie wird Nationen vereinen und Tyrannen stürzen, indem sie die Wahrheit verbreitet; Monarchen werden mit Präsidenten sprechen können, Mütter mit Söhnen, Liebende mit Geliebten, Sie mit mir, ganz egal, wo auf Erden wir uns jeweils befinden; wir werden uns so vertraulich oder so hochtrabend unterhalten können, wie wir es jetzt tun, da mein altes, faltiges Gesicht in Ihr liebreizendes, bezauberndes, äußerst charmantes Antlitz schaut.«

Spude neigte den Kopf so tief, dass er seine Nase fast in den orangefarbenen Berg Kürbismus auf seinem Teller tunkte.

Am Tisch herrschte Schweigen.

»Sicher«, sagte Franny einen Augenblick später. »Und klingen die Worte, die mein Mann voller Autorität bei Ihrer Präsentation von sich geben soll, in etwa so wie die Ihren gerade?«

»Nun ja, ich habe sie verfasst«, sagte Spude. Er lächelte Chester zu. »Ich denke, Ihr Mann kann sie noch ausschmücken, ganz wie es ihm beliebt.«

»Ausschmückung dürfte wohl kaum noch nötig sein, scheint mir«, sagte Franny. »Haben Sie dennoch vielen Dank für Ihre unterhaltsamen Erläuterungen. Möchte jemand einen Kaffee zum Nachtisch?«

Als Frannys Vater Willing Mind entwarf, hatte er auf das obligatorische Billardzimmer oder einen Rauchsalon verzichtet. Er hatte nur ein großes Wohnzimmer vorgesehen, das sich über die ganze Breite des Erdgeschosses erstreckte. Sein Hang zu Büchern, Billard oder gepflegter Konversation war nicht in dem Maße ausgeprägt, einen Raum zu rechtfertigen, in den er sich nach dem Abendessen mit den männlichen Gästen zurückziehen konnte, um an Zigarren zu saugen, Weinbrand zu trinken und polternd zu lachen. Als

Chester, Franny, Spude und die Lindts also nach einem nicht sehr behaglichen und größtenteils schweigsamen Nachtisch die Tafel aufhoben, mussten sie sich alle gemeinsam ins Wohnzimmer begeben: Die Männer standen vor dem Kamin, die Damen setzten sich in die Nähe des Flügels.

Spude verteilte eine Runde Zigarren, Chester gab Feuer, und nach ein paar Zügen verkündete Lindt: »Wir sind so weit. Es ist alles aufgebaut. Wir können morgen früh mit der Arbeit beginnen. Wenn es warm genug ist.«

»Wenn nicht, werde ich Ihnen Winterjacken und warme Beinkleider zur Verfügung stellen«, sagte Spude.

»Ich werde Tyler anweisen, den Ofen nachzuheizen und ihn die ganze Nacht brennen zu lassen«, sagte Chester. Er sah zur anderen Seite des Raumes hinüber. Franny und Frau Lindt blätterten in Klaviernoten. Sie lachten beide über irgendetwas. Chester konnte Frannys Stimmungen nicht folgen. Im einen Augenblick schien sie mürrisch, so wie heute morgen, als sie zur Klippe hinaufmarschiert und bis zum Nachmittag verschwunden war; im nächsten Moment konnte sie spotten und provozieren wie vorhin beim Abendessen; und bisweilen, so wie zu Beginn der Mahlzeit oder jetzt, konnte sie ihre Gäste zum Lachen bringen oder ihnen vertrauliche Äußerungen entlocken.

»Ludlow«, sagte Spude. Auch er sah zu den Frauen hinüber. »Haben Sie in Erwägung gezogen, Ihre Frau auf die Tournee mitzunehmen?«

»Wir haben darüber gesprochen«, antwortete Chester.

»Und?«

»Sie überlegt es sich.«

Spude nickte und ließ eine Rauchwolke vor seinem Gesicht aufsteigen. »Ist sie herrisch geworden, was die Reise angeht?«

»Herrisch?« Chesters Stimme klang ein wenig erregt.

»Schlechte Wortwahl«, sagte Spude. »Vielleicht bin ich draufgekommen, weil Ihre Frau so viel … Rückgrat besitzt.«

Lindt lächelte und beobachtete Chester. Zum ersten Mal hatte Chester das Gefühl, dass Lindt und Spude sich hinter seinem Rücken über ihn und Franny unterhalten hätten und dass die beiden Männer bei der ganzen Unternehmung gemeinsam auf einer Stufe standen, und zwar weit über ihm.

»Ich wollte wissen«, fuhr Spude fort, »ob sie in irgendeiner Weise Vorbehalte geäußert oder Sie gebeten hat, nicht zu fahren.«

»Ganz und gar nicht«, antwortete Chester. »Sie weiß, wie wichtig meine Arbeit ist. Außerdem war sie selbst Schauspielerin. Sie weiß, wie notwendig Tourneen sind.«

Chester wurde das Gefühl nicht los, dass die Männer ihn auf die Probe stellten, dass sie über seine Ehe mit Franny urteilten und dass ihnen irgendetwas daran oder an ihm selbst nicht geheuer war. Der Gedanke machte ihn wütend. Ausgerechnet Spude, der Parvenu in dem Projekt, verhörte *ihn*, Ludlow, den amerikanischen Chefingenieur. Und dieser Lindt. Wer war der überhaupt? Ein österreichischer Mechaniker, mehr wusste Chester nicht. Zugegeben, er war mit einer unglaublich schönen Frau verheiratet, aber warf *diese* Verbindung nicht ebenso viele Fragen auf?

Als sie am Nachmittag von der Scheune zu ihrem Rundgang aufgebrochen waren, hatte Chester irgendwie gehofft, sie würden Franny nicht finden. Die Aussicht, allein mit Frau Lindt spazieren zu gehen, erregte ihn insgeheim. Sie schlenderten über den Fahrweg zwischen Haus und Scheune, und das Geräusch ihrer Schritte verwandelte sich vom lauten Knirschen im Kies zum leisen Knirschen im Schnee, der in einer verharschten Schicht das Gras bedeckte. Das Gelände stieg zu den Klippen hin an, und bald war nur noch der gänzlich blaue Himmel zu sehen.

»Ihr Mann gibt sich ganz seiner Arbeit hin«, hatte Chester gesagt. »Ich kenne ihn zwar nicht, aber er hat sich kaum eine Minute Ruhe gegönnt, bevor er sich ans Auspacken gemacht hat.«

Frau Lindt zögerte mit ihrer Antwort. »Er ist wirklich brillant«, sagte sie mit einem abschließenden Seufzer, als sei sie am Ende einer längeren Diskussion, die Chester allerdings verpasst hatte. Dann fügte sie hinzu: »Aber er hat etwas von einem Uhrmacher. Lauter kleine Teile, die sich im Kreis drehen. Federgespannte, wirbelnde kleine Teile.« Und sie verschränkte ihre behandschuhten Finger, als wären sie kleine ineinander fassende Zahnräder.

»Steht er unter starkem Druck?«, fragte Chester. »Ich stelle mir vor, dass Spude ziemlich rücksichtslos sein kann, selbst wenn man *mit* ihm und nicht *für* ihn arbeitet.«

»Druck? Ja … Druck …« Sie ließ den Gedanken in der Luft hängen, als spräche sie mit sich selbst. Spürte auch *sie* diesen Druck?, fragte sich Chester. Oder übte sie ihn aus? In der Scheune hatte es so ausgesehen, als könnten die beiden Lindts die Anwesenheit des anderen nur mit Mühe ertragen.

»Wird es schwierig werden, mit ihm unterwegs zu sein? Sie reisen doch mit ihm, mit uns?«

»Ja. Und wir werden bestimmt miteinander auskommen, Mr. Ludlow. Wir werden alle miteinander auskommen.«

Sie gingen weiter, und Chester warf Frau Lindt verstohlene Blicke zu. In ihrem breiten Gesicht standen die blassblauen Augen fast ein wenig eng zusammen.

Es war diese widersprüchliche Kombination, die ihre Schönheit ausmachte. Wäre das Gesicht ein wenig breiter, wären die Augen ein wenig blauer gewesen oder hätten noch dichter zusammengelegen – es hätte übertrieben und unschön gewirkt. Doch so, wie die Dinge nun einmal waren, lagen in ihren Zügen, besonders wenn ihre Blicke und Gedanken in die Ferne schweiften, Schwermut und Stärke gleichermaßen.

Der Pfad, der sich wie zufällig zwischen niedrigem Gebüsch hindurchschlängelte, führte über einen Flecken Heidekraut. Die Schlangenlinien, denen sie auf ihrem Weg zum Steilufer folgen mussten, erinnerten an ein Heckenlabyrinth in einer Parkanlage.

»Nachdem wir uns in New York kennengelernt hatten«, sagte sie, »konnte Herr Spude sich gar nicht wieder einkriegen vor lauter Lob für Sie und wie unersetzlich Sie für das Projekt sind.«

»Das ist nett von ihm«, sagte Chester.

»Er hat Sie beschrieben als einen Riesen, der den Ozean überschreiten und die Kontinente mit seinem Telegraphenkabel zusammenbinden wird.«

Chester lachte. »Und wie soll ich diesen Vorschusslorbeeren gerecht werden?«

»Indem Sie erfolgreich sind«, sagte Frau Lindt.

Bei diesen Worten blieb Chester stehen. Frau Lindt hatte ihre Antwort so klar und schlicht ausgesprochen, dass er einfach anhalten musste. Er merkte sofort, dass Absicht hinter ihrer Bemerkung steckte, dass ihr die Wirkung gefiel, die sie erzielt hatte.

»Einmal sind wir schon gescheitert«, sagte er und sah ihr direkt in die Augen. »Es liegen bereits ein paar hundert Meilen nutzloses Kabel da draußen im Meer.«

Frau Lindt schüttelte mit geschlossenen Augen den Kopf. Als sie ihn wieder ansah, blieb ihr Blick nicht lange genug bei ihm, als dass sie seine Befriedigung oder seine Überraschung zu registrieren vermochte, derweil sie sagte: »Das war, bevor *Sie* dabei waren. Sie wissen, was Sie wollen. Sie werden Erfolg haben, und ich werde Ihnen mit Freuden dabei zusehen.«

Dann drehte sie sich um und stieg weiter zu den Klippen hinauf.

Sie erreichten den höchsten Punkt. Das Meer breitete sich vor ihnen aus. Die Lichtspiegel auf der schwachen Dünung waren inzwischen weiter nach Osten gewandert, denn die Sonne hatte ihren Zenit überschritten.

Chester blieb neben Frau Lindt stehen, die einen Schritt von der Kante zurücktrat. Die Höhe schien sie zu verunsichern, was Chester wiederum mit einem Gefühl der Überlegenheit erfüllte. Der Wind fasste nach ihrem Hut, und sie musste ihn mit der Hand festhalten. Chester zeigte ihr einige Landmarken. Er deutete nach Süden und fragte, ob sie das Observatorium auf dem Munjoy Hill in Portland erkennen könne. Er zeigte ihr die Fahrrinnen und die Schoner, die vor dem Hafen auf Reede lagen. Er machte sie auf ein paar Inseln im Norden aufmerksam, und obwohl er wusste, dass es langweilig zu werden drohte, erklärte er ihr umständlich, warum man an der Ostküste wegen der vorherrschenden Windrichtungen und Strömungen davon spricht, dass man die Küste »runter«fährt, wenn man nach Norden segelt.

»Ist Ihnen kalt?«

»Ein wenig«, antwortete sie. »Aber es ist wunderschön hier draußen. Sie haben wirklich Glück, dass Sie ein solches Heim Ihr Eigen nennen dürfen. Sie sagten, das Haus gehört der Familie Ihrer Frau?«

»Inzwischen gehört es uns«, antwortete Chester und hätte beinahe »mir« gesagt.

Er hatte sie beeindrucken wollen. Er spürte sofort, dass dies der falsche Weg war.

Er deutete aufs Wasser und sagte: »Mit diesem Meer müssen wir klarkommen. Mir ist ein wenig unwohl, ja. Ich frage mich, wie wir es schaffen sollen.«

Sie legte die Hand auf seinen Arm. An derselben Stelle hatte sie ihn gepackt, als er sie in der Scheune erschreckt hatte; jetzt jedoch war es eine leichte und zugleich feste Berührung.

»Das sagten Sie schon«, bemerkte sie.

Ihre Berührung verunsicherte ihn nicht, sie gab ihm vielmehr Selbstvertrauen. Er konnte lächeln. »Ich weiß. Aber ich habe, wohlgemerkt, nicht infrage gestellt, *dass* wir es schaffen. Ich habe nur gefragt, *wie*.«

»Bringen Sie mich zum Haus zurück«, sagte sie plötzlich, aber mit einem Ausdruck der Befriedigung, als hätten sie gerade eine Abmachung besiegelt, und jedes weitere Wort sei überflüssig. Obwohl sie ihn gebeten hatte, die Führung zu übernehmen, war sie es, die sich zuerst umdrehte. Es waren solche Widersprüche, die sie so beunruhigend, so faszinierend erscheinen ließen. Chester hatte das Gefühl zu fallen, als habe er ein paar Schritte rückwärts gemacht und sei von der Klippe gestürzt. Sogar den Wind, der ihm im Fallen ins Gesicht wehte, wie auch die Erregung des Sturzes stellte er sich ganz konkret vor.

Dann bemerkte er plötzlich voller Entsetzen, dass er sich diesem Flirt – denn zu einem Flirt war es inzwischen geworden – gerade oder beinahe dort hingab, wo seine Tochter ums Leben gekommen war. Der Gedanke ließ ihn schwindeln. Frau Lindt hatte mit eleganten Schritten den schneebedeckten Rasen überquert und war bei dem Flecken Heidekraut angelangt. Er wollte ihr alles sagen, was durch seinen Kopf raste: Er wollte ihr erzählen von der Sehnsucht, die er nach seiner Tochter verspürte, von der Scham, die ihn bei der Vorstellung seines eigenen Sturzes befiel, von der Trauer, die er kaum je anerkannte, nicht einmal in Momenten wie diesem, von Verlust, von all den Dingen, die sie verstehen würde, das wusste er – er *wusste* es einfach.

Aber er konnte ihr alles dies nicht erzählen; es wäre gewissenlos. Stattdessen wandte er sich noch einmal dem Meer zu und richtete einen letzten Blick über die Abbruchkante hinab zu den Felsen.

Chester hätte beinahe laut aufgeschrien, als er dort unten den ausgestreckten Körper erblickte, den blauen, auf dem Granit ausgebreiteten Mantel, den Seetang, den die Wellen sacht um den Felsen schmiegten.

Es war Franny. Sie lag rücklings auf genau dem Felsen, auf dem Betty gestorben war, und auch sie war tot. Chester wollte gerade schreien, als er erkannte, dass sie bei Bewusstsein war, unverletzt,

dass sie sogar lächelte. Sie stützte sich auf einen Ellbogen und winkte ihm zu, was ihn dermaßen verblüffte, dermaßen aus der Fassung
brachte, dass er sich nur umdrehen und davoneilen konnte, mitten
hindurch durch das Heidegestrüpp, weg von der Klippe, zurück zum
Haus, das Frau Lindt soeben allein betreten hatte.

Spude stand mit dem Rücken zum Feuer und erzählte Chester
und Herrn Lindt von den Spielclubs in London. Er hatte sich für die
Premiere des Phantasmagorium auf britischem Boden einen dieser
Clubs ausgesucht. Die Männer hatten ihre Zigarren fast zu Ende ge-
raucht. Als Spude von London erzählte, würzte er seine Sätze mit,
wie er glaubte, typisch britischen Wendungen.

»Diese Clubs sind groß und luxuriös. Gerade richtig für uns. Die
Briten sind ganz vernarrt ins Spielen und Wetten«, sagte er, »und
so bemächtigte sich meiner der Gedanke, ein solcher Club sei für
uns der höchstbeste Ort, ihnen in ihrer Leidenschaft ein wenig Abwechslung zu bieten. Nicht schlecht, was sagen Sie?«

Chester wollte am liebsten antworten, Spude höre sich wie der
letzte Trottel an, doch stattdessen drehte er sich zum Kamin und
schnippte seine Asche ins Feuer. Er war just im Begriff, vorzuschla-
gen, sie sollten sich alle zur Ruhe begeben, als er Klaviermusik hörte. Er sah von den nur noch spärlich züngelnden Flammen auf und
bemerkte, dass auch die anderen beiden sich umgewandt hatten,
und zwischen ihren Schultern hindurch sah er Frau Lindt am Flügel
sitzen.

Franny stand mit gefalteten Händen im Bogen des Instruments
und blickte zufrieden, als sei es ihr persönlicher kleiner Triumph,
die Meisterin zum Spielen überredet zu haben. Chester beobachtete seine Frau und sah, wie sich ihr Blick verwandelte. Ihr Ausdruck
war der eines Menschen, dem etwas sehr Liebes allmählich entzogen wird. Er wusste nicht, was das zu bedeuten hatte; allerdings beunruhigte es ihn. Er spürte Verzweiflung in seiner Brust aufsteigen,
und dann erkannte er, was es war, das Frau Lindt spielte. Der Schrecken vertrieb alle Gedanken an Franny. Er wusste, dass sie dieses
Stück für ihn spielte. Frau Lindt saß mit dem Rücken zu ihm, und
sie hatte keine Noten vor sich liegen; sie spielte auswendig und improvisierte die linke Hand, aber sie kehrte immer wieder zu einer
einfachen Melodie zurück: der jenes Kirchenliedes, das Chester ihr
heute Nachmittag in der Scheune vorgesungen hatte.

PROBEN

Eine unverhoffte Warmfront machte die Proben angenehmer. Die Küste Maines war in diesem Januar mit mildem und freundlichem Januarwetter gesegnet. Der Schnee taute, die Tage waren sonnig, in der Luft hing ein bläulicher Dunst wie sonst nur im Frühling. In den Arbeitspausen kamen sie alle blinzelnd aus der Scheune und genossen die Sonne, und sie konnten es, wenn sie in Bewegung blieben, ohne Mantel oder Umhang so lange draußen aushalten, wie es Spude, ihr Aufseher, ihnen gestattete.

Trotz all seiner markigen Sprüche und bombastischen Auftritte achtete Spude streng auf die Einhaltung eines akkuraten Zeitplans. Seine Ernsthaftigkeit sorgte für eine professionelle Atmosphäre. Es blieb nur wenig Raum für Unterhaltungen. Chester sah gelegentlich zu Frau Lindt hinüber, doch er quälte sich eher mit der selbst auferlegten Fron, in ihrem Beisein hart zu arbeiten. Sie aßen, schliefen, arbeiteten, sie sprachen selten. Franny hingegen schien das Zuschauen zu genießen.

In den ersten Tagen gingen sie das Programm mehrmals durch, hielten inne, um Veränderungen einzuarbeiten oder um die ortsansässigen Hummerfischer zu instruieren, die als Komparsen, Kulissenschieber, Bühnenmechaniker angeheuert worden waren. Da Spude die Männer für ihre Dienste, für die verlorene Arbeitszeit und den nicht gefangenen Fisch gut bezahlte, stellten sie sich gelehrig an.

Chester probte mit dem Text, den Spude ihm geschrieben hatte, und lernte weite Passagen auswendig. Gelegentlich fügte er persönliche Änderungen ein, die eine oder andere Anekdote, die er von der ersten Kabelexpedition gehört hatte, ohne allerdings direkt auf das Scheitern der Unternehmung einzugehen. Er redigierte die technischen Daten in Spudes Text, wenn dieser allzu schamlos übertrieb. Schließlich schickte das Kabelsyndikat sie auf Tournee, damit sie Geld eintrieben, und als Ingenieur fand Chester, man müsse seine Wünsche und Forderungen mit seriöser Wissenschaft untermauern. Spude hingegen gestand offen zu, dass die ganze Vorstellung des Phantasmagoriums bewusst ein wenig an Jahrmarkt erinnere, dass die Männer vom Kabelsyndikat dies auch wüssten und dass den reichen Leuten, die sie um Geld angingen, völlig klar sei, weshalb man sie anspreche, und dass sie geradezu erwarteten, auf unterhaltsame Art hinters Licht geführt zu werden.

Franny setzte sich manchmal neben das Scheunentor und betrachtete die Vorstellung, die sich auf der Bühne von einer Wand bis zur anderen entfaltete – oder richtiger: entrollte. Die Neuigkeiten über das Phantasmagorium sprachen sich schnell herum, und an Tagen, an denen ein Durchlauf angesetzt war, tauchten die Familien und Nachbarn der Männer aus dem Ort auf, die Spude angestellt hatte. Zuerst wollte Chester sie nicht in die Scheune lassen, aber Spude überzeugte ihn vom Gegenteil.

»Ein Publikum wird genau die Reaktionen zeigen, die wir brauchen«, sagte er. »Ich bin sicher, die bühnenerprobte Mrs. Ludlow kann Ihnen sagen, wie wertvoll die Probe vor Publikum für einen Darsteller ist.«

Franny, die beim Eingang im Schatten saß, wandte den Kopf.

»Ich weiß, dass sie das kann, Spude«, sagte Chester. »Aber Mrs. Ludlow ist hier nicht die Darstellerin. *Ich* bin der Glückliche. Und ich stelle auch nicht dar. Ich trage vor. Nein, ich trage auch nicht vor. Ich *bettle*.«

Sie nahmen diese Diskussionen schon lange nicht mehr ernst. Sie tauschten solche Argumente nur der Form halber aus, bevor eine Zeile gestrichen, eine Angabe korrigiert oder in diesem Fall Publikum zugelassen wurde. Denn in Wirklichkeit genoss Chester die Anwesenheit der Zuschauer. Er hatte das Publikum schon ganz gut »im Griff«, wie Spude es nannte, und die beeindruckende Macht des Phantasmagoriums war unbestreitbar. Ihre Vorstellung war ein wahrhaft sehenswertes Spektakel, und Chester war trotz seiner Vorbehalte zunehmend stolz darauf.

In der Scheune wird es dunkel. Ein wenig Licht sickert durch die Fugen, die sich nach Jahren der Kälte und des arbeitenden Holzes zwischen den Brettern aufgetan haben, aber größtenteils ist der Raum in sanftes Dunkel getaucht. Das Publikum, Franny und einige Nachbarn, sitzt, in Mäntel gehüllt, auf den Bänken und murmelt. Hinten bullert der Holzofen. Die Bühne besteht aus einer breiten, leeren weißen Leinwand, die von roten Vorhängen eingerahmt ist und auf der sich zwei Sonnenstrahlen kreuzen, die durch Löcher im Heuboden einfallen. Der Blasebalg der Orgel röchelt sanft, bereit, die ersten Töne zu produzieren. Hinter der Bühne fällt klappernd ein Requisit zu Boden. Dann …

Ein Scheinwerfer springt an, und ein blendend weißer Strahl richtet sich auf das Pult am linken Bühnenrand. Dort steht Chester Ludlow in einem tadellos geschnittenen Cut mit Halstuch. Er hat gelernt, trotz des Scheinwerferlichts nicht zu blinzeln. Er ist konzentriert, attraktiv, Respekt einflößend. Nachdem ihnen das Staunen über das künstliche Licht und die beeindruckende Figur, die vor ihnen steht, für einen kurzen Moment die Sprache verschlägt, beginnen die Einheimischen zu applaudieren. Franny lächelt. Ihr Mann macht immer eine ausgesprochen gute Figur. Er sieht blendend aus, er hätte ebenso gut Schauspieler werden können. Kein Wunder, dass Spude, Field und die anderen ihn für diese Rolle ausgewählt haben. Noch vor Ostern werden sie ihr Geld zusammenhaben.

Chester rückt seine randlose Brille zurecht – ein kurzer Moment der Nervosität. Die Gläser glitzern im Scheinwerferlicht. Dann beginnt er zu sprechen: »Von Anbeginn der Zeiten hat der Mensch versucht, sich seinen Mitmenschen mitzuteilen …« Aus irgendeiner Ecke der dunklen Scheune ist primitiver Trommelschlag zu hören, dann ein Hornstoß, dann die Stimme eines städtischen Ausrufers (einer der Hummerfischer), der »Hört, ihr Leut!« ruft, dann die eines Dichters, der fragt: »Vergleich ich dich mit einem Sommertag?«, eine Kinderstimme (nach Textbuch, keine Beschwerde aus dem Publikum), die »Mama! Mama!« jammert, und ein Staatsmann, der erklärt: »Wann immer im Lauf der menschlichen Geschichte …« Für die Dauer dieser Montage von Klängen hat Chester innegehalten, und nun fährt er fort:

»Am Anfang war das Wort.‹ Und von Anfang an haben wir Menschen als Krone in Gottes Schöpfung unsere Worte benutzt, um zu kommunizieren, aufzuklären, zu werben, zu verdammen, zu handeln, zu beten, Tausende von Dingen zu tun, die uns Menschen zu den zivilisierten – oder bisweilen nicht gar so zivilisierten – Wesen machen, die wir heute sind. Wir haben zunehmend größere Entfernungen überwunden, um unserer Dichtung Gehör zu verschaffen, um Bünde zu schließen, Angriffe zu planen, Handel zu treiben, um Treue zu geloben, um Hilfe zu rufen, um uns jenem göttlichen Zustand der Wahrheit und des erleuchteten Wissens weiter anzunähern …«

An dieser Stelle deutet Chester mit ausladender Geste auf die Bühne zu seiner Rechten, wo die aufscheinenden Lichter nun ein lebendes Bild sichtbar werden lassen, das im Publikum anerkennende Laute hervorruft. Auf verschiedenen Ebenen und Podesten ist ein Querschnitt durch die Menschheit dargestellt: Wilde, die auf einem Hügel Rauchsignale geben, ein Gründervater mit Perücke, der ein offizielles Pergament signiert, ein Liebhaber, der seiner Dame ein Billetdoux ins Dekolleté steckt, ein römischer Senator, der stumm ein Edikt verkündet, das vielleicht noch an den fernen Ufern des Euphrat oder des Tigris zu hören sein wird, zwei beleibte Kaufleute, die sich immer wieder die Hände schütteln, eine Familie, die am knisternden Kaminfeuer die Bibel liest, ein Kind im weißen Hemd, das die Arme zum Publikum ausstreckt, als wolle es eine unsichtbare Mutter anflehen; und das Publikum, es kann nicht anders, als schweigend zu schauen, denn alles wirkt erstaunlich realistisch, ist wunderbar variantenreich, ist still und doch lebendig – ein Feuer zum Beispiel, das vollkommen echt zu sein scheint, der Rauch, den der Eingeborene von seiner Befestigung auf dem Hügel aufsteigen lässt.

Erst die triumphierenden ersten Akkorde von Frau Lindts Orgel lösen die Erstarrung, und die Zuschauer jubeln dem wundersamen Schauspiel und den Freunden und Verwandten zu, die sie auf der Bühne erkennen.

Selbst Franny kann sich des Beifalls nicht enthalten. Das Ganze ist herrlich kitschig, hat aber auch etwas Ansprechendes, denn Herr Lindt hat mit Licht und Bühnendekoration tatsächlich Wunder gewirkt. Es ist das lebendigste Gemälde oder das am malerischsten arrangierte Tableau vivant, das Franny je gesehen hat.

Und dann beginnt sich das Ganze, zur allgemeinen Überraschung und Freude, zu bewegen. Geräuschlos und federleicht gleitet die ganze Szenerie, geführt in mit Tran gefüllten Metallkanälen, nach links und verschwindet hinter dem Vorhang. Das Licht wechselt, wird schwächer, ein einzelner Scheinwerfer richtet sich wieder auf Chester; die Musik steigert sich zu einem lauten Stakkato, ein heftiges Rat-tat-tat erfüllt die Scheune. Chester muss beinahe schreien, um sich Gehör zu verschaffen, doch seine Beschwörung fügt sich perfekt in die steigende Erregung:

»Doch nichts schürt unsere Hoffnungen oder erregt unser Staunen mehr, meine Damen und Herren, als die Erfindung des Telegraphen ...«

Und nun gleitet von der rechten Bühnenseite ein karg, aber durchaus anständig eingerichtetes kleines Zimmer herein, in dem ein junger Angestellter in Hemdsärmeln und mit Sonnenblende auf der Stirn an einem groben Holztisch sitzt und sich über einen Telegraphen beugt. Die Szene wird von einer Petroleumlampe beleuchtet. Es ist die Darstellung eines getreuen Dieners des Fortschritts, der auf einem Außenposten in der Wildnis einsame Wacht hält und nur durch einen glänzenden Draht und einen wundersam klappernden Code mit der Zivilisation verbunden ist.

»Die beiden größten Hindernisse, Zeit und Entfernung, haben dank dieser großartigen Erfindung ihre Bedeutung verloren. Wir können in der Spanne fast nur eines Augenblicks über riesige Entfernungen, ja über einen ganzen Kontinent miteinander sprechen. Und wir stehen kurz davor, auch die Meere zu überbrücken. Es ist möglich. Wir haben das Wissen und die technischen Mittel. Wir haben es schon beinahe geschafft.«

Chester hält inne. Er schaut sein Publikum an. Dann fährt er fort: »Alles nimmt seinen Anfang, meine Damen und Herren, im dampfenden Dschungel ...«

Und dann entspinnt sich die Geschichte, die Tableaus werden entrollt, die Musik wechselt von schicksalhaftem Pochen zu stolzen Märschen und erhabenen Rhapsodien, das Licht verändert sich bei jeder Szene in Farbe und Intensität; alles wirkt zusammen, die Zuschauer zu verblüffen, zu verzaubern und zu begeistern. Man sieht die Szenen im Dschungel und auf der Guttapercha-Plantage, die Darstellung der Kabelproduktion, der komplizierten Mechanismen zum Abrollen des Kabels, man sieht das Beladen des Schiffes, die Abreise von der irischen Küste, das Bild von Chester, dem überragenden Ingenieur, der das ganze Projekt leitet, und dann das Finale: Präsident Buchanan, der lächelnd die Botschaft verliest, die den weiten Weg aus England zu ihm gekommen ist – den weiten Weg quer über die Bühne – von einer ernsten, aber dennoch hocherfreuten Königin Viktoria. Die Szene wandelt sich, als das gesamte Ensemble der kostümierten Hummerfischer die Bühne betritt, die Musik anschwillt und sich alle zu Spudes Version von Michelangelos *Schöpfung* aufstellen, in der sich Engländer und Amerikaner, niedriger wie hoher Herkunft, einfache Männer und prächtiger Adel,

Stadtstutzer und Pioniere der Wildnis, Schmutzige und Gepflegte, Reiche und Arme in einer großartigen Szene über den Ozean die Hand reichen, während unter ihnen die Wellen, über ihnen die Wolken dahinziehen und hinter ihnen strahlend die Sonne versinkt, der Union Jack und das Sternenbanner flattern, die Musik sich ins Furiose steigert und Chester das Publikum bittet, etwas zu geben, zu investieren, um das Los der Menschheit zu verbessern, Wissen zu verbreiten, das eigene Wohlergehen zu sichern und den Kindern in der zukünftigen Welt ein schöneres Leben zu verschaffen.

Und als die Vorführung beendet war und alle Nachbarn nach Hause gegangen waren, als Spude jedem Einzelnen für seine Hilfe gedankt hatte, sah Franny sich in der Scheune um und fand auf der letzten Bank eine einfache gestrickte Fischermütze und darin einige Münzen, größtenteils einzelne Cents, die die Zuschauer zurückgelassen hatten, ein Beitrag der Angehörigen der Hummerfischer zum Gelingen des Kabelprojekts in Höhe von zwei Dollar achtundfünfzig Cent und einem Knopf aus Fischbein.

AUFTRITT OTIS
Er kam zu Fuß aus Portland. Er war auf einem Auge blind, und obwohl er schon vor Jahren Tiefen und Entfernungen einzuschätzen gelernt hatte, hatte sich hier in der Heimat seine Sehfähigkeit irgendwie verwirrt. Er konnte den Verlust seines »verdunkelten Auges«, wie er es nannte, nicht mehr ausgleichen; ein Schatten fiel über seine Welt. Wagen, die er von hinten näher kommen hörte und sah, streiften ihn plötzlich an der Schulter; ein Pferd auf einer Weide, das vorher gar nicht da gewesen zu sein schien, erwachte unverhofft zum Leben; der arme Bettler, der ihn auf der Water Street in Portland angesprochen hatte, nachdem er von Bord des Schoners gegangen war, hatte ein Glasauge von derselben Farbe wie seines gehabt und ihn damit erschreckt. Und also versuchte er, seiner Verwirrung Herr zu werden, indem er sein gesundes Auge auf einen entfernten, festen Punkt richtete, der ihn nicht überraschen konnte und der ihm bezeugte, dass er zu Hause war.

Bevor er am Morgen zu Fuß aus Portland aufgebrochen war, hatte er die Plattform des Aussichtsturms erklommen. Er hatte nicht eine Sekunde damit vergeudet, den Blick über die Casco Bay oder den glänzenden Ozean schweifen zu lassen. Nur eines wollte er sehen. Er presste sein Gesicht so fest ans westliche Fenster, dass sein Glasauge beinahe gegen die kalte Scheibe klickte. Und da war er, der Berg: eine breite weiße Pyramide, etwa fünfzig Meilen entfernt über dem grauen Horizont. Es war der »Kristallene Berg«, den die Seefahrer vor zweihundert Jahren von weit draußen im Atlantik erblickt hatten.

Der Mount Washington war für Otis und sein wechselvolles Schicksal eine Art Polarstern geworden. Er war der Dreh- und Angelpunkt seines Universums. Otis war in seinem Schatten aufgewachsen. Chesters und sein Vater war buchstäblich in den Wassern ertrunken, die von seinem Gipfel herunterflossen, und er selbst, Otis Ludlow, hatte sich sein Leben lang in immer größer werdenden konzentrischen Kreisen von dem Berg entfernt. Bei seinen Experimenten mit transätherischen Reisen in Malakka hatte er den Berg als Fixpunkt gewählt, von dessen Gipfel er seinen Geist strahlen ließ. Nach seinen Sitzungen fragte ihn der *manang mansau* jedes Mal, wohin er glaubte gereist zu sein und was er glaubte gesehen zu haben. Von dem Berg erzählte Otis dem Schamanen nie. Ihm fehlten die Worte. Wie konnte man einem Priester der Dayak erklären, was Schnee war, und wie einem im Dschungel aufgewachsenen Mann verständlich machen, dass der Berg nur aus Felsen bestand, ohne Bäume war, fast ohne Vegetation? Nur einmal, einmal versuchte er es, und der alte Mann erschreckte ihn, als er nickte, die Augen schloss und sagte: »Ja, ja, und auch sehr *kalt* ist es dort«, als könne er, der aus dem dampfenden Dschungel stammte, ermessen, was das bedeutete, als sei er selbst dort gewesen und hätte den beißenden Wind gespürt, sei fast darin umgekommen.

Nachdem Otis vom Aussichtsturm herabgestiegen war, verließ er Portland und begann seine Wanderung durch Falmouth, Yarmouth und weiter. Er war so ergriffen von dem Gefühl, endlich wieder Heimaterde betreten zu haben, dass er die Nacht hindurch marschierte, über Freeport hinaus, von dort nach Osten und wieder nach Süden, die lange Halbinsel hinunter, an deren Ende Willing Mind lag.

FRANNY ENTSCHEIDET SICH

»Ich werde nicht mitkommen.« Das sagte Franny, kaum dass sie die Küche betreten hatte und dort Chester erblickte. Er stand allein am Holzofen und machte sich Milch warm, die er mit etwas Muskat vor dem Schlafengehen trinken wollte. Die anderen hatten sich bereits zurückgezogen, nachdem Spude vor dem Kamin im Wohnzimmer eine »Lagebesprechung«, wie er es nannte, abgehalten hatte. Man hörte sie oben auf und ab gehen und flüstern. Jemand huschte die Hintertreppe hinauf, kam wahrscheinlich gerade von der Toilette.

Chester rührte die Milch mit einem Löffel um und kratzte dabei leise über den Topfboden. Er nickte fast unmerklich. Er schien erhitzt, beinahe zu schwitzen, als würde er gerade erst wieder zu Atem kommen.

Franny trug noch ihren blauen Mantel. Sie war spazieren gegangen, während die Gruppe ihre Versammlung abgehalten hatte. Es war wieder kalt geworden; der Vollmond schien, und sie war zu den Klippen hinaufgestiegen. Anstatt auf die silbernen Linien hinauszuschauen, die der Mond auf die Wellen malte, oder zu den wenigen Sternen hinaufzusehen, die sich neben dem Mond behaupten konnten, anstatt bis zum Klippenrand zu gehen und hinunter auf Bettys Felsen zu schauen, stand Franny im Heidekraut und blickte zum Haus zurück. Sie liebte das Gebäude: die lang gestreckte Solidität, den Rhythmus der Formen. Ihr Vater hatte es gebaut, und mit seinem Mansardendach und den angebauten Schlafräumen sah es mehr wie eine Scheune aus als die Scheune selbst. Im Mondlicht war es noch massiger als sonst. In der Sonne wirkten die verwitterten grauen Schieferplatten so weich wie Flanell, und bei nebligem Wetter, das es hier häufig gab, schien das Haus beinahe durchsichtig zu sein. Nachts jedoch lag es groß und dunkel wie ein schlafender Bär da, der sich um das kleine Licht gerollt hat, das aus den Fenstern des Wohnzimmers schien. Franny sah durch die Glastüren, wie Spude gestikulierte und sein breiter Körper vor dem Sofa auf und ab hüpfte, auf dem die Lindts saßen. Chester stand daneben, und seine Hand ruhte neben Frau Lindts Schulter auf dem Polster.

Die kleine Gemeinschaft. Zwei Wochen lang hatte Franny miterlebt, wie die Truppe zusammenwuchs. Sie war erstaunt, wie grundlegend Chester sich verändert hatte. Zuerst war er verlegen und widerstrebend gewesen, aber während sie bei den Proben zuschaute, konnte sie seinen allmählichen Wandel beobachten. Er lernte, wurde selbstbewusster, übernahm schließlich die Kontrolle. Nicht einmal sie konnte den Blick von ihm wenden. Schon immer hatte sie in ihm all das gesehen, was nun, auf der Bühne, unterstützt von Kunstfertigkeit und Autorität, überdeutlich zutage trat und ihn unwiderstehlich wirken ließ.

Weder Spudes Prosa noch Lindts geniale Einfälle hatten die Nachbarn zu ihrer spontanen Spende von ein paar Münzen bewegt: Es war Chester gewesen. Mit ihm war der Erfolg garantiert.

Chester hielt den Finger in die Milch, um die Temperatur zu prüfen. Dann leckte er die weiße Flüssigkeit ab. Franny konnte, während sie ihm zusah, die Süße beinahe schmecken. Er hatte noch nicht auf ihre Ankündigung geantwortet.

»Ich dachte, du wärst schon zu Bett gegangen«, sagte er schließlich.

»Nein«, antwortete sie. »Hast du gehört, was ich gerade gesagt habe?«

»Ja«, sagte er und schaute in den Milchtopf, wo sich am Rand ein Blasenring bildete. »Du wirst nicht mit nach England kommen. Was wirst du stattdessen tun?«

»Hierbleiben. Mich um das Haus kümmern.«

»Frances.« Jetzt sah Chester sie an. »Das ist nicht nötig. Das können die Tylers tun. Das haben sie auch früher schon getan.«

Aber Franny schüttelte den Kopf. »Ich werde nicht mitkommen.« Sie merkte, dass sie sich für ihre Entscheidung keinerlei Gründe zurechtgelegt hatte, und doch wusste sie genau, dass sie unwiderruflich feststand; die Folgen würde ganz allein sie zu tragen haben.

Chester nahm den Topf vom Herd. Er trat zu ihr und legte beide Hände auf ihre Schultern. »Ich *möchte*, dass du mitkommst«, sagte er. »Ich bestehe darauf.«

Sie wich seinem Blick aus und schüttelte wieder den Kopf. Er sah sie fragend an. Dann ließ er die Hände sinken und ging vor dem Herd auf und ab. »Franny, wir haben so gut zusammengearbeitet. Du hilfst mir. Ich habe dich immer *so sehr* gebraucht.«

Das überraschte sie. Wann hatte er sie je gebraucht? Er konnte lieb sein oder offen zu ihr sprechen, und sie waren einander leidenschaftlich zugetan; aber gerade *jetzt* war etwas geschehen mit ihr. Und er hatte sich zurückgezogen. Wie sollte sie ihm das erklären?

Sie konnte es selbst kaum begreifen, dieses Gewicht, das plötzlich auf ihr lastete. Sie konnte nur noch einmal wiederholen, dass sie nicht mitkommen würde. Chester sagte nichts, drehte sich nicht um.

Dann bemerkte sie einen Schildpattkamm auf der Ablage. Es war nicht ihrer. Plötzlich hatte sie die Schritte auf der Hintertreppe wieder im Ohr. Niemand war vom Abort zurück auf sein Zimmer geeilt; es war Frau Lindt gewesen, die nach oben floh und Chester in der Küche zurückließ.

Dann sagte Chester: »Ich werde dich vermissen.«

Er drehte sich um.

Franny sah auf, noch ehe er bemerken konnte, dass ihr Blick auf dem Kamm geruht hatte.

»Und ich werde dich vermissen«, antwortete sie. »Ich habe das Gefühl, ich vermisse dich jetzt schon.«

In den nächsten beiden Tagen, die ganz im Zeichen der Vorbereitungen zur Abreise standen, sprachen sie nicht mehr darüber.

ABREISE UND ANKUNFT

Der Himmel war wolkenverhangen, als an einem Abend im späten Januar acht Wagen und zwei Kutschen Willing Mind verließen. Ein weiterer Wagen war notwendig geworden, um Chesters Gepäck und die zusätzlichen Requisiten aufzunehmen, um die das Phantasmagorium im Laufe der letzten Proben bereichert worden war. Am nächsten Morgen wollte sich die Truppe von Portland nach London einschiffen. Man würde die Nacht durchfahren müssen, um das Schiff am Morgen zu erreichen. Spude hatte eine Passage auf einer Bark besorgt, die mit einer Ladung Fichtenbretter von Boston nach England fuhr und extra für sie einen Umweg über Portland machte. Er hatte ausreichend Platz für das Phantasmagorium und seine Truppe reserviert. Wenn alles gut ging, würden sie in drei Wochen in England eintreffen und unterwegs über das tote Kabel auf dem Meeresgrund hinwegfahren, und vor allem würden sie, wie Spude nicht müde wurde sie zu erinnern, den zukünftigen Weg des neuen Kabels kreuzen.

Chester und Spude fuhren in der einen Kutsche, die Lindts in der anderen. Es war geplant gewesen, dass Franny sie bis zum Kai in Portland begleitete, um sich dort zu verabschieden. Dann würde sie Freunde besuchen, einkaufen und nach Willing Mind zurückkehren.

Doch als der Abend der Abreise kam, sagte sie, sie fühle sich zu schwach, um aufzustehen. Also verabschiedete sie Chester vom Bett aus. Er verließ sie, nachdem er ihre Stirn geküsst und im grauen Licht der Dämmerung, am Bett sitzend, ihre Hand gehalten hatte.

Während der Fahrt saß er Spude schweigend gegenüber, sofern dieser in seinem Sitz einnickte, und er knurrte, nickte oder lächelte gequält, wenn Spude erwachte und über die bevorstehende Tournee redete. Die Lindts saßen ebenfalls nahezu schweigend und in Decken gehüllt einander gegenüber und sahen seewärts aus dem Kutschenfenster in die schwarze Nacht. Ein düsterer Beginn für ein gemeinsames Abenteuer. Eine Beklommenheit hatte sich über die kleine Gruppe gesenkt, die einzig Spude verborgen zu bleiben schien. Chester dachte an Frau Lindt in der Kutsche hinter ihm. Sie hatten kaum drei Worte gewechselt, seit sie sich am späten Abend nach der Lagebesprechung in der Küche geküsst hatten, wenige Augenblicke bevor Franny hereingekommen war. Zwar hatten sie kaum drei Worte gewechselt, doch war sie sehr empfänglich gewesen für den Kuss, auffallend empfänglich.

Franny brauchte Ruhe, und er war ruhelos. Vielleicht war die Tournee genau das Richtige. Er rollte sich auf seinem Sitz unter einer roten Wolldecke zusammen. Spude wachte wieder auf; jetzt musste geredet werden.

Während die Kutschen durch die Dunkelheit schaukelten und die Wagen klapperten, lag Franny schlafend in ihrem Zimmer mit Blick auf das Meer. Sie hielt den Schildpattkamm so fest umklammert, dass dort, wo seine Zinken in die Haut drückten, eine Reihe winziger Blutstropfen aus ihrer Handfläche traten. Die Anstrengung und der Schmerz nahmen die Last von ihr, die sie seit Tagen niedergedrückt hatte. Endlich konnte sie sich entspannen; es störte sie nicht im Geringsten, dass die kleinen Wunden rote Flecken auf den sauberen Laken hinterließen; endlich konnte sie schlafen.

Es war der nächste Morgen, als Otis Ludlow mit behutsamem Schritt die Stufen des Aussichtsturms emporstieg; es war der nächste Morgen, als die Wagen die Commercial Street zum Zollkai hinunterpolterten, wo eine Bark und ihre Besatzung ungeduldig auf die Abfahrt nach England warteten. Als Otis oben ankam, hatte er keinen Blick für das Schiff seines Bruders, das hinter ihm in der Mündung des Fore River die Segel setzte und sich seewärts in den Wind drehte. Er starrte in die entgegengesetzte Richtung, zu den Weißen Bergen und dem breiten, hohen Dreieck aus Eis und Felsen am Horizont, eine gute Stunde starrte er so in die Ferne, bevor er wieder hinabstieg und zu seinem zweitägigen Fußmarsch nach Norden aufbrach.

Kapitel 4

Eine Explosion

London, Frühjahr 1858

Eine katastrophale Jungfernfahrt

Hätte er nicht versucht, der Hure aus dem Weg zu gehen, wäre er womöglich tot. Hätte er sie allerdings nicht vor ein paar Monaten im Tunnel unter dem Fluss aufgesucht, hätte er sie später auf dem Schiff gar nicht erst wiedererkannt, wäre nicht peinlich berührt gewesen und hätte sich nicht durch sein übertriebenes Schamgefühl vertreiben lassen, als sie am helllichten Tag auf dem Vorderdeck hinter ihm auftauchte, wo ein paar Minuten später mannshohe Teile des Schornsteins wie wahnsinnige Raubvögel durch die Luft schossen, während aus dem riesigen Loch pfeifend und zischend Dampf entwich und die Schreie der sterbenden oder entsetzten Passagiere übertönte.

Brunel war schon zu krank, um zu verhindern, dass Trace die Mitreise auf der Jungfernfahrt der *Great Eastern* gestattet wurde. So hieß die *Leviathan* inzwischen. Die öffentliche Meinung hatte sich gegen die des Syndikats durchgesetzt, und der Koloss war als *Great Eastern* ins Königliche Schiffsregister eingetragen worden.

Der Kleine Riese war mittlerweile weiter geschrumpft, und zwar an körperlicher Statur ebenso wie in der Wertschätzung des Direktoriums. Brunel konnte kaum noch gehen. Sein Rücken war gebeugt, sein Gesicht bleich. Er hustete unentwegt. Er konnte keinen Penny an Investitionen mehr aufbringen. Monatelang lag das Schiff untätig herum, die Arbeiten am Innenausbau gingen schleppend voran, und Brunel verbrachte seine Tage auf dem Feldbett in der Ingenieurbaracke auf der Werft und rechnete die Kräfteformeln durch, die

114

er für den Stapellauf zu benötigen glaubte, obwohl das Schiff längst im Wasser und an einem nahen Kai vertäut lag.

Der Spitzname des Schiffes lautete »Große Stahlklippe«. Trace hatte einige Geschichten über den unvollendeten Koloss geschrieben; einmal hatte er am Neujahrstag den Liegeplatz besucht, um eine Geschichte zum Thema »Einsamer Riese erwartet das neue Jahr« zu schreiben. Feuchter Schnee fiel auf der Isle of Dogs. Trace fand eine Szenerie des frierenden Elends vor, die gut zu seiner Stimmung passte. Anstatt das Schiff zu karikieren, hatte er eine realistische Tuschzeichnung angefertigt, auf der Schnee die Poller und Trossen und den einsamen Wachmann bemäntelte, der im Vordergrund am Kai patrouillierte. Trace aquarellierte unter dem Vordach des Wachhäuschens, bis seine Finger steif wurden. Er ahnte nichts davon, aber nur einen Meter hinter ihm in der Baracke lag Brunel neben dem Kohleofen und rechnete halb bewusstlos vor sich hin. Trace konnte das Bild an keine Zeitung verkaufen, obwohl er stolz darauf war wie auf wenige andere seiner Werke.

Als das Syndikat endlich das Geld zusammengekratzt hatte, der Frühling vor der Tür stand und das Schiff bereit war für eine Probefahrt, wurden die Zeitungen wieder aufmerksam, und Trace bekam zwei Angebote, über die bevorstehenden Ereignisse zu berichten. Der *Evening Despatch* besorgte ihm einen Presseausweis, und vier Tage vor der Fahrt begab er sich ins Büro des Syndikats auf der Werft, um sich nach seinen Papieren zu erkundigen.

Dort herrschte Aufruhr. Zuerst dachte Trace, es handele sich nur um die übertrieben enthusiastischen Vorbereitungen auf die lange – und verzweifelt – herbeigesehnte Jungfernfahrt. Im Korridor vor dem Büro lagerten Champagnerkisten, rollenweise Flaggentuch, ein provisorischer Taubenschlag mit zweihundertundfünfzig Tauben, die beim Ablegen des Schiffes freigelassen werden sollten, Käselaibe und Kekskisten, Apfelsinen und Feuerwerk für den Festakt. Für eine bankrotte Gesellschaft schien das Syndikat recht üppige Feierlichkeiten vorzubereiten. Trace bahnte sich einen Weg durch die Lebensmittel im Korridor, als ihm eine Horde erregter Arbeiter entgegenkam. Sie brüllten herum und versuchten sich durch den schmalen Gang zu drängen.

Zwei kräftig gebaute Männer führten den Zug an und schrien, Trace solle den Weg freigeben; er quetschte sich neben den Taubenschlag, hörte die Vögel verängstigt aufflattern und sah Fetzen von Gefieder durch die Luft schweben. Die Männer – offenbar einige Werftarbeiter, Büroangestellte und einzelne Würdenträger –, die eilig an Trace vorbeiliefen, transportierten jemanden auf einer Trage. Trace sah über die Schultern der Träger und erkannte Brunel, bleich, mit offenem Mund, bewusstlos.

Als sie vorüber waren, erklärte ihm ein verzweifelter Sekretär, dass Brunel auf dem Schiff zusammengebrochen sei.

»Wir mussten ihn an Deck tragen«, sagte der Sekretär. »Er wollte vor der Probefahrt noch eine Inspektion durchführen. Das hätte er nicht tun sollen. Er sah sich um, stöhnte einmal auf und fiel ohnmächtig zu Boden.«

Trace trat an ein staubiges Fenster im Treppenhaus und sah, wie die Männer Brunel unten auf einen Holzwagen luden. Ein Kutscher ließ die Peitsche knallen, und der Wagen schoss vom gepflasterten Lagerplatz. Die Abendzeitungen meldeten, Brunel habe der Schlag getroffen. Trace hatte seinen Augenzeugenbericht an den *Despatch* verkauft, zusammen mit einer Zeichnung, die die Angestellten und Schauerleute zeigte, wie sie ihren gefallenen Anführer vom Feld trugen, im heroischen Stil von Benjamin Wests Gemälde *Der Tod des General Wolfe*. Zwanzig Publikationen überboten sich gegenseitig, um seinen Bericht zu erwerben. Brunels Fall hatte Trace für den Augenblick aus dem Gewimmel von Fleet Streets Zeitungsschreibern in ehrenvolle Höhen gehoben.

Die Tauben flogen, die Kapellen spielten, die Sonne schien warm auf das ablegende Schiff. Die *Great Eastern* trug eine Fracht von fast tausend Honoratioren, Aristokraten, Mitgliedern der königlichen Familie, Syndikatsinvestoren und Herren von der Presse, als sie ihre Fahrt aus der Themse-Mündung hinaus in den Ärmelkanal antrat.

Die Größe des Schiffes war atemberaubend. Noch nie hatte Trace etwas Derartiges gesehen – und dabei war er während des Baus unzählige Male auf der Werft gewesen. Aber jetzt an Deck zu stehen, während das Schiff den Fluss hinab ins offene Meer fuhr, gab einem das Gefühl, auf einem Stück Land zu stehen, das von der großen Insel abgebrochen war und auf See hinaustrieb.

Nachdem das Schiff die schwierige Landzunge bei Blackwell passiert hatte, ließ ein Offizier ein Dutzend Brieftauben frei, die

der wartenden Stadt die Nachricht überbringen sollten. Die Dampfpfeife schickte die Vögel auf die Reise.

Trace schlenderte über das Hauptdeck, das bei den Matrosen
»Oxford Street« hieß, er staunte beim Blick über die Reling, wie
tief unter ihm das Wasser lag, er hörte Petronius Durning zu, dem
Sprecher des Syndikats, der in einer Rede an alle auf dem Achterdeck Versammelten bedauerte, dass Brunel nicht bei ihnen sein
konnte.

»Er ist der rechte Mann für unser Land«, sagte Durning. »Dieses
herrliche Schiff liefert den Beweis! Auf seine baldige Genesung.«
Und die Menge jubelte.

Als Trace einige der Würdenträger skizzierte, wurde er von Jour-
nalistenkollegen erkannt. Er lüpfte den Hut; er genoss es, berühmt
zu sein. Er lächelte über einen grimmigen Daguerreotypisten, der
Schwierigkeiten mit seiner Ausrüstung hatte, weil die Dampfmaschinen das Schiff vibrieren ließen. Der Mann rannte zwischen
dem Stativ mit seiner Kamera und seinem Sujet hin und her: einem
beleibten Herrn mit Backenbart, der in erhabener Haltung an der
Reling stand.

»Guter Mann, wird es bald?«, sagte der Gentleman zu dem frus-
trierten Künstler, der unter seinem schwarzen Tuch verschwunden
war und mit seinem Kittelsaum schwarze Rußflocken von der Linse
zu wischen versuchte.

»Zum Teufel mit Ihnen!«, knurrte der Herr schließlich und marschierte brüsk davon, derweil der Daguerreotypist unter seinem
Tuch rief: »Bitte, Sir! Etwas mehr nach links, ich kann Sie nicht sehen!«

Als er unter seinem Laken auftauchte und bemerkte, dass sein
Sujet verschwunden war, klappte er sein Stativ zusammen und rief
Trace zu: »Na, dann zeichnen Sie den arroganten Dreckskerl eben.«

Trace lachte nur und war zum ersten Mal seit Wochen froh ge-
launt. Er zog sein Skizzenbuch aus der Tasche. Vor dem blauen
Himmel flatterten Flaggen an allen sechs Masten. Da es bis dato
kein Wasserfahrzeug mit derart vielen Masten gegeben hatte, fehlten auch die seemännischen Bezeichnungen für sie. Die Mannschaft
hatte sie nach den Wochentagen benannt: von Montag bis Samstag. Trace fragte einen Matrosen, warum man den Sonntag ausgelassen habe.

»Das wäre ja ein Ruhetag, Sir, und so etwas gibt es auf See nicht«, sagte der Matrose und fuhr fort, sein Tau aufzuschießen.

Trace pfiff beim Zeichnen eine Melodie. Prächtige Dampfwolken stiegen wie schwarzer Blumenkohl aus den fünf Schornsteinen auf. Herren promenierten mit ihren Damen am Arm ums Hauptdeck (»Vier Runden sind eine Meile«, hatte ein anderer Matrose Trace verraten), und im Salon darunter spielte ein Streichorchester.

Trace beobachtete, wie ein Schwarm Stockenten in Dreiecksformation vor dem hochragenden Bug die Flucht ergriff, als das Schiff aus der Flussmündung fuhr. Er schlenderte an der Backbordseite zurück und sah den schaumig marmorierten Wellen nach, die das riesige Schaufelrad auf dem Weg hinaus zum Ärmelkanal ins Wasser pflügte. Er überlegte, ob er nach unten gehen und sich etwas zu essen suchen solle; dann dachte er, vielleicht müsste er lieber noch ein bisschen arbeiten, weitere Skizzen anfertigen; dann wieder wollte er bloß an der Reling stehen und sein blasses Wintergesicht in die Frühlingssonne strecken. Er war über die Maßen beschwingt von salziger Luft und Gischt, von der festlichen Atmosphäre und der wunderbaren Tatsache, dass die *Great Eastern* tatsächlich das Meer befuhr und er mit ihr. Für eine Sekunde tauchte wieder das Bild vor seinem geistigen Auge auf, das ihn im Zentrum eines magischen Reiches der Technik zeigte. Wäre es Wirklichkeit, würde es sich vielleicht ungefähr so anfühlen wie jetzt. Der arme Brunel tat ihm leid, der in diesem Moment irgendwo in London auf dem Krankenbett lag und die ersten Schritte seines Großen Kindes verpasste.

»Sieh einer an, der Zeichenkünstler.«

Trace drehte sich an der Reling um und sah Maddy kichernd vor sich an Deck stehen. Sie machte einen einigermaßen respektablen Eindruck, eine Schicht Schminke verdeckte ihre Narbe, sie trug ein etwas zu großes Baumwollkleid und eine Jacke aus Kammgarn sowie einen fadenscheinigen Sonnenschirm.

»Ein Freund hat mich an Bord gebracht«, sagte sie und kam damit seiner Frage zuvor. »Ein *andrer* Freund. Herrlicher Tag für eine Schiffsfahrt, nich?« Sie drehte den Sonnenschirm und schaute mit gespielter Melancholie in die Luft. »Vielleicht zeichnet der große Künstler mich heute? Ich habe schon gesehen, dass du dein Buch dabeihast. Und deinen kleinen Bleistift. Ohne den gehs du derzeit wohl nirgends hin, was?«

»Entschuldigen Sie, meine Dame?«

»»Entschuldigen Sie, meine Dame?«« Sie kicherte wieder.

»Tut mir leid«, sagte Trace. »Ich bin nur ein bisschen … *überrascht*, dich hier zu sehen.«

»Aber warum denn? Is doch ein herrlicher Tag. Ich dachte mir, bisschen Seeluft tut mir gut. Und übrigens sind mehr von uns an Bord, als die hohen Herren, ihre Frauen und die werte Geistlichkeit zugeben mögen.«

»Von *uns*?«

»Von meiner Sorte«, sagte Maddy und drehte den Sonnenschirm.

Später fiel Trace auf, dass das Wiedersehen mit der Hure ihn dermaßen aufgeregt hatte, dass eine schon verloren geglaubte Inspiration zu ihm zurückgekehrt war. Er hatte in den letzten Monaten versucht, nicht an das Mädchen zu denken – jedes Mal, wenn er es tat, überfiel ihn ein unbestimmtes Schamgefühl –, aber das Bild, dass sie hervorgerufen hatte, ließ sich nicht verscheuchen. Das Bild, das während ihres Zusammenseins vor seinem inneren Auge entstanden war. In den letzten Wochen war er des Öfteren nachts aufgewacht und hatte eine der komplizierten Maschinen vor sich gesehen, eine der unfassbaren Auslegerbrücken oder Rampen, die Teil der wirbelnden Utopie gewesen waren. Das *Gefühl* beim Anblick all dieser Wunder, das wollte er unbedingt wieder heraufbeschwören. Er wusste, dass er das Bild jedes Mal, wenn es auftauchte, prächtiger ausschmückte, aber er konnte nicht umhin. In seinem Geiste war es längst ein reales Werk geworden; es existierte. Er spürte den Drang, es tatsächlich zu malen.

Aber zugleich schreckte ihn diese Vorstellung. Er war Zeichner und kein – ja was? –, kein visionärer Freskenmaler. Dennoch wollte er diesen Ort in ganzer Pracht wiedersehen, diesen Ort, den er – und das war nur zum Teil ironisch gemeint gewesen – »Fortschritt« genannt hatte, den er in jenem Tunnel, in dieser Hure zum ersten Mal erblickt hatte.

Aber für den Moment konnte der beschämte Jack Trace nichts weiter tun als seinen Hut zu lüften, sich den Anschein von Herzlichkeit zu geben und das Gespräch rasch zu beenden. Er verabschiedete sich von Maddy und flüchtete über das Deck, vorbei an dem nicht porträtierten Herrn – dem Herrn mit Backenbart –, der vor etwa einem Dutzend anderer Herren dozierte. Er erzählte ihnen etwas von den elektrischen Spannungen, die nötig waren, ein telegraphisches Signal unter Wasser durch den Atlantik zu senden.

Ein Reporter von der *Mail* schlug Trace auf den Rücken. »Na, Jack, schon seekrank? Siehst ein bisschen, wie soll ich sagen, *mitgenommen* aus.«

Trace konnte gar nicht schnell genug entkommen. Er hatte soeben das Hauptdeck passiert und erleichtert die Halbellipse des Achterdecks erblickt, das hoch über den Kanalfluten aufragte. In diesem Moment, das begriff er erst später, wurde sein Leben gerettet. In diesem Moment, als er die ganze Länge des Schiffes nach achtern geflohen war, hörte er die Explosion.

Es war ein übernatürlich lauter, dumpfer Donner. Er schien von allen Seiten zugleich zu kommen: ein einzelner, alles umfassender Trommelschlag, mächtig und unheilschwanger.

Ein fehlerhaftes Dampfventil im vorderen Schornstein hatte sich verklemmt und schließlich dem Druck nicht mehr standgehalten. Die Explosion breitete sich nach unten aus, zerriss das Deck und schleuderte die Deckenbalken des großen Salons in die Tiefe. Ein Balken durchschlug den Fußboden und drang in einen Niedergang im Deck darunter, wo er einen Gepäckträger am Kopf traf und tot zu Boden streckte. Ein sauberer Treffer, verglichen mit dem, was die Detonation an Deck anrichtete.

Im Moment des Knalls wandte sich Trace instinktiv in Richtung Bug. Dort wurden Stahlplatten von der Schornsteinverkleidung in den Himmel geschleudert. Er sah stählerne Flügel, an denen Kleiderfetzen hingen, über das blauweiße Wasser schweben. Die Haltetrossen des ersten Schornsteins rissen und wirbelten in riesigen Spiralbewegungen durch die Luft, bevor sie über die Reling flogen und ins Kielwasser des Schiffes klatschten. Ein mächtiger Dampfstrahl schoss aus dem Schornsteinrohr in die Höhe. Überall begannen Passagiere zu schreien.

Trace rannte los und wollte zum Bug, wobei er von der panischen Menge bedrängt wurde, die in die entgegengesetzte Richtung flüchtete. Irgendwo mittschiffs stolperte er über einen Deckstuhl und kam zu Fall. Er rutschte über die lackierten Planken und schürfte sich die Handflächen auf. Einen Moment lang blieb er verwirrt sitzen und schüttelte die heiß schmerzenden Hände. Ein Gewirr rennender Beine umwirbelte ihn. Als er sich hochrappelte, fiel ihm zum ersten Mal auf, dass er unwillkürlich *in Richtung* Unglücksort gelaufen war: Er rannte dorthin, wo er Maddy zuletzt gesehen hatte. Ein Matrose versperrte ihm den Weg.

»Das ist weit genug, Sir, bitte«, sagte der Mann und hielt Trace die ausgestreckten Hände vor die Brust.

Drei weitere Matrosen in Seemannspullovern und Matrosenmützen, auf denen in goldenen Lettern *S. S. Great Eastern* prangte, stellten sich zu ihm. Die vier waren alle kleiner als Trace, aber in ihren Blicken war jenes aufgewühlte Blut zu erkennen, das wilde Entschlossenheit signalisierte; sie waren selbst der Panik nahe und drohten bei der geringsten Provokation gewalttätig zu werden.

»Ich – ich will nur helfen«, sagte Trace.

»Da sind genug Helfer, Sir. Bleiben Sie bitte hier.« Der Mann schaute über Traces Schulter, um zu sehen, ob hinter ihm weitere Passagiere aufgetaucht waren, die zum Vorschiff wollten.

Trace stemmte sich mit der Brust leicht gegen die Hände des Matrosen. Er wich nach links und dann nach rechts aus. Inzwischen sammelten sich in der Tat weitere Fahrgäste hinter ihm.

»Es wird keine Hilfe gebraucht, Sir«, sagte der Seemann.

Um sich herum hörte Trace wütende und flehende Stimmen: nach Hilfe rufende, Durchlass fordernde Menschen, die einen Sohn suchen, einen Freund wiederfinden oder lediglich sehen wollten, was passiert war; laut aufbrüllende Männer und Frauen. Die Matrosen hatten sich inzwischen untergehakt und blockierten zwischen Reling und Aufbauten den Durchgang zum Vorderdeck.

»Schiebt die verdammten Lumpen beiseite!«, rief jemand von hinten.

Auf dem Vorderdeck sah Trace Teile der Mannschaft hektisch umherrennen – die Männer versuchten, dem gewaltigen Dampfstrahl auszuweichen, sie beugten sich über den einen oder anderen von hier aus sichtbaren Körper, sie winkten Hilfe herbei, halfen, so gut sie konnten.

»Ich bin von der Presse!« Trace versuchte, den Lärm zu übertönen. »Von der Presse.« Er suchte nach seinem Ausweis.

»*Schiebt die verdammten Lumpen beiseite, sag ich!*«, rief erneut die Stimme von vorhin, und die Menge hinter Trace begann zu schieben und presste ihn gegen die verschränkten Arme der Matrosen.

Dann erschien, Pistole in der Hand, ein untersetzter Bootsmann, der noch kleiner war als die anderen vier Matrosen. Er hielt die Waffe in die Luft und drückte ab. Zwar wurde der Schuss vom Lärm fast übertönt, aber die rauchende Mündung sprach Bände.

»Hört SOFORT mit diesem verdammten Scheiß auf!«, brüllte er. *»Zurück, Schweinebande, oder ich knall euch ab!«*

Er richtete die Pistole auf die Menge und schwenkte die Mündung vor Trace und den anderen Passagieren hin und her. Die Flüche des Bootsmanns hatten die Menge ebenso eingeschüchtert wie seine Waffe. In der folgenden Stille bemerkte Trace, dass vom Stampfen der Maschinen unter den Füßen nichts mehr zu spüren war. Die Menge hatte aufgehört zu schreien. Das Zischen des Dampfes und die Rufe vom Vorderdeck klangen auf einmal weit entfernt, sie waren nur noch ein schwaches Echo des Lärms von eben.

»SOFORT!«, brüllte der Bootsmann noch einmal, und Trace spürte, wie der Druck in seinem Rücken nachließ. Die Menge zog sich zurück.

»Bitte«, sagte Trace zu dem Matrosen vor ihm.

»Vergiss es, Kumpel.«

»Presse?« Ein schüchternes Flehen.

Der Matrose schüttelte den Kopf. Dann sah er sich rasch um, vorbei am Bootsmann, der seine Waffe immer noch auf Trace gerichtet hatte. Das Chaos auf dem Vorderdeck spielte sich inzwischen hinter einem weißen Rauchvorhang ab: ein Schattenspiel von Körpern, die einen in Posen von Verletzten, die anderen von Helfern.

»Presse«, sagte der Matrose zum Bootsmann mit der Pistole.

»Dies Schiff hat doch wohl genug Ärger mit der Presse gehabt, oder etwa nicht?«, sagte der Angesprochene. Dann zu Trace: »Sie würde ich als Ersten erschießen.«

Trace gab auf und zog sich zurück. Er verschwand in der Menge, kletterte einen Niedergang hoch, der ihn aufs Brückendeck führte, wo er vorbei am Mittwochsmast hinüber nach Steuerbord lief, dort einen Niedergang wieder hinunter, um sich erneut zum Bug vorzuarbeiten. Auf dieser Seite hatte die Mannschaft noch nichts abgesperrt, und er schaffte es schlussendlich, durch die Dampfwolke zum Krater im Vorderdeck zu gelangen.

Eiserne Schotten waren zerknüllt wie welke Blütenblätter. Vor ihm klaffte ein Loch, in dem gut und gerne eine Londoner Postkutsche

Platz gefunden hätte. Matrosen rannten hektisch schreiend herum und deuteten hinab in den Abgrund. Trace konnte direkt in den Salon blicken, er sah die geschnitzten Teakholzsofas und die burgunderfarbenen Polster der Stühle. Der rotbraune Teppich war zerfetzt; die Seidenvorhänge wehten in Feuersbrunst und Aschewolken, die aus den Tiefen des Schiffes emporleckten. Die Explosion hatte das Schiff bis hinab zum Kesselraum aufgerissen. Schlacke und Flammen, die aus den Kesseln drangen, waren vom Oberdeck aus zu sehen. In den Myriaden von Spiegelsplittern, die auf dem Teppich lagen, schien tausendfach der blaue Himmel wider.

Sehr schnell hatten die Seeleute kleine Pumpen in Stellung gebracht, mit deren Hilfe Meerwasser in das Feuer gespritzt wurde. Gewaltige Mengen Qualm stiegen aus dem Schiffsbauch auf, und es sah beinahe so aus, als wollte das Schiff seine eigenen Unwetterwolken produzieren.

Matrosen schoben Trace von dem Loch weg. Auf der anderen Seite des Kraters erkannte er den Bootsmann, der mit der Pistole wütend in seine Richtung gestikulierte. Er wusste, dass es Zeit war für den Rückzug. Er lief zu einer Kette, die Matrosen gebildet hatten, um andere Passagiere zurückzuhalten, und tauchte unter den eingehakten Armen hindurch. Dann huschte er tief geduckt durch die Menge, bis er beinahe mit der Nase gegen zwei blutige Fleischsäulen stieß. Er richtete sich rasch auf und stand schwindelnd einem Heizer mit schwarz verkohltem Gesicht und zerfetzter Kleidung gegenüber, der ihn mit glasigem Blick anstarrte. Zwei weitere Seeleute kamen wie Schlafwandler aus einem Niedergang. Einer hielt noch seine Schaufel umklammert, an deren Stiel die Haut seiner Hand festgeschmolzen war. Dem anderen war am Oberschenkel das Fleisch bis auf den Knochen weggebrannt. Es war ein Wunder, dass er überhaupt laufen, geschweige denn aus dem Kesselraum heraufklettern konnte. Er klopfte Trace auf die Schulter.

»Und wer sind 'n Sie denn wohl?«, krächzte er.

Dabeistehende Frauen fingen an zu kreischen.

»Hilfe! Hierher!«, schrie Trace in Richtung der Matrosenkette.

Zwei der Matrosen eilten herbei und schoben die taumelnden Verletzten zurück in den Niedergang, wo sie den Blicken der Passagiere entzogen waren.

Jetzt drängte die Mannschaft sämtliche Schaulustigen mit aller

Härte zurück, sogar Frauen mussten sich anschreien lassen, und jeder, der sich auch nur ansatzweise widersetzte, wurde unerbittlich geschubst und gestoßen. Schließlich waren sämtliche Passagiere auf dem hinteren Teil des Schiffes zusammengetrieben.

Trace konnte nichts tun als mit den anderen Passagieren auf dem Achterdeck hin und her zu laufen, während das große Schiff sich langsam nach Norden drehte, um den Hafen auf der Halbinsel Portland anzusteuern. Die Dampfwolken wurden dünner.

Bald erschienen Stewards auf dem Achterdeck und servierten Tee, und die Offiziere mischten sich unter die schockierten und verwirrten Passagiere, um sie zu beruhigen und ihnen zu versichern, dass alles unter Kontrolle und das Schiff nicht in Gefahr sei, dass man sich um die Verletzten kümmere, dass niemand von königlichem Geblüt verletzt sei und dass man schon bald am Kai festmachen werde; alle würden mit der Eisenbahn nach London zurückgebracht.

Mitteilungen dieser Art wurden, so kam es einem vor, stundenlang und wieder und wieder verbreitet, doch darüber hinaus erfuhr man nichts. Trace sank gegen einen mächtigen Lüfter und bemerkte zum ersten Mal die Abschürfungen an den Händen, die er beim Sturz davongetragen hatte. Er leckte an seinen Handflächen. Ein Steward näherte sich mit einem glänzenden Tablett und reichte ihm eine Teetasse, die gefüllt war mit Champagner.

»Der war eigentlich für die erste Klasse gedacht, aber in Anbetracht der Umstände ...«

Trace erhob die Tasse in seine Richtung. »Auf Ihr Wohl«, sagte er.

Der Steward sah sich um, nahm selbst eine Tasse und stürzte sie hinunter.

»Und auf das Ihre, Sir«, entgegnete er, gab ihm eine weitere Tasse und verschwand in der Menge.

Trace goss sich die kühlende Flüssigkeit über die brennenden Hände. Dann tat er das Einzige, was er in einer solchen Lage zu tun vermochte – er zeichnete.

Seine Zeichnungen erschienen am nächsten Tag in fünf der größten Zeitungen Londons. Bilder des explodierenden Ventils, panisch flüchtender Menschen, des auf Deck stürzenden Schornsteins, des bis zum Kesselraum klaffenden Lochs, aus dem Flammen schlagen, ein Bild vom Kai in Portland Bill, wo Matrosen die Verwundeten eine Gangway hinabtragen.

Nachdem Trace die Nacht im Zug durchgearbeitet und auf jeglichen Schlaf verzichtet hatte, war er in der Fleet Street von einem Zeitungshaus zum nächsten gelaufen und hatte seine Skizzen angeboten. Innerhalb von einer Stunde hatte er mehr Geld verdient als in seinem bisherigen Berufsleben jemals in einem ganzen Monat.

Die Zeitungen stürzten sich auf den »Fluch der *Great Eastern*«: monatelange Verspätungen, zahlreiche fehlgeschlagene Stapelläufe, astronomische Kosten und nun eine katastrophale Jungfernfahrt. Und vier Tage später brachten alle die Nachricht, dass Isambard Kingdom Brunel, der hervorragendste Ingenieur des Empire und Erbauer der *Great Eastern*, gestorben sei, als man ihm die Nachricht von der Explosion überbrachte. In Anspielung auf Durnings Rede bei der Abfahrt schrieb der *Morning Chronicle* in seinem Nachruf: »Brunel war der rechte Mann für unser Land, aber leider nicht für die Aktionäre.«

Der *Chronicle* beschrieb ihn mit dem folgenden Satz: »Wer Gold finden will, muss sich zur Erde hinabbeugen, doch Brunel war nie ein Mann, der sich beugte.«

Die Nachricht von der Explosion hatte ihn umgebracht, darin waren sich alle Zeitungen einig; er war an gebrochenem Herzen gestorben.

Überall in der Fleet Street fragte Trace, nachdem er seine Zeichnungen verkauft hatte, ob er eine Liste mit den Verletzten und Toten der Katastrophe sehen könne. Er ging sämtliche Namen durch, auch Tage später noch, als aktualisierte Listen herauskamen. Die Angaben wichen voneinander ab. Mal war von fünf Toten, mal von bis zu zehn Opfern die Rede. Maddys Namen sah Trace auf keiner Liste. Doch war es natürlich unwahrscheinlich, so überlegte er, dass sie ihren eigenen Namen benutzt hatte oder dass ihre Anwesenheit überhaupt zur Kenntnis genommen worden war, ihre und die der anderen von ihrer Sorte, die zur Jungfernfahrt an Bord der *Great Eastern* gegangen waren.

Kapitel 5

Das Phantasmagorium

London, Frühjahr 1858

»Du und ich«
Jeden Tag begrüßte Joachim Lindt den Morgen mit einer Reihe von
Beugen und Dehnungen und Hocken und Schwüngen. Egal, wo er
war, seine Übungen machte er immer. Das Erste, was er an der Rezeption eines Hotels erbat, waren zwei Wandschirme: einen für
seine Frau, einen für sich. Die Rezeptionisten mochten heimlich lächeln über diese seltsame österreich-ungarische Prüderie, doch im
Grunde nahm Lindt nur Rücksicht auf Katerina. Frau Lindt hasste seine Gymnastik. Sie fand das albern: wie ihr Mann sich in Unterwäsche in der Hüfte hin- und herdrehte und die Arme schwang,
achtmal nach links, achtmal nach rechts; vier links, vier rechts, zwei
und zwei; eins und eins; dann dasselbe mit den Beinen. Er benahm
sich wie ein wild gewordener Uhrenkuckuck, wie eine Marionette,
die man im Sturm nach draußen gehängt hatte. Sie drehte sich im
Bett um und murrte.
 Er wusste, dass sie seine Übungen nicht leiden konnte, weshalb er sich mit ihnen hinter einem Wandschirm versteckte. Hätte er gewusst, wie abstoßend dumm seine Frau die gymnastischen
Übungen tatsächlich fand, hätte er vielleicht ganz damit aufgehört,
inzwischen allerdings glaubte er, dass sie nötig waren. Sie waren
eine Art Ritual, ein Zauber geworden: Sein keuchender Atem war
die Litanei, die etwas abwenden sollte, das sich mit zunehmendem
Alter immer öfter an den Rändern seines Lebens zeigte, so wie die
Gewitter manchmal zunächst die Gipfel des Karwendel umkreisten,
bevor sie sich in die Täler stürzten.

Das war eine ganz und gar nicht mechanistische Sicht der Dinge, das wusste er. Aber trotz seiner intimen Kenntnisse der Mechanik glaubte er fest daran, dass der Körper keine Maschine war. Das wäre eine zu einfache Erklärung für ein solches Wunder, und Lindt erkannte ein Wunder, wenn er eines sah. Natürlich brauchte der Körper Pflege wie eine Maschine und ebenso auch Treibstoff, aber Joachim Lindt glaubte fest, dass die Körperteile eher von Müßiggang als von Überbeanspruchung Schaden nähmen. Und sportliche Betätigung tat auch dem Geist wohl; sportliche Betätigung hielt die Gewitter hinter den Bergen; sportliche Betätigung bewahrte den Frieden in den gepflegten Tälern, in denen die Lindts lebten und arbeiteten und ihre komplizierten Apparaturen bauten. Er musste jeden Morgen seine Übungen machen, so glaubte er, sonst würde er wahnsinnig werden.

Aus Rücksicht auf seine Frau also bat er um einen Paravent, wo immer sie übernachteten, oder er nahm, ohne Kosten und Mühen zu scheuen, den Wandschirm aus ihrer Innsbrucker Wohnung mit. Den hatte schon seine Mutter in Ehren gehalten, als die Familie zunächst in Barcelona und dann in Wien lebte. Das Stück stammte aus Japan und war in Madrid von Joachims Vater, dem kaiserlichen Gesandten in Spanien, Baron Heribert Lindt, erworben und seiner frisch vermählten Gattin Isabella verehrt worden, noch bevor Sohn Joachim zur Welt kam. Als Kind lag Joachim stundenlang auf dem Teppich und starrte auf das Triptychon, das die Leinwand zierte. Manchmal lag er dort allein, manchmal auch zog sich seine Mutter summend und raschelnd hinter dem Wandschirm um. Er liebte es, das Bild zu betrachten. Es zeigte eine groß angelegte japanische Schlachtenszene – oder vielleicht auch einen ganzen Krieg – mit Tausenden winziger Soldaten in einer Landschaft, die von zerklüfteten, umwölkten Berggipfeln mit herabstürzenden Wasserfällen und dem Pfeilhagel von Bogenschützen, die zwischen den Kiefern und Graten versteckt waren, hinunterreichte in eine weit ausgedehnte Ebene, wo große Bataillone kleinster Kavallerie im Schlachtgetümmel riesige Banner, Segeln gleich, von Stangen flattern ließen, die an ihren Rüstungen befestigt waren, und wo Schwärme von Infanteristen sich in den Kampf Mann gegen Mann stürzten; und das Bild setzte sich fort bis zum Meer, wo Dschunken mit ausladenden Rumpflinien in flammender Seeschlacht aufeinandertrafen.

Joachim Lindt war mit diesem Wandschirm aufgewachsen, man könnte beinahe sagen, er war darin aufgewachsen, mit den Soldaten redend, die Berge erklimmend, unverletzbar durch den Pfeilregen stürmend, die Dschunken segelnd, auf der Ebene attackierend, den Verwundeten helfend, am Lagerfeuer sitzend, den Generälen die Schwachstellen der Verteidigung erläuternd und manchmal um den größten Berg des rechten Flügels herumkletternd und an einen Felsen gelehnt unter einer Kiefer sitzend und in die Ferne schauend, die sich außerhalb des Bildes fortsetzte bis in die andere Welt, wo seine Mutter sich in Licht und Schatten bewegte, summte und mit ihrer Seide und ihrem Brokat raschelte und ein- oder zweimal leise weinte, bevor ihr Mann sie endgültig verließ. Danach starrte Joachim umso verbissener auf das Gemälde, verlor sich umso mehr in seinen Einzelheiten, die nie ihre Bildkraft verloren, wie nahe man ihnen auch kam, die sich nie in bloße Pinselstriche auf gespanntem Stoff verwandelten. Das Bild hielt ihn gefangen, und obwohl es einen Krieg zeigte, gab es ihm Sicherheit. Es gehörte zweifellos zu jenen Inspirationen, die ihn später zur Erfindung eines derart vollkommenen Wunderwerkes wie des Phantasmagoriums veranlassen sollten. Dieser Wandschirm hatte ihm geholfen, die Welt zu fliehen; selbst danach noch, wenn er das Weinen dahinter hörte.

Doch jetzt redete und dehnte und streckte er sich hinter dem Triptychon. Seine Frau erholte sich gerade von der Seekrankheit, die sie auf der Überfahrt erduldet hatte. Sie sah sich mit einem Auge im Zimmer um. Spude hatte es recht gut mit ihnen gemeint. Das Zimmer war anständig. Es gefiel ihr durchaus: Es war klein, aber gemütlich; sie hatten Aussicht auf eine Armee von Schornsteinköpfen und natürlich auf grauen Himmel. Es war Platz genug für ein Sofa und eine Ottomane neben der Tür und einen runden Tisch, an dem sie beide frühstücken konnten, sofern seine Frau sich mit der Vorstellung von einem englischen Frühstück – gestern hatte es aus Bohnen und gerösteten Speckstreifen bestanden – jemals würde anfreunden können. Und es gab Platz für den Wandschirm. Joachim grunzte hinter dem ameisenhaften Schlachtgemälde, als sei er ein schnaubender Kriegsgott, der unter der Erde hauste und von dort die Soldaten anfeuerte.

Heute störte sich Katerina weniger als sonst an dem gymnastischen Ritual, mit dem Joachim jeden Tag begann. Zu ihrer eigenen

Verwunderung empfand sie sogar eine gewisse Zuneigung für ihren muskulösen, stämmigen Mann. Vielleicht war es das erste Anzeichen von Entspannung nach fast zwei Wochen leichter Übelkeit, unter der sie auf dem Atlantik gelitten hatte, oder es war eine willkommene Ablenkung von jenem Unbehagen, das sie bei dem Gedanken an die Tournee beschlich.

Frau Lindt war die ganze Sache irgendwie nicht geheuer. Der schwülstige Spude war zwar bis zu einem gewissen Grade komisch, aber er beleidigte ihren Geschmack. Er kam aus dem amerikanischen Westen – oder »Mittelwesten«, wie die Gegend jetzt genannt wurde, wenn man ihm glauben durfte –, aber das sollte sie nicht gegen ihn einnehmen. Gut, er war geschwätzig, sogar aufdringlich, aber er war eben Amerikaner, und bei Amerikanern musste man übertriebene Gesten nun einmal erwarten, man konnte sie möglicherweise sogar genießen, als kleine Abwechslung.

Vielleicht lag es gar nicht an Spude. Vielleicht lag es an der ganzen Unternehmung. Zwar hatte sie zu Chester von seinem bevorstehenden Erfolg gesprochen, doch haftete der ganzen Veranstaltung in ihren Augen ein Hauch von Hochstapelei an, der sie störte. Sie glaubte nicht wirklich, dass man ein Telegraphenkabel quer durch den Atlantik legen konnte. Die Einzelheiten eines solchen Vorhabens gingen über ihr Begriffsvermögen; das Ganze schien ihr so unmöglich wie eine Reise zum Mond. Natürlich gab es Telegraphenleitungen, die ganze Länder, die sogar den Ärmelkanal oder das Schwarze Meer durchquerten, aber das waren Wunder, die man begreifen konnte. Es gab auch Heißluftballone, die fliegen konnten; aber bis zum Mond flogen sie eben nicht.

»Bitte?«, fragte Joachim hinter seinem Paravant. Für einen Augenblick unterbrach er seine Verrenkungen.

»Nichts«, sagte Katerina schnell, fast atemlos. Sie spürte ihr Herz gegen die Matratze schlagen. Hatte sie im Halbschlaf geredet? Und noch dazu auf Englisch? Sie hatte an den Telegraphen gedacht, ja, aber hatte sie auch etwas *gesagt*?

Joachim fuhr mit seinen Übungen fort. Katerina drehte sich um. Sie wusste, warum sie an den Telegraphen gedacht hatte. Deshalb war sie schon seit Wochen beunruhigt; deshalb war sie aufgewühlt … verstört. Ludlow war es. *Er* ließ sie bei diesem Unternehmen unruhig werden; er hatte ihr *Leben* aufgewühlt.

Spude hatte es an jenem Abend in Maine beim Essen ausgesprochen: Chester Ludlow besaß Autorität. Sie und ihr Mann hatten künstlerische Fähigkeiten, aber Chester Ludlow besaß Autorität.

Sie flüsterte das Wort. Diesmal wusste sie, dass sie sprach. Joachim konnte sie nicht hören. Er war immer noch hinter seinem Wandschirm: *Eins, zwei, drei, vier …*

Er hat, so dachte sie – und sie wollte auf keinen Fall mehr tun als es denken –, *er hat die Autorität über mein Herz.* Sie spürte, dass sie am ganzen Körper errötete, und rollte sich in mädchenhafter Schamhaftigkeit unter der Bettdecke zusammen. Sie erschauerte und streckte sich wieder aus, weil sie von Neuem angenehm schläfrig wurde. Diese plötzlichen Veränderungen. *Autorität über mein Herz,* fürwahr. *Sie* hatte schließlich auch Autorität in dieser Sache, was immer »diese Sache« sein mochte. Es hatte ihr Spaß gemacht, Chester Ludlow aus dem Gleichgewicht zu bringen, wenn immer sie sich begegneten. Sie hatte gesehen, wie er zunächst errötete und sodann versuchte, die Gleichung ihrer gegenseitigen Schwärmerei zu berechnen und ihr einen Schritt voraus zu bleiben, sie zu überraschen, zu schockieren. Er war schlau, dachte sie, aber ungeübt … oder aus der Übung.

Doch dann hatte es diesen Kuss in der Küche gegeben. Der hatte sie beide kalt erwischt. Er hatte sie zur Hintertreppe gehen sehen. Er war auf sie zugetreten, hatte etwas sagen wollen, die Stirn gerunzelt. Sie hatte gedacht, sie hätte beim Kuss die Initiative ergriffen, aber inzwischen war sie nicht mehr sicher.

Mit einem Mal war jede Grübelei aus seinem Gesicht geschwunden, und in diesem Augenblick wusste sie, dass sie einander mit demselben Ausdruck ansahen. Sie küssten sich, und sie schmiegte sich an ihn – oder zog er sie? Sie dachte daran, wie sie im gelben Licht der Öllampe gestanden hatten, sie dachte an die schwarzen Fenster, den Hackblock, auf dem sie sich abgestützt hatte, an die rätselhaften Zeichen, die das Messer hineingeschlagen hatte und die sie unter ihren gekrümmten Fingern ertastete. Wie sie sich dann einen Moment lang umschlungen hielten, bis die Eingangstür zuschlug und sie, ohne eigentlich zu verstehen, was sie tat, die Treppe hinaufflüchtete.

Danach waren Ludlow und sie einander tagelang aus dem Weg gegangen. Auf der ganzen Überfahrt waren sie sich kaum begegnet, was vor allem an ihrer Seekrankheit lag. Er erkundigte sich bei Joachim nach ihrem Zustand und ließ ihr gute Besserung ausrichten. Sie wusste nie, was Joachim ihm mitteilte. Sie wusste, dass Joachim Vorbehalte gegen Chester hegte, aber standen dahinter berufliche Gründe, oder vermutete er etwas? Vielleicht hatte es in erster Linie damit zu tun, dass Ludlow ebenfalls Ingenieur war. Ingenieur bei einer Unternehmung, die Kontinente verbinden, die halbe Welt umspannen und Geschichte machen würde, während Joachim lediglich ein mechanisches Spielzeug perfektioniert hatte.

Ihr Mann trocknete sich jetzt am Waschtisch ab. Er trug seine wollene Hose, aber kein Hemd. Die Hosenträger kreuzten sich auf seinem nackten Rücken.

Sie dachte an Ludlow, spürte die Wärme dieser Gedanken, während sie im Londoner Morgenlicht abwesend auf den Rücken ihres Ehemannes starrte. Als sie bemerkte, wer es war, den sie da ansah, überkam sie Mitleid. Joachim, der angespannte, strenge, ehrgeizige kleine Joachimito, der mit ihr verheiratet war. Sie wusste, sie bedeutete eine echte Prüfung für ihn. Ihre Begierden und ihre Erfahrungen waren schuld. Ludlow war nicht der Erste. Aber er war der *Gegenwärtige*. Sie stellte sich den blonden amerikanischen Ingenieur vor. Sie hatte ihn noch nie ohne Brille gesehen, ohne diese glitzernden, zerbrechlichen Gläser, die seine Züge rahmten. Sie glaubte, ohne sie wäre sein Gesicht weicher. Sie stellte sich vor, wie sie ihm die Brille abnahm.

Wieder betrachtete sie ihren Mann: dunkles Haar, dunkle Haut, immer noch ohne Hemd. Auf Zehenspitzen war er zu ihrem Wandschirm geschlichen. Ihre Kleider lagen dort auf einem Haufen. Vom Bett aus konnte sie erkennen, dass er mit dem nackten Fuß in ihren Sachen herumstocherte, als würde er interessantes Treibgut am Strand untersuchen.

Sie flüsterte den Namen ihres Mannes. Er erstarrte, aber sie rief nach ihm, als wüsste sie nicht, was er tue, nicht einmal, wo er sei; sie rief nach ihm, als erwache sie eben erst aus ihrem Schlummer und als verlange es sie nach ihm. Sie rief seinen Namen und bat ihn, zu kommen.

»Ich?«, flüsterte er zurück.

»Ja«, sagte sie. »Du.«

Er glitt durchs Zimmer, kam zu ihr.

»Du und ich«, flüsterte sie, als wolle sie sich selbst überzeugen, dass nur sie beide zu tun hätten mit dem, was jetzt folgen würde. »Du und ich.«

»Ein Arzt für alle Fälle«

Dr. Edward Orange Wildman Whitehouse aus Brighton, England; britischer »Planungsleiter Elektrik« der *Atlantic Telegraph Company;* Befürworter der Fünf-Fuß-Induktionsspule; der Mann, der zweitausend Volt Elektrizität durch ein Kabel zu jagen bereit war, das den gesamten Atlantischen Ozean durchspannte, war kein Mann der Praxis. Dr. E.O. Wildman Whitehouse war im eigentlichen Sinne auch kein Wissenschaftler. Er war weder das eine noch das andere, und deshalb war Dr. Whitehouse sehr angreifbar.

Dr. Whitehouse war die einzige Hoffnung der *Atlantic Telegraph Company,* nur hatte die Gesellschaft dies noch nicht eingesehen. Sie konnten Professor Thomson – den hochgeschätzten schottischen Wissenschaftler aus Glasgow – und seine von Vorsicht und Zweifeln gezeichneten Konzepte nicht gebrauchen. Jedenfalls nicht, wenn sie Geld auftreiben wollten. Und Wildman Whitehouse wusste, dass sie dringend Geld auftreiben mussten. Er hatte vom katastrophalen Zusammenbruch der *Ohio Insurance Company* gelesen, der im vergangenen Jahr enorme Kapitalmengen verschlungen hatte. In Amerika wurde das Geld knapp, und deshalb brauchte man britische Pfunde – und einen britischen Ingenieur, um sie lockerzumachen. Die Amerikaner, Gott segne ihre Wichtigtuerei, hatten eine Art Zirkus herüber auf die Insel geschafft, um Mittel einzuwerben. So verzweifelt war die Lage. Beschämend. Wildman Whitehouse verstand zwar etwas von Werbung in eigener Sache, aber zum Zirkusclown würde er sich nie machen lassen.

Wildman Whitehouse gab bereitwillig zu, dass er auf dem Gebiet der Elektrizität lediglich ein »Tüftler« war. Als solchen hatte er sich selbst bezeichnet, als er vor drei Jahren seinen ersten Vortrag vor der mathematischen und physikalischen Sektion der *British Association* in Glasgow gehalten hatte. Er hatte um »Vergebung« gebeten, dass er im Jagdrevier der Naturphilosophen wildere; er sei lediglich interessiert an den Anwendungsmöglichkeiten für seine Messergebnisse. Er hatte weder einen Lehrstuhl für Physik inne, noch hatte er je an einem Unterseekabelprojekt mitgearbeitet. Er hatte nie Formeln erdacht und nie Kabel verlegt. Nach ihm war kein Theorem benannt, und er hatte auch niemals, wie so mancher altgediente Kabelexperte, die elektrische Ladung eines Drahtes mit der blanken Zunge geprüft.

Nein, E. O. Wildman Whitehouse war stolz darauf, allein zu arbeiten und *exakte* Messungen mit selbst erfundenen Instrumenten durchzuführen. Und glücklicherweise bestätigten seine Ergebnisse genau das, was die Investoren des Kabelsyndikats hören wollten: Gerade als sich die Hinweise häuften, dass es womöglich unpraktisch, wenn nicht gar unmöglich sei, ein Signal durch ein Kabel auf dem Meeresgrund des Atlantiks zu schicken, bewiesen Whitehouses Messungen, dass ebendies sehr wohl machbar und womöglich sogar ganz einfach wäre. Aufgrund dieser Forschungsberichte hatte das Kabelsyndikat ihn zum Chefelektriker der britischen Seite gemacht. Und so war er im Handumdrehen aus der Bequemlichkeit und Zufriedenheit einer angesehenen Arztpraxis im Seebad Brighton emporkatapultiert worden in die höchsten Höhen der Ingenieurkunst und des unternehmerischen Abenteuers. Und dennoch traf er auf Widerstände. Immer wieder Widerstände.

Der Schotte, Professor William Thomson von der Universität Glasgow, erzählte allen Leuten, dass Whitehouse falsch lag. Thomson und sein Schüler, der Amerikaner Chester Ludlow, hatten ein infernalisches »Gesetz des umgekehrten Quadrats« ersonnen. Das Gesetz besagte, dass die Signale, die man durch ein Kabel sendet, mit zunehmender Länge des Kabels immer schwächer, immer gestauchter werden, sich miteinander vermengen und schließlich am anderen Ende nur noch als unverständliches »Rauschen« ankommen. Die Stärke des Signals nimmt umgekehrt proportional mit dem Quadrat der Kabellänge ab.

Der einzige Ausweg aus der Falle, die das Gesetz des umgekehrten Quadrats bedeutete, führte laut Thomson und Ludlow über die Verwendung stärkerer und besserer Kabel. Ein stärkeres Kabel, eine niedrigere Spannung bei der Übertragung und feinere Messinstrumente auf Empfängerseite waren vonnöten. Behaupteten sie.

Die Investoren wollten natürlich nichts hören vom Gesetz des umgekehrten Quadrats. Außerdem war Wildman Whitehouse mit seinen Instrumenten zu genau dem entgegengesetzten Ergebnis gelangt: dünne Kabel und ein stärkeres Signal. Das musste die Geld-geber erfreuen: Es brauchte kein neues Kabel nach neuen Maßgaben hergestellt zu werden, und Wildman Whitehouse verfügte über Generatoren und Induktionsspulen – eigene patentierte Erfindungen –, die fix und fertig und jederzeit einsatzbereit waren.

Whitehouse war Ludlow noch nie begegnet. Sie hatten lediglich, als Chester zu Whitehouses Gegenpart auf amerikanischer Seite ernannt worden war, schriftlich miteinander verkehrt, und der respektvolle Ton in Chesters Briefen hatte Whitehouse gefallen, auch wenn die wissenschaftlichen Annahmen des Amerikaners in die Irre gingen. Als das Phantasmagorium also in London eintraf, machte sich Wildman Whitehouse in die Hauptstadt auf, um seinen Gegenspieler zu treffen. Die Begegnung, die von Spude und dem Direktorium des Syndikats angeregt worden war, sollte dazu dienen, empirische Widersprüche zu klären und das Kabelprojekt auf Kurs zu halten. Wenn bekannt wurde, dass der amerikanische und der britische Projektleiter sich nicht einig waren, würde, ob mit oder ohne Phantasmagorium, das Geld kaum fließen.

Whitehouse nahm die Nachtkutsche aus Brighton und kam kurz vor dem Frühstück in Ludlows Hotel an. Die Erscheinung des Amerikaners überraschte ihn. Ludlow begrüßte ihn an der Tür mit einem offenen, kräftigen Händedruck. Das gefiel Whitehouse; es gab ihm gleich das Gefühl, von Ludlow ernst genommen zu werden.

Chester seinerseits hatte erwartet, dass der Arzt größer sei. Älter und polternder, eher wie Spude. Aber Whitehouse war kleiner als Chester und nur wenig älter, auch wenn sein Backenbart schon grau wurde und er sich die schwarzen Haarsträhnen straff über die kahler werdenden Stellen auf dem Schädel gekämmt hatte; zwar war er nicht ausgesprochen beleibt, doch saßen seine Hose und seine Weste stramm über dem Bauch, der wie ein kleiner ausgestopfter Fender unter seiner Brust vorragte. Seine näselnde Stimme und sein südenglischer Akzent erinnerten Chester an den Ruf eines Eichelhähers. Er benahm sich ausgesucht höflich, wenn auch vielleicht ein wenig herablassend, dachte Chester, und ihm fielen Professor Thomsons Worte ein: Wildman Whitehouse war brillant, aber »leider, wie viele Männer unserer Zeit und unserer Profession, eher an Status als an Studien, eher an Lob als an Leistung interessiert«.

Als Chester sich dieser Worte erinnerte, fragte er sich, ob darin wohl ein verhüllter Tadel an seine Adresse versteckt gewesen war. Aber nein: Professor Thomson hatte seine Arbeit immer gelobt, und Chester hatte seinen Ehrgeiz im Zaum gehalten; nicht er, sondern Wildman Whitehouse war das Genie auf Abwegen, vor dem man sich, so Thomson, in Acht nehmen müsse.

Whitehouse hatte einen Koffer und zwei Papprollen mit Unterlagen bei sich. Er trug sie selbst in Chesters Zimmer hinauf und fragte den Hotelpagen lediglich nach dem Weg. Er hatte ein leuchtend rotes Halstuch umgebunden. Er wollte damit eine Entschlossenheit zum Ausdruck bringen, die seine mangelnden formalen Qualifikationen gegenüber dem Amerikaner, der in Glasgow studiert hatte, ausgleichen sollte. Seine Frau hatte ihm ein blütenweißes Leinenhemd herausgelegt, und Whitehouse wusste, als er vor Ludlows Zimmertür stand, dass er einen imposanten Eindruck machte: schlichte schwarze Jacke, strahlend weißes Hemd, leuchtend rotes Halstuch, buschig grauer Backenbart: ein Visionär, mit wertvollen Dokumenten unter dem Arm.

»Ich kenne Ihre Frau, Sir«, sagte Whitehouse.

Chester zog die Augenbrauen hoch, während er dem Briten die Hand schüttelte.

»Ich wollte sagen, ich habe sie einmal gesehen. Ich kenne ihre *Arbeit*«, erklärte Whitehouse.

Chester versuchte herauszufinden, ob die Erwähnung von Frannys früherem Beruf etwa beleidigend gemeint sein könnte. Er war stets auf der Hut und versuchte sich Klarheit darüber zu verschaffen, ob Anspielungen auf ihre Zeit als Schauspielerin mit zweideutigem Blick oder Herablassung geäußert wurden.

Aber Whitehouse schien tatsächlich beeindruckt gewesen zu sein.

»Ich habe sie sogar *zwei* Mal gesehen. *Maß für Maß*«, sagte der Arzt. »Einmal mit meiner Frau und einmal, ich gestehe es errötend, allein. Ich bin ein zweites Mal hineingegangen, weil ich so hingerissen von ihr war. Darf ich wohl sagen, sie ›war mir ein verklärter Himmelsgast‹? Wirklich. Aber meine jugendliche Schwärmerei wurde schon bald von der Bewunderung für ihre Kunst überlagert. Ich muss Ihnen sagen, Sir: Sie leuchtete. Inspirierend. Wie geht es ihr?«

»Ich denke, es geht ihr gut«, sagte Chester. »Ich kann es nicht mit Sicherheit sagen, weil sie nicht hier ist. Sie ist in Amerika geblieben.«

135

»Ach«, sagte Whitehouse und ließ die Schultern sinken. »Wie schade. Bitte richten Sie ihr meine Grüße aus.«

Chester nickte und bemerkte, dass der Page immer noch an der Tür wartete. Er trug ihm auf, ihnen Kaffee zu bringen, derweil Whitehouse begann, seine Papiere auf dem Tisch, dem Sofa, dem Bett, den Stühlen, der Kommode und in einem Halbkreis auf dem Fußboden auszubreiten, wobei er unablässig redete.

»Also, Ludlow, ich will ganz ehrlich zu Ihnen sein, denn die Lage lässt nichts anderes zu. Ich erwarte selbiges von Ihnen. Gegenseitige Offenheit, ja? Wir dürfen mit nichts hinterm Berge halten. Fangen wir an. Unsere Ansichten unterscheiden sich. Sie glauben, mit dem derzeitigen Kabel würden bei der Weiterleitung von Signalen große Schwierigkeiten auftreten. Sie glauben, die sogenannte Schwächung der Signale sei das Hauptproblem. Ganz richtig. Sie *ist* das Problem. Wie also soll man klare, starke, einzelne elektrische Impulse durch ein, sagen wir, *transozeanisches* Kabel schicken?«

Inzwischen hatte Whitehouse die Tabellen und Diagramme zu seiner Zufriedenheit arrangiert. Er nahm einen Bogen vom Tisch und legte ihn auf eine Fußbank, drehte ihn noch einmal und sah dann lächelnd zu Chester auf, der Whitehouses Eröffnungsstrategie – erst die Schwärmereien über Franny und dann das aufwendige Arrangement der Testresultate und graphischen Darstellungen – inzwischen beinahe amüsant fand.

Und dennoch mahnte sich Chester zur Vorsicht. Er war diesem Mann, diesem praktischen Arzt, an Erfahrungen und an akademischen Qualifikationen in jeder Hinsicht überlegen, aber schon ein erster Blick zeigte, dass Whitehouse beeindruckende Testreihen durchgeführt hatte. Dennoch, Chester war derjenige, dem es oblag, Professor Thomsons Berechnungen zu verteidigen. Er durfte Whitehouse nicht gleich die Initiative überlassen.

»Was für eine Art Arzt sind Sie eigentlich? Da unten in Brighton?«, fragte Chester.

Whitehouse ließ einen Augenblick überrascht den Mund offen stehen, weil die Frage des Amerikaners ganz und gar nicht in den Zusammenhang passte. Er holte tief Luft; er unterstellte ein taktisches Manöver.

»›Eine Art Arzt‹ ...?«, fragte er mit einem süßlichen und äußerst herablassenden Lächeln.

»Fürs Herz? Für die Knochen?«, fragte Chester. »Den Darm? Das Hirn?«

»Für *alles* natürlich, Mr. Ludlow. Ich bin ein Arzt für alle Fälle. Warum? Brauchen Sie einen Arzt?«

»Nein.« Chester lachte allzu leutselig. »O nein. Ich war bloß neugierig.«

»Nun denn. Vielen Dank für Ihr Interesse. Wollen wir nun zu unserer Diskussion des Kabelproblems zurückkehren?«

»Bitte.« Chester beschloss, die Maske der herzlichen amerikanischen Naivität fallen zu lassen. Seine Strategie hatte den Engländer zwar verwirrt, aber diese Verwirrung hatte einen herablassenden Ton zur Folge gehabt, und Chester wusste, dass sie so nicht weiterkamen.

»Also«, fuhr Whitehouse fort und schritt auf dem kleinen Perserteppich in der Zimmermitte auf und ab, als sei er dort eingesperrt wie auf einer winzigen einsamen Insel. »Ich weiß, dass Sie und Professor Thomson die Verwendung von Batteriespannung für die Signalübertragung befürworten. Ich weiß, dass Professor Thomson fieberhaft daran arbeitet, eine Art Empfangsgerät zu bauen, mit dem man die schwachen Signale, die zu produzieren diese Spannung in der Lage ist, entschlüsseln kann. Aber noch ist es ihm nicht gelungen. Deshalb komme ich mit diesen Argumenten zu Ihnen«, er drehte sich auf dem Teppich einmal um die eigene Achse und deutete mit der Hand auf das gesamte Arrangement von Dokumenten, »weil ich Ihnen und dem verehrten Professor – aber vor allem Ihnen, da Sie der amerikanische Chefingenieur des Projektes sind, mein Gegenüber in der Neuen Welt sozusagen –, weil ich Ihnen die Verwendung stärkerer Signale zur gefälligen Betrachtung ans Herz legen, nein, weil ich Sie von einer solchen Verwendung überzeugen möchte.«

»Stärkere Signale«, sagte Chester mit verschränkten Armen, das Kinn auf die Linke gestützt, »die mit Hilfe Ihrer Induktionsspulen erzeugt werden sollen.«

Whitehouse zuckte die Achseln. »So ist es. Sie könnten meine Daten überprüfen, indem Sie selbst eine solche Spule bauen. Hier sind die Pläne.« Er ging zum Sofa und streckte Chester ein Bündel Zeichnungen entgegen. »Meine ist jedoch schon einsatzbereit.«

Chester rührte sich nicht.

»Und womit sollen die Signale empfangen werden?«

»Ich habe einen Apparat dafür«, antwortete Whitehouse, trat zu seinem Koffer und holte ein kleines Gerät heraus, das auf einen polierten hölzernen Sockel montiert war. Es sah aus wie eine winzige Güterwaage. »Dies«, verkündete er, »ist mein Magneto-Elektrometer.«

Wildman Whitehouse stellte das Gerät auf den Tisch. Jetzt strahlte Chester ein geradezu greifbares Interesse aus; Whitehouse spürte dies und wusste, dass der Damm gebrochen war. Theorien, Daten, Diplome, nationale Differenzen, schön und gut, aber nichts konnte einen Ingenieur derart fesseln wie eine Maschine, die man vor ihn hinstellte.

»Faszinierend«, sagte Chester und berührte sacht den Hebelarm.

Whitehouse streckte kurz die Arme, stellte sich direkt hinter das Gerät und beugte sich so darüber, dass Chester zurückweichen und die Rolle des Zuschauers respektive Kunden einnehmen musste.

»Die zu messende Spannung läuft durch diesen Elektromagneten und zieht diesen Hebel nach unten, und der hebt dann dieses Gewicht – oder er hebt es nicht«, sagte Whitehouse und ließ seine Finger über den Apparat tanzen, um auf die jeweiligen Teile zu zeigen. Seine Bewegungen waren flink und leicht wie die eines Zauberers.

»Ich messe die Stärke oder den ›Wert‹ einer Spannung, wie ich es nenne, danach, wie viel Gewicht zu heben sie imstande ist. Wenn dieser Apparat – oder auch ein größerer – richtig skaliert ist, kann er Werte von einem hundertstel Gramm bis zu fast fünfzig Kilogramm messen. Unsere Telegraphisten müssen nur die Bewegungen des Hebels aufzeichnen.«

Er nahm einen Stapel Blätter von der Fensterbank. »Alles hier drin.« Und er drückte Chester das Bündel in die Hand.

Chester fragte: »Aber was ist mit der ganz normalen Messung durch das ganz normale Galvanometer?« Professor Thomson arbeitete mit Galvanometern und hatte versucht, ein besonders empfindliches Modell zu entwickeln.

»Ein normales Nadel-Galvanometer ist zu flatterhaft«, antwortete Whitehouse, der seine Erregung zu zügeln versuchte. »Wenn Sie erlauben, würde ich es gern ein wenig poetisch ausdrücken, Sir.«

Whitehouse beugte sich über den Tisch und stützte sich zu beiden

Seiten seines Magneto-Elektrometers ab. »Ein Nadel-Galvanometer ist zu weiblich, um den Kräften einer starken Spannung zu widerstehen. Er ist bei solchen Messungen von keinerlei Nutzen. Die Nadel zuckt in höchst hysterischer und leidenschaftlicher Manier hin und her. Selbst der geduldigste Beobachter vermag ihren verwirrenden Bewegungen nicht zu folgen. Dieses Gerät hingegen ... dieses Gerät geht mit den elektrischen Signalen in ruhiger, geschäftsmäßiger Weise um, es hebt gelassen sein Gewicht mit dem Hebelarm und zeigt Ihnen die exakte Spannung, die an dem Kabel liegt.«

»Ein äußerst männliches Gerät«, sagte Chester.

»Ganz genau, Sir.«

Whitehouse wusste, dass er den Amerikaner jetzt an der Angel hatte. Während der nächsten beiden Stunden brachte er ihm ausgewählte Messreihen und Berechnungen zur Kenntnis, die in seinen Notizen verzeichnet waren.

Der Hotelpage kam mit Kaffee, doch beide Männer ignorierten ihn und ließen das Getränk auf dem Tisch kalt werden. Sie waren allzu beschäftigt mit den Unterlagen.

Am späten Vormittag schließlich blickte Chester von den Zahlen hoch. Er sprach mit matter Stimme und fragte sich, ob er dem, was er zu sagen hatte, den nötigen Nachdruck zu verleihen vermochte. »Wie Sie wissen, Doktor, haben Professor Thomson und ich am Gesetz des umgekehrten Quadrats gearbeitet. Professor Thomsons Schlussfolgerungen ...«

Whitehouse hob die Hände und nickte. »Wenn ich Sie unterbrechen darf: Ich glaube, ich weiß, worauf Sie hinauswollen. Vielleicht kann ich uns beiden Zeit sparen. Verzeihen Sie, wenn ich zu weit gehe: Ich möchte nur, dass wir zügig vorankommen, denn wir – Sie und ich – sind die zuständigen Ingenieure in dieser Sache, die Ingenieure der *Atlantic Telegraph Company*. Bei allem Respekt vor der Klugheit von Professor Thomson, er hat weit weniger Experimente als ich an echten Telegraphenkabeln durchgeführt. Seine Theorien und seine Gesetze sind aller Ehren wert, aber sie existieren bisher nur auf dem Papier. Dieser kleine Apparat zum Empfang von Botschaften und seine größeren Brüder sind von mir an realen Kabeln getestet worden – alles in diesen Aufzeichnungen nachzulesen und in diesen und hier –, und sie *funktionieren*. Ich kann mich nicht auf meine Reputation als Theoretiker berufen. Über eine solche verfüge ich nicht. Ich kann mich auch nicht auf meine jahrelange praktische Erfahrung beim Auslegen von Hochseekabeln berufen. Ich war noch nie auf einem Kabelschiff. Ich kann mich nur auf mein Interesse am Fortschritt berufen, auf meine Überzeugung, dass dieses Projekt der Menschheit von großem Nutzen und von großer Dienstbarkeit sein wird. Ich berufe mich darauf, dass ich wie Sie dem Unternehmen zum Erfolg verhelfen will. Ich berufe mich darauf, dass ich die Testreihen und Messungen durchgeführt habe und Ihnen nun die Ergebnisse vorzulegen vermag, die zeigen, dass wir es schaffen können.«

Wildman Whitehouse hatte die Hände gefaltet und beinahe bußfertig den Kopf gesenkt.

»Nun«, sagte Chester, »ich werde die Daten genauer in Augenschein nehmen müssen …«

»Aber natürlich«, sagte Whitehouse und sah rasch auf.

»… aber ich bin positiv beeindruckt.«

Whitehouse lächelte. Er machte einen Schritt auf Chester zu und bedeutete ihm dann, ihm ans Fenster zu folgen, den Papierstapeln, den Diagrammen, dem magnetischen Apparat den Rücken zuzuwenden.

»Ludlow, ich bin gewiss nicht der Erste, der Ihnen das sagt. Ich bin sogar sicher, dass ich nur etwas wiederhole, worüber Sie sich selbst schon längst im Klaren sind. Wahrscheinlich habe ich es später erkannt als Sie auf der anderen Seite des Atlantiks.«

Sie standen neben einander und sahen auf die Stadt hinaus. Über dem Dächergewirr war die Kuppel der Kathedrale von St. Paul zu sehen, die sich – Chester war schockiert angesichts dieses seines Gedankens – wie eine Brust gegen den Horizont erhob. Für einen Moment erschien Frau Lindts Bild vor ihm. Er fragte sich, wo sie wohl heute morgen steckte.

»Die Sache ist die, Ludlow. Wir werden sehr von diesem Unternehmen profitieren. Und ich meine das nicht finanziell. Nein, nein, nein. Natürlich werden wir Geld verdienen. Das ist klar. Aber ich spreche von unserem Ruf. Ich kann nicht umhin zu erkennen, dass wir vor einer gewaltigen, wunderbaren Entwicklung stehen, die unser Zeitalter und seine Menschen verändern wird. Wir können etwas ganz Neues sich entwickeln sehen – die Verbindung der Kontinente, den schnellen Fluss von Informationen. Informationen sind überall, Ludlow. Nicht nur in Briefen, Büchern oder telegraphischen Botschaften. Auch in Gemälden, in Formeln, in Musik, im Resultat eines Tennisspiels, in dem Preis von Waren, im Sinn hinter dem Sinn einer Bemerkung, die in ein geliebtes Ohr geflüstert wird, in Gedanken, Konzepten, Gefühlen, sie sind das Protoplasma jeglicher Kultur, sie sind all unsere Erfahrung, abgesehen vom Tod. Doch wer weiß? Vielleicht ist auch der Tod nur eine Erfahrung – die wir erst noch entschlüsseln müssen. Was ich sagen will, Ludlow: Wir – Sie und ich – wir stehen an der Schwelle. Wenn das Kabel funktioniert, wird die Information fließen wie eine mächtige Welle, Ludlow, und wir werden auf ihrem Kamm reiten, und die ganze Zivilisation wird zu uns aufschauen.«

»Das klingt ein bisschen ... *groß*«, murmelte Chester.

»Großspurig, meinen Sie wohl.« Whitehouse sprach leise. Sie flüsterten, als müssten sie vor der ganzen unter ihnen ausgebreiteten Stadt ein Geheimnis bewahren.

»Ganz richtig.«

»Aber«, fuhr Whitehouse fort, »Sie haben solche Gedanken selbst schon gehabt. Stimmt's? Hab ich recht?«

Chester nickte fast unmerklich.

»Ich wusste es gleich, als ich Sie sah«, sagte Whitehouse. »Sie und ich, wir haben einiges gemeinsam.«

»Einen Hang zum Größenwahn?«, fragte Chester.

»Visionäre werden nur dann größenwahnsinnig genannt, wenn ihnen das Glück nicht hold ist und sie scheitern. In diesen Messergebnissen liegt unsere Möglichkeit, ein Scheitern zu vermeiden. Der Telegraph wird funktionieren, und wir werden bedeutende Männer sein.«

»Gut«, sagte Chester leise. Er dachte an die Worte von Frau Lindt auf den Klippen von Willing Mind. Sie werde ihm mit Freuden dabei zusehen, wie er Erfolg haben werde, hatte sie gesagt.

»Zum Teufel«, sagte Chester, »dann werde ich ja wohl auch Freude daran haben dürfen.«

»Wie bitte?«, fragte Whitehouse.

Aber Chester hatte sich schon abgewandt und sammelte die Papiere ein. »Ich werde die Aufzeichnungen noch einmal durchgehen und Professor Thomson meine Eindrücke mitteilen, aber ich denke, für den Moment kann ich mit einiger Sicherheit sagen, dass wir uns einig sind, wenn keine unvorhergesehenen Komplikationen auftauchen sollten. Wir werden Ihre Apparate benutzen.«

»Hervorragend. Das wird die Investoren – derzeitige und künftige – mit großer Freude erfüllen.«

Seine Worte ließen Chester aufschrecken; er zog seine Uhr aus der Tasche. »Da erinnern Sie mich an etwas«, sagte er. »Ich muss zur Probe.«

Whitehouse legte fragend den Kopf zur Seite.

»Ich habe eine zweite Berufung gefunden – als Schauspieler. Sie haben die Anschläge in der Stadt gesehen, die das Phantasmagorium ankündigen?«

»Natürlich«, sagte Whitehouse. »Sind Sie in der Vorstellung?«

»Ich spiele eine Hauptrolle«, antwortete Chester. »In drei Tagen ist Premiere. Im Bardolph.«

»Aha. Im Bardolph. Sieh an.«

»Werden Sie da sein?«

»Nun ja, ich glaube, es bleibt mir nichts anderes übrig. Ich meine, ja, natürlich. Es wird mir eine Ehre sein.«

»Ich weiß, ich weiß – das Bardolph ist kein richtiges Theater. Aber Sie haben schon davon gehört? Es ist ein Spielclub.«

»Ja. Sicher«, sagte Whitehouse, zwinkerte, lächelte, versuchte jovial zu wirken. »Spiele. Kenne ich gut. Den Club, meine ich.«

Whitehouses Handflächen wurden sofort feucht, und er musste sie unauffällig an seiner Hose abwischen, bevor er Ludlow an der Tür zum Abschied die Hand schüttelte.

ERFOLG IM BARDOLPH

J. Beaumol Spude hätte glücklicher nicht sein können. Wenn man aus der ersten Vorstellung irgendwelche Schlüsse ziehen konnte, würde das Phantasmagorium seine angestrebten Ziele bis zum Ende der Woche weit übertreffen. Sie hatten schon am ersten Abend dreißig Pfund und fünfzehn Schilling eingenommen und noch einmal das Vierfache an Verschreibungen.

Spude war sehr zufrieden mit seiner hervorragenden Strategie der Geldbeschaffung. In dem Brief, den er Field, Cooper und den anderen nach New York schickte, konnte er seinen Stolz kaum verhehlen und teilte mit, wie großartig er in London gestartet war.

»Das Phantasmagorium in einem Spielclub zu präsentieren, war ein meisterlicher Streich, wenn ich selbst das so sagen darf«, schrieb er und fuhr fort:

Die Briten sind ganz vernarrt in Spiele und Wetten. Sie wetten auf alles: Faro, Würfel, Vingt-et-un; wenn zwei Männer sich im Bardolph Club bei einer Partie Escarte gegenübersitzen, haben sich bald vierzig oder fünfzig weitere Personen versammelt, die auf den Ausgang des Spiels Wetten abschließen; Trinker am Tisch wetten darauf, wem der Kellner zuerst etwas bringen wird oder ob als Nächstes ein Herr oder eine Dame durch die Tür tritt (einmal sah ich einen ganzen Tisch bei einer solchen Wette verlieren, als ein Spaniel an der Leine vor seiner Herrin, einer Baroness, den Raum betrat), sie wetten, auf wessen Teller sich zuerst eine Fliege niederlassen wird, wer die Bardame zum Erröten, wer sie zum Weinen bringen kann. In dieser Atmosphäre der Wettbesessenheit musste ich lediglich, so hatte ich mir überlegt, an die sportlichen Instinkte des Engländers appellieren: Ich schrieb den Vortrag in einigen Passagen um und ließ Ludlow das Risiko unseres Kabelprojektes betonen. In seiner Rede heißt es jetzt, das Ganze sei »ein Vabanquespiel. Nichts für Leute mit schwachen Nerven oder weichen Knien, nichts für vorsichtige Finanziers. Wir brauchen mutige Männer, die sich mit vollem Einsatz in das Spiel stürzen.« Und diese Sprache hat gewirkt.

Die am Phantasmagorium Beteiligten waren samt und sonders sprachlos angesichts der erzielten Wirkung. Innerhalb weniger Tage – weniger Stunden, so schien es fast – war die Vorstellung in London in aller Munde. Joachim Lindts mechanisches Wunderwerk, die musikalische Virtuosität seiner Frau, die prachtvolle Darstellung der Geschichte des Unterseekabels füllte die Zuschauerreihen vom ersten Tag an bis auf den letzten Platz.

Zwar lag der Bardolph Club etwas abseits am Rande von Mayfair und gehörte daher nicht zu den reizvollsten Adressen, aber das Etablissement kam der Vorführung des Phantasmagorium bestens zustatten. Eine ganze Galaxie von Gasleuchten an der Galerie erhellte den großen Saal, dessen Wände in Trompe-l'Œil-Technik mit Säulenreihen bemalt waren, wodurch der Eindruck eines riesigen

Vergnügungstempels erweckt wurde, in dem der eigentliche Saal nur eine bescheidene Kammer bildete. Die Decke war von einem Fresko des jungen Phoebus Apollo geschmückt, umkränzt von Stuckranken, Trauben und Garben, der seinen Sonnenwagen über den Himmel fährt. Alle Lampen trugen Zylinder aus Milchglas, was die Grellheit des Gaslichts milderte und den Anschein eines arkadischen Gartens erweckte, der vom Mondlicht beschienen wurde. Der Boden war mit weißen und blaugrünen Marmormosaiken ausgelegt und wirkte wie die bewegte Oberfläche eines Sees, über die der Besucher zu seinem Tisch wandeln konnte, wo er seinen Fuß auf dicke, moosweiche Perserteppiche setzte, die exotische Vegetationen, darunter Orchideen und Schlingpflanzen des tropischen Dschungels, zeigten. Überall summten Gespräche, klirrte Glas und Porzellan, klangen der Singsang der Croupiers und die nervösen Rufe der Spieler, die Wetten abschlossen, erhöhten und einforderten.

Zur Vorführung des Phantasmagoriums ließ Spude den Raum umbauen. Die Möbel wurden entfernt, die Stühle in Reihen aufgestellt, und gegenüber der großen Freitreppe fand die Bühne ihren Platz. Spude hatte Londoner Schauspieler engagiert, indem er einige Tage zwischen Drury Lane und Wardour Street die Bühneneingänge abklapperte und nach Männern fragte, die Interesse an einem Engagement bei einem »amerikanischen Theater- und Telegraphie-Unternehmen« haben könnten.

Die Truppe, die schließlich zusammenkam, hatte nichts von der naiven Begeisterung der Hummerfischer in Willing Mind (mindestens drei der Schauspieler entpuppten sich als verbitterte Trinker, die nach einem Faustkampf wegen Bühneneifersüchteleien entlassen werden mussten), aber das Phantasmagorium hatte jedenfalls genug Neugier in ihnen geweckt, dass sie Teil dieses Spektakels sein wollten, und Spudes missionarischer Eifer beeindruckte sie so sehr, dass sie sich am Riemen rissen und alles in allem ein äußerst zufrieden stellendes Ensemble abgaben.

Bei aller Aufregung, die das Spektakel verbreitete, bei aller Aufmerksamkeit, die das Bühnenwunderwerk der Lindts mit seinem Rauch, seiner Musik, seinen Geräuschen, Lichtern, wechselnden Szenerien weckte; bei allen Trägern illustrer Titel und wohlklingender Namen, die sich im stets ausverkauften Haus einfanden; bei allem gewaltigen Applaus, mit dem die Mitwirkenden im Bardolph nach der Vorstellung bedacht wurden – es war Spude wohlbewusst, dass Chester Ludlow zum Mittelpunkt der Vorführung geworden war.

Spude hatte es kommen sehen. Die ersten Anzeichen waren schon in der Haltung der Schauspieler Chester gegenüber zu erkennen gewesen. Bei den Proben in einem leer stehenden Sägewerk in der Tottenham Court Road hatten sie manchmal von ihren Positionen zu ihm hinübergeschaut, wenn er seinen Vortrag hielt. Er schaffte es, sie zu fesseln, ihre Neugier zu wecken. Die Leute hörten auf ihn. Sie wollten sich ihm nähern. Einmal, nachdem Ludlow eine besonders packende Version der Passage *Im Anfang war das Wort* zum Besten gegeben hatte, hörte Spude einen der Schauspieler flüstern: »Das ist ein Naturtalent.« (Spude musste die Schauspieler anweisen, sich konzentriert ihren Trommeln, Rauchsignalen oder anderen pantomimischen Pflichten zu widmen; sie dürften nicht, befahl er, »aus der Rolle fallen«. »Ich werd wohl eher in der Rolle fallen, Meister«, stöhnte eine der »Rothäute«, die neben dem Signalfeuer knieten.)

Spude sah, dass Chester ohne große Mühe zum Zentrum der Aufmerksamkeit wurde. Auf stille, elegante Weise brachte er die Menschen in seine Gewalt; es war nicht eigentlich so, dass er die Macht auf der Bühne übernahm, vielmehr war der Rest des Ensembles bereit, ihm, mehr noch als Spude, die Führung zu überlassen. Sie wussten, dass Chester der amerikanische Chefingenieur war. Er hatte das Stück zwar nicht erdacht, auch nicht den Text geschrieben, aber er hatte einiges von dem erdacht und ins Werk gesetzt, worum es sich auf der Bühne drehte. Sie wussten, dass er einen neuen Abrollmechanismus entwickelt hatte, der das Reißen des Kabels verhinderte. Sie wussten, dass er auf amerikanischer Seite zum Planungsleiter Elektrik befördert worden war. All das trug natürlich zu seiner Autorität bei, aber die Schauspieler reagierten auch auf sein Auftreten. Chester Ludlow war groß, blond, elegant, aber zugleich umgänglich. In den Pausen beantwortete er bereitwillig die Fragen auch des kleinsten Nebendarstellers, und rasch hatten sich einige, ein halbes Dutzend, ein ganzes Dutzend Mitwirkende um ihn versammelt.

Spude war ob dieser Machtverschiebung kein bisschen eifersüchtig, im Gegenteil, er sah sie mit Freude. Er hoffte, sie würde seine Pläne befördern.

Und das tat sie auch. Vom ersten Abend an bemerkte Spude, wie sich in der Erregung und Begeisterung nach der Vorstellung – während sich die Geldgeber anstellten, um Verschreibungen zu unterzeichnen oder sich über den Erwerb von Anteilen zu informieren – eine Traube um Chester bildete, die häufig aus Damen bestand, welche ein bis dato unerhörtes Interesse an den mechanischen Voraussetzungen der Telegraphie zeigten: Sie alle schienen sich vom obersten amerikanischen Ingenieur der Gesellschaft in den Feinheiten dieser Wissenschaft unterrichten lassen zu wollen. Aber es waren nicht nur Frauen, die sich von Chester angezogen fühlten; auch Männer sammelten sich um ihn, aufmerksam und gesprächig, und genossen Chesters Liebenswürdigkeit, seine Attraktivität, seinen – Spude suchte nach einem Begriff –, seinen *Biomagnetismus*.

Aber Spude bemerkte auch, wie Chester sich in der ersten Aufregung des Premierenabends verhielt. Gewiss, er war ein hervorragender Botschafter für das Kabelprojekt. Er sprach in klugen und doch begeisterten Worten von dem Unternehmen. Die Investoren hätten es sich nicht besser wünschen können. Und doch war offensichtlich, wenn man ihn nur ein wenig kannte, dass er innerlich aufgewühlt war. Vielleicht lag es an der Trennung von seiner Frau; vielleicht war daheim irgendetwas vorgefallen; vielleicht … Aber Spude kannte Ludlow nicht gut genug, um mit Sicherheit erkennen zu können, was los war; er wusste nur, dass irgendetwas nicht stimmte.

Ein Treffen im Bardolph

Der Bardolph Club hatte mehr als nur *ein* prächtiges Stockwerk zu bieten. Eine Marmortreppe führte hinauf zu zahlreichen kleineren Salons, Zimmern und Separees, die ein unterschiedliches Maß an Intimität boten. Einige dienten dem Spielbetrieb, andere der Geselligkeit, einige der Verpflegung, andere diskreten Beschäftigungen.

Den Besitzern des Bardolph war schnell klar, welch Gottesgabe das Phantasmagorium darstellte, und sie öffneten den Mitgliedern des Ensembles alle Türen ihres Etablissements. Dass die Schauspieler nach den abendlichen Vorstellungen zur Unterhaltung der Gäste kostümiert bleiben mussten, war ein geringer Preis für das Privileg, die Nacht dinierend und spielend im Club verbringen zu dürfen.

Spude hatte jedoch die Aufsichtspflicht über die Schauspieltruppe, und manchmal musste er bis zum frühen Morgen ausharren und darauf achten, dass seine Schützlinge sich einigermaßen anständig aufführten und vor Sonnenaufgang sicher mit der Droschke nach Hause befördert wurden, und niemals versäumte er es, sie daran zu erinnern, dass sie am nächsten Abend pünktlich um halb acht, eine halbe Stunde vor Vorstellungsbeginn, wieder zu erscheinen hätten.

»Verdammt«, sagte er gegen Ende der ersten Woche zu Chester, »ein Sack Flöhe ist nichts dagegen. Ludlow, wenn ich noch mal eine Idee ausbrüte, die *irgendetwas* mit Schauspielern zu tun hat, erteile ich Ihnen hiermit die Erlaubnis, mir eine Kugel durch den Kopf zu jagen.«

Gerade hatte ein Kellner Spude die Getränkerechnung des Vorabends präsentiert. Sie saßen nach einer ausverkauften Vorstellung im großen Saal. Die Angestellten des Clubs hatten rasch die Tische wieder hereingetragen, die Stühle darum verteilt und den Bühnenrauch durch die großen Flügelfenster hinaus in die regnerische Nacht gewedelt. Im Nu hatte sich das Phantasmagorium-Theater in einen Spielclub verwandelt, und die Abendunterhaltung begann. Hinter einigen Topfpalmen spielte ein Streichquartett, Kellner eilten zwischen den Tischen umher, und vor Spude und Chester bildeten sich Schlangen von interessierten Zuschauern.

So war es jeden Abend nach der Vorstellung gewesen. Chester beantwortete Fragen nach der Kabelexpedition; Spude nahm Anträge auf die Ausfertigung von Anteilscheinen entgegen und zeichnete Rechnungen für die Gesellschaft ab.

»Herrgott, was ist denn jetzt?«, grollte Spude.

Am anderen Ende des Saales sangen ein indianischer Krieger und ein Seemann laut und trunken die Verse *Kannst du ihr nicht vergeben, so werde ich es tun.* Der Majordomus, ein strenger, weiß gekleideter Herr mit schlohweißem Haar und Backenbart, der auf einem Podest aus Mahagoni neben dem Eingang postiert war, gab Spude Zeichen, dass die Eskapaden seiner Schauspieler den Spielbetrieb zu stören drohten.

»Herr im Himmel«, sagte Spude halblaut aus dem Mundwinkel zu Chester. »Der Vorhang ist gerade erst gefallen. Wie können die jetzt schon bezecht sein?« Und er schoss wie eine tief fliegende Kanonenkugel durch den Saal, griff die beiden Darsteller beherzt bei den Ellbogen und zog sie ins Foyer. Das Lied brach mitten im Refrain mit einem kleinen Quieken der beiden Sänger ab, und im Handumdrehen herrschte wieder das übliche Gemurmel im Saal.

Der Majordomus sandte Chester ein Lächeln und bezeugte mit einem Kopfnicken seinen Respekt für Spudes Fähigkeiten als Theaterdirektor. Chester lächelte ebenfalls und wandte sich wieder den drei Damen zu, denen er eben die Grundlagen des Abrollmechanismus für Unterseekabel erklärt hatte.

»Bei der letzten Expedition gab es Probleme aufgrund eines falsch konstruierten Apparates zum Abrollen des Kabels«, sagte er. Die Damen nickten. »Die Spannung auf dem Kabel war zu groß, wenn sich das Schiff mit den Wellen hob und senkte. Bei jeder Welle straffte sich das Kabel, das über das Heck abgelassen wurde, und bei jedem Wellental erschlaffte es wieder, bis schließlich eine Welle von solcher Größe das Schiff anhob, dass das Kabel riss.« Die Damen schlossen erschrocken die Augen. »Aber ich habe einen neuen Mechanismus entwickelt, der das Problem lösen wird, so glaube ich.« Die Damen lächelten. »Er basiert auf einer Technik, die in Ihren Gefängnissen Anwendung findet.« Die Damen rissen die Augen auf. »Die Druckbremse. Sie reguliert die Kraft, die beim Drehen einer Kurbel oder Winde aufgewendet werden muss, um die Schwere der Zwangsarbeit an die Kraft des jeweiligen Gefangenen anzupassen. Wir werden sie benutzen, um die Spannung zu regulieren, die auf dem Kabel lastet. Man könnte sagen … aus der Strafe erwächst der Lohn. Obwohl natürlich die Strafe Ihren Häftlingen gilt, während der Lohn der unsrige ist.«

Die Damen lachten. Chester lachte mit und sonnte sich in ihrer Bewunderung.

Spude kam zurück und zog Chester beiseite.

»Die hätten Sie auch mit einer Ersatzteilliste verzaubern können, Ludlow.« Spude schlug ihm auf die Schulter. »Deshalb haben Sie diese Position ja auch bekommen.«

»Meine *Position* ist die des amerikanischen Chefingenieurs und Planungsleiters Elektrik«, entgegnete Chester. »Das hier … das ist etwas anderes.«

»Ein unglaublicher Erfolg ist es, jawohl. Ich hoffe nur, dass Sie dieses Kabel ebenso leicht von Irland nach Neufundland kriegen, wie Sie hier die Leute um den Finger wickeln.«

Chester ignorierte die Bemerkung, bestellte bei einem Kellner ein Glas Portwein und ließ seinen Blick über die Menge schweifen. Spude erriet, wieso.

»Sie hat sich gerade an der Eingangstür von ihrem Mann verabschiedet, als ich für unsere beiden betrunkenen Bühnenkünstler eine Droschke rief«, sagte Spude. »Er ist gegangen. Sie ist geblieben.« Und mit diesen Worten eilte Spude zu einigen hohen Marineoffizieren, die sich lobend über den Schwarzmeer-Telegraphen äußern und Anteile am Atlantik-Telegraphen zeichnen wollten.

Als der Kellner mit dem Portwein zurückkehrte, war Chester verschwunden.

Er fand sie im kleinsten und am wenigsten frequentierten Spielsalon des oberen Stockwerks. Sie saß auf einem Stuhl bei einem Pilaster zwischen zwei Balkontüren. Sie leuchtete. So sah sie nach den Vorstellungen immer aus, dachte er. Es musste an der Anstrengung liegen, die es bedeutete, während der Aufführung gleichzeitig Klavier und Orgel zu spielen und den Trommler zu dirigieren, den Spude zu ihrer Unterstützung engagiert hatte, es musste an der Intensität ihres Vortrags liegen, an der Tatsache, dass sie vollkommen darin versank. Ihr Gesicht strahlte, wenn sie zur Verbeugung auf die Bühne trat, und dieses Strahlen blieb. Nach jeder Vorstellung kamen irgendwelche Herren zu ihr, die ihr gratulierten und ihre Kunst priesen. Selbst ihr Mann musste sich mit Bewunderern plagen, bei denen es sich meist um Offiziere und andere Herren handelte, die sich für bewandert in mechanischen Belangen hielten. Sie baten beharrlich um Führungen hinter die Bühne, zu den Flaschenzügen und Falltüren, den Laufrädern und Beleuchtungssystemen. Joachim willigte widerstrebend ein und täuschte manchmal vor, kaum ein Wort Englisch zu sprechen, um nicht allzu viele Geheimnisse seiner Wundermaschine preisgeben zu müssen.

An diesem Abend aber war Joachim fort, Chester war seinem Publikum entkommen, und Frau Lindt war ebenfalls allein. Sie saß in einem Nebenraum, der mit orientalischen Motiven ausgemalt war. Die Stühle waren mit Tuch aus Seide und Goldbrokat behängt, die dicke Tapete war mit Samt besetzt, und vor den Fenstern hingen voluminöse Vorhänge herab. Das Ganze sollte den Eindruck eines prächtigen Beduinenzeltes erwecken, das um den Tisch herum aufgebaut war. Auf dem Tisch, neben dem Weinglas von Frau Lindt, stand die gespenstisch weiße Büste eines Sultans mit Turban, der, Ruhe heischend, den Finger auf die Lippen gelegt hatte.

Chester blieb einen Augenblick an der Tür stehen, weil er gefangen war von Frau Lindts Erscheinung, von ihrem Leuchten. Sie trug ein blaues Kleid mit wenigen Unterröcken. Es fiel allzu gerade herab, um dem herrschenden Geschmack zu entsprechen, und sie hatte keinerlei Schmuck angelegt. Diese nüchterne Missachtung der Mode, ihre starken, beherrschten Züge, ihr geflochtenes goldenes Haar ließen Chester beinahe atemlos in der Tür zum Salon stehen bleiben. In wenigen Augenblicken würde er allein mit ihr reden, zum ersten Mal seit jenem Abend in der Küche von Willing Mind.

Er fühlte sich fiebrig; glaubte gar, er könne das Bewusstsein verlieren. Die Bewegungen des Raumes – die Schritte der Kellner, die Zeichen der Spieler, die Gespräche, das Gelächter –, all dies kam ihm vor wie unnatürlich verlangsamt und überraschend fern. Der Lärm schien sich zu teilen und eine Bresche der Stille zu bilden, die geradewegs zu ihr führte. Er trat in diese Gasse, trat auf einen Teppich, der so dick war, dass er sich anfühlte wie eine aufgeweichte Wiese, und über den er mit schnellen Schritten eilte, um nicht ganz zu versinken – und schließlich stand er vor ihr.

Mit dem Finger fuhr sie über die Knöchel der erhobenen Hand des türkischen Sultans. Chester fragte sich, ob sie ihn mit Absicht ignorierte. Vielleicht sah sie nur seine Gestalt aus dem Augenwinkel und hielt ihn für einen Bewunderer, der bloß Konversation machen und Komplimente loswerden wollte. Vielleicht hielt sie ihn für einen der brandneuen Anteilseigner der Telegraphen-Gesellschaft, der das Privileg zu besitzen glaubte, sich mit der schönen Musikerin des Ensembles unterhalten zu dürfen.

Aber dann drehte sie unaufgefordert wie von Zauberhand den Kopf und sah ihm in die Augen. In diesem direkten Blick glaubte er Anflüge von Kummer zu erkennen, aber das mochte auch Einbildung sein. Was er mit Sicherheit sah, war ein Aufblitzen von Überraschung – und das war unerwartet auf einem Gesicht, von dem er in den letzten Wochen nur gesammelte, kluge Beherrschung hatte ablesen können. Jetzt aber sah er Überraschung und, so glaubte er, Freude, die sie allerdings sofort unterdrückte und ersetzte durch einen schicklicheren Ausdruck allgemeinen Vergnügens darüber, ihn vor sich zu sehen.

»Frau Lindt, Sie sind allein.«

Sie lächelte. »Und Sie auch. Sie auch, Mr. Ludlow. Das hat es in letzter Zeit selten gegeben, nicht wahr?«

»Das ist der Preis des Erfolgs, scheint mir. Den wir beide zahlen müssen.« Sie bedeutete ihm, sich zu setzen. Er tat, wie ihm geheißen, doch als er sich nach einem Kellner umdrehen wollte, berührte sie ihn tatsächlich am Knie und wies ihn mit spitzbübischem Lächeln an, zu warten.

»Passen Sie auf«, sagte sie und beugte sich vor zur Büste, um dem Türken etwas ins Ohr zu flüstern.

Plötzlich kam Chester der peinliche Gedanke, sie könne dem Sultan etwas Unanständiges zugeraunt haben. Chester stellte sich vor, ihren warmen, feuchten Atem in den Windungen und Kammern seines eigenen Ohres zu spüren.

Augenblicklich tauchte ein Kellner auf. Frau Lindt lächelte genüsslich angesichts Chesters Verblüffung. Sie tätschelte den Kopf des Sultans. »Er ist ein Dschinn, wissen Sie. Ich flüstere ihm meine Wünsche ins Ohr. Ich habe mir einen Kellner für Sie gewünscht.«

Chester bestellte Wein.

»Schade, dass Ihr Dschinn unser Flüstern nicht über den Atlantik tragen kann«, sagte er zu ihr. »Dann müssten wir uns nicht mit dem Telegraphenkabel quälen. Zumindest können Sie ihm den Wunsch nach unserem Erfolg ins Ohr flüstern.«

»Wir *haben* doch schon Erfolg«, sagte Frau Lindt. »Jedenfalls mit unserer bescheidenen Aufführung. Mr. Spude sagt, dass, wenn es so weitergeht, wir das nötige Kapital in weniger als fünf Wochen zusammenhaben.«

»Ja, wenn es so weitergeht«, entgegnete Chester.

»Ich glaube, das wird es«, sagte Frau Lindt. »Die Leute lieben das Spektakel. Den Rauch ... die Lichter ... *Sie.*«

Chester winkte lachend ab. »Na, ich hoffe, dass wir zumindest in ein paar Monaten genügend Geld beieinanderhaben. Ich muss mich um die Ausrüstung der Schiffe und die Produktion des Kabels kümmern. Der ganze Aufstand um diese Aufführung lenkt doch sehr ab. Ich muss mich hin und wieder daran erinnern, dass ich eigentlich Ingenieur bin.«

»Das ist der Preis des Erfolgs«, sagte Frau Lindt. »Habe ich Ihnen nicht gesagt, ich würde mit Freuden dabei zusehen, wie Sie Erfolg haben?«

Der Kellner brachte Chesters Wein. Chester ergriff das Glas, lehnte sich zurück und nahm einen tiefen Schluck. Er wusste, was zu tun war. Er musste das Gespräch auf ihre Begegnung in Willing Mind bringen, musste sein Verhalten erklären, den Kuss rechtfertigen. Das war unabdingbar, für seine Stellung, für seine zukünftige Beziehung zu ihr.

Sie schien zu spüren, dass er etwas Wichtiges vorbringen wollte. Sie saß still da. Chester holte tief Luft, betrachtete die öligen Schlieren des Weins am Glasrand und verlor die Nerven.

»Ich sehe Ihren Mann nirgends«, sprudelte er hervor. »Will er gar nicht die Früchte seiner Arbeit genießen?« Und ein gezwungenes Lächeln auf dem Gesicht, machte Chester eine weit ausholende Geste mit dem Arm, wobei er die gemessene Unruhe des Raumes unterstreichen zu wollen schien. Er hatte das Gefühl, dass sie sich in einem ruhigen, langsamen Strudel am Rand eines großen, rasch dahinfließenden Stromes befanden, der gebildet wurde von dem belebten Club, von der Stadt darum herum, vom Kabelprojekt, vom Atlantik, von dem ganzen Jahrhundert – alles um sie herum strömte kraftvoll und zügig weiter. Hier jedoch, hier war es ruhig.

»Mein Mann …« Frau Lindt zögerte, suchte nach einem Wort, »… zieht sich lieber zurück von all diesem Trubel.«

»Ist er im Hotel?«, fragte Chester.

Frau Lindt schüttelte den Kopf. »Nein. Er läuft.«

Chester setzte sich auf, das Weinglas hielt er weiterhin auf Lippenhöhe. *Er läuft?* Warum, um Himmels willen? Läuft er davon?«

»Nein«, sagte Frau Lindt und fuhr mit der Hand durch die Luft. »Er … läuft einfach.«

»Aber *wohin?* Wo läuft er, meine Güte?«

»Im Park. Am Fluss. Auf Straßen. Ziemlich verrückt. Das gibt er sogar selbst zu. Die Leute starren ihn an und lachen. Kinder schmeißen mit Steinen. Die Pferde scheuen. Überall in London wird er beschimpft und verhöhnt. Aber er kann es nicht lassen. Er ist Anhänger der Körperkulturbewegung, wissen Sie. Er glaubt, das Laufen fördere eine Entfaltung zu Höherem.«

»Das Laufen? Entfaltung durch Laufen?«

Frau Lindt nickte. Ihr Gesicht verriet Resignation, aber in ihren Augen entdeckte er ein unterdrücktes Glitzern. Sie wusste, dass Chester sich jetzt Joachim vorstellte, wie er durch die Stadt rannte, wie seine Schuhsohlen auf Schmutz und Pflaster klatschten, wie er keuchte und schnaufte, die Arme schwang, lief. Es war lächerlich.

Ein Lächeln kräuselte ihre Mundwinkel. Chester sah es, und sie brachen beide in lautes Lachen aus.

»Laufen!«

»Laufen!«

»Wie ein Hase! Raus aus dem Hotel, wieder zurück zum Hotel.«

»Das ist wirklich irre!«

»Er *ist* irre.«

»Laufen!«

»Und ich bin mit ihm verheiratet.«

Auch wenn diese letzte Bemerkung lachend vorgebracht worden war, ließ die Gleichgültigkeit, die sich dahinter verbarg, ihrer beider Fröhlichkeit verpuffen. Sie hörten auf zu lachen, und ihre verflogene Heiterkeit glich einem gekenterten Boot, an das sie sich nun von beiden Seiten klammern müssten. Sie sahen sich an und entdeckten etwas Ernsteres in den Augen des anderen.

Sie saßen einen Augenblick schweigend da, um einander wahrzunehmen, um die Bürde der letzten Wochen nachzuempfinden, als sie zwar miteinander gearbeitet, aber kaum miteinander gesprochen hatten.

»Frau Lindt«, sagte Chester. Ihm versagte die Stimme. Als er weiterreden wollte, drang nur ein Lufthauch aus seiner Kehle, wie aus einer Oboe ohne Blatt. Er sah sie an; sie schien unendlich gelassen. Er nahm einen Schluck Wein. Er schmeckte wie Naphtha.

»Frau Lindt«, begann er noch einmal, »es ist viel …«

Sie nahm seinen Gedanken auf. »Es ist viel Zeit vergangen«, sagte sie. Sie sah diesen attraktiven Mann gern ein wenig zappeln. Er war von Sieg zu Sieg geeilt: Das Kabelunternehmen war wieder in Bewegung gekommen, der Erfolg des Phantasmagoriums stand jetzt schon fest, halb London – das merkte sie – sprach von ihm. Ihm fehlte die Erfahrung, es selbst zu bemerken, aber so war es. Die Wundermaschine ihres Mannes war das Werkzeug zu Chester

Ludlows Ruhm. Zuerst das Phantasmagorium und dann das Atlantikkabel. Die Aussicht erregte sie.

»Ja«, sagte Chester jetzt. »Viel Zeit. Und was ich sagen wollte … Ich glaube, ich habe möglicherweise die Grenzen des Anstands überschritten und mich nicht dafür entschuldigt. Als wir noch in Maine waren. In meinem Haus. Ihnen gegenüber. Ich durfte vielleicht nicht …«

Er war dunkelrot angelaufen. Frau Lindt fragte sich, wie diese Botschaft wohl durch einen Telegraphen klingen würde. War das Zögern und Stottern durch ein Unterseekabel überhaupt noch zu steigern?

»Vielleicht durfte ich nicht …«, wiederholte er.

»*Vielleicht* durften Sie nicht?«, fragte Frau Lindt. »Das lässt die Möglichkeit offen, dass Sie vielleicht *doch* durften.«

Chester holte tief Luft und sah ihr in die Augen. »Bitte, werden Sie jetzt nicht spitzfindig. Ich möchte alles zwischen uns in Ordnung bringen.«

»Mr. Ludlow, zwischen uns *ist* alles in Ordnung.«

Er machte ein erschrockenes Gesicht. Dass das Gespräch diese Richtung nehmen, diese Direktheit annehmen würde, hatte er nicht erwartet.

Sie fuhr fort: »Sie haben mich geküsst. Es fällt Ihnen schwer, das zu sagen. Wenn Sie gestatten: *Sie haben mich geküsst.*« Frau Lindt neigte sich vor; Chester vermochte sich nicht zu rühren.

»Aber wir wollen den Anteil, den ich an dem Geschehen hatte, nicht vergessen«, sagte sie, beinahe flüsternd. »Haben Sie meinen Anteil nicht gespürt?«

Er nickte.

»Na also«, sagte sie und lehnte sich mit funkelnden Augen wieder zurück. »Dann sind wir also quitt.«

»Quitt? Inwiefern?«

»Überschrittene Grenzen. Anstand. Wenn Sie zu weit gegangen sind, dann bin ich es auch. Wir sind beide zu weit gegangen. Waren Sie auf diese Möglichkeit nicht vorbereitet?«

»Ich …«

Frau Lindt lachte. »Das ist der Lohn Ihrer Sünde, Mr. Ludlow: Ich habe Sie auch geküsst. Und ich würde es wieder tun, hier und jetzt, wenn dies nicht ein öffentlicher Ort wäre und solch ein Benehmen in der Öffentlichkeit als höchst unprofessionell aufgefasst würde. Schließlich können wir, also Sie, Mr. Ludlow, Mr. Spude, mein Mann und ich, nur gewinnen, wenn wir uns streng an die Grundsätze der Professionalität halten.«

In diesen letzten Worten lag ein bitterer Unterton; und der versah den ansonsten süßen Pfeil, den sie in Chesters Brust versenkt hatte, mit einem Widerhaken.

Natürlich wusste er, dass sie ihn auch geküsst hatte. Er hatte diesen Gedanken seit der Abfahrt aus Maine gehegt und ab und zu ans Licht geholt, als sie den Ozean überquert, geprobt, die Premiere und die folgenden Vorstellungen in London gegeben hatten. Sie hatte ihn auch geküsst.

»Jetzt bin ich müde, Mr. Ludlow. Ich denke, es ist am besten, wenn ich ins Hotel zurückkehre. Würden Sie so gut sein, mir eine Droschke zu besorgen?«

Sie stand auf und lächelte auf ihn herab. Chester hatte das Gefühl, dass andere Gäste in ihre Richtung sahen, sie vielleicht von der Aufführung wiedererkannten. Er stand auf und reichte Frau Lindt seinen Arm, um sie zur Treppe zu geleiten. Als sie an einem Spiegel vorübergingen, erheischte er einen kurzen Blick auf sie und sich als Paar nebeneinander: attraktiv, beide blond, auffällig, golden. Frau Lindt schien heiter neben ihm herzuschweben. Kein Wunder, dachte er, dass die Leute zu ihnen herschauten.

Als sie den oberen Salon verließen, hörten sie aus dem großen Saal Lärm, der lauter war als üblich. Siebzig oder achtzig Leute drängten sich auf der Treppe: in der Mehrzahl Gäste, aber auch einige Schauspieler der Truppe und wohl diverse Angestellte – Kellner, Croupiers, sogar der Majordomus hatte sein Pult verlassen. Man hörte Jubel, Gelächter, einen lauter werdenden Chor von Ahs und Ohs und Anfeuerungen, die ohne erkennbaren Takt an- und wieder abschwollen. Ganz vorn auf dem Treppenabsatz standen zwei Männer, die dicht an das hohe Flügelfenster gedrängt wurden. Sie schienen wie alle anderen gebannt auf etwas zu starren, was sich jenseits der Scheibe draußen in der regnerischen Nacht ereignete.

Chester manövrierte Frau Lindt an einigen älteren Herren vorbei, die auf den oberen Treppenstufen ihre Gläser in die Höhe streckten und den tiefer Stehenden ein Ständchen darbrachten. Sie versuchten sich – leider vergeblich – am mehrstimmigen Gesang:

Den Schädel zerbrechen gelehrige Herrn
Mit Grammatik und anderen Scherzen;
Doch ein guter Schluck, ich sage es gern,
Ist gesünder für Hirne und Herzen …

Als sie sich an den Sängern vorbeigeschoben hatten, sah Chester, dass der Grund für den Auflauf eine Wette war. Zettel und Briefchen wurden von Hand zu Hand gereicht, Geldscheine über den Köpfen geschwenkt.

Die Menschen zeigten auf das Fenster, das von beeindruckenden Ausmaßen war: Die beiden langen Scheiben reichten vom Treppenabsatz durch das ganze Treppenhaus hindurch bis zur Decke des oberen Stockwerks.

Zwei Kellner bahnten sich mit zwei Operngläsern und zwei langen Holzstäben einen Weg durch die Menge. Sie reichten beides den Männern, die vorn standen. Die Umstehenden, sogar die Sänger, verstummten. Die beiden Herren betrachteten mit den Gläsern die obersten Enden des Fensters und deuteten nach einigem Nachdenken mit ihren Holzstäben auf zwei Punkte auf der Scheibe. Dann reichten sie die Utensilien an die Kellner zurück, die nun ihrerseits mithilfe von Stäben und Gläsern eine langsame, stockende, unvorhersehbare Bewegung die Fensterscheibe hinab verfolgten. Die Wettenden reichten zunehmend hektisch ihre Geldscheine hin und her. Der Lärm hallte im Treppenhaus wider. Die Sänger versuchten, die Oberhand zurückzugewinnen:

Der Pfaffe im Rock versteht keinen Spaß:
Nichts als Sünde sei im Alkohol.
Jede Wette, am liebsten leert er das Glas
Auf sich und sein eigenes Wohl …

»Sie wetten auf Regentropfen«, sagte Frau Lindt und versuchte den Lärm zu übertönen.

Das hatte Chester inzwischen auch begriffen – dass die beiden Männer auf Regentropfen wetteten –, aber er war eher besorgt als aufgeregt, denn er hatte soeben erkannt, dass der eine der beiden Männer am Fenster, jener, der besonders große Summen auf einen Regentropfen setzte, ja, der geradezu fieberhaft wettete, sein

Kollege war, der britische Planungsleiter Elektrik der *Atlantic Telegraph Company:* Dr. E. O. Wildman Whitehouse.

Bei aller hitzigen Erregung wirkte das ganze Wettspektakel wie ein altbekanntes Ritual. So etwas kam im Bardolph Club in langen Regennächten offenbar häufiger vor: Zwei Männer setzten ihr Geld auf das Rennen zweier Regentropfen, die die langen Scheiben des Treppenhausfensters hinab um die Wette liefen. Die beiden Kellner hatten unverzüglich die nötigen Utensilien herbeigeschafft, die Mitwetter schienen ihren Platz genau zu kennen, und dann lief das Spiel. Die Kellner verfolgten den Lauf der ausgewählten Tropfen mit Stock und Opernglas wie erfahrene Croupiers.

Whitehouse war erhitzt und schwitzte; sein gerötetes Gesicht war von einem erschreckend breiten Grinsen verzerrt, das befürchten ließ, jeden Moment könne die Haut reißen. Seine Aufmerksamkeit wanderte hin und her zwischen seinem Wetteinsatz, seinem Regentropfen, den er mit entsprechenden Anfeuerungen bedachte, und den Zuschauern und Wettkollegen, denen er mit leutseliger Kameraderie begegnete. Sein Rivale, einer der Admirale, die sich vorher mit Spude unterhalten hatten, war offenkundig in der Lage, jede Erhöhung des Einsatzes durch Whitehouse ohne ein Wimpernzucken zu halten. Wer auf hoher See Breitseiten aus zweiundsiebzig Kanonenrohren ausgesetzt war, für den war dies natürlich ein Kinderspiel. Der Mann schien Whitehouses übertriebene Erregung zu genießen und seinen Einsatz als Eintrittsgeld zu einer Art Vorstellung zu betrachten.

Ohne ein Wort – denn Unterhaltung war jetzt nicht mehr möglich – zeigte Frau Lindt auf Spude, der unten auf der Treppe stand. Er sah zu ihnen hinauf und entdeckte sie, eingezwängt auf dem Absatz. Spude deutete auf Whitehouse. Chester nickte, ja, er hatte ihn erkannt. Mit Gesten und Mienen brachte Spude zunächst Erstaunen, Verwirrung und Ablehnung, dann Resignation und schließlich Abscheu zum Ausdruck. Der Grund seines Kummers war Whitehouse, der schon wieder den Einsatz und damit die Unruhe erhöhte. Der britische Planungsleiter Elektrik der *Atlantic Telegraph Company* machte sich zum öffentlichen Gespött. Chester nickte Spude zu und zuckte dann die Achseln. Spude antwortete mit der gleichen Geste, ließ den Kopf hängen und schüttelte ihn in übertriebener Trauer, ehe er sich dann mit allen anderen wieder dem Wettrennen zuwandte.

Wenn bisweilen einer der beiden Tropfen ein paar Zentimeter Vorsprung errang, brach ein Teil der Zuschauer in lauten Jubel aus. Wenn aber ein Tropfen zurückblieb, brausten Anfeuerungsgesänge auf, von denen im Handumdrehen das ganze Haus widerhallte.

Der Lärm, die ungeteilte Aufmerksamkeit, mit der alle auf die Zeigestöcke und den Lauf der winzigen Tropfen starrten, all das verschaffte Chester und Frau Lindt das Gefühl von Anonymität und Abgeschiedenheit.

Chester drehte sich zu ihr - *er* war es, der jetzt seine Lippen an *ihr* Ohr legte – und sagte: »Für wen sind Sie?«

Als sie den Kopf wandte, waren ihre Gesichter einen Augenblick lang nur Zentimeter voneinander entfernt, bis Chester schließlich zurückwich und den Duft ihres Parfüms einsog.

»Für wen?«, fragte sie zurück.

Chester nickte und zeigte auf Whitehouse und den Admiral.

Frau Lindt runzelte die Stirn und schüttelte den Kopf, dann bedeutete sie Chester, mit dem Ohr näher zu kommen.

»Weder, noch«, sagte sie. »Ich bin für die Regentropfen.«

Chester richtete sich auf, lächelte und nickte. Er stand neben Frau Lindt, ihrer beider Hände lagen auf dem Geländer. Die Tropfen krochen herab – sie waren jetzt auf ihrer Augenhöhe – und hinterließen eine schwache Spur zwischen den anderen Tropfen, die sich ebenfalls bewegten oder still verharrten. Die Stadt jenseits der Scheibe war dunkel. Sowohl Chester als auch Frau Lindt hatten ihre Augen auf das Glas gerichtet und achteten nicht mehr auf den Lärm um sie herum.

So mancher jagt Rebhühner und den Fasan,
Wachtel und Enten, doch ich glaube …

Sie spürten nichts als die Nähe ihrer Arme – sein rechter, ihr linker – zueinander und wie sie sich unmerklich berührten, zuerst an der Schulter – die Tropfen waren jetzt unterhalb von ihnen, Whitehouses lag vorn, die Menge tobte –, dann am Ellbogen – Whitehouse wedelte mit den Armen, als wolle er seinen Tropfen mit einer unsichtbaren Peitsche antreiben –, nun berührten sich ihre Unterarme, Frau Lindts blassgoldener Flaum strich bebend an seinem wollenen Jackenärmel entlang – der Admiral ließ jetzt seine Maske gelassener

Amüsiertheit fallen und schrie seinen Regentropfen an, als wäre er ein Schiffsjunge, der sich vor dem Schlachtenlärm versteckte.

Von allem Geflügel am Himmelsplan
Ist das schönste
Zur Fröhlichen Taube!
Kukurru Kukurru Kurruuu!

Chester und Frau Lindt betrachteten ihre Hände auf dem Mahagonigeländer. Der Tropfen des Admirals schoss nach unten, als würde er dessen Befehle befolgen. Er rann gerade herab, während Whitehouses Favorit im Zickzack nach links und rechts ausbrach wie ein verwirrter Jagdhund, der die Fährte verloren hat. Die Zuschauer johlten.

Ihre Hände berührten sich leicht. Oder vielleicht auch nicht, vielleicht spürten beide lediglich, wie der Puls des anderen den winzigen Spalt zwischen Fingern und Handrücken übersprang. Sie sahen beide hinab und beobachteten, wie sich die Härchen auf ihren Handrücken vor Erregung aufrichteten.

KUKURRU KUKURRU KURRUUU!!!

Die Menge kreischte. Chester und Frau Lindt blieben reglos am Geländer stehen, derweil ihre Hände sich jetzt eindeutig aufeinander zu bewegten, den winzigen Zwischenraum schlossen, während ihre Körper in unaussprechlichem Verlangen erstarrt waren. Es schien, als würden ihre Hände, vom Körper getrennt, jede Wegstrecke zurücklegen, jeder Gefahr trotzen, um etwas ganz und gar Einfaches und Großartiges zu tun: sich berühren. Und dann hoben sie die Blicke, als könnten sie die nahende Bewusstlosigkeit abwenden, indem sie ihre Augen von ihren Händen losrissen – doch sahen sie sich nicht an, sie sahen zum Fenster, während ihre Hände sich endlich ungesehen umschlossen. Die Menge brüllte auf.

Die Tropfen hatten sich vereint. Sie waren gegen Ende des Rennens nach rechts und links von ihrer Bahn abgeschweift und waren zusammengetroffen. Von aufgewühlten Spielern in die Luft geworfene Wettscheine, sogar Banknoten segelten über den Köpfen der Menge. Whitehouse hielt sich die Stirn. Der Admiral zuckte mit den Achseln und wandte dem Fenster den Rücken zu. Die beiden Zeigestöcke berührten sich und formten ein umgekehrtes V – eine perfekte Spitze, gebildet von zwei weißen Linien vor schwarzem Hintergrund. Frau Lindt sah aus, als würde sie jeden Moment vornüberfallen. Der Jubel um sie herum verwandelte sich in Gelächter und Schreien und grelles Pfeifen. Irgendwo draußen in der Stadt lief ein Mann durch den Regen.

Kapitel 6

Zurück in Willing Mind

Maine, Frühjahr 1858

Ein unterbrochenes Ritual

An klaren Tagen war das Sonnenlicht weich wie Puder. Die Luft blieb kalt, außer am Mittag, wenn die Sonne hoch stand und die erwärmten Felsen Granitgeruch verströmten. Noch war der Frühling nicht in Willing Mind eingezogen, aber Franny Ludlow hatte das Gefühl, sie würde von einem sommerlichen Heuschreckenschwarm heimgesucht. Das lag an Otis.

Zwei Tage nachdem sich sein Bruder und das gesamte Ensemble des Phantasmagoriums nach London eingeschifft hatten, war Otis Ludlow in Willing Mind eingetroffen. Er war wie ein fahrender Kesselflicker die schneebedeckte Auffahrt von der Falmouth Road heraufgekommen. Franny hatte mit Mrs. Tyler im zweiten Stock die Zimmer gelüftet, ein Frühlingsritual, das sie in diesem Jahr zu früh vollzog.

Franny hatte sich darauf eingestellt, allein im Haus zu leben, solange ihr Mann mit dem Phantasmagorium und dem Atlantikkabel unterwegs war; sich darauf eingestellt, sich sogar gewünscht, als Einsiedlerin zu leben, ein strenges Dasein am rauen Atlantik zu führen, von Nadelbäumen und selbst auferlegter Einsamkeit umschlossen. Dennoch hatte sie sich gewisse Regeln und der Zukunft geschuldete Aktivitäten verordnet und deshalb Mrs. Tyler gebeten, am Tag nach Chesters Abreise zu kommen und mit ihr alle Räume zu lüften. Sie wusste, dass dies Unsinn war und Feuerholz in absurden Mengen kosten würde, aber sie wollte sich nicht vom Winter einschüchtern lassen und zusammengekauert in einer Ecke ihres

Hauses auf den Frühling warten. Sie wollte sich im ganzen Haus frei bewegen können. Vor allem aber wollte sie das Haus von *ihrer* Gegenwart befreien, von den Leuten im Ensemble des Phantasmagoriums.

Nur zu gern vertrieb sie den Zigarrenrauch aus dem Raum, den Spude benutzt hatte, und putzte und lüftete das Zimmer des Ehepaares Lindt.

Franny und Mrs. Tyler begannen im obersten Stockwerk und schleppten Besen, Staubwedel, Schrubber, Wasser, Schwämme und einen Weidenkorb voller Bettwäsche und Wolldecken mit. Sie nahmen sich ein Zimmer nach dem anderen vor, wie beim Frühjahrsputz, sprachen nur wenig miteinander, sangen aber leise vor sich hin. Franny rollte jede zusammengeschnürte Rosshaarmatratze aus und fegte die herumliegenden Mottenkugeln zusammen. Sie mochte den dumpfen Geruch, der aus den Laken stieg, wenn Mrs. Tyler sie auseinanderfaltete und die gekreuzten Knickmuster offenbarte, die der monatelange Aufenthalt im Wäscheschrank hinterlassen hatte.

Sie nahmen sich zuerst die Meerseite, dann die Landseite des Hauses vor, und Franny wurde von Mrs. Tyler aufmerksam beobachtet. Die alte Haushälterin wusste, dass die Anweisung, so rasch nach der Abreise des Hausherrn die Zimmer zu lüften, etwas zu bedeuten hatte. Sie wusste – oder spürte –, dass Frannys Zustand prekär war; als sie also der Anweisung nachkam, war sie darauf gefasst, der jungen Frau behutsam beistehen zu müssen, ihr Rat zu erteilen, wenn sie gefragt wurde, Beistand zu leisten, wenn sie darum gebeten wurde, sozusagen den Flügel über ihr Küken zu breiten. Sie hatte Franny seit ihrer Geburt Sommer für Sommer mit aufgezogen. Sie war dem Haushalt treu geblieben, als erst Frannys Mutter und dann ihr Vater starb. Mrs. Tyler hatte das Haus in Schuss gehalten, als Franny in London Bühnenkarriere machte, sie war zur Stelle, als Franny sich in Norwegen von ihrer Krankheit erholte (sie hatte sie dort sogar einmal besucht: »Das arme Ding hat keine Eltern und keinen Beruf mehr, sie muss nur gesund werden«), und sie kümmerte sich als Haushälterin um Willing Mind, bis Franny, in strahlender Erwartung ihrer Heirat mit einem brillanten jungen Ingenieur, selbst zurückkam.

Zusammen nahmen die Tylers den Platz von Frannys Eltern ein, sie spielten Brauteltern bei der Hochzeit, die auf den Klippen gefeiert wurde, und kümmerten sich um das Anwesen, während die frisch Vermählten sich einrichteten. Interessiert sahen sie zu, wie Chester das Haus von einer Sommerresidenz in ein ganzjährig bewohnbares Heim verwandelte. Mrs. Tyler rümpfte ein wenig die Nase, aber ihr Mann Gil war vor allem amüsiert angesichts der Erfindungen und Konstruktionen, mit denen Chester Willing Mind ausstattete: Speiseaufzüge, Heißwasserleitungen, eine kleine Seilbahn, die vom Strand hinauf zu den Klippen führte.

Jung verheiratet, schien für Franny nichts anderes zu zählen als die Hingabe zwischen ihr und ihrem Mann. Mrs. Tyler hatte den Eindruck, diese Hingabe sei echt gewesen, solange die beiden zusammen waren; sie überdauerte die Geburt der kleinen Betty wie auch die dreieinhalb Jahre bis zum Tod des Mädchens an den Klippen, dem Otis Ludlow schreiend vom Hügel und Mrs. Tyler vom Haus aus hatte zusehen müssen.

Mit Furcht und Unwillen sah die alte Frau deshalb, wer da draußen auf dem Plattenweg der Auffahrt stand. Er erschien, als Mrs. Tyler gerade ein Laken aufschlug und das Leinen durch ihr Sichtfeld schwang. Eben noch sah sie den Firn auf dem Rasen des Grundstücks und die leere Einfahrt, dann senkte sich eine Leinenwolke flatternd herab, und danach stand dort unten eine dunkle Gestalt.

Durch Mrs. Tylers Zögern aufmerksam geworden, sah auch Franny aus dem Fenster und erblickte Otis, der sie aus irgendeinem Grund bereits geradewegs ansah, als hätte er die ganze Zeit gewusst, wo sie sich im Haus befand und wer bei ihr war und wer nicht.

»Er ist wieder da«, sagte Mrs. Tyler kurz und unbestimmt, während die drei einander anstarrten – die beiden Frauen am Fenster, der Mann in der Auffahrt – und draußen von der Sandbank die Boje leise herüberbimmelte.

Das war vor fast zwei Monaten gewesen.

OHNE KOMPASS

Otis Ludlow sei das wahre Genie der Familie, behaupteten manche. Er war unter den Ludlows derjenige, dessen Geist am weitesten schweifte, der das umfangreichste Wissen besaß, das wahre Feuer der Überlegenheit.

Aber man sagte auch, ihm fehle der Kompass. Seine Mutter, Tochter eines Rechtsanwalts im nördlichen New Hampshire, starb bei einem Sturz vom Pferd, als Otis acht Jahre alt war. Sein Vater, Amos Bronson Ludlow, war vor allem mit sich selbst und seinen künstlerischen Ambitionen beschäftigt: Er wollte ein bedeutender Landschaftsmaler werden. Ein guter Vater war er nicht. Er heiratete wieder und zog mit seiner Familie nach Antwerpen, »wo die großen Meister zu malen gelernt haben« – und wo Chester geboren wurde. Die Ehe scheiterte; die Familie kehrte getrennt zu den White Mountains zurück: Chester und seine Mutter lebten in Conway, Otis und sein Vater nicht weit von Crawford Notch.

Anstatt seine beträchtlichen geistigen Kapazitäten den mimetischen Problemen der malerischen Wiedergabe eines Gebirgszuges in New Hampshire zu widmen wie sein Vater oder sich tief in mathematische Probleme und ihre mechanischen Lösungen zu versenken wie sein jüngerer Bruder, begab sich Otis Ludlow auf Wanderschaft.

Mit vierzehn hatte er seinen schwer geprüften Schulmeister in jeder Hinsicht übertroffen und übernahm die Leitung der Zwergschule von Crawford Notch. Zur Abschlussfeier ließ er die Schüler *Agamemnon* in seiner eigenen Übersetzung aufführen. Im Sommer nach seinem fünfzehnten Geburtstag begann er in einem der Holzfällercamps westlich von Bartlett zu arbeiten, denn er war groß, drahtig und mindestens so geschickt mit der Axt wie die meisten der Frankokanadier, die zum Arbeiten in die Wälder von New Hampshire kamen. Ganz allein schlug er die höchste Weymouthskiefer, die je südlich des Ammonoosuc River gefällt worden war. Mit sechzehn fuhr er auf dem Holzwagen mit nach Boston, verabschiedete das Schiff mit seinen Rundhölzern am Lapham&Pike-Dock, marschierte geradewegs nach Harvard und begann dort mit dem Philosophiestudium.

Aber es entsprach seinem ruhelosen Wesen, dass er schon im nächsten Sommer nach zwei Semestern auf einem Handelsschiff anheuerte, das Holz nach Le Havre brachte und nicht mehr zurückkehrte. Er fuhr weiter nach Nordafrika, Asien, Alaska und Australien.

Er wurde ein gesuchter Schiffsoffizier bei der Handelsmarine und befuhr fünfzehn Jahre lang die Weltmeere. Er brachte es jedoch nie bis zum Kapitän. Er war zu rastlos, wechselte zu oft Schiff und Reederei. Trotz seiner Begabung schien es zu riskant, Otis Ludlow die Befehlsgewalt über ein Schiff anzuvertrauen.

Als er des Lebens zur See überdrüssig war, übernahm er die Führung eines Holzunternehmens in Ostasien, wo er für das Schlagen und Verschiffen von Teakholz verantwortlich war. Die geschäftlichen Aspekte dieser Aufgabe interessierten ihn schon bald nicht mehr, und er verbesserte das Flöß- und Taljensystem für den Transport der Stämme. Schließlich kehrte er dem Holz gänzlich den Rücken, um sich einem Botaniker, einem Geographen und einer Ornithologin vom *American Museum* als Führer zu verdingen. Sie waren verblüfft angesichts der Kenntnisse, die sich Otis in jedem ihrer Fachgebiete autodidaktisch erworben hatte. Otis seinerseits war höchst beeindruckt von der Ornithologin und heiratete sie.

Er blieb mit seiner Frau drei Jahre auf Celebes, nachdem die anderen beiden Wissenschaftler abgereist waren – der Botaniker hatte einen solchen Wissensschatz angesammelt, dass seine hervorragende Stellung in der Botanik bis an sein Lebensende gesichert war; der Geograph hingegen verließ die Insel zerlegt in diverse Einzelteile in einer Teakholzkiste, nachdem er einen Wasserfall hinabgestürzt war; Otis und Margaret blieben und arbeiteten zusammen an ornithologischen Forschungsschriften, bis Margaret fünf Jahre später an Diphtherie starb.

Zwei Wochen nach dem Tod seiner Frau erhielt der trauernde Otis einen Brief von seinem jüngeren Bruder. Chester studierte am College von Cambridge, Massachusetts. Seine Mutter war einer Grippeepidemie zum Opfer gefallen, und ihrem Vater »ging es recht elend«, wie Chester sich ausdrückte.

Otis verließ den Pazifik und kehrte nach New Hampshire zurück, wo sein Vater ein Dasein am Rande der Armut fristete. Er konnte sich mit seinen befristeten Anstellungen als saisonaler Porträtmaler in den Luxushotels kaum über Wasser halten. Chester hatte inzwischen die Stadt verlassen und ging auf die Wissenschaftliche Hochschule in Lawrence, während Otis und sein Vater in einem Holzhaus am Rande von Bartlett lebten. Otis fand Beschäftigung als Vermesser und Vorarbeiter bei Horace Fabyan, der einen Reitweg auf den Mount Washington baute. Für eine Weile war es mit dem Wanderleben vorbei.

Winzige Lichter

»Wenn du sagst, du würdest dich bewegen: Ist es dann dein Körper, oder ist es dein Geist, der sich bewegt?«

Sie saßen im Esszimmer und aßen Sandwiches und Fischsuppe, die Mrs. Tyler ihnen zum Mittag bereitet hatte. Abgesehen vom Geklapper der Haushälterin in der Küche war es still. Das Meer glitzerte hinter den grünen Klippen. Wieder ein wolkenlos blauer Tag. Franny dachte, dass dieses Blau sich ganz bis nach England streckte, gespannt wie ein Trommelfell, eine Haut, die über die Welt gezogen worden war. Wenn sie sich recken und hier dagegentrommeln könnte, würde Chester es dort hören? Und was täte er dann? Noch hatte sie nichts von ihm gehört. Genauso gut war es möglich, dass er gar nicht existierte. Könnte sie mit dieser Möglichkeit leben? Sie wollte nicht darüber nachdenken. Gut, sie wollte allein sein, aber sie wollte nicht über den Verlust ihres Mannes nachdenken müssen. Stattdessen dachte sie ans Hier und Jetzt, an ihre Frage.

Otis saß ihr gegenüber und aß Fischsuppe. Er hielt inne, um über ihre Frage nachzudenken. Er sah nicht auf. Der Glanz seiner roten Stirnlocke, die halb sein Gesicht verdeckte, war erschreckend verblasst, seit sie ihn zum letzten Mal gesehen hatte – vor seinem Aufbruch in den Pazifik. Hatten die Entbehrungen der Reise, von der er nur wenig berichten mochte, ihm die Lebenskraft geraubt? Er sah ausgezehrt, ausgetrocknet aus, als wäre er nur noch mit Staub gefüllt und als könnten selbst große Mengen Flüssigkeit – jetzt die Fischsuppe und sonst die erklecklichen Mengen Bier und Branntwein, die er zu sich nahm – diese Trockenheit nicht mildern. Seltsam, dass ausgerechnet er *ausgetrocknet* wirkte, denn hieß es nicht, der Dschungel würde »dampfen«? War dort nicht alles feucht? Waren Feuchtigkeit, Dunst und Hitze nicht die typischen Merkmale jener Gegend? Das hatte sie jedenfalls gelesen – in den Büchern, die er ihr gegeben, und dann in den Briefen und Geschäftsberichten, die er an Chester geschickt hatte. Und auch seine Konversation war vertrocknet. Früher hatte er seine Sätze ausgeschmückt, war abgeschweift, war zornig oder komisch geworden, doch heute wirkte er nachdenklich, abstrakt, abgehoben.

»Ich weiß nicht«, sagte er und nahm noch einen Löffel Suppe. »Und damit will ich mich gar nicht zieren.« Jetzt sah er sie mit seinen leuchtend blauen Augen an. Sie hatte nicht mehr gewusst, dass dieses Blau so konzentriert war. Erstaunlich war vor allem, dass sie so gleich waren – das Glasauge und das echte. Als hätte das künstliche Blau das echte zu leuchten gelehrt. Beinahe hätte sie sich blitzschnell umgedreht, um das Blau mit der Farbe des Himmels zu vergleichen.

»Aber«, fuhr er fort, »ich weiß es wirklich nicht. Ich habe keine Zeugen.«

»Aber war der …«, Franny suchte das richtige Wort, »… der Medizinmann nicht da? Hat er dich nicht geführt?«

»Der *manang mansau*«, sagte Otis, »der Schamane. Doch, er war dabei. Aber ich habe ihn nicht gefragt.«

»Das ist doch komisch«, sagte Franny. »Ich dachte, das hättest du fragen müssen. Das gehört doch zu den empirischen Beobachtungen. Ich dachte, du hättest dich für all das nur wegen der wissenschaftlichen Anwendbarkeit interessiert.«

Otis nickte mit geschlossenen Augen. Das schien sowohl eine Geste der Buße zu sein, weil er seinen investigativen Pflichten nicht nachgekommen war, als auch eine Geste des Respekts für Franny, die das alles so ernst nahm, die wirklich versuchte, ihn hinsichtlich dieses heiklen Themas zu verstehen.

»Franny, die Erfahrung war so … so *bewegend* …« Er lachte. »Entschuldige die alberne Wortwahl. Ich wollte sagen, so *tiefgreifend*, dass ich nicht an die richtigen Fragen gedacht habe. Ich bin gereist, verstehst du, ich bin von dort hierher gereist.«

»Aber woher weißt du das?«, fragte Franny. »Hätte es nicht auch ein Traum sein können? Hast du nicht gesagt, dass er dir zuerst etwas zu trinken gegeben hat? Hast du nicht erzählt, dass er sich vor der ›Reise‹ wochenlang mit dir unterhalten hat? Könnte das Ganze nicht nur das Ergebnis einer hypnotischen Suggestion gewesen sein?«

Otis nickte bedächtig zu ihren Worten, schwang den Kopf in immer größeren Bögen vor und zurück, bis er ihn mit einem Ruck wieder still hielt und sie ansah. Er hatte erst zweimal davon gesprochen. Einmal in vagen Andeutungen in der ersten Woche nach seiner Ankunft, auf dem Weg von der Scheune zurück zum Haus nach einem Ausritt in die Stadt, und ein zweites Mal etwas ausführlicher ein paar Wochen später, als sie im großen Wohnzimmer vor einem Kaminfeuer saßen, das Otis angezündet hatte, weil die Nacht klar und kalt war. Beide Male war er auf Umwegen auf das Thema gekommen, hatte behauptet, er wisse nicht, wie er darüber sprechen solle, dass er die ganze Geschichte erzählen wolle, dass es Zeit brauche, dass er nicht die richtigen Worte finde.

Sie hatte das für die Tricks eines Scharlatans gehalten, eines Hochstaplers, der seine Flunkereien in kleinen Dosen austeilte, damit sie leichter zu schlucken wären. Aber warum sollte er *sie* hereinzulegen versuchen, fragte sie sich? Und mit welchem Trick? Seine Erlebnisse und sein Bericht darüber schienen ihn wirklich zu quälen. Immerhin war sie Schauspielerin gewesen, und sie war fest davon überzeugt, dass Otis nicht spielte. Er war von etwas in Bann geschlagen. Er war, gefangen in einem kabalistischen Zauber, in die westliche Hemisphäre zurückgekehrt. Er nannte es »transätherisches Reisen«. Sie hatte eine Gänsehaut bekommen, als sie ihn nachts am Kamin davon erzählen hörte. Sie saßen beide vornübergebeugt vor den Flammen, und das rötliche Flackern beleuchtete ihre Gesichter, als Otis sprach. Während er seine Erfahrungen beschrieb, sah es aus, als würde er ins Feuer sprechen und als würde Franny nur zufällig lauschen.

Sie war beim Mittagessen noch einmal auf das Thema zurückgekommen, weil ihr die Geschichte, die Otis erzählt hatte, nicht wieder aus dem Kopf gegangen war. Der Mann glaubte, er sei durch Zeit und Raum gereist. Er glaubte, dass diese Kunst, deren erste Anfänge er bei dem malakkischen *manang mansau* gelernt hatte, es ihm erlaube, über den Globus zu reisen, an zwei Orten gleichzeitig zu sein, sich im Reich der Geister zu bewegen. Seine Erzählung am Kaminfeuer hatte sie gleichzeitig erschreckt und gefesselt. Sie hatte nicht gewagt, weitere Fragen zu stellen, sondern hatte schweigend zugehört, während er von seiner Begegnung mit dem »Medizinmann« berichtete; von nächtlichen Zeremonien irgendwo in den Weiten der Plantage; vom Klang der Trommel; Tänzen; Anspielungen auf Frauen; Schrumpfköpfen; vom Zusammentreffen der Geisterwelt und unserer Welt an bestimmten, geweihten Plätzen; von kräftezehrenden Vorbereitungen; davon, wie er auf der Plantage seine Arbeit vernachlässigte; wie er sich immer mehr den Eingeborenen anglich; wie misstrauisch ihn die Holländer und die Engländer ansahen; wie er eine »ganz besondere« Eingeborene kennen gelernt hatte, mit der er die Nächte verbrachte und die ihn zu einem entfernten

Vetter oder Onkel führte – zu dem *manang mansau*, der ihn auf die Reise vorbereitete –, wie er alles, was ihm widerfuhr, in seinen Notizen zu quantifizieren, zu kodifizieren, zu systematisieren versuchte; wie der *manang mansau* seine Notizen entdeckte und verbrannte und ihn alles auswendig lernen ließ, damit er das gesamte Ritual »im Herzen« trüge; wie er gleichzeitig auf Borneo und hier gewesen war; wie er in einer Schamanenhütte bei den Dayak gelegen hatte und gleichzeitig *über die Hänge des Mount Washington gewandert war, nur wenige Meilen von seinem Geburtsort entfernt.*

Und dann, nach den langen Erzählungen voller Einzelheiten vom unterschiedlichen Geruch des Schweißes, von Zaubertränken und schmerzhaften Prüfungen, von Ausflügen in die Umgebung der Plantage, von Wasserfällen und Nahrungsmitteln, von diskreten Anspielungen auf erotische Praktiken der Frauen der Dayak, nach all diesen Erzählungen hatte Otis plötzlich mitgeteilt, er sei müde, und war ins Bett im hinteren Teil des Hauses gegangen. Sie war bis zum Morgengrauen mit trockenen Augen vor dem Kamin sitzen geblieben und hatte zugesehen, wie die Flammen zu Glut und schließlich zu Asche wurden. In diesem Reich der Dunkelheit, in ihrem eigenen Haus, malte sie sich aus, allein zu sein im Universum. Niemand konnte an zwei Orten gleichzeitig sein, wie Otis es beschrieben hatte. Sie wusste nur, dass sie allein war. Ihr Mann war jenseits des Ozeans. Ihre Tochter war unter der Erde. Die Sterne leuchteten unbewegt vom Himmel. Aber sie musste Otis weitere Fragen stellen. Wie konnte die Mutter eines toten Mädchens *nicht* mehr über diese Dinge wissen wollen?

»Der einzige Beweis, den ich habe, war das Glitzern meiner Stiefel.« Otis lächelte gleichmütig. Das war einer jener Gedankensprünge, wie sie Franny an ihm störten. Wenn sie ihm schon gegen alle Vernunft Glauben schenkte, konnte er im Gegenzug wenigstens geradlinig erzählen: ohne zu kokettieren, ohne etwas zu verschweigen, ohne in Rätseln oder wie ein Lehrer zu seinem Schüler zu sprechen.

Als habe er ihr Missfallen gespürt, entschuldigte er sich sofort. »Vergib mir meine Ausdrucksweise. Ich will es dir erklären … Ich bin hierher zurückgereist, auf diese Seite der Erdkugel. Wie gestern Nacht geschildert, habe ich mir bewusst ein Reiseziel – oder wie auch immer du es nennen willst – ausgesucht, das ich gut kenne. Ich habe die Berge gewählt, in denen ich aufgewachsen bin. Die

White Mountains habe ich in jeder Richtung durchwandert. Ich wusste genau, wenn man mich mit verbundenen Augen irgendwo dort absetzt und mir die Binde abnimmt, würde ich in wenigen Sekunden meine genaue Position bestimmen können. Ich habe mir also den auffälligsten Gipfel als Ziel ausgesucht. Ich nahm an, durch den Äther zu reisen, dürfte dem Fliegen nicht unähnlich sein, und also müsste ich mich an auffälligen Punkten orientieren. Ich wählte den Mount Washington. Dessen Gipfel habe ich aus jeder möglichen Richtung und bei jedem Wetter bestiegen. Ich war bei den ersten Vermessungen für Mr. Fabyans Reitweg dabei. Ich habe im Auftrag von Professoren in Harvard und Dartmouth und von Wissenschaftlern vom Amerikanischen Museum dort oben Gesteinsproben genommen und botanisiert. Wenn diese Reise auch nur annähernd so sein würde, wie sie der *manang mansau* beschrieben hatte, müsste ich die Wahrhaftigkeit meiner Wahrnehmung durch den Vergleich mit meiner Erinnerung ermessen können. Wenn es tatsächlich möglich war, gleichzeitig in Malakka und anderswo auf dem Planeten zu sein, dann war in meinem Fall der Mount Washington die beste Wahl.«

Er schob den Suppenteller von sich, kräuselte dabei das Tischtuch ein wenig, strich es wieder glatt. »Ich habe meinem *manang mansau* nicht gesagt, wohin ich reisen wollte. Er hatte mich angewiesen, das nicht zu tun. Wir vollzogen die vorbereitenden Rituale – ich muss sie dir jetzt nicht im Einzelnen beschreiben, nur so viel: Als die Trance oder der Transport, oder wie immer du es nennen willst, erreicht war und ich wieder zu Sinnen kam, zu Sinnen, die geschärft oder verzerrt oder tatsächlich *bewegt* worden waren, da *wusste* ich, Franny, da wusste ich mit *absoluter Sicherheit*, dass ich am Hang dieses Berges stand. In Malakka war es Mitte Juli, als ich das transätherische Experiment durchführte, und nun stand ich im schönsten Juliwetter unter dem Gipfel dieses Berges, der vollkommen wirklich aussah, nicht überhöht oder verzerrt oder verändert war, wie es in Träumen oft der Fall ist. Ich stand auf dem Geröllfeld, das wir Alpengarten nennen, nicht weit vom Gipfel, wo der Reitweg entlangführen sollte. Kumuluswolken zogen von Norden nach Süden über den Gipfel. Der Wind, die leichte Feuchte der Juliluft, die Abhänge der nahen Schlucht, alles war da … und zwar nicht wie in einem Traum, sondern greifbar, es war zweifellos *da*. Und das wusste

170

ich, Franny, dessen war ich mir sicher: dass ich nicht die ganze Zeit in einer Bambushütte auf einer Guttapercha-Plantage gelegen hatte und von einem »Medizinmann« der Dayak, wie du ihn genannt hast, an der Nase herumgeführt worden war; das wusste ich genau, als ich wieder in dieser Hütte erwachte, als ich dort lag und zum Palmblätterdach hinaufsah und das leise Trommeln des Nachmittagsregens hörte, als ich mich aufrichtete und an meinem Körper hinabblickte. War ich noch da? Was war geschehen? Warum war ich jetzt so verwirrt, wo ich doch noch vor wenigen Augenblicken – oder vor Jahren oder im selben Moment, die Zeit war am schwersten zu greifen – sicher gewesen war, überzeugter denn je von irgendetwas, auf jenem Berg gestanden zu haben und herumgegangen zu sein?

Ich wusste keine Antwort. Mein *manang mansau* war verschwunden. Bevor ich mich zu rühren und aufzustehen versuchte, um zu sehen, ob draußen auf der Plantage jemand war, ob ich noch in dieser Welt lebte, ob keinerlei Zeit oder ob Äonen vergangen waren, schaute ich auf meine Stiefel. Sie glitzerten.«

Franny saß vor den Resten ihrer Mahlzeit, hatte ebenfalls den Suppenteller von sich geschoben, hatte das Kinn in die Hand gelegt, den Ellbogen auf das Tischtuch gestützt und neigte den Kopf ein wenig und runzelte die Stirn.

Otis lehnte sich zurück und schlug die Beine übereinander. »Wenn du je auf den Gipfeln der White Mountains unterwegs gewesen wärst, würdest du den Effekt kennen.« Das sagte er ohne Herablassung und ohne einen Unterton, der besagen sollte, dass es ihr an Erfahrung mangele; er sagte es als einfache Feststellung.

»Der Fels besteht dort aus Schiefer und Gneis, und in dem Gestein verbergen sich unzählige Muskovit-Partikel. Glimmerschiefer. Wenn man dort wandert, bleiben winzige Splitter dieses glasigen Minerals an den Stiefeln haften. So etwas gibt es nirgendwo auf der Guttapercha-Plantage der *Atlantic Telegraph Company* auf Borneo, doch nun waren sie unzweifelbar dort – diese winzigen, glitzernden Splitter –, auf meinen Stiefeln. Wie könnte man das anders erklären? Ich bin in einer Hütte in Malakka *und* auf den Hängen des Mount Washington gewesen. Und wenn du mich fragst, ob mein Körper an zwei Orten gleichzeitig sein oder gleichzeitig zu ihnen reisen kann, dann muss ich antworten: Ja. Und wenn diese Antwort mehr Bedeutungen hat als nur eine, dann sei es so.«

EIN BRIEF AUS LONDON

19. März

Liebste Franny,

ich hoffe, dieser Brief findet Dich bei guter Gesundheit. Ich habe mir große Sorgen gemacht, als ich Dich bettlägerig in Willing Mind zurücklassen musste. Ich hatte meine erheblichen Zweifel an dieser Spude'schen Unternehmung. Es schien reine Narretei: das Phantasmagorium, der Plan, nach England zu gehen, wo die finanzielle Lage besser sein sollte als in Amerika, die Vorstellung, ein solcher Zirkus würde tatsächlich Geld für das Kabel herbeischaffen können. Ich hatte das Gefühl, zur Teilnahme gedrängt worden zu sein. Die Vorstellung, dass der Chefingenieur des Projektes durch eine solche Unternehmung, für die er völlig ungeeignet war, von seiner eigentlichen Aufgabe abgelenkt werden sollte, hatte etwas Unerhörtes. Ich hatte mich offensichtlich zu Träumereien hinreißen lassen, als die Proben mir Spaß zu machen begannen und ich das Phantasmagorium für einen schlauen Einfall hielt. Die Dummheit des Unternehmens machte mich während der ganzen Überfahrt mürrisch und verzweifelt.

Ich sehnte mich nach Dir, Liebste. Ich starrte in den grauen Atlantik. Ich hielt einsame und traurige Wacht an der Heckreling und schaute nicht einmal in Fahrtrichtung nach vorn, hin zu den Gestaden, die wir nach Spudes fester Überzeugung erobern würden; und ebenso wenig auf die vor uns liegende See, die wir im Sommer bezwingen müssen, soll unser zweiter Versuch mit dem Kabel von Erfolg gekrönt sein; nein, stattdessen schaute ich nur auf den entschwindenden Horizont hinter uns. Mithilfe meiner eigenen Karten und des Schiffskompasses konnte ich an jedem Tag genau bestimmen, wohin ich die Augen richten musste, um nach Willing Mind zu schauen, zu meinem Heim, meiner Frau. Wie ein kniender Muselman, der seine täglichen Gebete gen Mekka sendet, stand ich auf meinem einsamen Wachposten, das Gesicht Dir zugewandt, und gedachte unseres gemeinsamen Lebens. Ich vermisse Dich, mein süßes Wesen.

Und dennoch glaube ich irgendwie zu wissen, dass es Dir gut geht. Als ich zuletzt bei Dir in unserem Zimmer saß, während unten die Wagen beladen wurden, als ich Deine Hand hielt und Dir Lebewohl sagte, da sah ich eine geschwächte, besorgte Frau. Wie soll ich es nennen, was Dich niederdrückte? Und dennoch, als ich dort saß und in Deine Augen schaute, da sah ich dort die Kraft und den Willen, die ich so gut kenne. Eine Entschlossenheit, die jedes menschliche Leiden überwinden kann. Eine Kraft, an der ich mich unzählige Male in unserer Ehe aufgerichtet habe. Ich weiß, dass sie auch Dich wieder aufgerichtet hat und dass Du jetzt auf unserem Anwesen spazieren gehst. Ich weiß, dass dieser Brief Dich bei guter Gesundheit findet.

Und nun also, da wir in London eingetroffen sind, bereite ich mit den anderen die Aufführung des Phantasmagoriums vor. Wir proben in einem ehemaligen Holzlager, nicht weit von meinem Hotel. Spude eilt hierhin und dorthin, um überzählige Schauspieler von den Londoner Bühnen abzuwerben, die uns bei der Präsentation unterstützen sollen. Die Lindts arbeiten miteinander fieberhaft daran, den technischen Anteil der Vorführung zu vervollkommnen: Herr Lindt hat auf der Überfahrt neue Pläne für Rauchmaschinen fertiggestellt, die mit pulverisiertem Maisöl und Wasser arbeiten und einen Nebel erzeugen sollen, der viel zufriedenstellender sein wird als der jetzige, von dem wir auf der Bühne und auch noch die Zuschauer in den ersten Reihen Hustenanfälle bekommen. Die Raffinesse seiner Entwürfe ist äußerst beeindruckend. Er arbeitet zwar im Reich der Täuschungen, doch mit dem Geist eines großen Ingenieurs. Seine Frau indes ist unermüdlich mit der Vervollkommnung ihrer musikalischen Beiträge beschäftigt.

Und ich »probe weiter meine Zeilen«, wie Du es mir zu raten beliebtest. Ich befleißige mich Deiner Umherwandel-Methode: Ich gehe mit dem Manuskript in Händen auf und ab und spreche den Text laut vor mich hin. Zu diesem Behufe verlasse ich mein Hotel früh am Morgen und ziehe im nahe gelegenen Hyde Park die verstörten Blicke der Handwerker und Verkäuferinnen auf mich, die zur Arbeit eilen, während ich großspurige Behauptungen und Fakten über unser Atlantikkabel aneinanderreihe.

So verbringe ich die ersten Morgenstunden. Den Rest des Tages widme ich hauptsächlich den Problemen, denen wir diesen Sommer entgegentreten müssen, wenn wir die Kabelexpedition starten. Ich habe, so hoffe ich, die meisten Stränge entwirrt, was den Abrollmechanismus angeht, den wir auf den Schiffen einzusetzen gedenken. Die Maschinen werden in Liverpool gebaut, und wenn

*Spude mich von meinen Bühnenverpflichtungen entbindet, muss
ich dorthin reisen, um ihre Herstellung zu überwachen. Wenn die
Zeit es erlaubt, nehme ich auch die Fortschritte bei der Kabelpro-
duktion in Greenwich in Augenschein. Dort geht es gut voran.
Die Logistik und die Herstellung der Maschinen verlaufen im
Zeitplan.*

*Doch der finanzielle Aspekt des Unternehmens sieht weniger
rosig aus. Ich versuche mich aus diesen Dingen, so gut es geht,
herauszuhalten, aber ich weiß, dass die Kabelfabrik weitere Zah-
lungen erwartet, wenn sie unserer Bestellung nachkommen
soll. Spude reißt sich beide Beine aus, um gleichzeitig das Phantasmagorium auf die Beine zu stellen und die pekuniären Probleme zu klären. Cyrus Field hat Spude in einem Brief berichtet, dass
die New Yorker Abteilung kaum Erfolge bei der Beschaffung neuer Geldmittel vorweisen kann. Der Zusammenbruch des Finanz-
marktes in Amerika im letzten Jahr hat das Kapital verknappt.
Was unsere »Jahrmarktsschau« unter zusätzlichen Druck setzt.
Werden wir es schaffen?*

*Noch eine andere Sache, abgesehen von Deiner Gesundheit,
macht mir Sorgen, Liebste. Ich habe hier in London Unterre-
dungen mit den Direktoren unseres angeschlossenen Unternehmens, der Britannic East India Gutta-Percha-Manufactory,
geführt. Sie teilten mir mit, ihre Repräsentanten auf Celebes
hätten ihnen die Nachricht zukommen lassen, dass mein Bruder Otis seinen Posten als Plantagenverwalter aufgegeben hat.
Sie deuteten Schwierigkeiten an, sprachen von Umständen, die
ihn geschäftsunfähig gemacht hätten, woraus ich entweder auf
Krankheit oder auf Pflichtversäumnis schließen kann, vielleicht
auch auf beides. Sie sagten, er habe die Insel, vielleicht gar die
Südhalbkugel verlassen, und er habe gegenüber einigen der Eingeborenen erwähnt, er wolle zum Heim seines Bruders zurückkehren. Ich teile Dir dies mit, damit Du nicht überrascht bist,
sollte Otis unerwartet in Willing Mind auftauchen, aber auch als
Bitte, mir sämtliche Nachrichten weiterzuleiten, solltest Du welche erhalten.*

*Es klopft an meiner Tür. Wahrscheinlich ist es Spudes Diener
Bailey, der mich zur Probe holen will. Vielleicht haben wir heute
tatsächlich Schauspieler.*

Auf geht's, das Wort zu wagen, die Sätze zierlich jetzt zu setzen.
Die Welt des Theaters hat mich im Griff. Du kennst jenes Gefühl
gewiss. Und Du weißt ebenso, dass ich für Dich nur ein einziges
Gefühl hege: Liebe.   Dein Chester

P.S.: Ich muss Dir von London erzählen. Es hat sich sehr verän-
dert, seit Du zuletzt hier warst. Manches davon sehe ich bei mei-
nen morgendlichen Spaziergängen, mit dem Manuskript in der
Hand. Ich wünschte, ich hielte stattdessen Dich in den Armen.

Alles in allem machte ihr der Brief keine Freude. Seine Annahme,
dass es ihr gut ging, verstörte sie. Dass er und nicht sie jetzt auf der
Bühne stand, verstörte sie. Dass sie sich hier in Willing Mind versteckte, dass sie allein hier ausharrte, mit dem Geist ihrer toten Tochter und mit ihres Mannes Bruder, dass sie allein mit der Erinnerung
an jenen furchtbaren Tag fertigwerden musste, aufgerieben zwischen den Welten der Körper und der Ideen, zwischen dem Mann,
der das Unglück mitangesehen hatte, und dem Kind, das nur noch in
der Erinnerung lebte, verstörte sie. Sie hatte nicht vor, den Brief zu
beantworten oder ihrem Mann von der Ankunft seines Bruders zu
berichten. Sie verabscheute ihre Lage, sie verabscheute diesen Brief,
aber am meisten verabscheute sie die Schlichtheit und Unehrlichkeit
jenes einen Satzes: »Seine Frau indes ist unermüdlich mit der Vervollkommnung ihrer musikalischen Beiträge beschäftigt.«

»WIR KÖNNEN DINGE SEHEN«
Jeden Tag seit seiner Ankunft stand er minutenlang im Eingangssalon von Willing Mind und betrachtete sinnend das Gemälde. Es
war eine Art Gymnastik für sein Auge. Er hatte in den vergangenen
Jahren eine Reihe von Übungen entwickelt, um die Tiefenschärfe
seiner optischen Wahrnehmung zu trainieren. Er schaute einen Gegenstand an, sah dann weg und rasch wieder hin; die plötzlichen
Blickwechsel schienen seinem Gehirn bei der Kompensation des
»verdunkelten Auges« zu helfen und den Sinn für Entfernungen
zu schärfen. Es erstaunte ihn, dass dieses Bild – eines der letzten,
die sein Vater gemalt hatte – wie für diesen Zweck geschaffen zu
sein schien. Selbst Otis' einzelnem Auge bot es eine fast verstörende

Tiefe in der Fläche. Es war ein dunkel dräuendes Bild, groß und kraftvoll, ein für einen Eingangssalon ungewöhnlich erschreckendes Gemälde. Otis bewunderte Chester und Franny im Stillen dafür, dass sie es dort aufgehängt hatten.

Es war ein großes Ölgemälde, einen Meter zwanzig mal einen Meter achtzig, und es zeigte einen aufkommenden Schneesturm über Crawford Notch. Otis fand die Schneewirbel überwältigend. Jeden Tag schaute er das Bild einige Minuten an. Er stand davor und war stolz, dass sein Vater dieses Werk vollbracht hatte, bevor er starb. Otis hatte einmal geglaubt, sein Vater habe in den letzten Jahren sein Talent verraten. Aber dieses Bild, davon war er jetzt überzeugt, bewies das Gegenteil. Sein Vater, Amos Bronson Ludlow, hatte sich auf unerforschtes Gelände vorgewagt.

Otis und Chester hatten einen Vater gehabt, der von Jähzorn und Anfällen geplagt gewesen war. Manchmal schien das eine das andere zu verstärken, manchmal aber auch zu vertreiben. Seine glücklichsten Momente erlebte der Alte mit Pinsel und Ölfarbe, seine dunkelsten mit Stock und Fäusten. Sowohl seine Söhne als auch seine Frau hatten die Schläge zu spüren bekommen.

Amos Bronson Ludlow starb in einem Anfall – vielleicht auch im Zorn – in einem Nebenfluss des Saco. Otis hatte ihn dort gefunden. Nachdem ihn die größeren Hotels nicht mehr als Hausmaler beschäftigen wollten, weil er als Künstler nicht bedeutend genug war, hatte er sich mit Malkursen und mit dem Verkauf von Postkarten seiner Werke in den kleineren Gasthäusern durchgeschlagen. Doch je mehr Touristen und Hotels es in den Bergen gab, desto schwerer ließen sich düstere Gemälde dieser Bergwelt an den Mann bringen. Die Leute brauchten nur die Aussicht, die sich ihnen beim Aussteigen aus dem Zug bot, mit den Postkartenreproduktionen zu vergleichen, die sie in ihren Händen hielten, um festzustellen, dass die White Mountains *so nicht aussahen.* Es gab weder diese halluzinatorischen Farben noch diese Abgründe und Hohlwege, diese wild schäumenden Katarakte oder knorrig verkrüppelten Bäume, die einen an Götterdämmerung gemahnten. Vielmehr sah man um sich her wunderschöne, sogar spektakuläre Gebirgszüge, die nichts gemein hatten mit Manifestationen wüster Albträume.

Um Geld zu verdienen, hatte Amos Ludlow die Wildheit und Erhabenheit seiner Bilder zurücknehmen müssen. In seinen späteren

Jahren malte er *Ansichten,* wie Otis fand, und keine wirklichen Bilder. Und Ansichten malen, das konnte er nicht gut. Schließlich kehrte er, ob aus Verzweiflung oder weil er ohnehin nichts mehr zu verlieren hatte, zu seinem ursprünglichen Stil zurück. Er hatte bereits einige Bilder von Crawford Notch in der ihm einst eigenen, düsteren Art gemalt, als er sich entschloss, seine Ausrüstung zu packen und in die Berge westlich des Notch zu ziehen. Otis war zwei Wochen mit den Vermessern an den westlichen Hängen des Mount Washington unterwegs gewesen und kehrte zum Crawford Notch zurück, um nach dem alten Herrn zu sehen.

Die Eisenbahnarbeiter an der *Fourth Iron* – der vierten stählernen Eisenbahnbrücke westlich von Bartlett – erzählten ihm auf dem Weg zum Crawford Notch, sie hätten seinen Vater gesehen, wie er oben bei den Klippen, wo der Dry River in den Saco floss, fieberhaft an einer großen Leinwand arbeitete. Es gehe ihm nicht gut, sagte der Vorarbeiter. Anfang der Woche habe man den alten Mann steif auf der Pritsche seines Wagens gefunden, wie gelähmt, fest in eine Wolldecke gewickelt.

»Ich dachte schon, man hätte ihn gefesselt und ausgeraubt. Er lag zitternd da und starrte in den Himmel«, erzählte der Vorarbeiter. »Machte so leise Geräusche im Rachen. Und dann habe ich gesehen, dass er eine Art Koller hatte. Ich weiß nicht, wie lange er da schon gelegen hat. Wir haben ihn hierher gebracht. Er hat auf einer Bank in der Kochhütte geschlafen. Als wir aufstanden, war er verschwunden. Ein paar Tage später habe ich ihn wieder oben an den Klippen malen gesehen. Er sah wirklich mitgenommen aus. Ein paar Holzfäller oben am Nancy Brook haben erzählt, sie hätten ihn in Richtung Westen in den Wald marschieren sehen, mit seinem Packpferd und der ganzen Ausrüstung.«

Otis machte sich zum Nancy Brook auf. Er kannte die Symptome, die der Vorarbeiter beschrieben hatte – »eine Art Koller« –, er hatte sie oft bei seinem Vater erlebt; und er kannte sie auch von sich selbst. So beschrieben es ihm hinterher die Leute, wenn er einen seiner Anfälle hatte.

Den ganzen Weg durch die unberührten Wälder westlich des Notch, hinauf zum Hochland und weiter in Richtung des Pemigewasset River dachte er über diese Anfälle nach, den »Familienfluch«, wie sein Vater sie genannt hatte.

»Aber ich glaube, ich kann Dinge sehen«, hatte Otis einst seinem Vater erzählt, als er sich im Bett von einer seiner Attacken erholte, die ihn im sechsten Schuljahr auf dem Schulhof heimgesucht hatte. »Das stimmt«, antwortete sein Vater. »Wir können Dinge sehen.« Und als Otis nun das Gemälde in Willing Mind betrachtete, erkannte er, dass sein Vater in seinen Gemälden einiges von diesen Momenten, von diesen Visionen verarbeitet hatte; in seinen besten Gemälden, nicht in den Touristenbildern. Er konnte es nicht genau festmachen. Wenn er diese Bilder anschaute, *dieses* Bild, dann sah er etwas Unaussprechliches, dann sah er jene Welt, aus der er jedes Mal zurückkehrte, wenn er auftauchte aus einem seiner Anfälle.

Otis hatte immer erzählt, dass er seinen Vater zwei Tage nach seinem Aufbruch von Crawford Notch in der Nähe der Wasserfälle im Nancy Brook gefunden habe. Der alte Herr war im zwanzig Zentimeter tiefen Wasser ertrunken. Sein Pferd war in der Nähe an eine verdorrte Schierlingstanne gebunden. Als er in den Fluss schritt, so erzählte Otis, um die Leiche seines Vaters zu bergen, habe er die kleinen Brocken Ölfarbe bemerkt, die sich von der ebenfalls im Wasser liegenden Palette gelöst hatten. Als er Amos Bronson Ludlow aus dem Wasser hob, blieb die Ölfarbe in dessen Haar hängen. Als er den Toten in den Sarg legte, den sie bei der *Fourth Iron* gezimmert hatten, versuchte Otis nicht, die Farbklumpen herauszukämmen. Er begrub seinen Vater in seinen besten Kleidern und mit einem Kranz von Farben um den Kopf.

Die Novizen

Seit nunmehr fast zwei Monaten lebten sie beide in ihren eigenen Welten in Willing Mind. Mrs. Tyler beobachtete ihr Kommen und Gehen, wenn sie auf dem Anwesen arbeitete. Sie schienen alles mit äußerstem Anstand und Bedacht zu tun. Als sei das Haus auf einmal ein religiöser Konvent und die beiden – Schwager und Schwägerin – Novizen. Sie schienen ein Schweigegelübde abgelegt zu haben. Bei Tag sprachen sie so gut wie nie. Mrs. Tyler sah sie über das Grundstück spazieren – niemals gemeinsam – oder am Fenster des Wohnzimmers stehen und auf das Meer hinausschauen oder irgendwo allein sitzen und lesen. Otis hatte sich im hinteren Teil des Hauses eingerichtet, wo die Räume der Hausangestellten wären, wenn

Franny und Chester welche beschäftigen würden. Aufgrund ihrer Pflichten konnte Mrs. Tyler auch intime Details des Haushalts überblicken, und sie war überzeugt davon, dass es zwischen Otis und Franny nicht zu ungehörigen Vertraulichkeiten kam.

Und damit hatte sie tatsächlich recht. Das Haus war keusch wie ein Nonnenkloster. Die beiden Novizen konzentrierten sich ganz auf ihre Dinge. Sie verbrachten die Tage getrennt und die Abende im Gespräch vor dem Kamin oder, in den wärmeren Nächten, sogar draußen auf der vom Mond beschienenen Aussichtsterrasse. Nach diesen Stunden zurückhaltender Konversation begaben sie sich in ihren jeweiligen Zimmern zur Ruhe.

Franny war willens, »sich selbst aufzurichten«, wie sie es nannte. Sie wusste, dass sie in schwere See geraten war; jeden Tag hatte sie das Gefühl, sie müsse versinken. Es war ihr im ersten Jahr nach Bettys Tod nicht gelungen, dieses Gefühl zu überwinden, aber damals hatte ihr jedermann bestätigt, dass es vermutlich noch lange dauern würde, bis sie wieder frei atmen und den Menschen in die Augen sehen könne. Es dauerte ein Jahr, dann zwei Jahre, nun ging es ins dritte Jahr, und immer noch kam sie sich hilflos vor.

Als Chester sich ins Kabelprojekt stürzte, als er sich vor ihren Augen auf die Expedition vorbereitete, da beneidete sie ihn. Sein Traum barg Gefahren, sicher, aber er brach mit der Gewissheit auf, dass am Ende aller Versuche der Erfolg stehen würde. Sie jedoch hatte sich in der Erinnerung an ihr Kind verloren und konnte nicht hoffen, das Mädchen auferstehen zu lassen. Sie sah dabei zu, wie Chester von seiner Arbeit und der ansteckenden Energie der anderen Syndikatsmitglieder hierhin und dorthin getragen wurde. Sie alle taten etwas Bewundernswertes, etwas Fortschrittliches, sie leisteten einen Beitrag zur Verbesserung ihrer Zeit und der Welt.

Als sich also Chester einschiffte, um einen neuen Versuch zu wagen, als er mit dem Phantasmagorium aufbrach, nahm sie sich vor, ihrerseits gegen ihr Versinken anzukämpfen. Je mehr Chester von der Arbeit am Kabel und von dieser Frau Lindt vereinnahmt wurde – und Franny wusste, dass diese Vereinnahmung nicht zu leugnen war –, desto mehr musste Franny dafür sorgen, selbst ins Gleichgewicht zu kommen und in ruhiges Fahrwasser zu gelangen.

Das Problem war nur, dass Otis mit seinem Eintreffen sie in eine neue Richtung steuern ließ. Und diese neue Richtung war von heftiger Leidenschaft begleitet, war aufwühlend und fesselnd: Wäre Franny nicht absolut sicher gewesen, dass es sich um eine spirituelle Passion handelte, hätte sie ihre Emotionen leicht mit sexueller Erregung verwechseln können.

»Ich möchte, dass du Kontakt mit ihr aufnimmst«, sagte sie eines Abends zu Otis, als sie auf der kleinen Terrasse direkt vor den Glastüren zum Wohnzimmer standen. Sie waren mit ihren Teetassen nach draußen gegangen. Ein milder Hauch des nahenden Frühlings wehte über die Steinplatten, die noch einen Rest der Sonnenwärme des Tages abstrahlten. Es hatte getaut. Auf der Terrasse gab es keinen Schnee mehr, nur noch um die Heidebüsche lagen Schneeränder wie Schals. Der Boden begann nach Erde zu riechen. Das Abendlicht war violett. Bald würde der Mond aus dem Meer aufsteigen.

»Das kann ich nicht«, sagte Otis. »Damit habe ich mich nicht beschäftigt.«

»Aber du hast gesagt, dass du reist«, sagte Franny. »Du reist jenseits von Raum und Zeit oder *durch* Raum und Zeit. Und wo soll sie wohl sein, wenn nicht jenseits von Raum und Zeit?«

Otis schaute in seine Teetasse. Sie gehörte zu einem alten Hotelservice aus dem Besitz seines Vaters. Chester hatte dessen wenige übrig gebliebene Habseligkeiten in Besitz genommen. Das Porzellan. Das Gemälde. Es war gut, dachte Otis, dass diese Dinge jetzt ein Zuhause hatten.

»Seit ich aus Malakka fort bin, habe ich nichts dergleichen mehr versucht«, sagte er und hielt den Blick gesenkt. Ein kleines Insekt versank in seinem Tee.

»Das ist nicht wahr«, entgegnete Franny.

Otis wandte sich zu ihr. Das Licht bildete die vollkommene Umhüllung für Frannys Züge, für ihr dunkles Haar und ihre bleiche Haut.

»Ich habe dich gesehen«, sagte sie. »Ich habe zugeschaut. Du bist nachts auf die Klippen gegangen – ich weiß nicht, wie oft – und hast deine Kreise gezogen. Ich habe die kleinen versengten Stellen auf der Wiese gefunden, wo du deine kreisförmig angeordneten Feuer entzündet hast. Mein Zimmer ist gleich hier oben. Glaubst du, eine Mutter, die ihr Kind verloren hat, kann jede Nacht schlafen? Stundenlang starre ich aus diesem Fenster und sehne mich nach ihr. Das musst du doch wissen. Du weißt es und vollführst dennoch deine Rituale.«

Otis blickte hinauf zu Frannys Schlafzimmerfenster. Er drehte sich um und sah den Rand des Mondes über den östlichen Meereshorizont lugen.

»Ich gebe gern zu, dass ich womöglich zum Besten gehalten wurde«, sagte Otis. »Der *manang mansau* war vielleicht eher ein Schwindler denn ein Weiser. Aber ich hatte eine Vision. Das weiß ich sicher. Ich bin in der Geisterwelt gereist, aber vielleicht hat sich das alles nur hier oben drin abgespielt ...« Und anstatt sich an seinen eigenen Kopf zu fassen, berührte er mit den Fingern sanft Frannys Schläfe. Ein Schauer lief ihr den Rücken hinab.

»Es gibt Berichte von Geistererscheinungen«, sagte Franny abwesend. »Ich meine, die hat es natürlich schon immer gegeben. Aber ich habe gelesen ...«

»Das meiste ist Schwindel. Diese Seancen? Das Tischrücken? Da musst du aufpassen, Franny. Das sind Taschenspielereien. Vorhänge werden von feinen Drähten bewegt. Helfer stehen hinter Zwischenwänden und klopfen die Botschaften oder spielen Musik.«

»Du hast mir erzählt, dass du einen Trank zu dir nehmen musstest. Dass dieser Trank das transätherische Reisen ermöglicht hat ... oder deine Visionen«, warf Franny ein. »Könnte so ein Trank nicht auch eine Art Taschenspielerei gewesen sein, wie du es nennst? Könnte er den Suchenden nicht in den richtigen Geisteszustand versetzen, um den dunklen Schleier zu lüften oder die Geister auf diese Seite herüberzulocken?«

Franny sprach erregt und drängend.

»Vielleicht«, sagte Otis.

»Zu *uns* herüberzulocken?«

»Ich habe vielleicht gesagt.«

»Auch wenn die Taschenspielereien Schwindel sind, so können sie doch zur Wahrheit führen. Genau wie deine Tränke, deine physikalischen Experimente.«

»Ja ... vielleicht.«

»Könnten wir es nicht versuchen?«

»Wir?«

»Wir könnten gemeinsam experimentieren. Wir könnten versuchen, den Schleier zu heben ...«

»Franny …«

»Sie war schließlich *meine* Tochter. Und du warst dabei, als es passiert ist.«

Otis verspürte den Drang, ein paar Schritte zu machen, Frannys Argumente abzuschütteln. Die kleine Terrasse kam ihm wie ein Käfig vor, von einem Wassergraben umgeben. Der Blick zum Horizont gewährte ein wenig Erleichterung angesichts dieser letzten Bemerkungen, eine weitere Perspektive: Der Mond war halb aufgegangen, eine orangefarbene Kugel, die sich mühevoll aus dem Meer stemmte. An der Küste von Celebes hatte er dieses Schauspiel oft beobachtet, gemeinsam mit Margaret von der Siedlung aus und zuletzt allein auf der Plantage. Es kam ihm vor, als müsse er unter der Last der Jahre und der Entfernungen zusammenbrechen – darunter, wie weit er gereist war in seinem Leben, um zu tun, was er gemeint hatte, tun zu müssen: auf die andere Seite des Globus; dort die Werbung um die Hand einer Frau; die Ehe, die dort vollzogen wurde und endete; die Heimkehr; der Tod seines Vaters; dann die Rückkehr zum Leben unter den Wilden und diesmal das Eintauchen in ihre Dämonenwelt, in der er sich fast verloren, in der er seine eigene Welt mit ihren Beziehungen und Verkettungen und Träumen hinter sich gelassen hatte. Und der Tod des Kindes; auch den hatte er hinter sich gelassen. Franny spürte die Verstörung, die Otis heimsuchte. Ihre Stimme wurde versöhnlich, verlor ihren Eifer, als sie weitersprach. »Du hast mir nie von jenem Tag erzählt.«

»Ich habe Chester davon erzählt«, sagte Otis. »Hat er nicht mit dir darüber gesprochen?«

»Er hat nur gesagt, dass du gar nicht in ihrer Nähe warst. Sondern bei den Heidebüschen. Und sie war auf der Klippe.«

Otis ließ sich auf der flachen Natursteinmauer nieder, die die Terrasse begrenzte. Dass er eine Geschichte erzählen sollte, wie unerfreulich ihr Inhalt auch sein mochte, beruhigte ihn und gab ihm Orientierung. Er stand an einem Anfang. Er musste in die Vergangenheit eintauchen und mit einer Antwort für Franny wiederkehren. Das hatte mit Zeit und Raum zu tun; transätherisches Reisen der anderen Art. Er überlegte, wie er beginnen sollte.

»Du weißt ja von unseren ›familiären Anfällen‹«, sagte er. »So nennt Chester sie. Er nennt sie so, weil er sie nicht bekommt. Sie gehörten – gehören – zu mir und Vater … und zu Betty.«

Er hörte sie leise Luft einsaugen. Er fuhr fort. »Ich nenne sie nicht ›Anfälle‹, sondern ›Zugänge‹. Es ist wahr, sie kommen über uns wie epileptische Attacken, und wir verlieren das Bewusstsein, und betrachtet vom Standpunkt des durchschnittlichen Alltagsmenschen könnte man sie als ernsthafte Erkrankung bezeichnen. Aber sie sind auch etwas anderes. Sie bieten uns etwas. Mein Leben lang habe ich versucht, herauszufinden, was es ist – genau wie mein Vater. Ich glaube nicht, dass er das Phänomen bezeichnen – oder malen konnte. Aber ich glaube fest, dass er genau dies sein Leben lang versucht hat.«

»Hast du deshalb in Malakka den *manang mansau* aufgesucht?«

Otis nickte. Franny stand noch immer da und sah auf seinen Kopf hinunter. Ein Windstoß fuhr durch sein glanzloses Haar, das im Dämmerlicht noch dunkler als sonst wirkte.

»Ich hatte gehofft, meine Zugänge beherrschen zu lernen.«

»Und hast du es gelernt?«

»Nein. Ich habe die transätherische Bewegung erlernt, aber keine Kontrolle.«

»War es – oder *ist* es nicht gefährlich, in deinem Zustand solche Experimente zu wagen?«

»Vielleicht. Aber die Zugänge lassen solche Bedenken gegenstandslos erscheinen. Es ist wichtiger, zu lernen.«

Frannys Gesichtszüge waren im purpurnen Zwielicht für ihn so wenig zu erkennen wie seine für sie. Sie waren nur noch Umrisse in der Dämmerung.

»Am Tag, als Betty starb, war ich genau dort«, sagte Otis und zeigte auf eine Stelle im Heidegebüsch. »Betty war da drüben.« Franny konnte im Halbdunkel nur schwer erkennen, wohin Otis deutete, aber sie wusste, es war weiter weg, fast am Rand der Klippen.

»Sie spielte«, sagte Otis. »Sie rannte auf den Wegen zwischen den Heidebüschen herum.«

»Diesen Sommer ist es drei Jahre her«, flüsterte Franny.

»Das stimmt«, antwortete Otis leise. Er stand auf und trat neben sie. Sie schauten beide hinaus in die Dämmerung, die sich jetzt dem Mondaufgang ergeben hatte. Der Erdtrabant balancierte überm Meer, rötlich leuchtend, von Kratern übersät.

»Sie lachte. Sie sang ein Lied«, sagte Otis. »Und dann wurde aus dem Lied ein einzelner, dünner Ton. Frances, ich kann es dir anders nicht beschreiben: Es war wie ein silberner Faden. Ich will damit sagen, es klang gleichzeitig wunderschön und zart und alles durchdringend. Ich schreckte auf. Ich wusste, was geschah. Eine leichte Vorahnung überfällt mich, wenn sich mir ein Zugang öffnet. Das Besondere war … das Besondere an diesem Zugang war … ich wusste, ich spürte genau, dass die kleine Betty ebenfalls einen erlebte. Gleichzeitig. Und ich fragte mich, höre ich da gerade ihren Schrei, oder mache ich selbst dieses Geräusch, ruft mein Dämon nach ihr? Ich weiß es bis heute nicht. Ich weiß nur, dass ich mich gleichzeitig der Erde entrissen und an das kleine Mädchen gebunden fühlte. Wir hatten diesen Zustand gemeinsam ererbt. Wir waren in ihm verbunden. Ich spürte die Anwesenheit meines Vaters. Ich sah ihn ertrunken im Fluss liegen. Ich sah mich selbst in einem seiner Gemälde. Dann sah ich Betty durch die Luft fliegen. Mein erster Gedanke … *Gedanke?* Vision, Erscheinung, ich weiß es nicht … meine erste *Eingebung* war … dass sie wunderschön aussah, wie sie da flog. Und dann, um Gottes willen, dann war mir sofort klar, dass sie durch den Zaun gestürzt war. Ich brach zusammen, alles wurde schwarz. So ist es gewesen. Das ist alles. Den Rest kennst du.«

Frannys Schluchzen war unterdrückt, leise, sodass er zunächst gar nicht merkte, dass sie weinte. Sie war beinahe stumm.

»Wir müssen es versuchen«, stieß sie schließlich hervor. »Hilf mir. Du musst es versuchen.«

Otis legte die Hand auf ihre Schulter. Diesmal erschauerte sie nicht. Sie spürte nur das Gewicht eines anderen Menschen.

»Wenn du dich ausgeruht hast«, sagte er.

»Wir werden es versuchen?«

»Ja.«

EIN WEITERER BRIEF AUS LONDON

18. April

Liebe Franny,

ich habe immer noch nichts von Dir gehört. Liebste, geht es Dir gut? Bist Du krank? Ich werde Mrs. Tyler schreiben und mich nach Deinem Befinden erkundigen. Meine Tage werden immer hektischer, und dennoch grüble ich so manche Stunde über den Grund Deines Schweigens. Bitte, schick mir ein paar Zeilen.

Entschuldige bitte, dass ich meinerseits so selten zur Feder greife. Du weißt, ich bin kein großer Briefeschreiber, und ich habe, wie erwähnt, sehr viel zu tun. Es mag Dich erheitern, dass ich mit meinem Auftritt auf der Bühne des Phantasmagoriums allmählich zur Berühmtheit werde. Es läuft alles sehr gut hier in London. Wir haben unser Ziel erreicht: Wir haben das Geld beisammen, das wir für das Kabelprojekt benötigen!

Von mir aus könnte nun Schluss sein mit der Aufführung, damit ich mich meinen Ingenieurpflichten widmen kann, aber wir sind jeden Abend ausverkauft, und Spude bekniet uns, darin fortzufahren, die Geldtruhen zu füllen, das Kabelprojekt noch bekannter und ihn zum Liebling der Londoner Gesellschaft zu machen.

Wir scheinen sämtliche technischen Probleme mit dem Kabelprojekt in den Griff zu bekommen, obwohl ich mich mit meinem britischen Gegenüber, Dr. Whitehouse, oft in Auseinandersetzung befinde. Nichts Ernstes, nur Meinungsverschiedenheiten in Fragen der Elektrizität.

Ich korrespondiere oft mit meinem alten Lehrer, Professor Thomson aus Glasgow, um mir Trost und Rat zu holen. Er ist ein kluger Mann und mir eine große Hilfe.

Die britische Marine zeigt sich unserem Projekt gegenüber viel aufgeschlossener und geneigter als die amerikanische Marine oder der Kongress, und das Syndikat hat von der Krone die beinahe sichere Zusage über die Schiffe erhalten, die wir zum Verlegen des Kabels benötigen werden. Die anderen technischen Probleme scheinen sich zur vollsten Zufriedenheit zu lösen – die Kabelherstellung, das Verladen etc. Sogar London sieht jetzt freundlicher aus, wenn ich einen Spaziergang wage. Der Frühling liegt in der Luft, wie hoffentlich auch bei Dir. Bitte, bitte, bitte schreibe Deinem Mann ein paar Zeilen. Ich mache mir Sorgen, und ich sende Dir all meine Liebe,   Chester

Kapitel 7

Der Grosse Gestank

London, Frühjahr 1858

Das Nachrichtenloch

In letzter Zeit schreckte Jack Trace immer öfter vor jenem Appetit zurück, der ihm noch größer zu sein schien als sein eigener: dem Appetit des Nachrichtenlochs.

Dieser und andere Gedanken schossen Trace eines Frühlingsmorgens durch den Kopf, als er vor der *Great Eastern* stand. Seine Geschichte und vor allem seine Bilder von der Explosion auf dem Schiff hatten ihm Bekanntheit, Geld und neue Aufträge gebracht. Die »Große Stahlklippe« lag wieder an der Isle of Dogs, etwas flussaufwärts von ihrem Geburtsort, wo sie seit ihrer Jungfernfahrt repariert wurde.

Weil der Morgen so schön gewesen war, hatte sich Trace zu Fuß auf den Weg zur Insel gemacht. Unterwegs war er ins Träumen gekommen. Warme Lüfte hatten aus Norden geweht. Die wenigen Bäume am Weg waren voller frischer Blätter und singender Vögel, die man überall hörte.

Er schritt schwungvoll aus und fragte sich, ob es wohl nur am Wetter lag, dass er sich so leicht fühlte. Schon möglich, er hatte ein paar Pfund abgenommen, seit er als gefragter Künstler des Boulevards viel in Bewegung war. Er klopfte auf seine Weste; er beschleunigte seinen Schritt.

Erst als er die *Great Eastern* sah, die wie ein Gebirgszug vor ihm auftauchte, verdüsterten sich seine Gedanken, seine Sterblichkeit und das Nachrichtenloch kamen ihm in den Sinn.

Es war jener Raum, den die Herausgeber für alles zur Verfügung stellten, was keine Anzeige war. Das Nachrichtenloch musste täglich gefüllt werden. Vor seinem plötzlichen Erfolg war Traces Beziehung zum Nachrichtenloch viel zu abstrakt, als dass ihm die Existenz einer solchen Beziehung überhaupt bewusst gewesen wäre. Er hatte genug damit zu tun, Schulden zu begleichen, die Miete zu bezahlen, *irgendetwas* zu verkaufen. Doch inzwischen erbaten die Herausgeber und Redakteure Beiträge von ihm, inzwischen hatten zwei oder drei populäre Schriftsteller sich erkundigt, ob er ihre Fortsetzungsromane illustrieren wolle, inzwischen war seine Signatur nicht länger nur seinen wenigen Trinkgenossen im *Dulcet Thrush* bekannt, und inzwischen spürte Trace diesen schleichenden, unstillbaren Hunger nach seinem Können.

Manchmal hatte er das Gefühl, dieser Herausforderung gewachsen zu sein. Endlich war er dort, wohin er wollte: Die Menschen brauchten ihn. Doch sein Publikum stand auf der anderen Seite des Nachrichtenlochs, und dieses gähnende Maul ließ Übelkeit in Traces Kehle aufsteigen. Das Nachrichtenloch konnte nie gestopft werden; das Nachrichtenloch wollte immer noch mehr. Jack Trace, der fünfzig Jahre alt war und Großvater hätte sein können, erkannte nun: Ganz gleich, wie großartig eine Geschichte oder wie gelungen und überzeugend ein Kupferstich war, immer würde die Frage auf dem Fuße folgen – *Was können Sie dem Nachrichtenloch morgen liefern?*

Auch wenn solche Gedanken derzeit wenig bedrohlich schienen, krochen sie ihm unweigerlich ins Bewusstsein … Was, wenn ich eines Tages nichts mehr zu liefern habe?

Musik – und nicht das Zischen der Dampfmaschine oder das Knallen des Niethammers – klang vom Oberdeck des riesigen Schiffes herunter.

Die Reparaturen waren langsam vorangegangen, weil die klammen Eigentümer die Arbeiten wegen des drohenden Bankrotts immer wieder unterbrechen mussten, um neues Geld zu beschaffen. Vielleicht für immer ans Land gefesselt, war die *Great Eastern* nun zu einer Volksattraktion geworden. Vor einem gestreiften Zeltpavillon am Fuß der Gangway warteten Menschen darauf, das Schiff betreten zu dürfen. An diesem herrlichen Nachmittag wollten sie sich Ort und Wirkung der katastrophalen Explosion anschauen. Trace kam an einem Schild vorbei:

HIER ENTLANG

zur

BESICHTIGUNG
DER ENTSETZLICHEN FOLGEN
DER HEFTIGEN EXPLOSION
an Bord des Dampfschiffes
GREAT EASTERN

* * *

ZUTRITT FÜR KINDER VERBOTEN

WARNUNG AN DIE DAMEN:
Das Ausmaß der physischen Zerstörung ist geeignet,
die zarter Besaiteten aufs Tiefste zu verstören

MEHRERE MENSCHEN
(meist kräftige Seemänner)
LIESSEN IHR LEBEN
BEI DIESER TRAGÖDIE

* * *

SCHAUEN SIE DAS ZERSTÖRUNGSWERK
ERWEISEN SIE DEN TOTEN DIE EHRE

DER EHRENW. WILLIAM RATHBONE sagte:
*»Ich schaudere beim Gedanken an die Gewalt, die ein solch
mächtiges Schiff seeuntüchtig machen kann. Nach dem Besuch an Bord bin ich voller Demut.«*

ADMIRAL PETER ST. LEGER von der Königlichen Marine sagte:
»Wir sollten dafür beten, dass sich ein solches Unglück
nicht wiederholt. Es bedeutet einen schweren Schlag für den
maritimen Fortschritt, wenn nicht gar für das Schicksal unserer Nation. Wir wollen auch für die Seelen derjenigen beten, die in der feurigen Detonation, welche das Schiff derart
zerstörte, ihr Leben lassen mussten.«

MR. J. BEAUMOL SPUDE von der *Atlantic Telegraph Company*, Betreiber des Phantasmagoriums, sagte:
»Ein Schatten fiel über diese große Zukunftsvision, doch
der Schatten wird weichen, und die Sonne wird dereinst wieder auf die Zukunft des technischen Fortschritts und auf
dieses Schiff scheinen, das – neben dem Atlantischen Telegraphen – eine der großen Errungenschaften unseres Zeitalters darstellt!«

TRETEN SIE VON RECHTS
DURCH DAS GESTREIFTE ZELT EIN

An Deck wurde der Strom der Schaulustigen mittels geflochtener
Samtkordeln vom Rand des Loches zurückgehalten. Unter einem
kleinen Baldachin am Bug, wo die beiden Seiten der Reling wie ein
V zusammenliefen, spielte eine Kapelle: zwei Kornette, ein Eupho-
nium, eine große Trommel und zwei Konzertinas. Von den Stagen des Fockmasts wehten Flaggen. Während sich die Besucher im
Gänsemarsch übers Deck auf das Loch zubewegten, nahmen einige
junge Herren die Hände ihrer Begleiterinnen und schwangen sie im
Takt der Musik vor und zurück. Ein Paar begann sogar zu tanzen,
und der Rest der Schlange Stehenden applaudierte begeistert. Trace
trat einen Schritt zurück. Das konnte ein Sujet für eine Zeichnung
sein: die Reihe gut gekleideter Herrschaften, die in den geborstenen
Krater starrten, die Frauen, die von der Kante zurückwichen, während die Herren neugierig immer weiter vorrückten.

Vielleicht war er vor allem deshalb wieder nach Millwall zur

»Großen Stahlklippe« gekommen. Vielleicht war dieses vermaledeite Schiff nicht sein Dämon, sondern seine Muse. Vielleicht hatte er gehofft, die Nähe des Ungeheuers würde ihn auf neuen Kurs bringen. Er hatte geschworen, keine Geschichten und keine Bilder mehr von diesem lächerlichen Fehlschlag abzuliefern. Und doch hatte schließlich dieses träge Monster ihn mit der Katastrophe versorgt, der sein Erfolg, sein neues Leben zu danken war. Es hatte ihn beinahe umgebracht, aber es hatte zugleich seine Karriere gerettet.

Er wusste auch, dass dieses unmäßig große Schiff, das systematische und logistische Wissen, der anmaßende Größenwahnsinn, der zu seinem Bau geführt hatte, dass all dies mit dem verfluchten Bild in seinem Kopf zu tun hatte. Mit dem Bild, das er nicht loswurde; das in Momenten der Muße immer wieder auftauchte: sein Wandbild der Zukunft. Es war untrennbar mit Fleischeslust und mit der Hure verbunden. (Mit Maddy, von deren Tod auf diesem Schiff er inzwischen überzeugt war. Noch ein Grund, warum es ihn anzog.) Die Verlockung des Wandbildes wie auch seine Scham über den Moment seiner Vision – denn so sah er es inzwischen: als Vision oder Heimsuchung – verwirrten ihn zutiefst. Er war, ob als Künstler oder in irgendeinem anderen Sinne, zu alt für einen Visionär, fand er. Respektabel und seinem Alter entsprechend sollte er sich verhalten. Es war sein Glück, dass er in letzter Zeit solch außerordentlichen Erfolg gehabt hatte; das sollte ihm reichen. Und doch strebte er nach Höherem. Er wollte Größeres vollbringen, als bloß das Nachrichtenloch zu füllen.

Verärgert brach er seinen Zeichenstift in der Mitte durch und entfernte sich von der Warteschlange an Deck. Er hasste solche Gedanken. Besonders an einem solch schönen Frühlingstag.

Als Trace an der Reling auf der Themse-Seite stand, bemerkte er einen eigentümlichen Geruch. Er schaute zu den Flaggen hinauf. Sie hingen schlaff herab. Der eben noch schwache Wind war ganz eingeschlafen. Und der Geruch war da. Bei dem jetzt wieder wärmeren Wetter brauchte es nur ein wenig Flaute oder eine Winddrehung, und er kam wieder – der Flussgestank. Die nördliche Brise hatte nachgelassen, die Sonne stand hoch, und sofort krochen die Ausdünstungen vom Wasser empor.

Trace schaute auf den Fluss hinab. Von der Höhe des Decks war die Strömung kaum zu erkennen. Die Themse glich einer braunen, eitrigen Ebene, die sich mehrere hundert Meter bis zu den Surrey Docks am anderen Ufer dehnte.

Auch die anderen Herren und Damen an Deck hielten sich inzwischen Taschentücher oder ihre Handschuhe vor die Nasen und Münder. Manche beträufelten ihre Tücher oder sogar ihre Ärmel mit Parfüm. (In ganz London verkauften Straßenhändler inzwischen kleine Glasfläschchen mit Duftwasser zu ebendiesem Zweck.)

Trace blickte von der Reling hinab und erkannte plötzlich das Thema seiner nächsten Zeichnung – den Gestank. Die Geduld der Stadt wurde auf eine Probe gestellt, und kein Viertel, kein Stadtteil war davon verschont. Der Fluss war an seine Grenzen gelangt: Die Sickergruben, die Abwässer, die sich Tag und Nacht in den Strom ergossen, die Zunahme von Kanälen und Abflussrinnen, das Auf und Ab der Gezeiten hatten einen Geruch entstehen lassen, der deutlich machte, dieses Gewässer hatte die Fähigkeit zur Selbstreinigung verloren. Die Leute scherzten, es würde erst dann etwas geschehen, wenn die Parlamentarier bemerkten, dass der Gestank nicht von ihrer Politik, sondern vom Fluss vor ihren Fenstern herrührte.

Hinzu kamen die Krankheiten. Trace hatte gehört, dass östlich des Tower die Cholera ausgebrochen sei.

Die Kapelle hatte aufgehört zu spielen. Es roch gar zu fürchterlich. Die Musiker packten mit einer Hand ihre Instrumente ein und hielten sich mit der anderen Tücher vors Gesicht. Sie schüttelten angewidert die Köpfe.

Beim Schiff stank es besonders heftig, weil bei fortschreitender Ebbe immer größere Teile des Flussbettes trockenfielen. Das bemitleidenswerte Schiff steckte mitten im schlimmsten Morast. Abfälle und Fäkalien lagen gehäuft auf den Untiefen. Trace konnte zwei »Schlickläufer« ausmachen, einen Mann und eine Frau, die sich trotz der Ausdünstungen auf die Schlammbänke hinauswagten, um nach Verwertbarem zu suchen.

Die Schaulustigen waren gegangen, die letzten stiegen die Gangway hinunter. Das Deck war leer. Wieder ging ein Tag an der Themse zu Ende ... und es war gerade erst Nachmittag. Draußen im Fahrwasser durchkämmte ein Boot mit Leichensammlern ein Bündel Treibgut. Sie hatten Schals und Halstücher vor die Gesichter gebunden und zogen eine Leiche aus dem Wasser.

Trace ging zur Uferseite und grübelte über die Zeichnung für den nächsten Tag nach. Vielleicht ein Boot, in dem ein Skelett an den Riemen saß. Die Leichensammler hatten ihn auf die Idee gebracht. Und die Erinnerung an die bis auf die Knochen verbrannten Beine des Heizers, die er am Tag der Explosion auf ebendiesem Deck gesehen hatte. Und Maddy?

Er wehrte den letzten Gedanken ab und schaute von der *Great Eastern* hinab auf die Marschwiesen der Isle of Dogs. Er sah die Kutschen und Droschken, mit denen die Besucher des Schiffes nach Hause fuhren. Er sah einen Mann, der auf dem Deich entlanglief und Kleidungsstücke in den Fluss warf.

DER LÄUFER

Joachim Lindt wusste, dass ihm wieder einmal Hörner aufgesetzt wurden. Diese Gewissheit drückte weit oben in seiner Brust, als habe sich ein Stein dort festgesetzt und klemme ihm die Luft ab. Er spürte es immer, wenn er lief, und im Augenblick lief er fast immer. Sein Leben war ein Parcours wechselnder Geschwindigkeiten geworden: kürzere oder längere Schritte, je nachdem, ob er bergauf oder bergab rannte, auf breiten Straßen oder durch bucklige Gassen; flacherer oder tieferer Atem, je nachdem, ob er lief oder schlief oder arbeitete, ob er sich mit seinen Pflichten ablenkte oder Katerina und den Amerikaner beobachtete; wechselnder Hintergrund, je nachdem, ob er durch verschiedene Stadtviertel rannte oder ob abends die Leinwand seines Phantasmagoriums sich entrollte; wechselnde Takte in der Musik seiner Frau auf dem Klavier und der Orgel; wechselnde Launen: seine, ihre, die Launen der ganzen Welt.

Joachim Lindt war durch ganz London gelaufen. Viele Wege mehr als einmal. Manche Wege sehr oft. Ständig hörte er das Klatschen seiner Sohlen auf Pflaster, auf Steinen, auf Lehm. Der Rhythmus war beruhigend. Sein Atem ebenso. Der Stein in seiner Brust machte das Laufen schwierig, aber auch notwendig.

Er hatte die Nacht allein verbracht. Katerina war nicht zurückgekehrt. Er wusste es, weil er wach im Bett gelegen und keinen Laut von nebenan gehört hatte. Sie waren in größere Zimmer gezogen, in einem höheren Stockwerk des Hotels – im vierten –, und bewohnten jetzt eine Ecksuite. Sie konnten tatsächlich aus dreien ihrer

Fenster die Themse sehen. Joachim hatte um die Suite ersucht, und Spude hatte sie gnädig gewährt. Es wäre allerdings knauserig von ihm gewesen, seinen beiden großen Künstlern angemessene Unterbringung zu verweigern. Was Joachim jedoch verwundert hatte, war Katerinas Vorschlag, getrennte Zimmer zu nehmen. »Dann kann ich in Ruhe üben«, hatte sie gesagt und hinzugefügt, dass Spude ihr ein Klavier ins Zimmer stellen ließe. »Wir haben eine Verbindungstür«, hatte sie gesagt.

Aber ebenso sicher, wie er allein in seinem Bett lag, wusste Joachim, dass die Verbindungstür abgeschlossen war. Auf der anderen Seite war es still.

Joachim konnte es nicht ertragen, wenn Katerina sich manchmal Stunden nach Ende der Abendvorstellung in ihr Zimmer schlich. Er hörte sie und musste sofort in seine Kleider schlüpfen und laufen gehen. Katerina blieb nach den Aufführungen stets länger weg, aber letzte Nacht war sie zum ersten Mal gar nicht zurückgekommen.

Das Sonnenlicht schien durchs Ostfenster neben dem runden Tisch in Joachims Zimmer. Zunächst war er überrascht, dass er so lange geschlafen hatte, doch dann wurde ihm klar, es lag daran, dass kein Nachhausekommen von Katerina ihn geweckt hatte. Seltsamerweise verspürte er nicht den Drang zu laufen, keine Wut, nichts von der Raserei, die sein Blut so oft erhitzt hatte, wenn er – in ihrem alten Zimmer – nachts neben ihr im Bett lag. Er fühlte sich stattdessen vollkommen ruhig und leer.

Er rutschte vom Bett, zog sein Nachthemd aus und stellte sich nackt ins Sonnenlicht. Sie war bei Ludlow, dachte er beim Blick über die Dächer. Dass er sie darauf ansprechen musste, trieb ihn zur Verzweiflung; sie hatten in letzter Zeit nur wenige Worte gewechselt. Es war schon seit einiger Zeit unausweichlich, dass er etwas zu ihr würde sagen müssen, und doch war er nicht darauf vorbereitet.

Er sah sich im Zimmer um und entdeckte hinter einem Stuhl auf dem Fußboden, von der Sonne beschienen, ihre Unterwäsche. Seit wann lag sie da? Seit gestern? Seit einer Woche? Das Häufchen Seide sah aus wie geschlagene Sahne oder wie ein Schneefeld, betrachtet aus großer Höhe, aus einem Heißluftballon.

Die Sonne wärmte ihn. Er spürte sein Geschlechtsteil, das im Licht baumelte. Es regte sich, als er die Seide betrachtete.

Er ließ sich auf alle viere sinken und kroch in die Ecke, wie ein Raubtier. Er senkte den Kopf, vergrub sein Gesicht in dem kleinen Wäscheberg. Die Anziehungskraft und die Wärme des glänzenden Gewebes überwältigten ihn. Er berührte den Stoff, hob ihn sanft auf. Er rieb ihn an seiner Wange und hörte das leise Kratzen seiner Koteletten. Dann konnte er nicht länger an sich halten und rieb sich mit dem Unterrock sacht über die Brust. Dann tiefer – er streichelte sich –, auf dem Bauch, dann noch tiefer. In der anderen Ecke des Zimmers stand sein Wandschirm mit den kämpfenden Armeen. Lindt lag in einem sonnenwarmen Rechteck auf dem Perserteppich eines Hotelzimmers; er wurde betrogen, und er begann sich mit der Seide zu reiben.

Schließlich sprang er auf. Er zog sich hastig an und floh aus dem Zimmer, stopfte die Seidenwäsche in die Tasche seiner Trachtenjacke, die er beim Laufen zu tragen pflegte, die von seinem Schweiß getränkt war.

Wie immer war er froh, dass sich seine verwickelten Gefühle auf der Straße sofort zu entwirren begannen. Die Luft duftete süß nach Frühling, sodass er gar nicht anders konnte, als sofort schnell zu rennen. Er hüpfte beinahe über das Kopfsteinpflaster in südöstlicher Richtung. Die Überflutung der Sinne und die Anstrengung wuschen ihn in ein paar Augenblicken vollkommen rein. Er lief durch den Schmutz und Unrat von Whitechapel und hörte die Schmähungen, die man ihm nachrief, ebenso wenig, wie er das Abwasser bemerkte, das aus einem oberen Stockwerk knapp neben ihm ausgeschüttet wurde. Die Bewegung, das Gefühl seiner stampfenden Beine und die Luft in seinen Lungen berauschten ihn. Der Druck auf seiner Brust ließ ein wenig nach. Solange er lief, würde diese Erleichterung anhalten.

Sein Weg – wie üblich nicht geplant, sondern improvisiert – führte ihn parallel zur Commercial Road nach Millwall. Er spürte das leichte Gewicht der Wäsche in seiner Tasche.

Zum ersten Mal bemerkte er beim Laufen, dass Menschen ihm zuwinkten. Nicht viele, aber doch einige hier und da. War er schon einmal hier gewesen? Dem musste wohl so sein. Hatten die Leute ihn wiedererkannt? Dem musste wohl so sein.

Auf dem Deich von Millwall lief er nach Süden, flussabwärts, und sah den mächtigen Rumpf der *Great Eastern*, des größten Dampfschiffes der Welt, am Kai liegen. Dort lag sie, das Gespött der Leute, nicht seetüchtig, ans Land gefesselt, vom kleinlichen Schicksal an ihrer Bestimmung gehindert.

Ein solches Gefühl kannte Joachim. Verspottete ihn Katerina nicht auch? Er hörte es in ihrer Stimme, eine Geringschätzung bemächtigte sich ihres Tonfalls, sogar ihrer Musik. Seit sie den Amerikaner kennengelernt hatte. Schon am ersten Abend hatte Joachim es bemerkt, als Spude diesen Ludlow zur Vorführung des Phantasmagoriums hatte holen lassen, das sich damals noch in der Entwicklung befand. Und ebenso hatte auch dieser Ehebruch eine Entwicklung durchgemacht. Doch was hatte Joachim unternommen, um diese Entwicklung aufzuhalten? Ziemlich wenig. Er war ganz in seiner Bühnenproduktion aufgegangen, in den mechanischen und künstlerischen Obsessionen seiner Erfindung.

Früher hatte er geglaubt, seine Energie und seine Zähigkeit hätten Katerina angezogen. Er hatte ihr unermüdlich den Hof gemacht, war in Konzertsälen und Übungsräumen erschienen, hatte seine Erbschaft aufgebraucht, um ihr auf ihren Tourneen quer durch Europa nachzureisen, hatte ihr eine Spieluhr geschenkt, die er selbst gebaut hatte: Auf dem Deckel war eine Reliefkarte Europas zu sehen, in der ein winziger Zug von einer Stadt zur anderen fuhr (Frankfurt, Paris, Mailand, Wien, Kopenhagen – alles Städte, in die er ihr gefolgt war), und sie spielte die ersten Takte des ersten Schubert-Stückes, das sie für ihn gespielt hatte.

Doch sein Arbeitseifer, sein Drang, das Phantasmagorium zu vervollkommnen, sich immer weiter in dieses Werk zu vertiefen, bis er in seinen Szenerien lebte – wie er als Kind in den Bildern des japanischen Wandschirms gelebt hatte –, alles das hatte ihn von ihr fortgetrieben.

Doch andererseits war auch Katerina durch ihr Verlangen von ihm fortgetrieben worden. Von ihren Bedürfnissen, wie sie es einmal genannt hatte. Joachim vermutete, dass diese Bedürfnisse zuvor schon für andere Vorfälle verantwortlich gewesen waren: mit diversen Sängern, einem Dirigenten in Wien, einer ganzen Reihe reicher Verehrer. Er hatte keine Beweise, doch er befürchtete, diese Seitensprünge waren der Preis des unsteten Künstlerlebens – er redete sich ein, mit diesem Verlust seiner Würde leben zu können. Sie waren Teil der Arbeitsgemeinschaft, die er und seine Frau bildeten, nachdem seine Erbschaft aufgebraucht war. Er hatte seinerseits durchaus Geheimnisse vor ihr.

Joachim grübelte beim Laufen. Doch als er sich dem ungeheuren Schiff näherte, fiel ihm der Gestank auf. Die Ausdünstungen des Stroms. Es war dumm gewesen, so dicht am Wasser entlangzulaufen. Der Tag versprach warm zu werden, und inzwischen wusste er, was das bedeutete. Doch als er losgelaufen war, hatte ein erfrischender Wind geweht.

Es wurde immer schwieriger, dem Gestank zu entkommen. Er fand es unglaublich, dass die Engländer nichts unternahmen, nichts erfanden, um ihrer sanitären Probleme Herr zu werden. Er betrachtete es als bittere Ironie, dass Spudes Tournee, dass das wundervolle Phantasmagorium, das den Blick freigab auf eine großartige Zukunft, ihn und Katerina hier an die Ufer eines Verwesung ausdünstenden Flusses gespült hatte, der eine ganze Stadt besudelte. Je weiter er lief, desto hartnäckiger verfolgte ihn der Gestank. Er war heute Morgen mit der sicheren Gewissheit aufgewacht, dass er zum Narren gehalten wurde; aus dieser Gewissheit war er in den reinigenden Zustand der Bewegung gelangt; und jetzt konnte er wieder kaum mehr atmen, weil der Wind sich gelegt hatte, der Wasserstand gesunken war und die ganze Stadt wie die schlimmste Jauchegrube roch.

Er war der ganzen Länge nach an der *Great Eastern* entlanggelaufen, war im Schatten des Untiers unter den Trossen hindurchgetaucht. Er hatte Damen und Herren in Kutschen davonfahren sehen, mit Taschentüchern vor dem Gesicht.

Joachim würde sich vom Fluss abwenden. Er würde die Isle of Dogs überqueren und am Lea, einem kleinen Nebenfluss der Themse, landeinwärts laufen. Er würde fünfzehn oder zwanzig Meilen hinter sich bringen, bevor er zum Hotel zurückkehrte – erschöpft und mit leeren Taschen, denn jetzt, am anderen Ende des Schiffes, auf dem offenen Deich, warf er Katerinas Unterwäsche in den Fluss. Die Seide flatterte die Böschung hinunter, mit Joachims getrocknetem Samen darin, und er spürte, wie sich der Stein in seiner Brust auflöste, obwohl der Gestank ihn zu ersticken drohte.

Widerstreitende Theorien

Der Schaffner wies ihn darauf hin, dass sie im Begriff waren, eine von Isambard Kingdom Brunels Brücken zu überqueren. Aus seinem Abteilfenster sah Chester Ludlow, dass die Gleise eine Kurve beschrieben, bevor sie den freitragenden Überbau erreichten. Er konnte die Reihe eleganter Steinbögen erkennen und das kleine Dorf, das im Tal darunter lag. Der Zug flog über den Weiler hinweg, und Chester presste sein Gesicht an die Scheibe, um die Schieferdächer und die rauchenden Schornsteine sehen zu können. Ein blasser Junge stand auf einer Gasse und zeigte nach oben. Chester versuchte sich den Zug aus der Sicht dieses Jungen vorzustellen: Waggons, die auf steinernen Rundungen über das Dorf sausten, Dampf und Ruß, der sich herabsenkte, nachdem das Klappern und Dröhnen verklungen war. Schließlich wäre jeder Hinweis auf den durchgefahrenen Zug verflogen, und die Brücke stände wieder stumm als größtes Bauwerk inmitten des Dorfes wie eine gewaltige Kathedrale in einer mittelalterlichen Stadt.

Es beruhigte Chester, die Brücke aus solcher Perspektive zu betrachten. Man musste Brunel bewundern. Das riesige Schiff des Kleinen Riesen war höchstwahrscheinlich ein monumentaler Fehlschlag, aber diese Brücken, diese Eisenbahntrassen, die er gebaut hatte, diese Tunnel … sie regten die Phantasie an. Sie waren echte Monumente: elegant und funktionell.

In letzter Zeit hatte sich in Chesters Kopf ein ähnlicher Gedanke geregt: Er begann das Kabel als Monument zu betrachten. Es war seltsam, dieses simple Gebilde aus Kupfer, Guttapercha, Hanf und Teer auf dem Meeresgrund ein Monument zu nennen, aber die Vorstellung wollte sich nicht vertreiben lassen. Chester hatte das Atlantikkabel oft als technische Herausforderung gesehen, auch als Weg zum Wohlstand, aber jetzt gestattete er sich – sehr behutsam, um sich nicht des Hochmuts schuldig zu machen – die Vision, das Kabel könne ihm selbst Bedeutung verleihen. Er wusste nicht genau, welcher Natur diese Bedeutung sein würde, also kultivierte er lediglich ein inneres Gefühl, eine Art warmes optimistisches Leuchten, das er sich sorgsam einzuteilen vornahm, bis er des Erfolgs der Unternehmung sicherer sein konnte.

Es gab noch viel zu tun, bevor er in See stechen konnte. Eine Woche lang hastete er ruhelos durchs Land, um die letzten

Vorbereitungen zu treffen. Spude hatte sich seiner Abreise entgegengestellt: Das Phantasmagorium war ständig ausverkauft, und er wollte die Vorstellung nicht schließen; aber Chester erinnerte ihn daran, dass das Phantasmagorium dem höheren Ziel des Kabels untergeordnet war und dass der Monat des endgültigen Aufbruchs – Juni – unerbittlich näher rückte.

Chester war von Plymouth, wo das unbenutzte Kabel der letztjährigen Expedition lagerte, nach Birkenhead gereist, das gegenüber von Liverpool an der Mündung des Mersey lag. Hier besichtigte er die Fabrik, in der das fehlende Stück Kabel hergestellt wurde. Dieses neue Kabel war inzwischen fertig und entsprach den Anforderungen. Es war zum Testen der Isolierung in zwei Meilen langen Abschnitten in einem nahe liegenden Kanal versenkt und dann auf Trommeln gerollt worden, um schließlich verspleißt und an Bord der Schiffe verladen zu werden.

Das Syndikat hatte von der amerikanischen Marine die Dampffregatte *Niagara* und von der britischen Marine ein altes aus Holz gebautes Kriegsschiff, die *Agamemnon*, zur Verfügung gestellt bekommen und beide Schiffe den Anforderungen entsprechend umgerüstet. Die *Niagara* nahm in Plymouth Kabel auf, die *Agamemnon* in Birkenhead. Alles lief nach Plan. Chester war in jedem der beiden Häfen einen Tag geblieben und hatte zugesehen, wie sich das zolldicke schwarze Kabel Meile für Meile vom Lagerhaus am Kai in das halbe Dutzend kreisrunder Wannen – die »Kabelringe« – schlängelte, die an Bord der Schiffe aufgestellt waren. Vierzig Männer pro Schicht arbeiteten rund um die Uhr an Deck und unten in den Laderäumen, wo sie die mächtigen Windungen um die konischen Naben legten, die sich in der Mitte der Kabelringe befanden. Eine Lage wurde »Flechte« genannt und musste von jeglichen Kinken oder Verwindungen ebenso frei sein wie von irgendwelchen Metallspänen, die die Isolierung des Kabels beschädigen könnten. Chester kroch über jeden Spant und jeden Balken, um die Zahnräder und die Vernietungen seiner Abrollvorrichtungen zu kontrollieren. Auf den Zugfahrten zwischen den Häfen ging er die Fracht- und Lieferpapiere durch, die Pläne und Zeichnungen für die Telegraphen-Stationen in Irland und auf Neufundland. Bei jedem Halt kabelte er Botschaften oder gab Briefe auf, um die Arbeiten im Gang zu halten. Das Tempo erfrischte ihn. Mit federndem Sprung bestieg oder verließ er die Züge. Auf einer Reiseetappe hatte die Eisenbahngesellschaft extra für ihn einen zusätzlichen Waggon an einen über Nacht verkehrenden Güterzug nach Glasgow gehängt. Er kam sich unermesslich bedeutend vor, und alles schien nach seinen Wünschen zu geschehen ... in Hektik, aber nach seinen Wünschen.

Alles, abgesehen von seinem Wiedersehen mit Professor Thomson in Glasgow. Dieses Treffen beunruhigte ihn immer noch. Er fand es schmeichelhaft, geradezu irritierend, dass Fragen der nationalen Herkunft ihn auf amerikanischer Seite als Chefingenieur an die Spitze des Kabelprojektes befördert hatte, während sein alter Lehrer Professor Thomson auf britischer Seite nur als Berater fungierte.

Professor Thomson war eine Autorität auf dem Gebiet der Untersee-Telegraphie, wenn man bei einem derart jungen Forschungsgebiet überhaupt schon von Autorität sprechen konnte, aber er schien sich aufrichtig darüber zu freuen, dass sein Schüler ein Projekt leitete, das sehr wahrscheinlich bereits in Kürze die Kontinente miteinander verbinden würde. Thomsons Bedenken galten einzig Dr. Edward Orange Wildman Whitehouse, der das Syndikat mit seinen Plänen und seinem Apparat dermaßen beeindruckt hatte, dass er auf britischer Seite als Chefingenieur Chester gleichgestellt worden war.

»Ich habe meine Untersuchungen noch nicht ganz abgeschlossen«, hatte Thomson leise gesagt. »Ich kann es nicht mit endgültiger Bestimmtheit sagen, aber ich glaube, er ist auf dem Holzweg.«

Chester hatte seinen Blick auf den Kiesweg geheftet, den sie entlangschritten. Der schottische Akzent des Professors klang deutlich heraus. Die rollende Art des Älteren zu sprechen hatte Chester beruhigt. Sie erinnerte ihn an seine Studentenzeit, an den Kitzel beim Verlassen Neuenglands und angesichts der Aussicht auf die Begegnung mit den größten Geistern aus Forschung und Technik. Aber auch an die verliebten Tage in Glasgow mit Franny, als sie ihr gemeinsames Leben geplant hatten. Bei diesem letzten Gedanken bildete sich ein Knoten in seiner Brust.

Da Chester nichts sagte, fuhr der Professor fort: »Ich bin manchmal beinahe vollständig davon überzeugt, dass die Hochspannungs-Induktionsspulen und der dünne Leitungskern nichts als Ärger machen werden.« Dann fügte er mit einem leisen Kichern hinzu:

199

»Ach ja … *manchmal beinahe vollständig*. Wenn das nicht eindeutig ist.«

»Aber Sie haben doch geschrieben, dass Sie von den Unterlagen, die ich Ihnen geschickt habe, beeindruckt waren«, sagte Chester. »Die Dr. Whitehouse mir gegeben hat. Ich dachte, wir waren einer Meinung, dass wir seine Ansicht teilen.«

»Waren wir auch«, sagte Professor Thomson. »Ich war beeindruckt.«

»Nun, ich vermag mir nicht vorzustellen, wie wir die Entscheidung jetzt noch rückgängig machen können. Wir stechen Mitte Juni in See. Das Syndikat hat es sehr eilig. Wir benutzen zur Hälfte das Kabel vom letzten Jahr, das nach Dr. Whitehouses Berechnungen angefertigt wurde. Nachdem Sie zugestimmt hatten, habe ich noch einmal die gleiche Menge Kabel in derselben Machart herstellen lassen. Ich kann jetzt nicht plötzlich Kabel mit stärkerem Kern aus dem Hut zaubern. Ich habe kaum noch Zeit, meine Sachen zu packen, bevor wir losfahren …« Die Sätze waren aus seinem Mund gepurzelt; ein Anzeichen leichter Panik musste sich dem Professor mitgeteilt haben. Er versuchte Chester zu beruhigen.

»Dr. Whitehouse hat Messergebnisse, die seine Hypothese bestätigen«, sagt er. »Er hat sie gut dokumentiert. Es war klug von Ihnen, sie zu akzeptieren. Und auch von mir.«

»Aber Sie sagten doch gerade, er sei vielleicht auf dem Holzweg.«

Vor Chesters geistigem Augen tauchte plötzlich Dr. Whitehouse auf, wie er im Bardolph mit fast wollüstiger Hingabe seinem Wettspiel verfallen war. Vom technischen Gerät dieses Mannes hing das ganze Unternehmen ab, mit ihm war Chester auf Gedeih und Verderb verbunden. Er verspürte den starken Drang, dem Professor von dem Abend im Club zu erzählen, aber er beherrschte sich. Der Abend war in seiner Erinnerung untrennbar mit Frau Lindt verschmolzen.

»Ich hätte mich weniger direkt ausdrücken sollen«, sagte Thomson. »Ich meinte eigentlich – oder ich hätte eigentlich meinen sollen –, dass ich mir immer noch wünsche, meine Theorie, mein Gesetz des umgekehrten Quadrats, möge sich als richtig erweisen. Ich wünsche mir, *Recht zu haben*. Tut das nicht jeder Wissenschaftler?«

Als Chester jetzt in seinem Abteil an das Gespräch zurückdachte, rührte ihn dieses Eingeständnis der Eitelkeit seines Mentors. Er hatte das Gefühl, Professor Thomson nun endlich gleichberechtigt gegenüberzustehen: ein brillanter Geist, der aber ebenso zu Neid und Habgier fähig war wie jeder andere Mensch. Wie er selbst. Chester schätzte Thomson dafür umso mehr; und auch er selbst stieg in seiner Selbstschätzung, weil er nunmehr erfahren und stark genug war, die Ähnlichkeit zwischen ihnen zu erkennen. Vor ein paar Jahren wäre ihm Derartiges nicht aufgefallen.

Er musste geschmunzelt oder sinnierend aus dem Fenster geblickt haben, denn als er seinen Blick zurück ins Abteil wandte, lächelte ihn die rothaarige Bankiersgattin an.

Die letzten drei Stunden (seit Leeds) teilte er das Abteil mit einem Ehepaar, das auf dem Weg war zur Taufe einer Nichte. Der Mann war ein großer, kräftiger Bankier aus Leeds; seine Frau war hübsch, und ihr blühten Sommersprossen auf Wangen und Nase. Sie hatten sich eine Stunde lang gepflegt unterhalten: Das Ehepaar hatte vom Phantasmagorium gehört, die Frau erzählte, dass ihre Schwester die Vorstellung in London gesehen und einen begeisterten Brief geschrieben habe. Die Frau warf Chester immer wieder Blicke zu, so wie er ihr, und er fragte sich, was die Schwester wohl über ihn geschrieben haben mochte.

Bald darauf hatte der Ehemann sich ins *Daily Journal* versenkt, die Ehefrau hatte ihren Kopf auf seine Schulter gebettet, und die Unterhaltung war eingeschlafen. Chester begann, über das Kabel und sein Treffen mit Professor Thomson nachzugrübeln, nicht ohne ab und zu der Bankiersgattin einen Blick zuzuwerfen, den sie jedes Mal erwiderte.

Diese Blicke stimulierten Chester, sie luden die Atmosphäre auf. Und da nunmehr seine erotische Stimmung erwacht war, schweiften seine Gedanken unumgänglich zu Katerina.

Er trug eines ihrer Taschentücher in der Jacke. Sie hatte damit gespielt, als sie zum letzten Mal miteinander in seinem Bett lagen. Sie hatte es um sein erregtes Geschlecht gebunden, es lachend ihre Standarte genannt und davor salutiert. Dann hatte sie es von seiner Erektion gelöst, es ein paar Mal durch die Luft geschwenkt und es schließlich unter der Decke verschwinden lassen, wo sie es mit ihrem Aroma tränkte. Dann gab sie es ihm mit auf die Reise.

»Komm nach Hause, bevor es seinen Duft verliert«, hatte sie gesagt. »Dann werde ich ihn wieder auffrischen.«

Nach Hause, hatte sie gesagt. Die fleischlichen Genüsse der vergangenen Tage, die berauschende Erregung beim Erkunden ihrer Körper, die einander ganz neu waren; seltsam, dass sich all dieses tatsächlich wie zu Hause anfühlte.

Nun, die Freuden des Fleisches waren sein natürlicher Lebensumstand. Sinnlichkeit lag in seinem Wesen, und wenn die Umstände es zuließen, akzeptierte er diese Tatsache. Er war zwar Ingenieur, ein Mann der Theorien und des Intellekts, aber er war auch ein Mann von ansprechendem Äußeren und wachsendem Ruhm.

Die rothaarige Frau senkte schüchtern, wie Chester glaubte, den Blick. Er genoss die zitternde Spannung, die zwischen ihnen in der Luft hing. Der Waggon schaukelte. Der Ehemann raschelte mit seiner Zeitung, blickte auf und lächelte ihnen beiden zu. Chester sah wieder aus dem Fenster, während er zugleich langsam seinen Fuß auf den der Frau zuzuschieben begann.

O Gott, und was war mit Franny? Sie hatte einen Brief geschrieben. Chester hatte von ihr hören wollen, doch als der Brief kam, trieb es ihn nur noch tiefer in die Arme von Frau Lindt. Der Brief war in jeder Hinsicht unangemessen gewesen, fand Chester. Knapp, emotionslos, die Worte berührten ihn kaum.

Es ging ihr gut. Das Haus war in Ordnung. Mrs. Tyler und sie hatten die oberen Zimmer gelüftet. *Heute jährt sich Bettys Todestag zum dritten Mal. Ich freue mich, dass Du das Geld beisammen hast, um euer Unternehmen fortzuführen …* Dann noch ein paar Einzelheiten über Wetter und Frühjahrsreparaturen. Und dann … *Ich liebe Dich, Franny.*

Das war der Inhalt des einzigen Briefes gewesen, den sie ihm geschrieben hatte. Als er ihn in London las, hatte es ihn fast zerrissen vor Schmerz angesichts des fehlenden Gefühls; dann überkam ihn Bitterkeit. Er verdiente etwas Besseres. Er erwartete nicht unbedingt Gehorsam von seiner Frau, aber er verdiente zweifellos etwas Besseres als dies. Er verdiente Begeisterung. Hoffnung. Er befand sich immerhin auf einem Kreuzzug. Er versuchte, Kontinente miteinander zu verbinden. Er versuchte, sich einen Namen zu machen, und das würde auch Franny zugute kommen, aber sie hatte nichts für ihn übrig als einen kühlen, überspannten Brief. Er wollte keine kranke Frau. Er wollte keine permanente Auseinandersetzung über ein seit drei Jahren totes Kind. Er wollte etwas anderes. Für sich. Für die ganze Welt.

Der Bankier war jetzt mit der Zeitung auf dem Schoß eingenickt. Chester berührte die rothaarige Frau noch nicht am Bein, doch plötzlich stieß sie einen kleinen Laut aus und lehnte sich, die Hand vor das Auge gepresst, zu ihm vor.

»Asche«, sagte sie.

Das Abteilfenster war einen Spalt weit geöffnet, denn es war warm, und gelegentlich flogen etwas Ruß und Asche von der Lokomotive herein.

»Au«, sagte sie. »Es tut weh.«

Ihr Ehemann schnarchte und rührte sich, wachte aber nicht auf. Chester beugte sich zu ihr, neigte sich zur Seite, zog ein Tuch aus der Jacke und reichte es ihr.

»Danke« sagte sie. »Aber ich kann nichts sehen ...«

»Vielleicht sollten wir Ihren Mann wecken?«

»Nein«, sagte sie. »Lassen wir ihn lieber schlafen.« Ihre Stimme wogte ein wenig im Dialekt der Midlands.

»Na dann«, sagte Chester. »Erlauben Sie.«

»Ja«, stimmte sie zu. »Gern. Danke.«

Chester führte das Taschentuch rasch an die Zunge, um eine Ecke zu befeuchten. Dann beugte er sich weiter vor und zog das untere Lid des schönsten grünen Auges herab, in das er je geblickt hatte. Da war die Asche, ein schwarzer Fleck, der in einer Träne schwamm. Er betupfte ihn vorsichtig, während sie seine Hand hielt, um sich abzustützen und ihre Bewegungen in Einklang mit dem Schwanken des Zuges zu bringen. Als er sich ihrem Kopf weit genug näherte, bemerkte er den Geruch. Er hatte Katerinas Taschentuch hervorgezogen. Ihr Duft stieg zwischen ihren Gesichtern auf. Chester wurde dunkelrot.

»Sie haben es erwischt«, sagte die Bankiersgattin. »Das tut gut.«

Chester wollte sich wieder zurücklehnen, aber die Frau zwinkerte mit dem Auge und hielt das Taschentuch fest. »Darf ich?«, fragte sie und nahm das Tuch an sich. Sie lehnte sich zurück und tupfte ihre Tränen ab. Er sah, dass auch sie es jetzt roch. Ihr Mann begann sich zu regen.

»Sind wir schon in Cambridge?«, knurrte er.

»Nur noch ein paar Minuten, Liebster«, antwortete seine Frau, und nachdem sie kurz nach ihrem Mann gesehen hatte, schaute sie Chester in die Augen. Auch sie war errötet, allerdings nicht halb so sehr wie Chester, und ihr wich das Blut schnell wieder aus den Wangen, während sie Chester mit gebieterischer Neugier betrachtete. Er starrte aus dem Fenster und fühlte sich ein wenig beschämt, aber auch verrucht und erregt. Als der Zug vor der Einfahrt nach Cambridge abbremste, erwachte der Bankier vollends und packte seine und die Sachen seiner Frau zusammen. Der Zug hielt, der Schaffner öffnete die Türen und stellte draußen auf dem Bahnsteig hölzerne Trittstufen davor. Chester erhob sich, um sich von dem Ehepaar zu verabschieden.

Als er sich wieder setzte und der Zug losfuhr, sah er auf dem Sitz gegenüber das Taschentuch. Es lag sehr verdreht auf dem Polster, wie der gebrochene Körper einer toten Möwe, an einer Ecke von seinem Speichel befeuchtet, und selbst aus dieser Entfernung war der schwarze Fleck zu erkennen. Er nahm das Tuch wieder an sich. Es roch jetzt nach beiden, nach Katerina und nach der parfümierten Hand der Bankiersgattin. Den Rest der Fahrt hielt er das Taschentuch in der Hand, und in Gedanken an Katerina wurde er immer gieriger, er wollte die Last der Reise und des Kabelprojektes und sogar die Last seiner Ehe für ein paar Stunden ablegen und sich in ihr verlieren. Die Erinnerung an die kokette Bankiersfrau und ihr Duft erregten ihn nur noch mehr.

Chester unterhielt sich mit solchen Gedanken, bis sie London erreichten und der Gestank der Stadt sich im Zug ausbreitete. Während seiner Reisewoche hatte er ihn ganz vergessen. Was für eine widerwärtige Begrüßung. Der Geruch der Themse trieb bis in die Vororte, bis weit über Walthamstow hinaus. Ein deutliches Zeichen, dass er wieder in London war, bereit, sich in die Fänge der Metropole zu werfen, bevor er schließlich in See stach. Chester hielt sich das Taschentuch vors Gesicht, um den grimmigen Gestank zu überdecken.

Eine Frage von Verstand und fester Hand

»Sie sehen mich glücklich«, sagte Spude, als er dem Direktor des Ägyptischen Saales die Hand schüttelte.

»Da geht es mir genauso«, erwiderte der Direktor.

Sie hatten gerade einen Vertrag über ein zweiwöchiges Engagement des Phantasmagoriums im Ägyptischen Saal unterzeichnet, mit einer Verlängerungsoption, sollte sich die Abfahrt der Kabelschiffe verzögern und Chester Ludlow in London bleiben. (Spude hatte diesen Zusatz noch nicht mit Chester besprochen, aber er machte sich deswegen keine Sorgen.)

Der Ägyptische Saal war Londons erste Adresse für Dioramen, Tableaus und Panoramen. Gerade lief eine Vorführung aus, die Franklins verschollene Arktis-Expedition zum Thema hatte und die in Zukunft in Amerika zu sehen sein sollte. Der Direktor konnte Spude für zwei Wochen beherbergen; er war sogar sehr daran interessiert, diese neueste und atemberaubende Produktion in seinem Saal zu präsentieren.

»Ich muss zwar der Hottentotten-Venus absagen, die ich ein zweites Mal gebucht hatte«, sagte er zu Spude, »aber Sie sind mir tausendmal lieber. Die Absage wird mich ein bisschen was kosten, aber das ist die Sache wert.«

Was Spude anging, so boten allein diese zwei Wochen eine großartige Gelegenheit, das Phantasmagorium einem immer größer werdenden Publikum vorzuführen. Der überwältigende Erfolg der Aufführung hatte die Anfänge in einem Spielclub längst vergessen lassen. Dennoch würden in den Ägyptischen Saal tatsächlich Zuschauer aller Klassen und Rassen kommen können, auch Familien mit Kindern.

»Wir werden mehrere Matineen pro Woche veranstalten«, sagte Spude. »Und am Abend zusätzlich eine Spätvorstellung. Das wird echte Familienunterhaltung.«

Der Direktor schnurrte zustimmend und bot Spude eine Zigarre an, die dieser auf seinem Rückweg von Piccadilly zum Hotel rauchte.

Wenn sich doch die Dauer des Engagements nur irgendwie verlängern ließe. Zwei Wochen waren so gut wie nichts, aber er wusste, dass Chester ihm kaum mehr Zeit würde schenken können. Das Spektakel sollte schließlich die Kabelexpedition ermöglichen, und die stand inzwischen kurz vor dem Aufbruch.

Spude hatte wohl bemerkt, dass sich die öffentliche Aufmerksamkeit verlagerte. Vor ein paar Wochen noch war das Phantasmagorium selbst in aller Munde gewesen; jetzt war, zumindest in den Zeitungen, immer mehr von der Verlegung des Atlantikkabels die Rede. Schaulustige fuhren am Wochenende von London nach Plymouth und sahen zu, wie das Kabel auf die *Niagara* verladen wurde. Die Zeitungsberichte überschlugen sich geradezu, wenn ein Korrespondent mit dem hinreißenden Chefingenieur Chester Ludlow gesprochen oder ihn auch nur zu Gesicht bekommen hatte. Cyrus Field und andere Syndikatsmitglieder waren auf dem Weg nach London, um bei der Abfahrt zugegen zu sein. Die Herausgeber stritten sich um das exklusive Recht, einen Berichterstatter auf die Reise mitzuschicken. Das Kabel hielt die Nation im Bann.

Spude ging langsamer. Vielleicht war doch nicht alles nur großartig. Vielleicht wurde sein Phantasmagorium schon bald ein Nebenschauplatz. Seine Stimmung schlug um. Er ging an den Läden vorüber, ohne einen Blick in die Schaufenster zu werfen, sogar ohne auch nur sein Spiegelbild eines Blickes zu würdigen. Der bedeckte Himmel kam ihm plötzlich vor wie eine zu warme Steppdecke zwischen den Dächern, und die Luft wurde stickig. Er hatte zwar gerade den Ägyptischen Saal gebucht, aber vielleicht war er *trotzdem* kein übermäßig glücklicher Mensch.

Wenn Field und die anderen Direktoriumsmitglieder einträfen, könnte Spude nicht mehr die Rolle des obersten Syndikatsvertreters spielen. Er hatte in London alle Fäden in der Hand gehabt – beim Phantasmagorium *und* beim Kabel; er hatte das Geld beschafft, die Schecks unterzeichnet, die neuen Investoren betreut. Jetzt kam der innere Kreis des Syndikats, und er, der neureiche Rinderbaron aus dem Mittelwesten, würde wieder an den Rand gedrängt.

Aber den Erfolg des Phantasmagoriums konnte ihm niemand streitig machen. Spude hatte etwas Wunderbares geschaffen. Cyrus Field war ein anständiger Mensch, auch wenn er den Mittelpunkt des inneren Kreises bildete. Er würde Spudes guter Arbeit Anerkennung zollen.

Sein Schritt wurde wieder leicht. Er zog kräftiger an seiner Zigarre. Zwei Wochen im Ägyptischen Saal. Wenn das nicht geeignet war, den Ruhm seiner Arbeit zu befestigen, was dann? Aber die Zeiten änderten sich. Wenn Spude es nicht klug anstellte, könnte das Phantasmagorium schnell aus der Mode kommen. Wenn die Schiffe erst einmal in See stachen, war die Vorführung in ihrer jetzigen Form ein alter Hut. Also beschloss Spude, ganz der tüchtige Impresario, das Programm umzustellen. Das war der Trick. Er würde die Geschichte des Kabels einfach fortschreiben, denn wenn das Projekt Erfolg hätte, wäre es ein neues Weltwunder und müsste als solches verewigt werden. Es müsste Vorträge, Bücher, Lieder und Denkmäler geben. Warum also nicht auch ein episches Panorama? Eine ganze Reihe der Szenen der jetzigen Aufführung könnten fortbestehen. Sie müssten nur ein paar neue Tableaus hinzufügen, zusätzliche Musik, und ohne Zweifel würde Lindt sich ein paar beeindruckende neue Effekte ausdenken können.

Blieb die Frage nach Ludlow. In der ganzen Aufregung um das Phantasmagorium und jetzt um die bevorstehende Expedition war Ludlow stets der strahlende Polarstern gewesen, das Zentrum der Aufmerksamkeit. Der junge Mann ging mit der Verehrung bewundernswert um. Er behielt immer das tatsächliche Ziel im Auge, den Erfolg des Atlantikkabels. Die Massen, die sich um seine Kutsche drängten, die weiblichen Bewunderer, die atemlosen Lobeshymnen in den Zeitungen, selbst das, wie Spude vermutete, kleine Techtelmechtel mit Frau Lindt lenkten ihn nicht von seinen eigentlichen Pflichten ab. Bewundernswert, dachte Spude. Wenn man diese Fähigkeit doch in Flaschen abfüllen und verkaufen könnte!

Aber er wusste, dass er Ludlow bald ans Kabel verlieren würde, und begann deshalb, über Ersatz nachzudenken. Er würde Erkundigungen über die Verpflichtungen der Brüder Booth einziehen, Edwin und John Wilkes, die berühmten amerikanischen Schauspieler. Vielleicht könnte einer der beiden als Erzähler der Vorführung einspringen. Spude rieb sich innerlich die Hände bei dem Gedanken, ein Booth könnte seine Sätze auf der Bühne sprechen. Und wenn Ludlow ersetzt wäre, würden sich vielleicht auch die Spannungen des Ehepaars Lindt in Luft auflösen.

Es war alles ausgesprochen verwickelt, dachte Spude. Aber er würde eine Lösung finden. Es war allein eine Frage von Verstand und fester Hand. Er warf die Zigarre in den Rinnstein, und nachdem sich das starke Aroma des Tabaks in seiner Nase verflüchtigt hatte, roch er sofort den Fluss.

Aber selbst das brachte ihn zum Lächeln. Erst heute Morgen, auf dem Weg zu seinem Treffen mit dem Direktor des Ägyptischen Saales, hatte er in der Zeitung gelesen, dass der Adel in diesem Jahr früher als üblich in seine Landhäuser floh, um dem Geruch zu entkommen, und dass Regierung und Parlament, um weiter am Ufer der stinkenden Themse ihren Regierungsgeschäften nachgehen zu können, die Vorhänge von Westminster in Chlorkalklösung getränkt hätten.

Das wollte Spude ebenfalls tun. Er hatte die Fässer, die Chemikalien und die Vorhänge schon bestellt. Die Vorstellungen des Phantasmagoriums würden weiterhin stattfinden, auch wenn aus der Themse der schlimmste Geruch aufstieg, den die Stadt je erlebt hatte.

Und Spude würde damit werben. Die Handzettel und Anschläge nahmen vor seinem geistigen Auge bereits Gestalt an. Neben den üblichen Übertreibungen hinsichtlich des Kabels, der Vorstellung und der Person Ludlows würde auch auf die Räumlichkeiten Bezug genommen – den Großen Ägyptischen Saal – und darauf, dass die Betreiber zum ersten Mal zum Wohle aller Gäste …

die gleichen
OLFAKTORISCHEN SCHUTZMASSNAHMEN
anwenden werden wie
DIE LENKER DES REICHES HÖCHSTSELBST
bei ihren derzeitigen
PARLAMENTSSITZUNGEN –
zum Schutz unseres Publikums
und zu seinem
WOHLERGEHEN

Das würde die Massen anlocken.

Die Stationen des Kreuzwegs
Der Geruch wurde Frau Lindt zu viel. Dass sie sich einem solch infernalischen Gestank aussetzen musste, war empörend. Er war allgegenwärtig, sogar in der nahe gelegenen Kirche, wohin man sie zum Üben auf der Orgel eingeladen hatte. Den keuchenden kleinen Pfarrer, der mit Vorliebe händeringend durch sein Gotteshaus eilte, traf beinahe der Schlag vor Freude, als er erfuhr, dass die musikalische Leiterin des Phantasmagoriums auf seiner Kirchenorgel spielen wollte. Er versicherte ihr, dass die Geruchsbelästigung in der Kirche »minimal« sei. Der Pfarrer hatte eine Aufführung im Bardolph Club besucht, weil er gern selbst sehen wollte, was seine Kirchgängerinnen derart über die Maßen begeisterte. Er war kurz vor Beginn der Vorstellung hineingehastet und hatte sich, sofort

nachdem der Vorhang gefallen war, bevor sich der Saal wieder in einen Spielclub verwandelte, aus dem Staube gemacht, um seinen Stand als Geistlicher nicht in Verruf zu bringen. Die Vorstellung allerdings war wundervoll gewesen, und dann hatte er das Glück gehabt, Frau Lindt allein draußen vor dem Bühneneingang stehen zu sehen. Er eilte zu ihr, überschüttete sie mit Komplimenten und bot ihr bei dieser Gelegenheit auch die Benutzung seiner Kirchenorgel an. Sie sei nach Plänen des deutschen Meisters Gottfried Silbermann gebaut. Vielleicht würde sie gern einmal darauf spielen?

Der Pfarrer war zu spät gekommen, um Zeuge des heimlichen Abschiedskusses zwischen Frau Lindt und Chester Ludlow zu werden. Frau Lindts Lippen zitterten noch von der Liebkosung, als der Geistliche auf sie zutrat. Chester war zum Nachtzug nach Plymouth geeilt. Das Phantasmagorium schloss für eine Woche die Pforten, während er durchs Land reiste, um die letzten Vorbereitungen für seine Kabelexpedition zu treffen, derweil die Bühne in den Ägyptischen Saal verlegt wurde. Frau Lindt sah einer Woche allein zu verbringender Nächte entgegen; jedenfalls wenn man die gelegentliche Anwesenheit ihres zunehmend zerfahrenen Gatten nicht rechnete.

Sie werde genug freie Zeit haben, sagte sie dem Pfarrer. Sie werde in seine Kirche kommen.

Und jeden Tag, wenn sie zum Spielen herkam, fand sie eine gewärmte Teekanne mit einem Teller Kekse auf einem Hocker neben der Orgel stehen. Diese Annehmlichkeit hatte zwar etwas Aufdringliches, aber der Pfarrer selbst blieb unsichtbar, und so konnte sich Katerina ganz auf ihre Musik konzentrieren. Sie wusste es zu schätzen, in einer kühlen steinernen Kirche zu sitzen, in der das Licht durch bunte Fenster auf die Tasten der Orgel fiel. Und obwohl der Pfarrer nicht ganz die Wahrheit gesagt hatte, was den Gestank betraf, so war dieser doch in der Kirche erträglicher als draußen, und die Orgel war recht annehmbar. Sie hätte diese Woche, in der sie auf Chesters Rückkehr wartete, wahrlich auf schlimmere Weise verbringen können.

Und dies war wohl auch der wahre Grund für ihre Verärgerung: Chesters Abwesenheit. Sie kannte das schon. Eine Tändelei mit einem Künstlerkollegen (so hatte es schließlich mit Joachim auch angefangen), die Spannung, das rauschhafte Stillen ihrer Lust. Und dann die erste Trennung. Im Moment der Abreise kam es ihr immer vor, als würde ihr das Herz herausgerissen. Aber diesmal war die Trennung nur vorübergehend, und es war das Warten wert. Er würde zurückkehren.

Denn Chester Ludlow, ihr amerikanischer Ingenieur, schien aus anderem Holz geschnitzt. Normalerweise fiel ihre Wahl auf Männer auf der Höhe ihres Ruhms, aber bei Chester lagen die Dinge anders. Er war noch kein gemachter Mann, er war ein Mann an der Schwelle zu Höherem. Genau deshalb zog er sie an, weil aus ihm etwas werden würde, das niemand, am wenigsten er selbst, erwartet hatte. Und Frau Lindt hatte dieses Werden vom ersten Moment an beobachtet, von ihrer ersten Begegnung an, jener Begegnung in einem Lagerhaus in Manhattan. Und wenn der Glaube an ihre prophetischen Fähigkeiten auch eitler Selbstbetrug sein mochte, so war dies ein lässlicher Fehltritt. Und wenn sie nun nicht sein Potenzial als weltberühmter Ingenieur und Verbinder der Kontinente erkannt hatte? Wenn sie nur einen attraktiven jungen Mann gesehen hatte, der ihre Begierde weckte? Wenn schon. Sie war fasziniert gewesen und hatte entsprechend gehandelt. Ihr Handeln zeigte Wirkung, ihre Aktionen führten zu absehbaren Reaktionen, und nun war er ihr Liebhaber. Einfache physikalische Gesetzmäßigkeiten. Sie war in gewissem Sinne selbst Ingenieurin. Eine Verbinderin. Der Gedanke hätte sie beinahe laut kichern lassen. Sie suchte nach einem energischen Musikstück. Sie wählte ihre Orgelbearbeitung von Rossinis Ouvertüre zu *Wilhelm Tell*.

Als sie zu spielen begann, füllte die Kirche sich mit Musik, obwohl Frau Lindt lediglich einen intensiven, aber eng begrenzten Wirbel von Tönen wahrnahm, der ihre Orgelbank umtoste. Schnell verlor sie jedes Gefühl für die Größe des Gebäudes, das von ihrem Spiel widerhallte. Sie saß inmitten einer Kugel ihrer eigenen Musik.

In der Sakristei wollte der Pfarrer gerade zu einem kontemplativen Spaziergang aufbrechen und versuchte sich zu erinnern, der wievielte Sonntag nach Trinitatis anstand und was das für seine zu schreibende Predigt bedeutete. Umgeben von Talaren und Gewändern, hielt er inne und lauschte. Was für Musik! Mochte der reguläre Organist ein schlechter Musiker und übellauniger Trinker sein, so war doch wenigstens in dieser Woche die Kirche von herrlichen Melodien erfüllt. Es würde ihn zwar eine Kleinigkeit kosten, dass der Küster jeden Tag für Frau Lindt die Blasebälge treten musste, aber das war die Sache wert.

Er lächelte und ging nach draußen, schloß leise die Tür der Sakristei hinter sich und schritt über den winzigen Friedhof, wo ihn der Geruch des Flusses beinahe zu Boden warf. Vielleicht würde ihm beim Gang durch solchen Gestank überhaupt keine Predigt einfallen. Am schmiedeeisernen Tor blieb er stehen und suchte nach seinem Taschentuch, als er einen Mann mit einem Koffer auf der Straße stehen und den Klängen lauschen sah. Hier draußen klang die Musik, als käme sie aus weiter Ferne, sie klang melancholisch, fand der Pfarrer, aber der Mann lächelte trotzdem.

Der Geistliche ging weiter, und erst als er schon fast bei der nächsten Straßenecke angelangt war, erkannte er in dem jungen Mann vor der Kirche den Erzähler des Phantasmagoriums, den Chefingenieur des Kabelprojektes. Als der Pastor sich umdrehte, war der Mann verschwunden, und so schritt er tapfer weiter voran, hinein in den städtischen Gestank.

Frau Lindt hatte vor einer besonders schwierigen Passage innegehalten. Sie wollte gerade von vorn anfangen, doch dann beschloss sie, ein eigenes Stück zu spielen. Sie hatte wieder zu komponieren begonnen. Mal nutzte sie die Orgel hier in der Kirche, mal das Klavier des Phantasmagoriums, um an ihren Stücken zu arbeiten. Und mehr als Stücke waren es auch nicht, was sie da komponierte. Sie trug die Notenblätter in ihrer Handtasche mit sich herum, nicht in einer Mappe, es waren einfach bloß Zettel mit Notizen, die sie einzig für sich gemacht hatte.

Sie spielte die Stimmen einzeln, zunächst nur die rechte Hand. Aus den mächtigen Pfeifen an der Wand des Querschiffes über dem Narthex erklangen dröhnend mehrmals dieselben acht Takte.

Die Musik durchdrang ihren Körper, befreite ihren Geist, und ihr kam in den Sinn, dass sich diese »Stücke« gut für die neuen Passagen in der Aufführung des Phantasmagoriums eigneten, über die Spude gesprochen hatte. Sie konnte sich nur schwer vorstellen, dass sie noch lange selbst für das Phantasmagorium spielen würde. Vielleicht konnte sie Spude die Begleitmusik verkaufen. Geld verdienen. Und für immer verschwinden.

Sie hatte keine Ahnung, was ihr die Zukunft bringen mochte. So, als würde sie Akkorde ausprobieren oder sich im Geist eine Melodie gefügig machen, genau so drängte sie ihre Gedanken hin zu der Vorstellung, dass sie mit Chester zusammenleben würde. Dass er berühmt würde; sie ebenso; dass sie ein großartiges Leben auf der Woge ihres Ruhms führen könnten. Was aus Joachim, dem Kabel, Chesters Frau, Spude und allen anderen lästigen Komplikationen des Augenblicks werden würde, spielte in diesen Phantasien keine Rolle. Sie dachte an Chesters lang ausgestreckten Körper, seine goldenen Haare. Sie dachte an die »Stücke«, die sie komponierte, daran, wie das Auftauchen der Musik in ihrem Kopf zusammenfiel mit dem Auftauchen ihres Verlangens nach Chester. Sie erkannte, dass er ihre Muse war. War sie auch die seine?

Sie wollte ihn wiederhaben. Was mit Chester geschehen könnte, erregte und irritierte sie zugleich. Sie fragte sich, ob der Ruhm ihm langsam zu Kopfe stieg. Vor ein paar Tagen hatte er Spude mehr oder weniger unverblümt bedeutet, dass der sich nach ihm würde richten müssen. *Er* sei das Kabelunternehmen, hatte er gesagt. Ohne ihn seien das Kabel, das Phantasmagorium, seien sie alle nichts. Und Spude hatte ihm nicht widersprochen. Es war das erste Mal, dass der aufgeblasene Zirkusdirektor klein beigegeben hatte. Das immerhin war befriedigend. Sie hatte ihren Mann hinter der Bühne leise fluchen hören, und für einen Moment hatte sie sich auf der Seite derer gesehen, die gegen Chesters überbordenden Stolz standen. *Ich bin das Unternehmen.*

Sie hörte auf zu spielen und saß gedankenverloren in der dröhnenden Stille. Dann spürte sie, dass jemand in der Kirche war. Als hätte sich der Luftdruck im Raum verändert. Oder vielleicht war der Flussgestank etwas stärker geworden, weil jemand eine Tür geöffnet hatte. Irgendetwas jedenfalls war anders. Vielleicht hatte der Küster aufgehört, die Bälge zu treten. Nein, sie hörte noch Luft in den Pfeifen. Sie zog das kleine Klingelseil, das dem Mann das Zeichen zum Aufhören gab.

Um zu sehen, wer wohl gekommen war, musste Frau Lindt aufstehen, und dabei trat sie aus Versehen auf eins der hölzernen Pedale und schickte somit einen mächtigen letzten Seufzer durch eine der Pfeifen, sodass das Kirchenschiff von einem tiefen Ton erzitterte. Sie stieß einen kleinen Schreckensschrei aus. Als der Widerhall des Tons verklungen war, hörte sie sein sanftes Lachen. Sie rutschte von der Orgelbank und sah ihn durch das Seitenschiff kommen, sah ihn die Flecken bunten Lichts durchschreiten, das durch die Glasfenster fiel. Seine goldene Brille glitzerte im Farbenspiel: Rot und Purpur und Grün, die jeweils vorherrschende Farbe der Stationen des Kreuzwegs, die auf den Fenstern dargestellt waren.

Später, im Bett, als sie die Erkenntnis genossen, dass der Gestank des Flusses nichts gegen die brackigen Aromen ihres Liebesspiels auszurichten vermochte, lachte sie und sagte, er habe auf dem Weg zu ihr alle Stationen des Kreuzwegs durchschritten. Er lachte ebenfalls und entgegnete: »Nein. Nur die Hälfte.« In jenem Seitenschiff befänden sich sieben Fenster; die anderen sieben mit den restlichen Stationen der Passion seien auf der anderen Seite.

»Ah«, sagte sie, griff nach ihm und ließ ihn in sich hineingleiten, über alle Maßen froh, ihn wieder bei sich zu haben. »Nur die Hälfte. Du hattest es leicht.«

DIE FORMULIERUNG BLIEB HÄNGEN

Die Tatsache, dass das ganze Land jetzt vom »Großen Gestank« sprach, war Jack Trace zuzuschreiben. Der Ausdruck hatte sich innerhalb eines Tages in der Stadt und binnen einer Woche im ganzen Königreich ausgebreitet, und er trat jetzt auf den Schiffen, die Londoner Zeitungen nach Übersee brachten, seinen Weg durch die Welt an. *Punch* hatte einen großen Kupferstich von Trace auf die Titelseite genommen: Ein monströses Skelett im Gewand des Todes stieg aus der Themse empor und wollte die gesamte düster schraffierte und schmutzige Stadt umarmen. Es trug eine zerfetzte Schärpe, auf der die Worte standen: »Der Große Gestank«. Die Formulierung blieb hängen.

Ein »Miasma des Unrates« hielt die Stadt im Klammergriff, so verkündete ein Politiker mit einer Wäscheklammer auf der Nase in einem von Traces Cartoons (seine weniger realistischen Zeichnungen, die eher Karikaturen glichen, wurden mit dem abwertenden Spitznamen *Cartoon* bezeichnet – vor allem von Politikern).

In einer einzigen Woche stürzten mehrere Gebäude im East End, nachdem sich in Sickergruben Methan in hoher Konzentration gebildet hatte, infolge von Explosionen ein. Fünf Kinder wurden bei den Detonationen getötet.

Trace zeichnete ein finsteres Panorama, das Anfang Juni die obere

Hälfte der Titelseite des *Despatch* füllte. Diesmal war das stinkende Skelett als riesiges, bösartiges Kindermädchen dargestellt. Das Bild zeigte, wie die üblen Lebensbedingungen Opfer unter Londons Kindern forderten: Säuglinge lagen in Krippen, die mit »Typhus«, »Cholera« und »Asphyxie« beschriftet waren; andere wurden von Gasexplosionen zerfetzt; Kinder wurden des Nachts vom Kindermädchen in Klärgruben gejagt, um Unrat zum Düngen zu sammeln. »Und wenn ihr damit fertig seid«, sagte der Schriftzug über dem Skelett, »könnt ihr weiter Schornsteine fegen!«

Quer über der ganzen abscheulichen Stadtansicht prangte ein entrolltes Banner:

»MUTTER GESTANK SORGT FÜR IHRE KLEINEN …«

(In Anspielung auf William Blake hatte Trace in winzigen Lettern »Schluchz! Schluchz!« über die Köpfe der Kinder geschrieben.)

Je höher im Frühling die Temperaturen kletterten, desto unerträglicher wurden die Umstände. Kein Wunder, dass der Adel die Stadt floh, dachte Trace. Die Oberklasse war im besten Falle apathisch, im schlimmeren Fall stellte sie sich absichtlich dumm oder reagierte aggressiv.

Die Königliche Kommission für Abwässer wurde auf einem von Traces Cartoons auf der Whitehall Street von einer niedergedrückten Bevölkerung umringt, die in Not und Verzweiflung nicht mehr ein noch aus wusste. Das Skelett – der Große Gestank – stieg wieder aus der Themse; riesig überragte es die Brücken, verdeckte hinter sich Lambeth und Borough und hing drohend über der Stadt wie die dunklen Wolken des Vesuvs über einem dem Untergang geweihten Pompeji.

»Rettet uns!«, riefen die Bürger den Kommissionsmitgliedern zu, die wie der Politiker in dem früheren Cartoon Wäscheklammern auf der Nase trugen.

Der Pfarrer der Kirche, in der Frau Lindt geübt hatte, war mit der Nase auf ein Thema gestoßen, das sich für alle seine Predigten nach Trinitatis eignete.

»… und so wird es sich zutragen, dass statt süßer Düfte ein großer Gestank herrschen wird!«, brüllte er geradezu von der Kanzel.

Seine Gemeinde schreckte auf.

»Wer eine Nase hat zu riechen, der rieche!«, rief er.

Und er predigte, wie er noch nie gepredigt hatte. Der Gestank und Traces Bilder hatten den kleinen Pfarrer elektrisiert.

Andere Kirchen folgten seinem Beispiel. Trace wiederum reagierte auf diese Aktivitäten und ließ einen kleinen Engel durch die übel riechenden Wolken über der Stadt stoßen, der eine Schrifttafel vor sich hertrug:

5. Mose 23, 12–13:
»Und du sollst außen vor dem Lager einen Ort haben, dahin du zur Noth hinausgehest.
Und du sollst ein Schäuflein haben, und wenn du dich draußen setzen willst, sollst du damit graben;
und wenn du gesessen bist, sollst du zuscharren, was von dir gegangen ist ...«

Der Große Gestank, dessen Knochengerüst inzwischen mit satanischen Hörnern und Schwanz ausgestattet war, krümmte sich vor der Heiligen Schrift zusammen. Der *Evening Despatch* wurde von Geistlichen bestürmt, die einen Abdruck dieser Zeichnung haben wollten. Trace fertigte große Banner mit seiner Zeichnung an, die im Kampf gegen die Stadtoberen in die Schlacht getragen werden sollten, weil diese, wie der kleine Pfarrer sich ausdrückte, »Däumchen drehen, während die Stadt erstickt«. Die Herausgeber schickten Laufjungen zu Traces Wohnung und baten um weitere Zeichnungen, mehr Cartoons. Sie schickten ihn zu explodierten Häusern, wo ganze Familien tot aus den Trümmern geborgen wurden, die zuvor ihre Wohnungen luftdicht »gegen die nächtlichen Dämpfe« verschlossen hatten, oder zu Klärgruben, wo Abwasserinspektoren durch den stinkenden Schlamm an die frische Luft geschleift wurden, nachdem sie infolge von Sauerstoffmangel das Bewusstsein verloren hatten.

Wenn Trace an seinen Zeichnungen arbeitete, fügte er immer häufiger minutiöse Einzelheiten hinzu, kleine Nebenszenen, die ihm vielleicht eine Erholung von der großen Arbeitslast bedeuteten. Selbst bei den realistischen Darstellungen konnte er es sich nicht verkneifen, kleine märchenhafte Figuren einzuarbeiten – Geister, Wichte, Kobolde, Dämonen –, die zwischen Wagen hockten, hinter

Gebäuden lauerten, auf Fässern saßen. Seine Bilder quollen über von Leben oder eher von Elend und Leid und Tod, und so erweckten sie den Eindruck, der Dreck von London dringe in jede Ritze, in jeden Winkel.

Die Kupferstecher ließen ihn bitten, mit solchen Eskapaden Schluss zu machen. Derart winzige Details konnten sie beim besten Willen nicht verarbeiten, und außerdem wollten sie nicht permanent gezwungen sein, solche hässlichen Kleinigkeiten darzustellen.

Sie fühlten, wie sie *selbst* schmutzig wurden, indem sie sich über ihre Platten beugten und die Höllenbilder mit kleinen Teufeln der Pestilenz füllten.

Er brauchte Erholung. Trace erkannte, dass er wieder leichtere Themen für seine Zeichnungen finden musste. Die einzige Ablenkung der Stadt, ja des ganzen Landes schien in letzter Zeit der atlantische Telegraph gewesen zu sein. Dieses Thema ließ die Menschen den Gestank um sie herum vergessen. Es waren nur noch zwei Wochen bis zur Abfahrt der Expedition.

Er ließ die Feder sinken. Beim Gedanken an den Telegraphen richtete er seinen Blick auf die gegenüberliegende Wand, wo er über einer Rolle Leinwand ein paar Zeichnungen aufgehängt hatte. Das Wandbild. Sein »Fortschritt«. Er hatte einige Studien angefertigt. Als der Große Gestank dafür sorgte, dass die Herausgeber nach ihm riefen und seine Kasse klingelte, hatte er die Beschäftigung mit dem Thema wieder aufgegeben. Doch wenn er jetzt an die Kabelexpedition dachte, wuchs in ihm der Wunsch, die Stadt in anderem Licht zu sehen, so wie er sie in seinem Wandbild gezeichnet hatte: Er wollte jene bessere, strahlende Welt zeigen. Die er zuerst unter der Themse erblickt hatte. Die als Vision in ihm aufgestiegen war, nachdem er die Schiffsschraube gehört hatte.

Seine Gedanken kehrten zu der Hure zurück, zu ihrem ironischen Blick, zu ihrem Staunen, als sie das Geräusch der Schraube vernahm, zu ihrem Auftauchen und Verschwinden an Bord der *Great Eastern*. Trace hatte ein Dutzend Mal im Tunnel nach ihr gesucht, hatte für Informationen gezahlt, aber nichts herausgefunden. Doch den Gedanken an das Bild hatte er nicht abschütteln können, und sie war untrennbar mit diesem Bild verbunden.

Er konnte die Vorstellung kaum ertragen, dass vielleicht das Wandbild, wenn er es denn fertigstellte, eine kleine Reverenz an sie sein könnte. Was für ein Unsinn. Sie war eine Hure. Sie hatte ihn verspottet, als Künstler … und als Mann.

Verdammt, sagte er sich, das war das sentimentale Gewimmer eines verzweifelten, einsamen Mannes. Er verfiel in eine Stimmung, wie er sie aus seinen Zeiten im Waisenhaus kannte. Darüber war er eigentlich längst hinaus. Immerhin hatte er jetzt etwas Erfolg und ein Einkommen als Künstler, und das linderte die Verzweiflung, wenn auch nicht die Einsamkeit.

Er trommelte mit dem Bleistift auf den Zeichentisch. Vielleicht war er als Mann immer noch wertlos. Jedenfalls war er einsam.

Es war gewiss unsinnig, sich an dem Wandbild zu versuchen. Er brauchte Inspiration, ein neues Thema.

Der Telegraph. Er stand auf. Er nahm seinen Hut. Er würde sich um die Teilnahme an der Expedition bewerben.

Trace flog die Stufen hinab und stürmte auf die Straße hinaus, um nur ja seinen neuen Schwung nicht zu verlieren, und als er über einen Haufen Unrat in der Gosse hinwegsprang, wurde er von einem Läufer umgerannt.

VERGRÖSSERT

Joachim Lindt hatte keine Ahnung, dass er den Zeichner und Gelegenheitsschreiber des *Evening Despatch* umgerannt hatte. Er konnte sich kaum erinnern, überhaupt jemanden angerempelt zu haben. Er war längst daran gewöhnt, gestoßen, geschlagen, mit Lebensmitteln, Steinen, Exkrementen beworfen zu werden, mit Fußgängern, Pferden, Karren und Straßenarbeitern zu kollidieren, von Fenstern oder Kutschböcken, sogar aus dem Inneren prächtiger Gefährte Beleidigungen nachgerufen zu bekommen; dass er beschmutzt, geprellt und gehetzt ins Hotel oder in den Bardolph Club zurückkehrte, war ganz normal. Dass er jemanden umgerannt hatte, bedeutete nichts. Das gehörte zu seiner Obsession.

Eine Zeit lang hatte er versucht auszurechnen, wie weit er jeweils gelaufen war, doch die verschlungenen Straßen Londons und seine spontanen Routen hatten sämtliche Berechnungen hinfällig gemacht. Vielleicht war es auch besser, es nicht zu wissen. Ihn interessierte nur die erleichterte Erschöpfung nach dem Laufen.

An einem besonders warmen, einem bedeckten Nachmittag,

wenige Tage nach seiner unbemerkten Kollision mit Jack Trace, als der Große Gestank seine Fühler in jedes kleine Gässchen ausstreckte, durch das er rannte, hörte er bei der Rückkehr ins Hotel Katerina spielen. Seit Tagen – und natürlich Nächten – hatten sie sich außerhalb der Vorstellungen nicht mehr gesehen.

Sie spielte auf jenem Klavier, das sie sich aufs Zimmer hatte bringen lassen. Sie klimperte halbherzig mit einer Hand, immer wieder dieselbe Reihe von Tönen – sie komponierte. Noch auf der Treppe konnte Joachim sie hören, doch als er an ihrer Tür vorbeiging, verstummte das Klavierspiel, dann setzte es wieder ein und endete kurz darauf wieder, diesmal mit einem Knall. Er verspürte einen Hauch von Befriedigung darüber, dass sie sich offenbar ärgerte.

Ein paar Augenblicke lang war nichts zu hören. Joachim neigte sein Ohr zur Tür. Er hörte das Rascheln ihrer Röcke, während sie auf dem Parkett auf und ab ging. Er öffnete seine Trachtenjacke und kicherte leise. Er würde sie noch ein wenig im eigenen Saft schmoren lassen. Er ging ins Wohnzimmer der Suite, von wo aus er die Themse sehen konnte, die sich wie ein bleierner Graben zwischen der City und Southwark erstreckte. Er war schon in seinem Zimmer und begann sich an seinem Waschtisch mit dem Schwamm abzureiben, als er bemerkte, dass die Tür zu Katerinas Zimmer offen stand. Der japanische Wandschirm hatte den Durchgang halb verdeckt. Dort stand Katerina, die in der Hitze die Ärmel bis zum Ellbogen aufgerollt hatte. Ihre Haut glänzte vom Schweiß.

Joachim lächelte.

Katerina zog eine Hand voll seidener Unterwäsche aus dem Einwickelpapier.

»Von dir?«, fragte sie.

»Ja.«

»So viel«, sagte sie, nachdem sie die Seide entfaltet hatte. Der Stoff schien so flüssig, dass er ihr durch die Finger zu rinnen drohte. »Du lässt mir kaum Zeit, die alte wenigstens einmal zu tragen, bevor du mir schon wieder neue schenkst.«

Joachim zuckte mit den Schultern und hoffte, die Unterhaltung rasch hinter sich bringen zu können.

»Ich möchte …«, sagte er, »ich möchte, dass du schöne Dinge hast. Jetzt, wo wir es uns leisten können, wo die Vorstellung erfolgreich ist, möchte ich dir solche Dinge schenken.«

Katerina nickte und murmelte ein Dankeschön. »Wir sind also erfolgreich?«, sagte sie.

Joachim trocknete sich ab und sah sich suchend im Zimmer um. Katerina nahm ein frisches Hemd aus der Kommode hinter dem Wandschirm und gab es ihm. Er entfaltete es schwungvoll, und zwischen ihnen knallte das gestärkte Leinen.

»Herr Spude sagt, der Ägyptische Saal ist am ersten Abend ausverkauft«, sagte Katerina.

»Gut.«

»Herr Spude sagt auch, dass du hart gearbeitet hast, damit alles rechtzeitig fertig wird.«

Joachim zuckte die Achseln.

»Ich hätte eigentlich erwartet, dass er sagt, du wärst die ganze Woche nur im Kreis herumgerannt. ›Wo steckt er, wenn ich ihn brauche?‹« Es gelang ihr erstaunlich gut, Spudes breiten Mittelwest-Akzent mit den harten Konsonanten nachzumachen. »Hat er aber nicht gesagt. Er hat gesagt, dass du hart gearbeitet hast.«

»Und ich hätte erwartet«, sagte Joachim, »dass er sagt, unsere musikalische Leiterin sei erschöpft infolge ihrer allzu kurzen Nächte. Dass er sagt, ihr Spiel könne vielleicht darunter leiden, dass sie andere Spielchen im Kopf habe. Leidet unser Sprecher, unser Elektriker und Projektentwickler auch an Erschöpfung?«

Katerina stockte sichtbar der Atem, aber sie erholte sich rasch und nickte lächelnd, als sei sie dankbar dafür, dass er das Gespräch in diese Richtung lenkte. Doch ihr Lächeln besagte auch, dass sie sich womöglich stur stellen und den Faden nicht aufnehmen würde.

Sie verschränkte die Arme vor der Brust. »Im Kreis herumgerannt, Joachim. Warum rennst du in der ganzen Stadt im Kreis herum? Ich frage aus reiner Neugier. War das nicht eine Vorliebe der griechischen Krieger in der Antike? Aber die waren dabei nackt, wenn ich mich nicht irre. Hast du daran schon einmal gedacht? Ich bin allerdings sehr beeindruckt von den Entfernungen, die du zurücklegst. Misst du die Entfernungen?«

Joachim knöpfte sein Hemd zu.

»Unser Erzähler-Ingenieur-Elektriker-Projektleiter ist jung und kräftig«, sagte er. »Und vielleicht verbringt er seine Mußestunden mit dir, weil ihn das noch mehr *genia*lisiert, *stimu*liert, *insp*iriert.« Joachim lief durchs Zimmer und griff jedes Wort mit den Händen aus der Luft, als würde er Früchte von den Zweigen reißen. »Vielleicht er*leucht*et und ber*eich*ert es ihn ... vielleicht ver*größ*ert es ihn gar ...«

Und als Katerina »Hör auf!« rief, konnte Joachim nicht anders als auflachen.

Er breitete in gespielter Demut die Arme aus, die offenen Manschetten flatterten, seine Hemdzipfel hingen noch aus der Hose.

»Hör auf.« Katerina war plötzlich atemlos und drohte ihm mit dem Finger. Trotz seines Ärgers musste Joachim die Zartheit ihrer Hand, die Muskeln ihres entblößten Unterarms bewundern, der vom jahrelangen Klavierspiel stark ausgebildet war. Joachim hatte die Adern und Sehnen ihrer Unterarme immer geliebt, diese Kraft, die aus der Kunst erwuchs. Er ließ die Arme herabhängen.

»Nun denn«, sagte er leise. »An dieser Stelle waren wir schon, nicht wahr? Genau an diesem Abgrund haben wir schon oft gestanden.«

Katerina sah auf ihre Hand, in der sie immer noch die Unterwäsche hielt. In ihrer Wut hatte sie den Stoff zu einem festen Knäuel zusammengeknüllt. Sie ließ es auf den Stuhl fallen wie eine Papierkugel.

»Ich denke«, fuhr Joachim fort, »wir brauchen einander nicht über den Rand zu stoßen. Was wäre damit gewonnen? Aber dennoch ... ich bin des Ausblicks müde. Und der Weg bis hierher ist immer so anstrengend.«

Sie sagte nichts, also sprach er weiter: »Lang und anstrengend. Aber es hat mir trotzdem Spaß gemacht. Die Kurven und Umwege. Dein Erfindungsreichtum.«

»Joachim ...«

»Aber was einst wie Offenheit aussah, was unsere Ehe zu etwas Besonderem machte, kommt mir heute nur noch abgeschmackt und verzweifelt vor ...«

»Ich bin nicht verzweifelt«, sagte Katerina scharf, den Blick aus dem Fenster gerichtet. »Vielleicht bist du verzweifelt, ich bin es nicht.«

»... abgeschmackt und verzweifelt.« Joachim nickte, als sei er auf der richtigen Fährte.

»Ich bin nicht verzweifelt!«, wiederholte Katerina und drehte sich abrupt um.

»Also gut. Du bist nicht verzweifelt. Aber du hast Bedürfnisse. Habe ich recht?«

Katerina murmelte: »Du darfst so nicht von mir reden. Du nicht ...«

»Du sagst es selbst, meine Liebe. ›Ich habe Bedürfnisse. Ich habe Bedürfnisse, die ... befriedigt werden müssen.‹ Ich glaube, diese Formulierung hast du das letzte Mal benutzt, als du meintest, meine Fähigkeiten infrage stellen zu müssen ... *befriedigen* ... wie abgeschmackt.«

Als wollte sie seine Worte übertönen und sich selbst ablenken, summte Katerina in ihrer Wut, ohne es recht zu merken, zwei schnelle Takte eines Musikstücks. Dann antwortete sie: »Wir *waren* schon an dieser Stelle, Joachim. Du hast recht. Wir haben das alles schon erlebt. Aber du hast in Wirklichkeit keine Angst, dass es abgeschmackt werden könnte.«

»Ich möchte nicht in einer abgeschmackten, erbärmlichen Ehe leben, Katerina. Das werde ich nicht dulden.«

»Du hast Angst vor dem Erfolg. Natürlich machst du dir Sorgen, nämlich weil wir nicht am Abgrund, sondern an einer Schwelle stehen, an der Schwelle zu etwas Großem, etwas ganz Neuem. Solchen Erfolg hast du noch nie erlebt.«

»*Du* machst es abgeschmackt.«

»Es ist wirklich komisch, Joachim. Man könnte meinen, dass du vor meinem Tun davonläufst, vor dem, was du mich nicht hindern kannst zu tun. Aber das wäre nur zum Teil richtig. Du rennst noch vor etwas anderem weg. Vor unserem Erfolg. Du hast einen Apparat erschaffen, ein Unterhaltungswerk, das die Leute als Wunder bezeichnen. Die Leute kommen in Scharen, um dein Werk zu sehen, und du rennst davon wie ein Hase.«

»Jetzt hör *du* auf.«

»Und du hast Angst. Die Aussicht von einer Schwelle herab ist etwas vollkommen anderes als alles, was du kennst, und davor schreckst du zurück.«

Joachim sah sie ausdruckslos an.

»Du hast Angst«, sagte Katerina leise, »dass meine Bedürfnisse diesmal tatsächlich ... befriedigt werden. Früher war es wirklich immer ein weiter Weg, und früher habe ich da, wo es um ... Männer ging, die Wendungen und Umwege immer mit dir geteilt. Aber diesmal hast du Angst, Joachim, weil du dich nicht auskennst, weil das Terrain neu ist, weil Ludlow neu ist und weil das, was wir – du, ich, Ludlow, sogar dieser Trottel Spude –, was wir tun, neu ist und weil es so viele Möglichkeiten gibt, dass du nicht weißt, was am Ende geschehen wird. Deshalb hast du Angst.«

Dieses eine Mal rannte Joachim nicht. Mit Katerinas Worten im Kopf ging er spazieren. Er trat langsam aus dem Hotel auf die Straße. Er ging in Richtung Theater, er war auf dem Weg zum Ägyptischen Saal beim Piccadilly, als er die Zeitung sah. Es war der *Evening Despatch*, und in der oberen linken Ecke befand sich eine komische Zeichnung.

»Wer ist der Läufer?«

stand darüber. Die Zeichnung war die karikierende Darstellung der Rückansicht eines Mannes in Trachtenjacke und auf das Pflaster klatschenden Schuhen, der eine belebte Londoner Straße entlangrannte und Fußgänger und Pferde-Omnibusse beiseite scheuchte, die sich ihm in den Weg stellten.

Es folgte eine Glosse von einem gewissen Jack Trace, in der die Leser gefragt wurden, ob sie dem »allgegenwärtigen Renner« schon einmal in der Stadt begegnet seien. Weiter hieß es, der Verfasser habe bereits auf wenige Nachfragen hin zahlreiche Berichte über »unseren quicklebendigen Mister Überall« erhalten, der manchmal gar »an mehreren Orten in London *gleichzeitig* aufzutauchen beliebe«.

»Ist er gute Fee oder böser Kobold? Ist er Unhold oder Poltergeist? Bei Letzterem handelt es sich um eine teutonische Art böswilliger Märchengestalt, und unser ›Londoner Merkur‹ scheint tatsächlich bayerische Oberbekleidung zu bevorzugen. Könnte er mit dem Föhn aus den Alpen hierher geweht worden sein? Ist er womöglich für den Großen Gestank verantwortlich? Oder ist er nichts als eine ruhelose Seele, vom Geruch des Flusses umgetrieben, die in unserer heimgesuchten Stadt nirgendwo Schutz vor den üblen Dämpfen findet?«

Joachim ließ das Blatt auf die Straße fallen, und eine Welle der Scham überspülte ihn. Auch wenn natürlich niemand um ihn herum wusste, dass dieser Artikel ihm galt, brach ihm der Schweiß aus. Schuld war die Diskrepanz zwischen der Ruhe, die beim Laufen in seinem Kopf entstand, und dem kruden Spott, der ihm aus Wort und Bild jener Titelseite entgegenschrie, die er jetzt vor sich im Dreck liegen sah.

Er fing an zu laufen.

»FAHREN SIE!«

Chesters Plan für die Kabelexpedition sah vor, dass die *Niagara* und die *Agamemnon* mit je 1200 Meilen Kabel an Bord gemeinsam bis zur Mitte des Nordatlantiks fahren sollten. Dort würden sie ihre beiden Kabelabschnitte miteinander verbinden und in entgegengesetzte Richtungen davondampfen, die *Agamemnon* gen Irland, die *Niagara* gen Neufundland. Sie würden mit Hilfe des Kabels in dauernder Verbindung bleiben können, und sobald sie sicher gelandet wären, würden sie ihre Kabelenden an die Telegraphennetze von Europa und Amerika anschließen und damit die Verbindung zwischen den Kontinenten herstellen.

Die Kabelverspleißung mitten auf dem Atlantik würde Zeit sparen und das Risiko verringern. Chester versuchte Cyrus Field, dem Vorsitzenden des Direktoriums des britisch-amerikanischen Konsortiums, das die Expedition finanzierte, die Idee schmackhaft zu machen.

»Statt dass beide Schiffe langsam nebeneinander herfahren, weil von dem einen das Kabel abrollt, um dann, wenn dieses eine Kabel zu Ende ist, das andere Kabel anzuspleißen und weiterzufahren«, erklärte Chester, »können auf diese Weise beide Schiffe rasch in die Mitte des Atlantiks gelangen, die Kabelenden werden verbunden, und dann können beide in ihre jeweiligen Richtungen aufbrechen. Ein Schiff gen Neufundland. Eins gen Irland. Schneller, sicherer, mit größerer Aussicht auf Erfolg.«

»Aber das Syndikat auf dem Festland wird ihre Fortschritte nicht verfolgen können«, wandte Field ein. »Letztes Jahr blieben die Schiffe über das Kabel, das sie selbst auslegten, laufend mit Irland in Verbindung. Dieses Jahr werden wir so lange nichts von ihnen hören, bis sie sicher gelandet sind oder der Versuch gescheitert ist.«

»Mr. Field.« Spude mischte sich ein. »Bei allem Respekt, Sir … Scheitern gehört nicht zu unserem Wortschatz.«

Field schürzte die gepflegten Lippen. »Ich bitte um Vergebung, Mr. Spude.«

Chester konnte nicht einschätzen, ob der Patrizier Field sich darüber ärgerte, mit Spude Geschäfte machen zu müssen. Cyrus Field legte stets ein untadeliges Benehmen an den Tag. Er hatte alle Beteiligten zu einem Treffen zusammengerufen, gleich nachdem er aus Amerika eingetroffen war. Sie saßen im ersten Stock des Ägyptischen Saales in dem Büro des Direktors. Vor den hohen Fenstern hing an einem Mast ein senkrechtes rotes Banner mit der Aufschrift »HEUTE ABEND PHANTASMAGORIUM!!!« Das Banner räkelte sich in einer leichten Brise, die, wie Chester an diesem Tag zum ersten Mal auffiel, keinen Gestank vom Fluss herübertrug. Ausnahmsweise wehte der Wind aus der richtigen Richtung. Dieser segensreiche Hauch trug wesentlich zu seiner Entspannung bei, und er holte tief Luft, um sodann das Wort zu ergreifen.

»Wenn ich etwas dazu sagen darf, Sir.« Er lächelte Field an. »Trotz meiner nur bescheidenen Theatererfahrung habe ich feststellen können, dass es besser ist, wenn das Publikum nicht allzu genau weiß, was hinter den Kulissen geschieht. Abgesehen von den praktischen Gründen, die für die Verspleißung in der Atlantikmitte sprechen, glaube ich ferner nicht, dass unser ›Publikum‹ jeden unserer Schritte verfolgen sollte. Vertrauen Sie mir, wir werden unser Bestes tun.«

»Schön ausgedrückt«, sagte Field. Der Schatten des wehenden Banners wischte durch den Raum. »Nachdem ich gerade erst die Ehre hatte, mich zu Ihrem Publikum zählen zu dürfen, Mr. Ludlow, muss ich sagen, dass mich Ihr Auftritt in höchstem Maße beeindruckt hat. Sie sind ein wahres Bühnentalent. Und die technischen Gründe, die Sie anführen, scheinen stichhaltig zu sein. Also dann, fahren Sie bis zur Mitte, verspleißen Sie dort.«

Spude strahlte angesichts des Kompliments für die Vorstellung, derweil Chester von Field darüber in Kenntnis gesetzt wurde, dass Field als Repräsentant der Investoren die Expedition begleiten werde.

»Da wir schon über Passagierlisten sprechen«, fuhr Field fort, »Dr. Whitehouse hat mir mitgeteilt, dass er womöglich zu krank sein wird, um die Fahrt anzutreten. Ich höre zum ersten Mal, dass er von Krankheit geplagt ist. Er hat seine Unpässlichkeit nicht näher spezifiziert. Ich möchte nicht verhehlen, dass ich angesichts der Tatsache, dass wir auf Ihre Empfehlung hin seine Induktionsspulen und Empfangsinstrumente benutzen, ernsthaft besorgt bin: Die Hälfte unserer Ingenieurkapazität wird an der Expedition nicht teilnehmen.«

Chester wurde heiß unter seinen Kleidern. Diese Bemerkung war nicht gerade ein Vertrauensbeweis; sie war eher ein Anzeichen dafür, dass es der stürmische Engländer geschafft hatte, sich als unentbehrlich darzustellen. Jetzt machte sich Field Sorgen, weil Whitehouse *nicht* mitfuhr. Während Chester kreuz und quer durch Großbritannien geeilt war, um das Unternehmen vorzubereiten, und zugleich im vermaledeiten Phantasmagorium sein Bühnentalent unter Beweis gestellt hatte – was hatte Whitehouse derweil getan? Sich offenbar hartnäckig beim Syndikatsdirektorium eingeschmeichelt, bis man ihn für den entscheidenden Mann der ganzen Expedition hielt.

»Ich werde mich mit ihm treffen, Sir«, sagte Chester.

»Gut. Und jetzt, wie schon gesagt: Fahren Sie!«

225

Kapitel 8

Andere Welten

Maine, Frühjahr 1858

Das Geisterzimmer

Otis Ludlow hatte den Versuch aufgegeben, die Techniken des *manang mansau* nachzuahmen. Er konnte sie nicht präzise genug wiederholen, und Franny besaß, wie sich herausstellte, ganz eigene ungewöhnliche Fähigkeiten.

Sie hatten im ehemaligen Arbeitszimmer ihres Vaters ein »Geisterzimmer« eingerichtet. Chesters Zeichentisch hatten sie hinausgeräumt und, obwohl sie nur nachts ans Werk gingen, schwere Vorhänge vor die Fenster gehängt. Otis verhüllte die Ölgemälde, die Küstenlandschaften und Porträts von Frannys Vorfahren zeigten.

Er erklärte Franny, dass keine anderen Orte zu sehen sein dürften und dass es keine anderen Blicke im Raum geben dürfte; nur den ihrer eigenen Augen – wie immer er ausfallen werde – in die Andere Welt.

Bettys Stoffpuppe war immer zugegen – eine zerdrückte, lächelnde, augenlose Figur mit plattem Kopf in einem Baumwollkleid. Franny hatte dieses Spielzeug ihrer Tochter ursprünglich auf deren Kopfkissen in ihrem Schlafzimmer am Ende des Korridors im ersten Stock aufbewahrt. Chester hatte im vergangenen Jahr mit wachsendem Argwohn beobachtet, wie besessen Franny von der Pflege dieses Zimmers schien, das immer gefegt war, in dem das Bett ordentlich gemacht und das Bettzeug gelüftet war, die Laken bisweilen gewechselt wurden – »damit es nicht stockig wird«, wie Franny sagte. Chester hatte Verständnis dafür vorgegeben, dass Franny

226

das Zimmer zur Bewältigung ihrer Trauer brauchte, doch schon bald hatte er begonnen, sich Sorgen zu machen. »Du *musst* nach vorn schauen«, hatte er gefordert und Mrs. Tyler befohlen, die Sachen des Mädchens einzupacken und wegzuräumen. Da fehlte noch genau ein Tag an siebzehn Monaten, die seit Bettys Tod vergangen waren – Franny hatte jeden Tag gezählt. Sie war viel zu verblüfft und viel zu sehr vom Schmerz gelähmt, um Einspruch zu erheben, und so blickte sie nur zu Boden, als Mrs. Tyler stumm um ein Zeichen von ihr flehte. Die Puppe und die Möbel wurden also fortgeräumt. Chester stürzte sich auf sein Telegraphenprojekt; Franny grübelte und konnte nichts weiter tun. Jetzt aber war die Puppe wieder ausgepackt worden, um einen neuen Zweck zu erfüllen: Otis sagte, sie sei der »spirituelle Schlüssel«, mit dem man das Tor zur Anderen Welt öffnen könnte.

Mrs. Tyler konnte sich keinen Reim auf all das machen, was um sie herum vorging. Sie war nie dabei, wenn ihre Herrin und deren Schwager ihre »Spiritualien« vollzogen, wie sie die Séancen nannte. Die beiden warteten immer, bis Mrs. Tyler ihr Tagwerk beendet hatte und nach Hause gegangen war; Franny aber berichtete freimütig über die neuesten Ereignisse.

»Otis glaubt fest an ›Stimmung und Umgebung‹. Deshalb haben wir uns auch diese kleine Kapelle im Arbeitszimmer eingerichtet. Dort ist es still und dunkel: sehr hilfreich für Geistererscheinungen«, erzählte Franny.

»Erscheinen sie denn?«, fragte Mrs. Tyler. Sie schälte am Küchentisch Kartoffeln.

»Wohl schon. Ich meine, ich *glaube*, sie kommen«, antwortete Franny. »Ich bin noch nicht sehr gut, aber Otis sagt, ich mache Fortschritte.«

»Und er ist Experte für solche Sachen?« Mrs. Tyler wollte nicht zu skeptisch, sondern vielmehr interessiert klingen, denn sie war in der Tat neugierig.

»Ja«, sagte Franny. »Er hat in Asien Erfahrungen gesammelt. Er hatte einen Lehrmeister. Er sagt, er sei vielleicht sogar durch den Äther gereist. Er hatte Visionen. Und jetzt unterweist er mich.«

»Was sehen Sie denn?«

»Nichts …«, antwortete Franny, »… noch nichts. Aber ich spüre, dass sie in der Nähe sind.«

»Sie?«

»Die Toten.«

»Sie wollen die Toten sehen? In diesem Hause?«

Franny nickte ernst. Mrs. Tyler hatte das Kartoffelmesser auf den Tisch gelegt. Sie saß in einem Block von Sonnenlicht, das durchs Küchenfenster drang, in einem strohgelb strahlenden Würfel, doch in ihrer Brust stieg ein dunkles Gefühl auf. Sie fragte sich, wo ihr Mann wohl in diesem Augenblick sei. Der Gedanke an ihn, draußen auf dem Boot, auf ruhiger See in der Mittagssonne, ließ sie vor Angst erschauern. Sie erinnerte sich an das, was sie auf der Klippe gesehen hatte, an dem Tag, an dem Betty starb. Das Kind hatte ein Kleid getragen; ein gelbes, dachte Mrs. Tyler, vielleicht auch weiß. Sie *erinnerte* es weiß, aber Erinnerung spiegelt nicht immer die Wirklichkeit. Und wo war Otis, Chesters Bruder? Er heulte und krümmte sich unter einem Heidebusch. Zwischen Onkel und Nichte lagen vielleicht fünfzig Meter Gras und niedrige Sträucher, und dahinter erstreckte sich das Meer bis nach Spanien – wie sie der kleinen Betty immer erzählt hatte –, und an jenem Tag war es ruhig gewesen, wie heute, der Ozean hatte nur leise gemurmelt. Und Franny hatte in ihrem Zimmer geschlafen, ein sommerliches Nickerchen vor dem Mittagessen. Und sie, Edwina Tyler, ging im zweiten Stock zufällig an einem Fenster vorüber und sah hinaus, wie immer in der Hoffnung, womöglich ihren Mann Gil zu entdecken, der eine seiner Hummerfallen aus dem Wasser zog. Stattdessen hatte sie die Schreie gehört. Der Mann, das Kind. Das Kind schrie schrill und durchdringend; seltsam, dass ihr der Schrei wie das Sirren eines Insekts erschienen war. Hatte sie deshalb die Hand erhoben, um dieses Insekt zu verscheuchen, bevor sie bemerkte, dass das Geräusch von unten kam? Und das schreckliche, grunzende Keuchen aus der Kehle des Mannes. Es war nur ein Augenblick; aber es war, als wäre ihr dieser Augenblick gestattet, ja vermacht worden, damit sich in ihrem Kopf ein Bild einbrennen konnte: der blaue Himmel, das Meer, die dunkelgrüne Heide, die bleichen Granitstreifen am Rand der Klippe; der Mann, auf dem Rücken liegend, zuckend; das Mädchen, das taumelt und von der Klippe stürzt … und dann ihr eigener Schrei, ein ausgestoßenes Wort – »Nein!« –, so anders als die Laute der beiden, die unkontrolliert klangen und die, wie der Arzt später erklärte, eine Begleiterscheinung ihrer Anfälle waren, aber sie hatte das Gefühl – was sie niemandem jemals erzählte –, als würden die beiden in einer Geheimsprache zueinander sprechen und als wäre vielmehr sie mit ihrem ausgerufenen Schreckenswort diejenige, die völlig unverständlich war.

»Ich kann eigentlich nicht sagen, dass ich tatsächlich etwas *gesehen* hätte«, sagte Franny. »Und Sie wissen ja – eigentlich will ich nur eins sehen.«

Mrs. Tyler nickte.

»Und das habe ich bisher nicht«, fuhr Franny fort. »Aber ich spüre ihre Nähe.«

Mrs. Tyler griff in die Schüssel mit den geschälten Kartoffeln und ließ die blassen Kugeln im Wasser kreisen. »Ich hoffe, Sie finden sie«, sagte sie.

Franny versuchte es wochenlang. Sie saß mit Otis im verhängten Zimmer, die Puppe vor sich auf einem niedrigen Tisch. Sie starrte in eine Kerzenflamme. Otis saß neben ihr, hielt ihre Hand und sprach zu ihr. Zuerst wies er sie an, sich zu entspannen, die Luft um sich herum zu spüren, ihren Geist »zu befreien«.

»Hat dir das der Medizinmann beigebracht?«

»Nicht ›Medizinmann‹. Lehrmeister.«

»Lehrmeister.«

»Er hat mich ähnlich geleitet wie ich jetzt dich«, sagte Otis.

Dann befahl er Franny, zusammen mit ihm in die Kerzenflamme zu starren und an Betty zu denken. Er forderte sie auf, sich an alles zu erinnern, was sie von dem Mädchen noch wusste.

»Sie entfernt sich immer mehr«, klagte Franny eines Abends.

»Darum sind wir ja hier«, sagte Otis. »Um das zu verhindern. Wir wollen sie wissen lassen, dass sie hier immer noch willkommen ist.«

Zweimal, nach jeweils fast zweistündiger »Geisterbeschwörung«, meinte Franny, sie habe Betty in der Nähe gespürt.

Otis schien optimistisch, beinahe erleichtert zu sein. Sie freute sich über die Hingabe, mit der er sich ihrem Vorhaben widmete, aber natürlich hatte er Betty sterben sehen und hatte nichts getan – hatte nichts tun *können*. Für ihn waren die Séancen ebenso sehr Bußübung wie Selbsterforschung. Für einen Moment durchströmte sie ein warmes Gefühl, eine Empfindung, die sie beunruhigte. Schnell konzentrierte sie sich wieder auf das Hier und Jetzt.

»Hast du Bettys Nähe auch gefühlt?«, fragte sie.

Er schüttelte den Kopf. »Aber ich bin ja auch nicht der Kontakt. Ich mag der Magnet sein, aber nicht der Kontakt: Das bist du.«

Nach drei weiteren Versuchen an drei verschiedenen Abenden, bei denen Franny jedes Mal weniger spürte, schlug Otis vor, drastischere Maßnahmen zu ergreifen.

ETWAS GESCHIEHT

Nachdem Gil am nächsten Abend, als die Sonne untergegangen und ein abnehmender Mond aus dem Meer gestiegen war, Mrs. Tyler mit seinem Wagen abgeholt hatte, bat Otis Franny ins Geisterzimmer.

»Ich werde ein Hilfsmittel einsetzen«, sagte er, nachdem sie ihre Plätze eingenommen und die Kerzen entzündet hatten.

Auf seinem Schoß lag eine kleine hölzerne Kiste, die mit Schnitzereien verziert war – rechtwinkligen und diagonalen Mustern. Otis hob den Deckel und zog einen Beutel hervor, aus dem er einige kleine lederartige Fladen nahm.

»Alkaloide«, sagte er. »Ein Pilz mit den richtigen Bestandteilen, der auf Celebes wächst und vom *manang mansau* verabreicht wird.«

»Soll ich …«, flüsterte Franny.

Er hielt bereits ihre Hand, und sie verspürte den Impuls, sie wegzuziehen. Die Sache war ihr nicht ganz geheuer.

»Nein«, sagte er. »*Ich* werde etwas von diesem Stoff nehmen, und ich hoffe, dass ich dadurch zu einer Art Blitzableiter werde. Zu deinem Blitzableiter.«

Er ließ ihre Hand los, nahm einen kleinen Mörser und zerstieß die Fladen zu Pulver, das er auf seinen Handrücken streute und durch die Nase einsog.

»Wir müssen uns beeilen«, sagte er und rückte Frannys Stuhl dem seinen genau gegenüber. Die Puppe und eine Kerze stellte er auf den kleinen Tisch zwischen ihnen. Alle anderen Kerzen im Zimmer blies er aus, dann nahm er ihre beiden Hände in die seinen.

»Sieh mir ins Gesicht«, sagte er, »aber stell dir vor, du würdest durch mich hindurchblicken. Befiehl deinen Augen, etwas jenseits von mir zu fixieren.«

Franny versuchte es. Im Schein der Kerze hatten sich Otis' Gesichtszüge verändert. Seine Wangen wirkten eingefallen, seine blauen

230

Augen stechend. Seine Stirnlocke schien den Glanz wiedergewonnen zu haben, den sie in der Südsee verloren hatte. Franny streifte der Gedanke, dass ihr Schwager attraktiv sei, und sie stellte sich vor, wieder auf der Bühne zu stehen, im Rampenlicht mit ihm, einem gut aussehenden Hauptdarsteller, mit dem sie eine skandalöse Affäre hatte, in den sie sich verliebte.

»Konzentriere dich«, sagte er leise, und sie errötete, denn sie befürchtete, er habe vielleicht ihre Gedanken gelesen.

»Konzentriere dich nicht auf mich, sondern auf etwas jenseits von mir. Stell dir vor, du könntest durch mich hindurch hinter meinen Kopf sehen.«

»Ist gut.«

»Lass dich nicht ablenken, wenn etwas mit meinem Gesicht geschieht.«

Ein Anflug von Furcht durchzuckte sie: Was meinte er damit … Etwa das unschickliche Bild, das sie gerade heraufbeschworen hatte? Konnte er ihre Gedanken erraten? Was waren Alkaloide?

»Was fühlst du?«, flüsterte sie.

»Das erzähle ich dir später. Es ist im Moment nicht wichtig. Konzentriere dich auf Betty.«

Ein Schauer fuhr durch seinen Körper, und seine Hände begannen zu zittern. Sein Atem ging schneller. Die Alkaloide – was sie auch waren – zeigten offenbar Wirkung. Sie fürchtete, sie könnten womöglich einen seiner Anfälle auslösen, und wusste nicht, was sie tun sollte. Sie verspürte plötzlich den Drang, sich ihm zu entziehen, doch als ihr der Gedanke durch den Kopf schoss, verstärkte Otis seinen Griff, was sie verstörte. Seine Augen zeigten eine seltsame Mischung aus Starren und Flehen. Es schien ihr, als baumele er an einer Klippe oder einem Felsvorsprung.

Sie konzentrierte sich ganz darauf, durch ihn hindurchzusehen, wie er es angeordnet hatte. Er war der Lehrmeister. Sie fokussierte ihren Blick etwa einen Meter hinter seinem Kopf. Die düsteren Umrisse des Raumes begannen sich im Schatten zu dehnen und zu beugen, als seien sie gemalte Kulissen, die von einem konkaven Spiegel reflektiert wurden, in dessen Mittelpunkt Otis' Kopf schwebte.

Er begann zu summen. Sein Griff war fest, und einen Augenblick lang gestattete sich Franny, auf sein Gesicht zu schauen. Seine Augen waren weder geschlossen noch richtig geöffnet. In seinem gesunden Auge war die Pupille zurückgerollt, doch das Glasauge schaute unter seinem halb geschlossenen Lid hervor wie ein Gefangener durch den Spalt unter seiner Zellentür. Sie erschrak und zuckte zurück.

»Konzentriere dich!« Das war Otis' Stimme, doch sein Mund schien sich nicht zu bewegen; seine Worte schienen ihren Ursprung einen Meter hinter ihr zu haben. Sie wollte sich umdrehen, doch sie wagte es nicht.

Die Kerze flackerte wild, und wieder zuckte Franny zusammen. Otis hielt sie fest. Sie sah hinunter auf den Tisch, sah die Puppe … sie saß zur Seite gelehnt, in geradezu herausfordernder Haltung, das augenlose Gesicht lächelte zu ihr empor, und im Flackern der Kerze sah es so aus, als hätte sie ihre Augen noch, als würde sie schauen können, und Franny hatte das Gefühl, die Puppe würde sie ansehen, mit beinahe strahlenden Augen, und sie zur Konzentration anhalten. Die konvexen Schatten und Formen der vertäfelten Wände, die verhängten Gemälde, der umbaute Kamin, der in ihrem Augenwinkel wie ein verzerrt gähnender Höhleneingang wirkte, alles begann sich zu drehen, als sei es Teil eines Zahnradgetriebes, das einige Stufen weiter vorwärts klickte und dann einrastete. Hatte der Raum sich geneigt?

Otis summte leise und monoton, beinahe beruhigend. Seine Augen waren jetzt geschlossen. Sein Atem ging schnell, aber regelmäßig. In ihrer Vorstellung hing er jetzt nicht mehr über einem Abgrund, sondern schwebte wie ein Drachen oder ein Ballon im leichten Aufwind, während sie ihn am Boden hielt. Ihre Hände hoben sich sogar ein wenig.

Sie ermahnte sich, durch ihn hindurchzusehen, ins Jenseitige zu blicken, sich zu konzentrieren. Sie sprach zu sich selbst, doch in ihrem Kopf schien seine Stimme zu erklingen.

Und dann gesellte sich zu dem Summen in ihren Ohren eine feinere, höhere Stimme.

Franny konzentrierte sich, schaute genauer hin, schaute durch Otis hindurch, um ihn herum, über ihn hinweg.

Denn sie sah ein Licht. Zuerst nur schwach, pulsierend, formlos, doch jedes Mal, wenn sie ihre Augen entspannte und den Blick ein wenig abwandte, gewann es an Klarheit.

Da war etwas.

Sie stellte fest, dass sie es besser sehen konnte, wenn sie es nicht direkt anschaute; wie es Chester sie, als sie frisch verliebt gewesen waren, anhand der Sternbilder gelehrt hatte. Sieht man die Plejaden direkt an, so scheinen sie zu verschwimmen. Schaut man etwas beiseite, dann blinken die sieben winzigen Sterne allein für den Betrachter. Entdecken durch Entfernen.

Sie wandte den Blick nur ein wenig vom Leuchten hinter Otis' Kopf ab und erkannte ohne Zweifel das Antlitz ihrer Tochter. Bettys Gesicht schwebte direkt über Otis' rechter Schulter. Von einem schwachen, bleichen Glimmen darunter abgesehen, hing es körperlos in der Luft.

»Mein Gott«, flüsterte Franny.

Otis summte weiter.

Das Gesicht schwebte etwas nach links, dann ein wenig nach rechts. Das ektoplasmische Glimmen, das der Körper des Kindes hätte sein können, pulsierte.

Otis saß steif auf seinem Stuhl. Franny wagte nicht, ihn direkt anzusehen, weil sie fürchtete, Bettys Bild – sie war es zweifellos – würde verschwinden.

Bald – wie lange es dauerte, ließ sich beim besten Willen nicht einschätzen – hatte sie Gestalt angenommen, war ganz Betty, wenn auch durchsichtig und leuchtend.

Franny wollte unbedingt sprechen. Sollte sie? Würde ein Laut die Illusion zerstören? Aber dies war keine Illusion. Dies war Betty.

»Betty!«, flüsterte Franny.

Otis hatte aufgehört zu summen. Es war still. Sogar das Rauschen des Meeres jenseits der Klippen – in Willing Mind sonst ein permanentes Hintergrundgeräusch – war verstummt. Die Welt hielt den Atem an. Hatte die Schiffsuhr auf dem Kaminsims aufgehört zu ticken? Franny hätte es schwören können. Sie war davon überzeugt, dass in diesem Augenblick die ganze Welt stillstand, alle Bewegung aufgehört hatte und dass sie und diese Gestalt, dieser Umriss ihrer Tochter, die einzigen lebenden Wesen darin waren.

Aber Betty lebte nicht. Und diese ihre Verkörperung, was immer sie sein mochte, begann nun zu verblassen. In den letzten Momenten, in denen die Erscheinung noch sichtbar war, meinte Franny, ihre Augen klar genug wahrgenommen zu haben, um ihren Blick nicht als eine Art kindliches Erkennen zu missdeuten.

Dieser Blick berührte Franny so sehr, dass sie aufstand, Otis' Hand von ihrer gleiten spürte und nach ihrer Tochter rief. Doch diese Anstrengung, das plötzliche Aufstehen, ließ entweder das Blut aus ihrem Kopf sacken, oder es brach den Zauber, der sie umgab, oder es ließ auf andere Weise das sorgsam vorbereitete Arrangement zusammenstürzen, und auch Franny stürzte und fand sich zusammengerollt und unkontrolliert schluchzend auf dem Fußboden wieder, und dann lag sie seitlich auf dem Stuhl, Otis war neben ihr und zitterte so stark, dass das Wasser, das er ihr reichte, über den Rand des Glases und auf sein Handgelenk spritzte. Und unter dem Einfluss der Alkaloide kamen ihm die Worte nur schwer über die Lippen: »Es ist geglückt.«

Kapitel 9

BESTIMMUNGEN UND BEGEGNUNGEN

London, Frühjahr 1858

KATERINA GEHT

Am 1. Juni waren die Schiffe bereit. Das Verladen des Kabels war fast geschafft. Und obwohl Schiffe und Kabel die wichtigen Punkte auf der Liste der Vorbereitung waren, lasteten die übrigen Aufgaben schwer auf Chester. Er hatte Ingenieurakten, Vorratslisten, Ladepapiere, seine eigene Packliste ausgebreitet, und er erhielt Memoranden, die in Packen auf dem runden Tisch seines Hotelzimmers lagen. Morgens erwachte er aus unruhigem Schlaf, umrundete noch im Nachthemd mehrmals den Tisch, ging die Papiere durch, ordnete sie neu, verschob einzelne Blätter in andere Stapel. Ein kontemplatives Erwachen, ein tägliches Prüfen der Winde, bevor der Tag den Sturm brachte. Mehrmals hatte Katerina ihm von seinem Bett aus zugesehen. Doch in letzter Zeit nicht mehr, und Chester schlief, wenn er denn schlief, allein.

»Hier ist kein Platz mehr für mich«, hatte Katerina an ihrem letzten gemeinsamen Morgen gemurmelt, während sie ihre Kleider vom Boden aufsammelte.

»Was hast du gesagt?«, fragte Chester. Er beugte sich über ein Memorandum und fuhr sich mit der Hand über die Schenkel, kratzte sich.

»Genauso hast du gestern Nacht vor dem Einschlafen dagesessen«, sagte Katerina und zeigte mit dem Finger auf ihn.

Sie ist so bleich, dachte er, und ihr Anblick weckte ihn gründlicher als jedes der Papiere, die er seit dem Aufstehen in der Hand gehabt hatte.

»Der einzige Unterschied ist, dass du dich jetzt bei Sonnenschein über deine Arbeit beugst und nicht im Lampenlicht«, sagte sie.

»Tja«, entgegnete Chester und deutete auf die zahlreichen Schreiben, »es ist noch so viel zu tun. Und in zehn Tagen geht es los.«

Katerina antwortete nicht. Sie drehte ihm den Rücken zu und neigte den Kopf, während sie ihr Kleid vorn zuknöpfte. Chester spürte einen Luftzug unter seinem Nachthemd, und ein Schweißtropfen rann aus seiner Achsel zu den Rippen hinab. Er bemerkte, dass sie zitterte, vielleicht weinte sie.

Doch als sie sich zu ihm umdrehte, sah er, dass sie nicht vor Schmerz bebte, sondern vor Anspannung, vor leidenschaftlicher Entschlossenheit. Ihre Augen funkelten.

»Was glaubst du, wer ich bin?«, fragte sie mit einer Stimme, die so hart und spröde war, dass sie wahrscheinlich einen metallischen Nachgeschmack in ihrer Kehle hinterließ.

»Glaubst du etwa, ich würde kein Risiko eingehen, wenn ich zu dir komme?«

Chester stand wie angewurzelt, und sein Blick wanderte zwischen ihr und den Papierstapeln hin und her. Plötzlich wurde ihr Blick weicher; sie flehte um eine Antwort, um ein Zeichen. Ihre plötzliche Verletzlichkeit erschreckte ihn. So hatte er sie noch nie erlebt.

»Es tut mir leid«, sagte er. Er schlug die Augen nieder. Seine Füße waren genauso bleich wie Katerinas bloße Haut. Er dachte daran, wie sich ihre Körper umschlungen hatten und miteinander verschmolzen waren.

»Was sollen wir tun?«, flüsterte sie, kaum hörbar, obwohl sie nahe beieinanderstanden. »Ich möchte nicht ohne dich sein.«

»Und ich«, sagte Chester, »nicht ohne dich.«

»Ich habe einmal gesagt, ich würde mich über deinen Erfolg freuen, aber …« Ihr Blick streifte den Stapel Papiere auf dem Tisch, und ihre Stimme verebbte. »Sind welche von deiner Frau dabei?«, fragte sie und deutete mit dem Kopf auf einen Stapel von Briefen, die sich erkennbar nicht auf technische Fragen bezogen.

»Nein«, antwortete Chester.

»Wir haben noch nie über sie gesprochen«, sagte Katerina.

»Jetzt ist nicht der passende Moment«, entgegnete Chester.

»Wann dann?«

»Ich habe nichts mehr von ihr gehört«, sagte Chester. »Dieses Unternehmen, unsere Trennung ... auch schon vorher ... wir sind uns fremd geworden. Ich dachte, das hättest du bemerkt, als du bei uns zu Gast warst.«

Katerina nickte.

»Also«, sagte Chester, rieb sich die Hände übers Gesicht und schüttelte sie dann, als habe er sich gewaschen und sei nun erfrischt. »Ich bin meiner Frau fern und dir nahe. Reicht das nicht?«

Katerina schwieg.

»Ich meine«, sagte Chester, »was kann ich sonst tun?«

»Liebst du mich?«

»Katerina ...«

»Liebst du mich?«

»Ja ...«

Doch keiner von beiden ging auf den anderen zu.

»Ja ...«, murmelte Chester noch einmal und wunderte sich, dass er beinahe geschluchzt hätte. Der Krampf in seiner Brust ließ Panik in ihm aufsteigen. Er fühlte sich nackt, wie er nur im Nachthemd vor ihr stand. Was, fragte er sich verzweifelt, habe ich gesagt?

Katerina wirkte ruhig, fast amüsiert, als hätte sie ein Experiment begonnen, dessen zahllos mögliche Ergebnisse sie grenzenlos faszinierten.

»Möchtest du jetzt arbeiten?«, fragte sie.

»Nein«, sagte Chester. Dann: »Doch. Ich meine, ich fürchte, ich muss.«

»Und ich muss gehen«, sagte Katerina.

Chester sah sie fragend an, und sie antwortete: »Ich werde heute Abend nicht wiederkommen. Nicht hierher. Ich weiß, was du tun musst, und das ist in Ordnung. Aber wir mussten wenigstens darüber sprechen.«

»Ich werde ...« Chester hielt inne. »Wirst *du* ... zurückkommen?«

Katerina lächelte. Sie nahm ihren Mantel und ihre Handtasche vom Bettpfosten; Chester hielt sie an der Tür auf.

»Du wirst es schaffen«, sagte sie und legte die Hand an seine Wange.

»Wir werden es schaffen«, sagte er.

»Bis heute Abend.«

»Heute Abend?«

»Bei der Aufführung«, sagte sie, und die Tür fiel hinter ihr ins Schloss.

»Bei der *was?*«

Aber sie war fort.

Verdammt! Chester boxte in die Luft, als er sich von der Tür abwandte. Das hatte er ganz vergessen. Spude hatte die Vorstellungen des Phantasmagoriums im Ägyptischen Saal um eine weitere Woche verlängert. Katerina hatte ihm am Abend zuvor davon erzählt, doch er hatte es kaum mitbekommen, weil sie sich gerade ins Bett stürzten. Es war ihm wie ein Witz erschienen.

»Oh. Ja, sicher. Natürlich.«

Er küsste die Mulde zwischen den Sehnen ihres Halses, und sie lachte leise und dunkel. Ihre Hände steckten in seiner Hose. Sie hielt ihn. Und summte.

»Oh. Ja, sicher. Natürlich.«

Ihr spöttischer Ton war wie ein Signal, alle zivilisierten Feinheiten fahren zu lassen und sich ihrem hungrigen Verlangen hinzugeben. Chester zog, zerrte fast an ihren Kleidern; Katerina ebenso an seinen. Er küsste sie fieberhaft: ihr Gesicht, ihren Hals, Gesicht, Augen. Ihr Kleid hing ihr um die Hüften, er drückte sie aufs Bett, hielt ihre Arme über dem Kopf fest und vergrub sein Gesicht in ihren blond bewachsenen Achseln. Ein seltsames Stück Natur, das er verehrte. Ein Teil ihres Körpers, an den er hundertmal am Tag dachte.

Sie stöhnte und wand sich unter ihm. Es war ein Kampf. Sie knurrte beinahe, ihre Laute formten bisweilen das Wort »Ja«.

Nichts dergleichen hatte Chester je mit Franny oder sonst einer Frau getan. Diese kultivierte Person legte eine Freizügigkeit an den Tag, die Chester zur Raserei trieb.

Er ließ Katerinas Handgelenke los und zog ihr Kleid weiter herab, leckte an ihren Brustwarzen, an ihren Rippen, an ihrem Nabel. Sie nahm seinen Kopf in die Hände, zog ein Bein an, drückte sich an der Matratze ab, rollte sie beide herum. Nun lag sie oben und glitt an ihm herab, bis ihre Brüste seine Genitalien umschlossen. Sie rieb sich an ihm, und jetzt begann er laut zu stöhnen. Vielleicht legte sie auch selbst Hand an sich. Er konnte es nicht sehen, aber allein der Gedanke erregte ihn noch mehr. Ihre Laute mochten die Antwort auf sein Stöhnen sein, oder vielleicht lachte sie über seine süße Qual. Er wusste, dass ihm nur wenige Sekunden blieben, also ahmte er ihr Manöver nach und rollte sie beide erneut herum. Katerina keuchte, erstaunt über die Heftigkeit, mit der er ihre Beine spreizte und in sie eindrang. Er begann rhythmisch zu stoßen, und sie folgte ihm.

Als er kam, schienen die Wände rot zu erstrahlen, das Bett, die Sonne, selbst die Luft. Eine Folge pulsierender Schreie entrang sich ihren Kehlen, als er sich in sie verströmte und sie nach ihm griff und den letzten Rest an Zurückhaltung aufgab.

Als er später erschöpft neben ihr lag, am Rande des Schlafs, zog ein Gedanke an ihm vorüber. Irgendetwas über Spude. Noch eine Woche? Er glitt in einen traumlosen Schlaf.

SPUDE ÜBER SICH

»Ich werde es nicht tun!« Chester schrie beinahe.

»Aber natürlich werden Sie«, sagte Spude.

Spude aß im Bardolph Club zu Mittag; er war inzwischen Mitglied. Halb im Scherz bemerkte er, dass er daran denke, seine amerikanische Staatsbürgerschaft aufzugeben, weil England ihn so gut behandelt habe.

Chester hatte ihn hier aufgesucht und sich ihm gegenüber niedergelassen, zwischen den Topfpalmen in einer Ecke des Speisesaales, in dem auch andere Clubmitglieder aßen. Der Raum war erfüllt von Gemurmel, Geschirrklappern und einer satten Zufriedenheit.

»Wir haben noch knapp eine Woche bis zur Abreise«, sagte Chester. »Ich kann es mir nicht leisten, weiter in dieser … dieser Schau aufzutreten.«

»Sie liegen doch gut in der Zeit«, sagte Spude. »Haben Sie jedenfalls Field gesagt.«

»Was zum Teufel soll ich dem Chef meines Unternehmens wohl sonst sagen? Natürlich habe ich ihn beruhigt. Herrgott, Spude, ich brauche die Zeit.«

»Eine Vorstellung pro Abend. Eine Stunde nur.«

»Heute Abend muss ich zu Whitehouse.«

»Er wird hier sein. Weiß ich zufällig.«

»In London?«

Spude nickte. »Und zwar in diesem Gemäuer.«

»*Hier?* O Gott. Um zu spielen?«

»Na, wir kennen doch Whitehouse! Ich glaube nicht, dass er nur zum Zeitunglesen vorbeischaut. Er hat ein Zimmer genommen.«

Spude rollte mit den Augen und zeigte nach oben. Chester wusste, was er meinte: Whitehouse würde in einem der Räume sitzen, die der Club für besonders gute Kunden zu Verfügung stellte.

»Ist er nicht verheiratet?«, fragte Chester.

»Doch, ich nehme es an«, sagte Spude. »Was glauben *Sie* als verheirateter Mann?«

Spude brach in Gelächter aus, und als seine Lammkoteletts kamen, gluckste er immer noch vor sich hin. Dann nahm er einen Zweig Petersilie vom Fleisch und drehte ihn missmutig zwischen Daumen und Zeigefinger. Das Kraut entglitt seinen Fingern und fiel auf den Teppich. Spude sah auf seinen Teller.

»Lamm. Seit ich hier bin, habe ich kein anständiges Rindfleisch mehr gegessen. Passen Sie mal auf, Ludlow: Wenn Sie dieses Kabel versenkt haben, dann denken Sie sich eine Maschine aus, mit der man meine Rinderhälften frisch halten kann, und dann schicken wir den Leuten hier das beste Steak, das westlich des Mississippi zu haben ist.«

»Spude, ich kann nicht zu ihrer Vorstellung kommen. Sie scheinen das nicht verstehen zu wollen. Das Phantasmagorium ist gelaufen. Jetzt zählt nur das Kabel.«

Spudes ganzer Körper bebte, als sein Messer heftig durch das Fleisch sägte. Sein Ellbogen stieß an die Palmen, und die Blätter erzitterten, als schleiche ein Untier durchs Gebüsch.

»Mein lieber Ludlow, ich bin ein erfolgreicher Mann. Mein Aufenthalt hier bereitet mir größtes Vergnügen. Vor zwei Jahren fuhr ich ganz gut damit, Rindfleisch für Leute wie Sie an die Ostküste zu liefern. Und dann … tja, dann starb meine liebe Frau, und ich war Witwer. Was sollte ich tun? Als ich auf Geschäftsreise in New York war, führten die Götter des Schicksals mich mit Mr. Field zusammen, und die Idee eines Unterwasser-Telegraphen begeisterte mich. Ich war der erste Rinderzüchter, der den Land-Telegraphen geschäftlich genutzt hat, als Verbindung zwischen den Schlachthöfen in Chicago und meinem Schienenkopf in Omaha. Hat mich reicher gemacht als Krösus. Ein Kabel auf dem Meeresgrund? Tolle Idee. Machen wir. Holen wir uns die Leute, die es können. Holen wir uns diesen Ludlow aus Maine. Sie brauchen Geld? O je … Jedenfalls schlenderte ich auch durch die Bowery … wir wollen diskret bleiben und nicht darüber reden, was mich dorthin verschlagen hat, aber ich war Witwer und allein … Jedenfalls stieß ich auf ein Theater, in dem ein kleines Panorama aufgeführt wurde: ›Viehtrieb im Wilden Westen‹. Die Lindts hatten es auf die Bühne gestellt. Ich ging hinein. Ungeheuer raffiniert, das Ganze. War zwar lachhaft, wie sich diese Österreicher die Sache vorstellten – die Rinder liefen alle aneinandergebunden über die Bühne! Aber die Effekte … ich sage Ihnen, es war ein Schauspiel, wie Sie es sich realistischer nicht vorstellen können. Man kriegte beinahe einen wunden Hintern vom Mitreiten. Auf alle Fälle war mir sofort klar, völlig klar, dass ich diese beiden großartigen Ideen miteinander verbinden musste: den Telegraphen und das Panorama. Als der erste Versuch mit dem Kabel fehlschlug und Field erklärte, dem Syndikat gehe das Geld aus, wusste ich, dass meine Stunde geschlagen hatte. Ich gebe gern zu, dass dieser Schritt mein Leben verändert hat, Ludlow. Früher hatte ich mit Steaks Erfolg, jetzt mit Bühnenunterhaltung. Vom Rindfleisch zum Rampenlicht, könnte man sagen. Aber eins müssen Sie sich merken, Ludlow: Mein Erfolg rührt daher, dass ich mein Vieh zusammengehalten habe. Ich bin immer mit so vielen Rindern zum Viehmarkt gekommen, wie ich versprochen hatte. Und genauso werde ich es mit dieser Aufführung halten. Vergeben Sie mir, dass ich Sie mit einem Rindvieh vergleiche, aber wie ich dem ach so anständigen Yankee Mr. Field schon erklärt habe: Wir haben zwar das Geld zusammen, um das Unternehmen zu retten, aber wir sind noch lange nicht aus dem Schneider. Wir haben noch eine Woche im Ägyptischen Saal. Wenn Sie draußen auf dem Atlantik die Kabelenden verbinden und berühmt werden, dann hat diese Woche das nötige Geld dafür geliefert. So sehr sind Sie auf diese Vorstellungen angewiesen. Und ich brauche Ihnen nicht zu erzählen, wie sehr die Vorstellung auf Sie angewiesen ist. Heute Abend. Um acht.«

»Auf die Plätze«

Chester machte es also. Und der Saal war wie üblich ausverkauft. Hinter der Bühne errötete Katerina, als sie ihn sah, und warf ihm abwechselnd gebieterische, kokette und schmachtende Blicke zu.

Chester vermutete, dass er ganz ähnliche Signale aussandte. Er bekam sie nicht aus dem Kopf. Er *wollte* sie, aber er spürte auch, wie er immer tiefer in den unausweichlichen Sog der Ereignisse geriet: Tausende von Vorbereitungen – die sich ineinanderfügten wie Zuflüsse, die alle in einen Strom mündeten – die Kabelexpedition. Er wurde von ihrer Strömung getragen. Jede wache Minute verbrachte er damit, Boten, Briefe, Telegramme zu empfangen oder zu entsenden, Listen und Erläuterungen durchzugehen, Field und dem Direktorium zu versichern, dass alles nach Plan laufe. Er werde es niemals rechtzeitig schaffen, dachte er. Spude hatte zwar recht: Die Vorstellung dauerte nur eine Stunde, aber rechnete man die Anfahrt und die Zeit hinzu, die es kostete, sich einen Weg durch die unvermeidliche Menge an Gratulanten vor dem Bühneneingang zu bahnen, lief es eher auf zwei Stunden hinaus. Aber wenn es den Erfolg des ganzen Unternehmens sicherte, war das zu verschmerzen. Und immerhin konnte er eine weitere Woche in Katerinas Nähe verbringen, wenn er sie auch nur ansehen durfte.

Er wusste nicht, was geschehen würde, wenn er erst in See gestochen war. Er würde an Bord der *Niagara* mit dem amerikanischen Kabelende in Richtung Neufundland fahren. Whitehouse sollte mit der *Agamemnon* Kurs auf Irland nehmen. Aber auch das war inzwischen fraglich. Was Katerina vorhatte oder ihr Ehemann mit ihr oder Spude mit ihnen beiden, war Chester ein vollkommenes Rätsel. So vieles hätte er längst mit ihr besprechen müssen, doch jetzt zog ihn die Strömung hinaus.

»Wir müssen reden«, flüsterte er ihr an diesem Abend hinter der Bühne zu. »Weiter reden.«

Katerina saß an der Orgel. Neben ihrem Gesicht leuchtete eine kleine Tranlampe, damit sie die Notenblätter lesen konnte. Die Flamme hatte fast die gleiche Farbe wie ihr blondes Haar.

»Nicht jetzt.«

»Wann?«

»Was fragst du mich? Was gibt es überhaupt zu reden?«

»Was sollen wir denn *tun*?« Chester beugte sich über die Tasten. Katerina sah sich rasch um, denn sie wusste, dass sie jederzeit von jemandem aus der Truppe gesehen werden konnten.

»Heirate mich«, stieß sie flüsternd hervor.

»*Was?*«

»Noch fünf Minuten, bitte!«, rief der Bühnenmeister.

»Verlass deine Frau. Heirate mich.«

»Was redest du da?«

»*Das* können wir tun.«

»*Du* bist verheiratet. *Ich* bin verheiratet. Wir können doch nicht einfa…«

»Du liebst mich.«

»Ja.«

»Heirate mich.«

»Katerina, bitte …«

»Wir brennen durch.«

»Das ist doch absurd. Sei still. Sofort. So was will ich nicht hören.«

»Ich liebe dich. Du liebst mich.«

»*Du* wolltest doch nicht mehr zu mir kommen. *Du* wolltest doch bei meinem Erfolg nur noch zusehen. *Du* bist doch gegangen.«

»Ich habe nachgedacht. Heirat ist die einzige Lösung.«

»Das ist keine Lösung. Das ist Wahnsinn. Verbrecherischer Wahnsinn. Ein Verbrechen, ist dir das klar? Was ist mit deinem Mann?«

Katerina schnaubte verächtlich. »Der ist weg.«

»Nein, ist er nicht. Ich habe ihn doch gerade auf der Bühne gesehen, drüben beim Lagerfeuer der Indianer.«

»Er hat mich verlassen.«

»Aber nicht im rechtlichen Sinne … Ich kann gar nicht fassen, worüber wir hier reden.«

»Vielleicht auch im rechtlichen Sinne. Er ist der Läufer.«

»Welcher Läufer?«

»Der Londoner Läufer. Der Verrückte. Er war schon mit Bild in der Zeitung. Die Leute rennen ihm hinterher. Er hat sich zum Gespött der Stadt gemacht. Wie kann ich mit so einem verheiratet sein? Ich würde auf innere Entfremdung plädieren.«

»Du kannst auf gar nichts plädieren, du bist seine *Ehefrau*.«

»Ha!«

»Katerina, so darfst du nicht reden.«

»Auf Ihre Plätze bitte.« Die Stimme des Bühnenmeisters drang durch den Vorhang, der die Orgel verdeckte. »Auf die Plätze.«

»Ich habe darüber nachgedacht. Innere Entfremdung. Deine Frau – mein Mann.«

»Auf die Plätze.«

»Ja, danke ... Hör mal, Katerina, wir dürfen nichts überstürzen, lass uns das noch mal überdenken.«

Sie beugte sich zu ihm und lächelte maliziös. »Was du so denken nennst. Ich denke, das, was wir letzte Nacht getan haben, heißt ›ficken‹. Ist das nicht das richtige Wort? Ich denke die ganze Zeit daran. Das Wort gefällt mir. Ich denke gern daran, dass ich es mit dir tun kann. Dass wir es machen. Ficken.«

»Gott ... Katerina ...«

»Auf die Plätze, *bitte*, Mr. Ludlow.«

»Ja doch. Ich komme. Vielen Dank.«

»Ficken ...«

»Gütiger Himmel.«

Katerina wandte sich ab und eröffnete die Vorstellung mit den ersten Akkorden der Rossini-Ouvertüre.

»Ficken ...«

Chester las es im Lärm der Orgelpfeifen von ihren Lippen ab. Er taumelte auf die Bühne, das Wort im Kopf. Auch ihm gefiel es.

BLINDES VERTRAUEN

Nach der Vorstellung sprach er nicht mit ihr. An der Tür herrschte großes Gedränge – Spude nannte die Menschen »Fans«, seine Abkürzung für »fanatische Anhänger«: Sie wollten die Darsteller kennenlernen (die Neben- und Kleindarsteller, die Spude vor ein paar Wochen zum Einsatz im Phantasmagorium noch hatte abkommandieren müssen, waren jetzt die Stars des West Ends); außerdem warteten Ingenieure und technisch Interessierte, die einen Blick hinter die Bühne des Phantasmagoriums werfen und mit Joachim Lindt, seinem Erfinder, dem Londoner Läufer, reden wollten; und schließlich die Kavaliere, die von Katerina hingerissen waren. Joachim hatte auf Spudes Anordnung eine rollbare Plattform konstruiert, auf der die Orgel nach vorn ins Scheinwerferlicht geschoben werden konnte, sodass Katerinas engelsgleiche Gestalt neben Chesters leuchtender Erscheinung erstrahlte. Und dann waren da natürlich noch die Frauen – und Männer –, die mit Chester Ludlow sprechen oder ihm die Hand schütteln wollten, den man längst in ganz London als das Genie kannte, das bald die Alte mit der Neuen Welt verbinden würde.

Chester sah, wie Joachim, Katerina und Spude von der Menge bedrängt wurden, also schlich er sich durch den Vordereingang davon. Er hatte sich von einem Bühnenarbeiter eine Mütze geborgt und tief ins Gesicht gezogen, sodass man ihn beim Verlassen des Theaters für einen Besucher von den billigen Plätzen halten konnte.

Chester musste zum Bardolph. Er hatte die Nachricht hinterlassen, dass er sofort nach der Vorstellung dorthin eilen werde. Es gab noch ein Problem mit Whitehouse. Ein paar Straßen vom Piccadilly entfernt, gelang es Chester, eine Droschke heranzuwinken. Keinen Augenblick zu früh, denn anscheinend hatte ihn jemand aus dem Publikum erkannt und eilte in seine Richtung. Chester sprang auf und rief dem Fahrer zu, er möge sich beeilen.

Kurz darauf hielt die Droschke vor der hell erleuchteten Marmorfassade des Bardolph Clubs. Als er den Kutscher bezahlte, klapperte der Eselskarren eines Straßenhändlers heran, und ein groß gewachsener Mann, dem Schweiß auf der Stirn stand, sprang herab und rief keuchend Chesters Namen.

Der Mann trug eine abgewetzte schwarze Hose, eine Weste und ein Jackett. Seine sportliche Anstrengung hatte ihn etwas derangiert. Er drückte dem Straßenhändler ein paar Münzen in die Hand und schob den Kopf des Esels zur Seite.

»Mr. Ludlow, ich muss mit Ihnen reden, Sir!«, rief der Mann über die Ohren des Esels hinweg. »He, Schluss. *Bitte!*« Er versetzte dem Tier einen Schlag, das ihn mit dem Kopf angestoßen und sein Jackett mit Speichel beschmiert hatte.

»Sir?«, meldete sich der Straßenhändler zu Wort. »Wenn Sie das Schlagen meines Tieres mir überlassen würden?«

»Tut mir leid.« Der Mann steckte dem bärtigen Eselstreiber noch ein paar Münzen zu.

Nachdem der Droschkenkutscher und der Straßenhändler bezahlt worden waren, rollte die Droschke würdevoll davon, während der Eselskarren laut polternd einen Halbkreis beschrieb und sich dann lärmend auf den Rückweg nach Piccadilly machte. Die beiden Männer blieben allein vor dem Bardolph zurück.

»Jack Trace«, sagte der beleibte Mann und streckte die Hand aus. »Ich habe mir heute Ihre Vorstellung angesehen, Mr. Ludlow. Ich habe sie schon mehrmals angeschaut, weil sie mir so gut gefällt. Eine wirklich erstklassige Illusion.«

Chester schüttelte die dargebotene Hand. »Vielen Dank«, sagte er. Irgendetwas an diesem riesigen Kerl faszinierte ihn. Die Augen, die ein wenig zu eng zusammenstanden, die dichten kastanienbraunen Haare, die sich wie ein Laubhaufen auf seinem Kopf türmten, und sein atemloser Auftritt gaben ihm den Anschein eines kräftigen Kindes, das gerade vom Spielen nach Hause gekommen ist. Sein Alter war schwer zu schätzen.

»Und ein ebenso erstklassiges Täuschungsmanöver, durch den Vordereingang zu verschwinden. Es war wirklich Glück, dass ich Sie erkannt habe.«

»Ja«, sagte Chester. »Und, was kann ich für Sie tun? Ich habe noch einen geschäftlichen Termin, verstehen Sie ...«, und er nickte in Richtung Bardolph.

»O ja, sicher.« Trace schien noch mehr außer Atem zu geraten, weil er nun zudem unter Zeitdruck stand. »Ich bin ... das heißt, ich arbeite für verschiedene Zeitungen, und ich habe ... ich habe eine Bitte ...«

Chester bedeutete Trace, ihn in den Club zu begleiten. Sie stiegen die Treppe zu den prunkvoll verzierten Türen des Bardolph hinauf.

»Sie müssen wissen«, hob Trace an, »ich bin in erster Linie Künstler. Ich fertige Zeichnungen und Stiche für Tageszeitungen an und schreibe ab und zu auch mal einen Artikel. Und ich weiß, oder besser: ich glaube zu wissen, dass auch Sie mit einem Künstler verwandt sind.«

Chester blieb an der Eingangstür stehen. Es war ein warmer Abend, und aus den geöffneten Fenstern des Clubs drangen Gesprächsfetzen nach draußen.

»Woher zum Teufel wissen Sie das?«

»Bloß geraten«, sagte Trace, der merkte, dass er den Nagel auf den Kopf getroffen hatte. »Eigentlich von meinem Zeichenlehrer. Der hatte eine Cousine, die einen wohlhabenden Mann geheiratet hat und nach Amerika ausgewandert ist. Sie hat ihm Bildpostkarten aus Neuengland geschickt. Die White Mountains. Er hat sie seiner Klasse gezeigt. Ich hatte zwar kein großes Interesse an Landschaftsmalerei, aber ich sah, dass diese Bilder gut waren. Ich erinnere mich an die Signatur des Künstlers: ›Ludlow‹. Als ich auf dem Handzettel zur Vorstellung las, Sie seien aus New Hampshire, habe ich einfach geraten.«

»Der Künstler war mein Vater«, sagte Chester.

»Na bitte«, sagte Trace strahlend.

Chester öffnete die Eingangstür. Einen Augenblick lang schien Trace vor dem Lärm und dem Prunk zurückzuschrecken, der ihm entgegenschlug: vor den Kronleuchtern, dem Marmor, Samt und Mahagoni, den Kerzen und Kaminen, den Herren, die sich wegen ihrer Wetten und der Spiele und wegen der Damen – oder Frauen – erregten, die an ihren Armen hingen, vor den Croupiers und den lautlosen Kellnern, vor dem Fieber des Spiels.

Dann musste er einen Satz machen, um mit Chester Schritt zu halten, der dem Majordomus zunickte und den Marmor der Eingangshalle überquerte, um zur großen Freitreppe zu gelangen. Der Majordomus begrüßte sie und fragte, ob sie zum Spielen oder zum Essen oder zu beidem kämen, und Chester antwortete leise, er sei gekommen, Dr. Whitehouse zu treffen, der sich hier in den oberen Gemächern aufhalten solle. Der Majordomus nickte. Chester bedeutete Trace, ihn nach oben zu begleiten.

»Was also ist nun Ihr Begehr, Mr. Trace?«, fragte er, als sie die breite, geschwungene Treppe emporschritten, die Trace das Gefühl gab, eher aufwärts zu schweben als zu steigen.

»Eine Erlaubnis, Sir. Ich habe sie schon weitgehend erhalten, aber Ihre Zustimmung fehlt noch.«

»Was für eine Erlaubnis?«

»Die Kabelexpedition als offizieller Begleiter zu dokumentieren.«

Während sie weiter aufstiegen, erklärte Trace, dass er Spude und Field bereits angesprochen habe, die seinem Ansinnen beide positiv gegenüberständen, aber auch beide meinten, dass er Ludlow fragen müsse.

»Nun«, sagte Chester und blieb vor einer Zimmertür stehen, »ich werde darüber nachdenken.«

»Sehr schön, Sir«, sagte Trace. »Hier haben Sie einige Kostproben meiner Arbeit.« Er drückte Chester ein Päckchen in die Hand. »Ich hoffe, Sie werden ein wohlwollendes Auge darauf werfen. Ihre Expedition verspricht ein einzigartiges Ereignis unserer Epoche zu werden. Ich bin der Ansicht, dass ihr Ablauf von einem fähigen Mann aufgezeichnet werden sollte, und ich glaube, dass ich der Richtige dafür bin.«

In diesem Augenblick öffnete Edward Orange Wildman Whitehouse die Zimmertür. Er stand mit ausgebreiteten Armen, offenem

Kragen, gelöster Krawatte, zerwühltem Haar, fliegenden Hemdschößen und, was das Erstaunlichste war, ohne Hose vor ihnen.

»Oh. Ich muss schon sagen. Sie sind gar nicht der Champagner. Ich habe Stimmen gehört. Ich dachte, es sei der Page mit dem Champagner«, sagte Wildman Whitehouse und sah von einem zum anderen.

Er fing an zu lachen, und als er seine nächsten Worte über die Schulter ins Zimmer sprach, machte er den beiden klar, dass jemand bei ihm war. »Es ist Ludlow!«, rief er mit seiner krähenden Stimme. »Und ein Freund von ihm.«

»Ich – ich wollte gerade gehen«, sagte Trace und trat einen Schritt zurück. »Entschuldigen Sie bitte.«

»Gehen?«, fragte Whitehouse.

»Mein Fehler, Whitehouse«, erklärte Chester. »Wir haben auf dem Weg hierher Geschäftliches besprochen.«

»Geschäftliches?« Whitehouse wippte ein wenig auf den Fersen.

Trace sah zu Chester, um seinen Blick zu erhaschen und seinen Abschied anzukündigen, als er in Whitehouses Zimmer eine Bewegung wahrnahm.

»Kommen Sie rein, Ludlow. Keine Angst. Kommen Sie herein. Schade, dass Sie nicht bleiben können, Sir«, sagte Whitehouse zu Trace. »Wir hatten gehofft, Sie brächten den Champagner.«

Als Whitehouse zurücktrat, um Chester hereinzulassen, war die andere Person im Zimmer zu sehen: eine Frau, die sich einen Morgenmantel überwarf und ihn zuband. Als sie damit fertig war, blickte sie auf und zeigte ein neugieriges und fein vernarbtes Gesicht – Maddy.

Trace hob unwillkürlich den rechten Arm; er wusste selbst nicht, ob er sie grüßen oder sich vor ihrem Anblick schützen wollte. Maddy sah ebenso erschrocken aus wie Trace und wollte womöglich gerade etwas sagen oder ihm ein Zeichen geben, als Whitehouse die Tür zuschlug.

»Höchst ungewöhnliche Zeit für Geschäftliches, alter Junge«, sagte er zu Chester. »Ob mit diesem Burschen oder mit mir. Sie scheinen ja rund um die Uhr zu arbeiten. Sie werden entschuldigen, dass die junge Dame und ich nur noch leicht bekleidet sind. Aber immer noch besser als in flagranti erwischt, was? Und jetzt verschwinde, Schätzchen.«

Die junge Frau lächelte Chester zu, der steif an der Tür stehen blieb. Er nahm an, dass sein Gesicht seit dem ersten Blick auf diese lasterhafte Szenerie verschiedene Rottöne durchlaufen hatte. Whitehouse sammelte seine Kleidung vom Fußboden auf, zog eine Hose an und hüllte sich in einen weiten roten Seidenmantel.

»Geschäftliches«, kicherte er. »Wir wollten auch gerade ins Geschäft kommen, nicht wahr, Kleines …«, und als die Frau langsam an ihm vorüberging, gab er ihr einen Klaps auf den Hintern und schnappte ihr nach: »Beeil dich ein bisschen.« Ihre Augen blitzten wütend auf, und mit einer überraschend schnellen Bewegung packte er ihren Oberarm. »Verschwinde«, zischte er, und sie glitt mit erstarrtem Gesicht zur Schlafzimmertür, ihre Züge versteinert in stoischem Erdulden. Chester wurde ein wenig nervös und antwortete nur zögerlich, als Whitehouse ihn nach dem Grund seines Besuches fragte.

»Nun ja, Sir«, sagte er. »Sir, gewissen Äußerungen von Mr. Spude und Mr. Field habe ich entnommen, dass Sie uns nicht auf der Kabelexpedition begleiten wollen?«

»Aahhh«, sagte Whitehouse, nickte und ließ sich in einen Sessel sinken. »Ah ja.« Er setzte ein Gesicht auf, als müsse er unvermeidliche schlechte Nachrichten überbringen, auf die er selbst leider keinerlei Einfluss hatte. »Es tut mir schrecklich leid, aber ich fürchte, meine Gesundheit lässt es einfach nicht zu.«

Chester drehte das Päckchen mit Traces Zeichnungen in den Händen.

»Es ist so«, sagte Whitehouse, »dass ich an verschiedenen Beschwerden leide, die, jede für sich, unbedeutend erscheinen mögen, die aber, zusammengenommen, eine Seereise gefährlich werden lassen oder jedenfalls so unerträglich, dass ich keinerlei wie immer gearteten Pflichten nachkommen könnte.«

»Sie sind *krank?*«, fragte Chester ungläubig.

»Kurz gesagt: ja«, entgegnete Whitehouse.

»Und was haben Sie genau, wenn ich fragen darf?«

»Ein bisschen Gicht. Ein bisschen Wassersucht. Einen Hang zu lähmender Seekrankheit …«

»Und das hier …«, Chester deutete auf das Zimmer und die Schlafzimmertür, hinter der die junge Frau verschwunden war, »das ist Ihre Behandlung?«

Whitehouse zuckte mit den Achseln, wand sich, zog den Kopf ein und nickte bußfertig, aber auch mit einem verschämten Grinsen. Offenbar gefiel er sich in der Rolle des lüsternen alten Fauns. »Behandlung«, gluckste er. »Nun ja, so könnte man es nennen. Hier sind wir ja nicht auf See. Das hier dient nur dazu, die Stimmung zu heben. Aber die Gefahren einer Seereise …« Er erschauerte übertrieben.

»Sie fahren also nicht mit.«

»Es tut mir schrecklich leid.«

»Dr. Whitehouse, wir benutzen Ihre Messinstrumente. Wir werden Ihre Induktionsspulen verwenden. Ihre Mitreise ist zwingend erforderlich.«

Chester mühte sich, seine Stimme nicht zu erheben, doch allmählich geriet er in Rage. Whitehouse reagierte seinerseits zunehmend störrisch.

»Ganz und gar nicht, alter Junge. Sie werden das gut allein schaffen. Sind Sie nicht der beste Ingenieur Amerikas?«

»Das habe ich nie behauptet.«

»Sie lassen es lediglich andere behaupten?«

»Was soll das heißen?«

»Lesen Sie nicht, was die Zeitungen über Sie schreiben? Sollten Sie vielleicht. Schadet nie. Ich bin der Ansicht, seine eigene Presse zu lesen, ist im Grunde nichts anderes, als sich selbst jeden Morgen im Spiegel zu betrachten. Man sieht sich selbst so, wie die anderen einen sehen. In Ihrem Fall fällt das öffentliche Bild höchst überschwänglich aus.«

Es dämmerte Chester, dass Whitehouse – auch wenn er als Ingenieur bloß ein Amateur war – die Lust verloren hatte, weil er nicht lediglich einer von zwei gleichberechtigten Planungsleitern Elektrik des Unternehmens sein wollte. Er hatte sich die Patente und die Verträge für die Ausrüstung gesichert, und er wollte auch den Ruhm für sich. Der hochmütige Herr Doktor fühlte sich in den Hintergrund gedrängt. Soll er doch, dachte Chester.

»Sehr schön«, sagte er. »Sie haben mein tiefstes Mitgefühl für Ihre akuten und prognostizierten Beschwerden. Wie auch meine besten Wünsche für eine schnelle Genesung. Sie scheinen sich ja bestens zu pflegen. Ich denke, ich werde mir einen anderen Planungsleiter Elektrik suchen.«

Whitehouse schüttelte den Kopf. »Nein, das werden Sie nicht. Diesen Titel werde ich behalten, ebenso wie meine Anteile am Syndikat und die Verträge über die Benutzung meiner Geräte und die Entlohnung für das Senden und Empfangen von Nachrichten. Ich bin immer noch Ihr Geschäftspartner. Jedoch nicht Ihr Begleiter auf hoher See.«

»Wie erfreulich für uns beide«, sagte Chester und wandte sich zur Tür. Als er nach seinem Hut griff, bemerkte er die junge Frau, die aus dem Schlafzimmer glitt. Whitehouse scheuchte sie mit einer Handbewegung zurück. Sie verschwand wieder.

»Bon voyage«, sagte Whitehouse, als Chester hinausging.

Im Korridor schleuderte Chester vor Wut das Päckchen mit Traces Zeichnungen auf den Teppich. Vielleicht war es tatsächlich das Beste, wenn der herrische und intrigante Whitehouse an Land blieb. Doch das hieß, dass sämtliche Berechnungen und Ingenieurpflichten an Chester hängen blieben. Sollte mitten auf dem Ozean irgendetwas schiefgehen, würde er sich mit niemandem beraten können. Er war sich nicht sicher, ob er dazu bereit war. Er brauchte Zeit zum Nachdenken, und dass Whitehouse sich seinen Verpflichtungen entzog, kam neuerlich hinzu zu den Problemen, die sich ohnehin vor Chester auftürmten und sein Selbstvertrauen zunehmend dahinschmelzen ließen.

Er bückte sich, um das Bündel wieder aufzuheben, und begegnete dabei dem Blick von Jack Trace, der ihn aus einer Nische im Korridor heraus beobachtete. Als er sich in die Deckung zurückziehen wollte, stieß Trace mit dem Rücken an die Wand.

»Sie sind immer noch hier?«, fragte Chester.

»Ja. Und Sie …?« Trace deutete auf das Bündel, das nach wie vor am Boden lag.

»Das tut mir sehr leid«, sagte Chester, richtete sich auf und strich das braune Packpapier glatt. »Geschäftliche Probleme, Sie verstehen. Ich habe die Beherrschung verloren. Das sollte keine Beurteilung Ihrer Arbeit sein. Ich hatte noch nicht einmal das Vergnügen, sie zu begutachten.«

»Wohl kaum«, sagte Trace. »Na ja, ich muss jetzt los.« Sein Mantel schleifte geräuschvoll an der Tapete entlang, als er zur Treppe eilte.

Plötzlich wurde Chester klar, dass der Mann, dieser Journalist, womöglich an der Tür gelauscht hatte.

»Guter Mann«, sagte er, »*warum* sind Sie eigentlich noch hier?«

»Na ja, das ist so …« Trace wurde verlegen und stolperte beinahe vor Schreck. »Ich – es ist leider so, dass ich bereits die Bekanntschaft von …«, und er neigte den Kopf zu Whitehouses Zimmertür.

»Passen Sie auf, Mr. Trace«, sagte Chester, »je weniger Worte wir über diese Begegnung verlieren, desto besser. Ich weiß nicht, was Sie jetzt wissen oder wen Sie bereits vorher kannten, aber ich glaube – ich mache Ihnen einen Vorschlag: Wenn Sie nun wirklich unsere Expedition dokumentieren könnten? Wenn ich Sie hiermit einstelle?« Er streckte die Hand aus. »Sie gehören zur Mannschaft. In Ordnung?«

Trace riss sich zusammen. Der Schock, Maddy am Leben zu sehen, ihr so nahe zu sein, die Verwirrung darüber, sie bei diesem backenbärtigen Mann zu treffen, dem er an Bord der *Great Eastern* zum ersten Mal begegnet war, die Demütigung, im Korridor entdeckt zu werden, all diese Ereignisse wirbelten noch in seinem Kopf herum, als er begriff, dass ihm soeben ein Angebot unterbreitet wurde. Er wusste nicht, was Ludlow wusste oder was Ludlow glaubte, das *er* wisse. Nichtsdestotrotz bot sich jetzt und hier die Gelegenheit, bei der Kabelexpedition mit von der Partie zu sein. Seine Gefühle konnte er später noch sortieren.

»In Ordnung«, sagte er und schüttelte Chesters Hand.

»Sehr schön«, sagte Chester. »Ich werde Ihnen mitteilen, wann genau wir in See stechen. Sie haben die Exklusivrechte, Bilder von unserer Fahrt anzufertigen.«

Chester nahm Traces Visitenkarte an sich, die unter dem Bindfaden steckte, der das Päckchen zusammenhielt. Die Zeichnungen gab er Trace zurück.

»Ich vertraue Ihnen sozusagen blind«, sagte er dabei. »Und Sie werden das Gleiche tun.« Er deutete zur Zimmertür. »Verstanden?«

Trace schaute die Tür an. »Blindes Vertrauen«, sagte er.

Die beiden Männer stiegen die Treppe hinab, durchquerten das Gewühl im Spielsaal und traten in die Nacht hinaus, wo sie sich verabschiedeten und in entgegengesetzte Richtungen in die dunkle Nachtluft davonschritten, die, wie Chester bemerkte, wieder ihren üblichen Gestank angenommen hatte.

Kapitel 10

ZWISCHEN AMERIKA
UND DEM UNENDLICHEN

Maine, Frühjahr 1858

DIE SPUR DER KLARHEIT

Der Vortrag hätte für Franny zu keinem glücklicheren Zeitpunkt kommen können. Nach dem Vorfall im Geisterzimmer war sie zwei Tage lang im Bett geblieben. Sie hatte sich zu schwach zum Aufstehen gefühlt und einen überwältigenden Drang nach Ruhe und Einsamkeit verspürt, als sei ihre Seele ein Trommelfell, das übermäßigem Lärm ausgesetzt worden war, das nachbebte und rauschte und nun Erholung brauchte. Sie schlief, und wenn sie erwachte, lag sie wie betäubt. Einmal, als Mrs. Tyler ihr Essen und eine Zeitung brachte in der Hoffnung, sie aus ihrer Lähmung zu befreien, erkundigte sich Franny nach Otis' Befinden; sie hatte gehofft, mit ihm sprechen zu können.

»Er ist nicht da, meine Liebe«, hatte Mrs. Tyler gesagt. »Ich habe ihn schon eine Weile nicht gesehen.«

Franny stützte sich aufs Kissen und sah sich verstört um. Mrs. Tyler drückte sie sanft zurück.

»Ich werde ihn finden. Irgendwo muss er ja stecken. Vielleicht habe ich immer gerade nach ihm geschaut, wenn er woandershin gegangen ist. Das passiert uns beiden oft.«

Aber Mrs. Tyler fand ihn nicht. Sein Zimmer schien unberührt. Mrs. Tyler vermutete, dass seine Abwesenheit etwas mit Frannys Schwäche zu tun hatte. Sie machte sich Sorgen, denn ihr kam in den Sinn, dass Franny und Otis etwas ganz und gar nicht Spirituelles verband.

253

Eine Anzeige in der Zeitung erweckte Franny wieder zum Leben. Inmitten des Textes war eine Abbildung: Eine Frau saß an einem kleinen Tisch und hielt die Hände knapp über dessen Oberfläche; auf einer Art Staffelei daneben war ein Rad mit Gegengewichten angebracht, dessen äußerer Rand mit Buchstaben beschrieben war. Das Rad schien durch ein empfindliches System von Winkeln, Scharnieren und Federn mit dem Tisch verbunden zu sein. Ein Zeiger am Mittelpunkt des Rades zeigte auf die Buchstaben wie bei einem Glücksrad. Die Überschrift lautete:

DAS SPIRITOSKOP

und darunter stand:

Der Mechanismus des Dr. Hermes beweist
die Existenz von
Geistern

In zwei Tagen sollte eine Vorführung im Seemannssaal in Portland stattfinden. Dr. Zephaniah Hermes, Spiritist und Erfinder, würde persönlich anwesend sein. Des Weiteren versprach die Anzeige, das Publikum werde einen Kontakt in die »Andere Welt« erleben; Zuschauer in anderen Städten, von Chicago über Charleston bis Boston, seien bereits Zeugen von »direkten Ansprachen von Benjamin Franklin, Emanuel Swedenborg und Plato« geworden; Portland sei als »Stadt am äußersten östlichen Rand und in erstklassiger Lage im elektromagnetischen Feld« ein wahrscheinlicher Berührungspunkt …

ZWISCHEN AMERIKA UND
DEM UNENDLICHEN!!!

Am nächsten Morgen machte sich Franny auf den Weg nach Portland. Sie musste dieser Vorführung beiwohnen, wollte sie mit den Ereignissen im Geisterzimmer vergleichen. Am Tag zuvor hatte sie in ihrem Bett begonnen, an ihrem Geisteszustand zu zweifeln. Was hatte sie wirklich gesehen? Hatte Otis die Vision durch Mesmerismus herbeigeführt oder ihre Seele sonstwie manipuliert, oder war die Erscheinung des kleinen Mädchens tatsächlich ihre Tochter gewesen?

Franny hoffte, dass Otis wohlauf war. Wenn sie zurückkam, würde sie ihn treffen und ihm alles berichten, ihm beschreiben, was sie im Geisterzimmer und bei der Vorführung des Dr. Hermes gesehen hatte.

Mrs. Tyler war verwundert über Frannys plötzliche Genesung. Franny verriet nichts über den Zweck ihrer Fahrt nach Portland, sagte nur, dass sie unbedingt dorthin müsse und Gil als Fahrer brauche. Sie zog sich rasch an, packte eine Tasche für ein oder zwei Übernachtungen und ließ ihn mit dem Wagen vorfahren.

Erst als Franny und Gil bereits auf der Straße nach Portland waren, bemerkte Mrs. Tyler die Anzeige, die am Spiegel steckte. Sie las sie aufmerksam durch. Sie stopfte das Stück Papier in ihre Schürzentasche und betastete es noch immer, als sie unter den Wacholderbüschen in der Nähe der Wäscheleine, neben dem Grabmal mit dem kleinen Stein, auf Otis Ludlow stieß, der soeben erwachte.

Er konnte ihre Frage, wie lange er dort schon gelegen habe, nicht beantworten. Er musste sie fragen, welcher Tag heute sei, und war selbst dann noch viel zu verwirrt, um die Zeit zurückzurechnen.

»Geht es Ihnen gut?«, fragte Mrs. Tyler.

Ging es ihm gut? Sein Schädel pochte. Sein Mund war trocken. Sein Speichel schien die Konsistenz von Mörtel angenommen zu haben. Sein Körper schmerzte vom langen Liegen im Tau. Er verspürte nicht nur Durst, sondern vor allem Hunger. Ging es ihm gut?

»Es geht mir gut«, murmelte er.

»Na, dann gehe ich mal«, sagte Mrs. Tyler.

Otis setzte sich auf, seine Beine gerade ausgestreckt wie ein Kind im Sandkasten. »Warten Sie!«, rief er. »Wie geht es Mrs. Ludlow?«

»Sie ist weg«, sagte Mrs. Tyler.

Otis wandte sich um und sah Mrs. Tyler Wäsche aufhängen. Die Sonne stach ihm in die Augen. Mrs. Tyler war eine rundliche Silhouette hinter einem feuchten Laken.

»Sie ist heute morgen nach Portland gefahren.«

»Nach Portland? Warum?«

»Hat sie nicht gesagt.« Mrs. Tyler dachte an die Zeitungsanzeige in ihrer Tasche. Sie war versucht, Otis zu erzählen, dass sie annahm, Franny sei zu der Vorführung von Dr. Hermes gefahren; sie war versucht, Otis zu fragen, was *er* über Geister wisse, vor allem über die Geister der ertrunkenen Verwandten einer Fischersfrau, aber sie hielt ihre Zunge im Zaum. Angesichts ihres Vorhabens war es am besten, sich zurückzuhalten.

»Ging es ihr gut?«, fragte Otis.

»Sie hatte sich genügend erholt, um das Bett zu verlassen und um sieben Uhr früh aufzubrechen.«

»War sie krank?«

»Sie war ans Bett gefesselt, wenn Sie das meinen. Krank würde ich nicht sagen. Vielleicht hätten Sie das besser einschätzen können. Sie sagte, es sei die Hitze. Sie sah sehr blass aus. Als hätte sie einen Geist gesehen.«

Mrs. Tyler versteckte sich hinter dem Laken, das sie gerade aufhängte. Über ihre letzte Bemerkung war sie selbst überrascht. Otis hatte sich wieder umgedreht, um sie anzusehen. Sie freute sich, dass sie ihn mit der Erwähnung von Geistern provoziert hatte. Wieder tastete sie nach der Anzeige.

Otis drehte sich zurück, rieb sich den Kopf, zog die Beine an und rappelte sich mühevoll auf. Die schwache Brise vom Meer wehte ihn beinahe wieder um.

Er ließ Mrs. Tyler mit der Wäsche zurück und ging zum Haus. Er erinnerte sich, dass er Franny bis zum Treppenabsatz vor ihrem Zimmer gebracht und dass sie ihm dort versichert hatte, alles sei in Ordnung. Doch etwas Besonderes umgab diesen Augenblick, als sie beide dort standen, nachdem sie gemeinsam etwas durchgemacht hatten; er noch unter dem Einfluss der Pilze und sie …? Sie hatte ihn mit einer Mischung aus Furcht, Verlangen und Verständnis angesehen, so eindringlich, dass ihm bang geworden war. Er hatte das Gefühl gehabt, in einen Abgrund zu starren, der ihn zum Sprung aufforderte. Doch als sie plötzlich aufschluchzte und in ihrem Zimmer verschwand, erwachte sein benebeltes Hirn aus der Trance, und er war ins Geisterzimmer zurückgekehrt, um nach Spuren dessen zu suchen, was Franny gesehen hatte.

Er hatte den Raum langsam umrundet, schrittweise, fast zögerlich, als spielte er Verstecken und jemand könnte ihn jeden Moment aus dem Verborgenen anspringen. Die Droge in seinem Blut ließ ihn die Welt wie durch schlecht geblasenes Glas hindurch sehen. Manches schien verschwommen, anderes überdeutlich. Fasziniert ging er im Raum umher. Er bemerkte, dass er die Stelle hinter dem Stuhl, auf dem er während der Séance gesessen hatte, die Stelle, auf die Franny gestarrt hatte, am klarsten sehen konnte. Dort schien die Luft selbst zu pulsieren, und dieses Pulsieren war wahrnehmbar sogar im schwachen Kerzenschein. Als hätte die Erscheinung eine Spur hinterlassen, welche er durch die Droge klarer sehen konnte. Der Rest der Welt schien verschattet und verwischt, doch Otis konnte die Spur des Geistes lesen. Sie führte zur Terrassentür. Er folgte ihr. Sie führte hinaus über die kleine Terrasse. Er öffnete die Tür und folgte ihr. Die Spuren führten weiter über die flache Mauer und schlängelten sich durch das Heidekraut. Otis schritt ihnen nach. Er merkte kaum, dass Wolken den abnehmenden Mond verhüllten, dass es schon spät war, in den frühen Morgenstunden. Abgesehen vom Murmeln der See, das von weit unten zu ihm heraufdrang, war alles still.

Der seltsam klare Pfad führte etwa zweihundert Meter weiter bis zum Rand der Klippe. Die Erkenntnis dessen ließ Otis innehalten; das Entsetzen brachte ihn zum Lachen.

»O nein«, entfuhr es ihm, und er schüttelte den Kopf. »Dahin gehe ich nicht. Kluges Kind. Dahin gehe ich nicht.«

Und dann war er über den taufeuchten Rasen zurückgeschritten, die Arme um den Oberkörper geschlungen, als müsse sich selbst zusammenhalten. »Dahin nicht«, murmelte er.

Den Rest der Nacht und den größten Teil des nächsten Tages war er einfach landeinwärts marschiert, war in nordwestlicher Richtung ziellos Ackerpfaden und Feldwegen gefolgt. Er war so tief in Gedanken versunken, dass er erst am frühen Nachmittag bemerkte, dass der Rausch und die wirbelnde, verzerrende Trübung seines Blicks allmählich schwanden. Er fragte einen Bauern und erkannte, dass Willing Mind selbst auf direktestem Weg mehr als zwanzig Meilen entfernt lag. Der Bauer nahm ihn auf seinem Wagen mit zur nächsten Hauptstraße und wies ihm die Richtung.

Auf dem Rückweg dachte Otis daran, dass er, obwohl er nur vage vermuten konnte, was Franny hatte erkennen können, genau wusste, was *er* gesehen hatte. Die Spur der Klarheit, der Weg der Erscheinung hatte ihn direkt zum Meer geführt. Betty hatte ihn gerufen, genau wie am Tag ihres Todes. Otis glaubte ein wiederkehrendes Muster zu erkennen. Es gab einen Plan, ein Schicksal, das die Ludlows und das Meer verband. Sein Vater war ertrunken, und der Geist des alten Künstlers und seine Farben waren ins Meer geflossen. Betty war ins Meer gestürzt. Und Chester – der Glückliche, dem es nicht vorherbestimmt war, Teil des Meeres zu werden – hatte stattdessen einen Weg gefunden, sein Genie auf dem Meeresgrund zu entrollen. Und Otis selbst … wäre er nicht vor dieser Spur der Klarheit zurückgeschreckt, die Bettys Erscheinung für ihn gelegt hatte, hätte er sich womöglich selbst in die Fluten geworfen.

Die Erscheinung. Und noch etwas war Otis auf seiner nächtlichen Wanderung klar geworden: Wenn er zu lange in Willing Mind blieb, könnten Franny und er am Ende ein Liebespaar werden.

Zu diesem Schluss war er gekommen, als er im Mondschein das letzte Stück Pfad zum Anwesen von Willing Mind hinaufstapfte. Das Haus auf der Klippe ragte dunkel vor ihm auf. Das Mondlicht schimmerte in den oberen Fenstern. Die Wäscheleine, die sich vor dem Himmel abzeichnete, erinnerte ihn an Telegraphendrähte. Er hatte seinen Bruder nicht einmal unterrichtet, dass er sich in Willing Mind aufhielt. Er fragte sich, ob Franny es wohl getan hatte. Sie hatten so nüchtern nebeneinander hergelebt wie ein Einsiedlerpaar, und er wusste nichts von ihren alltäglichen Gedanken. Er hatte keine Ahnung, ob Franny die gegenseitige Anziehung empfand oder nicht, er jedenfalls fühlte sie deutlich. Er würde dem nicht nachgeben. Flucht war die einzig ehrenhafte Lösung.

Als er das Haus sah und daran dachte, es zu verlassen, allein aufzubrechen, ziellos zu reisen, wurde Otis so schwach, dass er sich hinsetzen musste. Er war noch etwa fünfzig Meter vom Haus entfernt. Er betrachtete das Kloster, das er sich hier eingerichtet hatte, inzwischen als Zuhause. Er war drauf und dran gewesen, seinen Frieden mit dem Geist seiner Nichte zu machen. Er hatte gehofft, nach dem Erfolg seines Bruders mit dem Telegraphen hier leben zu dürfen, Teil einer Familie von Ingenieuren, Abenteurern, Spiritisten zu werden. Doch jetzt wusste er, dass daraus nichts werden konnte. Er wusste, wohin der Pfad der Klarheit führte. Er kannte das Gefühl, das sich auf dem Treppenabsatz in ihm geregt hatte. Er wusste, dass er gehen musste. Verzweifelt und zugleich entschlossen legte er sich nieder, rollte sich zusammen und schlief neben Bettys Grab ein, wo ihn Mrs. Tyler am nächsten Morgen fand.

Als er in der Küche nach etwas Essbarem suchte, stieß er in einer Zeitung, die Franny beim Feuerholz hatte liegen lassen, auf eine Anzeige mit der Überschrift

SIBIRIEN!

Dort wurden Männer aufgefordert, sich noch in derselben Woche in Portland zu melden. Auch wenn ihm zuerst der Name der fernen russischen Ödnis ins Auge gesprungen war, brachte ihn vor allem der weitere Text ins Grübeln.

TELEGRAPHIE

lautete der Untertitel. Ein Unternehmen plante, einen Überland-Telegraphen von Amerika nach Europa zu bauen, über Alaska, Sibirien und Vorderasien. Dies sei die »kürzestmögliche Verbindung zwischen Amerika und den benachbarten Kontinenten: über die Beringstraße. (Unter Vermeidung der momentan angestrebten langen transatlantischen Verbindung und unter Verwendung der erprobten Überland-Technologie.) *Helfen Sie uns, diesen Sieg zu erringen!!!*« In der Anzeige wurden Bauarbeiter, Holzfäller, Eselstreiber, Ingenieure, Telegraphisten, im Grunde einfach gesunde, arbeitsfähige Männer gesucht. Im Laufe seines Lebens hatte Otis bereits auf eine Unzahl solcher allgemeiner Stellenanzeigen geantwortet. Wie alle anderen zuvor versprach auch diese harte Arbeit, reichen Lohn und Abenteuer in fernen Ländern. Wie keine der anderen jedoch versprach diese Anzeige Arbeit an einem Telegraphen. Aber nicht auf dem Meer – sondern an einer Telegraphenlinie, die ganz ausdrücklich das Meer umgehen sollte.

Otis riss die Anzeige aus, steckte sie ein und warf die Zeitung zurück in die Holzkiste. Er badete, rasierte sich, sattelte ein Pferd und ritt nach Portland. In seiner Eile bemerkte er nicht einmal, dass er südlich von Falmouth Mrs. Tyler überholte, die im geliehenen Einspänner eines Nachbarn unterwegs war.

Das Spiritoskop

Die Vorführung des Spiritoskops verlief nicht nach Frannys Vorstellung. Sie hatte keinen solchen Publikumsandrang erwartet, sondern vielmehr mit einigen wenigen Exzentrikern gerechnet (denn sie wusste, dass ihr spezielles Interesse von jedem normalen Menschen für exzentrisch gehalten werden musste): vielleicht ein paar einsame ältere Damen und eine Handvoll radikaler Unitarier.

Doch der Saal war brechend voll. Bereits auf der Fore Street, in der Nähe des Zollhauses, hatte sie den Strom von Kutschen und Wagen registriert, das Klappern der Hufe und Räder hinter sich bemerkt. Der in Gaslicht getauchte Saal war erfüllt von lautem Stimmengewirr. Das Publikum bestand in erster Linie aus Frauen: aus gespannten, erwartungsvollen, enthusiastischen Frauen. Franny war freudig überrascht. Sie war allein aus Willing Mind gekommen, aus ihrem klösterlichen Dasein, war hergekommen von der einsamen – oder fast einsamen – Suche nach ihrer Tochter, von der beunruhigenden und doch fesselnden Vision, die sie gehabt hatte oder gehabt zu haben glaubte; aus einem Bett, in dem sie zwei Tage und Nächte gelähmt gelegen und an ihrer geistigen Gesundheit gezweifelt hatte, und nun stand sie vor einem Saal voller Menschen, mit denen sie sich verbunden fühlte.

Gewiss wusste niemand, wer sie war (obwohl Franny ein paar Gesichter aus der Gesellschaft von Portland und Falmouth wiedererkannt hatte, die Frauen von Chesters Geschäftspartnern), und natürlich konnte niemand wissen, was sie in den letzten Wochen erlebt hatte. Und doch hatte sie sich in einer Menge von Menschen noch nie so aufgehoben gefühlt. Sie war Schauspielerin gewesen; hatte sich gerühmt, die Stimmung eines Publikums intuitiv erfassen und damit spielen, sie manipulieren zu können. Aber jetzt war sie selbst Teil dieser Publikumsstimmung, war in dem Moment, da sie in den Saal trat, sofort von dieser Stimmung ergriffen worden. Diese Menschen waren ebenfalls Suchende. Sie waren Seelenverwandte. Franny grüßte die Menschen im Saal, als wären sie alte Bekannte. Augen leuchteten auf; Gesichter erstrahlten.

Die Wände des Seemannssaales waren bis zur Decke mit Darstellungen des Lebens auf dem Meer bemalt: Männer beim Fischen, beim Reffen der Segel im Sturm, beim Einholen von Hummerfallen, und am hinteren Ende des Saales waren an einem Küstenstreifen

Muschelsucher im Watt zu sehen, während auf einer darüber aufragenden Klippe eine Frau und zwei Kinder im Wind aufs Meer hinausstarrten, offenbar auf der Suche nach dem Segel des Vaters, des Ehemanns. Während die an den Seitenwänden abgebildeten Männer schwer arbeiteten, schien die Frau an der Rückwand direkt über die Köpfe des Publikums hinweg auf die Bühne zu schauen. Unter ihrem Blick bewegten sich die Köpfe der Zuschauer, nickten und wisperten aufgeregt in Erwartung des Kommenden.

Auf der Bühne stand ein von Laken verhüllter Apparat, der wohl das Spiritoskop sein musste. Unter dem gestrafften Leinen zeichneten sich spitz die Konturen einer verrückten Konstruktion ab. Eingerahmt wurde die Apparatur von Bodenvasen mit üppigen Blumensträußen. Und in der Bühnenmitte war ein Lesepult aufgebaut, an das, um Punkt acht Uhr, eine große Frau in einem geblümten Kleid trat. Es wurde still im Saal.

Unten am Hafen ging Otis in Richtung Milk Street. Er war spät dran und ärgerte sich über sich selbst. Er hätte nicht am Aussichtsturm anhalten sollen. Er war um die Bucht herum und den Munjoy Hill hinauf in die Stadt geritten, und als er den Turm sah, hatte er nicht widerstehen können.

Da er im Begriff war, zu einer weiten Reise aufzubrechen, die ihn vielleicht auf die andere Seite der Erde führen würde, verspürte er das Bedürfnis, den Angelpunkt seines Lebens noch einmal in Augenschein zu nehmen und sich seiner zu vergewissern. Er stieg die Stufen zur hölzernen Aussichtsplattform hinauf.

Der Abend war still und klar, und kein Hafenwächter tat Dienst im Turm. Otis war allein in dem kleinen Raum. Mount Washington ruhte etwa sechzig Meilen im Westen auf einer Dunstdecke. Der Berg wirkte nun breiter und niedriger, als Otis ihn vom Tag seiner Rückkehr aus der Südsee erinnerte, denn damals hatten seine Hänge unter einer Schneedecke gelegen. Die Sonne hing in der Nähe des Gipfels, eine große rote Scheibe. Otis presste seine Stirn an das Holz einer Fenstersprosse.

Er sah nach Westen und begann wieder darüber nachzudenken, was Franny wohl bei der Séance gesehen hatte. Irgendetwas war mit ihr geschehen. Er wäre zu gern geblieben, um in Erfahrung zu bringen, was, aber hier war nicht sein Zuhause.

Der Berg verschwand im Zwielicht, war nur noch ein dunkler roter Schatten vor dem Himmel, wurde eins mit der Atmosphäre, verschwand wie eine Erscheinung, ein Geist, der beim ersten Hahnenschrei flüchtet, und gab Otis damit frei.

Er rannte die schmale Treppe des Turms hinab – wobei er darauf achtete, dass die fehlende Tiefenschärfe seines Blicks ihn nicht stolpern ließ – und eilte zur Taverne Barrett & Crane's, die am Ende der Anzeige angegeben war.

Er stürzte in den Schankraum. Er schien leer zu sein. Das lang gestreckte, schmale Gasthaus war schlecht beleuchtet, und an einer Seite befand sich eine halbrunde Theke, die wie der stumpfe Bug eines Lastkahns aussah. Der Mann dahinter – Barrett oder Crane – war klein; schwarzes Haar klebte rechts und links an seiner Stirn wie zwei Hummerscheren. Er schien erhitzt und hatte die Stirn gerunzelt, während er mit einem Taschenmesser an einem schlanken Stück Holz herumschnitzte, das etwa so lang war wie sein Unterarm. Er informierte Otis, dass der Herr, der nach Arbeitern für den Telegraphen suchte, bereits gegangen sei. Dabei sah er nicht einmal von dem komplizierten Muster auf, das er in den Knüppel schnitt.

Otis fragte, ob sich überhaupt jemand beworben habe. Der Barmann sah ihn immer noch nicht an. Kein Einziger, war die Antwort. Werde der Herr noch einmal wiederkommen? In der Anzeige stand, heute sei der letzte Tag. Würden Sie mir wohl ein Bier zapfen? Kommt sofort. Und nun legte der Mann den Holzknüppel auf die Theke und wandte sich den Zapfhähnen zu.

Otis erkannte, dass der geschnitzte Stock die Form einer nackten Frau hatte, deren Unterleib in ein Fischernetz gewickelt war. Er wollte gerade mit der Hand darüberfahren, als der Barmann das Bier vor ihm auf die Theke knallte und wieder nach Holz und Messer griff.

Während er an der runden Theke den ersten Schluck nahm, las Otis noch einmal die Anzeige, die er vor sich ausgebreitet hatte. Das Stück Papier erinnerte ihn an all die anderen Musterungen und Einschreibungen, die er im Lauf der Jahre über sich hatte ergehen lassen. Manches Mal war er – wie heute – zu spät gewesen, und immer hatte es ihn irgendwann zu einer anderen Mannschaft, einer anderen Anstellung, einem anderen Schiff weitergetrieben. Sein Leben war eine Kette solch zufälliger Ereignisse. Das Wahllose hatte ihn einst gefesselt; jetzt hinterließ es nur noch ein schales Gefühl. Sein Optimismus schmolz ebenso schnell dahin wie Schnee in der Sonne.

»Sie da, Sir.«

Eine raue Stimme von einem der Tische im Dunkel am Ende der Gaststube. Die Fenster waren nach Westen ausgerichtet, doch inzwischen war das letzte Tageslicht vom Himmel gewichen, und Barrett oder Crane hatte die Gaslampen noch nicht entzündet, weshalb die düster vertäfelte Seite, vor der die Tische standen, dem Schattenreich einer Höhle glich. Aus diesen Tiefen war die Stimme gedrungen. Otis kannte solche Pubs gut genug, um zu ahnen, dass der Sprecher schon eine Weile dasaß und trank.

»Sie da, Sir«, wiederholte die Stimme. Barrett oder Crane hatte seine Schnitzerei auf der Theke liegen gelassen und war im Hinterzimmer verschwunden, von wo er ein leeres Fass hinaus auf die Gasse hinter der Taverne rollte.

»Ich kenne Sie«, sagte die Stimme.

»Könnte sein«, sagte Otis, »aber solange ich Sie nicht sehen kann, weiß ich nicht, ob ich Sie auch kenne.«

»Sie kennen mich.« Die Stimme war noch tiefer geworden; sie hatte einen grollenden Unterton.

»Nun, mein Freund, darf ich Sie auf ein Glas einladen?«

»Nein danke. Und ich bin nicht Ihr Freund.«

»Dürfte ich dann wohl freundlichst darum bitten, zu erfahren, mit wem ich die Ehre habe?«

»Wenn das eine Ehre ist, werde ich sie nicht an Ihresgleichen verschwenden.«

Der Mann stand auf und kam näher. Er war kräftiger, wenn auch nicht größer als Otis, war breit gebaut, und er ging ein wenig schwankend, als müsste er Seegang ausgleichen oder zumindest den Alkohol, der in seinem Kopf schwappte. Als er ins Licht trat, erkannte Otis Gil Tyler.

»Ach, Gil! Wovon redest du denn?«

»Davon, Sir«, entgegnete Tyler, »dass Sie meine Frau und mich in eine unhaltbare Situation gebracht haben.« Sein mächtiger Brustkorb hob und senkte sich; seine Fäuste ballten sich und öffneten sich wieder. Während er im Dunkeln gesessen und Otis an der Bar beobachtet hatte, war er in Rage geraten. Der Anblick des Mannes, der sichtlich angestrengt atmete, ließ auch Otis nach Luft ringen. Ein Kribbeln lief über seine Arme.

»Gil, erklären Sie, was Sie meinen.«

»Nein, Sir. Sie haben was zu erklären. Sie spielen mit der Ehre Ihrer Schwägerin. Und Sie tun es unterm Dach Ihres Bruders. Unter unserer Obhut. Sie haben uns beleidigt – mich und meine Frau –, ganz abgesehen davon, dass Sie die Ehre Ihrer Familie in den Schmutz gezogen haben.«

Otis sah, *roch*, dass Gil betrunken war. Gils Augen fixierten einen Punkt in der Luft, einen Fußbreit vor Otis' Gesicht.

»Gil, ich fürchte, da hat es ein schreckliches Missverständnis gegeben.«

»Nein, Sir. Ganz und gar nicht. Ich habe gesehen, was Sie getan haben. Und Edwina auch. Wir haben es *beide* gesehen. Und damit ist jetzt Schluss. Es ist gewissenlos.«

Tyler trat näher an Otis heran, zwang ihn zurückzuweichen, bis er den sanften Druck der Mahagonitheke im Rücken spürte.

»Was genau ist gewissenlos, Gil?«

»Ihre Einmischung.«

»Welche Einmischung?«

»Sie wissen, was ich meine.« Tyler schwankte vor und zurück, als wäre in ihm eine Maschine angesprungen, die Galle in seine Kehle und Blut in sein Gesicht pumpte. Otis' Haut begann stärker zu kribbeln. Das Gefühl machte ihn nervös, brachte ihn auf.

»Nein, weiß ich nicht, Gil. Vielleicht werden Sie endlich deutlich und sagen es mir.«

»Sie *wissen* es.«

Tyler keuchte, schwankte, ballte die Hände zu Fäusten. Diese Pause nutzte Otis.

»Wirt!«, rief er. »Noch ein Bier für meinen Freund hier ...« Otis wandte sich von Tyler ab und sah hinüber zur Theke: »... und eins für mich.«

Der Wirt steckte den Kopf aus der Hintertür; Otis schwenkte sein Glas.

»Ich will Ihr Bier nicht.« Tyler schnaufte hinter Otis' Rücken. »Bleib, wo du bist, Barrett.«

»Ich heiße Crane«, sagte der Wirt.

»Bemüh dich nicht, bleib da hinten«, sagte Tyler.

Otis sah, wie sich Cranes Miene verdüsterte, und zugleich hörte er ein Klatschen hinter sich. Er drehte sich langsam um. Tyler hatte das Stück Holz – die halbfertig geschnitzte Meerjungfrau – von der Theke genommen und schlug damit in seine Handfläche, wie ein Polizist mit seinem Schlagstock. Otis fiel ein, dass das Messer noch auf der Theke liegen musste.

»Zurück!«, brüllte Tyler dem Wirt zu, und Otis sah Crane im Seitwärtsgang verschwinden, wie einen Krebs, der unter einen Stein kriecht.

»Sie ist wie eine Tochter für mich«, sagte Tyler. Er drehte das Holz in seinen Händen.

»Franny«, sagte Otis leise.

Tyler nickte. Sein abwesender Blick schien in die Vergangenheit zu schweifen und war auf einmal noch entrückter.

»Sie sind widerlich.«

»Das hatten wir doch schon, oder?«, sagte Otis.

Tylers Augen konzentrierten sich jetzt ganz auf ihn: winzige Punkte des Zorns.

»Hören Sie mal, Gil, ich glaube, ich weiß, was Sie denken, und ich kann Ihnen versichern, dass nichts passiert ist.«

»Was ist nicht passiert?«

»Ich habe Franny nicht im Geringsten kompromittiert.«

»Was sollen Sie auch sonst sagen?«

»Gil, wir kennen uns jetzt seit Jahren.«

»Seit sechs Jahren. Und ich habe Ihnen noch nie über den Weg getraut.«

»Das mag ja sein …«

»Und ich weiß auch nicht, warum Ihr Bruder Ihnen getraut hat. Er hat etwas aus seinem Leben gemacht. Und kommt voran. Und Sie? Er beschafft Ihnen Arbeit und hilft Ihnen, Ihr Leben in Ordnung zu bringen – ich habe gehört, wie er davon gesprochen hat –, und Sie danken es ihm, indem Sie wegrennen und dann nach Hause kommen und seine Frau umgarnen. Und das, nachdem Sie schon ihr Kind auf dem Gewissen haben!«

»Gil! Halt den Mund!«

Tyler gab ein grollendes Geräusch von sich.

»Und dann dieser spirituelle Quatsch, den Sie überall verbreiten. Sogar meine Frau ist schon angesteckt.«

»Gil, mit Ihrer Frau habe ich nichts zu schaffen.«

»Ein schönes Schlamassel haben Sie da in Willing Mind angerichtet.«

»Gil, ich habe nichts Unehrenhaftes getan. Ich stehe zu dem, was ich tue.«

Der Schlag kam buchstäblich aus einem toten Winkel: Gil Tyler drosch Otis den Knüppel von rechts an den Schädel. Otis hatte eine plötzliche Bewegung registriert, als Tylers linke Schulter nach unten sackte, aber wirklich wahrnehmen tat er lediglich den Knüppel, der ihn wie ein Dreschflegel seitlich am Kopf traf, und den Blitz, den er mit seinem rechten, blinden Auge zu sehen glaubte.

Die Wucht des Schlages zwang Otis beinahe in die Knie, und im Reflex riss er die Hand empor. Der zurückschwingende Stock traf ihn an den Fingern und wirbelte ihn gegen die Theke. Otis schmeckte Blut, und da er glaubte, ein Knacken gehört zu haben, ging er davon aus, dass im Ohr oder am Kiefer etwas gebrochen war. Ihm schossen zwei Dinge durch den Kopf: zum einen, dass er auf der rechten Seite nicht bloß blind, sondern in Zukunft auch taub sein könnte, und zum anderen die Gewissheit, dass ein weiterer Schlag folgen würde.

Er hangelte sich seitwärts, fuhr mit der Hand über die Theke, fühlte den Messergriff. Der zweite Schlag, der ihn abermals am Kopf treffen sollte, zerschmetterte sein Bierglas – Gil Tyler quittierte das zuerst mit einem Grunzen, dann heulte er auf.

Otis wirbelte herum und warf sich gegen Tylers Beine. Die Wucht des Aufpralls ließ beide Männer in der Mitte des Raumes zu Boden stürzen. Otis war schnell. Mit dem Messer in der Hand kam er über Tyler, der auf dem Rücken lag und nach Luft schnappte. Bevor Tyler sich rühren konnte, war Otis auf ihm und setzte ihm das Messer an die Kehle. Er starrte auf die Spitze der Klinge, die er vorsichtig gegen den Hals des alten Mannes drückte, ohne die Haut zu ritzen. Seine ganze Konzentration war auf die winzige Messerspitze gerichtet und auf die Mulde, deren Mittelpunkt sie bildete. Die Spitze verharrte vollkommen ruhig, doch um sich herum fühlte Otis das Pochen und Pumpen von Herzen, von Lungen, von unbändiger Wut.

»Gil«, keuchte Otis, »ich habe *nichts* getan.«

Tyler röchelte. Seine Augäpfel rollten, als er versuchte, dass Messer in den Blick zu bekommen.

Otis wiederholte seinen Satz. Wieder und wieder. Endlich hörten Gils Augen auf zu rollen. Otis spürte, wie die keuchende Brust, auf der er lag, sich etwas beruhigte, auch wenn der Atem immer noch gepresst klang. Von Otis' Gesicht tropfte Blut in Tylers Bart.

»Sie«, flüsterte Gil Tyler, und Otis roch seine heftige Whiskey-fahne, »Sie haben ein Schlamassel angerichtet.«

»Das kann schon sein, guter Mann, aber ich habe nichts, *rein gar nichts* Ehrenrühriges getan.«

Tylers Augen verengten sich störrisch.

»Ich habe sie gesehen«, sagte er.

»Was?«, fragte Otis, und er musste sich weiter zu dem alten Mann hinunterbeugen. Jetzt sah er Gil in die Augen, blaue Pfützen, wäss-rig von der See und vom Whiskey. »Wen?«

»Ich habe sie gesehen«, sagte Gil leise. Er schluckte, und Otis spürte, wie sich mit Gils Kehlkopf die Messerspitze bewegte. »Ich habe das Mädchen gesehen. Auf der Klippe. Von meinem Boot aus.«

»Wann?«

»Vor drei Nächten. Sie kam aus dem Haus. Und stürzte wieder hi-nunter.«

Einen Moment lang starrte Otis ins Nichts. Doch sofort bereute er seine Fahrlässigkeit und erhöhte den Druck auf Gils Brust. »Sie haben sie gesehen?«

Gil nickte. »Und Sie sind ja wohl derjenige, der dafür gesorgt hat, stimmt's?«

»Nein«, antwortete Otis und sah Gils Augen weit aufgehen und nach oben starren, als folgte sein Blick dem Flug der Vögel.

Doch in Wirklichkeit folgte er Crane, der über die Theke sprang und Otis einen Totschläger über den Schädel zog. Flackernde Bilder folgten: die Decke des Gasthauses, der Himmel, das Kopfsteinpflas-ter. Sie tauchten aus dem schwarzroten Wirbel in seinem Kopf auf, bevor er sich im Rinnstein der Gasse hinter Barrett & Crane's wie-derfand. Er lag dort ein paar Augenblicke, vielleicht auch ein paar Monate, dann flatterte die Zeitungsanzeige auf seine Brust, und er griff danach und verlor endgültig das Bewusstsein.

Die Schlägerei hatte nur vier Straßen von dem Saal entfernt stattge-funden, in dem Franny saß und sich fragte, ob das Spiritoskop nicht ein Schwindel sei. Dr. Zephaniah Hermes war zweifellos attraktiv, was die Wirkung seiner Vorführung unterstützte. Als er im Frack und mit roter Weste die Bühne betrat, nachdem die Frau im geblümten Kleid ihn angekündigt hatte, flüsterte eine weibliche Stimme in Frannys Nähe atemlos: »Er ist umwerfend!«

Dr. Hermes war etwa vierzig Jahre alt. Er hatte schwarzes, fast schulterlanges Haar mit ein paar frühen grauen Strähnen an den Schläfen. Seine weiche, ockerfarbene Haut verlieh ihm eine orientalische oder gar polynesische Aura. Er hätte von überall auf der Welt stammen können – nur nicht aus Maine. Seine Hautfarbe ließ auf eine tropische oder australische Herkunft schließen oder vielleicht auf einen Zigeunerstamm. Unter den bleichen Einwohnern Neuenglands, die im Seemannssaal versammelt waren, wirkte er besonders exotisch. Sein Haar wehte nach hinten, als er mit geschmeidigem Gang zur Bühnenmitte schritt. Sein Oberkörper war lang und schlank, seine Weste saß eng, was seine katzengleichen Bewegungen unterstrich. Seine sonore, fast monotone Stimme lullte die Zuhörer ein. Nur wenige Augenblicke nachdem er der Veranstalterin für die einführenden Worte und den Zuschauern für ihr Kommen gedankt hatte, waren ihm die Frauen im Publikum erkennbar verfallen.

Franny stellte sich vor, wie ihr eigener Mann, wie Chester die Zuschauerinnen in England ganz ähnlich in den Bann schlug. Die ersten Ansätze dazu hatte sie schon erlebt, bevor er mit dem Phantasmagorium zu den Britischen Inseln aufbrach. Sie seufzte hörbar.

Es war sehr angenehm, Dr. Hermes zu lauschen, während er den Kontakt mit der Geisterwelt erläuterte und plausibel machte, warum sein Apparat aufgrund seiner ätherischen Sensibilität und seiner ektoplasmischen Leitfähigkeit anzeigen könne, wenn sich ein Geist aus der Anderen Welt in der Nähe befinde.

Franny fühlte sich sanft umfangen, während der Doktor – wenn er denn einer war – zu jeder Frau im Publikum einzeln zu sprechen und jeden einzelnen Mann mit hintergründigen Scherzen zu adressieren schien. Sein Auftreten beeindruckte Franny – wobei sie meinte, ihn mit dem kühlen Blick einer ehemaligen Bühnenkollegin zu betrachten. Als aber Hermes nach einer Freiwilligen suchte und ihre Hand sich fast ungewollt nach oben reckte, war sie umso überraschter, erst recht, als er sie lächelnd aus dem Meer der Bewerberinnen auswählte.

Vorbei an den Wandgemälden mit den Hummerfischern ging sie nach vorn und trat mit einem leichten Schwindelgefühl auf die Bühne, wo Dr. Hermes sie mit ausgestreckter Hand empfing.

»Ich danke Ihnen«, murmelte er.

Sie nickte und fühlte sich vom Licht der Gaslampen an der Rampe seltsam abgeschirmt und eingehüllt; ein bekanntes Gefühl, das sie erstaunte und erregte; das Glück, wieder auf der Bühne zu stehen.

»Ich habe Sie erwählt«, sagte Dr. Hermes, nachdem er sie zu einem Stuhl in der Nähe des verhängten Spiritoskops geführt hatte, »weil ich zu spüren meine, dass Sie bereits Erfahrungen mit der Geisterwelt gemacht haben. Stimmt das?«

Franny geriet in arge Verlegenheit. Doch sie flüsterte: »Ja«.

»Sie sagt Ja«, verkündete Dr. Hermes dem Publikum. Die Zuschauer murmelten anerkennend.

»Haben Sie einen geliebten Menschen verloren?«, fragte Dr. Hermes.

»Ja.«

»Ihr Kind? Ihren Ehemann?«

»Mein Kind.«

»Ihr …?«

»Meine Tochter.«

»Sie hat ihre Tochter verloren.«

Mitfühlendes Beileidsgemurmel wogte durch den Saal.

»Und Sie haben ein oder mehrere Zeichen von ihr erhalten?«

»Ja.« Das Murmeln wurde lauter, erregter.

»Nun«, sagte Dr. Hermes, und seine dunklen Augen blickten weicher, als Franny es erwartet hatte, »ihre Rückkehr, so fromm der Wunsch danach auch sein mag, werden wir womöglich nicht erleben, aber Sie sind offensichtlich eine würdige Kandidatin – eine Attraktorin, wie wir es nennen. Sie dürften genau die Richtige sein, unser Spiritoskop zu bedienen. Erlauben Sie …«

Und mit großer Geste zog er die Laken zurück und enthüllte die Spindeln, Räder, Röhren und Drähte des Spiritoskops. Es sah fast so aus wie auf der Zeichnung. Eher noch komplexer und filigraner: Es schien ein Konglomerat aus Salonmöbeln, halben Fahrrädern, Kinderwagen und Angelgerätschaften zu sein. Die Zuschauer rutschten auf ihren Sitzen hin und her, um einen besseren Blick zu erhaschen. Verstreuter Applaus brach aus.

269

Dr. Hermes bat Franny, ihre Hände auf zwei handtellergroße Metallblöcke zu legen – er nannte sie Rhomben –, die in die glatte, runde Tischplatte vor ihr eingelassen waren. Hinter dem Tisch stand das Spiritoskop. Franny zeigte dem Publikum ihr Profil, als Dr. Hermes den Mechanismus und das Experiment erläuterte, das er durchzuführen beabsichtigte. Sollte es gelingen, würden Frannys Attraktionskräfte Geister in den Saal locken. Das Spiritoskop würde die Anwesenheit solcher Wesen registrieren und mithilfe von Nadeln und Skalen anzeigen. Dr. Hermes würde die Ergebnisse fürs Publikum interpretieren.

Er wies die Hausdiener an, das Licht herunterzudrehen. Es wurde dunkel im Saal. Die Zuschauer raschelten. Der Doktor bat um Ruhe, die rasch und vollkommen einkehrte, sodass Franny das Schlagen der Rathausuhr drei Straßen entfernt hören konnte. Ein oder zwei Stühle knarrten; jemand hustete; ein Pferdegespann klapperte draußen vorbei.

Dr. Hermes trat zu ihr. Sie roch sein Eau de Cologne, als seine Hände vor ihrem Gesicht entlangfuhren: ein angenehmer Geruch nach Gras. Er sagte, sie solle sich entspannen … entspannen und sich auf die Kerze konzentrieren, die er auf einem Piedestal am anderen Ende der Bühne entzündet hatte. Schauen Sie in die Flamme … Spüren Sie, wie das Licht um Ihren Kopf kreist, Ihr Gehirn beruhigt, durch die Pforten Ihrer Augen eintritt … Sehen Sie hin … Schauen Sie und achten Sie nicht auf die Schatten meiner Hände, die vor Ihren Augen wandern … Fühlen Sie etwas?

»Schläfrig«, sagte Franny. »Ich fühle mich ein bisschen schläfrig.«

»Gut. Sagen Sie sich, dass Sie zwar schläfrig sind, aber nicht einschlafen werden.«

Franny nickte. Sie war wirklich schläfrig, aber vor allem hatte Dr. Hermes sie mit seiner Behandlung entspannt. Wann hatte sie sich zuletzt ganz und gar bei sich gefühlt? Seit Chesters Abreise mit Sicherheit nicht mehr. Länger nicht mehr, nicht seit Bettys Tod. Vielleicht sogar noch länger nicht mehr. Eine Erinnerung durchwehte sie: Sie stillte ihre kleine Tochter auf den Klippen, Sonnenlicht spielte auf den Wellen, Chester ging fröhlich seiner Arbeit nach. Häusliches Glück. Echter Frieden. Vielleicht war es nie so gewesen?

Murmeln im Publikum. Achten Sie nicht darauf, flüsterte Dr. Hermes ihr zu, jemand ist eingeschlafen.

Tatsächlich: Zwei oder drei Frauen waren dem suggestiven Klang der Stimme des Doktors erlegen. Die Herren in ihrer Nähe fächerten ihnen mit Handzetteln Luft zu. Der Rest des Publikums war fest in Dr. Hermes' Bann geschlagen, und alle Anwesenden beugten sich nach vorn.

Franny wusste, dass nichts geschehen würde. Sie wusste es, weil es etwas völlig anderes war, was Dr. Hermes hier veranstaltete, nicht zu vergleichen mit dem, was Otis in Willing Mind getan hatte. Und da *war* etwas geschehen. Dort hatte sie sich aufgeladen gefühlt; hatte die Empfänglichkeit unter ihrer Haut gespürt und selbst ein Signal nach Betty ausgesandt wie ein Leuchtturm zu einem Schiff. Doch hier, im Seemannssaal, versank sie eher in sich selbst, strahlte gar nichts aus, entspannte sich, fühlte sich auf angenehme Weise willenlos.

Dann spürte sie eine Bewegung. Ihre Hände. Ihre Hände auf den Metallrhomben auf dem runden Tisch bewegten sich.

»Sie spüren Bewegung«, sagte Dr. Hermes. Es war weniger eine Frage als eine Ansage für das Publikum.

»Ja«, bestätigte sie.

»In den Händen.«

»Ja.«

»Sie spürt Bewegung in ihren Händen.«

Das Publikum ließ sich von der Dringlichkeit in seiner Stimme mitreißen. Vereinzelt waren erregte Ausrufe zu hören.

»Führen Sie selbst diese Bewegungen herbei?«

»Nein.«

»Widersetzen Sie sich nicht.«

Franny nickte.

»Schauen Sie bitte weiter auf die Kerze.«

Dr. Hermes hatte gesehen, dass Frannys Blick abschweifte. Sie hatte etwas bemerkt. Sein Fuß schien ein Pedal oder ein Rad am Boden zu bedienen, das den Zuschauern durch ein schwarzes Tuch verborgen war. Sein Fuß bewegte sich, und gleichzeitig gerieten die Rhomben auf dem Tisch in Bewegung.

»Die Nadel bewegt sich«, teilte Dr. Hermes den Zuschauern mit. »Wir bekommen ein Signal! Bitte! Wir brauchen Ruhe.«

Das Publikum beherrschte sich mit Mühe und starrte gebannt auf die Bühne.

»Ist es Ihre Tochter?«, fragte Dr. Hermes.

»Ich weiß es nicht«, sagte Franny.

Jetzt war unter der Bühne ein Klopfen zu hören. Die Zuschauer holten tief Luft.

Franny selbst spürte eine gewisse Erregung. Nicht, weil sie an die Nähe eines Geistes – Bettys oder sonst jemandes – glaubte, sondern weil sie die Illusion und Dr. Hermes' Bühnenkunst beeindruckend fand. Er hatte das Publikum in seiner Hand.

»Ich glaube …«, begann Franny.

Dr. Hermes beugte sich zu ihr. »Ja?«

»Ich glaube, sie ist es.«

»Ihre Tochter!«

Franny nickte. Sie konnte der Versuchung nicht widerstehen, mitzuspielen, einfach, um zu sehen, was passieren würde. Die Zuschauer sogen hörbar Luft ein. Eine Frau fing an zu weinen.

»Die Nadel bestätigt es!«, rief Dr. Hermes.

Das Klopfen wurde nun lauter. Eine Art Gesang – eine wortlose Melodie – von einer Frauenstimme oder einem Countertenor schien von überallher in den Saal zu dringen, obwohl Franny das deutliche Gefühl hatte, die Stimme komme von unter der Bühne.

»Sie will zu Ihnen«, sagte Dr. Hermes. »Ihre Tochter oder die Geister, die sie begleiten, sind zurückgekehrt!«

Das Publikum geriet außer sich. Mehrere Menschen applaudierten. Ein Mann rief: »Halleluja!« Einige Frauen weinten, andere fielen in Ohnmacht. Franny spürte, dass sich die Stimmung im Saal dem Höhepunkt näherte. Es schien, als würde Dr. Hermes ein Orchester dirigieren, dessen Musikern es nach einem gewaltigen Crescendo die Instrumente aus den Händen riss.

Inmitten dieses Tumults sah Franny, dass die Kerzenflamme wie in einem Luftzug flackerte. Mit einem schnellen Blick sah sie, dass Dr. Hermes mit dem Fuß ein Pedal niederdrückte. Ein Luftstrom streifte ihren Hals, und die Flamme erlosch. Das Klopfen hörte auf. Die Stimme erstarb. Die Nadel sank auf dem Zifferblatt zurück zur Null. Die Rhomben unter ihren Fingern kamen zum Stillstand. Die Menschen im Publikum rangen um Atem, erhoben sich und drängten nach vorn zur Bühne.

»Licht, bitte!«, rief Dr. Hermes. »Licht an! Licht!«

Franny flüchtete. Im Durcheinander sah sie Dr. Hermes' dunkle

Augen, die über die Köpfe einiger verzückter Frauen hinweg nach ihr suchten. Sie wich seinem Blick aus und drängte zur Tür. Auf den Stufen vor dem Saal stieß sie mit Mrs. Tyler zusammen.

»Frances, meine Liebe!«, sagte die alte Frau.

»Waren Sie da drinnen?«, fragte Franny, beinahe verzweifelt. Die Menschen strömten aus der Halle, aufgewühlt und erregt.

»Ja!«, antwortete Mrs. Tyler. »Und ich bin so stolz auf Sie!«

»Stolz?«

Menschen versammelten sich um sie. Einige bedrängten Franny mit Fragen, buhlten um ihre Aufmerksamkeit, zupften sie gar am Ärmel.

»Stolz!«, rief Mrs. Tyler aus.

»Wie kommen Sie nach Hause?«, fragte Franny. Sie musste schon beinahe schreien.

»Nach Hause?«

Es wurde zu viel. Franny zog Mrs. Tyler die Treppe hinunter in eine Seitengasse. Sie entwischten in die Dunkelheit. Mrs. Tyler hakte sich bei Franny unter und erklärte: »Ich wusste ja, was Sie und Mr. Otis vorhaben, und ich gebe zu, dass ich zuerst meine Zweifel hatte, sogar strikt dagegen war, und das habe ich auch zu Gil gesagt, dessen Meinung ich besser gar nicht erwähne, aber je mehr ich drüber nachgedacht habe, desto mehr habe ich mich gefragt … und je mehr ich *Sie* gefragt habe, desto mehr bin ich selbst ins Grübeln gekommen. Ich weiß, dass Sie Ihre Kleine sehen wollen. Und ich weiß, dass Betty bestimmt auch Sie sehen will. Und dann habe ich an meinen eigenen Bruder gedacht und an Gils Vater und all die anderen, die wir an die See verloren haben, und dass sie bestimmt gern nach Hause kommen wollen, wenn wir nur einen Weg finden könnten, ihnen die Tür zu öffnen.«

»Mrs. Tyler …«

»Also habe ich angefangen zu lesen. Und ich bin auf eine Zeitschrift gestoßen. Der *Spirituelle Telegraph*. Ist das nicht ein Zufall? *Spirituell?* Und *Telegraph?* Das geht doch nicht mit rechten Dingen zu. Ich wollte Ihnen so gern sagen, dass ich jetzt auch daran glaube. Und dann habe ich die Anzeige von Dr. Hermes an Ihrem Spiegel stecken sehen, und ich musste einfach kommen und es mit eigenen Augen sehen, und jetzt habe ich Sie hier getroffen …«

»… Mrs. Tyler«, Franny hielt sie an den Händen und schrie ihr beinahe ins Gesicht, um ihren Redefluss zu stoppen, »wir müssen nach Hause.«

»Oh«, sagte Mrs. Tyler, als erwache sie selbst gerade aus einer Art Trance. »Oh.«

Gil sollte Franny erst am nächsten Morgen aus dem Hotel abholen.

»Wie wollten Sie denn zurückkommen, Mrs. Tyler?«

»Ich? Ach. Ich … also …« Mrs. Tyler war erkennbar verwirrt. »Na ja, ich habe mir von den Nachbarn einen Einspänner geliehen.«

Franny holte ihre Sachen aus dem Hotel und hinterließ für Gil die Nachricht, dass sie bereits zurückgefahren sei.

»Aber sagen Sie ihm um Himmels willen nichts«, flehte Mrs. Tyler. »Er ist sehr gegen diese spirituellen Dinge, das können Sie sich gar nicht vorstellen.«

Im Morgengrauen trafen sie in Willing Mind ein, und in Frannys Kopf schwirrten neue Gedanken. Sie war sich darüber im Klaren, dass Dr. Hermes ein Betrüger war, aber ebenso sicher hatte sie bei dieser Begegnung einige unwiderlegbare Wahrheiten erkannt, die von unerwarteter Tragweite waren und die, je mehr sie darüber nachdachte, von Minute zu Minute an Bedeutung gewannen. Das Licht des neuen Tages beflügelte sie. Otis hatte sie auf diesen Weg geführt. Er hatte sie zu Betty gebracht. Sie brauchte kein albernes Spiritoskop, um Bettys Gegenwart in ihrem Leben nachzuweisen. Betty – und die Geschichten von Mrs. Tyler und Otis und sogar Dr. Hermes, selbst Chester, seine Arbeit, seine Abwesenheit, seine Affären: Das Mosaik aus Zufällen und glücklichen Fügungen der letzten Wochen, Monate, vielleicht ihres ganzen Lebens – hatte sie zu dieser Schwelle geführt, zu etwas erschreckend Neuem.

Sie umarmte Mrs. Tyler zum Abschied mit einem Überschwang, der die alte Hausdame überraschte. Franny bestand darauf, ihre Taschen selbst ins Haus zu tragen, und sie summte dabei vor sich hin, sang beinahe, bis sie in der sonnendurchfluteten Eingangshalle von Willing Mind das Päckchen Briefe fand, das während ihrer Abwesenheit eingetroffen war. Darunter auch eine kurze Nachricht von Chester, der ihr das zu erwartende Datum seiner Ankunft in Neufundland mitteilte und sie bat, rechtzeitig aufzubrechen, um ihn dort zu treffen.

Kapitel 11

Letzte Vorbereitungen

London und Plymouth, Frühjahr 1858

Am Kai

Die Stunden Schlaf, die Chester in der letzten Woche vor der Abfahrt fand, konnte man an zwei Händen abzählen. Katerina sah ihn bei den letzten Vorstellungen des Phantasmagoriums und war abwechselnd zutiefst besorgt und zutiefst beeindruckt. Sie wusste, dass er sich selbst gnadenlos antrieb, und seine Augen verrieten den Grund seiner Erschöpfung, doch die Erregung, die er ausstrahlte, die Verve, mit der er sein Ziel anstrebte, weckten in ihr eine Verzweiflung, die sich nicht ignorieren ließ. Sie hatte sich aus seinem täglichen – und nächtlichen – Leben zurückgezogen, aus Vernunft und aus Stolz, doch sie konnte ihn nicht aus ihren Gedanken vertreiben.

Auch Joachim war inzwischen mit anderem beschäftigt, und sie existierte für ihn praktisch nicht mehr. Da sie in selbst gewählter Trennung von Chester lebte, blieb sie lange in ihrem Zimmer und starrte aus dem Fenster zum Fluss hinunter. Sie hörte Joachim kommen und gehen.

Er hatte plötzlich aufgehört zu laufen. Seine ungewollte Berühmtheit als *Läufer von London*, die Karikaturen in den Zeitungen und die vielen Menschen, die ihn inzwischen verfolgten, waren seiner einsiedlerischen Natur zuwider gewesen, und er hatte mit seinem Gerenne durch die Stadt von heute auf morgen aufgehört. Katerina konnte ihn zwar hören, wie er in seinem Zimmer seine Übungen machte, aber auch diese Geräusche wurden seltener. Er schien zu jeder Tages- und Nachtzeit auf und ab zu gehen oder sich mit verschiedenen Männern zu treffen. Sie hörte tiefe Stimmen und roch den Zigarrenrauch, der unter ihrer Tür hindurchdrang.

Beim Empfang nach der letzten Vorstellung des Phantasmagoriums kam ein Engländer mit runden Brillengläsern, die wie zwei Scheiben Marienglas in sein dickes, teigiges Gesicht eingelassen schienen, auf sie zu und lobte nicht etwa – wie sie es inzwischen gewohnt war – ihre Musik oder ihre Schönheit in höchsten Tönen, sondern ihren Mann. Das war neu. Überrascht vernahm Katerina, dass ihr Ehemann Joachim Lindt die gesamte Königliche Kommission von seinen Plänen für ein zentrales System zur Abwasserbeseitigung in London überzeugt hatte: ein Geflecht unterirdischer Röhren und Abflussrinnen, die mithilfe der Gezeiten London sauber spülen sollten. Der bebrillte Herr war selbst Mitglied im Vorstand der Kommission, und er strahlte, als er Frau Lindt von der Leistung ihres Gatten berichtete. Es musste sie zweifellos mit ungeheurem Stolz erfüllen, mit einem solch genialen Mann verheiratet zu sein. »Erst erschafft er ein Wunderwerk wie das Phantasmagorium«, fügte der Mann hinzu, »einen künstlerischen Geniestreich, der die Kultur in unserer Stadt zu neuen Höhen führt. Und dann wendet er sich mir nichts, dir nichts der Lösung eines der niedersten und schmutzigsten Probleme unserer Stadt zu. Aber Sie kennen ja sicher all seine Pläne, das großartige System, das er erdacht hat.«

Katerina hatte nicht die geringste Ahnung, wovon der Mann sprach.

Aber das ließ sie sich nicht anmerken. Dem Rest seiner Rede hörte sie nicht mehr zu. Plötzlich schien es ihr, als würden alle Männer um sie herum in See stechen – in Chesters Fall war das sogar wörtlich zu nehmen –, während sie allein am Kai zurückbleiben sollte. Während sich diese Männer – und viele andere – früher zu ihr hingezogen gefühlt hatten. Der Gedanke ließ sie frösteln. Sie entschuldigte sich und verließ den Empfang.

Am nächsten Tag nahm sie den Zug nach Plymouth. Chester hatte dort ein Hotelzimmer bezogen, um die letzten Vorbereitungen vor Ort zu überwachen. Sie nahm eine Kutsche vom Bahnhof zur Marinewerft, und dort sah sie am späten Nachmittag zum ersten Mal die beiden Schiffe: die *Niagara* und die *Agamemnon*. Die Linienführung des amerikanischen Schiffes, der *Niagara*, von deren höchster Nock das Sternenbanner wehte, erinnerte an eine

Segeljacht – es handelte sich um die größte Dampffregatte der Welt; die britische *Agamemnon*, die auf derselben Werft am Nachbarpier lag, nahm sich daneben massig und träge aus.

Die Größe der Schiffe, die Anzahl der Männer, die auf ihnen herumkletterten, die riesigen Stapel Kisten, Fässer und Ballen, die noch verladen werden mussten, schockierten sie. Sie war Zeugin der Manifestation eines kolossalen Ehrgeizes und einer gewaltigen Vision. Chester hatte all dies in Bewegung gesetzt, dachte sie, seine eigene Flotte gebaut, während er sie verführte. Sie fühlte sich betrogen und erregt zugleich.

Ein junger Mann in Anzug und Gamaschen kam auf sie zu. Er trug ein großes Bündel Papiere und vollführte eine Art Tanz beim Überspringen von Trossen, Unrat und anderem, was auf dem Werftgelände verstreut lag. Er erkannte sie. Er stellte sich als Bevollmächtigter einer Anwaltskanzlei vor, welche die Interessen des Syndikats vertrat, und er hatte sie bei einer Vorstellung des Phantasmagoriums gesehen. Wie schön, sie hier zu treffen. Ob er ihr wohl behilflich sein könne?

Sie verneinte zunächst, überlegte es sich dann jedoch anders und bat ihn, ihr einige Fragen zu den Schiffen zu beantworten. Auf welchem befindet sich das Kabel? Wo leben und arbeiten die Seeleute? Wann stechen sie in See?

»In genau drei Tagen«, antwortete er fröhlich. Dann berichtete er, er käme gerade von der *Niagara*, von einer Besprechung mit Mr. Ludlow. Ob Sie wohl gern ihren Bühnenkollegen, einen weiteren *Phantasmagorianer*, treffen würde? Seine eigene Wortschöpfung schien ihn zu amüsieren, und er kicherte immer noch leise, als sie ablehnte. Sie wollte Mr. Ludlow nicht stören, der doch sicher sehr beschäftigt sei. Aber vielleicht könne der junge Herr Bevollmächtigte sie herumführen?

»Da ich Brite bin, habe ich Zugang zur *Agamemnon*«, entgegnete er. »Ich werde Sie an Bord bringen.«

»Wunderbar.«

Und so kam sie in den Genuss einer Führung über das große, alte Schiff, vom Bug bis zum Heck. Dem jungen Mann schien es, als interessiere Frau Lindt sich nur am Rande für die 1300 Tonnen Kabel, die in den speziell dafür konstruierten Wannen im Laderaum aufgerollt lagen, oder für die weiteren 250 Tonnen, die auf Deck gestaut waren. Der komplizierte Abrollmechanismus, den ihr Kollege *Phantasmagorianer* entwickelt hatte, erregte kaum mehr Aufmerksamkeit. Es waren die Ausstattung des Schiffes, die Kabinen, die Auf- und Niedergänge, die Kombüse und die Mannschaftsquartiere, was ihre Neugier weckte.

Kurz bevor sie das Schiff und ihren jungen Begleiter verließ, erhaschte Katerina einen Blick auf Chester. Er stand auf dem Achterdeck der *Niagara* am Nachbarpier. Die Abendsonne war gerade unter einem grauen Wolkenband dicht über dem Horizont hervorgetreten. Ihr Licht ergoss sich über den Hafen, beschien die Wellen und die Aufbauten der beiden Schiffe. Während dieses leuchtenden Augenblicks kam Katerina vorübergehend zur Ruhe. Das Licht bestand aus einem einzigen Farbton – Gold – und fiel weit und hell über die Welt. Die gleichmäßige Brise vom Meer roch sauber und klar. In diesem Moment erschien ihr nichts kompliziert.

Sie sah Chester im Licht stehen. Das Glitzern seiner Brillengläser war selbst von der Gangway der *Agamemnon* aus zu erkennen. Sie verspürte den starken Drang, ihm zuzuwinken, ihn wissen zu lassen, dass sie hier war. Stattdessen dankte sie dem jungen Anwalt, ging an Land und stieg in ihre Kutsche.

Chester las auf dem Achterdeck der *Niagara* einen Brief, der mit einem ganzen Packen von Papieren eingetroffen war.

Willing Mind
Juni

Lieber Mann,

kannst Du mir mein langes Schweigen vergeben? Ich hoffe sehr. Meine Gedanken waren oft bei Dir, seit ich Dir zuletzt geschrieben habe. Viel ist seither geschehen. Ich frage mich, wie es Dir geht, was Deine Gedanken und Dein Herz bewegt.

Bisweilen höre ich von Mr. Fields Büro in New York, und daher weiß ich, dass Du bald in See stichst. Ich hoffe, dass dieser Brief Dich vorher erreicht. Gottes Segen für die Reise, mein Lieber.

Lieber Mann, ich habe Neuigkeiten für Dich. Zum einen ist Otis hier. Er ist direkt nach Deiner Abreise nach England aus Malakka eingetroffen. Er scheint sich verändert zu haben, aber ich denke, niemanden würden solch abenteuerliche Erlebnisse unverändert lassen.

Nur zögernd teile ich Dir mit, dass ich ihn zu meinem Leh-
rer in spirituellen Dingen erwählt habe. Damit meine ich nicht,
dass er mir Predigten hält oder mich in religiösen Dingen unter-
richtet. Ich meine vielmehr – und ich weiß, dass Du als rational
denkender Ingenieur dies nur widerwillig zur Kenntnis nehmen
wirst –, dass er mich spiritistisch unterweist. Er hat in der Fer-
ne viel über Kontakte mit der Anderen Welt gelernt. Es gibt ver-
schiedene Ebenen unserer Existenz, wie die Sprossen einer Leiter.
Schamanen in Malakka haben ihm beigebracht, diese Sprossen
zu erklimmen, Liebster; und nun lehrt er mich. Ich berichte Dir
davon, weil ich sie gesehen habe. Unsere geliebte Kleine. Ich habe
Betty gesehen! Und es geht ihr gut. Sie ist sogar glücklich! Sie ist
nicht mehr unser, aber es geht ihr gut.

Während Du Dich bemühst, Signale durch ein unvorstellbar
langes Kabel auf dem Meeresgrund zu senden, sollst Du wissen,
dass auch ich Nachrichten aus einer Anderen Welt erhalten habe.
Ich bin so froh! Wir haben sie verloren, doch sie lebt in Liebe und
Licht. Kann daran etwas Schlechtes sein?

Möge Deiner Mission derselbe Erfolg beschieden sein, wie der
meinen hier zuteil wurde. Ich erwarte freudig und ungeduldig
Deine Rückkehr,

Deine treue und Dich liebende Frau
Franny

Hätte Chester nicht am golden leuchtenden Horizont gesehen, dass
die See still dalag, er hätte nach der Lektüre dieser Zeilen schwören können, dass die *Niagara* von einer riesigen Welle emporgehoben wurde. Er wusste nicht, was er mit dem Brief anfangen sollte.
Sein Bruder war unangekündigt zu Hause aufgetaucht, und seine
Frau hatte es ihm wochenlang verschwiegen. Sein Bruder war in
seinem Haus, und seine Frau hatte den Geist ihrer toten Tochter gesehen.

Er las die Zeilen noch einmal. Sie ergaben nicht mehr Sinn als zuvor. Eher noch schien sein Geist nach der neuerlichen Lektüre wie
betäubt. Vor zwei Wochen hatte er Franny einen kurzen Brief geschickt, ihr mitgeteilt, wann er in Neufundland einzutreffen geden-
ke, und sie gebeten, ihn dort zu treffen. Ihre Briefe mussten sich auf
dem Atlantik gekreuzt haben.

Er sah auf. Seine Gedanken verwirrten sich. Er hätte schwören können, dass er eine Frau von Bord der *Agamemnon* gehen sah, die gekleidet war wie Katerina. Er drehte sich wieder um und betrachtete den westlichen Horizont. In drei Tagen würde er aufbrechen, um das Kabel von hier nach Amerika zu verlegen. Die Distanz, die dafür zu überbrücken war, schien größer denn je.

Kapitel 12

Auszug aus Willing Mind

Maine, Frühjahr 1858

Auszug aus Willing Mind
Auszug aus Willing Mind. Wieder ein strahlender Tag an Maines Küste: keine Wolke am Himmel; der Ozean ein blaugrün gefurchtes Feld, so weit das Auge reicht. Die Brise ist nicht stark genug, den Wellen Schaumkronen aufzusetzen. Strömungen unter der Oberfläche vermitteln den Anschein, das Meer wälze sich faul herum. Die Möwen kreisen schreiend über den Felsen.

Das Sonnenlicht glitzert in den Fenstern auf der Seeseite des Hauses, glitzert auf dem Wasser, sogar auf dem nassen Seetang am Fuß der Klippen. Noch vor dem Mittag hat Gil Tyler seine Hummerfallen überprüft und wieder mit Ködern bestückt. Jetzt rudert er schwer verkatert zurück zum Hafen. Die Bojen schwanken im schwach erkennbaren Kielwasser seines Bootes.

Seine Frau hat die Post weggetragen und vor allem im Arbeitszimmer ein paar letzte Kleinigkeiten in Ordnung gebracht, wie von Mrs. Ludlow in einer Notiz angeordnet:

Bitte, Mrs. Tyler, versetzen Sie das Arbeitszimmer meines Vaters in seinen ursprünglichen Zustand. Enthüllen Sie die Porträts, rücken Sie die Möbel zurecht etc. etc.

Es tut mir leid, dass ich so überstürzt aufbrechen muss. Bitte halten Sie das Haus, so gut es geht, bereit für unsere Rückkehr. Da Mr. Ludlows Schiff, wie er schreibt, bereits unterwegs ist, muss ich sofort nach St. John's aufbrechen, derweil er mit seinem Unterwasserkabel in unsere Richtung fährt.

Mrs. Tyler geht durchs Haus und überlegt, ob sie bis zum Nachmittag bleiben sollte. Gil hat in letzter Zeit viel getrunken. An einem Nachmittag im Frühling ist das leere Willing Mind ein besserer Aufenthaltsort für eine alte Dame mit spirituellen Interessen als die Fischerhütte im Dorf mit einem betrunkenen, schnarchenden oder, schlimmer noch, tobenden Mann.

Also setzt Mrs. Tyler sich im aufgeräumten »Geisterzimmer«, das nun wieder ein Arbeitszimmer ist, in einen Sessel. Mrs. Tyler hat wieder alles in den Zustand zurückversetzt, in dem es vor Chesters Einzug war, als Frannys Vater hier las und arbeitete. Sie sieht zum Fenster hinaus. In diesem Zimmer ist Franny ihrer toten Tochter begegnet, denkt sie. Otis hat ihr dabei geholfen. Jetzt ist er nicht da; sie hat keine Ahnung, wo dieser seltsame Mensch stecken mag. Doch wenn sie aufs Meer hinausblickt und versucht, das zu tun, wozu Dr. Zephaniah Hermes Franny bei der Vorführung aufgefordert hat, dann wird vielleicht etwas geschehen.

Dr. Zephaniah Hermes. Der Name hallt in Mrs. Tylers Kopf. Er ist ihr Geheimnis. Nicht einmal Franny hat sie auf ihrer nächtlichen Heimfahrt davon erzählt. Es ist etwas Besonderes.

Sie war direkt zum Seemannssaal gefahren und hatte gehofft, noch eine Eintrittskarte für die Vorführung zu ergattern, und dort im Foyer hatte sie Dr. Hermes höchstpersönlich angetroffen, der gerade eine Programmtafel aufstellte. Er war furchtbar freundlich und sah furchtbar gut aus. Er sagte, er sei erfreut, sie bei seiner Vorführung begrüßen zu dürfen, und fragte, ob sie aus der Gegend sei. Er fragte auch, ob sie schon in Kontakt mit Geistern getreten sei. Nein? Nun, vielleicht aber eine Freundin? Und da hatte ihm Mrs. Tyler alles von Franny erzählt. Würde Franny heute Abend ebenfalls erscheinen? Mrs. Tyler glaubte schon, und Dr. Hermes versicherte ihr, dass sie sehr zum Gelingen der Veranstaltung beitragen könne, wenn sie Franny finden und einem der Platzanweiser ein Zeichen geben würde, damit dieser sie auf einen besonderen Sitz geleiten könne. Und würde Mrs. Tyler als Dank für diese kleine Hilfestellung vielleicht einen Ehrenplatz in der ersten Reihe einnehmen wollen?

Mrs. Tyler ist immer noch tief beeindruckt und über die Maßen stolz auf die besondere Rolle, die ihr bei Dr. Hermes' Vorführung zuteil wurde, und sie ist sich nicht sicher, ob sie jemals irgendjemandem davon wird erzählen können. Ihr größtes Geheimnis.

Abgesehen von ihren Besuchen im Arbeitszimmer. Sie hat sogar die kleine, augenlose Puppe mitgebracht, weil sie annimmt, dass sie etwas mit dem zu tun hat, was Franny und Otis gelungen ist. Sie sitzt mit der Puppe auf dem Schoß im Sessel, sieht aufs Meer hinaus und versucht ihren Geist zu leeren, um ihn für jede Art von Zeichen empfänglich zu machen.

Auch Otis' Zimmer ist leer. Völlig leer. Er hat es ausgefegt, das Bett abgezogen, die Matratze aufgerollt und die Schubladen der Kommode zum Auslüften aufgezogen.

Auch er ist in Eile aufgebrochen, noch vor Franny.

Der Agent, der Leute für den sibirischen Telegraphen suchte, war zufällig noch einmal durch die Milk Street gekommen, nachdem er die Kais und die Kneipen an der Commercial Street abgesucht hatte. Er war nicht fündig geworden – niemand, der an Reisen, Abenteuern und reichem Lohn interessiert gewesen wäre. Da er Portland nicht kannte, ging er denselben Weg wieder zurück bis zu seinem Hotel. So kam er noch einmal an Barrett & Crane's vorbei und fand in der Gosse den bewusstlosen Otis Ludlow, der mit der Faust seine Anzeige umklammert hielt. Er weckte Otis mit ein paar Handvoll Wasser aus einer nahen Pferdetränke, half ihm über die Straße in ein anderes Gasthaus und bestellte ihm etwas zu essen.

Der Agent hatte eine Quote zu erfüllen, die er noch lange nicht erreicht hatte, und wollte Otis unbedingt anheuern. Und doch wunderte ihn die verdächtige Eile, mit der Otis zur Feder griff, um die Absichtserklärungen und Kodizille zu unterzeichnen.

»Sind Sie sicher, dass Sie wissen, was Sie tun?«, fragte der Agent, der versuchte, sich auf Otis einen Reim zu machen.

»Bin ich«, erwiderte Otis, musterte die Papiere, unterzeichnete, musterte, unterzeichnete. »Ich habe mein ganzes Leben bei solchen Unternehmungen verbracht. Erst letzten Winter bin ich von einer Guttapercha-Plantage in Malakka zurückgekehrt.«

»Und Ihre, ähem, Ihre Verletzung behindert Sie nicht?«

»Verletzung?«

»Oder was immer es war, das Ihnen da zu schaffen gemacht hatte. Vorhin? Auf der Straße?«

Otis lachte. »Aber nicht mehr nach einer solchen Mahlzeit, Sir.« Er bot das personifizierte Klischee eines eifrigen Sekretärs: lesen, unterschreiben, lesen.

»Sie standen, äh, nicht etwa unter Einfluss von Alkohol, als ich Sie in der, äh …«

»… Gosse fand?«

Der Agent zuckte die Schultern. »Sie müssen verstehen, wie wichtig es ist, dass unsere Vereinbarung nicht unter falschen Voraussetzungen getroffen wird. Zum Schutz beider Seiten.«

Otis sah ihn direkt an, sodass sich der Agent ganz auf das gesunde Auge konzentrieren konnte. »Ich habe Ihnen doch gesagt«, begann Otis, »dass ich kaum ein Bier getrunken hatte, als ich in einen Faustkampf gezwungen wurde, um die Ehre einer Dame und meine eigene zu verteidigen. Ich wurde zwar niedergeschlagen, aber nicht Lügen gestraft. Ich bin nüchtern und bei klarem Verstand. Mein Kopf schmerzt, und es drängt mich, diese Stadt, dieses Land, diesen Erdteil zu verlassen. Ihre Anzeige kam genau zur rechten Zeit. Die Vorsehung hat Sie durch diese Gasse geführt, und vielleicht hat auch die Vorsehung einen feigen Barmann veranlasst, mich von hinten niederzustrecken und in die Gosse zu werfen.«

»Vorsehung, genau«, murmelte der Agent. »Es ist vorgesehen, dass ich zunächst nach Providence weiterreise. Und dann nach Worcester. Diese Stadt war ein Reinfall. Sie sind der Einzige, den ich hier gewinnen konnte.«

»Das ist mir eine Ehre, Sir.« Otis hatte alle Papiere unterschrieben.

Der Agent sah die Dokumente durch. »Ludlow«, murmelte er. »Es gibt doch einen Ludlow, der beabsichtigt, ein Kabel durch den Atlantik zu verlegen.«

»Mein Bruder.«

Der Agent runzelte die Stirn. »Und Sie helfen ihm nicht dabei?«

»Wir führen jeder unser eigenes Leben. Ich habe zwar früher für ihn gearbeitet, aber es ist am besten, wenn die halbe Welt zwischen uns liegt. Er wird sein Kabel, ich das meine verlegen. Möge der Bessere gewinnen.«

Der Agent schaute Otis forschend an. »Und woher weiß ich, dass Sie nicht immer noch für Ihren Bruder arbeiten? Woher weiß ich, dass Sie unserem Telegraphen keinen Schaden zufügen wollen? Das wäre ja eine schöne Bescherung. Der Einzige, der sich in Portland verpflichtet, entpuppt sich am Ende als Spion der Konkurrenz.«

»Sagen Sie Ihren Vorgesetzten, dass sie mich im Auge behalten sollen. Erzählen Sie ihnen, dass ich ein Ludlow bin, einer von *den* Ludlows. Erzählen Sie ihnen, was Sie wollen. Aber erzählen Sie ihnen auch, dass Sie einen Mann mit Vermesserlizenz verpflichtet haben, der auf Celebes eine Guttapercha-Plantage geführt hat, der, seit er sechzehn ist, im Eisenbahnbau und als Holzfäller gearbeitet hat, der zweimal das Deng-Fieber überlebt hat, der ein Jahr auf Borneo bei einem Medizinmann, wie Sie ihn wahrscheinlich nennen würden, verbracht hat, der mit einem Auge besser sehen kann als jeder andere mit zweien und der mit einer Geschwindigkeit von bis zu dreißig Wörtern in der Minute Telegraphencode empfangen und senden kann.«

Der Agent lächelte schwach und legte die Hände auf die Papiere. Er hatte schon zahlreiche verzweifelte und mittellose Männer gehört, die ihre Referenzen schamlos schönfärbten. Zu den Aufgaben des Agenten gehörte es, sie auszusieben oder sie zumindest nur für niedrigste Handarbeiten vorzusehen: »Die Entbehrlichen«, so wurden sie im Unternehmen genannt. Aber dieser Mann schien weder verzweifelt noch mittellos. Er schien genau das zu sein, was er vorgab, wenn nicht noch mehr.

Der Agent betrachtete seine Hände und überlegte, was er als Nächstes sagen sollte. »Natürlich«, setzte er an, »könnten wir die Sache auch von der ganz anderen Seite betrachten. Vielleicht gereicht es uns ja zum Vorteil, dass Sie der Bruder von Ludlow sind. Vielleicht könnten Sie von Ihrem Geburtsrecht zu unserem Vorteil Gebrauch machen. Natürlich gegen eine entsprechende Entlohnung.«

Otis' Hand schnellte so rasch zum Hals des Agenten, dass dieser, bevor er sie spürte, schon vor Schreck keine Luft mehr bekam. Otis sprach mit ruhiger, leiser Stimme.

Er hatte nicht vor, an einem Tag aus zwei Gasthäusern geworfen zu werden.

»Ich will nur eine Anstellung, Sir. Sie brauchen mir gegenüber kein Misstrauen zu hegen. Ich habe Ihnen mein Wort gegeben. Aber ich werde in Ihren Diensten keiner anderen Unternehmung Schaden zufügen, am allerletzten der meines Bruders.«

Er ließ den Agenten los, der sich bemerkenswert schnell wieder gefangen hatte.

»Na dann«, sagte er, »genug davon. Die Papiere scheinen alle in Ordnung zu sein. Sie sollen in drei Tagen von Boston aus in See gehen. Schaffen Sie das?«

Otis schaffte es. Seine Abschiedsnotiz lag immer noch auf dem Küchentisch, wo Mrs. Tyler sie neben Frannys Anweisungen gelegt hatte. Franny hatte Otis' Zeilen gelesen und sie in ihrer Aufregung auf dem Tisch liegen lassen. Ebenso wie Chesters Brief. Mrs. Tyler hatte alle Schriftstücke studiert, sie nebeneinander aufgereiht und mit dem Salz-, dem Pfefferstreuer und der Zuckerdose beschwert.

Liebe Franny – so begann Otis' Brief,

es tut mir leid, dass ich nicht weiter mit Dir über unsere Erkundungen sprechen kann, aber mir ist klar geworden, dass ich gehen muss. Auch wenn meine Anwesenheit mir selbst von großem Nutzen war und zu meiner Erholung beigetragen hat, habe ich wohl die Regeln der Gastfreundschaft und des Anstands verletzt. Wir beide wissen, dass wir weder einander noch den guten Sitten Schaden zugefügt haben. Offenbar sehen andere das aber nicht so. Ich möchte keinen Anteil daran haben, dass Dein guter Name – oder der meines Bruders und damit auch mein eigener – in den Schmutz gezogen wird. Ich hoffe, dass Du mir eines Tages von Deinen Erfahrungen berichten kannst, von Deinem Kontakt mit Deiner Tochter. Du bist eine Frau mit erstaunlichen Fähigkeiten.

Ich muss nun gehen und meine eigenen bescheidenen Fähigkeiten erproben, auch wenn sie sich im Moment darauf zu beschränken scheinen, unseren großen Globus zu bereisen.

Bitte richte Chester meine herzlichsten Grüße aus. Er hat mir in letzter Zeit sehr geholfen. Es tut mir leid, dass meine Gesundheit es nicht zuließ, ihm länger zu Diensten zu sein. Dein Ehegatte ist ein außergewöhnlicher Mann, der den großen Globus kleiner machen wird.

Ich bleibe Dein Dir herzlich zugeneigter
Schwager und Bruder im suchenden Geiste
Otis

Auszug aus Willing Mind. Alle Ludlows sind fort. Gil Tyler hat die Klippe umrundet, und Mrs. Tyler hat sich aufgerafft, nachdem sich kein Geist hat blicken lassen, während sie im Sessel in der Sonne am Arbeitszimmerfenster eingeschlafen war; sie hat sich aufgerafft, ist nach Hause geschlurft und hat das Abendessen für ihren Mann zubereitet.

Das Meer glitzert. Am anderen Ende des Ozeans lichten zwei Schiffe die Anker und stechen in See, Tonnen von Telegraphenkabel in den Laderäumen. Auf dieser Seite des Weltmeeres könnte ein kleines Mädchen im weißen Kleid durch die Heide springen und ins Fenster des Arbeitszimmers starren, wo ihre augenlose Puppe auf einem Stuhl liegt; sie hüpft und wirbelt in Kreisen über den Rasen und singt mit heller Stimme ein Lied, das auch ein Möwenschrei sein könnte, was es aber nicht ist, und sie tanzt auf die Klippen, auf den Abgrund zu, und wieder wirft sie sich über den Rand und verschwindet im leeren Licht des Tages.

Buch zwei

Otis Ludlows Tagebuch

Irland, 1866

Foilhommerum Bay

Afrika ist der Dunkle Kontinent. Amerika ist die Neue Welt, Europa die Alte. Doch was ist mit der asiatischen Landmasse? Was ist mit Sibirien?

Es ist ein Loch in der Welt. Ein Nichts. Eine große, gesichtslose, auf erschütternde Weise abwesende Masse, die weder mit Worten noch mit Expeditionen zu begreifen ist.

Seit Tagen ist kein verständliches Wort aus dem Kabel gedrungen. Fehlender Sinn. Ein Nichts. Ich kann warten. Ein Zeichen wird kommen.

Im Jahre 1861 hatte ich bereits mehr als drei Jahre in Sibirien verbracht. Ich war dorthin gereist, um eine Telegraphenroute für die Anschlussgesellschaft der Western Union, besser bekannt als Russisch-Amerikanische Telegraphen-Compagnie, auszukundschaften. Ich sollte einen Weg durchs nordöstliche Asien finden und kartographieren, ein imaginäres Kabel durch das wüste Land spannen, eine Verbindung durch die Leere schlagen in der Hoffnung, dass eines Tages das Unternehmen weitere Vermesser, Mastschneider, Kabelrollen und Arbeiter nachschicken würde, ausgestattet mit amerikanischem Geld und unterstützt von einheimischen Landarbeitern, und dass schließlich eine Telegraphenlinie die Alte mit der Neuen Welt verbinden würde, auf dem langen Weg quer durch Asien und über die Beringstraße und durch British Columbia und Russisch-Amerika. Ein riskantes Spiel über mehr als zehntausend Meilen, ein furchtbares Wagnis, aber immerhin ein Wagnis auf festem Land (abgesehen vom kurzen Unterwasserkabel durch die Beringstraße). Der weiteste Weg mit dem geringsten Widerstand. Der Weg, den ich mein Leben lang gewählt habe.

Drei Jahre lang trieb ich mich an der Mündung des Amur herum, am Nordrand Chinas, und von dort ging es weiter nach Ochotsk, um die geplante Route für das Kabel auszukundschaften. Ich besuchte die größten Völkerschaften der Halbinsel Kamtschatka und der weiter nordwestlich gelegenen Gebiete: die Russen, von denen die meisten Kosaken waren; die Kamtschadalen und Tschuktschen auf der Halbinsel selbst; die sesshaften Korjaken am Golf von Penjinsk und die nomadischen Korjaken der nördlichen Steppe. All diese Völker sollten beim Bau der Überlandleitung unsere Verbündeten werden.

Das sibirische Klima ist Strafe und Belohnung zugleich. Eine außerordentliche Herausforderung. Der sibirische Winter ist ein körperliches Wesen. Er umarmt dich, nagt an dir, demütigt dich und versetzt dich – gelegentlich – in Ekstase. Ich habe erlebt, dass das Thermometer hundert Grad Fahrenheit unter dem Gefrierpunkt erreichte. Die Korjaken und die anderen Eingeborenen haben sich dieser Kälte angepasst, aber sie bleibt eine Herausforderung. Ich bin im Schneesturm neben meinem Hundeschlitten festgesessen und musste mich alle paar Minuten aufrappeln und mich ausgraben, um nicht in einer Schneewehe zu ersticken. Ich habe Kälte ertragen, bei der ein Feuer aus Krüppelkiefern (jene leicht brennbaren, niedrigen, buschigen, rankenden immergrünen Nadelhölzer der Steppe) mit drei Meter hohen Flammen nicht ausreichte, uns zu wärmen, und bei der wir uns fast in die Flammen stellen mussten, um ein wenig aufzutauen. Ich musste tagelang in der Jurte eines sesshaften Korjaken ausharren, während draußen ein »Purga« tobte – ein sibirischer Schneesturm, der vom Nordpol herunterzieht; ein Sturm von solch brutaler Kraft, dass jeder Versuch, den Kopf aus dem Luftloch oben in der Jurte zu stecken – das bei diesen seltsamen Behausungen auch als Eingang dient – dem Versuch gleichkam, einen pausenlosen Beschuss mit Schrotkugeln zu ertragen.

Und darüber hinaus das verstörend blaue Licht des arktischen Winters, das Heulen der wilden sibirischen Wölfe, das Nordlicht, die Zeitlosigkeit der Winternacht, die den Raum auflöst, die Sterne, die eiserne Kälte, welche die Seele reinigt wie eine Geißel.

Im frühen Sommer, als das Eis taute, war ich mit dem Schiff von Ochotsk nach Petropawlowsk gereist (der Stadt der beiden Heiligen Petrus und Paulus – eine kleine Hafenstadt an der Ostküste der

Halbinsel Kamtschatka), wo ich einen Vertreter der Überland-Telegraphen-Gesellschaft treffen sollte, der von San Francisco nach Asien gekommen war, um meinen Bericht über den vergangenen Winter entgegenzunehmen. Meine Aufzeichnungen stellten den Abgesandten, Mr. Alden Wickenden, äußerst zufrieden, und er wollte sie seinerseits an Mr. Collins weiterleiten, der, wie Mr. Wickenden sich ausdrückte, immer noch in Washington für die Russisch-amerikanische Telegraphenlinie die Trommel rührte und endlich bei Mr. Lincoln ein wenig voranzukommen hoffte. Mein Bericht würde ihm dabei eine große Hilfe sein, so wurde mir beschieden. Die Regierung der Vereinigten Staaten werde unsere Sache, ungeachtet des Krieges, unterstützen. Ob ich mir inzwischen wohl vorstellen könnte, meine Erkundungen nach Norden bis zur Beringstraße auszudehnen? Er hatte eine Vollmacht von Mr. Collins, Mittel und Vorräte für mich bereitzustellen.

Nach nur kurzer Überlegung willigte ich ein, doch der Brief meines Bruders, den Wickenden mir mitgebracht hatte, komplizierte die Lage. In diesem Brief – der schon fast zwei Jahre alt war, als ich ihn empfing – erkundigte Chester sich zunächst wie üblich nach meiner Gesundheit und meinem Wohlergehen, um dann in knappen Worten auf seine Mühen mit dem Transatlantikkabel zu sprechen zu kommen.

»Ich muss gestehen, mein Bruder«, schrieb er, »dass es ein Schock für mich war, als ich erfuhr, dass Du einem Unternehmen, das unbedingt und ausdrücklich das meine überflügeln und ausstechen will, Deine Dienste als Vermesser und Kundschafter angeboten hattest. Aber wie die Dinge hier stehen, kann ich Dir nur ganzen Erfolg wünschen.«

Sein Bericht über die Ereignisse blieb bemerkenswert dunkel. Chester klagte einen Mann namens Whitehouse an, ohne zu erklären, wessen er den Mann beschuldigte. Er sprach vom Skandal und von der Schande der Expedition, als wären die Einzelheiten weltweites Allgemeinwissen. (Er hatte wohl keine Vorstellung von der Abgelegenheit Sibiriens.) Der Brief war eine enttäuschend unpräzise Polemik gegen das Versagen. Der Ton deutete darauf hin, dass meines Bruders Unternehmen offenbar gescheitert war – oder schlimmer. Er habe sich nach Hause zurückgezogen, teilte er mit. Er klang verzweifelt.

Kapitel 13

Die Expedition

England und der Atlantik, Juni 1858

Irritationen

In den letzten Tagen vor der Abreise fühlte Chester Ludlow sich zunehmend irritiert. Er hatte fast eine Woche ohne Schlaf durchgearbeitet, doch es war weder die Arbeit noch die Müdigkeit, die an ihm nagte. Solange er sich auf die Vorbereitungen konzentrieren konnte, solange sein Puls in kritischen Phasen der Vorbereitung zu rasen begann, so lange ging es ihm gut. Nur in den gelegentlichen Augenblicken zwischen zwei Verpflichtungen, wenn er fern der Fanfaren und Bankette war; fern der anstrengenden Berechnungen und Berichte und der nächtlichen Erledigung des Papierkrams, fern des Knirschens der Kräne, des Trauergeläuts der riesigen Kettenglieder, der Rufe der Arbeiter und des Heulens der Dampfpfeifen, fern des beißenden Geruchs von Kreosot, fern von Schmutz, Lärm und der betäubenden Hektik des Werftgeländes – wenn er weit weg war von seiner Arbeit und ganz für sich, dann war er irritiert. Mit den Gesetzen der Physik, der Elektrizität und der Organisation kam er glänzend zurecht; womöglich konnte er sogar den Atlantischen Ozean besiegen; aber *Menschen* waren ihm ein Rätsel geblieben.

Dass er Katerina seit Tagen nicht gesehen hatte, irritierte ihn am meisten. Es hätte doch möglich sein müssen, den Druck seiner anstrengenden Arbeit durch Treffen mit ihr zu mildern. Es hätte zu ihrer beider Vergnügen sein können. Zumindest aber wollte er sie noch einmal sehen, bevor sie in See stachen. Aber sie war verschwunden. Die Nachrichten, die er ihr ins Hotel sandte, blieben unbeantwortet.

Und dann gab es ja auch noch Franny. Jedem Gedanken an Frau Lindt folgte wie ein Schatten ein Gedanke an Franny. Die Hetze der Arbeit und die Konzentration auf das Kabel hatten alle Fragen danach, was er Franny antat, verdrängt. Er konnte sich mit gutem Grund einreden, dass jetzt nicht der richtige Zeitpunkt sei, über seine Ehe nachzudenken. Außerdem glich die Verbindung zwischen Franny und ihm seit geraumer Zeit einer trockenen Steppe, schon lange bevor er Katerina kennengelernt hatte ... Eigentlich seit Bettys Tod.

Chester wusste von Männern, die ein »Arrangement«, wie er es mit Frau Lindt eingegangen war, jahrelang neben ihrer Ehe praktiziert hatten. Katerina, sagte er sich, war in gewisser Weise seine Muse. Just an der Schwelle zu seinem größten Lebenserfolg auf einen so verwandten Geist zu treffen, war ein Geschenk Gottes. Katerina hatte ihm eine Energie und eine Sicherheit beim Verfolgen seiner Ziele verliehen, wie er sie nie vorher gekannt hatte.

Aber Franny saß daheim in Willing Mind und machte ihm Sorgen, zog ihn mit ihrer Schwäche – oder war es in Wahrheit Beschränktheit? – hinab, und ihre gemeinsame Vergangenheit zerrte an ihm, so wie Katerinas Stärke und ihre Begierde von der anderen Seite an ihm zerrten.

Er hatte Franny eine Nachricht gesandt, sie möge nach Neufundland kommen, und hatte mit dem gleichen Postschiff eine Botschaft an das Kabelsyndikat in Amerika auf den Weg gebracht. Er wies das Syndikat an, Spude zu kontaktieren, der schon unterwegs in die Neue Welt war, der Expedition vorauseilte, weil sie dort willkommen heißen und, wie er sagte, das erste Telegramm abschicken wollte. Chester ließ Spude bitten, nach Franny zu sehen und ihm über ihren Gesundheits- und Geisteszustand zu berichten. Inzwischen wünschte er, er könne diese Botschaft zurückrufen. Er hätte womöglich nicht öffentlich Zweifel an der seelischen Stabilität seiner Frau säen dürfen; das war ungehörig. Aber immerhin könnte es, sollte seine Affäre auffliegen, als Erklärung dafür dienen, warum Frau Lindt so wichtig für ihn war. Männer würden ihn verstehen. Eine neurasthenische Ehefrau war Grund genug für einen Mann, anderweitig Trost zu suchen.

Doch Gedanken dieser Art ließen unweigerlich den Verdacht in ihm aufkeimen, dass auch Franny solchen Trost suchte. Otis'

Rückkehr bedeutete also eine weitere Irritation. Franny hatte in ihrem Brief berichtet, er *lehre* sie. Er sei ihr »Lehrer in *spirituellen* Dingen«, hatte sie geschrieben. Otis blieb ihm ein Rätsel. Ebenfalls irritierend.

Und schließlich Whitehouse, die jüngste Irritation. Chester war sich sicher, dass er heute Abend beim Abschiedsessen Cyrus Field begegnen würde, der ihn, das war ebenso sicher, ausfragen würde, warum Whitehouse an Land zu bleiben beabsichtige.

Während Chester im Einspänner durch den Hyde Park fuhr, fühlte er sich seiner Umgebung entfremdet. Die Irritationen beherrschten ihn. Als er an der Halberton Hall aus der Kutsche stieg, wurden die lächelnden Damen und beleibten Herren zur bloßen Kulisse. Feiergäste begrüßten ihn an der Tür, applaudierten ihm im Foyer, nickten ihm am Tisch zu und hörten aufmerksam zu, als er sich erhob, um seine wohlgewählten Worte an sie zu richten. Cyrus Field und ein halbes Dutzend weiterer Direktoriumsmitglieder lächelten gönnerhaft über ihren Sorbetschalen, als Chester zu sprechen anhob. Er war zwar immer noch verstört, doch glücklicherweise hatte er diese Rede schon bei allen anderen Abendessen und Empfängen gehalten, die zu Ehren des Kabelprojektes gegeben worden waren, sodass nun, da er vor dem letzten Bankett stand, vor Adel und Admiralität, Industriellen und Finanziers, vor den Lenkern des Zeitalters und ihren Gattinnen und Geliebten, die Irritationen allmählich nachließen. Er sprach über seine Arbeit. Endlich über seine Arbeit. Das Kabel. Die vor ihm liegende Aufgabe. Mehr brauchte es nicht. Die Störungen versanken in den Wellen, und bald schon verlor sich Chester ganz in seiner Arbeit, während er ein letztes Mal seine Rede hielt.

DIE REDE

»Zwei Schiffe fahren zur Mitte des Weltmeeres«, begann er. »Zwei Schiffe fahren ins Zentrum des Ozeans.«

Mit diesem Bild eröffnete er stets seine Ansprache, eine Litanei, die bei ihren Wiederholungen nur leichte Änderungen erfuhr.

»Beide Schiffe haben mehr als zwölfhundert Meilen Kabel an Bord, die jeweils mehr als zwölfhundert Tonnen Gewicht haben.«

Die allabendlichen Vorstellungen mit dem Phantasmagorium

hatten Chesters ohnehin gesundes Selbstvertrauen bei Auftritten vor Publikum noch verstärkt. Seine Brille glitzerte golden und gläsern vor den Augen der Zuschauer. Er fuhr mit der Hand durch sein blondes Haar.

»Und dort, im fernen Atlantik, wo es bis zur nächsten Küste in Richtung Osten mehr als tausend, in Richtung Westen etwa tausend Meilen weit ist und wo sich der Ozean zweitausend Faden in die Tiefe öffnet, dort werden die beiden Kabel verbunden, und die Schiffe werden in entgegengesetzten Richtungen auseinanderstreben: Das eine, die *Niagara*, unter amerikanischer Flagge, wird Kurs auf Neufundland nehmen; das andere, Ihre eigene Fregatte *Agamemnon*, an deren Mast der Union Jack weht, wird mit östlichem Kurs nach Irland dampfen.

Langsam und vorsichtig werden sie dabei das Kabel abrollen, das im Verhältnis zur Größe des Ozeans nicht dicker ist als ein Spinnfaden, der von hier bis Gravesend gespannt würde. Und doch wird dieser Spinnfaden in höchstens ein paar Wochen, von ebendiesem Moment an gerechnet, zwei mächtige Nationen in einer größeren und doch kleineren Welt vereinen.«

In diesem Stil fuhr Chester noch eine halbe Stunde fort, unterhielt sein Publikum, rüttelte die satten Essensgäste auf und regte sie an, vor der Abfahrt noch mit einer Spende Gutes zu tun. Er wollte eigentlich nach der Rede so schnell wie möglich verschwinden, aber eine Horde von Menschen umringte ihn. Das Phantasmagorium hatte ihn zu einem der bekanntesten und berühmtesten Männer Londons gemacht. Im *Mirror* war erst an diesem Morgen wieder eine Karikatur von ihm erschienen: Dort wurde er als Gigant mit wehendem Haar und markigem Kinn dargestellt, an dessen Brillenrand kleine Sterne funkelten. Er schritt über den Ozean. Das Wasser reichte ihm nur bis zu den Knien, und mit bloßen Händen band er die beiden Kabelhälften zusammen.

Als Chester den Menschenschwarm begrüßte und sich für die Segenswünsche bedankte, tauchte Cyrus Field auf. Unter seinem grauen Bart war er bleich und ernst. Er zog Chester sacht zu einem Alkoven hinter einem Vorhang. Sein optimistischer Gesichtsausdruck während der Rede war offensichtlich nur Fassade gewesen.

»Irgendwas gehört?«, fragte Field.

»Noch nicht.«

»Irgendwelche Ausweichpläne?«

»Einen: Ich mache es selbst.«

»Unmöglich.«

»Das ist die einzige Wahl, die uns bleibt.«

»Nun, wenn es nicht unmöglich ist, dann doch äußerst leichtsinnig. Wie kann ich ein solches Vorgehen gutheißen, bei allem, was auf dem Spiel steht? Schlagen Sie etwa vor, dass *ich* den anderen Ingenieur spielen soll?«

»Nein, natürlich nicht, aber es ist doch …«

»Wir fahren in zwei Tagen, Mr. Ludlow: in zwei Tagen.«

Zwei Offiziere eines ostindischen Infanterie-Regiments, die in der Nähe bei einer Palme standen, hatten mitgehört und nickten ihnen wissend zu: von Strategen zu Strategen. Field lächelte ihnen flüchtig zu. Er war zwar erregt, wahrte aber wie immer die Form und hielt seine Stimme gesenkt.

Das Problem war Whitehouse mit seiner Absicht, an Land zu bleiben. Für dieses Problem hatte Chester noch keine Lösung. Er hatte Field versichert, die Lage im Griff zu haben und dass es sich gar nicht um ein wirkliches Problem handele, sondern nur um … eine Irritation.

Doch es war mehr als das. Es machte ihn wütend. Das durfte er Field allerdings nicht zeigen. Dr. Whitehouse hatte sich hochmütig, fast schadenfroh angehört, als er Chester im Beisein dieses Flittchens mitgeteilt hatte, er werde sich weder an Bord der *Agamemnon* noch auch nur in die Nähe der Expedition begeben.

»Ich habe drei Nachrichten nach Glasgow gesandt«, sagte Chester.

»Keine Antwort?«

»Noch nicht. Vielleicht ist Professor Thomson …«

»Was? Krank? Verreist? Was?«

»Ich weiß es nicht, Field. Aber passen Sie auf, wir könnten einen Telegraphisten aus dem Londoner Büro mitnehmen, einen guten Mann, und ich könnte ihn auf dem ersten Teil der Reise unterweisen, wie der Abrollmechanismus und die Bremsen funktionieren. Und dann könnten wir noch ein oder zwei Schauerleute mitnehmen, die das Einladen überwacht haben, und jeder von uns könnte ein Schiff übernehmen.«

»Nein.«

»Mr. Field …«

»Nein. Ein Telegraphist ist kein Ingenieur. Schauerleute verstehen nichts von Elektrizität. Hunderttausende Dollar und Pfund stehen auf dem Spiel. Schaffen Sie Thomson her, oder die Expedition wird abgeblasen.«

Chester hatte Field nie zuvor derart entschlossen erlebt. Der Druck forderte auch bei ihm seinen Tribut. Field war Chester gegenüber immer fair gewesen – mehr als nur fair. Während der Vorbereitungen hatte er bedingungslos zu ihm gestanden, doch jetzt sah es so aus, als würde er sich gegen ihn wenden. Und das alles nur wegen Whitehouse.

Chester schaute Field nach, bis er in der Menge verschwand. Beunruhigt und verwirrt – und irritiert – schritt Chester hastig zur Tür und ignorierte den militärischen Gruß, den die beiden Kolonialoffiziere ihm entboten.

10. Juni 1858

Es war auch in diesem Jahr großartig, doch es war schon besser gewesen. Beim letzten Mal waren Fischkutter und Linienschiffe, Jachten und Boote da gewesen, reich beflaggt und vollgestopft mit jubelnden Bauern und Fischern und Seeleuten und Adligen. Die feiernden Gratulanten hatten den kleinen Hafen in Valentia an der irischen Westküste mehr oder weniger blockiert, sodass das Landungsboot der Expedition sich nur mit Mühe bis zum Strand durchkämpfen konnte, um das Kabel am Startpunkt zu befestigen.

Vielleicht lag es daran, dass in diesem Jahr die Expedition von dem englischen Hafen Plymouth und nicht von einem irischen Fischerdorf aufbrach; vielleicht daran, dass das gesamte Kabel unter Deck oder auf riesigen Kabeltrommeln verstaut war und die *Agamemnon* und die *Niagara* wie zwei ganz gewöhnliche Frachtschiffe aussahen, die an einem Junitag in See stachen; und vielleicht auch daran, dass die Unternehmung schon einmal gescheitert war und nun zweihundert Meilen Kabel nutzlos auf dem Meeresgrund lagen. Jedenfalls hatte der Abschied diesmal etwas Bescheidenes, Verstohlenes, zumindest aber Gewöhnliches.

Doch es war ein wunderschöner, ermutigender Tag, wolkenlos und sonnig, und es gab Reden und Grußworte und – wenn auch etwas zurückhaltende – Jubelrufe aus der Menge. Dann feuerten die

Begleitschiffe *Valorous* und *Gorgon,* die im Fahrwasser vor Anker lagen, Salut, und endlich legten die *Agamemnon* und die *Niagara* ab.

Ein paar Stunden später stand Chester an der Heckreling und blickte hinab auf die weiße Kielwasserspur, die die *Agamemnon* hinter sich herzog. Bald schon würde die Küste hinter dem Horizont versinken. Er hörte die Takelage über sich surren. Hinter ihm stieß der Schornstein des Schiffes schwarzen Rauch aus, denn bei der Fahrt in den Ärmelkanal wurden zusätzlich zu den Segeln die Dampfmaschinen eingesetzt.

Am anderen Ende des Schiffes, auf dem Vorderdeck, gab es einen Anblick zu bewundern, der Chester beinahe diebische Freude bereitete. Dort umkreiste ein Mann mit gesetzten Schritten die riesige vordere Kabeltrommel und strich mit der Hand über das Kabel: Professor William Thomson. Chester war es gelungen, sich seine Dienste zu sichern.

Am Abend des letzten Banketts hatte Chester Halberton Hall verlassen, nachdem Field ihn zurechtgewiesen hatte, und war ins Hotel zurückgekehrt. Dort hielt ihn der Portier an der Treppe mit einem Telegramm auf:

IST DAS ZU GLAUBEN STOP HABE DREI TAGE IM LABOR MIT BERECHN ZUGEBRACHT STOP GESETZ DES UMGEK QUADRATS STOP GLAUBE IMMER NOCH WIR HABEN RECHT UND NICHT DIESER DR STOP HABE IHR TELE-GRAMM GERADE ERST ERHALTEN STOP SCHANDE ÜBER WHITEHOUSE STOP ICH FAHRE MIT STOP WIR SEHEN UNS IN PLYMOUTH

THOMSON

Als sich Thomson und Chester am Kai in Plymouth trafen, hatte der Professor, der zwei Taschen über der Schulter trug, sofort ungefragt verkündet, dass er ohne Bezahlung als Freiwilliger an der Expedition teilnehmen wolle.

»Für die Wissenschaft, mein Junge«, hatte er gesagt. »Und wegen der Seeluft.«

Jetzt musste Chester lächeln, als er den Professor um das Kabel herumgehen sah, und allmählich entspannte er sich. Die Sonne brannte auf seinem Gesicht und auf seinen Schultern; das Schiff holte etwas über, als es an den Wind ging und Fahrt aufnahm. Es war ein herrlicher Tag, um in See zu stechen. Die *Agamemnon* und die *Niagara* fuhren ihre Dampfkessel herunter und liefen unter vollen Segeln. Die kleine Flotte von vier Schiffen hatte raumen Wind bei ihrer Fahrt in den Kanal. Bald schon, jenseits der Felsen von Eddystone, würden sie auf Westkurs gehen. Die Expedition war endlich unterwegs.

»Sie sehen zufrieden aus, Sir.«

Chester drehte sich um und erblickte die massige Gestalt des Zeichenkünstlers, der vom Hauptdeck auf ihn zukam.

»Jack Trace«, sagte der Mann und streckte die Hand aus.

»Ja, natürlich«, entgegnete Chester und wurde ein bisschen verlegen, weil es einen Zeugen für sein selbstzufriedenes Grinsen gab.

»Ich bin tatsächlich zufrieden, Mr. Trace«, fuhr Chester fort. »Und ich bin recht zuversichtlich, dass wir erfolgreich sein werden.«

»Wie sollte es anders sein bei solchem Wetter?«, sagte Trace. Rings um sie herum glitzerten die Wellen des Ärmelkanals.

Chester fragte Trace, ob er schon einmal auf See gewesen sei.

»Erst einmal, und das ging nicht gut aus. Auf der Jungfernfahrt der *Great Eastern*.«

»Ah ja.«

Chester sah, dass Trace eine Ledertasche bei sich trug.

»Haben Sie Ihre Arbeit dabei?« Er deutete auf die Aktentasche.

Trace zog einen großen Skizzenblock hervor und legte ihn auf die Reling. Er hatte sich angewöhnt, auf der letzten Seite des Blocks zu beginnen und sich nach vorn zu arbeiten. Wenn er dann die Blätter durch die Finger gleiten ließ, sah er seine Werke in der Reihenfolge, in der sie entstanden waren.

Chester konnte also wie bei einer Laterna magica den Fortschritt des Unternehmens, seit Trace die Dokumentation übernommen hatte, begutachten. Die Zeichnungen waren verblüffend. Plastisch, kraftvoll, mit kühnen Perspektiven: Chester zuckte überrascht zurück. Erregung packte ihn. Manche Skizzen waren präzise wie in einem medizinischen Lehrbuch, andere eher auf Gesamtwirkung bedacht; alle waren sie beeindruckende Darstellungen der Leistung und der Größe des Kabelunternehmens. Das Beladen der Schiffe; die Kabel in ihren mit Meerwasser gefüllten Lagerbecken, in denen sie den Winter über geschmeidig gehalten wurden; die Hände, Arme, Gesichter der Schauerleute; Himmelsstudien; verschiedene nautische Szenerien; zwei Herren – Field und Ludlow –, die bei den genieteten Trägern des Bremsmechanismus am Heck der *Niagara* standen und konferierten.

»Die sind wirklich gut«, sagte Chester, als er die Skizzen ein zweites Mal durchblätterte und ein paar weitere Darstellungen entdeckte, die er beim ersten Mal übersehen hatte. »Diese Bilder gereichen uns und auch Ihnen zur Ehre. Haben Sie auch noch eine Mappe mit ihren – wie sagt man – Cartoons? Männer, die den Ozean überschreiten, und so was?«

Trace lief tiefrot an, als habe Chester ihm auf beide Wangen geschlagen.

»Das ist etwas ganz anderes, eine ganz andere Herangehensweise, Sir. Das Material habe ich an Land gelassen. Ich glaube nicht, dass es hierher passt.«

Chester lächelte. »Ehrlich gesagt, Mr. Trace, ich glaube, doch. Sie sollten auch mit diesen übertriebenen Parodien fortfahren, wenn die Umstände und Ihre Neigung Ihnen dazu Anlass bieten.«

»Nein, wirklich, Sir, ich …«

»Nein, ich bestehe darauf. Ein ungeheures, die Ozeane überspannendes Selbstbewusstsein ist nötig, um zu einer solchen Expedition aufzubrechen, sie überhaupt in Betracht zu ziehen. So Gott will, wird unser Selbstbewusstsein bestätigt und schließlich als Voraussicht und Kühnheit betrachtet werden. Doch im Moment könnte etwas Spott unseren Geist befreien und unsere Gedanken schärfen.«

»Sehr gern, Sir. Aber ich werde dies nicht als meine Hauptaufgabe betrachten. Sie haben mich als Dokumentaristen angestellt und nicht als Hofnarren.«

»Das stimmt, Trace.«

Vor ihnen hob und senkte sich freundlich der Horizont; die Bewegungen der Seeleute wirkten jetzt, da sie nur noch das offene Meer vor sich hatten, geschmeidig und entspannt; direkt vor Trace und Chester drehte der Rudergänger das Rad ein wenig, und das Schiff neigte sich sanft nach Backbord und luvte weiter an.

»Mr. Trace«, sagte Chester, »erinnern Sie sich an die Umstände, unter denen ich Sie verpflichtet habe?«

»Jawohl, Sir.« Trace war diese Wendung des Gesprächs offenbar unangenehm. Er hatte gedacht, dass ihre Unterhaltung zu Ende sei.

»Damals«, fuhr Chester fort, »als wir vor Dr. Whitehouses Zimmertür standen, haben Sie gesagt, dass Sie ihn bereits kennengelernt hätten. Ich habe Sie nie gefragt, bei welcher Gelegenheit das wohl war.«

Traces Herz flatterte. »Nun ja, Sir, ich meinte damals eigentlich nicht Dr. Whitehouse.«

»Nein?«, fragte Chester verwundert, doch dann erinnerte er sich: »Ach so. Sie meinten …«, und vor seinem geistigen Auge erschien das Mädchen, das Whitehouse mit einem Klaps weggeschickt hatte.

»Sir«, sagte Trace, »Sie sagten seinerzeit, dass die Umstände unserer Vereinbarung unter uns bleiben sollten. Und von meiner Seite steht das auch außer Frage.«

»Das weiß ich zu schätzen, Mr. Trace. Ich wusste nicht …«

»Es spielt keine Rolle«, sagte Trace und nahm die Mappe unter den anderen Arm.

Es tat Chester Leid, den Zeichner in Verlegenheit gebracht zu haben. Der Mann wirkte gutwillig, fast kindlich, aber Chester konnte nicht anders als darüber schmunzeln, wie peinlich diesem großen Kerl eine kleine Affäre war.

»Nun denn«, schloss Chester. »Einen guten Tag, mein Herr.« Er schüttelte Trace die Hand und ging in Richtung Bug, um Professor Thomson zu finden. Er musste mit ihm über technische Probleme sprechen.

TRACE GLAUBT, ETWAS ZU SEHEN

Schon nach wenigen Stunden dachte Trace, obwohl Seereisen etwas Neues für ihn waren, dass es sich bei einer Überquerung des Atlantiks um eine langweilige Angelegenheit handeln könne. Es hatte bereits eine Wachablösung gegeben, aber im Grunde war nichts geschehen. Wenn die Kabelverlegung begann, würde sich die Lage vielleicht ändern, hoffte er. Aber im Moment wehte der Wind gleichmäßig, alle Segel waren gesetzt, und nicht einmal das Steuern der *Agamemnon* schien dem Rudergänger irgendwelche Mühe zu bereiten.

Trace fertigte ein paar Zeichnungen von den Matrosen an, die das Achterdeck schrubbten, und schenkte sie den Seeleuten. Dann zeichnete er die anderen Schiffe des Verbandes – die beiden britischen Begleitschiffe an Steuerbord, die *Niagara* backbord achteraus.

Er überlegte, ob es wohl an Bord des amerikanischen Schiffes interessanter wäre. Sein Magen knurrte, und er fragte sich, wann es die nächste Mahlzeit geben mochte. Nach der Jungfernfahrt der *Great Eastern* mit ihren Heerscharen von Stewards und den festlichen Büfetts war er nur ungenügend auf die karge Kost einer Kabelexpedition an Bord eines britischen Marineschiffes vorbereitet.

Er hörte, wie der Kommandant der *Agamemnon*, Kapitän Preedy, zu seinem Ersten Offizier sagte, das Barometer sei auf 740 Torr gefallen. Aber der Himmel sehe doch immer noch gut aus, erwiderte der Erste Offizier. Sie müssten den Punkt, wo die Kabel verbunden werden sollten, in weniger als drei Tagen erreichen. Ein Bootsmann pfiff zur Wachablösung. Trace rieb sich die Augen und fuhr sich durch seinen Haarschopf. Er brauchte eine Pause. Er klappte seinen Skizzenblock zu und ging unter Deck.

In der Dunkelheit tastete er sich in einem Gang an Backbord nach vorn. Durch die dicken Gläser eines mit Metallgittern gesicherten Oberlichts fielen trübe Sonnenstrahlen ein. Es war gerade hell genug, dass Trace einen Blick auf ein, wie er glaubte, bleiches, ovales Gesicht erhaschen konnte, das aus einer Kabinentür hervorlugte. Das Gesicht schimmerte in der schwachen Beleuchtung. Trace hatte das Gefühl, dass die Wahrnehmung echt sei, doch gleichzeitig dachte er, dass die Erinnerung an Maddy seinen müden Augen einen Streich spiele. Dann machte das Schiff eine Bewegung, und die Erscheinung verschwand. Trace ging an seiner Kabinentür vorbei bis zu der Stelle, wo er das Gesicht gesehen zu haben glaubte. Plötzlich war er hellwach, hörte das Knarren der Planken und das Rauschen der Wellen unter dem Kiel. Er schnüffelte nach Spuren von Parfüm. Nichts. Alle Türen waren geschlossen. Er konnte schlecht irgendwo anklopfen und fragen, ob hier eine Frau wohne. Trotzdem blieb er ein paar Sekunden regungslos stehen, doch als sich nirgends eine Tür öffnete, ging er zurück zu seiner Kabine.

Dort lag in der unteren Koje Wilkins Moon. Moon schrieb für das Londoner *Daily Journal* und war der einzige Journalist, der an Bord gelassen worden war.

»Ich hoffe, Sie haben nichts dagegen, dass ich mich in Ihre Koje gelegt habe«, sagte Moon, als Trace die Tür öffnete. »Es war leichter, als auf dieses schmale Brett da oben zu krabbeln, das mir dreisterweise als Lager zugewiesen worden ist.«

»Stört mich nicht«, erwiderte Trace, doch das stimmte nicht. Da Moon auf seiner Koje lag, konnte er sich nirgendwo hinsetzen. Er legte seinen Skizzenblock in den Spind; dann machte er sich an seiner Reisetasche zu schaffen.

Moon war ein kleiner junger Mann mit dünnem blassblonden Haar, das seinem Namen alle Ehre machte. Er fuhr fort: »Man sollte doch meinen, dass sich das Syndikat bemühen würde, uns so unterzubringen, dass wir der Expedition wohlgesinnt sind, wenn wir schon die einzigen beiden Menschen sind, die der Welt über dieses Unternehmen berichten sollen.«

»Sollte man meinen«, sagte Trace und richtete sich auf. Er mochte Moon nicht besonders, der in der Fleet Street in dem Ruf stand, keine Skrupel zu kennen, wenn es darum ging, sich eine Geschichte unter den Nagel zu reißen. Trace vermutete, dass Moon auch schon bei ihm abgeschrieben hatte. Auf jeden Fall waren Teile von Traces Bericht über die Explosion auf der *Great Eastern* fast unverändert in Moons Artikel im *Journal* aufgetaucht, und Trace glaubte nicht, dass Moon überhaupt an Bord des Schiffes gewesen war. Moon war einer dieser Fleet-Street-Burschen, die Trace vor seinem Erfolg mit der *Great Eastern* völlig ignoriert hatten; in jüngster Zeit aber tat er sehr freundschaftlich, und er fand es »angenehm, *sehr* angenehm«, mit Trace, dem »offiziellen *artiste d'expedition*«, eine Kabine teilen zu dürfen.

»Sagen Sie mal, wie sind Sie eigentlich an diesen Posten gekommen, Trace? Wenn ich fragen darf. Wollen Sie eine Zigarre?«

Moon hielt ihm einen Reisehumidor hin. Trace nahm eine der sechs Zigarren, steckte sie aber nicht an. Er fand sich damit ab, dass er eine Unterhaltung mit Moon führen musste – die vorgeschriebene Etikette unter Kabinengenossen.

»Ich habe mich darum beworben«, sagte Trace.

»Sehr engagiert«, sage Moon. »Dabei waren Sie doch an Land, in London, so gut im Geschäft. Ein paar humoristische Zeichnungen die Woche und keine Veranlassung, hier draußen Leib und Leben zu riskieren.«

Trace verlagerte sein Gewicht von der Rückseite des Bettes gegen die Kabinenwand. In der Enge der Kammer musste er sich dazu kaum bewegen. »Aber der Aufenthalt in London und das Anfertigen einiger ›humoristischer Zeichnungen‹ die Woche, wie Sie sich ausdrücken, bergen andere Risiken. Vielleicht nicht für Leib und Leben, aber doch für den guten Ruf.«

»Das heißt?«

»Ich habe meine Anwesenheit auf diesem Schiff der Wahl des richtigen Zeitpunktes zu verdanken. Ich war zur richtigen Zeit am richtigen Ort. Ich habe im richtigen Moment mit den richtigen Leuten gesprochen. Ich hatte bei der richtigen Gelegenheit die richtigen Zeugnisse meines Schaffens vorzuweisen. Es hätte auch anders kommen können. Es *könnte* schon bald ganz anders kommen. In unserem Geschäft gibt es keine Sicherheiten, Moon.« Trace merkte, dass er anfing zu predigen, dass er Alter und Erfahrung auszuspielen begann, den einzigen Rang, den das Leben ihm verliehen hatte: die angemaßte Autorität einer durchschnittlichen Existenz. Du bist hier nicht an Miss Orfords Akademie, sagte er sich. Moon ist nicht irgendein rehäugiger Backfisch aus deiner Zeichenklasse.

»Und mit Talent hat es gar nichts zu tun?«, fragte Moon. »Sie halten sich doch sicher auch für talentiert.«

»Natürlich, ein wenig«, antwortete Trace, der das Gespräch beenden, sowohl sich als auch Moon zum Schweigen bringen wollte. »Aber es wäre arrogant, dem zu viel Bedeutung beizumessen. Ebenso arrogant wie anzunehmen, dass ein Schiff unsinkbar sei.«

»Nicht mal ich«, sagte Moon, drehte sich auf die Seite und stützte den Kopf auf die Hand, »würde so etwas sagen. Aber ich scheine meine Karrierechancen höher einzuschätzen als Sie die Ihren.«

»Sie wissen um die Launen des Schicksals, Moon. Sie waren an der Front.«

Moon hatte eine Stupsnase und einen spärlichen Schnurrbart, der wie ein Schimmelpilz auf seiner Oberlippe wucherte. Er verzog die Lippen zu einem schläfrigen Lächeln, doch seine Augen flackerten unruhig.

»Nicht im eigentlichen Sinne ...«

»Nicht? Im Krimkrieg?«, fragte Trace.

»Ich war im Krimkrieg, ja. Habe aber nicht an Kampfhandlungen teilgenommen.«

»Aber Ihre Berichte …«

»Eine Mischung aus Depeschen und Berichten anderer und aus Zeugnissen verschiedener Quellen. Berufsgeheimnis. Hat ganz gut funktioniert, oder?«

»Hat Sie immerhin hierher gebracht.«

»Genau. Hierher«, wiederholte Moon und räkelte sich auf Traces Bett. »Und nun, da ich Sie ein wenig in die Hintergründe eingeweiht habe, sollten wir vielleicht besser alle zusammen untergehen und ertrinken, damit mein Geheimnis gewahrt bleibt.«

Da ihm nichts anderes einfiel, um Moons Frechheit beizukommen, sagte Trace: »Wie wäre es, wenn Sie mir ein bisschen Ruhe gönnen würden, Moon? Auf meinem eigenen Bett?«

»Bett? *Bett?* Sie sind aber großherzig, Trace, wenn Sie diese Folterbank als Bett bezeichnen.« Und damit schwang er seine Füße auf den Boden. »Ich werde mal nach oben gehen und ein bisschen Seeluft schnuppern. Tut mir leid, dass Ihnen die Zigarre nicht schmeckt.«

Und mit einem übertrieben lässigen Kopfnicken in Richtung der ungerauchten Zigarre, die Trace zwischen den Fingern rollte, verließ er die Kabine.

Trace legte sich aufs Bett. Er wusste, dass Moon sich als Aufsteiger sah. Seine feste Anstellung beim *Journal* noch vor dem dreißigsten Lebensjahr, seine zahlreichen Aufmacher aus dem Krimkrieg, seine exklusive Ernennung zum Berichterstatter der Kabelexpedition gaben ihm reichlich Grund zu dieser Einschätzung. Trace hätte Moon zu gern den Hals umgedreht, aber es waren die Augen des Jüngeren, die ihn davon abhielten. Moons Gesicht war eine Maske einstudierter Arroganz und Herablassung, wie sie jemand zur Schau trug, der zum Ausdruck bringen wollte, dass er als Schreiber in der Fleet Street eigentlich weit unter seinem Niveau beschäftigt war. Doch seine Augen verrieten ihn: Sie waren nervös; sie funkelten nicht, sie flackerten. Sie waren ständig in Bewegung, als seien sie in dem teigigen Gesicht eingesperrt, als würden sie die Welt gern für jemand Würdigeren wahrnehmen als für Wilkins Moon. Wegen dieser Augen empfand Trace Mitleid für Moon, obwohl er ihm gleichzeitig den Hals umdrehen wollte.

Trace besah seine Zigarre. Er spürte, wie das Schiff sich drehte, sich etwas weniger neigte, als der Rudergänger den Kurs einer geänderten Windrichtung anpasste. Vielleicht sollte er auch an Deck gehen und rauchen, um sich aus der trüben Stimmung zu befreien, in die er versunken war.

Der Gang war leer, diesmal begegneten ihm keinerlei seltsame Erscheinungen, abgesehen von einem Matrosen am Niedergang, der mit Kapitän Preedy an Deck sprach.

»725, Sir.«

»Immer noch fallend?«

»Habe gerade gegen das Glas geklopft, Sir. Ist noch ein bisschen runtergegangen.«

»Ist gut. Machen Sie mir am Ende der Wache noch einmal Meldung.«

»Aye, Sir.«

Als sich der Matrose an ihm vorbeidrängte, fragte Trace, ob er vom Barometer gesprochen habe. Der Matrose sah den Niedergang hinauf zum Deck. Der Kapitän war verschwunden; nur ein Rechteck vom dunstigen Nachmittagshimmel war zu sehen.

»Aye, Sir«, sagte er.

»Und ein fallendes Barometer bedeutet Sturm?«

»Wenn es so fällt wie jetzt, aye, Sir.«

»Wie bald?«

Der Matrose zuckte die Achseln. »Der Himmel sieht gut aus. Könnte sein, dass wir drum rumkommen: Das Barometer sagt uns nur, dass wir in der Nähe eines Sturms sind. Stürme bewegen sich, Sir, aber wir bewegen uns auch.«

Trace ließ den Matrosen stehen und steckte den Kopf aus dem Niedergang. Die Federwolken waren verschwunden. Vor dem milchig wirkenden Himmel ballten sich weißere Wolken. Trace betrachtete die veränderte Wetterlage für einen Moment als Problem bildlicher Darstellung: Weiß auf Weiß, eine feine Abstufung der Pigmente. Dann schaute er nach vorn, wo Chester Ludlow und Professor Thomson, ins Gespräch vertieft, neben der mächtigen Kabeltrommel standen, auf der sie sich beide mit jeweils einer Hand abstützten. Moon stand bei ihnen und hörte zu, lächelte mit flackernden Augen, die Hände hinter dem Rücken. Er machte keine einzige Notiz.

Trace kletterte ganz hinaus an Deck und stellte sich an die Backbordreling. Die *Niagara* war immer noch in Sicht, ebenso die *Gorgon* und die *Valorous* an der Steuerbordseite, doch die Schiffe wirkten jetzt, da sie weiter entfernt waren, viel kleiner.

308

Der Wind hatte aufgefrischt und von Westen nach Südosten gedreht. Es würde schwierig werden, die Zigarre hier oben zu rauchen, also stieg Trace wieder hinab in seine Kabine und füllte den kleinen Raum rasch mit schwerem Rauch. Die Zigarre schmeckte gut, aber der Qualm war beinahe ölig. Typisch Moon.

Eingehüllt in eine dichte Rauchwolke, griff Trace unter sein Bett und holte ein Skizzenbuch hervor. Es war nicht jenes, das er bisher auf der Fahrt benutzt hatte. Dieses war ein anderes, in Leder gebunden, mit einem Messingschloss versehen. Trace fühlte sich unruhig. Vielleicht war es das Wetter, oder vielleicht Moons Hochmut, oder vielleicht diese Sinnestäuschung im Gang, die ihn einen Augenblick das herzförmige Gesicht einer Frau hatte sehen lassen. Er hoffte, diese Unruhe mit seinem besonderen Skizzenbuch zu vertreiben. Das war allerdings riskant, denn auch das Buch machte ihn bisweilen unruhig. Er wusste nie, was ihn erwartete, denn dieses Buch versammelte Traces Zukunftsvisionen.

Auch wenn der Gedanke an Maddy inzwischen Scham oder andere absurde Gefühle in ihm weckte: Ihrer Begegnung im Tunnel hatte er eines zu verdanken – erste Impressionen zu seinem Wandbild. Trace konnte sie nur selten anschauen, konnte sie manchmal kaum zeichnen. Der einzig sichere Zugang war eine Annäherung in kleinen Schritten, das Zeichnen kleiner Einzelheiten – hier ein bisschen, dort ein wenig –, ohne dabei schon an das Gesamtbild zu denken. Doch immer wieder lockte ihn die Herausforderung. Auch wenn er sich das Ergebnis noch nicht ganz vorstellen konnte, es würde auf jeden Fall kraftvoll und eindrücklich werden; so viel wusste er. Etwas Erhebendes, eine hoffnungsfrohe und vitale Vision. Im Vordergrund würden Maschinen stehen, denn die Maschinen waren schon jetzt überall, und es würden immer noch mehr werden. Das war die Zukunft. Dampf. Feuer. Explosionen. Zahnräder. Schienen. Kranbrücken. Gerüste. Nieten. Glas. Sonnenlicht. Rauch. Auch der Telegraph musste Teil dieser Vision sein, aber wie sollte man das Klicken zeichnen, das durch ein Kabel auf dem Meeresgrund sauste? Wie sollte man das Wunder des Kabels, so großartig es sein mochte, in ein Gemälde bannen? Und es ging ja auch nicht allein um ein Klicken. Diese Geräusche erzeugten zusammen Bedeutung; die Bedeutung erzeugte »Information«. Das alles war zu abstrakt. Abstraktionen und Begriffe könne man nicht malen, hatte Trace seinen

Schülern in der Akademie immer gepredigt, und sie hatten ihn dabei immer so ... nun ja, *begriffsstutzig* angesehen.

Aber jetzt kam er ins Grübeln. Vielleicht ging es doch. Vielleicht ging es bei seinem Wandbild genau darum: das Abstrakte auszudrücken, das Gefühl seines oder eines kommenden Zeitalters zu vermitteln. Irgendwie müsste er das Kabel ins Bild bekommen, dachte er.

Und dann, als das Schiff durch ein Wellental rollte und der Rauch um seinen Kopf waberte, kehrten sich seine Gedanken plötzlich um: Er stellte sich vor, wie man Bilder ins Kabel bekommen könnte. *Das* wäre mal ein Wunder. Schon die Vorstellung ließ seinen Kopf schmerzen. Er sog weiter an seiner Zigarre. Die Luft im Raum war inzwischen vom Rauch gesättigt. Er war alles andere als ruhig.

Bilder im Kabel? Nun, wenn man einen Code entwickelt hatte, um Wörter über weite Entfernungen, theoretisch sogar übers Meer zu senden – warum sollte es dann nicht auch einmal einen Code für Bilder geben? Wenn das keine Abstraktion war. Eine wissenschaftliche Fiktion. Bei dem Gedanken lachte er laut auf.

Sein Lachen erfüllte den Raum. Er hob den Blick. Er war in einen Schleier seines eigenen Zigarrenrauches gehüllt; die Wolke war so dicht, dass die Kerzenflamme zu ersticken drohte.

Dann hörte Trace durch den Nebel ein kurzes, keuchendes Geräusch.

»Hallo?«, fragte Trace. Er stand auf, plötzlich wach.

Das unterdrückte Husten hörte auf, begann dann plötzlich wieder. Es drang aus einem kleinen Gitter in der Wand neben dem oberen Bett. Also aus dem Nebenraum.

Trace trat hinaus in den Gang. Er schlich zur nächsten Tür, an der ein Schild angebracht war: »Spleißgeräte. Kein Zutritt«.

Trace drückte die Klinke nieder. Sie gab nach, aber die Tür ging nicht auf. Jemand hielt sie von innen geschlossen. Trace steckte die Zigarre zwischen die Zähne und zog mit beiden Händen. Die Tür öffnete sich weit genug, dass er die Hände einer Frau sehen konnte, die auf der anderen Seite die Klinke festhielten.

Sein Herz machte einen Sprung, und mit verdoppelter Anstrengung riss er die Tür auf und blies eine Wolke Zigarrenrauch direkt in das erschrockene Gesicht von Frau Lindt. Sie begann sofort zu husten und zu schluchzen.

Trace warf die Zigarre zu Boden und streckte der weinenden Frau tröstend die Hand hin. Sie wich zurück in den Stauraum, wo Werkzeuge und Draht und versiegelte Teereimer an den Regalböden festgelascht waren. Sie hielt sich die Hände vors Gesicht. Trace berührte sie an der Schulter. Sie zuckte zusammen.

»Madam«, sagte er, »es ist alles in Ordnung. Ich möchte Ihnen helfen.«

In der Werkzeugkammer roch es unangenehm wie in einem Krankenzimmer, und Trace entdeckte zwei Nachttöpfe am Boden. Mehrere Flaschen Wasser und etwas Brot und Käse lagen im Regal. Er versuchte den Rauch fortzuwedeln, den er ausgeatmet hatte. Er trat die Zigarre aus.

»Bitte, Madam ...«

Nach zwei weiteren Schluchzern und einem erstickten Husten warf Frau Lindt den Kopf zurück und fasste sich bemerkenswert schnell.

»Sir«, flüsterte sie, die blauen Augen rot umrandet. Sie griff nach seinem Jackenaufschlag. »Sie müssen mir helfen.«

»Madam ...«

»Sie müssen Herrn Ludlow, Mister Ludlow zu mir bringen. Ist er an Bord?«

»Ja, natürlich, er ist ...«

»Dann bringen Sie ihn her. Bitte.«

»Hierher?«

»Ja. Bitte.«

Frau Lindt ließ ihn los, und Trace trat einen Schritt zurück. Er schaute rechts und links den Gang hinunter. Niemand war zu sehen.

»Bitte, Sir. Ich flehe Sie an.«

»Ja. Natürlich. Ich werde ihn holen«, murmelte Trace. »Madam«, fuhr er fort, »sind Sie ...«

»... heimlich an Bord? Ja. Ich verstecke mich.«

»Nein. Ich wollte wissen, ob Sie unversehrt sind?«

Frau Lindt schaute verwirrt.

»Ja, wieso? Ich glaube schon«, sagte sie und bog den Rücken durch. »Danke sehr.«

Selbst in ihrem ungepflegten, zerzausten Zustand schien ihr goldenes Haar noch kunstvoll arrangiert auf ihren Schultern zu liegen, und ihre Augen wurden immer blauer und klarer, je mehr sich der Rauch verzog.

»Ich werde sehen, was ich tun kann«, sagte Trace. Er bewegte sich in Richtung Niedergang. »Sie sollten zurück in Ihr ... Ihr Versteck gehen.«

Sie nickte und wollte die Tür schließen. Dann hielt sie inne.

»Sir. Es fällt mir schwer, Sie darum zu bitten. Ich werde sicher in Ihrer Achtung sinken, aber ich bin verzweifelt. Könnten Sie ...?« Sie griff nach den beiden zugedeckten Nachttöpfen und reichte sie Trace durch die Tür. Sie waren beide voll und schwer. Trace vermutete, dass sie sich schon seit Tagen hier versteckte.

Er nahm die beiden Töpfe, und während sie die Tür zu den »Spleiß-geräten« wieder schloss, schlich er mit äußerster Vorsicht zum Niedergang und stieg die Stufen hinauf. An Deck ging er schnelleren Schrittes zur Reling und warf beide Töpfe in hohem Bogen ins Meer.

»He!«, rief ein Matrose von der Rah direkt über ihm. »Wir haben nicht das ganze Schiff voll mit den Dingern. Der Dreck kommt weg, der Pott bleibt da.«

»Tut mir leid«, sagte Trace. »Ist mir weggerutscht.«

»Besser als umgekehrt, oder? Der Pott weg, der Dreck noch da?«

»Ja«, antwortete Trace mit unbehaglichem Grinsen. »Stimmt.«

»War ja 'ne ganz schöne Ladung.«

»Ja. Stimmt auch.«

»Jetzt, wo wir den ganzen Dreck los sind, müssten wir eigentlich tüchtig Fahrt machen.« Der Matrose kicherte auf seiner Rah vor sich hin. Trace ging nach vorn, um Ludlow zu suchen.

Der stand immer noch mit Professor Thomson und Moon neben der Kabeltrommel auf dem Vorderdeck. Als Trace näher kam, hörte er sie über Koeffizienten, den Widerstand des Kabels, Kapazitäten und ein »Gesetz des umgekehrten Quadrats« reden. Moon tat so, als verstehe er jedes Wort. Trace erkannte, dass Chester Ludlow die unheimliche Fähigkeit entwickelt hatte, immer zu wissen, wann er beobachtet wurde. Sofort richtete er sich ein wenig auf, reckte entschlossen das Kinn, nahm Haltung an. War das eine Folge des Ruhms?, fragte sich Trace. Oder war es eine Voraussetzung dafür?

»Trace!«, sagte Chester und drehte sich um, noch bevor dieser ein Wort gesagt oder sich nur geräuspert hatte, um sich bemerkbar zu machen. »Was kann ich für Sie tun? Sie wollen uns doch wohl nicht zeichnen? Nein, Sie haben ja weder Mappe noch Stifte dabei.«

»Nein, ich …«

»Professor«, fuhr Chester fort, »ich möchte Sie unserem Dokumentaristen vorstellen: Mr. Jack Trace. Seine Zeichnungen und Stiche gehören zum Besten, was ich je in Londoner Zeitungen gesehen habe.«

Hinter Chesters Rücken rollte Moon mit den Augen.

»Dies ist Professor William Thomson«, sagte Chester, »der andere Planungsleiter Elektrik der Expedition und, wie ich mit Stolz sagen kann, mein Lehrer.«

Professor Thomson streckte die Hand aus. Er war nicht viel älter als Ludlow, hielt sich aber seinem Stand entsprechend würdevoll.

»Mr. Moon kennen Sie schon?«, fragte Chester.

»O ja«, erwiderte Trace. »Ist mir eine Ehre, Herr Professor.«

Trace spürte, dass ihm die Röte ins Gesicht stieg. Er klang ziemlich brüsk. »Sir«, murmelte er in Ludlows Richtung, »könnte ich Sie wohl einen Moment sprechen? Unter vier Augen?«

»Ja, natürlich. In einer Stunde würde es mir passen.«

»Nein, Sir. Es tut mir leid, aber es muss sofort sein.«

»Sofort?«

»Nun ja, wenn es irgendwie möglich ist.«

»Wie Sie sehen, diskutiere ich mit dem Professor gerade Fragen der Übertragung be…«

»*Bitte*, Sir.«

Trace machte einen derart gequälten Eindruck, dass Chester allein aus Mitleid einwilligte und sich beim Professor und bei Moon entschuldigte.

Trace ging mit Chester auf die andere Seite der riesigen Kabeltrommel. Er sah sich nach allen Seiten um, schaute sogar nach oben, um sicherzugehen, dass sie nicht von einem Matrosen oder, schlimmer noch, von Moon belauscht wurden.

»Sir, ich komme auf Bitten einer Frau zu Ihnen, die Sie gern sehen möchte.«

Ludlow lachte herzlich. »Einer Frau! Ich will nicht unbescheiden wirken, aber das ist wirklich nicht das erste Mal. Es ist zu einer Art Berufsrisiko geworden. Wo ist sie, in Amerika, wo wir hinfahren, oder in England, wo wir herkommen?«

»Sie ist hier, Sir, an Bord des Schiffes.«

Chesters erster irrationaler Gedanke galt Franny: Hatte Otis sie irgendwie telepathisch herbefördert, mit spirituellen Mitteln oder mithilfe eines malakkischen Schamanen? Frannys Geist war mit ihm hier an Bord. Panik stieg in ihm auf. Doch Traces nächste Worte ließen die Angst verwehen.

»Sie ist offenbar ein blinder Passagier.«

In diesem Moment wusste Chester, um wen es sich handelte.

»Bringen Sie mich zu ihr«, sagte er.

DAVONGESPÜLT

»Ich musste bei dir sein.«

»Mein Gott, Katerina.«

»Ich habe doch gesagt, ich wollte im Augenblick des Triumphs an deiner Seite sein.«

»Aber das …«

»Es ging nicht anders. Begreifst du jetzt, wie ernst es mir ist?«

Sie waren unter Deck und flüsterten erregt. Katerina stand immer noch in dem Stauraum, Chester im Gang. Trace wachte auf halber Höhe des Niedergangs. Er und Chester hatten an alle Kabinentüren im Gang geklopft, um sicherzugehen, dass nirgendwo jemand in seiner Koje lag.

Als er vor ihr stand, wusste Chester nicht, ob er Katerina umarmen oder mit ihr schelten sollte. Sie war ein blinder Passagier. Sie hatte sich selbst in Gefahr gebracht, als sie sich hier versteckte, und sie konnte das ganze Unternehmen kompromittieren. Er wollte kaum glauben, was für eine heikle Situation sie heraufbeschworen hatte. Dennoch konnte er sich nur schwer beherrschen, einfach in ihre Arme zu sinken. Sie war derangiert und wunderschön, eine Orchidee in einem dunklen Verschlag.

»Begreifst du«, wiederholte sie, »wie ernst?«

»Ja.«

»Und du? Ist es dir auch ernst?«

»Mein Gott, Katerina …«

»Ist es dir ernst?«

»Ja. Ja, mir ist es auch ernst, aber …«

»Ich weiß. Ich bin unerlaubt hier. Und du musst arbeiten. Ich werde dich nicht stören. Hast du eine Einzelkabine?«

»Ja.«

»Bring mich hin.«

»Ich kann nicht. Jedenfalls nicht jetzt am helllichten Tage. Dazu müssten wir an Deck.«

»Dann eben heute Nacht.«

»Ja. Geht es bis dahin? Wie lange bist du schon da drinnen?«

»Eine Ewigkeit. Heute Nacht werden wir zusammen sein.«

»Ja.«

Katerina zupfte an seinen Kleidern, an seiner Weste, seinen Ärmeln, seiner Hose. Ihre Nervosität hatte etwas Laszives. Er sah zu Trace, konnte aber nur die Beine des langen Kerls auf den Stufen des Niedergangs sehen; der Rest war über Deck. Chester stürzte sich auf Katerina, und sie warf sich ihm entgegen. Sie taumelten gegen das Regal, ihre Lippen und Hände waren überall gleichzeitig.

»O Gott, ja.«

Auf den Stufen bekam Trace die ersten Regentropfen ab; zunächst nur ein paar Spritzer. Das Schiff rollte jetzt stärker, der Seegang nahm zu. Er sah nach oben. Die bleichen Wolken, Weiß auf Weiß, hatten sich in eine graue Masse verwandelt. Der Wind hatte wieder gedreht, er wehte jetzt aus Norden, und weiter aufgefrischt. Die aufgepeitschte See warf immer häufiger Gischt über die Reling.

Auf der Backbordseite näherte sich Moon. Trace bückte sich, um die Lage unter Deck zu sondieren. Der Gang war leer, doch die Tür des Stauraums stand offen. Ludlow musste zu ihr in die Kammer getreten sein.

»Sagen Sie mal, Trace, was machen Sie da bitte?«

Trace stieß sich den Kopf an der Kante des Niedergangs.

»Kann man wohl mal durch?« Moon stand mit ausgebreiteten Armen vor ihm und sah auf ihn hinab.

»Ja, natürlich. Natürlich …«, sagte Trace. Dann fügte er hinzu, »Ach, Moon, haben Sie eigentlich verstanden, worüber Ludlow und der Professor geredet haben?«

»Geredet?«

»Na, da oben, bei der großen Drahtrolle.«

»Kabel, Trace. Es heißt Kabel, und es ist auf eine Trommel gewickelt, nicht auf eine Rolle.«

»Neben dem Kabel. Haben Sie das verstanden?«

»Manches. Ich nehme an, Sie möchten, dass ich Ihre Hausaufgaben mache.«

»Ich zeichne, Moon, Sie schreiben, also müssen Sie keine Hausaufgaben für mich machen. Ich bin bloß neugierig. Das Gesetz des ... irgendwas?«

»Des umgekehrten Quadrats. Und Sie schreiben auch gelegentlich. Ich habe schon was von Ihnen gelesen. Aber hören Sie mal, Trace, es fängt an zu regnen, und die Gischt ... Wie wär's, wenn ich Ihnen unter Deck alles über das Kabel erzähle, im Trocknen?«

»Im Trocknen?«

»Der Regen, Trace. Und die Wellen. Ich will mich ja nicht wichtig machen, aber ich werde nass. Weil es regnet. Hier draußen tobt ein kleiner Sturm.«

»Das stimmt allerdings. War ja auch angekündigt.«

Trace hoffte, dass Moon nicht merkte, wie er unter Deck zweimal kräftig gegen die Leiter des Niedergangs trat, um Zeichen zu geben.

»Trace, was ist los mit Ihnen?«

»Nichts. Das heißt, na ja, mir ist nicht ganz wohl. Der Seegang.«

»Na wunderbar. Ich teile mir die Kabine mit einer seekranken Landratte. Es wird uns beiden nicht helfen, wenn wir bis auf die Haut nass werden, Trace. Und jetzt lassen Sie mich durch.«

Trace trat noch einmal gegen die Leiter, aber die See ging zu heftig, und das Schiff ächzte zu sehr, als dass man das Geräusch noch hätte vernehmen können. Trace sah keine Möglichkeit, Moon noch länger hinzuhalten, und trat auf der steilen Leiter zur Seite. Moon schürzte ungeduldig die Lippen; sein Schnurrbart kräuselte sich zu einem Büschel Borsten.

Im selben Augenblick, als Moon mit einer Hand nach dem Geländer und mit der anderen nach Traces Schulter griff, um ihn entweder beiseitezuschieben oder sich auf ihn zu stützen, brach die erste Welle über das Deck der *Agamemnon* herein und traf Moon von hinten.

Trace sah nur ganz kurz, wie das Wasser, einer riesigen bleichen Kralle gleich, über der Reling erschien. Erschrocken öffnete er den Mund, der sich sofort mit Meerwasser füllte; Moon wurde kopfüber den Niedergang hinabgestoßen. Er quiekte panisch auf, als er an Trace vorbeistürzte, der sich gerade noch am Geländer festhalten konnte.

Chester hatte eben den Fuß der Leiter erreicht, als ihm der klitschnasse Moon vor die Füße purzelte. Das Wasser war größtenteils

über den Niedergang hinweggeschossen und an Deck gelandet, wo
es in Lee durch die Speigatten ablaufen konnte – Chester hatte nur
wenig abbekommen. Er stieg über den gekrümmten, speienden und
aus der Nase blutenden Moon hinweg und sprang behände die Stufen hinauf, noch bevor der Reporter überhaupt sehen konnte, vor
wessen Füßen er gelandet war.

»Danke für das Zeichen, Trace.«

»Dann haben Sie meine Tritte doch gehört«, sagte Trace blinzelnd
und wischte sich mit einem nassen Taschentuch übers Gesicht. Er
zupfte an seinem nassen Hemd, das ihm an der Brust klebte.

»Habe ich. Stehe in Ihrer Schuld.« Chester und Trace schauten hinab zu Moon, der sich am Boden wand. Das Schiff schwankte immer
stärker, und Moon rollte gegen das Schott.

»Ich muss mich um ihn kümmern«, sagte Trace.

»Das ist gut. Es ist wohl am besten, wenn ich verschwinde«, sagte
Chester. »Die, äh, die Frau, Trace …«

Chester bückte sich rasch zurück in den Niedergang und warf
einen prüfenden Blick auf die Türen im Gang.

»Sir?«

»Die Frau ist im Stauraum mit dem Spleißwerkzeug sicher. Das ist
eine komplizierte Geschichte …«

»Sicher.«

»Ich werde ihr helfen, aber ich, wie soll ich sagen, ich muss es diskret tun. Ich muss Sie noch einmal um Vertraulichkeit bitten. Es
steht viel auf dem Spiel. Ihr Ruf. Der meine. Der des Unternehmens.«

»Ich verstehe.«

»Das weiß ich zu schätzen, Trace. Mehr, als ich es mit Worten
sagen kann.«

»Hi'fe! Hi'fe!« Von unten drangen Moons nasale Klagerufe zu
ihnen.

»Ich werde mich um ihn kümmern.«

»Vielen Dank, Trace. Und, Trace, was ich neulich übers Verspotten
gesagt habe …«

»Sir?«

»Keine Cartoons bitte.«

DER STURM

Im Stauraum war es stockfinster. Katerina hatte versucht, ihre Kerze wieder anzuzünden, aber das Schwanken des Schiffes hatte zur Folge, dass die Flamme heftig flackerte und das hin- und herschwappende Wachs sie immer wieder löschte. Katerina musste das Rollen der *Agamemnon* und das Donnern der Wellen im Dunkeln ertragen. Sie versuchte sich abzulenken, indem sie eine Passage von Mendelssohn auf einem Regalbrett spielte. Um sie herum klapperte das Werkzeug in seinen Halterungen. Sie widmete sich umso intensiver ihren Fingerübungen. Dann rutschte ein Eimer gegen die Regalwand und fiel ihr auf die Hand. Sie schrie nicht auf, sondern sank still zu Boden und lutschte an ihren Fingern, schloss, obwohl sie ohnehin im Dunkeln saß, fest die Augen und bewegte die Finger weiter nach der Musik in ihrem Kopf.

Mit einem Sturm hatte sie nicht gerechnet. Ebenso wenig hatte sie damit gerechnet, so lange in diesem Verschlag eingeschlossen zu sein.

Alles hatte sich so gut angelassen. Sie hatte den jungen Anwalt mit Charme und einer großzügigen Belohnung dazu gebracht, sie, mit ausreichenden Vorräten ausgestattet, hier zu verstecken. Sie hatte gedacht, dass sie inzwischen längst in Chesters Kabine unter einer warmen Decke liegen würde, dass dies riskante Versteckspiel als blinder Passagier längst vorbei wäre und ihr neues Leben begonnen hätte: dass sie in Chesters Kabine auf ihn warten würde, wenn er hinabstieg, um eine Pause bei seiner ruhmreichen Arbeit einzulegen. Sie hatte nicht geahnt, dass sie so lange in dieser wogenden Dunkelheit würde sitzen und sich am Ende sogar mit Schmerzen würde herumschlagen müssen.

Sie spürte, wie das Schiff von den Wellen angehoben wurde, spürte den schrecklichen Moment des Stillstands am höchsten Punkt und das Hinabgleiten ins nächste Wellental. Sie spürte es im Magen und tiefer. Hinauf, hinauf, hinauf … dann mit einer leichten seitlichen Bewegung hinab; wieder hinauf, hinauf, hinauf … und hinab. Diese Wiederholungen schienen sich endlos fortzusetzen. Sie schien seit Ewigkeiten eingesperrt zu sein. Die Gründe, warum sie hier war, entglitten ihr: weil sie ein neues Leben beginnen, Joachim verlassen, bei Chester sein wollte. Sie flüsterte Sätze vor sich hin, sprach sie laut, schrie beinahe. Es ergab keinen Unterschied. Der Lärm um sie herum verschluckte jedes Geräusch. Sie spielte mit den Fingern im Dunkeln, immer und immer wieder.

Chester Ludlow war an Deck, in der Nähe der Brücke. Er musste alles im Auge behalten. Er musste darauf achten, dass die Kabelgerätschaften sicher waren, und mit seiner geistigen Kraft einen Plan erdenken, wie er Frau Lindt aus ihrer Kammer befreien konnte.

Er hatte solche Stürme schon erlebt, aber immer nur von den Klippen vor Willing Mind aus. An Bord eines Schiffes, welches das größte Wagnis seines Lebens mit sich trug, war es etwas ganz anderes. Er machte sich schreckliche Sorgen.

Die beiden kleineren Begleitschiffe, die *Gorgon* und die *Valorous*, waren verschwunden, vom Wind abgetrieben worden. Die *Niagara* war gerade noch am Horizont erkennbar, ein kleines Bündel Masten und ein Rauchwölkchen.

Chester bemerkte, wie viel Segel eingeholt worden waren, seit er unter Deck gewesen war. Kapitän Preedy ließ die Mannschaft schwer schuften. Mit den blanken Masten und Rahen, die sich gegen den Himmel abhoben, wirkte die *Agamemnon* irgendwie verletzlich. Nur wenn das Schiff von einer der großen Welle angehoben wurde, konnte Chester die *Niagara* noch am Horizont sehen. Wenn sie in ein Wellental sanken, ragten die Wogen neben ihnen beinahe dreißig Fuß empor. Von den Kämmen wehte Schaum, der Chester an die Wolkenfahnen erinnerte, die er als Kind an den höchsten Gipfeln der White Mountains beobachtet hatte. Der Wind heulte durch die Takelage und türmte neue Wellen auf dem Rücken der Dünung auf. Immer mehr Brecher schlugen gegen den Rumpf der *Agamemnon* und spritzten Gischt über das Deck.

Chester sah nach der Trommel auf dem Vorderdeck. Dort waren 250 Tonnen Kabel aufgerollt, und weitere 1300 Tonnen lagen in Wannen unter Deck. Das Gewicht, die exponierte Lage der Trommel und der hohe Schwerpunkt an Deck machten das Schiff verwundbar. Der Rudergänger wurde jetzt vom Ersten Offizier unterstützt, gemeinsam hielten sie das Steuer fest. Kapitän Preedy griff nach einem Taljenreep, das am Fuß der Steuersäule festgemacht war. Er warf Chester einen kurzen Blick zu, schüttelte den Kopf und sah nach oben. Der Himmel schien nichts Gutes zu verheißen. Mächtige Wolkentürme jagten aus nordöstlicher Richtung heran. Regen und Seewasser sprühten Chester ins Gesicht. Der Sturm war so unvermittelt über sie gekommen, als wären sie von einer ruhigen Gartengesellschaft direkt in eine Straßenschlacht geraten.

Immer größere Wasserberge rasten nach Südwesten und prallten steuerbord achtern gegen den Rumpf des Schiffes. Chester hielt sich an der Reling fest, während die Gischt über ihn hinwegsprühte.

Kapitän Preedy rief seinem Rudergänger und seinem Ersten Offizier auf dem Hauptdeck etwas zu. Die Männer mussten sich beide Hände ans Ohr halten, um ihn zu verstehen. Dann begannen sie, das Ruder nach Steuerbord zu drehen. Anschließend kämpfte sich der Offizier nach vorn, klammerte sich an die Aufbauten, wenn eine Welle niederging. Er schrie den Männern unter Deck und denen, die an Deck die Fallen bemannten, Befehle zu.

»Ich werde sie direkt vierkant angehen!«, rief Preedy Chester zu.

»Sir?«, rief Chester zurück.

»Wir können nicht weiter so vor den Wellen laufen! Wir müssen sie direkt von vorn nehmen. Ich muss den Kurs ändern.«

»Aber dann verlieren wir die *Niagara!*«, schrie Chester. »Wir fahren in die falsche Richtung.«

»Nicht zu kentern, das ist die richtige Richtung! Über den Kurs und das Treffen können wir uns immer noch Gedanken machen, wenn dieser Tanz vorbei ist.«

»Das Barometer fällt weiter, Sir. Dreieinhalb Torr die Stunde!«, rief der Matrose, der schon zuvor den Barometerstand gemeldet hatte.

»Das hätte ich Ihnen schon vom Knacken in meinen Ohren sagen können, Mr. Fenwick!«, schrie der Kapitän zurück. Alle mussten jetzt schreien, um sich zu verständigen, egal, wie dicht sie beieinanderstanden.

»Vor Madagaskar ist mir mal eine verkorkte Karaffe mit Madeira geplatzt, weil der Luftdruck so schnell fiel!«, schrie Preedy Chester zu. »*Das* war mal ein Sturm.«

»Schlimmer als der hier?«, schrie Chester zurück.

»Schlimmer, als der hier bis jetzt ist«, antwortete der Kapitän.

Chester dachte nicht weiter über die Anekdote des Kapitäns nach. Er hatte vor allem Bedenken, dass die *Agamemnon* beim Wenden in eine Lage quer zur Sturmrichtung geraten könnte. Chester merkte, dass auch die Mannschaft mit dieser Möglichkeit rechnete. Die Männer hielten sich an Tauen fest und blinzelten in den Sturm.

In diesem Augenblick war ein Schiff am verwundbarsten: wenn es quer der Wucht von Wind und Wellen ausgesetzt war.

Chester sah nach oben, zu den Masttops, die sich vor dem Himmel abzeichneten. Er verdrängte jeden Gedanken daran, was mit dem Schiff darunter passierte. Vom höchsten Punkt der Takelage wehte ein blauweißer Wimpel des Syndikats – von Spude entworfen: ein Blitzstrahl über zwei sich überschneidenden Kreisen, die die Kontinente symbolisieren sollten. Chester biss sich auf die Lippe und hielt den Atem an, während die *Agamemnon* scheinbar führungslos auf den Wellen trieb. Jetzt war das Schiff dem Sturm schutzlos ausgeliefert. Eine große Welle oder eine heftige Bö würde ausreichen, es kentern zu lassen.

Eine unerwartet flache Welle rollte auf das Schiff zu, und als hätte die *Agamemnon* ihre Chance erkannt, begann sie sich in den Wind zu drehen.

Sie schafften es. Die Mannschaft begann mit neuem Eifer, Taue einzuholen und festzuzurren. Preedy sah erleichtert aus.

»Das war keinen Augenblick zu früh, Sir«, sagte er zu Chester. »Jetzt müssen wir mitten drauf zuhalten.«

»Gute Arbeit, Kapitän. Eine kluge Entscheidung.«

Die Wellen, die jetzt frontal auf das Schiff prallten, spritzten bis zu den nackten Füßen eines Matrosen, der auf der Rahe des Vormasts saß.

Ein anderer Seemann, der sich auf dem Hauptdeck an die Reling klammerte, rief Chester etwas zu. »Das Kabel … im Laderaum, Sir!« Er deutete auf die Deckplanken.

»Was …?«

»Ka…bel…raum! Ist … lose!« Er gestikulierte wild und verhakte seine Finger ineinander. Graue Wellen und Gischt hüllten ihn ein.

Chester nickte, und der Matrose bedeutete ihm mitzukommen.

»Sehen … Sie … sich … vor!«, rief Preedy ihm nach, als Chester sich zwischen den Spritzwasserfontänen auf den Weg zur Mittelschiffs-Ladeluke machte.

Trace hatte unterdessen seine Koje an Moon abgegeben. Dem armen Kerl ging es dreckig; auf der oberen Koje konnte man ihn nicht gut pflegen, und Pflege hatte er bitter nötig. Der Reporter des *Journal* hatte sich beim Sturz in den Niedergang die Nase gebrochen. Trace hatte den Blutstrom mit einem zerrissenen Taschentuch gestillt, das er zusammengerollt und in Moons Nasenlöcher gestopft hatte.

»Verdammp noch bal«, fluchte Moon, der ausgestreckt auf Traces Koje lag, den Arm über der Stirn, ein Bild des Jammers. »Verdammpe Dauerei.«

»Nicht sprechen«, sagte Trace.

Das Schiff schwankte inzwischen höchst besorgniserregend. In der Kabine war das Ächzen von Balken zu hören, und ab und zu erzitterte der ganze Rumpf. Ein besonders heftiger Schlag ließ Moon gegen das Schott und Trace gegen die Kojen prallen.

Moon heulte auf: Er hatte sich erneut die Nase gestoßen. Blut und Tränen rannen ihm übers Gesicht.

»O Gobb, o Gobb, o Gobb.«

Das Schiff schlingerte erneut, und Trace packte Moon am Hemd und hielt ihn fest. Moon zuckte und zitterte, und zum ersten Mal begriff Trace, dass der Mann um sein Leben fürchtete. Moon begann zu wimmern.

»Ich muff mich übergebm.«

»Wie bitte?«, fragte Trace.

Aber Moon antwortete nicht mehr, sondern sprang zur Tür. Er kam aber nur bis zum Niedergang, wo er sich über die ganze Wand erbrach. Trace konnte sich durch einen Schritt zurück in die Kabine vor Spritzern schützen; es stank entsetzlich.

Auch Frau Lindt blieb in ihrem Versteck von den Gerüchen nicht verschont. Das war zu viel. Wenn sie noch länger in diesem Verschlag bliebe, würde auch sie sich übergeben müssen. Sie stürmte hinaus.

An Deck versuchten Chester und der Maat, sich unter fliegender Gischt an den Sicherheitsleinen entlang zur Ladeluke zu hangeln, und immer wieder schossen Chester dabei Gedanken an Katerina durch den Kopf. Er musste sich um ein tonnenschweres widerspenstiges Kabel kümmern, dessen Gewicht, sollte es verrutschen, das Schiff jederzeit in die Tiefe reißen konnte, und doch konnte er nicht anders, als an den derangierten, beinahe ordinären Hochmut zu denken, den sie in ihrem Gefängnis ausgestrahlt hatte. Es erregte ihn, eine Frau in all ihrer Schönheit als Gefangene, als seine Gefangene zu wissen.

»Sir!«

Der Maat winkte Chester. Wasser ging über sie beide nieder.

»Sehen Sie!«

Er hatte Chester durch eine Luke in den Hauptladeraum geführt.

»Gehen Sie nicht zu weit runter«, warnte der Maat. Er und Chester blieben auf der Leiter stehen: etwa zehn Fuß über der Kabelwanne, die den Großteil der Leitung enthielt. An einem Balken schwankte eine kleine Sturmlampe heftig hin und her. Die Wanne hatte einen Durchmesser von dreißig Fuß, und darin lagen Meilen schwarzen Kabels, das um den konischen Zapfen in der Mitte gewickelt war. Die Rolle war zehn Fuß hoch. Das Ende des Kabels hatte sich gelöst, und die oberen Lagen rutschten hin und her.

»Böse Sache!«, rief Chester, während er sich vorstellte, wie diese rutschende Masse die Stabilität des Schiffes ernsthaft gefährden könnte. »Können wir ein paar Männer abstellen, die das Ende wieder festmachen?«

»Können wir versuchen«, erwiderte der Maat.

Bei jeder Bewegung des Schiffes schien sich mehr Kabel aus den unteren Lagen zu lösen und sich an den schwankenden Wänden der Wanne aufzutürmen.

Während Chester mit dem Maat den Laderaum begutachtete, hatte Trace sich bis ins Vorschiff zu den Mannschaftsquartieren vorgekämpft und rief nach Eimer und Schrubber.

»Wollen Sie bei diesem Wetter das Deck schrubben?«, rief eine raue Stimme aus einer Hängematte. Aus den anderen erscholl Gelächter.

»Vor meiner Tür hat sich ein Passagier übergeben«, antwortete Trace.

»Und Sie wollen, dass einer von uns es aufwischt?«, fragte die Stimme.

»Nein«, sagte Trace, der versuchte, den Sprecher auszumachen. »Ich möchte bloß, dass Sie mir sagen, wo ich Eimer und Schrubber finden kann.«

»Kommen Sie mit«, sagte ein Matrose und rollte sich aus seiner Hängematte, der niedrigsten von vieren, die vor der Backbordwand gespannt waren. Trace folgte dem Mann. Das Schiff rollte, und beide stießen ständig mit den Schultern gegen die Gangwände. Sie kamen zu einem Stauraum, und der Matrose nahm einen Eimer und einen Schrubber heraus. »Wasser schöpfen dürfte Ihnen nicht

schwerfallen. Sie müssen den Eimer ja bloß in die Luft halten …
Ach, was soll's. Ich helfe Ihnen.«

Sie gingen in Richtung des Querganges, der sie zu Traces Kabine
führen würde. An einem der Aufgänge trafen sie auf drei Matrosen,
die, dicht aneinandergedrängt, wie ein Korken in der Luke steckten. Der Seemann, der Trace begleitete, zupfte einen von ihnen am
Hosenbein. »Was gibt's?«, fragte er.

Einer wandte sich nach unten.

»Eine gottverdammte Erscheinung.«

Der Mann machte Trace und dem anderen Seemann Platz, damit
auch sie hinausschauen konnten. Die anderen beiden quetschten
sich zur Seite.

Im letzen Licht des stürmischen Tages stand dort, fest an eine
Webeleine an der Luv-Reling geklammert, Frau Katerina Lindt in
einem schwarzen Umhang; ihre blonden Locken hingen nass herab.
Mit der rechten Hand schützte sie ihre Augen vor dem Sturm; ihr
Umhang knatterte im Wind wie Spudes Blitzwimpel am Masttop.

Trace sah, dass sie erst vor wenigen Augenblicken aus dem Niedergang getreten sein konnte, denn alle Beteiligten – Frau Lindt,
die Seeleute an Deck, sogar Kapitän Preedy – waren immer noch
starr vor Erstaunen. Frau Lindt war erschüttert von der Wucht und
dem Ausmaß des Orkans, dem sie gerade zum ersten Mal in natu-
ra begegnete; die Seemänner, Kapitän Preedy und Trace waren erschüttert von der leuchtenden Schönheit, die plötzlich inmitten der
grauweißen Raserei des Sturms vor ihnen aufgetaucht war.

Chester Ludlow stieg aus der Ladeluke und mitten hinein in dieses
Tableau. Er konnte gerade noch »Katerina!« schreien, bevor die Seeleute aus ihrer Trance erwachten. Der Kapitän lief auf Frau Lindt zu.

Katerina drehte sich um, als sie Chesters Stimme hörte. Sie sah
sich von Männern umringt. Sie näherten sich vorsichtig, suchten
Halt an Leinen und Aufbauten, um nicht ins Meer gespült zu werden. Doch für Frau Lindt sah es so aus, als schlichen sie sich an, um
sich auf sie zu stürzen. Sie fühlte sich umzingelt. Sie ließ die Leine
los und lief auf Chester zu, doch just in diesem Moment schlug eine
Welle über Deck und riss sie von den Beinen. Das Schiff neigte sich
auf dem Weg hinab in ein Wellental, und Frau Lindt glitt in einem
Wasserschwall über die Planken. Einen Augenblick lang erfasste sie
Panik, und sie fürchtete, durch ein Speigatt gespült zu werden.

Chester bückte sich und packte Katerina, bevor sie an ihm vorbeirutschen und gegen das Backschott geworfen werden konnte. Er stützte sich mit den Beinen am Großmast und an der Ladeluke ab und hob sie in seine Arme, während eine weitere Woge über sie hinwegspülte. Die Mannschaft brach in spontanen Jubel aus.

»Hilf mir!«, schrie Katerina an Chesters Schulter. Im tosenden Lärm um sie herum klang es wie eine geflüsterte Vertraulichkeit.

»Natürlich«, antwortete er, obwohl er nicht wusste, ob sie ihn hörte.

Er brachte sie nach unten. Kapitän Preedy holte seine Männer wieder auf den Boden der Tatsachen zurück, indem er befahl, weitere Segel zu reffen.

Im Laufe der Nacht ließ Jack Trace jede Hoffnung auf Schlaf fahren. Wilkins Moons Stöhnen allein hätte ihn wach gehalten, aber das wilde Schlingern des Schiffes und der brüllende Sturm zwangen ihn, sich an die Seitenwände der oberen – Moons – Koje zu klammern. Vielleicht döste er kurz ein. Er wusste es nicht genau. Er hatte Visionen seines utopischen Wandbildes und von all seinen Kinderbetten in den verschiedenen Waisenhäusern und Armenschulen, in denen er gelebt hatte, Betten, die wie kleine Flöße auf großen, dunklen, kalten Dachböden trieben. Vielleicht waren das flüchtige Träume gewesen; vielleicht auch angsterfüllte Halluzinationen, während er hellwach in der Dunkelheit der winzigen, schwankenden Kabine lag. Trace verlor das Gefühl, an Bord eines Schiffes zu sein. Seine Existenz schien sich ganz auf diesen lichtlosen Verschlag zu beschränken, sein einziger schwacher Schutz gegen die brodelnden Wassermassen, die den Rest des Universums füllten. Er wünschte sich, er hätte nie den Sturm an Deck gesehen. Er wünschte, er wüsste nicht, was da draußen vor sich ging. Die Dunkelheit der Nacht verstärkte seine Furcht. Er versuchte die Gedanken, dass der Rumpf dem Druck nicht mehr standhalten könnte, zu verdrängen, die Vorstellung, wie seine Lungen sich mit Wasser füllten, wie er panisch um sich schlug, wie er in die Hölle hinabgedrückt wurde, nicht von Wellen, sondern von wahren Gebirgen von Meerwasser.

In gewisser Hinsicht war Moons Stöhnen ein Segen. Es hielt Trace davon ab, nur noch an das Chaos des Sturms zu denken und heulend in Panik zu versinken. Die Furcht wühlte immer noch in seiner

Brust, doch wenn er an die anderen Menschen an Bord dachte, wenn er sich gar Moons Schmerzen vorstellte – Hauptsache, es hielt ihn davon ab, in seiner eigenen Angst unterzugehen –, dann konnte er einigermaßen an sich halten.

»Moon, alles in Ordnung?«, rief er in die Dunkelheit.

»Nein, verdammb! Ich werde sterbm und Sie gambf genauso!«

»Moon, das ist bloß ein Sturm.«

»Nein!«

»Das Schiff hält das aus.«

»Nein, hält es nich! Wir werdn sterbm!« Und Moon begann hemmungslos zu heulen.

»Hören Sie auf, Moon!«

Aber Moon heulte weiter, der einzige menschliche Laut, den Trace durch das Kreischen des Windes und das ständige Donnern der Wellen hindurch hören konnte. Trace knirschte mit den Zähnen und hielt seine Angst im Zaum. Auf keinen Fall wollte er so abtreten wie Moon.

In Chesters Kabine klammerte sich Katerina an Chester, dessen Koje eigentlich viel zu klein war für zwei – sie waren trotzdem hineingekrochen, nachdem Chester sie und sich selbst der nassen Kleider entledigt hatte. Das Ausziehen war mit derselben fiebrigen Schnelligkeit vonstattengegangen wie bei ihrer ersten Liebesnacht, und trotz ihrer Angst war Katerina erregt: Er riss ihr die Kleider vom Leib, und sie fielen zusammen in ein Bett, endlich. Sie schlang die Arme um ihn.

In der Kabine flogen Instrumente und andere Gegenstände herum. Chester hatte sein Gepäck und seine Messwerkzeuge gesichert, aber einer der Wandschränke war aufgegangen, Zeichengeräte waren herausgefallen. Er hatte Papiere und Instrumente mit dem Fuß beiseitegeschoben, als er Katerina zum Bett trug.

»Wir sind zusammen«, sagte sie, während sie sich an ihn klammerte und sie in die Decken sanken. »Ich habe dich gefunden.«

»Sind wir«, sagte er. »Hast du.«

Er war überrascht, dass ihn ein friedliches Gefühl überkam. Überall um ihn herum war die Hölle losgebrochen, sogar in seiner Kabine warf der Sturm die Dinge umher, doch sein Bett war eine Oase des Friedens. Die Berührung ihrer Körper. Wenn er zu viel darüber nachdachte, überfiel ihn die Scham, weil er sich diesen Gefühlen hingab, während andere an Bord in höchster Gefahr darum kämpften, seine Expedition buchstäblich über Wasser zu halten.

Aber er brauchte jetzt ein paar Augenblicke mit ihr. Katerina war so kühn, so tapfer gewesen, etwas so Verrücktes für ihn zu tun, hier zu sein, so romantisch für ihn zu kämpfen. Wann war ihm so etwas schon je widerfahren? Und womit hatte er das verdient? Er hatte seine Arbeit getan. Seine Arbeit hatte sie verführt. Sein Tun hatte die Kraft, ihm jetzt, inmitten des allgemeinen Wahnsinns, ein winziges Körnchen Frieden zu bringen, und diese Kraft würde sie beide retten, dessen war er sich sicher. Sie würden den Sturm überstehen; die Kabelexpedition würde erfolgreich sein. Diese Sicherheit erregte ihn, und bald schon drang er in sie ein, und sie erwiderte seine Leidenschaft. Katerina konnte und wollte sich nicht vorstellen, was danach kommen sollte. Sie wusste nur, dass sie ihn hier bei sich hatte, und sie glitt weiter unter die Decke.

Ein lautes Knacken – Kapitän Preedy drehte sich verwirrt zu seinem Rudergänger um – unter Deck war ein Schott geborsten, und mehrere Tonnen Kohle polterten gegen die nachträglich eingezogene Wand des Ganges, der zu Traces und Moons Kabine führte. Die Wand drohte nachzugeben. Jedes Mal, wenn das Schiff rollte, kam mehr Kohle nach, und der Druck auf die Wand nahm zu. Zwei Heizer, die den Schaden bemerkt hatten, riefen von unten nach Stützbalken, doch niemand hörte sie. Alle Männer, die keine Wache hatten, waren in ihre Kojen geschickt worden. Jedes unnötige Herumlaufen an Deck war gefährlich. In der Kombüse versuchte der Smutje, Lebensmittel und Küchengeräte zu sichern, doch als die Messer durch den Raum flogen, ergriff er die Flucht.

Überall auf dem Schiff lösten sich Werkzeuge und Ladung aus ihren Verankerungen, doch am schlimmsten war die Lage in der vorderen Kabelwanne des Hauptladeraums. Während die Trommel an Deck auf wundersame Weise dem Angriff von Wind und Wellen standhielt, war das lose Ende, das Chester unter Deck bereits in Augenschein genommen hatte, immer mehr ins Rutschen geraten und karriolte in der Wanne herum; Meilen von Kabel schossen ungesichert durch den Laderaum. Zwei Matrosen hatten versucht, die Lage zu sondieren und mit einer Lampe in die Wanne zu leuchten. Das Kabel sah aus wie eine riesige blinde Schlange, die unsichtbare Feinde angriff.

Die Seeleute erstatteten Kapitän Preedy Bericht, der gerade von einem anderen Matrosen über das Kohlenproblem informiert worden war. Preedy hatte die ganze Nachtwache mit dem Rudergänger auf der Brücke verbracht. Er fragte ständig, wie das Schiff reagiere, machte sich Sorgen über Ballast und die Verteilung der Ladung, über die Belastung des Ruders, über die Segel. Er hatte Befehl gegeben, die Kessel weiter zu heizen und die Schraube mitlaufen zu lassen, um das Schiff besser gegen die See halten zu können.

Preedy nickte den Männern zu. Er wies sie an, einen Trupp zusammenzustellen, um die Wand unter Deck mit Balken aus der Werkstatt des Schiffszimmermanns abzustützen. Was das Kabel anging, so mussten sie einfach hoffen, dass es sich nicht zu weit abrollte. Wenn Brennstoff und Ladung allzu heftig in Bewegung gerieten, war um die Seetüchtigkeit des Schiffes zu fürchten.

Anhand des Auf und Ab der *Agamemnon* in der pechschwarzen Nacht versuchte Preedy die Höhe der Wellen zu schätzen und kam auf mehr als dreißig Fuß. Er konnte nur beten, dass da draußen im Dunkel nicht noch höhere Wogen lauerten. Der Wind kreischte in der Takelage. Ein- oder zweimal waren die Wolken aufgerissen, und der Mond war am Himmel erschienen; ein blasser, schmieriger Fleck. Das Meer mit all der Gischt sah aus wie eine Schneelandschaft. Das Schiff hätte auch ein Pferdeschlitten sein können, der von einem verschreckten Gespann durch wüste Schneewehen geschleudert wurde.

Als der Mond sich erneut zeigte, sah Preedy die beiden Matrosen am Ruder. Sie waren bleich, ihre Augen waren weit aufgerissen. Sie klammerten sich ans Steuer wie zwei Kinder an die Schürzenzipfel ihrer Mutter.

»Kurs halten!«, rief Preedy ihnen zu. Ein alberner Befehl angesichts des Wetters und der Lage des Schiffes. Doch die Männer schienen sich über die Ansprache zu freuen; einer der beiden lächelte sogar ein wenig, doch dann schoben sich die Wolken wieder vor den Mond, und sie verschwanden in der Dunkelheit.

Allen Widrigkeiten zum Trotz schlief Professor Thomson die ganze Zeit in seiner winzigen Kabine. Er war erst wenige Male auf See gewesen und hatte noch nie einen solchen Sturm erlebt, doch er hatte seine Koje mit zusätzlichen aufgerollten Decken ausgepolstert und sich eine Haltevorrichtung aus seinen Gürteln und Hosenträgern gebastelt. Als Physiker hatte er bei seinem letzten Aufenthalt an Deck erkannt, dass die *Agamemnon* sicher war, solange die Wellen sich nicht brachen und der Abstand zwischen ihnen größer war als ihre Höhe und solange Kapitän Preedy das Schiff mit dem Bug genau im Wind hielt. Diese Erkenntnis genügte, um den Professor zu beruhigen. Er hatte sich selbst einige Rechenaufgaben gestellt und war in Gedanken sogar schon dabei, sich das Leben nach der erfolgreichen Verlegung des Kabels vorzustellen. Field hatte ihm als Kompensation für seine Teilnahme an der Expedition ein Dutzend Anteile überschrieben. Vielleicht würde er damit reich werden. Vielleicht, dachte er, bevor er in den Schlaf sank, würde er sich eine Jacht kaufen.

Gegen Morgen hatte sich Resignation auf der *Agamemnon* breit gemacht. Der Sturm wütete noch immer. Es war so viel Wasser in der Luft und so viel Luft im Wasser, dass die Grenze zwischen Meer und Atmosphäre kaum noch auszumachen war. Immer noch quälte sich das Schiff steile Wellenberge hinauf und schoss auf der anderen Seite wieder hinab. Der anbrechende Tag brachte zwar keinen neuen Schrecken, dafür aber die düstere Vorahnung, dass der Orkan so bald nicht nachlassen würde. Sie mussten noch einen Tag durchhalten.

Kapitän Preedy hatte unter Deck nur kurz geschlafen und stand bei Sonnenaufgang bereits wieder auf der Brücke. Er schickte einen Ausguck nach oben – allerdings nur auf halbe Höhe des Großmasts –, um Ausschau nach den anderen Schiffen zu halten.

Auch Chester war an Deck gekommen. Ein Seemann hatte an seine Tür geklopft und ihm ausgerichtet, dass der Kapitän mit ihm über das Kabel auf dem Vorderdeck sprechen wolle. Chester hielt sich an einer Belegklampe fest, während ihn Gischt und Regen durchweichten, und sah zum Ausguck hinauf. Katerina war noch unten; er hatte ihr zugeflüstert, dass sie in seiner Kabine bleiben müsse. Unter großen Schwierigkeiten hatte er sich angekleidet und sie verlassen; als er seine Stiefel anzog, hatte ihn das Schlingern des Schiffes an die Wände geschleudert, aber schließlich hatte er es aufs Vorderdeck geschafft.

»Ich muss sie losmachen!« Preedy schrie im Sturmgeheul, als Chester zu ihm kam. Er zeigte auf die Kabeltrommel. In Chesters Augen hielt sie sich prächtig, trotz der Naturgewalten.

»Aber sie hat die Nacht überstanden!«, schrie Chester zurück.

»Ihr Kabel unter Deck wickelt sich ab, und damit verschiebt sich unser Schwerpunkt. Ich war selbst am Ruder und habe die Wirkung gespürt. Wir könnten kentern!«

»Herr Kapitän, Sie verlangen, dass wir das gesamte Unternehmen opfern? Wir können das Kabel nicht bloß *ein Stück weit* durch den Atlantik verlegen. Wir brauchen das ganze Kabel. Also auch die Trommel auf dem Vorderdeck.«

»Diese Trommel könnte Ihr Grabstein werden, Mr. Ludlow. Und meiner und der von allen anderen auf diesem Schiff. Ich sage, wir sollten sie über Bord werfen. Es geht hier um unser Leben.«

Chester begriff nicht, wieso Preedy plötzlich so furchtsam war. Vor ein paar Stunden hatte er noch Witze über explodierende Madeira-Karaffen gemacht und schien bereit, mitten durch den schlimmsten Sturm zu segeln. Aber irgendetwas hatte seine Willenskraft über Nacht geschwächt. Vielleicht die Müdigkeit. Die Finsternis über den Wassern. Chester kam der unlogische Gedanke, dass die Nervenschwäche des Kapitäns die Strafe dafür war, dass er mit Katerina geschlafen hatte.

»Geben Sie mir noch etwas Zeit, Käpten!«, schrie Chester. »Bitte. Geben Sie mir den Vormittag.«

Chester sah, wie die beiden Rudergänger zu Preedy blickten, doch der schaute nur nach oben, wo der Ausguck immer noch am Mast hing.

»In Ordnung«, murmelte er, kaum hörbar durch den Orkan. »Wenn es nicht schlimmer wird. Den Vormittag.«

»Guter Mann!«, rief Chester und wandte sich nach vorn. Er wollte überprüfen, ob die Kabeltrommel den Vormittag auch wirklich überstehen würde, und dann wollte er zurück zu Katerina.

Der Ausguck hatte den Himmel in allen Richtungen nach Schiffen abgesucht. Offensichtlich konnte er nichts entdecken. Er schien verwirrt, fast verärgert wegen des blindwütigen Regensturms. Dann schaute er Backbord voraus und erstarrte. Seine linke Hand hob sich langsam, dann stieß er einen langen Schrei aus, wobei sich seine Stimme überschlug: »Brecher!«

Die *Agamemnon* wurde gerade von einer Woge emporgehoben, deren Kamm annähernd vierzig Fuß hoch war. Als sie diesen erreicht hatten, sahen Chester, Kapitän Preedy und alle Seeleute an Deck in die gleiche Richtung.

»... *Zwei! Drei! Vier!*«, rief der Ausguck.

Am Horizont, oder was Chester und die anderen dafür hielten, erhob sich eine Welle, die wie eine gewaltige Klippe wirkte, von der aus Frauen und Kinder das Meer nach heimkehrenden Seeleuten absuchten. Diese Welle, oder eher dieser Wasserberg, bewegte sich anscheinend nicht auf die *Agamemnon* zu, er schien vielmehr stillzustehen und das Schiff anzuziehen.

Die Welle war mehr als doppelt so hoch wie alle anderen, die sie bisher überstanden hatten, und nach den Schaumkronen zu urteilen, war das Ungetüm nicht allein. Deshalb hatte der Ausguck gezählt. Ein Quartett von Riesenwellen rollte auf das Schiff zu. Ihre Länge war nicht zu schätzen. Sie verloren sich in Dunst und Regen. Sie mochten tausend Seemeilen breit sein. Die Stirn der Welle war grau, zerfurcht und vom Wind aufgeraut, sodass sie wie gekrümmtes, geriffeltes Glas aussah.

Dann verschwand sie wieder. Die *Agamemnon* war in ein Wellental gesunken, und die Mannschaft sah nur noch die Wellen in ihrer unmittelbaren Nähe.

Jeder an Deck sah sofort seinen Nebenmann an, um sich das Unfassbare des eben Gesehenen bezeugen zu lassen. Im Wellental waren sie für einen Moment vor diesem furchtbaren Anblick geschützt. Das Ungeheuer war da draußen, hinter diesen kleineren Wellen, aber im Augenblick konnten sie es nicht sehen, und sie fühlten sich in trügerischer Sicherheit.

Chester war froh, dass Katerina dies nicht mit ansehen musste. Er war froh für alle, die unter Deck waren und es nicht gesehen hatten. Sie hatten sich vielleicht durch eine schlaflose Nacht gequält und waren vom Sturm umhergeschleudert worden, aber immerhin war ihnen dieser erschütternde Anblick erspart geblieben, dieser Ausreißer in den Naturgesetzen der Erdkugel.

Wieder stieg die *Agamemnon* auf einen Wellenkamm. Es würde weniger, viel weniger als eine Minute dauern, bis das Schiff sich der ersten gigantischen Wasserwand stellen musste. Keine Zeit mehr für den Ausguck, herunterzuklettern, keine Zeit, Passagiere und Mannschaft unter Deck zu warnen, keine Zeit für die Männer an Deck, von Kapitän Preedy bis hinunter zum letzten Schiffsjungen, etwas anderes zu tun, als irgendeinen Halt zu suchen.

Im nächsten Wellental sah Chester sich fieberhaft an Deck um.

Er kniete nieder und steckte die Arme durch zwei Wanten des Großmastes, so, als wollte er Weiden zu einem Korb flechten. Dann stieg das Schiff auf den letzten Kamm, wenige Augenblicke bevor das Meer unter ihm wegsacken und das erste der Ungeheuer sie verschlucken würde.

Das Hinabgleiten ins letzte Wellental war nicht anders als zuvor. Doch die Konfrontation mit dem Angesicht der Riesenwelle änderte alles. Das Meer lag auf der Seite. Chester spürte sein Körpergewicht an seinen Armen reißen, als ihm der Boden unter den Füßen weggezogen wurde. Er hing wie ein Lot an den Wanten. Wollte man jetzt aufs Vorschiff gehen, wäre es wie ein steiles Dach zu erklimmen. Über dem Bugspriet sah Chester – wie einen massiven Alpengipfel – den Wellenkamm mit seiner weißen Krone, von dem Gischtfahnen stoben wie Schneewirbel. Die Woge war so riesig, dass sie unbeweglich schien, und das Schiff glich einer Spielzeugbahn, die sich einen Hang hinaufmühte.

Denen unter Deck mochte es erscheinen, als stände das Schiff auf dem Heck. Die Schotten in Richtung Heck hatten sich in Fußböden, die in Richtung Bug in Decken verwandelt. Professor Thomson wurde aus seiner Koje geschleudert, als seine Gürtel-und-Hosenträger-Konstruktion riss. Katerina klammerte sich an ihre Koje, aber die Kabine neigte sich so heftig, dass ihr ein Schrei entfuhr. Überall an Bord wurden Seeleute, die sich in den vergangenen Stunden allmählich an das Rollen des Schiffes gewöhnt hatten, gegen Wände, zu Boden oder einfach aus ihren Hängematten geworfen. Jack Trace war gerade aufgestanden und stieg schwankend in seine Hose. Er hörte Moon, der noch immer in seiner Koje stöhnte. Gerade wollte er den Journalisten fragen, wie er sich fühle, als ein ungeheures Prasseln wie von Artilleriefeuer ertönte und ein Schwall von Kohlen durch das Schott, durch den Gang und durch Traces Kabinentür brach.

In der Kombüse platzten die Mehlfässer auf. Ketten, Eimer, Leitern, Werkzeug – alles, was im Wirbel der Nacht noch an seinem Platz geblieben war, stürzte nun in einer Kaskade von Trümmern herab. Katerina verhedderte sich in ihrem Bettzeug und schrie. Als Professor Thomson nach seiner Brille tastete, traf ihn etwas Schweres am Kopf. Jack Trace wurde von einer Kohlenwand gegen seine Koje gepresst, die Kohlen reichten ihm bis an die Brust und schienen noch weiter zu rutschen. Die Seeleute ruderten hilflos mit den Armen, versuchten sich aufzurichten oder fallende Gegenstände abzuwehren. Vom Ausguck im Mast war ein Heulen zu hören.

Schließlich erreichte die *Agamemnon* den Kamm der Welle und sank zurück in die Horizontale, hing dort wie eine Gipfelstation auf dem langen weißen Grat, der sich links und rechts von ihr bis ans Ende der Welt zu erstrecken schien. Dann kam der unvermeidliche Abstieg und die Umkehr der Verwüstung, die unter Deck angerichtet worden war.

Katerina war inzwischen übers Weinen hinaus; sie versuchte sich in Kissen und Bettdecken zu wickeln, um Verletzungen zu vermeiden. Der Selbsterhaltungstrieb hatte ihre Panik besiegt, und sie handelte jetzt mit stählerner Entschlossenheit.

Jack Trace, der bis zum Hals unter Kohlen begraben gewesen war, sah die schwarzen Brocken zu seiner Erleichterung wie bei einer beschleunigten Ebbe wieder zurückbranden; nur schwarzer Kohlenstaub blieb in der Luft hängen. Er drehte sich um und sah einen regungslosen Moon, der ihn aus weit aufgerissenen Augen anstarrte. Sein Gesicht war schwarz wie das eines Minstrelsängers, und seine rosigen Lippen formten unhörbare Worte. Er brachte keinen Laut heraus. Er war in seiner Koje lebendig unter den Kohlen begraben gewesen. Weder er noch Trace ahnten, dass diese schwarze Lawine schon bald erneut über sie hereinbrechen sollte.

Die *Agamemnon* stieg die zweite Welle hinauf, und Chester sah zum Kapitän und zu den Rudergängern. Alle drei umklammerten das Steuerrad und die Steuersäule. Preedy wirkte äußerst verärgert; einer der Matrosen weinte; der andere lachte hysterisch. Sie sahen aus wie eine Skulptur, die drei mögliche Reaktionen auf das drohende Ende darstellen sollte.

Als das Schiff den Wellenkamm erreichte, wandte sich Chester wieder nach vorn. Er wollte sehen, ob die Kabeltrommel auf dem Vorderdeck noch hielt. Sie schien unbeschädigt zu sein. Wenige Sekunden später begann das Schiff erneut seinen Abstieg in den Höllenschlund.

Diesmal bemerkte Chester die Schreie des lachenden Rudergängers. Zwischen Lachsalven stieß er hervor, dass er die Kontrolle über das Schiff verloren habe. Die *Agamemnon* entgleite ihm, brüllte er, sie würde gleich vor den Wellen liegen.

Sie erreichten den Tiefpunkt des Wellentals und stiegen wieder empor, als der Kapitän die Steuersäule losließ und selbst nach dem Ruder griff, doch das Schiff reagierte nicht. Die *Agamemnon* kletterte schräg den Wasserberg hinauf. Dann schoss sie, mit fast fünfundvierzig Grad Lage nach Steuerbord, den Wellenrücken hinunter. Die vierte Welle ging es, mit ähnlich starker Lage nach Backbord, wieder hinauf. Chester wusste, dass sie sich in höchster Gefahr befanden. Jeder Seemann an Bord wusste es. Kapitän Preedy betete am Ruder.

Das lose Kabel im Laderaum rutschte und türmte sich in Haufen am Rand der Wanne auf. Das Kabel an Deck hielt Gott sei Dank.

Unter Deck konzentrierte Katerina ihre Gedanken auf Chester, zwang sich durchzuhalten, um ihn wiederzusehen. Sie betete, dass er nicht von den Gewalten, die an Deck wüten mussten, davongespült worden war.

Professor Thomson lag bewusstlos am Boden seiner Kabine, in der ihn eine herabstürzende Schiffsuhr niedergestreckt hatte. Er hatte keine persönliche Habe, keine Möbel und keinerlei Komfort in seiner Unterkunft, abgesehen von jenem großen Chronometer, den er mit sich geführt hatte und der nun zerborsten neben ihm lag.

Zwei weitere Wellen ließen die *Agamemnon* um jeweils fünfundvierzig Grad überholen, so weit, dass die Enden der unteren Rahen die Wasseroberfläche berührten. Niemand an Bord glaubte noch daran, dass das Schiff diesen Ritt überstehen würde. An Deck sah man die gigantische Größe der Wellen, spürte das Peitschen des Windes, der Gischt und des Regens. Unter Deck drehte sich allen der Magen um, als der Rumpf mit dramatischer Lage die riesigen Wellenberge hinauf- und hinabraste. Sie wussten, dass die *Agamemnon* sich jederzeit überschlagen, kentern, untergehen konnte. Die Mehrzahl der Männer an Bord durchlitten den Wellenritt mit fest geschlossenen Augen, und betend.

ARBEIT FÜR FRAU LINDT

Von allen an Bord hatte es Wilkins Moon am schlimmsten erwischt. Tage später, als er endlich Zeit fand, die Ereignisse des Sturms in sein Logbuch einzutragen, notierte Kapitän Preedy, dass Moon »vor Angst arbeitsunfähig« sei. Fünfundvierzig Männer hatten Verletzungen davongetragen: gebrochene Gliedmaßen, Schnittwunden, Abschürfungen, ausgekugelte Gelenke. Sechs Männer hatten Gehirnerschütterungen und Kopfverletzungen erlitten (darunter Professor Thomson sowie Leutnant Clapp, der Schiffsarzt, der wegen der Schwindelanfälle und Übelkeit, die sein Schädelbruch hervorrief, die Verletzten nicht behandeln konnte), zwei hatten sich im Dampf verbrüht. Doch es war niemand umgekommen. Niemand war über Bord gegangen.

Trace hatte Kapitän Preedy von Moons Zustand berichtet, als der Sturm noch tobte, und der Kapitän wies ihm die zweite Koje in Professor Thomsons Kabine zu. Vielleicht freute sich der Professor über Gesellschaft, während er sich von seiner Verletzung erholte. Die Mannschaft werde sich um Moon kümmern. Das war Trace nur recht. Er musste weg von Moon, aber vor allem brauchte er Platz zum Arbeiten. Er versuchte die Geschehnisse an Bord zu Papier zu bringen. Trotz all seiner schrecklichen Gewalt wirkte der Sturm auf Trace irgendwie belebend, wenn nicht gar berauschend und inspirierend. Er wollte alles dokumentieren.

Preedy hatte eingewilligt, das Kabel auf dem Vorderdeck an Bord zu behalten; die Trommel überstand das Wüten des Sturms tatsächlich unversehrt. In der zweiten Nacht nach den Riesenwellen wurde es ohnehin unmöglich, die Fracht über Bord zu werfen, weil die Decksplanken unter der Trommel mit lautem Krachen nachgaben, das aufgerollte Kabel ein Stück ins Deck einsank und dort wie ein riesiges Ei im Nest liegen blieb. Die Matrosen stützten die angeknacksten Decksbalken von unten ab, und die *Agamemnon* taumelte weiter.

Chester lernte rasch, seine Bewegungen dem Bocken und Schlingern des Schiffes anzupassen. Er machte seine Runde: konferierte mit Preedy, sah nach dem Professor, überprüfte das Kabel und den Rest der Fracht; versuchte, so gut es ging, meist aber vergeblich, weiteren Schaden zu verhindern. Für Chester bedeutete das, mehr als eine Woche durchzuhalten, zu beten, dass das Schiff der Belastung standhielt, zu hoffen, dass die anderen Schiffe, die seit langem außer Sicht waren, den Sturm ebenfalls überstanden hatten.

Chester war schon während des Sturms klar, dass er erst einmal so weitermachen musste, als wäre alles in Ordnung und als könnten die Kabel wie geplant inmitten des Atlantiks verbunden werden.

Er musste sich mit Thomson besprechen. Nach einiger Zeit fühlte sich der Professor so weit wiederhergestellt, dass er sich an die Arbeit machen konnte.

»Der Kerl ist wirklich besessen, wissen Sie das?«, sagte er zu Chester, als sie allein waren.

»Wer?«, fragte Chester.

Der Professor kratzte sich an seinem Kopfverband. »Der Große. Verbringt jede freie Minute an Deck. Da kann er natürlich nicht zeichnen, das Papier wäre in einer Sekunde durchnässt, aber er geht trotzdem rauf, um ›den Sturm aufzusaugen‹, wie er es nennt. Dann kommt er wieder runtergerannt und zeichnet wie ein Verrückter. Sogar bei diesem Schlingern und Stampfen. Ich glaube, das furchtbare Wetter gefällt ihm geradezu. Trotzdem ein ganz angenehmer Bursche. Und die Zeichnungen sind richtig gut. Manche sogar hervorragend. Aber irgendwie ist der Mann ein bisschen verrückt.«

Als er diesen Ausführungen über Trace lauschte, hatte Chester zunächst das Gefühl, der Schlag auf den Kopf habe den Professor verwirrt. Aber Chester erkannte rasch, dass es Thomson um etwas ganz anderes ging: um die Sorge, dass Chester sich *seiner* Arbeit nicht genug widmete.

»Ich habe sie nicht gesehen, mein Lieber, aber ich weiß, dass sie an Bord ist«, sagte Thomson unvermittelt, und Chester ahnte, was jetzt kommen würde.

»Ich glaube, jeder Matrose an Bord weiß das. Es geht jetzt nicht darum, was Sie getrieben haben oder was Sie treiben. Wir sind hier schließlich unter Männern, und wir sind auf See. Die Frage ist: Was gedenken Sie weiter zu tun?«

Um sie herum knarrten die Balken, und die Wellen schlugen mit dumpfem Hall gegen den Rumpf.

»Sir, Sie müssen mir glauben, dass ich nichts mit ihrer Anwesenheit zu tun habe«, sagte Chester. »Ich habe sie zu ihrem Schritt nicht ermutigt, und noch weniger habe ich ihr dabei geholfen. Sie ist einfach … *aufgetaucht.*«

Als er sich so reden hörte, durchzuckte ihn ein Gefühl der Scham. Er redete Katerinas Wagemut klein, das Risiko, das sie *für ihn* auf sich genommen hatte, er stellte sie dar als ungezogenes Kind, von dessen Dickköpfigkeit er sich distanzierte.

Thomson saß auf seiner Bettkante und lehnte sich gegen die

Wand, um etwas Halt zu finden. Er sah Chester an, der sich auf einem Gestell mit Zeichenutensilien abstützte, das Trace gehörte.

»Ich glaube Ihnen, was auch immer davon zu halten ist«, sagte Thomson kühl, und Chester spürte, dass er in der Achtung des Älteren sank. »Dennoch müssen Sie entscheiden, was geschehen soll. Nehmen wir an, wir überstehen diesen Sturm, verbinden und verlegen das Kabel, dann können Sie ja wohl schlecht mit ihr am Arm in Neufundland die Gangway hinabsteigen.«

»Sir, sie ist nicht das, was Sie denken.«

»Sie ist die Musikerin aus Ihrem Phantasmagorium, stimmt's?«

»Ja«, erwiderte Chester trocken.

»Nun, dann ist sie das, was ich denke. Man sagt, Sie sei eine echte Augenweide, und ihr Wagemut gereicht Ihnen zur Ehre, dennoch: Was gedenken Sie zu tun?«

»Ich weiß nicht«, gab Chester zu. »Ich war in letzter Zeit nur damit beschäftigt, in diesem verdammten Sturm alles beieinanderzuhalten.«

»Vielleicht sollten Sie sie fragen«, sagte Thomson.

»Was fragen?«

»Auch wenn Sie keine Pläne für sie haben, hat sie doch vielleicht welche für Sie.«

»Bei dir sein«, sagte Katerina, als Chester mit ihr sprach. »Mein Plan für dich ist, dass du bei mir sein sollst. Wie nett von dir, danach zu fragen.«

Sie klang gereizt. Sie war des Sturms überdrüssig. Sie war des Eingesperrtseins überdrüssig. Sie war Chesters Sorge um all seine zerschlagenen Instrumente überdrüssig. So hatte sie sich den Ausgang ihres riskanten Unternehmens nicht vorgestellt. Aber Chester hatte den Sturm nicht bestellt; er hatte sich diesen Ausgang genauso wenig gewünscht. Katerina versuchte, ihren Ärger zu unterdrücken.

»Ich möchte, dass du bei mir bist«, sagte sie noch einmal, verführerischer. »Jetzt …«, und sie zog ihn zu sich auf die Koje.

»Katerina, da muss uns schon was Besseres einfallen. Begreif doch, du kannst nicht einfach mit mir vom Schiff spazieren, wenn wir in Neufundland ankommen.«

»Das sehe ich ja ein, Liebster. Ich kann durchaus diskret sein. Aber nicht jetzt«, fügte sie mit leicht triumphierendem Ton hinzu, als sie ihn zu sich unter die Decke zog.

»Sie werden auf die *Niagara* umsteigen, wenn wir die Kabel verbinden«, sagte Thomson zu Chester, als sie wieder zusammensaßen. »Und sie wird hier auf der *Agamemnon* bleiben. Sie fahren nach Amerika. Sie fährt zurück nach England zu ihrem Mann. Ich kann gar nicht fassen, dass ich Ihnen das erklären muss, Ludlow. Es liegt doch auf der Hand.«

»Ja, sicher«, erwiderte Chester mürrisch. »Das war mir die ganze Zeit klar.«

»Ja sicher«, sagte Katerina düster, als Chester ihr den Plan erläuterte. »Ich habe schon vermutet, dass du so etwas vorschlagen wirst.«

»Hast du wirklich gedacht, es könnte anders gehen?«, fragte Chester. Er hatte ihr etwas Brot und einen Topf Suppe mitgebracht. Sie wollte weder davon essen noch in seinen Plan einwilligen. Die Kabine schwankte heftig hin und her, und Chester musste das Essen festhalten, damit es nicht von dem kleinen Klapptisch rutschte, der an die Wand geschraubt war.

»Schließlich«, fügte er hinzu, »sind wir beide verheiratet.«

»Du hast doch gesehen, wie es um meine Ehe steht. Und ich habe gesehen, wie es um deine Ehe steht. Ich habe gesagt, ich wolle in der Stunde deines Triumphes bei dir sein. Das habe ich auch so gemeint. Wenn ich dich erinnern darf, ich habe mein Leben riskiert, um hier bei dir zu sein. Ich muss nicht neben dir die Gangway hinabsteigen, wie du gesagt hast, aber ich kann doch in Amerika auf dich warten.«

»Das ist unmöglich, Katerina. Wie willst du auf die *Niagara* umsteigen? In meinem Seesack?«

Katerina ließ sich gegen die Rückwand der Koje fallen, und ihr Gesicht versank im Schatten. Die beiden saßen schweigend, während um sie herum der Sturm wütete.

»Ist also alles geklärt?«, fragte Professor Thomson. Er hatte den Verband abgenommen. Dort, wo ihn die Uhr getroffen hatte, zog sich ein Bogen körnig getrockneten Blutes an seinem Haaransatz entlang.

»Ich denke schon«, sagte Chester.

»Und können wir uns jetzt wieder aufs Wesentliche konzentrieren?«, fragte Thomson.

»Sieht so aus«, sagte Chester.

Über Nacht waren die Wolken, der Wind, der Regen, sogar die

hohen Wellen verschwunden. Die *Agamemnon* lag beinahe friedlich in ruhiger See unter einem diesigen blauen Himmel. Passendes Wetter für den Mittsommer mitten auf dem Ozean.

Das Unverhoffte dieses plötzlichen Umschwungs verstärkte die Erleichterung und Dankbarkeit der Menschen an Bord. Die Mannschaft stimmte ein Lied an. Professor Thomson stand in bester Laune auf dem Achterdeck. Jack Trace hängte lachend einige seiner feucht gewordenen Werke wie Wäsche auf eine Leine über dem Vorschiff. Katerina brach in der Kabine in Tränen aus, und Chester hörte sie, als er auf seinem Rundgang zur Kontrolle der Reparaturen an der Tür vorbeikam.

Kapitän Preedy ließ sofort Kurs auf den Treffpunkt nehmen und schickte doppelten Ausguck in die Masten, um die anderen Schiffe zu finden. Der Rest der Mannschaft hatte Befehl, die Schäden zu begutachten und zu reparieren.

Das Schiff war ein einziges Chaos. Überall an Deck lagen Kabel, Tampen, Wanten herum. Unter Deck schaufelten Matrosen die Tonnen von Kohle zusammen, die eine Wand nach der anderen durchbrochen hatten. Der Brennstoff hatte sich im Schiff ausgebreitet wie ein Fluss, der über seine Ufer getreten ist und alles überflutet hat. Kapitän Preedy ließ einen Bereich frei räumen, der einmal das Geschützdeck der *Agamemnon* gewesen war, und dort ein Quartier für die Verletzten einrichten.

Drei Matrosen mussten Moon festbinden und dann mitsamt seiner Matratze aus der Kabine zum provisorischen Lazarett tragen. Trace, der, nachdem er seine Ausrüstung getrocknet hatte, jetzt noch eifriger zeichnete, sah ihn an sich vorbeiziehen. Das Bündel verströmte einen üblen Gestank. Moons Augen waren verquollen. Trace folgte dem Transport ins Krankenquartier, wo die Matrosen Moon zwischen den stöhnenden anderen Verletzten ablegten. Dann zogen sie ihm seine vollen Hosen aus; wuschen seinen Hintern mit einem Deckschrubber; warfen die Hose, das Bettzeug und die Matratze über Bord; legten ihn auf einen Strohsack und breiteten schließlich eine Decke über ihn. Moon ließ nicht erkennen, dass diese unwürdige Behandlung ihm auch nur das Geringste ausgemacht hätte.

»Moon, alter Freund«, sagte Trace, als die drei Matrosen sich anderen Aufgaben zugewandt hatten.

Keine Antwort. Moon lag auf der Seite und strich mit den Fingern sacht über die Wolldecke. Eine Speichelperle sammelte sich in seinem Mundwinkel.

»Moon, rede mit mir.«

Moon schwieg.

»Moon, wirst du wieder auf die Beine kommen?«

Keine Antwort.

»Moon?«

Vom Oberdeck war lautes Schaben und Krachen zu hören. Die Seemänner zerrten gebrochene Planken und Balken beiseite, um Platz für das Kabel zu schaffen, das sie aus der Wanne im Laderaum zogen, um es neu aufzurollen.

»Moon, hör mal, du wirst doch wieder arbeiten können, oder?«

Moons Gesicht blieb ausdruckslos. Es verstörte Trace, dass seine Augen so ruhig in ihren Höhlen lagen – sie flackerten nicht mehr. Trace wurde klar, dass Moon sich den Rest der Fahrt nicht bewegen, dass er nicht sprechen und ganz bestimmt nicht schreiben würde. Trace hatte keine Ahnung, ob Moon überhaupt jemals wieder etwas von diesen Dingen tun würde.

»Hattest du Angst zu sterben?«, fragte Katerina.

»Wann?«, fragte Chester zurück.

»Während des Sturms.«

Sie lag neben ihm in der Koje. Er hatte sich angekleidet ausgestreckt, nachdem er stundenlang die Reparaturen überwacht hatte. Ihre Frage war das erste vorsichtige Angebot eines Gesprächs, das sie ihm jenseits der nüchternen Höflichkeiten gemacht hatte, um die man in einer gemeinsamen Kabine nicht herumkam. Seit er verkündet hatte, dass er sie allein nach England zurückschicken wollte, hatte er sich an eine Atmosphäre resignierter Spannung zwischen ihnen gewöhnen müssen. Sie hatten sich während des Sturms in den Armen gehalten. Doch nach seiner Ankündigung waren alle Berührungen nur noch eine Art Pantomime, getragen vom Gefühl, dass man sich in einer solch extremen Situation einfach gegenseitig festhalten *müsse*.

»Ja«, sagte Chester jetzt und versuchte, den Eindruck zu vermeiden, er greife verzweifelt den erstbesten Gesprächsfaden auf. »Ja«, wiederholte er leiser. »Ja, hatte ich.«

»Du hast es dir nicht anmerken lassen.«

»Das war nicht schwer. Es gab viel zu tun, um das Schiff, die Mission zu retten. Zu handeln ist mir leicht gefallen.«

»Aber es hat dich nicht von dem Gedanken ans Sterben abgehalten? Ich dachte, Handeln könnte das.«

»Wer sagt, er hätte in diesem Sturm keine Angst gehabt, ist ein Aufschneider«, sagte Chester.

Katerina sagte: »Ich hatte Angst.«

Chester zog sie an sich. Er war froh, dass sie sich nicht sträubte. »Das wollte ich nicht«, sagte er.

»Ich hatte Angst, dass ich dich verlieren könnte, wenn ich sterbe«, sagte sie. »Meine einzige Hoffnung war, dass wir gemeinsam sterben würden, aber ich bin nicht sicher, ob ich einfach nur mit dir im Tode vereint sein wollte oder ob ich dachte, wenn ich dich nicht haben kann, soll dich auch sonst niemand haben. Und dann habe ich mich selbst gehasst, weil ich dir den Tod gewünscht hatte.«

Katerina schüttelte den Kopf und pulte mit ihrem Finger an einem Astloch in der Kabinenwand neben dem Bett. Sie fuhr fort: »Seltsam, dass man solche Dinge gedacht hat und jetzt hier in ganz ruhiger See liegt. Im Sturm wusste ich, dass der Tod uns nahe war, aber ich hatte keine Zeit, darüber nachzudenken. Ich hatte Angst. Aber trotzdem war ich wie betäubt, war hier eingesperrt, wegen des Sturms und deinetwegen. Ich habe mich an die Angst und den Tod gewöhnt. Es ist gar nicht so schlimm, den Tod in der Nähe zu wissen.«

»Ich hatte ein Kind, das gestorben ist«, sagte Chester. Er hatte die Worte ausgesprochen, bevor er wusste, was er tat.

»Sie hieß Betty«, fuhr er fort. »Sie war krank.«

Und Chester erzählte Katerina von seinem Vater, von Otis, von anderen Ludlows, die auch von »Heimsuchungen« geplagt gewesen sein sollten. Er erklärte Katerina, wie Betty zu Tode gekommen war.

»Ich war nicht da«, sagte er. »Ich war oben auf dem St.-Lorenz-Strom und habe die erste Kabelexpedition vorbereitet.«

»Die gescheiterte.«

»Die gescheiterte«, sagte Chester ruhig, als sei dieses Scheitern bedeutungslos, als wären drei Jahre Vorbereitung und Arbeit an jenem Kabel gar nichts gewesen. Aber waren sie das nicht im Grunde auch angesichts des Verlustes seiner Tochter?

»Ich bekam eine Nachricht von Franny«, fuhr er fort. »Wir hatten bereits eine Telegraphenleitung vom Festland nach St. John's gelegt.

Ihre Nachricht war ganz knapp, völlig anders, als Franny sich ausgedrückt hätte, wenn ich da gewesen wäre.« Er zitierte die Nachricht wörtlich, als stünde sie ihm vor Augen. Er sah die Handschrift des Telegraphisten vor sich: »*Unfall. Unsere Kleine ist nicht mehr da. Otis konnte nichts tun. Komm heim. Sie ist im Zimmer.*«

Katerina runzelte die Stirn.

»Es gab einen Übertragungsfehler«, erklärte Chester. »Ich wollte glauben, dass Franny meinte, Betty hätte sich verlaufen, sei verschwunden, sodass wir sie noch wiederfinden könnten und dass sie gleichzeitig wider jede Logik im Zimmer, in ihrem Zimmer sei. Ich redete mir ein, dass ich sie dort finden würde, wenn ich nach Maine zurückkehrte, aber ich wusste auch, was die Nachricht wirklich bedeutete. ›Zimmer‹ sollte eigentlich ›Himmel‹ heißen, und Franny hatte sich so umständlich ausgedrückt, weil sie dem Telegraphisten das Wort ›tot‹ nicht sagen konnte. Deshalb ›*Unsere Kleine ist nicht mehr da … Sie ist im Himmel*‹, anstatt einfach zu sagen: ›Betty ist tot‹. Ich eilte nach Hause und fand, was ich befürchtet hatte.«

Katerina biss sich auf die Unterlippe, die Stirn immer noch gerunzelt. Und dann entfuhr es ihr, als würde sie ein Urteil über Chester fällen: »Du steckst so viel Arbeit in dieses Kabel, und doch kann es bloß Signale verschicken in einer Sprache, die niemand sprechen kann. Und wozu ist diese Sprache gut außer für schlechte Nachrichten?«

Sie zog seinen Arm zu sich.

»Es tut mir leid«, sagte sie. »Ich liebe dich.«

»Ist schon gut.«

»Denkst du oft an sie?«

Und für eine Sekunde dachte Chester, sie meinte Franny. Ihm stockte der Atem. »Ob ich an sie denke?«

»An Betty.«

Er schüttelte den Kopf. »Es blieb mir erspart, das Unglück mitanzusehen. Das musste nur Franny. Sie denkt ständig an die Kleine. Im Übermaß, würde ich sogar sagen. Dass da kein Ende abzusehen war, hat unserem Zusammenleben … das Leben entzogen.«

»Und dein Bruder war auch dabei?«

»Aber er hat es nicht gesehen. Er sagte, er habe zur selben Zeit ebenfalls einen Anfall gehabt.«

»Aber du bezweifelst das?«

342

»Es macht keinen Unterschied. Sie ist tot. Das ist eine Tatsache. Ich habe mich jedenfalls schrecklich schuldig gefühlt«, sagte Chester. »Franny sagt, wir dürfen Otis keine Schuld geben. Er konnte nichts tun.«

»Aber du gibst ihm die Schuld.«

»Ich weiß nicht. Ich könnte genauso gut mir selbst die Schuld geben, weil ich Hunderte Meilen weit weg bei der Arbeit war. Hätte ich sie retten können, wenn ich zu Hause gewesen wäre?«

»Darauf gibt es keine Antwort«, sagte Katerina. »Du musst damit leben.«

»Jetzt ist er wieder dort. Otis. In meinem Haus. Und sie sagen, sie hätten Betty gesehen.«

»*Gesehen?*«

»Eine Erscheinung oder Vision bei einer Art Séance.«

»Könnte das stimmen?«

Chester drehte sich im Bett zur Seite. »Ich habe keine Ahnung«, flüsterte er.

»Vielleicht«, murmelte Katerina mehr zu sich selbst, »sind wir ja im Tod vereint.«

Deswegen war Chester, als Katerina von ihrer Angst im Sturm und dem Leben nach dem Tod sprach, auf Betty zu sprechen gekommen. Seine Tochter war auch nach ihrem Tod noch in seinem Leben. Ganz gleich, ob sie wirklich als Geist erschien, ganz gleich, ob Franny und Otis irgendeinen Humbug veranstalteten, auf jeden Fall war Betty für sie alle immer noch da. Aber Katerina, seine Geliebte, die neben ihm lag, die mit ihm den Sturm überlebt, die seinetwegen Tod und Scham getrotzt hatte, würde das nie begreifen können.

Es klopfte an der Tür.

Chester richtete sich auf. »Wer ist da?«

»Preedy. Auf ein Wort, Sir.«

»Ähm … einen … Augenblick …« Chester rappelte sich hoch.

»Besser gesagt«, sagte der Kapitän, »auf ein Wort mit der Dame.«

»Gestatten Sie … lassen Sie mich … der Dame?«

Vor der Tür war ein Lachen zu hören. »Ja. Sie erinnern sich, dass Sie eine Dame errettet haben, die im Sturm fast von Bord gespült worden wäre? Sie haben sie zu ihrer Sicherheit hierher gebracht. *Jene* Dame.«

Chester sah Katerina an. Sie hatte seinen Morgenmantel übergeworfen und zugeschnürt und bedeutete ihm nun, er möge die Tür öffnen.

Preedy trat ein mit der Mütze in der Hand und einem schiefen Lächeln auf den Lippen, das zufriedene Belustigung ausdrückte.

»Kapitän«, sagte Katerina und neigte den Kopf. Sie stützte sich mit einer Hand auf der Tischkante ab, als empfange sie einen Untertanen.

»Ich möchte Ihnen eine Beschäftigung anbieten, Madam.« Er verbeugte sich. »Wie erfreulich übrigens, Sie endlich kennenzulernen. Ich hoffe, der Stauraum war bequem und zu Ihrer Zufriedenheit und dass Sie mit dieser Ihrer neuen Unterkunft nicht allzu unglücklich sind.«

»Was für eine Beschäftigung?«, fragte Katerina beinahe brüsk.

»Als Krankenschwester«, antwortete Preedy. »Fast fünfzig Männer müssen versorgt werden. Jeder arbeitsfähige Seemann wird gebraucht, das Schiff wieder herzurichten. Sie müssten sich um die Versehrten kümmern.«

»Ich bin keine Krankenschwester.«

»Gut. Ich wusste doch, dass Sie sich geneigt zeigen würden. Meine verletzten Männer und ich sind Ihnen dafür zu Dank verpflichtet. Sie sollten sich auf unserem sogenannten Krankendeck melden. Mr. Ludlow kann Ihnen den Weg zeigen. Leutnant Clapp, unser Schiffsarzt, ist am Kopf verletzt worden und war bewusstlos. Er kann immer noch nicht wieder richtig sehen. Wir hatten gedacht, mit Mr. Whitehouse, dem anderen Ingenieur der Expedition, einen zusätzlichen Arzt bei uns zu haben, aber nun hat Professor Thomson seinen Platz eingenommen; sicher ein guter Mann und ein exzellenter Wissenschaftler, wie ich gehört habe, aber kein Arzt. Wir mussten unseren Schiffszimmermann zur medizinischen Behandlung heranziehen; ein sehr guter Zimmermann, wie ich Ihnen versichern kann, aber ebenfalls kein Arzt und außerdem mit anderen Reparaturen vollauf beschäftigt. Deshalb wäre alles, was Sie tun können, eine große Hilfe.«

»Aber ich verstehe so gut wie nichts davon«, sagte Katerina.

»Hervorragend, denn der Zimmermann versteht *überhaupt nichts* davon. Ihre Kenntnisse stellen also schon eine Verbesserung der Lage dar. Es wird sich noch als Segen erweisen, dass wir einen blinden Passagier an Bord haben. Vielen Dank.« Er verbeugte sich wieder und ging.

»Aber ich kann das nicht!«, flüsterte Katerina verzweifelt.

»Du wirst es schaffen«, sagte Chester, ohne echte Überzeugung, und sie spürte es. Das Benehmen des Kapitäns machte ihm klar, dass sein Status als Chefingenieur durch Katerinas Anwesenheit und den Aufenthalt in seiner Kabine, den er ihr gewährt hatte, untergraben worden war. Er war ein Narr, aber was hätte er sonst tun sollen? Sie verleugnen? Er hatte sich entscheiden können, ein Narr oder ein Schuft zu sein. Nun würde er umso härter daran arbeiten müssen, als keines von beidem angesehen zu werden. Er drehte sich zu ihr, hielt ihr Gesicht in den Händen und schaute ihr lange in die blauen Augen. »Du wirst es schaffen«, wiederholte er. »Wir werden es beide schaffen.«

Ausschau nach Segeln

Die Reparaturen auf der *Agamemnon* liefen rund um die Uhr. An Bord sah es aus, als hätte ein schlecht gelauntes Riesenkind in einem Wutanfall so viel wie möglich zerschlagen, ohne das Schiff endgültig versenken zu wollen. Chester und Professor Thomson widmeten sich der Instandsetzung der Telegraphieausrüstung. Sie überwachten das Aufrollen des Kabels im Laderaum. Sie testeten und reparierten die Sende- und Empfangsgeräte – sowohl Thomsons empfindliche Spiegel-Galvanometer als auch Whitehouses robustere Magnetspulen-Geräte –, und sie sortierten das vom Sturm durcheinandergeworfene Werkzeug. Bei der Arbeit behielten sie – wie alle anderen an Bord auch – ständig den Horizont im Auge oder sahen zum Ausguck hinauf, der Ausschau nach den anderen Schiffen hielt. Das Warten am vereinbarten Treffpunkt schien ihnen wie ein Verharren an der Schwelle zwischen Befürchtungen und Trauer. Bald schon wurde aus dem Warten eine Wache, aus der bald eine Totenwache werden könnte, und weil niemand diesen Gedanken ertrug, arbeiteten sie alle umso besessener.

Auf dem Krankendeck entdeckte Katerina ein gewisses Talent als Krankenschwester, zumindest aber gewahrte sie ihre Lernfähigkeit. Den etwa zwanzig Männern, die noch nicht wieder laufen konnten, erschien sie wie ein Engel der Schönheit, der unter ihnen wandelte.

Obwohl sie nur das schlichte graue Hauskleid trug und eine Schürze, die Chester aus der Kombüse besorgt hatte, obwohl sie ihre blonden Haare unter einer Haube versteckte – ihre leuchtend blauen Augen waren genug eindrucksvoller Kontrast zu ihrer schlichten Tracht. Sie lief zwischen aufgereihten Strohsäcken auf und ab, neben sich den Zimmermann, der etwas von den jeweiligen Verletzungen und ihrer Behandlung stammelte. Die Männer auf den Strohsäcken starrten mit offenem Mund. Der Zimmermann hatte Wunden vernäht wie ein Flickschuster, Verbrennungen beschmiert wie ein Maurer und Knochen gerichtet wie ein Tischler, der einen Fensterrahmen zusammensetzt.

Seine Behandlungen waren entweder nicht wieder gutzumachen oder kaum ausreichend. Katerina erkannte bald, dass ihre Hauptaufgabe darin lag, die Männer zu trösten. Sie reinigte Wunden, legte Umschläge an, verabreichte Laudanum, wenn jemand zu starke Schmerzen litt. Doch vor allem blieb sie bei den Männern, sprach mit ihnen und sang sogar ganz leise deutsche Lieder für sie. Sie verbrachte bald ebenso viel Zeit auf dem Krankendeck wie Chester mit seiner Kabelausrüstung.

Am späten Nachmittag des dritten Tages nach dem Sturm tauchten ein Segel und eine Dampfwolke am Horizont auf. Zwei weitere folgten. Die *Niagara,* die *Gorgon* und die *Valorous* hatten es allesamt geschafft. Wenige Stunden später lagen die vier Schiffe nebeneinander inmitten des Atlantiks. Die Mannschaften feuerten zur Feier des Wiedersehens Salut und winkten sich von den Wanten aus zu. Mit Signalflaggen teilte die *Niagara* der *Agamemnon* mit, dass Cyrus Field mit einem Boot übersetzen werde.

Chester sah die nassen Ruderblätter des Beibootes im Sonnenlicht blitzen. Bald war Field am Bug zu erkennen, wo er versuchte, den Schaden einzuschätzen, den die *Agamemnon* genommen hatte. Chester, Thomson und Preedy empfingen ihn gemeinsam an der Reling.

»Gütiger Himmel«, murmelte Field, als er die noch nicht reparierten Schäden betrachtete.

»Sie hätten mal vor vier Tagen hier sein sollen, Sir«, sagte Preedy mit vorgetäuschter Leutseligkeit. »Inzwischen hat sich die Lage ziemlich beruhigt. Vor allem nicht mehr diese lästigen Wellen, die alles nass spritzen.«

»Und Ihre Mannschaft?«

»Alle am Leben, Sir«, antwortete Preedy. »Manche ein bisschen mitgenommen, aber alle begierig, ans Werk zu gehen, nachdem nun die Feiertage vorbei sind. Und wie geht es Ihnen?«

Field war seine Erleichterung ob dieser Nachrichten deutlich anzusehen. Chester und Professor Thomson mussten lächeln.

»Gott sei Dank«, sagte Field. Er hielt sich an der Reling fest. »Gott sei Dank. Ach, mir geht es gut. Es geht uns allen gut. Gott sei Dank.«

Field erzählte, wie der Sturm den anderen Schiffen mitgespielt hatte. Sie waren leichter beladen als die *Agamemnon* und hatten mehr Freibord, weshalb ihnen die Wellen weniger anhaben konnten. Wenn die *Agamemnon* erst einmal wiederhergestellt sei, sagte er mit wachsendem Eifer, könnten sie sofort damit anfangen, zuerst die Kabel und dann die Kontinente zu verbinden.

»Gehen wir in Ihre Kabine, Ludlow«, sagte Field schließlich. »Da machen wir Nägel mit Köpfen.«

»Meine ... Kabine?«, stammelte Chester.

Field sah ihn fragend an.

»Seine Kabine«, warf Professor Thomson ein, »ist ein Trümmerhaufen. Schwere Verwüstungen. Er hat vor, auf die *Niagara* umzusteigen und mit ihr nach Amerika zu fahren. Stimmt's, Ludlow? Und außerdem habe ich alle nötigen Spezifikationen und Papiere in meiner Kabine. Wir können uns dort treffen.«

»Sehr schön«, sagte Field. »Aber erst will ich mir ein Bild von der Lage hier machen. Können Sie mich zu den Verletzten führen, Kapitän Preedy?«

Preedy nickte und bedeutete ihnen allen, ihm zum Mittschiffs-Niedergang zu folgen.

»Und danach möchte ich das Kabel sehen«, sagte Field.

Während sie nach achtern gingen, beugte Chester sich zu Thomson und flüsterte: »Danke, Sir.«

»Keine Ursache«, murmelte Thomson.

Chester sah, wie Kapitän Preedy einem Matrosen ein Zeichen gab und ihn vorausschickte.

Er war erleichtert, Katerina nicht auf dem Krankendeck anzutreffen. Der von Preedy geschickte Matrose hatte sie wahrscheinlich vorgewarnt. Chester hatte das unangenehme Gefühl, dass alle auf dem Schiff ihn bei seinem falschen Spiel aktiv unterstützten.

Field stand neben dem Niedergang und sprach zu den Verwundeten. Er dankte ihnen für ihre Tapferkeit und ihren Opfermut. Als er zu Ende gesprochen hatte, antworteten die Seeleute, angeführt von einem Matrosen mit gebrochener Schulter, mit einem dreifachen »Hipp, hipp, hurra!«. Chester war überrascht, wie sehr ihn diese Geste berührte. Nicht das, *was* Field gesagt hatte, sondern der Klang seiner Worte hatte ihn aufgewühlt. Zum ersten Mal, seit sie England verlassen hatten und scheinbar eine Ewigkeit vom Sturm gebeutelt worden waren, hörte er die Melodie einer amerikanischen Stimme. Die Zeit an Bord der *Agamemnon* mit ihrer britischen Mannschaft kam ihm vor wie ein ganzes Leben, und er hatte in inniger Umarmung mit Katerina Lindt gelegen, doch der Klang dieser Stimme beschwor so etwas wie Heimatgefühl in ihm herauf. Er dachte an Franny, an Otis, an all die Komplikationen, die zu Hause auf ihn warten mochten, aber auch an all den Trost. Könnte das Kabel, das sie legen wollten, solche Gefühle übermitteln? Könnte etwas so Ungreifbares wie die Gefühle, die der Akzent eines Neuengländers in ihm weckte, der ihn an seine Kindheit und seine Familie erinnerte, könnte das verschlüsselt übers Meer gesandt werden? Vielleicht hatte Katerina recht. Sie hatten sich Großes vorgenommen, doch angesichts eines flüchtigen Phänomens wie dem Klang der Stimme eines Mannes konnte sich ihr Unternehmen als bedeutungslos ausnehmen. Bald schon merkte Chester, dass er allein war. Field, Preedy, Thomson und die anderen waren zur Inspektion des Kabels und des Abrollmechanismus zum Heck weitergegangen.

»Alles klar bei Ihnen, Meister?«

Chester sah hinab zu dem Mann, der auf einem Strohsack lag. Er hatte dünnes blondes Haar, einen fusseligen Schnurrbart und einen leeren Blick. Seine Finger strichen über seine Wolldecke. Er schien über Chesters Schulter hinweg an die Decke zu starren. Die Leere in seinen Augen verstörte Chester. Dieser Mann war es nicht, der gesprochen hatte.

»Alles klar bei Ihnen?«

Chester schaute sich nicht weiter nach dem Sprecher um.

»Ja«, antwortete er, die Augen immer noch auf den Betäubten zu seinen Füßen gerichtet. »Ja, alles in Ordnung. Macht weiter, Männer. Ihr werdet alle gebraucht. Werdet schnell gesund. Wir haben Großes vor.«

Seine Stimme klang ausdruckslos, weder britisch noch amerikanisch, fand er. Als spräche er nicht den Dialekt seiner Heimat, sondern den eines versunkenen Zwischenreiches.

Trace in der Höhe

An Bord der Schiffe sprach sich herum, dass man in fünf Tagen mit dem Verlegen des Kabels fertig sein könne, wenn alles glatt gehe. Ein erfreuliches Gerücht für die Mannschaften, die über eine Woche lang einen Orkan ertragen, mehrere Tage nach den anderen Schiffen Ausschau gehalten und weitere Tage und Nächte hektisch Schäden repariert hatten. Jetzt jedoch waren sie bereit, das Kabel zu verlegen, und die Aussicht, dass die Aufgabe in weniger als einer Woche erledigt sein könnte, ließ die Seeleute der Herausforderung entgegenfiebern.

Die *Agamemnon* und die *Niagara* dümpelten Heck an Heck auf der ruhigen Morgensee. Die *Gorgon* und die *Valorous* lagen nahebei und waren wie für eine Parade über die Toppen geflaggt. Cyrus Field und andere Mitglieder der Kabelmannschaft von der *Niagara* ruderten mit einer Pinasse und drei Beibooten zur *Agamemnon*, um der feierlichen Kabelverbindung beizuwohnen.

Jack Trace saß im Mastkorb der *Agamemnon*, um die Zeremonie zu beobachten und auf Papier festzuhalten. Nach dem Sturm hatte die Mannschaft der *Agamemnon* belustigt beobachtet, wie sicher Trace sich plötzlich an Bord bewegte. Es war nicht das erste Mal, dass er, eine Umhängetasche mit Zeichenutensilien über der Schulter, die Wanten hinauf bis zum Masttop kletterte.

Trace sah, dass unten an Deck gebetet wurde. Die Mannschaften der Schiffe – auch der Begleitschiffe *Gorgon* und *Valorous* – standen in Uniform, nach Rängen geordnet, auf den jeweiligen Decks, hielten ihre Mützen in den Händen und die Köpfe gesenkt. Field schien einen Segen zu sprechen. Der Wind trug die Worte davon. Trace hoffte, das Kabel werde solche Botschaften besser übertragen.

Er schaute hinab zu Chester Ludlow. Sein blondes Haar wehte in der leichten Brise. Seit dem Sturm wirkte der Mann irgendwie niedergeschlagen. Trace dachte an die Frau. Sie war nirgends zu sehen. Er hatte sie einmal bei den Verwundeten beobachtet und gezeichnet. Das heißt, er hatte zwei Versionen der Szene gezeichnet.

Auf dem ersten Bild kümmerte sich Frau Lindt um die Kranken, ein gnädiger Engel, der sich über einen bandagierten Matrosen beugte, im Hintergrund ein paar verschalkte Sechzigpfünder. In der anderen, weniger wahrheitsgetreuen Version waren dieselben verletzten Matrosen, dieselben Balken des Oberdecks, dieselben abgedeckten Kanonen zu sehen, die Frau aber fehlte.

Die Mannschaft brach in Jubel aus. Das Gebet war beendet. Ludlow hatte offenbar eine Bemerkung gemacht, die für Heiterkeit sorgte. Field klopfte dem Ingenieur auf den Rücken, und Thomson applaudierte fröhlich. Trace suchte das Deck ab. Beim Vorschiffs-Niedergang nahm er eine Bewegung wahr. Von den Matrosen und Offizieren unbemerkt, spähte dort Frau Lindt in ihrem grauen Kleid vorsichtig aus der Luke und beobachtete vermutlich Ludlow.

Trace meinte Ludlows Brille im Sonnenlicht blinken zu sehen, aber als er genauer hinschaute, erkannte er eine glänzend polierte Münze, einen Sixpence, der so gebogen war, dass er um das Kabel passte. Ludlow hielt die Münze hoch und zeigte sie allen Anwesenden, legte sie dann auf das verbundene Kabel, wo ein Matrose sie mit Baumwolle umwickelte und ein anderer die Verbindungsstelle mit Teer bestrich. Ludlow trat zurück, und an Deck brach wieder Jubel aus, der von den Seeleuten auf den anderen Schiffen beantwortet wurde.

Die Männer traten gemeinsam an die Spleißbank heran, hoben die verbundenen Kabelabschnitte auf ihre Schultern und brachten sie im Gleichschritt zur Backbordreling. Die äußere Reihe der Zuschauer duckte sich unter dem Kabel hindurch, und nach einem von Ludlow vorgezählten Kommando warfen sie das Kabel gemeinsam über Bord. Stürmischer Jubel brauste über die ruhige See. Das Kabel klatschte in Schlangenlinien ins Wasser. Nachdem die Männer zugesehen hatten, wie der riesige Aal aus Guttapercha in die Tiefe sank, machten sie sich wieder an die Arbeit.

Die Abgesandten der *Niagara* kletterten die Jakobsleitern hinab und stiegen in die Boote, doch diesmal begleitete Chester Ludlow die amerikanischen Seeleute und Cyrus Field. Seine Taschen und Instrumentenkoffer wurden heruntergelassen und verstaut. Er stand breitbeinig in der Mitte der Pinasse und salutierte zum Abschied vor Professor Thomson, der an der Reling der *Agamemnon* grüßend die Hand hob.

Jack Trace packte seine Zeichensachen ein und machte sich an den Abstieg. Er warf noch einen raschen Blick zum Vordeck. Frau Lindt war verschwunden, und die Luke war nur noch eine schwarze, gähnende Öffnung.

Bald schon stiegen Rauch- und Dampfwolken vom Heck der *Niagara* wie der *Agamemnon* empor: Die Hilfsmaschinen zum Abrollen des Kabels waren in Betrieb genommen worden. Damit hatte der sensible Teil der Mission begonnen, jetzt zählte nur noch das Kabel. Als die Dampfpfeife der Hilfsmaschine am Heck der *Agamemnon* erklang und das Signal kurz darauf von der *Niagara* beantwortet wurde, verließ Jack Trace endgültig den Mastkorb und kletterte die Wanten hinab.

BRÜCHE

Er hatte gesagt, er würde ihr telegraphieren. Natürlich nicht, solange sie das Kabel verlegten, denn da musste er ständig mit Professor Thomson Kontakt halten und konnte nur senden, was sich auf die Arbeit bezog. Aber später, nach ihrem Triumph, wenn das Kabel verlegt und in Betrieb war, würde er ihr ein Telegramm senden. Ihr Telegramm wäre die erste intime Botschaft über den Atlantik.

»Wie kannst du das tun?«, fragte sie.

»Ich bin der Chefingenieur«, antwortete er. »Ich kann senden, was ich will.«

»Nein. Wie kannst du einen Ozean zwischen uns legen?«

Er sah sie erschrocken an. Er verlor sich so leicht im Überschwang seines Unternehmens.

»Es tut mir leid«, murmelte er und zog sie an sich. »Es tut mir leid.«

»Schick nach mir«, sagte sie und vergrub sich in seinen Armen, schmiegte sich an seine Brust.

»Ich werde dir ein Telegramm schicken.«

»Schick nach mir.«

»Das erste Telegramm über den Atlantik von einem Mann zu seiner Geliebten.«

»Zu seiner Geliebten.«

»Ja. Seiner *Geliebten*.«

»Aber schickst du auch nach mir?«

Obwohl sie ihm bei dieser Frage in die Augen geschaut hatte, konnte sie sich hinterher nicht an seine Antwort erinnern. Dass er einer Antwort geschickt ausgewichen war, dass er gebeten hatte, wieder zu seiner Arbeit gelassen zu werden, dass er sich einen Plan überlegen müsse, dass er es gern wolle, aber noch nicht versprechen könne, all diese möglichen Antworten schwelten jetzt in ihrem Inneren. Sie lag in der Koje seiner ehemaligen Kabine, die jetzt, da alle seine Sachen fort waren, fast unerträglich leer schien. Geblieben waren nur die wenigen Habseligkeiten, die sie hatte an Bord schmuggeln können. Sie schwankte zwischen Zorn, Trauer und lähmender Sehnsucht. Sie rührte sich nicht.

Die Kabelverlegung hatte begonnen, und die Kabine erzitterte von einem neuen, enervierenden Lärm. Vor wenigen Tagen war es das erbarmungslose Wüten des Sturms gewesen, jetzt das durchdringende Knarzen des abrollenden Kabels. Es schien von überallher zu kommen. Die Rollen an Deck, über die das Kabel von der Trommel zum Abrollmechanismus am Heck lief, klapperten in den Lagern. Der Hilfskessel am Heck gab mit jedem Kolbenhub zitternde Schläge von sich. Irgendwo an Bord, dachte sie, mussten jetzt Chesters Botschaften an Professor Thomson ankommen. Irgendwo an Bord war seine Stimme zu hören. Nicht seine richtige Stimme. Sein *Signal*. Seine Gegenwart. Sein *Geist* war hier. Seine Gedanken waren hier. Aber er war nicht hier.

Und seine Gedanken galten nicht ihr. Es waren sicher Berechnungen oder Zeitansagen, oder es war sonst etwas ganz und gar Technisches, woran er gerade dachte.

Sie schlug verzweifelt auf die Matratze. Sie überlegte, die Kabine zu verlassen und vielleicht nach dem armen Journalisten zu sehen, der noch auf dem Krankendeck lag – um auf andere Gedanken zu kommen –, doch plötzlich verstummte das Knarzen. Nichts war mehr zu hören als der sanfte Basso profondo des Hauptkessels. Die Hilfsmaschinen waren angehalten worden. Etwas musste schiefgegangen sein. Bald darauf kreischte die kleine Dampfpfeife.

Die Freiwache kam an Deck, um die Männer an der Abrollmaschine zu unterstützen. Einige Matrosen winkten nach Professor Thomson. Aus der Telegraphenkabine kam die Nachricht: Keine Signale von der *Niagara* – die Leitung war womöglich tot.

Die Schiffe waren bereits knapp achtzig Meilen voneinander entfernt. Preedy gab Befehl, die Maschinen zu stoppen. Drei Stunden lang versuchte Professor Thomson vergeblich, Chester über das Kabel zu erreichen, während Chester auf der *Niagara* das Gleiche tat. Beide nahmen an, das Kabel sei auf dem anderen Schiff gebrochen. Beide ordneten an, das Kabel zu kappen und zum Treffpunkt zurückzukehren.

Als sich die beiden Schiffe dort wieder trafen, war die erste Frage, die mit Signalflaggen übermittelt wurde: »Wie ist das Kabel gerissen?«

Tatsächlich war es gar nicht gerissen. Jedenfalls war auf keinem der beiden Schiffe ein Reißen des Kabels registriert worden. Der Bruch, die Störung, was auch immer es sein mochte, hatte sich irgendwo auf dem Meeresgrund ereignet. Thomson hatte vor dem Durchtrennen des Kabels noch einige Untersuchungen angestellt: Er hatte den Widerstand gemessen und berechnet, dass die elektrischen Impulse irgendwo zwischen den Schiffen im Meer versickerten.

Nun machten sich die beiden Ingenieure Sorgen, dass der Meeresboden an dieser Stelle vielleicht gar nicht so weich und sandig war, wie sie ihn für das Kabelbett prognostiziert hatten. Hatten sie ihr Kabel in einer Tiefe von fünfzehnhundert Faden auf scharfkantige Felsen gesenkt?

»Meine Herren, auch wenn wir nicht wissen, was geschehen ist, dürfen wir uns nicht entmutigen lassen«, hob Chester an. »Dieses ganze Unternehmen war von Anfang an ein Vorstoß ins Unbekannte.«

Die Männer, die ihn umstanden, sahen unbeirrbar aus. Niemand wollte seine Ängste zeigen, obwohl die Ungewissheit über den Grund des Scheiterns an ihnen nagte.

»Sind wir uns nicht alle einig, dass wir es noch einmal versuchen?«

Auch wenn die beiden Schiffe noch genug Kabel hatten, auf der *Agamemnon* wurde die Kohle knapp, und die Lebensmittel an Bord der *Niagara* bestanden hauptsächlich aus Pökelfleisch, das zum Verzehr schon fast zu alt war.

»Die Kohle wird hoffentlich gerade reichen. Wir werden ein paar Lebensmittel von der *Agamemnon* auf die *Niagara* umladen«, sagte Chester. »Was das Kabel angeht … Professor Thomson und ich haben Berechnungen angestellt. Jedes Schiff hat ungefähr 250 Meilen Kabel übrig. Wir schlagen daher Folgendes vor«, und nun las er von einem Schriftstück ab: »Das Kabel wird erneut verbunden, und die Schiffe werden wie zuvor verfahren. Sollte das Kabel aufgrund eines Unfalls brechen, bevor sie sich hundert Meilen vom Treffpunkt entfernt haben, sollen sie zu selbigem zurückkehren und dort acht Tage warten; wenn die anderen Schiffe bis dahin nicht ebenfalls eingetroffen sind, sollen sie nach England zurückkehren. Wenn ein Bruch nach mehr als hundert Meilen eintritt, sollen die Schiffe sofort und ohne vorheriges Treffen nach England zurückkehren.«

Chester sah auf. Cyrus Field nickte ernst. Alle Männer – die Ingenieure, die Kapitäne und Field, der Präsident des Syndikats – unterzeichneten das Dokument.

Einen Tag später war Jack Trace wieder einmal auf dem Krankendeck der *Agamemnon*, wo er mit einer Schale Brei neben Wilkins Moon kniete. Er hatte vergeblich versucht, mit Moon zu sprechen. Der Journalist strich bloß über seine Wolldecke, grinste und starrte ins Nichts. Trace führte einen Löffel Haferbrei an Moons Lippen, als die Dampfpfeife ertönte.

Nach dem Verstummen der Pfeife ertönte in der vibrierenden Stille der Ruf, den alle an Bord befürchtet hatten: »Bruch!«

Jack sprang den Niedergang hinauf und sah gerade noch, wie Kapitän Preedy seine Mütze zu Boden warf und etwas in den Trichter brüllte, der seine Befehle zum Maschinenraum weiterleitete. Professor Thomson kam aus seiner Telegraphenkammer und sah zum Heck, bevor er sich zur Reling wandte und das Gesicht in den Händen vergrub.

Katerina Lindt trat ebenfalls an Deck, und Trace blieb neben ihr stehen. Sie sahen zum Abrollmechanismus auf dem Achterdeck. Dort hing das gerissene Ende des Kabels wie ein toter Aal über die Bremsklötze. Das andere Ende lag auf dem Meeresgrund.

»Es ist vorbei, oder?«, flüsterte Katerina.

»Bei der letzten Messung hatten wir mehr als zweihundert Meilen Kabel ablaufen lassen«, sagte er und erzählte ihr von dem unterzeichneten Dokument.

Der Maschinenraum hatte bereits auf Preedys Befehle reagiert, und schwarze Rauchwolken drangen aus dem Schornstein, als die Kessel angefeuert wurden. Nachdem das Kabel gerissen war, hatte

Kapitän Preedy angeordnet, Kurs zurück nach England zu nehmen. Sie hatten keine Wahl. Innerhalb des einen Augenblicks, als das Kabel brach, hatte sich die *Agamemnon* in ein besiegtes Kriegsschiff verwandelt. Die Mannschaft verfiel in eine düstere Stimmung. Wer nicht beschäftigt war, starrte wie Trace und Katerina stumm auf das unheilvoll baumelnde Kabelende. Einige Matrosen verbargen ihre Gesichter. Als Einzige an Bord verspürte Katerina auch einen Funken Freude. So schrecklich der Bruch des Kabels sein mochte: Da draußen, hinter dem Horizont, vor dem das Kabelende tanzte, würde auch Chesters Schiff bald kehrtmachen, sich von Amerika abwenden und denselben Hafen anlaufen wie das, auf dem Katerina Lindt sich befand.

Kapitel 14

»Wir sind hier in der Wildnis gelandet«

England und der Atlantik, Juli–August 1858

Maddy unterm Dach

Sie war schon ziemlich weit aufgestiegen, fand sie. Ganz buchstäblich. Vom Tunnel unter der Themse bis ins Obergeschoss dieses prunkvollen Spielclubs mit seinen Kronleuchtern und der grandios geschwungenen Treppe und den hübschen Bildern und so vielen Topfpalmen, dass man meinen könnte, jemand hätte im tiefsten Dschungel Spieltische und einen Speisesaal und ein Billardzimmer aufgebaut. Einen solchen Aufstieg hatte noch kein anderes Tunnelmädchen geschafft – und schon gar nicht in eine Wohnung an einem solchen Ort. Normalerweise lief es umgekehrt. Der Themsetunnel war eine der letzten Stationen auf dem Weg, der direkt in die Gosse von Whitechapel führte und zum Tod in einer kalten Nacht; und wenn man Glück hatte, kam der Tod schnell und im Gin- oder Opiumrausch.

Doch Maddy hatte die andere Richtung genommen: vom Tunnel aus aufwärts. Ihre Attraktivität und ihre Jugend hatten sich dabei als äußerst hilfreich erwiesen. Und ihr Schneid. Oft lief ihr Leben in Bahnen, die denen der Billardkugeln glichen, die im Zimmer unter ihr, im Mezzanin des Bardolph, im Zickzack über den Tisch schossen. Doch sie verstand sich gut darauf, diese zufälligen Richtungswechsel auszunutzen. Sie stand am Absatz der Treppe, die vom obersten Stock des Bardolph hinabführte, und nippte an einem Glas Champagner. Sie schaute hinab auf die Pomade im Haar von E.O. Wildman Whitehouse – »E.O.«, so wollte er, Edward Orange

356

Wildman Whitehouse, gern von ihr genannt werden –, der dort unten mit mehreren korpulenten Herren mittleren Alters in Abendgarderobe eine Partie Bakkarat spielte.

E. O. hatte einen unerwarteten Richtungswechsel in ihr Leben gebracht. Seinetwegen stand sie hier inmitten von Luxus. Welch ein Glück. Und kein bisschen geplant.

Wenn die Männer da unter ihr wüssten, was für ein Glücksspiel ihr Leben war, würden sie sich auf ihr Billard- oder Kartenspiel nicht so viel einbilden. Was wussten sie auf ihren weichen Stühlen schon von echtem Risiko?

In den letzten fünfzehn Minuten war die Stimmung am Tisch von lärmender Geselligkeit in brütende Konzentration umgeschlagen. Das Spiel musste ernster geworden sein. Maddy hoffte, dass E. O. kein Glück hatte. Sie wusste inzwischen: Wenn Whitehouse in großem Stil gewann, war er besonders aufgeblasen und herrisch, wenn er hinauf in ihr Zimmer kam. In solchen Nächten war er über die Maßen brutal, und auch wenn sie sich nichts anmerken ließ, alle ihr zugedachten Rollen spielte, die kleinen Schnitt- und Brandwunden still erduldete, bis sie ihn schließlich leise, aber verzweifelt bat, aufzuhören, so war es zweifellos mehr in ihrem Sinne, wenn er verlor. Dann kam er leer und gedemütigt zu ihr, wie ausgehöhlt, als habe er nichts mehr zu geben oder zu nehmen übrig, und wollte nur noch gehalten werden. Seltsam, dass Gewinnen ihn nicht glücklich machte. Er schien zufriedener zu sein, wenn der Schatten eines hohen Verlustes auf ihm lag.

Maddy nahm einen Schluck und wandte sich zum ausladenden Treppenhaus, das sich mit seinen schweren Marmorgeländern und roten Teppichen unter ihr öffnete wie eine große, luxuriöse Gletschermoräne. Ihr fiel auf, dass sich ihr Glück gewendet hatte, als ihr Vater starb. Er war bei der Arbeit an dem Riesenschiff ums Leben gekommen. Es hatte eine Ewigkeit gedauert, bis die Nachricht zu ihr in den Tunnel gedrungen war. Er war ein Trunkenbold und kein besonders guter Vater gewesen. Wahrscheinlich auch kein besonders guter Schiffbauer. Sie fragte sich, ob es da wohl eine Verbindung gab: Der Alte stirbt, und ihr Leben nimmt eine Wendung. Ach nein, das war dumm. Mit Fluch oder Segen hatte das nichts zu tun. Sie hatte ihr Schicksal selbst in die Hand genommen, als sie die Chance dazu sah. Manchmal ließ sie sich treiben; manchmal plante sie. Sie war eine Opportunistin und stolz darauf. So lief das Leben. Es gab keine bessere Welt als diese, und man musste seine Karten ausspielen, so gut es ging. Die Schlausten überlebten. Als wäre es so vorherbestimmt. Als hätte Gott – wenn Er sich denn um diese Dinge kümmerte und sich nicht in einer fernen Ecke Seines Himmelreichs herumtrieb und die kleine Erdkugel gänzlich ignorierte –, als hätte Gott Seine Kreaturen auf die Erde gesetzt, um herauszufinden, welche am überlebensfähigsten waren. Das glaubte *sie* jedenfalls. Vielleicht sollte sie diese Theorie einmal mit E. O. diskutieren. Könnte ihn interessieren. Der Gedanke verlieh ihr ein Gefühl der Überlegenheit gegenüber den aufgeblasenen Männern und behängten Damen, die da unten im Mezzanin und auf dem Hauptparkett des Clubs parlierten.

Zuerst bemerkte sie ihn gar nicht, weil sie ins Grübeln versunken war. Als sie ihn sah, schoss ihr als Erstes durch den Kopf: Wie lange sieht er mich schon an?

Unten, zwischen dem Podium des Majordomus und einem Bediensteten, der ihm den Hut abnahm, stand der Zeichenkünstler und sah zu Maddy hinauf.

Als die *Agamemnon* wieder in London eingetroffen war, hatte Jack Trace seinen Kollegen Moon zu dessen beiden Brüdern gebracht, die zusammen ein Haus in der Nähe von Cartwright Garden bewohnten.

»Sieh mal einer an, es ist Wilkie«, hatte der Bruder, der die Tür geöffnet hatte, dem anderen im Hause zugerufen. »Wilkie mit einem Freund.«

Der zweite Bruder trat ins Vestibül, das allerdings schon recht beengt war mit Trace, Moon, dem ersten Bruder und allerlei Objekten: Eingeborenenmasken, -schilden und -speeren.

»Es geht ihm nicht gut«, sagte Trace und deutete auf Wilkins, der seine Hand auf Traces Arm gelegt hatte und nicht zu wissen schien, wo er sich befand.

»Hallo, Wilkie«, sagte der zweite Bruder, ohne eine Antwort zu erhalten.

Die drei Moon-Brüder waren unterschiedlich groß, doch ansonsten hätten sie als Drillinge durchgehen können. Die beiden Hausherren führten Trace und Wilkins in den Salon. Trace erklärte, was während des Sturms auf See passiert war.

»Damit ist Ägypten erst einmal gestorben«, sagte der erste Bruder, als Trace seinen Bericht beendet hatte.

»Verdammt noch mal, Wilkie«, sagte der andere. »Du schaffst es immer wieder.« Wilkins lächelte schwach.

Die Brüder Moon waren die Erben eines Textilmagnaten aus Manchester, und ihr Leben bestand vor allem aus Reisen und dem Sammeln von Kunstgegenständen. Wilkins war der Einzige, der sich zumindest den Anschein gab, einer bezahlten Beschäftigung nachzugehen. Die Brüder deuteten jedoch an, dass seine Artikel wahrscheinlich nie erschienen wären, wenn das Vermögen der Familie Moon nicht auch in einigen Zeitungen stecken würde.

»Wilkins ist den Anforderungen seines Berufes einfach nicht gewachsen. Diese Entwicklung«, sagte William und deutete in Wilkins' Richtung, der in stummer Trance vor dem Kamin saß, »kommt nicht unerwartet. Wir müssen immer ein Auge auf Wilkie haben. Er ist recht anfällig. Eher seelisch als körperlich. Wir haben das schon öfter erlebt. Zum Beispiel nach dem Krimkrieg. Der Lärm der Artillerie hatte seinen Nerven zugesetzt. Und dann nach einer Wanderreise durch die Alpen. Da waren es die enormen Höhen. Mit der Zeit kommt er schon wieder ins Lot.«

»Aber das bedeutet: keine Kreuzfahrt auf dem Nil«, sagte Walter mürrisch.

»Jedenfalls nicht diese Saison«, sagte William. »Die Pyramiden haben so lange auf uns gewartet; da können sie auch noch ein bisschen länger warten.«

»Ach verdammt«, sagte Walter.

Trace ließ seinen angeschlagenen Kabinengenossen in der Obhut seiner Brüder zurück und lehnte höflich ab, als sie ihm eine – oder zwei – Karten für eine sechsmonatige Kreuzfahrt nach Ägypten verkaufen wollten. Er habe Verpflichtungen, sagte er.

Nachdem er sich also seiner Samariterpflichten entledigt hatte, beschloss Trace, im Bardolph zu Abend zu essen, während das Syndikat in kleinem Kreis über die Zukunft des Unternehmens entschied. Er war, dachte er fröhlich, ein Seemann auf Landurlaub, die Taschen voller Geld. Und jetzt, was für ein Glück, traf er auch noch Maddy, genau das, was er erhofft hatte.

Er stieg die Treppe zu ihr hinauf. Sie hatte gedankenverloren am Geländer gelehnt, hübscher, als er sie in Erinnerung hatte, fast wie eine Königin, die auf das eitle Streben ihrer Untertanen hinabsah. Als sie ihn bemerkte, nahm ihr Gesicht einen überraschten Ausdruck an, der sich bei seinem Näherkommen in Vorfreude verwandelte – zumindest *hoffte* er, es sei Vorfreude.

Doch dann erschien auf einer Seitentreppe Edward Orange Wildman Whitehouse. Trace wollte sie gerade ansprechen, als er ihrem Blick folgte und einen großen Mann mit strubbeligem Haar näher kommen sah, dessen Gesicht ihm irgendwie bekannt vorkam.

»Hallo, guter Mann«, sagte Whitehouse und streckte die Hand aus. »E.O. Whitehouse. Entschuldigen Sie, aber Ihr Name muss mir entfallen …«

»Jack Trace.«

»Und Sie sind …?«

»Künstler!«

Maddy hatte für ihn geantwortet. Whitehouse machte ein verwundertes Gesicht.

»Du kennst ihn?«, fragte er.

»Aber *jeder* kennt Jack Trace, E.O.«, sagte Maddy kichernd. Sie errötete, und ihre Narbe zeichnete sich als zarte blasse Linie ab. »Einer der besten Zeichenkünstler und Porträtisten der Stadt. Stimmt doch, Jack – Mr. Trace?«

Ihre Kühnheit machte Trace sprachlos. Sie hatte ihren Shoreditch-Akzent abgelegt. Und hatte sie sich Whitehouse gegenüber absichtlich verraten, indem sie ihn mit Vornamen ansprach? Sein Atem ging stoßweise.

»Ach, wie bescheiden er ist«, lachte Maddy. »Aber er ist wirklich einer der besten.«

»Du *kennst* ihn?«, fragte Whitehouse noch einmal.

»Nein, nein, nein.« Maddy wehrte ab, als sei die Frage höchst lächerlich. »Nur seinen Ruf. Du bist wirklich nicht auf dem Laufenden, wenn du noch nicht von ihm gehört hast.«

»Das bin ich dann wohl«, sagte Whitehouse. »Ein rückständiger alter Knabe. Ein mittelloser, rückständiger alter Knabe.«

»Mittellos?« Maddy wandte sich Whitehouse zu und schob, wie Trace nicht umhin konnte zu bemerken, ihre Hüfte in seine Richtung, während sie ihm eine pomadige Stirnlocke glättete. »Hast du heute Abend verloren?«

»Furchtbar.« Whitehouse schloss die Augen und seufzte, als

Maddy ihm über die Schläfen strich. Diese Szene schien sich oft zwischen den beiden abzuspielen. Trace beneidete Whitehouse um die Berührung.

»Er ist nicht ganz mittellos«, sagte Maddy.

»Aber so gut wie«, sagte Whitehouse.

»Er hat noch säckeweise Geld in Brighton.«

»Hoho«, polterte Whitehouse. »Und eine Frau, die es bewacht.« Er zwinkerte Trace zu.

»Er braucht nur um Nachschub zu kabeln«, sagte Maddy.

»Kabeln«, sagte Whitehouse verächtlich, doch plötzlich zuckte ein Ausdruck des Wiedererkennens über sein Gesicht. Er wandte sich Trace zu. »Jetzt habe ich's. Sie waren mit Ludlow hier, dem Ingenieur des Atlantikkabels.«

»Ja, das mag wohl stimmen«, antwortete Trace. »Ich bin einer seiner Angestellten.« Trace wusste nicht, wie viel er Whitehouse verraten durfte; vor allem über Maddy, aber auch über Ludlow oder sich selbst.

»Da haben wir ja etwas gemeinsam. Ich weiß nicht, ob ich das erwähnt habe, aber ich bin im Direktorium des Syndikats. Meine Sende- und Empfangsgeräte werden in Kürze zum Einsatz kommen. Welches Anstellungsverhältnis haben Sie genau bei dem Unternehmen?« Whitehouse hatte sich jetzt ganz Trace zugewandt, sodass Maddy hinter ihm stand, von diesem Gespräch unter Gentlemen abgeschnitten. Trace warf ihr einen raschen Blick zu und sah in ihre großen graugrünen Augen, als sie den Kopf neigte, um an Whitehouse vorbeizuschauen.

»Ich bin der Dokumentarist der Expedition«, sagte Trace. »Ich fertige einen bildlichen Bericht vom Verlegen des Kabels an.«

»Wunderbar«, sagte Whitehouse. »Aber verraten Sie mir bitte, was Sie dann *hier* tun? Sie sollten doch irgendwo auf dem Atlantik sein, oder?«

Trace starrte Whitehouse einen Augenblick lang an, weil er nicht sicher war, ob der ihn foppen wollte. »Sir«, sagte er dann, »Sie haben noch nichts davon gehört?«

»Wovon gehört?«

»Wir sind schon zurück.«

»Gütiger Himmel!«, staunte Whitehouse. »Und Sie hatten Erfolg?«

Trace schüttelte den Kopf.

»Das Kabel ist verlegt?«, dröhnte Whitehouse, und Trace versuchte hastig, die wachsende Erregung und die lauter werdende Stimme des Mannes zu dämpfen. »Wir waren *erfolgreich? Tatsächlich?*«

»*Nein!*« Trace musste beinahe brüllen. »Nein, Sir.« Whitehouses Mund blieb offen stehen.

Nun musste er wohl oder übel die ganze Geschichte der Expedition ausbreiten, die Schwierigkeiten und das Scheitern schildern und das Treffen des Syndikatsdirektoriums erwähnen, das in diesem Moment stattfand.

Whitehouse hatte sich zwar so weit beruhigt, dass er Traces Bericht folgen konnte, doch nun schwappte seine Erregung in noch größeren Wogen zurück.

»Aber man hat mich *gar nicht informiert!*«, klagte er entsetzt mit heiserer Stimme, sodass Trace zusammenzuckte.

»Es muss sich um ein Versehen handeln«, sagte Trace. Er hatte plötzlich das Gefühl, er müsse sich für das Überbringen der schlechten Nachricht entschuldigen.

Doch anstatt sich um ihn zu kümmern, wirbelte Whitehouse herum und befahl Maddy, oben auf ihn zu warten. Sie zog sich zurück, wobei sie Trace noch einen Blick zuwarf. Er wollte ihr zuwinken oder zumindest höflich den Kopf zum Abschied neigen, doch Whitehouse bestürmte ihn.

»Sie treffen sich *jetzt?*«, fragte er erregt. »Das Direktorium trifft sich *jetzt, in diesem Moment?*«

»Ja«, sagte Trace, der immer mehr Gefallen daran fand, sich an Whitehouses Verzweiflung zu weiden. »Eine Art geheimer Staatsrat, könnte man sagen.«

»Aber warum?« Whitehouse zerraufte sein Haar.

»Ich vermute, sie wollen über die Zukunft des Projektes entscheiden.«

»Nein! Nein, mein Herr. *Warum* hat mich *niemand* informiert?«

»Da dürfen Sie mich wirklich nicht fragen, Sir. Wir sind erst gestern zurückgekehrt. Ich gehöre nicht dem Direktorium an. Vielleicht ist es lediglich eine Zeitfrage. Sie leben doch in Brighton?«

Whitehouse war einen Schritt zurückgetreten und hatte sich auf das Geländer gestützt. Er starrte hinab auf die Spieler an den Tischen. Trace sah seine Kiefer unter dem Backenbart mahlen; die

Barthaare bewegten sich in kleinen Wellen wie trockenes Gras in einer leichten Brise.

»Sie überlegen also, das Projekt aufzugeben?«, grummelte Whitehouse, ohne Trace anzusehen.

»Das nehme ich an«, sagte Trace. »Vielleicht ist noch genügend Kabel für einen weiteren Versuch vorhanden, aber man brauchte noch eine erhebliche Summe Geldes ...«

»Geld«, murmelte Whitehouse und wiederholte das Wort lauter.

»Sir?«

»Mein Freund, ich habe da unten gerade in weniger als einer Stunde zweihundertfünfzig Pfund verloren.« Whitehouse deutete auf die Tische im Mezzanin. Kellner glitten zwischen den grünen Filzkreisen umher, wo Köpfe über Karten gebeugt wurden und in blauen Wolken Zigarrenrauch um die Palmen waberte.

»Eine beträchtliche Summe, finden Sie nicht?«

»Doch, Sir.«

»So viel Geld werde ich wahrscheinlich in weniger als einer Stunde verdienen, wenn das Kabel verlegt und meine patentierten Sende- und Empfangsgeräte in Betrieb sind. Ich weiß also, was Verlust und die Möglichkeit der Wiedergutmachung solcher Verluste bedeuten. Ohne Risiko wird die Möglichkeit immer nur Möglichkeit bleiben. Ich glaube, ich weiß einiges über Risiko, Mr. ...«

»Trace.«

»Trace. Diese Waschlappen vom Syndikat müssen dem Risiko erst noch in die hohlen Augen sehen, Mr. Trace. Jedenfalls, wenn sie irgendetwas erreichen wollen. Sie sind zweimal gescheitert? Verdammt, dann sollen sie eben noch einmal scheitern. Und noch einmal und noch einmal. Man muss so lange scheitern, bis man Erfolg hat, Mr. Trace. Sagen Sie das den Herren!«

Trace fand es ungeheuerlich, dass Whitehouse die Kabelexpedition der Feigheit zu bezichtigen wagte. Dem Risiko in die hohlen Augen sehen, also wirklich. Trace fand, diese hohlen Augen müssten einmal einige der Wellen sehen, denen die Expedition auf dem Atlantik begegnet war. Aber er hielt sich zurück ... wenn auch nicht ganz.

»Wenn ich einwerfen darf, Mr. Whitehouse, ich habe an der Expedition teilgenommen. Ich habe im Gegensatz zu Ihnen mit eigenen Augen gesehen, womit das Projekt zu kämpfen hatte.«

»Es hat vor allem mit schwachen Nerven zu kämpfen, guter Mann. Das ist das Problem. Ich will damit nicht sagen, dass nicht auch auf See allerlei Gefahren lauern. Das wissen wir alle. Ich meine allerdings die schwachen Nerven, was den Einsatz von Kapital angeht. Auf diesem Gebiet kenne ich mich aus. Das haben Sie eben schon sehen können. Sie sehen, dass ich Geld und Ruf auf meine Geräte setze. Und warum? Weil ich an sie glaube. Weil ich so sehr an sie glaube, dass ich mit Ihnen jede Wette eingehe, dass die Geräte – und das Kabel – ein Erfolg sein werden. Und ich werde dabei eine entscheidende Rolle spielen. So sehr glaube ich daran. Wollen Sie wetten, Sir?«

Whitehouses Augen glänzten; selbst im Profil konnte Trace das erkennen.

»Ich wette«, sagte Whitehouse, »um eine Nacht mit ihr, dass das Kabel und meine Geräte Erfolg haben werden.«

»Mit ...?«

»Ihr.« Whitehouse deutete mit dem Kopf nach oben, zu den Zimmern, wo Trace ihn zuerst gesehen hatte und wohin Maddy sich jetzt zurückgezogen hatte. »Madeline. Eine Nacht mit Maddy, wenn das Kabelprojekt scheitert und meine Vorhersage sich als falsch erweist.«

»Sir«, stammelte Trace, der nicht wusste, was er sonst sagen sollte, »Sie verlangen, dass ich gegen das Kabel wette? Gegen meine Arbeitgeber? Ich glaube kaum ...«

»Aber, mein lieber Freund, nur eine kleine Privatwette. Sie sind nicht sicher, ob das Kabelprojekt glücken wird. Ich *bin* sicher. Sie behaupten, ich könne das Risiko nicht einschätzen, weil ich nicht mit auf See war. Ich behaupte, ich kann.«

Trace wusste immer noch nicht, was er sagen sollte.

»Habe ich Ihre moralischen Empfindungen verletzt, Mr. Trace?«, kicherte Whitehouse. »Oder nur Ihren Geschmack? Ich kann Ihnen versichern, eine Nacht mit ihr wird Ihnen kein Missvergnügen bereiten. Ganz bestimmt nicht.«

Trace wusste, dass er den Kerl eigentlich zum Teufel schicken sollte. Stattdessen aber krächzte er: »Was soll ich denn setzen?«

»Aha, mal sehen, was sollen Sie setzen?«, sagte Whitehouse mit wachsendem Eifer. Als raffinierter Spieler wusste er, dass sein Angebot – Maddy – genau der Köder war, der Trace an den Haken lockte.

»Wenn das Kabelprojekt Erfolg hat, dann schulden Sie mir – was? – ein Porträt! Wie wäre es damit? Mein Mädchen hat doch gesagt, Sie seien einer der Besten.«

Mein Mädchen hatte er sie genannt. Das erzürnte Trace, und bevor er recht wusste, was er tat, hatte er »Die Wette gilt« gesagt.

Whitehouse kicherte wieder, offenbar erfreut darüber, dass er aus ihrer Begegnung eine Wette herausgeschlagen hatte, als gehöre im Bardolph das Wetten ebenso zum Leben wie die Luft zum Atmen.

»Also, guter Mann«, sagte Whitehouse schließlich, »nun hat die Kabelexpedition für uns beide zusätzlich an Spannung gewonnen. Wo, sagten Sie, tagt das Direktorium?«

»Ich sagte gar nichts.«

»Wissen Sie es denn?«

Trace zögerte, nicht etwa, weil er überlegte, wie er Whitehouse und das Syndikat behindern könne, indem er Information zurückhielt, um so seine Wette zu gewinnen, sondern weil die Möglichkeit des Gewinns ihn in große Verwirrung stürzte. Die Aussicht auf eine Nacht mit Maddy schwirrte durch seinen Kopf, doch der Gedanke, dass er um sie gewettet hatte, warf einen Schatten auf die Vorfreude. Und dass er noch dazu gegen das Kabel gewettet hatte.

»Ach, kommen Sie«, sagte Whitehouse. »Ich bin Mitglied des Direktoriums. Alles, was recht ist. Ich bitte Sie ja nicht um Informationen, zu denen ich keinen Zugang haben dürfte. Sie haben wahrscheinlich recht: Man hat mir sicher eine Nachricht nach Brighton gesandt, und die ist noch nicht bis hierher durchgedrungen.«

»Ich habe gehört, dass Sie sich bei einem Mr. Brooking treffen.«

»Ein Mitglied des Direktoriums. Sehr gut. Vielen Dank, Sir. Nun, ich muss mich zurückziehen. Der Abend war teuer genug.«

Trace sah Whitehouse nicht nach, als der die Treppe hinaufging. Er drehte sich um und betrachtete stattdessen die Menschen unter ihm. Er war wie betäubt und wollte nur noch fort.

Er wartete im Foyer auf seinen Hut, als er Whitehouse bemerkte, der mit Hut und Stock hinaus in die Nacht eilte. Das hieß, dass Maddy allein war. Er könnte zu ihr gehen. Er verspürte den Impuls, ihr zu gestehen, dass er um sie gewettet hatte. Doch wie sollte er ihr seine aus Scham und Erregung gemischten Gefühle erklären?

»Ihr Hut, Sir. Und dies ist für sie eingetroffen.« Der Bedienstete händigte Trace einen Umschlag aus, der, wie er sagte, per Boten gebracht worden sei, weil ihn Traces Zimmerwirtin hierher umgeleitet habe.

Trace riss den Brief auf. Er wollte gerade seine Wirtin verfluchen, die sich überall einmischen musste, als er die Unterschrift sah. Es war die von Frau Lindt.

In ihrem Brief, der in seiner Kürze besonders eindringlich war, flehte sie Jack an, so schnell wie möglich in ihr Hotel zu kommen, noch heute Abend, wenn möglich.

»Ich hoffe«, hieß es weiter, »dass dieser Brief Sie noch einmal bereit und willens findet, einer Frau in verzweifelter Not beizustehen.«

Trace warf einen Blick auf den roten Treppenläufer. Wahrscheinlich würde er das Zimmer, in dem Maddy untergebracht war, ohnehin nicht finden, und wahrscheinlich würde er dort von einem Diener aufgehalten werden, der jegliche Störungen von der Suite und ihren Bewohnern fernzuhalten hatte. Trace steckte den Brief in seine Brusttasche und beschloss, sich lieber um die Frau zu kümmern, die ihn um Hilfe gebeten hatte, als um die Frau, die ihn um gar nichts gebeten hatte, am allerwenigsten darum, dass er um sie wettete.

Kurz nachdem Trace das Bardolph verlassen hatte, erschien Maddy wieder auf dem Treppenabsatz. Whitehouses Schlag hatte sie tief unten an der Wange getroffen, weshalb sie die Spuren mit der Pelzstola bedecken konnte, die er ihr geschenkt hatte. Er hatte zwar beim Kartenspiel verloren, sich aber dieses Mal trotzdem wie ein Tier benommen. Sie war verwirrt und sehr froh, dass E. O. hinausgestürmt war.

Sie beruhigte sich etwas und sah sich im Club nach dem Zeichenkünstler um. Er war nirgends zu entdecken. Sie überlegte, ob sie die Treppe hinabsteigen, in die Nacht hinausgehen und für immer verschwinden sollte. Doch dieser Weg würde sie früher oder später sicher wieder in den Themsetunnel führen und dann noch tiefer hinab. Also kehrte sie in die Suite über dem Spielclub zurück und wartete – wie E. O. es ihr befohlen hatte.

»Natürlich ist es riskant«, sagte Cyrus Field. Er versuchte einen Anflug von Verzweiflung zu unterdrücken, was ihm auch einigermaßen gelang, wie Chester fand. Field hatte alle britischen Mitglieder
des Direktoriums, die er innerhalb von vierundzwanzig Stunden
erreichen konnte, im Haus von Mr. Brooking am Portman Square
versammelt. Der größte Teil der Geldmittel für die Kabelexpedition
war aus England geflossen, und die meisten bedeutenden Anteilseigner lebten in London und Umgebung oder in der Nähe. Sobald
die *Niagara* in Queenstown eingelaufen war, dem großen irischen
Hafen nicht weit von Valentia, hatte Field den Direktoriumsmitgliedern telegraphiert und sie zu diesem geheimen Gipfeltreffen
einberufen. Dann war er selbst zusammen mit Chester dorthin aufgebrochen, noch bevor die *Agamemnon* mit Frau Lindt und Professor Thomson in den Hafen eingelaufen war.

Field hatte eine Nachricht für den Professor hinterlassen, in der
er ihn aufforderte, sofort nach London nachzukommen, doch an Katerina hatte Chester keine Botschaft übermitteln können. Er hatte
sie wieder verloren. Im Eisenbahnwaggon nach London hielt Field
Chester fast die ganze Nacht lang wach, um die Strategie und Taktik
für die Sitzung des Direktoriums durchzusprechen.

»Cyrus«, sagte Chester schließlich müde, »ich kann sie überzeugen. Wenn Sie mich lassen.«

»Ich glaube Ihnen«, sagte Field. »Und ich werde Ihnen freie Hand
geben.«

Jetzt jedoch, da sie in der Dämmerung in Brookings Arbeitszimmer saßen, wo gerade die Lampen entzündet worden waren,
die Schatten an die Wände warfen, wo die Standuhr zwischen Büchern und Schaukästen voller Insekten tickte, wo die Mitglieder des
Direktoriums auf ihren Stühlen hin und her rutschten, husteten,
schnauften, in Papieren wühlten, während Field zu ihnen sprach,
jetzt jedoch merkte Chester, dass dessen Zuversicht schwand.

Die neun Männer – die Herren Brooking, Balme, Runcer, Wood-
bury, Hindle, Brannen, Green, Tuxbard und Clough – schauten im
besten Fall gierig, im schlimmsten Fall abschätzig drein. Alle neun
waren gewitzte Geschäftsleute, und fast alle waren beleibt, erhitzt
und backenbärtig. Sie schienen in ihren Anzügen zu versinken, den
Stoff zu dehnen, an Masse zuzunehmen. Hände wurden auf der

polierten Tischplatte verschränkt und entfaltet. Finger trommelten aufs Holz oder zupften an Fingernägeln.

Als Cyrus Field seine Ansprache beendet hatte, stand Mr. Brooking auf, um ein Telegramm von Sir William Brown, dem britischen Direktoriumsvorsitzenden, zu verlesen. Brown konnte nicht an der Sitzung teilnehmen, hatte aber aus Liverpool eine Botschaft gesandt.

Chester bezweifelte, dass die Nachricht positiv ausfallen würde. Schon zu Beginn der Sitzung, als die Männer sich um den großen Eichentisch in seinem Arbeitszimmer versammelten, von dem zuvor eine Sammlung aufgespießter Schmetterlinge und Falter abgeräumt worden war, hatte Brooking deutlich gemacht, dass er dafür war, das Projekt aufzugeben. Und durch die Art und Weise, wie er nun das Telegramm aus seiner Brusttasche zog und präsentierte, war Chester klar, dass sich die Stimmung weiter gegen sie wandte.

»Ich komme gleich zur Sache«, sagte Brooking und entfaltete das Papier. »Ich will unseren Vorsitzenden zitieren … ›Unser Misserfolg beim Verlegen des Kabels ist von uns allen zu bedauern. Ich bin der Ansicht, dass uns nun kein anderer Weg bleibt, als das übrig gebliebene Material so gewinnbringend wie möglich loszuschlagen. Wir könnten die Einnahmen gleichmäßig unter allen Anteilseignern aufteilen; danach sollte die Gesellschaft aufgelöst werden.‹«

Brooking legte das Telegramm auf den Tisch.

»Meine Herren«, sagte er, »von allen Direktoriumsmitgliedern, die nicht persönlich anwesend sein können, haben wir durch Bevollmächtigung Neinstimmen erhalten. Ich schließe mich an. Ich schließe mich so vorbehaltlos an, dass ich kaum Grund für weitere Diskussionen sehe. Als Zweiter Vorsitzender der britischen Gesellschaft habe ich daher beschlossen, nicht länger Anteil an diesem Unterfangen zu nehmen, das sich als so hoffnungslos herausgestellt hat und dessen Weiterführung tollkühn und unklug wäre. Ich darf mich daher entschuldigen und ziehe mich aus dem Direktorium zurück. Ich habe mein Heim für diese Zusammenkunft zur Verfügung gestellt, und ich bitte Sie daher dringend, meine Gastfreundschaft in Anspruch zu nehmen, solange Sie für Ihre Beratungen brauchen. Ich bleibe in der Nähe. Sie finden mich im Garten.« Mit diesen Worten zog er ein feinmaschiges Netz mit langem Griff aus einem Schrank neben dem Kamin. Alle Anwesenden starrten ihn an.

»Die Nachtfalter fliegen«, sagte er und verließ den Raum.

Cyrus Field war bleich, sprachlos und zitterte sichtbar.

Romulus Balme, ein großer Mann mit lockigem Haar, mit neunundzwanzig Jahren das jüngste Direktoriumsmitglied, aber dennoch schon Vizepräsident der Kabelfabrik Newell & Son in Birkenhead, sprach als Erster. »Hart an der Grenze, was?«, bemerkte er. »Uns hier allein sitzen zu lassen.«

»Uns so hängen zu lassen«, sagte Mr. Hindle.

»Uns so hängen zu lassen, dass eine Entscheidung gegen seinen Willen so aussehen würde, als hätte er uns Kinder im Spielzimmer allein gelassen, und wir hätten uns danebenbenommen«, murmelte Mr. Green.

Chester stand auf. Er schaute in die Runde. Field war immer noch blass und stumm. Professor Thomson schien mit Berechnungen beschäftigt, die er auf einen Notizblock kritzelte, doch als er die Stille bemerkte, schaute er auf, richtete den Blick auf Chester und lächelte zuversichtlich. Die anderen Männer sahen bereits in seine Richtung.

»Vielleicht hart an der Grenze«, begann Chester. »Aber bestimmt nicht im Spielzimmer.«

Mr. Green zuckte die Achseln und hob zustimmend die Hände.

»Wenn Sie erlauben, meine Herren, möchte ich ein paar Worte dazu sagen, wie hart an der Grenze wir waren«, fuhr Chester fort. »Die Expedition, die Sie mitfinanziert und mit Ihrem guten Namen unterstützt haben, hat einem Sturm getrotzt, der Wellen, halb so hoch wie die Masten unseres Schiffes und höher, auftürmte. Fast wären wir gekentert. Doch wir haben es überstanden. Mehr als sechzig Männer wurden in diesem Orkan verletzt, der zwei Wochen lang um uns wütete. Wir haben es überstanden. Das Deck brach ein. Tonnen von Kohle polterten im Schiff umher. Lebensmittel und Brennstoff wurden knapp. Wir verlegten das Kabel; es brach. Wir begannen von Neuem; wieder brach das Kabel. Wir – und ich sage wir, meine Herren: Professor Thomson hier, Mr. Field neben ihm und die gesamte Mannschaft bis hinunter zum einfachsten Schiffsjungen – , wir sind in den letzten Wochen mehr als einmal bis an die Grenze gegangen, und wir haben es überstanden. Natürlich ist es riskant, uns noch einmal auszusenden, *Sie* riskieren *Ihr* Geld. Aber jeder einzelne Seemann an Bord der *Agamemnon* hat sich freiwillig gemeldet, noch einmal aufzubrechen, wenn Sie es gestatten. Die Kapitäne der *Niagara*, der *Gorgon* und der *Valorous* haben Gleiches telegraphiert. Wir haben genug Ersatzkabel für einen weiteren Versuch. Wir brauchen drei Tage, um es zu verladen.«

Professor Thomson nickte zustimmend; er tippte mit dem Stift auf seine Berechnungen. Die anderen lehnten sich zurück und hielten die Augen auf Chester gerichtet.

»Wir brauchen nichts als Lebensmittel und Brennstoff. Bitte, geben Sie uns beides. Bitte, schicken Sie uns noch einmal hinaus. Wir haben genügend Zeit. Wir haben genügend Kabel. Wir haben genügend Willen. Wir können es schaffen.«

Chester setzte sich. Thomson fasste ihn aufmunternd am Ärmel. Field sah erleichtert und dankbar aus.

Am anderen Ende des Tisches wandte sich Mr. Runcer, das älteste Direktoriumsmitglied, weißhaarig und gebeugt, zum Fenster und sah hinaus. In der Abenddämmerung tanzte ein Schmetterlingsnetz über den Büschen und verschwand wieder. Im Zimmer herrschte tiefes Schweigen, selbst das Ticken der Uhr war kaum zu hören.

Schließlich murmelte Mr. Runcer: »Ich beantrage, Mr. Ludlows Gesuch nachzukommen.«

»Ich unterstütze den Antrag«, sagte Mr. Balme mit fester Stimme.

»Schreiten wir zur Abstimmung«, sagte Mr. Hindle.

»Alle, die dafür sind, stimmen bitte mit …«

»… ja«, erscholl es rund um den Tisch.

»Dagegen?«

In die kurze Stille hinein erklangen Schritte im Vorzimmer. Die große Tür des Arbeitszimmers wurde aufgestoßen, und Dr. Edward Orange Wildman Whitehouse versuchte gleichzeitig zu Atem zu kommen und sich zu voller Größe aufzurichten.

»Meine Herren!«, sagte er. »Ich hoffe, ich bin willkommen.« Er trat über die Schwelle. »Ich hoffe, ich wurde auch eingeladen?«

Er sah Chester direkt an, der sich Cyrus Field zuwandte, der sich seinerseits erhob.

»Natürlich, Whitehouse. Natürlich. Kommen Sie herein. Nehmen Sie Platz. Wir haben Ihnen telegraphiert. Wir hatten noch keine Antwort erhalten, deshalb haben wir …«

»… einfach angefangen«, ergänzte Whitehouse. »Ist gut. Welche

Frage wird gerade entschieden? Ich hatte den Eindruck, dass eine Abstimmung im Gange ist.«

»Ob wir das Kabelprojekt fortsetzen oder nicht«, sagte Runcer.

»Aha!«, rief Whitehouse. »So grundsätzlich, ja? Daumen hoch oder Daumen runter? Ja oder nein? Mitgehen oder aussteigen? Und wie stehen die Stimmen bisher?«

Alle am Tisch schwiegen.

Cyrus Field ergriff schließlich das Wort, wobei er sich erkennbar beherrschen musste. »Nach meiner Zählung brauchen wir angesichts der Neinstimmen, die hier direkt oder über Bevollmächtigte abgegeben wurden, und nun nach Ihrem Eintreffen noch ein Ja, damit der Antrag zum Weitermachen angenommen ist – nach den in unseren Statuten festgesetzten Mehrheiten.«

»Zum Teufel mit den Statuten«, grollte Runcer.

»Das ist auch meine Meinung«, sagte Chester und spürte abermals Thomsons Hand auf seinem Ärmel.

»Interessant«, sagte Whitehouse. »ich habe also die entscheidende Stimme. Was für ein Glück, dass ich vorbeigekommen bin.«

»Benötigen Sie eine Erklärung der Lage?«, fragte Chester.

»Nein, mein Guter, ich kenne die Situation gut genug.«

»Obwohl sie während der Expedition an Land geblieben sind?«

Wieder spürte Chester Thomsons beruhigende Hand, die diesmal sehr viel fester zugriff.

»Ja, trotzdem«, sagte Whitehouse. »Erlauben Sie mir, schnellstens meine Stimme abzugeben. Warum sollte man ein so interessantes Projekt an diesem Punkt abbrechen? Natürlich steht nicht mein Geld auf dem Spiel, aber mein Ruf und meine Sende- und Empfangsgeräte. Ich stimme mit Ja.«

»Sie sind fürs Weitermachen?«

»Natürlich«, sagte Whitehouse. »*The show must go on!*«

Bei der Erwähnung der Sende- und Empfangsgeräte knirschte Professor Thomson mit den Zähnen, aber das erfreuliche Abstimmungsergebnis überwog seinen momentanen Ärger, und er rief als Erster aus: »Meine Herren, der Antrag ist angenommen!«

Ein erleichtertes, fast ungläubiges Grinsen breitete sich über Fields Gesicht. Die übrigen Männer lächelten zufrieden.

»Meine Herren«, sagte Chester und erhob sich. »Danke. *Vielen Dank. In drei Tagen …*«, und er schaute zu Whitehouse hinüber, dessen penetrant wohlwollendes Lächeln entfernt an Schadenfreude erinnerte, »werden wir erneut in See stechen.«

Mr. Hindle beantragte das Ende der Sitzung. Mr. Clough unterstützte den Antrag. Mr. Brannen erhob Einspruch: »Nicht ohne zuerst für die Herren Field, Thomson, Ludlow und Whitehouse hier ein dreifaches Hurra auszubringen und ihnen gute Fahrt und viel Erfolg zu wünschen!«

Nach den Hurrarufen, die sich wie eine Mischung grummelnder aristokratischer Steifheit und jungenhaften Überschwangs anhörten, wurde die Sitzung geschlossen.

Weder Chester noch Professor Thomson wollte mit Whitehouse reden, der sofort für die am Tisch verbliebenen Direktoriumsmitglieder zu einem Vortrag über seine Geräte anhob. Sie eilten hinaus und baten das Hausmädchen um ihre Hüte. Thomson griff an der Tür nach Chesters Arm.

»Wirklich aufrüttelnde Rede«, sagte er. »Sie haben das Blatt gewendet.«

»Danke, Sir.«

»Zum Glück hat niemand Ihre Behauptung mit den Freiwilligen infrage gestellt.«

»Sir?«

»Unsere Mannschaft besteht aus Marinesoldaten«, sagte Thomson. »Die Männer stehen unter Befehl. Würden sie sich weigern, mit uns das Kabel zu verlegen, käme das einer Desertation gleich. Und dafür könnten sie erschossen werden.«

LONDON VON OBEN UND UNTEN

Das Modell sei ein Wunderwerk, hieß es. Fünfzehn mal zwanzig Meter: London von Hammersmith bis East Ham, von Brixton bis Highgate. Die Königliche Kommission für Abwässer hatte auf dem Gelände des Ostindien-Docks für Joachim Lindt ein Lagerhaus des Marineministeriums erstanden. Zehn Tischler, zwei Gipser, zwei Zeichner (nur für das Modell; für das richtige Abwasserleitungssystem sollten später weitere Zeichner dazukommen), einige Gehilfen und ein Laufbursche waren ihm unterstellt. Die Kommission hatte ihm vier Wochen Zeit gegeben, seinen Vorschlag umzusetzen: Er wollte ein akkurates Modell von Londons topographischen und von den vom Menschen geschaffenen Gegebenheiten bauen – Gebäude, Straßen, Parks, Boulevards, Gassen; vor allem aber Gräben, Rinnen, Kanäle, Sickergruben und Flutbecken, in denen die Abwässer der Stadt sich stauten, verlandeten, vergammelten und so den Großen Gestank erzeugten, den zu beseitigen Joachim versprochen hatte und wozu er nun offiziell beauftragt war.

Das Modell konnte Joachim die Informationen liefern, die er zur Konstruktion des Abwasserleitungssystems brauchte. Er hatte das riesige Abbild Londons auf einer aufgebockten Platte angefertigt, die unter der gewölbten Decke eine ganze Ecke des schmuddeligen Lagerhauses einnahm. Obwohl die Nachbildung in erster Linie von praktischem Nutzen sein sollte, war nicht zu übersehen, dass Joachim Lindts Sinn fürs Theatralische dem Werk etwas Besonderes verlieh: Es war ein spektakuläres Abbild der Stadt. Das Material hatte Joachim sich von den Werften besorgt, und er ließ eine Auslegerbrücke bauen, die ebenso groß war wie das Modell selbst. Mithilfe eines Systems von Tauen und Flaschenzügen konnte man diese rollende Brücke quer über die gesamte Miniaturstadt bewegen und von oben herab daran arbeiten. Joachim ließ seine Helfer Grünflächen in die Parks malen; er fügte winzige Bäume und Büsche hinzu, die er aus gefärbtem Schwamm anfertigte; er gab dem Flusswasser mit Temperafarben einen realistischen Braunton. Er ließ die Tischler Hunderte kleiner Holzquader in verschiedenen Größen sägen, um die Gebäude eines jeden Viertels darstellen zu können. Eine große Anzahl kleiner Schiffsmodelle wurde auf den Fluss und an die Kais gesetzt. Natürlich waren die Schiffe und Häuser Abstraktionen, nichts weiter als Holzklötze, aber so weit wie möglich entsprachen sie in Form und Größe dem realen Vorbild. Ein abgerundeter Klotz stellte St. Paul's dar, ein hochkant stehender länglicher Quader den Turm von St. Stephen's; Joachim ließ sogar einen besonders großen Holzklotz mit sechs Masten versehen und setzte ihn in die Werft auf der Isle of Dogs, um die *Great Eastern* abzubilden ... lauter bekannte Orientierungspunkte.

Das Modell strahlte eine solche Faszination aus, dass die Mitglieder der Königlichen Kommission Familie und Freunde zum Lagerhaus brachten, um es vorzuführen. Sie zeigten, wo ihre Häuser standen. Sie kletterten auf die Arbeitsplattform und ließen sich über die Stadt ziehen – »Das ist wie Fliegen!« –, während sie Joachims

Kunstfertigkeit rühmten. Mehrere Besucher schlugen vor, das Modell im Crystal Palace auszustellen. Diese ständigen Störungen gingen Joachim auf die Nerven.

Aber er hielt sein Temperament im Zaum, sein Ziel im Blick, und ließ sich von all dem schmeichelhaften Lob nicht ablenken. Nachdem das Kanalisationssystem-Projekt in die Zeichnungsphase getreten war, suchte er oft spätabends im Lagerhaus Entspannung, wo er an seinem London herumbastelte.

Eines Abends lag er auf einem Rollwagen unter der Plattform und befestigte eines der dünnen Bleirohre, die zur Nachbildung des Gezeitenstroms nötig waren. Unter dem Modell lag er am liebsten. Anhand der Bleirohre konnte er genau erkennen, unter welchem Teil der Stadt er sich gerade befand. Er war in den letzten Monaten den größten Teil der wirklichen Stadt an der Oberfläche abgelaufen, aber jetzt, auf dem Wagen, konnte er sich mit dem Fuß abstoßen und rollend die halbe Stadt durchqueren, in Windeseile von der Vorstadt ins Zentrum gelangen, vom gepflegten Park in ein Elendsviertel, von Palästen zu Hütten.

Er stellte sich vor, unter einem Lebewesen zu liegen, unter einer monströsen, breit sich spreizenden Frau. Dieser Gedanke erregte ihn. Vielleicht war es auch nur die einsame Entspannung spät am Abend nach einem harten Arbeitstag, unter seinem Modell, seine Schöpfung über sich ausgebreitet, wenn die Propeller der Wasserpumpe leise pluckerten, Flüssigkeit durch die Röhren rauschte und den Fluss des Wassers durch die Stadt nachahmte, nicht nur den ihres Wassers, auch den ihrer Abwässer, ihrer stinkenden, dampfenden Ausscheidungen. Der Abfallprodukte des Körpers und besonders des weiblichen Körpers. Manchmal träumte er davon. Ein Körper. Sein sämiger Auswurf.

Das war auch der Grund, weshalb er die Unterhosen seiner Frau aufgehoben hatte. Wegen ihres Geruchs. Wegen der Stellen, an denen ihr Körper Spuren hinterlassen hatte. Daran zu denken und sein Gesicht darin zu vergraben, sich selbst damit zu erniedrigen und zu erleichtern – was konnte diesem beglückenden Gefühl gleichkommen?

Die Scham über solche Gedanken hatte ihn einst dazu getrieben, bis zur Erschöpfung am Phantasmagorium zu arbeiten, wie ein Verrückter durch die Stadt zu hetzen, sich enormen Anstrengungen auszusetzen, nur um seine perverse Erregung zu unterdrücken, doch es kam immer wieder, das Verlangen, den anrüchigsten Teilen und Produkten des menschlichen Körpers nahe zu sein.

Schritte.

Joachim Lindt erstarrte unter der Stadt. Er hörte ein Knarren und ein Klappern. Als wieder Luft in seine Lungen strömte, versuchte er jedes Geräusch zu unterdrücken, weil es ihn verraten hätte. Er lag so still wie möglich da und knöpfte leise seine Hose zu. Jemand war auf der Auslegerbrücke, sie bewegte sich. Die Eisenrollen knirschten und klapperten auf dem rauen Boden des Lagerhauses.

Joachim rutschte vom Rollwagen und kroch auf allen vieren zum Rand der Plattform. In der Nähe von St. John's Wood tauchte er bis auf Augenhöhe auf: Er blinzelte über den Rand der Welt.

Über ihm und der Stadt ragte seine Frau empor.

Er konnte es kaum glauben, aber es war Katerina, die auf der Brücke stand. Sie zog an den Seilen und bewegte die Brücke, flog langsam über London hinweg. Er beobachtete sie, während sie die ganze Stadt überschaute, die im Licht der Gaslampen unter ihr ausgebreitet lag. Er stand auf.

»Bei Tageslicht kannst du es viel besser sehen«, sagte er und deutete auf die Fenster und Oberlichten. »Aber dazu müsstest du wiederkommen.«

Katerina verbarg ihre Überraschung. Sie lächelte. Nachdem er sie nun besser sehen konnte, bemerkte er ihre Erschöpfung. Ihr Haar sah ungepflegt aus. Ihr Lächeln blitzte auf und verschwand wieder, zog noch einmal über ihr Gesicht.

»Es ist ein Wunderwerk, Joachim.« Sie deutete auf die Stadt unter ihr. »Du hast es wieder geschafft.«

»Du hast es auch wieder geschafft«, sagte er.

»Was meinst du damit, ich müsste wiederkommen?«, fragte sie.

»Gehen wir doch ein bisschen weiter zurück. Um wiederzukommen, musstest du erst einmal weggehen. Und das hast du wieder geschafft.«

»Stimmt.«

»Und jetzt willst du mir sagen, dass es dir leidtut?«

»Nein.«

Joachim erschrak. Er verspürte einen Stich.

»Nein?«, fragte er.

»Nein. Ich wollte dir nur sagen, dass ich für immer weggehe.«

»Wie rücksichtsvoll, Katerina. Du bist schon länger als einen Monat weg, und jetzt willst du mir mitteilen, dass du gehst?«

»Ich bin unerwartet zurückgekehrt. Da erschien es mir … passend, dich aufzusuchen.«

»Und fünf Wochen lang einfach zu verschwinden? War das auch passend? Und soll ich dir sagen, mit wem du so passend verschwunden bist? Oder wollen wir ein kleines Ratespiel spielen? Oder willst du es mir sagen? Was wäre denn am *passendsten?*«

»Dir einfach nur zu sagen, dass ich dich verlasse.«

»Du hast mich schon verlassen!« Er schürzte die Lippen und holte tief Luft. Er wollte nicht schreien.

»Wir haben uns beide schon verlassen«, sagte Katerina.

Joachim nickte.

»Diesmal wollen wir es auch zu Ende bringen«, sagte sie. »Lass uns nicht länger mit dem Gedanken an eine Trennung spielen. Wir müssen es endlich tun. Wirst du … wirst du mich gehen lassen?«

Sie stand auf der Brücke über seinem London. Sie überragte die Stadt. Er stellte sie sich über der echten Stadt vor: eine Riesin, viele Meilen hoch, das schöne Gesicht in den Wolken, von wo aus ihre blassblauen Augen ihn nicht ausmachen könnten, der er nur eine Ameise unter vielen war. Er war ein Nichts.

»Geh«, sagte er.

»Danke«, flüsterte Katerina. Doch keiner von beiden rührte sich.

»Wo ist dein Ingenieur?«, fragte Joachim schließlich. »Funktioniert sein Kabel?«

»Nein. Er ist gescheitert und auch nach London zurückgekehrt.«

»Und du warst bei ihm? Auf der Expedition?«

Katerina nickte. »Als blinder Passagier.«

Joachim fühlte sich schwach. Was für eine Vorstellung – als blinder Passagier. Er war schockiert davon, wie absolut sie sich von ihm abgewandt hatte. Sie war *weggelaufen.* Hatte ihn hinter sich gelassen. Hatte das Band der Ehe mit einem Hochmut zerschnitten, der einer heidnischen Königin zur Ehre gereicht hätte.

Doch in den Schock mischte sich auch Erleichterung. Sie hatte ihn erniedrigt. Das verstand er; sie würde es nie begreifen, aber er konnte es akzeptieren und im finstersten Winkel seines Herzen vielleicht sogar einmal genießen.

»Wohin willst du?«, fragte er.

»Ich weiß es nicht.«

»Habt ihr euch noch nicht entschieden, du und dein Ingenieur, oder willst du es mir nicht sagen?«

»Weder noch. Ich habe keinen Kontakt mehr zu ihm. Ich weiß nicht, wo er ist. Ich weiß nicht, wohin ich gehen werde.«

»Aber du willst gehen?«

»Ja.«

»Allein.«

»Ja.«

Sie sah, wie sich seine dunklen Brauen zusammenzogen, und sie fuhr fort, um kritischen Bemerkungen oder – schlimmer noch – wohlmeinenden Ratschlägen zuvorzukommen.

»Wir müssen ein Ende machen, egal, was mit mir geschehen wird«, sagte sie. »Ich wollte, dass das klar ist. Ich wollte, dass wir das beide akzeptieren.«

Joachim berührte einige der Häuserblocks in seiner Nähe. Seine Hand überschattete ein ganzes Viertel in Notting Hill.

»Also gut«, flüsterte er. »Akzeptiert.«

»Danke, Joachim. Jetzt sind wir frei voneinander.«

Die Brücke schwankte ein wenig, als Katerina zum Rand ging und hinabstieg. Sie stand ihm am anderen Ende der Stadt gegenüber, aber er sah sie nicht an. Er lauschte nur ihren Schritten, die sich entfernten, und er hörte ihre Kutsche, die auf dem Kopfsteinpflaster davonklapperte.

Stunden später, im Morgengrauen, schaute ein Wachmann auf seiner letzten Runde vor dem Schichtende herein. Er fand Joachim Lindt in den Trümmern des zerstörten Modells. Die gesamte Metropole war zerschlagen und zerstört, die Trümmer von gesplittertem Holz, zerborstenem Glas und verbogenen Bleirohren lagen in einem wüsten Kreis über das halbe Lagerhaus verteilt. Sogar die Auslegerbrücke war umgeworfen, nur mehr ein zerschmettertes Wrack.

Inmitten dieses Mahlstroms der Zerstörung hockte Herr Lindt, zusammengekauert wie ein Fötus.

»Alles in Ordnung, Sir?«, fragte der Wachmann, der sich nicht sicher war, ob er auf eine Antwort hoffen konnte oder ob er mit einer Leiche sprach.

»Ja«, antwortete Joachim. Seine Stimme war belegt.

»Was ist passiert? Wer hat das getan?«, fragte der Wachmann. Er war nicht sehr groß, sein langer Mantel hing fast bis auf den Boden herab. Sein Gesicht war von jahrelangem Trinken und den Folgen einer Wundrose dunkelrot.

»Ich habe es getan.«

»Sie?«

»Das … das ist ein alter Brauch unter Modellbauern: Wenn ein Projekt fertig ist und man es nicht mehr braucht, dann haut man es kurz und klein.«

»Ist das wahr? Muss ja ein ziemliches Gemetzel gewesen sein.«

»Das war es«, sagte Joachim. »Ein ziemliches Gemetzel.«

»Wissen Sie was«, sagte der Wachmann mit gesenkter, vertraulicher Stimme, »ich bin ein paar Mal allein hier gewesen und habe mich auf Ihre Brücke gestellt.« Er zeigte auf die Überreste des Auslegers. »Hab mich draufgestellt und mich über die ganze Stadt gezogen. War sehr schön. Man konnte alles sehen. War wie Fliegen.«

Er schaute sich die Zerstörung ringsherum an.

»Helfen Sie mir bitte hoch«, sagte Joachim.

Er streckte dem Wachmann eine zerkratzte, blutige Hand entgegen. Der stieg vorsichtig über den knirschenden Teppich aus Holz und Gips, gab jedoch bald alle Zurückhaltung auf und stapfte einfach hindurch. Er half Joachim auf die Füße und merkte, dass dieser schwitzte und mit dem braunen Wasser besudelt war, das hier und dort auf dem Fußboden Pfützen bildete.

Die beiden humpelten über die Ruinen zum großen Tor des Lagerhauses. Der Wachmann öffnete eine kleine, mannshohe Tür im Tor, und Joachim dankte ihm, als er mit den ersten Sonnenstrahlen in die heile Stadt hinaustrat.

»Wir sind hier in der Wildnis gelandet«

Professor Thomson sah der *Niagara* nach, bis sie am westlichen Horizont verschwunden war. Er blieb an der Reling stehen, bis der Kohlenrauch nur noch ein winziges Komma auf dem grauen Strich des Atlantiks war. Er blieb noch länger stehen, bis sogar der Rauch verschwunden war und seine Augen vom Hinsehen schmerzten. Er dachte, dass vielleicht auch der junge Ludlow noch auf dem Achterdeck der *Niagara* stand, die nach Westen auf Neufundland zusteuerte, und ihm nachsah, wie er auf dem Achterdeck der *Agamemnon* in Richtung Osten, nach Irland, entschwand. Die Kabelverbindung war glatt gelaufen, nun lag das Kabel auf dem Meeresgrund, dreihundert Faden unter ihnen, und gewann beständig an Länge in dem Maße, wie die beiden Schiffe sich ihrem jeweiligen Ziel näherten.

Thomson rieb sich die Augen. Der junge Ludlow, na ja. Der Amerikaner war höchstens ein Dutzend Jahre jünger als er. Trotzdem fühlte Thomson sich alt neben ihm. Vor zehn Jahren war William Thomson gerade Professor für Naturphilosophie in Glasgow geworden, als Chester Ludlow aus Boston kam. Thomson hatte den Ruf mithilfe seines einflussreichen Vaters erhalten: James Thomson war an derselben Universität Mathematikprofessor. Aber William Thomson war auch in höchstem Maße qualifiziert. Er hatte keine Schule besucht – sein Vater hatte ihn unterrichtet – und sich mit vierzehn Jahren an der Universität eingeschrieben. Mit fünfzehn schrieb er einen Aufsatz »Über die Gestalt der Erde«, in dem er die mathematischen Grundlagen für eine Vermessung des Planeten beschrieb. Nach dem Erhalt seiner Professur richtete Thomson das Praktische Labor zum Studium der Naturphilosophie ein – dafür erhielt er von der Universität die unerhörte Summe von einhundert Pfund. Dieses Labor, das einzige seiner Art auf der Welt, hatte Ludlow nach Glasgow gelockt, und er glänzte bald als einer von Thomsons besten Studenten. Thomson dachte damals oft bei sich, dass er sich nicht nur theoretisch mit Phänomenen beschäftigte, die Kraft erzeugten – Elektrizität, Magnetismus, Hitze, Schwerkraft –, sondern dass ihm auch im Hörsaal ein solches Phänomen gegenübersaß: der junge Ludlow. Sein Geschick im Umgang mit Formeln und Theorien wurde nur noch übertroffen durch seine kluge praktische Anwendung des theoretischen Wissens. Er hatte die Gabe, etwas aufzubauen. Inklusive einer großen Anhängerschar. Ludlow war einer jener Glücklichen, deren Fähigkeiten und Leistungen nicht Neid, sondern Zuspruch hervorriefen. Ohne es zu wollen, zog er Männer (und offensichtlich auch Frauen) in seinen Bann. Selbst Professor Thomson fühlte sich von ihm angezogen. Ein Phänomen, das Kraft erzeugte.

Thomson hatte seit der ersten Unterhaltung an Bord nicht mehr mit Ludlow über die versteckte Frau gesprochen. Der Druck, das schwankende Direktorium überzeugen zu müssen, und die Eile bei den Vorbereitungen für die neu zu startende Expedition hatten dafür keine Zeit gelassen. Inzwischen hatte Thomson beschlossen, dass ihn die Sache im Grunde nichts anging. Und jetzt schien die Angelegenheit auch für die Kabelexpedition keine Belastung mehr darzustellen. Thomson war der Frau jedenfalls nirgendwo mehr begegnet; Ludlow hatte sie nicht erwähnt; die Arbeit ging zügig voran. Sie legten endlich wieder ein Kabel, und diesmal mit Erfolg.

Außerdem wollte Thomson nicht über den jungen Ludlow zu Gericht sitzen. Auch wenn die beiden Männer nie darüber gesprochen hatten, verstand er doch das Dilemma, in dem Ludlow steckte: Lag nicht Margaret Thomson in Glasgow krank im Bett, und vertiefte ihr Leiden nicht den Graben zwischen ihm und seiner Frau?

Ein Jahr nach ihrer Hochzeit war Margaret krank geworden, angeblich wegen Überanstrengung auf ihrer gemeinsamen Reise nach Gibraltar und Malaga. Seit nunmehr fünf Jahren litt sie an Symptomen, die ihre Ärzte mal als Wassersucht, mal als »Frauenleiden«, meistens aber nur als »ihren Zustand« beschrieben, als lägen dessen Ursache und Heilung jenseits menschlichen Verständnisses.

Thomson wusste, dass auch Chester Ludlows Frau in Amerika an irgendeiner Krankheit litt. Vielleicht fand Ludlow Erleichterung von der Last einer leidenden Gattin in den Armen der schönen Musikerin. Thomson war nie einen solchen Weg gegangen. Stattdessen hatte er sich in die Forschung und jetzt in die Telegraphie gestürzt. Er machte sich Gedanken darüber, ob er womöglich zu schnell zugestimmt hatte, auf der *Agamemnon* mitzureisen. Vielleicht hatte er nur Margarets Schwäche entkommen wollen. Doch wenn er zu Hause war, kümmerte er sich mit Hingabe um sie. Er pflegte sie. Er trug sie von einem Zimmer ins andere, wenn sie vor Schmerzen nicht mehr laufen konnte. Er saß bei ihr und las ihr vor, und er schrieb ihre Gedichte auf, wenn sie zu schwach war, den Stift zu führen. Aber oft wollte er diesem Dasein entfliehen. Und wenn er es tat, hatte er das Gefühl, dass er ihr auf seine Art untreu war.

Er sah dem Kabel hinterher, das vom Preibock am Heck schräg ins Wasser abrollte. Hinter ihm war ein gleichmäßiges Klappern und Brummen zu hören: Die Kaffeemühle mahlte. So nannten die Matrosen die kleine Dampfmaschine und den Abrollmechanismus am Heck, den Ludlow entwickelt hatte. Die Maschinerie röchelte und rumpelte stetig vor sich hin, und Thomson wusste, das würde sie weiter rund um die Uhr tun, und er, der verantwortliche Ingenieur auf der *Agamemnon*, würde rund um die Uhr nach diesen Geräuschen horchen, bis Irland und damit der Erfolg ihrer Mission in Sicht kam oder bis – Gott bewahre – das Kabel brach und ihre Expedition erneut gescheitert war.

Professor Thomson brauchte dringend Schlaf, aber zuerst würde er noch seine Runde machen. Ein letztes Mal schaute er zum leeren Horizont, wo die *Niagara* unter einem Gebirge von Kumuluswolken verschwunden war. Er nickte Kapitän Preedy auf dem Achterdeck zu und ging unter Deck zur Telegraphenkammer.

Professor Thomson wünschte, sie hätten mehr Zeit gehabt, die Kabine umzubauen. Er bemitleidete die Telegraphisten, die dort arbeiten mussten. Der Sturm auf der letzten Fahrt hatte gezeigt, dass die Kabine eine Art Auffangbecken für Seewasser war, das über Deck schwappte. Sie war eng, feucht und immer dunkel. (Es musste so dunkel sein, damit der kleine Lichtpunkt des Galvanometers sichtbar blieb.) Die Batterien des Telegraphen waren auf kleinen Wandborden untergebracht. An einem Tisch saß der Telegraphist mit dem Galvanometer. Während das Kabel abrollte, blieben die *Niagara* und die *Agamemnon* ständig in Kontakt, alle zehn Meilen wurde ein Signal geschickt; außerdem ließ Thomson die Mannschaften minütlich die Signalzeit messen, sodass ein Fehler sofort entdeckt werden konnte. Kapitän Preedy wollte die Schiffsuhr nicht in eine derart feuchte und anfällige Kabine verfrachten, also musste ein Matrose drei Sekunden vor dem entscheidenden Zeitpunkt aus der Kapitänskajüte rufen. »Achtung!«, ertönte der Warnruf, und der Telegraphist richtete seinen Blick auf das Galvanometer. Dann erscholl der Ruf »Jetzt!«, und die Anzeige wurde abgelesen. So ging es jede Minute, Stunde um Stunde.

Thomson klopfte dem Telegraphisten auf die Schulter. Der Galvanometer schien gut zu funktionieren, dennoch wirkten die diensthabenden Männer nervös. Gegen Ende einer Wache begannen die ständigen Messungen an den Nerven zu zerren. Für sie wurde das Verbinden der Kontinente zu einer Art Folter.

Als Nächstes überprüfte Thomson die Kabeltrommel und den Abrollmechanismus. Die Maschinen liefen rund; das Aufrollen und Verstauen der riesigen Kabelmenge war ohne Probleme vonstatten gegangen. Dann legte sich der Professor in seiner Kabine ins Bett.

Das trommelnde Stampfen der Kaffeemühle war sein Schlaflied. Alles lief nach Plan. Er hoffte, dass es auf der *Niagara* genauso war.

»Wenn nicht, dann würden sie es mich wissen lassen«, sagte Thomson laut und erschrak ein wenig: Normalerweise neigte er nicht zu Selbstgesprächen.

Er dachte daran, welcher Belastung die Telegraphisten ausgesetzt waren. Vielleicht hätten sie doch Whitehouses Empfangsgeräte verwenden sollen. Wenn – falls – das Kabel verlegt und in Betrieb genommen würde, sollten sie zum Einsatz kommen – so war es zwischen Whitehouse und dem Syndikat vereinbart. Aber Whitehouses Induktionsspulen waren zu groß für den Schiffstransport. Die einzige Alternative waren Thomsons Spiegel-Galvanometer. Sie mochten klein und anfällig sein, manchmal schwer abzulesen und außerdem – wie hatte Whitehouse sich ausgedrückt? – »weiblich«, aber sie funktionierten.

Thomson konnte nicht einschlafen. Er beschloss, sich an ein paar Berechnungen zu versuchen ... Wir fahren mit fünf Knoten, dachte er; das Kabel wird mit sechs Knoten abgerollt; der durchschnittliche Winkel zum Horizont, mit dem das Kabel ins Wasser eintaucht ... fünfzehn Grad; durchschnittlicher Druck auf dem Dynamometer ... 1650 Pfund. Er stellte sich die geschwungene Parabel des Kabels vor, das in die Dunkelheit der Tiefsee hinabsank. Die Linie leuchtete in seinem Kopf wie eine Kurve, die er einst in Glasgow an die Tafel seines Labors gezeichnet hatte. Der Schlaf kam. Eine Kurve. Eine Ansammlung von Punkten. Die Werte der Müdigkeit und der Verzweiflung, auf der Fläche des Tages ausgebreitet. Ein Ozean. Eine riesige Flüssigkeitsmenge. Strudel im Äther. Materie. Atome.

Thomsons Gedanken hatten sich von Ludlow und Whitehouse entfernt, waren durch Theorien und Hypothesen geglitten (viel eleganter, viel genauer, viel beständiger als der Mensch oder die Menschheit), bis hinab zu Bildern von Kraft und Materie. Und das alles im wiegenden Rhythmus des Schiffes, begleitet vom entfernten Murmeln des Wassers am Rumpf, vom sanften Klopfen der Maschinen. Bis er einschlief.

Um zehn Uhr klopfte ein Telegraphist an seine Tür.

»Wir haben den Kontakt verloren, Sir!«

Thomson war sofort hellwach und schrie beinahe: »Ich komme!«, während er in seine Hose stieg.

Als er in die Telegraphenkabine stolperte, saß Neely, der Schreiber, erstarrt vor dem Galvanometer und wartete darauf, dass das Lichtpünktchen sich bewegte. Sein Assistent kaute auf den Fingernägeln und ging auf und ab oder, besser gesagt, wiegte sich in dem winzigen Raum hin und her. Zwischen zusammengebissenen Zähnen flüsterte er Thomson zu, sie hätten der *Niagara* gerade »Vierzig Meilen versenkt« gemeldet, und das andere Schiff habe eben begonnen, den Empfang dieser Meldung zu bestätigen, als die Signale verstummten. Thomson setzte sich auf den Stuhl, den Neely für ihn freimachte, wobei beide den Lichtpunkt nicht aus den Augen ließen. Keinerlei Bewegung. Thomson gab Anweisung, den Widerstand zu testen. Einer der Assistenten sandte einen Stromstoß durch das Kabel. Dann wurde auf dem Galvanometer abgelesen, wie hoch der Lichtpunkt ausschlug – anhand dieser Messung und des bekannten Widerstandes einer Meile Kabel ließ sich errechnen, an welcher Stelle das Kabel gebrochen war.

»Jetzt«, sagte Thomson, und Neelys Assistent drückte eine Taste, um einen Impuls durch das Kabel zu schicken. Der reflektierte Lichtpunkt schoss die Skala hinauf und fast über das obere Ende hinaus. Thomson ließ die Assistenten einige weitere Impulse durchs Kabel jagen und die Messwerte notieren. Im Licht einer kleinen Sturmlaterne, die von einem Balken hing, führte er selbst derweil Berechnungen durch. Die Telegraphisten wiederholten ihre Tests, aber das war nicht nötig. An der Bewegung des Lichtpunktes hatten sie alle erkannt, dass der Kabelbruch viel zu weit weg war, um das Kabelende einzuholen und neu zu verbinden.

»Soll ich den Kapitän bitten, die Maschinen zu stoppen, Sir?«, fragte Neely.

Der Professor starrte aus nächster Nähe auf den Galvanometer.

»Nein«, sagte er leise. »Wir werden weiter Kabel legen.«

Ohne sich umzusehen, wusste Thomson, dass die beiden Assistenten sich verwunderte Blicke zuwarfen.

»Denn«, fuhr er fort, »wir werden unserem Kabel jede erdenkliche Chance geben. Wir werden auf unsere Arbeit vertrauen. Wenn unsere Liebste krank und ohnmächtig darniederliegt, so sprechen wir ihr leise ins Ohr, weil wir glauben, dass sie uns hören kann und wir sie nicht verlassen dürfen. Und ebenso werden wir unsere Patientin hier nicht verlassen und weiter mit ihr sprechen.«

Die beiden Assistenten traten unsicher von einem Bein aufs andere; sie konnten der metaphorischen Wendung des Professors nicht folgen. Thomson wusste selbst nicht genau, worauf er hinauswollte.

»Ich meine damit«, sagte er mehr zu sich selbst als zu den beiden jungen Männern, »dass Guttapercha unter Wasser seltsame Eigenschaften entwickelt. Es wird beweglicher, biegsamer. Vielleicht – ich weiß, das klingt wie ein frommer Wunsch –, vielleicht könnte es eine gebrochene Kabelader wieder zusammenziehen.«

Die beiden Männer starrten Thomson im Dämmerlicht ausdruckslos an.

»Ich weiß nicht«, seufzte Thomson. Er rückte vom Tisch ab. »Ich weiß es einfach nicht. Aber ich glaube nicht, dass wir aufgeben sollten. Noch nicht.« Er ließ Neely wieder auf seinen Stuhl.

Also fuhr die *Agamemnon* weiter. Kapitän Preedy klopfte an die Tür, und Thomson teilte ihm mit, dass sie ein Problem mit den Messinstrumenten hätten, er sich aber keine Sorgen machen, sondern weiterfahren solle.

Thomson blieb mit den beiden Telegraphisten in der Kabine, nahm wie üblich die Messungen vor, wenn der Matrose an der Schiffsuhr »Achtung!« und dann »Jetzt!« rief, doch auf dem Galvanometer war keine Bewegung zu erkennen. Thomson spürte, wie er zu zittern begann; das Flattern breitete sich vom Zwerchfell aus. Er versuchte, sein Monokel festzuklemmen, aber es fiel immer wieder herunter. Er schwitzte. Er zwang sich, sich auf diese physischen Phänomene zu konzentrieren, um sich mittels der Selbstbeobachtung zu beruhigen, doch der Gedanke an einen erneuten Fehlschlag hatte sich bereits in ihm eingenistet.

»Herr im Himmel«, murmelte er und registrierte für sich: Ich führe wieder Selbstgespräche. Er wollte auf und ab gehen, stieß aber ständig mit dem zweiten Telegraphisten zusammen. Schließlich stieg er an Deck und legte seine zitternden Hände auf die Reling. Er lauschte den minütlichen Probemessungen, die von den Schreibern durchgeführt wurden, als sei nichts geschehen, aber er wusste, dass kein Signal mehr kam.

Als Thomson endlich den Blick von den Wellen abwandte, bemerkte er, dass die Blicke aller Seeleute und Offiziere an Deck und auf den Rahen auf ihm ruhten. Voller Schrecken wurde ihm bewusst, dass die gesamte Schiffsbesatzung das Problem ahnte. Sie hatten vor einer Stunde gehört, wie nach ihm gerufen worden war. Alle wussten Bescheid.

Thomson zuckte die Achseln, hob mit hilfloser Geste die Hände und ging in die Kabine zurück. Die beiden Männer versuchten immer noch, Ausschläge abzulesen. Thomson sagte nichts. Er ging in die vordere Ecke des Raumes, wo zwei Wände im spitzen Winkel zusammenliefen, und blieb dort wie ein bestrafter Schuljunge stehen. Er betete, dass Ludlow sein Kabelende noch nicht durchtrennt hatte; er betete um klare Gedanken; er betete um eine Antwort. Er ging jede Kleinigkeit durch, die er übersehen haben könnte, doch nichts fiel ihm ein: weder ein möglicher Fehler noch ein Zeichen Gottes. Schließlich betete er um die richtigen Worte, die er der Besatzung sagen könnte. Er wünschte sich Ludlows spontane Eloquenz oder wenigstens die Dreistigkeit des vermaledeiten Whitehouse. Er musste wieder an Deck gehen und verkünden, dass die Expedition gescheitert war.

Thomson wollte gerade nach Preedy schicken und das Abtrennen des Kabels anordnen, als Neely am Galvanometer ein Grunzen vernehmen ließ. Thomson drehte sich um. Neely winkte abwesend mit der Hand, er möge näher kommen. Der Telegraphist gab weiter leise grunzende Geräusche von sich. Thomson und der zweite Schreiber eilten zu ihm, beugten sich über seine Schultern und starrten auf den Lichtpunkt. Er bewegte sich … links, rechts, links. Er bewegte sich! Neelys Kollege packte ihn am Hals und schüttelte ihn, als wolle er den armen Kerl erwürgen. Beide Männer begannen zu jaulen wie junge Hunde. Thomson spürte, wie die Erleichterung durch seinen Körper strömte; sie sammelte sich in einer tiefen Höhle der Entschlossenheit, die ihn hatte durchhalten lassen, und stieg von dort als tiefes, dröhnendes Lachen wieder auf. Alle drei umarmten einander und schlugen sich auf die Schultern. Thomson zerwühlte gar Neelys Haar. Fast eine Minute lang gaben sie ausgelassen ihrer Freude Ausdruck, bis einer der Männer wieder Worte fand. Den Anlass dazu bot Kapitän Preedy, der auf dem Weg zum Achterdeck an der Telegraphenkabine vorbeikam und durch die geschlossene Tür fragte, ob da drinnen alles in Ordnung sei.

»Ja!«, rief Thomson. »Alles ist gut. Es funktioniert!«

Die anderen beiden lachten, und einen Augenblick später hörten sie Begeisterungsrufe von der gesamten Mannschaft.

In den folgenden Stunden bereitete es Thomson beträchtliche Befriedigung, dass sein Student und Protegé Chester Ludlow ebenfalls nicht die Geduld verloren hatte. Auch er war angesichts des schweigenden Kabels standhaft geblieben. Er hatte die Leitung nicht durchtrennt. Thomson bewunderte Chesters Beharrlichkeit, was er auch den Telegraphisten gegenüber zum Ausdruck brachte, die ihn daran erinnern mussten, dass er selbst sich mindestens genauso beharrlich gezeigt habe; und dass er ebenso viel Lob für seine Unbeirrtheit verdiene wie Ludlow.

Thomson verbrachte fast die gesamte weitere Fahrt in der Telegraphenkammer oder in deren Nähe; er schlief in einem Stuhl, den ein Matrose ihm aus Preedys Kammer brachte, ging nur gelegentlich in seine Kabine, um das Hemd zu wechseln oder sich zu erleichtern, und kehrte dann sofort zum Galvanometer zurück.

Er wusste nicht, warum das Kabel geschwiegen hatte. Er konnte als Erklärung nur seine erste Vermutung anbieten: dass die Elastizität des Guttapercha eine gebrochene Kabelader wieder zusammenziehen und so den Kontakt wieder herstellen könne, wenn die Spannung vom Kabel genommen wurde.

Während der restlichen Reise beobachtete Thomson entweder das abrollende Kabel oder den tanzenden Lichtpunkt. Wenn er später daran zurückdachte, merkte er, dass die Müdigkeit ihm dabei derart zugesetzt hatte, dass er sich der Ereignisse nicht mehr in der richtigen Reihenfolge erinnern konnte. Es gab einen Sturm. Der ging vorüber. Das war erleichternd. Das Kabel hielt. Die Signale kamen an. Aller Voraussicht nach würde der Brennstoff reichen. Wachsamkeit. Tage, Nächte. Der Stuhl in der Telegraphenkabine wurde sein Zuhause. Er halluzinierte und glaubte die Kanone zu hören, die einen Kabelbruch und das Ende all seiner Hoffnungen verkündete, doch es war nur das Knacken der Planken, das in seiner Übermüdung zu einem Schuss angeschwollen war. Eines Morgens sah er in der Dämmerung backbord achteraus mehrere Eisberge. Um ihre Zinnen und durch die seltsamen Vertiefungen in ihrer Mitte flogen Vogelscharen, und Nebel hing an ihren höchsten Spitzen. Dann wurde tatsächlich eine Kanone abgefeuert … von ihrem Begleitschiff, der *Valorous*, die den amerikanischen Dreimastschoner *Chieftain* warnte, weil er zu nahe an das Kabel heransteuerte.

»Das war keine freundliche Begrüßung«, sagte Preedy später,

»aber sie haben uns fast gerammt. Als sie erkannten, wer wir sind, grüßten uns die Dummköpfe, dippten Flagge und ließen uns dreimal hochleben. Sie hätten alles verderben können.«

Aufgrund seines gestörten Zeitgefühls schien es Thomson nur Minuten später, als er am Morgen des 5. August 1858, einem Dienstag, an Deck stand und die grünen und felsigen Berge um die Dingle Bay an Irlands Westküste erblickte. Vom anderen Ende des Atlantiks kabelte die *Niagara*, dass Neufundland in Sicht sei und sie eintausendundzwanzig Seemeilen Kabel verlegt hätte.

Die Sonne erleuchtete die Nebelschwaden, die aus den Klüften und Schluchten der Berge aufstiegen. Die See glitzerte, während sie unter dem Kiel der *Agamemnon* verschwand. Der Hafen von Valentia schien noch zu schlafen, bis Kapitän Preedy eine Salve feuern ließ, woraufhin die Menschen aus Hütten, Häusern, Läden strömten. Ihre ameisengleiche Aufregung brachte die Seeleute der *Agamemnon*, die inzwischen an der Reling versammelt waren, zum Lachen und Juchzen. Die Einwohner der kleinen Stadt rannten zum Wasser hinunter und sprangen in die Boote – es waren anscheinend Hunderte, an denen Flaggen, Bettlaken, Taschentücher flatterten –, um die *Agamemnon* zu begrüßen, die langsam in den Hafen einlief.

»Das Signal von der *Niagara*?«, rief Thomson vom Deck zur Kabine hinunter, wo der Telegraphist im Dunkeln vor seinem Lichtfleck saß. »Kommt es noch durch?«

»Kommt noch, Sir.«

Bis sie die Landevorbereitungen abgeschlossen hatten, war es Nachmittag, und die *Valorous* schickte zwei kleine Schaufelradboote herüber, um das Kabelende an Land zu bringen. Die Boote kämpften gegen eine steife Brise von Land, und Seeleute, Einheimische, Thomson, Preedy, der Bürgermeister von Valentia und der adelige Grundbesitzer der Region, der Ritter von Kerry, planschten zusammen durch die Brandung, um das von Metall umhüllte Landende des Kabels an den Strand zu ziehen und dann in den Graben zu legen, der zum kleinen weißen Telegraphenhaus oben auf den Klippen führte.

Neely ließ von der *Agamemnon* aus ausrichten, dass die *Niagara* soeben in Neufundland lande. Thomson ließ Neely und alle anderen Telegraphisten, die noch Wache hatten, mit einem der Boote an Land holen, damit sie alle gemeinsam die erste Übertragung erleben konnten. Bald drängten sie sich zusammen mit Preedy, Thomson, dem Bürgermeister und anderen Honoratioren in den kleinen Empfangsraum, und die Schreiber riefen, man solle die Fensterläden schließen, damit man den Lichtpunkt des Galvanometers erkennen könne, der vor Wochen hier aufgestellt worden war und seitdem auf den Augenblick gewartet hatte, in dem er mit Amerika verbunden werden sollte.

Als die Botschaft kam, lasen die Telegraphisten im Chor jeden Buchstaben, der im Flackern des Lichtes erkennbar wurde. Sie setzten das Flackern zu Worten zusammen. Es klang wie der Gesang einer Gruppe von Mönchen, fand Thomson. Die Liturgie eines neuen Zeitalters. Er führte sich vor Augen, dass die Welt nun vom Missouri in Amerika bis zur Wolga in Russland miteinander verbunden war.

Thomson trat ans Fenster und öffnete einen der Läden einen Spaltbreit. Über die Hüte und Mützen und Kappen der unter dem Fenster versammelten Menge hinweg sah er den schmalen Streifen glitzernd reflektierten Sonnenlichtes, der vom Meer heraufleuchtete. Er dachte an den jungen Ludlow, der auf der anderen Seite des Ozeans in einem ganz ähnlichen Telegraphenhaus saß und seinen siegreichen Gefolgsleuten eine Botschaft diktierte.

»Wir sind hier in der Wildnis gelandet«, intonierten die Telegraphisten hinter ihm im Chor die Nachricht aus Amerika. »Alles gut gegangen. Atlantisches Telegraphenkabel erfolgreich verlegt. Durch die Gnade der göttlichen Vorsehung haben wir den Sieg errungen.«

Thomson schloss die Augen, die sich mit Tränen gefüllt hatten. Das ungeheure Licht des Ozeans hatte ihn fast geblendet. Jemand lief mit der Nachricht nach draußen, und die Menge brach in Jubel aus.

Kapitel 15

Der Weckruf für die Nation

New York und Nordamerika, August 1858

Dunkle Neue Welt

Zu gern hörte Amerika die Geschichte, wie es im Schlaf überrascht
worden war. Eben noch schleppte sich das Land durch die Hundsta-
ge des Augusts, versunken ins eigene schlaftrunkene Murren über
den steinigen Weg der Wirtschaft aus dem Tal der Krise von '57,
ins Murren über die wachsende Widerspenstigkeit der Südstaaten
und die zunehmende Herrschsucht der Nordstaaten, ins Murren
über Politiker, die in der Sklavenfrage hin und her schwankten; das
Land schleppte sich durch die Gerüchte von Indianerüberfällen oder
Goldfunden (manche erfunden, manche echt), skandalöse Gerüchte über die heidnischen Bigamisten im Mormonenstaat Utah, die
sich endlich der Gewalt des Bundes gebeugt hatten; all das einschlä-
fernde Summen und Brummen spätsommerlicher Nachrichten und
Gasthausdiskussionen verstummte in dem Augenblick mit einem
lauten Knall, als die Nation erfuhr, dass das Atlantikkabel verlegt
und elektrische Signale – Botschaften! – über die ganze Breite des
nördlichen Ozeans gesandt worden waren.

Bisher hatte die Nation die Kabelexpedition kaum zur Kenntnis
genommen. Es hatte zwar die Runde gemacht, dass die erste Expedition im Juni umkehren musste, doch fiel dieser zweite Fehlschlag in
der öffentlichen Wahrnehmung in die Kategorie der albernen, zum
Scheitern verurteilten Projekte, in die auch pferdelose, windgetrie-
bene Fuhrwerke oder Rohrpostverbindungen von einer Stadt zur
anderen gehörten. Aber dann kam aus dem Nichts die Nachricht,
dass der junge, brillante Ingenieur aus Maine mit einer magischen

Leitung im Schlepptau aus dem Dunkel der Nacht an die Küste des amerikanischen Kontinents gestolpert sei.

So jedenfalls hatte Jack Trace es auf seiner Zeichnung dargestellt, die neben der dazugehörigen Geschichte in der New Yorker *Sun* erschienen war. Die Leserschaft war sofort hungrig auf mehr. Andere Zeitungen griffen den Artikel auf oder stahlen ihn einfach, ließen ihn von ihren eigenen Leuten ausschmücken, und innerhalb von Stunden war das Ereignis ins allgemeine Bewusstsein gesickert. Kirchenglocken wurden geläutet, Kanonen abgefeuert, aus voller Kehle Jubelschreie ausgestoßen, spontane Dorffeste und städtische Paraden organisiert, Reden gehalten und Empfänge gegeben. Die Nation beschämte sich selbst mit ihrem Delirium.

»Sind wir des Wahnsinns?«, fragte ein Leitartikler. »Ja, zum Donnerwetter! Soll die Welt ruhig sehen, wie wahnsinnig wir uns darüber freuen, dass Söhne unserer Nation – Ludlow und Field – zwei Kontinente vereint haben!«

»ATLANTIK TROCKENGELEGT!«, schrie es von einer Titelseite in Baltimore.

Die amerikanische Presse maß dem britischen Anteil am Unternehmen nur geringe Bedeutung bei. Bei der Lektüre amerikanischer Zeitungen musste man den Eindruck gewinnen, die Amerikaner hätten das Kabel ganz allein verlegt. Traces Karikatur, auf der Field das Boot an Land ruderte und Chester das Kabel wie ein aufgerolltes Tau über die Schulter geschwungen hatte, erfüllte die ganze Nation mit Genugtuung. Den Union Jack am Horizont übersah man geflissentlich. Aber Trace kannte sein Publikum: Auf den Zeichnungen, die er per Schiff nach London sandte, hatte er Field durch einen britischen Matrosen ersetzt.

Dennoch steckte ein Körnchen Wahrheit in dem Bild von Chester, der das Kabel aus dem Dunkel ans Land trug. Während Professor Thomson mit der *Agamemnon* am frühen Morgen an der irischen Küste landete, fuhr die *Niagara*, noch im Schutz der Nacht, in die achtzig Meilen lange Trinity Bay in Neufundland ein.

Es war immer noch dunkel an jenem 5. August, als die Pinasse mit dem Landende des Kabels über den steinigen Strand schrammte, und Chester wurde bewusst, dass er keine Ahnung hatte, wo sich das Telegraphenhaus befand. Vom Ufer aus sah man nichts als eine dichte schwarze Wand aus Schierlingstannen und Fichten.

Chester lief an den Felsen entlang. »Sucht nach einem Licht!«, rief er den anderen zu. Die Männer starrten in die Dunkelheit.

»Hallooo!« Der Ruf kam von den beiden Matrosen, die in die andere Richtung aufgebrochen waren. Sie winkten in etwa fünf- hundert Meter Entfernung mit ihrer Laterne. Chester und sein Be- gleiter rannten sofort auf die beiden zu, die eine düstere Schneise im Nadelwald entdeckt hatten, in der ein winziges Licht wie ein Di- amant funkelte.

»Das ist es!«, sagte Chester und rannte los.

Doch was wie eine Schneise aussah, entpuppte sich als ein von Preiselbeeren überwuchertes Sumpfgelände. Bald wateten die Män- ner durch hüfttiefes Wasser und mussten sich dorniger Ranken er- wehren.

Sie brauchten beinahe eine halbe Stunde bis zum Telegraphen- haus, und als sie endlich ankamen, fanden sie die Tür nicht. Chester lief an der Hauswand entlang, trommelte gegen die ungestrichenen Holzschindeln und weckte die Insassen mit seinen Rufen auf.

»Ich bin Ludlow!«, rief er. »Field ist hier. Die *Niagara* ist gelan- det!«

Nachdem sie die Telegraphisten geweckt hatten und der Jubel und die Hochrufe verklungen waren, schickten sie Leute los, eine Leitung zu legen und mit dem Kabelende am Strand zu verbinden. Rasch versammelten sich dann alle im Telegraphenzimmer, und Chester schrieb eine kurze Notiz an Professor Thomson in Irland. Der erste Telegraphist tippte den Beginn der Botschaft und überließ den Hebel nach ein paar Worten dem nächsten, damit jeder einmal an die Reihe kam.

»Wir sind hier in der Wildnis gelandet …«

Dann gab Chester den Block an Cyrus Field weiter, der eine kur- ze Nachricht an seine Frau formulierte, eine an seinen Vater, eine an *Associated Press* und schließlich eine letzte an Präsident James Buchanan. Er faltete die Blätter und reichte sie dem Telegraphisten.

Er hielt Chester den Block hin. »Sie wollen doch sicher noch etwas schreiben«, sagte er.

»Ach, ich …«

»Wenigstens an Ihre Frau?«, fragte Field.

Aber Chester, der nun die Mittel hatte, Nachrichten um die halbe Welt zu senden, wusste beim besten Willen nicht, wo seine Frau zu finden war. Er hatte ihr aus London einen Brief geschrieben, dass sie ihn in Neufundland treffen solle. Er hatte keine Ahnung, ob sie hier war oder ob sie seine Nachricht gar nicht erhalten hatte. Und selbst wenn er es gewusst hätte, was hätte er ihr sagen wollen? Er war ratlos. Er spürte die verwirrten Blicke der wartenden Männer um ihn herum. Also lachte er und wies den Telegraphisten an, keine Zeit zu verlieren, nicht auf ihn und seine Frau zu warten, sondern die Nation zu wecken.

Traces Botschaft

Während der ganzen Fahrt über den Atlantik hatte Jack Trace etwas loswerden wollen. Es hätte ganz einfach sein können; er hätte nur Chester Ludlow finden und allein mit ihm sprechen müssen. Aber Jack Trace war sich nicht sicher, ob er das Thema anschneiden durfte.

Als sie nun bei der Telegraphenstation vor Anker lagen – Telegraph Landing hatte man den Ort getauft –, drangen die Nachrichten zu ihnen, dass Amerika vor Freude schier zerplatzen wollte. Sie erfuhren davon meist durch den Landtelegraphen, aber auch von den immer größer werdenden Versammlungen der Schaulustigen und Gratulanten, die aus St. John's und näher gelegenen Kleinstädten Pilgerfahrten zum Telegraphenhaus unternahmen, auf den umliegenden Wiesen picknickten oder das unscheinbare Gebäude einfach nur beobachteten und darauf hofften, dass Botschaften zwischen den Kontinenten fließen würden, als müsse das Häuschen bei solcher Kommunikation zu leuchten beginnen oder sich vom Boden erheben und über den Gräsern und Blumen schweben.

Doch es gab Probleme. Es dauerte Stunden, Botschaften zu übermitteln und zu empfangen. In Neufundland benutzten sie zum Senden und Empfangen immer noch, wie auf der Überfahrt an Bord der *Niagara*, Professor Thomsons Niederspannungsbatterien und sein Spiegel-Galvanometer, doch die undeutlichen Übertragungen und Halbsätze, die aus Irland zu ihnen drangen, ließen darauf schließen, dass inzwischen Whitehouse die Bühne betreten hatte. Offenbar schloss Whitehouse, sobald Thomsons Galvanometer ein Signal aus Neufundland gemeldet hatte, sein patentiertes automatisches Aufzeichnungsgerät an. Die Nachrichten aus Irland wurden mithilfe seiner Induktionsspulen gesendet.

»Ich weiß genau, was er treibt!«, tobte Chester, als er eines Abends mit Field an Deck der *Niagara* saß. »Er setzt sich über Professor Thomson hinweg!«

»Nun ja«, entgegnete Field, wobei er sich Mühe gab, Gelassenheit auszustrahlen, »dazu ist er auch befugt. Er hat den Vertrag. Thomson gibt Whitehouse wahrscheinlich nur die Gelegenheit, zu zeigen, dass seine Instrumente etwas taugen.«

»Seine Instrumente sind Pfusch. Sie können unsere Signale nicht lesen, und unsere Telegraphisten hier merken sofort, wenn er seine Spulen ans Kabel hängt. Er jagt ungefähr zweitausend Volt durch die Leitung. Und wir kriegen hier nur Lärmfetzen. Kein Signal, bloß Rauschen!«

»Aber das stimmt doch nicht ganz.«

»Nicht ganz. Da haben Sie recht«, sagte Chester. »Es kommen Signale. Unsere eigenen Signale. Hier.«

Chester hatte ein Blatt Papier dabei. Er zeigte es Field. »Die Arbeit eines ganzen Tages.«

»Das habe ich schon gesehen«, sagte Field leise.

»Na, vielleicht würde Mr. Trace gern mal einen Blick darauf werfen.« Und er hielt Trace den Zettel hin. Der Zeichner war gerade dazugekommen, weil er gehofft hatte, endlich mit Chester sprechen zu können, den er nun tief empört antraf. Trace sah auf das Papier, das mit der präzisen Handschrift eines Telegraphisten beschrieben war:

Bitte wiederholen Sie.
Bitte langsamer senden.
Wie ist der Empfang?
Langsamer senden.
Wie ist der Empfang?
Sagen Sie bitte, ob Sie dies lesen können.
Können Sie dies lesen?
Wie sind die Signale?
Bitte senden Sie etwas. Bitte senden Sie Vs und Bs.
Wie sind die Signale?

»Ein ganzer Tag!«, sagte Chester. »Dafür! Und das ist nur das, was wir gesandt haben. Möchten Sie hören, wie viele vollständige Wörter wir heute aus Irland empfangen haben?«

Trace sah vom Blatt auf. Ludlow war erhitzt und hatte die Fäuste in die Seiten gestemmt. Er glühte fast vor Wut.

»Nicht ein einziges«, sagte Chester leise. »Nicht ein einziges Wort.«

Cyrus Field seufzte leise und schaute in den Abendhimmel, über die Bucht in Richtung Osten. »Wir sind alle müde«, sagte er. »In Irland sind sie längst im Bett. Heute Abend jedenfalls werden sie nicht mehr zu senden versuchen. Wir sollten uns ausruhen und es morgen wieder versuchen.«

Er ging, ohne gute Nacht zu wünschen.

Nachdem Field das Deck verlassen hatte, lief Chester vor Verlegenheit über seinen Ausbruch rot an. Er wusste, dass Field genauso verzweifelt und verärgert war wie er selbst. Chester trat an die Reling und schaute hinab aufs Wasser.

Trace hielt immer noch das Blatt in der Hand und wusste nicht, was er damit anfangen sollte.

»Ich werde mich morgen früh bei ihm entschuldigen«, sagte Chester. »Es ist die Anspannung. Das Gefühl, so dicht dran zu sein, aber immer noch scheitern zu können.«

»Das verstehe ich«, sagte Trace.

»Ich entschuldige mich auch bei Ihnen, Mr. Trace, weil ich Sie da mit hineingezogen habe.« Er deutete auf das Papier in Traces Hand.

»Ich bin froh«, sagte Trace, »dass Sie mich auf dem Laufenden halten.«

Chester nickte und grinste reumütig; dann runzelte er die Stirn. »Vielleicht wäre es ganz gut, wenn Sie mit Ihren Berichten warteten, bis sich unsere Arbeit … endgültig als Erfolg oder Misserfolg erwiesen hat. Bevor Sie ein Urteil fällen.«

»Ich bin doch nicht hier, um Urteile zu fällen, Sir«, sagte Trace. »Ich dokumentiere nur.«

»Wie wahr, wie wahr«, sagte Chester. »Aber vielleicht müssen Sie unsere Schwierigkeiten ja noch nicht … dokumentieren … ich versuche mir nur die Welt vom Leibe zu halten, solange wir bei der Arbeit sind.«

Sie standen an der Reling und schauten aufs klare Wasser der Bucht. An Land auf dem Hügel machten sich die letzten Picknickgäste auf den Heimweg. *Die Welt*, dachte Jack Trace. Mein Gott, *die Welt* wartete auf sie.

»Ich appelliere viel zu oft an Ihre Diskretion oder Ihre Geduld oder Ihre Nachsicht, Mr. Trace. Ich sollte mich nicht dauernd in Situationen begeben, in denen ich solchen Entgegenkommens bedarf. Das würde Ihr Leben leichter machen.«

»Sir, im Augenblick ist mir mein eigenes Wohlbefinden herzlich egal. Sie haben mir die Möglichkeit gegeben, hier zu sein, an einem Unternehmen von größter Bedeutung teilzunehmen. Dieses Privileg wiegt vieles auf, sehr vieles.«

»Gut, Trace. Dann bin ich froh. Und dankbar.«

Die beiden Männer sahen einer Möwe nach, die mit einem Fisch im Schnabel in der Nähe ihres Ankerplatzes übers Wasser strich. Zwei weitere Vögel verfolgten sie. Die Möwe schrie ein paar Mal und verschwand hinter der Landzunge.

»Sir, haben Sie etwas von Ihrer Frau gehört?«

»Von meiner Frau, Mr. Trace?«

»Mir ist aufgefallen, dass Sie nicht an Ihre Frau telegraphiert haben, als wir gelandet sind. Ich habe mich gefragt, ob Sie inzwischen von ihr gehört haben.«

»Habe ich in der Tat, Mr. Trace. Die einzige telegraphische Botschaft, die es heute bis hierher geschafft hat. Den weiten Weg aus St. John's.« Er zog einen Zettel aus der Brusttasche. »Sie hat das Postschiff von Maine genommen, um mich zu treffen.«

»Aha. Gut«, sagte Trace. »Sie wird also zu uns stoßen?«

»Morgen.« Das Wort hing zwischen ihnen in der Dämmerung.

Trace grübelte einige Sekunden lang darüber nach, welche Richtung das Gespräch nun nehmen würde; dann gab er auf, räusperte sich und trat von einem Fuß auf den anderen.

»Sir«, begann er, »als Sie vorhin von Diskretion sprachen, kam mir etwas in den Sinn, was ich Ihnen erzählen sollte, glaube ich.«

Chester wandte sich Trace zu. Er stützte den Ellbogen auf die Reling. Trace knetete seine Finger und sah weiter aufs Wasser.

»Bevor wir England verließen«, sagte er, »erhielt ich eine Nachricht von einer Dame, die um meinen Beistand bat. Sie wünschte, dass ich ihr bei der Reisevorbereitung helfe. Sie brauchte jemanden, der ihre Fahrkarte buchen, ihr mit ihrem Frachtgut helfen, ihr bei der Abreise zur Seite stehen konnte. All das tat ich.«

Trace stockte. Ihm fiel ein, dass er das Gespräch mit einer Frage nach Ludlows Frau eingeleitet hatte. Was hatte er sich nur dabei gedacht?

»Und?«, fragte Chester.

»Nun ja, Sir, Sie kennen diese Dame. Beruflich, meine ich, Sir …«

»Beruflich?«

»Sie ist Künstlerin«, sagte Trace. »Musikerin …«

»Frau Lindt«, sagte Chester.

Trace nickte.

»Wo ist sie?«, fragte Chester.

»Sie hat mich weder gebeten, es Ihnen mitzuteilen, noch hat sie es mir untersagt«, antwortete Trace. »Ich bin also nicht ganz sicher, was ich tun soll. Vielleicht hätte ich gar nicht davon anfangen sollen.«

»Haben Sie aber. Und ich weiß Ihre Offenheit zu schätzen. Ich mache Ihnen keinen Vorwurf, Mr. Trace. Ganz und gar nicht. Wo ist sie?«

»Ich dachte eben oder vielmehr schon die ganze Zeit während der Überfahrt, dass Sie es wahrscheinlich gern wissen würden. Es hat sich nur bisher nie die Zeit für ein vertrauliches Gespräch …«

»Wo, Trace?«

»In New York, Sir.«

Ludlow wandte sich ab, um seine Gefühle vor Trace zu verbergen.

»Das jedenfalls«, sagte Trace, »ist der Hafen, den sie von Southampton aus angesteuert hat. Was ihre weiteren Pläne waren, kann ich nicht sagen.«

»Vielen Dank, Trace.«

Trace schürzte die Lippen und nickte. Er gab Chester die Telegraphennotiz zurück. Dann ging er, und während er übers Deck zum Niedergang schlurfte, fragte er sich, ob er die Etikette verletzt hatte, die ein Mann von Welt womöglich beachtet hätte. Er war einfach zu naiv, fand er. Ein naiver, keuscher Junggeselle mittleren Alters, der unbedarft durchs Leben stolperte. Er kam sich vor wie das Kabel selbst, das die ganze Zeit nutzlose Signale sandte und dabei fragte: *Wie ist der Empfang? Wie ist der Empfang?*

DER MITTELPUNKT DES UNIVERSUMS

J. Beaumol Spude war glücklich. Er hatte die ganze Welt eingewickelt, nämlich mit einem funktionierenden Kabel auf dem Grund des Atlantischen Ozeans. Jetzt kamen sie alle zu ihm gerannt, weil das Syndikat ihn berufen hatte, im Falle eines Erfolges die Feierlichkeiten auf amerikanischer Seite zu organisieren.

J. Beaumol Spude war nicht immer glücklich gewesen. Im Juni, als Field und Ludlow ihn nach Amerika vorausgeschickt hatten, um den Boden für ihre Ankunft zu bereiten, anstatt ihn mit an Bord der *Niagara* zu nehmen, hatte er vor Wut geschäumt.

»Sie wollen mich ausbooten«, hatte er geschimpft. Er fühlte sich als Opfer der Arroganz dieser Ostküstensnobs gegenüber einem Aufsteiger aus dem Westen.

»Ganz und gar nicht«, hatte Field entgegnet. »So Gott will, werden wir alle, Ludlow und ich, und auch Sie – mit diesem Unternehmen Erfolg haben, und wenn wir es schaffen, brauchen wir die größten Feierlichkeiten, die das Land je gesehen hat. Das wird gut fürs Geschäft. Ein großes Hallo ist eine gute Investition, es wird die Aufmerksamkeit auf das Kabel lenken, die Leute werden sich um Aktien reißen und viel Geld dafür bezahlen, Botschaften zu versenden.«

Spude sah ihn aus zusammengekniffenen Augen an. »Ihre Argumente gefallen mir«, sagte er widerwillig. Dennoch hatte er sich wieder einmal beiseitegeschoben gefühlt. Aber er hatte mit seinem Phantasmagorium schon einmal ihre Yankee-Haut gerettet, und jetzt würde er sie einfach völlig sprachlos machen, indem er ein ungeheures, ein sensationelles Spektakel lostrat, sobald sie in New York vor Anker gingen. Also hatte er ein Feuerwerk vorbereitet; Paraden, Kapellen, Armee und Bürgerverbände; er hatte mit den Stadtoberen und den Bezirksbossen über Massenaufmärsche und über »spontane Freudenausbrüche« verhandelt, die womöglich durch irische Arbeiter verstärkt werden konnten, sofern man ihnen an dem betreffenden Tag frei geben würde. Spude hatte ganze Arbeit geleistet. Es würde Bankette und Ansprachen geben, das Kabel würde größtmögliche Aufmerksamkeit bekommen. Das musste einfach zu guten Geschäften und Aktienverkäufen führen.

Als am 5. August in New York die Nachricht eintraf, das Kabel sei verlegt, führte sich die Stadt auf, als sei Spude der Mittelpunkt des Universums. Wirtschaftsmagnaten, Politiker und Verbandsvorsitzende bedrängten ihn und fragten, wann Field und Ludlow in New York einträfen. Sie alle wollten jeden, der irgendetwas mit dem Kabel zu tun hatte, empfangen, feiern, hofieren, am liebsten heiligsprechen. Jetzt war Spude wirklich glücklich. Er hätte vor Glück singen mögen, und genau das tat er dann auch an einem heißen Nachmittag am Ende der ersten Augustwoche.

The cable lies under the ocean ...

sang er zur Melodie von »My Bonnie«.

Er rief seinen Diener Agon Bailey in sein Büro, der ein Diktat aufnehmen sollte. Bailey hatte gerade nebenan Feuerwerksrechnungen unterzeichnet und kam wie üblich sofort hereingehumpelt, zog seinen Diktierblock heraus und ließ sich auf einen Stuhl fallen.

The cable lies under the sea ...

Spude trat hinter seinem Schreibtisch hervor und ging im Raum herum, umkreiste Bailey. Spude hatte ein kleines Büro in der Greenwich Street gemietet: zwei Räume im dritten Stock. Repräsentieren konnte er im Hauptquartier seiner Firma Amalgamated Beef in St. Louis oder in der Suite, die er in einem Hotel im feineren Teil Manhattans bezogen hatte. Das Büro in der Greenwich Street war sozusagen ein Außenposten. Ein Werkzeugschuppen für die Arbeit am Kabel während des Sommers. Er genoss die spartanischen Umstände. Er wusste, dass Bailey die beengten Verhältnisse und die funktionale Ausstattung – ein Schreibtisch, ein Stuhl, eine Lampe, sonst nichts – schwer zu schaffen machten, aber für ihn war es eine Art Rollenspiel: Hier war er ein aufstrebender Unternehmer in einem winzigen Büro, mit nur einem Gehilfen und einem Kopf voller Ideen. Durch das offene Fenster hörte er den üblichen Straßenlärm eines heißen Sommertages. Doch in der Ferne war auch eine Kapelle zu hören, vielleicht sogar zwei oder mehr ... wieder einer dieser spontanen Freudenausbrüche. Es schien, als müsse Spude sich nur zurücklehnen und die Dinge laufen lassen.

Er kam nicht davon ab, sich jetzt neue Verse zu einer populären Melodie auszudenken (noch dazu einer urheberrechtlich frei verfügbaren), sie Bailey zu diktieren, sie zum Drucker bringen und verkaufen zu lassen. Und schon bald würde man Spudes Liedchen zur Begleitung von Klavier und Harmonium in Salons auf beiden Seiten des Atlantiks singen. Spude ließ keine unternehmerische Gelegenheit aus: Er hatte die Kabelfabrik Newell & Son in England bereits beauftragt, ihm zehntausend sechs Zoll lange Stücke irgendeines Ausschusskabels zurechtzuschneiden – hervorragende Briefbeschwerer! Er hatte die Telegraphisten im New Yorker Büro angewiesen, jeden Papierschnipsel aufzubewahren, der irgendetwas mit einer Überseebotschaft zu tun haben könnte (wenn sie denn eintrafen). Diese Zettel würden gerahmt und verkauft werden.

The cable lies under the ocean ...

schmetterte Spude aus dem Fenster. Er hielt einen Moment inne, um sich inspirieren zu lassen, wedelte dann mit dem Finger in Richtung von Baileys Block und sang weiter ...

And Ludlow brought England to me!

Bailey sah Spude eine Spur zu lange an, bevor er die Augen senkte und den Vers aufschrieb. Spude wusste, dass Bailey Bedenken hatte.
»*Ludlow brought England*‹, Sir?«, fragte Bailey. »Ist der Vorsitzende des Syndikats nicht Mr. Field?«
»Mr. Field passt nicht ins Versmaß«, sagte Spude. »Außerdem werden sie alle Ludlow zu Füßen liegen. Wie beim Phantasmagorium. Das war allein Ludlow. Er sieht einfach gut aus. Der blonde Schwiegersohn. Das Bühnenidol. Schreiben Sie ›Ludlow‹.«
»Jawohl, Sir.«
Und Bailey schrieb »Ludlow«, während Spude fortfuhr:

Lud-low ... Lud-low ...
Ludlow brought England to me, to me ...

Er tanzte im Walzertakt im Büro herum und sang wie ein Operntenor, um Bailey zu ärgern, der das Lied nicht mochte.

Lud-low ...
Lud-low ...
Ludlow brought England to me.

Spude brach abrupt ab. Es war einfach zu heiß, und von der Straße drang zu viel Lärm herein. Es klang, als nähere sich eine Parade.

»Ich arbeite später weiter«, sagte Spude. »Jetzt gehe ich aus.«

»Und sind wann zurück?«, fragte Bailey.

»Gar nicht«, sagte Spude. »Heute nicht mehr. Und Sie haben den Rest des Tages frei. Amüsieren Sie sich. Wenn Sie das können.«

Bailey klappte mit einem lauten Seufzer seinen Diktierblock zu.

Als Spude auf die Straße trat, drängten ihn der Lärm, die Hitze und der Geruch der in der brütenden Sonne gebackenen Pferdeäpfel beinahe ins Haus zurück. Nicht bloß eine, sondern gleich zwei Blaskapellen marschierten auf der Greenwich Street nach Norden, und beide spielten verschiedene Stücke in unterschiedlichem Takt. So ging es in der Stadt – im ganzen Land! – ununterbrochen zu, seit vor achtundvierzig Stunden die Nachricht von der erfolgreichen Kabelverlegung eingetroffen war.

Ein paar hundert Menschen zogen mit den Kapellen, und die meisten jubelten in ihrem eigenen Rhythmus:

Das Ka-bel!
Das Ka-bel!

Schwarze und irische Jungs rannten in Kreisen und Achten um die marschierenden Kapellmeister herum. Zugpferde scheuten; eines bäumte sich über einer Gruppe betrunkener Männer in Schlachterschürzen auf, deren Grölen allerdings im allgemeinen Lärm unterging. Wenn Ludlow und Field bei ihrer Ankunft in New York eine Feier wollten, dann war dies doch schon mal ein hübsches Vorspiel.

»Herr Spude!«

Zuerst nahm Spude die Stimme nur als Teil der Kakophonie um ihn herum wahr. Doch als er sie endlich heraushörte – eine zugleich helle und energische Stimme, wie ein Silbermesser, das an ein Weinglas schlägt –, begriff er, dass die Dame, die mittlerweile ein wenig verzweifelt klang, ihn schon mehrmals gerufen haben musste.

»Herr Spude!«

Spude drehte sich um. Direkt gegenüber, jenseits der hüpfenden, jauchzenden Menge, die den Kapellen folgte, stand die Droschke, deren Pferd gescheut hatte. Der Kutscher war von seinem Sitz geklettert, um das Tier zu beruhigen. Aus dem Fenster des schwankenden Fahrzeugs winkte Frau Katerina Lindt.

»Du lieber Gott«, sagte Spude laut.

Er winkte heftig zurück, als säße sie weit draußen auf See in einem sinkenden Boot und nicht zwanzig Meter entfernt in einer Droschke. Sie stieß einen übertriebenen Seufzer aus und ließ die Schultern sinken, weil er sie endlich gehört hatte.

Es war gar nicht so leicht, die Straße zu überqueren. Die beiden Kapellen hatten an der Kreuzung der Greenwich- und der 14. Straße Halt gemacht und sich mit der sie begleitenden Menge auf ein gemeinsames Lied geeinigt: eine martialische Version eines Kirchenliedes im Viervierteltakt – den »Lobpreis«:

Lob, Ehr und Preis
in süßem Toooon!
Gott Vater hoch
im Himmelsthroooon!

Die Feiernden stauten sich hinter den Kapellen und verstopften die Straße. Spude ruderte durch die Menschenmasse und versuchte dabei Frau Lindts Kutsche im Auge zu behalten.

Als Spude die Droschke erreichte, griff er nach deren Fensterrahmen wie nach einem Rettungsring.

»Frau Lindt, was machen Sie …?« Er war erschrocken darüber, wie sehr er außer Atem geraten war.

»Ich habe Sie gesucht«, sagte Katerina.

Der heiligen Dreifaltigkeit …

»Mich?«

»Ja!« Auch sie musste fast schreien. Die Parade setzte sich wieder in nördlicher Richtung in Bewegung. Spude wurde angerempelt und klammerte sich fester an die Kutsche. Der Droschkenkutscher schrie die Leute an, sie sollten Platz machen für sein nervöses Pferd.

»Ich muss mit Ihnen sprechen, wenn ich darf!«, rief Frau Lindt direkt in sein Ohr. Er dachte daran, dass ihm der Barbier schon viel zu lange nicht mehr die Haare im Ohr entfernt hatte. Er zuckte zusammen und wandte sich rasch ab. Sie schien nichts bemerkt zu haben, wohl weil sie sich nur auf das konzentrierte, was sie ihm zu sagen hatte. Sie rutschte auf ihrem Lederpolster zur Seite und bat ihn einzusteigen.

Sei Lob und Preis in E-ewigkeeiiit!

»Wenn wir ein ruhiges Plätzchen finden könnten …«, sagte sie.

FRAU LINDTS LAGE

Ein Kirchhof war nicht gerade das Plätzchen, das Katerina Lindt sich vorgestellt hatte. In letzter Zeit hatte sie des Öfteren aufs Mittagessen verzichtet – eine Sparmaßnahme –, und sie hatte mit dem Gedanken gespielt, dass Herr Spude sie vielleicht zum Essen einladen könnte. Es war allerdings schon weit nach Mittag, und außerdem hatte er gesagt, er sei bereits ein wenig spät dran für eine Verabredung in St. Paul's mit einem »Herrn von der Geistlichkeit«. Ob sie ihn nicht begleiten wolle, dann könnten sie sich auf der Fahrt unterhalten. Sehr schön, hatte sie gesagt und gespürt, wie sich ihr Magen zusammenzog und ihr für einen Moment schwummerig wurde. Es wäre ihr ein Vergnügen.

Als Spude in die Kutsche stieg und dem Fahrer das neue Fahrtziel zurief, wurde Katerina klar, dass sie zum ersten Mal seit Wochen wieder in Begleitung war. Ein Herr gab an ihrer Stelle Anweisungen. Das letzte Mal war das in Southampton geschehen, als der Zeichenkünstler ihr bei der Flucht geholfen hatte – nein, bei der Abreise. Die Dankbarkeit, die sie jetzt empfand, machte sie schwindeln, und sie musste sich zusammenreißen, um Haltung zu bewahren.

Auf der kurzen Fahrt zur Kirche redete Spude unablässig über die Feierlichkeiten und den »unfassbaren, schieren Wahnsinn«, was die Reaktion auf Chesters Kabelerfolg anging. Und er betonte, dass es Chesters Erfolg war. Vielleicht wollte er ihr auf diese Weise bedeuten, dachte sie, dass er über Chester und sie Bescheid wusste und über den Grund ihrer Anwesenheit in Amerika.

Als sie schließlich vor der Kirche in Manhattan anhielten, versiegte Spudes Redefluss. Er schien sogar einen Moment lang verwirrt, weil er nicht wusste, was er mit ihr anfangen sollte, während er sich mit dem Geistlichen traf: Sie in der Kutsche warten lassen? Sie mit hineinnehmen? Sie dem Kirchenmann vorstellen?

»Sie sagten doch, das Treffen würde Sie nur kurz in Anspruch nehmen?«, fragte sie.

»Aber ja«, antwortete er. »Ich muss nur ein paar Ideen mit dem Reverend besprechen, für das Gebet im Gottesdienst heute Abend. Zehn, höchstens fünfzehn Minuten.«

»Dann kann ich doch im Garten spazieren gehen«, sagte Katerina. »Solange Sie beschäftigt sind.«

»Hervorragend!«, sagte Spude, und seine Augen leuchteten. Plötzlich fiel Katerina ein, wie viel Spaß die Arbeit mit diesem fröhlichen Kerl gemacht hatte, mit diesem amerikanischen Schausteller, halb Millionär und halb Hochstapler, der sich das Phantasmagorium ausgedacht und der letztlich sie und Chester Ludlow zusammengebracht hatte.

»Ich bin gleich zurück«, rief Spude.

Er sagte dem Kutscher, dass er warten solle, und ließ sie im Schatten eines Ahorns im Kirchhof stehen. Sie schlenderte einen Kiesweg hinunter. In der Nähe standen einfache Grabmäler aus Sandstein. Ihr Hunger ließ sie daran denken, dass sie wie das dunkle, feste Brot in den Kitzbüheler Alpen aussahen, wo sie zu Beginn ihrer Ehe mit Joachim gelebt hatte. Der Gedanke an diese frühen Jahre überraschte sie, ebenso wie die Zärtlichkeit, die sie für Joachim empfand. Für seine Kunst. Für seine fast komischen Anwandlungen. Für seine Verschrobenheiten: die Abwasserkanäle, das Laufen, das Phantasmagorium. Doch das war nur die wunderliche Seite seines Charakters, der auch eine dunklere Seite besaß, die sie, das musste sie zugeben, durchaus gefürchtet hatte.

»Da bin ich wieder!«

Spude stand neben ihr. Er sagte, der Pfarrer und er hätten die abendliche Andacht »in null Komma nichts« durchgesprochen.

»Und dann fragt mich doch der Hundesohn, ob ich mit ihm beten wolle. *Beten.* Wir haben Gott für das Kabel und für Ludlow und Field und das gute Wetter und die ruhige See und für die Elektrizität und ich weiß nicht für was noch alles gedankt.« Spude schüttelte amüsiert den Kopf. Er musterte die schmiedeeisernen Spitzen des Zauns, der den Garten umfriedete und von den industriellen Backsteingebäuden und den Mietshäusern aus Sandstein mit Mansardendächern auf der gegenüberliegenden Straßenseite trennte. »Hat mich allerdings beruhigt. Tun Gebete immer. Beruhigen. Aber wozu sie sonst noch nütze sein sollen heutzutage, weiß ich beim besten Willen nicht, und ich wette, dass das Beten aussterben wird. Aber«, und damit richtete er sich auf, streckte die Arme, wandte sich zu ihr und legte die Handflächen zusammen, als sei sie seine Herrin und er ihr eingeborener Diener, »meine liebe Frau Lindt. Was tun Sie hier? In New York? In Amerika? Als wüsste ich es nicht selbst.«

Sie drehten ein paar Runden um den Garten. Katerina war sich nicht sicher, ob der Hunger sie nicht übermannen würde, aber als sie erst einmal zu reden anfing, nahm ihre eigene Geschichte sie gefangen. So diskret wie möglich versuchte sie, ihre Lage und den Stand der Dinge zwischen ihr und ihrem Mann zu erklären; wie sie allein aufgebrochen war; dass sie zwar über einige, aber nicht über unbegrenzte Mittel verfüge; dass sie sicher wieder auftreten könnte, wenn sie nur Unterstützung bekäme: vielleicht ein paar Konzerte, eine Tournee, alles sei besser als Klavierstunden geben oder die Pedale einer keuchenden, modrigen alten Kirchenorgel treten zu müssen, bis …

»Bis Ludlow sich um Sie kümmert?«, fragte Spude. Die Frage hätte bissig klingen können angesichts ihrer unschicklichen Lage, aber Spude äußerte sie ganz zart.

»Herr Spude«, sagte Katerina. »Ich kann Ihnen meine Gefühle nicht verheimlichen … und ebenso wenig meine Vergangenheit mit Chester Ludlow. Dennoch muss ich immer daran denken, darf ich nie vergessen, dass ich eine alleinstehende Frau bin, so gut wie unverheiratet. Weder Sie noch ich wissen, was die Zukunft für Chester Ludlow bringen wird. Ich hege natürlich Hoffnungen, aber …«, sie rang unwillkürlich um Atem, »ich muss mich um meine musikalische Karriere kümmern. Jedenfalls im Moment.«

»Ich glaube, ich verstehe Sie«, sagte Spude. »Aber verflixt – wenn Chester ankommt, das ganze Spektakel ums Kabel ein bisschen abgeklungen ist, könnten wir doch wieder mit dem Phantasmagorium loslegen. Wie wäre das?«

Sie sah wohl erschrocken aus, denn Spude lachte schnell und sagte: »War nur ein Scherz. Ein *Scherz*. Ich weiß, dass Sie ganz bestimmt nicht *dahin* zurückwollen.«

Doch als sie seinen Vorschlag hörte, hatte sie sich eigentlich sofort genau das gewünscht. Jedenfalls von ganzem Herzen, während ihr Kopf genauso unvermittelt »unmöglich« sagte. Die Zeiten waren vorbei, endgültig!

Sie rang sich ein zitterndes Lachen ab und setzte sich auf eine Steinbank.

»Ich weiß schon«, sagte Spude, »Sie meinten Ihre *ernsthafte* Musik.«

»Natürlich«, sagte Katerina.

»Na ja«, begann Spude gedehnt, »schon eine interessante Herausforderung. Wie wäre es ...« Und dann schlug er vor, sie am Abend mit auf die Willkommensfeier für den Telegraphen im Rathaus zu nehmen, und wenn er ihr auch nicht sofort ein Engagement verschaffen könne, so doch die nötigen Kontakte, die ihr einen Auftritt ermöglichen würden.

»Machen Sie sich bloß keine Sorgen«, sagte Spude. Er hob die Hand und ließ sie wieder sinken. Sie fürchtete, er könnte sie womöglich auf ihre legen. Doch seine Hand senkte sich auf die Steinbank wie ein Hammer, der ein Abstimmungsergebnis besiegelt.

»Heute Abend werden wir genau die richtigen Leute treffen!«

NEW YORK LEUCHTET

Sie fühlten sich wie am Rande eines Volksaufstands. Zuerst sahen sie aus ihrem Kutschenfenster verstreute Gruppen rennender Männer und Jungen. Als sie sich der St. Paul's Chapel näherten, wurde der Strom der Menschen und Wagen zunehmend dichter. Tausende drängten auf die Kirche zu.

Als sie um die Ecke bogen, erblickte sie ein Meer aus Hüten, Hauben und Mützen, Wimpeln und Flaggen, darunter die Federbüsche der Kapellmeister und die flachen Kappen der Musiker. Mehrere Blocks weit war die Straße verstopft, und eine Flut von Menschen strudelte um Dutzende Kutschen und Droschken. Spude konnte schließlich zwei Polizisten davon überzeugen, dass er tatsächlich J. Beaumol Spude sei, der Organisator der abendlichen Veranstaltungen, und dass sie seinem Fahrer einen Weg durch die Menge bahnen müssten.

In der Kirche saßen sie in der ersten Reihe. Sie hatte erwartet, dass sie den Abend als Spudes Begleiterin erleben würde, aber nicht, dass er – und damit auch sie – derartig im Mittelpunkt des Geschehens stünde. Von allen Seiten nickten, winkten und grüßten die Leute. Die ausgelassene Stimmung in der Kirche schien ihr fast ungehörig. Männer lachten laut und klopften sich auf die Schultern. Diese Männer, begriff Katerina, würden vom Erfolg des Kabels am meisten profitieren: Es handelte sich um die Spitzen der New Yorker Kaufmannschaft. Es hätte Katerina nicht überrascht, wenn sie sich Zigarren angesteckt hätten. Die Damen in ihrer Begleitung plauderten mit ihren Banknachbarn. Manche legten gar lässig einen Arm über die Rückenlehne, schwatzten und lachten mit den Damen hinter ihnen. Die ganze Kirche war erfüllt von Überschwang, und Katerina dachte, dass Chester Ludlow all dies bewirkt hatte. Auch wenn er nicht anwesend war: Ohne ihn wäre auch sonst niemand hier.

Katerina konnte sich später nicht mehr an die Worte des Pfarrers erinnern. Die Menge in der Kirche schwieg zwar während des Segens und der Fürbitte, aber der Lärm der Musikkapellen und Feuerwerkskörper draußen machte es fast unmöglich, den Sätzen des Geistlichen zu folgen. Es wurden Gebete gesprochen, ein Kirchenlied wurde gesungen und es wurde aus der Heiligen Schrift gelesen – aus den Psalmen: »Ihre Schnur gehet aus in alle Lande, und ihre Rede an der Welt Ende«, und aus Hiob: »Kannst du die Blitze aussenden, dass sie hinfahren und sprechen zu dir: ›Hier sind wir‹?« Dann mussten sie sich wieder durch die Masse nach draußen drängen.

»Das ist alles viel größer als erwartet«, sagte Spude, als sie in der Menschenflut die Stufen hinabgespült wurden. »Mit der Kutsche schaffen wir es nicht. Wenn wir zum Rathaus wollen, müssen wir laufen. Was meinen Sie?«

Das Fieber der Begeisterung war ansteckend.

»Unsere Freunde haben ein Kabel quer über Atlantik gelegt, mein lieber Herr Beau. Da kann ich doch wohl ein paar Blocks zu Fuß gehen. Wie weit?«

»Zehn Blocks.«

»Zehn? Gehen wir!«

Und damit hakte sie sich bei Spude unter und schritt vor der Menge her, unter einem Transparent mit der Aufschrift »*DAS KABEL VERBINDET NEW YORK MIT DEM REST DER WELT!*«, inmitten der Würdenträger – dem schneidigen Bürgermeister Wood mit seinem Schnauzbart, mehreren Stadträten, Bezirksvorstehern, Bankiers, Bischöfen – bis zum Rathaus.

Spude war wunschlos glücklich. Er hatte sich ausgemalt, dass die Paraden immer mehr Feiernde aufnehmen, die Feier auf die Straße tragen und am Ende die ganze Stadt mitreißen würden. Und genauso geschah es.

Auch das Wetter spielte mit. Es war zwar heiß, aber die Dämmerung brachte Kühlung in die Stadt. Aus Long Island war telegraphiert worden, dass die *Niagara* sich zwar langsam, aber stetig dem Hafen von New York nähere; und dass die Besatzung immer noch hoffe, mit dem Abendhochwasser einlaufen zu können.

Vor dem Rathaus nahmen Spude und Katerina auf einer flaggenbehängten Bühne Platz. Niemand konnte sich der Schwindel erregenden Begeisterung entziehen; auch die Honoratioren schienen dem allgemeinen Delirium anheimzufallen. Glücklich, geehrt und beinah beschwipst vor Freude, diesen Menschenstrom anführen zu dürfen, ergingen sie sich in überschwänglichen und überflüssigen gegenseitigen Gratulationen, doch vor allem lobten sie Spude.

Es wurden einige Ansprachen gehalten, und dann trat ein Mann im Cut nach vorn, vielleicht der Bürgermeister, Katerina konnte ihn von ihrem Platz aus nicht erkennen. Der Mann stellte Spude vor, und Spude federte von seinem Sitz empor, als hätte man ihn zur Rednertribüne katapultiert. Er winkte mit seinem Zylinder. Die Menge schwenkte als Antwort Hüte und Flaggen.

»Meine Damen und Herren!«, rief Spude. Er war rot angelaufen und jetzt schon heiser. Es würde schwierig werden, sich Gehör zu verschaffen, denn die Menschen machten keine Anstalten, sich zu beruhigen.

»Damen und Herren!«, schrie Spude noch einmal, und die Menge antwortete abermals mit Begeisterungsschreien.

»Ka-bel! Ka-bel! Ka-bel!« Der Ruf erhob sich an mehreren Stellen über den allgemeinen Lärm der Menge, die sich vor dem Rathaus über drei Blocks in die Breite und doppelt so weit in die Länge erstreckte.

»Ja!«, gellte Spude. »Das Kabel hat gesiegt!«

Jubel. »Ka-bel! Ka-bel! Ka-bel!«

»Und wenn«, schrie Spude, »wenn zukünftige Generationen auf

diesen Tag zurückblicken, dann mögen sie dem Allmächtigen dafür danken, dass er eine Welt erschaffen hat, in der eine solche Meisterleistung vollbracht werden konnte. Sie mögen ihm danken, doch sie werden auch die von Gott verliehene Tapferkeit, Klugheit und Ausdauer der Männer preisen, die sie vollbracht haben! Der Männer, die wir heute Abend willkommen heißen und an unsere Brust drücken wollen! Denn mir wurde berichtet! Per Telegraph! Mir wurde berichtet, dass die *Niagara* auf den Hafen von New York zuläuft! In diesem Moment! Lasst uns alle dorthin eilen! Lasst sie uns dort begrüßen!«

Die Menge war außer sich vor Begeisterung. In diesem Augenblick wurden – auf ein vereinbartes Signal von Spude hin – auf den umliegenden Dächern Raketen und Feuerwerkskörper gezündet. Phosphorkaskaden in allen Farben erleuchteten den Nachthimmel. Alle Kapellen – auf der Bühne und in den umliegenden Straßen – begannen aufzuspielen.

»Ich hatte eine längere Rede vorbereitet«, rief Spude den Honoratioren auf der Tribüne hinter ihm zu, »aber ich merke, ich kann sie nicht länger zurückhalten!«

Die Menschen vor der Bühne tanzten. Der Bürgermeister selbst lief zum Rand der Tribüne und riss das Sternenbanner aus der Halterung. Mit der Flagge schritt er über die Bühne zu Spude und übergab sie dem Zeremonienmeister.

»Führen Sie uns, Spude! Wir werden Ihnen folgen!«, rief er.

Spude hielt die wehende Fahne; sie wischte über sein Gesicht und schlug ihm den Zylinder vom Kopf. Er suchte Frau Lindts Hand. Vielleicht hätte er sie auch gefunden, wenn nicht irgendjemand – ein Zuschauer vor der Bühne, ein Kind am Fenster gegenüber, eine Frau weiter hinten – einen Ruf hätte erschallen lassen, der wie ein Stromstoß durch die Menge fuhr: ein Alarmsignal.

»Mein Gott!«, schrie jemand. »Feuer!«

Hände schossen in die Luft und zeigten über die Bühne auf die Spitze des Rathauses. Die Menge wich instinktiv zurück.

»Das Feuerwerk!«, riefen andere. »Stoppt das Feuerwerk!«

Eine grüne Funkenwolke breitete sich über dem südlichen Manhattan aus, dann eine gelbe, schließlich in der Mitte mit verspätetem Kanonenknall eine blauweiße Kugel.

»*Stoppt das Feuerwerk!*«

Eine der Raketen hatte das Rathausdach in Brand gesetzt. Flammen züngelten über die Brüstung, und sogar die Würdenträger auf der Bühne konnten die Gefahr alsbald deutlich erkennen. Die Menge brandete vom Podium zurück wie ablaufendes Wasser, das irgendwelches Treibgut zurücklässt: Flaggen, Banner, Hüte.

Menschen begannen zu weinen. Man rief nach der Feuerwehr. Nach Hilfe. Man schrie, das Rathaus, ja die ganze Stadt sei in Brand geraten. Das Feuerwerk hörte endlich auf, doch jetzt wurde der Himmel vom wogenden Flammenschein des brennenden Dachs erleuchtet. Die Kirchenglocken läuteten, und schon versuchten die nervösen Zugpferde der Feuerwehren, zum Regierungssitz der Stadt durchzudringen.

Katerina und Spude wurden bald getrennt. Sie sollten einander in dieser Nacht nicht mehr wiederfinden. Katerina lief den ganzen Weg zu ihrem Hotel am Rand von Gramercy, durchnässt von Löschwasser und durchgeschüttelt von der Menge. Spude blieb beim Rathaus, um die Feuerwehren zu unterstützen, die sich jedoch zunächst darum stritten, wer von ihnen das Feuer bekämpfen dürfe, bevor sie endlich mit den Löscharbeiten begannen. Spude war zu alt und zu dick, um eine Hilfe zu sein, und da die Polizisten ihn auf Distanz hielten, weil sie ihn nicht als Organisator der Festivitäten erkannten, blieb ihm nichts anderes übrig, als hinter den Absperrungen zu bleiben und von dort aus mit der Menge zuzuschauen.

Das Rathaus überstand den Brand. Genügend Löschwagen trafen ein, und aus der Menge bildeten sich ausreichend Löschketten, um das Gebäude zu retten und den Schaden auf einen Teil des Daches zu beschränken.

Doch im Mittelpunkt des Abends stand nicht länger die Feier des transatlantischen Telegraphen. Als alles vorbei war, lag Katerina längst schmutzig und erschöpft in ihrem Hotelzimmer und schlief, und J. Beaumol Spude war klitschnass, rußverschmiert und am Ende seiner Kräfte bis hinunter zur Battery gelaufen – die geplante Route der Parade, die nicht stattgefunden hatte –, und dort sah er, im ersten Licht der Morgenröte, die *Niagara* vor Anker liegen, die einsam und vergeblich ihren triumphalen Empfang erwartete.

Kapitel 16

Der aufstrebende Ingenieur

New York, September 1858

Raum und Zeit verschwinden

Das Plakat war überholt. Die Vorstellung längst vorbei. Es war umrahmt von denselben barocken Schnörkeln, die auch die Ankündigungen eines P. T. Barnum und seiner Merkwürdigkeiten zierten, doch es war kein Werbeblatt für Barnum. Das attraktive, exotisch wirkende Profil in der Mitte des Plakats hatte eine orientalische, osteuropäische oder gar polynesische Aura. Der Anschlag hing einsam an einem Holzzaun mit dem Vermerk »Plakatieren verboten«, der eine Baustelle am östlichen Rand von Greenwich Village bezeichnete. Eine Gaslaterne an der Straßenecke sorgte für vorteilhafte Beleuchtung, sodass man das Plakat noch vom Broadway sehen konnte. Der Droschkenkutscher, der es im Nieselregen anstarrte, fragte sich, was es wohl damit auf sich hatte. Er hatte noch kein anderes Plakat dieser Art gesehen, er kannte das Gesicht nicht, und er hatte noch nie von dem Theater gehört, das als Veranstaltungsort angegeben war. Das Plakat ergab keinen Sinn. Dennoch hatte es offenkundig das Interesse seines Fahrgastes geweckt. Die Dame hatte ihn gebeten, anzuhalten und die Droschke zurückzusetzen, damit sie den Zaun besser sehen könne.

Franny Ludlow hatte den Kutscher angewiesen zu halten, als sie das dunkle Antlitz des Dr. Zephaniah Hermes aus dem Abendnebel auftauchen sah. Beim Anblick seines Gesichts im bleichen Lichtkegel kam ihr der Gedanke, der Doktor habe gerade in diesem Moment, in dieser feuchten, schlecht beleuchteten Straße von Manhattan Gestalt angenommen, und während sie darüber

410

nachdachte – sie dachte nun schon ein paar Minuten darüber nach, was den Kutscher ungeduldig werden ließ –, fiel ihr auf, wie neu das Plakat wirkte. Es war zwar überholt, denn Dr. Zephaniah Hermes' Auftritt in New York sollte schon vor drei Wochen stattgefunden haben. Dennoch sah das Plakat aus, als wäre es erst kürzlich aufgehängt worden, nur für Franny.

Es kündigte Dr. Hermes und sein wundersames Spiritoskop an. New York wurde als »zentrale Stadt am östlichen Rand und in erstklassiger Lage im elektromagnetischen Feld« gepriesen. Die Übertreibungen und Ankündigungen waren noch großspuriger als auf den Plakaten in Portland. Aber Portland war eben nicht New York.

Beim Anblick des Plakats in der Dämmerung des Septemberabends hatte Franny das Gefühl, in einem Netz gefangen zu sein, das sich um sie zusammenzog. Vielleicht im Netz ihrer Gefühle; oder im Netz der Zeit; oder vielleicht sogar im Netz des Raums. Die ganze Woche über hatte sie Chester in seinen Ansprachen davon reden hören. »Raum und Zeit werden sich mit der Ankunft des Atlantischen Telegraphen zusammenziehen und schließlich verschwinden«, hatte er bei jedem Empfang, Bankett, Abendessen, Fest und Konvent geäußert, die seit ihrem Eintreffen in New York ihre Tage und Nächte bestimmten. Wahrscheinlich schickte er sich gerade in diesem Moment im *Metropolitan Hotel* an, diese Worte abermals zum Besten zu geben. Sie hatte sich den ganzen Tag zurückgezogen, war der Parade am Nachmittag wegen »Unpässlichkeit« ferngeblieben; sie wollte nur allein sein, und Chester war ohne sie gegangen. Heute Abend nun sollte die Abschlussfeier zum Erfolg des Kabelunternehmens stattfinden, und sie saß hier und starrte ein Plakat von Dr. Hermes an, das direkt, womöglich ausschließlich zu ihr zu sprechen schien.

Seit sie in Bull's Arm das Deck der *Niagara* betreten hatte, gab es zwischen ihr und Chester leichte Spannungen. Sie war Chesters Anweisung gefolgt, nach Neufundland zu fahren, und hatte dort über einen Monat auf ihn gewartet. Sie hatte sich in einem zugigen Hafenhotel eingemietet und wie eine Fischersfrau jeden Tag den Horizont abgesucht.

Sie hatte vom Kabelbruch erfahren, von der Rückkehr der Expedition nach England, vom zweiten Versuch. Schließlich war Chester im Triumph angekommen, und sie war mit der Kutsche von

St. John's nach Bull's Arm gefahren, um ihn zu sehen. Er hatte an der Reling der *Niagara* gestanden und sie in Empfang genommen, als die Matrosen ihr aus der Pinasse die Jakobsleiter hinaufhalfen.

Dort hatte er gestanden, ritterlich lächelnd, mit ausgestreckten Händen. Doch als er ihr an Bord half und sie unter dem Applaus der Mannschaft umarmte, wirkte seine Berührung hölzern und kalt. Sehr schnell bemerkte sie, dass alles, was Chester jetzt tat, ob er Fremden gegenüber grüßend den Hut zog, ob er einem Kind zuwinkte oder ob er seine Frau umarmte, von der Öffentlichkeit beobachtet und beurteilt wurde. Er war schließlich der Ingenieur, der den atlantischen Telegraphen entwickelt und verlegt hatte. Jede seiner Bewegungen und Gesten war von Bedeutung. Zuerst kam Franny diese absolute Aufmerksamkeit lediglich seltsam vor, sie erinnerte sie an ihre Tage am Theater, als Männer sie um eine Haarlocke oder ein Taschentuch baten. Doch bald schon begann sie diese Anbetung ihres Gatten zu stören. Sie war nicht eifersüchtig; es war eher eine Frage des Gleichgewichts. Es irritierte sie. Chester und sie bewegten sich wie in Luftblasen, in denen zu wenig Sauerstoff zum Atmen geblieben war. Und Chester hatte sich verändert. Überall, wo Franny mit ihm hinging, war es genauso wie anderswo, Zeit und Raum schienen zu verschwinden, sein Leben spielte sich jetzt hinter einer Art Milchglas ab, durch das sie ihn zu erkennen versuchte, so wie sie den Geist der kleinen Betty zu sehen versucht hatte, doch Chester war ihrem Blick und ihrer Berührung entrückt, enthoben. Dies war nicht der Chester, den sie kennengelernt hatte, der solide Mann, der alles tun und erreichen konnte, der vor Ehrgeiz und Leidenschaft für sie brannte, der glaubte, er könne die Kontinente verbinden – und der doch jetzt, da er es vollbracht hatte, wie … ja, wie abgeschnitten wirkte.

Wenn er nicht mit dem Kabel beschäftigt war, hatte er sich höflich, sogar bemüht gezeigt, die ganze Woche über, die sie in Bull's Arm vor Anker lagen, wie auch auf der Fahrt nach New York; doch diese Augenblicke waren selten. Er war erfüllt, mehr noch: besessen vom Kabel und von seiner Zukunft.

Am Abend ihrer Ankunft hatte sie schweigend im letzten Licht des Tages mit ihm an Deck gestanden und die Flaggen gesehen, die an der Battery und am gedrungenen Turm des Castle Garden im Wind flatterten. Der Zeichenkünstler, der schwerfällige Brite mit dem dichten Haarschopf und den rasch errötenden Wangen, war in der Nähe gewesen. Sie hatte seine Gesellschaft im Laufe der Fahrt zu schätzen gelernt. Er war eine Art keuscher Trost dafür, dass sie sich Chester so fern fühlte. Sie hatte mit Jack Trace auf der Ladeluke der *Niagara* gesessen, wo er sie porträtiert hatte, und sie hatte eine Nacht lang mit ihm Wache gehalten, als sie die fichtenbestandene Halbinsel umschifften, auf der Willing Mind lag. Nirgendwo waren Lichter zu erkennen gewesen. Chester war nicht an Deck gekommen. Er hatte in seiner Kabine Berechnungen vorgenommen. Aber Mr. Trace hatte bei ihr gesessen und ergriffen gelauscht, als sie ihm ihr Zuhause beschrieb und versuchte, seinem Künstlerblick die Schönheit des Sommerlichtes und die Klarheit der Gedanken zu schildern, die sie an guten Tagen dort durchströmten. Danach hatte sich der freundliche Mr. Trace – sie hatte ihn sogar einmal so genannt – schweigend die Geschichte ihrer Tochter Betty angehört. Sie hatten sich beide nicht gerührt, als sie in Schweigen versank und insgeheim versuchte, Bettys verlorene Seele zu spüren oder zu sehen oder irgendwie zu berühren, während das Schiff durch die Nacht fuhr.

Sie hatten alle drei – sie, Chester und Mr. Trace – im Hafen von New York an der Reling gestanden und die Stadt betrachtet, als das Feuerwerk begann. Der Himmel leuchtete orangerot.

»Da hat man aber eine anständige Willkommensfeier für Sie organisiert«, hatte Trace bemerkt.

Doch Chester hatte nicht geantwortet. Sie hatten also zu dritt in unbehaglichem Schweigen den Triumph genossen, und Franny schien es, als ob aus der Ferne Alarmglocken übers Wasser gellten.

Nun betrachtete sie aus ihrer Kutsche heraus das Plakat, und in ihr wuchs die Überzeugung, dass es von besonderer Bedeutung für sie sein musste. Sie hatte das seltsam bestimmte Gefühl, das Porträt führe sie weg von ihrem abendlichen Termin. Sie wusste nicht, wohin, aber es schien ihr unmissverständlich zu bedeuten, dass sie woanders sein sollte. Dann flog ihr ein Bild zu, schwebte im dunklen Kutscheninneren vor ihren Augen: ein leerer Stuhl. Auf dem Podium. *Ihr* Stuhl bei der Feier; bei der Feier, die jeden Moment beginnen würde und zu der sie jetzt eilen sollte; bei der Feier, die in ebendiesem Augenblick begann, während sie das Plakat betrachtete, der Kutscher verwirrt wartete, das Pferd sich im Geschirr schüttelte.

Die Feier, bei der Chester sich zur Ansprache erhob, ihr Stuhl neben ihm leer … Sie konnte es alles sehen.

Chester hat den Saal betreten und arbeitet sich langsam durch die drangvolle Enge nach vorn – Blumengebinde, Tische, umherhastende Kellner, erhitzte, erregte Gratulanten, die sich von ihren Stühlen erheben und ihm applaudieren, nach ihm greifen, als er sich bis zum Tisch an der Stirnseite des Saals durchschlägt, wo Cyrus Field, Bürgermeister Wood, mehrere städtische Honoratioren, Peter Cooper, die Mitglieder des Syndikatdirektoriums und J. Beaumol Spude bereits Platz genommen haben. Letzterer, in seiner Funktion als Conferencier, hat ihn gerade vorgestellt – ihn hatte er sich bis zuletzt aufgehoben – und als »den aufstrebenden Ingenieur« bezeichnet, der »uns überzeugt hat, dass es zu schaffen sei, der uns gezeigt hat, wie es zu schaffen sei, und der es, bei Gott, auch geschafft hat«.

Chester hatte sich zuvor in einem benachbarten Raum aufgehalten, einem eigens eingerichteten Telegraphenzimmer mit direkter Verbindung nach Trinity Bay und von dort nach Irland und Europa. Die Telegraphisten hatten besorgt mit ihm diskutiert. Als der Applaus im Ballsaal losbrach, musste Chester gehen.

Die Ovationen waren von solcher Lautstärke, dass man sich fragen könnte, welchen Schaden solch ein Lärm wohl den zierlichen Stuckornamenten und den kristallenen Leuchtern zufügen könnte. Sogar das sieben Meter lange Modell der *Niagara*, das in der Mitte des Saals aufgestellt worden ist, scheint in dieser unsichtbaren Brandung zu schwanken.

Chester drängt sich allein zum Podium, weil Franny nicht da ist. Er schiebt sich zu seinem Stuhl in der Mitte des fahnengeschmückten Tisches mit dem riesigen Blumenarrangement, dem Bleikristall und Silberbesteck. In seiner Abendgarderobe sieht er prächtig aus; sein Gesicht glüht vor Aufregung, aber auch von den Wochen auf See, die sein ohnehin helles Haar in flachsblonde Wellen gebleicht hat. Seine Brillengläser blitzen, als sendeten sie Signale aus: Schaut auf diesen Mann, seine Präsenz, seine Brillanz. Aller Augen ruhen auf ihm, als er die Reihe der Honoratioren abschreitet, ihre Hände schüttelt, die ihrer Frauen küsst. Der Applaus hält unvermindert an. Chester dankt dem Bürgermeister, schüttelt Cyrus Field die Hand und legt ihm die andere auf die Schulter, eine Geste, die dieser erwidert. Diesen Augenblick hält Jack Trace für die morgige Titelseite des *Express* fest.

Die allgemeine Erregung reißt Chester mit und überlagert den Schock über die Nachricht von seiner Frau. Doch bald wird ihn ein neuer Schock treffen, nachdem nämlich J. Beaumol Spude von der kleinen Rednertribüne in der Mitte des Tisches zu ihm getreten ist und ihm lange genug seine Hand geschüttelt hat. Chester lacht über eine Bemerkung Spudes - *hören* kann sowieso niemand etwas in diesem Lärm, alles ist nur eine Art Pantomime von Beglückwünschungen und Danksagungen. Der Schock wartet hinter dem rundlichen Conferencier, denn als der beiseitetritt, bietet ihm Frau Katerina Lindt ihre reizende Hand zum Kuss dar.

»Fahrer!«, rief Franny aus der Kutsche. Keine Antwort. Franny musste noch einmal rufen.

»Ma'am?« Er war eingenickt.

»Könnten Sie mir wohl«, sie lehnte sich aus dem Kutschenfenster, »könnten Sie mir wohl das Plakat dort am Zaun bringen? Sicher lässt es sich leicht herunterreißen.«

Franny hörte das Murren des Mannes und spürte, wie die Droschke schwankte, als er vom Kutschbock stieg. Er löste das Plakat vorsichtig von der Wand, nachdem er sich nach allen Seiten umgesehen hatte. Er reichte es ihr lose zusammengerollt durchs Fenster.

»Entschuldigen Sie, Ma'am«, sagte der Fahrer. »Sie hatten doch gebeten, bis acht Uhr im Metropolitan zu sein. Jetzt ist es schon nach neun.«

»Ich weiß«, sagte Franny leise.

»Soll ich also weiterfahren?«

»Nein. Bleiben Sie hier«, sagte Franny. »Ich gebe Ihnen schon Bescheid.«

Der Fahrer nickte, wobei der Regen, der sich auf seinem Hut gesammelt hatte, in einem dünnen Strahl über die Krempe rann. Er schwang sich mit dumpfem Gepolter wieder auf den Bock.

Franny wollte noch einen Moment bleiben. Sie wusste, sie musste das Plakat in Händen halten, berühren. Wie hatte Otis so etwas genannt? Einen Leiter? Einen Empfänger? Einen »spirituellen Schlüssel«, das war es. Wie ein Blitzableiter. Wie Bettys Puppe. Das Plakat würde ihr helfen.

Chester spricht. Er steht am Pult. Die Gäste sind in seinem Bann. Ihre Anwesenheit hier, heute Abend, wird ihnen für immer zur Ehre gereichen; einer Ehre, die ihnen und nur ihnen allein bis ans Ende ihrer Tage sicher sein wird.

Doch es gibt Probleme. Das Publikum kennt sie noch nicht, aber Chester kennt sie. Er spricht in warmen Worten von der Hilfe und dem Zuspruch, die Cyrus Field, der Vorsitzende des Syndikats, ihm zuteil werden ließ, ebenso wie die anderen Herren, die mit ihm auf dem Podium sitzen. Doch mit Mühe nur kann er die Probleme verdrängen und sich auf die vor ihm liegende Aufgabe konzentrieren: den gefeierten – wie hat Spude ihn doch gleich genannt – *aufstrebenden Ingenieur* zu spielen. Doch die Botschaft in seiner Tasche beunruhigt ihn. Ein Droschkenkutscher hatte sie ihm zugesteckt, der sich vor dem Bankett, beim Empfang im Foyer des Hotels, zu ihm durchgekämpft hatte.

Die Botschaft kommt von Franny. Der bärbeißige Kutscher, dessen Ärmel mit Haferspreu gesprenkelt waren, hatte gesagt, er habe ausdrückliche Anweisung von Mrs. Ludlow, die Nachricht ihrem Ehemann persönlich auszuhändigen.

Sie besagt, dass Franny heute Abend nicht hier sein wird. Sie wird abreisen. Es tue ihr leid, nicht dabei sein zu können, und sie glaube nicht, dass er für ihre Gründe Verständnis aufbringen wird. Sie wünsche ihm alles Gute. Es gehe ihr gut, versichert sie ihm, aber sie müsse New York verlassen.

Die Nachricht verstört Chester, ist ihm fast unbegreiflich und passt doch genau ins Bild. Es ist die logische Folge der drei Wochen, die sie wiedervereint an Bord der *Niagara* verbracht haben. Eigentlich nicht wieder vereint; in Wahrheit überhaupt nicht vereint; sie waren bloß zwei Körper gewesen, die nebeneinandergestellt worden waren.

Natürlich hat sie allen Grund, abzureisen. *Er* hat *sie* schon vor Monaten verlassen. Das Kabel hat ihn aufgefressen. Und dies ist nun der Höhepunkt: eine Feier für ihn und ein leerer Stuhl neben ihm beim Ehrenbankett.

Gar nicht zu reden von der Person, die ein paar Stühle weiter sitzt, die er jedes Mal ansehen muss, wenn er in Spudes Richtung deutet; der Person, deren hochgeschlossenes rotbraunes Kleid ihr Gesicht betont, das strahlend wirkt, dessen Lächeln reine Glückseligkeit

416

auszudrücken scheint und doch unterschwellig die ganz anderen Gefühle erkennen lässt, die sie für ihn hegt. Er stellt sich vor – nein, er weiß –, dass ihr Busen leicht errötet ist, während sie ihn anschaut; dass ihr Atem heiß und schnell geht. Ihm geht es genauso. Um die Fassung wiederzuerlangen, bedient er sich einer Geste, die er bei seinen Reden vor Publikum seit den Anfängen des Phantasmagoriums verwandt hat. Er steckt die Hände in die Taschen seines Fracks. Ein Zeichen von Ungezwungenheit, fast schon ein Tick. Dummerweise stößt er dabei auf Frannys Brief, und ihm fällt ein, dass er etwas über den leeren Stuhl hinter ihm sagen muss.

Er beendet seine Lobreden auf Spude und wartet, bis der Beifall nachlässt. »Nun muss ich meinem Bedauern Ausdruck verleihen und eine Entschuldigung überbringen«, sagt Chester und erklärt dann vorsichtig und mit einigen Auslassungen Frannys »leichte Unpässlichkeit«, wie er sich ausdrückt. In Abwesenheit dankt er ihr für ihre Hingabe, Liebe und Standfestigkeit, und er versichert dem Publikum, dass das Kabel, das zu feiern alle hier zusammengekommen sind, ohne die Unterstützung Frannys niemals möglich gewesen wäre. Die Gäste – besonders die weiblichen – lächeln ihn an. Tausend Köpfe nicken im Kerzenschein.

Chester aber sieht, dass ein Blick geduldig gesenkt bleibt, vertieft in die Betrachtung der eigenen Hände. Katerina wirkt ruhig und zufrieden, sie meistert diesen Augenblick und lässt ihn verstreichen. Sie ist hier, weiß Chester, ihm in seinem Triumph zur Seite zu sein, wie sie es versprochen hat. Sie ist hier. Franny nicht.

Erregt und plötzlich drängend, hatte Franny den Droschkenkutscher angewiesen, sie zu ihrem Hotel zurückzubringen. Doch als er das Gefährt schon gewendet hatte und in südlicher Richtung in den Broadway einbog, sagte sie: Nein … nein, natürlich nicht; zuerst müsse sie ja noch wie geplant zum Metropolitan. Der Fahrer rollte die Augen und fluchte leise, wandte die Kutsche erneut nach Norden und knallte mit der Peitsche durch die feuchte Luft.

Es war, als hätte Franny in den Speisesaal des Metropolitan schauen können, als hätte sie Chesters Rede hören können, als hätte sie gewusst, was er dachte, und als hätte sie bei ihm diese Frau gesehen, die sie vom Besuch der Phantasmagorium-Truppe im letzten Winter in Willing Mind kannte.

Also ließ sie den Kutscher vor den korinthischen Säulen des Hoteleingangs halten. Zwei Polizisten drängten sie zur Weiterfahrt, weil der Broadway von Dutzenden anderer Kutschen und Gefährte und an die zweihundert Gratulanten und Gaffern verstopft war. Franny beschwor die Polizisten, ihren Fahrer mit einer dringenden Botschaft für ihren Ehemann, Mr. Chester Ludlow, durchzulassen. Die beiden waren so beeindruckt, dass einer das Pferd hielt und der andere herrisch den Verkehr um die wartende Droschke herumdirigierte.

Franny kam erneut das Bild des Dr. Hermes in den Sinn, die Ankündigung des Spiritoskops, und es bestärkte ihren Entschluss, New York, ihren Ehemann, vielleicht sogar ihr Heim zu verlassen. Alles würde sich ändern, sagte sie sich selbst, während sie mit den Fingern auf das Plakat trommelte.

»Erledigt, Ma'am«, sagte der Fahrer. »Wohin jetzt?«

»Zu meinem Hotel zurück«, sagte Franny und rollte das Plakat wieder auf, um ihre Erregung zu verbergen.

Der Fahrer tippte sich an die Hutkrempe, und die Kutsche fuhr wieder an. Als sie die Fassade des Hotels passierten, konnte Franny zwischen den wartenden Fahrzeugen hindurch Blicke in den großen Saal erheischen. Sie war sich nicht ganz sicher, weil das Kutschpferd, vom Peitschenknall angetrieben, zu traben begann und das vorbeiziehende Bild in immer kürzeren Abständen verdeckt wurde, aber sie glaubte, durch die Fenster die Köpfe von Männern und Frauen im Gaslicht auszumachen; sie glaubte – auch wenn es unwahrscheinlich schien –, die Masten eines Schiffes zu erkennen, das Glitzern von Kristall und Juwelen. Und als sie schließlich durchs letzte Fenster schaute, glaubte sie ihren Mann zu sehen – das konnte nicht sein; vielleicht war es eine Erscheinung – ihr Mann, blond, strahlend, der vom Redepult den Zuschauern zuwinkte, ganz sicher den Zuschauern, ganz sicher nicht ihr.

Es ist geplant, dass Chester am Ende seines Auftritts ein Telegramm verlesen soll, das aus England an die Versammlung im Ballsaal gesandt wurde, das eine Antwort auf die Nachricht ist, die er zu Beginn seiner Rede einem Telegraphisten diktiert hat, der zu ihm ans Pult getreten ist.

Diese theatralische Einlage war natürlich Spudes Idee, und alle

418

sind begeistert. Chesters Rede fängt also damit an, dass er den prächtig herausgeputzten Telegraphisten – rotbraune Uniformjacke, weiße Hose, eine Phantasielivree der *Atlantic Telegraph Company*, die Spude sich zu diesem Anlass ausgedacht hat – nach vorn bittet und ihm eine kurze Botschaft diktiert: »Sind wir bereit, der Welt eine Mitteilung zu machen?« Dann hält er seine Rede, während derer er – und der Rest der Versammlung – auf die Antwort wartet.

Chester hat inzwischen allen Honoratioren gedankt, die Abwesenheit seiner Frau entschuldigt, mit gebührender Bescheidenheit die Geschichte der letztlich erfolgreichen Kabelexpedition erzählt und schließlich die großartigen Konsequenzen für die Investoren im Besonderen und die Menschheit im Allgemeinen vorhergesagt.

»Und nun, verehrte Damen und Herren«, verkündet er, »ist die Antwort aus Europa eingetroffen.«

Chester hat den Telegraphisten – einen dünnen, nervösen jungen Mann, dem die braune Jacke schlecht steht, weil ihre Ärmel zu kurz sind – vom Rand der Bühne aus winken sehen. Er scheint besorgt.

Chester holt ihn trotzdem zu sich. Der junge Mann überquert schreckensstarr die Bühne, begleitet von aufgeregtem Gemurmel im Saal. Die Menschen recken die Hälse und beugen sich über die Blumengestecke; die Seeleute von der *Niagara*, die an langen Tischen hinten im Saal sitzen, stehen auf, wie auch einige jüngere Männer in der Nähe der Bühne, die jedoch, begleitet von Rufen aus den hinteren Reihen – »Hinsetzen da vorn« –, von ihren Sitznachbarn wieder nach unten gezogen werden.

Die Zuschauer denken, der Telegraphist würde Chester gratulieren, als er beim Überreichen des Blattes in dessen abgewandtes Ohr flüstert.

»Die Leitung ist tot«, sagt er mit künstlichem Lächeln.

»Was?«, flüstert Chester und zwingt sich dabei, ebenfalls zu lächeln.

»Tot, Sir. Das ist alles, was wir empfangen konnten. Tut mir leid.«

Chester nimmt das Blatt und entfaltet es. Der Telegraphist wendet sich zunächst für einen kurzen Blick zu den Gästen, dreht sich dann weiter und hastet von der Bühne. Kurzer Applaus und vereinzeltes Gelächter sind zu hören, aber alle Blicke kehren schnell zu Chester zurück.

Chester kann sich nicht gleich auf die Wörter konzentrieren. Er sieht jedoch sofort, dass es wenige sind … zu wenige. Aus Gewohnheit steckt er die Hand in die Tasche und zieht sie schnell wieder heraus, als habe er sich verbrannt. Frannys Brief.

Er hebt die Hand und bittet um Ruhe, doch über den Saal hat sich längst gespannte Stille gesenkt. Jetzt erkennt er die Wörter …

Bitte informieren … Regierung
Wir sind nun in der glücklichen Lage, die Versendung …

und das ist alles. Mehr steht nicht da; auch auf der anderen Seite des Blattes nicht, Chester hat nachgesehen.

Die Gäste rutschen bereits unruhig auf ihren Stühlen hin und her, und einige denken sicher, dass er den spannenden Moment zu sehr in die Länge zieht, andere sind gerührt, dass der tapfere Ingenieur anscheinend von Gefühlen übermannt wird. Chester räuspert sich. Er liest die Wörter. Er könnte um Entschuldigung bitten, er könnte sagen, dass es vorübergehende Probleme mit dem Kabel gibt, aber stattdessen liest er die Wörter vor. Jedes einzelne.

Und als er am Ende angekommen ist, spricht er einfach weiter, ohne zu erkennen zu geben, dass das Signal im Rauschen der Leere untergegangen ist. »… ›Wir sind nun in der glücklichen Lage, die Versendung‹ aller privaten und geschäftlichen Kabelsendungen zum Wohle unserer Völker vorzunehmen, und so setzen wir uns an die Spitze der voranschreitenden Menschheit und lassen Raum und Zeit verschwinden, auf dass wir alle ein Volk werden, mit einer einzigen Vision, einem einzigen Herzen, einer einzigen Seele!« Er schaut hoch und lächelt. Die Menschen im Saal brechen in Jubel aus. Chester erhascht einen kurzen Blick auf Katerina, die sich mit den anderen erhebt, applaudierend, errötend und begeistert. Chester steckt das Blatt rasch in die Tasche zu Frannys Zettel, damit es niemand sehen kann. Er zerknüllt beide Papiere in seiner Faust, während er mit der freien Hand der glücklichen Menge zuwinkt.

»BETRUG!«

Chester hatte nicht die Absicht gehabt, den Abend auf diese Weise zu beenden. Was er allerdings beabsichtigt hatte, vermochte er nicht genau zu sagen. Dies jedoch nicht; jedenfalls nicht genau dies.

Nicht, dass Katerina in ihrem Hotelzimmer seine Weste aufknöpfte: dass ihre Augen dabei blitzten, sie mit den Zähnen ungeduldig an ihrer Unterlippe nagte. Rasch hatte sie seine Weste und sein Hemd geöffnet – am Ende hatte sie die Hemdknöpfe einfach abgerissen – und fuhr nun mit gespreizten Fingern über seinen Bauch, ließ ihn ihre Nägel spüren, fuhr über die Brust bis zu seinem Gesicht, das sie in beide Hände nahm und zu ihrem hinabzog. Als sie sich küssten, glitten ihre Hände zu seiner Hose und griffen nach seiner Erektion. Bei der ersten Berührung seufzte sie laut auf. Chesters Blick vernebelte sich vor Verlangen. Er hatte nicht die Absicht gehabt … er hatte allerdings auch nicht die Absicht, sie aufzuhalten. Er wollte sie. Sie war zu ihm gekommen. Und also begann der aufstrebende Ingenieur, sie auszuziehen.

Sie waren in Katerinas Hotelzimmer. Spude hatte sie beide im Metropolitan zurückgelassen, nachdem Chester ihm von den beiden Zetteln in seiner Tasche erzählt hatte: von der Botschaft der abwesenden Franny und von der unvollständigen Botschaft des Telegraphen.

»Sie werden's schon richten!«, hatte Spude gesagt und ihm auf die Schulter geklopft.

»Natürlich«, hatte Chester geantwortet und nicht gewusst, ob er die Probleme mit Franny, die mit dem Kabel oder beide meinte.

Nach seiner Rede war ein Telegraphist zu Chester gekommen und hatte ihm berichtet, dass aus Irland weiterhin nichts als Schweigen zu vermelden sei.

»Also eigentlich nicht Schweigen«, hatte der Mann gesagt. »Rauschen. Sie wissen schon, Sir, das zusammenhanglose Gestammel, das aus einem gebrochenen Kabel kommt.«

Chester nickte und gab Anweisung, das provisorische Telegraphenzimmer abzubauen; die Feier war vorbei.

Die meisten Gäste waren gegangen, der große Saal war fast leer. Die Kellner räumten die Tische ab. Ein paar betrunkene Matrosen von der *Niagara* waren in das Modell ihres Schiffes gekrabbelt und schliefen wie Säuglinge in einer Wiege. Die letzten Gäste traten gerade aus der großen Eingangstür, lachten, wünschten sich eine gute Nacht und bewarfen sich mit Blumen. Am Ehrentisch auf dem Podium wartete Katerina.

Sie hatte Spude gesagt, dass sie mit Chester sprechen wolle und dass der sie nach Hause bringen würde. Spude hatte gelacht, den Kopf geschüttelt und »Natürlich!« gesagt.

Doch sie hatten kein Wort gewechselt. Weder Chester noch Katerina hatten im Saal oder auf dem ganzen Weg zurück nach Gramercy etwas gesagt. Sie hatten sich in der Kutsche nicht einmal berührt. Sie bewegten sich wie in Trance. Wie zwischen Irland und Amerika war auch zwischen ihnen kein Wort zu hören. Doch anders als bei einer – funktionierenden – Kabelverbindung tauschten Chester und Katerina eine Unzahl stummer Botschaften aus. Aus Gründen der Diskretion nahm Chester ebenfalls ein Zimmer in Katerinas Hotel, auch wenn er es gar nicht erst betrat.

Katerina ließ sich halb lachend, halb stöhnend aufs Bett fallen und zog Chester zu sich. Er hatte sie bis auf Unterrock und Hemd ausgezogen, und auch das wollte sie noch loswerden. Völlig nackt legte sie sich auf ihn, drückte seine Schultern auf die Matratze und ließ ihre Zunge über seinen Körper wandern.

Dann fingen sie beide an zu lachen. Es kam unerwartet und unaufhaltsam – er hatte nicht die Absicht gehabt zu lachen. Das Gelächter zeigte ihnen beiden, wie groß die Verzweiflung, die Schuldgefühle und ihr Vergnügen aneinander waren; wie groß die Erregung, die Erleichterung und die Freude darüber, dass eine lange, unerklärliche, unaussprechliche Entbehrung vorüber war.

Mit einer geschickten Bewegung senkte sie sich auf ihn und begann sich zu wiegen. Er sah, wie ihre Brüste vom Hals hinab bis zu den blassrosafarbenen Brustwarzen leicht erröteten. Dieses Erröten hatte er sich auf dem Podium vorgestellt; nun sah er es mit eigenen Augen. Er richtete sich auf, um sie zu küssen.

Katerina warf den Kopf zurück, sodass die Sehnen ihres Halses sichtbar wurden; die Kraft, die Muskeln ihres Oberkörpers erregten ihn zusätzlich. Sie lachten immer noch, aber nun kehliger, mit raueren Stimmen, weil sie sich ihrer Bewegungen, ihrer Reibungen, ihrer Sekrete bewusst wurden. Sie hob und senkte sich auf ihm, und er bewegte sich im Kontrapunkt. Ihre blonden Haare fielen um ihre Schultern, als sie den Kopf schüttelte und ihr Körper erzitterte.

Jede ihrer Bewegungen verursachte ihm süße Qualen. Seine Sinne waren hellwach. Sie rief etwas. Sie rief nach ihm. Und er antwortete, zuerst mit Worten, dann mit Stöhnen, dann mit Schweigen.

Er hatte nicht die Absicht gehabt, die nächsten zweieinhalb Tage in Katerinas Zimmer zu verbringen und Boten auszuschicken, um sich nach dem Telegraphen zu erkundigen – die Antwort war stets dieselbe: nur Rauschen, kein Signal.

Ganz bestimmt hatte er nicht vorgehabt, sein gesamtes Leben innerhalb einer Woche zusammenstürzen zu sehen. Er fragte sich, ob seine Affäre mit Katerina wohl der eigentliche Grund sein mochte. Ob das Scheitern all seiner Pläne die Strafe für seine Untreue war. Denn alles lief dermaßen heftig aus dem Ruder, als wären höhere Mächte im Spiel.

»Das Kabel braucht dich«, sagte Katerina am zweiten Morgen, als sie in ihrem Zimmer frühstückten. Zum ersten Mal bemerkte Chester den fadenscheinigen Teppich und dachte, er würde ihr gern eine bessere Umgebung bieten, was er auch geistesabwesend aussprach, obwohl er nicht wusste, wie er es anstellen sollte; aber die Absicht gefiel ihm.

»Das Kabel braucht dich«, sagte sie wieder und zeigte ihm die Titelseite des *Express*.

Der Artikel beschäftigte sich mit den Gerüchten, dass das Kabel in Wirklichkeit gar nicht funktioniere; dass es seit dem Bankett im Metropolitan keinen Beweis mehr dafür gegeben habe, dass tatsächlich Nachrichten den Atlantik überquerten. Die Zeitung selbst hatte mehrmals versucht, eine Botschaft nach London zu senden, und war jedes Mal von den Verantwortlichen abgewimmelt worden.

Niemand wusste, was los war. Das Syndikat sprach nicht mit der Presse. Cyrus Field »hatte endlich wieder dringend benötigte Zeit für seine Familie«. Der Chefingenieur Chester Ludlow hatte sich angeblich zurückgezogen, so die Auskunft von J. Beaumol Spude, der seinerseits offenbar sein Büro verlassen hatte und erst in unbestimmter Zukunft zurückerwartet wurde.

Nach einer Woche musste Cyrus Field schließlich eingestehen, dass das Kabel »nicht funktionsfähig« sei und dass die Ingenieure – jeder wusste, damit war Chester Ludlow gemeint – keine Erklärung dafür hatten.

Innerhalb von vierundzwanzig Stunden änderten sich die Schlagzeilen von düsteren Kommentaren über das Versagen des Kabels hin zu gellenden Vorwürfen von *BETRUG!* und *SCHWINDEL!* und *PFUSCHEREI!*

Nach jahrelanger Arbeit lagen zweitausendfünfhundert Tonnen

Kabel nutzlos auf dem Grund des Atlantiks. Dreihundertfünfzigtausend britische Pfund und Tausende von amerikanischen Dollar, die einmal Field, Spude, Peter Cooper und den anderen amerikanischen Investoren gehört hatten, waren mit ihnen versenkt worden. Die Telegraphisten notierten weiterhin die elektrischen Impulse, die durchs Kabel drangen, aber es ergaben sich keine sinnvollen Botschaften mehr. Das Kabel war nur noch ein gigantischer Empfänger für die elektromagnetischen Ströme des Planeten. Thomsons Spiegel-Galvanometer registrierte das Rauschen, das der Ozean durchs gebrochene Kabel sandte. Die Musik der Sphären, scherzte einer der Telegraphisten, allerdings ohne Rhythmus, Melodie und Worte, eine Musik ohne Sinn.

Das Rauschen im Blätterwald wurde unterdessen immer lauter, bis es sich zu einem aggressiven, anklagenden Chor steigerte: In mehreren Berichten tauchte der Vorwurf auf, das Atlantikkabel sei ein groß angelegter Aktienbetrug von Cyrus Field und Chester Ludlow. In London suchte man in einem Artikel – angeblich geschrieben von Wilkins Moon, in Wirklichkeit aber von drei anderen Journalisten eines Abends im *Dulcet Thrush* fabriziert – gar nachzuweisen, dass das Kabel gar nicht verlegt worden sei.

Ein Telegraphist – wahrscheinlich einer von der Besatzung des Telegraphenhauses in Neufundland oder von einer Station an der Linie durch Neuengland – gab zu, dass die Botschaft, die Chester beim Festbankett verlesen hatte, weitgehend seiner Phantasie entsprungen war. Die echte Botschaft – nur ein Bruchteil von Chesters blumiger Verkündigung – war die letzte, die das Kabel transportiert hatte.

Field und Ludlow, so ging die Legende, hatten sich die Nummer mit dem Atlantikkabel nur ausgedacht, um den Aktienpreis für ihr windiges Unternehmen in die Höhe zu treiben und dann Kasse zu machen.

Cyrus Field wurde fast wahnsinnig vor Entrüstung und verletztem Stolz. Seine Bücher, erzählte er jedem Reporter, der es hören wollte, bewiesen ohne jeden Zweifel, dass er keinen Cent Gewinn aus dem Unternehmen geschlagen habe. Er hatte seit Juli nur eine einzige Aktie verkauft – und die an einen Verwandten, noch dazu mit Verlust. Auch Ludlow sei unschuldig, beteuerte er. Jedenfalls, was den Vorwurf des Aktienbetrugs anginge. Allerdings habe der

Ingenieur »bei jener letzten unvollständigen Botschaft seiner Phantasie allzu freien Lauf gelassen«.

Doch die Presse schenkte Fields Einlassungen kaum Beachtung. Und Chester war weiterhin nicht aufzufinden. Field erhielt eine Nachricht von ihm. Er entschuldigte sich für eventuelle Verleumdungen, denen Field aufgrund des ausgeschmückten Telegramms ausgesetzt war. Er habe keine böse Absicht gehegt; er habe nur etwas Zeit gewinnen wollen. Er teilte Field mit, er sei in Maine erreichbar. Er müsse jetzt, so sagte er, bei seiner Frau Franny sein.

Seine drängenden Eheprobleme beeinträchtigten nämlich seine Konzentration auf Katerina und das Kabel. Seine Gedanken wanderte aus Katerinas Bett zum Meeresgrund und von dort schließlich nach Willing Mind. Und da ihm die Presse ständig auf den Fersen war und wissen wollte, wie viel Geld er mit dem angeblichen Börsenschwindel gemacht habe, hatte Chester es eilig, New York zu verlassen.

»Was soll ich tun?«, fragte Katerina, ohne zu klagen oder zu jammern; es war eine rein praktische Frage.

Chester überlegte; ihm fiel keine Antwort ein.

Also verließ er New York. Das Kabel war tot. Das ganze Unternehmen war Schimpf und Verleumdung anheimgefallen, schlimmer noch, es war zum Gespött der Leute geworden. In seinem Brief an Field hatte Chester auch dargelegt, dass das Kabel Schaden genommen habe, weil Edward Orange Wildman Whitehouse sich geweigert hatte, Professor Thomson nachzugeben und dessen Galvanometer einzusetzen. Ein Brief von Thomson bestätigte, dass in Valentia die riesigen Induktionsspulen angeschlossen worden waren. Sie mussten mit ihren hohen Spannungen die Kupferader des Kabels zerstört haben.

»Das ist so, als wolle man mit Hochdruck Luft durch einen Strohhalm blasen. Unser Kabel war der Belastung nicht gewachsen.«

Thomson hatte geschrieben, das Kabel sei nach seinen Berechnungen etwa dreihundert Meilen vor Valentia gebrochen, »vielleicht auch an anderen Stellen.«

Chester grübelte über diesen Fragen auf seiner Fahrt nach Willing Mind. Als er dort an einem kalten Spätnachmittag im September ankam, als die Sonne sich in den westlichen Fenstern spiegelte und das Meer grau über die heidebewachsenen Klippen schimmerte, war niemand zu Hause. Chester hatte es gewusst. Als er Frannys Botschaft las, hatte er geahnt, dass der Augenblick seiner Ankunft hier das absolute Gegenteil vom großen Bankett in New York sein würde. Sie hatte ihn verlassen. Er war allerdings davon ausgegangen, dass – wie trostlos der Gang durchs leere Haus auch sein mochte, der Anblick der Schränke, in denen die Kleider seiner Frau fehlten – er vom Glanz seines Erfolges mit dem Atlantikkabel getragen wäre, wenn er in Willing Mind einträfe. Wenn auch seine Ehe nicht mehr zu retten war, könnte er sich doch wenigstens auf dem Erfolg des Telegraphen ein neues Leben bauen.

Jetzt aber hatte er nichts mehr. Das Kabel war tot. Franny war verschwunden. Nicht einmal Mrs. Tyler hatte eine Nachricht hinterlassen, obwohl die alte Frau sich offensichtlich um das Haus gekümmert hatte. Nur ein großes, flaches, in Packpapier gewickeltes Paket lag auf dem Esstisch. Er öffnete es und fand darin Jack Traces Mappe.

An jenem Abend zündete Chester im Arbeitszimmer von Frannys Vater ein Kaminfeuer an und blätterte die Mappe durch, wobei er jedes Bild minutenlang betrachtete. Die Blätter waren verschieden groß, manche fast einen Meter breit, andere maßen nur ein paar Zentimeter; manche Zeichnungen nahmen das volle Format ein, auf anderen Blättern waren mehrere kleine Bilder nebeneinander angeordnet, oft Variationen eines Themas oder Skizzen für ein späteres, größeres Bild. Alle Darstellungen, sogar die Skizzen, waren vollendet, treffend und wahrheitsgetreu. Einige der größeren Zeichnungen waren geradezu atemberaubend.

Die Bilder erzählten die ganze Geschichte der Expedition. Trace hatte die Einzelheiten der Schiffsausrüstung dokumentiert, die Haltung der Seeleute bei der Arbeit; er hatte Facetten der Meereswellen – vor allem der Wellen – eingefangen, die Chester selbst nie aufgefallen waren. Chester blätterte, und seine Gefühle wechselten zwischen Stolz und Bitterkeit, Sehnsucht und Scham. Sie waren gescheitert. *Er* war gescheitert. Doch Trace hatte es geschafft, alles herrlich und edel aussehen zu lassen.

Chester betrachtete eine Zeichnung, die ihn selbst, Professor Thomson und Field neben der Kabeltrommel auf der *Agamemnon* vor der Abreise zeigte.

Der aufgerollte Riese, hatte Trace daruntergeschrieben, *mit seinen Schöpfern.*

Und nun war der Riese abgerollt und nutzlos, und seine Schöpfer waren in Unehren in alle Winde verstreut. Field hatte sich auf seinen Familiensitz nach Massachusetts zurückgezogen. Professor Thomson hatte geschrieben, er werde nach Glasgow zurückkehren. Chester hatte keine Ahnung, wo der Ganove Whitehouse steckte. Spude war nach St. Louis oder vielleicht auch nach New Orleans gereist, um »andere Geschäftsideen zu prüfen«. Hatte Katerina sich ihm angeschlossen? Franny jedenfalls war geflohen. Vor seiner Abreise hatte Spude in Chesters Hotel vorbeigeschaut und ihn zum Abschied herzlich umarmt. Das hatte Chester überrascht. Trotz seiner großspurigen, jovialen Art schien er Chester besser zu verstehen als andere, schien an ihn zu glauben, ungeachtet des Scheiterns, ungeachtet seiner Geschichte mit Franny und Katerina, schien vielleicht Verweise auf die Zukunft zu erkennen, auf Chesters Zukunft.

»Wir werden uns wiedersehen«, hatte Spude gesagt. »Das weiß ich.« Und dann hatte er gezwinkert, gelacht und ihn »Partner« genannt, und obwohl er die Tür hinter sich schloss und über den Bürgersteig zu einer wartenden Kutsche schritt, schien es in Chesters Erinnerung, als habe sich J. Beaumol Spude wie ein Flaschengeist in Luft aufgelöst.

Chester schreckte hoch, ohne zu wissen, warum. War noch jemand außer ihm hier? Er schaute zum schwarzen Fenster. Leer. Er spürte den Ozean; Wellen brachen sich an den Steinen. Das Kabel lag tot auf seinem Grund. Chester fehlte die Energie, sich zu bewegen. Er konnte nur dasitzen und in die Nacht starren. Die wunderschönen Zeichnungen weckten in ihm den Wunsch zu weinen, doch er konnte nicht.

Draußen auf dem Atlantik sah Jack Trace über dem Vorschiff der Brigg die Sonne aufgehen und dachte an das Kabel unter ihm. Was für ein Desaster. Der Londoner *Evening Despatch* hatte ihn in einem Brief gebeten, zurückzukehren, man bot ihm Arbeit und »erstklassiges Honorar« an. Amerika hatte Jack ganz gut gefallen. Kein Wunder, der Aufenthalt hatte hauptsächlich aus Paraden, Feierlichkeiten und Festbanketten bestanden. Nun hatte er seine Mappe abgegeben, und seine offizielle Arbeit war beendet. Er empfand Mitleid für die Männer des Kabels: Field und Ludlow, Professor Thomson in Irland, die Schiffsbesatzungen, die so ausdauernd geschuftet hatten. Sie alle hatten am Ende nichts erreicht.

Jack nahm an, dass es die Herausgeber auf alle nur denkbaren Spottbilder und Cartoons abgesehen hatten, die vom Scheitern der Kabelexpedition, vom Aufschrei der Empörung und von den Betrugsvorwürfen handelten, die aus der Luft gegriffen waren, wie Jack wusste. Er konnte nichts dergleichen zeichnen. Und er würde es auch nicht tun. Die Zeichnungen in der Mappe waren sein einziges Zeugnis, an das sich die Welt erinnern sollte. Er wünschte das Beste für Chester, obwohl er die böse Nachricht schon kannte, dass seine Frau ihn verlassen hatte. So eine schöne Frau, dachte Jack. Überall Verluste.

Nur eine einzige Sache gab Anlass zur Freude, und die fiel ihm wieder ein, als er in die Sonne blinzelte, die am Horizont hervorlugte, über den Rand des Ozeans, unter dem das tote Kabel lag. Die Wette. Seine Wette mit Whitehouse. Das Kabel war gescheitert. Alle hatten verloren außer ihm. Das Kabel war gescheitert, und er, Jack Trace, hatte eine Nacht mit einer Hure aus dem Themsetunnel gewonnen.

BUCH DREI

Otis Ludlows Tagebuch

Irland, 1866

Foilhommerum Bay
Immer weiter. Wenn das Kabel nicht spricht, muss ich es tun.

Ich reiste, das weiß ich heute, überstürzt aus Willing Mind ab, weil ich fürchtete, mich in Franny Ludlow zu verlieben. Meine Gefühle für sie, meine Bindungen an den Rest der Familie – an die Lebenden wie die Toten – wurden einfach zu viel. Ich floh.

Das entbehrungsreiche Leben im abgelegensten Winkel Nordasiens löschte alle Erinnerungen bis auf die einfachsten, freundlichsten Bilder aus. Ein Leben, das sich nur mit äußerster Härte und Ausdauer ertragen lässt. Ich jagte hier der Geisterwelt ebenso wenig nach wie sie mir. Meine »Zugänge« – oder Anfälle – wurden vom arktischen Wind verweht.

Dennoch … im Brief meines Bruders von Franny zu lesen beunruhigte mich. Auch Franny war verschwunden. Das war mir sofort klar, obwohl Chester schrieb, sie unternehme »eine ausgedehnte Reise durchs ganze Land«. Und inzwischen hatte die Nachricht vom Krieg, der unser Land zerriss, sogar Sibirien erreicht.

Verdammt, dachte ich. Ein dreißig Monate alter Brief. Was konnte er noch bedeuten? Nie hätte ich einen Telegraphen nötiger gebraucht.

Als der Sommer anbrach und die Arbeit wieder rief, musste ich selbst »eine ausgedehnte Reise durchs Land« unternehmen.

Von Petropawlowsk wollte ich nach Norden aufbrechen, dann im weiten Bogen, den die Berge und Flüsse mir aufzwangen, die Kamtschatka durchqueren. Dann von Tigilsk an der Westküste der Halbinsel hinauf nach Gischiga am Nordrand des Ochotskischen Meeres. Dort wiederum wollte ich einen Expeditionstrupp zusammenstellen – der nur aus mir selbst und etwa einem Dutzend

Korjaken bestehen sollte –, um den letzten Teil der Strecke zur Beringstraße zu erkunden.

Der Treck begann Mitte Juli, und in meinem ganzen Leben habe ich keine angenehmere Reise unternommen als diese zweihundertfünfundsiebzig Werst über die blühenden Berghänge und grünen Täler der hochsommerlichen südlichen Kamtschatka.

Wegen der verschiedenen Höhenlagen und klimatischen Bedingungen mussten und durften wir unseren Weg in Walfangbooten und Kanus, auf Flößen und Hundeschlitten, mit Rentiergespannen und Schneeschuhen zurücklegen.

Anfang August erreichten wir Kljutschi, ein in annähernd jeder Hinsicht malerisches kleines Bergdorf, bestehend aus Häusern und Jurten, umgeben von atemberaubenden Gipfeln und oberhalb des Flusses Kamtschatka gelegen. Die einzige Beeinträchtigung dieser lieblichen Lage ragt westlich des Dorfes in den Himmel und beherrscht es völlig: der Vulkan Kljutschewskaja, ein riesiger Kegel, aus dessen Krater beständig eine Wolke von Rauch und Ruß aufsteigt.

Wir waren unserem Zeitplan voraus und mussten die Weiterreise nach Norden aufschieben, bis Schnee fiel, denn die moosige, sumpfige Tundra nördlich von Gischiga ließ sich nur in gefrorenem Zustand mit Schlitten befahren.

Wir verbrachten also über eine Woche in Kljutschi und betrachteten den grollenden, drohenden, wunderschönen Gipfel. Die Versuchung, das Ungeheuer zu besteigen, das nach meinem Wissen noch unbezwungen war, erwies sich als übermächtig. Ich bereitete den Aufstieg auf den Kljutschewskaja vor.

Wenn ich von meiner Besteigung eines der höchsten und beeindruckendsten Gipfel Sibiriens erzähle, muss ich zugleich von einem unscheinbaren Pilz der Region berichten, von einem giftigen Lamellenpilz, den die Einheimischen »Muchomor« nennen.

Der Muchomor ist eine Art Fliegenpilz mit kleinem Hut, der im Aussehen an unseren Dreiblättrigen Aronstab erinnert. Seine berauschende Wirkung ist enorm und sein Genuss unter den Einheimischen beliebt und verbreitet, vor allem da sich in diesem Klima keine anderen Rauschmittel erzeugen lassen. Auch der Muchomor ist selten, und ein einzelner großer Pilz kann auf dem Tauschmarkt bis zu drei oder vier Rentiere einbringen.

Zwar ist der Pilz rar, doch sind seine Wirkstoffe derart kräftig, dass sie auch dann noch berauschen können, wenn sie durch menschliche Nieren gefiltert worden sind. Ein Mann also kann das Gewächs zu sich nehmen und dann unter Nutzung seines Harntrakts einen Trunk für die anderen produzieren.

Die längere regelmäßige Einnahme des Muchomor kann das Nervensystem völlig zerrütten, weshalb die russische Regierung den florierenden Handel mit der Pflanze verboten hat. Der vorsichtige Gebrauch kann Visionen und Wohlgefühl hervorrufen; so behaupteten jedenfalls die Korjaken; so sagte auch jener Korjak, der mich begleitete, ein Mann namens Padarin, der als der örtliche Schamane bezeichnet wurde und mir ein paar Bröckchen des getrockneten Pilzes gab.

Wir hatten des Abends zusammen am Feuer gesessen, und er war offenkundig von meinem Glasauge fasziniert.

Er fragte mich, was ich mit dem »andersartigen Auge«, wie er es nannte, sehen könne.

Nichts in meiner Umgebung, antwortete ich. Nur Dinge in meinem Inneren.

Er nickte.

Muchomor ist wie dein »andersartiges Auge«, sagte er.

Dann fragte er, wie das Auge anders geworden sei.

Es wurde verletzt, sagte ich.

Wie? Warum?

Ich konnte ihm die Geschichte nicht erzählen. Ich konnte ihm nur sagen, dass es eine Strafe war, weil ich gesehen hatte, was ich nicht sehen sollte.

Padarin nickte. Dann nahm er ein paar Krümel des getrockneten Pilzes und gab sie mir.

Für dein andersartiges Auge, sagte er. Wenn du auf den Berg steigst. Damit es sehen kann, was es sehen soll.

Vom Dorf zum Gipfel war es ein Dreitagemarsch. Das konnte mir allerdings vorher niemand sagen; niemand war bisher hinaufgestiegen; niemand hatte geahnt, dass das Wetter so freundlich und der Berg so einladend sein würde. Ich will nicht behaupten, dass es leicht war, aber es war eher ein Aufstieg über ein schräges Geröllfeld aus Lava als eine gefährliche Kletterei an steilen Wänden.

Wir schienen eine endlose Rampe zu erklimmen, mal waren wir in Wolken, mal liefen wir im hellen Sonnenschein, immer ging es die Flanke des mächtigen Kegels hinauf, hin und her, und jeder Abschnitt des Zickzacks dauerte mehrere Stunden, bis wir wieder die Richtung wechselten. Aus dem Krater stieg eine gewaltige Fahne aus Dampf und schwefligem Rauch auf und hing eine Meile hoch über unseren Köpfen am Himmel. Ab und zu – insgesamt vielleicht ein Dutzend Mal während der drei Tage – hörten wir den Berg grollen. Die lauteste Erschütterung ereignete sich am Abend des zweiten Tages, als wir unser Lager am Rand der Schneefelder aufschlugen, die sich von dort bis zum Gipfel etwa eine halbe Meile hoch hinaufzogen. Das Schneefeld über uns sah aus wie ein riesiges bleiches Tier mit schmutziger Nase, das den Berg herunterkroch, um uns zu beschnüffeln. Das Dröhnen des Berges ließ uns erstarren. Wir spürten das Zittern unter den Füßen wie auch in der Brust. Das Beben zerriss unsere Zeltleinen und schleuderte die Teekessel ins Feuer. Kein Korjak war jemals so dicht am Krater gewesen, und deshalb hatte auch kein Korjak den Berg jemals so laut sprechen hören. Alle meine Begleiter kündigten an, sofort umkehren zu wollen.

Nach weniger als einer Minute ließ das Beben nach, doch die Korjaken waren fest entschlossen, den Rückweg anzutreten. Selbst Padarin wollte sich nicht umstimmen lassen.

Der Abend war von berückender Schönheit; man konnte den Blick über das grüne Tiefland schweifen lassen, das sich unter leichtem Dunst bis zum Meer erstreckte. Unterhalb von uns schwebten einige kleine Wolken. Der Pazifik war eine violette Fläche, in der winzige Eisbrocken trieben.

Ich schaute hinauf in den dunkelblauen Himmel und zu der Rauchfahne, die dem Krater entstieg. Vielleicht war bei dem Erdstoß mehr Dampf als gewöhnlich ausgeströmt, denn die Wolken schienen heller zu sein als vorher, sie glichen weniger dem Rauch des Höllenfeuers als vielmehr heiteren Sommerwolken oder einem Gebirge von Zuckerwatte. Wenn ich die Nacht hindurch weiterklettern würde, so rechnete ich mir aus, könnte ich vor Morgengrauen den Gipfel erreichen und vor dem morgigen Abend wieder zurück am Rand der Schneefelder sein.

Mit viel Überredungskunst konnte ich die Korjaken von ihrem Fluchtvorhaben abbringen. Als Stammesbrüder wären sie hier sicher, und das Gleiche galt für mich bei meiner Rückkehr, sofern *sie auf mich warteten. Schließlich willigten sie ein, und ich machte mich auf den Weg.*

Mein Plan, im Mondlicht aufzusteigen, ging ebenso glücklich auf wie alles andere auf dieser Tour. Der Mond schien hell, am Himmel hingen dermaßen viele Sterne, dass es einem die Sinne verwirrte, und die Temperatur blieb gemäßigt. Völlig unklar war mir jedoch, und daran hat sich bis heute nichts geändert, warum ich den Gipfel überhaupt bestieg. Natürlich handelte es sich um einen Berg von beeindruckender Größe und Schönheit, und das Klettern selbst fiel mir leicht. Aber immerhin hatte ich es mit einem aktiven Vulkan zu tun.

Ich glaube, es war das Bedürfnis, in den Krater zu schauen, zu sehen, was dort vorging. Ich hatte den Berg erklommen, um zu sehen, was ich sehen konnte. Oder, wie der Schamane sich ausgedrückt hatte, was ich sehen sollte.

Kurz vor dem Morgengrauen näherte ich mich dem Gipfel. Der Berg hatte die ganze Nacht geschwiegen. Durch die Dunkelheit roch ich die schwefligen Ausdünstungen, und im Mondlicht sah ich den mächtigen Wolkenturm. Hinter mir konnte ich gerade noch das Lager der Korjaken erkennen, das glimmende Feuer aus gepressten Stücken von getrocknetem Rentierdung. Alles war friedlich.

Ich näherte mich dem Gipfel von Osten. Der immer noch wolkenlose Himmel wurde heller, und eine sanfte Brise vom Pazifik wehte mir in den Rücken. Ich kam zu einem Felsvorsprung und schob mich langsam vor bis an den Rand, sehr vorsichtig, weil er vielleicht abbrechen könnte, sodass ich hinabstürzen würde ins ... ja, wohin? Ins Erdinnere?

Ich schaute über den Rand und sah dies: ein Amphitheater vulkanischen Gesteins, eine runde Leere, die das Innere des Berges bildete. Ein Loch in der Welt. Der Krater war ein ungeheures Nichts, vor dem der Berg zu schrumpfen schien zu einem bloßen Wall, zu einer bloßen Einfassung des riesigen Hohlraums. Drunten, im dunklen Halbrund, sah ich Säulen und Felsgesimse, Streben und Spitzen, alle von Dampf und Rauch umkräuselt. Ich sah Bäche und Seen von Lava, die aus Rissen und Spalten weiter unten quoll; die rot schmelzenden Rinnsale waren bald vom schwefelgelben Rauch verhüllt, bald waren sie wieder sichtbar. Ein dauerndes, beinahe sanftes Dröhnen drang aus dem Krater.

Als ich in die wundersamen Tiefen des glühenden Berges blickte, stiegen Dampfsäulen vor mir auf, die hin und wieder den Blick auf den gegenüberliegenden Rand freigaben. Die Vorsprünge und Zinnen erstarrter Lava auf der anderen Seite waren womöglich über eine Meile entfernt.

Ich saß am Abgrund und aß geräuchertes Rentierfleisch, das mir die Korjaken mitgegeben hatten. Außerdem schluckte ich die Muchomor- Krümel von Padarin.

Während ich über den Berg und meinen Abstieg nachsann, das Essen genoss und zur Erfrischung Schneebrocken lutschte, begann die aufgehende Sonne, die bisher nur die obersten Säulen des rauchigen Kraters in rosigen Glanz getaucht hatte, meinen Rücken zu wärmen.

In den Bergen des Harzes in Deutschland kennt man ein Phänomen, das nach ihrem höchsten Gipfel, dem Brocken, benannt ist. Es handelt sich um ein Spiel von Licht, Schatten und Wolken, und es ereignet sich bei Sonnenaufgang – zur selben Stunde, da ich auf dem Gipfel des Kljutschewskaja weilte. Im Harz nennt man es das Brockengespenst.

Ich saß also am Kraterrand und spürte die Sonne im Rücken, als ich auf dem großen weißen Dampfvorhang die kolossale Gestalt eines sitzenden Menschen ausmachte. Ich selbst war es, den ich da sah, und wenn mein Eindruck nicht trog, war das Abbild mehrere Meilen hoch. Es war dunkler als die Dampfwolken drumherum, und es war umgeben von einer Glorie in den Spektralfarben, gleich dem Heiligenschein auf religiösen Bildern, der die Köpfe der Heiligen oder des Heilands selbst umgibt.

Ich stand auf, die riesige Gestalt tat es mir nach. Verwundert betrachtete ich die ätherischen Eigenschaften des Bildes: Es war zugleich körperlich und absolut flüchtig. Ich hob den Arm, die Erscheinung hob den Arm. Die Glorie – der Kranz in Regenbogenfarben, der die Umrisse des Gespenstes bei jeder Bewegung umflatterte – war wie ein vielfarbiger Schleier, der das Bild rahmte.

Ich hob den anderen Arm, ein Bein, ich hüpfte. Ich tanzte am Rand des Höllenschlunds, und mein Widerschein begleitete mich im Reigen. Ich lachte, derweil der Berg grollte.

Die mächtige Erscheinung schien die gesamte Dampfsäule zu beherrschen, ihrer Gestalt die Schwaden einzuverleiben, als würde sie sich aus den Nebeln erschaffen. Die Gestalt dehnte sich über die ganze Kamtschatka, vielleicht über ganz Sibirien aus.

Ich hörte auf zu tanzen, und wenngleich ich nun erwartete, die Figur im zunehmenden Tageslicht schrumpfen und verschwinden zu sehen, erblickte ich etwas Unerhörtes. Die wabernde Säule stieg weiter empor. Ich stand völlig reglos da – ich schwöre es! –, doch die Erscheinung bewegte sich aus eigener Kraft.

Ich kann mir zwar vorstellen, dass ich zunächst eine Bewegung der Wolken für eine Bewegung der Gestalt gehalten haben könnte. Doch das erklärt nicht, dass die Erscheinung stehen blieb, als ich mich wieder hinsetzte. Der Schatten folgte mir nicht mehr.

Er begann sich zu regen. Er hob die Arme. Er fing an zu rennen. Der farbige Nimbus ließ ihn nur noch weißer erscheinen, weiß wie ein Gewand. Auch wenn die erhobenen Arme eine Meile lang waren, hatten sie doch die Proportionen eines Kinderarmes. Und der Kopf, das Gesicht … so schön und doch so schrecklich für mich … Kopf und Gesicht waren bald als die der kleinen Betty zu erkennen. Und, wie gesagt, sie rannte. Nicht von mir weg oder seitwärts, sondern direkt auf mich zu, mit ausgestreckten Armen; sie rannte, doch sie kam nicht voran. Ihr Gesicht drückte – das ließ sich nicht erkennen – Furcht oder höchste Freude aus; vielleicht beides, sofern das möglich ist – und sie lief, über dem Krater, über dem Abgrund hängend. Sie lief und lächelte, jetzt sah ich es, sie lief und lächelte; sie lief auf mich zu, streckte die Hände nach mir aus und rief meinen Namen. Sie lachte und lief.

Schwäche überkam mich. Einen Moment lang dachte ich, mir stünde ein Anfall bevor, ich könnte in Ohnmacht fallen, ich würde hier sterben, allein am Krater des Kljutschewskaja, und Betty würde mich sterben sehen, wie ich sie hatte sterben sehen. Sie würde mich ebenso wenig retten können, wie ich sie hatte retten können. Ich sah den Dampf zu mir aufsteigen. Ich muss in den Krater hinuntergeblickt haben. Lag ich am Abgrund? Ich sah die Lavaströme, und ich sah die knochigen Vorsprünge im Krater.

Doch dann spürte ich, wie ich zurückgestoßen wurde und nach hinten fiel. Der Himmel taumelte durch mein Blickfeld, und ich fürchtete, ich könne mich überschlagen und wie ein Schneeball rückwärts den ganzen Berg hinunterrollen. Doch als ich in den Schnee fiel, blieb ich liegen und erhaschte einen letzten Blick auf die Erscheinung. Sie verschwand. Eine anschwellende Dampfwolke drang aus dem Abgrund, und indem sie nach oben wogte, verschwand Betty. Die Sonne war allzu hoch gestiegen, als dass der Rauch aus dem Erdinneren sie noch zu halten vermochte. Sie war verschwunden. Vielleicht, so dachte ich, bevor ich das Bewusstsein verlor, war sie es, die mich vom Rand zurückgestoßen hatte.

Der Leser dieser Zeilen wird sagen, es sei der Muchomor gewesen, und das kann ich nicht von der Hand weisen. Und andererseits, vielleicht war es ein Anfall – auch diese Möglichkeit besteht. Vielleicht war es beides zusammen. Doch ich sah, was ich sah, und von dem Augenblick an wusste ich, dass ich den Berg verlassen musste. Ich rappelte mich auf und stolperte den schneebedeckten Abhang hinunter.

Ich hatte die Orientierung verloren. Wahrscheinlich marschierte ich zeitweise den Berg wieder hinauf, obwohl ich überzeugt war, hinabzusteigen. Das Bild des Kindes stand mir immer wieder vor Augen. Mal sah ich es als gnädigen Engel; mal, ich gestehe es, als gespenstischen Dämon. Den ganzen Tag wanderte ich umher. Ich wanderte umher, bis ich blind war.

Bei all meinen gründlichen Vorbereitungen hatte ich nicht mit der Stärke der Sonnenstrahlen auf dem Schnee gerechnet. Nicht einmal die Korjaken hatten mich, in ihrer Aufregung über den Zorn des Vulkans, auf dieses Phänomen hingewiesen, und so versäumte ich es, mein Auge vor der Schneeblindheit zu schützen. Diese Nachlässigkeit hatte etwas Teuflisches. Als wäre sie Teil meiner Halluzinationen. Vielleicht war der ganze Aufstieg, mein gesamter Aufenthalt in Sibirien eine Halluzination.

Die Schneeblindheit jedoch war sehr real und äußerst schmerzhaft. Mein sehendes Auge brannte, als würde heißer Sand hineingeblasen. Die Geschwindigkeit, mit der die Beschwerden einsetzten, schürte meine Panik. Ich rannte tränenblind den Berg hinab. Nur aufgrund meiner Schreie dürften die Korjaken mich gefunden haben.

Einzig Dunkelheit kann Schneeblindheit heilen. Zwei Tage lang führten die Korjaken mich mit verbundenen Augen den Berg hinunter, während ich stöhnte und weinte. Zwei weitere Tage lag ich in Kljutschi in einer lichtlosen Jurte, in deren Innerem es ebenso dunkel war wie unter einer Augenbinde, sodass ich mich an ein

Verlies erinnert fühlte. Am zweiten Abend trat ich hinaus. Wolken verhüllten den Vulkan. Asche fiel vom Himmel.

Padarin stand vor der Jurte und schaute hinauf zu den mit Rauch vermischten Wolken und zum herabfallenden Staub, der aus dem Inneren der Welt zu kommen schien.

Ich sagte ihm, dass ich gehen würde. Keine Expedition. Kein Telegraph.

Er nickte.

Du hast gesehen, was du sehen solltest, sagte er. Und stapfte von dannen.

Am nächsten Morgen brach ich auf nach Petropawlowsk und machte mich auf die lange Heimreise.

Kapitel 17

Gespött und Krieg

Atlantik, April 1861

Der Schlachtenmaler

Das große Schiff war beinahe leer. Nur hier und da war auf der riesigen Deckfläche ein einsamer Passagier zu entdecken, der den Horizont betrachtete. Jack Trace, der am hinteren Schornstein stand und nach vorn schaute, sah sich bei diesem Anblick erinnert an John F. Kensetts Gemälde von Küstenlandschaften: eine große Landzunge, darauf, um den Maßstab zu verdeutlichen, ein einzelner Wanderer und im Hintergrund, eher eine Nebensächlichkeit, die blauen Wellen des Atlantiks.

Die *Great Eastern* dampfte nach Amerika, wie sie es seit nunmehr fast zwei Jahren tat: mit viel freiem Platz, sowohl an wie unter Deck, die Kabinen nur zu einem Drittel belegt. Seit jener unglückseligen Jungfernfahrt, als das Dampfventil explodiert war, hatte sich die *Great Eastern* auf der Fahrt nach New York an einem Felsen ein zwanzig Meter langes Loch in den Rumpf gerissen; und später, auf einer Fahrt von Amerika nach England, in einem Sturm vor der irischen Küste, hatte sie das Ruder verloren. Sie habe geschwankt wie ein Betrunkener, hieß es in den Berichten, und Dutzende Passagiere hatten Knochenbrüche erlitten, als das Mobiliar durch den großen Salon flog. Ein Rind war aus seinem Decksverschlag ausgebrochen und durch das Oberlicht des großen Ballsaals gestürzt, wo es kopfüber an einem Bein hängen blieb und muhte, derweil die Passagiere in panisches Angstgeschrei ausbrachen. In den folgenden Monaten war das Schiff zum Gespött der Meere und zum finanziellen Desaster für die Investoren geworden.

In den drei Jahren seit Abschluss seiner Dokumentaristentätigkeit der Kabelexpedition hatte sich Jack Trace als Zeichner und Kupferstecher bei mehreren Londoner Zeitungen verdingt, hatte für den Verlag Chapman and Hall zwei Romane illustriert und war sogar von Mr. Dickens persönlich gefragt worden, ob er ein Buch bebildern wolle, das in Paris und London spielte und dem der Autor damals den Titel »Zwei Städte« zugedacht hatte. (Trace musste »Boz«, wie seine Bekannten ihn nannten, absagen, weil die Chefredakteure der Zeitungen seinen Terminkalender mit Beschlag belegten.) Er verdiente gut, er hatte gut zu tun (damit, das Nachrichtenloch zu füttern), und er genoss den Respekt seiner Zeitungskollegen. Er führte ein beinahe gesetztes Leben.

Dann hatte Mr. Selcome, der Chefredakteur des Londoner *Evening Despatch*, Jack eines Abends zum Essen eingeladen.

»Trace«, sagte Selcome, »wir ziehen in den Krieg!«

»Wir beide?«, fragte Trace.

Selcome schüttelte heftig den Kopf. »*Amerika* zieht in den Krieg«, sagte er. »Mit sich selbst. Ich weiß es. Der neue amerikanische Präsident weiß es vielleicht noch nicht. Er tut jedenfalls so, als glaube er nicht daran. Aber ich habe, wie soll ich sagen, die verlässliche Zusage der anderen Seite, dass es so kommen wird. Und ich will Sie dabeihaben. Für uns. Ich werde Ihnen weit mehr zahlen, als Sie je als freischaffender Künstler in London verdient haben. Sie sind der Beste im ganzen Land. Hat mir Dickens persönlich versichert. Sie werden unser Künstlerischer Korrespondent.«

»Was soll ich tun?«, fragte Trace.

»Bilder schicken. Bilder vom Schlachtfeld. Zeigen Sie uns den Krieg. Steigern Sie unsere Auflage.«

»Ich soll in die Schlacht ziehen?«

Selcome nickte und nahm einen Schluck Wein, nickte so heftig, dass ein paar rote Tropfen auf dem weißen Tischtuch neben seinem dicken Handgelenk landeten.

Selcomes Vorschlag war so radikal – ein Künstlerischer Kriegskorrespondent in Amerika! –, und die Bezahlung war so großzügig, dass Trace nicht ablehnen konnte. Auch wenn sich das Blatt seiner Karriere mit der Explosion auf der *Great Eastern* gewendet und er es bis zum Dokumentaristen der Kabelexpedition gebracht hatte, spürte er ständig eine ihm wohlvertraute Leere in sich. Der dunkle

Winkel, der von seiner unbekannten Herkunft herrührte: Dieses Vakuum durchzog alles. Trotz seiner jüngsten Erfolge war es nach wie vor da, das wusste er. Vielleicht bestand die einzige Lösung darin, immer in Bewegung zu bleiben, die Ansprüche an seine Kunst immer weiter zu steigern, sich selbst einen Inhalt zu geben. Vielleicht war der amerikanische Krieg die Gelegenheit, die er brauchte.

Am nächsten Morgen erfuhr er, dass ihm Selcomes persönlicher Sekretär bereits eine Passage auf dem nächsten nach Amerika auslaufenden Schiff gebucht hatte: auf der *Great Eastern*.

Das Schiff hatte den Atlantik schon halb überquert, und Trace nahm ein spätes Abendessen ein, als er die Stimme hörte. Zunächst achtete er nicht darauf, dachte nur nebenbei, dass der Mann, wer er auch sein mochte, die Unterhaltung am Tisch hinter den Palmen weitgehend beherrschte. Doch als Trace die Worte »Washington« und »Krieg« hörte, ließ er die Speisekarte sinken und lauschte.

»Ist vielleicht ganz gut für einige dieser Nordstaatler, dass ich herüberkomme. Was, Schatz? Einen Arzt können sie sicher gut brauchen. Meine Güte, wenn dieser langarmige Affe von Präsident denkt, dass er sein Land ohne Krieg zusammenhalten kann, ist er wirklich ein Narr.«

Am Tisch wurde zustimmend gemurmelt. Trace versuchte erfolglos, durch das Dickicht aus Palmen und Farnen zu spähen. Dann bemerkte er, dass der Steward ihn fragend ansah. Er griff wieder zur Speisekarte und tat so, als würde er sie studieren.

An dem anderen Tisch stellte jemand eine Frage.

»Ja!«, krächzte die Stimme. Sie klang fast schrill, ein Quäken, das dünner war als die anderen Geräusche, sie aber dennoch alle übertönte.

Trace kannte die Stimme; er war sich ganz sicher. Er hatte sie schon im Bardolph gehört, zuvor jedoch, zum allerersten Mal, hier an Bord der *Great Eastern*, als das Schiff Metall und Dampf über seine Passagiere ausschüttete.

»Ja! Meine Nichte und ich sind ganz versessen darauf, eine Schlacht zu sehen, wie alle anderen auch. Wenn es dazu kommt. Könnte doch sehr aufregend werden. Was, Madeline?«

Als Trace ihren vollen Namen hörte, ausgesprochen von dieser Stimme, versetzte es ihm einen Schlag vor die Brust. Der Schmerz breitete sich über seinen ganzen Brustkorb aus. Sie saß direkt hinter den Palmen. Er fragte sich, ob wohl irgendeiner der glucksenden Tischgenossen auch nur für eine Sekunde glaubte, dass Maddy die Nichte dieses Esels war.

Wenigstens könnte er durch die Blätter lugen und einen Blick auf sie werfen.

Er tat es nicht. Er war noch nicht so weit. Außerdem beobachtete ihn ein Steward. Trace wurde nervös. Er begann zu schwitzen und stieß sich vom Tisch zurück, stand auf und schritt rasch an seinem Tischkellner vorbei.

»Sehr gut, das Essen«, sagte er. »Buchen Sie es auf Kabine einhundertvierzehn.«

»Aber Sir, Sie haben noch gar nicht bestellt.«

Doch Trace war längst fort, er rannte geradezu in seine Kabine.

DER SCHIFFSKÜNSTLER

Vom nächsten Morgen an spazierte Jack Trace ständig über Deck der *Great Eastern*. Zweimal sah er Whitehouse mit anderen Passagieren dort promenieren. Er redete wie immer geschwätzig und prahlerisch auf seine Begleiter ein und erzählte unermüdlich seine ganz eigene, reich ausgeschmückte Version der Geschichte des Atlantiktelegraphen. Maddy war beide Male nicht bei ihm; und Whitehouse nahm beide Male keinerlei Notiz von Trace.

Am Abend besorgte sich Jack von einem Steward, dem er ein Notenblatt der »*Great-Eastern*-Polka« abkaufte und bei diesem Anlass reichlich Trinkgeld gab, Whitehouses Kabinennummer. Er schaute in den Salon. Dort saß Whitehouse ohne Maddy an seinem Tisch. Jack eilte die Gänge entlang zur angegebenen Kabine. Er klopfte an die Tür.

»Ja?«, antwortete eine Frauenstimme durch die Tür.

»Der Schiffskünstler«, sagte Jack.

»Wie bitte …?«

»Der Schiffskünstler«, wiederholte Jack.

»Ich habe gar nicht … Hat E.O. …? Hat Dr. Whitehouse Sie …?«

Jack sprach durch die Ritze zwischen Tür und Rahmen. »Nein«, sagte er. »Ein reiner Höflichkeitsbesuch.«

Jack hörte erstauntes Gemurmel und Geraschel, dann klapperte das Schloss, und die Kabinentür öffnete sich.

Sie trug einen seidenen Morgenmantel, den sie mit einer Hand am Hals zusammenhielt.

»Du!«, sagte sie, und es gelang ihr, in rascher Folge überrascht, gekränkt und erfreut auszusehen. »Schiffskünstler!« Sie lachte. »Ganz schön frech«, sagte sie.

Sie hatte an Haltung gewonnen. Dennoch blitzte genug von ihrer alten, koketten Arroganz durch, um Jack unwillkürlich an die Nacht im Tunnel denken zu lassen.

Er hatte seinen Vorrat an Mut aufgebraucht, als er sie dazu brachte, die Tür zu öffnen. Jetzt, da er vor ihr stand, wurde er wieder schüchtern.

»Hallo«, murmelte er.

»Komm herein«, sagte sie. »Bloß eine Minute.«

Trace trat über die Schwelle und schloss die Tür.

»Mr. Whitehouse hat gerade mit dem Abendessen begonnen. Ich bin auf dem Weg hierher im Salon vorbeigekommen. Ich habe gesehen, wie er sich zum Essen setzte.«

Maddy nickte. Sie musterte Trace von oben bis unten. Ein ironisches Lächeln huschte über ihr Gesicht. »Du bist nicht gekommen, um mich zu zeichnen. Wo sind Papier und Stift?«

Trace war viel zu aufgeregt, um zu antworten; er hatte keine Ahnung, wo seine Zeichenutensilien sein mochten.

Maddy trat zurück in die Mitte der Kabine. Trace blieb an der Tür stehen.

»Wie ist es dir ergangen?«, fragte er.

»Mir?«, fragte Maddy zurück. Sie setzte sich auf eines der beiden großen Betten. Der Raum war sehr viel nobler eingerichtet als Traces Kabine. Whitehouse konnte sich offenbar eine Suite mit untereinander verbundenen Zimmern, eigenem Wasserklosett, Tagesdecken, zwei an der Wand verschraubten Kleiderschränken und Vorhängen vor jedem der vier Bullaugen leisten. Im Vergleich dazu sah Traces Kabine aus wie die Kammer eines Heizers.

»Ach«, sagte sie, »du siehst ja selbst ...«

»Es scheint dir nicht schlecht zu gehen als Nichte von Whitehouse«, sagte Trace.

»Ich will mir Amerika anschauen«, sagte sie.

»Ich auch«, sagte Trace.

»Um zu zeichnen?«, fragte Maddy.

»Als Schlachtenmaler«, sagte Trace. »Mein Chefredakteur ist davon überzeugt, dass es Krieg geben wird.«

»Dann musst du dich vorsehen.«

»Ja. Werde ich. Danke … Hör mal … kann ich dich wiedersehen?«, fragte er. »Irgendwo anders?«

Maddy schien ihn zu taxieren, während sie sich ihre Antwort überlegte.

»Nur zum Reden«, sagte Jack. »Für ein privates Gespräch.«

»Privater als jetzt?«, fragte Maddy.

»Nein, nein«, sagte Jack. »Ich meine ja nur, er kann doch jeden Moment hereinkommen.«

»Ja, das könnte er, wohl wahr«, sagte Maddy. »Wie aufregend.« Und sie erschauerte ein wenig auf dem Bett.

»Ach nein«, sagte Jack. »Lassen wir das.«

»Ohhh«, sagte Maddy. »Ich mache doch bloß Spaß. Jedenfalls ein bisschen. Klar können wir uns sehen. Es muss allerdings, mal überlegen, sehr früh sein. Frühmorgens. An Deck.«

»Sehr früh, ist gut.«

»Dann schläft E. O. noch. Bis gegen Mittag rührt er sich nicht. Ich werde da sein.«

Am nächsten Morgen kletterte Trace um sieben Uhr den Niedergang zum Hauptdeck hinauf, die Zeichenmappe unter dem Arm. Maddy dachte sicher, er wolle sie porträtieren. Und das war schließlich auch der Plan.

Er trat an Deck und ging zum hinteren der fünf Schornsteine der *Great Eastern*. Maddy erwartete ihn bereits. Die Sonne war schon aufgegangen, hing aber noch knapp über dem Horizont, verdeckt von einem Haufen rosig getönter Wolken. Der Rest des Himmels war von einem blassen, ungetrübten Blau.

»Ich hoffe, du findest mein Benehmen nicht ungebührlich«, sagte Trace.

»Das hätte ich doch wohl schon gesagt, oder? Dann wäre ich gar nicht gekommen.« Maddy stieß ihn sanft neckend mit der Hand vor die Brust. Sie trug ein hübsches Kleid aus brauner Baumwolle und eine dunkelgrüne, bestickte Stola mit Fransen, die im morgendlichen Westwind flatterten.

»Natürlich«, murmelte Trace. Dann hielt er die Zeichenmappe hoch. »Darf ich …?«

»Mich?«

Trace nickte.

»Aber Herr Zeichenkünstler. Es wäre mir eine Ehre.«

Seine Antwort bestand darin, dass er ihren Arm nahm, sie auf die Leeseite des Schornsteins führte und an der Reling in Positur stellte. Sie verströmte einen zarten Duft, der vielleicht von ihrem Parfüm herrührte, dem ein Ton von Geißblatt eigen war. Er stützte seinen Zeichenblock auf der Lehne eines Liegestuhls ab und begann, getragen von einer Art Schwindelgefühl, sie zu zeichnen.

Maddy richtete den Blick auf den Horizont, wo sich die beiden blauen Elemente im kaum merklichen Stampfen des Schiffes aneinander rieben.

»Also dann erzähl mir mal, wie es dir so ergangen ist«, sagte sie.

Er wollte ihr von dem anderen Kunstwerk erzählen, das er zu zeichnen oder vielmehr zu malen hoffte, vom großen Wandbild zur Darstellung des herrschenden Zeitalters, von jener Vision, die ihn bei ihrer ersten Begegnung heimgesucht hatte. Aber das alles schien ihm zu weit hergeholt. Es reichte schon, dass er sie zeichnete.

Also sprach er von seinen Zeitungsaufträgen, davon, wie gut sie gewesen seien, und dass sie ihm allerdings ein bisschen, na ja, langweilig geworden seien und dass er sich spontan entschieden habe, das Angebot seines Chefredakteurs anzunehmen.

»Ich brauchte mal Veränderung«, sagte er.

»Veränderung kann sehr gut sein«, sagte Maddy. »Ich denke dauernd über Veränderung nach.«

Sie versanken in Schweigen, während Trace zeichnete. Die Rollen von Künstler und Modell boten ihnen beiden Schutz. Sie nahmen sie dankbar an.

Trace fand, dass Maddy sich tatsächlich verändert hatte. Alle geschäftstüchtige Koketterie und Zweideutigkeit, die sie früher an den Tag gelegt hatte, war verschwunden. Hatten die gesellschaftlichen Anforderungen, die ihre Rolle als Mätresse mit sich brachte, sie reifen lassen – Anforderungen, die vielleicht auch unerfreuliche Pflichten im Schlafzimmer einschlossen –, war sie weltgewandter und zugleich zynischer geworden? Nicht wirklich, dachte Trace, denn als er sie jetzt ansah, war er sicher, Spuren von Verletzlichkeit zu entdecken. Doch die waren vielleicht nur dem milden Morgenlicht geschuldet.

»Hallo! Wen haben wir denn hier?«

Die Stimme. Trace klappte seinen Zeichenblock zu.

Es war Edward Orange Wildman Whitehouse, der hinter dem Schornstein auftauchte. »Aha, der Zeichenkünstler vom Kabel. Hallo, meine Liebe.«

Nach diesem kurzen Gruß in Maddys Richtung heftete Whitehouse seinen bohrenden Blick auf Trace. Er muss uns schon eine Weile beobachten, dachte der. »Zu schwer, das Abendessen gestern. Konnte nicht schlafen. Bin spazieren gegangen. Was für ein Zufall, Sie hier auf See zu treffen, Mr. äh …«

»… Trace.«

»Ach ja. Nun denn. Unterwegs in die Vereinigten Staaten?«

»In der Tat«, antwortete Trace.

»Und zu welchem Behufe, wenn ich fragen darf?«

»Arbeit«, sagte Trace. Er tippte auf die geschlossene Zeichenmappe.

»Darf ich?«, fragte Whitehouse. Er hatte seine Hand schon an der Mappe. Maddy runzelte die Stirn, als Trace sie ihm überließ.

»Sieh einer an. Arbeit, na ja«, sagte Whitehouse, als er die begonnene Skizze betrachtete. »Charmant.«

»Ihre … *Nichte* … hat mir freundlicherweise erlaubt …«

Whitehouse schüttelte den Kopf und unterbrach Trace mit erhobener Hand. »Wir wissen beide, wer diese Frau ist, Sir. Entschuldige, meine Liebe, dass ich darauf herumreite, aber ich denke, es ist besser, die Dinge zu klären. Wir wissen alle drei, dass ihr Leben durch die Verbindung mit mir unschätzbar an Wert gewonnen hat, aber wir kennen auch die Erfordernisse, die meine Zuflucht zur Bezeichnung ›Nichte‹ nötig machen.«

»In der Tat«, sagte Trace.

»Ich hatte eigentlich erwartet«, fuhr Whitehouse lächelnd fort, »dass Sie mich direkt auf unsere Wette ansprechen würden, nachdem Ihnen zur Kenntnis gekommen war, dass wir zusammen auf dem Schiff sind. Sie erinnern sich doch an unsere Wette? Es wäre gar nicht nötig gewesen, dieses frühmorgendliche Rendezvous zu arrangieren, zumal Sie doch mit *mir* gewettet haben.«

»Wette?«, fragte Maddy.

»Ja, meine Liebe. Du sollst eine Nacht mit unserem Freund, dem Zeichenkünstler, verbringen. Sie sehen, Mr. Trace, ich vergesse meine Einsätze nicht. Ob ich gewinne oder verliere: Ich vergesse nichts.«

»Wette?«, fragte Maddy noch einmal, aber nicht etwa schockiert, sondern bloß neugierig, bloß interessiert an sachlicher Information. »Ja, du … wir … können uns beim Scheitern des Transatlantikkabels bedanken«, sagte Whitehouse. »Würde euch beiden heute Nacht passen?«

»Hören Sie, Mr. Whitehouse«, sagte Trace. »Wenn Sie glauben …«

»Heute Nacht passt sehr gut«, warf Maddy ein und machte einen Schritt nach vorn. Sie bedachte Trace mit einem durchdringenden Blick, und der hatte das Gefühl, die *Great Eastern* sei eine sturmgebeutelte Pinasse und nicht das größte Schiff der Welt, das ruhig durch die morgenglatte See pflügte.

FORTSCHRITT DES ZEITALTERS

Maddy hatte beschlossen, E.O. Wildman Whitehouse zu verlassen. Das war die Veränderung, über die sie nachgedacht hatte. Sie hatte sich vorgenommen, die Trennung noch nicht in Amerika zu vollziehen, dafür aber gleich bei ihrer Rückkehr nach England. Sie hatte einen Plan.

Und Trace beschloss, sein großes Wandbild zu malen, den »Fortschritt des Zeitalters«. Aber auch er wollte das noch nicht in Amerika tun. Sondern nach dem Ende des Krieges. Wenn es denn einen Krieg gäbe.

Sie fassten ihre Entschlüsse beide während ihrer Nacht in Traces enger Kabine. Nach den Intimitäten nahm er sich ein Herz und erzählte Maddy von seinem Wandbild, beschrieb es in allen Einzelheiten, so gut er konnte. Die Bilder, die Vorstellungskraft und das Feuer seiner Phantasie, das in den Gesten im Lampenlicht seinen Ausdruck fand, faszinierten sie dermaßen, dass sie das Gemälde im Halbdunkel der Kabine beinahe vor sich schweben sah. Immer wieder forderte sie ihn auf, weitere Einzelheiten zu beschreiben, und je länger er, dort im dunklen Bauch der *Great Eastern*, erzählte, desto mehr war er selbst überzeugt von der Größe der Idee und davon, dass er sie in die Tat umsetzen würde.

»Hast du mehr gesehen, als wir es eben gemacht haben?«, fragte Maddy. »Und wenn wir es noch öfter tun, wirst du dann immer noch mehr sehen?«

»Mehr wovon?«

»Von dem Bild, du Dummkopf. Du hast mir doch erzählt, wann du die Idee bekommen hast. Vielleicht brauchst du noch mehr Ideen.« Sie griff nach ihm.

»Davon brauche ich auf jeden Fall noch mehr«, sagte Trace.

Maddy kicherte. »Das ist schon in Ordnung, ich kann's kaum erwarten, dass was dabei rauskommt.« Und sie kuschelte sich an ihn, während er an die Decke starrte und sich sein Wandbild vorstellte.

Nachdem sie ein paar Minuten geschwiegen hatten, stützte sich Maddy auf ihren Ellbogen, sah Jack an und fragte: »Wenn du doch die Wette gewonnen hast, warum bist du dann nicht zu mir gekommen? Warum hast du deinen Gewinn nicht eingefordert?«

»Ich habe daran gedacht«, sagte Trace.

»Ach wirklich?«

»Ja. Ich habe an *dich* gedacht. Ich denke jedes Mal an dich, wenn ich an das Bild denke.«

»Und du denkst oft an das Bild.«

»Ja.«

»Aber den Gewinn deiner Wette hast du nie eingefordert.«

»Nein.« Jack runzelte die Stirn. Er verschränkte die Arme fest vor der Brust. »Das konnte ich einfach nicht.«

»Warum nicht?«

»Es schien mir so … es schien mir einfach der falsche Weg zu sein.« Trace stützte sich ebenfalls auf einen Ellbogen und sah sie an.

»Und darum konnte ich nicht«, sagte er. »Ich wollte ja. Ich habe an dich gedacht. Aber dich zu finden, Whitehouse zu finden und ihm zu sagen …«

Er ließ sich seufzend wieder aufs Kissen sinken. »Die ganze Zeit konnte ich nicht.«

»Aber schließlich ist es doch passiert«, sagte Maddy. »Jetzt sind wir hier zusammen.«

»Du hast nachgeholfen«, sagte Trace.

Maddy kicherte wieder. »Ja, stimmt, oder?« Sie schmiegte sich an ihn.

Ihr wurde langsam klar, dass es nicht das Schlechteste war, als Wettgewinn von einem Mann an den anderen weitergereicht zu werden. Sie mochte ihren Zeichenkünstler. Seine Zärtlichkeiten waren zwar zunächst schüchterner gewesen als die von E.O., aber bei genauer Betrachtung waren sie freundlicher und großzügiger. Er ließ ihr Raum zum Denken, und sie begann, ihr Leben jenseits der Annehmlichkeiten zu betrachten, die ihr E.O. trotz aller Ausbrüche und Ansprüche geboten hatte. Sie konnte sich vorstellen, auf eigenen Füßen zu stehen.

»Was wirst du tun, wenn du ihn verlassen hast?«, fragte Trace.

Maddy zuckte mit den Achseln.

»Ich habe ein bisschen Geld beiseite gelegt«, sagte sie. »Aber davon weiß er nichts. Ich könnte mich selbstständig machen. Würdest du mein Etablissement beehren?«

»Womöglich.«

»Ach, wenn du das Bild malst, wirst du gar keine Zeit mehr für mich haben. Du wirst in ganz London gefeiert werden. In Paris. In Amerika.«

Dazu wusste Trace nichts zu sagen. Er freute sich an der Vorstellung, in aller Welt gefeiert zu werden, aber nicht an der Folgerung, dass er keine Zeit mehr für sie haben würde. Es gefiel ihm, hier mit ihr zu liegen. Gemeinsam lauschten sie dem Stampfen der Schiffsmaschinen tief unter ihnen.

»Weißt du, was«, sagte Maddy nach einer Weile, »dieses Schiff hat meinen Vater umgebracht. Er ist bei den Bauarbeiten zu Tode gekommen. Am Tag des Stapellaufs. Ich habe es allerdings erst Monate später erfahren.«

»Mein Gott«, murmelte Trace. Er wollte ihr sein Beileid ausdrücken, doch zugleich konnte er nicht anders, als Einzelteile seiner Erinnerung zusammenzusetzen, den durch die Luft fliegenden Leichnam, den blutigen Tod.

»Ach, du musst kein Mitleid mit mir haben. Er war kein besonders guter Vater. Ein richtiger Drecskerl, wenn du es genau wissen willst. Ich war eigentlich froh, ihn los zu sein. Ist aber schon komisch: Er zeugt mich, er baut dieses Schiff, und hier bin ich.«

»Ja«, sagte Trace, denn es war nicht der Augenblick, mehr zu sagen, »hier bist du.«

»Schon gut, du hast ja recht: *wir*. Du und ich, Herr Zeichenkünstler. Hier sind *wir*.« Und sie schwang das Bein über ihn.

Nach ihrer gemeinsamen Nacht sahen sich Trace und Maddy ein letztes Mal auf dem Schiff. Und zwar bei ihrem Treffpunkt am hinteren Schornstein. Sie hatten die Sonne aus dem Meer steigen sehen.

Dann bemerkte Trace, wie Whitehouse die Reling entlang auf sie zukam, als wüsste er, wo sie steckten.

»Geh, bevor er hier ist«, sagte Maddy.

Trace nickte. Sein Verhalten war zwar nicht besonders ritterlich, aber dafür musste er sie auch nicht wie ein Besitzstück an ihren rechtmäßigen Eigentümer zurückgeben.

Trace drückte ihr die Hand und ging in Richtung Heck. Einmal drehte er sich noch um, und er sah Maddy, die die Stola fest um die Schultern geschlungen hatte und ihm nachsah, während Whitehouse zu ihr trat. Der war damit beschäftigt, seinen im Wind flatternden Umhang zusammenzuraffen. In diesem Augenblick drückte eine Bö den schwefligen Kohlenrauch vom Schornstein hinab aufs Deck. Trace musste die Augen schließen, die Luft anhalten und sich abwenden. Als er wieder nach vorn sah, waren Whitehouse und Maddy verschwunden.

Kapitel 18

Die Ludlow-Kanone

Pittsburgh, Frühherbst 1862

In der Giesserei

Von den Schienen unter der Decke hingen schwarze Ketten wie Lianen im Dschungel, und das Rasseln ihrer Glieder, wenn sie durch die Rollen der Flaschenzüge liefen, klang wie das Klappern Tausender Zähne von Tausenden Totenschädeln. Aus dem riesigen Hochofen drangen die fauchenden Geräusche von Aufruhr und Zerstörung; Wagenladungen von Koks verbrannten; die dampfgetriebenen Blasebälge neben dem vierstöckigen Gebäude bliesen tausend Quadratmeter Flammen über das geschmolzene Metall im Inneren des Ofens; der Rauch stieg in endlosen Schwaden durch die Schornsteine und erfüllte den Himmel über dem Tal.

Ein Mann ging den Laufsteg oben an den Lichtgaden entlang und öffnete mit einem langen Holzstab die rußigen Kippfenster. Auf der windzugewandten Seite war der schwarze Himmel von Sternen übersät. Der Mann auf dem Laufsteg trug eine lederne Schutzmaske vor Nase und Mund. Sein Kopf war in nasse Stofffetzen gewickelt, die an einen Turban erinnerten. Er hob seine Ledermaske und nahm mit einem Schöpflöffel einen Schluck Wasser aus einem Eimer. Er streckte die Zunge der Flüssigkeit entgegen. Er trank, so viel er mochte, und spuckte dann aus Übermut einen Mundvoll über die Brüstung. Nicht ein Tropfen kam auf dem Hallenboden an. Alles verdampfte in der wirbelnden Hitze, die den Hochofen umgab.

Seit mehreren Tagen wurde nun schon Eisen geschmolzen, und bis zum Morgengrauen dürfte es wohl noch dauern, bis der Abstich geöffnet würde und der Stahl in die riesige Kanonenform flösse, die in einer Gießgrube in den Boden eingelassen war.

Bis zum Morgengrauen, das jedenfalls hatte Chester Ludlow van der Wees und Katerina gesagt. Er hoffte, die Nacht in der Gießerei ausharren zu können, sofern ihm die Hitze nicht allzu sehr zusetzte.

Er fabrizierte in dieser Hölle aus Hitze und Lärm die größte Kanone, die je gebaut worden war. Eine Kanone, entworfen von Chester Ludlow, dem ehemaligen Leitenden Ingenieur und Planungsleiter Elektrik des Transatlantischen Telegraphen (er ruhe in Frieden), heute Spezialist für Artillerie und Ingenieur in Diensten der Army of the Potomac. Er wollte die Kanone nach dem Stahlwerk Monongahela nennen, doch der Spitzname, der sich durchsetzte, war »die Ludlow-Kanone«.

Das Geschütz sollte neunzig Tonnen wiegen und würde wie eine Armstrong-Kanone die Form einer riesigen Flasche haben und von der Mündung zum Verschluss an Umfang zunehmen. Diese Verstärkung würde die Kanone vor der Explosion und die Geschützmannschaft vor dem Tode bewahren. Die Kanone würde eine Zündladung von fast dreihundert Pfund aufnehmen, hatte Chester berechnet, und ein Geschoss von einer halben Tonne Gewicht etwa zehn Meilen weit schießen.

Die Nachtschicht tat ihre Arbeit. Die Heizer schoben Koksloren zu den Einfülltrichtern und traten die Ofentüren auf, hinter denen sich die weißen Flammen für einen Augenblick vom Schmelzen des Erzes abzuwenden und zur Öffnung zu rasen schienen, um den frischen Brennstoff zu verschlingen, doch sogleich wurden sie von den Drehblasebälgen wieder zurückgetrieben in die Richtung des flüssigen Metalls.

Ein wahrhaft höllisches Spektakel – der Schmelzofen, der unnachgiebige Brennstoff, der überwältigende Lärm, der beißende Gestank, das Deckengewölbe im pulsierenden Licht der Flammen, der stoßweise austretende Rauch, die Männer, die in ständiger Gefahr arbeiteten oder erschöpft auf Kohlehaufen herumlagen – doch die Umgebung stimulierte Chester. Das sollte nicht so sein, dachte er. Dies hier war Kriegshandwerk; ach, möge der Himmel ihm verzeihen, es stimulierte ihn trotzdem.

»Es ist deine Religion.«

Das sagte er nicht laut. Katerina Lindt hatte es gesagt.

Sie war in sein Leben zurückgekehrt. Der Krieg hatte sie zu ihm gebracht. Der Krieg und Russell van der Wees.

Nach dem Scheitern des Kabels war Chester untergetaucht. Von Franny getrennt, lebte er allein in Willing Mind. Er hatte keine Ahnung, wo Katerina steckte. Er begann zu trinken. Der Whiskey half, die Leere seiner Tage vergessen zu machen. Er versuchte die Geschichte der Kabelexpedition zu schreiben, aber seine Gedanken verwirrten sich oder blieben ganz aus, sie waren zu sehr mit den Erinnerungen an den Niedergang seines Lebens verwoben, an die Zerstörung seiner trügerischen Hoffnungen. Hin und wieder übernahm er einen kleineren Bauauftrag in der Gegend: eine neue Brücke für die Straße nach Falmouth, die Renovierung der Uferbefestigung am Fischerkai des Dorfes. Doch die meisten Tage krochen ereignislos dahin. Drei Jahre zogen ins Land, das – wenn auch fern der Küste von Maine – allmählich vom Krieg verwüstet wurde.

Dann erschien eines Wintertages ein Mann, der um Hilfe für die Sache der Union bat. An jenem Morgen war Chester dermaßen verkatert und niedergeschlagen, dass er den Unterabteilungsleiter im Kriegsministerium, Russell van der Wees, beinahe wieder hätte fortschicken lassen, ohne ihn empfangen zu haben.

Doch van der Wees war hartnäckig. Er ließ die aufgeregte Mrs. Tyler links liegen, wobei er den Schnee von draußen durch die Eingangshalle und die halbe Treppe hinaufschleppte, und klopfte im ersten Stock an Chesters Zimmertür.

»Wer ist da?«, stöhnte Chester.

Van der Wees stellte sich vor, sagte, er habe vor vielen Monaten an den Feierlichkeiten zur erfolgreichen Verlegung des Kabels im Metropolitan Hotel teilgenommen und klopfe nun, am wahrhaft kältesten Tag, den Maine zu bieten habe, auf Geheiß des Präsidenten an seine Tür.

»Präsident wovon?«, fragte Chester vom Bett aus, wo er sich inzwischen – sehr langsam, damit sein Schädel nicht explodierte – aufgerichtet hatte. Das vom Schnee und vom Atlantik reflektierte Sonnenlicht schlug ihm gleißend weiß durch die Fenster entgegen.

»Der Präsident der Vereinigten Staaten von Amerika.«

»Das wäre also Lincoln.«

»Genau der, Gott schütze ihn.«

»Was will er?«

»Das mächtigste Geschütz, das je gebaut wurde.«

»Und dafür braucht er einen Ingenieur?«

»Und der wären Sie. Darf ich eintreten?«

Auf dem Bett, im grellen Licht des Morgens, erörterten die beiden den Auftrag, für den nicht der Präsident persönlich Chester, dessen Kopf allmählich aufklarte, ausgesucht hatte – vielmehr war van der Wees selbst, wie er zugab, auf die Idee gekommen. Als Unterabteilungsleiter im Kriegsministerium war er lediglich der Gesandte des Präsidenten. Chester hatte ihn beeindruckt. Van der Wees lobte Chesters Ingenieurkunst in höchsten Tönen und erklärte – wobei er den Blick vielsagend über die leeren Whiskeygläser an der Bettkante schweifen ließ –, es sei unverantwortlich, diese Fähigkeiten länger schlummern zu lassen.

Dieser van der Wees, das wurde Chester allmählich klar, hatte Zugang zu erschreckend weitreichenden Informationen. Er machte dunkle Andeutungen über Frannys Verschwinden und Chesters melancholischen Rückzug nach Willing Mind. Vor allem aber lobte er Chesters vielseitige Fähigkeiten als Ingenieur.

Chester wusste, dass man ihm schmeicheln wollte, und war deshalb vorsichtig. Van der Wees jedoch erwies sich als ebenso hartnäckig wie überschwänglich. Er nahm sich in Falmouth ein Zimmer und kam jeden Tag nach Willing Mind, um mit Chester zu reden, zu trinken, eine positive Antwort aus ihm herauszulocken. Am Ende der Woche kam Chester zu dem Schluss, dass er die Gelegenheit ergreifen musste, wollte er nicht seinen Ehrgeiz und seine Zukunftsaussichten für immer begraben. Van der Wees hatte ihn überzeugt. Sie besiegelten die Abmachung mit Handschlag.

Chester stürzte sich in die neue Aufgabe: Er vertiefte sich in seine alten Bücher über Metallkunde; er korrespondierte mit General Thomas Rodman, dem Artilleriespezialisten der Unionsarmee, und Sir Henry Bessemer, dem berühmten englischen Metallurgen; er testete seine selbst konstruierten Modelle auf den Klippen von Willing Mind (und ließ seine Blindgranaten in hohem Bogen über Gil Tylers Bojen segeln); er goss einen Prototyp von einem Viertel der angestrebten Größe in der Gießerei von Wiscassett in der Nähe von Bath, wobei er ein von ihm selbst erdachtes Hohlgussverfahren anwandte, bei dem der Geschützlauf von innen nach außen auskühlte; und all diese Vorarbeiten hatte er binnen sieben Monaten erledigt, sodass er zum Mittsommer nach Pittsburgh reisen konnte. Van der Wees hatte ihm telegraphiert, er solle rasch nach Washington kommen. Wenn er es bis Freitag schaffe, habe van der Wees noch eine Überraschung für ihn, bevor sie nach Pittsburgh weiterreisten.

Chester vermutete, es könne sich um eine Audienz beim Präsidenten persönlich handeln. Und in gewisser Weise hatte er richtig vermutet: Sowohl Chester als auch Präsident Lincoln waren, wie einige hundert andere Menschen, im *Richard Theater* Zuschauer eines Solokonzerts von Katerina Lindt.

»Sie hat das Land im Sturm erobert«, sagte van der Wees zu Chester, als der Applaus aufbrandete, »oder zumindest recht anständige Erfolge mit ihrer Konzerttournee erzielt. Angeblich hat Mrs. Lincoln den Wunsch geäußert, sie möge nach Washington zurückkehren, aber ich weiß zufällig, dass es der Präsident selbst war.«

Chester bemühte sich, die Fassung zu bewahren und nicht an Katerina zu denken – die noch nicht auf der Bühne erschienen war –, indem er zum groß gewachsenen, nachdenklichen Präsidenten und zu dessen sehr viel kleineren Gattin hinaufblickte, die gerade in ihrer Loge den Applaus des Publikums entgegennahmen. Chester war viel zu nervös, um sich nach alter Gewohnheit im Zuschauerraum nach attraktiven Frauen umzuschauen. Er hatte Katerina seit fast vier Jahren nicht gesehen.

Dann kam ihr Auftritt. Die Zuschauer – Präsident Lincoln und seine Gattin eingeschlossen – sprangen auf und begrüßten Katerina mit Ovationen. Sie sollte an diesem Abend Klavierstücke von Schubert, Brahms und sogar – beinahe skandalös – von Liszt vortragen.

Chester sah zur Präsidentenloge hinauf, wo Mr. Lincoln sich über die Brüstung beugte und lächelnd die großen Hände gegeneinanderschlug, während Katerina sich verbeugte. Ihre blonden Locken umspielten ihr strahlendes Gesicht, und ihre blauen Augen sahen rasch zur Loge hinauf, derweil ihre Hand auf dem Flügel ruhte und ihre Finger womöglich eine Notensequenz spielten, die sie gleich zu Gehör bringen würde. Und Chester musste daran denken, wie diese Finger einst auf seinem Körper gespielt hatten und wie lange das her war.

Van der Wees flüsterte ihm zu: »Ich habe ihr gesagt, dass Sie hier sind.«

Sie trafen sich nach der Vorstellung. Chester und van der Wees drängten sich durch den schmalen Gang, der hinter der Bühne zu Katerinas Garderobe führte, wo sie gerade noch die lange Gestalt des Präsidenten mit dem hohen Zylinder durch den Bühneneingang verschwinden und in eine wartende Kutsche steigen sahen.

Katerina ließ sich von Chester sittsam die Hand küssen.

»Ich höre, der Präsident ist von deinem Spiel angetan«, sagte Chester.

»Er trauert um seinen Sohn«, sagte sie. »Musik hilft dabei. Das verstehst du doch.«

Chester war erschüttert, denn einen Augenblick lang verstand er es nicht, weil er den Verlust seines eigenen Kindes, weil er Betty, weil er Franny vergessen hatte, alles vergessen hatte außer der Hand Katerina Lindts, die er endlich wieder berührte.

DER GUSS

Morgengrauen. Es gefiel ihr nicht sonderlich, dass man zu solch unvernünftiger Uhrzeit Kanonen gießen musste. Selbst bei Tagesanbruch war die Gießerei ein schmutziger, heißer, lauter, ungeheuer aufregender Ort. Das Gebäude und die Männer, die an, über und neben dem riesigen Hochofen arbeiteten, erregten sie über die Maßen. Unter den Männern der Ofenschicht befanden sich einige Neger; die meisten arbeiteten mit freiem Oberkörper, Kohlenstaub und Schweiß hatten wilde Muster auf ihre Haut gezeichnet. Unterabteilungsleiter van der Wees hatte ihr geraten, ihre ältesten und dunkelsten Sachen zu tragen, und sie hatte sich für ein abgetragenes schwarzgraues Kleid entschieden. Ihr Haar hatte sie unter einem breitkrempigen Strohhut verborgen, der allerdings die Hitze der Gießerei geradezu an ihrem Kopf zu konzentrieren schien, was sie schwindeln machte. Doch sie bewahrte Haltung und war entschlossen, Chester auf dem Laufsteg zu bewundern, von wo er den Abstechern seine Befehle zurief.

Das war der Lohn fürs Aufstehen im Morgengrauen: Zum ersten Mal seit dem erneuten Aufflammen ihrer Affäre sah Katerina Lindt den alten Chester Ludlow bei der Arbeit.

Katerinas Weg zurück zu Chester hatte bereits mit dem Bruch ihrer Beziehung und dem Bruch des Kabels begonnen. Sie hatte

J. Beaumol Spudes Angebot angenommen, dass er den Beginn ihrer neuen Karriere in Amerika unterstützen würde. Spude hatte ihr eine Bleibe an der Fifth Avenue besorgt, nicht weit von der katholischen Kirche, die dort gerade erbaut wurde. Im zweiten Stock des geräumigen Hauses ließ er ihr ein Piano zum Üben aufstellen. Nach zwei Monaten hatte er ein Konzert für sie in einem Salon in der Nähe der Cooper Union arrangiert und ein weiteres in Boston. Ein paar Monate später war ihr Name weithin bekannt – die »preußische Euterpe« wurde sie genannt –, und sie konnte sich vor Konzertangeboten und Einladungen im ganzen Land kaum retten.

Die ganze Zeit war und blieb Spude genau das, was er ihr versprochen hatte zu sein: Förderer ihrer Kunst. Sie hatte sich auf die Möglichkeit vorbereitet, dass er eines Abends nach dem Konzert zu ihr käme, um in seiner Eigenschaft als ihr Förderer über »künstlerische Fragen« zu reden, dann aber seine wahren Absichten zu enthüllen. Doch das geschah nie. Spude hatte offenbar ein echtes Interesse an ihrer Kunst. Wie grob er auch immer sein mochte, ihre Musik schien er instinktiv zu verstehen.

Sie hatte andere Bewunderer, darunter den Präsidenten einer Eisenbahngesellschaft und später einen Bildhauer, mit denen sie diskret das Bett teilte. Diese Affären – obwohl die erste über ein Jahr und die zweite sogar fast zwei Jahre währte – waren eher eine lose Folge von Rendezvous denn ernsthafte Beziehungen. Sie trugen zur Unterhaltung Katerinas bei, inspirierten sie sogar musikalisch, doch war sie nicht mit dem Herzen bei der Sache.

Nach ihrem ersten Konzert in Washington lernte sie beim Empfang am Sitz des Präsidenten van der Wees kennen, der ihr von Chester Ludlow erzählte.

Auf dem Laufsteg stand Chester in gebieterischer Haltung und gab dem Mann am Gießkanal das Zeichen für den Abstich. Der Blick hinauf zum Laufsteg hatte Katerina an die Auslegerbrücke über Joachims Modell von London erinnert: eine Welt zu Füßen.

Eine Bewegung glühender Flüssigkeit erregte ihre Aufmerksamkeit. Zunächst nur ein rotgoldenes Tröpfeln, dann ein dichter, flammender Eisenstrom, der sich aus dem Hochofen in die Gussform wälzte, die in die Grube im Boden der Gießerei eingelassen war. Die Heizer überall im Raum brachen in Jubel aus. Chester wandte sich ihnen zu und stand mit aufgerollten Hemdsärmeln und gelöstem

Halstuch da, rot angestrahlt im Licht des glühenden Metalls, das von seinen Brillengläsern blitzend zurückgeworfen wurde.

»Vulkanus«, sagte van der Wees, der neben Katerina stand.

»Vulkanus war lahm und hässlich«, sagte Katerina.

»Mein Fehler«, sagte der Unterabteilungsleiter, der sich verbeugte und seinen Irrtum zu genießen schien.

Das Loch, in dem das Metall verschwand, war eine wenig beeindruckende kleine Klappe im Boden. Die Gussform für die Kanone reichte zehn Meter tief in die Erde. In den Abkühlungskern, der das Kaliber des Rohrs vorgab, wurde Wasser gefüllt, während das heiße Metall den Gießkanal hinabfloss. Unten schaufelten Heizer brennenden Koks in den Formmantel, um die äußeren Metallschichten heiß zu halten, damit das Rohr von innen auskühlen konnte – auf diese Weise zog sich jede einzelne Metallschicht von außen zusammen und umhüllte das Innere umso fester.

Katerina hörte, wie die Oberheizer Befehle in die Kellergänge hinunterbrüllten. Chester kam vom Laufgang herunter, lächelte ihr zu, schüttelte van der Wees die Hand und sagte, er müsse nach unten und schauen, wie der Guss verlaufe.

»Es ist wundervoll«, sagte sie. »Du schaffst etwas Großartiges.«

»Es ist für den Krieg«, sagte Chester, und die Überraschung in seinem Blick legte den Verdacht nahe, dieser Gedanke sei ihm zum ersten Mal gekommen. »Es ist ein Kriegsgerät.«

»Ein Gerät, um den Krieg zu *beenden*«, wandte van der Wees ein.

Katerina fasste Chester bei beiden Händen und zog ihn an sich, legte ihre Wange an seine und flüsterte:»Du bist wunderbar«, um dann rasch ihre Zunge in sein Ohr zu stecken.

Sie spürte in ihren Händen, wie Chester zuckte, und lachte auf.

Sie folgte van der Wees und ließ Chester weiterarbeiten. In den Monaten seit ihrem Wiedersehen hatte Katerina ihre Konzertauftritte meist in seiner Nähe arrangiert, damit sie die Nächte zusammen verbringen konnten. Sie war für eine Reihe von Konzerten in Pittsburgh gebucht, und am Abend zuvor hatte sie vor ausverkauftem Haus gespielt. Van der Wees, der immer wieder in der Gießerei nach dem Rechten sah, gab ihr Nachricht ins Hotel, um sie über die Fortschritte auf dem Laufenden zu halten. Alles ging nach Plan.

Am dritten Tag nach dem Guss mietete sie eine Kutsche und fuhr durch die frühmorgendlichen Straßen in Richtung Fluss und zur

Gießerei. Chester war die ganze Nacht bei der Kanone geblieben. Es war schon heiß, obwohl die Sonne kaum aufgegangen war. Die Pflastersteine waren staubig, und der Monongahela erinnerte in der Lustlosigkeit, mit der er sich dahinwälzte, an eine breite Bahn brauner Baumwolle.

Es war Sonntag, die Gießerei war verlassen. Der Wachmann winkte sie durchs Tor. Die Kutsche rollte durch die Gassen zwischen Werkzeugschuppen und Kokshalden, und die Pferdehufe wirbelten kleine Staubwolken auf. Selbst das Zaumzeug klackte nur dumpf – ein Geräusch, das an Gefangene beim Steineklopfen denken ließ.

Katerina kam an den Gebäuden vorbei, in denen die beiden kleineren Kuppelöfen standen, fuhr dann um einen Aschenhügel herum und erblickte dahinter den großen Hochofen. Er rauchte noch, aber die Flammen waren, wie in den anderen Öfen auch, erloschen. Nichts pulsierte oder glühte mehr. Wie ein großes schlafendes Tier lag der Ofen da, atmete langsam und träge.

Sie stieg aus der Kutsche, sagte dem Fahrer, er brauche nicht zu warten, und ging auf das Ofenhaus zu, aus dessen einer Seite die offen stehenden Flügel eines gewaltigen Eisentores hervorragten. Am Ende einer Rampe, die aus dem Keller heraufführte, lag auf sechs Rollwagen die Kanone. Im Schatten dahinter erkannte Katerina die zerstörte Gussform: Holzhaufen, Eisenringe und Sand. Die Kanone war mit Flaschenzügen in die Horizontale gesenkt worden und lag nun auf den Wagen und streckte sich ins Sonnenlicht hinaus. Mit ihrer dunklen, sandigen Oberfläche erinnerte das Ungetüm an eine schuppige Echse.

Katerina kam leise näher, berührte das Geschütz und strich mit der Hand über das Rohr. Das Metall strahlte Wärme aus. Das Monstrum überragte sie mit seinem Durchmesser. Sie versuchte sich vorzustellen, was diese größte Kanone der Welt anzurichten vermochte. Sie tippte mit den Fingerspitzen einige Takte der »Battle Hymn of the Republic« auf den warmen Stahl. Dann hörte sie ein Seufzen und ein Rascheln. Sie ging zum Ende der Kanone, zur Mündung. Darin, im Geschützrohr, lag Chester Ludlow und schlief. Die Bohrung war tatsächlich groß genug, dass ein Mann hineinklettern konnte. Chesters Kopf lag in der Mündung. Katerina fuhr mit den Fingern durch sein blondes Haar, und er schreckte auf.

»Mein Gott«, murmelte er und drehte sich windend um die eigene

Achse, damit er sehen konnte, wer ihn berührt hatte. Als er sie erblickte, schien er erleichtert, aber auch verlegen. »Ich war so erschöpft. Hier drin ist es schön warm. Da bin ich eingeschlafen.«

Sie stellte sich auf die Zehenspitzen und küsste ihn. Er war jetzt wach genug, sie anzulächeln.

»Ich weiß, es klingt verrückt, aber ich konnte nicht widerstehen«, murmelte er. »Ich musste einfach sehen, ob ich in sie hineinpasse.«

»Und du passt sehr gut hinein«, sagte sie.

Kapitel 19

Kleine Zeitrisse

Boston, Washington und die Nordstaaten,
Anfang September 1862

Ihre Mission

Die lieben Verblichenen waren überall. Amerika war ein Königreich verstorbener Brüder und Söhne, und auf dem Thron saß der kleine Willie Lincoln. Auch wenn den Sohn des Präsidenten mit elf Jahren die Gelbsucht dahingerafft hatte – die meisten anderen Toten der Nation waren im Krieg umgekommen.

Die Toten waren also allgegenwärtig. Sie mischten sich unter die Lebenden. Sie schlüpften zwischen den Fußgängern über die Straßen der Städte. Sie saßen nachts bei ihren Ehefrauen auf der Bettkante. Sie wanderten über die Felder und strichen durch die Wälder. Davon war Franny Ludlow überzeugt. Wenn sie aus dem Fenster ihres Arbeitszimmers blickte, sah sie Kinder plötzlich im Spiel innehalten, anscheinend ins Nichts starren und dann lachend und juchzend weiterspielen. In diesen Augenblicken, in diesen kleinen Zeitrissen, wie sie sie nannte, traten die Toten mit den Lebenden in Kontakt, das wusste sie.

Vielleicht brauchten die Toten eine Infusion oder Beatmung, dachte sie. Eine Art Aufladung, so hatte das bei Chester immer geheißen, wenn er mit seinen Daniell-Batterien experimentierte oder sich über diesen Dr. Whitehouse und seine Impulse aufregte, die der durch das Kabel schicken wollte. Die Toten hatten keinen Pulsschlag; vielleicht kamen sie zu uns, um einem Puls nahe zu sein.

Sie kamen nahe, aber sie kamen nie nahe genug. Sie konnten nicht zurückkehren. Niemand konnte die Toten auferwecken.

Doch manche Sterbliche konnten die Lebenden und die Toten zueinanderbringen, und Franny Ludlow hatte sich als ein solches Medium einen gewissen Ruf erworben. Beruflich firmierte sie allerdings unter ihrem Mädchennamen: Frances Piermont.

Ihr Ruhm reichte nicht sonderlich weit, er erstreckte sich eher in die Tiefe. Sie reiste nicht durchs Land und trat auf den großen Bühnen berühmter Säle auf. Man kündigte sie nicht auf Plakaten an, die an Zäune, Bäume oder Scheunentüren geheftet wurden. So machten es die Vortragsreisenden in Sachen Mystik und die mit reichlich Apparaturen ausgerüsteten Magier, die oft genug, wie der berüchtigte Dr. Hermes, den Kontakt mit dem Jenseits nur vortäuschten.

Franny hatte Willing Mind und Chester Ludlow verlassen, als der Atlantische Telegraph zunächst erfolgreich funktionierte (und dann wieder versagte), und war zu einer älteren Cousine zweiten Grades nach Boston gezogen, einer Verwandten zwar, die aber entfernt genug verwandt war, um sich nicht neugierig einzumischen, und nahe genug verwandt, um ihr großzügig zu helfen. Sie machte ihren Einfluss geltend, um Franny eine Stelle im *Commonwealth Home for little Wayfarers* zu beschaffen, einem Waisenhaus in Boston. Die Stelle brachte ein bisschen Geld, erweckte jedoch den Eindruck freiwilliger wohltätiger Arbeit und galt damit in den Augen der feinen Gesellschaft von Beacon Hill als respektabel.

Franny hatte gehofft, die Arbeit mit den Kindern würde ihre Empfänglichkeit für Bettys immaterielle Gegenwart wach halten, würde es ihr ermöglichen, ihre Tochter zu sehen. Sie begann an Séancen teilzunehmen, die ausfindig zu machen nicht schwer war. In jeder Zeitung gab es Anzeigen. Sie trat einer Gruppe bei, die sich *Organisation für Primäre Empfänglichkeit* nannte. Manche der Mitglieder hielten eigene spontane Séancen ab. Schnell gewann Franny Anhänger unter ihnen.

»Sie sind ein Magnet, das fühle ich, wenn ich in Ihrer Nähe bin«, sagten sie. »Darf ich beim nächsten Mal neben Ihnen sitzen?«

Bald schon leitete Franny die Séancen und nannte sie schließlich nur noch »Sitzungen«, weil in dem anderen Wort etwas von Unseriosität mitschwang. Franny wandte jene Methode an, die sie von Otis gelernt hatte. Sie saß mit ihren Gefährtinnen zusammen und geleitete sie durch die Erinnerungen, die sie mit den Verstorbenen verbanden. Manchmal geschahen wundersame Dinge. Manchmal unterhielten sich die Gefährtinnen weinend mit ihren Liebsten, wobei Franny nur eine Seite des Dialogs hören konnte. Augen leuchteten, und Gedanken konzentrierten sich auf die Toten, und Gefährtinnen streckten die Hand nach ihnen aus. Manchmal griff eine nach Papier und Stift und notierte Diktate aus der Anderen Welt. Wenn sie später erschöpft die Sitzungen verließen, pressten sie sich die Zettel mit oft unleserlichen oder nur teilweise verständlichen Notizen an die Brust, als wären es die Gesetzestafeln vom Berg Sinai.

Doch die Frauen waren immer zufrieden, wenn sie gingen. Ob sie mit einem geliebten Menschen gesprochen, ihn gesehen oder gehört oder ob sie nur der Verstorbenen gedacht hatten, immer waren sie dankbar. Sie ergriffen Frannys Hände, dankten ihr, beteuerten, sie besäße eine Gabe. Sie *sei* eine Gabe.

Und es dauerte nicht lange, bis ihr der Ruf einer spirituellen Begleiterin oder »Verbindung« anhaftete. Sie konnte die Menschen in Kontakt mit ihren lieben Verblichenen bringen. Man bot ihr Bezahlung an, Dankbarkeitsbezeugungen. Stets lehnte sie ab. Dies war ihre Mission, pflegte sie zu sagen. Und dann kam eines Nachmittags ein Telegramm. Mrs. Abraham Lincoln bat um eine Sitzung. Sie hoffte Kontakt mit ihrem verstorbenen Willie aufzunehmen.

Begegnung an der Tür

Die Lincolns verbrachten den Sommer in einem Haus auf dem Gelände des Soldatenheims vor der Hauptstadt. Dort war es ein wenig kühler, und die Malariagefahr war geringer. Der Präsident fuhr jeden Tag mit der Kutsche in die Stadt, wo er normalerweise stundenlang am Telegraphen im neben dem Weißen Haus gelegenen Kriegsministerium saß und auf Nachrichten von seinen Armeen wartete. Auf der Halbinsel von Delaware wurde McClellan aufgehalten, oder er kam jedenfalls nicht voran; am Mississippi saßen die Unionstruppen vor Vicksburg fest; und in Tennessee attackierte die Kavallerie der Konföderierten seine Truppen nach Belieben. Der Krieg lief schlecht für die Union.

Am Abend eines heißen Julitages, der in düsterem grauen Licht endete, eines Tages, der sich nicht hatte überwinden können, seine Wolken von ihrer Last zu befreien, sodass sie stattdessen schwellend über den Baumwipfeln hingen, traf Franny bei den Lincolns ein. Ihre Kutsche knirschte den Kiesweg hinauf und hielt hinter einer anderen, aus der zweifelsohne soeben der Präsident selbst stieg.

Mr. Lincoln drehte sich um und trat zu Frannys Kutschentür. Er füllte das Fenster aus. Sein Lächeln, als er ins Dunkel spähte, verriet freundliche Neugier. Er öffnete die Tür, bot ihr seine große Hand und stellte sich vor. Als sie auf dem Kies stand, tat Franny es ihm nach, wobei sie ihren Ehenamen nannte.

Der Präsident blieb einen Augenblick wortlos stehen. Dann sagte er: »Ich dachte, Mutter hätte einen anderen Namen erwähnt.«

»Eigentlich heiße ich Ludlow«, sagte sie. »Aber normalerweise benutze ich meinen Mädchennamen Piermont. Aus Gründen, die …« Doch ihr fielen keine Gründe ein.

»… beruflicher Natur sind«, ergänzte der Präsident. Er sprach mit einer hohen, etwas näselnden Stimme, die jedoch nicht unangenehm klang. Er ging mit langsamen, ausgreifenden Schritten neben ihr den Kiesweg hinauf. Er wirkte im Großen und Ganzen freundlich, aber erschöpft.

»Ja«, sagte sie. »Aus beruflichen Gründen. Obwohl ich eigentlich nicht beruflich hier bin.«

Sie näherten sich den Eingangsstufen. In den Bäumen um sie herum zwitscherten Drosseln, deren Rufe sich anhörten, als würden kleine Körner im Mörser zerrieben.

»Dann sind Sie nicht für eine Séance gekommen?«, fragte Mr. Lincoln.

»Doch, das bin ich«, sagte Franny. »Mrs. Lincoln hat mich hergebeten. Aber wenn ich die Wahl habe, spreche ich lieber schlicht von ›Sitzung‹.«

Der Präsident nickte und lächelte vorsichtig. »Mutter findet viel Trost in solchen Sitzungen«, sagte er. »Wir haben unseren Sohn verloren, wissen Sie.«

Franny wusste es. Die ganze Nation wusste es. Der Leichnam war im Grünen Salon des Präsidentensitzes aufgebahrt gewesen, im Ostraum war die Trauerfeier abgehalten worden, es hatte einen Trauerzug zum Mausoleum gegeben, und man erzählte sich, dass schon der Präsident mit einer Hingabe trauere, die die Grenzen des Schicklichen längst erreicht hatte, dass er aber von den Zurschaustellungen seiner Frau noch bei Weitem übertroffen werde. Im Zug hatte eine

Mitreisende berichtet, sie wisse aus verlässlicher Quelle, dass Mary Todd Lincoln in den letzten drei Monaten dreihundert Paar schwarze Handschuhe gekauft habe. »Das macht einhundert im Monat!«, hatte die Frau gesagt. »Drei am Tag ... sogar mehr!«

Franny wandte sich an den Präsidenten. »Es tut mir sehr leid. So etwas ist furchtbar. Ich habe auch eine Tochter verloren. Sie war vier Jahre alt.«

Sie standen vor der Treppe zum Eingang des Hauses. Franny hörte aus dem Inneren das kurze, schrille Lachen einer Frau. Sie bemerkte, wie der Präsident einen raschen Blick zum Haus warf. Noch einmal erklang das Lachen.

»Werden Sie ebenfalls an der Sitzung teilnehmen?«, fragte Franny.

»Ich fürchte, ich habe zu tun«, sagte er. »Und ehrlich gesagt erinnern mich solche Veranstaltungen allzu sehr an meine eigenen Konferenzen. Nach allem, was ich mitbekommen habe, ähneln Séancen weitgehend den typischen Kabinettssitzungen. Wie meine Minister geben die Geister meist einander widersprechende Ratschläge.«

Der Präsident sprach viel zu sanft, als dass Franny diese Bemerkung als Kränkung auffassen musste. Und bei allem Erfolg, den Franny angeblich in den Dingen des Jenseitigen zu vermelden hatte: Wo war Betty die ganzen Monate gewesen? Sie hatte jeden Annäherungsversuch Frannys unbeantwortet gelassen.

Die Haustür flog auf, und eine füllige Dame mit rundem Gesicht in Trauerkleidung schluchzte: »Wen haben wir denn da?«

Als sie die Tränen auf den Wangen der Frau sah, wurde Franny klar, dass es Weinkrämpfe waren und kein Lachen, was sie im Haus vernommen hatte.

»Ach, Mutter«, sagte Mr. Lincoln leise.

VERWANDTE GEISTER

Die Präsidentengattin trocknete rasch ihre Tränen, fasste sich und begrüßte Franny mit überraschender Herzlichkeit. Mrs. Lincoln kündigte an, im Wohnzimmer erwarte sie eine »besondere Attraktion«. Ihr Gatte beugte sich hinab, um seine Frau auf die Wange zu küssen, und sagte dann, er müsse zunächst »etwas Futter auftreiben«, bevor er sich mit Brille und Feder im Arbeitszimmer ans Werk mache.

Mrs. Lincoln nahm Franny Hut und Sonnenschirm ab und schwatzte dabei in einem Tonfall, den Franny als zu hoch, und einem Tempo, das sie als zu schnell empfand, um sich dabei wohl zu fühlen; doch die Frau war überaus freundlich und dermaßen erfreut, Franny zu sehen, dass sie sich wie eine lang verschollene Freundin gebärdete: Wie war die Reise? Wusste sie, dass ihr Ruf als Spiritistin inzwischen bis nach Washington gedrungen war? (Das hatte Franny nicht gewusst, und sie hatte sich bis dahin auch immer eher als »Verbindung« denn als »Spiritistin« betrachtet.) Na, macht nichts, macht nichts, ihr Ruf war jedenfalls der allerbeste, was auch für die »besondere Attraktion« galt, und sah sie nicht bezaubernd aus? So eine reizende Farbe, dieses Kleid, Rosé oder Morgenröte oder wie nannte es sich? Und war das diesen Sommer oben in Boston die Modefarbe, oder verbrachte sie den Sommer in Newport? Ach, wie herrlich es wäre, wenn sie – Mrs. Lincoln – dieses Jahr nach Newport käme, wo sie noch nie gewesen war, aber sie hatte Verpflichtungen, so viele Verpflichtungen, sie war ja schließlich nicht bloß Mrs. Lincoln, sie war Frau-Präsident-der-Vereinigten-Staaten-die-sich-im-Krieg-befinden, eines Landes, das in Trauer um die gefallenen Söhne versank, ganz ähnlich ihrer eigenen Trauer, die ihr gänzlich die Ruhe raubte und ihr – Mrs. Lincolns – Leben in ein Tal der Tränen verwandelte, um mit Mr. Browning zu reden, und wenn sie bitte verzeihen würde, dass sie schon wieder weinen müsste …

Franny war sprachlos. Dieser Ausbruch verursachte ihr Unbehagen, und sie glaubte, die steife Hast des Präsidenten beim Rückzug in die Küche und ins Arbeitszimmer verstehen zu können.

»Mein Willie«, stieß Mrs. Lincoln jetzt hervor, »mein Willie … Wir hoffen … *Ich* hoffe, dass Sie mir helfen können … Ach, kommen Sie doch herein und lernen Sie die anderen kennen, vor allem …«

Sie öffnete die Tür zum Salon, wo mehrere Menschen um einen Tisch in der Zimmermitte standen. Ihre Aufmerksamkeit galt offenbar einem Mann, der Franny den Rücken zuwandte, einem Mann mit schwarzem, nach hinten gekämmtem Haar und beinahe olivfarbener Haut.

»Ich weiß nicht«, sagte Mrs. Lincoln zu Franny, »ob Sie schon von Dr. Zephaniah Hermes gehört haben.«

Dr. Hermes nahm Frannys Hand und verbeugte sich, als Mrs.

Lincoln sie als Frances Piermont vorstellte. Als er sich wieder aufrichtete, sah Franny, dass er sich genau an sie erinnerte.

»Nicht nur von mir gehört, Mrs. Lincoln: Wir sind uns bereits
begegnet«, sagte Dr. Hermes. »Mrs. Piermont hat Kontakt zur Anderen Seite.«

»Aber heute ist *Ihr* Abend, Dr. Hermes.« Mrs. Lincoln erklärte,
dass Dr. Hermes sich bereit erklärt habe, an seinem einzigen freien
Abend in Washington für eine Séance zu ihr ins Soldatenheim zu
kommen. Sie hoffte, dass Franny nichts dagegen habe, an diesem,
ihrem ersten Abend hier, nur Teilnehmerin und nicht Leiterin einer
Séance zu sein. Sie sei schließlich für das ganze Wochenende eingeladen, weshalb morgen noch Zeit für sie sei, eine Séance abzuhalten.

»Ich nenne es lieber ›Sitzung‹«, warf Franny ein.

»Wunderbar!«, quietschte Mrs. Lincoln beinahe. »Sie müssen die
anderen kennenlernen.« Und dann stellte sie Franny Mr. und Mrs.
Cranston Laurie aus Georgetown sowie einige ihrer Nachbarn vor.

»Mr. Laurie ist Leiter des Postamtes meines Mannes«, sagte Mrs.
Lincoln, »und selbst in spirituellen Dingen bewandert. In der küh-
leren Jahreszeit treffen wir uns in seinem Stadthaus.«

Nachdem alle einander begrüßt und ein Glas Limonade zu sich
genommen hatten, bat Dr. Hermes die Anwesenden, insgesamt
neun Personen, sich um den Tisch zu setzen.

»Heute Abend werden Sie auf das Spiritoskop verzichten müssen, Doktor«, sagte Franny, als er ihr den Stuhl zu seiner Rechten
anbot. Sie merkte, wie sein Gesicht sich hinter seinem Lächeln ver-
krampfte.

»Ja, das werde ich, Miss Piermont«, sagte er. »Wir werden darauf
verzichten müssen. Wir werden uns auf unsere eigenen Kräfte verlassen müssen. Ich habe von Ihren Fähigkeiten gehört. Ich bin froh,
dass man sich Ihrer Unterstützung versichert hat.«

»Verpflichtet, würde ich eher sagen«, sprudelte es aus Mrs. Lincoln hervor. »Ich habe sie zwangsrekrutiert!« Die anderen kicher-
ten leise.

Dr. Hermes wartete, bis sich die Gruppe beruhigt hatte. Zuerst bat
er alle, sich an den Händen zu fassen und diese dann auf den Tisch
zu legen. Er stand auf, um ein Fenster zu schließen, denn der Wind
hatte aufgefrischt, die Vorhänge begannen zu rascheln, und diese
Geräusche, so meinte er, würden sie ablenken.

»Bitte verzeihen Sie, wenn das ein wenig gezwungen wirkt«, sagte er, »aber es muss so still wie irgend möglich sein. Die Geister machen sich oft durch leise Klopfzeichen bemerkbar.«

Er begann seine Prozedur ganz ähnlich, wie es auch Franny bei einer Sitzung der *Organisation für Primäre Empfänglichkeit* gemacht hätte: Er hieß die Teilnehmer, ihre Gedanken ganz und gar und intensiv auf die Verstorbenen zu richten, die ihnen besonders lieb gewesen waren; sich nicht zu erschrecken, wenn sie in der warmen Nacht einen kalten Lufthauch spürten, denn das sei ein gutes Zeichen für die Nähe der Geister. (Bei diesen Worten, bemerkte Franny, zog Mrs. Laurie ihre Stola fester um die Schultern.) Dann bat er sie alle, sich zu entspannen. Ein träumerisches Summen erfüllte den Raum. Vielleicht war es das Rascheln der Bäume draußen; ein Gewitter schien aufzuziehen; vielleicht würde die drückende Schwere des Tages sich endlich entladen. Franny fühlte sich abwechselnd schläfrig – von der langen Kutschfahrt – und beinahe ekstatisch wach. Sie hatte den Eindruck, dass Dr. Hermes die Situation manipulierte – »mit dem Publikum spielte«, wie sie es in ihrer Theaterzeit genannt hätte –, doch andererseits befiel sie die beunruhigende Vorahnung, dass sie endlich wieder die Anwesenheit ihrer Tochter sehen, hören, spüren würde. Sie hatte den starken Verdacht, dass Dr. Hermes ein Scharlatan war, ärgerte sich über Mrs. Lincoln, weil sie sie für so etwas nach Washington geholt hatte; trotzdem, falls es eine Chance für Bettys Rückkehr geben sollte …

Aber bei dieser Séance ging es darum, Willie Lincoln zu kontaktieren, was Dr. Hermes nunmehr in Angriff nahm. Er bat alle Teilnehmer, die Augen zu schließen und in der Dunkelheit die Arme zur Anderen Seite hinüber auszustrecken.

»Ist jemandem kalt?«, murmelte er.

Schweigen. Dann meldete sich Mrs. Lincoln. »Nun … ja.«

»Gut«, sagte Dr. Hermes sanft. »Bitte Ruhe.«

Draußen rauschte der Wind durch die Zweige.

»Willie«, murmelte Dr. Hermes. »Willie Lincoln, bist du in der Nähe?«

Schweigen.

Dann ein Klopfen. Oder eher ein leises Klacken, als würde man sacht zwei hohle Stäbe aneinanderschlagen.

Franny hörte erschrecktes Luftholen am Tisch.

469

»Augen geschlossen lassen«, flüsterte Dr. Hermes. »Augen geschlossen lassen.« Dann: »Willie?«

Wieder ein Klopfen.

Franny merkte, wie es greifbar still wurde im Zimmer. Draußen wehte eine kräftige Brise, doch im Wohnzimmer herrschte gespannte Ruhe.

Ein weiteres Klopfen.

»Willie, sag uns, ob du da bist«, sagte Dr. Hermes.

Dreifaches Klopfen. Es klang fast, als würden drei Zweige zerbrochen.

»Willie, können wir dich sehen?«

Ein Klopfen.

»Heißt das ja?«

Ein Klopfen.

»Heißt ein Klopfen ja?«

Ein Klopfen.

»Heißt ein Klopfen nein?«

Zweifaches Klopfen.

Man hörte Seufzer und Stühlerücken um den Tisch.

»Willie, wir wollen uns auf einmal Klopfen für ja und zweimal Klopfen für nein einigen. Einverstanden?«

Ein Klopfen.

»Willie, weißt du, wie sehr deine Mutter dich vermisst?«

Ein Klopfen.

Franny hörte, wie Mrs. Lincoln den Atem anhielt und ein winziger Seufzer sich ihrer Kehle entrang.

In diesem Moment spürte Franny einen Druck gegen ihr rechtes Bein. Zu ihrer Rechten saß Dr. Hermes. Er presste sein Bein an ihres. Beinahe hätte sie vor Schreck über diese Frechheit laut Luft geholt.

»Weißt du, wie sehr du vermisst wirst?«, wiederholte der Doktor.

Ein Klopfen. Doch im gleichen Augenblick, als sie das Knacken hörte, bewegte Dr. Hermes sein Bein. Sie begriff, dass das Geräusch von ihm, von seinem Bein herrührte.

Dr. Hermes stellte Willie weitere Fragen: Ging es ihm gut? (Ja.) War er traurig? (Nein.) War es schön dort, wo er sich befand? (Ja.) Würde er wieder zu Besuch kommen? (Ja.) – und bei jeder Antwort, bei jedem Klopfen bewegte sich im selben Moment auch das Bein des Dr. Hermes. Franny begriff, dass er die Geräusche mit einem raffinierten Knacken seiner Gelenke oder mit irgendeinem Hilfsmittel erzeugte, während er seinen Schenkel lüstern an dem ihren rieb. Er enthüllte ihr sein Geheimnis und versuchte gleichzeitig, sie zu erregen. Sie glaubte, vom Tisch aufspringen zu müssen.

Doch in ebenjenem Augenblick begann die Gattin des Präsidenten der Vereinigten Staaten, den Namen ihres Sohnes zu heulen.

»Ooooohhhh, Willie, Willie, Willie!«

Franny konnte ebenso wie die anderen die Augen nicht länger geschlossen halten. Sie sah, wie alle ins schummrige Licht blinzelten, die Hände immer noch zu einem Kreis um den Tisch gefasst, nur Mrs. Lincoln griff mit ausgestreckten Armen in die Luft, derweil ihre Stimme sich fast überschlug.

»Willie, Williiiee, lass mich dich sehen!«

»Frau Präsident«, sagte Dr. Hermes mit erhobener Stimme. »Bitte, ich flehe Sie an …«

Mrs. Lincoln sah sich verstört um. »Gehen Sie nach Hause«, kreischte sie beinahe. »Alle. Ich kann nicht weitermachen. Gehen Sie nach Hause. Es ist einfach zu viel. Oh, Cranston, haben Sie gesehen …? Nein, natürlich nicht! Das sehe ich an Ihren Gesichtern. Niemand hat etwas gesehen. Gehen Sie. Sofort. Bitte.«

Und sie rannte hinaus. Man hörte ihre Schritte durch den Flur hallen, die Treppe hinaufstampfen, dann das Schlagen einer Tür, schließlich einen langsameren Schritt, der ihr nach oben folgte, ein schwaches Klopfen, eine gedämpfte Stimme, die unverständliche Flüche murmelte.

Als Erster sprach Mr. Laurie.

»Manchmal«, sagte er leise, »enden Séancen auf diese Weise. Manchmal enden sie glücklicher. Sie dürfen nicht glauben, dass Sie etwas Falsches getan haben, Dr. Hermes.«

Dr. Hermes nickte ernst.

»Manchmal ist eine solche Reaktion ein Zeichen, dass ich genau das Richtige getan habe«, sagte er, und sein pathetischer Tonfall empörte Franny. »Ich habe Erfahrungen mit derartigen Vorfällen«, fügte er hinzu.

Mr. Laurie stand auf und sagte, dass sie alle besser aufbrechen und den Lincolns die Verarbeitung der Ereignisse des Abends allein überlassen sollten. Er bot an, Franny in ihr Hotel zu bringen, doch Dr. Hermes wandte ein, er wisse, was für einen enormen Umweg das für die Lauries oder die anderen Gäste bedeuten würde – er habe draußen eine Kutsche warten, und es wäre ihm eine Ehre, Miss Piermont sicher in ihr Hotel zu geleiten. Franny biss die Zähne zusammen und nickte.

DER REST DER NACHT

Nachdem die Kutsche das Anwesen des Soldatenheims verlassen hatte, stellte Franny Dr. Hermes zur Rede.

»Was war es denn heute Abend für ein Trick, Doktor?«

»Madame?«

»Das Klopfen. Sie haben mir ja sehr deutlich zu verstehen gegeben – in einer Art und Weise, die ich nahezu als Beleidigung empfinden musste –, dass Willie Lincoln nicht unter uns weilte.«

»Beleidigung?«, sagte Dr. Hermes. »Keinesfalls wollte ich Sie beleidigen, Miss Piermont.« Er wandte sich ihr direkt zu, aber es war zu dunkel, als dass sie beide tatsächlich etwas hätten erkennen können.

»Ich hatte gehofft, Miss Piermont, Sie … Sie *anzuziehen*. Damit meine ich, dass ich Ihnen meine Methoden begreiflich machen wollte, meine Mittel, weil ich hoffte, dass Sie als Kollegin mich *verstehen* würden und dass wir vielleicht später, so wie zum Beispiel jetzt, in beruflicher Kameradschaft darüber *sprechen* könnten. Mir ist Ihre Anziehungskraft sehr wohl bewusst, Miss Piermont. Schon in Portland, als ich Sie zum ersten Mal sah, habe ich sie gespürt. Sie dachten, ich würde mich nicht erinnern; doch ich erinnere mich. Sehr lebhaft, Miss Piermont …«

»Lassen Sie mich eines gleich zu Beginn klarstellen«, sagte Franny. »Mein richtiger Name ist *Mrs.* Chester Ludlow. Nur zu beruflichen Zwecken nenne ich mich Frances Piermont. Das werden Sie, der Sie sich auf einen Doktortitel *berufen*, gewiss verstehen. Und wenn Sie sich derart lebhaft erinnern, dann wissen Sie auch noch, dass ich eine Tochter habe – oder *hatte*. Ich – wir, mein Mann und ich –, wir haben sie verloren. Und, Dr. Hermes, *sie* ist der Grund, warum ich …« Doch hier brach Franny ab. Tränen waren ihr in die Augen geschossen. Die Dunkelheit in der Kutsche erschien ihr wie ein nächtlicher See und Dr. Hermes wie eine Kreatur, die auf dem

Grund lauerte. Seine Hand berührte Frannys Unterarm. Sie zuckte zusammen. Dr. Hermes blieb ungerührt und versuchte, sie in einem Ton sanfter Zurechtweisung zu beruhigen.

»Nun wohl, Mrs. Ludlow, jetzt bin ich es, der sich beleidigt fühlen muss. Wollen Sie meinen Titel in Zweifel ziehen?«

Franny blinzelte die Tränen aus den Augen.

»Ich will Ihren Anstand in Zweifel ziehen.«

»Mrs. Ludlow ...«

»Und Ihre Integrität.«

»Bitte ...«

»Ich weiß sehr wohl, dass Sie sich von Ihrer ... *Vorstellung* in Portland her an mich erinnern ...«

»Aha! Sehen Sie? Und damals ...«

»Und ich erinnere mich deutlich an das subtile Blendwerk, das Sie bei der Bedienung des Spiritoskops in Bewegung setzten. Auch da ›klopfte‹ es, ich nehme an, unter der Bühne. Heute klopfte es unter dem Tisch. War es vielleicht Ihr Knie?«

»Der Knöchel«, sagte Dr. Hermes.

»Danke für diese detaillierte Auskunft«, sagte Franny.

»Das Gelenk knackt. Ein Reitunfall in meiner Kindheit. Damit habe ich früher meine Spielkameraden erheitert. Heute erheitere ich mein Publikum und meinen Bankier.«

»Detailliert und offen«, sagte Franny.

»Ich will ganz detailliert und offen mit Ihnen sprechen, Mrs. Ludlow. Ich sehe keinen anderen Weg. Mir war klar, dass ich Sie nicht würde hinters Licht führen können. Ihre Spiritualität ist von höherem Rang. Vielleicht eine Mission?«

Er wartete auf eine Antwort Frannys, aber sie spürte, dass er wusste, er würde keine bekommen. Sie fragte sich, wie er wohl auf den Ausdruck »Mission« gekommen sei; er war in keinem ihrer Gespräche je gefallen.

»Ich möchte Ihnen lediglich klarmachen, dass unsere ... unsere Missionen nicht gar zu weit auseinanderliegen. Wir haben das gleiche Ziel vor Augen.«

»Und was für ein Ziel mag das sein, Dr. Hermes?«

»Bestätigung«, sagte Dr. Hermes. Er beugte sich vor und stützte die Ellbogen auf die Knie. »Bestätigung dafür, dass wir nicht allein sind.«

Die Kutsche bog in eine mit Gaslaternen erleuchtete Straße ein, und Franny konnte Dr. Hermes' Züge betrachten: seine gebräunte Haut, das hinter die Ohren zurückgekämmte Haar, das den Kragen seines Leinenmantels berührte. Und seine Augen – die zwar unsichtbar im Schatten blieben, die sie aber dennoch kannte: Graugrün waren sie, mit langen Wimpern. Seine Miene und seine Haltung erschienen flehend und energisch zugleich, in diesem Widerspiel wirkten sie verführerisch, und sie wusste, das sollten sie auch.

»Bestätigung?«, fragte sie. »Ich dachte, Ihre Mission sei der Profit.«

Dr. Hermes lehnte sich zurück. Er schlug sich mit der rechten Hand aufs Knie.

»So ist es. Genau so.« Er verschränkte die Arme vor der Brust, und Franny bereute für einen Moment ihre Widerspenstigkeit.

»Was ist es denn, wofür Sie eine Bestätigung suchen?«, fragte sie.

Dr. Hermes bewegte sich nicht, nur vom Schwanken der Kutsche wurde er hin und her gewiegt, und er sprach hinaus in die Nacht.

»Dafür, dass es eine andere Welt gibt, Mrs. Ludlow. Eine Welt, in der Ihre Tochter und meine Frau und dieses Herrn Bruder und jener Dame Vater und ihre Vorfahren und all unsere Lieben weiterleben.«

Eine verstorbene Frau hatte er nie zuvor erwähnt. Auch das mochte Teil seiner Täuschung sein. Doch für solche Fragen interessierte sich Franny immer weniger.

»Mrs. Ludlow, haben Sie Darwin gelesen?«

»Nicht gelesen, Dr. Hermes, aber seine Gedanken sind mir erläutert worden.«

»Dann will ich Sie nicht damit langweilen, zu erläutern, wie ich seine Theorien verstehe. Nur mit deren Auswirkungen. Wir sind in einem Zeitalter der Wissenschaft und der Technik gefangen, Mrs. Ludlow. Der Mensch baut große Schiffe, große Brücken, Eisenbahnen und Telegraphen, überall. Und jetzt hat er – allen voran Mr. Darwin – die Wissenschaft ins Paradies getragen und Adam und Eva hinausgeworfen. Genauer gesagt, er lässt sie gar nicht erst hinein. Er hat den Garten Eden gerodet, er hat erklärt, es habe nie einen Garten gegeben, keine ersten Menschen. Alles nur biologische Prozesse. Und wissen Sie, was, Mrs. Ludlow: Es ist mir egal, ob Mr. Darwin Recht hat oder nicht. Mag sein, mag nicht sein. Doch die Sehnsucht, die er entfesselt hat, Mrs. Ludlow, um die geht es mir.«

Dr. Hermes hielt inne. Er sah wieder aus dem Fenster, genau wie Franny. Durch die Schatten der Bäume erkannte sie die halbfertige Kuppel des Kapitols. Dr. Hermes sprach weiter, während sie beide in die Nacht hinausblickten. Seine Worte lieferten den Begleittext für die vorüberziehende Szenerie amorpher Schatten.

»Wir sind mehr als nur biologische Prozesse, Mrs. Ludlow. Das glaube ich, und ich glaube, dass auch Sie es glauben. Darwin behauptet etwas anderes – er versucht es zumindest –, aber ich weiß, dass es so ist: Wir sind mehr als nur biologische Prozesse. Unser Leben – oder etwas, das über unser Leben hinausreicht – existiert fort. Es gibt eine Welt der Geister. Das *weiß* ich tief in meinem Herzen. Ich will Ihren Vorwürfen gleich den Wind aus den Segeln nehmen: dass mein Spiritoskop Betrug sei und meine ›Klopfzeichen‹ auch nur biologische Prozesse sind – hervorgerufen von einem schlecht verheilten Sprunggelenk. Ich sage Ihnen, dies sind nur die *Mittel* zum Zweck der Bestätigung. Nicht jeder kann Kontakt mit den Geistern aufnehmen. Das wissen Sie. Aber jeder *wünscht* es sich. Unser Land befindet sich im Krieg.« An dieser Stelle deutete Dr. Hermes aus dem Fenster, vielleicht in Richtung Virginia. »Wie viele Familien hat der Tod berührt? Wie viele Tausende möchten gern die Hand ausstrecken und dabei nicht das Gefühl haben, sie griffen ins Leere, sondern sie griffen vielmehr nach einer Hand, nach liebenden Armen, nach einer Seele? Nicht jeder kann diese Genugtuung finden. Doch ich sage Ihnen, jeder verdient sie. Jeder Mensch sollte wissen, sollte im Inneren seines Herzens spüren, dass wir nicht allein sind, dass die Toten bei uns sind. Und wenn ich auch ein wenig Bühnenzauber benötige, um die Mehrzahl meiner Klienten auf diese höhere Bewusstseinsebene zu bringen, so diene ich doch auch denjenigen, die tatsächlich hinter den Schleier zu greifen vermögen. Ich würde Ihnen dienen, Mrs. Ludlow, wenn Sie mich benötigten. Für hundert Menschen, die der Nachhilfe des Spiritoskops bedürfen, um sich bestätigt und getröstet zu fühlen, kann ich doch auch einem oder zweien helfen, die wirklich die Fähigkeit besitzen, über unsere Welt hinaus ins Jenseits vorzudringen.«

»Sie haben Ihre Frau verloren?«, fragte Franny. Die unverhoffte Frage ließ Dr. Hermes verstummen.

»Nein«, sagte er. »Ich war nie verheiratet.«

Franny war amüsiert. Der Doktor war wie ein aus Illusionen und

Täuschungen erbautes Kartenhaus. Sobald sie entlarvt wurden, fiel es zusammen und ließ ihn abwechselnd mal edel und mal jämmerlich, mal wie einen Menschenfreund und mal wie einen Gauner erscheinen. Doch unter alledem schimmerte ein ernsthafter Kern hervor. Der Mann erinnerte Franny an ihren Schwager Otis. Otis strahlte dieselbe Sehnsucht aus. Doch Dr. Hermes war buchstäblich in greifbarer Nähe, und Dr. Hermes erschien weniger vollkommen und daher menschlicher, auch irgendwie – Franny fiel kein besserer Ausdruck ein – vertrauter.

Wenn Otis ein Heiliger und Dr. Hermes ein Gauner war, dann stand sie irgendwo dazwischen. Sie bewunderte die Reinheit von Otis, doch auch die Verkommenheit des Dr. Hermes faszinierte sie. Alle drei streckten sie die Hände aus. Sie war wirklich auf einer Mission. Sie würde hinausgehen in die Welt – wenn auch nicht ganz so weit wie Otis –, und sie würde die Völker lehren – wenn auch nicht ganz so theatralisch wie Dr. Hermes. Sie würde es auf ihre eigene Art tun. Sie fasste einen Entschluss für ihr Leben, just in diesem Moment in der Kutsche.

Sie waren vor dem Hotel angelangt. Die Kutsche hielt mit einem Ruck, der Franny in die Gegenwart zurückbrachte. Sie versuchte sich zu erinnern, was sie oder Dr. Hermes zuletzt gesagt hatte. Ach ja, dachte sie, dass er nie verheiratet war. Und im selben Augenblick berührten seine Lippen die ihren.

Sie hatte ihn nicht ermuntert. Dessen war sie sich sicher. Sie hatte ihn nicht ermuntert, obwohl sie zugeben musste, auch nichts getan zu haben, ihn abzuwehren, als er sie küsste. Sie stieß ihn nicht weg. Sie rief nicht den Fahrer um Hilfe. Sie gab ihm keine Ohrfeige. Sie wartete nur. Und als der Kuss vorüber war, öffnete sie selbst die Tür der Kutsche, stieg ruhig und entschlossen aus – ohne ein Wort – und schritt die Stufen zum Hoteleingang hinauf.

Wie passend, dachte sie, als sie später im Hotelbett lag. Nun bin ich auf mich gestellt. In der Welt bin ich zur Hälfte Miss Piermont – vielleicht sogar mehr als zur Hälfte – und zur Hälfte Mrs. Ludlow. Sie würde ihren Weg weitergehen, beschloss sie. Sie würde Menschen helfen, die Hände zur Anderen Seite auszustrecken, wie Dr. Hermes es nannte, aber sie würde es auf ihre Art tun.

Es klopfte an der Tür. Ein kräftiges, rasches Klopfen, das Schlafende wecken sollte. Franny richtete sich auf. Sie war sich nicht sicher, ob sie überhaupt geschlafen hatte. Sie tastete nach einem Zündholz, riss es an und entzündete die Kerze auf ihrem Nachttisch. Sie warf einen Morgenmantel über, obwohl die Hitze ohne dieses Kleidungsstück leichter zu ertragen gewesen wäre, und ging zur Tür.

»Ja?«, flüsterte sie.

»Rezeption, Ma'am.« Eine Knabenstimme.

»Ja?«

»Ein Notfall.« Leises Gemurmel, eine andere Stimme vor der Tür.

»Mrs. Lincoln, Ma'am. Die Frau des Präsidenten.«

Franny öffnete, und Mrs. Lincoln stürzte herein und umarmte sie. Ganz kurz sah Franny über Mrs. Lincolns Schulter den Pagen, der mit schläfrigem und verwirrtem Gesicht leise die Tür hinter den beiden Frauen schloss.

»Ach, meine Liebe, meine Liebe, meine Liebe«, stieß Mrs. Lincoln hervor und drückte Franny fester an sich. »Es tut mir soooo so Leid. So Leid. Ich habe Sie aus meinem Haus gejagt.«

Sie trat zurück, ließ aber die Arme auf Frannys Schultern ruhen und musterte sie von oben bis unten, als würde sie ein Kind nach Schrammen oder blauen Flecken absuchen. Dann warf sie die Hände in die Luft, hielt sie sich vors Gesicht, wiegte sich vor und zurück, als wollte die Scham sie übermannen, holte tief Luft, zog ihre Stola um sich zusammen und begann, auf und ab zu laufen. Franny stand wie angewurzelt.

»Ich habe Willie nicht gesehen«, sagte Mrs. Lincoln. »Oder, na ja, ich habe ihn schon gesehen, aber einen Willie aus meiner Vorstellung. Nicht Willies Seele, die auf mich zukam. Keinen echten Willie, nicht seinen Geist. Bloß eine Vorstellung.« Sie blieb mit verzweifeltem Blick vor Franny stehen, als erwarte sie einen Tadel.

»Aber eine ausgeprägte Vorstellung?«, fragte Franny leise.

»O *ja!*«, schrie Mrs. Lincoln beinahe. »Dann kennen Sie das also? Eine *sehr* ausgeprägte Vorstellung. Ich *wusste,* Sie würden mich verstehen. Das habe ich Vater auch gesagt. Darum habe ich ihm auch gesagt, ich müsse Ihnen *immédiatement* einen Besuch abstatten. Ach, es tut mir schrecklich leid, dass ich hier so unangemeldet eindringe.«

Sie begann wieder den Raum abzuschreiten. Trotz ihrer Erregung und Gefühlsaufwallung schien sie geistesgegenwärtig genug, die

Ausstattung und Dekoration zu taxieren, vielleicht auch Frannys Garderobe, die hinter der halboffenen Schranktür hing.

»Sie müssen mich doch für erstens verrückt und zweitens unverfroren unhöflich halten, dass ich zu solch unchristlicher Tages- oder Nachtzeit bei Ihnen hereinplatze«, sagte Mrs. Lincoln und blickte, nervös kokettierend, in Frannys Richtung.

Franny schüttelte den Kopf. Sie wusste nicht recht, was sie sagen sollte.

»Aber ich hatte einfach das Gefühl, ich *muss*«, fuhr Mrs. Lincoln fort. »Ich musste Sie sehen. Und um Ihre Hilfe bitten. Halten Sie mich für erstens verrückt und zweitens unhöflich?«

»Nein«, brachte Franny heraus. »Nein ... Aufgewühlt, ja. Aber nicht verrückt oder unhöflich.«

»Gut«, sagte Mrs. Lincoln und warf sich auf die Chaiselongue, auf deren Lehne Franny ihren Unterrock gelegt hatte, der sich jetzt um Mrs. Lincolns Kopf blähte und Franny an das berühmte Porträt der von Rüschen umkräuselten Königin Elisabeth denken ließ.

»Mrs. Lincoln«, sagte Franny, nachdem sie sich auf die Bettkante gesetzt und die Präsidentengattin ins Auge gefasst hatte, »wie kann ich Ihnen helfen?«

»Bleiben Sie einen Moment hier mit mir sitzen«, sagte Mrs. Lincoln. »Das ist alles, was ich will. Vergeben Sie mir, dass ich Sie aus meinem Haus geschickt habe. Die anderen sind mir nicht wichtig. Doch, sind sie *schon,* aber sie werden mich verstehen. Was halten Sie von Dr. Hermes?«

Franny holte tief Luft und schürzte die Lippen. »Ich habe mir schon Gedanken darüber gemacht«, sagte Franny, »wie ich Ihnen mitteilen könnte, dass ich ihm gegenüber große Vorsicht für angebracht halte.«

»Ich *auch!*« Mrs. Lincoln sprang wieder auf. »Ich auch! Ich fand auch, die *Kräfte* dieses Mannes darf man nicht unterschätzen.«

»Aber Mrs. Lincoln ...«

»Mary. Nennen Sie mich Mary.«

»Was ich sagen wollte, das Klopfen, das Sie gehört haben ...«

»Ach! Das Klopfen. Das *Klopfen!* Was interessiert mich das Klopfen? Von mir aus kann er unterm Tisch zwei von Taddys Bauklötzen aneinandergeschlagen haben. Seine Kräfte haben mich jedenfalls in diesen *Zustand* versetzt, und das zählt. Und Sie haben so recht! Ich muss große Vorsicht walten lassen, wenn ich mich diesen Kräften aussetze.«

Sie setzte sich wieder ans Ende der Chaiselongue und griff nach Frannys Händen.

»Aber Sie. Sie haben eine Tochter verloren. Wie steht es mit ihr? Sehen Sie sie?«

Franny schüttelte den Kopf. »Nein«, sagte sie.

»Aber Sie stehen doch im Ruf, Spiritistin zu sein.«

»Ruf hin oder her, meine Betty ist nicht besonders gesellig.«

Und dann beschrieb Franny Mrs. Lincoln – Mary –, wie es mit Betty stand; wie sie gestorben war; wie sie zurückgekehrt war; dass Otis dabei gewesen war, als sie starb und als sie wiederkehrte; wie selten sie ihren Mann Chester gesehen hatte; wie der Telegraph und der Krieg und sein Ehrgeiz ihn ihr entrissen hatten und dass nun sie selbst, Franny, ihn verließ; und wie Dr. Hermes sie, ohne es selbst zu merken, davon überzeugt hatte, dass sie anderen helfen konnte.

»Aber natürlich!«, rief Mary. »Das ist ausgezeichnet! Ich weiß es, wenn ich Ihnen bloß zuhöre, Sie *müssen* weitermachen auf diesem Weg. Erlauben Sie, dass ich Ihnen helfe, wo ich kann. Sie haben Fähigkeiten, Frances Piermont Ludlow. Sie müssen weitermachen ...« Ihre Stimme erstarb.

Von Südwesten, von jenseits des Potomac über Virginia, hörte man Donnergrollen. Plötzlich wurde Franny müde. Diese Frau war einfach zu viel.

Mrs. Lincoln fuhr herum in die Richtung, aus der der Donner kam, und erstarrte.

»Das könnte eine Kanone gewesen sein«, sagte sie.

»Glauben Sie?«, fragte Franny. »Aber in den Zeitungen hat doch gestanden ...«

Mrs. Lincoln schüttelte heftig den Kopf. »Das meinte ich im übertragenen Sinne«, sagte sie. »Der Krieg ist uns allen so nahe. Man hat das Gefühl, dass er dauernd da draußen hinter den Bäumen lauert, egal, wo die Schlachten gerade geschlagen werden.«

»Soll ich Sie morgen besuchen kommen?«, fragte Franny.

Mrs. Lincoln lehnte ab. »Sie haben schon genug für mich getan. Allein, indem Sie mir zugehört haben. Sie sind eine wahre Inspiration. Ich gehe jetzt. Irgendwann werde ich Willie sehen. Wir alle werden uns sehen. Vater. Willie. Ich. Und Sie. Und Ihre Betty. Irgendwann ...«

Und wie ein Wirbelwind stürmte sie wieder hinaus. Franny ließ sich nun selbst auf die Chaiselongue sinken. Sie fühlte sich, als habe sie gerade in einer Wahnszene auf dem Theater mitgespielt. Lady Macbeth. Ophelia. Und die von ihr dargestellte Figur war nach der Tour de Force allein auf der Bühne zurückgeblieben.

Ein weiterer Donnerschlag riss sie aus ihren Träumen. Begleitet von einer kurzen Windbö, setzte der Regen über Washington ein.

Franny reckte sich über die Rückenlehne, um aus dem Fenster zu schauen. Sie wollte eben das Schiebefenster herunterziehen, weil die Tropfen hereinzuspritzen begannen, als sie auf der Straße eine Kutsche bemerkte. Mrs. Lincolns Röcke wurden hineingerafft. Ein großer Mann half ihr. Es war der Präsident selbst. Kein Kutscher, kein Diener. Der Präsident war selbst aufgestanden, um seine aufgeregte Frau durch die Straßen der schlafenden Hauptstadt zu fahren. Mr. Lincoln schwang seine langen Beine auf den Kutschbock. Donner und Blitze zuckten über Virginia. Der Präsident schaute in die Richtung des Gewitters, als der Donner das Rauschen des Regens übertönte. Er zog seinen Zylinder fester auf den Kopf. Dann ließ er die Zügel schnalzen und fuhr seine Frau davon.

Kapitel 20

Jack im Krieg

Carlisle, Pennsylvania,
Ende September 1862

Nach der Schlacht

Eines Abends, im späten September, wanderte Jack Trace, wie immer nach einer geschlagenen Schlacht, eine Straße entlang, eine Straße in diesem Fall, von der er nicht wusste, dass es sich um den Chambersburg Pike handelte. Nach dem Ende von Kampfhandlungen bewegte er sich stets wie im Traum – in einer Art Nervenlähmung – und marschierte einfach los.

Doch zuerst zeichnete er meist stundenlang die Schlacht aus dem Gedächtnis. Bei gutem Wetter setzte er sich in die Nähe des Schlachtfeldes, auf dem die Leichenkommandos, die Gesichter in weiße Tücher gehüllt, um den Gestank abzuwehren, sich mit den Gefallenen abmühten und sie auf Karren luden. Das einzige Geräusch war oft das Knarren der Wagenräder oder das laute Keckern eines Buntspechts aus dem Wald. Trace skizzierte schweigend ein gerade beendetes Inferno, derweil sich die Soldaten der Union und der Konföderierten still zwischen ihren Toten bewegten.

Bei unfreundlichem Wetter jedoch suchte Trace Schutz in einem zerschossenen Haus oder einem halb niedergebrannten Schuppen und zeichnete wie in Trance, während der Regen sanft durch verkohlte Dachsparren tröpfelte. Er zeichnete, bis er es nicht mehr aushielt, und wanderte dann ziellos umher wie jetzt, da er auf dem Chambersburg Pike in nördlicher Richtung lief, gute siebzig Meilen vom Ort der Schlacht entfernt, die er vor kurzem miterlebt hatte, der schlimmsten, die er in seinem Jahr als Kriegsberichterstatter gesehen hatte, der Schlacht in der Nähe von Sharpsburg, Maryland, dem nördlichsten Ort, zu dem General Lee vorgedrungen war, der Schlacht mit den größten Leichenbergen des Krieges bisher: der Schlacht von Antietam.

Seine Wanderungen dauerten manchmal mehrere Tage und Nächte. Mr. Selcome, sein Londoner Chefredakteur, hatte einen ganzen Trupp amerikanischer Kuriere angestellt, die Trace nach einer Schlacht auftreiben und seine Zeichenmappe sicherstellen sollten, um das Material zunächst den Kupferstechern in Philadelphia und dann dem nächsten Postschiff in New York oder Boston anzuvertrauen, das schnellstmöglich nach England fuhr.

»Trace«, hatte Mr. Selcome vor ein paar Monaten geschrieben, »wäre es nicht für alle Beteiligten sinnvoller, wenn wir einen Treffpunkt vereinbarten? Im Augenblick muss ich sagen, dass wir Ihre Wanderungen nur schwer nachvollziehen können, zumal damit die Exklusivität unserer Berichterstattung gefährdet wird, wenn wir die Schlachtszenen nicht rechtzeitig stechen können. Bitte helfen Sie uns.«

Aber Trace konnte ihm nicht helfen. Das Umherstreifen war ebenso wichtig für seine Entwicklung zum großen Schlachtenmaler wie die Zeichnungen selbst. Diese Trance, dieser verschwommene Zustand war sein Weg zurück in die Menschheit. Eine Menschheit, die beiderseits des Atlantiks begierig auf seine Darstellungen wartete.

Der *Despatch* wurde den Zeitungsjungen aus den Händen gerissen. Um Traces Vision und Kunst angemessen wiederzugeben, druckte Mr. Selcome seine weitläufigen Zeichnungen unter der Woche in täglichen Ausschnitten, sodass Tausende eifriger Leser und Sammler am Samstag die ganzseitigen Abbildungen zu einem langen, an Details reichen Panorama zusammenfügen konnten.

»Unvergleichlich, von homerischer Kraft!«, schrieb Selcome in einem Ankündigungsartikel auf der Miszellen-Seite des *Despatch*.

Einige der Panoramen waren weit gespannte Ansichten eines einzelnen erstarrten Augenblicks, als hätte Trace die Macht besessen, zwei Krieg führenden Armeen völligen Stillstand zu befehlen und unter Missachtung von Schwerkraft, Schwung und Tod meilenweit über das Schlachtfeld zu marschieren und Einzelheiten zu Papier zu bringen. Andere Bilder entwickelten das Drama einer Schlacht in zeitlicher Abfolge von links nach rechts – ähnlich dem Hintergrundprospekt des Phantasmagoriums –, angefangen mit dem ersten Zusammentreffen der Truppen über den Höhepunkt der tobenden Schlacht bis hin zur Auflösung der Formationen, dem Einsammeln der Leichen, dem Begräbnis der Gefallenen, den zahllosen einfachen, provisorischen Holzkreuzen, verstreut über eine verwüstete Landschaft.

Trace setzte seine erstaunlichen Fähigkeiten beim Halbinselfeldzug, in der Siebentageschlacht von Malvern Hill und in der Zweiten Schlacht am Bull Run ein. Außerdem hatte er mehr als ein Dutzend kleiner Gefechte dargestellt und reichhaltige Ansichten des Lagerlebens gezeichnet. Bald schon hatten Zeitungen in New York, Boston und Washington Abkommen mit Mr. Selcome getroffen, um Traces Arbeiten auch in Amerika abdrucken zu können.

Sich in die Schlacht zu stürzen – manchmal so bedingungslos, dass er auf dem Bauch robben musste, während die Kartätschen über seinen Kopf sausten – war ein unabdingbarer Aspekt seiner Arbeitsweise. Um solche extremen Erfahrungen hinterher abschütteln zu können, musste Trace laufen, Meile um Meile, langsam, mit gesenktem Kopf, bis ein Geräusch oder ein Geruch ihn aufweckte und er sich fragte, wo er war und was er als Nächstes tun solle. Der rettende Duft konnte von verrottenden Äpfeln unter einem Baum stammen oder vom Geißblatt am Wegesrand, das ihn an Maddys Parfüm auf der *Great Eastern* erinnerte. Das Geräusch mochte der Gesang eines Vogels sein, der sich unvermittelt heraushob aus dem übrigen Gezwitscher des Waldes, oder ein Peitschenknall, wenn ihn ein Karren auf der Straße überholte.

Ein solcher Peitschenknall und ein solcher Karren ließen ihn jetzt wieder zu Bewusstsein kommen. Ein Farmer versuchte seinen kleinen, mit Kürbissen und anderem Herbstgemüse beladenen Wagen an Trace vorbeizubugsieren. Den ganzen Tag schon hatten ihn Farmer, Reiter und Fußgänger gegrüßt, überholt, beinahe angerempelt, doch ohne Wirkung. Sie schauten ihm nach, während er in seinem eigenen Nebel dahinstolperte, und nahmen sich vor, ihm aus dem Weg zu gehen, wenn sie ihn das nächste Mal auf der Straße sahen. Viel Heerestross und viele Verwundete wanderten – oder flüchteten – über diese Straßen, doch Trace war offensichtlich keiner der ihren. Er schleppte sein zusammengerolltes Bettzeug und eine große Ledermappe, die er sich mit Riemen auf den Rücken schnallen konnte; außerdem hatte er einen Knappsack für Zeichenutensilien dabei, und seine Kleidung verriet seine Herkunft: Er trug einen Zylinder mit schmaler Krempe und ein breites, locker gebundenes Halstuch. Die einzige Konzession an das Leben im Freien waren kniehohe geknöpfte Gamaschen, die ihn als Ausländer offenbarten. Wenn er den Mund aufmachte, konnte man ihn ohnehin an seinem Akzent als solchen identifizieren.

Der Peitschenknall veranlasste Trace, den rotgesichtigen, zahnlosen Farmer zu fragen, auf welcher Straße er sei und ob er sich auf einem ratsamen Weg nach Washington befinde.

»Weit ab vom ratsamen Weg, würde ich sagen«, antwortete der Farmer. »Ziemlich dämlicher Weg. Will Ihnen nicht zu nahe treten, aber Sie gehen ja in *die* Richtung. Washington ist in *die* Richtung.« Und er streckte die Arme zu beiden Seiten aus wie eine Vogelscheuche.

Trace blinzelte. Solche Verwirrungen hatte er schon öfter erlebt nach Gefechten, nach blinden Wanderungen, nach Rückwegen ins Menschsein.

»Gerade aufgewacht?«, fragte der Farmer, als Trace sich die Augen rieb.

»In gewisser Weise«, sagte Trace. »Könnten Sie mich mitnehmen?«

»Könnte ich«, sagte der Farmer. »Wenn Sie raufklettern.«

Und so fuhr Trace an der Seite des Farmers in die Welt zurück, sortierte seine Erinnerungen an die Schlacht, die er gesehen hatte, blätterte seine Mappe durch und veranlasste damit, ohne es zu wollen, den entgeisterten Farmer, seinen Karren anzuhalten, um die Zeichnungen genauer ansehen zu können.

»Herr im Himmel«, sagte der Farmer. »Das haben Sie *gesehen?*«

Trace nickte.

»Na, darauf könnte ich gut und gern verzichten«, sagte der Farmer und trieb seine Pferde wieder an.

Sie rumpelten an einem Wegweiser vorüber: »CARLISLE 5 MEILEN; GETTYSBURG 20 MEILEN.«

Trace überlegte, ob *er* darauf verzichten könnte. Er hatte inzwischen das Gefühl, etwas Außerordentliches durchströme ihn, wenn die Gefahr am nächsten und am größten war. Ein Elixier, das ihn Farben und Geräusche dermaßen intensiv wahrnehmen ließ, dass sich daneben das Leben abseits des Schlachtfeldes blass ausnahm.

484

Als hinge ein dichter Schleier zwischen seinem Alltagsleben und einem wahrhaftigeren, strahlenderen Dasein; ein Schleier, der im Schlachtgetümmel zerrissen wurde, sodass er, Jack Trace, einen Moment lang das Universum in all seiner Pracht erkennen konnte. Kein London, keine Zeitungsleute, kein Ehrgeiz, keine Waisenhäuser; keine Huren, kein Kabel. Wenn es eine Geisterwelt gab oder ein Jenseits; wenn es ein Innerstes aller Dinge oder ein Höchstes Wesen gab, dann konnte Jack Es in diesen Momenten deutlich erkennen – vielleicht war er Es sogar selbst.

Ohne nachzudenken, offenbarte Jack all diese Gedanken dem Farmer.

»Zuerst hört man die Kanonen«, sagte Jack, »wenn man sich dem Schlachtfeld nähert, die Zwölfpfünder.«

»Hab ich schon gehört«, knurrte der Farmer. »Klingen wie Donner.«

»Ganz genau«, sagte Jack. Und dann erzählte er, dass jeder normale Mensch versuchen würde, sich von einem solch gefährlichen Geräusch fernzuhalten. Doch ein Soldat musste darauf zumarschieren, während sich das durchgängige, dumpfe Grollen aus dem Wald in einzeln unterscheidbare Schläge verwandelte.

Und dann kam das Knattern der Gewehre, es kam erst nach dem Mündungsfeuer und den Rauchwölkchen. Man sieht den Schuss, lange bevor man den Knall hört. Und in dieser Zwischenzeit beginnt das Leben mit eindringlicher Klarheit zu leuchten, wenn du weißt, dass die Kanone oder das Gewehr auf dich gerichtet sein könnte. *Was wird geschehen?* Das ist die einzige Frage. Es ist wie in einer Geschichte, der wichtigsten aller Geschichten, einer Geschichte, die sich nur um dich dreht, nur um dich, und du willst unbedingt wissen, was geschehen wird. *Und dann?*, fragst du. *Und weiter?*

Diese Beschreibung erregte Jack dermaßen, dass der Farmer an den äußersten Rand des Sitzbretts rutschte.

»Kommen Sie von außerhalb?«, fragte er plötzlich mit beinahe blökender Stimme.

»Wie bitte?«, sagte Jack. Er war ein wenig verwirrt und blinzelte wieder, als sei er aus dem hellen Tageslicht in eine dunkle Scheune gelaufen.

»Kommen Sie von außerhalb?«, wiederholte der Farmer. »Sie klingen nicht nach von hier.«

»England«, sagte Jack, der merkte, dass er sich wohl zu sehr echauffiert hatte. »Ich komme aus London in England.«

»Dacht ich mir«, sagte der Farmer. »Hier müssen Sie jedenfalls absteigen.« Sie hatten eine Stadtgrenze erreicht. Häuser und Geschäfte waren in rechtwinkligen Gassen um eine Hauptstraße angeordnet; am westlichen Rand der Siedlung lag ein College aus grauem Kalkstein. Eine Kleinstadt wie viele entlang der Mason-Dixon-Linie; achtzig Meilen weiter südlich gelegen, könnte dieser Ort jetzt, nach der Schlacht, in Schutt und Asche liegen.

Der Karren klapperte auf der Hauptstraße davon, und der Farmer sah sich kurz nach Jack um, der das Geldversteck in seinem Beutel inspizierte. Seine Barschaft reichte noch für eine Unterkunft.

Wenn der Peitschenknall des Kürbisfarmers auf der Straße nach Carlisle ihn aus der Schlacht von Antietam zurückgeholt hatte, so brachte ihn das Bild Franny Ludlows auf einem Plakat in der Eingangshalle des Hotels ziemlich aus der Fassung. Angekündigt wurde eine »spirituelle Versammlung«. Die Mitte nahm ein ovaler Kupferstich ein, der an eine Kamee mit dem Bildnis einer Frau erinnern sollte. Trace warf auf dem Weg zur Rezeption im Vorbeigehen einen beiläufigen Blick auf den Aushang, ließ jedoch prompt all seine Habseligkeiten fallen und musste ein erschrecktes Keuchen unterdrücken, als er in dem Porträt Franny Ludlow erkannte. Das Treffen oder die Vorführung oder der Gottesdienst – Trace wusste nicht, worum genau es sich handelte – sollte am selben Abend stattfinden. Das Plakat rief »alle Menschen zur Versammlung, die Verbindungen zu oder Interesse an der Welt der Geister« hatten. Miss Frances Piermont wurde als »spirituell erfahren« angekündigt, als eine Frau, die »den Lebenden den Weg zur Vereinigung mit den Verstorbenen gebahnt hat«, als »eine leise, sanfte Stimme der Ruhe …«

Jack ging auf sein Zimmer und wusch sich. Er zog sich um und sortierte seine Zeichnungen. Er präparierte sie für die Verschickung nach England, indem er sie in Papier und dann in Pappe rollte, sie schließlich mit dünnen Holzlatten schützte und zuletzt in eine Lage Öltuch schlug. Er teilte Mr. Selcomes Vertreter in Philadelphia per Telegramm mit, wo er und die Zeichnungen sich befanden. Dann setzte er sich mit Frannys Bild auf den Knien in einen harten Sessel am Fenster der Lobby und wartete eine Stunde, bis er sich auf den Weg zum Campus des kleinen College am Westrand der Stadt machte, wo Franny in einem Hörsaal den Lebenden den Weg zur Vereinigung mit den Verstorbenen weisen sollte.

Die Versammlung

Es war keine Séance. Es gab keine Apparate und keine Bühnentechnik. Das Ganze verfehlte auch deshalb seine Wirkung nicht, dachte Trace später, weil alles so einfach war. Und weil Mrs. Ludlow mitwirkte – Frances Piermont. Trace hoffte, sie nach der Versammlung zu sehen und sie wegen ihres Namens befragen zu können. Doch einstweilen saß er wie die anderen dreihundert Menschen im Saal auf Bänken und Schulstühlen, die aus anderen Räumen herbeigeschafft worden waren. Neugier und Erwartung stiegen, als die Zuschauer bemerkten, dass auf jedem Sitz neben einem grünen Laubblatt eine Augenbinde aus Filz lag, wie lichtempfindliche Menschen sie beim Schlafen tragen.

Die Versammelten fingerten entweder nervös an den Blättern und an den Bändern der Augenmasken herum, oder sie behandelten sie wie Utensilien für ein Kostümfest. Franny erschien ohne Ankündigung. Sie trug ein hochgeschlossenes schwarzes Kleid und betrat den Saal durch die hohe Glastür an der Längsseite, die auf den Eichenhain des Campus hinausging.

Sie trug einen lavendelfarbenen Strohhut mit breiter Krempe, der sie, als sie im sonnigen Abendlicht die Stufen hinaufschwebte, wie einen weiblichen Merkur erscheinen ließ und den sie bei Betreten des Raumes abnahm. Der dunkle Ton ihres Kleides, im Verbund mit der Leichtigkeit ihrer Bewegungen, gab ihrem Auftritt nichts Düsteres, sondern eher etwas Stattliches, Majestätisches. Niemand applaudierte. Die Menschen lächelten und nickten ihr zu, während sie sich zurechtsetzten und Franny zur Bühne schritt, wo Töpfe mit Lilien und Palmen standen, ein Wandschirm mit Blumenmuster hinter einem kleinen Tisch mit einem Wasserkrug sowie ein einfacher schwarzer Stuhl mit Sprossenlehne.

Als sie die Bühne überquerte, dankte sie allen für ihr Kommen. Sie pries den wunderschönen Abend und den geräumigen Saal. Sie schaute durch die große Glastür zu den Eichen hinaus und sagte, diese friedliche Ruhe stünde in schrecklichem Gegensatz zu dem, was sich, wie sie alle wüssten, weniger als hundert Meilen südlich von hier zugetragen habe. Viele Köpfe nickten zustimmend, und Trace spürte, wie sein Herz einen Satz machte. Wusste sie, wo er gewesen war? Was er gezeichnet hatte?

Franny fuhr fort, sie könne nicht versprechen, dass Geister erscheinen, Zeichen geben oder Geräusche hören lassen würden.

Doch zumindest hoffe sie, dass sie selbst und das Publikum ein paar Momente der Ruhe mit ihren lieben Verblichenen finden könnten. Sie habe eine Tochter verloren, sagte sie, und viele von ihnen hätten viel schlimmeren Kummer erlitten. Vielleicht könne sie diesen Schmerz lindern; vielleicht sogar mehr.

»Wollt ihr es mit mir versuchen, Brüder und Schwestern?«, fragte sie, und die Versammelten nickten.

Franny sagte, bei dem, was nun folge, handele es sich nicht um ein Gebet.

»Dennoch möchte ich euch bitten, die Augen zu schließen und die Augenbinden anzulegen, die ich für euch bereitgelegt habe.«

Alle kamen der Aufforderung nach. Während die Bänder hinter den Köpfen verschnürt wurden, wobei die Männer oft den Frauen behilflich waren, ließ sich ein amüsiertes und nervöses Murmeln vernehmen, doch Franny versicherte allen Anwesenden, dass es keinerlei Taschenspielereien geben werde, dass niemand etwas sagen, tun oder mit verbundenen Augen vorführen müsse. Auch sie werde eine Binde tragen, sagte sie, und sie legte sie sogleich an und setzte sich auf den Stuhl.

Als aller Augen verbunden waren, bat Franny die Zuschauer, das Blatt in die Hand zu nehmen, seinen Umriss zu ertasten. Trace tastete. Es war ein Eichenblatt. Seltsam, dachte er, dass ihm das nicht früher aufgefallen war, bevor er die Augenbinde angelegt hatte.

Franny bat alle, den Stiel des Blattes zu ertasten und dann die feineren Adern, die von ihm ausgingen.

»Und wenn ihr nun das Blatt in den Händen haltet«, sagte sie, »möchte ich, dass ihr euch ein Bild von euch selbst macht. Stellt euch vor, ihr steht allein.

Und nun stellt euch vor, dass ihr mit der Linken die Hand eurer Mutter haltet.

Und dann stellt euch vor, dass ihr mit der Rechten die Hand eures Vaters haltet.

Stellt euch vor, wie sie neben euch aussehen, wie sie eure Hände halten, ihr selbst in der Mitte.«

Trace fragte sich, ob sich wohl jeder im Saal – so wie er – zuerst als Erwachsenen und dann als Kind zwischen seinen Eltern gesehen habe. Mit wenigen Worten hatte Franny ihn in einen kleinen Jungen verwandelt, der an jeder Hand ein Elternteil hielt. Er wusste nicht, *wer* diese Eltern waren, aber er wusste – Jack, der kleine Junge, wusste –, dass es seine Eltern waren.

»Und jetzt«, sagte Franny, »stellt euch die Eltern eurer Eltern vor – eure Großeltern –, die hinter ihnen stehen. Wenn ihr euch an sie erinnern könnt, ruft euch ins Gedächtnis, wie sie aussahen.

Nun stellt euch *deren* Väter und Mütter vor. Auch sie stehen hinter euch. Jetzt habt ihr fünfzehn Menschen, euch selbst eingeschlossen, in eurem Bild.«

Ein Bild, dachte Trace. *Was für ein Bild versucht sie zu malen?*

»Und nun auch noch *deren* Väter und Mütter«, sagte Franny. »Plötzlich sind wir bei einunddreißig. Doppelt so viel wie eben. Wenn wir das Gleiche noch einmal machen, sind wir bei über sechzig. Es wird langsam ziemlich voll, was?«

Die Menschen im Publikum lachten leise.

»Wir sind jetzt ungefähr bis zur Gründung unseres Landes zurückgegangen. Wenn wir noch weiter gehen, bis zu den ersten Siedlern von der *Mayflower*, dann haben wir schon eintausend Seelen hinter uns stehen. Stellt euch das einmal vor: In nur zweihundertfünfzig Jahren mussten *tausend* verschiedene Menschen einander finden, umeinander werben, sich vermählen und fortpflanzen, damit ihr heute mit verbundenen Augen hier sitzen und ein Blatt in Händen halten könnt.«

Sie hielt inne, um den Zuhörern Zeit zum Nachdenken zu geben. Trace hörte die Leute um sich herum atmen und auf den Sitzen hin und her rutschen, und er hatte das Gefühl, die Menge – *seine* Menge, in *seinem* Bild, in *seinem* Kopf – dringe zusätzlich in den Saal. Er widerstand dem Drang, sich die Binde abzunehmen.

»Vorsichtig geschätzt, sind wir hier heute Abend zweihundert Menschen«, sagte Franny. »Das heißt, dass zweihunderttausend Menschen sich finden mussten, um diese Versammlung zu ermöglichen. Gehen wir weiter zurück … vierhunderttausend haben sich aufgereiht, dann achthunderttausend … schon sind wir bei über einer Million, und wir sind gerade erst im Geburtsjahr Shakespeares. Eine Million Menschen hatten Anteil an unserer Erschaffung.«

Trace fühlte einen angenehmen Schwindel, als er versuchte, sich eine Million Menschen vorzustellen. Er glaubte, noch nie eine Million von irgendetwas gesehen zu haben. Ach ja, Sandkörner natürlich. Vielleicht auch Sterne. Aber sonst? Seine Gedanken schweiften ab. Vielleicht war genau das Frannys Absicht: die Gedanken ihres Publikums schweifen zu lassen. Weitere Millionen standen inzwischen hinter ihm, und Franny sagte, ob man nun an die Schöpfungsgeschichte glaube oder an die Theorien des Mr. Darwin, es stünden jedenfalls mehr Menschen hinter jedem Einzelnen von uns, als je auf der Erde gelebt hatten.

»Und das bedeutet«, sagte Franny, »dass wir, so wie wir hier heute Abend sitzen, alle miteinander verwandt sein müssen.«

Die Versammlung murmelte zustimmend.

»Versteht ihr nun, warum ich euch zu Beginn als Brüder und Schwestern angesprochen habe?«

Erneutes Gemurmel. Trace kümmerte sich nicht weiter um die mathematischen Grundlagen von Frannys Behauptung, er ahnte, dass sie recht hatte, und diese Ahnung war tröstlich. Er strich über die Adern des Blattes, betastete das Grün dazwischen. Auch das war tröstlich, ein Glücksbringer.

Franny bat das Publikum nun, sich einen geliebten Verstorbenen vorzustellen. Doch Trace kam es vor, als spreche sie nur zu ihm.

»Stellt diesen Menschen vor euch und vor die Menge hin, die hinter euch steht«, sagte Franny.

Maddy erschien. Die neckende, lächelnde, hochmütige Maddy vom Tag der Explosion auf der *Great Eastern*. Die ernstere, erfahrenere Maddy an Deck desselben Schiffes, doch nunmehr im Morgengrauen, nach ihrer gemeinsamen Nacht.

Trace durchzuckte ein Schrecken: War sie eine geliebte Verstorbene? Er hatte seit der Begegnung auf der *Great Eastern* nichts mehr von ihr gehört. Er hatte keine Ahnung, ob sie noch mit Whitehouse in Amerika war oder nach England zurückgekehrt. Es war so viel geschehen. War sie *gestorben*? Und, Herr im Himmel, *liebte* er sie?

Ein schwarzer, fächerförmiger Gegenstand taumelte durch sein Traumbild: ein Teil des explodierenden Schornsteins der *Great Eastern*, eine tödliche Erscheinung. Doch Maddy *war* an jenem Tag nicht gestorben. Er hatte erst vor einem Jahr eine Nacht mit ihr verbracht. Er hatte ihr von seinem utopischen Gemälde erzählt, das von ihr inspiriert war – oder wäre, wenn er es denn endlich malte. Sie hatte gesagt, sie würde Whitehouse verlassen. Sie hatte gefragt, ob er sie besuchen würde.

Trace wusste nicht, was er denken sollte. Er *dachte* nicht. Er träumte eher, und es schien ihm, als würde er schweben auf dem Gefühl – nicht dem tatsächlichen Geräusch – von Frannys Stimme, die den Saal erfüllte. War das eine Art Mesmerismus? Er hatte von Zauberern und Schwindlern gehört, die ein Publikum in ihren Bann schlugen und die Leute dann lächerliche Dinge tun ließen: gackern wie Hühner, bellen wie Hunde. Er hatte doch wohl nichts gesagt? Es sah ihn doch wohl niemand an hier im Saal?

Das schwarze, flügelartige Ding, Teil vom Schornstein der *Great Eastern* oder was es sein mochte, kam wieder durch die Dunkelheit hinter seiner Augenbinde geflogen, und beinahe sprang er von seinem Stuhl auf, denn in seinem Kopf gab es ein gewaltiges Knacken, und schon lag er im Wald am Boden – in der Nähe von Sharpsburg, mitten in der Schlacht am Antietam Creek.

Seine Kehle wurde rau, denn er schrie die Unionssoldaten an – Soldaten von der Zehnten Brigade aus Maine, glaubte er –, die neben ihm lagen und auf ihre eigenen Kameraden schossen. Trace hatte eigentlich die Absicht gehabt, bei der Nachhut der Zehnten zu bleiben und in deren Schutz so dicht an die Kampfhandlungen heranzugelangen, wie dies gefahrlos möglich war, um den Nahkampf besser zeichnen zu können, doch im Wirrwarr der Truppenbewegungen im Morgengrauen war er aus irgendeinem Grund ganz dicht an die Front geraten, und jetzt war er eingeschlossen. Die Bundessoldaten hatten ein paar Gestalten auf einer Lichtung im qualmenden Durcheinander irrtümlich für Rebellen gehalten, aber Trace erkannte einen Jungen mit einer zerfetzten Standarte. Am Abend zuvor hatte Trace ihn und seine Kameraden am Lagerfeuer gesehen. Der Junge hatte geweint. Trace hatte das Wimmern ignoriert. Die anderen ebenso. Sie alle hatten es schon einmal gehört. Andere Jungen. Männer. In anderen Schlachten. Vorher und nachher. Das leise Weinen. Die Armeen rüsteten sich zu einem grauenhaften Gefecht am nächsten Tag, das wusste jeder Soldat. Da durfte ein Mann, ein Junge ruhig weinen.

Jetzt sah Trace diesen Jungen in Panik davonrennen, weil er aus

491

einer Stellung unter Feuer genommen wurde, die er doch eigentlich verteidigen sollte. Vergeblich schrie Trace den Soldaten zu, sie sollten aufhören. Die Zehnte Brigade aus Maine war im Wald in einen Hinterhalt der Konföderierten gelaufen und sofort in panische Unordnung geraten. Ein Mann neben ihm rief, er habe eine texanische Flagge gesehen, so meinte Trace zu verstehen. Er war umgeben von Chaos, Geschrei und Hilferufen, und er konnte nicht ausmachen, wie viele Texaner es waren, die den Angriff gegen sie führten. Ein Schwarm. Eine Horde. Eine Legion der Hölle, die wie eine Ausdünstung aus der Erde stieg und das Feuer eröffnete. Ihm wurde klar, dass er vielleicht sterben könnte. Kugeln pfiffen über seinem Kopf durch die Luft. Die Farben des Waldes wurden klarer, sogar durch den Rauch hindurch, und der Rauch selbst begann zu schimmern. Dieses Gefühl von Gleichmut inmitten des ihn umgebenden Schreckens hob seine Stimmung. *Ihm würde nichts zustoßen.* Dieses Gefühl hatte er schon früher gehabt. Es war seine Antwort auf *Was wird als Nächstes geschehen?*

Ihm würde nichts zustoßen, das wusste er, aber er wusste auch, dass der Junge und die anderen Versprengten dem Tod geweiht waren. Und wie auf ein Stichwort hin stürzte der Junge, eine Kugel in der Brust, und seine Standarte sank, einen Viertelkreis beschreibend, zu Boden.

Das Nächste, was Trace sah – denn er sah all dies unter Frannys Anleitung im Saal des College, hinter der Filzbinde, die inzwischen von Schweiß und Tränen getränkt war, wie er undeutlich spürte: Er hockte neben dem Jungen. So schnell, wie die Soldaten aus Maine das Feuer auf ihre Kameraden eröffnet hatten, so schnell hatten sie es auch wieder eingestellt, und Trace kämpfte sich durch den Rauch und das Unterholz zwischen den Pappeln und Holunderbüschen dorthin vor, wo der tote Junge lag.

Aber das ist nicht wirklich geschehen, dachte Trace, *das habe ich nicht getan. Ich habe den Jungen sterben sehen. Ich habe mich mit der Zehnten zurückgezogen. Zurück auf einen Hügel in der Nähe von General Hooker, und dort habe ich zu zeichnen begonnen. Ich bin nicht zu der kleinen Lichtung gelaufen und habe mich um den Jungen gekümmert.*

Aber das war, was er jetzt sah.

Es war nicht, was geschehen war. Nicht die Vergangenheit.

Es war etwas anderes. Franny.

Trace ist neben dem Jungen. Inmitten des Chaos dreht er den Jungen um, der aufs Gesicht gefallen ist. Der Junge hat strubbeliges braunes Haar, seit Monaten ungeschnitten. Er hat schöne Züge, eine bemerkenswerte Adlernase und ein kräftiges Kinn; aber keinen Bartwuchs. Seine offenen blauen Augen sind im Tod weich geworden und lassen ihn gedankenverloren aussehen, als würde er Trace bewusst ignorieren und über dessen Schulter nach etwas Interessanterem schauen.

Trace hebt den Jungen auf, denn sein Körper ist verdreht, und es scheint einfach nicht richtig, einen Jungen, und sei er auch tot, in so unbequemer Haltung liegen zu lassen. Und während er überlegt, ob er vielleicht nach einem Ausweis oder einem Erinnerungsstück oder dem Namen einer Person suchen soll, an die er schreiben könnte, explodiert der Kopf des toten Jungen.

Ein verirrtes Geschoss trifft den Schädel der Leiche, und rosafarbener Regen spritzt Trace auf Gesicht und Brust. Er ist durchnässt. Er spuckt die salzige Gallertmasse aus. Er wischt sich die klebrige Flüssigkeit aus den Augen. Als er wieder sehen kann, schaut er hinab auf den kopflosen Leichnam. Er hat viele davon gesehen nach der Schlacht, hat sie in zahlreichen Zeichnungen verewigt. Doch dies ist der Erste, den er vorher gesehen hat, mit einem Gesicht, an das er sich erinnern kann.

Das Schädelinnere des Jungen tropft und rinnt über Traces Gesicht. *Der Gefechtslärm ist verstummt. Aber dieses Gefecht habe ich ohnehin nicht gesehen, denkt Trace. Ich habe nicht gesehen, wie der Kopf des Jungen in Stücke flog. Ich habe ihn fallen gesehen, in die Brust geschossen, und dann bin ich zurück hinter die Linien der Unionstruppen gerannt.*

Jetzt versucht er sich zu erinnern, wie der Junge aussah. Und als er wieder hinabsieht zu der Last in seinen Armen, da blickt er in das Gesicht von Maddy. Fast schreit er laut auf. Vielleicht nicht nur fast. O Gott, ist sie gestorben? Nein. Sie lebt, sie bewegt sich.

Was geschieht?

Maddy ist bei ihm auf dem Schlachtfeld.

Das ist Frannys Werk.

Trace schaut noch einmal hin. Und Maddy deutet mit dem Finger. Und Trace sieht es.

Er sieht noch einmal – aber diesmal, als wäre es eine Zeitlupen-wiederholung in seiner Vorstellung –, wie eine Minié-Gewehrkugel auf Maddy zufliegt, die in seinem Schoß liegt. Das Geschoss dreht sich langsam um seine Achse, schwebt in der Luft, eine kleine Kugel, die sich auf sie zuschraubt. Trace sieht sogar das Licht der Mittagssonne, das sich in den Laufspuren der Minié-Kugel bricht und sie wie einen feuchten Edelstein glitzern lässt. In Traces Vorstellung schwebt das Projektil übers Schlachtfeld, in der verbrannten Luft über Feuer, Schreien und Tod. Es schwebt glänzend und rotierend dahin, als sei es Teil einer unsichtbaren Maschine, die sich langsam aus dem Rauch und dem Nebel schält. Das Geschoss ist das wichtigste Rädchen in einer Apparatur von der Komplexität eines Uhrwerks geworden, mit schwirrenden Reglern, Kugellagern und geschmierten Zahnrädern; ein gleitendes, wirbelndes Wunderwerk, das etwas anderes ... antreibt ... vielleicht eine stumme, glänzende Eisenbahn, die Menschen durch gepflegtes, farbenfrohes Ackerland hin zu weißen, reinweißen Städten zieht, die zwischen den Hügeln am Horizont strahlen ... Es ist die Utopie! ... Trace erkennt seine Utopie – oder einen Teil davon –, heraufbeschworen von ... von wem? Und wie? Von Maddy? Franny? Seinem eigenen fiebernden Gehirn?

Die Gewehrkugel dreht sich, dreht sich und sprüht Funken, doch sie bewegt sich nicht mehr vorwärts auf ihrer todbringenden Bahn, sie summt nur leise, während sie in der Luft schwebt, ein sanftes Summen, ganz in der Nähe, so nahe, wie ein Gewehrknall oder das Pfeifen einer Kugel überhaupt sein kann, nur sanfter; das Summen wird ein Teil von Trace und gleichzeitig etwas Himmlisches. Und dann kommt er wieder zu sich, und das Geräusch verwandelt sich in ein leises Schluchzen neben ihm ...

Überall im Saal leise weinende Menschen. Trace kehrte aus der Schlacht zurück, der Schlacht, wie er sie am Antietam Creek erlebt hatte, und die er zugleich soeben erlebt hatte in einer veränderten Version, mit Maddy und seinem utopischen Traumbild.

Franny sprach das Publikum leise an. Sie sagte, nun seien alle »von unsrer Reise zurückgekehrt«, und es werde Zeit, die Augenbinden abzunehmen.

»Löst den Knoten«, sagte sie. »Nehmt sie langsam ab.«

Und als Trace und mit ihm alle anderen der Aufforderung folgten, sahen sie etwas Verblüffendes.

Im dunkel gewordenen Saal – denn im Laufe der Versammlung war, von den Zuschauern unbemerkt, die Nacht hereingebrochen, und der Eichenhain lag schwarz vor den Fenstern – stand Franny Piermont im Licht der Gaslampen, und sie trug nicht mehr ihr strenges schwarzes Kleid, sondern ein leuchtend weißes Gewand, das Haar war gelöst und bekränzt, und ein beseeltes Lächeln lag auf ihren Lippen.

Das ganze Publikum rang nach Luft. Sie hatte sich verwandelt. Die Wirkung war perfekt: so weit in sein Inneres reisen zu dürfen, dass man seine Liebsten, die toten Söhne und Töchter sehen, das Chaos des Krieges heraufbeschwören, mit den Verstorbenen Zwiesprache halten konnte, und dann zurückzukehren und von einer Erscheinung des Friedens und der Reinheit begrüßt zu werden, die einen freundlich wieder in die eigene Welt geleitete. Freude breitete sich im Saal aus. Das Publikum – auch die noch Weinenden – begann zu applaudieren. Es war ein simpler Trick gewesen. Als alle mit verbundenen Augen dasaßen, musste Franny sich hinter dem Wandschirm auf der Bühne umgezogen haben. Wirklich ganz einfach, aber so kunstvoll ausgeführt. Jack traten Tränen in die Augen. Er meinte, zugleich lachen und weinen zu müssen.

Jetzt waren alle aufgestanden. Einige, vor allem Männer, klatschten immer noch. Die Menschen lächelten einander wortlos zu, erkannten das Glücksgefühl, das sie selbst gespürt hatten, in den Gesichtern der anderen. Und wieder andere drängten sich die Gänge entlang zur Bühne, mit erhobenen Armen, ausgestreckten Händen, Franny zu berühren; Dutzende, vielleicht Hundert dankbare, euphorische, verzauberte Menschen, die es zu Franny auf die Bühne zog. Einer von ihnen war Jack Trace.

ER BEGEGNET IHR

Jack war selbst überrascht, dass er mitmachte bei dieser allgemeinen Bezeugung von höchster Verehrung, und als er sich der Bühne näherte, kam er allmählich zu sich. Er ließ die Arme sinken, blinzelte verlegen, kicherte leise, als wolle er den Umstehenden verdeutlichen, dass er normalerweise nicht so … *gefühlsbetont* reagierte. Doch niemand nahm Notiz von ihm; die Bekehrten und Begeisterten drängten eilig zur Bühne.

Trace sah zu, wie Franny sich herabbeugte und die ausgestreckten Hände berührte. Sie schien zu leuchten.

Er drehte sich um und ging zurück zu den hinteren Reihen, um dort zu warten. Als er neben der letzten Stuhlreihe stehen blieb, bemerkte er einen gut aussehenden Mann mit dunklem, nach hinten gekämmtem Haar, der an der Wand lehnte, die Arme vor der Brust verschränkt, und die langsam abebbende Erregung mit offenkundig zufriedenem Besitzerstolz betrachtete.

Trace nickte ihm zu, und der Mann deutete einen kurzen Gruß an, um sogleich, genau wie Trace, seine Aufmerksamkeit wieder der Bühne zuzuwenden.

Nach fast einer halben Stunde hatten die Erregung und der Lärm im Saal spürbar nachgelassen, und während ein Hausmeister den Boden zu fegen begann, waren nur noch vereinzelte Stimmen und das Scharren der Stühle auf dem Parkett zu hören.

Trace ging allein nach vorn zur Bühne. Franny lauschte der letzten Verehrerin, einer zitternden älteren Frau.

»Der freundliche Mr. Trace«, sagte Franny, als die Frau davongetrippelt war. »Was für eine freudige Überraschung.« Sie reichte ihm die Hand.

»Sie erinnern sich an mich«, sagte Jack, der errötend ihre Hand ergriff und sich verbeugte. Obwohl Franny auf dem Podest stand, war er etwas größer als sie. Sie standen sich Auge in Auge gegenüber.

»Natürlich erinnere ich mich an Sie«, sagte Franny. »Ich erinnere mich genau. Aber es scheint schon so lange her zu sein.«

»In der Tat«, sagte Jack.

»Sie sehen gut aus«, sagte Franny.

Trace fragte sich, wie das möglich war. Er kam direkt aus einer Schlacht, und der Kopf eines Jungen war in seinen Armen explodiert. Nein, dachte er, die Sache mit dem Jungen und das mit Maddy war *gar nicht* passiert. Mein Gott, er musste erst wieder seine Gedanken sortieren: Er *hatte* zwar an einer Schlacht teilgenommen, aber das war Tage her, und es war meilenweit entfernt gewesen. Er war hierher gelaufen. Vom Schlachtfeld. Nein, vom Hotel. Er war verwirrt.

»Sie hingegen«, hörte Trace sich sagen, »sehen mehr als gut aus.« Und er errötete heftiger, weil es sich schrecklich dreist, schrecklich *amerikanisch* anhörte, was er sagte.

Doch Franny schien nicht im Mindesten verstört. Das Leuchten, das sie umgeben hatte, als die Zuschauer die Augenbinden abnahmen, war ein wenig zarter geworden, aber es war immer noch da. Es musste nicht mehr den ganzen Saal erhellen und sammelte sich stattdessen um ihre Lippen und in den Augenwinkeln.

»Sie benutzen den Namen Piermont«, sagte Trace.

»Mein Bühnenname. Mein Mädchenname«, antwortete Franny. »Ich bin gewissermaßen nicht mehr mit Mr. Ludlow verbunden. Wir sind immer noch verheiratet, leben aber schon seit langem getrennt. Mein Dasein hat sich gewandelt.« Sie deutete auf die Bühne und auf ihre Requisiten. Es war eine unverblümte Geste, ohne Scham oder Reue, aber auch ohne Freude.

Jack nickte. Er hielt immer noch die Augenbinde in der Hand. Er hatte Schweiß und Tränen herausgewrungen. Das Blatt hatte er zu grünen Krümeln zerdrückt, die jetzt am schwarzen Filz klebten.

»Ich bin oft Ihrem Namen begegnet«, sagte Franny. »Und natürlich auch Ihren Arbeiten. Sie sind wirklich bemerkenswert. Ihr Ruf ...«

»Ach«, sagte Jack kopfschüttelnd und hob abwehrend die Hand. Die Bänder der Augenbinde flatterten. Er stopfte den Filz in die Tasche und wischte sich die grünen Krümel von den Händen.

»Ich habe immer noch das Porträt, das Sie von mir gezeichnet haben«, sagte Franny. »Nicht hier, es ist im Haus meiner Tante in Boston. Dort lebe ich jetzt. Sie haben es auf der *Niagara* gezeichnet, als wir von Kanada die Küste hinab nach New York fuhren. Wir waren alle auf dem Weg zu großem Erfolg.«

Und dabei verdüsterte sich ihre Miene ein wenig.

Trace fragte sich, was sie wohl bei der Versammlung vor ihrem geistigen Auge gesehen haben mochte.

»Sie haben mir in jener Nacht auf der *Niagara* von Ihrer Tochter erzählt«, sagte Jack. »Sehen Sie sie manchmal? Ich meine, an solchen Abenden, bei solchen Versammlungen. Sehen Sie da Ihre Tochter? Ich muss dazu sagen, dass ich unglaublich viel gesehen habe. Es ist wirklich bemerkenswert, was Sie auszulösen vermögen ... den Krieg ... ei... einen geliebten Menschen ... ein Gemälde, das ich hoffentlich malen werde ...«

»Ihre Zukunftsvision?«

Jack sah sie erschrocken an.

»Ich habe bloß geraten«, sagte Franny. »Sie haben mir an Bord davon erzählt.«

»Sie haben wirklich ein gutes Gedächtnis«, sagte Jack.

»Das stimmt.« Sie presste die Lippen aufeinander und schaute geniert zu Boden.

»Haben Sie sie gesehen?«, fragte er leise. »Kommt Ihre Tochter bei diesen Veranstaltungen zu Ihnen?«

Franny schüttelte den Kopf, den sie immer noch gesenkt hielt.

»Der freundliche Mr. Trace‹«, sagte Franny und sah ihn wieder an. »Wissen Sie noch, dass ich Sie auf unserer Fahrt nach New York so genannt habe?«

»Ja«, sagte Jack.

»Ich gehe nach Westen, freundlicher Mr. Trace.« Franny hatte sich gesammelt, bevor sie diese Neuigkeit verkündete, denn sie wollte sie nicht bloß nebenbei fallen lassen, es sollte eine wirkliche Verkündung sein.

»In die Territorien«, sagte sie. »Dort gibt es Arbeit für mich. Ich habe den ganzen Osten bereist. Und zwar sehr erfolgreich. Es ist beinahe peinlich. Ich spende die Erlöse an Militärspitäler, aber der Ruhm … nun, Sie haben ja selbst gesehen … Aber ich werde zurückkommen. Jetzt jedoch muss ich gehen. Und Sie?«

»Ich?«

»Ja. Was steht bei Ihnen als Nächstes auf dem Programm?«

»Ich – ich weiß es beim besten Willen nicht. Noch mehr Krieg, nehme ich an«, sagte Jack. »Wie Sie schon sagten, ich habe mir inzwischen wohl einen gewissen Ruf erworben. Den gilt es zu verteidigen, würde ich sagen.«

»Sie werden nicht vergessen, was Sie heute Abend hier erlebt haben«, sagte Franny, und Trace wusste nicht recht, ob sie seine Vision oder ihre Begegnung meinte.

»Nein«, sagte er. »Ganz bestimmt nicht.«

»Und ich auch nicht, mein lieber, freundlicher Mr. Trace.« Wieder reichte Franny ihm ihre Hand. Jack nahm sie und half ihr vom Podest.

Er fragte, ob sie die Nacht in Carlisle verbringe. Nein, ihre Reise nach Westen sollte noch heute Abend beginnen. Sie würde demnächst aufbrechen.

»Sie waren mir eine enorme Hilfe«, sagte Jack.

»Wie das denn?«, fragte Franny.

»Ich weiß auch nicht«, sagte Jack, der sich plötzlich unerklärlich leicht fühlte in seinen Stiefeln, und lachte auf. »Aber ich weiß jetzt, was ich mit meinem Leben anfangen soll, und das scheint mir damit zusammenzuhängen, dass ich Sie heute Abend gesehen habe.« Das stimmte natürlich nicht.

Franny hätte es ihm erklären können. Männer sagen alles Mögliche, wenn sie hingerissen sind.

Kapitel 21

Der geheime Zug

Huronengebiet, Oktober 1862

Wie er vorankam

Der Zug fuhr nur nachts, und auch dann nicht immer. Man hielt es für besser, nicht bei Mondschein zu fahren, weil sich der Dampf der Lokomotive wie ein schwebender Silberfaden durch die Nadelwälder schlängeln würde. Am besten fuhr man durch die herbstlichen Wälder nur in der pechschwarzen Dunkelheit der allmählich länger werdenden Nächte, und zwar ohne Laternen und mit verdunkelten Fenstern. Natürlich würden trotzdem Funken und Rauchschwaden zu sehen sein, aber je schwärzer die Nacht, desto rascher würden sich alle Hinweise auf die Vorbeifahrt des Zuges wieder verflüchtigen. Einmal blieb der Zug bei Vollmond und klarem Himmel sogar ganz stehen und wurde zwei Tage lang zwischen zwei Siedlungen auf einem toten Gleis versteckt. Das Feuer war gelöscht, der Kessel zischte leise vor sich hin, und sechs Soldaten standen Wache: Vier hielten sich in allen Himmelsrichtungen dicht bei den Gleisen im Wald verborgen; zwei waren auf den Dächern der Waggons postiert.

Es war ein kurzer Zug. Er bestand aus einer Rogers-Lokomotive, rußgeschwärzt und zuverlässig, gut zu erkennen an dem typischen, nach oben sich verbreiternden Schornstein; einem Tender voller Feuerholz; einem Güterwaggon für Ausrüstung und Munition; einem Dienstwagen in der Mitte, in dem die Soldaten untergebracht waren; dahinter einem lackierten, reich verzierten Salonwagen, der unter den Fenstern den goldenen Schriftzug *van der Wees & Son Lumber Co.* trug; und schließlich einem Tieflader mit der riesigen Fracht, die verborgen war unter einer schwarzen Persenning.

500

Dieser Zug war Eigentum des Unterabteilungsleiters Russell van der Wees. Und auch wenn die Welt es noch nicht wusste, dies würde der Siegeszug der Republik sein. Die größte Kanone der Welt lag unter der Plane auf dem Tieflader, und obwohl sie »Ludlow-Kanone« genannt wurde, war es doch eigentlich das Geschütz des Herrn van der Wees. Er hatte zwar nicht die Pläne gezeichnet oder die Berechnungen angestellt, aber er hatte die Kanone möglich gemacht, denn der Ingenieur, der sie gebaut hatte, war *sein* Mann. Und auch die schöne preußische Musikerin, die den Ingenieur liebte, war in gewisser Weise sein Werk – sie war hier, weil van der Wees es arrangiert und verfügt hatte. Sollte die Unionsarmee siegreich sein, würde die Siegesgöttin ihr herrliches Schwert dem jungen van der Wees zu Füßen legen, weil er alles dies zusammengebracht hatte: die Schönheit des Zuges; die Schönheit des brillanten Ingenieurs; die Schönheit seiner Geliebten; die Schönheit der tödlichen Kanone; die Soldaten; die Schönheit des Sieges; Schönheit der mondlosen Nächte; Schönheit der Dunkelheit.

Der Zug rollte langsam durch die Nacht, denn die Gleise in Richtung Norden waren nicht in bester Verfassung. Der Zug hatte das Ackerland an den Ufern des Eriesees verlassen und sich nach Norden in die Wälder vorgearbeitet, wo er ab und zu durch abgeholzte Gebiete fuhr, die sich unvermittelt, wie von Zauberhand, ringsum öffneten und … eigentlich nichts enthüllten; nur das Gefühl, dass noch mehr Raum sich in der dunklen Leere dehnte. Ebenso plötzlich rückten die Bäume wieder von beiden Seiten heran und drängten sich schwarz um die Gleise.

Van der Wees hatte den Plan, die Kanone in aller Heimlichkeit zu testen. Er fuhr mit dem Geschütz hinauf an die Grenze des Waldbesitzes seiner Familie im Huronengebiet. Er hatte die Kanone in einer Nacht-und-Nebel-Aktion aus der Monongahela-Gießerei in Pittsburgh herausgeschafft. Am Nachmittag stand sie noch da; am nächsten Morgen war sie fort. Wenn Spione der Südstaaten von der Kanone wussten, dann ahnten sie jedenfalls nichts über ihren derzeitigen Aufenthaltsort.

Wie beinahe jede Nacht war van der Wees mit zwei Soldaten vorn in der Lok. Ein Soldat hatte die Aufgabe des Heizers übernommen, der andere die des Lokführers. Van der Wees übernahm seine Rollen je nach Gusto, mal fuhr er den Zug, mal trat er die Feuerluke auf und warf Holz nach. Ansonsten erfreute er die beiden Männer mit Liedern und Anekdoten und teilte großzügig seinen Schnapsvorrat.

Es handelte sich zwar um eine geheime Expedition, aber deswegen mussten sie sich ja nicht zu Tode langweilen; sie waren inzwischen mit Sicherheit außer Reichweite irgendwelcher Rebellen. Das ganze verdammte Land, durch das sie jetzt fuhren, gehörte dem alten van der Wees, Russells Vater.

»Das Holz des Barons, so weit das Auge reicht!«, rief er, salutierte mit der Flasche, prostete der Landschaft zu und reichte dann den Alkohol im Führerhaus herum.

Im Dienstwagen schliefen die anderen sechs Soldaten. Sie würden schon bald wieder Wache schieben, denn der Tagesanbruch rückte näher, auch wenn der Himmel, abgesehen von den Sternen und der schmalen Sichel des abnehmenden Mondes, immer noch vollständig dunkel war.

Im Salonwagen schlief Chester Ludlow, allerdings lag er nicht in dem Abteil, das er mit Katerina Lindt teilte. Er war am Tisch eingenickt, neben der festgeschraubten Lampe mit dem farbigen Glasschirm, wo er an seinen Berechnungen für die Kanone gesessen hatte. Als die Zahlen vor seinen Augen zu verschwimmen begannen, hatte er den Kopf auf den Tisch gelegt und war in tiefen Schlaf gesunken. Seine Zigarre erlosch im Aschenbecher. Sein Whiskey leckte im Rhythmus der Zugbewegungen an den Wänden des Glases, wo die bernsteinfarbene Flüssigkeit elliptische Spuren hinterließ; einmal schwappte sogar ein wenig über den Rand, tropfte auf die ballistischen Kurven der Kanonenkugeln und vermischte sich mit dem Speichelfaden, der aus Chesters Mundwinkel rann.

Und auf der hinteren Plattform des Salonwagens stand Katerina Lindt im Freien, zum Schutz vor der Kälte in ein Tuch gehüllt, und versuchte mit ihren begrenzten Navigationskünsten und ihrer noch begrenzteren Kenntnis der Geographie der Vereinigten Staaten herauszufinden, wo wohl in dieser Neuen Welt sie sich gerade befand.

Sie fuhren nach Norden und hatten Ohio bereits hinter sich gelassen, so viel wusste sie. Dass Ohio hinter ihr lag, war ihr nur deswegen klar, weil Chester oder van der Wees es vor ein oder zwei Nächten erwähnt hatte. Und dass sie nach Norden fuhren, erkannte sie, wenn sie am Waggon entlang nach vorn in Fahrtrichtung schaute und dort am Himmel den Großen Bären erblickte. Sie konnte ihn nicht lange ausmachen, weil Rauch und Asche vom Schornstein nach hinten geweht wurden. Aber sie erinnerte sich, wie Joachim ihr vor Jahren den Großen Bären über der Ostsee gezeigt hatte, und sie wusste, dass über dem Rücken des Bären der Polarstern lag, der Norden anzeigte, und in dessen Richtung fuhr der Zug.

Doch das war nur die Himmelsrichtung; in jeder anderen Hinsicht, so hatte sie beschlossen, fuhr dieser Zug in Richtung Hölle. Wie fast jede Nacht stand van der Wees im Führerhaus der Lok, und wie fast jede Nacht war er sehr wahrscheinlich betrunken. Wie sie alle fast jede Nacht. Chester hatte im Waggon am Tisch gesessen und die zum Abfeuern der Kanone notwendigen Pulverladungen berechnet, doch auch Chester hatte getrunken. Van der Wees trank; die Soldaten tranken; sogar *sie* trank. *Alle* tranken sie. Dieser Krieg und diese verfluchte Kanone machten einen zum Trinker. Die Kanone war des Teufels, redete sie sich ein; des Teufels und böse, und sie trieb sie alle in den Wahnsinn. Riesig hing sie dort hinter ihnen unter ihrem schwarzen Schleier, der, obwohl er sorgfältig befestigt war, hier und dort flatterte, als wolle er ihr zuzwinkern: »Langsamer, warte auf mich.« Der Form der Persenning nach zu urteilen, könnte die Kanone direkt auf sie gerichtet sein. Der Gedanke ließ sie frösteln. Dasselbe Gefühl überkam sie manchmal, wenn van der Wees sie anstarrte.

Ein Mann wie er war ihr noch nie begegnet. Er verfügte über mehr Macht, als gut war, und mit ihrer Hilfe schien er jeden Menschen in seiner Umgebung unterwerfen zu wollen. Er brachte Trinksprüche auf Chester aus, steckte ihm die Zigarre an, und schließlich hatte er ihn so weit, dass er mitmachte, als sie sich gegenseitig zu ihrer Erfindung gratulierten. (Die Kanone war Chesters Erfindung, dachte Katerina. Zählte das gar nicht?) Und bald schon tönten sie, wie sie die ganze Armee der Konföderierten »zu Klump« schießen werde. Und oft fingen sie nach solchen Prahlereien an zu schmollen oder zu streiten und zu drohen. Einmal mussten die Soldaten sie auseinanderzerren, und hinterher konnte sich niemand erinnern, worum es eigentlich gegangen war.

Katerina war angeheitert, aber sie wusste es auch. Sie konnte immerhin mit Alkohol umgehen. Das hatte sie von den Männern gelernt. Sowohl Chester als auch van der Wees hatten ihren Alkoholkonsum so weit im Griff, dass sie noch arbeiten konnten und dass Chester noch seinen amourösen Verpflichtungen nachkommen konnte.

Amouröse *Verpflichtungen?* Die Gedanken polterten durch ihren Schädel wie schlecht verstautes Gepäck. *Verpflichtungen?* Nein, Chester Ludlow brachte immer noch jede Menge Lust mit, wenn er endlich seine verfluchte Arbeit beiseitelegte, die Ballistik- und Sprengkraftberechnungen, und in ihr Schlafabteil kam. So viel war klar. Die Fahrt mochte Wahnsinn sein, der Weg dunkel, aber das eine war klar: Chester kam zu ihr.

Katerina lehnte sich gegen das Geländer. Kalter Fahrtwind wirbelte ihre Locken durcheinander. Die »toten Männer« unter den Schienen – so nannten die Soldaten die Schwellen, »tote Männer«; was für eine seltsame Bezeichnung, schrecklich – flackerten unter ihren Füßen und unter dem Waggon mit der Kanone. Der Wald rückte näher, schloss sich hinter dem Zug wie eine zuklappende Tasche. Sie spürte, wie das Messinggeländer gegen ihr Kleid drückte, gegen ihre Unterröcke. Sie spürte, wie angenehm das Vibrieren des Zuges ihren Unterleib erzittern ließ.

Und sie lachte laut auf. Gott, oh, Gott, wie verdorben kann ich denn noch werden? Aber sie drückte sich wieder gegen das Geländer. Um das Vibrieren noch ein bisschen zu spüren. Sie klimperte mit den Fingern auf dem Messing, keine Melodie, eine bedeutungslose Tonfolge. Wären es Klaviertasten gewesen, auf denen sie herumhämmerte, sie hätten nur ein Getöse erzeugt. Doch für sie war es ein Zeichen: Sie brauchte Lob.

Lob nannte sie die kleinen Geschenke, die sie von van der Wees bekam, die gelbliche Tinktur. Eigentlich stammte der Spitzname von ihm. Er hatte ihn an sie weitergegeben.

»Das Geschenk des Paracelsus«, hatte er gesagt, als sie nach der ersten Nacht im fahrenden Zug über Schlaflosigkeit klagte.

Es handelte sich um ein Kristallfläschchen in einem Samtbeutel, das er ihr überreicht hatte. An einer dünnen silbernen Kette.

»Sie können es um den Hals tragen«, hatte van der Wees gesagt, und sie war rot geworden, denn sie hatte instinktiv gewusst, dass er »unter den Kleidern« meinte, direkt auf der Haut.

Dort trug sie es jedoch nicht. Chester hätte es gesehen und danach gefragt. Stattdessen versteckte sie es in ihrem Gepäck. Sie nahm ein paar Tropfen – anfänglich zehn –, wenn die Männer bei der Arbeit waren, und schon schien alles ... besser ... weicher ..., abgesehen nur von den Seitenblicken, die van der Wees ihr zuwarf, als würde er sie kontrollieren, als erwarte er ihre Reaktion, und dann errötete sie und wandte sich erregt ab, als hätte er sie teilweise oder ganz nackt gesehen, und sie musste in Chester Ludlows Zärtlichkeiten Schutz suchen.

Die Tinktur – es handelte sich um Laudanum, das wusste sie – ließ die Zeit ohne Chester angenehmer vergehen, genussvoller, es wurde eine wohlverdiente Zeit, die ganz allein ihr gehörte.

Sie alle brauchten Erholung vom Wahnsinn dieser Zugfahrt, von der Kanone, den Nächten, in denen sie langsam nordwärts ratterten, den Tagen, während derer sie, abgeschnitten von der Außenwelt, im verschlossenen Waggon saßen.

»Wer war Paracelsus?«, hatte sie van der Wees beim ersten Mal gefragt. Sie hatte geflüstert, obwohl Chester gar nicht in der Nähe war. Sie wusste, dass sie etwas Heimliches taten. Sie besiegelten einen Pakt. »War er Römer?«

Van der Wees schüttelte kichernd den Kopf.

»Schweizer. Ein Alchemist. Hat vor dreihundert Jahren oder so gelebt. Dies ist seine Medizin. Er behauptete, sie bestehe aus Goldstaub und geschmolzenen Perlen, der Spitzbube. Dabei ist es bloß in Alkohol gelöstes Opium. Aber immerhin eine Medizin. Der Name, den Paracelsus ihr gab, kommt aus dem Lateinischen und bedeutet ›Lob spenden‹.«

»Laudanum«, flüsterte sie.

»Fangen Sie mit zehn Tropfen an«, hatte van der Wees gesagt, als er ihr die kleine Flasche in die Hand drückte und mit seiner Hand ihre Finger darum schloss. »Nehmen Sie mein Lob an.«

All das fiel Katerina ein, während der Zug durch die frostige Nacht ratterte und klapperte. Sie schaute wieder nach vorn, lehnte sich um die Ecke des Waggons herum. Sie musste im Fahrtwind die Augen zukneifen. Ein kleiner heißer Funken prallte auf ihre Wange. Sie schrie leise auf und hielt die Hand auf den winzigen schmerzhaften Nadelstich. Dort auf der Lokomotive war van der Wees. Wahrscheinlich war er es, der das Feuer geschürt und die Funken hatte fliegen lassen. Sie wollte, dass Chester die Stelle mit der Zunge berührte, darüberleckte, sie beruhigte. Aber er saß bewusstlos am Tisch. Sie zog den Handschuh aus, leckte an ihren Fingerspitzen und benetzte die Wange mit Speichel. Bald würde alles … besser … weicher … erscheinen …

Ihr fiel auf, dass sie inzwischen bei zwanzig Tropfen war.

Dann schloss sich, als sei plötzlich ein Berg auf den Zug gestürzt, eine noch tiefere Dunkelheit um sie. In gewisser Weise war genau das geschehen, denn die Bremsen quietschten, die Waggons schwankten, und der Zug hielt mit einem Ruck. Sie befanden sich in einem Tunnel. Und seufzend begriff Katerina Lindt, dass sie den ganzen nächsten Tag hier stehen bleiben würden, bis sich die Nacht wieder herabsenkte und sie in der Dunkelheit weiterfahren konnten.

Die Theorien des Herrn van der Wees

Von einer richtigen Stadt konnte man nicht sprechen. Eher von einem Holzfällercamp, das sich zu einer Siedlung gemausert hatte. Auf den umliegenden Feldern waren ein paar Ansätze landwirtschaftlicher Nutzung zu erkennen, doch die meisten Äcker trugen noch die Narben des Holzschlags, und die Feldfrüchte mussten sich ihren Platz zwischen Dutzenden von Baumstümpfen suchen. Es gab ein paar Geschäfte – Eisenwaren, Kurzwaren, einen Schmied –, die in den Vorderzimmern von Wohnhäusern, in Zeltvorbauten, Kuhställen oder Lagerschuppen untergebracht waren. Wäscheleinen oder Vorhänge ließen vermuten, dass von den Holzhäusern an den matschigen Seitenstraßen vielleicht zwanzig bewohnt waren. Das Gasthaus war Teil des Haushaltswaren- und Lebensmittelgeschäftes. Die Theke stand in einem Hinterzimmer, das zum Holzschuppen gehörte. Ein dunkler Raum, auch tagsüber von Laternen erleuchtet und aus rohen Kiefernbrettern gezimmert, die noch Harztropfen ausschwitzten.

Chester und van der Wees waren mit einer Draisine vorausgefahren, um Vorräte zu kaufen. Zu ebendiesem Zweck hatten sie ein solches Gerät, mit zwei Antriebsgriffen, auf dem Zug dabei. Die Soldaten hatten ihnen beim Abladen geholfen, und dann waren die beiden aufgebrochen. Der Zug mit der versteckten Kanone, mit den Wachsoldaten und der schlafenden Katerina, der Zug, dessen untätige Lokomotive aus dem Tunnel ragte, verschwand hinter einer bewaldeten Kurve.

Sie kamen im dichten Wald schnell voran und fuhren immer

506

wieder über abgeholzte Lichtungen, wo manchmal Nebengleise abzweigten und wo Holzabfälle und ausgemusterte Stämme herumlagen. Sie sahen die Gebäude mehrerer verlassener Camps, wo noch das Firmenschild *vdW & on* an der Wand einer Kochhütte oder am hölzernen Wassertank prangte. Sie sahen meilenweit sich dehnenden Wald, dunkle Fichten und herbstgelbe Birken. Und sie sahen kleine Indianersiedlungen mit Wigwams aus Baumrinde und Leinwand, die sich düster, wie ausgestorben, scheinbar verlassen im immer noch kalten blauen Dunst duckten.

»Welcher Stamm lebt hier?«, fragte Chester.

»Ach, ich weiß nicht. Chippewa oder Ottawa oder Sonst-was-wa. Einer von diesen Stämmen. Die Firma hat Agenten, die sich um die Indianer kümmern.«

In der morgendlichen Kälte fühlte sich Chester bald leicht und wie neugeboren. Die Draisine hatte eine gute Übersetzung, das Pumpen fiel nicht allzu schwer, und der Fahrtwind verhinderte, dass sie ins Schwitzen kamen. Sie fuhren abwechselnd durch kühle Nebelschwaden, die wie trübes Flaggentuch über den Gleisen lagen, und warme sonnige Abschnitte unter blauen Wolkenlöchern. Chesters Brillengläser beschlugen, wurden wieder klar, beschlugen wieder. Der Tag versprach schön zu werden.

Chester und van der Wees kauften alles, was sie für den Zug brauchten, ließen die Kisten an der Hintertür der Bar aufstapeln, von wo sie leicht auf die Draisine zu schaffen sein würden, die sie auf einem Nebengleis beim Laden abgestellt hatten, und sie begannen bereits am Vormittag mit dem Trinken.

Chester war soeben im Begriff, den Anschluss an die Ausführungen seines Kompagnons zu verlieren, als vier Indianer die Bar betraten. Die Müdigkeit forderte ihren Tribut. Müdigkeit und Alkohol. Van der Wees erläuterte irgendeine Mischrassen-Theorie.

»Ah«, sagte van der Wees, zeigte mit dem Finger auf die Indianer und sprach so laut, dass die Umstehenden ihn beinahe hören konnten, »wie aufs Stichwort. Ich lege diesen Beleg für Minderwertigkeit als ›Beweisstück A‹ vor.«

Keiner der anderen Zecher nahm Notiz. Chester warf einen Blick auf die Indianer. Sie standen an der Bar und bestellten eine Flasche.

Van der Wees vertrat einen einfachen Standpunkt, der sich auch bei den Unionisten einiger Popularität erfreute. Er schickte voraus, dass die zugrunde liegenden Überlegungen nicht auf seinem Mist gewachsen waren. Er bezeichnete sich als Anhänger von Samuel Mortons Theorien der Schädelkapazität.

Trotz des vormittäglichen Whiskeykonsums konnte van der Wees Mortons Argumente erstaunlich gut wiedergeben. Die Teutonen – »die Deutschstämmigen, also auch die Holländer«, sagte van der Wees und zeigte mit dem Daumen auf sich selbst, und »die Engländer«, dabei deutete er auf Chester – haben die größte Schädelkapazität und somit »die beste intellektuelle Ausstattung«.

»Der Neger hat die kleinste«, sagte van der Wees.

»Kleinste was?«, fragte Chester.

»Schädelkapazität«, sagte van der Wees. »Sie wissen, wovon ich spreche. Von anderweitiger Ausstattung ist hier nicht die Rede. Professor Morton hat über sechshundert Schädel aus aller Welt studiert.«

»Und weiter?«, fragte Chester.

»Der amerikanische Indianer liegt zwischen dem Neger und den Weißen, und er ist – ich zitiere – ›dem Kulturerwerb abgeneigt, lernt nur langsam, ist ruhelos, rachsüchtig und kriegslüstern, und er ist jeglichem nautischen Unternehmungsgeist vollkommen abhold‹. *Voilà.*«

Die vier Indianer – drei Männer und eine Frau – trugen schäbige Holzfällerkleidung voller Brand- und Fettflecken. Sie hatten ihre Wollmützen tief über die strähnigen schwarzen Haare gezogen. Den anderen Gästen, die ähnlich gekleidet waren, fiel das Quartett nicht weiter auf.

»Sie sind doch ein Mann der Wissenschaft«, sagte van der Wees nach einem weiteren Glas.

»Ingenieur«, erwiderte Chester. »Elektrizität und Metallkunde.«

»Aber Sie kennen sich doch mit Daten aus. Ich lege Ihnen die vier als Daten vor.«

»Hören Sie mal, van der Wees, ich glaube nicht, dass diese Kerle …«

»… und die Frau«, warf der Regierungsbeamte lächelnd ein.

»Und die Frau«, ergänzte Chester, »in irgendeiner Weise repräsentativ sind. Vier Menschen, zufällig in eine Bar gestolpert …«

Van der Wees winkte ab. Er beugte sich zu Chester und sprach leise.

»*Menschen?*«, fragte er. »*Zufällig?* Sie haben doch deren Käffer gesehen. Solche Siedlungen gibt es hier überall.«

»Und diese reinweiße Metropole finden Sie tatsächlich besser, ja?«, fragte Chester. Die Denkrichtung von van der Wees gefiel ihm nicht besonders. Er hatte solche Reden schon öfter gehört. Der vorwurfsvolle Ton erinnerte ihn an Whitehouse und dessen Theorien. Je mehr Beweise gegen ihn gesprochen hatten, desto sturer war Whitehouse geworden. Und er hatte es tatsächlich geschafft, die Sache mit dem Kabel zu vermasseln.

»Ich will ja *van der Wees & Son* nicht zu nahe treten«, sagte Chester, »aber wie der Parnass sieht das hier nicht gerade aus.«

Jetzt musste van der Wees lächeln. Er hatte es geschafft, Ludlow zu reizen. Streit lag in der Luft. Das war nach seinem Geschmack.

»Die haben keine Zukunft, Ludlow. Sie werden überrollt, glauben Sie mir. Denen fehlt die Kapazität.« Er lehnte sich selbstbewusst zurück und tippte sich an die Schläfe. »Das sind biologische Fakten. Messbar. Verifiziert.« Er nickte in Richtung der Indianer, die inzwischen nebeneinander an der Theke standen und Chester und van der Wees den Rücken zuwandten.

»Und dennoch«, sagte Chester, »arbeiten Sie im Kriegsministerium einer Regierung, die sich großen Gefahren aussetzt, um eine, wie Sie es nennen würden, minderwertige Rasse zu befreien.«

»Ich bin für den Erhalt der Union, jawohl, und auf Sklaverei kann ich verzichten, vielen Dank«, sagte van der Wees. »Sie ist nicht weniger entwürdigend für die Weißen, die sie betreiben, wie für die Farbigen, die sich ihr unterwerfen. Sie führt zur Rassenmischung, und *das* ist die schlimmste Entwürdigung überhaupt. Ich sage Ihnen, Rassenmischung ist moralisch und biologisch gleichbedeutend mit Inzucht. Zwischen den Rassen sollte gesellschaftliche Trennung herrschen. Wir müssen Abstand halten, sonst werden wir unwiderruflich hinabsinken.«

Van der Wees starrte sich beim Sprechen bisweilen auf die Hände, als wären es nicht seine eigenen. Dann wieder sah er Chester durchdringend an. Chester selbst spürte die angenehm erhebende Wirkung des Alkohols, die seinen Kopf von Worten leerte, abgesehen von denen, die van der Wees hineinschüttete.

»Dieser Kontinent steht uns zu. Wir *gewinnen* ihn. Das beginnt hier mit diesem ›nicht gerade Parnass‹-Kaff, wie Sie es nennen, das vielleicht eines Tages zu einer ansehnlichen Stadt heranwachsen wird. So macht es der Weiße. Aber diese Löcher, in denen die Wilden hausen … Sie leben seit Jahrhunderten so und werden mit Sicherheit beiseitegefegt.«

»Das, van der Wees, ist doch …«

»Wollen Sie in einem Land leben, das von den minderwertigen Nachkommen gemischter Rassen bevölkert wird? In einer Nation, die halb aus Negern, halb aus Indianern mit einem Schuss weißen Blutes besteht? Geben Sie mir eine ehrliche Antwort, Ludlow. Wollen Sie etwa mit solchen Gestalten verkehren? Oder mit einer *Negerin*? Haben Sie schon mal?«

Van der Wees kicherte und fuhr sich mit dem Finger übers Kinn. »Genau diese Frage habe ich auch Mr. Lincoln mal gestellt«, sagte er.

»Sie machen Witze«, sagte Chester.

Van der Wees zuckte mit den Achseln. »Als Unterabteilungsleiter im Ministerium hatte ich schon Gelegenheit, mit ihm zu sprechen. Aber er hat mir auch keine Antwort gegeben.«

Chester leerte sein Glas und machte Anstalten aufzustehen. Van der Wees hielt ihn am Arm fest.

»Noch eine Runde. Ich bezahl. Ich möchte nämlich gern sehen, ob man in diesem Gasthaus solchen … *Exemplaren* Alkohol verkauft.« Er zeigte auf die Indianer und ging zur Theke.

Chester hatte später den Eindruck, dass praktisch keine Zeit vergangen war bis zu dem Moment, als er Schreie und das Splittern von Glas hörte. Er hatte sich abgewandt und durch die offene Hintertür der Schenke auf einen Kohlenhaufen und einen Abort gestarrt; sein Schädel schwirrte von den Ausführungen seines Kompagnons; er wollte viel lieber den gewohnten einsamen Trinkergedanken nachhängen.

Doch sofort begann der Aufruhr, und als Chester sich umdrehte, sah er van der Wees auf dem Boden liegen; ein Indianer hatte den Fuß auf seine Brust gesetzt und hielt ihm ein Messer an die Kehle. Der Barmann kam mit einem Knüppel hinter der Theke hervor, die aus Fässern und einem Brett bestand; die beiden anderen Indianer zerrten an ihrem Kumpan, und die Frau heulte wie eine Alarmsirene. Die meisten anderen Gäste standen von ihren Plätzen auf, um bessere Sicht zu haben. Noch nicht mal Mittag und schon eine Schlägerei!

Chester sprang sofort hinzu, half van der Wees auf die Füße und zog ihn von den Indianern weg. Der Regierungsbeamte zitterte vor Wut am ganzen Körper, überspielte die Erregung jedoch, indem er seinen Rückzug mit einem breiten Grinsen und erhobenen Händen antrat. Er zischte Chester an, ihn loszulassen, und der nahm die Hand von seinem Arm. Van der Wees griff in die Tasche. Alle im Raum zuckten zusammen, doch van der Wees zog keine Pistole, sondern eine Visitenkarte heraus. Er reichte sie dem Barmann.

»Bis diese Siedlung ihr eigenständiges Stadtrecht erhält«, sagte van der Wees, zu den Indianern gewandt, mit einer Stimme, die erstaunlich sanft war und seinen Zorn kaum erkennen ließ, »steht sie unter der Verwaltung der *van der Wees & Son Lumber Co.* Ab sofort wird an Indianer kein Alkohol mehr ausgeschenkt. Bitte entfernen Sie sich.«

Chester wusste nicht, ob die Indianer die Worte verstanden oder ihre Bedeutung lediglich erahnt hatten. Nach einem Kopfnicken des Barmanns jedenfalls, der sprachlos von der Visitenkarte aufblickte, gingen die vier langsam zur Eingangstür. Doch sie hatten erst wenige Schritte getan, als van der Wees »Halt!« brüllte.

Die Indianer blieben stehen. Van der Wees, der von Chester nicht mehr gehalten wurde, trat auf sie zu. Alle warteten gespannt.

Van der Wees blieb vor dem größten und offenbar jüngsten der Männer stehen. Er streckte die Hand aus und krümmte die Finger, forderte eine Herausgabe.

Der Indianer zog widerwillig eine Flasche unter seiner schmuddeligen Jacke hervor. Der Barmann blickte rasch zum Thekenbrett, wo die Indianer gestanden hatten. Der junge Mann gab van der Wees die gestohlene Flasche, der sie mit einer heftigen Bewegung über drei Tische und durch die offene Hintertür schleuderte. Sie zerschellte auf dem Kohlenhaufen und hinterließ einen glänzenden schwarzen Fleck auf den stumpfen Brocken, zwischen denen die Glasscherben spurlos verschwanden. Dann warf van der Wees dem Barmann eine Münze zu – sie sah aus wie ein Golddollar – und wies die Indianer zur Hintertür. Sie gingen hinaus und verschwanden.

»Kommen Sie«, sagte van der Wees beinahe zärtlich zu Chester. »Wir haben eine Kanone zu testen.«

511

DER TEST

Als sie mit den Vorräten am Tunnel eintrafen, beschloss van der Wees, alle Vorsicht fahren zu lassen und bei Tageslicht aufzubrechen, denn inzwischen waren sie weit in die nördliche Wildnis vorgedrungen und ihrem Ziel so nahe, dass sie kaum noch mit Spionen aus dem Süden rechnen mussten. Sie machten sich also umgehend auf den Weg.

Chester fuhr mit van der Wees in der Lokomotive, wo zwei Soldaten die Dampfmaschine bedienten. Sie kamen durch den Ort mit dem Gasthaus. Zweimal hielten sie an, um Weichen umzustellen und auf Seitengleise zu fahren, die sie immer tiefer in den Wald führten. Der Zug konnte nur noch kriechen auf dem schlechten Gleisbett.

Kurz vor Einbruch der Dunkelheit kamen sie an einer weiteren Indianersiedlung vorbei, und Chester glaubte, am Bahnübergang die vier Indianer aus der Schenke zu erkennen. Auch van der Wees schien sie bemerkt zu haben. Er sah mit gewollt ausdruckslosem Blick in ihre Richtung, trat dann die Feuerluke auf und warf vier Holzscheite in die Flammen. Der Zug hatte sich noch etwa zwei Meilen weitergequält, als van der Wees direkt hinter einer kleinen Holzbrücke, die über einen sandigen Bach führte, den Befehl zum Halten gab. Der Zug stand auf einem Nebengleis in der Wildnis.

»Vor uns liegen zehn Meilen abgeholzter Wald«, sagte van der Wees und steckte die zusammengefaltete Landkarte in die Brusttasche. »Wir werden den Tagesanbruch abwarten. Mr. Ludlow, ich habe uns an diesen abgelegenen Ort geführt, um unsere verrückte Idee zu testen. Ich glaube, selbst wenn die Konföderierten je von dieser Kanone gehört haben, werden sie sie inzwischen für eine Schimäre halten. Nicht einmal die Stahlarbeiter in Pittsburgh glauben wahrscheinlich noch an ihre Existenz, so schnell, wie wir sie haben verschwinden lassen. Doch jetzt ist die Stunde gekommen. Wenn wir morgen scheitern, wird niemand davon erfahren. Wir werden die Kanone einfach hier verrosten lassen. Doch wenn wir Erfolg haben, wird der Sieg unser sein. Mr. Ludlow, Sie sind der Ingenieur. Die Mission liegt jetzt in Ihrer Hand. Wir sehen uns im Morgengrauen.«

Tatsächlich salutierte er vor Chester, machte kehrt und sprang aus dem Führerhaus. Seine Bewegungen waren derart abrupt, dass

Chester das Gefühl hatte, mit einem Handschuh geschlagen und zum Duell gefordert worden zu sein.

Van der Wees ging zu seinem kleinen Abteil, das, von Chesters und Katerinas größerem Abteil aus gesehen, am entgegengesetzten Ende des Salonwagens lag. Von der Lok aus konnte Chester beobachten, wie im kleinen Abteil das Licht an- und dann wieder ausging.

Katerina wachte nicht auf, als Chester sich neben sie legte, und er weckte sie auch nicht. Sein Körper war vom Gerüttel und von der Schlaflosigkeit der vergangenen Tage völlig zerschlagen, und nicht minder erschöpften ihn die Aufregung und die Furcht angesichts der morgigen Feuerprüfung. Wenn er überhaupt schlief, dann allenfalls ein paar Minuten. Bald schon kroch graues Morgenlicht durchs Fenster. Chester wälzte sich aus dem Bett und weckte die Mannschaft zum Test.

Am späten Nachmittag war die Kanone bereit. Der übrige Zug stand in sicherer Entfernung, und der Tieflader war mit Balken abgestützt worden. Die Geschützmannschaft hatte einen Schutzgraben ausgehoben und mit Holz verstärkt. Sie hatten eine Tausendpfundkugel aus dem Güterwaggon gerollt und unter Einsatz eines speziellen, von Chester entworfenen Dreifußes mit einem Flaschenzug in die Kanone geladen.

Dann ließ Chester die Persenning ganz abnehmen. Seit dem Verladen in Pittsburgh hatte niemand mehr die Kanone gesehen. Alle waren von Neuem tief erschüttert. Die ungeheure Rundung des Verschlusses ließ irgendwie an die Erdkrümmung denken, erinnerte an einen mächtigen eisernen Horizont. Das Geschützrohr mit seinen aufgeschrumpften Ringen nahm die ganze Länge des Tiefladers ein und ragte in den grauen Himmel. Der Stahl der Kanone war dunkel und fleckig, nichts spiegelte sich darin, und er wirkte kälter als der bedeckte Oktoberhimmel.

Chester sah durch seinen Feldstecher in Schussrichtung. Westlich der Gleise war alles abgeholzt. Auf der östlichen Seite stand der Wald unversehrt. Er befahl dem Sergeanten der Geschützbedienung, die Lafette zwei Grad weiter nach Osten zu schwenken. Die Männer begannen an den Kurbeln zu drehen.

»Was machen Sie da?« Van der Wees krabbelte die sandige Böschung herauf.

»Wenn wir etwas zum Abschießen haben, können wir die Wirkung der Kanone und der Ladung besser beurteilen. Ich lasse also auf die Bäume zielen. Ich hoffe, *van der Wees & Son* können den Verlust von ein paar Raummeter Holz verschmerzen.«

Van der Wees presste die Lippen zusammen und sah Chester scharf an. »In diesem Fall ist es mir umso lieber, je größer der Verlust ist. In Ordnung. Sie geben die Befehle.«

»Vielen Dank«, sagte Chester. »Wenn Sie dann so freundlich wären, sich mit Frau Lindt in den Zug zu begeben, könnten wir anfangen.«

Van der Wees war bereits dabei, schnaubend die Böschung hinunterzuschlittern, sodass Chester nicht mehr von seinem Gesicht ablesen konnte, wie wütend der Beamte war.

Als Chester sah, wie van der Wees die Plattform des Salonwagens erklomm und winkte (Katerina stand neben ihm), gab er dem Sergeanten den Befehl, die Ladung zu zünden.

»Sir, wollen Sie nicht herunterkommen?«, fragte der Sergeant.

»Ich werde mich hinter diesen Felsen ducken«, erwiderte Chester. Neben ihm lag ein Felsen, der groß genug war, ihn vor einer Explosion zu schützen. Der Sergeant hielt die Flamme an die Zündschnur.

Niemand – weder die Soldaten im Graben noch van der Wees oder Katerina in ungefähr einer halben Meile Entfernung, noch Chester hinter seinem Felsen – war auf die zweifache Erschütterung vorbereitet, die folgen sollte. Zunächst der kolossale Knall der Kanone selbst. Ein mächtiger Schlag, der aus zwei Teilen zu bestehen schien und einem Jambus glich: *ba-BUMM*. Nach einem kurzen Moment hatten alle begriffen, dass das Geschütz nicht explodiert war, sondern seine Ladung erfolgreich abgefeuert hatte, und hoben die Köpfe – über den Grabenrand, über den Felsen, auf Zehenspitzen tänzelnd auf der Plattform des Salonwagens –, um durch den Pulverdampf zu erspähen, was im Ziel geschah. Die Antwort kam rasch: in Form eines heftigen orangeroten Blitzes, der etwa drei Meilen entfernt bis über die Baumwipfel schoss und den grauen Himmel erleuchtete. Dann quoll ein runder, beinahe knolliger Rauchpilz aus der Leere empor, die der Blitz hinterlassen hatte. So hell der Blitz geblendet hatte, so düster dräute jetzt die Rauchwolke. Die ganze Dichte des bewölkten Himmels schien sich in einem schrecklichen Klumpen zusammenzuballen.

Dann kam die Erschütterung. Der Knall der Explosion rollte über die Bäume und über die Gleise direkt auf sie zu. Er prallte auf ihre Gesichter, ließ alle zusammenfahren, erzittern oder schwanken. Ihre Ohren schmerzten.

Erst als das Klirren in seinen Ohren nachgelassen hatte, merkte Chester, der immer noch durch den Feldstecher die verkohlten Wipfel der brennenden Fichten beim Einschlagkrater des Geschosses betrachtete, dass die Dampfpfeife der Lok ertönte, dass van der Wees im Führerhaus stand und den Zug schon in Bewegung gesetzt hatte.

»Wir fahren hin!«, rief er aus dem Fahrerstand. »Alles einsteigen!« Sein Gesicht war gerötet, er war sehr erregt.

»Van der Wees, ich würde gern noch ein oder zwei Testschüsse abgeben, um Genauigkeit und Reichweite zu überprüfen«, rief Chester. »Außerdem müssen wir den Verschluss kontrollieren!«

»Dann ist es zu dunkel«, brüllte van der Wees und gestikulierte zum Himmel. »Ich will es sehen! Ich will es sehen, verdammt noch mal!«

Chester wollte etwas einwenden und seine Autorität als Testleiter ins Spiel bringen, doch van der Wees kam ihm zuvor: »Ich bin vom Kriegsministerium, Ludlow. Steigen Sie sofort auf diesen Zug!«

Der Zug musste am äußeren Rand der zerstörten Fläche halten, weil ein Baum über die Gleise gestürzt war. Niemand sagte etwas. Um den Einschlagkrater herum stiegen Rauchsäulen auf, die an kleine Lagerfeuer oder Fumarolen erinnerten. Der Geruch verbrannten Salpeters hing in der Luft. Während im Moment des Abfeuerns der Kanone noch helllichter Tag war, schien nun der Einbruch der Nacht unmittelbar bevorzustehen.

Chester sah auf seine Taschenuhr – zehn nach sechs –, als er den ersten Schrei hörte. Er ertönte hinter ihm, an der Spitze des Zuges. Er klang wie Kriegsgebrüll, wie die Schreie, die er vom Theater her kannte, wenn Komantschenüberfälle oder Angriffe der Rebellen gezeigt wurden. Es war van der Wees.

Er war von der Lok herabgesprungen und, den umgestürzten Bäumen und glimmenden Stümpfen ausweichend, an den Gleisen entlanggelaufen. Er brüllte und lachte und trat in den Boden, dass der Dreck aufspritzte.

Auch wenn er kein einziges verständliches Wort von sich gab, wussten alle, was das Gebrüll zu bedeuten hatte: Eine Kanone, die solche Zerstörung anrichten konnte, würde den Bürgerkrieg für sie gewinnen.

Wenige Augenblicke später jubelten alle Soldaten mit van der Wees, sie warfen ihre Hüte in die Luft und folgten ihm zum Krater. Chester spürte, wie Katerinas Hand sich von der seinen löste, und als er sie anblickte, sah er, dass sie über die Begeisterung der Männer lächelte. Sie war an den Rand der Plattform getreten. Sie wollte nicht vom Zug heruntersteigen – der Boden war mit verkohlten, umgestürzten Bäumen übersät –, aber Chester wusste, dass sie im Geiste bei den Männern war. Die verschwanden mit van der Wees im Krater. Chester und Katerina konnten sie nicht mehr sehen, aber Chester stellte sie sich vor, wie sie in der Grube herumsprangen wie Beeren in einer Pfanne, immer um van der Wees herum. Sie tauchten erst wieder auf, als Chester ins Führerhaus der Lokomotive kletterte und mit einem langen Pfiff das Zeichen zum Aufbruch gab.

Die Feiern

Sie weckten die ganze Stadt. Van der Wees stand an der Maschine, als der ganze Zug mit enthüllter Kanone in den Ort einfuhr. Die Dampfpfeife gellte, und die Soldaten feuerten ihre Karabiner ab. Bald war der Zug auf dem Nebengleis hinter dem Geschäft-Lager-Bar abgestellt, Fackeln, Laternen und ein Freudenfeuer brannten, und die gesamte Bevölkerung der Siedlung feierte das absehbare Ende des Krieges. Die Einwohner belagerten das Geschütz. Kinder wollten hinaufklettern. Ein Knirps benutzte den Sonnenschirm einer Frau wie die Balancierstange eines Seiltänzers und wankte den ganzen Lauf entlang, während ihm die Menge von unten Beifall klatschte.

Eine spontan versammelte Kapelle begann zu spielen – das Klavier war aus dem Salonwagen auf die Plattform herausgezogen worden, und ein Kornettspieler und ein Geiger begleiteten den Kirchenorganisten, der sich an die Tasten gesetzt hatte. Die Leute tanzten und sprangen auf dem Feuerholz herum. Die Soldaten, Katerina und van der Wees waren mit von der Partie. Chester schaute aus dem dunklen Salonwagen zu. Als die Feiernden das Klavier herauszogen, hatten sie ihn nicht einmal bemerkt.

Er konnte seinen Unwillen nicht erklären. Auch wenn der Whiskey ohnehin jeden klaren Gedanken erschwerte, versuchte er, sich besser zu begreifen. Warum saß er allein hier drinnen? Seine Kanone war zweifellos ein Erfolg. Das Ende des Krieges schien möglich.

Warum nicht feiern?

Weil jetzt van der Wees am Ruder war. Allmählich wurde Chester bewusst, dass sein Kompagnon der eigentliche Ingenieur dieses Unternehmens war. Das Selbstmitleid, das ihn durchströmte, ekelte ihn zusätzlich an.

Sein Whiskey war alle. Er musste sich eine neue Flasche holen. Er stand auf und erstarrte, als er Russell van der Wees mit glitzernden Augen und einem Stück Papier in der Hand in der Tür stehen sah.

»Telegramm«, sagte van der Wees. »Wollte ich Ihnen zeigen.«

Chester runzelte die Stirn, um einerseits van der Wees besser zu erkennen und um andererseits seine Worte begreifen zu können.

»Ich habe Minister Stanton gekabelt«, sagte van der Wees. »Und hier ist seine Antwort. Schon. ›Gratuliere Ludlow zu seinem Erfolg – Stopp – Sofort Rückreise antreten – Stopp – Sagen Sie Ludlow, war bei Sitzung seiner Frau – Stopp – Sehr beeindruckend – Gute Arbeit – Stopp.‹ Wessen gute Arbeit meint er wohl?«, fragte van der Wees, als er das Telegramm zusammenfaltete. »Ihre oder die Ihrer Frau?«

»Unsere«, sagte Chester. Das Wort fühlte sich dick an auf der Zunge. Der Whiskey. Er brauchte mehr. »Zweifellos.«

»Na, da wäre ich nicht so sicher«, sagte van der Wees. »Der Ruf Ihrer Frau …«

»Wir wollen nicht über den Ruf meiner Frau sprechen, Mr. van der Wees. Kein Wort.«

»Nun gut. Noch was zu trinken?«

Van der Wees deutete auf die leere Whiskeyflasche, die Chester am Hals in der rechten Hand hielt wie einen Knüppel. Chester stellte die Flasche betont vorsichtig auf den Tisch, um die Anspannung zu überspielen, die seine weißen Fingerknöchel verrieten. »Ja«, murmelte er.

»Ludlow, alles in Ordnung?«

»Ja«, sagte Chester mit gemessener Lautstärke. »Sehr in Ordnung.« Und nur ganz leicht schwankend verließ er den Waggon und ging zur Schenke.

An der Theke ertrug er das Schulterklopfen und Händeschütteln und holte sich Whiskey, bevor ihm einfiel, nach Katerina zu suchen.

Sie war irgendwo in der Nähe. Glaubte er. Er hatte aus dem Augenwinkel beobachtet, wie van der Wees mit den Soldaten trank, ihnen auf den Rücken schlug und ihre Hände schüttelte und wie er immer wieder wild gestikulierend eine Explosion beschrieb. Die Laternen an der Decke schienen hin- und herzuschwingen, doch bei genauerem Hinsehen merkte Chester, dass das nicht stimmte. Wieder dachte er, er müsse Katerina suchen. Auf dem Klavier wurden die immer gleichen drei Akkorde gehämmert, die einzige Form von Tanzmusik, die der Organist beherrschte. Katerina saß jedenfalls nicht an den Tasten.

»Ihr spielt zum Tanz wie eine gottverdammte Methodistenkapelle!«, schrie jemand, und die Menge juchzte und lachte, ein paar Schüsse wurden abgefeuert, und dann ging die Musik lauter und schneller weiter.

Chester wollte sich erleichtern. Es war Zeit dafür, also würde er es tun. Und er wollte zu Katerina. Sie *war* hier. Glaubte er. Irgendwo.

Der Fußboden schien sich in eine heftig geneigte Bühne zu verwandeln, die mit Requisiten voll gestellt war, und er kam sich vor wie ein Schauspieler in einem Stück, das er nicht kannte, und der seinen Kollegen beim Abgang auszuweichen versuchte. Aber er schaffte es unversehrt bis zur Tür, wo er das Leuchten einer Bewegung im Holzschuppen sah. Ein silbernes Glitzern weit oben. Eine Silberkette zuckte in einer Hand. Die Hand wurde im Dunkel des Schuppens hochgehalten und von einem Lichtstreifen erfasst, der durch eine Lücke in der Bretterwand fiel. Die Hand gehörte zum Arm des Herrn van der Wees. Eine zweite Hand schoss nach oben – das alles geschah sehr schnell –, um nach der Kette zu greifen. Es war Katerinas Hand. Man hörte das Lachen eines Mannes und das wimmernde, drängende – ja was? Schluchzen? Lachen? Betteln? Keuchen? einer Frau. Sie wollte die Kette oder das, was daran hing. Dann wurden die beiden plötzlich vollständig sichtbar, sie tauchten aus der Dunkelheit auf wie ein freigekommener Baumstamm vom Grund eines Sees: Er hielt das Objekt der Begierde hoch über seinen Kopf, und sie griff vergeblich mit einer Hand danach, während die andere Hand sich vorn an seiner zerknitterten Hose zu schaffen machte. Eine perverse Dyade, die sich um sich selbst und um ihre Beute wand.

Er rannte mit gesenktem Kopf auf die beiden los, und an mehr konnte er sich nicht erinnern, abgesehen von einem Schrei, einem Schlag, einem gleißenden elektrischen Blitz, der an seinem Hinterkopf seinen Ausgang nahm und – so hätte er schwören können – aus seinen Nasenlöchern wieder austrat.

Einige Zeit später erwachte er mit schrecklichen Kopfschmerzen. Er glaubte, in der Ferne den Pfiff einer Lokomotive zu hören.

Der Holzschuppen, in dem er lag, war finster; kein Laternenlicht sickerte durch die Fugen. Die Schenke schien leer zu sein. Die Feiern waren vorbei, Chester lag auf Holzscheiten, und Sägemehl klebte im getrockneten Blut an seinem Schädel. Seine Rippen schmerzten. Und sein Auge. Und sein Kopf, vor allem sein Kopf.

Er mühte sich auf die Beine und bemerkte einen Zettel, der an seine Weste geheftet war. Er versuchte, ihn zu lösen, doch seine Finger kamen ihm vor wie Dreschflegel, die auf das Papier einschlugen. Nach einigen Versuchen erlangte er die Kontrolle über seine Hände zurück, löste den Zettel und ging zur immer noch offenen Hintertür des Schankraums, wo das schwache Licht des Morgens wie ein Verwundeter am Boden lag.

Der Zug war verschwunden. Chester stand fassungslos an den leeren Gleisen. Er schaute auf das Stück Papier. Es war Stantons Telegramm, das van der Wees ihm gezeigt hatte. Auf der Rückseite war mit Bleistift eine Nachricht geschrieben:

Sie nehmen's nicht übel.
Hoffe ich.
(Ihr Schädel vielleicht schon. Entschuldigung.)
Stoßen Sie zu uns
um Erfolg
und Sieg zu erringen.
vdW
Ihr Land ruft nach Ihnen.
(Und sie auch.)

Chester ging hinaus an die Gleise. Am Stand der Weichen erkannte er, dass der Zug nach Norden gefahren war. Er versuchte, auf den Schwellen entlangzulaufen, doch musste er einsehen, dass man einen Zug nicht zu Fuß einholen kann. Er trottete in den Ort zurück. Kein Mensch war auf den Beinen. Das Tageslicht war noch schwach und wurde vom Frühnebel zusätzlich gedämpft. Eine panische Angst, womöglich für immer in diesem abgelegenen, versumpften, holzstaubigen Schmutzloch festzusitzen, breitete sich in seiner Brust aus. Doch dann fiel sein Blick auf eine Draisine, die jener glich, mit der er und van der Wees gefahren waren. Nachdem er ein paar Weichen umgestellt hatte, rangierte er das Fahrzeug aufs Hauptgleis und ratterte pumpend nach Norden.

Ohne Vorwarnung – jedenfalls blieb ihm keine Zeit, etwas zu unternehmen – kam ihm etwa fünf Meilen nördlich in einer Kurve der Kanonenzug aus dem Nebel entgegen und rammte ihn.

Chester konnte gerade noch abspringen. Er flog die gesamte Böschung hinunter, landete glücklicherweise in einem dichten Gebüsch gelblicher Farne und rollte dann weiter in eine Tannenlichtung. Die Räder der Lokomotive kreischten auf, als die Soldaten die Bremsen anzogen. Ein metallisches Heulen schnitt durch Nebel und Wald wie eine gewaltige Sense, als die Bremsen sich gegen die träge Masse der rollenden Lokomotive, der Waggons und – vor allem – der dreißig Tonnen schweren Kanone stemmten. Chester schrie in den lang anhaltenden Lärm hinein, aber niemand konnte ihn hören.

Als das Kreischen verstummte und der Zug stand, hörte er, wie die Soldaten und van der Wees einander fragten, was zum Teufel passiert sei, wer das gewesen und wo derjenige geblieben sei?

Der Bremsweg des Zuges war so lang, dass er wieder im Nebel verschwunden war. Chester hörte alle hektisch herumrennen – wahrscheinlich starrten sie in den Dunst – und gegen verstreute Teile der Draisine treten.

»Hallo?«

»Hallo?«

»Halloooo?«

Chester lag still. Die Tannennadeln stachen durch seine Kleidung. Überall am Körper begannen die Schürfwunden, die er sich beim Sprung von der Draisine zugezogen hatte, zu brennen, aber es war nichts Ernstes, nicht vergleichbar jedenfalls mit dem Schlag, den er gestern Abend in der Schenke abbekommen hatte. Während er im Gebüsch lag und spürte, wie sich der Nebel auf ihn senkte, vermischten sich die Schmerzen aller Verletzungen und Erniedrigungen und Unverschämtheiten, die er in den letzten Stunden erfahren hatte.

»Lasst gut sein.« Van der Wees' Stimme.

»Sir?«

»Wir fahren.«

»Sir?«

»Einsteigen!«

»Sir, da draußen liegt irgendwo ein Mann.«

»Wir sagen im Ort Bescheid. Sie können einen Suchtrupp losschicken. Die kaputte Draisine ist ja nicht zu verfehlen.«

Van der Wees klang mürrisch, seine Stimme war vor Ärger belegt. Der Nebel lichtete sich so weit, dass Chester den Sergeanten, die Hände in einer flehenden Geste ausgestreckt, am Gleis stehen sehen konnte, während van der Wees zurück zum Zug stapfte. Der Beamte war nur halb angekleidet – das Hemd über der Hose, die Hosenträger hingen seitlich herunter. Offenbar hatte ihn der Zusammenstoß aus dem Bett geholt. Chester konnte sich denken, aus wessen Bett.

»Sergeant, der Kriegsminister will uns in Washington sehen. Wir müssen weiterfahren. Sofort.«

»Jawohl, Sir.«

Dann roch Chester, was in der Luft hing: Rauch, Salpeter, Schwefel. Aber ein anderer Geruch beunruhigte ihn weit mehr: der von Knorpel, verbranntem Gewebe. Ihm sank das Herz, sein Magen rebellierte. Er hörte den Zug wegfahren. Der Geruch blieb, auch nachdem das Stampfen der Lokomotive ganz im Nebel verklungen war. Chester erhob sich aus seinem Versteck und folgte seiner Nase.

Was einmal die Indianersiedlung gewesen war, an der sie auf dem Hinweg zum Kanonentest vorbeigekommen waren, hatte sich in eine verbrannte Wüstenei verwandelt. Der Krater und die Zerstörung erinnerten an den gestrigen Probeschuss. Aber es waren noch Reste von Wigwams zu erkennen, Spuren verbrannter Decken und ein Pferdekadaver. Das zerstörte Dorf wollte sich Chester nicht ansehen. Es hatte keinen Sinn. Van der Wees hatte einen bemerkenswerten Treffer gelandet. Oder mehrere. Entweder hatte er die Siedlung mit einem einzigen gut gezielten Schuss vernichtet, oder er hatte – wie ein guter Artillerist es getan hätte – sein Ziel umrundet und von zwei Seiten unter Feuer genommen, auf jeden Fall hatte er kalte Rache genommen für die Beleidigung, die er in der Schenke erlitten zu haben glaubte. Oder er hatte einen kaltherzigen Schritt unternommen, um seine Rasse von diesem … Hemmschuh zu befreien. Es war zu neblig, um das genaue Ausmaß der Zerstörung zu erkennen, und es spielte auch keine Rolle. Chester hörte das trübselige Knistern kleiner Feuer, die irgendwelche Holzreste verzehrten.

Er stolperte herunter von den Gleisen und durch das gesprengte Gebiet. Er ging bis zum Rand eines Kraters. Die Furchen der Detonation zogen sich in Streifen hinauf zum Rand der Grube und luden ihn ein, hinunterzurutschen. Er trat über den Rand, und die Erde gab unter seinen Füßen nach. Halb rannte, halb rutschte er hinab bis zum Mittelpunkt des Kraters. Unten ließ er sich auf die Knie fallen. Dann begann er langsam und methodisch im Boden zu scharren. Er war durchsetzt von Steinen, Holzstücken und vereinzelten winzigen Metallpartikeln von dem Geschoss. Während seiner Grabungsarbeit hatte er plötzlich das Gefühl, von jemandem am Rand des Kraters beobachtet zu werden – von einer Frau? Einem Mädchen? Doch als er sich rasch umdrehte, sah er, dass er allein war. Er grub allein.

Er grub mit wachsender Konzentration, mit zunehmendem Eifer. Hände im Boden versenken, Erdreich durch die Finger sieben. Er wollte etwas von Bedeutung finden im Zentrum der Explosion. Nicht bloß pulverisierte Teile des Waldes oder Splitter eines Artilleriegeschosses. Er wollte einen Gegenstand. Ein Zeichen. So wie Wahrsager vor einer Schlacht in den Eingeweiden von Vögeln nach Zeichen suchen. Vielleicht ein Überbleibsel von einer der stinkenden Decken der Indianer oder ein verkohltes Stück Wollmütze oder ein primitives Kinderspielzeug. Oder gar ein groteskes Stück Fleisch: einen Finger, eine abgerissene Brust, einen Schädel, zerquetschte Genitalien. Etwas, bei dessen Anblick er würgen oder sich übergeben müsste; etwas Schreckliches, das ihm sagte, dass er nicht weitermachen sollte. Doch je hektischer er grub, desto sicherer wusste er, dass er nichts finden würde. Und richtig. Am Grunde des Lochs war nichts als Erde.

Kapitel 22

Frannys Überlegung

Ovid, Missouri, Herbst 1862

Ihre Nacht

Missouri war ein Fehler. Seit St. Louis hatten sie nichts als Ärger gehabt. Sie hätten einen anderen Weg in die Territorien wählen sollen. Sie hatte gedacht, der Weg nach Westen würde ihrer Arbeit neue Perspektiven öffnen. Natürlich hatte es auch vorher schon Offenheit und Interesse gegeben, sogar handfeste Verzweiflung, wenn es darum ging, dass sie den Kontakt zu den Verstorbenen herstellte. Aber sie hatte gedacht, dass im weiten Land fern der Schlachtfelder die physische Offenheit der Prärien und Wüsten sich spirituell auswirken könnte; dass die Verbindung reiner und lebendiger sein könnte; so sein könnte, wie sie sich die Luft und die Sonne dort draußen vorstellte: leichter und veränderlicher. Und unter solchen Umständen würde vielleicht auch Betty wieder ein Zeichen senden. Betty, die sie an einem klaren Tag am Meer verloren hatte, könnte sich in der offenen Klarheit des Westens wieder zeigen.

Doch mittlerweile begann Franny zu zweifeln. Hier draußen herrschte, obwohl sie weit von den großen Schlachten entfernt waren, keine Klarheit. Wenn überhaupt, war der Krieg hier persönlicher, er drang ein in das Leben der Menschen, in Form von Überfällen, Lynchjustiz, Hinterhalten, Drohungen, Attacken und Racheakten.

Im Osten konnte sie immerhin einigermaßen sicher ihre Versammlungen abhalten, auch wenn das Geschützfeuer zu hören war und ganze Armeen sich weniger als einen Tagesritt südlich erbitterte Schlachten lieferten. Überall im Land gab es Tragödien,

Blutvergießen und Schmerz, aber im Osten war der Krieg gleichförmig, einschätzbar, er hielt sich an gewisse Regeln.

In Missouri gab es solche Regeln nicht. Beklagenswerte Gesetzlosigkeit hatte sich breitgemacht. Rebellen aus dem Süden erstürmten und brandschatzten die Häuser von Unions-Sympathisanten. Die Überfälle wurden mit Racheaktionen beantwortet. Während sie sich den Missouri hinauf nach Westen vorarbeitete, hörte Franny immer öfter Geschichten von abgebrannten Farmen und Angriffen auf Dörfer. Vom Schiff aus hatte sie erschossenes und ausgeweidetes Vieh gesehen; eine Familie, die nackt und schreckensstarr am Flussufer saß und dem vorüberfahrenden Schiff reglos nachsah; von ihrem Heim war nur der Schornstein übrig.

Nur wenige Menschen in Missouri zeigten Interesse an spirituellen Zusammenkünften. Einige Bürger hatten sogar Angst, sich in größeren Gruppen zu versammeln, weil sie fürchteten, zum Ziel jener Banden zu werden, die – mit einem Begriff aus Napoleons Kriegen gegen die Spanier – immer häufiger als »Guerilla« bezeichnet wurden.

Franny hatte seit einer kleinen Sitzung an einem Sonntag vor zwei Wochen in St. Louis keine Versammlung mehr bestritten. Jetzt, es war Nacht, lag sie allein, in Decken gehüllt, auf dem blanken Felsen einer Klippe oberhalb von Ovid, Missouri, und konnte das Gewehrfeuer hören. Sie waren gewarnt worden.

Sie reiste mit Hermes. Genauer gesagt, hatte sie sich auf eine uneingeschränkte Zusammenarbeit mit Hermes eingelassen. Und obwohl sie dem Arrangement von Anfang an skeptisch gegenübergestanden hatte, war sie jetzt, da sie das Feuer der Karabiner von unten heraufknattern hörte, besorgt um ihn. Er war in der Stadt, um sein Spiritoskop zu retten.

Sie horchte auf die Schüsse und versuchte, zwischen dem Lärm der Geschosse menschliche Laute auszumachen, die vielleicht vom Nachtwind aus dem Flusstal heraufgetragen wurden – Geschrei, Geheul, Jubel. Doch sie hörte nichts; nur Gewehrfeuer; sporadisches, gehässiges Knallen, dann wieder Stille. Und in dieser Stille wartete sie auf das Geräusch von Schritten oder von Wagenrädern, sie hoffte inständig, dass er es sein möge und nicht jemand anders.

Seit dem Spätsommer war sie – in gewisser Weise – mit Hermes zusammen. Sie hatten sich in einem komplizierten Menuett einander angenähert, nachdem sie sich auf dem »Spirituellen Pfad« begegnet waren – so nannte er das Karussell von Versammlungen, Sitzungen, Zusammenkünften, Zelt-Veranstaltungen und Wanderpredigten, bei denen Illusionisten wie Hermes mit seinem Spiritoskop und Franny mit ihren angeleiteten Reisen ins Innere ihre Auftritte hatten. Sie sah seine Anschläge und Handzettel, wie vor vielen Jahren an jenem Abend in New York. Und er sah zweifellos auch die ihren.

Er tauchte in ihren Versammlungen auf. Zuerst kam er nur als Teilnehmer, doch bald hatte er sich, sie wusste nicht, wie, mit welchem Taschenspielertrick, zu ihrem Assistenten gemacht. Er trat nach wie vor mit seinem Spiritoskop auf, doch nur in Städten, in denen Franny keine Zusammenkünfte abhielt.

»Es hat keinen Sinn, dass unsere Anstrengungen sich überschneiden«, sagte er mit seiner leisen, modulierten Stimme. »Die Geister, die es gibt, reichen für uns beide.«

Als er sie eines Abends in Harrisburg in ihrem Hotel absetzte, erzählte sie ihm, dass sie ernsthaft überlege, in die westlichen Territorien zu reisen.

»Das wird nicht leicht werden, und es ist sicher auch nicht ganz schicklich«, sagte er. »Vielleicht ist es sogar gefährlich. Sie wollten doch nicht allein fahren, oder?«

»Darüber habe ich noch gar nicht nachgedacht«, antwortete sie. »Das Ganze war bloß so ein Gedanke.«

Zwar ein beherrschender Gedanke, aber sie wusste auch, dass er recht hatte, was die Gefahren anging und ebenso den Anstand.

»Ich werde Sie begleiten«, sagte er.

Doch seine Absichten reichten weiter. Sie traten gemeinsam auf. In Ohio oder Illinois, wo die Ortschaften weit verstreut lagen und wo es kaum große Städte gab, reichten die Geister bald doch nicht mehr für sie beide. Sie ließen neue Plakate drucken, auf denen eine Veranstaltung von Dr. Hermes mit seinem Spiritoskop angekündigt wurde, gefolgt von einer Sitzung mit der Dame Frances Piermont, die spirituelle Führungen in die Andere Welt anbietet.

Sie waren einigermaßen erfolgreich, und Franny hatte das Gefühl, dass es irgendwo draußen in den Weiten des Westens besser, offener werden würde, dass *ihr* Geist sich öffnen und Betty sie finden werde.

Aber in Missouri wurde die Lage schwierig.

Sie und Hermes hatten beschlossen, es sei am sichersten, mit dem Dampfboot auf dem Missouri nach Westen zu reisen. Da der Platz beschränkt und die Fahrkarte teuer war, buchte Hermes sie beide als Ehepaar.

Franny war nicht empört. Sie wusste, dass sie dieses Arrangement längst nicht mehr nur stillschweigend duldete. Sie gestand sich sogar ein, dass sie womöglich darauf hingewirkt hatte. Er war begehrenswert. Er war aufmerksam. Er war in ihrer Nähe. Sie war eine alleinstehende Frau.

Das Gewehrfeuer hatte vor einiger Zeit aufgehört. Franny wusste nicht, wie lange schon. Sie war gut versteckt. Sie rollte sich leise auf den Rücken und sah zu den Sternen hinauf. Sie konnte sich sagen, dass alle Menschen, die sie kannte, heute Nacht die gleichen Sterne sahen, dass sie nicht allein war und sie alle gemeinsam unter dem gleichen Firmament lebten, aber solche Überlegungen erschienen ihr wie Selbstbetrug. Die Schwärze zwischen den Lichtpunkten sagte mehr über ihre verwaiste Ehe mit Chester als irgendein Sternbild. Er war fort. Auch sie war gegangen. Und wo war Otis? Und jetzt Hermes?

Sie horchte. Fünfmal tiefes Heulen. Ein Uhu. Weit entfernt. Könnte das ein menschliches Signal sein? Hermes hatte ihr von solchen Kniffen erzählt: Wie sich Angriffstrupps mit Vogelrufen untereinander verständigten. Ihr Herz hämmerte in der Brust. Ein Ruf. Mehr nicht. Das musste eine Eule gewesen sein. Es war wieder still.

Das Dampfschiff *Reuben Truthahn*, mit dem sie den Missouri hinaufgefahren waren, wäre unter anderen Umständen zum Lachen gewesen. Der flache Rumpf, der an einen Lastkahn erinnerte, war fast genauso breit wie lang: ein schwimmendes Quadrat. Am Heckrad fehlten mehrere Schaufeln, die Aufbauten sahen aus wie eine traurige und plumpe Version des Parthenons, und das Ruderhaus hatte, wie Hermes bemerkte, verdammte Ähnlichkeit mit einem Abort.

Doch das Schiff war die sicherste Reisemöglichkeit. Franny und Hermes gaben sogar in der Abenddämmerung eine Vorstellung im Salon, durften jedoch in dem Saal kein Licht machen, weil der Lotse Verdunkelung angeordnet hatte, damit die *Reuben T.* nicht zum leichten Ziel für Heckenschützen würde.

»Wir haben gehört, dass sich Quantrill da draußen herumtreibt«, hatte der Kapitän gesagt, und Franny fragte sich, ob er den berüchtigten Bandenführer nicht nur deshalb erwähnte, damit die Passagiere in ihrem Schrecken umso dankbarer waren, dass sie an Bord des Flussschiffes mit einem drehbaren Buggeschütz und Wachen an Deck in Richtung Kansas City dampften.

Die Anspannung – oder die Gefangenschaft – an Bord trieb fast das gesamte Aufgebot an Passagieren zur Vorführung in den Salon: ein Dutzend Händler, Kavallerieoffiziere auf dem Weg zu neuen Kommandos, ein paar Siedler und zwei Berufsspieler.

Sie waren ein skeptisches Publikum und eher daran interessiert, die Mechanik des Spiritoskops zu enthüllen, als tatsächlich Kontakt mit der Anderen Welt aufzunehmen. Franny beobachtete verstört, dass Hermes seinen Auftritt umgestellt hatte und weniger eine ehrerbietige (wenn auch zweifelhafte) Anrufung der Geister bot als vielmehr eine Gelegenheit zu Scherz und Geschwätz im Stil einer Quacksalber-Veranstaltung. Das gefiel zwar den Westmännern, aber Franny war so erbost, dass sie Krankheit vorschützte und ihren Teil des Programms ausfallen ließ.

»Sie waren deiner nicht würdig«, sagte sie später in der Kabine zu Hermes. Das Boot hatte zur Nacht am Ufer festgemacht. Sie hörten die Mannschaft an Deck umhergehen. Die Kabinenwände bestanden nur aus dünnen Brettern. Einer der Kavallerieoffiziere spielte in der Nachbarkabine Mundharmonika. Sie hatte ihre Bemerkung geflüstert.

Hermes seufzte im Dunkeln.

»Waren sie nicht«, sagte er sanft, doch dann wurde sein Ton spröder. »Aber eigentlich meinst du, dass sie *deiner* nicht würdig waren. Also hast du den Unwürdigen den Rücken gekehrt. Du glaubst, du weißt, wie die Welt hier draußen geordnet ist, was meiner und deiner würdig ist. Glaub mir, Frances, das hier ist nicht New York oder Pennsylvania, und es ist nicht der Salon von Mrs. Lincoln in Washington. Und keine Bühne in London. Und auch nicht das Haus, das dein Vater auf den Klippen von Maine gebaut hat, und ich bin nicht dein Schwager oder dein Mann. Hier draußen ist alles anders. Ich habe das schnell genug begriffen. Es wundert mich, dass du es nicht begreifst.«

Franny schoss das Blut ins Gesicht. Dieses Gefühl verlieh ihrer

Empörung zusätzliche Erhabenheit, auf die sie sogar stolz war. Wie *konnte* er es wagen.

Und doch … hatte er recht. Es lag auf der Hand. Beinahe augenblicklich schmolz ihre Wut dahin, und Scham stieg in ihr auf: Sie hatte ihm zu viel erzählt. Er wusste alles von ihr, dachte sie, wenn er diese Namen und Orte gegen sie ins Feld zu führen vermochte. Sie wandte sich von ihm ab, und ihr Reifrock schabte über Bett und Kommode; sie fühlte sich gefangen in ihren Kleidern und eingepfercht in der Kabine mit diesem Mann. Sie unterdrückte ein verzweifeltes Schluchzen.

»Wir sind an keinem der von mir erwähnten Orte«, sagte er jetzt leise – er sprach immer leise. »Und ich bin keiner der von mir erwähnten Männer. Ich liebe dich.«

Sollte sie unterstellen, dass keiner dieser anderen Männer sie liebte? Sie wagte nicht zu fragen. Und außerdem klang seine Stimme so leise, so sanft. Er kam auf sie zu; sie hörte ihn hinter sich, als ihr bewusst wurde, dass er genau diese Worte noch nie zu ihr gesagt hatte.

»Was hast du gesagt?«, fragte sie.

Schon seit geraumer Zeit hatte sie nichts mehr vernommen – weder Gewehrfeuer noch Pferde oder Schritte, nicht mal den entfernten Schrei einer Eule. Sie musste sich erleichtern, und sie ging davon aus, jetzt gefahrlos aufstehen zu können. Sie schob vorsichtig die Decke beiseite und ging lautlos zum Rand der Lichtung. Hermes hatte, bevor er sich auf den Weg machte, einen Pfad durch die Büsche zu ihrem Versteck geschlagen.

»Wenn du nachts aufstehen musst«, hatte er gesagt, »gibt es jedenfalls kein lautes Geraschel.«

Ihr fiel auf, dass diese kluge Voraussicht den Mann umso geheimnisvoller erscheinen ließ. War er vertraut mit all solchen Tarnmaßnahmen? Sie wusste unendlich wenig über ihn. Das war einer der Grundsätze ihrer Beziehung. Zu Anfang hatte sie ihre Ahnungslosigkeit benutzt, um sich die Einsicht, dass sie sich nämlich immer näher kamen, vom Leibe zu halten. Doch jetzt, da sie von ihm erwarten konnte, dass er mehr von seiner Vergangenheit enthüllte, blieb er verschlossen.

Im Westen des Staates New York – in jener Gegend religiöser Inbrunst und Schwärmerei, die man den »Burned-over District« nannte – hatte Hermes überstürzt verkündet, dass er seine Auftritte für eine kurze Weile unterbrechen werde. Er wolle sie in einer Woche in Binghamton wiedertreffen.

Im Publikum sah Franny an jenem Abend eine Familie, so glaubte sie wenigstens: einen groß gewachsenen, dunklen Mann im schwarzen Anzug, flankiert von vier jüngeren Frauen in einfachen grauen Kleidern. Sie schienen einer religiösen Gemeinschaft anzugehören. Der Mann hatte dieselben weichen, dunklen Augen wie Hermes; seine bräunlich glänzende Haut; ähnliches schulterlanges zurückgekämmtes Haar – allerdings stärker von grauen Strähnen durchsetzt. Die Frauen, dachte Franny, mussten seine Töchter sein. Sie hatten alle die dunkle Hautfarbe und die exotischen Züge des Mannes und sahen ein wenig aus wie Zigeunerinnen. Doch als sie später, nachdem alle ihre Augenbinden trugen und die Blätter in den Händen hielten, noch einmal ins Publikum blickte, fragte sie sich, ob die vier nicht seine Frauen sein könnten.

Nach der Vorstellung war sie erstaunt, ihn an der Spitze jener Reihe von Bittstellern und Gratulanten stehen zu sehen, die sich jeden Abend vor ihrer Bühne formierte. Er war ebenso hoch gewachsen wie Hermes. Sein schwarzer Anzug war abgetragen, aber sauber, und sein weißes Hemd war steif gestärkt. Die Frauen warteten in einer Reihe an der linken Saalwand.

»Haben Sie Zephaniah gesehen?«, fragte der Mann, und seine Stimme war eine träge Version der Stimme von Hermes. »Ich hatte ihn hier erwartet.«

»Aber nein«, sagte Franny.

»Sie reisen mit ihm«, sagte der Mann.

»Ich … nun …« Franny hatte keine Ahnung, woher der Mann das wissen konnte. »Nein, tue ich nicht. Jedenfalls zurzeit nicht.«

Ihr ging soeben auf, dass sie noch nie jemanden von Hermes als Zephaniah hatte sprechen hören. Die meisten sagten »Doktor« oder »Dr. Hermes«. Franny selbst nannte ihn immer Hermes, selbst in den intimsten Momenten.

»Ich werde ihn in – das heißt, vielleicht sehe ich ihn«, sagte sie.

»Haben Sie eine Nachricht für ihn?«

»Nein«, sagte der Mann. »Ich hätte mir denken können, dass er nicht auftaucht. Er weiß, was gut für ihn ist.«

Dann hielt er Franny abrupt die Augenbinde hin, die er immer noch in der Hand hatte.

»Sie machen Ihre Sache gar nicht so schlecht«, sagte er, drehte sich auf dem Absatz um und marschierte hinaus, wobei er den Frauen lediglich mit der leisen Andeutung eines Winks zu verstehen gab, dass sie ihm folgen sollten.

Als Franny Hermes in Binghamton nach dem Mann fragte, reagierte er verschlossen und murmelte bloß, so einen Menschen kenne er nicht, doch Franny hatte einen anderen Verdacht.

Und diesen Verdacht hegte sie immer noch. Hermes war allerlei zuzutrauen, dachte sie jetzt auf der Lichtung. Schon bevor sie begann, ihm bei seinen Auftritten zu helfen, hatte sie gewusst, dass er Assistenten angeheuert hatte, um das Spiritoskop zu warten und zu bedienen und um im Publikum nach geeigneten Freiwilligen zu suchen. Sie hatte auch den Verdacht, dass diese Assistenten nicht immer nur Männer gewesen waren. Sie bezweifelte, dass sie seine erste Reisebegleiterin war.

Doch es war leichter, mit diesen Unbekannten zu leben, als die Rätsel lösen zu wollen. Außerdem hatte sie ihre eigenen Geheimnisse, die es zu bewahren galt: die Geisterwelt, Betty. Manchmal war das Kind erschreckend nahe. Manchmal spürte sie es in ihrer Brust, als wollte sich ein Stein lösen, doch im letzten Moment kam immer der Rückzug. Und der Stein, das Gewicht blieb. Wie lange sollte sie noch weitersuchen? Sie war selbst überrascht, wie viel Hingabe sie aufbrachte. Nicht nur die Hingabe an die Suche nach Betty tat ihr wohl. Auch in der Hilfe und Inspiration, die sie anderen geben konnte, die nach ihren Lieben suchten, fand sie Trost und Kraft, auch in all den Pilgern, die sie bei den zahllosen Zusammenkünften zwischen der Klippe über dem Missouri und der Klippe über dem Atlantik vor Willing Mind kennengelernt hatte.

Sie erschauerte. Die Nacht war kalt geworden. Sie fühlte den Raureif unter ihren Schuhen im Gras knirschen. Die Kälte biss in ihren Nasenflügeln. Der abnehmende Viertelmond ging auf. Immer noch kein Laut aus dem Dorf. Sie fragte sich, wie lange es noch bis zum Tagesanbruch sein mochte.

Die *Reuben T.* hatte in Ovid angelegt, um Brennstoff aufzunehmen, doch zwei Nächte zuvor war bei einem Überfall der Holzplatz am Fluss abgebrannt. Es wurde zwar frisches Holz gesägt, doch es würde mindestens einen Tag dauern, bis das Schiff weiterfahren konnte.

Franny und Hermes sollten in der Dorfschule auftreten und hatten einen Wagen gemietet, um das Spiritoskop vom Anleger zur Schule zu transportieren. Als sie danach zum Schiff zurückkehrten, fanden sie einen Zettel an ihrer Kabinentür:

Ihr seid Yankees und müsst gehen,
sonst bezahlt ihr mit dem Leben.

An anderen Kabinentüren hingen gleichlautende Botschaften. Der Kapitän stampfte wütend auf dem Oberdeck beim Ruderhaus herum und wollte wissen, wer sich an Bord geschlichen und die Zettel angebracht habe. Aber vielleicht, fauchte er seine Mannschaft an, die vor ihm angetreten war, hatte sich gar niemand an Bord schleichen müssen. Vielleicht war jemand an Bord *gebracht* worden. Vielleicht war der Täter auch jemand, der an Bord *arbeitete*. Die Mannschaft schwieg.

»Vielleicht gilt das nur den Offizieren der Kavallerie«, flüsterte Franny Hermes zu.

»Selbst wenn, vergiss nicht, dass wir auch Yankees sind«, antwortete er. »Pack deine Sachen.«

Es gab an dem Abend keine Vorstellung. »Wegen Krankheit abgesagt.« Nach Einbruch der Dunkelheit hatte Hermes Franny auf den Hügel gebracht, ihr gesagt, er werde sie dort wieder abholen, aber er wolle vorher noch das Spiritoskop retten.

»Ich werde den Wagen kaufen, den wir heute benutzt haben«, sagte er. »Ich glaube nicht, dass wir auf diesem Schiff weiterreisen sollten.«

»Wohin sollen wir?«, fragte Franny.

»Es ist nur eine Tagesreise bis Kansas City. Wenn wir erst mal das Gebiet von Nebraska erreicht haben, wird sich die Lage ändern.«

»Wir müssen nicht weiterreisen«, sagte sie. »Wir können auch nach Osten zurück. Auf anderem Weg. Weiter nördlich. Wir müssen nicht in die Territorien.«

Er sagte, darüber solle sie sich jetzt keine Gedanken machen, sie solle sich im Gebüsch in die Decken wickeln und schlafen und warten.

Jetzt lag sie wieder allein in die Decken gewickelt und zitterte. Wieder rief die Eule. Sie war immer noch weit weg, aber dieses Mal klang ihr Ruf irgendwie beruhigend. Der Mond war aufgegangen, ein bleicher Haken über dem Flusstal. Sie schlief ein.

Ein Klingeln ertönte, und ihr erster Gedanke war, es sei die Dienstbotenklingel in Willing Mind. Eine kleine Silberglocke, die auf dem Esstisch ihrer Eltern stand. Sie hatte ihren Klang geliebt. Betty auch, denn sie war oft lachend und klingelnd mit dem Glöckchen durchs Haus gerannt, und Mrs. Tyler hatte spaßhaft aufgestöhnt und gerufen: »Ich komme, Herrin! Wo seid Ihr? Wo ist meine Betty?« Und die Freude des Kindes klang mit der Glocke durchs ganze Haus, so wie das Klingeln jetzt.

Sie war hellwach und setzte sich auf und holte tief Luft, während sie nach den Zweigen schlug, die ihr ins Gesicht wischten. Sie hörte das Bimmeln vom Zaumzeug eines Kutschpferdes. Das also war die Glocke gewesen. Ein Traum. Nicht Betty. Wieder nicht Betty. Der Wagen erreichte den Hügelkamm. Hermes flüsterte ihren Namen, schob die Äste beiseite, streckte die Hand nach ihr aus.

Er hatte es heil zu ihr zurück geschafft, und auch das Spiritoskop war fast unversehrt, ein paar kleine Schäden, die bei der überstürzten Flucht entstanden waren, aber alles reparabel. Graues Licht erwachte im Osten. Sie müssten jetzt aufbrechen, sagte er.

Es hatte ein kleines Gefecht gegeben: Streitereien unter lokalen Rebellengruppen und ein Racheakt für das Feuer auf dem Holzplatz. Das meiste sei einfach nur wildes Rumgeballer, berichtete Hermes. Schlecht zielende und feige Schützen.

»Es hätte viel schlimmer kommen können«, sagte er. »Aber sie haben das Schiff versenkt.«

»Wer?«

»Ich bin mir nicht sicher«, sagte Hermes. »Unionisten oder Anhänger der Rebellen. Ich weiß es nicht. Ich habe gesehen, wie drei Männer mit Äxten ein Loch in den Rumpf hackten. Sie ist am Anleger gesunken. Nur das Ruderhaus und die Schornsteine schauen noch aus dem Wasser.«

Noch einmal sagte er, sie müssten nun aufbrechen.

»Wollen wir nicht das Tageslicht abwarten?«, fragte Franny.

»Nein. Wir müssen weit weg sein, bevor es hell wird.«

»Wie gefährlich ist denn die Lage?«

»Ich habe gehört, dass der Telegraph noch funktioniert. Keiner der Kämpfenden war geistesgegenwärtig genug, das Kabel durchzuschneiden. Eine Kavallerieabteilung aus Kansas City ist schon auf dem Weg hierher. Die Straße dürfte einigermaßen sicher sein.«

»Hast du uns den Wagen gekauft?«

»Das war nicht nötig.«

»Was soll das heißen?«

»In Momenten der Verwirrung ist das Glück oft demjenigen hold, der am schnellsten zugreift.«

»Du hast ihn gestohlen.«

Er überging ihre Bemerkung, nahm die Decke, schüttelte sie aus und warf sie in den Wagen.

»Gab es viele Verletzte?«, fragte sie.

»Nein. Kaum welche, glaube ich. Ich würde sagen, das Ganze war eine nichtige Auseinandersetzung, die sich vor allem durch die Unfähigkeit der Beteiligten auszeichnete und für die größeren politischen Zusammenhänge dieser Tage kaum von Bedeutung sein dürfte. Aber die Lage in Missouri wird sich verschlechtern, darauf kannst du dich verlassen. Bist du so weit?«

Sie war auf ein Felsband am Rand der Lichtung gestiegen. Von dort öffnete sich der Blick ins Flusstal und weiter über die Prärie im Westen. Ein paar junge Eichen, an deren Äste sich noch die abgestorbenen Blätter klammerten, raschelten unterhalb des Kamms im schwachen Wind.

In diesem Augenblick hätte sie ihm sagen sollen, dass sie ihn verlassen würde; dass sie sich nicht an Täuschung und Diebstahl beteiligen wolle, es nie hätte tun dürfen; dass sie ihr Talent, so bedeutungslos es auch sein mochte, der Suche nach ihrer Tochter und der Hilfe ehrlich Suchender widmen müsse; dass sie eine Pilgerin sei und er ein Betrüger; dass sie auf Pilgerfahrt war, dass sie ihm das gleich am Anfang, noch bevor sie sich zusammentaten, hätte klarmachen müssen. Dass sie aber damals allein und verwirrt gewesen war.

Und das war sie noch immer: eine Frau, allein am Rand einer Klippe, umgeben von Wirrnis und Bedrohung.

Sie sagte nichts. Sie brauchte ihn.

Der Himmel war hell genug, als dass sie den Flussnebel sehen konnte, der in einem grau geflochtenen Band über dem Land lag. Darunter verbarg sich der kurvige Lauf des Flusses.

»Wenn wir schnell machen, wird uns nichts geschehen«, sagte

Hermes vom Wagen her. »Kommst du bitte? Ich brauche deine Hilfe.«

»Wie bitte?«

»Ich brauche dich.«

Also sagte sie nichts.

Sie ging zu ihm. Er war dabei, am Spiritoskop irgendetwas zusammenzubinden. Das Katgut war gerissen. Die dünne Schnur war im schwachen Licht nicht zu erkennen. Also konnte sie nicht sehen, was es war, das er zusammenband.

»Halt einfach deinen Finger hier drauf, wenn ich den Knoten mache«, murmelte er.

Seine Hände fuhren durch die Luft. Sie konnte nichts sehen, aber sie spürte, wie sich die Schnur um ihre Fingerspitze zusammenzog. Als er den Knoten festzurrte, zog sie im letzten Moment den Finger heraus.

Kapitel 23

Dreissig Tropfen

Pennsylvania, November 1862

Ihre Karte

Jetzt war sie wirklich verloren. Kein Großer Bär konnte sie leiten. Kein Tag. Keine Nacht. Sie wagte sich nicht einmal auf die Plattform hinaus. Nur am Schwanken des Zuges merkte sie, dass sie vorwärtskamen, denn Züge bewegen sich doch vorwärts, oder? Vorwärts, weil van der Wees unbedingt vorankommen wollte.

»Zu Ruhm und Ehre!«, hatte er einmal gerufen, daran konnte sie sich noch erinnern. »Zu Ruhm und Ehre, Halleluja!«

Nur er und sie waren noch im Salonwagen. Chester war fort, in ihrer Erinnerung verstaut. Zusammen mit Joachim. Und mit so vielem anderen. Verstaut in dem Wort, das »Lob spenden« bedeutete.

Sie hatte nicht laut genug protestiert wegen Chester. Dagegen, dass er im Stich gelassen wurde. Das wusste sie. Es musste zwischen drei und fünf Tagen her sein, glaubte sie, dass sich van der Wees in jener Schenke mit Chester geprügelt hatte und sie zum Zug gelaufen war, wo van der Wees sie gefunden hatte, um kurz darauf den Befehl zum Abfahren zu geben. Danach konnte sie sich nicht mehr an viel erinnern. Zu viel Lob von van der Wees. Ihr klingelten schon die Ohren davon. Und von den Kanonenschüssen. Sie hatten die Musik vertrieben. Oder war es das Opium, das jedes Geräusch verstummen ließ?

Einige der Soldaten hatten erzählt, sie hätten ein Indianerdorf »zu Klump« geschossen. Es hatte sich angehört, als würden sie ihr heimlich eine Botschaft zustecken, eine geheime Nachricht, von der sie selbst nicht genau wussten, was sie bedeutete.

Wenn sie tatsächlich ein Indianerdorf »zu Klump« geschossen hatten – mit der Kanone? In Notwehr? –, dann musste sie währenddessen geschlafen haben. Sie schlief inzwischen sehr viel. Es machte alles leichter. Aber ihre Ohren klingelten trotzdem, und das Klingeln übertönte jedes andere Geräusch.

Seit Wochen schon merkte sie, dass Chester ihr entglitt – und sie ihm. Es lag nicht am Eifer, mit dem Chester seinem Auftrag nachkam. Es war auch nicht der Alkohol. Das hatte sie schon mit anderen Männern erlebt. Es war etwas anderes. Chester hatte sich *als Erster* zurückgezogen. Er war abgelenkt gewesen. Er hatte sich zurückgezogen, war manchmal sogar kleinlich geworden. Kleinlich! Das sah Chester Ludlow ganz und gar nicht ähnlich, ihm, dem Ingenieur des Kabels, dem Zeus der Union, dem Blitzeschleuderer mit der Ludlow-Kanone. Kleinlich. Er nörgelte über ihren morgendlichen Atem, über ihren schweren Schritt, wenn er zu arbeiten versuchte, sogar über ihr Klavierspiel. Van der Wees hingegen war die ganze Zeit entspannt und freundlich, und er schenkte ihr Lob.

Ab und zu hatte er ihr sogar echtes Lob geschenkt, hatte gesagt, er habe schon vor ihr »Frauen vom Kontinent« gekannt, Künstlerinnen, aber sie sei »ganz *anders*«. Das letzte Wort hatte er besonders betont, als sei es eine Spielkarte, die er auf den Tisch warf, allerdings mit dem Bild nach unten, sodass sie nicht genau wusste, was er mit diesem *anders* meinte und wie diese Bedeutung – dieses verdeckte Bild – den Verlauf des Spieles beeinflussen könnte.

Vielleicht meinte er, dass er auch schon anderen Lob angeboten hätte, aber dass sie es nicht so begeistert angenommen hatten wie sie. War es das, was ihr Anderssein ausmachte? Sie war inzwischen bei dreißig Tropfen. Sie verteilte sie über den Tag oder was sie für den Tag hielt. Eigentlich stand sie permanent unter dem Einfluss dieses Lobes. Sie war hingerissen von den Träumen, die sie ihm verdankte, von den Visionen. Im frühen Stadium waren es prachtvolle musikalische Träume gewesen. Sie hörte Stücke, die sie gespielt hatte, und schien dabei, erfüllt von Freude und Hoffnung, knapp über dem Boden zu schweben.

Doch bisweilen verwandelte sich die Harmonie der Traumbilder in Visionen des Meeres, und sie wurde an den Sturm erinnert, an die Katastrophe, die sie um ein Haar an Bord der *Agamemnon* ereilt hätte. Die See verwandelte sich in ein Meer von Gesichtern, flehenden, zornigen, verzweifelnden Gesichtern, die zu Tausenden an die Oberfläche drängten ...

Das jedenfalls waren ihre Eindrücke. Immerhin handelte es sich um opiumschwangere Visionen, die sie noch dazu in Zeiten des Krieges ereilten. Und jetzt wollte van der Wees dem Krieg ein Ende bereiten: mit dieser Kanone.

»Wo ist Chester?« Das hatte sie van der Wees nur ein einziges Mal gefragt, kurz nachdem der Zug aus dem Huronengebiet wieder in Richtung Osten abgefahren war.

»Er kommt bald nach«, hatte van der Wees gesagt. »Ich habe telegraphische Anweisung gegeben, dass der nächste Holzzug, der die Siedlung verlässt, ihn mitnehmen soll. Ich habe ihm mitteilen lassen, wir würden uns in Washington treffen. Nichts Genaueres. Ich wollte unsere Fahrtroute nicht offenlegen. Du siehst wunderschön aus. Zerzaust, würde ich sagen.«

Sie drehte sich weg und zog das Tuch enger um die Schultern. Sie wusste, dass er sie von hinten anstarrte und dabei lächelte. Verflucht. Er spielte fünf beliebige Töne auf dem Klavier. Sie klangen grob und aggressiv. In diesem düsteren Moment wurde ihr klar, dass die Musik aus ihren Visionen verschwunden war. Während das Meer und die Gesichter in ihre Träume gekrochen waren, hatte sich die Musik hinausgestohlen. Nur noch einzelne Orchesterakkorde waren gelegentlich zu hören.

Ganz deutlich spürte sie plötzlich die Schienen, über die sie fuhren; ihr wurde bewusst, dass sie fast obszön breitbeinig dastand, um das Schwanken des Waggons ausgleichen zu können, der sich (mit der Lokomotive und den anderen Waggons und der *Kanone)* auf den Krieg zubewegte.

Hinter ihren geschlossenen Augenlidern sah sie, dass die Schienen auf ein Unglück jenseits der Bühne zuliefen. Vor ihr: der Krieg. Es gab ein Wort, das Chester benutzt hatte. Er hatte es von Professor Thomson gelernt. Sie konnte sich nicht an das Wort erinnern. *Hitzetod.* Nein, das war es nicht. Aber es kam aus dem Deutschen; oder aus dem Griechischen? Oder aus dem Lateinischen? Sie müsste es kennen. Sie brauchte mehr Lob. Sie musste sich diese Bilder und Gefühle aus dem Kopf schlagen. Ein Scheit Feuerholz. Sie wollte van der Wees schlagen. Aber sie schlug sich selbst auf den Kopf, trommelte auf ihren Schädel, weinte, schluchzte, vermisste Chester

Ludlow so sehr, und jetzt hielt Russell van der Wees ihr die Arme fest. *Entropie* ... Entropie! Das Wort. Das Unglück, das auf sie wartete. Van der Wees hielt sie an den Handgelenken, bog ihr die Arme fast schmerzhaft hinter den Rücken, drängte sie zurück in ihr Abteil, sie fiel, er lag auf ihr, und dann ließ sie zu, dass er sich in sie hineindrängte, sie, die sie für immer in seinem Zug gefangen war, von Entropie und Lob gefesselt. Lob für die Kanone, das Ende des Krieges, er stieß in sie hinein. Lob für die Karte, die ihr zugefallen war, die Karte und ihr schreckliches Bild. Die Karte und ihr Gesicht. Van der Wees' Lippen, seine Grimasse, sein Stoßen. Wie sie die schreckliche Karte ausgespielt hatte, das verdiente Lob. Sieh in das schreckliche Gesicht.

Kapitel 24

Die Cannisteo-Schlucht

Diverse Postämter und Pennsylvania,
November 1862

Ein nicht zugestellter Brief

Taplin Rd. London, SW
19. September 1862

Mein lieber Mr. Trace,
da ich, bis ich Antwort von Ihnen erhalte, nicht wissen kann, ob
dieser Brief Sie erreichen wird, muss ich einfach hoffen, dass er
Sie erreicht, und zwar bei bester Gesundheit. Ich habe mich bei
Ihrem Arbeitgeber nach Ihrem Aufenthaltsort in Amerika erkun-
digt, und Ihr Arbeitgeber meinte, das sei eine gute Frage, die er
sich selbst oft stellt, weil es doch eigentlich Ihre Aufgabe sei, mit
ihm in Verbindung zu bleiben. Er hat aber zugesagt, alles zu tun,
damit Sie diesen Brief erhalten, und so hoffe ich, dass seine – un-
sere – Bemühungen von Erfolg gekrönt sind. In dieser Hoffnung
schreibe ich Ihnen jetzt*.
Nachdem wir uns auf der Great Eastern begegneten, sind
der Herr (den ich aus Gründen der Diskretion nur »E. O.« nen-
nen will) und ich nach Boston gereist. »E. O.« hoffte dort Wis-
senschaftler zu finden, die ihn gegen die Anklagen verteidigen

---

* *Eigentlich müsste ich sagen, Mr. Clapp schreibt. Mr. William Clapp, der*
über mir wohnt, ist Gerichtssekretär und übernimmt hin und wieder
Schreibarbeiten. Es ist äußerst edel und großmütig von ihm, mir beim
Schreiben dieses Briefes beizustehen.

könnten, dass seine Apparaturen den Gegenstand zerstört hätten, den ich ebenfalls aus Gründen der Diskretion nicht nennen werde. Da er in Boston kaum Verteidiger fand – ehrlich gesagt, keinen einzigen –, reisten wir weiter nach Washington.

Wir trafen dort ungefähr einen Monat nach dem Überfall auf das Fort in Carolina ein. Von da an, das wissen Sie selbst, war der Krieg unausweichlich. Vielleicht waren Sie zu der Zeit selbst in Washington. Ich habe immer Ausschau nach Ihnen gehalten, aber vergeblich.

Um zur Sache zu kommen: Wir waren unter den anwesenden Zivilisten bei der Schlacht von Bull Run.

Es war ein Sonntagmorgen im Juli, und in der ganzen Stadt waren die Kanonen zu hören. Alle waren sich sicher, dass die Rebellen zurückgeschlagen würden. »E.O.« gehörte zu den zahlreichen Männern, die in der Situation die einzigartige Gelegenheit erkannten, Zeugen historischer Ereignisse zu werden, »das Spektakel einer Schlacht« mitzuerleben. Er mietete eine Kutsche, ließ sich von der Hotelküche einen Picknickkorb zubereiten, und los ging es. Hunderte von Leuten hatten die gleiche Idee.

Das Problem kam dann an einer Steinbrücke. Als wir dort eintrafen, war die Armee des Nordens auf dem Rückzug. Die Truppen kamen zur Brücke und fanden sie voller Menschen aus der Stadt, die ihrem Sieg hatten zuschauen wollen, und also griffen sie uns an, um über die Brücke zu kommen. Da brach die Hölle los, Mr. Trace. Manchmal sehe ich ähnliche Dinge in Ihren Bildern in den Zeitungen, und mir läuft ein Schauer über den Rücken, denn es erinnert mich daran, was ich an jenem Tag sah.

Unsere Kutsche kippte um, unser Fahrer floh, »E.O.« tauchte im Durcheinander unter. Ich blieb zwar unverletzt, war aber zu Tode erschrocken und verängstigt.

Ich fand »E.O.« viele Stunden später in einer Lazarettstation, die man in einem Haus an dem Fluss eingerichtet hatte, der zur Hauptstadt fließt. Ich war bis dorthin gelaufen. Und hatte die ganze Zeit geweint.

Als ich eintraf, flickte »E.O.« gerade einem Jungen, der auf dem Küchentisch lag, die Brust wieder zusammen. Die Beine des Jungen hingen übers Tischende, und er stöhnte nur, weil er zu schwach zum Schreien war. Wie alle anderen auch. Bloß »E.O.«

sah aus, als könnte er noch die ganze Nacht zum Tanz gehen. Es war schrecklich.

In den nächsten zwei Monaten half »E.O.« den Ärzten der Bundesarmee in ihren Lazaretten. Er wurde ein Fachmann für das Abschneiden von Gliedmaßen. Ganz glatt und sauber. Er war ihnen wirklich eine große Hilfe. Er sagte, erfühle sich wie ein neuer Mensch. Eigentlich wie ein neuer Arzt. Er war vollkommen von sich eingenommen. Er sagte, die Elektrizität sei ihm jetzt egal. Auch mir gegenüber nahmen seine Aufmerksamkeiten ab, was ich sehr erfreulich fand. Ich war außerordentlich froh, als er ankündigte, dass wir nach England zurückfahren wollten, von wo ich Ihnen jetzt schreibe.

Erinnern Sie sich noch an meinen Plan, von dem ich Ihnen in der Nacht auf dem Schiff erzählt habe? Ich habe schon mit der Umsetzung begonnen. Mehr kann ich jetzt nicht sagen. Ich gebe zu, ich schreibe Ihnen auch, weil ich ein wenig um meine Zukunftsaussichten fürchte. Aber ich bin zugleich voller Hoffnung. Ich hoffe, Sie sind es auch.

Wenn dieser Brief Sie erreicht, dann hoffe ich, dass wir uns wiedersehen. Sie sollen auch wissen, »Herr Zeichenkünstler«, dass ich immer nach Ihren Bildern in den Zeitungen suche. Dann weiß ich, dass Sie noch da sind. Wenn das alles vorbei ist oder Sie genug haben, kommen Sie mich suchen. Bis dahin bleibe ich
Ihre Freundin …
Maddy

EINE BRÜCKE

Im späten November erreichte Jack Trace ein Gerücht. Nach der abendlichen Versammlung mit Franny war er aus dem Krieg hinausspaziert. Er hatte Franny gesagt, er wisse, was er tun wolle, doch das Wissen schien ihm wieder verloren gegangen zu sein. Der Krieg zog nach Süden; Trace wanderte in andere Richtungen.

Jetzt war er in Carthage Gap, einem Bergdorf in den Alleghenies, dort, wo sich die Bergkette entschieden nach West Virginia wendet. Häufig machten hier Wagenkutscher Station, denn der Pass war zu steil für die Eisenbahn und bot deshalb eine Abkürzung für Gespanne. Man konnte auf diesem Weg viele Meilen sparen, denn die Bahn musste den Evans Mountain weit südlich umfahren und auf einer Holzbrücke die Schlucht des Cannisteo Creek überqueren.

Bei dem Gerücht, das ihn dort erreichte, ging es um einen Unfall in der Schlucht. Mit jedem Wagen trafen neue Nachrichten ein. Gerüchte flatterten aus beiden Richtungen den Pass hinauf und wieder hinunter ... Rebellen hatten eine Brücke gesprengt; ein Zugunglück; die Holzbrücke an der Cannisteo-Schlucht; der Zug war abgestürzt; sehr seltsam; ungeheure Explosionen, gewaltiges Feuer; ein Militärzug; ein Mann und eine Frau aus dem Wrack gezogen; bis zur Unkenntlichkeit verbrannt; auch Soldaten umgekommen; aber ein Mann und eine Frau; zwei Leichen.

Bei den verwirrenden, zusammenhanglosen Bruchstücken der Geschichte hätte Trace nicht an Maddy und Whitehouse denken müssen. Wo auch immer sie waren, nach logischen Maßstäben konnten sie nicht in einem Militärzug durch Pennsylvania fahren. Doch seit er bei Frannys Zusammenkunft seine Visionen erlebt hatte, folgten seine Gedanken keiner Logik mehr, und deshalb mussten sie auch jetzt keinen Sinn ergeben; sie mussten sich nur einstellen. Zwei Leichen: Maddy und Whitehouse. Bis zur Unkenntlichkeit. Oder: Maddy und er, Jack Trace. Ein Mann und eine Frau. Zwei Leichen.

Er musste sich das ansehen.

Er schnürte sein Bündel und marschierte aus der Stadt. Zum ersten Mal seit Wochen hatte er ein Ziel. Einen Tag und eine Nacht war er unterwegs, und die ganze Zeit war er ängstlich gespannt – ein Mann und eine Frau.

Die Schlucht des Cannisteo war eine geologische Überraschung: Das Piedmontplateau fiel plötzlich ab in den Spalt, den der Cannisteo Creek durch die Sandsteinschichten vor dem Evans Mountain gesägt hatte; sie formten sich zu einem lang gebogenen, unbewohnten Höhenrücken, der oben mit Eichen- und Lorbeerwald und an den Hängen mit Sumach und Farn bestanden war. Bis auf den Lorbeer waren jetzt, im November, alle Bäume blattlos. Die gefallenen Blätter rollten sich braun im Morgenfrost, als Trace bei der Brücke ankam.

Ein neuer Holzbogen hatte hier, fern jeder Ansiedlung, die Schlucht überspannt; er war etwa vierhundert Meter lang und an der höchsten Stelle siebzig Meter hoch gewesen. Das Holz, die

Pfeiler und Stützbalken waren noch bleich und nicht vom Wetter gegerbt. Wo sie nicht verbrannt oder geborsten waren, leuchteten sie im Morgenlicht beinahe orange.

Es war Sonntag, und etwa zwanzig andere Neugierige waren zu Fuß oder zu Pferd zur Ruine gepilgert. Landarbeiter, Jungen, die Steine in die Schlucht hinabwarfen, Männer, die wie Geschäftsleute aus der nächstgelegenen Stadt aussahen und nach dem Kirchgang mit ihren Familien hergekommen waren.

Von beiden Seiten der Schlucht ragte der gebrochene Brückenbogen ins Leere. In der Mitte war ein hundert Meter langes Teil herausgesprengt worden. Von den auseinandergerissenen Schienen baumelten Schwellen herab. Die Schienen selbst waren von der Hitze und Kraft der Explosion verbogen und ragten wie Gabelzinken ins Nichts.

Es lag auf der Hand, was hier geschehen war. Der Zug hatte sich auf der gegenüberliegenden Seite zwischen den Felsen hervorgeschoben. Aus der Kurve konnte der Fahrer die gesprengten Schienen im Dunkeln nicht sehen, und der Zug fuhr geradewegs in das Loch, das einmal die Brücke gewesen war. Von der Biegung der Schienen konnte Trace ablesen, wie die Lokomotive in den Abgrund gedampft war, mit rotierenden Antriebsrädern, womöglich ungebremst, einfach ins Leere hinausfahrend, und alle Waggons mit sich hinabgezogen hatte, einen nach dem anderen. Und dann die Explosionen.

Er musste mehr sehen.

Trace war nicht auf den Schwindel, das Unwohlsein vorbereitet, das ihn auf der Brücke erfasste. Seit der Fahrt auf der *Agamemnon* war er an große Höhen gewöhnt und hatte deshalb nicht lange gezögert. Er löste sich einfach von den Schaulustigen und trat auf die Gleise. Doch auf See konnte er sich immer an Masten oder Leinen festhalten. Hier gab es nichts: keine Balken über ihm, kein Geländer; bloß die Gleise, die auf Pfeilern ruhten. Er musste ins Nichts hinausmarschieren und tat dies mit kleinen Schritten, von einer Schwelle zur nächsten, und zwischen den Schwellen sah er den tiefen Abgrund bis zu den Felsen, den vereinzelten Büschen, die sich an Vorsprünge klammerten, und dem wütenden kleinen Bach, der weit unten dahinschäumte. Langsam verlor er die Ruhe.

»Höhenangst?«

Trace erstarrte. Er hatte nicht bemerkt, dass außer ihm noch jemand auf die Brücke hinausgegangen war. Er drehte sich vorsichtig um. Einer der jungen Männer, die er für Landarbeiter gehalten hatte, kam schnell näher, nahm mit jedem Schritt zwei Schwellen auf einmal. Neben Trace blieb er stehen.

»Mein Bruder und ich haben das Ding mitgebaut. Letzten Frühling. Höhenangst? Hübsche Brücke, was?«

»Nein«, sagte Trace. »Ich meine, ja, wirklich hübsch. Und nein, ich habe keine Höhenangst.«

»Sind einfach vorsichtig, was?«

»Genau. Einfach vorsichtig.«

Der Bursche war bestimmt noch keine zwanzig. Er hatte Pickel im Gesicht, braunes Haar, mit Pomade geglättet, und helle Bartfusseln am Kinn. Er trug seine Sonntagskleider für den Kirchgang, Handgelenke und Knöchel schauten heraus.

»Folgen Sie mir. Sie müssen bis fast ans Ende rausgehen, da sieht man es am besten. Aber auch nicht zu weit. Ich weiß, wo man nicht mehr weiterkann. Nennen Sie mich Lucas.«

»Na gut«, sagte Trace, als der junge Mann sich an ihm vorbeidrängte. Trace musste sich zusammenreißen, um nicht auf alle viere zu sinken und sich an die Schienen, die Schwellen, an irgendetwas zu klammern. Sie gingen weiter, und Lucas machte Trace zuliebe langsame Schritte.

»Da wären wir«, sagte Lucas nach etwa dreißig Metern. »Weiter würde ich nicht gehen.«

Das hatte Trace auch gar nicht beabsichtigt. Ohne seinen jungen Begleiter, dem er, wie ihm jetzt klar wurde, nur deswegen so blind vertraute, weil er gesagt hatte, er habe die Brücke gebaut, hätte er sich niemals so weit hinausgewagt.

Sie waren weit draußen über der Schlucht und ganz dicht an der Abbruchstelle, und Trace fragte sich, ob die Schienen, auf denen sie standen, bei stärkerem Wind hin- und herschwingen würden.

Doch kaum ein Lüftchen regte sich, und Jack konnte direkt bis auf das Wrack des Zuges hinunterschauen.

»Was für ein Anblick, hm?«, sagte Lucas leise.

Tatsächlich. Siebzig Meter unter ihnen, am Grund der Schlucht, lag die zerschellte Lokomotive auf der Seite, und ein kleiner Rauchkringel kräuselte sich immer noch aus der Feuerluke oder aus dem zertrümmerten Kessel. Die anderen Waggons lagen verbrannt und zerstört im Zickzack im Fluss: ein Tender mit Feuerholz, die verkohlten Reste eines explodierten Güterwaggons und ein angesengter Dienstwagen. Außerdem lag da unten eine zerbrochene Form, die Trace rätseln ließ. Lang und zylindrisch, in Abschnitte gegliedert, mattschwarz: Das Ganze sah aus wie eine riesige Kanone, die beim Aufprall in zwei Stücke gebrochen war. Das Geschütz, wenn es sich denn um ein solches handelte, war länger, als der Fluss breit war. Und nicht weit entfernt davon lagen die Überreste eines reich verzierten Salonwagens, aus dessen ausgebranntem Inneren kleine Rauchfahnen stiegen. Nach dem Sturz von der Brücke, nach Explosionen und Bränden und nach zwei Tagen auf dem Grund der Schlucht glänzten die Messingbeschläge und die vergoldeten Buchstaben in der kühlen, aber hellen Novembersonne noch immer wie am ersten Tag. »Hat jemand überlebt?«, fragte Trace.

»Nicht einer.«

»Wie hat man sie da rausgeholt?«

»Einen halben Tag Quälerei den Fluss hinauf. Und einen halben Tag wieder zurück. Mein Bruder war dabei. Ich nicht. Mein Bruder sagt, alle waren mausetot.«

»Soldaten?«, fragte Trace.

»Alle verbrannt.«

Trace wollte es wissen: »Noch jemand?«

»Mann und Frau. Wurden aus dem Wagen da gezogen. Dem, der so glänzt.«

»Verbrannt?«

»Nein. Zerquetscht.«

»Ich hatte gehört, sie seien verbrannt.«

»Stimmt aber nicht. Zerquetscht. Aber wissen Sie, was?« Der Junge flüsterte jetzt, und Trace fand es seltsam, hier, praktisch im Nichts, über einer tiefen Schlucht und einem verunglückten Zug, zu stehen und angestrengt einem flüsternden Jungen zu lauschen.

»Sie lagen zusammen im Bett. Und warn nackt.«

Trace schluckte. »Wer waren sie?«

»Weiß ich nicht. Mein Bruder sagt, die Frau war blond. Das konnte er sehen, weil sie nackt war.«

Trace hörte seinen Atem. Nicht Maddy, dachte er. Das dünne Rauschen des Flusses weit unten war das einzige Geräusch hier oben auf der Brücke. Nicht Maddy.

Plötzlich packte der Junge Trace am Arm, riss ihn nach links, dann nach rechts, dann ganz an sich heran, und dabei schrie er: »He! Achtung! Hab Ihnen das Leben gerettet!«

»Was *zum Teufel!*«, schrie Trace. Der Junge lachte. Er ließ Traces Arm los.

»Das haben mein Bruder und ich immer gemacht, als wir hier am Bauen waren. ›Hab dir das Leben gerettet! Hab dir das Leben gerettet!‹ Damit haben wir uns ständig gegenseitig erschreckt. Hab ich Sie erschreckt?«

»Zum Teufel mit dir!« Trace hatte seine Stimme kaum noch unter Kontrolle. »Ja! Du Idiot! Hau ab. Fass mich nicht an. Verschwinde von der Brücke. Lass mich allein. Verdammt.«

»Meine Güte.«

»Bitte. Geh einfach.« Trace schluckte und versuchte, den weinerlichen Ton aus seiner Stimme zu verbannen.

»Na gut. Meine Ma ruft sowieso nach mir.«

Er zeigte zum Rand der Schlucht, wo die Schaulustigen standen, winzige Köpfe, die über die Lorbeerbüsche ragten. Eine Frau winkte, rief blökend nach ihrem Sohn.

Der Junge schlüpfte an Trace vorbei.

»War ziemlich mutig von Ihnen, bis hier rauszukommen. Hat sich von den anderen keiner getraut«, sagte er. »Seien Sie vorsichtig. Tut mir leid, das mit dem ›geretteten Leben‹.«

»Schon gut«, sagte Trace. Er konnte wieder atmen. Er wagte nicht, die Augen zu schließen, und richtete den Blick auf eine Weißtanne am gegenüberliegenden Abhang, um das Gleichgewicht nicht zu verlieren. Jetzt, auf dem Rückweg, nahm der Junge drei Schwellen auf einmal, was seine Mutter veranlasste, von ihrer sicheren Position aus nur umso lauter zu blöken.

Den Rest des Tages saß Trace am Ende des Brückenbogens und drehte nur ab und zu den Kopf, um zu schauen, ob sich Lucas nicht von hinten anschlich, um ihn zu erschrecken. Das leise Rauschen des Wassers genügte, um Schritte zu übertönen. Es *hätte* sich jemand anschleichen können.

Doch es kam niemand. Aus Gründen, die ihm zunächst selbst nicht klar waren, blieb er sitzen. Weitere Schaulustige trafen ein, um sich die zerstörte Brücke und das Wrack des Zuges anzuschauen, blieben jedoch auf dem festen Weg. Vielleicht war es ihnen zu gefährlich auf der Brücke. Vielleicht waren nur ein Lausejunge und ein Engländer so verrückt, sich dort hinauszuwagen.

Vorsichtig setzte sich Jack auf eine der Schwellen und ließ seine Beine ins Nichts baumeln. Er fühlte sich wie ein kreisender Falke.

Doch Ausmaß und Art des Zerstörungswerks unter ihm hielten ihn im Bann: die zerbrochene Kanone, die hinabgestürzten Träger der geborstenen Brücke. Das Gefühl zu fliegen verlieh Trace einen distanzierten Blickwinkel, ließ ihn das Gesehene abstrahieren, ließ ihn Formen, Flächen, Winkel, Kurven wahrnehmen. In den Gegenständen, geborsten und neu geordnet, war eine schlummernde Bewegungsenergie versammelt. Die Kanone – gebogen, zergliedert …

An so etwas hatte er gedacht, wenn er sich sein Wandbild vorstellte … »Fortschritt«. Er wusste nicht, was diese Formen darstellten oder bedeuteten, aber sie waren Teil seiner Vision. Zylinder. Oder Kolben. Oder irgendetwas, das durch die Luft glitt … und die schwankende, fragile und doch großartige Turmkonstruktion, in die sich die gesprengte Brücke verwandelt hatte, auch die würde in seinem Bild auftauchen. Vielleicht nicht konkret, aber auf jeden Fall sollte sie spürbar sein. Und wie er hier auf den Gleisen in der Luft hing … auch dieses Gefühl sollte sich in seinem Zukunftsbild manifestieren. Und schließlich ein weiter Blick über das ganze Land. Seltsam, dass diese Zerstörung derartige Empfindungen in ihm weckte.

Jack zog das letzte Skizzenheft und den letzten Stift aus der Tasche, die ihm von seinen Wanderungen geblieben waren, und indem er wie schwebend auf dem gebrochenen Arm der Brücke saß, begann er zu zeichnen.

Kapitel 25

Weit im Westen

Weit im Westen, November 1862

Weit im Westen

Weit im Westen wandert Chester Ludlow auf Bahngleisen durch den Wald in Richtung Osten. Er bleibt im kalten Mondlicht stehen. Zum ersten Mal seit Monaten hat er einen klaren Kopf. Seit zwei Tagen hat er nichts gegessen, nur ein paar Schluck Wasser aus einer Quelle getrunken, die er kurz vor Einbruch der Dunkelheit neben den Schienen entdeckt hat. Er ist die ganze Zeit gelaufen.

Das Mondlicht glimmert schwach auf den Schienen, die vor ihm liegen. Er muss an zwei Drähte denken, straff und gerade gespannt, die sich irgendwo in der Ferne treffen.

In der Tasche trägt er einen Handzettel. Er hat ihn am Anschlagbrett eines Kurzwarengeschäftes gefunden, in einer Stadt, die er vor einer Woche im Morgengrauen passiert hat. Auf dem Zettel wird eine »Zusammenkunft für Menschen mit Verbindungen zu oder Interesse an der Welt der Geister« angekündigt. Die Mitte des Blattes nimmt Frannys Bild ein, das einer Kamee nachempfunden ist. Sie hat, so wird auf dem Anschlag behauptet, »den Lebenden den Weg zur Vereinigung mit den Verstorbenen gewiesen«. Die Ankündigung ist längst überholt, das hat Chester wohl bemerkt. Er weiß nicht einmal mehr den Namen der Stadt, in der er den Zettel gefunden hat. Er hat ihn einfach vom Brett gerissen und ist weitermarschiert. Er wollte bloß das Bild bei sich behalten. Das erschien ihm damals wichtig, und im Verlauf seines Marsches ist es immer wichtiger geworden.

Gut, dass er eine Weile von der Bildfläche verschwunden ist, denkt er. Und vielleicht sollte er besser noch eine Weile verschwunden bleiben. Dennoch läuft er zurück nach Osten, und er weiß, dass ihn dieser Weg irgendwann wieder in den Krieg führen wird. Das hält er für unumgänglich.

Doch jetzt gönnt er sich einen Augenblick Ruhe. Dann schaut er auf die Gleise hinunter, um sie wiederzusehen. Sie ist ein kleines Mädchen in einem weißen Kleid, das auf den Schienen balanciert, dort, wo sie sich in der Dunkelheit zu vereinigen scheinen. Sie ist nur einen kurzen Moment zu sehen, denn wenn Chester auf sie zuzugehen beginnt, verschwindet sie. Es ist eine Art Spiel, das sie schon seit einigen Tagen und Nächten spielen. Es gefällt ihm. Er ist dankbar für ihre Anwesenheit, und er versteht, dass sie immer wieder verschwinden und ihn auf den leeren Gleisen zurücklassen muss. Er weiß, er muss ohnehin immer weiterlaufen, also schreitet er voran, auf den Krieg zu, dann durch den Krieg hindurch, dann über den Krieg hinaus.

Buch vier

Otis Ludlows Tagebuch

Irland, 1866

Foilhommerum Bay
Immer weiter, doch zurück in der Zeit.
    *Ich erinnere mich, dass unsere Unterkunft in einem eher schlecht
beleumundeten Viertel in der Nähe des* Schipperskwartiers *in Antwerpen lag. Wenigstens einmal muss in jenen eineinhalb Jahren,
die wir dort verbracht haben, die Sonne geschienen haben, denn
ich erinnere mich daran, dass ich die herrlichen hanseatischen Gil-
denhäuser mit ihren prachtvollen Rokokogiebeln im Sonnenlicht
leuchten sah. Aber vor allem erinnere ich mich an einen Himmel,
grau wie Fensterkitt, und an voll gepissten Schnee im Rinnstein
und an rußiges Eis zwischen den Kopfsteinen. Ansichten aus der
niedrigen Perspektive eines Zehnjährigen, der noch mit beiden Augen sehen kann: die kleinen Gassen, die von der größeren Avenue
de Commerce abzweigten; das holprige Rollen der Holzscheiben,
die den Bauernkarren als Räder dienten; die Takelagen der Rah-
segler am Kai des Grand Bassin, eine Spitzenklöppelei aus Leinen
und Wanten, während draußen auf der Schelde Leichter mit Latei-
nersegeln zügig durch die braunen Wellen schnitten. Für mich war
Antwerpen keine goldene Stadt. Antwerpen war grau, dunkel und
fremd. Antwerpen war die Stadt, in der mein Vater mir die Hälfte
meines Augenlichts nahm.*
    *Vater wollte ein großer Maler werden. Er wollte dort leben, wo
die großen Meister gelebt hatten. Also schaffte er seine Familie
nach Antwerpen.*
    *Meine Mutter Constance lag im Familiengrab in Conway, New
Hampshire, nachdem sie bei einem Sturz vom Pferd ihr Leben gelassen hatte, als ich acht war. Vater hatte in Conway mit mäßi-
gem Erfolg eine Anwaltskanzlei betrieben, doch sein wahres Talent
waren – immer schon – das Zeichnen und die Malerei gewesen.*

Seine größten Widersacher waren – immer schon – sein Temperament und sein Ehrgeiz gewesen. Er wollte sich unbedingt einen Namen als Künstler machen.

Und er wollte mit der Tochter eines seiner Mandanten durchbrennen – musste sogar mit ihr durchbrennen, wenn ich richtig gerechnet habe.

»Wegen Brueghel und Rubens!«, konnte ich ihn förmlich rufen hören. »Wegen Rembrandt! Wegen des ganzen flämischen Tralalas!« Und dann drohte er wahrscheinlich mir oder jedem anderen mit der Faust, der seine Absichten und damit sein Schicksal infrage stellte.

Komisch, sich Chester als Einwanderer vorzustellen. Er wurde in New Hampshire gezeugt, in Antwerpen geboren und kehrte nur zwei Jahre später allein mit seiner Mutter nach Amerika zurück. Vater und ich mussten mit der Überfahrt warten, bis meine Wunde geheilt war. Die verwundete Ehe jedoch heilte nie mehr, und als Vater und ich endlich nach Amerika zurückkehrten, lebten Chester und seine Mutter bei ihrer Familie in Conway. Vater und ich zogen in ein kleines Haus nördlich von Bartlett, der letzten Stadt vor dem Great Notch in den White Mountains.

Vater und Chesters Mutter gingen sich fortan aus dem Weg, also galt dasselbe auch für Chester und mich. Vater und ich lebten am Rande einer Gegend, die damals noch Bergwildnis war. Ich unterrichtete an der Zwergschule in Bartlett – mit meinen vierzehn Jahren war ich der jüngste Pädagoge des Instituts. (Ich glaube, die Augenklappe hat damals meine Autorität gestärkt.) Im Sommer arbeitete ich mit den Holzfällern im Wald. Vater malte. Unser häusliches Leben glich einem frostigen Waffenstillstand.

Ein Händler in der Stadt besaß einmal die Kühnheit, Vater danach zu fragen, was in Antwerpen zwischen ihm und seiner Frau vorgefallen sei. (Ich wusste natürlich, was geschehen war; ich hatte es gesehen; ich war halb blind wegen der Dinge, die ich gesehen hatte.) Ich hielt den Mund. Vater starrte den Geschäftsmann an und antwortete: »Wir haben uns entzweit.« Falsch. Nur er selbst war zerbrochen. Er hatte gemalt, in Wutausbrüchen oder in Anfällen von Inspiration oder in Anfällen ganz anderer Art, die ich verstand, weil ich selbst unter so etwas litt.

Ich meine die Zugänge. Das Familienleiden, das mit seinen

Krämpfen und Visionen nur einige von uns heimsuchte. Chester entging dem Zugriff, nicht jedoch seine Tochter. Ebenso wenig mein Vater. Und ich. Neben der vollständigen oder halben Bewusstlosigkeit, die ein solcher Anfall mit sich bringt – und der Erniedrigung, sich in der Öffentlichkeit in einen willen- und fühllosen Invaliden zu verwandeln –, zieht er nach dem Wiedererlangen des Bewusstseins unweigerlich ein nicht greifbares Verlangen nach sich, die Sehnsucht, immer noch weiterzugehen. Ich wusste, dass dieses Sehnen meinen Vater zum Malen und mich zu meinen ausgedehnten Weltreisen trieb. Die Anfälle und ihre Nachwirkungen waren das Band, das meinen Vater und mich zusammenhielt. Darüber hinaus gab es nicht viel, schon gar nicht nach den Ereignissen von 1822 in den Niederlanden.

Ich sehe unsere kleine Familie im Urlaub in Ostende, eine Flucht ans Meer vor der Hitze Antwerpens. Es ist Sommer, und es ist schwül. In den Ferien am Meer gehen wir oft spazieren. Wir laufen die Digue entlang, die steinerne Uferbefestigung, die eine halbe Meile lang und dreißig Meter hoch ist und die den Strand von der Stadt trennt, die Straßen und Häuser vor Sturmfluten schützt und den Besuchern und Feriengästen Platz zum Promenieren bietet. Die Feriengäste, das sind vor allem Deutsche, und sie sind ganz aufgeregt, weil die meisten von ihnen noch nie das Meer gesehen haben. Selbst an den stickigen, windstillen Tagen, wenn die graue Nordsee widerwillig ans Ufer schwappt und schwerer, warmer Dunst über allem hängt, klatschen die Deutschen auf der Digue in die Hände und rufen: »Das Meer! Das Meer!«

Mit seiner roten Löwenmähne und dem kraftvollen, breitschultrigen Gang erregt Vater Aufsehen unter den Badegästen. Wir – sein Sohn, seine neue Frau, sein Baby – folgen in seinem Kielwasser, wie von einer wirbelnden Strömung gezogen. Er nickt den Deutschen im Vorübergehen zu, schaut zum Horizont und hinterlässt eine Duftspur von Zigarrenrauch.

Morgens verlässt Vater das Hotel und geht zum Westende des Strandes, einem Abschnitt, der unter dem Namen »Paradis« firmiert und wo es Herren gestattet ist, »sans costume« zu baden. Manchmal nimmt er mich mit dorthin. In dieser Umgebung wirkt er kraftvoll und ausladend, denn die anderen Männer plätschern nur zaghaft mit ihren Armzügen durchs Wasser, und wenn sie aus dem Meer steigen, trieft ihnen das glasklare Nass von den schlaffen Bäuchen, und das Haar liegt in Runenmustern auf ihren bleichen Körpern, und ihre Fortpflanzungsorgane hängen herab wie nasse Samttäschchen. Im Badehaus zeigt mein Vater mir eine Inschrift auf den Brettern einer Kabinentür. Ein englischer Limerick:

Es war eine Maid aus Ostende
Die keusch bleiben wollt bis zum Ende
Doch in stürmischer See
Auf dem Weg nach Calais
Nahm ihr Sinn offenbar eine Wende.

Ich soll ihn den Männern laut vorlesen. Die Engländer fallen ein, noch ehe ich am Ende bin. Vater applaudiert. Die Deutschen lächeln. Im Meer wirft Vater mich in die Luft, taucht mich erst unter Wasser, zieht mich dann mit einem saugenden Geräusch heraus und schleudert mich in hohem Bogen in die rauschende, marmorierte Brandung. Oft raucht er beim Schwimmen seine Zigarre weiter. Die anderen Männer applaudieren unseren Albernheiten, besonders die Deutschen.

Nachts gehen wir zum östlichen Ende der Digue und blicken über die Fahrrinne zum Bassin Chasse, dessen riesige Eisentore Napoleon hat bauen lassen. Das Becken füllt sich jeden Tag bei Flut mit Meerwasser, dann werden die Tore geschlossen. Bei Niedrigwasser werden die Tore wieder geöffnet, das zurückgehaltene Wasser schießt heraus und spült die Ablagerungen und den Sand des Tages aus dem Hafenbecken. Wenn im Sommer abends Ebbe ist, versammelt sich eine Menschenmenge, um dem Herausströmen des Wassers beizuwohnen, denn danach erstrahlt das Hafenbecken in überirdisch grünem Licht, dem die Deutschen – und alle anderen ebenso – Applaus spenden. Vater erklärt mir eines Abends, das Leuchten komme von Millionen – vielleicht gar Milliarden – winziger Meerestiere, die wie Glühwürmchen oder wie Sterne leuchten könnten.

Liegt es am bleichen Glimmen des Meerwassers, dass ich hier von meinem ersten Anfall heimgesucht werde? (Seither begleitet grünes Licht all meine Zugänge.) Als die Krämpfe beginnen, falle ich auf der Digue zu Boden. Vater kommt zu mir gelaufen und hält *meinen Kopf. Ich bin noch klar genug, das zu bemerken. Und seine Frau stößt einen ihrer langen Seufzer aus, und ihre Stimme droht sich zu überschlagen, als sie schreit: »Mach, dass der Junge aufhört! Mach, dass er aufhört!«*

Als ich mich später im Hotelzimmer erhole, erzählt Vater mir von der Krankheit, von seinen eigenen Erfahrungen mit ihr, davon, dass manche Ludlows sie bekommen, und ich höre schweigend zu. In den folgenden Tagen bemerke ich, dass seine Frau sich immer mehr von mir abwendet.

»Unsere Zustände mit anzusehen, kann manchen Menschen sehr zu schaffen machen«, sagt Vater. Ich bleibe einen Tag lang im Bett. Meine Gedanken klammern sich an das Wort »unsere«.

Während unseres Urlaubs am Meer malt Vater nicht. Er zeichnet allerdings. Er nimmt seinen Block immer mit auf die Promenade und setzt sich hin und wieder, um einen Reisenden oder einen Verkäufer oder einen Wasservogel festzuhalten. Egal, wo er ist – auf der Digue, der Promenade, den Straßen der Stadt, am Markt, im Hotel –, er zeichnet überall.

»Ich kann mir dich nur schwer als Anwalt vorstellen«, sagt seine Frau einmal zu ihm, und ich weiß nicht, ob sie das kritisch oder liebevoll meint. Er ignoriert sie.

Also sitzt sie still auf einer Bank und schaut aufs Meer. Ich stehe neben ihr. Das flämische Kindermädchen Belinde schaukelt ein paar Meter weiter Chesters Kinderwagen. Vater zeichnet uns. Belinde beobachtet ihn.

Er geht oft zur täglichen Fischauktion in den Huîtrières, den Austernständen im kreisrunden Marktpavillon am östlichen Ende der Digue. Im Sommer ist zwar keine Austernsaison, aber es gibt norwegischen Hummer und jede Menge Steinbutt, der weiter nördlich vor Blankenberge gefangen wird. Der Fisch wird größtenteils an Frauen verkauft, die ihn dann an ihren Marktständen oder aus ihren Karren weiterverkaufen.

Ich merke, dass Vater immer wieder eine von ihnen zeichnet, eine attraktive blonde junge Frau, die jedes Mal lacht, wenn sie uns in die Huîtrières kommen sieht.

Die Versteigerungen in den Huîtrières werden nach holländischer Art durchgeführt und finden auf dem offenen Platz in der Mitte des runden Gebäudes statt. Der Auktionator ruft von seinem Podium einen hohen Preis für jeden Posten aus, von dem er dann schrittweise heruntergeht, bis jemand »Mijn!« ruft, sodass ein einziges Gebot den Handel besiegelt.

»Viel einfacher als die amerikanische Methode«, sagt Vater. »Man sollte Gemälde genauso versteigern wie belgischen Fisch.«

Eines Tages bin ich allein mit ihm im Pavillon. Seine Frau ruht sich aus; der kleine Chester und Belinde sind ebenfalls im Hotel geblieben. Vater zeichnet. Eine Kiste große, prächtig aussehende Hummer werden angeboten. Vater lächelt der jungen blonden Frau zu. Er zeichnet sie wieder. Ihre Augen weiten sich begehrlich, als der Auktionator zwei große Hummer aus der Kiste greift, um sie den beifällig raunenden Käufern zu zeigen. Die gepanzerten Scheren faszinieren mich; sie winken, schneiden ins Leere; das Ungeheure dieser Meereskreaturen. Doch noch faszinierender ist das, was zwischen Vater und der Fischhändlerin vor sich geht, seine intensive Konzentration auf sie, die fröhliche Nervosität ihres Lächelns und der Impuls, der ihn sofort zu Beginn, als der Auktionator die Versteigerung mit fünfzig Franc eröffnet, »Mijn!« rufen lässt, sodass alle anderen Händler überrascht nach Luft schnappen und die junge Frau heftig errötet, bevor sie später den Inhalt der Kiste, die Vater ihr geschenkt hat, in ihren Verkaufskarren füllt.

Vielleicht würde ich mich gar nicht mehr daran erinnern, wenn es nicht eines Abends zu den folgenden Ereignissen gekommen wäre. Zwischen meinem Vater und seiner Frau hatte es Streit gegeben. Vielleicht des Geldes wegen; vielleicht ihres Wunsches wegen, nach Amerika zurückzukehren. Solche Auseinandersetzungen wurden in unserem Haushalt zunehmend häufiger. Oft zog sich am Ende seine Frau mit Chester in ihr Zimmer im oberen Stock im hinteren Teil des Hauses zurück – so weit wie möglich weg von Vaters Atelier. Er entlud seinen Ärger bei seinen Farben, malend, trinkend, brütend.

In jener Nacht musste es einen besonders heftigen Streit gegeben haben, denn sie hatten sich am darauffolgenden Abend noch nicht wieder versöhnt. Sie war in ihrem Zimmer; er war in seinem Atelier; ich hatte den Rest der Wohnung für mich. Belinde hatte mir Essen gemacht und war dann gegangen, denn es war ihr freier Abend. Ich schlich mich zur geschlossenen Tür des hinteren Schlafzimmers. Ich dachte, ich könne dort klopfen und mich bei Vaters Frau nach ihrem Befinden erkundigen. Das wäre natürlich nichts als ein Vorwand gewesen, um mir Gesellschaft zu verschaffen, wenn auch nur die Gesellschaft einer Frau, die mich bestenfalls akzeptierte, sich meist jedoch kühl oder abweisend oder überfordert verhielt. Als ich aber vor der Tür stand, hörte ich sie ein Lied für den Kleinen singen. Ein Schlaflied. Das Lied ließ mich erstarren. Ich brachte es nicht über mich, zu klopfen. So süß ihre gedämpfte Stimme auch klang, ich wusste, in diesem Zimmer wäre ich ein Fremder. Als Sohn meines Vaters wäre ich ein Eindringling aus dem feindlichen Lager. Sie hatte ihren Chester. Ich musste jemand anderen finden, dachte ich.

Also nahm ich mir eine Kerze und schlich die Treppe hinab in das kleine Zimmer hinter dem Atelier. Das war Belindes Mädchenzimmer, ein winziger Raum mit einem Bett und einer Truhe für ihre Sachen. Bei früheren Erkundungsgängen hatte ich entdeckt, dass in der Wand ein kleines Astloch war, durch das man in Vaters Atelier schauen konnte. Ich schob leise die Truhe an die Wand, stieg darauf und blinzelte durch das Loch.

Ich sah die Fischhändlerin aus Ostende, nackt. Sie war durch Wandschirme und Vorhänge vor Blicken von der Straße geschützt und stand Vater Modell. Ich hatte noch nie zuvor eine unbekleidete Frau gesehen. Ihr Anblick gab mir das Gefühl, durch das Astloch gesaugt zu werden, während die Luft aus meinen Lungen wich. Meine Brust zog sich zusammen. In Gedanken schien ich zu einem winzigen Punkt zusammenzuschmelzen. Ich war schockiert. Wie war sie hierher gekommen? Passierte das vielleicht nicht zum ersten Mal? Holte Vater sie her dafür? Geschieht dies immer, wenn er wütend in sein Atelier stürmt?

Ich weiß nicht, wie lange ich zuschaute. Ich muss die Verführung mit angesehen haben, mit angesehen haben, wie er sein Bild für eine andere Beschäftigung liegen ließ. Ich beobachtete den ganzen Akt auf der verhüllten Chaiselongue, auf der die Fischhändlerin gebettet lag.

Als es vorbei war, fiel ich aufs Bett des Kindermädchens. Ich war erschöpft, erhitzt, völlig verwirrt, fast als hätte ich eine Erscheinung gehabt, und doch wollte ich unbedingt mehr sehen … wenn ich nur wieder zu Kräften kommen könnte. Ich lag auf Belindes harter Matratze und starrte in die flackernde Kerze. Ich hörte die Stimmen von nebenan: Lachen, wenige Worte eines Liedes, Gespräche, eine

Ablehnung, ein paar wütende Sätze von ihm, ein paar von ihr, andere, verwirrendere Geräusche, die nicht mehr als Worte zu erkennen waren. Als die Sprache ins Unverständliche umschlug, weckte die Neugier meine Lebensgeister aufs Neue. Ich kletterte wieder auf die Truhe und starrte durch das Astloch. Ich sah dasselbe wie vorher: meinen halb angezogenen Vater von hinten, die Fischhändlerin unter ihm. Doch nach kurzer Zeit hielten sie inne. Er verschwand aus meinem Sichtfeld; sie blieb erregt liegen und zog sich die Überdecke um die Schultern. Die einzelne Lampe im Atelier ließ nichts Genaueres erkennen, enthüllte mir keinen Grund für die Unterbrechung. Hatte ich ein Geräusch von mir gegeben? Nein. Kam jemand herein? Nein. Seine Frau? Nein.

Die Antwort bekam ich im nächsten Moment, als ich Vater fluchen hörte: »Verdammt, Belinde!«, dann ein roter Blitz in meinem Kopf explodierte, ich vor Schmerz aufheulte, zurücksprang und von der Truhe stürzte.

Die Kerze, die ich mit in das Mädchenzimmer genommen hatte, hatte mich verraten. Die Fischhändlerin hatte den kleinen Lichtpunkt durch das Astloch wahrgenommen, als ich wieder auf die Truhe stieg. Sie merkte, dass jemand aus dem Nebenzimmer zuschaute. Mein Vater, der Belinde hinter der Wand vermutete, hatte wütend mit dem Stiel eines seiner Pinsel durch das Loch gestochen. Die Wunde musste, wenn nicht eine Entzündung eingesetzt hätte, nicht zwangsläufig zur Erblindung führen. Als das Fieber nachließ und ich das Bewusstsein wiedererlangte, erfuhr ich, dass Chester und seine Mutter uns verlassen hatten, dass Vater bei mir geblieben war, dass wir nach Amerika zurückkehren würden, sobald ich reisen könne, und dass ich nun auf einem Auge blind sei.

Alles, was vor diesem Abend geschehen ist, erinnere ich mit dem Blick aus zwei Augen. Alles danach mit dem Blick aus nur einem. Eine einseitige Sicht der Dinge. Dass mag wie ein Wortspiel klingen, aber es sagt doch viel über meinen Verlust und meinen Gewinn. Ich verachtete meinen Vater für das, was er getan hatte, und das trieb mich, sobald es mir möglich war, hinaus in die Welt. Er wiederum gelobte, abgesehen von winzigen schemenhaften Andeutungen, mit denen er den Maßstab der großen Landschaften sichtbar machen konnte, die er fortan auf die Leinwand bannen sollte, in seinem Leben nie wieder einen Menschen zu malen. So sühnte mein Vater sein Vergehen gegen mich: Er veränderte seine Malerei, seine Kunst, sein Schicksal. Er benutzte meine Verletzung zu seinen Zwecken. Diese einseitige Betrachtungsweise, sich selbst als Maßstab für die Welt zu nehmen: Ich kenne sie gut. Sie gehört genauso zum Wesen der Ludlows wie die Heimsuchungen, die mir zeigen, was kein Auge – blind oder sehend – je wahrnehmen könnte.

Kapitel 26

KABELMÄNNER

London und Maine, Winter–Frühjahr 1865

FEEN AM TAG, ZOB IN DER NACHT

Der Brief lag geöffnet neben seinen Gläsern mit Farben und Lösungsmitteln, auf einem Brett, das über und über mit Farbe bespritzt war und irgendwie an einen Käfig mit Vögeln erinnerte, die ausschließlich mit Pigmenten gefüttert wurden. Er hatte den Brief gelesen, hätte aber seinen Inhalt lieber vergessen.

Heute arbeitete er an »Calibans Blick«. Es stellte die Insel des Prospero aus Shakespeares *Sturm* dar, gesehen aus der Höhle des Mondkalbs. Der Höhleneingang. Er war in letzter Zeit zum beherrschenden Motiv seiner Bilder geworden: die verkürzte Ansicht, der Eindruck, die Welt durch ein Schlüsselloch, ein Teleskop oder eine Lücke im Buschwerk zu betrachten.

Und die Figuren, die da betrachtet wurden, waren immer die gleichen – Elfen, Geister, Sylphen, die sich den üblichen Beschäftigungen des Feendaseins hingaben: Sie entzündeten ein kleines Freudenfeuer zur Sonnenwende, sie nähten aus den Flügeln eines erschlagenen Schmetterlings das Gewand für den Feenkönig; sie kutschierten mit einem Nussschalenwagen, von Grillen gezogen, einen moosbewachsenen Baumstamm entlang. Die Detailgenauigkeit war ihm nicht abhanden gekommen; inzwischen jedoch drängte er die Einzelheiten auf Leinwände, die keine dreißig Zentimeter im Quadrat maßen. Und im Gegensatz zu seinen Zeichnungen vom Unglück auf der *Great Eastern,* von der Kabelexpedition oder vom Krieg gab es für diese Feenbilder keinerlei Nachfrage. Deshalb ging ihm der geöffnete und gelesene Brief nicht aus dem Kopf.

Es hat uns allerlei Zeit und Mühe gekostet, Sie ausfindig zu machen,

begann der Brief,

und wir hoffen, dass diese Zeilen Sie bei bester Gesundheit errei-
chen und Sie gewillt sind, wieder ...

Sie hatten sein Versteck gefunden. Nach der Rückkehr aus Amerika hatte Jack Trace seine Wohnung in der Stadt aufgegeben und
sich in ein Häuschen noch außerhalb der Vorstadt zurückgezogen,
an einem Feldweg abseits der Straße nach Norwood gelegen. Es war
von Wald umgeben und hatte einen kleinen Vorgarten und eine
Stiege, die über den Zaun und auf eine Blumenwiese hinausführ-
te. Hier konnte er in völliger Abgeschiedenheit an seinen Feenbildern arbeiten.

Inspiriert worden war Trace eines Frühlingsabends auf der Veranda seines kleinen Hauses durch die Lektüre des *Sommernachts-*
traum. Mit diesen kleinen Bildern vertrieb er sich malerisch die
Zeit, bis er sich tatsächlich an sein Wandbild vom »Fortschritt des
Zeitalters« machen konnte. Die Themen – Feen, Kobolde, Geister –
waren eine Art Gegengift gegen den Krieg in Amerika und gegen
seine derzeitige nächtliche Arbeit.

Begonnen hatte er mit einigen launigen Studien von Titania und
Zettel *en amour.* Eines der Bilder wollte er einer Bekannten schenken, die er nach seiner Rückkehr nach England wiedergetroffen hatte.

»Ich sage dir, es wird sehr gut ankommen«, hatte Maddy hinter
ihm bemerkt, als er ein kleines Bild am Treppenabsatz eines gewissen Hauses in Mayfair aufhängte. »Es wird allen Mädchen gefallen.«

Die »Mädchen« waren Maddys Mädchen. Das ganze Haus, in dem
das Bild nun hing, gehörte Maddy. Es war ein beliebtes und äußerst
geschmackvolles Etablissement, in dem vielleicht nicht gerade die
Spitzen der Londoner Gesellschaft, aber doch die oberen Ränge ver-
kehrten. Vier Stockwerke, behagliche Zimmer, viel Brokat und Da-
mast, Berberteppiche, Glasstrümpfe auf den Gasleuchten, tiefroter
Velours und die rotbraunen oder hellblauen Kleider der etwa ein
Dutzend »Gesellschafterinnen«, die dort mit Maddy wohnten (oder
arbeiteten), alles strahlte lebendig im Gaslicht; aber Trace sah, mit

den Augen eines Malers, dass die Mädchen in ihren Kleidern bei Tageslicht grell und aufdringlich wirken würden. Das Etablissement war jedoch zur Tageszeit nicht geöffnet. Maddy betrieb das Geschäft mit dem Geld, das sie in ihren Jahren als Whitehouses Nichte beiseitegelegt hatte.

Die Anzahlung hatte sie mit stillschweigender Beteiligung des Majordomus vom Bardolph gemacht, der im Laufe der Jahre einen Teil der nächtlichen Spielgewinne des Clubs in seine Taschen hatte fließen lassen. Da traf es sich gut, dass er sich mit Mr. Whitehouses Nichte angefreundet hatte, die viel Zeit in ihrer diskreten Mezzaninwohnung im Bardolph verbrachte.

Ihre Beziehung war keusch und züchtig. Der Majordomus hielt sich von Maddy fern (er war glücklich verheiratet, hatte drei reizende Töchter und ein hübsches Häuschen in Twickenham) und trat nur in seltenen Fällen, wenn die Verhandlungen mit Bankiers, Anwälten und Polizei die Anwesenheit eines Mannes erforderlich machten oder lokalen Amtsträgern die Eröffnung eines Freudenhauses in ihrem Bezirk schmackhaft gemacht werden musste, aus dem treuhänderischen Schatten hervor. Maddy war die Madame des Etablissements, und ihre Keuschheit in dieser Geschäftsbeziehung wurde unterstrichen durch selbst gewählte Abstinenz vom nächtlichen Geschäft in ihrem Haus. Sie war nicht käuflich. Es gab sogar ein Lied zu diesem Thema, das manchmal mit gedämpfter Stimme in Clubs beim Kartenspiel gesungen wurde oder herzhaft gegrölt in Droschken von fröhlichen Burschen auf nächtlicher Tour oder gesummt mit ironischem Zwinkern von Gentlemen im Restaurant, wenn es um die Frage des Amüsements nach Tisch ging.

Maddy lässt keinen in Maddys Haus,
Maddy lässt keinen herein.
Und ist gleich die Auswahl noch so groß
An Lippen und Augen, Busen und Schoß,
Dass man glaubt, im Himmel zu sein ... doch
Maddy lässt keinen in Maddys Haus,
Maddy lässt keinen herein.
Und lässt sie einem auch nachts keine Ruh,
So bleibt die Tür doch für jedermann zu –
Noch eher fließet Blut aus Gestein ...

Maddy hatte immer genug Kundschaft, und vielleicht war es gerade ihre Unnahbarkeit, die die Männer besonders anzog. Burschen allen Alters und jeder Beschaffenheit glaubten, gerade sie könnten das Herz der Frau mit der attraktiven Narbe unter dem Auge gewinnen, die ihr ein hochmütiges, mysteriöses Aussehen verlieh und gleichzeitig ein ständiges, ganz leichtes Verziehen des Gesichts anzudeuten schien, als sei ihr diese ganze Welt, durch die sie so wohlbestallt schwebte, eigentlich zu viel.

Dem Kerl mit den hochstehenden Haaren und dem massigen Körper schien noch am ehesten Erfolg beschieden zu sein. Nicht, dass irgendjemand die beiden heimlich die Treppe hinaufhuschen sah.

Trace hatte Maddy kurz nach seiner Rückkehr aus Amerika wiedergefunden. Ihr Brief hatte ihn nicht erreicht, aber er war ins Bardolph gegangen, wo der Majordomus natürlich wusste, wohin er sich wenden musste. Trace schaute gelegentlich in Maddys Etablissement vorbei, aber er ging nur selten nach oben. Ab und zu bestand Maddy darauf, dass seine Melancholie überhand nahm, dass er ein bisschen Entspannung brauchte, und sie wies eine der Gesellschafterinnen an, ein wenig Zeit mit ihrem »alten Freund« zu verbringen. Denn alte Freunde, das waren Maddy und Jack mittlerweile füreinander geworden. Und außerdem hatte Maddy ihm seine nächtliche Tätigkeit verschafft.

Einer von Maddys Kunden hatte Traces Feenbilder gesehen und stellte ihn an. Seit über einem Jahr verdiente Jack Trace den größten Teil seines Einkommens durch die Zusammenarbeit mit einem gewissen Mr. Zob. Alle paar Wochen sandte Maddy eine Nachricht zu Trace nach Hause, die besagte, dass Mr. Zob ein Paket für ihn dagelassen habe. Trace ging dann ins Freudenhaus, um die Sendung abzuholen. Ein paar Abende später kam er wieder und überbrachte eine Mappe mit Zeichnungen für Mr. Zob. Jack Trace war Mr. Zobs persönlicher Pornograph.

Oder sein Kopornograph, denn Zob selbst schrieb die Geschichten, die Trace illustrierte. Tagsüber malte er zarte kleine Fenster ins Feenreich, nachts zeichnete er die begleitenden Bilder zu Mr. Zobs lüsternen Geschichten von Affären, Amouren und Abartigkeiten, die sich um die ganze Erdkugel zogen, von den »priapeischen Palästen von Paris« über »die fiebrigen Fluten des Nil«, »die Lust spendenden Lenden Arabiens«, »die nubischen Nymphenmärkte am Rand der Sahara« bis zu den »schwülen Ausschweifungen in Schanghais Opiumhöhlen«, alle mit Feder und Tinte von Jack Trace ins Bild gesetzt, der sich für dieses Unternehmen ein Pseudonym gewählt hatte: »Obz«.

Doch diese Zweiteilung seiner Phantasie zehrte Jack aus. Je länger er an Zobs Aufträgen arbeitete – die äußerst großzügig honoriert wurden –, desto heftiger fühlte er sich in die Arbeit an seinen Feenbildern getrieben.

»Du brauchst Ferien«, sagte Maddy, als Trace eines Abends bei ihr auftauchte. Sie hatte ein neues Paket für ihn und bat ihn in den Salon.

Sie meint also, dass ich Ferien brauche. Reizend von ihr, dachte er. Manchmal – in der Hitze seiner nächtlichen Phantasien, hervorgerufen von der enthemmten Lüsternheit einer Geschichte Mr. Zobs – stellte er sich vor, er und Maddy durchlebten die Verderbtheit und Wollust, die er so sinnenfroh zu Papier brachte. Zobs Erzählungen handelten sämtlich von dem attraktiven Autor oder Erfinder oder Exoffizier der britischen Armee Pit Rippons, der eine unglaubliche Jagd um die ganze Welt veranstaltete. Der Held suchte die geheimnisvolle Lady E, die als Artistin, Marquise oder vielleicht auch nur als Phantom um die Welt reiste. Die abenteuerliche Suche war natürlich nur der Vorwand, unter dem unser Held häufig und ausdauernd zum geschlechtlichen Verkehr gedrängt, verführt, gezwungen oder hingerissen wurde, und das mit großem Elan und bemerkenswerter Vielfalt.

»Ferien wären herrlich«, sagte Trace.

»Hast du den Brief schon beantwortet?«, fragte Maddy. Sie wusste um den Brief, der geöffnet und gelesen bei Trace zu Hause lag. Er hatte ihr bei seinem letzten Besuch davon erzählt und ihr berichtet, wie sehr ihn die Sache beschäftigte. Eine der Gesellschafterinnen saß am Klavier und spielte eine sanfte, beruhigende Weise. Trace verspürte für einen Moment Linderung und stellte sich vor, vielleicht einfach davonschweben zu können, ohne Maddys Frage nach dem Brief zu beantworten. Ein Herr mit Zigarre auf dem Diwan neben dem Klavier blies Rauchringe in die Luft. Das Mädchen auf seinem Schoß kicherte schläfrig, stieß mit dem Zeigefinger in jeden der Ringe und verwirbelte die Rauchwölkchen.

»Nein«, sagte Trace.

»Solltest du aber«, sagte Maddy. Sie zupfte den spitzenverzierten Schonbezug an Traces Sessel zurecht. Er saß auf der Sitzkante. Mr. Zobs Päckchen lag zwischen seinen Stiefeln.

Trace hatte Maddy nie nach Mr. Zobs wahrer Identität fragen müssen. Sie wussten beide Bescheid.

»Das ist das letzte«, sagte Maddy.

Trace sah zu ihr hoch. Sie überschaute mit dem freundlichen Lächeln der Gastgeberin den Raum, ihre Augen glitzerten vor aufrichtiger Zufriedenheit, als sie die kleine Welt der Freuden und Entspannungen betrachtete, die sie geschaffen hatte. Nur ihre Stimme hatte traurig geklungen, als sie mit Trace sprach.

»Es wird keine weiteren Päckchen mehr geben«, sagte sie.

»Woher weißt du das? Liest du sie, wenn sie hier ankommen?« Trace konnte sich die Frage nicht verkneifen. Er hielt das Paket jetzt in der Hand.

Maddy schüttelte den Kopf. »Aber ich kenne die ganze Geschichte. Er erzählt sie mir. Die Geschichte ist zu Ende.«

»Er erzählt sie dir?« Trace war sich nicht sicher, ob er das wissen wollte.

Maddy nickte.

»Er hat dir die ganze Geschichte erzählt? Mit allen Einzelheiten?«

Wieder nickte sie. Sie zupfte ein wenig an dem Spitzenbesatz herum und faltete, als sie merkte, was sie da gerade tat, artig die Hände.

Na so was, dachte Trace, Maddy wird tatsächlich rot.

»Hat er«, sagte sie. »Es war ihm ein Vergnügen.«

»Deshalb kommt er hierher?«

»Männer kommen aus allen möglichen Gründen hierher, Herr Zeichenkünstler.«

Jetzt war es an Trace, zu erröten, als er seinen alten Kosenamen aus ihrem Mund hörte.

»Mr. Zob verbringt seine Zeit hier am liebsten mit Erzählen.«

»Und er erzählt dir?«

»In letzter Zeit meistens mir, ja. Zu Anfang hat er eine der Gesellschafterinnen gewählt.«

»Und einfach nur geredet?«

»Oder laut vorgelesen. Und wer von uns den jeweils letzten Teil der Geschichte gehört hatte, erzählte ihn den anderen nach Feierabend weiter. Kurz vor Morgengrauen, wenn alle Gäste gegangen

567

waren oder fest schliefen, saßen wir immer hier beisammen und hörten uns die neuesten Abenteuer an, wie Mr. Zob sie einer von uns oder mir selbst ausgebreitet hatte.«

»Herrgott, die reinste Märchenstunde«, sagte Trace.

»Und weißt du, was? Pit Rippons findet sie nicht.« Maddy zeigte auf das in braunes Papier eingeschlagene Paket. »Er findet seine Lady E nicht. Er ist irgendwo auf See, im Mittelmeer, in einem Boot, das er von einer Fischerstochter bekommen hat, weil er mit ihr ... nun ja, was auch immer, und jetzt verfolgt er eine Piratengaleone, mit der Lady E entführt wurde – oder vielleicht befehligt sie das Schiff auch –, und dieses Piratenschiff verschwindet vor ihm im Sturm, und er setzt alle Segel, aber aus dem Sturm löst sich eine Wasserhose, die direkt auf ihn zukommt, und sie saugt ihn auf, und dann ist er weg, und sie ist auch weg, und am Ende ist nichts von ihnen übrig, bloß das Meer und sein unstillbares Verlangen nach ihr.«

Trace wurde klar, dass weniger die pornographischen Details als vielmehr die romantischen Episoden, die Zob zwischen die Geschlechtsakte geschoben hatte, geeignet waren, die Mädchen zu fesseln; die Romantik der wilden Jagd, der epischen Sehnsucht, die alles riskierte, um das Paradies auf Erden zu finden.

»Sie verschwinden?«, fragte Trace. »Das ist alles?«

Maddy zuckte die Achseln. »Den Mädchen hat es auch nicht sonderlich gut gefallen. Das sieht Mr. Zob gar nicht ähnlich, eine Geschichte so enden zu lassen. Aber so ist es. Peng!, haben sie sich in Luft aufgelöst.«

Trace runzelte die Stirn. Er überlegte bereits, wie er diesen Schluss zeichnerisch umsetzen könnte. Das leere Meer? Eine Wasserhose, geformt wie eine weibliche – – – ?

Maddy war zu dem Mädchen am Klavier getreten, hatte ihr etwas ins Ohr geflüstert, und prompt wurde die Musik fröhlicher. Die Männer und Frauen lachten auf und unterhielten sich freier und gelöster; als hätte die gedämpfte Stimmung vorher sie frische Kräfte schöpfen lassen, waren sie nun allzu bereit, sich munterer Ausgelassenheit anheimzugeben. Trace bewunderte Maddys Kunst in der Leitung des Hauses. Sie wusste genau, wie sie den Abend lenken musste, um ihre Kundschaft bei Laune zu halten. Sie nickte und plauderte mit zwei Herren, die sich Bilder in einem Stereoptikon ansahen, das sie untereinander hin- und herreichten. Maddy zog aus der Schublade einer Kommode einen weiteren Stapel Bilder und gab sie den Männern. Die zogen die Augenbrauen hoch und riefen wie aus einem Mund: »Oho!« Zwei Mädchen kamen zu ihnen und zupften an den Westen und Kragen der Herren, bettelten darum, einen Blick auf die Bilder werfen zu dürfen, als hätten sie sie noch nie gesehen. Maddy kehrte zu Trace zurück.

»Was, hat Zob gesagt, will er mit diesem Zeug anstellen?«, fragte Trace und nahm das Päckchen wieder an sich.

Maddy zuckte erneut mit den Achseln; dazu hatte er ihr nie etwas gesagt.

»Meinst du, er will es veröffentlichen? Vielleicht in Frankreich?«, fragte Trace.

»Das bezweifle ich. Soweit ich weiß, dient es nur seinem eigenen Amüsement.«

»Auch meine Zeichnungen?«

Maddy legte Trace die Hand auf die Schulter. »Warum nicht?«, sagte sie. »Es sind harte, aber auch zarte Zeiten für ihn.« Maddys Augen blitzten vor Freude über ihren kleinen Scherz. »Er hat großen Erfolg, aber seine Ehe ist eine Katastrophe. Seine Frau, sagt er, versteht ihn nicht, und er hat sich in eine schöne Schauspielerin namens Ellen verliebt. Er braucht Ablenkung, Herr Zeichenkünstler. Und an dieser Stelle kommen wir ins Spiel. Wenn unsere Arbeit ihn erheitert und erfrischt, dann kann *er* umso besser seine Arbeit tun, und England und der Rest der Welt werden von dieser Heiterkeit und Frische profitieren. Ihn zu amüsieren, wie er es wünscht, ist das Wenigste, was du und ich und unseresgleichen tun können.«

Das gefiel Trace nicht: dass er und Maddy nur Handlanger für Mr. Zob sein sollten, dass Mr. Zob zum künstlerischen Adel gehörte, während Trace lediglich sein zeichnender Vasall war. Er hatte eine höhere Meinung von seiner Kunst – und von Maddy.

Aber das waren alles müßige Gedanken, dachte Trace, denn er hielt das Ende seiner Anstellung und Verbindung mit Zob in den Händen. Die Geschichte war zu ihrem Schluss gekommen.

»Ich glaube, ich werde Ja sagen«, sagte Trace.

»Ja sagen? Wozu?«, fragte Maddy.

»Zu dem Brief.« Trace sah ihn vor sich, wie er bei ihm zu Hause im Dunkeln zwischen seinen Farben lag.

... Wir haben vor, den Atlantik mit unserem Überseekabel zu be-
siegen. Wir würden uns geehrt fühlen, wenn Sie uns Kabelmänner
wieder als Dokumentarist begleiten wollten. Bitte machen Sie uns
so schnell als möglich die Freude einer wohlwollenden Antwort.
Ich verbleibe
mit freundlichen Grüßen
Cyrus Field,
Direktor d. Atlantic Telegraph Co.

»Ich glaube, das ist eine gute Idee. Ich glaube, diesmal schaffen sie
es«, sagte Maddy. »Ich spüre es. Lass die Feen mal eine Weile Feen
sein.«

Ein Schatten huschte über Traces Miene.

»Jack, wer außer mir hat die Bilder gekauft?«, fragte sie. »Du bist
deiner Zeit voraus. Die Welt muss erst noch eine Menge Fortschritte machen, bis sie mit dir mithalten kann.«

»Es ist lieb von dir, Maddy, dass du das sagst«, flüsterte Trace, und
er dachte an sein Wandbild, das von ihr inspiriert war: »Fortschritt«.

»Ich werde es tun«, sagte er. »Ich werde mit ihnen fahren.«

Als sie das hörte, küsste sie ihn, zur großen Überraschung der
zahlreich anwesenden Herren und der noch zahlreicher anwesenden Gesellschafterinnen, auf die Stirn.

Jack Trace trat mit festem Schritt hinaus in die kühle Londoner
Nacht. Erst auf halber Strecke zu seinem Haus fiel ihm ein, dass er
Zobs Manuskript bei Maddy hatte liegen lassen.

»Ach, hol's der Teufel«, sagte Trace laut und setzte seinen Weg im
Mondschein fort. Freilich würde er eine letzte Zeichnung für Mr.
Zob anfertigen, dachte er, aber er würde sich dabei ganz auf Maddys
Beschreibung stützen, ohne noch einmal in den Text zu schauen.

Einige Tage darauf traf bei Mr. Dickens in seiner Residenz Gad's
Hill ein braunes Paket ein, das eine seltsame Zeichnung von Mr.
Obz enthielt. Sie zeigte einen abziehenden Sturm über dem Meer,
im Vordergrund die verstreuten Wrackteile eines kleinen Segel-
boots und am Horizont fleischfarbene Wolken, aus denen sich ein
Wirbel löste, eine Wasserhose, die so wüst und wollüstig wirkte, wie
Trace ein solches Naturphänomen für einen Betrachter wie Zob nur
zu zeichnen vermochte. Sie fuhr über die Endgültigkeit des leer gefegten Meeres dahin. Sie ähnelte auffällig einer weiblichen – – –.

Die Abendgesellschaft an Bord

Cyrus Field, geistiger Vater und finanzieller Steuermann des ersten atlantischen Kabelunternehmens, hatte während des ganzen Bürgerkrieges nie die Hoffnung aufgegeben, doch noch ein telegraphisches Unterseekabel zu verlegen. Bis 1864 hatte er nach eigener Zählung zu diesem Zweck vierunddreißigmal den Atlantik überquert. Jetzt ging der Krieg in Amerika dem Ende zu, und die Erfolgsaussichten für das Kabel waren großartig.

Field hatte die meisten der ursprünglichen »Kabelmänner«, wie er sie nannte, wieder zusammengetrommelt und unter Vertrag genommen. Er hatte sogar den Dokumentarzeichner von damals überzeugt, wieder mitzumachen.

Vor Monaten schon hatte Professor Thomson aus Glasgow geschrieben, dass er gern wieder dabei wäre. Für einen alten Akademiker sei das Projekt willkommene und – wer weiß? – vielleicht auch lohnende Abwechslung in den Sommerferien.

Edward Orange Wildman Whitehouse würde nicht mit von der Partie sein. Es war mindestens ein Jahr her, seit seine ermüdenden Tiraden zuletzt in den *British Electrical Notes* erschienen waren. Er war nach Brighton zurückgekehrt und arbeitete, so ging das Gerücht, an einem Buch mit dem Titel »Amputationen unter Beschuss«.

J. Beaumol Spude war in den Reihen der Konföderierten untergetaucht. Er hatte Field zu Beginn des Krieges geschrieben, dass er sich gern weiter am Kabel beteiligen wolle, womöglich auch finanziell, und sich erkundigt, was Field in Massachusetts von der finanziellen Unterstützung durch einen Pulverfabrikanten aus den Südstaaten halte? Field hatte geantwortet, dass es wohl für alle Beteiligten am besten wäre, diese Frage bis zum Ende des Krieges ruhen zu lassen. Danach hatte er nichts mehr von Spude gehört.

Joachim Lindt hatte in den vergangenen Jahren seinen Ruhm als der »Große Beseitiger« Londons genossen. Der Spitzname – eine augenzwinkernde Verbeugung vor Präsident Lincoln, dem »Großen Befreier« – stammte aus einem Zeitungsartikel über Lindts Aufstieg in den wissenschaftlichen und gesellschaftlichen Kreisen der Stadt. Er bezog sich auf Lindts Verdienste bei der Befreiung Londons von seinem eigenen Verwesungsgeruch. Lindt hatte mit einem wundersamen System von Abwasserkanälen den Großen Gestank beseitigt.

Lindt zögerte nicht, diesen Erfolg als Eintrittskarte zu den angesehenen Salons Londons zu nutzen. Und ebenso selbstverständlich fühlte er sich unter den wissenschaftlichen Größen seiner Zeit zu Hause. Seine frühere Tätigkeit als Bühnenbauer eines Panoramas, das jeden Abend in einem Spielclub aufgeführt wurde, und seine angebliche zweite Identität als der lächerliche Londoner Läufer waren so gut wie vergessen. Unter den technischen Koryphäen seiner Zeit wurde er als ein leuchtendes Vorbild für das neue Zeitalter von Industrie und Wissenschaft begeistert aufgenommen. Außerdem flüsterte man sich pikante Gerüchte über Tragödie und Skandal zu, in die angeblich seine verstorbene Gattin verwickelt gewesen war.

In den erhabenen akademischen Kreisen, wo Theorie und Hypothese regierten, wurde Lindt gelegentlich als Eindringling, als bloßer Techniker betrachtet. Einige Witzbolde beschwerten sich, dass der Österreicher sich in den letzten fünf Jahren »von unserem Abwasser« ernährt habe, doch solche Vorhaltungen waren die Ausnahme. Überall in Großbritannien wurde Joachim Lindt bei Vorträgen und Banketten als praktisches Genie gefeiert.

Und deshalb hatte Cyrus Field ihn im vergangenen Herbst zur Abendgesellschaft an Bord geladen. Ein nautischer Abend, ein Fest auf der Themse, bei dem britisches Kapital für das Kabel eingeworben werden sollte – und die Passagiere auf dem Schiff gehörten zu den einflussreichsten Finanziers und Industriellen des Empire.

Zu fortgeschrittener Stunde, während ein kleiner Dampfschlepper den Kahn mit den Feiernden aus Greenwich flussaufwärts zog und Cyrus Field vom vielen Händeschütteln und von den vielen Versprechungen, die er sich anhören musste, schon ganz erschöpft war, versammelten sich am Heck einige Repräsentanten der *Telegraph Construction and Maintenance Company* um Joachim Lindt. *Telegraph Construction* war jene neue Gesellschaft, in der sich die Kabel produzierenden Firmen zusammengeschlossen hatten. Sie besaß in Großbritannien die Kontrollmajorität bei dem gesamten Projekt.

Die Vertreter der *Telegraph Construction and Maintenance Company* hatten Lindt gelobt, weil auf Londons Strom endlich wieder frischer Wind wehte.

»Ich hoffe, unserem Kabel wird der gleiche Erfolg beschieden sein«, sagte einer der Männer. Die anderen murmelten zustimmend.

»Nun, meine Herren, die Antwort auf unsere Fragen liegt heute

Nacht da draußen auf diesem Fluss«, sagte der Österreicher und deutete über die Köpfe der vier Streicher hinweg, die an der Heckreling saßen und musizierten.

Die Männer von der *Telegraph Construction and Maintenance Company* hatten keine Ahnung, wovon Lindt sprach. Es war zu dunkel, um jenseits der farbenfrohen chinesischen Lampions am Schandeck irgendetwas zu erkennen.

»Aber da draußen ist alles schwarz«, sagte einer der Herren vorwurfsvoll.

»Eben! Genau das ist es, was ich meine«, sagte Lindt. »Sie haben die Lösung direkt vor Augen. Aber sie ist zu groß und zu schwarz, um sie erkennen zu können. Die Stahlklippe. Die *Great Eastern*. Sie wartet nur auf uns!«

Lindt breitete unverzüglich seine Überlegungen aus: Die *Telegraph Construction and Maintenance Company* sollte die *Great Eastern* kaufen, die Kabinen, Salons, und was sonst noch verschwinden musste, herausreißen, um dann die nötigen Kabelwannen und Apparaturen zu installieren, mit denen eine Leitung von Irland nach Neufundland gelegt werden konnte. Es würde alles auf dieses eine Schiff passen, sagte er.

»Wie viele Tonnen wird denn Ihr neues Kabel wiegen, was rechnen Sie?« Lindts Blicke schossen von einem zum anderen.

»Siebentausend«, antwortete einer der Verantwortlichen.

»Und wie viel Last konnten die Boote aufnehmen, die Sie 1858 benutzt haben?« Lindts Frage traf die Umstehenden wie ein Peitschenhieb.

»Fünfzehnhundert Tonnen«, antwortete eine Stimme von der Reling.

Alle drehten sich um. Es war Professor Thomson. Field hatte ihn aus Glasgow zu der Abendgesellschaft eingeladen. Er war der einzige in der nun um Lindt versammelten Gruppe, der tatsächlich an einer Kabelexpedition teilgenommen hatte.

»Na also«, sagte Lindt. »Aber die *Great Eastern* schafft das. Sie hat mehr als die fünffache Kapazität jener Boote, die Sie damals bei dem gescheiterten Versuch eingesetzt haben.«

Thomson wollte gerade einwenden, dass es sich um *Schiffe* und nicht um Boote gehandelt habe und dass nicht das *Verlegen* des Kabels schiefgegangen war. Das Kabel war dem Einsatz zu hoher

Spannungen zum Opfer gefallen. Aber er hielt sich im Zaum. Er sollte gute Stimmung verbreiten und Field unterstützen.

Die Vertreter der *Telegraph Construction and Maintenance Company* drängten sich dichter um den Österreicher. Sie wollten mehr hören.

Und bald schon wurde alles nach Lindts Plänen in die Wege geleitet: Die *Great Eastern* sollte für das Konsortium aus der *Telegraph Construction and Maintenance Company* und Fields *Atlantic Telegraph Company* das Kabel verlegen. Tatsächlich sollten Field und seine Gesellschaft die *Telegraph Construction and Maintenance Company* mit dem Projekt beauftragen, die dann ihrerseits für dessen Durchführung das gewaltige Schiff chartern würde. Field und sein Syndikat waren nunmehr also bei einer Unternehmung, die sie selbst angestoßen hatten, in die Rolle des Kunden geraten. Professor Thomson sah darin eine verkehrte Welt, aber die Stimme des Geldes war lauter.

Es dauerte den ganzen Winter, das Schiff zu überholen. Die *Great Eastern* war seit Monaten nicht mehr gefahren. Als luxuriöses Passagierschiff hatte sie jämmerlich versagt und ihren Investoren Verluste von mehr als einer Million Pfund verursacht. Die *Telegraph Construction and Maintenance Company* kaufte das Ungetüm für fünfundzwanzigtausend Pfund, ein Dreißigstel der ursprünglichen Bausumme.

Die Werft setzte drei riesige Kabelwannen in den Unterleib des Schiffes. Dafür mussten die meisten Luxuskabinen und andere dem angenehmen Leben zuträgliche Einrichtungen herausgerissen werden. Sogar einer der Schornsteine und die dazugehörigen Kessel wurden entfernt. Field hatte im Frühling laufend jubelnde Berichte an Thomson geschickt, in denen er ausführte, wie gut die Arbeit voranging, wie sich alles endlich zum Guten zu wenden schien, wann sie auslaufen wollten und wie hervorragend die Bauarbeiten unter der Aufsicht des Großen Beseitigers vorangingen.

Joachim Lindt war de facto Leitender Ingenieur des Kabelprojektes geworden. Für die Repräsentanten der *Telegraph Construction and Maintenance Company* war er natürlich »unser Mann«. Aus der Entfernung seiner Glasgower Universität betrachtete Professor Thomson diese Entwicklung mit Unwillen. Er schrieb an Cyrus Field.

»Ich mache mir Sorgen angesichts der Tatsache«, stand in seinem Brief, »dass unser ›Großer Beseitiger« eine wichtige Person aus dem Unternehmen gedrängt hat. Darüber müssen wir sprechen.«

Speakers' Corner

Der kleine Wilkie Moon ging gern in den Hyde Park, um sich die Reden anzuhören. Bei schönem Wetter ging er nachmittags den weiten Weg von seinem großen, einsamen Haus an den Cartwright Gardens zur Speakers' Corner ganz allein. Der kleine Wilkie Moon lebte inzwischen auch ganz allein. Seine Brüder William und Walter Moon waren tot. Waren an Typhus gestorben, hatte der Doktor dem kleinen Wilkie erzählt, den sie sich bei ihrer Kreuzfahrt auf dem Nil geholt hatten. Der kleine Wilkie hatte nicht mitfahren wollen, und darum war er auch nicht mitgefahren, und darüber konnte er jetzt wohl mit Recht froh sein, oder? Er war am Leben, und William und Walter waren tot.

Er war am Leben, aber er war allein. Das machte keinen Spaß. William und Walter hatten sich zwar ständig über jede Kleinigkeit aufgeregt, aber immerhin hatten sie ihm Gesellschaft geleistet. Jetzt musste sich der kleine Wilkie seine Unterhaltung woanders suchen. Und darum ging er zur Speakers' Corner. Ein schönes Plätzchen, wo man die verrücktesten Geschichten hören kann, die auf die unterschiedlichsten Arten dargeboten werden. Das war es, was er Hausmädchen und Diener sagte, wenn die ihn fragten, wohin er gehe.

Der kleine Wilkie hatte seine Karriere an den Nagel gehängt. Er konnte sich schwach daran erinnern, dass er einmal für Zeitungen schreiben wollte und es sogar getan hatte, doch inzwischen überforderte ihn schon die bloße Erinnerung an solche Tätigkeiten, vom eigentlichen Tun einmal ganz zu schweigen. Er hatte sich eingerollt, sagte Hausmädchen immer. Früher hatte sie sich Sorgen um ihn gemacht, aber das war jetzt vorbei, weil er so glücklich schien.

»Bin ich auch!«, sagte der kleine Wilkie. »Bin ich auch, Hausmädchen.«

Er nannte sie »Hausmädchen«, weil er ständig ihren Namen vergaß. Also nannte er sie einfach Hausmädchen, und um von seinem schwachen Erinnerungsvermögen abzulenken, nannte er auch seinen Diener nur »Diener«. Die Domestiken hatten nichts dagegen.

Er sorgte gut für sie. Oder eher das Textilvermögen aus Manchester, um der Wahrheit die Ehre zu geben.

Der kleine Wilkie dachte mit Freude daran, was für ein Glück es war, dass er von einem Textilvermögen aus Manchester leben konnte. Dermaßen in sich vergraben, dass er diese Dankbarkeit vergaß, war er doch nicht. Manchmal schaute er bei »Bankier« herein – er nannte ihn so, um ihn zu necken – und sprach mit ihm über den Zustand der Finanzen. »Erstaunlich gut«, pflegte der Bankier zu versichern, wobei er die Fingerspitzen zusammenlegte. »Sie sind hervorragend versorgt, und das wird auch für immer und ewig so bleiben. Sie sind ein äußerst gesegneter Mensch. Wenn ich Ihnen nun ein paar Kleinigkeiten erklären dürfte …«, aber die Zahlenreihen waren so langwierig, und Bankiers Stimme war so langweilig, dass der kleine Wilkie immer am liebsten einfach rausgelaufen wäre. Und genau das hatte er heute tatsächlich getan. Bankier hatte über Investitionen und Amortisierung und dies und das geredet, und der kleine Wilkie war einfach weggegangen, und als er durch das vordere Büro kam, das mit seinen Kugellampen und den niedrigen hölzernen Geländerbrüstungen aussah wie eine Weide für schuftende Schreiberlinge, hatte er Bankiers Angestellten zugenickt. Hinter sich hörte er Bankier aus seinem Direktorenzimmer rufen: »Mr. Moon … Mr. Moon? …« Aber das konnte den kleinen Wilkie nicht aufhalten. Er brauchte frische Luft.

Also ging er in den Park. Ein herrlicher Frühlingsnachmittag. Vielleicht würde er heute Gott lästern. Der kleine Wilkie hegte schon eine ganze Weile entsprechende Pläne, seit nämlich Hausmädchen ihm die Geschichte von dem Mann erzählt hatte, der siebentausend Jahre alt geworden war, weil er das Vaterunser rückwärts aufgesagt hatte.

Siebentausend Jahre!, hatte der kleine Wilkie gedacht. Damit könnte er es Walter und William aber zeigen. Sie hatten bloß zweiundvierzig und achtunddreißig Jahre geschafft, aber der kleine Wilkie konnte es auf siebentausend bringen. Vielleicht auch auf mehr. Vielleicht könnte er sogar für immer und ewig leben.

»O nein!«, hatte Hausmädchen ausgerufen, als er ihr von seinen Überlegungen erzählte. »Mr. Moon, das wäre Gotteslästerung. Der Mann, wo das Vaterunser rückwärts gesagt hat, musste in einem *Kellerloch* leben und durfte nie raus und musste immer einen

Haufen Gold anstarren, was er nie kriegen konnte. Das war ein *Fluch*, Mr. Moon. Tun Sie das nicht. Bitte.«

Da hatte der kleine Wilkie genickt und gelächelt, und obwohl er versprochen hatte, es nicht zu tun, begann er, das Vaterunser rückwärts zu lernen. Ganz hatte er das Gebet noch nicht geschafft, aber er war kurz davor. Er konnte es fast. Vielleicht würde er es heute schaffen.

»Amen«, flüsterte der kleine Wilkie, als er auf dem Weg zum Park hinter dem großen, grauen Museum entlangging. Rotkehlchen flitzten zwischen den Eisenstäben des Gitters hindurch und lauschten mit zuckenden Köpfen, ob sie irgendwelche Würmer hörten.

Oder, dachte der kleine Wilkie, hören sie vielleicht mir zu? Damit sie mitbekommen, wenn ich das ganze Gebet rückwärts schaffe? Damit sie hinauffliegen und es den Cherubim erzählen können, die es dann den Seraphim erzählen, die es dann allen anderen Engeln weitersagen, wie ein Telegramm, bis die Botschaft zum Herrgott gelangt, der dich verfluchen wird, kleiner Wilkie, zu siebentausend Jahren Leben! Das ganze schöne Textilvermögen aus Manchester, und du kommst nicht dran! Nie und nimmer, kleiner Wilkie Moon.

»Amen ... Ewigkeit ...«, flüsterte der kleine Wilkie dennoch. »Amen ... Ewigkeit in Herrlichkeit die und ... Kraft die und Reich das ist ... dein denn ...«

Er schaute unruhig zum Himmel auf. Blau. Hübsche kleine Wölkchen. Eine war wie eine Kalesche geformt, und darüber gab es welche, die wie Spinnweben aussahen. Vielleicht kündigten sie Regen an.

»... Übel dem von uns erlöse sondern ...«

Wilkins Moon hatte sich vollständig in sich vergraben, als seine Brüder starben. Sie waren nie von ihrer großen Kreuzfahrt auf dem Nil heimgekehrt. Per Telegramm kam die Nachricht, dass sie an Typhus gestorben seien, und als Wilkins die Botschaft las, brach er zusammen.

»... Versuchung in ...«

Er nannte sich fortan »kleiner Wilkie«. Sogar Hausmädchen befahl er, ihn so zu nennen, aber sie weigerte sich. Er fand, das war nur anständig und großmütig von ihr. Er sollte sich schließlich manierlich aufführen. Aber da kannten sie den kleinen Wilkie schlecht! Großmütig und manierlich! Da kannten sie ihn schlecht.

»… nicht uns führe und …«

… Und jetzt … Jetzt hatte er sich einen Plan ausgedacht, wie er siebentausend Jahre leben könnte. Würde sich der Himmel öffnen? Würde sich eine Feuersäule vor ihm aufrichten? Würde er es in einem Keller aushalten können, wenn es dazu käme? Und wie würde er in einem Keller oder sonstwo leben, wenn das Textilvermögen aus Manchester nicht reichte, und es würde sicher nicht reichen.

»… Schuldigern unsern vergeben wir auch wie Schuld …«

Das war schlecht. Der kleine Wilkie saß in der Klemme. Er sagte das Vaterunser – unser Vater – rückwärts, und dabei wollte er es gar nicht! Er wusste nicht, ob er wieder aufhören konnte damit.

Denk an was anderes, sagte er sich. Denk an was anderes!

»… unsere uns vergib und heute uns gib Brot täglich unser … Erden auf auch also, Himmel im wie … geschehe Wille dein … komme Reich dein …«

Sein Kopf! Sein Kopf wollte nicht aufhören! Er wollte doch bloß ein bisschen üben. Und jetzt schien eine Stimme die Gotteslästerung in seinen Kopf zu brüllen, und er konnte nicht anders, als das Gebet rückwärts vor sich hin zu murmeln. Er näherte sich dem Marble Arch, der an der Ecke des Hyde Park stand. Speakers' Corner war ganz in der Nähe. Bald ist der kleine Wilkie am Marble Arch, und bald ist er an der Speakers' Corner.

Das Tageslicht drang nur noch grau und gedämpft durch die Baumwipfel. Die Spinnwebwolken hatten sich verdichtet. Es war immer noch angenehm mild, und die Luft roch sanft wie warmer Tee. Ein herrlicher Frühlingsnachmittag, sagte der kleine Wilkie zu seinem Kopf. Gleich war er da. Er hoffte, dass es heute eine Menge Redner geben würde. Ein schöner Tag. Eine Menge Ablenkung.

»… Name dein werde geheiligt …«

Und tatsächlich waren eine Menge Redner da! Den ganzen Fußweg lang standen sie aufgereiht. Er konnte sich welche aussuchen. Vor manchen war eine Handvoll Passanten stehen geblieben, während andere einfach ins Leere oder zu einem Publikum ihrer Einbildung sprachen. Ein Kerl im Kilt und mit offenem Hemd prangerte die »Marxsche Kasuistik« an. Und ein beleibter Bursche, dessen Gesicht aussah wie rohes Fleisch, schüttelte seine Faust wenige Zentimeter vor der eigenen Nase, während er eine Verbindung zwischen schlechten Eisenbahnfahrplänen und der »Perfidie der Darwinisten«

herstellte. Mehrere Männer und eine Frau predigten über verschiedene Verse und Kapitel der Heiligen Schrift. (Der kleine Wilkie überlegte kurz, ob er ihnen zuhören sollte, um seine Gedanken von ihrem gotteslästerlichen Weg abzubringen.) Ein düsterer Mann mit leiernder Stimme schwitzte im schwarzen Gehrock vor sich hin, während er hartnäckig behauptete, schlüssige Beweise für Leben auf dem Mars zu besitzen. Und schließlich kam jener Mann, der die aufmüpfige innere Stimme des kleinen Wilkie abrupt zum Schweigen brachte.

»… Himmel im bist du der …«

Der Mann war groß und hatte die langen Arme ausgestreckt. Er hatte strähniges rötliches Haar, das, gemessen an der herrschenden Mode, entschieden zu lang war, aber dieser Bursche schien ohnehin außerhalb aller Mode zu stehen; vielleicht gar außerhalb aller Zivilisation, so einzigartig und ungepflegt, wie seine Kleidung war. Nach seiner Stimme zu schließen, war er offenbar Amerikaner. Amerikaner sah man so gut wie nie an Speakers' Corner. Er hatte eine kräftige Stimme, die jedoch ein bisschen müde klang. Trotzdem vermittelte sich durch sie Autorität und Überzeugungskraft, und der Mann hatte die größte Zuhörermenge angezogen.

Sein Gesicht war glatt rasiert, seine Haut hatte die Farbe und, wie es aussah, auch die Härte von Eichenholz. Seine blauen Augen waren auf eine Art unstet, die der kleine Wilkie Moon nicht auf Anhieb einzuordnen wusste. Als wäre ein Auge auf die etwa dreißig aufmerksam zuhörenden Männer und Frauen vor ihm gerichtet und das andere … auf irgendetwas anderes, irgendwo anders.

Der kleine Wilkie Moon fühlte sich angezogen von den Augen des Mannes, der auf einer Fischkiste stand. Er trug Reithosen aus Segeltuch und Stiefel, die so abgestoßen waren, als hätte man sie mit dem Breitbeil bearbeitet. Ein gelber Seidenschal diente ihm als Halstuch, und sein grober Ledermantel schien aus der Haut eines wilden Tieres geschneidert zu sein.

Der kleine Wilkie arbeitete sich nach vorn, drängte seine Schultern zwischen die Körper der anderen Zuhörer. Dann hatte er es geschafft. Die Arme des Mannes schienen direkt über seinen Kopf zu fahren, als wollten sie ihn segnen.

Der Bursche sprach über Geister und Zeichen aus dem Jenseits. Er behauptete, »transätherische Reisen« unternommen zu haben.

Ein Störenfried rief von hinten: »Dann reis mal los! Flieg durch den Äther!«

Der Mann auf der Fischkiste lächelte irgendwie nachsichtig und senkte die Stimme, bis man ihn kaum noch hörte.

»Das kann ich nicht, mein Freund. Nicht hier«, sagte er. »Und ich verlange auch nicht, dass ihr mir glaubt. Ich möchte euch nur bitten, die Möglichkeit in *Betracht* zu ziehen; die Möglichkeit – und wenn auch nur für ein paar Minuten –, dass wir es können, dass wir Kontakt aufnehmen könnten mit dem …«

»… Himmel«, entfuhr es dem kleinen Wilkie, und er sprach leiser weiter: »… im bist du der …«

»Ja«, sagte der Mann, ebenfalls leise und direkt an Wilkie gewandt, den er auf diese Weise unterbrach, bevor er das »Unser Vater« weitersprechen konnte, und der kleine Wilkie fragte sich, ob er das wohl mit Absicht getan habe.

Wilkie empfand eine innere Beruhigung nach dem kurzen Dialog. Der Mann hatte ihn gehört, mit ihm gesprochen, die unbotmäßige Stimme in seinem Kopf zum Schweigen gebracht, bevor sie die Blasphemie allzu weit treiben konnte.

Jetzt erzählte der Mann eine Geschichte.

Die Geschichte von einem kleinen Mädchen. Von einem kleinen Mädchen, das der Mann hatte sterben sehen. Er hatte das kleine Mädchen nicht retten können, und sein Leben lang hatte er dafür Buße getan. Rund um die Welt war er gezogen – weggelaufen, gestand er, vor Scham, aber auch, um Ruhe zu finden. Denn das kleine Mädchen war seine Nichte gewesen. Sie hatte unter Anfällen gelitten, die er »Zugänge« nannte. Die gleichen Anfälle, unter denen auch er litt.

»Dann zeig uns mal einen Anfall!«, rief der Störenfried, doch die Menge machte aus ihrem Ärger über ihn keinen Hehl, und mehrere Männer, die in seiner Nähe standen, sagten, er solle den Mund halten, und der Witzbold war angesichts dieser Abwehrfront so überrascht, dass er tatsächlich ein »Entschuldigung« murmelte.

Der rothaarige Mann erzählte seine Lebensgeschichte, erzählte von all seinen Reisen und davon, wie er an den Ort des Todes seiner kleinen Nichte zurückgekehrt war, und damit zurückgekehrt war zu dem Schmerz über sein Wissen, dass sie auf der Erde wandelte und sich nach ihren Lieben sehnte.

»Ruhe, ruhe, aufgestörter Geist!«, intonierte der Mann, und eine Frau in der Menge stieß einen kurzen, leisen Schrei aus.

Der Mann fuhr fort mit seiner Geschichte: wie er seine kleine Nichte auf dem Gipfel eines Vulkans wiedergesehen hatte. Und fast meinte der kleine Wilkie und meinten all die anderen, sie tatsächlich zu sehen, gemeinsam mit ihm: riesig am Himmel aufgerichtet, ihr Geist als Rauchsäule. Und sie zogen mit ihm durch die russische Wildnis nach Westen, wo ihnen Hirten, Banditen, Soldaten, Handelskarawanen begegneten, und sie zogen weiter, quer durchs Osmanische Reich, dann über den Balkan, durch Provinzen und mächtige Länder, durch Herzogtümer und Königreiche, bis sie hier zusammen zur Ruhe kamen, hier, in London, wo er seine Geschichte endlich in seiner Muttersprache in diesem freundlichen Park erzählen konnte.

Und das war noch nicht alles. Der Mann begann, Prophezeiungen zu machen. Er sagte beunruhigende, aber auch erfreuliche Dinge voraus. Der kleine Wilkie wurde nervös. Er wünschte, der Mann würde aufhören, und darum hob er freundlich, aber mahnend die Hand. Der kleine Wilkie wusste, wann ein Geist sich in sich vergrub, und wenn ihn jemand gefragt hätte, dann hätte er gesagt, dass der Geist dieses Mannes genau das gerade tat. Aber es fragte ihn niemand, und der Mann redete einfach weiter, und so ließ der kleine Wilkie die Hand wieder sinken. Der Mann sagte Zeiten voraus, in denen jeder Mensch durch den Äther würde reisen können. Er sagte, wenn die Telegraphenlinie übers Eis, für die er Sibirien durchquert habe, nicht gebaut werde, dann werde eben eine andere gebaut. Und wenn dieser Mann kein Kabel durch den Atlantik verlegen kann, dann wird es eben ein anderer tun. Denn Kabel und Leitungen werden den Erdball umspannen, über Land und unter Wasser. Überall wird Strom fließen; als wäre der ganze Planet gleichmäßig mit Erkenntnis überzogen statt wie jetzt mit einem löchrigen Netzwerk, wo es zwischen den Dschungeln und Wüsten, der Tundra und den Gebirgskämmen nur hier und da kleine Knotenpunkte der Zivilisation und des Wissens gebe. Doch wir werden es noch erleben, erklärte der Mann. Wenn ein Kind geboren wird, kann jeder es erfahren. Wenn ein Präsident gewählt wird, werden alle es wissen. Und wir werden die Werkzeuge besitzen, um die Musik der Sphären zu erlauschen und um mit Geistern zu sprechen, und ich werde meiner Nichte sagen, dass alles gut ist, dass sie sich endlich mit den Engeln und den Sendboten der Barmherzigkeit zur Ruhe legen könne.

Während der kleine Wilkie der Rede des Mannes lauschte, während er zugleich bemerkte, dass der Mann angefangen hatte zu weinen – aber, das fiel ihm auf, nur aus einem Auge flossen Tränen –, da bemerkte er auch, dass im Publikum hinter ihm etwas geschah. Er drehte sich um und sah, dass die Menge einem Herrn Platz machte, der sich von hinten näherte.

Er war von ähnlich großem Wuchs wie der Mann auf der Fischkiste. Der Neuankömmling trug, der Jahreszeit angemessen, einen leichten grauen Wollanzug. Er war blond, hatte eine Brille mit Goldrahmen, und er schien, ähnlich wie der Mann auf der Kiste, geradezu peinlich bemüht um eine tadellose aufrechte Haltung. Und wegen dieser Ähnlichkeit begriff der kleine Wilkie auf Anhieb zwei Dinge: erstens, dass er den Mann kannte, der vor seinen Augen die Menge teilte, und zweitens, dass der andere Mann, der, auf den er zuging, der Mann auf der Fischkiste, sein Bruder war.

Wilkie beobachtete mit den anderen, wie der Mann auf der Kiste verstummte und mit herabhängenden Armen dastand, während der andere näher kam.

Wilkie erkannte den anderen Mann als den, der in dem schrecklichen Sturm auf der schrecklichen Seereise das Kommando geführt hatte: bei der Kabelexpedition. Der kleine Wilkie war dabei gewesen. Wilkins Moon.

Wilkie trat zurück, um den Mann vorbeizulassen. Der hatte jetzt die rechte Hand ausgestreckt. Der Mann auf der Fischkiste hob ebenfalls die Hand, und die beiden Brüder fassten einander bei den Händen, und der Bruder am Boden zog den anderen sanft, aber bestimmt zu sich herunter. Der blonde jüngere Mann – denn dass er der Jüngere war, das war offensichtlich – legte den linken Arm um die Schultern seines Bruders, während er mit der anderen Hand für sie beide einen Weg zurück durch die schweigende Menge bahnte. Hinter ihnen drängten sich die Menschen wieder zusammen. Die Männer und Frauen wechselten eher dankbare als erstaunte Blicke, die Ausdruck der gemeinsamen Erleichterung darüber waren, dass ein Verlorener offenbar gefunden worden war.

Und dann zerstreute sich die Menge. Die Menschen schlenderten weiter, um anderen Rednern zuzuhören, oder sie beschleunigten ihren Schritt, um den Park zu verlassen und ihr Tagewerk fortzusetzen.

Der kleine Wilkie Moon blieb allein stehen. Dicke Tropfen klatschten vereinzelt auf das Pflaster der Promenade, wo sie Spuren wie von zertretenen Blütenblättern hinterließen. Die Blätter in den Bäumen begannen zu rascheln. Es hatte zu regnen angefangen.

Der kleine Wilkie sah sich nach rechts und nach links um. Der Park verschwamm im Dunst des Regens, des Nebels und des Tagesstaubs zu graugrünen Schlieren. Alle waren verschwunden.

»Unser Vater«, sagte der kleine Wilkie.

Eine Umarmung und Neuigkeiten

An der Küste von Maine regnete es, und das war in keinem Zimmer des Hauses zu überhören. Das Prasseln des Regens und das Krachen der Brandung durchdrangen ganz Willing Mind. Wasser gurgelte Regenrinnen entlang; Wasser spritzte zwischen den Steinplatten der Terrasse auf, wo die Frühjahrstriebe von Kamille und Klee empordrängten; Wasser summte über dem Rasen und zischte zwischen den Heidebüschen – als verwehter Regenschauer und als salziger Dunst; es seufzte in den hohen, vom Wind gepeitschten Fichtenästen; es protestierte dröhnend dagegen, immer wieder an die Felsen der Klippen geworfen zu werden. Wasser schickte seine feuchten, hartnäckigen Abgesandten in jedes Zimmer, jede Treppe hinab, in jeden Schrank, jede Speisekammer, Diele, Veranda. Und Franny Ludlow ging überall dahin, wo das Geräusch des Wassers zu hören war. Das hieß, dass sie überall hinging. Sie durchstreifte ihr altes Zuhause.

Die Schau – sogar Franny sprach mittlerweile von der »Schau« – war in Portland, wo sie anlässlich ihrer Heimkehr auftrat, ausverkauft gewesen. Mrs. Tyler hatte aufgeregt in der ersten Reihe gesessen und war nach Ende der Vorstellung überschwänglich hinter die Bühne geeilt. Franny war wundervoll gewesen; Franny war mehr als wundervoll, sie war vollkommen gewesen; so etwas hatte man noch nie gesehen und würde man sicher auch nie wieder zu sehen bekommen. Franny war wunderschön, rein und vollkommen. Hatte Mrs. Tyler schon erwähnt, dass sie vollkommen war? Machte nichts. Das konnte man gar nicht oft genug sagen. Franny war die vollkommene Vollkommenheit.

Franny war dermaßen froh, ihre alte Haushälterin zu sehen, dass es sie überraschte, als Mrs. Tyler ausgesprochen verhalten auf ihren Vorschlag reagierte, Willing Mind einen Besuch abzustatten. Aber vielleicht war ein solcher Besuch, wenn man Frannys derzeitige Lebensumstände in Betracht zog, ein seltsames und respektloses Ansinnen.

»*Er* ist doch nicht zu Hause, oder?«, fragte Franny. Sie wussten beide, wen sie meinte.

»Ach! Um Himmels willen, nein«, sagte Mrs. Tyler. »Nein.«

»Nach allem, was ich gelesen habe, glaube ich, dass er wieder in England ist und bald mit einem neuen Kabel auf Fahrt gehen wird«, sagte Franny.

»Ja. Ja … das habe ich auch gelesen.«

»Es ist bloß, weil ich so lange weg gewesen bin«, sagte Franny. »Es ist so viel passiert …«

»Ja.«

»… und ich würde so gern hinfahren. Nur um mal wieder einen Blick auf alles zu werfen.«

»Meine Güte, Franny, Ma'am, es ist Ihr Haus. Sie brauchen doch meine Erlaubnis nicht.«

Und Franny lachte und gab zu, ja, das stimmt zwar, aber Mrs. Tyler habe sich so treulich um das Haus gekümmert, und obwohl das Haus von Rechts wegen natürlich immer noch ihr und Chester gehöre, scheine es ihr doch eigentlich Mrs. Tylers Revier zu sein.

»Nun ja, es ist ziemlich verrammelt. Die Möbel sind abgedeckt und so. Mr. Tyler hat mir geholfen, die Fenster auf der Wetterseite zuzunageln. Aber trotz alledem ist es doch in gutem, ordentlichem Zustand, würde ich sagen.«

So war es. Franny stieg kurz nach Morgengrauen aus der Kutsche, Mrs. Tyler winkte ihr zum Abschied, und Franny verbrachte den größten Teil des Vormittags damit, durch die Zimmer zu wandeln. Sie hatte darum gebeten, allein zu sein. Der allgegenwärtige Klang des Regens dämpfte ihre Schritte, die sonst laut auf den Dielen gehallt hätten, denn die Teppiche waren aufgerollt. Die Möbel waren zusammengerückt und mit weißem Musselin abgedeckt; sie wirkten wie unförmige Beduinenzelte in der Mitte jedes Zimmers.

Die muffige Luft, die sonst nur in den hintersten Winkeln des Hauses hing – in den unbenutzten Gästezimmern, in den Dachabseiten im obersten Stockwerk –, hatte sich im ganzen Haus ausgebreitet: in Frannys Augen ein Zeichen dafür, dass sich Bettys Gegenwart hier an diesem Ort abschwächte.

Sie hatte Betty bei keiner einzigen ihrer spirituellen Versammlungen gesehen, in den ganzen fünf Jahren nicht, während deren sie in vierzehn Staaten und drei Territorien aufgetreten war, und darum konnte sie wohl kaum erwarten, sie hier und heute zu Gesicht zu bekommen. Sie hatte die Geisterwelt – oder wenigstens die Hoffnung auf Kontakt zu dieser Welt – für Tausende ihrer Landsleute lebendig werden lassen. Und sie war immer davon überzeugt gewesen, dass Betty eines Tages zu ihr kommen werde, wenn sie nur stetig ihren Weg weiterginge.

Aber nicht heute, beschloss sie. Franny sah hinüber zu den Fenstern, die aufs Meer hinausgingen und deren Läden Mr. Tyler zugenagelt hatte. Graue Lichtstreifen fielen durch die Ritzen, und wie Flüssigkeit aus einem Höhlenspalt oder Tränen aus einem geschlossenen Auge drang hier und da auch ein wenig Wasser durch.

Was für düstere, selbstmitleidige Gedanken, dachte Franny und versuchte sie zu vertreiben, indem sie sich in der kühlen Luft im Kreis drehte. Sie vollführte eine mädchenhafte, fast tänzerische Bewegung, eine Pirouette, und sie hatte das Gefühl, immer so weiterwirbeln zu können, von einem Zimmer zum nächsten, und vielleicht könnte sie auf diese Weise Betty aus der Luft herauswirbeln. Sie drehte sich den Flur entlang, durch eine Tür, über ein Parkett, aber als sie auf ein weiteres geisterhaftes Möbelzelt stieß – Chesters Möbel, sie war in Chesters Arbeitszimmer –, blieb sie abrupt stehen.

Franny und Chester hatten seit mehr als vier Jahren keinen Kontakt mehr. Sie hatten nur über Anwälte verkehrt, und Mrs. Tyler hatte die noch existierenden weltlichen Manifestationen ihrer Ehe betreut. Nachdem sie verabredet hatten, dass das Haus verschlossen, aber nicht verkauft werden und dass er nicht länger für eventuell von ihr gemachte Schulden aufkommen solle, waren sie zwar so gut wie nicht mehr verheiratet. Aber noch nicht so gut wie geschieden. Weil, dachte Franny, als sie aus seinem Arbeitszimmer kam und die Treppe hinab ins Wohnzimmer ging, weil … warum eigentlich? Warum hatten sie die Scheidung nicht vollzogen? Weil sie, wie

Franny immer wieder betonte, einander gegenseitig verlassen hatten, weil sie beide zu gleichen Teilen Schuld an der Trennung trugen und weil keiner das zugeben mochte – deshalb wagte keiner den endgültigen Schritt. Und weil Chester in den letzten Jahren quasi wie vom Erdboden verschluckt und nicht erreichbar gewesen war. Aber all diese Gründe waren letztlich nicht überzeugend.

Dann, plötzlich, begriff Franny ... Betty. Betty hatte sie all die Jahre, wenn auch mit dünnem Band, wenn auch mit schwacher Hoffnung, verbunden. Sie waren nicht mehr verheiratet, aber sie waren immer noch die Eltern ihres kleinen Mädchens. Vielleicht kehrt meine Kleine auf diese Weise zu mir zurück, dachte Franny. Nicht als flüchtiger Geist, der den Lebenden erscheint, sondern in den Gedanken an meine Ehe mit Chester. Und vielleicht, dachte Franny weiter, erscheint sie *ihm* genauso.

Franny fand sich im großen Wohnzimmer wieder, neben der Möbelgruppe, die einst den Flügel umstanden hatte. Sie erinnerte sich an den Abend, als die Truppe hier eingetroffen war. Die Frau hatte an genau diesem Flügel gespielt. Chester hatte mit den anderen Männern am Kamin gestanden, aber Franny spürte genau, wie er sie beobachtete. Die Frage war nur, welche von ihnen beiden? Sie schob mit den Fingern zwei der Tücher auseinander, die den Flügel bedeckten, als greife sie in die Falten eines Gewandes. Sie fand die Tasten.

Leise schlug sie einen Ton an. Er klang gedämpft unter dem Tuch. Sie konnte nicht sehen, welcher Ton es war. Sie schlug ihn noch einmal lauter an. Und noch einmal, noch lauter. Immer wieder schlug sie die Taste nieder, stetig, gnadenlos. Der Ton klang durchs Zimmer, die Flure entlang, nach oben, nach draußen. Er zerriss das Gewebe des flüsternden Regens, doch der Regen stopfte sofort jedes vom Klang gerissene Loch. Sie spielte eine gleichmäßige Kadenz auf einer Note. Immer wieder.

Irgendwann hörte sie zwischen den Tönen Schritte. Einen winzigen Moment lang dachte sie, es könne Betty sein, die, vom Klang des Klaviers gerufen, endlich zu ihr komme. Aber nein, der Tritt war real, gehörte eindeutig in diese Welt. Er kam näher. Sie schlug weiter ihre Note an, wie eine Turmglocke, eine Heulboje, einen Gong.

Plötzlich umarmte sie jemand von hinten. Sie atmete seinen süßen, erdigen Grasgeruch ein. Den Geruch, der sie vielleicht mehr als alles andere verführt hatte.

Nein, dachte sie, nicht jetzt. Nicht hier.

Er hatte den Abbau der Requisiten ihrer Schau überwacht und die gesamte Ausrüstung nach Boston auf den Weg gebracht, wo sie in zwei Tagen auftreten sollten. Er hatte gesagt, er werde sie hier oben abholen, wenn er fertig sei. Sie war sich nicht sicher gewesen, ob sie ihn im Haus haben wollte, gerade weil sie selbst seit so vielen Jahren nicht hier gewesen war. Aber er hatte darauf verwiesen, dass sie vielleicht die Gesellschaft und Unterstützung eines ihr lieben Menschen würde gebrauchen können.

War er das?

Ja, das war er. Franny schlug weiter den Ton an. Seine Hitze wollte sie jetzt nicht spüren, wohl aber die Unterstützung eines ihr lieben Menschen. Sie wollte nicht, dass aus seiner Umarmung mehr wurde. Nicht jetzt. Nicht hier.

Darum schlug sie weiter den Ton an.

Dr. Zephaniah Hermes lockerte die Umarmung und ließ seine linke Hand sacht auf die ihre hinabgleiten, bedeckte sie und dämpfte ihren Anschlag. Mit dem anderen Arm hielt er ihren zitternden Körper, bis sie sich beruhigte. Er hielt sie fest, ohne einer Lust die Wege ebnen zu wollen. Sie merkte, er wollte sie nur beruhigen, und sie wusste es zu schätzen.

Dann sprach er über das allgegenwärtige Summen des Regens, und er sagte etwas, das sie mit all ihren spirituellen Kräften und ihrem Einfühlungsvermögen niemals hätte vorhersagen können.

»Letzte Nacht im Theater«, sagte er hinter ihr, »wurde auf den Präsidenten geschossen. Er ist heute Morgen gestorben.«

Kapitel 27

Das Kabel abrollen;
die Geschichte aufrollen

Atlantik, Juli–August 1865

0 Meilen abgerollt

Es wird erzählt, dass Cromwells Rundköpfe nur zum Spaß irische Bauern von den Mauern der Festung über der Bucht geworfen haben. Als Cyrus Field am Strand unterhalb der Klippen seine Rede an die Kabelmänner und die Zuschauer hält, steigt von der Spitze der Ruine eine Feuerwerksrakete auf, um bald darauf im steilen Bogen wieder hinabzusinken. Die Rakete unterbricht Field, als er gerade Chester Ludlow vorstellen will. Sie hinterlässt nichts als eine bleiche, gekrümmte Spur am hellen Abendhimmel. Im Juli wird der Himmel im westlichen Irland erst in den späten Abendstunden dunkel, weshalb diese eine Leuchtkugel, die den Männern des Kabels Lebewohl sagen soll, nur schwach sichtbar ist.

Immer noch besser, als einen irischen Bauern von der Mauer zu werfen, denkt Jack Trace und fährt fort mit seiner Zeichnung. Er hat alle Kabelmänner vor sich. (Alle bis auf einen.) Die Ingenieure, die Finanziers, die Kapitäne und Politiker stehen direkt am Wasser im Sand aufgereiht, und das armdicke Kabelende liegt zu ihren Füßen. Es sind: Cyrus Field von der *Atlantic Telegraph Company;* Professor William Thomson, der hoch geschätzte Berater des Unternehmens; Kapitän James Anderson, Kommandant der *Great Eastern;* die Kapitäne und Ersten Offiziere der *H. M. S. Caroline* und der Geleitschiffe *Terrible* und *Sphinx;* Sir Peter Fitzgerald, der Ritter von Kerry; die Herren Hoyt, Rettig und Skidmore, Repräsentanten der *Telegraph Construction and Maintenance Company;* und schließlich Chester

Ludlow, der vortritt und eine Verbeugung andeutet, als er als einer der zwei Leitenden Ingenieure des Projektes vorgestellt wird; er neigt den Kopf und winkt, bedankt sich vielleicht für die Rakete oder den Applaus (denn an seinen Namen erinnern sich die Zuschauer aus dem Jahr 1858 noch bestens), oder seine Geste ist eine sanfte Ermahnung in Richtung des großen rothaarigen Mannes in der Menge vor ihm, der ein wenig zu laut applaudiert.

Ein Einziger aus der Kohorte der Ingenieure und Kommandeure fehlt, er ist auf See, an Bord der *Great Eastern,* hat selbst darum gebeten, weil er noch letzte Vorbereitungen treffen will. Es ist Herr Joachim Lindt, der *andere* Leitende Ingenieur und der technische Wundertäter der federführenden *Telegraph Construction and Maintenance Company.*

Die sonst so abgelegene Foilhommerum Bay ist voller Boote. Hunderte von Menschen stehen am Strand und auf den grünen Hügeln über den Klippen der kleinen Bucht. Jongleure, fliegende Händler, Musiker und Schausteller unterhalten die Menge. Von Kochstellen steigt schmieriger Rauch auf. Das Wetter ist gut. Die Hoffnungen steigen.

Nur eine Enttäuschung gibt es für die Zuschauer: Die Hauptattraktion, die riesige *Great Eastern,* ist nicht in Sicht. Das Schiff ist zu groß und zu behäbig, um sich zwischen den Untiefen und Felsen vor der Küste hindurchzuschlängeln, weshalb Kapitän Anderson mehrere Meilen hinter dem Horizont Anker geworfen hat, wo das große Schiff die kleine, dampfgetriebene Brigg *Caroline* erwartet, die das Ende des Landkabels hinausbringen soll, damit es mit den zweitausend Meilen Unterseekabel verspleißt werden kann, die in den Laderäumen der *Great Eastern* verstaut sind. Die Zuschauer zeigen auf einen kleinen dunklen Flecken am Horizont; die winzige Rauchwolke ist der einzige Hinweis auf die Anwesenheit des großen Schiffes.

Nach der Zeremonie (Rede des Lord Lieutenant, Rede von Field, weitere Personen werden vorgestellt, Hurrarufe, gelüftete Hüte, Kirchenlied, Gebet, Jubel) steigen die Teilnehmer der Expedition in die Pinassen und fahren zur *Caroline* hinaus, die einen Salut feuert, der von einer weiteren Rakete aus der Festung und den Begeisterungsrufen der Menge beantwortet wird. Dann beginnt das kleine Schiff das schwere Kabel abzurollen, das an Land führt, und dampft auf den Flecken am Horizont zu.

Die erste Stunde verbringen alle Kabelmänner am Heck der *Caroline*, wo sie zusehen, wie das schwere Kabel abrollt. Sie winken der Armada, die ihnen aus der Bucht folgt. Ein Boot nach dem anderen fällt zurück, zum Abschied werden Mützen und Tücher geschwenkt. Doch bald machen sich die Männer auf den Weg zum Bug, wo sich die *Great Eastern* ins Blickfeld hebt. Es ist, als würde man zusehen, wie eine Insel ganz allmählich aus dem Meer auftaucht. Zuerst kommen die sechs Masten in Sicht, dann vier Rauch speiende Schornsteine und schließlich die schwarze Klippe des Rumpfes. Von der Seite erscheint das Schiff mit seinen niedrigen Aufbauten und dem lotrechten Bug beinahe wie ein Rechteck: ein Kasten mit Masten und Schornsteinen.

Der Anblick verschlägt allen die Sprache, und jeder der Kabelmänner hängt für sich allein seinen Gedanken nach.

Hoch oben in der Takelage der *Caroline,* weit über allen anderen an Bord, hängt Otis Ludlow, dem so viele Gedanken durch den Kopf schwirren, dass er meint, sie müssten jeden Augenblick wie aufgeschreckte Vögel hinausflattern. Er schaut in den Himmel, als würde er nach den herumschwirrenden Gedanken suchen. Am tiefblauen Himmel beginnen die Sterne zu leuchten. Diese Tageszeit – oder ist es schon Nachtzeit? – mochte er auf See immer am liebsten. Eine beruhigende Stunde. Jetzt können sich Otis' Gedanken in Inspirationen verwandeln. Das ist oft geschehen, seit Chester ihn gefunden hat. Er hat Chester im Rahmen der Vorbereitung der Expedition durchaus bei technischen Problemen helfen können. Er wird Chester weiter helfen, wenn sein Zustand stabil bleibt.

Unter sich sieht er, wie sie das Kabel mit der Pinasse von der *Caroline* zur *Great Eastern* bringen wollen. Das Licht versinkt tiefer im westlichen Meer. Otis möchte noch eine Sternschnuppe sehen, bevor er von der Mastspitze hinabsteigt. Chester ruft ihn herunter. Es wird Zeit, an Bord der *Great Eastern* zu gehen. Zeit zur Abfahrt. Eine Sternschnuppe. Ein Zeichen aus dem Äther. Die Kabel sollen verspleißt werden. Otis schaut weiter nach oben. Wenn sein Zustand stabil bleibt. Nur eine, mehr will er nicht. Sie soll Glück bringen. Die Schiffe wollen sich trennen. Er strengt sein Auge an, als solle es mit eigener Kraft einen Meteor aus den achtlos verstreuten Lichtern heraussaugen. Nur einen, mehr will er nicht.

50 Meilen abgerollt

Es sind noch ein oder zwei Stunden, bis die Morgenröte hinter ihnen den Horizont färben wird. Auf der *Great Eastern* schläft niemand. Selbst die Matrosen, die keine Wache haben, sind aufgeblieben. Alles läuft gut. Das dicke Landkabel ist problemlos mit dem etwas dünneren Atlantikkabel verbunden worden. Die Spleißmannschaften hatten tagelang geübt. Sie haben die Drähte des Kupfergeflechts ineinandergeflochten, als sei es Kinderhaar. Sie haben den Kabelkern umwickelt, ihn mit Guttapercha eingestrichen, den Schutzmantel verwoben, alles in wenigen Minuten. Der ganze Vorgang erinnerte in seiner Geschwindigkeit und kühlen Präzision an Chirurgie. Der Rest der Mannschaft jubelte, als die Verbindung geglückt war.

Jetzt gleitet das Kabel aus dem Heck der *Great Eastern*. Die Abrollmaschinen stampfen, die Zahnkränze und Sperrklinken klappern, und die Schwungräder schwirren zu schnell, als dass das Auge sie noch sehen könnte. Das schwarze Kabel spannt sich über die Trommel am Achterschiff und hängt, beleuchtet von den Laternen an Deck, in sanftem Bogen vom Heck herab, um schließlich im Schaum des Kielwassers zu verschwinden. Aus der Luke zur hinteren Kabelwanne dringen die Stimmen der Mannschaft an die milde Nachtluft: Mal ist es ein Lied, mal sind es Scherze oder Flüche der Seeleute, aber meist handelt es sich um freundliche Aufmunterungen oder Ermahnungen an die Adresse des Kabels selbst – »Bleib schön sauber«, »Lauf wie geschmiert zum Meeresgrund«, »Lass uns geradewegs nach Kanada fahren«.

Während das ganze Schiff von der entschlossenen Tatkraft und Wachsamkeit erfüllt ist, die der Prozess des Kabelverlegens verlangt, stehen zwei Männer steif mittschiffs an der Backbordreling. Sie fühlen sich erkennbar unwohl.

Joachim ist nach einem leichten Mahl in der Offiziersmesse an Deck gegangen, um seine Meerschaumpfeife zu rauchen. Am Horizont sieht man die Lichter der Geleitschiffe *Terrible* und *Sphinx*. Chester Ludlow hat gerade die Kabelwannen inspiziert und ist zu Herrn Lindt an die Reling getreten.

Lindt nickt und schaut kurz über die »Oxford Street«, das Hauptdeck, das so lang und breit ist, dass der am nächsten stehende Matrose einen halbstündigen Fußmarsch entfernt zu sein scheint.

Chester Ludlow hat offenbar etwas zu sagen, aber Lindt ergreift etwas voreilig und schroff als Erster das Wort.

»Herr Ludlow, ich freue mich, dass Sie meine Veränderungen an Ihrem Abrollmechanismus gutheißen konnten. Vielen Dank.«

Chester neigt den Kopf. »Das Kabel hat diesmal einen anderen Durchmesser«, sagt er. »Es waren Änderungen notwendig geworden. Ihre waren gut ausgeführt.«

»Ja, aber immerhin sind Sie es, der den Mechanismus erfunden hat. Dass ich Ihre Maschine ohne Ihre Zustimmung modifiziert habe, schien mir …«

»… ganz in Ordnung«, sagt Chester. »Damals hatte ich ja meine Teilnahme an der Expedition noch gar nicht zugesagt. Ganz im Gegensatz zu Ihnen. Sie haben die nötigen Entscheidungen getroffen und Änderungen vorgenommen. Ihre Maßnahmen waren richtig.«

»Nochmals: vielen Dank.« Herr Lindt klopft seine Pfeife an der Reling aus und wendet sich zum Gehen.

»Herr Lindt, auf ein Wort, bevor Sie gehen …«

»Ja?«

»Wir haben über … gewisse Dinge … noch nicht gesprochen …«

»Gewisse Dinge? Die nicht technischer Natur sind?«, fragt Lindt.

»Korrekt.«

»Herr Ludlow, ich empfinde es als erstaunliches Verhalten Ihrerseits, dass Sie ein solches Gespräch bis jetzt vermieden haben. Wir sind die gemeinsam verantwortlichen Ingenieure, und dennoch … dennoch tun Sie bloß Ihre Arbeit und ich natürlich auch meine. Ich bekomme Ihre Memoranden, ich lese Ihre Aufzeichnungen. Wir haben wirklich Bemerkenswertes geleistet, wenn man bedenkt, was zwischen uns steht. Wir müssen unser ganzes Handeln darum herumlenken. Ich habe bei dieser Expedition einiges zu gewinnen, Herr Ludlow. Darum bin ich hier. Darum kann ich mit diesem Hindernis umgehen. Die Erniedrigung, die mir Ihre zwangsläufige Nähe zufügt, lässt sich in der Hoffnung auf meinen … auf unseren Erfolg ertragen.«

»Ich verstehe«, sagt Chester Ludlow leise und stützt sich mit den Unterarmen auf die Reling. Unter ihnen zischt das Meer.

Herr Lindt sieht ihm direkt in die Augen und fährt fort: »Nein, ich bezweifle, dass Sie verstehen, Herr Ludlow. Denn ich warte immer noch auf eine Kleinigkeit. Und die lässt auf sich warten, und ich muss sagen, das empfinde ich als ziemlich rücksichtslos. Ich meine eine Entschuldigung, Sir.«

Eine sanfte Brise weht über das Deck der *Great Eastern*. Dort, wo sie stehen, befinden sich unter Deck Stallungen für das Vieh. Aus einem der Bullaugen steigt der außergewöhnliche Geruch von Mist und Stroh in Chesters Nase – das ist ganz und gar nicht der Duft des Meeres. *Das ist verwirrend wie dieses Gespräch*, denkt er. *Hier draußen sollte es nicht nach Stall riechen; wir sollten diese Unterhaltung nicht hier führen.* Aber natürlich wusste er die ganze Zeit, dass er irgendwann über diese Angelegenheit würde reden müssen, wenn er an der Expedition teilnahm. Das ist einer der Gründe, warum er hier ist. Und Lindt hat recht: Es war nicht einfach, dem Gespräch so lange auszuweichen.

»Es tut«, sagt Chester, »mir leid.«

Lindt starrt ihn an, dreht sich dann langsam um und richtet den Blick auf die Lichter der Geleitschiffe.

»Ich war nicht dabei, als sie zu Tode kam«, sagt Chester. Einen Moment lang überlegt er, ob das wie eine Ausrede klingen könnte, aber dann fährt er fort: »Das habe ich Ihnen schon geschrieben. Ich kann allerdings nicht sagen, inwiefern dieser Umstand die Lage zwischen uns erleichtern könnte. Ich fühle mich nur verpflichtet, Ihnen zu sagen, dass sie ganz allein starb.«

»Irgendwie kann ich das nicht glauben«, sagt Lindt. Seine Stimme klingt spröde. Er beißt auf das Mundstück seiner Pfeife.

»Nun ja, das war vielleicht bildlich gesprochen. Ich war nicht bei ihr. *Sie* waren nicht bei ihr. Sie war allein.«

»Weder Sie noch ich waren bei ihr«, sagt Herr Lindt mit fast glitzernder Bitterkeit. Chester glaubt, seine unterdrückte Wut tatsächlich in Funken von seiner Stirn sprühen sehen zu können. »Was für einen Unterschied hat es in ihrem Leben schon gemacht, ob ich bei ihr war oder nicht? Sie hat so was nämlich öfter getan, das nur der Vollständigkeit halber, Mr. Ludlow. Was sie mit Ihnen getan hat. Da waren Sie nicht der Erste.«

»Ich denke, wir sollten uns an das halten, was uns betrifft, Herr Lindt. Aus Respekt.«

»*Respekt?* Respekt vor wem? Vor *ihr* etwa? Respekt vor ihr?« Er schnaubt. »Und wer zeigt Respekt vor mir? Na ja, Sie wahrscheinlich nicht. Wenn ich mich recht erinnere an unsere ursprüngliche …

Zusammenarbeit auf der Bühne. Da stand der Respekt vor mir jedenfalls nicht gerade im Vordergrund. Vor Ihnen also vielleicht? Respekt vor *Ihnen?* Ist das der Grund, warum wir hier sind?«

Eine Welle der Wut durchströmt Chester. Ja, Lindt hat zum Teil recht. Trotzdem hätte er nicht übel Lust, ihn zu schlagen oder zumindest einfach stehen zu lassen, dieses Gespräch kurzerhand abzubrechen. Aber er weiß, dass er bleiben muss. Er zieht sich selbst zur Rechenschaft, denn das hat er sich vor einiger Zeit vorgenommen – seit er sich in Willing Mind erholt hat, seit er im Delirium im Armeelazarett in Philadelphia gelegen hat, seit er halbverhungert und ausgezehrt die Schienen entlang zur Front gelaufen ist –, also kann er sich jetzt, im schmerzhaften Moment der Konfrontation, den er als notwendig erachtet hat und der nun endlich gekommen ist, nicht einfach zurückziehen.

Chester erzählt Herrn Lindt nicht, dass seine Frau wahrscheinlich bewusstlos im Laudanumrausch lag, als sie starb, und dass sie Chester ebenso wie ihre Musik aufgegeben hatte und dass sie womöglich im Begriff war, auch van der Wees schon wieder zu entgleiten. Und warum das alles? Darauf hat Chester keine Antwort. Drei Jahre und immer noch keine Antwort. Er fragt sich, ob ihm die Antwort wohl den Schlüssel zu den Dingen liefern würde, die er in diesen drei Jahren aufgegeben oder verloren oder verleugnet hat. Auch darauf weiß er keine Antwort. So albern es klingen mag, irgendwie glaubt er, dass ihn seine Rückkehr zum Kabelprojekt, dem einen und einzigen Unternehmen in seinem Leben, das er einst fast bis zum Erfolg geführt hat, vielleicht aussöhnen könnte mit den besseren Seiten seines Wesens.

Chester wendet sich vom Meer ab und schaut in die Takelage hinauf. Es ist zu dunkel, um etwas zu erkennen, aber er hat das Gefühl, dort oben im Krähennest des vorderen Mastes könnte Otis sitzen, und ihn beschleicht der Gedanke, dass es vielleicht ein Fehler war, seinen Bruder mit auf die Fahrt zu nehmen.

Herr Lindt starrt immer noch aufs Meer hinaus und versucht zu erkennen, ob es schon das erste fahle Licht des Morgens ist, das sich dort an den östlichen Himmel stiehlt. Er schaut zu Chester hinüber.

»Ehrlich gesagt, Herr Ludlow, war ich überrascht, zu hören, dass Sie an der Expedition teilnehmen werden. Zuerst dachte ich, es sei ein gewisser Besitzerstolz, der Sie trieb. Sie konnten Ihr Kabel nicht mir und meinesgleichen in die Hände fallen lassen. Jetzt bin ich nicht mehr so sicher. Ich bin nicht mehr so sicher, weil ich in Ihrem Gesicht lese, Herr Ludlow, dass Sie selbst nicht mehr so sicher sind. Trotzdem haben Sie sich unserem lustigen Haufen angeschlossen. Die wir da weitermachen wollen, wo Sie aufgehört haben. Sie denken sicher, dass, wenn wir es schon schaffen, uns wenigstens bewusst sein soll, dass wir auf den Schultern von Riesen stehen. Auf *Ihren* Schultern. So ist das mit der Wissenschaft, nicht wahr? So ist der Fortschritt. Ihre Lust ruhte auf den Schultern meiner Ehe. Mein Erfolg als Kabelingenieur ruht auf den Schultern Ihrer Arbeit und Ihres Scheiterns vor sieben Jahren.«

»Lindt, Sie sagten, Sie erwarten eine Entschuldigung. Ich habe mich entschuldigt. Ich vermag nicht zu sagen, welche Wiedergutmachung Sie sich erhoffen. Ich kann Ihnen nur sagen, dass es mir leid tut. Es tut mir leid, was ich Ihnen angetan habe, und es tut mir leid, dass Katerina tot ist.«

Es ist das erste Mal, dass einer der beiden ihren Namen laut ausgesprochen hat. Er löst einen Schock aus, mit dem sie beide nicht gerechnet haben. *Katerina tot.* Sie sehen sich in die Augen und können die Wirkung der Worte im Blick des anderen genau erkennen.

65 MEILEN ABGEROLLT

Es war das Schweigen, das Chester Ludlow zurückbrachte zu dieser Ozeanüberquerung. Ein Schweigen, das bei seinem langen Marsch vom Geschosskrater nach Osten begann. Keine Worte. Kein Essen und Trinken. Die Folge war eine Reinigung, dann Leere und eine Durchsichtigkeit des Herzens. Als er die Schienen entlangwanderte, meinte er, aus einem viel größeren, abstrakteren Krater geklettert zu sein als jenem in dem zerstörten Indianerdorf. Und er ging nicht einfach nur vor sich hin; etwas leitete ihn. Die kurze Erscheinung des blassen kleinen Mädchens auf seinem Weg. Diese Erscheinung, die Chester in seinem Kopf behielt, die er bewachte, von der er nie sprach, auf die er nie zu sprechen kam, von der er wusste, dass es Betty war. Und er wusste auch, wenn er ihr folgte, konnte ihn das noch tiefer in die Finsternis führen, bevor er seinen Weg aus dem Krater fand.

Und so zog er in den Krieg.

Nachdem die Soldaten ihn gefunden, aufgepäppelt und nach Washington geschafft hatten, bekam er eine Audienz beim Kriegsminister Edwin Stanton. Er erfuhr nicht nur, dass der Zug, seine Insassen und die Kanone einem Pioniertrupp der Rebellen zum Opfer gefallen waren, sondern auch, dass es keine weiteren Versuche geben werde, ein Geschütz solcher Dimension zu bauen. Russell van der Wees hatte die Monongahela-Kanone – die Ludlow-Kanone – favorisiert, aber da der Unterabteilungsleiter jetzt, nun ja, unerwartet verstorben war, werde die Armee eine kleinere, wenn auch weniger mobile Kanone kaufen, die *Rodman Columbiad*, mit einem Kaliber von zwanzig Zoll.

Minister Stanton war besorgt, weil die Nachricht Chester heftig zu erschüttern schien. Der ausgezehrte Ingenieur, den eine Patrouille auf dem Weg nach Harrisburg aufgegriffen hatte, sah völlig gebrochen aus, ihm fehlten die Worte.

Stanton hatte Katerina Lindt nicht direkt erwähnt. Entweder wusste er nichts von ihrer Anwesenheit an Bord des Zuges, oder er schwieg aus Diskretion. Er hatte nur gesagt: »Es gab keine Überlebenden.« Doch dann fügte er hinzu: »Es gibt Hinweise, dass sich unter den Leichen die einer Frau befand. Ich weiß, dass ich Ihnen womöglich zu nahe trete, aber ich muss Sie fragen: Wissen Sie etwas über die Dame?«

Chester saß in Stantons Büro und sah aus dem Fenster durch die kahlen Bäume zum Gerüst, das die immer noch nicht fertiggestellte Kuppel des Kapitols umhüllte.

»Ja«, sagte er. Seine Kehle war trocken und kratzig.

Stanton schob die Hände in die Taschen. Er ging vor dem Fenster auf und ab. »Van der Wees stand in dem Ruf ... nun ja ... muss ich davon ausgehen, dass er und diese Frau ...«

»Ja! ... Ja«, sagte Chester und bedeckte das Gesicht mit den Händen. In dieser Haltung blieb er reglos einige Minuten sitzen. Der Minister ging zur Anrichte und goss ihm ein Glas Wasser ein, doch Chester lehnte ab.

Als er sein Gesicht wieder sehen ließ, war es gerötet, doch er war gefasst. Er überraschte den Minister mit der Bemerkung, dass nun nichts mehr zu machen sei und dass er in die Unionsarmee eintreten wolle. Könne ihm der Minister behilflich sein?

Der Minister hustete und überspielte sein Erschrecken mit einem

Räuspern. Er lächelte verlegen. Nun ja, schon, der Minister glaubte, Chesters Bitte nachkommen zu können. Wahrscheinlich. Ja. Sicher. Er war schließlich Kriegsminister. Und Chester ein Mann mit großen Fähigkeiten. Aber der Minister fragte sich auch, ob …

Gut. Chester wusste die Hilfsbereitschaft des Ministers zu schätzen. Jetzt hätte er gern das Glas Wasser. Und dürfte er den Minister um noch etwas bitten? Könnte der Minister seinen Einfluss geltend machen – das heißt, nur sofern das nötig wäre –, damit Chester Ludlow auf keinen Fall einem Dienst zugeteilt werde, der irgendetwas mit Technik und Ingenieurkorps zu tun hat?

Das könnte der Minister, das würde er natürlich auch tun, aber er fragte sich doch, ob …

Aber Chester Ludlow war von seiner Idee nicht abzubringen. Das sah der Minister an seinen Augen.

Und so geschah es. Innerhalb weniger Wochen wurde Chester Ludlow Zweiter Leutnant des 20. Maine-Infanterieregiments. Die meisten Soldaten und Offiziere kannten Chester als Helden und später als Sündenbock der gescheiterten Kabelexpedition von 1858. Immerhin handelte es sich um ein Regiment aus Maine, und Chester war ein berühmter Sohn dieses Staates. Doch seine Haltung verriet eine ausdruckslose Zweckorientierung, die in nichts an den Chester Ludlow des Kabelunternehmens erinnerte, von dem alle gehört hatten. Wenn man den Zeitungsberichten glauben konnte, sollte der Mann förmlich Funken sprühen – ein Temperament, das sich diesem Burschen freilich nicht nachsagen ließ. Er war kühl, undurchsichtig und mit überragenden Fähigkeiten gesegnet; die anderen Soldaten beäugten ihn misstrauisch.

Chester kam gerade rechtzeitig zum Regiment, um sich bei Chancellorsville eine Verwundung einzufangen. Nur eine leichte Handverletzung. Er war schon bald wieder gefechtsfähig und wurde kurz darauf in Gettysburg schwer am Bein getroffen. Er wurde in ein Armeelazarett in Philadelphia gebracht. Das Bein heilte schlecht; die Ärzte fürchteten Wundbrand und zogen eine Amputation in Erwägung; die blieb Chester zwar erspart, aber dafür wurde er von der Ruhr heimgesucht. Als das Bein endlich zu heilen begann, war es Herbst geworden. Er wurde in Ehren aus dem Armeedienst entlassen und nach Willing Mind zurückgeschickt.

Er hatte Franny nur einen einzigen Brief geschrieben, in dem er ihr von seiner Entscheidung berichtete, sich freiwillig zu melden. Er hatte ihr nicht einmal gesagt, welcher Einheit er zugeteilt würde oder wo er seinen Dienst antreten wollte. Er hatte keine Antwort erhalten. Als er nach Willing Mind zurückzukehren beabsichtigte, schrieb er an Mrs. Tyler, nicht aber an seine Frau. Mrs. Tyler würde das Haus herrichten und ihn empfangen.

Kurz nach seiner Ankunft fragte Chester einmal beiläufig, ob Mrs. Tyler wisse, wo Franny sich aufhalte.

»Ja«, antwortete Mrs. Tyler, und ihr Gefühl für familiäre Komplikationen veranlasste sie, vorsichtshalber nachzufragen: »Wollen Sie es wissen?«

Chester schüttelte den Kopf, fragte Mrs. Tyler dann aber, ob sie wisse, ob Franny bald zurückkehren werde.

»Nein, Sie hat geschrieben, nicht allzu bald«, sagte Mrs. Tyler. »Sie wird den ganzen Winter unterwegs sein, auf Tournee.«

»Eine letzte Frage«, sagte Chester. »Wie ist Ihr Eindruck – geht es Mrs. Ludlow gut?«

»O ja, sehr gut, Sir.«

»Das ist gut.«

Chester ruhte sich den Winter über aus. Manchen Tag lag oder saß er ruhig da und schaute aufs Meer hinaus. Mrs. Tyler wunderte sich, dass er nicht neugieriger war. Er fragte nie wieder nach seiner Frau. Sprach nie von seinem Bruder, wollte nicht wissen, was aus ihm geworden sei. Er schien ein wenig desinteressiert, aber ruhig zu sein, und Mrs. Tyler glaubte, das sei zu seinem Besten. Er war schließlich im Krieg gewesen. Erst als der Brief von Cyrus Field eintraf, der ihm den Posten als einen von zwei leitenden Ingenieuren bei der neuen Expedition anbot, der ihm eröffnete, dass Joachim Lindt nun ebenfalls zum Unternehmen gehörte, da erst wurde Chester allmählich klar, dass er noch einmal mit dem Kabel in See stechen würde, dass er die Arbeit vollenden sollte, die sie alle unerledigt liegen gelassen hatten. Er fühlte sich gestärkt. Mrs. Tyler hatte ihn gut gepflegt. Und an einem Morgen im Spätwinter brach Chester Ludlow sein Schweigen und schrieb an Field, dass er einwillige. Das Licht in Willing Mind hatte sich verändert, die Sonne war Tag für Tag höher gestiegen. Und in der Nacht zuvor hatte Chester ohne Zweifel das bleiche kleine Mädchen auf den Klippen tanzen sehen.

84 Meilen abgerollt

Jack Trace hat soeben ein herrliches spätes Frühstück beendet, das aus Eiern, Speck, Scones, Tee, Toast, Honig, Fasan, weiteren Eiern, Kaffee, mehr Toast, Orangenmarmelade, ein wenig Schinken und noch mehr Kaffee bestand. Er genießt diese Kabelexpedition in vollen Zügen und ist ausgesprochen froh, dass er Mr. Field eine positive Antwort gegeben hat; er überlegt, dass, wenn sie ihm in Neufundland Gelegenheit geben, ein Telegramm abzuschicken, er Maddy kabeln (und vielleicht mit »Mr. Obz« unterzeichnen) wird; und dass dieses unbewegliche, selbstzerstörerische, bankrotte, sinnlose, gescheiterte Eisengebirge mit Namen *Great Eastern* endlich seine Berufung gefunden zu haben scheint: als Leger des transatlantischen Telegraphenkabels. Das Kabel läuft sauber übers Heck aus; das Meer ist glatt und ruhig; das Schiff fährt dahin wie ein glückliches, wohlregiertes Inselreich, in dem noch dazu, wie Jack Trace voller Genugtuung feststellt, ein köstliches und sehr reichliches spätes Frühstück serviert wird.

Doch während Jack Trace in der Sonne ein wenig Kraft sammelt, bevor er die Matrosen im Laderaum bei der Arbeit zeichnen wird, bemerkt er – und mit ihm alle anderen an Bord –, wie das grollende Stampfen der Dampfmaschinen langsamer wird. Das Schiff gleitet in seiner fast planetarischen Trägheit weiter durch die Morgensonne wie zuvor, doch jeder an Bord weiß, dass etwas passiert ist. Jack schnappt sich seine Zeichenutensilien und geht zum Telegraphenraum.

Dort haben sich bereits einige Männer der Freiwache und dienstfreie Telegraphisten vor der Tür versammelt. Es heißt, die Leitung sei tot, schon seit einer halben Stunde, kein Signal mehr aus Irland. Die Männer in der Kabine führen gerade Impedanzmessungen durch, um zu orten, in welcher Entfernung vom Schiff der Schaden aufgetreten ist.

»Entschuldigung, ich bin Dokumentarist. Bitte, lassen Sie mich durch, Dokumentarist«, sagt Jack und schiebt sich zwischen den etwa vierzig Männern hindurch zur Tür. Der Deckoffizier lässt ihn in den kleinen Vorraum, die »Lichtschleuse«, und von dort in den eigentlichen Telegraphenraum treten, wo Trace wie blind im Dunkeln steht. Er hört, wie der Schreiber wiederholt: »Nichts … nichts … nichts … nichts.« Er hört, wie sich Chester Ludlow und Professor Thomson leise beraten.

599

»Meine vorsichtige Schätzung lautet: zehn Meilen zurück«, sagt Professor Thomson.

»In Ordnung«, sagt Ludlow und dann, lauter, damit alle im Raum es hören: »Dann holen wir es wieder auf.«

Trace kann nicht erkennen, wie viele Männer mit ihm in dem Raum sind.

»Wir haben wohl keine andere Wahl«, sagt Professor Thomson.

»Soll ich also Befehl geben, Mr. Ludlow, alle Maschinen volle Kraft zurück?« Das ist Kapitän Anderson. Er steht direkt neben Trace, und Trace hört, wie beim Atmen der gestärkte Stoff seiner Uniformjacke raschelt. Kapitän Anderson trägt treu und brav seine operettenhafte Galauniform, mit Goldlitzen und Tressen an Kragen, Ärmeln und Schultern. Er erinnert mit seiner Erscheinung an die noch gar nicht lange zurückliegenden Zeiten, als die Eigner der *Great Eastern* mit dem größten Luxusdampfer der Welt, gesteuert vom prächtigsten Kapitän der Welt, die sieben Meere zu beherrschen trachteten.

Eine weitere Stimme mischt sich ein: »Nein, noch nicht. Noch keinen Befehl. Wenn Sie entschuldigen wollen.«

Trace hat sich inzwischen an die Dunkelheit gewöhnt und kann im Licht der winzigen Leuchte erkennen, dass es sich bei dem letzten Sprecher um Joachim Lindt handelt.

»Mr. Ludlow muss sich erst mit dem anderen Leitenden Ingenieur beraten, bevor wir beide den Befehl geben, das Schiff anzuhalten. Habe ich recht? So sind doch die Vorschriften der Gesellschaft?«

»So sind sie«, sagt Cyrus Field. Seine Stimme klingt ein wenig bekümmert, vielleicht will er Chester wissen lassen, dass auch er mit der neuen Machtverteilung an Bord nicht ganz glücklich ist.

»Also dann«, sagt Joachim Lindt, legt eine dramatische Pause ein, holt unnötig tief Luft und sagt: »Ich stimme meinem Kollegen Ingenieur Mr. Ludlow zu. Stoppen Sie das Schiff. Ziehen Sie das Kabel wieder herauf.«

Befehle werden über Deck gerufen. Klingelsignale ertönen. Das Schiff reagiert.

Ein neues Problem taucht auf, als Lindt vor den versammelten Kabelmännern auf dem Achterdeck – mit Chesters Zustimmung – den Befehl gibt, die Maschinen rückwärts laufen zu lassen, das Kabel einzuholen, und daraufhin Kapitän Anderson antworten muss: »Das können wir nicht.«

Die Kabelmänner schauen ihn an. Der Kapitän hält ihnen entschuldigend seine Handflächen entgegen, die aus goldbetressten Ärmeln ragen.

»Nun, ich meine, wir können es schon. Das heißt, wir können die Maschinen rückwärts laufen lassen. Aber wir können das Schiff nicht rückwärts steuern. Das heißt, wir können es steuern, aber nicht gut. Nicht gut genug, um dieses Stück Draht da hinten einzuholen« – er nickt in Richtung Kabel, das langsam weiter abrollt, während das Schiff träge vorwärts gleitet und auf den nächsten Befehl wartet –, »und dann haben wir noch das Problem mit der Schraube …« (Trace fällt auf, dass der Kapitän die gleiche Kreisbewegung mit der Hand vollführt wie Maddy vor all den Jahren im Tunnel.) »Die sitzt direkt unter uns«, sagt der Kapitän und stampft zweimal auf die Planken des Achterdecks, »und sie zerreißt Ihr Kabel wie einen trockenen Strohhalm.«

Die Kabelmänner blicken grimmig zum Kabel, das ins Meer hinabläuft.

»Dann müssen wir es über den Bug einholen. Wir haben genug Taljen an Bord, um das hinzubekommen.«

Der Vorschlag kommt von Otis Ludlow. Die Herren Hoyt, Rettig und Skidmore, das Triumvirat der *Telegraph Construction and Maintenance Company*, machen skeptische Gesichter. Mr. Rettig tippt sogar Joachim Lindt auf die Schulter und fragt, ob es klug sei, einen Ratschlag zu befolgen, der von …

Rasch kommt Chester jeder Kritik und jedem Zaudern zuvor. »Ja«, sagt er. »So muss es gemacht werden. Jawohl.« Und die Ludlows weisen die Mannschaft ein.

10 Meilen eingeholt

(74 Meilen abgerollt) Es ist ein langwieriges und gefährliches Manöver. Gefährlich für die Männer, die sich weit über Bord hängen und mit widerspenstigen Tauen und Trossen hantieren müssen, und auch gefährlich für das Kabel, das ständig zu reißen droht. Sie müssen das Schiff wenden und dabei das Kabel zum Bug verholen.

Die Mannschaft hat unter Leitung der Brüder Ludlow auf dem Vordeck eine provisorische Einrollvorrichtung gebaut, die aus zwei kleinen Winschen und einer Reihe von Kabeltrommeln besteht.

Am Heck wird das Kabel durchtrennt, nachdem man das ablaufende Ende mit einem Drahtseil gesichert hat. Dann werden Holeleinen am Drahtseil befestigt, und die Belegpunkte für diese Leinen werden Stück für Stück nach vorn verlegt – entlang des hinteren Schanzkleids, vorbei an Wanten, Rettungsbooten, am Radkasten für das Schaufelrad, herum um Stagen und Webleinen –, und das alles mithilfe von Blöcken und Taljen, von Klampen und Stoppersteks, bis das Kabel schließlich zweihundertvierzig Meter weit vom Heck zum Bug durchgereicht worden ist.

Und dann, elf Stunden später, wird das Kabel über den Bug der *Great Eastern* wieder eingeholt, während das Schiff in östlicher Richtung vorwärts kriecht und sich der wertvolle Draht unter dem Klappern und Schnaufen der Winschen aufrollt.

Am Abend haben sie zehn Meilen des Kabels eingeholt und erreichen die Stelle, an der Professor Thomson das Problem vermutet hat. Die Kabelmänner stehen aufgereiht rechts und links vom Kabel, das über eine schnell improvisierte Rutsche aus Sägeböcken und Brettern gleitet. Sie untersuchen das Kabel selbst; sie überlassen diese Aufgabe nicht der Mannschaft. Ihre Köpfe drehen sich hin und her, denn sie versuchen, keinen Zentimeter des Kabels ungeprüft vorbeiziehen zu lassen. Manchmal fassen sie es auch an, scheinen es zärtlich zu tätscheln, doch in Wirklichkeit versuchen sie, Risse oder Brüche zu ertasten.

Plötzlich schreit Joachim Lindt: »Halt!«

Die Winschen kreischen auf, Klingelsignale bedeuten den Maschinisten, die Maschinen zu stoppen.

»Hier ist etwas«, sagt Lindt. Er leckt über seinen linken Zeigefinger, an dem er sich einen kleinen, aber tiefen Schnitt zugezogen hat. Mit der anderen Hand zeigt er auf eine Stelle am Kabel. Seine Linke ist, für alle erkennbar, auf das Problem gestoßen. Im Kabel steckt ein fünf Zentimeter langes Stück Eisendraht. An dem vorstehenden Ende hat sich Lindt verletzt. Professor Thomson erklärt allen, die mit den Gesetzen der Elektrizität nicht vertraut sind, dass der Draht die winzigen Stromstöße, die durch das Kabel gesandt werden, abgeleitet hat und dass die Elektrizität, statt zwischen Irland und dem Schiff hin- und herzureisen, auf den Meeresgrund hinabgesickert ist.

Chester lässt das Kabel durchtrennen und ein Probesignal nach

Irland schicken. Er setzt sich nicht mit Lindt ins Benehmen, bevor er die Befehle gibt. Wenn überhaupt, stimmt er sich durch kurze Blicke und Kopfnicken mit seinem Bruder und mit Professor Thomson ab. Das Signal geht hinaus. Die Kabelmänner – mit ihnen die ganze Mannschaft – warten.

Irland antwortet! Begeisterung. Chester lässt den durchbohrten Abschnitt entfernen, das Kabel wieder zum Heck holen und mit dem Kabel in den Wannen verspleißen, sodass mit dem Abrollen fortgefahren werden kann. Die Arbeit geht weiter.

100 MEILEN ABGEROLLT

Alles läuft gut. Die Mannschaft lässt wieder Kabel abrollen. Chester will sich gerade in seiner Kabine schlafen legen, als es an seiner Tür klopft. Er erwartet keinen Ärger, weil sich Ärger immer mit gellenden Dampfpfeifen, schrillen Klingelsignalen, lauten Befehlen und dem elenden Tempowechsel der Maschinen ankündigt. Diesmal klopft es nur.

In Hose und Nachthemd geht Chester zur Tür. Draußen steht Joachim Lindt.

»Wir müssen hierüber reden«, sagt Lindt. Er hält das herausgeschnittene, einen halben Meter lange schwarze Stück Kabel hoch.

Chester sieht den dünnen Eisendraht, der das Kabel durchbohrt, im Lampenlicht glitzern. Lindt hält das Ende in beiden Händen und lässt mit dem Daumen den Draht schnippen. Sein verletzter Zeigefinger ist verbunden.

»An Deck hat niemand etwas gesagt, aber ich konnte es in allen Gesichtern lesen, und Sie haben es auch bemerkt, ich habe Sie nämlich genau beobachtet. Keiner hat es gesagt, aber wir haben es alle gedacht.« Er hält Chester das Kabelstück dicht unter die Nase.

»Sabotage«, sagt Lindt.

Seufzend bittet Chester ihn herein. Es stimmt, dieser schnurgerade durchs Kabel getriebene Draht sieht nicht nach Zufall aus.

Chester bietet Lindt einen Stuhl an dem kleinen Tisch an, der mit der Wand verschraubt ist. Lindt schüttelt den Kopf. Er bleibt stehen.

»Ja«, sagt Chester, »ich habe darüber nachgedacht. Ich war auch überrascht. Ich muss zugeben, dieser Draht sieht ... verdächtig aus. Ich habe daran gedacht.«

»Daran *gedacht?*«, fragt Lindt.

»So ist es«, sagt Chester. »Sollte ich voreilige Schlüsse ziehen? Ich glaube nicht, Herr Lindt. Wir haben auf diesem Schiff loyale, hart arbeitende und mutige Männer, die sich ganz und gar dem Erfolg des Unternehmens verschrieben haben. Ich werde sie nicht aufgrund einer bloßen Vermutung auf die Anklagebank setzen.«

»Schön für Sie«, sagt Lindt. »Ich bin leider nicht so edelmütig. Ich fühle mich, wie soll ich sagen, geradezu verpflichtet, niedere Beweggründe zu vermuten. Vielleicht passen wir ja gerade deshalb gut zusammen?«

»Sagen Sie mir, was Sie wissen«, sagt Chester.

»Ich habe mit den Seeleuten gesprochen, die Dienst an der Kabelwanne hatten, als dieses Teilstück ausgegeben wurde«, sagt Lindt. »Einer der Männer sagt, er habe Ihren Bruder zur selben Zeit unter Deck gesehen.«

»Ja, er war auf meine Anweisung dort.«

»Aha. Gut. Und was für eine Anweisung war das?« Lindt biegt das Kabelstück zu einem O. »Ihre Anweisungen interessieren mich sehr.«

»Die Dreghaken und Suchtrossen zu überprüfen.« Joachim Lindt runzelt die Stirn, hält sich dann das Kabelstück an die Nase und riecht zärtlich daran, während er auf Chesters Erklärung wartet.

»Ich habe«, sagt Chester, »schon an mehreren Kabelexpeditionen teilgenommen, und ich habe oft erlebt, dass so ein Ding bricht. Dieses Mal werde ich das Kabel nicht auf dem Meeresboden liegen lassen, wenn es denn, Gott bewahre, brechen sollte.«

»Und Sie wollen es mit Dreghaken aufholen? Den Meeresboden absuchen? In zweitausend Faden Tiefe?«

»Das würde ich. Wir haben das nötige Gerät. Dafür haben mein Bruder und ich Vorsorge getroffen, aber wir wollen hoffen, dass wir es nie brauchen.«

»Wir wollen noch etwas anderes hoffen«, sagt Lindt. »Wir wollen hoffen, dass keiner aus unserer loyalen, mutigen Truppe mit Absicht diesen Draht ins Kabel gesteckt hat. Und wir wollen hoffen, dass ein Mann, der unter Deck die Dreghaken überprüfen sollte, auch wirklich nur das und weiter nichts anderes dort getan hat.«

»Gute Nacht, Herr Lindt.« Chester steht an der Tür, die er so heftig aufreißt, dass vom Zug Kerzenwachs über den Tisch spritzt.

Bald liegt Chester in seiner Koje und wartet auf den Schlaf, vor allem aber wartet er darauf, dass sein Zorn auf Lindt verraucht. Er wartet und denkt über das Kabel nach. Und über seinen Bruder. In seiner Kabine ist es dunkel, aber er weiß, dass Herr Lindt das Stück Kabel auf dem Stuhl hat liegen lassen. Die Kabine ist schwarz wie der Meeresgrund. Und das Kabelteil liegt neben Chester, wie es vor kurzem noch auf dem Grund gelegen hat, und die Signale laufen heraus, tröpfeln in die Dunkelheit.

210 Meilen abgerollt

Die *Great Eastern* ist gigantisch, mit ihrer fünfhundertköpfigen Mannschaft, mit ihren Stallungen voller Schlachtvieh unter Deck, mit Laderäumem, in die das gesamte Atlantikkabel auf einmal passt – Jack Trace steht angesichts dieser Dimension vor einem ganz neuen künstlerischen Problem. Er muss eigentlich immer mit zwei Horizonten arbeiten: einem zwischen Himmel und Meer und einem anderen am Rand des gewaltigen Decks der *Great Eastern*. Jack Trace beschäftigt sich mit dem Horizontproblem, während er einen Koch zeichnet, der ein Schwein schlachtet. An den bisherigen vier Tagen der Expedition hat Trace Skizzen von zahlreichen Aspekten der Kabelarbeiten angefertigt: das Abrollen aus Dutzenden verschiedener Blickwinkel; die Männer in den Kabelwannen, beschienen vom Sonnenlicht, das durch die Ladeluken fiel; großformatige Ansichten des gesamten Schiffes aus der Vogelperspektive, um die Ausmaße zu verdeutlichen; die Telegraphisten in ihrer Kabine am Galvanometer, das Ganze vor komplett dunklem Hintergrund, um den lichtlosen Raum darzustellen, in dem sie auf Signale aus Irland warteten.

Doch in letzter Zeit hat er sich, unter anderem deshalb, weil alles so glatt läuft, bei seiner Suche nach Themen auf andere Bereiche konzentriert. Abgesehen von dem einen seltsamen Vorfall mit dem Draht, der im Kabel steckte, ist die Reise beinahe langweilig. Jack sitzt mittschiffs in Lee, wo soeben das Schwein geschlachtet wird. Der Koch hatte eine Art Siedofen aufgestellt: einen Kohleofen, auf dem ein Kessel mit kochendem Wasser steht, in dem das ganze Schwein Platz hat.

Trace beobachtet und zeichnet, wie der Kadaver mit den toten

Augen im Kessel abgebrüht wird, wie ein Matrose mit einem Bootshaken die nicht verwertbaren Innereien in einer Spur von Fett und Blut durch ein Speigatt ins Meer schiebt, und während er über das Problem der zwei Horizonte nachdenkt, das er lösen muss, denkt er auch über andere Dinge nach, die an Bord gelöst werden müssen. Zum Beispiel über die konkurrierenden Befehlsgewalten.

Die Machtstrukturen sind bei dieser Reise viel verschlungener, undurchsichtiger als bei der Expedition im Jahr 1858. Das hängt mit dem Begriff zusammen, den Trace auf dieser Reise schon öfter gehört hat als vorher in seinem ganzen Leben: »die Inkorporation«. Die Inkorporation ist das Geflecht aus finanziellen Beteiligungen, das zum Einwerben des nötigen Kapitals aufgebaut wurde. Aber Trace hat das Gefühl, die Inkorporation habe auch ihre eigenen Wünsche, Bedürfnisse, Ansichten. Sie scheint zum Beispiel die Vormachtstellung der ursprünglichen Kabelvisionäre – Ludlow, Field und Thomson – für sich zu reklamieren. Zu diesem Zweck hat die Inkorporation die Herren Hoyt, Rettig und Skidmore an Bord gebracht und unglücklicherweise auch Herrn Lindt. Es kommt Trace geradezu absurd vor, dass Ludlow, Field und Thomson bei diesem Unternehmen – offiziell wenigstens – als Kunden auftreten. Zwar läuft alles glatt und zufriedenstellend, aber dennoch scheint die Organisation irgendwie auf dem Kopf zu stehen. Genau wie dieser Schweinekadaver, denkt Trace, der gerade kopfüber ins Wasser gesenkt wird.

Trace hat eine schnelle Skizze vom Koch angefertigt, der das Schwein in den Brühkessel taucht. Die Komposition erinnert ein wenig an William Hogarth: Sie ist eine allegorische Übertreibung, denn indem dem Koch und seinem Gehilfen etwas Infernalisches anhaftet, lässt Trace das Thema »Die Welt, das Fleisch und der Teufel« anklingen. Trace ist gerade fertig mit der Schraffur der Kesselwand, als er durch den Gestank des schwefligen Kohlefeuers, der Schweineexkremente, der Innereien und der abgebrühten Borsten hindurch den süßen Duft von Pfeifentabak wahrnimmt. Er dreht sich um und sieht Joachim Lindt, der ihm über die Schulter schaut. Der Österreicher nickt, zeigt mit dem Pfeifenstiel auf das Bild und sagt: »Gut.« Als er weitergeht, achtet er darauf, nicht auf dem glitschigen Deck auszurutschen.

575 MEILEN ABGEROLLT

Schwere See. Das Kabel rollt weiterhin sauber ab. Wellen von fünfzehn Fuß Höhe und mehr prallen auf die *Great Eastern*, die durch sie hindurchschneidet und weiter ihre Fahrt von sechs Knoten halten kann. Die Geleitschiffe *Terrible* und *Sphinx* haben Schwierigkeiten, das Tempo zu halten, und fallen langsam zum östlichen Horizont ab. Die *Great Eastern* fährt allein weiter.

650 MEILEN ABGEROLLT

Das Schiff ist vor nunmehr sechseinhalb Tagen aus Foilhommerum Bay ausgelaufen, und es sind noch knapp vierzehnhundert Meilen bis Neufundland. Die Männer werden stündlich selbstbewusster. Obwohl noch drei Viertel der Aufgabe vor ihnen liegen, spürt die Mannschaft, dass das Ziel greifbar nahe ist, dass das Schiff und das Kabel – und sie selbst, jeder Einzelne von ihnen – es schaffen werden.

725 MEILEN ABGEROLLT

Sogar Joachim Lindt hat sich vom Optimismus anstecken lassen. Er geht über Deck und nickt den Matrosen an der Abrollmaschine zu, als sei er ein braver Bürger beim Sonntagsspaziergang auf der Kärntner Straße. Er gönnt sich den Luxus, ein paar Pläne betreffend sein Leben nach der erfolgreichen Verlegung des Kabels in seiner Phantasie durchzuspielen. In diesen Gedankenbildern kommt ein weitläufiges Anwesen vor, vielleicht in Amerika. Oder in England. Warum nicht beiderorts?, denkt er. Ein Haus an jedem Ende des Kabels. Die imaginierte Anerkennung lässt ihn erstrahlen. Das Lob, das ihm für die Beseitigung des Großen Gestanks zuteil wurde, hat den Erfolg des Phantasmagoriums bei Weitem in den Schatten gestellt. Die ganze Stadt lag ihm zu Füßen. Und nach dem Kabeltriumph könnte er in der ganzen Welt Ruhm ernten.

Und wenn diese Phantasien übertrieben scheinen, so ist Joachim Lindt der Letzte, der das nicht bereitwillig zugibt. Sie sind auch eine Art Entspannung. Sie lenken ihn von seinen lästigen Auseinandersetzungen mit Chester Ludlow ab.

Aber du hast doch die Oberhand, sagt sich Lindt. Trotzdem kann er sein Misstrauen dem anderen Ludlow gegenüber nicht abschütteln.

Lindt weiß, dass er jedenfalls bis auf Weiteres der Einzige an Bord ist, der in dieser Weise über Otis denkt. Aber Otis Ludlow hat auf dieser Fahrt nichts zu suchen. Seine Anwesenheit ist ein Affront gegen das Unternehmen und zeugt allein von der Vetternwirtschaft, die Chester Ludlow zugebilligt wird. Es stimmt zwar, dass der Bruder Otis ein natürliches Verständnis von Naturwissenschaft und Technik, Elektrizität eingeschlossen, an den Tag legt, das dem von Chester annähernd gleichkommt. Aber er lässt sich auch auf alle möglichen unwissenschaftlichen Spinnereien ein. Joachim fühlt sich jedes Mal bemüßigt, den Tisch zu verlassen, wenn Otis zu einer seiner Tiraden über Geister oder das universelle Bewusstsein anhebt.

Beinahe tut ihm Chester Leid, der, sofern er sich nicht erfreut oder interessiert zeigt, seltsamerweise immer ernst und beinahe melancholisch dreinschaut, wenn sein Bruder sich über Lincolns Tod und den Äther, über Universalität und die »Wissenshülle« ergeht, die den Planeten eines Tages überziehen wird, was auch immer das bedeuten soll. Als würde Chester Ludlow verstehen – oder zumindest nur zu gern verstehen können –, wovon sein Bruder redet. Als würde Chester Otis dafür lieben, was er in Chesters Augen um seinetwillen, um der Menschheit willen tut.

Was für ein Unsinn, denkt Lindt.

Lindt schüttelt die Asche aus seiner Pfeife ins Meer und nimmt sich vor, einem Gerücht nachzugehen, das ihm zu Ohren gekommen ist: dass Otis Ludlow für das sibirische Telegraphenkabel gearbeitet hat.

782 Meilen abgerollt

Nach dem Mittagessen stehen die Herren Hoyt, Rettig und Skidmore um den Flügel im Salon. Das ist zu ihrem liebsten Zeitvertreib nach den Mahlzeiten geworden. Nur wenige an Bord könnten mit Sicherheit sagen, welcher der drei an den Tasten sitzt und welche beiden Karten spielen, denn ihre Bärte und ihre ganzen Erscheinungen ähneln einander verblüffend, und da sie sich zudem in vergleichbarer Manier von allen anderen absondern, ist es äußerst schwierig, sie auseinanderzuhalten. Dreimal täglich konferieren sie mit Joachim Lindt. Den Rest des Tages bleiben sie, höflich, aber bestimmt, unter sich.

Mr. Rettig (oder Hoyt oder Skidmore) spielt eine Weise mit dem Titel »Fort mit der Trübsal«. Hoyt (oder Rettig oder Skidmore) gewinnt gegen Skidmore (oder Hoyt oder Rettig) beim Kartenspiel.

800 MEILEN ABGEROLLT

Das ereignislose Abrollen des Kabels lässt Chester viel Zeit, über Otis nachzudenken. Ihm wird klar, dass er sich womöglich seines Bruders annehmen muss, wenn sie in Neufundland gelandet sind und sich wieder in die Vereinigten Staaten begeben. Bisweilen ist Otis so ruhig und klar wie jeder andere an Bord, kann er mechanische und logistische Probleme so gut lösen wie nur irgendwer, Chester selbst und Professor Thomson eingeschlossen. Und dann kommen Momente, in denen er mehr oder weniger unzusammenhängend daherredet.

Doch trotz der Sorge um seinen Bruder weiß Chester, dass er keine andere Wahl hatte. Ohne ihn wäre sein großer Bruder verloren, und das hat etwas Tröstliches. Chester ist dankbar, dass er seinem Bruder helfen kann. Manchmal denkt er, dass sie füreinander die einzigen Menschen auf der Welt sind.

840 MEILEN ABGEROLLT

Nachmittag, siebter Tag. Alarmglocken. Maschinen gestoppt. Das Schiff gleitet dahin. Abrollen praktisch eingestellt. Kein Signal aus Irland. Das Kabel ist tot.

Professor Thomson nimmt Impedanzmessungen vor. Die Störung ist nicht weit vom Schiff entfernt. Sie werden das Kabel wieder einholen. Weitere Klingelsignale. Für die Arbeit werden alle Hände gebraucht.

3 MEILEN EINGEHOLT

Vormittag, achter Tag, der raue Seegang behindert die Arbeit. Neunzehn Stunden vergehen. Nachdem das Kabel durchtrennt, mühsam die zweihundertvierzig Meter bis zum Bug verholt und langsam wieder an Bord gezogen ist, findet man den Fehler.

»Wieder das Gleiche, verdammt«, sagt Cyrus Field.

609

Und alle können es deutlich sehen. Erneut ist ein Stück Eisendraht mitten durchs Kabel getrieben worden.

837 Meilen abgerollt

(Schiff macht keine Fahrt) »Wo ist er?« Joachim Lindt hat Chester auf dem Achterdeck beiseitegenommen, als wollte er eine vertrauliche Konferenz abhalten, aber dafür spricht er zu laut.

»Ich weiß es nicht«, sagt Chester, und er weiß es wirklich nicht. Weder beim Einholen noch beim Spleißen, das fast geschafft ist, war Otis zugegen. Chester weiß nicht, wo er steckt, und ihm ist nicht wohl dabei, aber er war viel zu sehr mit den Reparaturen beschäftigt, als dass er ihn hätte suchen können.

»Ich verlange Auskunft darüber, was er in letzter Zeit getan hat«, stößt Lindt so laut hervor, dass die Männer an der Spleißbank aufmerksam werden. Auf einmal wissen alle Kabelmänner und die Seeleute, dass der eine der beiden Leitenden Ingenieure auf den anderen wütend ist.

»Haben Sie ihm ›Anweisungen‹ gegeben?«

»Mr. Lindt«, sagt Chester, »wenn Sie darüber sprechen wollen …«

»Ich will herausfinden, was man unserem Kabel antut!« Das sagt Lindt so laut, dass alle auf dem Achterdeck es hören können.

»Es hat noch niemand ausgesprochen«, fährt Lindt fort. »Es hat niemand ausgesprochen, aber alle haben es gedacht, als sie das Kabel gesehen haben …« – Lindt schreitet erregt zum Schanzkleid, legt eine Hand auf die Reling, stemmt die andere in die Hüfte –, »… das hat jemand *getan!*«

Wären die Konsequenzen für Otis – und damit auch für ihn – nicht derart gravierend, würde Chester den Auftritt Lindts als furchtbar aufgesetzte Schauspielerei abtun.

Die anderen Kabelmänner runzeln die Stirn. Sie blinzeln in die gleißende Sonne, und es ist schwer zu sagen, wen sie anschauen. Die Herren Hoyt, Rettig und Skidmore streichen sich über die Bärte. Professor Thomson und Field treten von einem Bein aufs andere.

»Zweimal wurde Eisendraht durchs Kabel gestochen. Genau das Richtige, um einen Kurzschluss zu erzeugen, wie Professor Thomson an dieser Stelle erläutert hat. Aber von wem werden diese

Drähte durchs Kabel getrieben? Von Geistern? Hat Ihr Bruder für die sibirische Kabelexpedition gearbeitet oder nicht?«

»Mr. Lindt!«, ruft Chester aus. »Wenn sie andeuten wollen …«

»*Hat er?*«

»Ja! Aber er hat …«

»Unsere *Rivalen!*«, verkündet Lindt. »Das einzige Unternehmen, das von unserem Scheitern profitieren könnte. Das *einzige*, denn bei unserem Scheitern hätten diese Leute, und nur sie, die Möglichkeit, telegraphische Nachrichten von Nordamerika nach Asien *und* Europa zu senden. *Sie* würden den Globus umspannen! Aber wenn wir es *zuerst* schaffen, können sie ihre Leitungen einrollen und nach Hause gehen. Wie interessant, dass ein ehemaliger Angestellter unserer Rivalen auf unsere Fahrt eingeladen wurde.«

»Stimmt das, Chester?«, fragt Field.

Chester ist überrascht darüber, dass Field, der ihn sonst immer mit dem Nachnamen anredet, ihn gerade jetzt Chester genannt hat.

»Stimmt es, dass er für sie gearbeitet hat?«

»Ja«, sagt Chester. Protestieren scheint zwecklos. Am besten dürfte es sein, Lindt seinen Willen zu lassen. Sie machen sich auf die Suche nach Otis.

Sie finden ihn in seiner Kammer, auf dem Rücken in seiner Koje liegend. Er schläft nicht. Er ist in eine Art Trance versunken. Seine Augen sind geschlossen, sein Atem geht rasch. Die Kerze auf dem Tisch ist niedergebrannt. Obwohl der Raum eng ist und die Tür geschlossen war, riecht es erstaunlich frisch. Jedenfalls nicht wie in einer kleinen Kammer auf einer Seereise. Nur Chester – und wahrscheinlich auch Professor Thomson – kennen diesen Geruch, weil sie mit Elektrizität experimentiert haben. Wenn man ihn gefragt hätte, würde Chester geantwortet haben, die Luft riecht wie nach einer elektrischen Entladung – seltsam rein und geläutert.

Aber elektrische Geräte sind nirgendwo zu sehen – nur Otis liegt auf seiner Koje, und sein Bruder flüstert ihm ins Ohr, streicht ihm sanft über den Kopf, fleht ihn an, aufzuwachen oder zurückzukommen oder jedenfalls zu antworten, irgendetwas zu sagen, *irgendwas*.

Und nach einigen Sekunden dreht Otis den Kopf, blinzelt überrascht in die vielen Gesichter, die auf ihn herabblicken, beruhigt sich aber, als er seinen Bruder sieht.

»Otis, geht es dir gut? Verstehst du mich?«, fragt Chester.

»Ja«, sagt Otis.

»Hast du geschlafen?«, fragt Chester.

»Nein«, sagt Otis.

»Wenn du nicht geschlafen hast, Otis, müssen wir deinen Aufenthaltsort wissen, wo du zuletzt warst.«

»Meinen Aufenthaltsort?« Otis scheint allmählich zu begreifen, was man von ihm wissen will. Auch wenn er nicht geschlafen hat, scheint er doch erst jetzt richtig aufzuwachen.

»Wo sind Sie gewesen?«, fragt Joachim Lindt. »Was haben Sie in den letzten zwölf Stunden getan?«

Chester sieht sich um und ist sichtlich verärgert über Lindts Einmischung. Der benommene Otis starrt auf seine Stiefel, auf die winzigen glitzernden Lichtpunkte, die er dort sieht. Alle warten auf seine Antwort. Er schaut unverwandt auf das Glitzern.

»Wo sind Sie gewesen?«, fragt Joachim Lindt noch einmal.

»Auf dem Mount Washington«, sagt Otis.

1100 Meilen abgerollt

Die Kabelmänner halten eine Versammlung ab und beschließen, die Kabelwannen rund um die Uhr von einem Inspektionstrupp bewachen zu lassen. Die einzigen Seeleute, die unter Deck dürfen, sind die sechzehn Männer, die für das reibungslose Auslaufen des Kabels zu sorgen haben. Sie sollen von den Inspektoren ständig überwacht werden. Und die Seeleute in den Wannen sollen ihrerseits die Inspektoren überwachen, sodass jedes Vorkommnis bemerkt und gemeldet werden kann.

Otis darf sich auf dem Schiff nur in Begleitung eines Seemanns oder Telegraphisten bewegen. Seine Bewacher halten allerdings diskreten Abstand und lassen Otis auf dem Schiff gehen, wohin er will – nur unter Deck in die Nähe der Wannen darf er nicht.

So macht es auch jetzt der Zweite Offizier: Er schlendert langsam im Mondschein über Deck, spleißt die losen Kardeele eines Tauendes zu einer Affenfaust und folgt dabei den Brüdern Ludlow. Der abnehmende Dreiviertelmond legt ein silbernes Band mitten ins Kielwasser der *Great Eastern*. Kesseldampf aus den drei Schornsteinen weht durchs Mondlicht. Die Abrollmaschinen rattern vor sich hin, die Schiffsmaschinen brummen, aber die wachhabenden Seeleute singen oder reden nicht. Ein Moment der Ruhe und Einkehr an Bord des Riesenschiffes.

Der Zweite Offizier ist zu weit von den Brüdern entfernt, um ihr Gespräch zu belauschen (und zu sehr mit seinem Spleiß beschäftigt). Außerdem gehört Belauschen nicht zu seiner Aufgabe. Er soll lediglich darauf achten, dass der größere, der rothaarige Bruder nicht in die Nähe des Kabels kommt.

Chester versucht, möglichst wenig vorwurfsvoll zu klingen, aber er macht sich Sorgen.

»Was sollte das heißen, Mount Washington?«, fragt er. »Was soll ich davon halten?«

Otis nickt, fährt sich mit der Hand durchs Haar, schürzt die Lippen zur Antwort, aber Chester fährt fort:

»Und was sollen *wir alle* davon halten? Ich bin es nämlich, den sie nach Erklärungen fragen für deine ... deine Eigenheiten. Aber diesmal war es ...« Chester kann nur mit den Achseln zucken und tief ausatmen, um seiner Verwirrung Ausdruck zu verleihen.

Otis beginnt, Chester das transätherische Reisen zu erklären. Aber Chester hat das alles schon einmal gehört und unterbricht ihn.

»Lieber Bruder, es ist nicht so wichtig, dass ich deine spirituellen Ideen begreife. Es ist erst recht nicht wichtig, ob ich an sie *glaube*. Wichtig ist, dass das Kabel verlegt wird und dass du nichts mit irgendwelchen Sabotageakten zu schaffen hast.«

»Glaubst du daran?«

»Woran?«, fragt Chester.

»Glaubst du an transätherisches Reisen?«

»Otis, darum geht es doch gar nicht.«

»*Glaubst* du daran?«

»Mein Gott, Otis ...«

»Glaubst du daran?«

Chester möchte Nein sagen und der Diskussion ein Ende bereiten. Aber Otis hört sich beinahe verzweifelt an.

Soll er Ja sagen?, fragt sich Chester. Ja, er glaubt an transätherisches Reisen? Das kann er nicht tun, denn es wäre gelogen, und auf jeden Fall würde es so zaghaft klingen, dass Otis die Lüge bemerken müsste. Und dann kommt Chester ein Gedanke. Er kommt ihm, als er Otis' durchdringendem Blick auszuweichen versucht und auf den Pfad des Mondlichts im Kielwasser blickt. Der Widerschein des

Lichts erinnert ihn an die Gestalt des kleinen Mädchens, die vor ihm auf den Schienen tanzte, auf denen er im Delirium gewandert ist – oder war er nicht vielmehr bei solch klarem Verstand, wie er klarer zuvor in seinem Leben nie war?

»Ich glaube«, sagt Chester, »an etwas in der Art.«

Und Otis lächelt, stellt sich vor seinen Bruder, legt ihm die Hände auf die Schultern und sieht ihn mit beinahe väterlichem Stolz an.

»Mehr kann man nicht verlangen«, sagt Otis. »Ich bin froh.«

Er geht weiter und führt Chester am Ellbogen. Sie umrunden das Vordeck und gehen wieder in Richtung Achterschiff. Der Zweite Offizier bleibt beim Davit eines Rettungsbootes stehen und schaut ihnen nach – er muss ihnen nicht folgen; sie kommen sowieso wieder bei ihm vorbei.

Otis erklärt, dass er in seiner Koje gelegen und experimentiert habe: Er habe das Schiff verlassen und sei durch den Äther gereist. Er wusste sehr wohl, dass er unter Verdacht stand. Diesen Lindt konnte er wie ein Buch lesen. Deshalb habe er jede Möglichkeit der Konfrontation vermieden und sich abgeschottet, um die Zeit für »spirituelle Arbeit« zu nutzen, wie er das nannte. Er hatte schließlich seine eigene Kabine – seine Mönchszelle –, und er hatte gewisse Substanzen bei sich, die es ihm erleichterten, wie er sagt, »sich hinauszuwagen«.

»Und eh ich mich's versah, war ich auf dem Mount Washington angelangt. Ziemlich genau in unserer alten Heimat«, sagt Otis. »Meiner alten Heimat.«

Er versucht zu erklären, dass dieser Berg bei solchen Unternehmungen sein Leitstern ist, dass er sich oft, wenn er in Trance gefallen und transätherisch gereist ist, auf jenem Heimatgipfel wiederfindet, in dessen Nähe er und Chester aufgewachsen sind.

Er versucht das Phänomen der glitzernden Lichtpunkte zu erklären, die er auf seinen Stiefeln sah, als alle ihn der Sabotage verdächtigten; diese Splitter, die jetzt komischerweise nicht mehr da sind – Otis schaut sich beide Stiefel im Mondlicht an –, die aber darauf hindeuteten, dass er tatsächlich auf dem felsigen Berghang gestanden hat, denselben abnehmenden Mond am selben schwarzen Himmel über sich, den mächtigen Gipfel oberhalb aufragend, die Lichter von Conway und den Hotels weit unter ihm im Tal schimmernd.

»Otis, hast du das Franny beigebracht … diese Reisen, von denen du erzählst?«

Otis bleibt stehen. Seit Chester an jenem regnerischen Nachmittag im Hyde Park aus der Menge getreten ist, hat er mit Otis nie über Franny gesprochen. »Nein«, sagt Otis. »Sie besaß eine andere Gabe.« Chester spürt, wie sich seine Kehle in der salzigen Luft zusammenzieht. Er hustet. »Welche Gabe?«, fragt er.

Sie schlendern weiter. Der Zweite Offizier, der ebenfalls stehen geblieben war, zieht, während auch er seinen Schritt wieder aufnimmt, die Kardeele der Affenfaust fest.

»Die Gabe der Führung«, sagt Otis. »Ganz gleich, ob sie selbst beim Kontakt mit der Geisterwelt Erfolg haben würde oder nicht, ich spürte, dass sie mit Sicherheit eine hervorragende Führerin für andere sein würde.«

»War sie«, sagt Chester. »*Ist* sie.« Und er erzählt, was er von Frannys neuem Leben weiß. Es ist nicht viel. Das, was er in ein paar Zeitungsnotizen und auf dem Handzettel gelesen hat, das wenige, was Mrs. Tyler erwähnt hat.

Ein Lächeln huscht über Otis' Gesicht.

»Wie geht's der alten Mrs. Tyler?«, fragt er.

»Wie immer«, sagt Chester. »In gewisser Weise ist sie mir in meinem irdischen Leben ein Leitstern, wie es dir der Mount Washington bei deinen ätherischen Wanderungen ist.«

»Und ihr Mann?«

»Hält sich ganz gut für einen Hummerfischer, der zu viel trinkt.«

»Hat mir ziemlich den Schädel verbeult, der Bursche, am Abend, bevor ich von Willing Mind abgereist bin«, sagt Otis. »Er hatte sich zu der festen Überzeugung verstiegen, dass ich mich Franny gegenüber nicht wie ein Gentleman verhalten hätte. Und diese Überzeugung hat er versucht mir in den Schädel zu hämmern.«

Otis kann immer noch fühlen, wo ihn die Schläge getroffen haben, und reibt die Stellen mit der Hand.

Chester ist wieder stehen geblieben. Auch der Zweite Offizier muss seinen Schritt unterbrechen. Er hat seine Affenfaust fertig. Er wirft das Tauende mit dem dicken Knotenspleiß hoch, so, dass es sich in der Luft dreht, und fängt es wieder auf. Er fragt sich, warum die beiden Brüder andauernd stehen bleiben und dann wieder weitergehen.

Otis macht einen Schritt auf Chester zu. »Da war absolut nichts dran. Wir sind uns ausschließlich auf spirituellem Gebiet nähergekommen. Bei unserer Suche nach Betty. Sonst war nichts. Tylers Verdächtigungen sind ebenso grundlos, wie es der Vorwurf ist, ich würde das Kabel sabotieren. Ich hatte gehofft, das wüsstest du.«

Chester nickt. »Ich weiß es.«

Sie drehen um und gehen zurück zum Bug. Sie kommen am Zweiten Offizier vorbei.

»Du bist mein Bruder«, flüstert Otis Chester zu. »Er ist mein Hüter.«

Chester entschuldigt sich dafür, dass es ihm nicht gelungen ist, die anderen Kabelmänner zu überzeugen, auf die Bewachung zu verzichten.

»Das glaubst du mir also«, sagt Otis.

»Ich glaube dir alles«, sagt Chester.

Und Chester ist sich zutiefst bewusst, dass es stimmt, was er seinem Bruder gerade sagt; ganz gleich, welche Dämonen und dunklen Anwandlungen Otis bedrängen, man muss ihm glauben.

Mehr als alles andere ersehnt er sich in diesem Augenblick, Otis davon zu erzählen, was in seinem Herzen geschehen ist. Nicht um, wie bei Lindt, Buße zu tun, sondern um einfach unter Brüdern zu berichten, wie das Leben – sein Leben – verlaufen ist, damit Otis weiß, was er von ihm zu halten hat.

Otis hört zu, als Chester von der 1858er-Kabelexpedition erzählt, von der langsamen Entfremdung zwischen Franny und ihm, von Frau Lindt, von der Kanone, vom Zugunglück, vom Krieg.

Doch seltsamerweise erzählt Chester seinem Bruder, der sich gut auf das Spirituelle versteht, der empfänglich ist für Erscheinungen, Geister und Verwandlungen, nichts von seiner Vision des kleinen Mädchens. Obwohl er ihm ansonsten sein ganzes Herz ausschüttet, lässt er diese Einzelheit unerwähnt. Dieses Geheimnis behält er für sich.

Der Zweite Offizier beobachtet die beiden Brüder. Dann bemerkt er, dass eine weitere Gestalt in der Nähe der Ludlows sitzt, von ihnen unbemerkt: ein großer, kräftig gebauter Mann mit einem Buch oder Skizzenblock auf den Knien.

Der Zeichenkünstler lehnt am Dienstagsmast und zeichnet im Mondschein, während er den Geschichten der Brüder lauscht. Und der Zweite Offizier lässt die Affenfaust Saltos in der Luft schlagen. Hochwerfen, auffangen, hochwerfen, auffangen; er wünscht, seine Wache wäre zu Ende.

1300 MEILEN ABGEROLLT

Cyrus Field, der Präsident der *Atlantic Telegraph Company* höchstpersönlich, hat Wachdienst an der Kabelwanne, als von den stählernen Laufschienen her, die das Kabel aus der Wanne führen, ein scharfes Knirschen ertönt.

»Da steckt ein Stück Draht!«, ruft ein Matrose. Field gibt sofort Anweisung, das Schiff und das Abrollen des Kabels zu stoppen. Sein Ruf muss von Mann zu Mann aus dem Laderaum hinauf weitergegeben werden, nach vorn bis zur Brücke, wo der Deckoffizier dem Maschinenraum (durch Trichter und Sprachrohr) den Befehl zum Stoppen des Schiffes gibt. Bis das alles geschehen ist, ist die schadhafte Stelle längst über das Heck des Schiffes ausgelaufen.

Aber die Alarmglocken schrillen, und die gesamte Mannschaft auf dem Achterdeck und die Kabelmänner rennen zur Abrollmaschine.

»Schiff anhalten!«, ruft Joachim Lindt, der im Laufen seine Weste zuknöpft, als er aus seiner Kabine an Deck stolpert.

»Schon dabei!«, antwortet ein Matrose, und die *Great Eastern* erzittert, als die Schaufelräder und Schrauben anfangen, rückwärts zu drehen und sich gegen die Vorwärtsbewegung des Schiffes zu stemmen. Die Abrollmaschine läuft langsamer, als die Besatzung die Dampfzufuhr reduziert und die Bremsen anzieht.

Inzwischen haben Chester und Lindt die Telegraphenkammer erreicht. Auch Field ist aus dem Laderaum eingetroffen; Professor Thomson ist schon dort und testet bereits das Signal. Trace ist da. Sogar die Herren Hoyt, Rettig und Skidmore haben ihre Spielkarten und Klaviernoten fallen gelassen und sind aus dem Salon heraufgeeilt.

»Es ist nicht tot«, teilt Professor Thomson den lieben Herrschaften in der Dunkelheit mit. Sie wissen, dass Thomson sich derweil über den Galvanometer beugt, in den kleinen Kasten starrt, um die Bewegungen des Lichtpunktes zu erkennen. Da die Männer eilig aus allen Ecken des Schiffes zusammengelaufen sind, erfüllen sie den düsteren kleinen Raum mit ihrem Keuchen und Schnaufen.

»Es ist nicht ganz in Ordnung, meine Herren, aber es ist nicht tot«, sagt der Professor.

Er fährt fort, den Lichtpunkt zu beobachten. Chester drängt sich zwischen den Männern hindurch, um das Signal selbst sehen zu können. Die Herren beraten sich in kleinen Grüppchen – allmählich beginnen sich ihre Augen an die Dunkelheit zu gewöhnen, die dank des schwachen Scheins der winzigen roten Laterne ein wenig aufgehellt wird.

»Es sieht so aus«, verkündet Chester nach einigen Minuten der ganzen Versammlung, »und ich denke, Professor Thomson wird mir zustimmen, dass das Kabel zwar beschädigt ist, aber immer noch Signale überträgt. Professor Thomson und ich haben errechnet, dass wir durch das Kabel in diesem Zustand Botschaften mit einer Geschwindigkeit von vier Wörtern pro Minute senden und empfangen können. Das ist nicht perfekt, aber …«

»Aber es reicht, um mit dem Kabel profitabel zu arbeiten«, sagt Otis.

»*Was macht* er *denn hier?*« Joachim Lindt fängt beinahe an zu schreien. Er dreht sich im Dunkeln um und sucht Otis Ludlow.

»Raus! Ich will, dass er verschwindet!« Lindt ist außer sich vor Wut. Er entdeckt Otis in der Ecke hinter einer Schutzmauer, gebildet von den ahnungslosen Herren Hoyt, Rettig und Skidmore.

»Mr. Lindt, *bitte!*«, sagt Cyrus Field.

»Ludlow!«, brüllt Lindt und fährt herum. »Ich mache Sie persönlich verantwortlich. Was hat er hier zu suchen?«

»Er ist mit mir gekommen«, sagt Chester. »Wir haben zusammen gefrühstückt. Mit Kapitän Anderson.«

»Ich wollte mir von seinen Reisen durch Sibirien erzählen lassen«, sagt Anderson.

»Ach, halten Sie den Mund!«, entfährt es Lindt. »Schaffen Sie ihn hier raus. Sie sind der Kapitän. Es ist Ihr Schiff. Ich verlange, dass Sie ihn hinausschaffen!«

»Jetzt hören Sie mal, Lindt«, sagt Professor Thomson.

»Wie können Sie seine Anwesenheit dulden?«, fragt Lindt. Er scheint sämtliche Personen im Raum anzusprechen. Man vermag in der Dunkelheit nicht zu erkennen, an wen er sich wendet. »Dieser Mann zerstört sehr wahrscheinlich unser Kabel.«

»Dafür haben Sie keinen Beweis«, entgegnet Field.

»Im Gegenteil«, sagt Chester. »Er ist auf den letzten tausend Meilen Tag und Nacht bewacht worden.«

»Meine Herren, wir alle haben im Augenblick anderes zu tun«, sagt Professor Thomson. Sein knarrender schottischer Akzent lässt ihn wie einen Schulmeister klingen, der raufende Jungen ermahnt. »Wir haben fast drei Viertel des Kabels verlegt. Was tun wir jetzt?«

»Ich gehe hinaus«, sagt Otis leise. »Wenn das hilft.«

»Es würde helfen«, sagt Lindt und weist einen der Telegraphisten an, Otis zu bewachen.

Als die beiden den Raum verlassen haben, ergreift Chester das Wort: »Er hat durchaus recht. Bei vier Wörten in der Minute kann das Kabel immer noch eine genügende Anzahl von Sendungen über den Atlantik transportieren, um höchst profitabel zu arbeiten.«

»Ach! Was weiß er denn schon?«, fragt Lindt.

»Herr Lindt«, sagt Chester, »er weiß genug über Telegraphie ...«

»Von der Arbeit für unsere Konkurrenz!«

»Er weiß genug über Telegraphie, um absehen zu können, dass das Kabel auch mit diesem kleinen Schaden funktionieren und die Investitionen um ein Vielfaches wieder einbringen wird.«

Lindt schnaubt verächtlich und sagt nichts. Er stellt sich mit verschränkten Armen neben die Herren Hoyt, Rettig und Skidmore.

Chester berät sich mit Professor Thomson und Cyrus Field. »Wir haben schwere See heute«, stellt er fest. »Kapitän Anderson, was können Sie uns über das Wetter sagen?«

»Das Barometer war gefallen, als ich es vorhin geprüft habe«, sagt der Kapitän. »Nicht viel, aber der Seegang wird jedenfalls in nächster Zeit nicht wesentlich abnehmen.«

»Dann scheint mir klar, wie wir am vernünftigsten vorgehen«, sagt Chester. »Wir fahren weiter. Wir kennen das Risiko des Einholens. Ein Kabel, das nur unwesentlich langsamer funktioniert als erhofft, ist dennoch ein Erfolg.« Field und Thomson nicken zustimmend. So viel kann Chester im Dämmerlicht der Kabine erkennen.

»Nein«, sagt Lindt. »Auf keinen Fall. Das werde ich nicht zulassen.«

»Mr. Lindt ...« Cyrus Field ergreift das Wort.

»Nein, Herr Field. Das kann ich nicht gutheißen. Bei allem Respekt, Sir, die Verhältnisse zwischen Ihnen und der Inkorporation sind derart gestaltet, dass Sie unsere Kunden sind. Wir sollen

Ihnen ein zufriedenstellend verlegtes Kabel liefern. Dieses Kabel entspricht nicht meinen Ansprüchen. Wenn es versagt und Sie, der Sie unser Kunde sind, es nicht abnehmen, nun ja, dann ...«, er wendet sich dem Triumvirat der Herren Hoyt, Rettig und Skidmore zu, »... dann wäre unser Unternehmen ruiniert.«

Die drei Repräsentanten der *Telegraph Construction and Maintenance Company* knurren zustimmend.

Dank der Position, die die Inkorporation bei dieser Angelegenheit einnimmt, und dank der Sturheit Lindts steht der Beschluss fest: Chester ist überstimmt, das Kabel wird eingeholt.

1300 MEILEN ABGEROLLT

(Schiff macht keine Fahrt) Das Kabel ist durchtrennt, das Schiff ist gewendet und der Kupferstrang zum Bug verholt worden. Die Männer haben allmählich Routine in dieser Übung, aber der Seegang erschwert die Dinge beträchtlich, und der Wind frischt auf.

Während auf dem Vorschiff die Winschen zum Einholen des Kabels bereitgemacht werden, fällt Lindt auf, dass es von hier vorn so aussieht, als würde niemand die Luke zur Kabelwanne bewachen. Das darf nicht sein. Dort sollte stets ein Mitglied der Wachmannschaft postiert sein, es ist aber keiner da. Die Kabelwanne achtern ist unbewacht.

Lindt sagt nichts, sondern verlässt das Vordeck und geht mit durch die Luft schneidenden Armen rasch in Richtung Heck. Er will keine Aufmerksamkeit erregen, indem er richtig läuft, doch irgendwann wird ihm bewusst, dass er die Arme wie Signalflaggen schwenkt und wie albern er in seinem Eilschritt aussehen muss, und er fällt in den alten Trott des Londoner Läufers.

Sein Verdacht bestätigt sich. Niemand hält Wache. In den Wirren des entdeckten Kabelschadens, des Wachwechsels und des Kabelverholens vom Heck zum Bug hat man die Wachen an der Ladeluke schlicht vergessen.

Und dort unten ist jemand!

Fast wäre Lindt durch die Luke in den Laderaum hinuntergesprungen. Da unten kniet ein Mann und beugt sich tief über das Kabel.

»Halt! Sie da! Aufhören! Sabotage! Ich habe ihn! Halt! Sofort!«

Joachim Lindt schreit, deutet, tanzt um die offene Luke herum. Er winkt hektisch in der Nähe befindliche Matrosen herbei, und sie rennen in seine Richtung.

»SABOTAGE!«, heult Lindt.

Auch als sich die Matrosen von allen Seiten um die Ladeluke drängen, fällt noch genug Tageslicht auf das in seiner Wanne spiralförmig aufgerollte Kabel, um die einzelne Gestalt zu beleuchten, die sich jetzt steifbeinig erhebt und in die Sonne blinzelt. Es ist Professor William Thomson.

1300 MEILEN ABGEROLLT

(Schiff macht weiterhin keine Fahrt) Es ist unmöglich, neutral zu bleiben. Jack Trace muss zugeben, dass Lindt mit seiner Weigerung, schadhaftes Kabel zu verlegen, nicht ganz unrecht hatte. Dennoch ist es ein Vergnügen, zu beobachten, wie der streitlustige Lindt sich zum Narren macht.

Trace war einer der Männer, die sich an der Luke versammelten, als der Professor endlich aufsah. Thomson hatte sich aufgerichtet, sich langsam umgedreht, und sein Gesichtsausdruck verriet Beunruhigung: Die Stirn war gerunzelt, die Lippen waren unter dem Bart gekräuselt. Lindt hörte auf zu hüpfen und starrte mit offenem Mund hinunter, zeigte aber immer noch mit dem Finger auf den Mann im Laderaum. Seine Schreie hatten sich inzwischen auf ein Grunzen reduziert und sein Tanz auf ein unbehagliches Wiegen des Oberkörpers.

Professor Thomson sah hoch und sagte nur: »Ach, seien Sie still, Lindt, und kommen Sie mit den anderen hier herunter. Ich habe das Problem entdeckt.«

Als die Kabelmänner sich im Laderaum versammelt haben, erklärt Professor Thomson, dass er sich unbemerkt hierher zurückgezogen habe, um das Kabel zu untersuchen, während der Rest der Besatzung mit der Kabelverholung beschäftigt gewesen sei.

»Ich habe hier in der Wanne das Kabel bis zu der Stelle abgeschritten, die unterhalb des Schadens gelegen haben muss, den wir in drei Meilen Entfernung vermuten. Das wäre ziemlich genau hier.« Der Professor geht auf der oberen Kabelschicht im Kreis in der runden Wanne herum. Die anderen Kabelmänner folgen ihm. Auch sie sind mit Leitern in den Kabelbehälter hinabgestiegen. Die Offiziere, einige Matrosen und Jack Trace stehen an der Luke und schauen von oben zu. Professor Thomson spricht zu ihnen allen, als hielte er eine Vorlesung im Hörsaal.

»Hier«, sagt er und tippt mit dem Fuß aufs Kabel, »fällt Ihnen sicher etwas an der Armierung des Kabels auf. Sie ist gebrochen, aufgerissen, und aus dem Riss stehen einige Drahtenden hervor. Ich vermute, das Gewicht der oberen Lagen hat diesen Abschnitt der Armierung eingedrückt, und dann ist sie wie ein Bündel Feuerholz gebrochen. Diese Enden des Armierdrahtes sind in die darüberliegende Kabellage eingedrungen, die jetzt drei Meilen in Richtung Irland auf dem Meeresboden liegt.«

Die Kabelmänner hocken sich hin und untersuchen die gebrochene Armierung. Mehrere zinnfarbene Eisendrähte ragen aus dem geteerten Guttapercha hervor wie Schnurrbarthaare. Chester Ludlow bricht ein Stück Draht ab, zeigt es Field und reicht es an die Herren Hoyt, Rettig und Skidmore weiter. Lindt weigert sich mit verschränkten Armen und vorgeschobener Unterlippe, das Beweisstück zu berühren.

»Mir will scheinen«, sagt Professor Thomson, »dass wir es hier nicht so sehr mit einem Mordversuch als vielmehr mit einem Selbstmordversuch zu tun haben.«

Die Ingenieure entscheiden an Ort und Stelle, dass es am klügsten ist, das auslaufende Kabel noch genauer zu beobachten. Die zusätzlichen Wachmannschaften sollen jetzt nicht mehr Sabotage verhindern, sondern die Hülle des Kabels auf kleinste Unregelmäßigkeiten untersuchen.

Wenn mehr Zeit wäre, würde Lindt vielleicht größere Schmach erleiden, aber das Kabel muss eingeholt werden. Lindt versucht stoisch, seine gebieterische Haltung zu wahren, indem er mit verschränkten Armen und vorgeschobenem Kinn über Deck schreitet.

Trace erwägt, ihn heimlich zu porträtieren, mit einer dunklen Wolke über dem Kopf und um ihn herum kleine Teufel, die ihn mit Eisendraht stechen, aber das scheint ihm unter den gegebenen Umständen etwas albern, und außerdem hat Ludlow ihm nicht gestattet, auf dieser Expedition »Cartoons« zu zeichnen. Also beschränkt er sich auf ein Bild von Professor Thomson, wie er allein im Laderaum seine Entdeckung macht.

2 Meilen eingeholt

(1298 Meilen abgerollt) Das Einholen macht Schwierigkeiten. Kapitän Anderson kann die *Great Eastern* nicht ruhig in Richtung des eingeholten Kabels halten. Querwinde und Wellen treiben das Schiff ab. Das Kabel will nicht glatt über den Bug laufen, es schabt an der Backbordseite entlang und läuft dann im schrägen Winkel durch die Rollen. Die Mannschaft ist angespannt, die Seeleute schimpfen miteinander, weil sie fürchten, das Kabel zu verlieren.

Und genau das geschieht. Im Nu verwandelt sich die ganze Szenerie, Mensch und Maschine, in Requisiten eines Zauberkünstlers, der das Kabel verschwinden lässt. Plötzlich stehen alle nutzlos mit leeren Händen da. Das Kabel verfängt sich im Zahnkranz einer der Rollen, es reißt, und das Eigengewicht des bereits ausgelegten Endes, das bis auf den Meeresgrund reicht, zieht den Strang durch die Taljen und in die See hinab. Der Wind und die Wellen verwischen die Stelle, wo das Kabel mit einem Aufspritzen verschwunden ist, in Sekundenschnelle. Die Männer an Deck starren auf ihre leeren Hände.

Rettungsplan

(1298 Meilen abgerollt) Lindt schmollt immer noch, weshalb Chester die alleinige Kommandogewalt zufällt. Es war Otis' Idee, den riesigen Dreghaken zu konstruieren, zu bauen und an Bord zu nehmen, um damit den Meeresgrund abzusuchen, sollte das Kabel reißen. Es war eine unausgegorene Idee – im Grunde närrisch –, aber als das Schiff ausgerüstet wurde, war Otis vollkommen besessen von dem Gedanken, ein verlorenes Kabel zu retten – von der Notwendigkeit und der Möglichkeit –, sodass Chester seinen verwirrten Bruder schließlich stillschweigend gewähren ließ, damit er irgendwie beschäftigt war. Jetzt wird Chester das Eisen benutzen.

Er lässt die Gerätschaften an Deck holen. Er erklärt den anderen Kabelmännern, was er vorhat. Professor Thomson lächelt, offensichtlich bewundernd. Kapitän Anderson und Cyrus Field sind schnell begeistert, denn der Plan ist einfach und wagemutig. Die Herren Hoyt, Rettig und Skidmore wollen sich nicht gleich von der Idee des Ingenieurs überzeugt zeigen, den sie als Gegner eingestuft haben, aber als Chester, weil ihre Stimmen ausschlaggebend sind, ernsthaft auf ihre Zweifel eingeht, lassen auch sie sich erwärmen und sind bald ebenso gespannt wie die anderen.

Nur Herr Lindt bleibt zurückhaltend. Seine abwehrende Haltung ist in taktische Neutralität übergegangen. Für Trace, der das Geschehen aus der Position des Außenstehenden beobachtet, hat es den Anschein, als habe Lindt sich so weit aus der Auseinandersetzung zurückgezogen, dass er wie ein unsichtbares Gespenst am Rande des Geschehens schwebt.

Und Otis. Chester fragt sich, wo sein Bruder steckt. Er müsste doch hier sein und seine Rehabilitation genießen. Denn selbst wenn sein Plan fehlschlägt, muss man seine Klugheit und Kühnheit bewundern. Doch Otis ist nirgends zu finden.

Zwei Meilen östlich; mehrere Meilen luvwärts

(1298 Meilen abgerollt) Die *Great Eastern* ist, dem Kabel folgend, zwei Meilen zurück nach Osten gedampft und hat sich dann einige Meilen nach Luv verholt. Der Dreghaken – eine Klaue mit fünf Flunken, deren Schaft zwei Mann hoch ist – wird über Bord geworfen. Sämtliche verfügbaren Schlepptrossen sind im Einsatz – insgesamt etwa dreißigtausend Fuß. Die Männer haben sechshundert Fuß lange Teilstücke zusammengeschäkelt. Es dauert beinahe zwei Stunden, bis die sinkende Trosse lose durchhängt – das Zeichen dafür, dass der Haken den Grund erreicht hat.

Es ist Mittag, die Sonne scheint, der Wind hat nachgelassen. Kapitän Anderson lässt die Maschinen stoppen und gerade genug Segel setzen, um Ruder im Schiff zu haben.

Drift nach Süden; Absuchen des Grundes

(1298 Meilen abgerollt) An Bord ist es ungewöhnlich still. Die Kessel murmeln nur leise. Kleine Wellen machen selbstgenügsam schmatzende Geräusche. Ab und zu ertönt Befehl von der Brücke, ein Segel zu trimmen, und solche Laute erschrecken sogar die erfahrensten Seeleute. Wer kann, ist an Deck. Es müssen dreihundert Mann sein. Otis Ludlow, der auf einer Rah des Montagsmastes sitzt, erinnern sie an die Feriengäste an einem Sommertag auf der Digue in Ostende.

Der Rudergänger bemerkt die Veränderung zuerst. Am frühen Morgen des 3. August meldet er dem Deckoffizier, dass das Schiff kräftig nach Backbord giert. Etwas hängt an der Dregtrosse, die über den Bug der *Great Eastern* außenbords läuft.

DRIFT BEENDET

(1298 Meilen abgerollt) Es ist längst dunkel, fast Mitternacht, als Chester den Befehl gibt, die Winschen, mit denen die Trosse eingeholt wird, zu drosseln. Er hat ausgerechnet, dass sich der Dreghaken – und mit ihm hoffentlich das Kabel – inzwischen wenige Faden unterhalb der Meeresoberfläche befinden müsste.

Kapitän Anderson muss Männer vom Vordeck wegbeordern. Es wird zu eng für die Mannschaft, die an den Winschen arbeitet. Die Männer klettern in die Wanten des Montagsmastes, um besser sehen zu können, aber es gibt nichts zu sehen. Warmer Nebel hat sich aufs Wasser gesenkt, die Laternen sind von einer gelben Korona umgeben und werfen nur wenig Licht auf die Trosse, die in die Tiefe hinabführt. Doch dann taucht der Schaft des Dreghakens auf, der im dunklen Wasser eine schlammige Spur hinter sich herzieht. Es ist das Kabel selbst, das in den Flunken des Dreghakens hängt.

Der Jubel nimmt seinen Anfang mit vereinzelten Rufen und Juchzern, die von den Männern kommen, die an der Reling stehen und als Erste erkennen können, was da an die Wasseroberfläche gezerrt wird. Bald schon tönen Hurras und lautes Johlen über Deck.

Aber die Tampen, mit denen die Mannschaft das Kabel sichert, bevor sie es an Bord zu hieven versucht, sind nicht stark genug, und als die Dregtrosse gelöst wird, reißen die drei Sicherungsleinen, auf denen nunmehr das gesamte Gewicht lastet, wie Harfensaiten, und das Kabel klatscht zurück ins Meer. Wieder weg.

ZWEI TAGE DES WARTENS

(1298 Meilen abgerollt) Diesmal ist es Joachim Lindt, der mahnt, man müsse es noch einmal versuchen. Die Kabelmänner sehen ihn verdutzt an.

»Doch. Wir müssen!«

Lindt spielt nicht länger den beleidigten, verkannten Ingenieur. Seine Aufforderung sprudelt aus ihm heraus, und er bringt damit zum Ausdruck, was alle an Bord denken, und sie sind ihm dankbar dafür. Jawohl, ja, sie sind alle einer Meinung. Wir müssen es noch einmal versuchen.

Doch als der Tag anbricht, bleibt der Nebel liegen, und damit ist es Kapitän Anderson unmöglich, mittels Sextant die genaue Position des Schiffes zu bestimmen, womit sich eine weitere Suche nach dem Kabel erübrigt.

Sie treiben zwei Tage im Nebel.

Alle, die keine Wache haben, schlafen.

Alle außer Otis. Er kommt nicht mehr vom Fockmast herunter. Kurz nachdem das Kabel wieder ins Meer entglitt, war er dort hinaufgeklettert. Chester klettert ihm nach und spricht mit ihm. Otis zieht aus dem Seesack, den er mit hinaufgenommen und an der Rah festgemacht hat, einen Sextanten.

»Meiner«, sagt er. In kurzen, abgehackten Sätzen erklärt er Chester, dass er diesen Sextanten seit Jahren mit sich herumträgt, seit seiner zweiten Pazifikreise. Er wird damit die Position bestimmen, sobald die Sonne sich zeigt. Dann wird er ihnen sagen, wohin das Schiff steuern soll.

»Sie haben einen Sextanten unten auf dem Quarterdeck«, sagt Chester sanft. »Du musst nicht hier oben hocken.«

Aber Otis schenkt ihm keine Beachtung, und Chester klettert wieder hinunter.

Später, in seiner Kammer, fragt Chester sich, ob Otis vielleicht eine Art Empfänger oder Relais für die angespannten und angestrengten Emotionen an Bord ist. Die Gefühle, die hinab zum Kabel fließen oder voraus in die Zukunft, die Erfolg oder Scheitern bringen wird, müssen zunächst durch Otis hindurchströmen. Und das mit einer Intensität, die vergleichbar ist mit den zerstörerischen Spannungen, die Whitehouse durch das alte Kabel und in Professor Thomsons empfindliche Galvanometer gejagt hat.

Nicht lange, und die gesamte Mannschaft hat eine gewisse Zuneigung zu dem exzentrischen Kerl im Fockmast entwickelt. Seine Ausdauer und sein leidenschaftlicher Einsatz für den Erfolg des Unternehmens zeichnen ihn in den Augen der meisten Seeleute aus. Seine Hingabe und sein Verzicht auf Komfort sind bewundernswert. Sie lächeln zu ihm hinauf, sie schauen jedes Mal, wenn sie an Deck kommen, ob er noch wohlbehalten dort oben sitzt.

Und als sich nach drei Tagen Nebel die Sonne endlich wieder blicken lässt, ruft Kapitän Anderson zu Otis hinauf, er möge ihm die Koordinaten sagen.

Als Otis Länge und Breite vom Masttop hinunterruft, flüstert der Erste Offizier, der auf der Brücke mit seinem Sextanten ebenfalls den Sonnenstand gemessen hat, Anderson ins Ohr: »Stimmt genau, Sir.«

Der Kapitän starrt ihn böse an.

»Wie wir uns gedacht haben, Sir, wie vermutet, Sir«, stammelt der stumm getadelte Offizier. »Wie wir die ganze Zeit wussten, Sir.«

Nachdem die Position nun bestimmt ist, teilt Anderson Chester mit, dass sie sich sechsundvierzig Meilen südlich des Kabels befinden. Sie dampfen mit voller Kraft nach Norden.

Zweiter Versuch

(1298 Meilen abgerollt) Nach Mitternacht am 7. August erwischen sie das Kabel. Kapitän Anderson gibt höchste Alarmbereitschaft; langsam beginnen sie das Kabel zu heben.

Doch nach nur zwei Stunden reißt die Dregtrosse.

Ein Schäkel ist gebrochen. Chester schätzt, dass sie knapp sechstausend Fuß Seil und ihren einzigen Dreghaken verloren haben.

Ein Ruf ertönt von oben.

Dritter Versuch

(1298 Meilen abgerollt) »Wir haben zwei geladen!«

»Was?«

Otis ruft vom Masttop herab. Chester ruft zurück. Alle Matrosen schauen hinauf.

»Im Stauraum gleich hinter dem vorderen Kohlenbunker. Noch ein Dreghaken. Du würdest doch auch nicht mit einem einzigen Haken angeln gehen, oder? Ich habe noch einen zweiten bauen und an Bord bringen lassen.«

Kapitän Anderson muss keinen Befehl geben, den Haken zu holen; schon laufen mehrere Männer zum angegebenen Stauraum.

Chester lacht und winkt zu Otis hinauf, der ausgezehrt und ver-
wildert aussieht, aber ebenfalls zu lächeln scheint, als er zurück-
winkt.

Doch da knapp sechstausend Fuß Drahtseil verloren gegangen
sind, müssen sie die Dregtrosse mit Hanfseilen verlängern. Niemand mag glauben, dass es stark genug ist, das Gewicht des Kabels
zu halten, aber sie haben keine Wahl. Die Mannschaft holt jedes
verfügbare Stück Tampen an Deck und vertäut ein Ende sorgfältig
mit der stählernen Dregtrosse, während die *Great Eastern* wieder in
Position läuft.

Drei Tage treiben sie über den Koordinaten des Kabels und suchen
den Meeresgrund ab, fahren zurück, schleppen den Haken wieder
über den Grund, fahren zurück, schleppen wieder. Schließlich lässt
Chester die Dregtrosse einholen. Als der Dreghaken auftaucht, sehen sie, dass die Trosse sich um einen der Flunken gewickelt hat. Sie
haben den Haken wahrscheinlich jedes Mal rückwärts über das Kabel gezogen.

Vierter Versuch

(1298 Meilen abgerollt) Der Wind hat gedreht und kommt aus Norden. Die kalte Luft trifft auf eine Warmfront, und sofort wird das
Wetter rau und feucht. Der Regen ist von arktischer Kälte, selbst
jetzt, Anfang August. Otis sitzt immer noch im Mast. Die Herren
Hoyt, Rettig und Skidmore haben nacheinander mit Unterstützung von Kapitän Anderson, Professor Thomson, Cyrus Field und
schließlich sogar von Herrn Lindt versucht, ihn zum Hinabsteigen
zu überreden. Er winkt nur abwehrend. Er hat sich an den Mastkorb
gebunden. Der Zweite Offizier hat ihm trockene Kleidung und Ölzeug gebracht. Chester hatte den Befehl dazu gegeben. Im Ansatz
kann Chester den Wunsch seines Bruders begreifen, dort oben zu
bleiben.

Am frühen Nachmittag haben sie das Kabel am Haken. Das Aufholen beginnt, aber nur wenige an Bord können es ertragen, zuzuschauen. Zumal der Regen heftiger wird und das Wetter an Deck
nur schwer auszuhalten ist. Außer den Seeleuten auf Wache – und
Chester Ludlow – sieht fast niemand den Winschen bei der Arbeit
zu.

Im Salon starrt Professor Thomson auf die Seiten eines Fortsetzungsromans von Dickens, in dem es um die Geschichte eines endlosen Gerichtsverfahrens geht, doch er scheint seine Augen nicht bewegen zu können. Cyrus Field zieht mit der Stiefelspitze die Muster des Perserteppichs vor dem Büfett nach, die in vagen Andeutungen Blumen und Maritimes zeigen. Auch die Ablenkung, zu der sich die Herren Hoyt, Rettig und Skidmore flüchteten, hilft nicht mehr: Keiner von ihnen kann sich aufs Karten- oder Klavierspiel konzentrieren, die Zeit will nicht vergehen. Herr Lindt liegt in seiner Kammer auf der Koje und starrt den orientalischen Wandschirm an, ohne ihn wirklich zu sehen.

In der Abenddämmerung, als zwölftausend Fuß Dregtrosse vorsichtig eingeholt sind, beginnt irgendwo unter Wasser ein Schäkel zu rutschen. Die Winschen laufen vorübergehend schneller, weil die Belastung nachlässt, werden dann langsamer, als das volle Gewicht wieder greift. Einer der Matrosen am Dampfregler wischt sich mit übertriebener Erleichterung die Stirn ab. Chester grinst und nickt. Das Einholen geht weiter. Als der Schäkel etwa zwei Minuten später endgültig bricht, reagieren die Männer an Bremsen und Reglern so schnell, dass die Winschen keine Zeit haben, hochzufahren. Aber es gibt keinen Zweifel: Die Trosse hängt schlaff herunter.

Ein Matrose will die Alarmpfeife betätigen, aber Chester fällt ihm in den Arm. Sie können nichts mehr tun. Sie haben den größten Teil der Dregtrosse verloren. Sie treibt in Spiralen durch die schwarze Tiefe, um sich am Meeresgrund neben den Dreghaken und das Kabel zu legen. Sie haben nicht genug Tauwerk und keinen Haken für einen weiteren Versuch. Es hat keinen Zweck, das ganze Schiff zu alarmieren. Diesmal haben sie das Kabel endgültig verloren.

Chester gibt Befehl, den Rest der Trosse einzuholen und die Winschen mit normaler Geschwindigkeit weiterlaufen zu lassen, während er nach unten geht, um den restlichen Kabelmännern die Nachricht schonend beizubringen.

Er findet alle in der großen Messe versammelt, wo sie lustlos in ihrem Abendessen herumstochern. Draußen hat der Sturm nachgelassen, der Regen hat aufgehört, die dunklen Wolken haben sich vom westlichen Horizont gehoben, sodass gleißend glutgoldenes Licht durch den Spalt über die Wellen fallen kann. Die ganze Messe leuchtet rot.

Jack Trace bewundert den Lichteinfall und wünscht sich, man könne diese Farben einfangen, als er Chester Ludlow am Decksniedergang bemerkt. Selbst im rötlichen Widerschein sieht er bleich aus. Alle, die ihn anschauen, wissen, was geschehen ist. Ohne ein Wort nehmen die Kabelmänner ihre Stühle und setzen sich neben dem Flügel und den Topfpalmen im Kreis zusammen. Das Ganze sieht aus wie eine Séance oder ein Gebetskreis, denkt Trace.

»Unser letzte Hoffnung ist versunken«, murmelt Chester.

Die anderen nicken. Sie wissen, was das heißt. Trace sieht hinaus auf den Streifen bernsteinfarbenen Sonnenlichts zwischen Wolken und Meer. Ein dunkler Seevogel taucht nach Beute.

Die Gruppe sitzt schweigend im Kreis, bis Schreie von Deck herunterwehen.

Chester ist verärgert. »Verdammt«, sagt er. »Ich habe ihnen doch gesagt, sie sollen nicht mehr …«

Doch die Matrosen schreien nicht des verlorenen Kabels wegen. Es gibt einen anderen Grund. Otis Ludlow hat sich vom Mastkorb ins Meer gestürzt.

Kapitel 28

Das Hotel Ammonoosuc

New Hampshire, Spätsommer 1865

Ins Erhabene

Die Eisenbahnen haben sich ihren Weg durch die gesamten White Mountains gesucht. Sie schaffen Güter von den Farmen im nördlichen New Hampshire, sogar aus Vermont durch die Berge hinunter nach Portsmouth, nach Boston, ans Meer. Ihre Gleise führen über Bergpässe – über die »Sättel« – und winden sich von den Tälern in die Hochebenen hinauf, wo in den Fichten- und Kiefernwäldern neue Holzfällerlager aus dem Boden schießen. Während Holz und landwirtschaftliche Produkte über waghalsige Brücken und in Windungen über Granitfelsen und durch Nadelwälder von den Bergen herabfließen, nimmt ein neues, bisher in dieser Wildnis nur selten gesehenes Gut den umgekehrten Weg – Feriengäste.

Meist aus Boston, aber auch aus Hartford, aus Providence, sogar aus New York kommen sie in die »Kristallenen Berge«, um zu finden, was die Europäer seit Generationen in den Alpen suchen: das Erhabene – jenes inspirierende und Kraft spendende Gefühl, das sich nur fern der überfüllten Städte einstellt, zwischen hohen Gipfeln und felsigen Hängen, an rauschenden Wasserfällen und in stillen Wäldern, an Abgründen und in Hohlwegen; jenes Gefühl, das eine Mischung ist aus heiterem Sinn und ehrfürchtiger Ergriffenheit. Und auf die Ströme von Menschen, die begierig sind, all dies zu erfahren, wartet J. Beaumol Spude.

Seine Eisenbahn ist schon da – denn am Ende des Bürgerkrieges hat er beträchtliche Gelder in die Bahnlinien *Boston & Maine*, *Grand Trunk* und *St. Lorenz* investiert. Da die Landwirtschaft sich weiter nach Westen verlagert hatte und die White Mountains heute unbewohnter und wilder sind als vor vierzig Jahren, hat Spude auch Geld in Hotels gesteckt. Die Eisenbahnen ziehen die Hotels nach sich, und Spude hat in beides investiert. Vor allem in eine Herberge aus weißem Holz mit fünfzig Zimmern, mit Seitenflügeln und Anbauten, mit Terrassen und Veranden, mit Ecktürmen, die mit roten Ziegeln gedeckt und mit metallglänzenden Kreuzblumen geschmückt sind. Das Hotel Ammonoosuc liegt an der Straße zum Crawford-Notch-Pass, und davor erstreckt sich eine weite Rasenfläche und eine lange, geschwungene Auffahrt, die den Reisenden willkommen heißt. Hinter dem Hotel dehnen sich endlose Wiesen, und jenseits eines dunklen Bergwaldes erheben sich die Granitgipfel des Presidential Range und damit die höchsten Berge des Nordostens: baumlose Pyramiden, deren höchste der Mount Washington ist.

Es ist Spätsommer, und Spude ist hier, weil sich jetzt, am Ende der Saison, die Pracht am herrlichsten entfaltet. Das Hotel ist erst zwei Jahre alt. Selbst in den letzten Kriegsmonaten gingen die Geschäfte gut. Denn wer würde die Anspannungen und Sorgen des Konfliktes nicht gern in solch majestätischer Umgebung abstreifen, auf dem Rasen bei Krocket und Federball, im Pinienhain mit seinem Wunschbrunnen, in den Pferdeställen, auf den umliegenden Wiesen und Weiden? Das Erhabene hat gerufen, und die Feriengäste sind gekommen.

Spude kann in diesem Jahr zum ersten Mal ins Ammonoosuc kommen. Seine Stellung als Finanzier und Pulverfabrikant aus Missouri und Louisiana hat seinen Aufenthalt in dieser Bastion des Yankeetums – New Hampshire – bisher verhindert.

Aber der Krieg hat sein ersehntes, wenn auch bitteres Ende gefunden. Das Land scheint nach der Ermordung seines Präsidenten nicht ins Chaos zu stürzen. (Ein Schauspieler hat Abe Lincoln erschossen … ein *Schauspieler*. Spude wundert das nicht – nach seinen Erfahrungen mit den liederlichen Statisten des Phantasmagoriums.)

J. Beaumol Spude ist auch deswegen ins Ammonoosuc gekommen, weil er seinen Besitz inspizieren möchte, doch sein Interesse und seine Investitionen sind schon längst weiter nach Westen gewandert. Die Eisenbahnen in Neuengland florieren zwar, aber der eigentliche Aufschwung im Eisenbahnwesen wird nun, da der

Krieg vorbei ist, in den Territorien stattfinden, bis hin zur Pazifikküste. J. Beaumol Spude träumt von dem Tag, da sein Geld in den Schienensträngen steckt, die über den Kontinent hinweg die Ozeane verbinden. Die Telegraphenjungs haben mal wieder – vergeblich – versucht, ein Kabel über den Atlantik zu legen. Da Spude aus ihrem Club ausgeschlossen wurde, hat er die Abenteuer der *Great Eastern* nur in den Zeitungen verfolgt. Er könnte es ihnen nachtragen, aber was wäre dabei gewonnen? Auf diesem Planeten ist Platz für alle möglichen Unternehmungen. Das hat J. Beaumol Spude im Krieg gelernt. Oder vielleicht war es umgekehrt: J. Beaumol Spude hat nicht gelernt, er hat vielmehr bewiesen, dass man auf beiden Seiten der Front Geschäfte machen kann. Vor allem in Zeiten des Krieges gibt es immer genügend Spielräume und ausreichend Not.

Heute jedoch genießt Spude den Gewinn klug investierten Geldes und den Frieden des Spätsommers in den White Mountains. Der Himmel ist klar. Morgens, wenn die Kamine des Hotels die nächtliche Kälte vertreiben sollen, hängt ein wenig Rauch von den Holzfeuern in der Luft. An den Blättern der Bäume weiter oben an den Hängen zeigen sich erste Verfärbungen ins Gelbe und ins Rostrote. Und als an diesem Morgen das Tageslicht hinter dem Mount Washington hell genug ist, um seine Flanken erkennen zu lassen, sieht man den Kegel seines Gipfels leicht mit Schnee bestäubt.

J. Beaumol Spude ist begeistert. Der Frühherbst hier oben sucht seinesgleichen. Spude freut sich, am Leben zu sein. Er ist bei bester Gesundheit. Er hat im Krieg noch ein wenig zugelegt, sein Gang ist von der Gicht ein wenig steif geworden, doch von Gestalt und Wesen erinnert er immer noch an einen gut befeuerten Wohnzimmerofen. Und das Leben ist schön, wenn auch ein wenig einsam für einen alternden Witwer.

Aber mit solchen Gedanken hält J. Beaumol Spude sich nicht lange auf. Er freut sich schon auf die Zerstreuungen des heutigen Abends. Ein bekanntes Gesicht ist hier. Das hat ihn überrascht. Auf dem Programm steht ein spirituelles Potpourri der Wundertaten, die Beschwörung von Geistern, eine Gruppenséance für alle interessierten Hotelgäste, ein Abend des Staunens und der Verbindungen in die Andere Welt mit dem Spiritoskop des Dr. Zephaniah Hermes, Thaumaturg, und dem spirituellen Magnetismus und den Vorhersagen der Dame Frances Piermont.

Am Namen hätte Spude sie wohl kaum erkannt, aber das Plakat mit der Ankündigung zeigt ein unverwechselbares Bild von Franny Ludlow.

»Dame Frances«, nicht schlecht. Der theatralische Klang gefällt Spude, doch solche Frivolität scheint gar nicht recht zu passen zu seiner Erinnerung an die zurückhaltende, aber kluge Hausherrin in dem schönen Anwesen an der Küste von Maine, das er vor Jahren besucht hat.

Die Vorstellung

J. Beaumol Spude ist enttäuscht. Mehr als enttäuscht, er ist besorgt. Er dürfte eigentlich nicht enttäuscht sein, denn Dr. Zephaniah Hermes ist ein vollendeter Bühnenkünstler: attraktiv, gebieterisch, mit flüssigen Bewegungen, volltönender Stimme – männlich. Die Damen im Publikum halten synchron die Luft an, als er mit raumgreifenden Schritten die Bühne im großen Salon des Hotels betritt. Sogar die alte Jungfer aus Pawtucket, die sich beim Ausritt am Nachmittag an Spudes Fersen geheftet hatte, scheint ein neues Objekt für ihre Schwärmerei gefunden zu haben. Doch in Spudes Augen ist die Vorführung trotz der unleugbaren Bühnenpräsenz von Hermes ein einziger blühender Unsinn. Wenn auch nur einer der etwa fünfzig Anwesenden im Publikum nicht bemerkt, dass dieser Schrotthaufen auf der Bühne, den Hermes als Spiritoskop bezeichnet, heimlich mit Pedalen und Rollen, mit Schnüren aus Katgut und Ablenkspiegeln betrieben wird, dann hat er es nicht besser verdient.

Je länger er zuschaut, desto klarer wird Spude, dass Hermes sich ganz auf seine Ausstrahlung verlässt, die zwar beträchtlich ist, aber offensichtlich nur Taschenspielereien und Humbug beschönigen soll. Aber das Publikum möchte mitspielen. Spude beobachtet gleichzeitig Hermes und seine Zuschauer. Der Illusionist führt mit zwei Freiwilligen aus dem Publikum Geisterbeschwörungen vor. Nichts allzu Ernstes: keine bei Cold Harbor oder Gettysburg gefallenen Brüder oder Söhne, nur eine Frau, die von ihrer vor langer Zeit verstorbenen Mutter hören will. Und dann ein Mann, der gern etwas über sein geliebtes Pferd erfahren möchte, woraufhin das Spiritoskop durch Hufgetrappel signalisiert, dass im Großen Himmlischen Pferdestall alles in bester Ordnung ist.

Das alles lässt sich leicht als eitle Unterhaltungskunst eines einnehmenden Bühnendarstellers abtun. Und als solches scheint es von der Mehrzahl der Zuschauer betrachtet zu werden. Doch dann stellt Dr. Hermes Dame Frances Piermont vor, und Spude horcht auf. Es ist inzwischen ganz dunkel geworden, und da die vier Terrassentüren des Salons – draußen herrschen milde Temperaturen – offen stehen, regt sich ein balsamisches Lüftchen, als Franny unter Applaus die Bühne betritt, wo Dr. Zephaniah Hermes sie mit ausgestreckter Hand und höflicher Verbeugung empfängt, um gleich darauf mit subtilem Seitenblick und der Andeutung eines Lächelns dem Publikum zu verstehen zu geben, dass er Dame Frances aufs Intimste verbunden ist.

Das ärgert Spude. Franny Ludlow ist immer noch elegant, immer noch selbstsicher, wenn auch ein wenig älter, ein wenig reifer von Gestalt – in Spudes Augen ist sie immer noch attraktiv. Er erinnert sich zwar, dass sie seinerzeit in ihrem Heim recht scharf, vielleicht sogar unhöflich mit ihm gesprochen hatte. Aber das war verzeihlich. Immerhin entführte er ihren Ehemann auf die Tournee mit dem Phantasmagorium, und dazu kam das Eindringen von Frau Lindt, deren Gefährlichkeit Franny vorhergesehen haben musste und die eine Entwicklung im Leben ihres Mannes in Gang setzen sollte, die Spude vielleicht sogar befördert haben mochte – um Eintrittskarten zu verkaufen, um das Kabel zu finanzieren. Im Großen und Ganzen hat Frances sich recht gut gehalten, denkt Spude. Eine Frau mit Anstand und Würde in schwieriger Lage. Eine Frau, die Besseres verdient als dies. Besseres als den zweideutigen Seitenblick dieses Burschen Hermes und etwas Besseres als die Ankündigung als – ja was? – als Wahrsagerin.

Und genau das ist auch ihre Rolle. Angetan mit einem dunklen rotbraunen, beinahe schwarzen Gewand, das dunkle Haar mit einer bescheidenen Tiara hochgesteckt, lädt sie Zuschauer ein, zu ihr aufs Podium zu kommen, ihre Hand zu halten, sie anzusehen und dann von ihrem Leben zu erzählen, während sie Fragen stellt. Dann antwortet sie selbst auf Fragen, schmückt ihre Antworten mit erstaunlichen Einzelheiten aus und flicht Zukunftsprognosen ein.

Aber die Tatsachen und Vorhersagen könnte auch ein mitspielender Portier oder Gepäckträger oder ein Zimmermädchen geliefert haben. Einmal spricht Dame Frances mit einem fünfzehnjährigen

Mädchen über dessen Großvater. Franny – Dame Frances – lässt die Hände des Mädchens los und zieht eine Schiefertafel hervor. Sie bittet das Mädchen, an ihren Großvater zu denken, und zeichnet sein Porträt – Glatze, Vollbart, Brille. Manchmal ist es schwer, die teleästhetischen Bilder zu erkennen, sagt sie, aber sieht dieses Bild dem Großvater ähnlich? Ja! Ja! Sehr sogar, versichert das erfreute Mädchen. Das Publikum seufzt und applaudiert. Spude vermutet, das Zimmermädchen hat Franny ein kurz ausgeborgtes Bild gezeigt.

Zum Abschluss kündigt Franny an, sie wolle mit Hilfe des Publikums den verstorbenen Präsidenten in ihre Mitte rufen.

»Ich kannte ihn«, sagt Franny, »und seine Frau. Ich werde versuchen, seinen Geist zu uns zu holen.«

Sie weist die Versammlung darauf hin, dass der Präsident gewiss nicht unter ihnen wandeln werde. Das zu bewirken, stehe nicht in ihrer Macht. Aber vielleicht – *vielleicht* – kann sie allen die Anwesenheit des großen Verstorbenen erfahrbar machen. Sie fordert alle auf, die Augen zu schließen. (Spude sitzt in der letzten Reihe, in der Nähe der Terrassentüren.) Sie bittet alle, an Mr. Lincoln zu denken. (Spude hält die Augen offen. Er möchte jeden Trick mitbekommen.) Sie sagt, wer je eine Daguerreotypie von Mr. Lincoln gesehen hätte, sollte seine Gedanken darauf richten oder wahlweise auf Worte des Präsidenten, die jemand von ihnen gelesen habe. Wer ihn je von Angesicht zu Angesicht gesehen hätte, sollte sich bitte an jenen Tag erinnern. Spude stellt fest, dass anscheinend alle ihre Augen geschlossen haben. Während Hermes' Bühnenpräsenz etwas Erotisches hatte, strahlt Franny eine Autorität aus, die sie sich verdient hat, sie ist sanft, sicher und mitfühlend. Im Saal kehrt Ruhe ein.

Dann glaubt Spude, leise Musik im Wind zu erlauschen. Er spürt die gewaltige Präsenz der Berge, die im Dunkeln vor der Tür, hinter den Wäldern aufragen. Doch mit der Brise, die von den Gipfeln herabweht, hört Spude ganz zweifelsfrei eine schwache Melodie. Er steht leise auf und schleicht sich durch die Glastür hinaus auf die lange Veranda, wo, ausgerichtet auf die dunklen Berggipfel, Reihen von Schaukelstühlen stehen. Jenseits des Reitplatzes sieht er eine Laterne. Ein Junge, gewiss ein Page oder ein Stallbursche, hält das Licht für einen Cellisten – einen der Kammermusiker des Hotels, der für den Abend verpflichtet wurde. Er spielt eine trübsinnige

Version der *Battle Hymn of the Republic*. Spude schaut in den Saal zurück. Franny steht mit ausgestreckten Armen in segnender Haltung auf der Bühne. Männern im Publikum laufen Tränen über die Wangen. Frauen schluchzen leise. Die Melodie ist im Saal gerade noch zu hören.

Dann bemerkt Spude Schatten hinter einem Fenster zu seiner Linken. Er geht leise hin und sieht durch die Scheibe in das Büro des Buchhalters. Es bleibt ihm nur ein kurzer Blick, denn schon bricht im Salon Applaus los. Aber die Zeit reicht, um zu beobachten, wie der Buchhalter Geldscheine abzählt und sie Dr. Hermes reicht. Als die Wogen des Applauses durch die Wand dringen, steckt Hermes das Geld rasch in die Tasche, huscht aus der Tür und den Korridor entlang zum Saal, um rechtzeitig wieder auf der Bühne zu stehen, wo er sich mit Dame Frances Piermont verbeugt.

BEIM BILD

Draußen, auf dem Rasen, steht, an einen Pflock gebunden, ein Pony. Drei Männer und fünf Frauen sitzen im Halbkreis auf Hockern um das Tier. Der Tau liegt noch auf dem Gras, denn obwohl es schon später Vormittag ist, erhebt die Sonne sich gerade erst über den Kegel des Mount Pleasant, eines kleineren Berges südlich des Mount Washington. Die Damen und Herren, die sich mit Schals und Capes vor der kühlen Morgenluft schützen, gehören zur Zeichenklasse, die das Hotel seinen Gästen zur künstlerischen Weiterbildung anbietet. Das angepflockte Pony ist ihr Modell. Der Zeichenlehrer ähnelt einem Storch und stakst von einem Schüler zum anderen, beugt sich über die Blöcke, deutet auf das Blatt, dann auf das Pony, formt mit den Händen Figuren in der Luft, stolziert mit hohen, weiten Schritten durchs feuchte Gras zum nächsten Eleven. Ein gelangweilter Stallbursche hält das kleine Tier fest. Die Schüler zeichnen eifrig. Die Sonne wärmt das Gras und die Bäume an den Westhängen der Berge; Dunst steigt aus den Schluchten und Senken in die blaue Luft und ins wässrige Licht.

Franny Ludlow betrachtet die Zeichenklasse aus dem Lesesaal des Ammonoosuc-Hotels. Der Raum liegt nach Osten, und die großen Fenster mit ihren schweren Vorhängen gehen auf den Rasen und die Berge hinaus. Er ist mit ledernen Armsesseln und Samtsofas, mit Tischen voller Zeitungen und an drei Wänden mit deckenhohen Bücherregalen ausgestattet, vor denen rollende Leitern stehen, mit denen die Herren für sich oder für die Damen Bücher von den oberen Borden holen können. Einige Herren haben sich hinter Bostoner Tageszeitungen verschanzt. Hin und wieder husten sie und rascheln mit den Seiten. Zwei Damen sitzen an den Sekretären auf der Sonnenseite des Raums. Die anderen Hotelgäste sind Vögel beobachten oder reiten gegangen, schießen mit Pfeil und Bogen auf Zielscheiben, werfen Hufeisen oder sitzen auf der Terrasse und betrachten durch Teleskop und Feldstecher die hohen Gipfel.

Franny hat Hermes in ihrem engen Zimmer im obersten Stockwerk schlafen lassen. Es liegt im hinteren Teil des Hotels, wo Musiker, Köche und gastierende Unterhalter untergebracht werden. Die Fenster gehen nicht auf die Berge, sondern auf die Teerdächer der Wirtschaftsgebäude hinaus. Franny trägt ein leichtes, von den Reisen noch nicht allzu mitgenommenes Wollkleid, damit sie unter den Gästen nicht auffällt, wenn sie hinuntergeht, um noch einmal das Bild zu betrachten.

Es handelt sich um ein großformatiges Gemälde, eineinhalb mal zweieinhalb Meter, und zeigt eine Berglandschaft. Im Vordergrund stürzt ein in Dunst gehüllter Wasserfall in die Tiefe; die Mitte bilden detailgetreue, fast besessen genaue Darstellungen einzelner Fichtenzweige und moosiger Felsen des Vorgebirges; und dahinter, in der Ferne, sieht man eine schneebedeckte Spitze, die dem Mount Washington vor dem Fenster ähnelt, aber noch erhabener und mächtiger wirkt. An den Hängen auf der rechten Bildseite ballen sich Wolken und Waldnebel, die von innerem Licht zu pulsieren scheinen und hinter denen sich ein weiterer Gipfel, noch höher als der abgebildete, verbergen könnte; sollten die Wolken sich verziehen, würde womöglich eine Ehrfurcht gebietende oder gar Furcht einflößende Bergspitze zum Vorschein kommen. Ein unruhiges, ein beunruhigendes Bild. Als würden die Berge und die Wildnis – ja, als würde der Künstler selbst – die Faust in Richtung des Betrachters schütteln. Kein Schild und keine Signatur verrät den Namen des Malers, aber das Bild ist offensichtlich von gleicher Herkunft wie jenes im Foyer von Willing Mind. Gleiche Größe, ähnliche Tongebung, ähnliche Dynamik. Das Bild soll bedrohlich wirken.

Franny hört die Terrassentüren klappern, auf- und wieder zugehen.

Der Zeichenlehrer eilt an ihr vorüber, nimmt das Barett ab und nickt ihr zu: Kollegen bei der spirituellen und künstlerischen Weiterbildung der Erholung Suchenden. Er verschwindet, und Franny fährt fort in der Betrachtung des Gemäldes. Sie steht vor dem mächtigen, düsteren Werk, doch nimmt sie es nicht mehr wahr. Das Bild hat sie in ihr früheres Leben zurückgeführt. Sie hat natürlich auch schon vorher an Willing Mind gedacht, aber die Mischung aus Erschöpfung (Schlafmangel; eine lange, unerbittliche Sommertournee durch Theater, Großzelte und Hotels als Bühnenpartnerin bei der Spiritoskop-Vorstellung) und ihre trüben Zukunftsaussichten lassen sie jetzt fast reglos vor dem Bild erstarren. Sie fühlt sich von Ludlows umgeben: Chester, Otis, deren Vater, den sie nie kennengelernt hat; und mittendrin *sie selbst*, denn rechtlich ist sie immer noch eine Ludlow, trägt immer noch diesen Namen, ist immer noch Chesters Frau, auch wenn ihr derzeitiges Leben den Beweis dafür schuldig bleibt. Sie fragt sich, in welchem Zustand ihr früheres Heim Willing Mind wohl sein mag. Sie denkt an Chester.

»Bewundern Sie immer noch den Ludlow?« Der Zeichenlehrer eilt zu seiner Klasse zurück, das Barett schon wieder auf dem Kopf, mit flatternder Hand seinen Kittel zuknöpfend. Er riecht nach Whiskey. Der wahrscheinliche Grund für seinen eiligen Rückzug ins Hotel. Sie zwingt sich zu einem Lächeln und nickt.

»Ich habe übrigens Ihre Vorstellung gestern sehr genossen«, sagt der Zeichenlehrer.

Franny dankt ihm. Er deutet auf das Gemälde.

»Ist es zu glauben, das ein solches Bild Feriengäste hier herauflocken sollte?« Der Zeichenlehrer schüttelt den Kopf. »Also wirklich. Sieht das etwa nach unserer Gegend hier aus?«

Franny schaut nach draußen. Ein friedliches Bergpanorama. Dann sieht sie, dass das Pony auf dem Rasen sich gerade erleichtert. Die Damen wenden sich ab. Die Herren scheinen nervöse Ablenkungsgespräche anzuzetteln. Sie muss kichern. Der Kunstlehrer missversteht das unterdrückte Lachen als Reaktion auf seine Bemerkung. Er spricht weiter:

»Ich muss zugeben, der alte Ludlow wollte eine gewisse Kraft zum Ausdruck bringen, und das ist ihm auch recht gut gelungen, aber der ganze Gestus hat etwas Verzweifeltes, Hektisches. Und vielleicht ist es tatsächlich nichts weiter als das, was meinen Sie? Ein Gestus?

Ein großer Gestus. Aber wo sind die Menschen? Wo ist die Menschlichkeit? Das frage ich Sie.«

»Also«, sagt Franny, »mir gefällt es ganz gut.«

Der Zeichenlehrer blinzelt. Er will nicht mit ihr streiten, und er hatte erwartet, dass sie sein Urteil für unumstößlich nehmen würde. »Ludlow hatte Kraft«, sagt er. »Amos Bronson Ludlow. Bin ihm nie begegnet. Er hat hier in der Nähe gelebt, habe ich gehört. Nett vom Hotel, dass sie sein Werk bei sich aufhängen. Drängt meine Arbeiten allerdings ein bisschen an den Rand, zwischen die Fenster. Sehen Sie? Ein bisschen klein, gebe ich zu, aber solche Formate lassen sich viel besser verkaufen. Ich hoffe, Sie werfen noch mal einen Blick drauf. Muss wieder an die Arbeit. Ciao.«

Er schlüpft durch die Glastür und kehrt zurück zu seinen verhinderten Künstlern und dem taktlosen Pony.

Das Gesicht eines der Herren lugt hinter einer Zeitung hervor. Es ist das erhitzte, gerötete und dennoch unerschütterlich gesunde Gesicht von J. Beaumol Spude. Er ist aufgesprungen, hat Frannys Hand ergriffen und geküsst, bevor sie Luft holen kann. Er sagt, dass er meinte, ihre Stimme erkannt zu haben, als sie mit dem Zeichenlehrer sprach. Er beglückwünscht sie zu ihrer Vorstellung am Abend zuvor, und ihr wird langsam klar, dass sie ihn zum letzten Mal gesehen hat, als vor sieben Jahren die Ankunft des Kabels gefeiert wurde. Er hat sich kaum verändert.

»Sie sind so schön wie eh und je«, sagt er.

Sie weiß, das stimmt nicht, sie ist ausgelaugt, ihr Haar ist stumpf. Sie fühlt, wie Schwerkraft und Alter an ihrem Körper zerren, doch der Anblick eines Menschen aus ihrem früheren Leben, der ihr freundliche Schmeicheleien sagt, rührt sie dermaßen, dass sie den Tränen nahe ist.

Spude winkt einem Kellner und bestellt Tee und etwas Quellwasser für Mrs. Ludlow. Er spürt, dass er sie erschreckt hat. Er bittet sie, sich zu ihm zu setzen. Sie nehmen in der Ecke Platz, an zwei Seiten flankiert von Fenstern. Er stellt ihren Stuhl so hin, dass ihr die Sonne nicht ins Gesicht scheint. Sie kann die Zeichenklasse sehen.

»Wir haben einiges nachzuholen«, sagt Spude. Und Franny antwortet wohl allzu überschwänglich, wie ihr sofort klar wird: »Ja, ja! Das haben wir!« Und sie ergreift seine Hände.

Später wird ihr auffallen, dass sie genauso nach den Händen der

Leute aus dem Publikum greift, die sich freiwillig melden, um sich von ihr auf der Bühne das Schicksal lesen zu lassen, und dass Spude genauso nach ihren Händen greifen wird, als er sie sicher aus dem brennenden Hotel leitet.

NACHHOLEN

Das Leben eines Textil- und Pulverfabrikanten, früher Rinderbaron, derzeit Hotelbesitzer und zukünftig Eisenbahnmagnat, hält sicherlich auch für eine Dame einiges von Interesse bereit. Spude geht nicht allzu sehr ins Detail, als er ihr seine beiderseitigen Investitionen während des Bürgerkrieges beschreibt, aber er zählt alle seine Aktivitäten seit seiner letzten Begegnung mit Franny lückenlos auf. Nach und nach leert sich die Bibliothek, die Gäste gehen in den Teesalon oder ziehen sich zum Mittagessen um. Das morgendliche Feuer im Kamin ist niedergebrannt.

Schließlich kommt der unvermeidliche Moment, da Spude sich ihr direkt zuwendet und fragt, was *sie* eigentlich die ganze Zeit gemacht habe?

»Eigentlich nicht viel. Ich fürchte, Sie haben das Wesentliche im Grunde gestern Abend gesehen, Mr. Spude.«

»Habe ich, habe ich«, sagt er, und Franny erwartet, dafür getadelt zu werden, dass sie ihr Licht unter den Scheffel stellt, aber er sagt nichts. Er sieht sie sehr ruhig an. Der Blick verrät ihr, dass sie ganz recht daran tut, mit dieser Leistung nicht zu prahlen. Sie ist in seiner Achtung gesunken. Er hat die Vorstellung gesehen. Er weiß Bescheid.

Und das lässt ihr Selbstvertrauen schwinden.

»Ach Gott«, entfährt es ihr, und sie schaut weg.

Aber J. Beaumol Spude rührt sich nicht, sagt kein Wort, und mit diesem Schweigen entlockt ihr der sonst so geschwätzige Mann ihre Geschichte.

Sie erzählt ihm, was ihr in den Jahren zugestoßen ist, seit sie sich bei den Feiern für das Kabel in New York gesehen haben, von wo sie in Verwirrung, Schmerz und Hoffnung geflohen ist, um dem zu folgen, was sie danach für ihre Berufung hielt. Denn was auch immer all dies bedeuten mag … dieses Umherziehen, das Leben in Sünde mit Hermes; Menschen an einen Punkt zu bringen, wo sie das, was

sie von ihren verstorbenen Liebsten oder über ihre Zukunftsaussichten in ihrem Innersten gern glauben wollen, tatsächlich glauben; dann mit ein paar Tricks noch die letzten Zweifel zu zerstreuen;
auch wenn sie mit ihrer Darbietung sehr tief gesunken ist, im Grunde ist das Ganze doch eine Berufung. Das weiß sie sicher. Sie hat es
gespürt, als sie, zusammen mit Otis, zum ersten Mal Betty gesehen
hat. Zum ersten und einzigen Mal. Sie war berufen, dies zu tun, die
Hand zur Anderen Seite auszustrecken und irgendwie auch anderen zu helfen, dasselbe zu tun. Diese zerrissene Nation, die sie nun
seit beinahe sieben Jahren kreuz und quer durchwandert, wofür sie
Heim und Ehe hinter sich gelassen hat, ist ihre Mission gewesen.
Die Nation und die Geisterwelt – ihre beiden Missionen.

Doch das erzählt sie Spude nicht – jedenfalls nicht in diesen Worten. Sie erzählt ihm von ihren Reisen, von den Städten, in denen sie
aufgetreten ist. Sie erzählt ihm von Hermes, wie sie sich kennengelernt haben. Dass er, auch wenn seine Vorführung nach Humbug aussieht, aufrichtig an die Geisterwelt glaubt. Dass er seine
Vorführung in den Dienst ihrer »Höheren Mächte« stellt, wie er es
ausdrückt. Dass er vor drei Jahren vorgeschlagen hat, dass sie sich
zusammentun. Dass sie schon endlos lange unterwegs gewesen war.
Und sehr einsam. Dass sie eingewilligt habe.

Während ihrer Erzählung und besonders, als sie laut darüber
nachdenkt, wo ihr Mann wohl sein mag, wird sie von Gefühlen
überwältigt. Aber Chester und sie haben sich so weit auseinander-
gelebt, dass sie sich nicht mehr als eine Ludlow fühlt. Und dann
fängt sie an zu weinen, denn als sie vor dem Gemälde stand, hatte
sie noch anders empfunden. Sie versucht das Schluchzen zu unterdrücken, und als sie sich von Spude abwendet, fällt ihr Blick wieder
auf das große Bild an der Wand der Bibliothek. Die Unruhe des Gemäldes ergibt auf einmal einen Sinn. Die Berglandschaft vor dem
Fenster, die es darzustellen vorgibt, sieht zwar vollkommen anders
aus, aber das Ganze hat trotzdem einen Sinn. Das Bild lässt sie an
ihren Mann und an seinen Bruder denken. Es ist ein Fenster, das den
Blick auf etwas Wesentliches von ihnen beiden freigibt, auf etwas,
das in jedem von ihnen unterschiedliche Gestalt annimmt, etwas,
das mit Hunger, Aufruhr und schierer Willenskraft zu tun hat. Und
dann sieht sie es. Sie stößt einen leisen Schrei aus. J. Beaumol Spude
fragt, ob alles in Ordnung sei.

Aber sie ist schon aufgestanden und läuft zu dem Gemälde hinüber. Sie hat etwas in den Wolken erkannt, die sich durch die rechte Bildhälfte wälzen. Eine Gestalt. Sie ist offenbar nur aus einem bestimmten Winkel, aus einer bestimmten Entfernung zu sehen, andernfalls hätte sie ihr vorhin, als sie die Leinwand ausgiebig betrachtet hatte, auffallen müssen. Das Wesen scheint sich aus den wirbelnden grauen und weißen Pigmenten zusammenzusetzen, und Franny erkennt in dem Gemalten ein kleines Mädchen, oben am Himmel, in einem weißen Gewand, ein Kind.

Ist es Spudes Stimme oder die Veränderung ihrer Perspektive auf das Bild, oder ist es ihre Angst, die das Mädchen verschwinden lässt? Denn als sie vor der Leinwand steht, ist die Gestalt nicht mehr da. Spude fragt wieder, ob es ihr gut gehe. Sie jedoch tritt nach links und nach rechts, vor und zurück, fast als wolle sie einen exzentrischen Tanz vollführen, und versucht die Erscheinung zurückzurufen. Sie geht wieder zu ihrem Stuhl, setzt sich, schaut hin, springt abermals auf. Nichts. Das Mädchen ist fort – oder es war nie da. Es bleibt nur das Bild, unverändert – die übertrieben grandiose Darstellung des Mount Washington und der bewaldeten Täler, der rollenden Nebel und Wolken zur Rechten, die womöglich einen Gipfel einhüllen, der noch höher ist als der, den wir im Bild sehen, eine Herausforderung des Betrachters, eine Provokation, ein Mythos. Aber keine Gestalt in den Wolken.

Franny weint. Sie kann die Tränen nicht länger zurückhalten. Langes, gedehntes Schluchzen in Spudes Armen. Die Briefschreiberinnen und Zeitungsleser sind verschwunden, Franny und Spude sind allein im sonnendurchfluteten Leseraum. Sie hört gar nicht wieder auf zu weinen, und der alte Unternehmer, der Schausteller des Phantasmagoriums, der Pulverfabrikant und zukünftige Eisenbahnkönig tröstet sie.

Und als sie sich beruhigt und ein wenig Quellwasser getrunken hat (der Tee ist längst kalt geworden), setzt Spude sich wieder zu ihr, lässt ihr Zeit, sich zu sammeln, und fragt sie dann etwas sehr Seltsames. Er gibt zu, dass die Frage merkwürdig ist, und entschuldigt sich bereits im Voraus, sollte sie unziemlich erscheinen, aber er würde es gern wissen.

»Mrs. Ludlow, wie viel Geld verdienen Sie?«

Betrug kann er nicht leiden. Natürlich, er hat selbst in den Nordstaaten wie in den Südstaaten investiert, aber er hat das auch jedem erzählt, der gefragt hat. Er hat nichts verheimlicht, er war nur diskret. Er ließ das Geld dahin fließen, wo es gebraucht wurde. Beide Seiten profitierten von den Investitionen. Die Union hatte warme Uniformen; die Konföderierten hatten Schießpulver. Beide Armeen hatten auf diese Weise mehr von dem, was sie brauchten: dank J. Beaumol Spude.

Doch das ist längst Geschichte. Wichtig ist jetzt ein Blick in die Bücher des Hotels. Er hat den Geschäftsführer kommen lassen und – in seiner Funktion als Aktienbesitzer und einer der Hauptinvestoren – die Bücher überprüft. Nach allem, was Franny ihm erzählt und was er in der letzten Nacht gesehen hat, scheint festzustehen, dass Hermes und der Buchhalter unter einer Decke stecken und eine beträchtliche Summe von den Honoraren für die Auftritte des Spiritoskops unterschlagen haben, sodass Franny von Hermes letztlich weniger als die Hälfte dessen erhielt, was ihr zusteht. Dieser Betrug ist schon seit Wochen in Gang, vielleicht schon seit Monaten, vielleicht war er schon in Gang, bevor sie in Spudes Hotel kamen. Und so etwas kann Spude gar nicht leiden.

An diesem Abend warten Spude und der Geschäftsführer auf der Veranda. Ein Gewitter ist ins Tal gezogen, und das Prasseln des Regens auf sämtliche Dächer übertönt ihre Schritte. Es ist der gleiche Zeitpunkt wie am Abend zuvor – Franny hat ihren Auftritt. Sie sehen, wie der Buchhalter Hermes das Geld hinzählt, und stürmen sofort ins Zimmer.

Der Geschäftsführer entlässt den Buchhalter auf der Stelle, und Spude teilt Hermes mit, dass seine restlichen Aufführungen – eine weitere Woche – im Ammonoosuc gestrichen sind. Spude wird auch den anderen Hotels in den White Mountains Kenntnis davon geben, dass er ein Betrüger und Scharlatan ist.

Hermes nimmt diese Mitteilungen mit halbgeschlossenen Augen und leichtem Kopfnicken hin. Er scheint nie die Beherrschung zu verlieren, denn er ist es auch, der als Erster den Applaus durch die Wand dringen hört.

»Erlauben Sie mir wenigstens, Sir, dass ich meinen letzten Applaus mit Dame Piermont entgegennehme«, sagt er. Er schaut auf und deutet mit der leeren Hand zur Wand, hinter der der Beifall ertönt, und sowohl der Geschäftsführer als auch der Buchhalter folgen seinem Blick. Spude jedoch bemerkt, dass Hermes mit der anderen Hand einige der Scheine, die er immer noch in der Hand hält, im Ärmel verschwinden lässt.

»Nein, ich glaube nicht«, sagt Spude und packt Hermes am Arm. »Sie wird sich heute allein verbeugen. Und Sie werden mir freundlicherweise diese Geldscheine aushändigen, Sir. Ziehen Sie Ihre Jacke aus.«

Als Hermes der Aufforderung nachkommt, flattern die Scheine zu Boden.

»Und jetzt gehen Sie«, sagt Spude. »Ihre Ausrüstung wird Ihnen so schnell als möglich an den Zaun des Hotelgrundstücks gebracht werden.«

Jenseits der Wand erstirbt der Applaus.

Das Feuer

Franny erwacht von Schreien und Rauchgeruch. Obwohl sie sich zuerst nicht bewegt, obwohl sie sich zuerst Rechenschaft darüber ablegen muss, wo sie ist (in einem anderen Zimmer, allein), und was geschehen ist (sie hat ihre Verbindung mit Hermes abgebrochen; er hat sie, wie sie nun weiß, um Hunderte Dollar betrogen), wird ihr schließlich klar, dass es brennt im Hotel.

Einige Schreie kommen aus den Korridoren. Einige draußen vom Rasen. Der Rauchgeruch wird stärker. Der süße Duft brennenden Kiefernholzes mischt sich mit dem beißenden Gestank des Öls der angesengten Farben. Der Geruch füllt ihr Zimmer. Licht – orangefarbenes, rotes, tanzendes, funkelndes Licht – scheint wider von den Bäumen des Waldes vor ihrem Fenster. Die gespenstische Beleuchtung lässt Franny aus dem Bett springen. Sie wirft einen Morgenmantel über und läuft zum Fenster. Sie ist im dritten Stock. Unter ihr rennen Gäste und Angestellte durcheinander. Das unregelmäßig pulsierende Licht lässt ihre Bewegungen abgehackt und unwirklich erscheinen. Franny erkennt von ihrem Fenster aus, dass das Feuer am heftigsten in jenem Flügel wütet, der den kleinen Salon, den Wintergarten und die Bibliothek beherbergt. Es breitet sich aus in Richtung Speisesaal und Frannys Zimmer. Sie rennt in den Flur.

Mütter zerren Kinder in Nachthemden hinter sich her. Männer helfen Frauen. Überall ist Heulen und Wehklagen zu hören. Wo immer die Türen offen stehen und die Fenster des dahinterliegenden Raums zu sehen sind, tanzt das unheimliche Licht. Es kommt von beiden Seiten des Korridors: Das Feuer hat sich inzwischen einmal um das ganze Hotel herumgearbeitet. Harzeinschlüsse in den Balken explodieren wie Gewehrschüsse. Und einmal hört Franny die Feuchtigkeit aus einem nicht richtig durchgetrockneten Balken mit einem Dampfstrahl entweichen, der wie der Schrei eines Kindes klingt.

Zuerst läuft Franny in die falsche Richtung. Ein Page, der nur mit langer Unterwäsche, seiner Mütze und offenen Stiefeln bekleidet umherrennt, hält sie auf und bringt sie – die Hände höchst schamlos auf ihre Hüften gelegt – auf den richtigen Kurs. Dann läuft er an ihr vorbei und ist verschwunden. Sie schafft es zur Treppe, schaut sich um, kann in dem dichten Rauch niemanden mehr entdecken, beginnt hinunterzusteigen. Ein kleines Mädchen im weißen Kleid kommt hinter ihr aus dem Qualm gerannt und huscht vorbei. Franny hält die Luft an und greift nach dem Kind; es ist weg. Franny sieht sich noch einmal um, erwartet, dass die Mutter oder der Vater der Kleinen folgt, erblickt aber nur eine Rauchwand und einen schmalen Streifen klare Luft direkt über dem Teppichläufer. Wessen Kind war das?, fragt sie sich. Immer noch umgewandt, geht sie weiter die Treppe hinab, rutscht aus und stürzt, nur ein oder zwei Stufen tief, bis zu dem Absatz oberhalb des Foyers. Durch die Stangen des Geländers sieht sie die Sessel und Sofas, die Topfpflanzen und das Parkett. Und unter den hinausströmenden Menschen erkennt sie J. Beaumol Spude.

»Sir!«, ruft sie durchs Geländer, drückt ihr Gesicht an die Streben und streckt die Hand hindurch, bevor sie ohnmächtig wird.

Spude ist in Sekunden bei ihr und bringt sie in Sicherheit. Er greift nach ihren Händen, so wie sie vorher im Leseraum nach den seinen gegriffen hat, richtet sie auf und führt sie die Treppe hinab, durchs Foyer und hinaus auf die Auffahrt. Sie hat sich bei dem Sturz nicht verletzt, war nur ein wenig benommen; sie brauchte nur Hilfe. Und die kann J. Beaumol Spude ihr geben.

Das Hotel ist nicht völlig zerstört – fast, aber nicht völlig. Der Regen hilft die Flammen zu löschen. J. Beaumol Spude, mit seiner Erfahrung als Pulverfabrikant, hatte angeordnet, dass das ganz aus Holz erbaute Hotel, wenn er denn schon sein Geld hineinstecken solle, mit mindestens zwei auf Wagen montierten Löschpumpen ausgestattet sein müsse. Mit Hilfe der Pumpen, des Regens und des Wassers aus dem Ententeich und dem Brunnen und mit Hilfe der kräftigeren Gäste und der Angestellten dreier benachbarter Hotels gelang es, das Hauptgebäude des Ammonoosuc zu retten – das Foyer, den großen Salon und einen Teil des Speisesaals.

Im Morgengrauen sieht man vom Feuer nichts mehr außer ein wenig weißen Dampf und dünnen Rauchsäulen, die sich aus der Asche und den verkohlten Balken kräuseln, die einmal den größeren Teil des Gebäudes gebildet haben. Abgesehen von dem Zischen der Regentropfen auf den heißen Balken und dem Tröpfeln des Wassers von den Kiefernzweigen ist kaum etwas zu hören. Die Berge sind völlig hinter Wolken verschwunden. Es kommt Franny vor, als existierte das alles – die ganze Aussicht, das prächtige Hotel mit seinen Rasenflächen und Panoramen, mit seinen Zeichenklassen und kultivierten Gesprächen in herrlicher Natur –, als existierte das alles in einer anderen, erhabeneren Welt.

Und dasselbe Gefühl hat sie auch, wenn sie an ihr Leben denkt: Alles, was bis kurz nach Mitternacht geschah, als sie die ersten Schreie hörte und das Licht der Flammen sah, alles davor existiert in einer anderen Welt. Diese Welt, das Hier und Jetzt, ist klein und verbrannt und erschöpft und von niedrigen Wolken verhangen, und Rauch verhüllt jede Aussicht.

Sie sieht den Zeichenlehrer, der mit rußiger, versengter Kleidung über Pfützen in der Auffahrt stelzt. Er ist auf dem Weg zu den Ställen, wo Gäste und Angestellte auf die Wagen warten, die sie auf nahe gelegene Hotels verteilen sollen. Der Zeichenlehrer hält einen Stapel kleiner gerahmter Leinwände im Arm – seine Bilder.

Er hat sie gerettet, denkt Franny und schaut zu den Überresten des Leseraums hinüber. Alles verbrannt und damit auch das große Gemälde von Amos Bronson Ludlow. Dieser Verlust trifft Franny am härtesten. Ihr Zimmer und alle ihre Habseligkeiten wurden zerstört. Hermes ist verschwunden, ohne noch einmal mit ihr geredet zu haben. (Spude musste ihr berichten, was geschehen war.) Doch wegen des Verlustes dieses großen Bildes lässt sie ihrer Trauer freien Lauf. Sie ist zu erschöpft, um zu weinen, und also setzt sie sich einfach im Regen auf einen Holzklotz neben der Sandgrube, in der einstmals Hufeisenwerfen stattfand.

Bald taucht J. Beaumol Spude mit einer Decke auf. Sie riecht nach Rauch, aber Franny, die anfängt zu frieren, ist froh über die Fürsorge und hüllt sich ein. Sie weiß, dass sie zu den Ställen gehen müsste, aber sie will einfach hier sitzen.

»Ich glaube«, sagt Spude, »es ist ziemlich eindeutig, wer das getan hat.«

Franny sieht ihn an. Sein Anzug ist von Brandlöchern übersät. Seine Haut ist von der Hitze versengt. Seine Haare stehen zu beiden Seiten ab. Sein Kragen ist geplatzt, und er sieht unvorstellbar komisch aus, und Franny muss lachen.

J. Beaumol Spude hat in den letzten Stunden genug gesehen, um ihre Reaktion hinzunehmen.

»Der Kerl war ein Betrüger, ein Verbrecher und – wenn Sie den Ausdruck entschuldigen wollen – ein echter Hurensohn.«

»Das war er wirklich!«, sagt Franny.

Spude sieht sie gern lachen. Auch er beginnt zu kichern. Zwei alte Krieger, die nach der Schlacht nicht anders können.

Bald fährt Franny mit anderen erschöpften und benommenen Hotelgästen in einem Heuwagen davon. Sie sieht das kleine Mädchen aus dem brennenden Korridor, das, in eine Decke gewickelt, in den Armen seines Vaters schläft. Die Gäste werden in andere Hotels oder nahe gelegene Privathäuser gebracht. Man wird ihnen trockene Kleidung besorgen. Ein Sonderzug wird über Crawford Notch heraufkommen und sie auf Kosten des Hotels Ammonoosuc nach Hause bringen.

Niemand musste sein Leben lassen. Es gab nur leichte Verletzungen. Ein Wunder.

Franny sieht zurück zum fast völlig zerstörten Hotel. Die Seitenflügel und Anbauten sind verschwunden, und die Bretterfassade des Mittelteils strahlt vor dem Hintergrund der grauen Regenwolken besonders weiß. Spude sagt, es werde wiederaufgebaut.

Als sie durch das Tor fahren, erblickt Franny die verbogenen, zerfetzten Überreste einer sonderbaren Maschine. Niemand achtet darauf, aber Franny erkennt, dass es sich um das Spiritoskop handelt. Vielleicht hat Hermes das Ding bis hierher gezerrt. Oder ein Gepäckträger oder ein Stallbursche, der gestern Abend den Auftrag hatte, Hermes' Besitz vom Gelände zu schaffen. Und wer hat es zerstört? Hermes selbst vielleicht. Oder der Gepäckträger. Vielleicht sogar Spude. Franny schaut den lächerlichen Haufen ungerührt an und schließt die Augen.

Sie hört, wie J. Beaumol Spude allen Lebewohl wünscht, ihnen versichert, dass für sie bestens gesorgt werde, und sie auffordert, auch für das nächste Jahr zu reservieren und wieder in die Berge zu kommen.

Kapitel 29

DIE AUFLÖSUNG

London und Irland, Winter 1865–1866

EIN WEIHNACHTSBESUCH

Nacht. London ist in eine Schneedecke gehüllt. Chester Ludlow ist in Wolldecken gehüllt. Angetan mit Mantel, Schal, Handschuhen und Hut, hat er das Gefühl, ein winziges Teilchen unter diversen Lagen von Gewebe zu sein, und darüber spannt sich noch das Dach der Kutsche aus Leder, Holz und Eisen, auf dem wiederum der Schneesturm Schicht um Schicht seiner weißen Kristalle ablegt – sanft und unerbittlich überzieht er die ganze Stadt, wahrscheinlich die ganzen Britischen Inseln bis zu den Rändern, wo das dunkle Meer beginnt. Die Britischen Inseln, die er in ihrer vollen Breite durchqueren muss: mit der Kutsche nach Paddington, mit dem Zug nach Liverpool, mit dem Postschiff nach Dublin, mit Zug, Postkutsche, Eselskarren und auf Schusters Rappen quer durch Irland bis zum Telegraphenhaus in der Foilhommerum Bay.

Winzig und einsam fühlt er sich. Eingewickelt, zugedeckt und begraben. Und das liegt nicht nur an der Witterung und der winterlichen Dunkelheit, sondern auch an seinen Lebensumständen: daran, dass er sich in seiner eigenen Geschichte zurechtfinden muss. Er fühlt sich klein, allein, nackt sogar unter diesen Decken und Hüllen, während seine Verpflichtungen, Verstrickungen, Erfolge und Fehler um ihn herumwirbeln. Manchmal drohen sie ihn fast zu ersticken.

Auf seinem Schoß liegt ein Päckchen in braunem Packpapier, mit Bindfaden geschnürt und mittels eines einzelnen Schmuckbandes ausgewiesen als das, was es ist: ein Weihnachtsgeschenk. Es soll mit Chester bis an die irische Westküste reisen. Es ist für Otis.

Die Fahrt dauert drei Tage, und jeder dieser Tage bringt Schnee. Die Eisenbahnen schlagen sich durch; das Postschiff wirft sich dem Sturm auf der Irischen See entgegen, die Kutschen schleppen sich bis zur letzten Abzweigung der Hauptstraße, und die eine verbleibende Meile zum Telegraphenhaus geht Chester zu Fuß. Als er vom Kamm der Klippen das Meer erblickt, zeigt sich zum ersten Mal die blasse Sonne am grauen Himmel. Der Schnee am Boden brennt weiß in den Augen. Es ist Weihnachten.

Chester war es, der Otis die Stelle im Telegraphenhaus besorgt hat. Hinsichtlich seiner Qualifikationen bestand kein Zweifel. Er konnte Nachrichten im Telegraphencode mit einer Geschwindigkeit senden und empfangen wie keiner sonst unter den Telegraphisten, die im vergangenen Sommer an Bord der *Great Eastern* waren. Nach seinem Sprung von der Rahnock und nachdem die Matrosen das Rettungsboot zu Wasser gelassen hatten und zu ihm hinausgerudert waren – er schwamm, so schnell er konnte, weg von der *Great Eastern*, genau in Richtung Grönland – und nachdem Chester persönlich seinen Bruder aus dem Wasser gezogen, ihn in seine Kabine gebracht, ihn beruhigt, ihm zugeredet und zugehört hatte, war Chester klar geworden, dass Otis, nach einer Phase ausreichender Erholung und guter medizinischer Betreuung in London, sich selbst (und dem Kabel) wohl am ehesten würde helfen können, wenn er seine Fähigkeiten in der winterlichen Stille des Telegraphenhauses an der irischen Westküste zum Einsatz brachte. Eine beruhigende, konzentrierte, einfache Aufgabe. Das Kabelsyndikat wollte den ganzen Winter hindurch die Station am Ende des Kabels besetzt halten, um dort Impedanzmessungen durchzuführen, die Aufschluss über den Zustand des Kabels bis zur Schnittstelle gaben, um auf diesem Wege sichergehen zu können, dass keine neuen Störungen auftraten. Selbst der Arzt, der Otis betreute, stimmte zu: Ein ruhiges Leben, eine einzige Aufgabe, das könnte stabilisierend und heilsam sein. Also war Otis im Frühherbst zu den anderen Telegraphisten im Telegraphenhaus in der Foilhommerum Bay gestoßen.

Doch alle hatten die Art der Arbeit falsch eingeschätzt. Lange Arbeitsstunden in einem abgedunkelten Raum, während deren man einen winzigen Lichtpunkt anstarren und beobachten musste, ob er auf Testspannungen oder die Magnetfelder des Ozeans reagierte, hatten zur Folge, dass die Telegraphisten reizbar, dann verstört, schließlich streitsüchtig wurden. Sie tranken viel. Sie zerschlugen das Mobiliar, nicht selten auf dem Rücken eines Kollegen. Sie fauchten sich an und kündigten dann von einem Tag auf den anderen. Das Syndikat schickte neue Telegraphisten, um die Ausfälle zu ersetzen. Weihnachten beträgt der Schwund fast einhundert Prozent: Alle haben gekündigt bis auf einen – Otis Ludlow.

Der begrüßt Chester am Gartentor vor dem Telegraphenhaus. Otis bewohnt das Haus allein. Ersatz wird erst nach den Feiertagen eintreffen. Er bittet Chester herein.

Otis sieht nicht schlechter aus als im Sommer. Chester hat im Gegenteil den Eindruck, dass er kräftiger geworden ist. Er führt Chester in die kleine Küche, wo im Ofen ein Torffeuer brennt. Wie man es bei einem Männerhaushalt erwartet, ist der Raum kärglich und zweckmäßig ausgestattet: weiß gestrichene Wände, gefegter Fußboden, Eisentöpfe an Haken, Blechgeschirr, ein gardinenloses Fenster hinaus zum Meer, Bretter auf Böcken als Tisch. Otis hat einen Heidezweig in einer Tasse auf den Tisch gestellt: Weihnachtsschmuck. Der Kessel bullert auf dem Herd.

»Was macht das Kabel?«, fragt Chester, nachdem er sich nach der Gesundheit seines Bruders erkundigt und die fast überschwängliche Antwort gehört hat, dass es Otis gut gehe, danke, ja, gut, *sehr* gut.

»Und dem Kabel geht es auch gut«, sagt Otis. »Heil, bis ganz nach draußen. Keine neuen Unterbrechungen. Hab jeden Tag reingehört. Die Messungen sind gut. Sendet immer noch Signale. Fast ausschließlich Rauschen, aber … ja, dem Kabel geht es gut.«

Chester findet es erstaunlich, dass Otis – wie andere Telegraphisten auch – im Zusammenhang mit dem Kabel immer von »hören« spricht, obwohl man in Wirklichkeit schauen und die Bewegungen eines Lichtpunkts registrieren muss. Doch denjenigen, die den Code perfekt beherrschen und blitzschnell entziffern können, kommt dieses Schauen vielleicht wie Hören vor.

Chester sagt, das höre er gern, und beim Tee erzählt er von den neuen Plänen. Er berichtet, dass er die spröde Armierung des Kabels verbessert und dass Cyrus Field beschlossen habe, eine ganz neue Leitung zu verlegen. Die *Great Eastern* wird derart modifiziert, dass das Kabel auch übers Heck leicht eingeholt werden kann. Derzeit kratzen die Arbeiter eine *halbmeterdicke* Schicht Seepocken und Algen vom Rumpf. All diese Maßnahmen sollen dazu beitragen, dass sie im nächsten Sommer, wenn die Finanzen stimmen, ein ganz neues Kabel nach Neufundland verlegen können.

Otis richtet sich auf. Er klingt begeistert: »Mit anderen Worten, das alte, dem ich hier zuhöre, bleibt einfach liegen, so wie es ist?«

»Nein«, antwortet Chester. »Sobald wir das neue Kabel verlegt haben, werden wir wieder losfahren und nach dem Ende dieses Kabels suchen, es heraufholen, ein neues Stück anspleißen und es dann bis Neufundland verlegen. Auf diese Weise haben wir mit einem vertretbaren zusätzlichen Aufwand zwei Kabel zwischen den Kontinenten. Wäre das nicht großartig?«

Otis denkt angestrengt nach. »Ja«, sagt er. »Großartig.« Er beginnt mit dem Fuß zu tappen und die Finger aneinander zu reiben, als würden sich seine Gedanken in überschüssige Energie verwandeln, die aus den Enden seiner Gliedmaßen austritt.

Ein wenig unbeholfen versucht er, seine Begeisterung über Chesters Neuigkeiten zum Ausdruck zu bringen, indem er plötzlich aufsteht und ruft: »Lass uns spazieren gehen!«

Chester bringt es nicht übers Herz, ihm zu sagen, dass er gerade von der Hauptstraße eine Meile durch den Schnee gestiefelt ist und dass er außerdem nicht weiß, wohin er mit seinem Geschenk soll. Also willigt er ein und nimmt das Päckchen mit.

Es ist Mittag geworden. Der auflandige Wind ist so heftig, dass die Mantelschöße der Brüder fliegen, ihr Haar sich zerzaust und ein ständiges Brausen in ihren Ohren tönt. Außerdem erfrieren Chester die Finger, die das Päckchen umklammern. Aber das Wetter hat auch eine belebende Wirkung. Der Himmel ist aufgeklart, der Wind hat die Wolkendecke aufgerissen und nach Osten geblasen. Die Bucht und das Meer dahinter sind tiefblau, gesprenkelt mit weißen Wellenkämmen. Der Schnee geht den beiden bis zu den Knien.

Vielleicht hat dieses Gefühl mit seiner Gegenwart zu tun. Das hat Otis immer geschafft, denkt Chester: dass man sich größer fühlte, als man es je für möglich gehalten hätte. Das hat damit zu tun, wie er einen ansieht: Diese brennende Aufmerksamkeit, in der sich zugleich höchste Wertschätzung ausdrückt. Diese Eigenart kann andere ziemlich aus dem Gleichgewicht bringen. Doch sie ist das, was die Menschen immer zu ihm hingezogen hat. Chester selbst trägt auch etwas davon in sich. Die Anziehungskraft, die Spude an ihm beobachtet hat. Sie hat ihn zu dem gemacht, was er heute ist.

»Der Schnee erinnert mich an zu Hause«, sagt Chester.

»Der alte Herr hat manchmal im Schneetreiben gemalt«, sagt Otis. »Er hat sich eine Art Zelt gebaut. Drei Seiten und oben ein Loch: Er hatte einen Holzofen drin stehen, mit Reflektoren, die die Hitze in seine Richtung lenken sollten. Damit ist er losgezogen, um im Winter seine Berge zu malen. Ich musste ihm Feuerholz und Lebensmittel raufschleppen, wenn er arbeitete. Der Winter war die Hölle für ihn. Nicht wegen der Kälte. Die konnte er ertragen. Wegen der Dunkelheit. Ohne Licht konnte er nicht malen. Manchmal kam er in der Nacht aus seinem Zelt herunter und schlief zu Hause. Manchmal hat er auch bloß an der offenen vierten Seite die Leinwand heruntergerollt und sich in dicke Decken gewickelt. Dann blieb er tagelang weg.«

»Hat er uns geliebt?«

Die Worte sind Chester einfach rausgerutscht. Es müssen die Sätze über die Besessenheit seines Vater gewesen sein, über seine Hingabe, seine Leidensbereitschaft für seine Berufung, die Chester veranlasst haben, sich zu fragen, was sie – seine Söhne – diesem distanzierten, außergewöhnlichen Mann bedeutet haben.

Otis sieht ihn verdutzt an.

»Ich meine«, sagt Chester, »hat er eine Art Zuneigung für uns empfunden? Hat er an uns gedacht, wenn wir nicht da waren? Ich war öfter weg als du. Und ich war jünger. Ich frage mich einfach, was haben wir ihm bedeutet? Hat er uns geliebt? Das meine ich.«

»Nein.«

Otis spricht leise, seine Stimme wird beinahe vom Wind verschluckt. Er spricht, als wären sie beide noch Jungen, als wolle er Chester die Neuigkeiten schonend beibringen.

»Nein«, wiederholt er sanft.

Oder er spricht mit der schüchternen Stimme des Jungen, der er in jener Welt gewesen ist. Allein.

»Nein«, sagt er zum dritten Mal. »Er hat uns nicht geliebt.«

So einfach ist es. Chester weiß, dass es stimmt, und er weiß, dass er dieses Wissen ertragen kann – schon lange erträgt und auch in Zukunft wird ertragen können –, aber er weiß auch, dass es höchstwahrscheinlich diese nun zum ersten Mal geäußerte Wahrheit ist, die Otis' Verstörung ausmacht.

»Ich hab dir was mitgebracht«, sagt Chester plötzlich und hält seinem Bruder das Päckchen hin. Das Geschenkband hat sich gelöst und flattert mit leisem, rasselndem Klang im Wind. »Fröhliche Weihnachten«, sagt er.

Otis nimmt das Päckchen und wickelt es aus, steckt das Band, den Bindfaden, das Packpapier sorgfältig in die verschiedenen Taschen seiner Kleidung, dann greift er in die Kiste und holt einen neuen Sextanten aus Messing und Keramik hervor. Die Alhidade, die Spiegel und Linsen glänzen und blinken in der Sonne. Er dreht ihn in den Händen. Chester stellt sich vor, wie kalt das Metall an den Fingern sein muss. Otis schaut nicht auf. Er dreht das Instrument in alle Richtungen.

»Du hast deinen auf dem Schiff verloren«, sagt Chester, »als du ...«

Otis nickt, schaut immer noch nach unten.

»Ich dachte«, sagt Chester, »ich dachte, du könntest vielleicht einen neuen gebrauchen. Einen neuen Anfang sozusagen. Damit du immer weißt, wo du bist. Das ist ein guter. Ich habe ihn bei einem Schiffsausrüster in Birkenhead gekauft. Als ich ihn sah, musste ich gleich an dich denken ...«

Otis dankt ihm, und Chester ist erleichtert, denn sein Bruder scheint wirklich gerührt zu sein.

»Meine Güte«, sagt er und versucht ganz offensichtlich ein heiteres Lachen, »und ich habe gar nichts für dich.«

Chester wehrt ab, es sei ja nur eine Kleinigkeit, und das mache doch nichts; und wo wolle er außerdem hier draußen etwas herbekommen?

Jetzt lacht Otis richtig, nickt und sieht aufs Meer hinaus. Seine Züge sind schärfer, als Chester sie je erlebt hat. Sie wirken so hart und ziseliert wie die Messingarmaturen des Sextanten.

»Wo soll ich etwas herbekommen?«, sagt er zu sich selbst.

Er dreht sich zu Chester um.

»Ich empfange Nachrichten«, sagt er. Und erklärt seinem jüngeren Bruder, dass sie von der Anderen Seite kommen. Natürlich nicht aus Amerika. So weit reicht das Kabel nicht.

»Du meinst ...«, fragt Chester, und Otis nickt beinahe wütend.

»Komm mit«, sagt er und stößt Chester mit dem Sextanten gegen die Schulter, um ihn weg von der Klippe, zurück zum Telegraphenhaus zu drängen.

Otis hat ganze Akten mit Dokumenten. Offenbar hat er das

Zucken des Galvanometerlichtes nicht nur bei den Impedanzmessungen, sondern rund um die Uhr aufgezeichnet. Chester dämmert allmählich, dass es womöglich ein furchtbarer Fehler war, Otis auf diese Stelle zu setzen, fast so furchtbar wie der Fehler, ihn mit auf die *Great Eastern* zu nehmen. Wie hatte er nur seinen Bruder derart vom Weg abbringen können?

»Ich weiß, ihr könnt dieses Kabel nicht *bis in alle Ewigkeit* auf dem Meeresgrund liegen lassen, damit es für mich Signale übermittelt«, sagt Otis. »Dafür war es eine viel zu große Investition. Aber ich will auch gar keinen Ärger machen. Ich wäre einfach froh, wenn ich noch eine Weile hineinhören könnte.«

Otis bewahrt seine Aufzeichnungen in einem Dutzend Kartonmappen auf, die im Torfschuppen neben der Küche stehen.

»Sie wollen das alle nicht sehen«, sagt er.

»Wer?«, fragt Chester. Er fühlt sich wie betäubt, spürt nicht mehr die Helligkeit des Tages, der über Klippen und Bucht aufgezogen ist. Als würde er in eine von Otis selbst errichtete dunkle Sackgasse geführt. Die Otis allerdings nicht als solche erkennt. Otis glaubt, er habe einen neuen Gipfel erklommen.

»Die anderen Telegraphisten«, sagt Otis. »Sie finden meine Aufzeichnungen überflüssig. Sie wissen nicht, dass die Andere Seite zu uns spricht. Durch mich. Durch das Kabel.«

»Otis, das sind die Magnetfelder der Erde. Das Kabel nimmt bloß das Rauschen des Erdmagnetismus auf.«

Otis schüttelt den Kopf. »Manchmal ja. Sogar *meistens*. Aber dann wieder … schau …«

Er blättert durch die Seiten und deutet auf umkreiste Worte im Wirrwarr der Buchstaben: »Anatomie«, »Wand«, »Hunger gehe ich nicht«, »Touché«, »Beulen«, »greif greif gre…«, »Malen«.

»Otis, das ist reiner Zufall. Jeder, der lange genug ins Kabel hört« – jetzt sagt Chester schon selbst hören –, »so wie du, wird irgendwann ein paar Wörter identifizieren.«

Otis beißt die Zähne zusammen und schüttelt den Kopf.

»Es sieht vielleicht wie Zufall aus, aber wenn die Wörter ankommen, ändert sich etwas«, sagt er.

»Was ändert sich? Das Gerät?«

»Nein«, sagt Otis und holt tief Luft. »Die Veränderung liegt bei mir. Eine – eine Schwingung. Irgendetwas, ich weiß nicht, was, *biegt* das Magnetfeld der Erde in meine Richtung und greift nach mir. Manchmal denke ich, dass *er* es ist.«

»Wer?«

»Der alte Herr.«

»Mein Gott, Otis.«

»Nein, bitte, hör mir zu.« Otis macht einen Schritt, um in Chesters Sichtfeld zu bleiben, der sich entnervt abgewandt hat. Die Mappe in seiner Hand wird von Sekunde zu Sekunde schwerer. Er sucht nach einem Platz, wo er sie ablegen kann. Otis reißt sie ihm aus der Hand.

»Ich habe alles versucht. Das weißt du. Mein ganzes Leben hat sich um nichts anderes gedreht. Und jetzt hast du mich hingeführt, sieh nur. Das Kabel …«

Otis läuft mit der Mappe unterm Arm auf und ab. Blätter schauen heraus. Mit der freien Hand rauft er sich das Haar.

»… der alte Herr«, sagt er. »Und deine Tochter.«

»Otis!«

»Und wenn ich dir sage, dass deine Tochter durch das Kabel spricht?«

»Otis, ich kann nicht glauben …«

»Kannst du nicht? *Kannst* du nicht? Na gut. Du hast recht. Sie spricht auch nicht. Noch nicht. Aber ich sage dir, sie könnte. Sie wird.«

»Woher willst du das wissen?«

»Weil ich sie *spüren* kann.«

»Verdammt noch mal, Otis. Hör auf!«

Und Otis verstummt. Plötzlich steht er schweigend vor seinem Bruder, hält die Mappe verkrampft wie ein Schulbuch, als hätte man ihn beim Schwänzen erwischt.

»Otis«, sagt Chester milder. »Otis, es tut mir leid.«

»Was denn, bitte?«

»Alles. Ich …« Chester schüttelt den Kopf. »Otis, ich möchte, dass du mit mir kommst.«

»Nein.«

»Du hast hier wirklich gute Arbeit geleistet. Mehr brauchst du nicht zu tun. Nach den Feiertagen kommen neue Männer. Sie werden deine Aufgabe übernehmen.«

»Nein.«

»Otis, ich bin Repräsentant des Unternehmens.«

»Ich werde meinen Posten nicht verlassen.«

»Ich kann dir den Befehl dazu geben.«

»Ich werde nicht gehen. Ich werde weiter zuhören. Für immer.«

Er schließt die Augen.

Am Abend sitzt Chester in seinem Zimmer über der Dorfschenke. Auf dem kleinen Tisch stapeln sich das Dutzend Mappen, die Transkriptionen jedes Zuckens des Galvanometerlichtes während all der Monate, die Otis im Telegraphenhaus zugebracht hat.

Und er ist immer noch dort. Nachdem er sich Chester erklärt hat, ist er zur Straße gestapft und hat den Stander gehisst, der jedem vorbeikommenden Reiter oder Kutscher auf der Hauptstraße signalisiert, einen Umweg zum Telegraphenhaus zu machen. Bald kam ein Bauer vorbei und nahm Chester auf seinem Karren mit ins Dorf.

Chester hat beschlossen, dass er nichts weiter tun kann. Er wird Otis an der Küste allein lassen und das Beste hoffen. Otis hat ihm alle Aufzeichnungen überlassen – die Zahlenreihen der Impedanzmessungen und die Mappen mit seinen eigenen Aufzeichnungen, in denen alle sinnhaltigen Wörter mit Bleistift eingekreist sind.

Chester ist so niedergeschlagen, dass er sie jetzt nicht lesen kann, und ihm fällt auf, dass diese Schwermut in den großartigen Zeiten des Kabels in seinem Leben keinen Platz hatte, in den großartigen Zeiten, die bisher den Großteil seines Lebens ausgemacht haben. Inzwischen aber ist sie ihm ein ständiger Begleiter geworden, der sich in seiner Brust eingenistet hat. Er verabscheut sie und muss sie doch festhalten und mit sich herumtragen, denn sie gehört ihm ganz allein.

Er sieht die Mappen an. Voll mit Zufälligkeiten. Chester denkt an das Geschenkband, das heute Nachmittag genauso zufällig im Wind flatterte. Auf dem Stapel liegt eine hastig hingekritzelte Nachricht von Otis. Sie steckte in der obersten Mappe. Chester hat sie auf der Fahrt ins Dorf entdeckt. Die beiden Sätze scheinen genauso unverbunden und willkürlich wie die eingekreisten Wörter in den Aufzeichnungen.

»Danke für das Geschenk«, lautet die eine.

»Such Franny«, lautet die andere.

EIN BEWAHRTES UND EIN GELÜFTETES GEHEIMNIS

Jack Trace hat um Maddys Hand angehalten. Er musste sie freilich selbst fragen, weil ihr Vater tot ist, wie er weiß. Jack hat Maddy nie erzählt, dass er ihren Vater auf der Werft in Millwall hat sterben sehen, an jenem Tag, als die *Great Eastern* sich nicht bewegen wollte und der arme Thomas Donovan vom Kurbelgriff einer Winde in den Tod geschleudert wurde. Dies Geheimnis wird Jack bis zu seinem letzten Tag bewahren.

Ein anderes Geheimnis jedoch, das mit einem anderen Todesfall zu tun hat, wird er lüften, wenn auch auf Umwegen, und er wird es tun, wenn er Mr. Ludlow seine Mappe überbringt. Er ist auf dem Weg ins Büro der *Telegraph Construction and Maintenance Company* und quält sich durch die vollen Straßen der Stadt östlich von St. Paul, und die ganze Zeit versucht er, nicht immer nur an Maddys Antwort zu denken.

Beziehungsweise daran, wie ihre Antwort ausfallen wird, denn er weiß es noch nicht. Nachdem vor zwei Nächten alle Kunden Maddys Etablissement verlassen hatten oder in den oberen Gemächern verschwunden waren und die Gesellschafterinnen entweder in ihren Schlafräumen im obersten Stockwerk oder in der Küche bei einem Schlummertrunk oder einer Tasse Tee saßen und als Maddy gerade das von einem angeheiterten Kunden in Schieflage gebrachte Feenbild gerade gerückt hatte, sah sie zu ihrer Überraschung den Zeichenkünstler am Fuß der Treppe aufs Knie sinken, sich rasch nach möglichen Zeugen umsehen und hörte ihn fragen, ob sie seine Frau werden wolle.

Sie hob die Hand vor den offenen Mund.

Als er seine Frage gestellt hatte, faltete er die Hände und legte sie auf sein Herz. Er sah sie geradewegs an.

Sie blickte nach links und nach rechts, und zwar aus dem gleichen Grund, warum er es getan hatte – um sicherzugehen, dass sie allein waren. Und sie verspürte den starken Drang, etwas zu sagen wie: »Ach, Jack, lass das«, oder: »Steh doch bitte auf« oder *irgendetwas.* Aber ihr Mund war wie gelähmt. *Sie* war wie gelähmt.

Es lag an seiner Erscheinung. Er sah so ritterlich aus, wie er dort unten kniete. Besser als ritterlich. Er sah groß, kühn, wacker aus – letzteres Wort hatte sie irgendwo einmal im Zusammenhang mit Rittern sagen hören. Es klang komisch, aber Jack Trace, die Hände auf dem Herzen, den Kopf geneigt, sah aus wie ein kniender Ritter. Er schien zu leuchten. Jack Trace. Und sie selbst auch. Maddy Donovan. Irgendetwas brach ihre Starre. Ein Geräusch aus der Küche? Von oben? Die Drehung des Planeten, mit der die Stadt weiter unter den Sternen hindurchglitt, und sie glitt mit? Irgendetwas.

Sie hob die Hand und sagte tatsächlich: »Erhebt Euch.« Damit löste sie den Zauber, und die beiden konnten wieder weitgehend sie selbst sein.

Maddy rückte unnötigerweise noch einmal an dem Bilderrahmen, und Jack sagte in der ihm eigenen bescheidenen Art, dass es nur angemessen sei, wenn er auf ihre Antwort warte, und dass sie sich ganz nach Belieben Zeit nehmen solle. Und ehe sie sich's versah, war er rückwärts mit einer Verbeugung durch die Tür verschwunden und wirkte dabei immer noch irgendwie ... wacker. Und zwei Stunden später, kurz vor Morgengrauen, fanden zwei Gesellschafterinnen sie auf der Treppe sitzend, wie sie wie in Trance mit einem lackierten Fingernagel das Lilienmuster der Tapete nachzeichnete.

Jack Trace war in sein Haus zurückgekehrt und hatte dort in einem plötzlichen Ausbruch von Energie und dem dringenden Wunsch nach Ablenkung fieberhaft an der Mappe für die Kabelexpedition auf der *Great Eastern* gearbeitet, die er nun, da sie fertig ist, zu Mr. Ludlow bringt.

Und noch etwas ist mit Jack in der Erregung der letzten zwei Tage geschehen. Er hat die Skizzen und Zeichnungen zu seinem utopischen Wandbild herausgesucht, zum »Fortschritt«, jenem Traum, der ihn auf unterschiedliche Weise durch Krieg und Kabelexpeditionen, durch Arbeit und Muße begleitet hat, als sei er schon immer, auch vor der Begegnung mit Maddy im Tunnel, Teil von ihm gewesen, als sei er mit allem verwoben, was er erlebt hat und zu erreichen hofft.

Und dieser Traum ist es auch, so glaubt er, der ihn vor zwei Tagen dazu veranlasst hat, vor Maddy niederzuknien und um ihre Hand anzuhalten. Er musste das Wagnis eingehen, sein Herz zu verpfänden. Sein Leben lang hat er beobachtet, dokumentiert, dargestellt. Und es ist nicht mehr allzu viel übrig von seinem Leben.

Beinahe möchte Jack Trace glauben, dass er an zwei Kabelexpeditionen teilnehmen musste, um diese Lektion zu lernen. Er erinnert sich, wie er die Versammlung der Kabelmänner im Salon der *Great*

Eastern gezeichnet hat. Das waren Männer, so begriff er damals, die alles riskiert und zum wiederholten Male ihr Scheitern vor Augen hatten.

Und doch wusste Trace, als er sie da stehen sah im bronzefarbenen Licht, das über die Wellen des Ozeans in den Salon fiel, und sie ihn erinnerten an ein Tempelfries, das »Die Unerschütterlichen« heißen konnte, dennoch wusste er, dass sie weitermachen würden. Selbst der tragische, aber entschlossene Selbstmordversuch des Bruders von Mr. Ludlow hatte Trace beeindruckt: kein ängstlicher Rückzug vor dem Leben, sondern ein Sprung von der Rahnock; wilde, wahnsinnige Schwimmzüge, dem Vergessen entgegen.

Jetzt wurde es Zeit für Jack, Entschlossenheit zu zeigen. Jetzt oder nie, er kniete nieder, nahm sein Herz in die Hand und legte es vor Maddy hin. Das war nichts Unerhörtes. Frauen ihrer Sorte, so hatte sie es einst einmal ausgedrückt, ließen oft durch Heirat die Halbwelt hinter sich. Trace würde ihr diese Möglichkeit bieten.

Er steigt die Stufen zum Hauptquartier der *Telegraph Construction and Maintenance Company* hinauf. In dem Büro, das in einem ehemaligen Kontor in der Börse untergebracht ist, wimmelt es von geschäftigen Menschen. Im Vorzimmer beugen sich Sekretäre über Karten und Bücher. Fünf Laufburschen sitzen in Erwartung eiliger Aufträge auf einer Bank. Sie erheben sich unisono, als er eintritt, und einen Moment lang glaubt er, dies geschehe seinetwegen, bis er bemerkt, dass Cyrus Field soeben das Büro verlässt. Er schüttelt Trace am Eingang die Hand und entschuldigt sich dafür, dass er nicht bleiben kann.

»Muss zum Stapellauf der *Great Eastern*«, sagt er. »Das Unterwasserschiff ist wieder blitzsauber. Glatt wie ein Kinderpopo.«

»Wunderbar«, sagt Trace. »Ich hoffe nur, dass sie besser zu Wasser kommt als damals.«

Field ignoriert die Bemerkung, und Trace findet sich plötzlich kleinlich.

»Also, Mr. Trace, sind Sie meinetwegen hier – um Gottes willen, ich hoffe, *ich* habe keinen Termin vergessen?«

»Ganz und gar nicht. Ich will zu Mr. Ludlow.« Trace hebt die große, schwere Mappe.

»Ah! Ich würde sie furchtbar gern anschauen«, sagt Field. »Aber ich weiß ja, dass das Material hervorragend sein wird. Leider muss ich los. Sie fahren doch wieder mit uns, oder? Im Juni. Sprechen Sie mit Ludlow.« Er war schon halb die Treppe hinunter, als er sich noch einmal umdrehte. »Diesmal *zwei* Kabel! Wenn schon, dann richtig! Jawohl. Doppelt hält besser. Kommen Sie mit!« Dann war er verschwunden.

Fields Optimismus scheint auf die Angestellten abzufärben, denn als Trace sich umdreht, lächeln die Laufburschen ihn an. Sekretäre und Büroboten eilen unter einem großen, runden Oberlicht hin und her, das einen hellen Kreis in den Raum wirft und damit den Eindruck bewirkt, die Geschäfte würden unter einem luftigen Baldachin oder einem Zirkuszelt abgewickelt. Aber Chester Ludlow lässt sich von der Stimmung im Büro nicht anstecken. Er sieht zwar gesund und munter aus, doch er bewegt sich vorsichtig, als könnte ein Möbelstück nach ihm schlagen oder eine Fensterbank sich plötzlich aus dem Staub machen, sobald er sich dagegenlehnen will.

»Ich muss mich entschuldigen, Sir«, sagt Trace, »dass ich die Mappe erst so spät abliefere.«

Chester lächelt. »Kein Problem. Sie sehen ja, wir sind hier vollauf beschäftigt. Und wenn die Zeichnungen auch nur annähernd so gut sind wie die erste Serie … dann sollten wir uns neben den anderen Liegenschaften, die eine Telegraphengesellschaft unbedingt braucht, vielleicht noch eine Kunstgalerie zulegen.«

Mit einer ausladenden Handbewegung deutet er auf die Papiere, körbeweise Formulare, Karten, Ordner, Mappen, die sich überall stapeln, sämtliche Wände bedecken. Er lacht. Komplimente zu machen, scheint ihm gut zu tun. Sein Lächeln wird breiter, er wirkt zugänglicher. Die Augenwinkel kräuseln sich hinter dem Goldrahmen seiner Brille. Trace bemerkt, dass sein blondes Haar von einzelnen grauen Strähnen durchzogen ist.

»Darf ich?« Chester nimmt die Mappe vom Stuhl, wo Trace sie abgelegt hat, räumt einen großen Zeichentisch frei und löst die schwarzen Stoffbänder, mit denen sie zugebunden ist. Das erste Bild ist eine atemberaubende Seitenansicht der *Great Eastern*.

»Herr im Himmel«, murmelt Chester. Die Detailgenauigkeit der Darstellung hebt das Schiff beinahe vom Papier ab. Es dauert einen Augenblick, bevor Chester bemerkt, dass Trace das Schiff auf eine Karte gezeichnet hat, auf eine alte Seekarte des Atlantischen Ozeans. Die *Great Eastern* erstreckt sich tatsächlich von einem Kontinent zum anderen.

Die Vorstellung gefällt Chester. Er gluckst gar vor Vergnügen. Er blättert rasch weiter durch die Zeichnungen und Bilder und murmelt anerkennend; manchmal deutet er auf ein gelungenes Detail, manchmal stößt er angesichts eines Blattes einen Ruf der Bewunderung aus. Er hatte eigentlich nicht die ganze Mappe durchblättern wollen, nur einen höflichen Blick darauf werfen und sich den Rest für später aufheben. Aber was er sieht, zieht ihn in den Bann. Während Chester seine Arbeiten betrachtet, geht Trace zum Fenster und wartet.

»Mr. Trace ...«

Ohne sich umzudrehen, weiß Jack, worauf Ludlow gestoßen ist. Er selbst hat es schließlich dort hineingelegt.

»Mr. Trace, was ist das hier ...?«

Es ist eine große, minutiöse Darstellung einer Schlucht, die teilweise von den Resten einer zerstörten Eisenbahnbrücke überspannt wird und auf deren Grund das Wrack eines Zuges liegt; eines seltsamen Zuges, von dessen Tieflader eine riesige Kanone gestürzt ist, aus dessen umgekippter Lokomotive Dampf aufsteigt und dessen Güterwagen lichterloh brennt, während aus dem Salonwagen gerade erste Flammen züngeln. Chester Ludlows Gesicht ist errötet, seine Kiefermuskeln sind angespannt.

Trace erzählt Chester, dass er an Ort und Stelle gewesen sei und die Zerstörung gesehen habe. Er gesteht ihm, dass er auf der *Great Eastern* mit angehört hat, wie Chester seinem Bruder von der Kanone, ihrer Zerstörung und von Frau Lindt erzählt hat. Und er redet weiter, weil er nicht aufhören kann, spricht von den Schlachten, die er erlebt hat und dass die Zerstörer der Brücke natürlich Mörder sind, dass aber die Kanone genauso zum Töten gemacht war und dass auch er, Jack Trace, das kann er nicht leugnen, ein Teil des Tötens war, irgendwie mitverantwortlich, weil er dabei war, auch wenn er nur gezeichnet hat. Zeugenschaft macht einen zum Teil des Geschehens und das Geschehen zu einem Teil des Zeugen, und damit ist man verantwortlich, ob man will oder nicht. Als wenn man ein Gespräch mit anhört. Und dann sagt er, dass ihm kein anderer Weg eingefallen sei, sich dieser Verantwortlichkeit zu entledigen, als das Bild zu zeichnen, und da ist es nun, und ist es nicht ein erstaunlicher Blickwinkel? Die Perspektive des Bildes? Über der Schlucht schwebend. Eigentlich müsste man, um die Szene

663

so zu sehen, in einem Ballon oder einer Art Flugmaschine sitzen. Fliegen …

Die beiden schauen die Zeichnung an.

»Was für eine seltsame Idee«, sagt Chester leise. »Dieses Bild hierher zu bringen.«

»Es tut mir leid«, sagt Trace. »Ich wollte es Ihnen irgendwie sagen. Ich kann besser … besser zeichnen als reden. Zuerst dachte ich, wahrscheinlich bin ich sowieso nicht dabei, wenn Sie es sehen. Aber dann dachte ich, verdammt noch mal, du *musst* dabei sein.«

Chester bedeutet Trace mit der Hand, zu schweigen, und er verstummt. Dann fasst er ihn fest am Unterarm. Im selben Augenblick hören sie beide Chesters Namen rufen. Trace erkennt den Akzent, bevor er sich umgewandt hat und Herrn Lindt sieht.

»Noch ein paar Papiere, die wir beide unterzeichnen müssen«, sagt Lindt.

Er trägt den Fleiß und den Tatendrang des restlichen Büros mit ins Zimmer.

»Ach, Herr Trace, wie schön, Sie wiederzusehen«, sagt er ausdruckslos und tritt auf Trace zu, um ihm die Hand zu schütteln. Trace möchte auf keinen Fall, dass Lindt die Mappe sieht, und ist sehr erleichtert, als Chester um den Zeichentisch herumtritt, um die Zeichnungen vor ihm zu verbergen.

»Also«, sagt Lindt und schüttelt Trace die Hand, als würde er Holz hacken, »Sie begleiten uns, wenn wir im Frühsommer auf Fahrt gehen? Diesmal schaffen wir es. Da sind wir alle ganz sicher.«

»Ehrlich gesagt: nein«, sagt Trace. »Ich meine, ich bin sicher, dass Sie es schaffen, aber ich werde nicht dabei sein. Ich heirate.«

»Ach wirklich?«, sagt Chester.

»Ja«, sagt Trace und wird puterrot.

»Na, herzlichen Glückwunsch. Kennen wir die Glückliche?«, fragt Chester.

»Nein«, sagt Trace. »Jedenfalls nicht direkt. Ich weiß, dass Sie ihr nie begegnet sind, Mr. Lindt.«

Lindt zuckt mit den Achseln.

»Ich aber?«, fragt Chester.

»Nein. Na ja, ich – ich weiß nicht. Ach, verflixt. Es sollte noch ein Geheimnis bleiben, wissen Sie. Weil wir noch nicht mit ihrer Familie gesprochen haben. Alles ein bisschen kompliziert.«

»Tut mir sehr Leid, dass sie uns nicht begleiten können«, sagt Lindt.

»Ja, mir auch«, sagt Trace.

»Ich lasse die Papiere auf Ihrem Schreibtisch«, sagt Lindt und legt den Stapel auf Chesters Schreibunterlage. Dann fällt ihm ein: »Haben Sie die Zeichnungen von der letzten Expedition vorbeigebracht?«

»Nein, hat er nicht«, geht Chester rasch dazwischen. »Darüber unterhalten wir uns gerade.«

»Tut mir furchtbar leid«, sagt Trace. »Ich habe ein bisschen gebummelt. Aber es ging nicht anders.«

»Ich kümmere mich darum, Lindt«, sagt Chester.

»Sehr schön«, sagt Lindt. Eine Pause entsteht, während der Trace und Chester sich nicht vom Fleck rühren. Dann sagt Lindt mit spröder Stimme: »Viel Glück mit ihrer Ehe.«

Und damit geht er. Trace lässt einen langen Seufzer hören. Er will noch etwas sagen, aber er sieht, dass Chester die Zeichnung genommen hat und mit ihr zum Ofen geht.

»Mr. Trace, ich will in keiner Weise Ihre künstlerische Leistung bemängeln. Genauso wenig verurteile ich Ihr Bedürfnis, dieses Bild anzufertigen, oder Ihre Motive, es mitzubringen, obwohl ich gestehen muss, dass ich sie nicht ganz begreife. Ich merke, dass es Sie jedenfalls erleichtert hat. Und vielleicht sogar auch mich.« Er schaut das Bild durchdringend an. »Aber«, fährt er fort, »ich werde es verbrennen.«

»Das ist in Ordnung, Sir.«

Und dann legt Chester das Blatt auf die Kohlen, und die beiden Männer schauen zu, wie die Hitze das Papier zunächst verfärbt, bis von allen Seiten gleichzeitig Flammen auflodern.

»Ihre Ehe«, sagt Chester.

»Ja«, sagt Trace.

»Möge sie glücklich sein.«

»Vielen Dank, Sir.«

Die Ränder des brennenden Papiers rollen sich nach innen, sodass es wie eine sich ballende Faust aussieht, dann verwandelt es sich in schwarze Asche und erinnert an einen riesigen Insektenflügel, der schließlich zu Staub zerbröselt – und Chester und Trace starren in die glühenden Kohlen.

Otis Ludlows Tagebuch

Irland, 1866

Foilhommerum Bay
*Eines muss noch berichtet werden. Ich habe ihn nicht tot im flachen
Wasser des Baches westlich vom Crawford Notch gefunden.
Er lebte noch.*

Ich war nach meinen ersten Jahren in Malakka allein nach Amerika, nach Hause zurückgekehrt. Chester studierte in Cambridge
Ingenieurwissenschaften. Seine Mutter war im Winter zuvor an
der Grippe gestorben. Meine Margaret war auf einer Insel vor Kalimantan an Diphtherie gestorben. Ich reiste allein nach Hause. Die
Familie war in einem trostlosen Zustand.
Nicht jedoch der alte Herr. Er malte wie nie zuvor.
Ich heuerte bei Horace Fabyans Mannschaft an, die den Westhang des Mount Washington hinauf einen Reitweg für die Feriengäste baute. Der Vorarbeiter des Gleistrupps, der jenseits der Fourth
Iron Schienen für die Eisenbahnlinie legte, hatte mir erzählt, dass
mein Vater an den Klippen östlich des Notch beim Malen gesehen
worden war. Der Vorarbeiter selbst hatte den alten Herrn eine Woche zuvor bewusstlos gefunden – nach einem seiner Anfälle. Er hatte ihn gepflegt, aber mein Vater hatte nichts Besseres zu tun, als
ihm wegzulaufen, und zuletzt war er gesehen worden, wie er sein
kleines Packpferd unerbittlich den Weg am Nancy Brook, diesmal
also westlich des Notch, hinauftrieb. Ich ging ihn suchen.
Als ich ihn fand, sah ich zuerst sein Pferd, das in einem Dickicht
von Schierlingstannen bei einem Felssturz stand, wo es sich wohl
verheddert hatte. Das Pferd sah nicht so aus, als sei es ordnungsgemäß festgebunden, und so hätte mein alter Herr es normalerweise
niemals zurückgelassen.
In der Nähe rauschte der Nancy Brook. Der Wasserfall war etwa

hundert Meter flussaufwärts, ich konnte ihn donnern hören. Die Staffelei meines Vaters stand auf einem moosigen Uferfelsen. Es war ein bedeckter Sommertag. Das Wasser des Nancy Brook stürzt über hundert Meter einen Felshang hinunter, und der Wald rundumher hing voller Dunst.

Zuerst hatte ich das Pferd gesehen, als Nächstes sah ich dann das Bild. Es war ein riesiges Gemälde. Eineinhalb mal zweieinhalb Meter ungefähr. Es zeigte nicht nur die Wasserfälle, vielmehr handelte es sich um eine ganze Wald- und Berglandschaft. Er war offenbar in der Gegend herumgezogen und hatte Ansichten gemalt, die er dann zu einem mächtigen Gesamtbild komponierte. Er hatte die Leinwand zu dieser Stelle am Nancy Brook geschleppt, um in einer Ecke den Wasserfall einzubauen. Den Rest des Gemäldes füllten hohe Berge. Ein mächtiges Massiv ragte in weiter Entfernung auf, und ein mysteriöser Gipfel, fast vollständig verhüllt von einer Mischung aus Nebel, Dunst und Wolken, aus heftigen Wirbeln und dauniger Weichheit, nahm die rechte Seite ein. Ich weiß noch, dass ich das Gefühl hatte, es bewegten sich Gestalten über das Bild.

Dann sah ich ihn im Wasser. Er zuckte ein paar Mal, und diese Bewegung erregte meine Aufmerksamkeit.

Ich hätte zu ihm hinunterrennen können. Er lag nur zehn Meter von mir entfernt. Er zitterte im Wasser.

Ich denke mir, er konnte mich sehen. Ich kenne die Anfälle.

Ich rührte mich nicht. Er gab keinen Laut von sich. Er zitterte. Wasser bedeckte ihn.

Mit meinem guten Auge konnte ich ihn betrachten, aber ich glaube, wirklich sehen tat ich ihn mit dem anderen, dem blinden Auge.

Sieh mich an, dachte ich.

Aber das Wasser bedeckte ihn. Er versteckte sich darin. Er zitterte. Er wollte mich nicht sehen.

Und ich rührte keinen Finger, um ihm zu helfen. Ich beobachtete ihn.

Bis er sich nicht mehr bewegte.

Das ist die Geschichte. Ich habe ihn nicht tot gefunden.

Es war nicht wie bei Betty, Jahre später, als ich selbst hilflos war. Damals entschloss ich mich, nichts zu tun. Ich wollte ihm nicht helfen.

Ich weiß nicht, was aus dem Gemälde geworden ist. Ich habe es auf dem Rücken des Pferdes, zusammen mit der Ausrüstung und der Leiche des alten Herrn, zum Eisenbahnerlager an der Fourth Iron gebracht. Das Gemälde kam mit all seinen Besitztümern in ein Auktionshaus nach Fryeburg. Das Geld habe ich Chester für seine Ausbildung geschickt. Ich selbst bin wieder zur See gefahren. Aber als Erstes habe ich den alten Herrn beerdigt. Ich baute einen Sarg. Es stimmt, dass die Pigmente seine Haare gefärbt hatten, weil seine Palette neben ihm ins Wasser gefallen war. Aber in seinen Haaren klebte auch Blut. Er hatte sich den Kopf aufgeschlagen, als er stürzte. Doch das hat ihn nicht umgebracht. Ich habe es getan. Das Blut ließ sich abwaschen. Seine Farben nicht. Es tut mir leid.

Kapitel 30

NACH HEART'S CONTENT

Irland und Amerika, Sommer–Herbst 1866

ER BLEIBT ZURÜCK
Chester sitzt seit mehr als einem Monat an der irischen Küste und
wartet, dass die Leiche angespült wird.

Am Ende des Winters und im Frühling zerrte alles in zwei Richtungen gleichzeitig: Das Wetter in London wechselte zwischen Kalt-
fronten von der Nordsee und warmen Winden von den Kanarischen
Inseln. Und Chesters Gedanken wurden hin und her gerissen zwischen der Dringlichkeit der Arbeit fürs Kabel und den zunehmend
unerfreulichen Nachrichten aus der Foilhommerum Bay.
Die Nachrichten kamen nicht von Otis. Otis sprach nie wieder mit
Chester. Sie kamen von den anderen Telegraphisten, die in der Station arbeiteten ... Sein Bruder benahm sich seltsam. Sein Bruder
führte Selbstgespräche. Sein Bruder sandte Botschaften durch das
Kabel – durch das *gekappte* Kabel. Sein Bruder saß vor den Gerä-
ten, als erwarte er eine Antwort. Sein Bruder telegraphierte an einen Ort namens Mount Washington; ob Chester den kannte? Sein
Bruder ließ sich an seinem Platz nicht ablösen. Sein Bruder brach
manchmal aus schierer Erschöpfung am Galvanometer zusammen
und schlug mit dem Kopf auf die Tischplatte. Sein Bruder stellte inzwischen eine Gefahr für die reibungslose Arbeit des Telegraphenhauses und für sich selbst dar.
Telegraphisten kündigten. Bald gab es nur noch einen einzigen
neben Otis. Dann offenbar gar keinen mehr.
Ein Fischer benachrichtigte den Gastwirt im Dorf, der den Konstabler benachrichtigte, der das Büro in London benachrichtigte,

dass Otis sich ertränkt hätte. Der Fischer hatte es gesehen: Otis war eines Morgens früh, mit Steinen um den Hals gebunden, aus einem Dory gesprungen, nur wenig außerhalb der geschützten Bucht.

Niemand war im Telegraphenhaus gewesen. Otis und die aufreibende Pflicht, ständig den winzigen Lichtpunkt zu beobachten, hatten alle anderen Telegraphisten vertrieben. Er konnte allein dem seltsamen Rauschen und den zufälligen Signalen »lauschen«, die durch das abgetrennte Kabel drangen, konnte allein seine eigenen Botschaften ins Meer hinaussenden … oder in den Äther; und er konnte allein seine Vorbereitungen treffen.

Chester verließ sofort nach Eintreffen der Nachricht sein Londoner Büro. Er nahm die gleiche Route wie Weihnachten, als er Otis besucht hatte. Diesmal hielt ihn kein Sturm auf. England und Irland waren sommerlich grün. Das Meer war ruhig.

Als Chester im Hafen von Valentia eintraf, suchte er zunächst den Fischer auf, bat, zu der Stelle geführt zu werden, wo Otis sich ins Meer gestürzt hatte, bat um Hilfe bei der Suche nach der Leiche. Sie benutzten einen Dreghaken, ganz ähnlich dem, mit dem Chester und Otis vor einem Jahr den Meeresgrund nach dem Kabel abgesucht hatten. Doch nach drei Tagen hatten sie immer noch nichts gefunden.

»Manchmal nimmt einem die See die Suche ab«, sagte der Fischer. »Jetzt können Sie nur warten.«

»Ich werde warten«, sagte Chester und deutete zum Ufer. »Genau dort.«

Und genau dort sitzt er im Juli, als die Kabelexpedition in der Bucht eintrifft, um erneut zur Überquerung des Atlantiks aufzubrechen. Cyrus Field und Professor Thomson kommen ihn besuchen, jeder für sich.

Die *Great Eastern* liegt vor der Küste, umgebaut, nach Chesters Plänen verbessert, ausgestattet mit einer neuen Winschanlage zum Einholen des Kabels und mit unabhängig steuerbaren Schaufelrädern, mit denen sich das Schiff auf der Stelle drehen kann.

Chester hat seine Entscheidung nach London gekabelt, dass er an Land bleiben wird. Er weiß, dass Professor Thomson wieder an Bord sein wird, ebenso wie Joachim Lindt, der bei allen Charakterfehlern inzwischen immerhin ein gerüttelt Maß Erfahrung mitbringt. Außerdem hat die *Telegraph Construction and Maintenance Company*

670

weitere Ingenieure abgestellt, die Expedition zu begleiten. Männer, die im Schwarzen Meer und im Ärmelkanal Kabel verlegt haben.

All diese Verbesserungen und die neuen Ingenieure mögen gewiss eine große Hilfe sein, doch können sie nicht darüber hinwegtäuschen, dass die Inkorporation immer mehr von den Träumen der Kabelmänner an sich gerissen hat.

Aber von solchen Gedanken teilt Chester weder Field noch Professor Thomson etwas mit. Es bedeutet ihm auch nicht mehr viel. Er wartet auf seinen Bruder; deshalb kann Chester nicht mitfahren. Und Field sieht die Entschlossenheit, mit der die Augen hinter den goldgerahmten Brillengläsern funkeln. Wenn er Zeit hätte, denkt Field, könnte er diese Entschlossenheit ins Wanken bringen. Denn wenn Field über eine Eigenschaft verfügt, dann ist es Ausdauer; er hat alle Hindernisse überwunden, die sich vor dem Projekt Transatlantikkabel auftürmten. Diesmal werden sie es mit Sicherheit schaffen. Mit oder ohne Chester Ludlow.

Und er sieht die Traurigkeit. Auch Traurigkeit und Verwirrung liegen in Chesters Blick. Und die, denkt Field, könnte selbst er nicht zum Verschwinden bringen. Damit muss Chester allein fertigwerden.

Professor Thomson sieht das Gleiche. Er besucht Chester im Telegraphenhaus. Die Inkorporation hat mehrere neue Telegraphisten geschickt, die sich dort eingerichtet haben und das Landende des Kabels bemannen sollen, wenn es darauf ankommt, beim Abrollen Kontakt mit der *Great Eastern* zu halten. Chester geht ihnen aus dem Weg. Sie haben ihre Arbeit, er hat seine. Er hat das Haus aufgeräumt. Unter Otis' Sachen hat er ein in Leder gebundenes Tagebuch gefunden, Otis' Tagebuch; keine Aufzeichnungen über das Gestammel des Kabels, sondern seine eigenen Gedanken, eine Art Rechenschaftsbericht. Chester hat die Seiten immer wieder durchgelesen. Er hat Otis' Habseligkeiten zu einem kleinen Bündel verschnürt, das Tagebuch und den Sextanten obenauf gelegt. Die Sachen sind im leeren Nebenzimmer, wo Chester auch schläft, wenn die Dunkelheit seiner Wache auf den Klippen ein Ende setzt.

»Ob Sie hierbleiben oder mit uns fahren, hat keinen Einfluss darauf, ob die See seinen Körper hergibt oder nicht«, sagt Professor Thomson.

»Das können Sie nicht beweisen«, antwortet Chester.

Thomson nickt. »Mein Junge«, sagt er, »wenn diese Expedition vorüber ist, werde ich nach Ihnen rufen. Es gibt immer noch sehr viel zu tun.«

»Kabeln Sie mir«, sagt Chester.

Thomson lächelt und antwortet, genau das werde er tun. Dann macht er sich auf den Weg.

Und die ganze Expedition macht sich auf den Weg. Am Freitag, dem 13. Juli 1866, bricht die *Great Eastern* auf nach Neufundland. Am Strand wird eine kleine, nüchterne Zeremonie abgehalten, kein Vergleich mit den Feiern des Vorjahres, und nur ein paar wenige Fischerboote begleiten das Kabel vom Land hinaus zur *Great Eastern*. Chester Ludlow steht mit einer Handvoll neugieriger Einheimischer auf der Klippe und sieht den Booten nach, sieht später die kleine Rauchwolke der *Great Eastern* am Horizont verschwinden.

Chester ist immer noch dort, hält immer noch Wacht an den Klippen, als der Konstabler zu ihm kommt und ihm mitteilt, dass die *Great Eastern* es geschafft hat. Wir schreiben den 27. Juli, und ein funktionierendes Kabel durchmisst den Atlantischen Ozean.

»Das ganze Dorf feiert«, sagt der Konstabler. »Ich glaube, das ganze Land. Ihr Land wahrscheinlich auch.«

Als Chester in der Abenddämmerung ins Telegraphenhaus zurückkehrt, reicht ihm einer der Telegraphisten die Nachricht, die am Nachmittag eingetroffen ist:

Heart's Content, 27. Juli. Wir sind hier heute Morgen um 9 Uhr angekommen. Alle sind wohlauf. Gott sei Dank – das Kabel ist verlegt und in tadellosem Zustand. Cyrus Field.

»Wir haben die Nachricht überall nach Großbritannien weitergeleitet«, sagt der Telegraphist.

Heart's Content – Herzenslust – ist der Name des neuen, deutlich tieferen Hafens, den die Inkorporation für die Landung in Nordamerika ausgesucht hat.

»Hübscher Name«, sagt einer der dienstfreien Telegraphisten und reicht Chester ein Glas Whisky zum Anstoßen. »Hübsche Arbeit«, fügt er hinzu und hebt sein Glas. »Zum Wohl!«, rufen seine Kollegen beifällig. Sogar Chester trinkt einen Schluck, ehe er sich in seinem Zimmerchen zur Ruhe begibt, damit er am nächsten Morgen früh auf den Klippen sein kann.

Zur selben Zeit am nächsten Tag hat das neue Kabel bereits tausend Pfund für die Übermittlung von Nachrichten eingebracht. »Das Meer gibt einen Teil des Vermögens zurück, das es verschlungen hat«, sagt einer der Schreiber.

Keine vierundzwanzig Stunden später wird Otis' Leiche angespült, von Fischen angefressen, an Felsen zerschmettert. Man kann den Leichnam nicht ausreichend konservieren. Das hatte Otis auch nicht gewollt. Er hatte beabsichtigt, seinen Körper für immer dem Meer anzuvertrauen.

Also lässt Chester seinem Bruder eine anständige Seebestattung zuteil werden – dabei sind die wachfreien Telegraphisten und der Fischer. In Tuch gewickelt, mit Gewichten versehen, bringen sie ihn hinaus bis weit vor die Bucht, wo der Leichnam rasch über das Dollbord des Fischerbootes gleitet, als Chester ihm einen Stoß gibt und dabei ein Gebet flüstert. Er hat, so hofft er, eine Stelle in der Nähe des Kabels gewählt. Er stellt sich vor, dass Otis zum Kabel hinabsinkt und dort zur Ruhe kommt, wo er seinen Signalen lauschen kann.

WIEDERVEREINIGUNG

Offensichtlich hat es gebrannt. Der Mittelteil des Hotels steht noch – der Portikus, die mittleren Zimmer, ein Turm, der Südflügel. Die weiße Farbe des Gebäudes ist an manchen Stellen versengt und verschmutzt, und das rot gedeckte Dach zeigt dort, wo sich glühende Holzstücke hindurchgebrannt haben, bleiche Risse. An der Nordseite liegen Aschenhügel – alt, grau und vom Schnee des Winters, vom Tauwetter des Frühlings und jetzt von der Augustsonne niedergedrückt. Verkohlte Balken und Pfosten stehen noch – jedenfalls zum Teil, viele sind umgestürzt, lehnen schräg und ungeordnet aneinander –, ihre Oberflächen glänzen wie Anthrazit und sind zu Mustern verbrannt, die an Krokodilleder erinnern.

Dennoch wird bereits an einer neuen Konstruktion gebaut; ein neuer Flügel wird bald Gestalt annehmen. Gerüste aus frisch gefällter Eiche, hell wie Buttermilch, wachsen aus den noch stehenden Gebäudeteilen heraus. Entrindete, gekerbte und duftende Stämme liegen neben der Auffahrt. Es ist Sonntag, die Zimmerleute haben frei.

Chester ist allein zu Pferd gekommen, den ganzen Morgen hat der Ritt über den Bergsattel von Bartlett herauf gedauert. Das Hotel Ammonoosuc liegt auf seinem Weg zu Fabyans Reitpfad, der auf den Mount Washington führt. Eine Weißkehlammer lässt ihren Gesang hören, sechs Töne aufwärts, sechs Töne abwärts. Ein sehr vertrauter Klang in dieser Gegend. Chester weiß, dass er ihn auf dem Berg, wenn er sich der Baumgrenze nähert, noch öfter hören wird.

Er hätte auch den Zug nehmen können, aber er wollte langsam und allein ankommen, sein heimisches Terrain erkunden. Am Tag zuvor hat er in North Conway eine Pause eingelegt, um an dem Holzhaus in der Seavey Street vorbeizugehen, in dem er einmal mit seiner Mutter gelebt hat. Dann ist er nach Bartlett geritten und war auf dem Friedhof, wo Otis den alten Herrn begraben hat.

Das Grabmal ist eine Steinpyramide. Sie passt überhaupt nicht zu den übrigen Grabsteinen auf dem Friedhof, aber sie passt dennoch, denn sie geht auf eine Idee von Otis zurück, wie Chester weiß. Ein Stein in der Mitte der Pyramide ist poliert, und er trägt Name und Lebensdaten – 1789 bis 1841 – von Amos Bronson Ludlow. Die Steine hat der Sohn des Verstorbenen vom Gipfel des Mount Washington heruntergebracht, erzählt ihm der Küster. Der Verstorbene war Maler. Hat vor allem diese Berge gemalt. Oberhalb der Baumgrenze gibt es dort solche Steinpyramiden – *Cairns* –, die Wanderern den Weg weisen.

Doch dieser Cairn könnte auch gebaut worden sein, denkt Chester, um den darunter Liegenden zu beschweren. Chester hat Otis' Tagebuch gelesen. Er weiß, was geschehen ist.

Der Küster erzählt Chester, dass er, wenn er den Crawford Notch hinaufreitet, unterwegs auch den Mount Washington sehen kann. Der Tag soll klar werden. Außerdem erzählt er ihm vom Hotel Ammonoosuc und dass ein Eisenbahnmagnat, der irgendwo im Westen lebt, es jetzt wieder aufbauen lässt, nachdem es in der vergangenen Saison abgebrannt ist. Chester hat nicht vor, im Hotel zu übernachten, wenngleich er beabsichtigt, dort vorbeizuschauen. Er hat die Anschläge gesehen.

Im Licht der hoch stehenden Sonne eines Augustnachmittags sehen die Berge über der Baumgrenze bleich aus und konturlos wie ein Bühnenbild. Wenn Chester jetzt hier hinaufreitet, so folgt er einem Wunsch von Otis. Chester hatte eine an ihn gerichtete, ins

Tagebuch gekritzelte Nachricht gefunden: Anweisungen hinsichtlich des Verbleibs seiner Habseligkeiten. Chester hat die wenigen irdischen Besitztümer von Otis bei sich: ein paar Mitbringsel aus der Südsee (Steine, Muscheln, Brocken wie von einer Art Pilz) und den Sextanten. In der Nachricht hatte Otis ihn gebeten, er möge die Dinge »irgendwo in die Nähe meiner Heimat bringen ... vielleicht ganz oben auf den Mount Washington, wo du sie unter einen Cairn legen kannst. Das Tagebuch ist für dich.« So lautete sein letzter Wille. Chester kommt ihm nach. Er wird morgen mit seinem Pferd den Reitweg hinauftraben. Aber heute haben ihn die Plakate erst einmal hierher geführt.

Sein Pferd scharrt im Kies der Auffahrt. Chester sieht die Hotelgäste, die auf dem Rasen Federball spielen oder in der Sandgrube Hufeisen werfen. Kinder kreischen unten auf der Wiese bei dem Versuch, einen Drachen steigen zu lassen. Drei oder vier Wolkenschatten ziehen über die Hänge der Gipfel. Vor ihm klettert eine Frau vorsichtig über die verbrannten Balken in jenem Teil des Hotels, der vom Feuer zerstört wurde.

Jahre später wird Franny Ludlow ihren Jungen erzählen, wie sie ihren Vater zum ersten Mal nach ihren »getrennten Jahren« wieder gesehen hat. (»Unsere getrennten Jahre« wird sie die Zeit der Kabelexpeditionen und des Bürgerkrieges nennen; die Zeit, in der Chester Ludlow sich in der Welt einen Namen gemacht hat; in der sie *beide* sich in der Welt einen Namen gemacht haben.) Sie wird ihnen erzählen, dass sie damals in dem Hotel gewohnt hat. (Aber sie wird ihnen nicht genauer erklären, warum; dass sie dort angestellt war als Hauswahrsagerin für die Gäste, dass sie eine tägliche Unterhaltungsschau im Salon zu präsentieren hatte; dass auf den Plakaten, mit denen die Eigentümer voller Stolz die Wiederauferstehung des Hotels Ammonoosuc »wie ein Phönix aus der Asche des Feuers vom vergangenen Jahr!« versprachen, auch »alle gewohnten Unterhaltungen und Attraktionen« angekündigt wurden, darunter »Dame Frances Piermont, Wahrsagerin«; dass trotz Spudes großspuriger Worte ihre Stellung sich verschlechtert hatte; dass eines dieser Plakate Chester zum Hotel geführt hatte; dass alles ganz anders für sie hätte ausgehen können, wäre er nicht erschienen. All das wird sie unerwähnt lassen.) Sie wird erzählen, dass sie in den verkohlten Resten eines Feuers herumgeklettert sei, das im Jahr zuvor einen großen Teil des Hotels vernichtet hatte, einen Teil, in dem auch die Bibliothek gewesen war. Löwenzahn und sogar die winzigen Schösslinge der Birken sprossen hier und dort aus der Asche. Diese beiden waren stets die ersten Pflanzen, die sich in den Ruinen eines verbrannten Hauses zeigten, die sich zwischen den verkohlten Resten, die früher einmal Orientteppiche und Mahagonischreibtische gewesen waren, ans Licht drängten.

Sie wird sagen, dass sie aufsah, um sich vorzustellen, wo ungefähr in der Bibliothek das großartigste Gemälde des Großvaters der Jungen gehangen habe, denn sie hatte es im vorigen Jahr dort hängen sehen. Sie hatte viele von Amos Bronson Ludlows Bildern gesehen, aber dieses war das großartigste von allen gewesen. Und es war vom Feuer zerstört worden. Sie versuchte, es sich in Erinnerung zu rufen, wird sie erzählen. Und dann sah sie, eingerahmt von verbrannten Balken und Trägern, dort, wo einst das Bild gehangen hatte, ihren Ehemann auf einem Pferd.

Chester sieht seine Frau aus etwa fünfzig Metern Entfernung an und wartet darauf, dass – und ob – sie ihn erkennt. Ihm geht durch den Kopf, dass eigentlich Otis – der jetzt nur noch als Bündel von Habseligkeiten und aufgeschriebenen Erinnerungen greifbar ist – den Grund dafür geliefert hat, dass sie sich hier und jetzt wiederfinden; auf Wegen, die sich wohl nie nachvollziehen lassen werden.

Und dann tritt Franny Ludlow aus dem Rahmen des verbrannten Gebäudes und geht auf ihren Mann zu, während er vom Pferd steigt und auf sie zugeht.

ZWEI WOCHEN SPÄTER
Zwei Wochen später sind sie wieder in Willing Mind. Es ist der Tag, an dem sie Otis – oder vielmehr seinen persönlichen Besitz – im Familiengrab auf den Klippen beigesetzt haben. Das Grab hat keine Begrenzung, lediglich bilden Heidesträucher die Umzäunung des kleinen Friedhofs, der direkt unter dem Kamm einer Klippe liegt, wohin der Wind nicht reicht, sodass es dort immer ruhig und geschützt ist. Frannys Eltern sind in der einen Ecke beigesetzt; Betty in der anderen. Otis – für Chester und Franny sind die Habseligkeiten längst *er selbst* geworden – liegt dem Meer am nächsten. Sein Grabstein ist ein kleiner Cairn. Chester hat ihn aus Steinen

aufgeschichtet, die er auf dem Mount Washington gesammelt hat. Otis liegt nicht direkt neben Betty, denn dort werden Chester und Franny einmal liegen, wenn ihre Zeit gekommen ist. Aber Otis liegt nahe bei ihr.

Chester und Franny haben spätabends auf der Terrasse des Hotels Ammonoosuc beschlossen, Otis nach Willing Mind zu bringen. Sie haben seinen letzten Willen und sein Tagebuch gelesen, überlegt und entschieden, dass er es akzeptiert, wenn nicht gar vorgezogen hätte, an den Klippen zur letzten Ruhe gebettet zu werden.

»Er hat nur ›in die Nähe meiner Heimat‹ geschrieben«, betonte Chester. »Er hat es bloß als *eine Möglichkeit* vorgeschlagen, dass ich seine Sachen auf den Mount Washington bringe.«

»Willing Mind war sein Zuhause«, sagte Franny, obwohl sie sich sehr wohl daran erinnerte, dass sie es war, die Otis Jahre zuvor das Gegenteil gesagt hatte, doch inzwischen wusste sie es sehr viel besser, wusste sehr viel mehr darüber, wo Zuhause ist, wie man zurückkehrt, wie man Dinge – und Leben – zur Ruhe legt.

Auf dem Grund des Atlantiks liegen jetzt zwei funktionierende Telegraphenkabel. Nachdem die *Great Eastern* im Juli die erste Leitung erfolgreich verlegt hatte, ist sie nach Osten zurückgedampft, um das Ende des zwölfhundert Meilen langen Kabels aufzufischen, das sie im Jahr zuvor abgerollt hatte. Es dauerte insgesamt vier Wochen, bis das Kabel gefunden, geborgen, wieder gebrochen, wieder gefunden war; das Bergen, Brechen und erneute Suchen wiederholten sich gut dreißigmal, bis sie das Kabelende endlich sicher an Bord hatten. Ein neues Kabel wurde angespleißt, und dann fuhren sie erneut nach Heart's Content und verwirklichten damit den Traum von Cyrus Field.

Chester hatte den Fortschritt der Kabeloperation unmittelbar verfolgen können. Professor Thomson hatte ihm mehrmals Nachrichten gesandt, die er zunächst von der *Great Eastern* durch das erste Kabel nach Irland schickte (echte Signale, nicht nur das zusammenhanglose Raunen der See), von wo sie dann nach Neufundland, von dort in die Vereinigten Staaten und schließlich nach Willing Mind gesandt wurden.

»Sie haben großen Anteil an dem, was wir erreicht haben«, hatte Professor Thomson Chester gekabelt. »Und denken Sie daran: Es gibt noch viel zu tun.«

677

Dieser Gedanke tröstet Chester. Während er sich daheim abmüht, das vernachlässigte Haus wieder in Ordnung zu bringen, sieht er in der Arbeit mit dem Kabel eine Art Vorrat, von dem er in Zukunft wird zehren können. Aber er weiß auch, worauf er sich im Augenblick konzentrieren muss.

Er und Franny haben die ganze erste Nacht auf der Terrasse des Hotels Ammonoosuc miteinander geredet. Sie haben eine Entscheidung hinsichtlich Otis' Beerdigung getroffen, doch zuvor hatte eine andere Entscheidung getroffen werden müssen. Oder vielleicht war es auch die Entscheidung über Otis, die zu dieser anderen Entscheidung geführt hat. Sie können sich nicht mehr an die genaue Abfolge der Gedanken und Gefühle erinnern, die wie Strudel um sie herumwirbelten, als sie nebeneinander in Schaukelstühlen im Dunkeln saßen, vor sich die mächtige Wand der Berge. Die Erfahrung glich der in jener Nacht vor vielen Jahren, als sie auf dem Postschiff von Bergen nach Newcastle den Orion langsam ins Meer tauchen sahen, während sie die ganze Nacht redeten und nicht bemerkten, wann genau ihr gemeinsames Leben begonnen hatte. So etwas bemerkt man nicht, sagte Franny einmal, so etwas weiß man.

Und genauso verhält es sich mit ihrer Rückkehr nach Willing Mind.

Franny glaubt, dass ihre Frage an Chester:»Glaubst du, wir können es tun?«, diesem alles entscheidenden Moment am nächsten kommt. (Aber dann denkt sie auch: Nein, da haben wir es schon *gewusst.*)

Und er antwortete:»Ich weiß, dass ich nicht weiterleben kann, wenn ich es nicht wenigstens versuche.«

»Und ich«, sagte sie,»ich auch nicht.«

Also leben sie wieder in Willing Mind, reparieren und präparieren es für den Winter. Gil und Edwina Tyler sind tagsüber zur Stelle, um so gut zu helfen, wie es zwei alte Hausangestellte eben können. Nichts wird übereilt erledigt, obwohl Chester und Franny gewiss schneller arbeiten könnten. Ihr Tempo hat etwas Feierliches. Sie halten vor jeder Tätigkeit ehrerbietig inne, um sie einzuordnen in den übergeordneten Rahmen ihrer gemeinsamen Existenz.

Sie schlafen nicht miteinander. Nichts soll vorschnell passieren. Nichts überhastet. Und dennoch wissen sie, dass sie andererseits die Gelegenheit nicht aus mangelnder Aufmerksamkeit verstreichen lassen wollen. Also achten sie ständig aufeinander. Es ist alles nicht ganz einfach.

Eines Abends sitzen sie im Arbeitszimmer, das Franny und Otis einst als »Geisterzimmer« genutzt haben. Die Nächte sind kalt geworden, schon seit einigen Tagen liegt morgens Raureif auf dem Gras, doch das Arbeitszimmer ist so klein, dass ein Kamin ausreicht, es angenehm zu erwärmen. Franny ist auf einer Seite des Sofas eingeschlafen, und am anderen Ende sitzt Chester und rechnet aus, wie viele Meter Bretter er brauchen wird, um den Holzweg und das Geländer an den Klippen zu reparieren.

Er muss selbst eingenickt sein, denn als er ins Feuer schaut, ist es fast heruntergebrannt, und der Docht der Lampe muss geputzt werden. Er sieht nicht auf seine Taschenuhr, doch weiß er, dass es spät ist, nach Mitternacht. Vielleicht hat ihn das rußende Flackern der Lampe geweckt.

Vielleicht war es aber auch der Schatten, den er vor dem Fenster erblickt.

Er löscht die Lampe, weil er glaubt, dann besser erkennen zu können, was dort draußen vor sich geht. Das Zimmer ist jetzt dunkel, abgesehen vom schwachen Glimmen der Scheite im Kamin.

Etwas bewegt sich auf den Klippen.

Chester macht sich Sorgen, wünscht sich, er würde das alles nicht sehen, doch gleichzeitig ist seine Neugier geweckt, weil er nicht erkennen kann, worum es sich handelt. Er steht leise auf und geht zum Fenster.

Die Nacht ist ein Gewirr dunkler Schatten. Was aussieht wie Wolken, könnten auch Heidebüsche sein oder Gischt von den Brechern tief unten oder schwache Spiegelbilder des Zimmers in seinem Rücken. Es scheint, als würden der Wind und die Kälte Umrisse formen oder selbst wechselnde Gestalt annehmen.

Doch etwas zieht sich zusammen. Eine menschliche Gestalt. Ihre Tochter. Chester murmelt das Wort fast. Er ist dem Fenster nahe genug, dass die Scheibe von seinem Atem beschlägt; eine weiße Aura.

Er wird nie ganz sicher sein, was er in jener Nacht sah; wenn da überhaupt etwas war. Vielleicht waren es seine Wünsche, die sich im Gewirr der Welt abbildeten, vielleicht war es auch nur sein Atem auf der Scheibe. Dennoch wird er Franny erzählen, dass er sie gesehen hat, ihre Tochter Betty.

Doch sie ist nicht wie in ihrer Erinnerung. Chester sieht deutlich, dass sie gewachsen ist. Sie ist ein großes Mädchen, kein kleines Kind mehr, fast eine junge Frau. Sie tanzt nicht mehr, wie sie einst, auf der langen, schrecklichen Wanderung im Krieg, vor ihm auf den Gleisen getanzt hat, als sie ihn weiterlockte. Doch sie schwebt auch nicht knapp außerhalb seiner Wahrnehmung, wie sie es in den Jahren nach ihrem Tod getan hatte, als er das Kabel verlegte, als er versuchte, die Kontinente zu verbinden.

Sie ist direkt vor ihm, aber diesmal wendet sie sich ab, gerade in dem Moment, als er sie erkennt, und darum weiß er nicht genau, wie sie aussieht. Er kann ihr nicht in die Augen oder ins Gesicht sehen. Und mit dieser Drehung, genau im Augenblick des Erkennens, verlässt sie ihn. Sie geht fort, ruhig, mit sicherem Schritt aufs Meer zu, und statt über die Kante zu stürzen, verschwindet sie einfach.

Er steht am Fenster und ist von ihrer Selbstsicherheit gefesselt und davon, wie groß sie geworden ist. Einst war sie es, die ihn mitzog, und nun verlässt sie ihn.

Franny erwacht mit einem erschreckten Schrei. Sie ruft seinen Namen. »Ich hatte einen Traum«, sagt sie im Dunkeln. Chester weiß, ohne zu fragen, was für ein Traum das war.

»Wo bist du?«, fragt sie.

»Hier«, sagt er. »Folge meiner Stimme.«

Und sie steht auf und kommt zu ihm.

Epilog

Franny begleitete Chester nicht über den Atlantik, um Professor Thomson zu besuchen. Sie blieb daheim, denn an dem Theater, das sie leitete, begannen die Proben für die erste Inszenierung: *Der Sturm*. Chester wollte rechtzeitig zur Premiere zurück sein. Die Bühne stand in der Scheune von Willing Mind – wo auch das Phantasmagorium seine erste Vorstellung erlebt hatte. Die Ludlows hatten sie zu einem Saal mit richtigen Sitzen (nicht mehr bloß Bänken) umgebaut, mit Vorhang, Schnürboden, Falltüren und sogar einer Drehbühne. Chester hatte sich mit Begeisterung in die Aufgabe gestürzt, das Theater zu planen. Die Feriengäste würden im Sommer für ausverkaufte Vorstellungen sorgen. (J. Beaumol Spude, der aus San Francisco zurückgekehrt war, sollte den *Sturm* sehen und Frannys Inszenierung für das Theater buchen, das er später im Hotel Ammonoosuc bauen ließ.) Das Leben in Willing Mind war – jedenfalls in den Sommermonaten – wieder erfüllt, beinahe ausgelassen.

Dazu trugen auch die Jungen bei. Augustus, benannt nach Frannys Vater, und Otis. Chester hatte die beiden nach England mitgenommen: ihre erste große Reise fort von Willing Mind, damit sie etwas von der weiten Welt zu sehen bekamen.

Ein Steward hatte Augustus vom Vergnügungspark *Great Eastern* auf der Themse erzählt, hatte ihm alle Attraktionen in blühenden Farben geschildert und damit dem Elfjährigen das nötige Futter gegeben, Chester zu einem Besuch der Isle of Dogs zu überreden.

»Außerdem sagt der Kapitän, dass der Wind günstig steht und wir gute Fahrt machen, also früher ankommen werden«, sagte Augustus. »Wir sollten genug Zeit haben, bevor wir auf den Zug nach Glasgow müssen.«

»Wirklich?«, sagte Chester. Augustus hatte offenbar seine Hausaufgaben gemacht.

»Es sind ›Die Wunder des Zeitalters‹«, sagte Otis.

»Was?«, fragte Chester.

»Das Schiff!«, sagte Otis. »Der Vergnügungspark.«

»So heißt es«, erklärte Augustus sachlich. »Das hat uns Mr. James, der Steward, erzählt.«

»Können wir hingehen?«

Am Morgen nach ihrer Ankunft in London nahmen sie eine Kutsche hinaus zum großen Schiff. Chester hatte irgendwie damit gerechnet, dass er enttäuscht sein würde, das Ungetüm als Jahrmarktsattraktion aufgetakelt zu sehen, und dem war auch so. Doch die Größe der *Great Eastern* war immer noch so beeindruckend, dass aller Flitter ihr nicht viel anhaben konnte. Auch wenn sie nie wieder auf Fahrt gehen würde, auch wenn sie zu einer Reklametafel für ein Kaufhaus herabgewürdigt worden war – sie war immer noch majestätisch, und sie war immer noch das größte Schiff aller Meere.

»Junge, Junge!«, sagte Augustus, als er sie erblickte. Otis griff nur sprachlos nach der Hand seines Vaters und schien fast verschreckt angesichts der Größe, die vor ihm aufragte.

»Da drauf bist du gefahren, Papa?«, fragte Augustus.

»Ja, bin ich«, antwortete Chester. Sogar er sprach mit gedämpfter Stimme.

»Mit dem Kabel?«

»Ist es schnell gefahren?«

»Mit dem Kabel. Und es war ganz schön schnell«, sagte Chester.

»Und ganz schön groß.«

»Es ist wirklich groß!«, sagte Otis.

»Aber du warst doch nicht dabei, als sie das richtige Kabel verlegt haben, oder?«, fragte Augustus. »Beim letzten Mal warst du nicht dabei.«

»Nein.«

»Er wollte bei Mama sein«, sagte Otis.

Chester sah seine beiden Söhne an. »Hat Mama das erzählt?«, fragte er.

»Ja«, sagte Otis, der spürte, dass diese Frage eine ernste Antwort verlangte. Er sprach das Wort langsam aus und nickte.

»Da hat sie recht«, sagte Chester.

Die Jungen bettelten ihren Vater an, dass sie vorauslaufen durften, zusammen mit den anderen Besuchern des Vergnügungsparks, die den Boulevard entlang auf das Schiff zuströmten. Chester sagte ihnen, sie könnten gehen, aber sie müssten auf die Pferde achtgeben. Er bezahlte den Kutscher, ging ihnen rasch nach und behielt sie im Auge.

Nach dem Erfolg von 1866 hatte die *Great Eastern* noch fünf weitere transatlantische Kabel gelegt und dazu eine dreitausend Meilen lange Verbindung von Bombay nach Suez. Danach hatte sie der Regierung Napoleons III. Hunderttausende Francs Verlust beschert, als der erneute Versuch, sie als Luxuspassagierschiff einzusetzen, kläglich scheiterte. Dann rostete sie in Milford Haven auf Reede vor sich hin, bis der Kaufhausbesitzer Lewis aus Liverpool sie erwarb und in den »Größten schwimmenden Vergnügungspark der Welt« verwandelte, wo es »Die Wunder des Zeitalters« zu besichtigen gab.

»Lewis' Great Eastern Vergnügungspark, Schwimmende Ausstellung und Jahrmarkt« lag unterhalb des Limehouse Reach auf der Isle of Dogs, ein Stück flussabwärts von der Werft, auf der das Schiff gebaut worden war. Flaggen, Wimpel und der neu angelegte gepflasterte Boulevard wiesen der Menge den Weg zu der riesigen Attraktion. Man hatte die Schotten und die Kohlebunker aus dem Schiff herausgeschnitten und auf diese Weise unter Deck Platz für einen Konzertsaal mit tausend Sitzen geschaffen, wo Schweizer Volksmusikanten jodelten und Frauen im Ring boxten. In der Takelage, wo einst Otis Ludlow Wache gehalten und von wo er sich hinabgestürzt hatte, schwangen jetzt Artisten am Trapez zwischen den Masten hin und her. »Bob, das fehlende Glied«, ein wasserköpfiger Neger aus den belgischen Kolonien am Kongo, hüpfte und brüllte, in Felle und Häute gehüllt, für die Zuschauer in der vorderen Kabelwanne herum. Eine Zigeunerfamilie kampierte auf dem Quarterdeck. Rund ums Promenadendeck wurden Wettläufe veranstaltet. Die hintere Kabelwanne beherbergte ein Aquarium, auf dem früheren Stalldeck war eine »Reitschule für den einfachen Mann« untergebracht, am Bug verbog sich ein Schlangenmensch, der sich »Guttapercha-Mann« nannte, in einem Zelt die Gliedmaßen, mittschiffs konnte man mit einem verankerten Heißluftballon in die Höhe steigen (»Gönnen Sie sich das große Vergnügen, das größte Vergnügen von oben zu sehen!«), auf allen Decks waren Essensstände und Glücksspieltische zu finden, im Großen Salon gab es ein Kasino, Orchester und Musikkapellen von allen Kontinenten (ausgenommen nur die unbewohnten und unmusikalischen Eiswüsten der Antarktis) traten auf, und es gab sogar eine Telegraphenlinie, die von einem Ende des Schiffes zum anderen reichte (eine Idee, die vor Jahren auf jener Abendgesellschaft bei Cyrus Field geboren wurde, auf der Joachim

Lindt die erste Umwandlung der *Great Eastern* ankündigte: vom gescheiterten Luxusdampfer zum Kabelschiff). Doch die wohl größte Attraktion war das Wandbild des berühmten Jack Trace. Jedenfalls schlug es die meisten Gäste länger in Bann, als dies die anderen Zerstreuungen taten. Das Gemälde hing seitlich am Rumpf herab. Auf einem Laufsteg konnten die Besucher vor der Leinwand, die sich fast über die gesamte Länge des Rumpfes erstreckte, entlangspazieren. Menschentrauben standen fasziniert vor dem Gemälde, als wären sie träumend darin versunken.

Von dort, wo Chester stand, waren die Einzelheiten noch verschwommen – Erde und Himmel –, aber er konnte schon die Menschenmenge auf der Besichtigungsplattform ausmachen. Da hatte der schüchterne, schwerfällige Künstler, der die wunderbaren Zeichenmappen von den Kabelexpeditionen erstellt hatte, am Ende doch noch ein populäres Meisterwerk geschaffen. Visionär nannten es die Kritiker. Chester war froh, dass er hergekommen war, um es zu sehen, froh, dass auch Trace es noch in aller Pracht erlebt hatte, wenn auch nur kurz.

Chester hatte von Traces Unfall gehört. Professor Thomson hatte ihm vor zwei Jahren den Nachruf aus der Zeitung gesandt. Bei den letzten Pinselstrichen an seinem monumentalen Werk war Trace vom Gerüst gestürzt. Er musste, um das Ganze in Augenschein nehmen zu können, einen Schritt zu weit zurückgetreten sein – ein einfacher Handwerkerfehler; ein momentaner, menschlicher Aussetzer –, war zehn Meter tief auf den Themsekai hinabgestürzt und hatte sich das Genick gebrochen.

Inzwischen war Chester dicht genug herangekommen, um den Schwung des Himmels und des Landes darunter zu erkennen. Er sah, wie der Wind die Leinwand in langen Wellen schwingen ließ. Dabei fiel ihm auf, dass die Landmasse fatal an eine liegende Frau erinnerte. Vielleicht ein versteckter Scherz des Künstlers, dachte Chester, und er fragte sich, welche Frau das wohl sein mochte.

Im Nachruf hatte gestanden, dass Trace nie verheiratet gewesen sei, aber Professor Thomson hatte geschrieben, er habe gehört, Trace sei in langer »Freundschaft« mit einer Kurtisane verbunden gewesen, die ein Haus in Mayfair besaß, er sei also nicht ganz alleinstehend verstorben.

Die Jungen waren inzwischen weit vorausgerannt, Augustus

schaute sich nach seinem Vater um; beide Brüder winkten und forderten ihn auf, sich zu beeilen, als sie sahen, dass auch er aus der Droschke gestiegen war und zu Fuß weiterging.

Mittlerweile hörte er die Musiker an Bord laut und deutlich, eine Kapelle spielte einen Marsch, von anderswoher erklangen Dudelsäcke. Fröhliche Jahrmarktsbesucher schwatzten und lachten neben ihm. Das Treiben hob seine Stimmung. Er freute sich darauf, das Schiff wiederzusehen, egal, wie billig man es zurechtgemacht hatte. Er freute sich auch darauf, Professor Thomson wiederzusehen und ihm seine Söhne vorzustellen. Sie würden alle auf seinem Boot, der *Lalla Rookh*, segeln gehen, und Chester würde ihm erlauben, den Jungen zwei oder drei Grundbegriffe des Segelns beizubringen, ihnen ein paar Geschichten zu erzählen über Stürme auf See und die Gefahren, denen die Kabelmänner getrotzt hatten, als sie eine Leitung über den Ozean legten, um einen winzigen Funken hindurchzusenden und dann noch einen und noch einen, bis jemand am anderen Ende verstand, was man sagen wollte. Er konnte den alten Professor Thomson schon hören, wie er in seinem harten, rollenden schottischen Akzent draufloserzählen würde, wie er sie auffordern würde, das Ruder zu übernehmen und zu versuchen, das Boot zu steuern.

»Kurs halten«, würde der Professor sagen. »Immer schön recht voraus.«

Und Augustus und Otis würden es versuchen, und Thomson würde den Kopf schütteln und lachen, nach hinten deuten und sagen: »Schauen Sie sich das Kielwasser an, Mr. Ludlow. Ihre Jungs versuchen, ihre Namen ins Meer zu schreiben!«

Und Augustus und Otis würden umso angestrengter versuchen, ein schnurgerades Kielwasser durch die Wellen zu ziehen.

Das alles malte Chester sich aus, während er den Boulevard entlangging.

Ehe er sich's versah, war er bei der Besichtigungsplattform angekommen, von der aus man das Wandbild anschauen konnte. Der Zutritt war gratis. Die Plattform diente als Lockmittel für die Massen, und als solches war sie ein riesiger Erfolg. Die Leute drängten sich an den Geländern, um über den leeren Kai hinweg ausgiebig die Seite des Schiffsrumpfes zu betrachten, die der »Fortschritt« zierte. Aus dieser Entfernung waren die Einzelheiten des Gemäldes gut zu erkennen. Die Leute starrten hin, deuteten auf Details, erzählten einander, was sie sahen oder zu sehen glaubten.

Das Bild zeigte eine riesengroße Phantasielandschaft, auf der eine Vielfalt futuristischer Transportmethoden durcheinanderschwirrte – silbrige Züge, die auf nur einem Gleis zu fahren schienen, rautenförmige Wagen ohne sichtbaren Antrieb, die über samtene Straßen glitten, schwebende Luftschiffe, unter deren von Netzwerk überzogenen Ballons prächtig ausgestattete Gondeln hingen. Städte mit breiten, sauberen Boulevards waren zu sehen; Gebäude ragten so hoch auf, dass Wolken die vielfenstrigen Fassaden in der Mitte teilten. Gemüse in Reih und Glied auf riesigen Feldern, ordentlich geschnittene Hecken, Bauernhäuser (vor jedem von ihnen stand eine der kleinen fahrenden Rauten); all das erinnerte den Betrachter daran, dass diese Zukunft, diese wundersam wirbelnde Utopie eines Tages genau hier, in seinem England, Wirklichkeit werden könnte; dass London selbst sich wandeln, das Umland neu geschaffen – verbessert! – und der ganze Reichtum des Empire zum Wohle seiner königlichen Insel eingesetzt werden könnte.

Als Chester merkte, wie sehr ihn die Details des Bildes gefangen nahmen, fragte er sich, ob darin wohl auch der Grund für Jacks Tod zu suchen war – ob auch er sich dermaßen in dem Bild verloren hatte, dass er das Gleichgewicht verlor und vom Gerüst stürzte. Es wäre eine schöne Vorstellung, wenn er einfach in dieser anderen Welt verschwunden wäre und gar nicht gemerkt hätte, dass er in der hiesigen Welt starb.

Chester begann zu überlegen, ob solche Flugmaschinen, Antriebe und Kommunikationsmittel wohl je konstruiert werden könnten. Er überlegte auch, ob er wohl je eines dieser Geräte bauen würde. In Amerika schickte ein Schotte namens Bell schon nicht mehr bloß flackerndes Licht oder mit der Taste produzierte Pieptöne durch das Kabel, sondern seine eigene Stimme und Musik. Der Fortschritt war überall. Wie sollte man nur Schritt halten?

Die Jungen hatten genug von dem Bild gesehen. Sie waren die ganze Aussichtsplattform entlanggelaufen, bis zur Gangway, die hinauf zum Schiff führte. Über der aufsteigenden Rampe prangte ein Banner mit der Aufschrift: »DIE WUNDER DES ZEITALTERS!« Chester wusste, dass seine Söhne jeden Augenblick nach ihm rufen würden.

Und er würde auch zu ihnen gehen, aber zunächst blieb er stehen, denn er hatte etwas bemerkt, als der Wind eine Ecke der Leinwand erfasst hatte. Die Leine, die in einer Öse an der Ecke befestigt war, hatte sich gelöst, und wenn eine kräftigere Bö unter die Leinwand griff, schlug sie um. Chester musste mehrere Böen abwarten, bis er sicher war, das es stimmte, was er dort sah.

Auch auf die Rückseite der Leinwand war etwas gemalt. Nach und nach erkannte Chester die Farben und den Pinselstrich der Kulissen des Phantasmagoriums. Die Leinwand für Traces Bild war aus der Rolle zusammengenäht worden, die dem Phantasmagorium als Hintergrund gedient hatte. Auf der Rückseite des Gemäldes war, neu zusammengesetzt, die imaginierte Geschichte des Kabels dargestellt. Die Geschichte, die Chester erzählt hatte, um Geld für die wirkliche Geschichte zu beschaffen, die er dann erlebt hatte, das Verlegen des wirklichen Kabels. Und sie hatten es geschafft, sagte er sich. Hatten das Geld aufgetrieben. Die Leitung gelegt. Die Kontinente verbunden. Das Bild abgerundet.

Die Jungen riefen nach ihm. Er sah sie vom Deck des mächtigen Schiffes herunterschauen, kleine Punkte, die leise Geräusche machten und über die Reling winkten.

Es wäre besser, wenn er zu ihnen ginge. Er machte sich auf den Weg zur Gangway.

»Papa!« Augustus winkte hoch oben mit seiner Mütze.

»Beeil dich!«, rief Otis.

»Sieh mal, wo wir sind! Komm auch rauf. Da lang.«

Und Augustus zeigte von weit oben, welchen Weg Chester nehmen sollte.

»Ich komme«, rief Chester.

»Es ist großartig hier oben, Papa!«, rief Augustus. »Sie haben Flaggen aus *allen* Ländern!«

Die Jungen sind so enthusiastisch, dachte Chester. Ich werde ihrer Mutter kabeln, was wir heute getan haben.

»Wir brauchen Geld, um reinzukommen!«, rief einer der Jungen. »Beeil dich, Papa!«

Bei dem Wind war es schwer, ihre beiden Stimmen auseinanderzuhalten.

»Ich komme ja!«, rief Chester wieder und beschleunigte seinen Schritt.

»Es sind die Wunder des Zeitalters!«

»Wirklich?«

»Ja! Ich kann es lesen!«

Das musste Otis gewesen sein, der so stolz darauf war, Wörter entziffern zu können.

Chester war im Begriff, noch einmal an Bord des riesigen alten Schiffes zu gehen. Er eilte die Gangway hinauf, hoch über dem Wasser. Musik und fröhlicher Lärm ertönten, die Flaggen aller Nationen knatterten im Wind.

»Es sind die Wunder des Zeitalters!«, hörte er einen seiner Söhne rufen.

»Beeil dich!«

DIE✠ZEIT

Nachwort von
Stefan Schmitt

Die Insel Valentia liegt im äußersten Westen Irlands. Bei Portmagee führt eine kleine Brücke vom Festland auf das felsige Eiland. Ein dunkelgraues Steinhäuschen thront am Ende eines Feldwegs auf dem Bray Head, der Südwestspitze von Valentia. Es ist verfallen, nur die Außenmauern trotzen noch den Weststürmen, leeseitig bieten sie Wanderern Schutz – für ein Picknick am Ende der Welt. Unterhalb der Grasnarbe fallen die Klippen steil ab. Ungehindert rollt die lang gezogene Dünung des Atlantiks heran. Vor gut 150 Jahren war Valentia Island für kurze Zeit der Nabel der Welt, Fixpunkt des Versuchs, die Weite des Globus mittels moderner Technik zu schrumpfen. Von hier aus, so hatten es die Landkarten gezeigt, ließ sich die kürzeste Gerade nach Neufundland ziehen, der östlichsten Stelle Nordamerikas. 4000 Kilometer lang.

Das war die Distanz, welche Morsezeichen überbrücken mussten, um von Europa nach Amerika zu gelangen. Zwischen den Küsten von Irland und Neufundland sollte ein Telegraphenkabel durch den Atlantik verlegt werden. Das gelang nicht im ersten Versuch, auch nicht im zweiten. Es dauerte viele Jahre und verschlang nicht nur enorme Summen Geldes, es wurde auch zu einem der symbolträchtigsten Unterfangen des anbrechenden Industriezeitalters.

Von den vielen Anläufen handelt John Griesemers Roman *Rausch*. Und mindestens ebenso sehr wie um die Expeditionen über den Atlantik geht es im Roman um die Umbrüche der vorletzten Jahrhundertmitte. Er verbindet also viel Gesellschaft und Soziales, viel Ideen- und Geistesgeschichte mit diesem Meilenstein der Technikhistorie.

Der üppige, fast 700 Seiten umfassende Roman ist in seiner Fülle eine Verneigung vor Griesemers literarischem Vorbild Charles Dickens. Und in Anlehnung an dessen Stil (etwa in der Waisengeschichte *Oliver Twist* oder in *Eine Geschichte aus zwei Städten),* zeichnet *Rausch* ein Psychogramm des viktorianischen Zeitalters: den Fall alter Standesgrenzen, die Entstehung eines selbstbewussten Bürgertums, das mithilfe selbst erarbeiteten Kapitals und aus der Kraft der eigenen kaufmännischen Fähigkeiten unternehmerische Projekte – wie das Atlantikkabel – erst ermöglicht; die entstehende Konsumgesellschaft mit ihren Massenvergnügungen und einem aufkeimenden Tourismus; schließlich einen wachsenden Widerspruch zwischen privater Freizügigkeit und jener öffentlichen Prüderie, für die das Adjektiv »viktorianisch« zum Synonym geworden ist.

Jede Menge reale Figuren tauchen im Lauf der Handlung auf: der Ingenieur Isambard Kingdom Brunel (Erschaffer von technischen Wundern wie Brücken, Tunneln und schließlich Erbauer des Dampfseglers *Great Eastern*, für Jahrzehnte das gewaltigste Schiff der Welt), US-Präsident Abraham Lincoln, der junge Karl Marx, der spätere Lord Kelvin, nicht zuletzt Charles Dickens unter seinem Pseudonym Boz und natürlich der amerikanische Kapitalbeschaffer Cyrus W. Field ... – fiktiv hingegen sind dessen mit Rinderzucht reich gewordener Geschäftspartner J. Beaumol Spude ebenso wie die Familie Ludlow mit der ätherischen Franny, dem rastlosen Otis und seinem Bruder Chester, der Hauptfigur.

Wenn es aber keinen Chefingenieur Chester Ludlow gegeben hat, was ist dann vom in *Rausch* beschriebenen Ingenieursschaffen real? Welche Bedeutung hatte der Faktenkern Mitte des 19. Jahrhunderts? Was ist aus den Ideen geworden, und wie wichtig sind sie heute noch?

Der Autor selbst antwortet entschieden. »Chester ist eine fiktive Person«, sagt John Griesemer. »Aber seine Leistungen sind real.« Er habe die Arbeit mehrerer britischer Ingenieure zusammengefasst und auf einen fiktionalen Amerikaner verdichtet – im Interesse einer klareren Story. Dieser literarische Kniff ist auch ein Zugeständnis an unsere Wahrnehmung des technischen und wissenschaftlichen Fortschritts. Es ist ja paradox: Natürlich wird eine Disziplin mit zunehmender Reife und Komplexität auch arbeitsteiliger. Selbst geniale Denker und Erfinder bauen immer auf der Arbeit von Kollegen auf, Großprojekte sind geradezu der Inbegriff von Teamarbeit. Erzählung aber, die von Dichte und Verdichtung lebt, droht bei der Beschreibung von Teams und Teamleistungen heillos zu zerfasern. Wollen sie überragende intellektuelle Durchbrüche schildern, suchen Wissenschaftler und Romanciers daher gleichermaßen nach dominanten Macherfiguren. »Heroisch« nennen Historiker das. Ergo die Verdichtung vieler Ingenieure auf einen Helden.

»Glücklicherweise hat sich keiner meiner britischen Leser beschwert«, ergänzt Griesemer unter Anspielung auf die Nationalität seines Protagonisten. Der Brite, der dazu den besten Grund gehabt hätte, war bei Erscheinung von *Rausch* im Jahr 2003 schon seit 115 Jahren tot. Charles Tilston Bright war erst 21 Jahre alt, als 1853 unter seiner Aufsicht das erste Telegraphenkabel zwischen Schottland und Irland (rund 35 Kilometer von Port Patrick bis Donaghadee) verlegt wurde. Später half er Cyrus W. Field, die Atlantic Telegraph Company zu gründen. Sie unternahm insgesamt fünf Anläufe zur Verkabelung in den Jahren 1857 und 1858, die im August 1858 zur ersten – wenngleich kurzlebigen – Kabelverbindung zwischen den Küsten führte. Bright verlegte in den Jahren danach erfolgreich deutlich kürzere Kabel durch das Mittelmeer, den Persischen Golf und die Karibik. Bei den Atlantikexpeditionen der Jahre 1865 und 1866, die schließlich dauerhaft die Telegraphennetze Europas und Nordamerikas miteinander verbinden sollten, fungierte Bright dann als Berater. Auch wenn John Griesemer ihn und seine Ingenieurskollegen in der Kunstfigur des Chester aufgehen ließ, zollt er ihnen Respekt. »Die Arbeit der realen Ingenieure war verblüffend.« Bei seinen Recherchen sei er auf Historiker gestoßen, die diese Leistung des 19. Jahrhunderts mit dem Mondflug des 20. verglichen hätten.

In der Tat wird diese Parallele von Forschern gezogen. Da der Meeresboden just wie die Mondoberfläche Neuland war, stand vor dem Erfolg ein quälend langsamer Lernprozess. Einer allerdings, der dem Erkenntnisfortschritt mehr geholfen hat, als ein schneller Triumph es vermocht hätte. Denn Mitte des 19. Jahrhunderts mussten zunächst gewaltige Wissenslücken gefüllt werden: Schon die Mechanik war knifflig. »Man musste komplizierte Abrollmechanismen entwickeln, damit das Kabel nicht einfach in die Tiefe ging, bevor man das Ufer erreichte«, sagt Christian Holtorf, Professor für Wissenschaftsforschung an der Hochschule Coburg. Der Kulturhistoriker hat über das Atlantikkabelprojekt promoviert und fasst den Stand der Technik so zusammen: In den 1850er-Jahren gab es Telegraphenkabel über Land, auch durch Flüsse verliefen einige, 1851 war mit Ach und Krach der Ärmelkanal durchquert worden. Für Seekabel jedoch mangelte es an der nötigen Technik. Erst recht fehlte ein grundlegendes Wissen über den Meeresgrund (tatsächlich vermutete man dort ein sandiges Plateau, wo das Gebirge des Mittelatlantischen Rückens verläuft). Nicht einmal die naturwissenschaftlichen Grundlagen für die der Telegraphie zugrunde liegenden Prinzipien waren vorhanden.

Griesemer schildert in Kapitel 15 seines Romans eindrucksvoll, wie mühsam die Kommunikation durch das Kabel im Sommer 1858 war – falls man überhaupt von Kommunikation sprechen kann. »Bitte wiederholen Sie.« – »Bitte langsamer senden.« – »Wie ist der Empfang?« Der Fehler: Abgesehen von einer Kautschukummantelung, waren einfach dieselben Kabel im Ozean versenkt worden, wie man sie auch an Land benutzte. Das Wasser als elektrisch leitendes Medium jedoch interagierte mit dem Kupferdraht, induzierte störende Ströme, es entstanden Rückkopplungen. Was in der Tiefe des Meeres so grundlegend anders war als auf trockenem Boden, mussten die Forscher noch mühsam herausfinden.

Signal and Noise lautet der englische Originaltitel von Griesemers Roman treffend. Natürlich ist das auch metaphorisch gemeint. Der Autor lässt die Hauptfiguren auf mehreren Ebenen zugleich darum ringen, Signal von Rauschen trennen – emotional, spirituell und eben auch technisch ... Es mag nicht der heroischen Vorstellung von Historie entsprechen, doch längst haben Technikgeschichtler gelernt, den heuristischen Wert des Scheiterns zu würdigen, die Chancen in Fehlern zu sehen. Und derer gab es hier viele.

So wurde das erste Kabel zwischen Valentia und Neufundland von den beteiligten Ingenieuren regelrecht zerstört: Edward Orange Wildman Whitehouse (im Roman die sinistre Figur des E.O.) war maßgeblich dafür verantwortlich. Sein Name steht für die falsche Annahme, Strom fließe wie Wasser – ein Leiter müsse sich also verhalten wie ein Rohr: Wenn man eine Leitung mit kleinem Durchmesser hat, muss eben der Druck entsprechend erhöht werden! Tatsächlich führte die von Whitehouse angelegte hohe Spannung von bis zu 2000 Volt dazu, dass die Isolation verschmorte und das gesamte Kabel unbrauchbar wurde.

Paradoxerweise war dieser Fehler von großem naturwissenschaftlichem Nutzen. Historiker Holtorf spricht von der »Geburtsstunde der Elektrophysik«. Es herrschte schlicht noch eine unzulängliche Vorstellung vom recht neuen Phänomen Elektrizität. Erst in der Folge legte William Thomson – im Buch der akademische Lehrer Chester Ludlows, in der Realität der spätere Lord Kelvin – wichtige Grundlagen des Fachs. Und der viktorianische Naturforscher

Michael Faraday stellte erste Thesen über elektrische Felder auf (was bei den allermeisten Zeitgenossen für heftiges Kopfschütteln sorgte). Kurzum, mit der Arbeit am Atlantikkabel wuchs das Wissen, ohne das die heutige Elektrotechnik gar nicht vorstellbar wäre. Erst mit diesem heroischen Projekt wurde dieses Feld zur Domäne der modernen Naturwissenschaft. »Das war eine Auseinandersetzung zwischen Laien und Wissenschaftlern«, sagt Holtorf. »Elektrophysik wurde bis dahin nicht von Physikern gemacht, sondern von Ärzten und anderen Interessierten. Samuel Morse war ja Maler.«

Und die Initiatoren des gewagten Projekts waren Kaufleute, Visionäre ebenso wie Hasardeure. Der Schriftsteller Stefan Zweig hat in seinen 14 *Sternstunden der Menschheit* dem Cheforganisator Cyrus W. Field ein Denkmal gesetzt (»der kühnste Plan des neunzehnten Jahrhunderts«). Kühn? Ja. Doch ökonomisch ein Desaster. »Beim ersten Atlantikkabel kostete ein Wort fünf Dollar, manchmal auch mehr«, schreibt der Historiker Chester G. Hearn und lässt doch keinen Zweifel daran, dass die gewaltigen Investitionen kaum zu amortisieren gewesen waren.

Der Markt für die neue Technik musste erst wachsen, als diese einmal robust und zuverlässig zur Verfügung stand: Geschäftsleute kabelten Nachrichten über den Atlantik, die per Schiff zehn Tage lang unterwegs gewesen wären. Die Kunde von fernen Ereignissen flog schneller um den Globus. Es ist kein Zufall, dass just Mitte des 19. Jahrhundert Julius Reuter in London seine berühmte Nachrichtenagentur gegründet hatte – als »Nachrichtengroßhändler«, der mit Börsenkursen, Eilmeldungen, Tratsch und Klatsch aus aller Welt die Gier der Zeitungsredaktionen auf neuen Erzählstoff anfachte. Als später, im Jahr 1883, im heutigen Indonesien (und am Ende der damaligen Welt) der Vulkan Krakatau ausbrach, reiste die Nachricht durch die just geschlossene Kabelverbindung über Indien und Sues nach Europa und von dort weiter über den Atlantik. Binnen Tagesfrist lief die Kunde von der Katastrophe um die Welt.

Dass die Verkabelung des Erdballs auch eine politische und geostrategische Dimension hatte, thematisiert Griesemer nicht weiter. Bezeichnend ist hier der Titel, den der – vor allem als Science-Fiction-Autor bekannt gewordene – Arthur C. Clarke seinem Sachbuch über die Geschichte der Nachrichtentechnik gab. »Wie die Welt eins wurde«, im englischen Original steckt eine intendierte

Zweideutigkeit: *How the World Was One* klingt genauso wie *how the world was won*, wie die Welt erobert wurde …

Bis heute, und das ist die ganz praktische Relevanz der frühen Kabelexpeditionen für die Gegenwart, wäre keine vernetzte Welt ohne Seekabel denkbar. Zwar sind inzwischen Kupfer und Strom durch Glasfaser und Licht ersetzt worden.»Aber diese sind unentbehrlich für die interkontinentale Kommunikation, unter anderem für Internetverbindungen oder die Datennetze großer Unternehmen und Regierungen«, sagt Stephan Beckert, Analyst bei der Washingtoner Beratungsfirma Telegeography.»Satelliten haben einfach nicht die notwendige Übertragungskapazität.« Außerdem sorgten diese aufgrund einer Laufzeitverzögerung von rund einer Viertelsekunde für ein irritierendes Echo beim Telefonieren. Seekabel hingegen nicht.

Schriftsteller Griesemer selbst ist ausgerechnet über ein modernes Kabelprojekt auf das Thema für sein Buch gestoßen, in einer alten Ausgabe des Magazins *Wired*.»Ich las da eine Geschichte über eine Expedition, die rund um die Welt Glasfaserkabel verlegte. Der Autor erwähnte die Geschichte ähnlicher Unternehmungen und das erste Atlantikkabel.« Das habe ihn zu seinen Figuren inspiriert: »Abenteurer, Profitmacher, Unternehmer voller sonniger Versprechungen – genauso wie in unserem Internetzeitalter.«

Raum und Zeit überwinden? Die Geografie obsolet machen? Nicht bloß Worte um die Welt schicken, sondern auch Bilder per Kupferkabel übertragen (wie es im Roman dem Zeichner Jack Trace in den Sinn gelegt wird). Ja, den Kommunikationshunger der Menschen befriedigen und damit gutes Geld verdienen – viele Parallelen lassen sich ziehen zwischen den Träumen der Telegraphievordenker und jenen heutiger Internetpioniere. Eingeschlossen so mancher Überhöhung.

Spätestens hier wird die Trennlinie unscharf zur irrationalen, vielleicht übernatürlichen Seite von *Rausch*. Nicht bloß Chesters Frau Franny, die zeitweilig als Medium in Séancen auftritt, und sein spirituell empfänglicher Bruder Otis stehen für das Okkulte und Magische. Selbst der rationale Chefingenieur entdeckt unter dem Eindruck eines verlorenen Kindes und durchlebter Schrecken des US-Bürgerkriegs eine Empfänglichkeit für das Jenseitige. Tatsächlich hatten im viktorianischen Zeitalter die Geisterbeschwörer und

Spiritisten Hochkonjunktur. »Ich fand diesen Zusammenhang interessant«, sagt Griesemer, »zwischen dem Begehren, sich elektrisch rund um den Globus zu vernetzen, und dem Wunsch, eine Verbindung zwischen der Welt der Menschen und jener der Geister herzustellen.« Zwar stellt Griesemer alle Erscheinungen, Geistreisen und Drogenvisionen als ganz persönliche Erfahrung seiner Protagonisten dar. Deutlich wird aber, dass ihr Wunsch nach Horizonterweiterung derselben Quelle entspringt wie jene beinahe kindliche Begeisterung für alles technisch Machbare – dem unbekannt Neuen. Die rationale Industrialisierung kommt in Begleitung. Sie hat die Ahnung geweckt, dass da doch noch mehr sein müsse. Wo immer »da« auch ist.

Otis Ludlow findet es am Ende im Rauschen des kaputten Kabels, in das er unermüdlich von Irland aus hineinlauscht. Die Signale, die er herauszuhören glaubt, haben keinen Absender Neufundland. Es ist der Ozean, der im über 4000 Kilometer langen Kupferstrang Rauschen erzeugt. Was Otis darin hört, notiert er in Aufzeichnungen, die er dem Bruder hinterlässt – zuletzt: »Finde Franny!« Dann stürzt sich der fiktive Otis mit Steinen um den Hals ins Wasser der Foilhommerum Bay.

Heute erinnert auf Valentia Island ein Gedenkstein an die ersten Morsecodes, die von Europa nach Amerika gekabelt worden sind. Die Kabelverbindung nach Nordamerika wurde von Valentia aus gehalten, bis die Firma Western Union International den Betrieb im Jahr 1966 einstellte. Einhundert Jahre Kommunikation zwischen der Alten und der Neuen Welt. Was hört Chester Ludlow seine beiden Söhne am Ende des Romans rufen? »Beeil dich! Es sind die Wunder des Zeitalters.«

1812
Schriftsteller Charles Dickens wird geboren (gest. 1870)

1832
Charles Tilston Bright wird geboren (gest. 1888), Chefingenieur mehrerer Atlantikkabelexpeditionen

1837
Victoria I. wird gekrönt (bis 1901 englische Königin), sie gibt dem Zeitalter seinen Namen

1837
Samuel Morse erhält das Patent auf den elektrischen Telegraphen

1844
Samuel Morse verschickt das erste Telegramm (von Washington nach Baltimore)

1851
Gründung der Nachrichtenagentur Reuters in London (heute Thomson Reuters)

1851
Erstes Telegraphenkabel wird durch den Ärmelkanal verlegt

1853–55
Krimkrieg, die Telegraphie erweist sich als strategischer Vorteil

1854
Die US-Marine macht zwischen Amerika und England vermeintlich durchgängig sandig-ebenen Meeresboden aus

1857
Stapellauf der *Great Eastern* von Isambard Kingdom Brunel (1806–859), bis 1888 das größte Schiff der Welt

1857–58
Fünf Kabelexpeditionen der Atlantic Telegraph Company

1858
Das erste Telegraphenkabel zwischen Irland und Neufundland funktioniert nur vier Wochen

1861–65
Amerikanischer Bürgerkrieg

1865
Attentat auf US-Präsident Abraham Lincoln

1865–66
Mehrere Kabelexpeditionen mit der *Great Eastern*, die im Sommer 1866 zur ersten dauerhaften Verbindung führten (zwischen Heart's Content in Neufundland und Valentia Island in Irland)

1876
Alexander Graham Bell patentiert das Telefon

1883
Ausbruch des Vulkans Krakatau in Niederländisch-Indien (heute Indonesien)

1894
Guglielmo Marconi überträgt ein Telegramm drahtlos (»Funk«)

1955
Narinder Kapany erfindet das Glasfaserkabel

1966
Western Union International stellt den Kabelbetrieb auf Valentia Island nach 100 Jahren ein

1973
Das File-Transfer-Protokoll (FTP) regelt Up- und Download von Dateien über Datennetze

1985
Der Onlinedienst AOL startet

1988
AT & T verlegt das erste transatlantische Glasfaserkabel